**Lorette Wilmot Library
Nazareth College of Rochester**

DEMCO

*TEATRO ESPAÑOL CONTEMPORÁNEO
ANTOLOGÍA*

TEATRO ESPAÑOL CONTEMPORÁNEO

ANTOLOGÍA

1492-1992
QUINTO CENTENARIO

FONDO DE CULTURA ECONÓMICA

«centro de documentación teatral»

MINISTERIO DE CULTURA
Instituto Nacional de las Artes Escénicas y de la Música

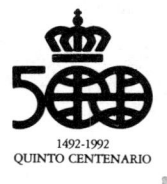

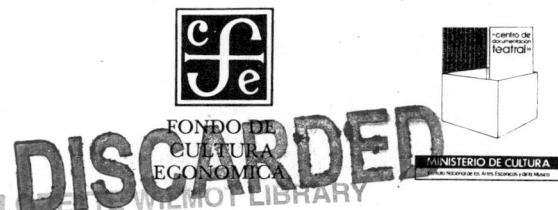

Primera edición, 1992

Director de la colección:
Moisés Pérez Coterillo

Diseño de la maqueta y cubiertas:
Antonio Fernández Reboiro

Coordinador de este volumen:
César Oliva

Edición:
Centro de Documentación Teatral
Capitán Haya, 44. 28020 Madrid. España

Fondo de Cultura Económica, Sucursal España,
Vía de los Poblados (Edificio Indubuilding-Goico, 4º-15).
28033 Madrid

© *De esta edición:*
Centro de Documentación Teatral
Sociedad Estatal Quinto Centenario
Fondo de Cultura Económica, S. A. de C. V., Sucursal España.

Esta colección de Antologías se edita gracias al acuerdo suscrito entre el Ministerio de Cultura de España y la Sociedad Estatal Quinto Centenario (España).

ISBN: 84-375-0313-2
D. L.: M-10018-1992

Impreso en España

TEATRO ESPAÑOL CONTEMPORÁNEO
ANTOLOGÍA

Antonio Buero Vallejo
La fundación

Jose Martín Recuerda
Las arrecogías del beaterio de Sta. María Egipciaca

José María Rodríguez Méndez
Flor de Otoño

Alfonso Sastre
La sangre y la ceniza

Francisco Nieva
Los españoles bajo tierra

Miguel Romero Esteo
Pasodoble

Fernando Arrabal
El arquitecto y el emperador de Asiria

Domingo Miras
La Saturna

Antonio Gala
Los buenos días perdidos

Josep M. Benet i Jornet
Deseo

José Sanchis Sinisterra
El retablo de Eldorado

José Luis Alonso de Santos
La estanquera de Vallecas

Rodolf Sirera
El veneno del teatro

Fermín Cabal
Esta noche, gran velada...

Sergi Belbel
Elsa Schneider

Resumir en quince títulos la dramaturgia española escrita en la segunda mitad de este siglo entraña aceptar el riesgo de una elección nada fácil. Nuestra opción consiste en proponer textos y autores significativos de las diferentes tendencias, lenguajes, temáticas, épocas y estilos, sin tener que recurrir forzosamente a la ley del mercado, ni a la reválida del éxito; y sin dejarse condicionar tampoco por la materialización escénica concreta, en el caso de su estreno. Conocido es el desencuentro crónico, el abismo que media entre las mejores intuiciones de los autores y los límites de un escenario. Por eso hemos preferido en esta selección los textos de mayor ambición y madurez de nuestros dramaturgos, independientemente del recuerdo de su puesta en escena o, incluso, aunque su estreno aún no se haya producido. En definitiva, reivindicamos la autonomía del texto teatral, con independencia de su instrumentalización escénica.

Desde comienzos de siglo, la escritura teatral en España se despega de tal modo de las demarcaciones pautadas en los escenarios de su tiempo, que la práctica totalidad de la obra de Valle o el teatro más innovador de García Lorca deben esperar casi medio siglo para entrar en el repertorio de nuestros teatros. Nada tiene de extraño que algunos de los dramaturgos incluidos en esta antología hayan tenido que sufrir, años después, una larga sala de espera. El hecho de que se puedan rastrear montajes memorables de nuestros mejores directores de escena, sobre textos de autores contemporáneos, como *Las arrecogías...*, de Recuerda-Marsillach; las *Bodas que fueron famosas...*, de Rodríguez Méndez-Gómez, o *La carroza...* y *El combate...*, de Nieva-Alonso, por citar sólo tres ejemplos mayores, revela en su excepcionalidad que a la dramaturgia española de esta segunda mitad de siglo le ha faltado el escenario a la medida de su talento. Una empresa privada preocupada por no contrariar los gustos de su espectador menguante, un teatro público ensimismado en su escaparate de prestigio y unas compañías independientes en el límite de la supervivencia, componen un panorama poco alentador, donde el escritor teatral aún no ha encontrado su espacio y, en consecuencia, la pregunta por la normalización de dramaturgia nacional carece de respuesta satisfactoria.

A pesar de ello, la pasión por la escritura sigue siendo un impulso inaplazable que comparten los dramaturgos más veteranos y los más jóvenes. En la forzosa selección de estos quince títulos encontrará el lector abundantes argumentos para adentrarse por sí mismo en un territorio poco transitado, pero que le reserva sorpresas, placeres y encantamientos capaces de conducirle más tarde, de acuerdo con su instinto, hacia otros títulos y hacia otros autores. Porque lejos de las apariencias, la escritura teatral en España es hoy un planeta fértil, que sueña con los espectadores de mañana, que acaso se encuentren hoy en los lectores de estas páginas.

MOISÉS PÉREZ COTERILLO

CUARENTA AÑOS
DE ESTRENOS ESPAÑOLES

César Oliva

Al repasar los estrenos que se han producido en la cartelera española de los últimos años, la lista de personas que los han hecho posibles, la repercusión en la crítica, sumamos una serie de datos imprescindibles para la historia. Una historia, la del teatro, que no deja de ser eso: la de sus estrenos, gentes y recepciones. A esa lista de circunstancias tenemos que añadir un nuevo parámetro, propio del siglo XX que vivimos. Se trata de la publicación. Hasta hace relativamente poco, extraña era la obra dramática que pasaba a las imprentas sin haber gozado antes del premio de la representación. Hubiera gustado o no. Quizás el primer síntoma cierto de la crisis del teatro proceda precisamente de ese dato, que resulta más desapercibido de lo que parece. Hoy día, sin embargo, no todos los dramaturgos publican lo que estrenan o, lo que es peor, estrenan lo que publican. Por eso mismo, a la hora de valorar un momento de nuestra escena tan significativo, y próximo a la vez, como el de los últimos cuarenta años, no cabe duda de que la presencia de autores mucho más importantes en las páginas que en los escenarios plantea distintos modos de enfoque del tema.

Si la selección de textos que hoy presentamos —elaborada, discutida y finalmente resuelta por el Centro de Documentación Teatral— tiene una virtud, es precisamente la de conjugar criterios tan diversos como la mayor o menor recepción escénica de una serie de obras del teatro español contemporáneo, con la entidad de los autores que han mantenido viva su permanencia en él, aunque haya tenido que ser por vía de la publicación. No obstante, las obras presentadas están aquí gracias a que fueron montadas, y a que sus estrenos significaron un momento fundamental en la historia reciente de nuestro teatro. Salvo las de escritura más reciente. Pero, insistimos, no sólo por ello figuran aquí. Autores hay que no ven habitualmente sus dramas en el escenario, pese a su innegable interés, pese a los muchos trabajos científicos y universitarios que han provocado. De la misma manera, tampoco varios dramaturgos estables en los escenarios españoles, que consiguen grandes éxitos de público, figuran en el libro.

Por lo que se deduce que no estamos exactamente ante una selección o antología de textos dramáticos contemporáneos. Se trata, sencillamente, de quince propuestas que nos permiten contar de otra manera la historia reciente del teatro español.

EL TEATRO ESPAÑOL A FINALES DE LOS AÑOS CUARENTA: LA COMEDIA BURGUESA DE POSGUERRA

Un somero repaso a obras y autores de entonces servirá para situarnos en el punto de partida y, además, para calibrar qué tipo de dramaturgia era la que entonces se llevaba. De 1948, un año antes de la aparición de Buero en escena, son *Abdicación* y *Divorcio de almas,* de Jacinto Benavente; *La perfecta soltera,* de Leandro Navarro; *El celoso Magariños,* de Adolfo Torrado; *Lo que debe ser,* de José María Pemán; *El vampiro de la calle Claudio Coello,* de Juan Ignacio Luca de Tena y Luis Escobar; *Los mejores años de nuestra tía,* de "Tono" y Vaszary; *La corte de los embrollos,* de Carlos Llopis, y *El anticuario,* de Suárez de Deza. De 1949, *El mayor pecado,* de Navarro; *La risa loca,* de Torrado; *La muerte de Carmen,* de Pemán; *Dos mujeres a las nueve,* de Luca de Tena y De la Cuesta; *La visita que no tocó el timbre,* de Joaquín Calvo Sotelo; *Los tigres escondidos en la alcoba,* último estreno de Enrique Jardiel Poncela; *Alberto,* de José López Rubio; *Las mujeres decentes,* de Víctor Ruiz Iriarte, y *Algo flota sobre Pepe,* de "Tono" [1].

La continua presencia de obras como las citadas fue generando un tipo de comedia amable y desenfadada, que no transparentaba por ningún lado la realidad española de la época y que bien podríamos denominar como burguesa. Es la comedia de evasión, esto es, aquella que se dirige principalmente hacia un público asimismo burgués; que presenta un ingenuo o ingenuista nivel ideológico, donde los personajes viven el maravilloso mundo de la neutralidad; que habla sobre todo de amor, con una escritura llena de ingenio y brillante exposición, presentada en un somero juego escenográfico.

Esta comedia, que hasta finales de los años cuarenta no se contestará desde los mismos escenarios (con dramaturgos que contarán otras historias de manera también diferente), vivirá su época de máxima brillantez durante los años cincuenta, y se prolongará con toda energía en los sesenta. En este tiempo, como veremos enseguida, dicho género deberá compartir cartel con las experiencias más acabadas de la llamada "generación realista", la cual, sin embargo, no lo suplantará. En todo caso, la "generación realista" de alguna manera se incrustó en los resquicios que dejaba aquél.

Muchos fueron los autores que pervivieron haciendo comedia burguesa durante esas décadas. Desde los citados Pemán, López Rubio o Calvo Sotelo, hasta los sorprendentes Mihura y Neville, e incluso otros más jóvenes, que fueron ganando sitio en dicha modalidad. Alfonso Paso, Juan José Alonso Millán o Jaime Salom, entre otros, son autores que reforzarán las carteleras del país en ese tiempo. Sobre todo el primero, que por diversas circunstancias se convirtió en un autor emblemático de los gustos del público, y cuya súbita desaparición de los teatros fue también el hecho más significativo del fin de la comedia burguesa, al menos con la intensidad que hasta el momento se había producido.

Alfonso Paso (1926), que se había criado teatralmente en el grupo Arte Nuevo, junto a Alfonso Sastre y tantos otros jóvenes inquietos de la posguerra, comenzó con una dramaturgia "realista" llena de las mismas intenciones que adornaron la de Buero Vallejo o el propio Sastre. Pasados unos años de penalidades, de dificultades inmensas para estrenar y, lo que es lo mismo, para la subsistencia, Paso abrazó sin dudar el teatro más convencional y artificioso que pudiera darse. Su inicial interés por el drama comprometido dejó paso, eso sí, a una saludable situación económica, en la que los beneficios obligaban a gestar nuevas obras con toda rapidez. Estableció un sistema de redacción de comedias como si de una fábrica se tratara, pero llenó los teatros. Sus obras estaban en varios locales de Madrid a la vez, alternándolas con otras en gira por provincias. Fue un fenómeno tan espectacular que sólo podía terminar de manera igualmente espectacular: siendo repudiado por los mismos que, pocos meses antes, le habían suplicado un texto. El tiempo consume de manera implacable sus mitos, y el de Alfonso Paso dejó de existir poco antes de su muerte, en 1978, quizá de tristeza.

LA LLEGADA DE LOS REALISTAS: BUERO VALLEJO

Antonio Buero Vallejo (1916) es el principio del moderno teatro español. A él se debe la gran evolución del concepto de dramaturgia que imperaba en la posguerra española. Él inventó una nueva forma de concebir el teatro, un modo distinto de comunicarse con el público. A partir del estreno de *Historia de una escalera*, en 1949, algo empezó a cambiar en la escena española. No debemos olvidar que la obra se programó para un corto tiempo, justamente desde el 14 de octubre (fecha de estreno) hasta final de mes, cuando deberían comenzar las tradicionales representaciones de *Don Juan Tenorio*. El éxito del drama de Buero fue tal, que hubo que romper aquella tradición —y lo que eso suponía— para dejar que siguiera en cartel hasta el 25 de enero de 1950, en que fue sustituida por *Celos del aire*, de José López Rubio, otro gran éxito de público. Si *Historia de una escalera* se mantuvo durante ciento dos días en cartel, la comedia de López Rubio llegó a los ciento diecinueve.

De entre las muchas lecturas que se han hecho de tal acontecimiento, destaquemos ahora que los espectadores, habituados a la comedia burguesa de posguerra, no dudaron en celebrar la aparición de un texto renovador. Estaba claro, pues, que no era problema de público, sino de sistema donde desarrollarse. Eran muchos años de teatro trivial, con algunas salidas al ingenio, como las de Jardiel Pondela, "Tono" o Llopis, pero de ruptura más intencional que formal. También desde 1945 la inquietud de los jóvenes del grupo Arte Nuevo empezaba a manifestarse desde el plano del teatro no profesional. Pero faltaba algo que desencadenase una serie de latentes mecanismos de innovación. Y eso fue *Historia de una escalera*.

Los elementos renovadores de *Historia de una escalera* quedaban más dentro del drama que fuera. Fuera de él, en el campo de las apariencias, no pasaba de asemejarse a un sainete casi tradicional. Dentro, no. La escalera era el auténtico motor dramático, en vez del simple decorado donde los personajes dicen sus parlamentos. Espacio (escalera) y tiempo; el tiempo que transcurre entre acto y acto, y cuyo efecto dramático recordaba las propuestas de Priestley. Esos elementos, más otros tan significativos como la ausencia del personaje protagonista, o del característico tono madrileñista en el lenguaje oral, llevaron sus representaciones a modernas zonas de recepción de un texto dramático.

No obstante, la importancia de *Historia de una escalera* no estaba tanto en su interés dramatúrgico, como en los caminos que abría para la escena española. Los elementos que habían definido durante siglos el sainete español aparecían evolucionados hacia contenidos de mayor compromiso. Y todo bajo el perfecto equilibrio que suponía un aparato escénico en el que lo coercitivo había generado la citada comedia de evasión. Buero propuso en su momento la comedia de antievasión, comedia para pensar, comedia que abría caminos a la especulación sobre el medio en que vivían personajes y público. Ese era el mérito fundamental.

Y tras *Historia...*, otra línea de desarrollo dramatúrgico se había abierto en España. Los estrenos de Buero se sucedieron, unos con más éxito, otros con menos, pero la escena nacional había ganado un nuevo registro en su monótono concierto de posguerra: el llamado "teatro realista". *Las palabras en la arena* (1949), *En la ardiente oscuridad* (1950), *La tejedora de sueños* (1952), *La señal que se espera* (1952), *Casi un cuento de hadas* (1953), *Madrugada* (1953) son títulos que demuestran una bien concebida, moderna y elaborada dramaturgia. Y son títulos que, además, dan paso a un lento pero decidido enriquecimiento del gusto del espectador español del momento.

LA APORTACIÓN DE ALFONSO SASTRE

A partir de 1953, precisamente, un nuevo autor se incorporó a la nómina del compromiso que el teatro había adquirido con la entrada en la década de los años cincuenta: Alfonso Sastre (1926). Fue en aquel año cuando, después de varios intentos de estrenar en escenarios habituales, logró que el Teatro Popular Universitario representase *Escuadra hacia la muerte*. Pese a que el público la recibió con enorme interés, el estamento militar no debió pensar de la misma manera, ya que, después de tres representaciones, la obra fue prohibida. De esa manera comenzaba un itinerario de censura y represiones en la persona y obra del autor que caracteriza con precisión su difícil trayectoria.

Desde las primeras apariciones en el mundo del teatro, Alfonso Sastre luchó por que la escena española alcanzara unas posibilidades de desarrollo que hacía tiempo no tenía. En 1950, y con José María de Quinto, había redactado el primero de los documentos que aportará a la escena: el "Manifiesto de teatro de agitación social". Pese a que a la luz de posteriores lecturas, el escrito puede parecer ingenuo, en su momento fue un estupendo alegato contra el fenómeno teatral español, dominado por el conformismo y la evasión. Recordemos que *Historia de una escalera* no había hecho más que aparecer, y que tanto Sastre como otros jóvenes dramaturgos españoles llevaban desde 1945 —con el Grupo Arte Nuevo [2]— apostando por una renovación teatral que, hasta enconces, no había pasado del nivel de la experimentación.

En 1955, el propio Sastre intervino en Santander, junto a otros ocho autores, en la redacción de unas conclusiones de los "Coloquios sobre problemas actuales del teatro en España". Tres años después, insistía en sus planteamientos teóricos escénicos en un nuevo manifiesto, "Arte como construcción", que proponía la función que el arte debía tener en aquel momento y hora. ("Precisamente, la principal misión del arte, en el mundo injusto en que vivimos, consiste en transformarlo".) De nuevo será con José María de Quinto con quien escriba, ya en 1960, la "Declaración del Grupo de Teatro Realista", donde, junto a una cerrada defensa del movimiento realista, denunciaban una vez más la situación crítica de nuestra escena. Con mayor precisión, si cabe, los dos autores escribieron, un año después, el "Documento sobre el teatro español", que planteaba una auténtica política teatral, desde las ordenanzas legales hasta una idea de descentralización del teatro.

La obra dramática de Sastre fue creciendo al compás de sus propuestas teóricas. De sus textos iniciales, de claro tono experimentalista *(Uranio 235* y *Cargamento de sueños,* ambas de 1946), llegó a aportaciones auténticamente realistas: *Prólogo patético* (1950), *El cubo de la basura* (1951) y *Escuadra hacia la muerte* (1952), primeros dramas donde el autor une una temática contemporánea con el uso de un moderno concepto del lenguaje verbal, desarrollado todo bajo el marco del realismo, que no duda enseguida de calificar como profundo o profundizado, dentro de un cierto humanismo socialista, con personajes que "pueden actuar y pueden modificar, en alguna medida, sus circunstancias". [3]

DE BUERO Y SASTRE A LA GENERACIÓN REALISTA

Muy en grandes líneas, las trayectorias autorales de estos innovadores de la dramaturgia española fueron definiéndose por una progresiva estilización del realismo, lo que motivó la búsqueda incesante de formas no repetitivas. Los años han ido marcando en Buero y Sastre zonas de creación, si bien absolutamente diferenciadas, provocadas por idénticos motivos artísticos. Con la perspectiva de los cuarenta años que nos separan del origen de sus carreras dramatúrgicas, bien está que podamos afirmar similares vocaciones renovadoras, aunque elaboradas con parámetros disímiles.

Mucho se ha dicho y escrito sobre el origen de las diferencias de enfoque del fenómeno teatral de ambos autores, basadas en la más que conocida polémica sobre el "posibilismo". [4] Curiosamente, los años han dado la razón a ambos. A Buero, porque sin la búsqueda del estreno serio y riguroso, sin la utilización de las reglas del juego a que lo sometía el teatro de entonces, nos hubiéramos quedado sin su espléndida trayectoria autoral, celebrada siempre por un público incondicional, pues supo encontrar en la aridez ambiental resquicios para que sus obras fueran aceptadas por la censura. Trayectoria que trascendió un realismo somero hacia planteamientos más ricos y sugestivos. que proponen singulares y subjetivas lecturas. [5] Lo mismo podemos decir de Sastre, que sin su radical oposición a cualquier tipo de pacto con la escena de entonces, quizá no hubiera alcanzado el beneficio del notorio cambio de rumbo que consiguió su dramaturgia y que le llevó a conceptos tan importantes como el de la "tragedia compleja", la forma más actual y lúcida de evolución del esperpento valleinclanesco.

Por cualquiera de los caminos abiertos, el de la presencia regular de Buero Vallejo en los escenarios, o el de la alternancia de propuestas prácticas con otras teóricas de Alfonso Sastre, la vía del realismo se había introducido en la escena española con evidente fuerza. En 1962, y en la revista "Primer Acto", testigo de excepción desde su nacimiento (en 1958) del desarrollo del teatro español, José Monleón hablaba de una "generación realista" formada por Lauro Olmo, Carlos Muñiz, Ricardo Rodríguez Buded y José María Rodríguez Méndez, verdaderos continuadores de las aportaciones de Buero y Sastre. José Martín Recuerda, Alfredo Mañas y Agustín Gómez-Arcos figuraban en otro apartado, como cultivadores de un "teatro literario". No obstante, no era la primera vez que el término "realista" salía a la palestra en la escena española. El propio Sastre había hablado de realismo en un artículo publicado en la revista universitaria "La Hora". Pero sería en 1958 cuando en otro escrito, éste publicado en "Acento cultural", utilizaba con todo rigor el término "socialrrealismo". [6] Más tarde, en "Anatomía del realismo" (1965), hablará con mayor autoridad sobre dicho fenómeno.

En esa estrecha franja de años que mencionamos se producen los principales estrenos del grupo de autores que fueron calificados como realistas: *Un soñador para un pueblo* (1958), de Buero; *El teatrito de don Ramón* (1959), de Martín Recuerda; *Muerte en el barrio* (1959), de Sastre; *La madriguera* y *Un hombre duerme* (1960), de Rodríguez Buded; *Las meninas* (1960), de Buero; *La cornada* (1960), de Sastre; *Los inocentes de la Moncloa* (1961), de Rodríguez Méndez; *El tintero* (1961), de Carlos Muñiz; *En la red* (1961), de Sastre; *La camisa* (1962), de Lauro Olmo; *El concierto de San Ovidio* (1962), de Buero; *La historia de los Tarantos* (1962), de Alfredo Mañas; *La pechuga de la sardina* (1963), de Olmo; *Aventura en lo gris* (1963), de Buero; *El círculo de tiza de Cartagena* (1963), de Rodríguez Méndez; *Las salvajes en Puente San Gil* (1963), de Martín Recuerda; *Los inocentes de la Moncloa* (1964), de Rodríguez Méndez; *Como las secas cañas del camino* y *¿Quién quiere una copla del Arcipreste de Hita?* (1965), de Martín Recuerda, y *La batalla del Verdún* (1965), de Rodríguez Méndez. (Todas ellas fechas de estreno.)

EL REALISMO EN LOS ESCENARIOS

La práctica escénica realista obligaba a nuevas consideraciones tanto de puesta en escena como de interpretación. En los años en que aparecieron las primeras propuestas de Buero y Sastre, los teatros españoles estaban dominados por el autodidactismo de los primeros directores. Los Teatros Nacionales, principalmente, aportaron el moderno concepto de responsable absoluto de la dirección artística. Pero, como en el caso de los vestigios del pasado (la utilización de las arcaicas conchas de los apuntadores, por ejemplo), la transformación se producía de forma muy lenta.

Por otro lado, si bien se podía decir que los actores españoles partían de determinadas escuelas de interpretación (que en definitiva eran la misma: la observación en el arte de los maestros), no sucedía igual en el terreno de la dirección. Los primeros directores escénicos salían de idéntica academia que Federico García Lorca: la propia formación en el buen gusto y sensibilidad personal. Luis Escobar, Cayetano Luca de Tena, José Tamayo y José Luis Alonso nacieron de su propia sensibilidad para la ordenación de los materiales escénicos, no de escuelas o universidades, en donde ni por asomo se planteaban dichas enseñanzas. Ellos, que sólo con el tiempo fueron enriqueciendo su bagaje personal con la visión directa de espectáculos teatrales extranjeros —recordemos el viaje de Cayetano Luca de Tena a Alemania, en 1942, y la profunda huella que quedó en él tras ver el funcionamiento de algunos teatros —,[7] desarrollaron con magníficas intenciones todo un proceso de creación sobre la escena que por primera vez requería estudio previo, análisis de la situación dramática, trabajo sobre los personajes, es decir, una serie de materias hasta entonces sometidas a la improvisación y a las reglas de giras y estrenos.

La llegada del realismo como estética no fue del todo ajena a los hábitos que se veían en los escenarios españoles. Ningún tipo de innovación necesitó preparar Cayetano Luca de Tena para hacer *Historia de una escalera,* pues tan parecida era a cualquiera de las comedias costumbristas madrileñas que se veían durante siglos en nuestros teatros. Como montar *Celos del aire* inmediatamente después. O *Veinte y cuarenta,* también de López Rubio. También Luca de Tena hizo *La tejedora de sueños,* del propio Buero Vallejo, en 1952. Tampoco le costaría especial inventiva a Luis Escobar montar *Barriada,* de Julio Alejandro, en 1950, y *Siempre,* de Julia

Maura, un año después. En definitiva, no es que variara demasiado el realismo externo de López Rubio, Alejandro o la Maura respecto del de Buero. Los cambios iban por otro lado; no en las apariencias, como antes decíamos. La escena española ha sido un medio abonado al realismo, pues las fórmulas imaginativas siempre tuvieron difícil salida. Podríamos recordar ejemplos tardíos, como el de Valle-Inclán, o víctimas de la tradición del realismo, como el propio Jardiel Poncela, las alas de cuya imaginación fueron cortadas por empresarios y actores hasta hacerle sucumbir en sus propios intentos. Por eso el realismo era una vía posible para hacerse notar. Así lo creyó Buero Vallejo.

Sin embargo, una circunstancia distinta apareció en el horizonte de nuestra escena, que venía a cubrir parte de la deficiente formación de los directores: las nuevas generaciones procedían de grupos escénicos intelectuales y, sobre todo, de la Universidad, de conjuntos que por entonces empezaron a llamarse "teus". José María de Quinto, Julio Diamante, José Luis Alonso, Alberto González Vergel, Salvador Salazar, Gustavo Pérez Puig, primero; Ricard Salvat, José Martín Recuerda, Adolfo Marsillach, José María Loperena, José María Morera, Ángel Fernández Montesinos, después, fueron los nombres que empezaron a cubrir los puestos de directores escénicos de las principales compañías, tanto públicas como privadas. No obstante, ninguno de ellos procedía de estudios meramente teatrales, sino universitarios en general. Quiere ello decir que el paso que se daba de la generación de los cuarenta a la de los cincuenta era el del simple hombre de teatro al de aquél que había pasado por las aulas, experimentado con grupos, estudiado arte y literatura en el mejor de los casos, y que se interesaba por investigar y leer las aportaciones que empezaban a llegar de fuera, siempre de forma muy lenta. El tardío descubrimiento de las técnicas de Stanislavski contribuyó, sin lugar a dudas, a concretar unas formas realistas de expresión mediante las que directores e intérpretes podían enriquecer su propio bagaje personal con la experiencia de maestros extranjeros. Esa nueva promoción fue, en suma, la que desarrolló (si no comenzó) en los escenarios las formas realistas que los dramaturgos propusieron en la década de los años cincuenta.

Junto a los directores escénicos, actores y escenógrafos trabajaron en los nuevos montajes. De los primeros, no se puede decir que hubiera intérpretes especializados en dicho tipo de teatro. Su condición de contratados los relegaba a aceptar lo primero que les pudiera llegar. No obstante, se podría citar la presencia regular de José María Rodero en los estrenos de Buero Vallejo. Similar circunstancia se dio en el campo de la escenografía, pues el sistema de producción estaba sujeto a muy diversas alternativas a la hora de contratar al resposable de los decorados. En todo caso, Mampaso, el Guinovart de la primera época y Florencio Clavé aparecieron con cierta frecuencia como escenógrafos de obras realistas.

LA EVOLUCIÓN DE LOS REALISTAS

Dicha generación fue cuestionada por sus propios miembros pasados los años, no reconociendo exactamente la influencia de los mencionados Buero y Sastre, y aduciendo las personales características que definían sus dramaturgias. En efecto, como ya dijimos en su momento,[8] es difícil sostener que los autores realistas lo son en la medida que el término exige. Pero, aún más, ni siquiera los grandes teóricos realistas, Buero y Sastre, lo son una vez que sus obras se contemplan desde perspectivas más recientes.

En cuanto a la primera afirmación, no sólo fue probada hace tiempo, sino que las respectivas evoluciones de los dos autores, sometidos a los forzados cambios que suponía una escritura sin trabas de la censura (a partir de

1978), hizo que produjeran obras de estilo muy personal, que coincidían en aspectos meramente temáticos, y cuyos dispositivos escénicos estaban bastante diferenciados. Pasados los años de evolución, prácticamente todos estos realistas han vuelto a reencontrarse con la dramaturgia de siempre, con enfoques vivos de su realidad circundante, como si hubieran pasado por un arco de estilo donde no faltaron los ejercicios de ingenio del pasado. Es el "continuo zigzag", más que evolución, del que hablaba Lauro Olmo para definir "la trayectoria teatral de un escritor" ("El Público", número 6, pág. 14). En 1966, Rodríguez Méndez afirmaba pertenecer al "grupo realista", el cual "servirá de testimonio y prueba de intransigencia. Testigos de una época, consecuentes con ella como lo fueron los del 27, con mucha más suerte que nosotros, o como los del 98...". [9] Veinte años después, no deja de afirmar: "A mí, con tal de que me llamen autor, me da igual. Así es que me vale lo de realista. Desde luego lo que está claro es que yo no soy un simbolista ni un vanguardista" ("El Público", número 28, pág. 12).

También Buero y Sastre evolucionaron de manera muy señalada, y mucho más prontamente de lo que sus iniciales éxitos hacían suponer. Ya el personaje de Esquilache, de *Un soñador para un pueblo* (1958), hasta entonces castigado por la historia oficial, era propuesto por Buero de otra forma: a través de la comprensión del buen gobernante, preocupado por los problemas de su pueblo, aunque su condición de extranjero fuese fácil blanco para los ataques de esos mismos ciudadanos. El tratamiento de la historia, a partir de entonces, iba a ser una peculiar manera de modernizar viejas anécdotas. Es lo mismo que hizo con *Las meninas* (1960), donde el tema de la soledad del artista deja pronto paso a la auténtica enjundia de la obra: una espléndida reflexión sobre la censura y sus formas. *El concierto de San Ovidio* (1962) aclara cualquier duda al respecto de lo que el autor pretendía con ese nuevo enfoque: el uso de la historia para decir algo que seguía estando de actualidad en la España del momento, y en la persona del propio dramaturgo. Nada menos que la utilización del artista (del hombre, en suma) por el hombre.

Los temas buerianos se habían estilizado, sus mecanismos dramáticos, en continua evolución, habían dejado paso a complejos sistemas significantes, donde el nivel metafórico iba siempre por delante. De ahí a la invención de lo que Ricardo Doménech llamó "efecto de inmersión",[10] había un paso. En otra excelente reflexión sobre la historia de España, *El sueño de la razón* (1970), Buero aportaba las bases definitivas de su dramaturgia. Proponía un audaz punto de vista de lector (o espectador), por medio del cual éste era conducido por el autor hacia una auténtica vivencia del personaje eje de la historia. De esta manera, el público-receptor era sordo (como Goya), ciego (como Julio, en *Llegada de los dioses,* 1971), o simplemente tarado psíquico (como Tomás, en *La fundación,* 1974).

Precisamente por los mismos años en que Buero experimentaba con el personaje problematizado, ofrecido desde distinta perspectiva de la habitual, Sastre iniciaba un camino paralelo, en lo que con el tiempo llegaría a llamarse "héroe irrisorio". El héroe irrisorio sastriano será protagonista de la denominada "tragedia compleja". La primera de ellas, *M.S.V. (La sangre y la ceniza),* empezada en 1962, no fue concluida hasta 1965, siendo censurada inmediatamente para su publicación. Ya antes había dado Sastre apuntes de esos héroes irrisorios con aquel *Guillermo Tell tiene los ojos tristes* (1955), estrenada diez años después. Pero nunca como con *Miguel Servet* empezó a considerar las enormes posibilidades en la búsqueda del anacronismo intencionado, la metaforización de determinados procesos pretéritos, la utilización de una moderna segmentación en la narración escénica, que muestra las intrigas de manera totalmente diferente a la de sus primeras obras. Y no es que le hiciera falta necesariamente la excusa histórica *(La taberna fantástica* es de 1966) para proponernos héroes casi ridículos; así se podría definir al Rogelio de dicho drama, calificado confusamente como sainete, por mor del medio en donde se desarrolla, cuando entidad de tragedia tiene. Pero la historia seguirá presente durante una larga serie de obras: *Crónicas romanas* (1968), *El camarada oscuro* (1972), *Tragedia fantástica de la gitana Celestina* (1978) o *Los últimos días de Emmanuel Kant* (1985).

Pasado el tiempo, pocos pueden insistir en la naturaleza realista de autores que transportan al espectador a zonas donde son obligados a realizar complejas lecturas del drama, y que proponen héroes de manera claramente irónica, con procedimientos narrativos que en nada coinciden con los elementos comúnmente entendidos como realistas. Son autores que, dominadores del medio escénico, son capaces de contar historias por delante y por detrás, al sesgo o desde el más insólito punto de vista.

LAS CALIFICACIONES REALISTAS

Si casi desde un principio, al realismo de Buero Vallejo se le calificó de "simbolista", y al de Sastre de "social", también el resto de los dramaturgos continuadores de dicha generación lograron sus correspondientes etiquetas. Lauro Olmo y Alfredo Mañas fueron los del "realismo popular"; Martín Recuerda, de "la ceremonia ibérica"; Muñiz, del "realismo expresionista"; Rodríguez Méndez, del "realismo naturalista", etcétera. Tampoco faltan nomenclaturas en otros autores asimismo relacionables con la generación: Alfredo Mañas, "populista"; Rodríguez Buded, "naturalista"; Gómez-Arcos y Gala, "poéticos". Todas, como estamos viendo, denominaciones circunstanciales, propias de unos estrechos márgenes de creación dramática, insuficientes a todas luces cuando de analizar la más reciente escena española se trata. A estas alturas de la historia del teatro español, no puede admitirse, ni científica ni sociológicamente, la existencia de una tan variada generación realista; sí, la estupenda presencia de una tendencia teatral, nueva en el enquistado panorama de los años cincuenta, y cuyo principal objetivo fue contestar realmente, más que realistamente, cuanto estaba pasando en los escenarios. Lo que no impide que, cuando se habla de estos autores, cuando su cita se hace absolutamente necesaria en cualquiera de los tratados contemporáneos del arte dramático nacional, hablemos de "generación realista", sin querer decir exactamente más de lo que simplemente significa.

De esa mejor o peor llamada generación realista queda un difícil último acto. Mientras que, tras la llegada de la democracia al Estado español, Buero Vallejo ha ido presentando sus obras de forma regular, y Sastre, después de no aparecer en las carteleras nacionales durante casi veinte años, ha recuperado un puesto en la nómina de autores estrenables, el resto de los autores realistas tiene una más que difícil presencia en el medio teatral. A todos les han programado al menos una obra en estos últimos años; a algunos más. Autor hay entre ellos que consiguió éxitos memorables. Pero ninguno ha quedado como habitual de las carteleras, buscado de empresarios y directores. Son puestos que se perdieron en la batalla de los años sesenta, y que difícilmente se recuperarán jamás.

Ese es el tono que se desprende de las declaraciones más recientes de estos autores. Tras un coloquio al que fueron invitados por la revista "El Público" varios de ellos, José Martín Recuerda escribió un triste punto de vista sobre su generación, en una Carta a Alfonso Sastre ("El Público", número 32, págs. 58 y 59). En ella, el autor granadino se pregunta: "¿Y qué es lo que quería nuestra generación? ¿Protestar y denunciar, como han dicho los estudiosos más avezados del teatro? (...) Aquella generación que tanto luchamos en bien del arte y de una vida española, hoy estamos separados, quizá, para siempre (...)

¿Nos habrá tocado a la mayoría perder?" Sastre, que no participa del tono de "compañero mártir" de Martín Recuerda, da la correspondiente respuesta. En ella, partiendo de una evidente oposición al "corporativismo" de los autores, anuncia el final de la era de "los grandes dramaturgos", y el principio de una decadencia. "Se hace buen teatro, y hasta un teatro excelente, pero ya fuera del dominio de la escritura". Uno y otro, aquél por el pertinaz lamento de una generación que no tuvo el premio del reconocimiento que merecía, éste por ofrecer una visión de la escena universal no menos coincidente, señalan un panorama de precariedades en la más reciente dramática española.

SIMBOLISTAS Y "NUEVOS AUTORES"

Si la presencia de los autores realistas supuso una saludable innovación en el campo de las ideas escénicas en España, tampoco faltarían nuevos y renovados intentos de remover la actividad teatral desde estéticas bien diferentes. No pasaron demasiados años entre la eclosión de la "generación realista" y la aparición, tímida en principio, de otro grupo de autores, llamados simbolistas, que, pese a tener similares objetivos que los anteriores, buscaron su expresión en un teatro nada figurativo. En 1966, la presencia del estilo realista era un hecho contrastado. Precisamente por entonces, una nueva pléyade de dramaturgos empezó a proponer obras con diferente forma y exposición narrativa. Era el año en que se tradujo al castellano el libro "Teatro de protesta y paradoja", de George E. Wellwarth. Dicho profesor, alentado por varios de aquellos autores, vino a España para conocer la nueva dramaturgia que ellos representaban, y que no figuraba en el libro citado. De ahí salió su "Spanish Underground Drama" (1972), [11] intento de estudio de los autores españoles marginados. Independientemente de otros problemas de comprensión científica del fenómeno, lo que más se echó en falta en el ensayo de Wellwarth fue la consideración de los "realistas" por entonces tan marginales como otros cualquiera, dentro del mismo conjunto de autores "underground". Recordemos los casos de *La condecoración* (1963), de Lauro Olmo, y *La doble historia del doctor Valmy* (1964), de Buero Vallejo, ambas prohibidas por la censura.

Estamos diciendo simbolistas, pero este término nunca llegó a ser formulado de manera precisa, ni siquiera por el movimiento que generó. No obstante, José Ruibal lo citó así en sus conferencias de los años setenta y setenta y uno. Quizás el marco estético de este autor, con abundancia de elementos simbólicos (animalización de personas), y el de alguno de sus colegas, como José María Bellido o Miguel Romero Esteo, propiciara un nombre que, por otro lado, tenía evidentes connotaciones contrarias al realismo. "El escenario ha dejado de ser un lugar donde se produce una simulación de la realidad, para convertirse en un espacio escénico integrado en la obra. Nosotros no utilizamos personajes castizos, ni de la lista de teléfonos, ni personajes que uno pueda encontrar en la calle...", afirmaba el propio Ruibal. [12]

Más que "simbolista", el grupo fue denominado como el de los "nuevos autores", calificación tan amplia como ambigua, pero que significaba todo aquel escritor de obras teatrales no habitual en los escenarios profesionales, y cuya actividad era contraria a lo establecido, incluso a los propios colegas que cultivaban el realismo. Y dentro del mismo se enmarcaban, con toda propiedad, los "simbolistas".

QUIÉNES ERAN LOS "NUEVOS AUTORES"

Ya hemos citado a José María Bellido (1922), José Ruibal (1925) y Antonio Martínez Ballesteros (1929), como "simbolistas". A ellos es obligado añadir a Luis Riaza (1925), Juan Antonio Castro (1927), Hermógenes Sainz (1928), Andrés Ruiz (1929), Miguel Romero Esteo (1939), Manuel Pérez Casaux (1930), Fernando Macías (1931), José Arias Velasco (1934) y Carlos Pérez Dann (1936), aunque en muy diferentes grados y tonos de simbolistas, ya que muchos de ellos, o en alguna de sus obras, están tan cerca de este movimiento como del realismo. Lo más curioso es comprobar que, por fecha de nacimiento, están todos absolutamente dentro de la anterior generación. Bellido es de la edad de Martín Recuerda, Ruibal y Riaza de la de Rodríguez Méndez, y Juan Antonio Castro de la de Muñiz. Está claro que no era un problema de generaciones sino de estéticas.

Una segunda serie de nuevos dramaturgos nacen más cerca de 1940, siendo sus aportaciones también cercanas a la de los simbolistas aunque nunca lo fueran estrictamente. Son Luis Matilla (1938), Diego Salvador (1938), Jesús Campos (1938), Manuel Martínez Mediero (1939), Alfonso Jiménez Romero (1939), Jordi Teixidor (1939), J. S. Sutton (1939), Ángel García Pintado (1940), Eduardo Quiles (1940), Alberto Miralles (1940), Josep María Benet i Jornet (1940), Jaume Melendres (1941), Jerónimo López Mozo (1942), Miguel Ángel Rellán (1943), Germán Ubillos (1943), Diego Amat (1943), Adolfo Celdrán (1943), Miguel Pacheco (1944) y Roger Justrafé (1944). La lista, con ser extensa, puede tener alguna ausencia, aunque no especialmente significativa. Pero los que en ella figuran son todos "nuevos autores", que se reunieron en varias ocasiones y circunstancias, incluso con los simbolistas (con los que mantuvieron siempre excelentes relaciones), discutiendo la problemática del teatro español desde muy diversas vertientes, llegando a veces a colaborar en algún proyecto común.

La principal diferencia entre simbolistas y "nuevos autores" era que mientras los primeros habían experimentado la escritura teatral desde el espíritu que animó a los realistas, los otros comenzaron directamente con conceptos renovados, sobre todo el absurdo que procedía de Francia. Unos y otros partían de la disconformidad con el sistema político establecido, lo que les llevaba a participar en movimientos contestatarios.

La distinta procedencia de todos esos autores favorecía la escasa identidad que presentaba el grupo. Mucho menor que la que habían ofrecido los realistas. Posiblemente, porque el cambio dramático que aquéllos planteaban estaba bastante más de espaldas al público habitual y, por consiguiente, sus objetivos eran más difíciles de conquistar. Es esa otra de las notas destacadas del grupo: sus nada fáciles adscripciones a las carteleras profesionales. Todos estrenaron, sí, pero casi siempre con grupos independientes, movimiento cultural de finales de los años sesenta y buena parte de los setenta, que se desarrolló en circuitos de limitada asistencia de público, pero que benefició extraordinariamente el lanzamiento de los autores nuevos. Asimismo, la participación de estos grupos en certámenes y festivales hizo posible que los propios dramaturgos se dieran a conocer. La mayoría de ellos consiguieron galardones en dichos eventos, así como premios en certámenes literarios que, sin embargo, nunca facilitaron la llegada a los locales comerciales.

APORTACIONES DE LOS "NUEVOS AUTORES"

Del mismo modo que los realistas cuestionaban la comedia convencional de posguerra, los "nuevos autores" hacían lo propio con esa misma comedia burguesa todavía vigente, pero, al tiempo, con las aportaciones que habían hecho los propios realistas. Ese rechazo del realismo suponía la primacía del subtexto sobre el texto, es decir, la primacía de la connotación. De ahí que las fórmulas expresivas más desarrolladas fuesen el absurdo —procedimiento dramatúrgico enmascarador de situaciones que la censura no permitía—, la farsa esperpéntica y el drama posbrechtiano.

La lista de obras de este grupo de "autores nuevos" procede de los mismos años de desarrollo de los realistas, por lo que las relaciones con ellos, en principio, son más que significativas. Así, de 1961 es *Final de horizonte*, de Martín Iniesta; de 1962, *El asno*, de Ruibal; de 1963, *Fútbol*, de Bellido, y *En el país de Jauja*, de Martínez Ballesteros; de 1964, *Los novios o la teoría de los números combinatorios*, de Jerónimo López Mozo, *La cena de los camareros*, de Pérez Casaux, y *Plaza del mercado*, de Juan Antonio Castro; de 1966, *Una dulce invasión*, de Matilla, y *Pizzicato irrisorio y gran pavana de lechuzos*, de Romero Esteo, por citar algunos de los autores y textos más significativos del momento.

La variedad de tales dramaturgos y sus distintas procedencias, generaban una diversidad estilística impropia de un movimiento artístico (cosa que no fue, por lo demás, como tantas pruebas señalan). De una parte estaban los que introdujeron el teatro del absurdo en España; de otra, quienes adaptaron las técnicas brechtianas; unos prefirieron los escritos de Artaud sobre la provocación, generalmente pasados por la experiencia del Living Theatre; otros, la introspección grotowskiana; tampoco faltaron quienes flexionaron conocidas formas de expresión españolas (trabajadas a fondo por los realistas) para conseguir novísimas voces en tales viejos formularios. Todo lo cual demuestra un fundamental deseo de experimentación por parte del nuevo teatro español, una búsqueda de modernos lenguajes, aunque tuviera que ser por vía de la importación.

Todos estos autores se vieron forzados a evitar una palpable censura, tanto para la publicación como para la representación. De ahí que la parábola escénica fuera el procedimiento más común de los manejados en las tareas dramatúrgicas; parábola escénica como fórmula de enmascaramiento. Era normal encontrar en esas obras extraños nombres de personajes y espacios simbólicos sin concreción alguna, alejados de cualquier referencia castellana. En su estreno de *Escuadra hacia la muerte*, en 1953, Alfonso Sastre tuvo ya que sustituir patronímicos como Cabo Ruiz o soldados Reyes, López y García por Cabo Gobán y soldados Lavin, Reccke y Foz.

Los nuevos autores españoles, utilizando el procedimiento estético que fuese, intentaron una auténtica denuncia del sistema político y de la sociedad que lo sostenía. El tema del poder mal ejercido, o el de la opresión, son los más redundantes, de manera que no es de extrañar determinadas coincidencias entre dichos autores, como tratar de la muerte del dictador o de la perpetuidad del régimen. A veces no era raro encontrar determinado tratamiento de la historia como metáfora, en curiosa relación con el procedimiento que ya habían utilizado los realistas. Aquí, la historia está presentada como connotación inmediata, alejada de toda ambigüedad. También los personajes históricos fueron, ante todo, símbolos.

El descubrimiento que hicieron estos dramaturgos, en los escenarios, del teatro de Valle-Inclán, animó a una saludable influencia de la dramaturgia del autor gallego, sobre todo del ejercicio del esperpento. Son comunes en las obras de los "nuevos autores" los rasgos grotescos, aunque también lo fueron en muchos textos realistas.

Mayores diferencias entre unos y otros hallamos en la manera como entienden su participación en el espectáculo teatral. Los realistas, como había sido usual en la profesión, entraron en el mundo de la escena a través de los productores al uso o, en el mejor de los casos, con directores de Teatro Nacionales. Los simbolistas y los "nuevos autores" trataron preferentemente con grupos de teatro independiente. A veces, incluso, se integraron en ellos para colaborar desde dentro, viendo qué tipo de personajes iba más a los actores del colectivo, qué dificultades debían obviar, qué elementos debían potenciar; en suma, conociendo desde dentro para quiénes escribían. Las relaciones con los empresarios de compañía, e incluso con los de local (los llamados "empresarios de paredes") fueron siempre difíciles. No eran autores de contaduría. Sólo ejercieron así la profesión cuando, con la desintegración de los grupos, cada cual desarrolló su oficio como pudo o supo.

De cualquier manera, las mayores aportaciones de los "nuevos autores" en su momento fueron la de ser testigos del inconformismo escénico más radical, y la de acompañar al movimiento del teatro independiente. Unos y otros, autores y grupos, representaron de manera más clara lo que se llamó "el teatro español de la transición", es decir, aquel que condujo a la escena nacional desde unas normas antidemocráticas, presididas por una férrea censura, a un sistema de libertades que todos reclamaban desde sus mismos orígenes.

EL TEATRO INDEPENDIENTE

Hemos hablado del teatro independiente para calificar la actividad de los "nuevos autores" españoles, pero, evidentemente, esos grupos no sólo programaron obras de estos dramaturgos. El teatro independiente fue un movimiento de enorme importancia e influencia en el teatro español, incluso en el profesional, aunque por entonces no era ése su objetivo. Si muchos de los actores y directores de los años sesenta procedían de los "teus", la inmensa mayoría de los intérpretes y directores más jóvenes que se incorporaron a la profesión en los años ochenta, llevaba a las espaldas muchas horas y kilómetros de teatro independiente.

Aunque teatro independiente había habido casi siempre, lo que por tal se entendía con referencia a los grupos que aparecieron a finales de los años sesenta y sobre todo los setenta, no era más que una derivación, una muy peculiar derivación, de los teatros universitarios y aficionados de años anteriores. Que, a su vez, habían evolucionado de los teatros íntimos y de cámara y ensayo precedentes.

Las características más significativas de esos grupos fueron:

a) Crearon distintas líneas de trabajo teatral, apoyándose siempre en el talante del mentor o director de cada grupo. Al contrario que las compañías habituales y, por supuesto, que los antiguos teatros de cámara y ensayo, cada elenco independiente contó con una personalidad muy diferente y acusada. Tábano, Goliardos, Els Joglars o el Teatro Estudio Lebrijano definieron rasgos muy diferentes entre sí.

b) El repertorio se basaba, fundamentalmente, en obras del nuevo teatro español o en creaciones colectivas donde no era difícil encontrar a algunos de esos jóvenes autores. En dichas creaciones definieron sus estéticas grupos como Els Joglars, Cátaros o Comediants; Akelarre, Ditirambo o el T.U. de Murcia encargaron textos a varios de aquellos dramaturgos.

c) De una u otra forma, el texto fue siempre punto de partida para la creación de un espectáculo, nunca objetivo final. El proceso de ensayos adquirió así enorme importancia.

d) La estética en que basaban principalmente sus propuestas fue la farsa, con especial presencia de rasgos de humor, fundamentales para los fines críticos que se proponían.

e) Especial preocupación tenía para los independientes el proceso de rentabilidad de sus espectáculos. La función única dejó paso a la gira organizada —a veces, fuera de España— para que el esfuerzo de una producción tuviera rentabilidad tanto artística como económica.

f) Esa forma de actuación motivaba unos montajes sencillos de manejar, rápidos de instalar y desmontar, pues estaban pensados para la itinerancia; esta modalidad, no obstante, fue prontamente evolucionada hacia vías más espectaculares.

g) En las nóminas de estos teatros independientes no intervenían profesionales al uso. El oficio se adquiría en el mismo grupo, y no sólo el de interpretación, sino el resto de tareas propias de la escena: producción, tramoya, luminotecnia, etcétera.

h) El público al que empezaron a dirigirse fue el popular, tanto en barrios como en pueblos. Sin embargo, pronto se advirtió en el espectador habitual de los teatros comerciales un creciente interés por este tipo de grupos. Aunque no fuera regla general, algunos consiguieron éxitos de público tan rotundos como *Castañuela 70*, de Tábano, en 1970 y en el Teatro de la Comedia de Madrid.

i) Hubo un intento, la mayoría de las veces frustrado, de conseguir un local propio donde los grupos hicieran sus creaciones. Sólo el TEI de Madrid lo logró en ese tiempo, aunque no faltaron espacios de variada programación independiente tanto allí (Sala Cadarso) como en Barcelona (Sala Villarroel).

j) El tipo de economía que manejaron fue la autogestionaria, con un sistema de organización cooperativista que hacía posible una enorme competencia con los precios del teatro comercial, e incluso la gratuidad en algunas de sus actuaciones.

Junto a los grupos citados al hilo de las características anteriores, cabe añadir la Escola Dramàtica Adrià Gual, de Barcelona, fundada en 1960 por Maria Aurèlia Capmany y Ricard Salvat; en la misma ciudad, La Pipironda, Bambalinas, el Grup d'Estudis Teatrals d'Horta, Gogo, Ziasos; en Madrid, el TEM, que derivó en el mencionado TEI, Ensayo 1 en Venta, El Espolón del Gallo, Nasto, Aguilar, Albor; en Sevilla, Esperpento y Mediodía, ambos salidos, en alguna medida, del Teatro Universitario; en Zaragoza, después del T.U., el Teatro de Cámara; en Galicia, Teatro Circo, Esperpento, Máscara; en Vitoria, la Cooperativa Denok; Quimera de Cádiz, La Farándula de

Sabadell, Caterva de Gijón, Pequeño Teatro de Valencia, La Cazuela de Alcoy, Adefesio de Logroño, Coturno de Elda, Teloncillo de Valladolid, la Carátula de Elche, el Candil de Talavera, Alarife de Burgos... Son estos algunos de los muchos nombres de grupos independientes que proliferaron en la España de los años setenta, aunque muchos habían nacido bastantes años antes.

HALLAZGOS DEL NUEVO TEATRO

En los niveles escenográficos y de puesta en escena, las innovaciones que trajeron consigo tanto los nuevos autores como el teatro independiente fueron mucho más profundas que las aportadas por los realistas. Ya se ha indicado cómo la dirección, en los años cincuenta y sesenta, apenas había evolucionado de la tradicional. Si acaso, la delimitación de sus funciones ampliaba cierta organización interior en la producción. Tuvieron que acontecer novedades más radicales para que se percibiera una cierta convulsión en el panorama de la técnica teatral española.

De la misma manera como los nuevos autores se dejaron influir por fenómenos tan considerables como el teatro del absurdo, las vanguardias americanas y hasta el esperpento valleinclanesco, los directores de escena, que sí habían estudiado (a veces, fuera de España) métodos como los de Stanislavski, Brecht y Grotowski, introdujeron en España una serie de técnicas absolutamente nuevas. Importancia fundamental tuvo para ello la presencia en España de William Layton, que en la formación de actores del TEM primero, y del TEI después, creó una sólida escuela que dio directores de la talla de Miguel Narros o José Carlos Plaza, y actores como Enriqueta Carballeira, José Pedro Carrión o Joaquín Hinojosa. Otro maestro que utilizó variantes del método fue Antonio Malonda. José Estruch, de regreso del Uruguay, pudo impartir sus clases en la Escuela de Arte Dramático de

Madrid. Brecht entró en España, fundamentalmente, de la mano práctica de José Luis Gómez, actor y director formado en Alemania, y teórica de Juan Antonio Hormigón. Ángel Facio y Juan Margallo crearon sus propias formas, llenas de imaginación e ingenio, de entender la dirección escénica, en los grupos Goliardos y Tábano. Hermann Bonnin, en Barcelona, organizó de forma eficaz el Institut del Teatre, de donde ha salido en los últimos años un elevado número de actores y directores, algunos de los cuales alternan sus actividades entre Cataluña y Madrid. Todos esos directores y actores participaron decididamente en el llamado "teatro de la transición".

Teatro que, por su inicial carácter nómada, no tuvo en principio el desarrollo escenográfico que posteriormente alcanzó. La riqueza de sus propuestas llegó a una admirable cota de calidad. Los decorados que se proyectaron para las obras de Nieva, Riaza, Romero Esteo o las creaciones colectivas de los grupos independientes fueron realmente novedosos. Las posibilidades escénicas de estos tan imaginativos dramaturgos propiciaron sugestivos espacios. No olvidemos que, por entonces, llegaron a España elencos (como el Living Theatre) o directores (como Víctor García) cuya huella habría de notarse en los años siguientes. Sea como fuere, diseñadores de escenografía como Iago Pericot, Fabià Puigserver, Gerardo Vera, Javier Navarro o Juan Antonio Molina tradujeron en las tablas las nuevas propuestas, en pleno ejercicio de ruptura con los antiguos conceptos de diferenciación de niveles o foros realistas. Ellos hicieron del espacio un nuevo personaje de la puesta en escena, ayudándose de una perfecta utilización de la luz, que entró en una fase de absoluta consideración artística.

El teatro español anterior a la muerte de Franco era un magma donde todo era posible: desde encontrar la obra más reaccionaria (y al tiempo aplaudida) hasta la más agresiva y revolucionaria (eso sí, en círculos reducidos y mutilada por la censura). La coexistencia de obras de los antiguos realistas con otras de los "nuevos autores" y comedias sumamente convencionales, teatro profesional y teatro independiente, locales tradicionales y salas alternativas, producía una mezcla no exenta de interés. Se trataba de un teatro plural, aunque las formas que lo permitían no lo fueran. Cada cual intentaba su juego con proyección de futuro, como si la dictadura nunca fuera a terminar.

DRAMATURGIAS ATÍPICAS

En ese medio anárquico y arbitrario, la escena española se permitió el lujo de no contar con quien quizá sea su dramaturgo contemporáneo más universal, Fernando Arrabal (1930). Al menos, el más internacional. Sólo en régimen de locales marginales, grupos independientes y docentes encontró Arrabal su medio de expresión. Medio por otro lado inmenso, pues muchos fueron los montajes que de él se hicieron hasta que la desaparición de la censura permitió sus estrenos normalmente. Fue entonces cuando comenzaron los profesionales españoles a montarlo y, la mayoría de las veces, los públicos a no interesarse por él. Por muy bien que lo interpretasen, por muchos medios técnicos que pusieran a su servicio, por mejores que fueran las compañías que lo montaran.

Arrabal ha sido uno de los casos más curiosos del reciente teatro español. Sus obras de los años cincuenta son las que más se apartaron del realismo que por entonces comenzaba. Era el auténtico innovador, aunque la guerra la hiciese por su cuenta, sin estar vinculado a grupo o movimiento artístico alguno. *Pic-nic* (1952), *Los hombres del triciclo* (1953), *Fando y Lis* (1955), *Los dos verdugos* (1956) o *El cementerio de automóviles* (1957) son "dramas sin esperanza" [13] o "teatro de exilio y ceremonia", [14] obras sin parentesco alguno con cuanto pasaba en la escena española del momento. Tendría que ser fuera de España, en contacto, sobre todo, con lo que se estaba haciendo en Francia (no olvidemos que por entonces comenzaban a montarse las primeras obras del teatro del absurdo), donde el autor diese la dimensión auténtica de su dramaturgia.

Arrabal comenzó a hacer un teatro sin víctimas, un teatro de seres indefensos donde los opresores quedan ocultos para proporcionar cierto hálito de desesperanza; sobre todo en las primeras obras, aunque sus grandes estilemas pasaron al teatro posterior, siempre rico e insinuante. Con *El gran ceremonial* (1963) había propuesto el "teatro pánico", que no era otra cosa que una cierta derivación del surrealismo bretoniano con el que por entonces mantuvo estrecha relación. Obras destacadas desde entonces son *El arquitecto y el emperador de Asiria* (1966), *El jardín de las delicias* (1967), *... Y les pusieron esposas a las flores* (1969), *Oye, patria, mi aflicción* (1970) y *El rey de Sodoma* (1978).

Pero no fue Arrabal el único exiliado no político de la época. José Guevara (1928), que alternó obra dramática con obra pictórica, y el propio Agustín Gómez-Arcos (1933) —ya citado a la hora de hablar de la generación realista— fueron casos evidentes de autores que buscaron nuevos horizontes en Europa, y en carteleras distintas a las de Madrid y provincias. Algo así como hicieran, pero en América, León Felipe, Ramón J. Sender, Álvaro Custodio o Alfonso Castelao, desde finales de la guerra, y José Antonio Rial, José María Camps y Paco Ignacio Taibo, bastante después.

EL TEATRO DE LA TRANSICIÓN

El teatro tuvo un importante cometido en la transición política que llevó a España desde la dictadura a la democracia. A falta de otros centros de reunión y debate de los problemas habituales del momento, el escenario se convirtió en ese lugar de encuentro que se reclamaba.

Aunque el pretexto era, simple y llanamente, ir a ver una obra teatral, detrás de ello se entrecruzaban diversas posiciones personales. Allí se podía ver aquello que no se veía en la calle, oír lo que no se oía y, en definitiva, participar en temas que la política de entonces mantenía en estado letárgico. De ahí que en ese teatro se utilizara como moneda común los símbolos más inmediatos, los guiños más provocativos y las referencias más directas.

Las normas sociales que hasta ese momento eran habituales en la producción teatral comenzaron una evolución mucho más rápida de lo que los profesionales de la escena esperaban. Los asuntos políticos fueron dejando paso a una incontrolada expresión de la libertad sexual (el conocido "destape") y, al mismo tiempo que empezaron a crearse aquellos deseados foros de debate y discusión, el teatro fue pasando a ser simplemente teatro. El período anterior se enterraba muy deprisa, y con él muchos de los que habían trabajado para su cambio pasaron también a mejor vida.

Para el arte de la escena, lo más importante que sucedió fue la desaparición de la censura como mecanismo de obligada comparecencia de cuantos deseaban realizar un espectáculo. Desde 1978, los tribunales de justicia eran los únicos encargados de velar por la ética, moral y convivencia de los ciudadanos. Y no tardaron demasiado en hacer su aparición determinadas medidas de presión, sustitutorias de los conocidos y viejos mecanismos. Recordemos, a este respecto, el famoso proceso contra Els Joglars, en 1977, por considerar "que *La torna* era un ataque a las Fuerzas Armadas españolas" (Cuadernos de "El Público", número 29, página 30).

En lo referente a la vida teatral española, dos claras reconversiones (por utilizar una terminología muy del momento) caracterizaron ese período. Por un lado, la de los teatros independientes en grupos estables, derivada de una política que privilegiaba la dedicación completa de éstos frente al carácter "amateur" de aquéllos. La segunda reconversión trataba de los Teatros Nacionales. Éstos desaparecieron con la creación, en 1978, del Centro Dramático Nacional, intento de formación de un gran teatro estable, que en definitiva fuera modelo de lo que los primeros gobiernos de la democracia deseaban para la escena.

Junto a ambas reconversiones se fue produciendo al menos otro cambio notable en el panorama teatral español, con sus correspondientes consecuencias. Es el referido al público habitual, el cual sufrió un serio descenso en el número de espectadores que, acostumbrados al teatro puramente convencional, se encontraron con una serie de nuevas fórmulas, la mayoría de notoria chabacanería. Tampoco los teatros independientes cubrieron el hueco que les esperaba en la nueva geografía escénica que se iba conformando. Los pocos que consiguieron sobrevivir como estables, más favorecidos por las subvenciones, pudieron dar soluciones de calidad a la escena del momento. De ahí que, al cabo de los años, los teatros independientes murieran, al menos en el sentido que les había caracterizado como grupos inquietos y renovadores, tal y como habían aparecido a finales de los años sesenta.

Otra consecuencia negativa para el teatro español fue la paulatina desaparición del autor como motor de la producción escénica. De las creaciones colectivas, tan de moda durante la transición, se pasó a la búsqueda imperiosa de un teatro de indudable calidad, basado en obras suficientemente contrastadas por la historia, para que el acierto en la elección del texto fuera lo más seguro posible. Los clásicos volvieron a estar de moda, se recuperó para la escena a autores difíciles pero brillantes como Valle-Inclán y García Lorca, y se apostó por una serie de dramaturgos modernos (Ibsen, Pirandello, Brecht), de incierta presencia en las carteleras de antes, pero que los grandes teatros europeos habían elevado a la consideración de nueva élite.

Desde 1982, con el acceso de la izquierda al poder y la perspectiva de ingreso en la Comunidad Económica Europea, las notas antes apuntadas empezaron a subrayarse con toda propiedad. La carrera hacia la brillantez del teatro fue en aumento, de la misma manera que los presupuestos, tanto los centrales como los autonómicos. También en las regiones el teatro pasó a utilizarse como artículo de lujo, con el que se podía hacer cultura de la mejor ley. Y de ello se benefició el mismo teatro, pues el público, reticente hacia la escena progresista, pero muchas veces zafia de los últimos años, volvió a llenar las salas cuando éstas proporcionaron espectáculos maravillosos y nada inquietantes. No es difícil afirmar que los años de gobierno socialista han servido para elevar el arte escénico a categoría de hecho cultural de Estado, aunque haya sido a costa de producir una alta inflación de costos, y de haber hecho imprescindible una siempre discutible política de subvenciones.

EL AUTOR EN LOS AÑOS OCHENTA

El autor español contemporáneo tuvo cada vez peor cometido en el concierto político de los últimos años. Paradójico caso éste, en un momento en donde al teatro llegaban aires de renovación. Pero, salvo un momento en que se le pagaron determinados servicios prestados (justamente al principio de la democracia), poco o nada tuvo que decir la dramaturgia española. Nos referimos a lo que Ruiz Ramón llamó operaciones "rescate" y "restitución".[15] Con la primera, aludía al estreno indiscriminado de autores españoles cuyo exilio había alejado de las carteleras nacionales. Dramaturgos como Alberti o Arrabal tuvieron su oportunidad, incluso en las programaciones de los Centros Dramáticos Nacionales. Era una manera urgente de empezar a cubrir la mala conciencia de cuarenta años de silencio. La segunda operación, la de "restitución", consistía también en buscar ocasionales huecos en las carteleras para todos aquellos autores que habían aportado notables hechos dramatúrgicos en los difíciles años anteriores. Aquí no importaron generaciones ni estilos. Todos debían estrenar. Y en los escenarios volvieron a verse los Martín Recuerda, Rodríguez Méndez, Muñiz, Olmo juntamente con Romero Esteo, Riaza, Ruibal, Miralles, Matilla, García Pintado..., nombres que si bien eran normales en los libros, en los teatros habían aparecido de manera puntual y discriminada. Dichas operaciones, además de servir como demostración de la estrechez de los conceptos de generación y estilo, fueron meros escaparates en hechos más testimoniales que otra cosa. Ninguno de esos nombres logró establecerse de manera evidente en el panorama de la escena española de los años ochenta. Muchos dejaron de escribir; otros, aunque lo hagan, no pasan de las publicaciones no menos ocasionales; los más siguen en el difícil intento del más que imposible estreno.

¿Quiénes han ocupado el lugar de estos autores en las carteleras nacionales? Tres grupos, con todas las correcciones que queramos admitir, son los que perviven en la escena española de los años ochenta.

En primer lugar, los dramaturgos que habían conquistado un destacado lugar en el teatro español antes de la transición política. Nos referimos a Buero Vallejo y Antonio Gala, a los que quizás habría que añadir algún significativo reenganche, como Alfonso Sastre, más varios dramaturgos realistas que de manera muy esporádica aparecen también por las carteleras. Por supuesto que siguen estando aquellos que cultivan la comedia burguesa y que, antes y después de Franco, tienen asegurado un espacio en el panorama de la escena española. Son los Santiago Moncada, Juan José Alonso Millán, Martín Descalzo o Ana Diosdado.

En segundo lugar tenemos a un numeroso grupo de autores que se dieron a conocer precisamente durante ese período de transición. La mayoría habían escrito ya en tiempos de la dictadura, aunque no se habían revelado en dicho oficio. Nos referimos a Francisco Nieva, más conocido entonces como escenógrafo, y a un numeroso grupo que había mantenido contactos con el teatro como directores o actores: José Sanchis Sinisterra, Paco Melgares, Teófilo Calle, José Luis Alonso de Santos, Ignacio Amestoy, Rodolf Sirera o Fermín Cabal. No faltan aquí autores que habían tentado la escritura escénica en toda su extensión, como Domingo Miras, Miguel Signes o Alfonso Vallejo, y que se dieron a conocer precisamente en ese período al que nos referimos. En tal apartado pueden figurar, asimismo, algunos de los llamados "nuevos autores" durante la transición, y antes de ella, pero con mayor presencia en los años ochenta que en los setenta, como es el caso del catalán Josep Maria Benet i Jornet, con importantes éxitos en los últimos años, sobre todo en los escenarios barceloneses: *Quan la radio parlava de Franco* (1979), *El manuscrit d'Alí Bei* (1984), *Història del virtuós cavaller Tirant lo Blanc* (1987) y *Ai, carai* (1988).

Finalmente, los dramaturgos que han aparecido cuando el proceso democrático estaba consolidado, forman el último grupo del teatro español actual. Son aquellos que, salvo excepciones, apenas han tenido relación con el pasado histórico, no escribieron nunca bajo el condicionante de la censura y, por consiguiente, experimentan en un medio donde todo está por inventar. Ellos son los verdaderos autores de los años ochenta: Eduardo Ladrón de Guevara (1939), Concha Romero (1945), Maribel Lázaro (1948), Manuel Gómez García (1950), Guillem Jordi Graells (1950), Miguel Alarcón (1951), José Luis Alegre Cudós (1951), Teodoro García (1952), Miguel Murillo (1953), Pilar Pombo (1953), José Luis Carrillo (1955), Antón Reixa (1957), Ernesto Caballero (1957), Paloma Pedrero (1957), Ignacio del Moral (1957), María Manuela Reina (1958), Nancho Novo (1958), Marisa Ares (1960),

Antonio Onetti (1962), Leopoldo Alas (1962), Adolfo Camilo Díaz (1963), Sergi Belbel (1963), Maxi Rodríguez (1965), Ignacio García May (1965)... Todos ellos autores con sus propias características, difíciles de delimitar con rigor dada su proximidad, y que, si no en su mayoría, pasarán a definir lo que será el teatro finisecular español.

ÚLTIMOS NOMBRES PROPIOS

De los autores que caracterizan este último período destaca por su gran personalidad el académico Francisco Nieva (1929), síntesis perfecta de las tendencias y movimientos más vanguardistas de los últimos años. Nieva toma del realismo más ibérico muchos de sus temas y personajes, y los flexiona con suma habilidad hacia derroteros plenamente simbolistas, merced al uso del idioma a la manera más clásica y vanguardista a la vez. Su entidad dramática recuerda la de Valle-Inclán, no tanto por la estructura de sus obras como por el mundo escénico que ambos recrean. Hasta en las dificultades del éxito popular se emparentan ambos dramaturgos, pues, pese al indudable reconocimiento que Nieva ha logrado en varias ocasiones, no es autor de fácil contacto con el público. "Cuando los artistas hacemos alguna cosa que está bien, aceptamos todas las críticas, pero sabemos que está bien. ¿Que la cosa no gusta? Amigo, hay que seguir luchando. La perfección de una obra de arte no la puede juzgar el pueblo así, de sopetón. Hemos tenido muy mal público", dice Salvator Rosa, uno de sus más sólidos personajes.

La trayectoria artística de Nieva tiene un perfil totalmente singular respecto de cualquier otro dramaturgo español. Pintor de convicción, formado fuera de España, llega al teatro por los caminos de la plástica. Diseña figurines, plantea decorados, dirige actores, y también escribe él mismo sus comedias. Desde tiempo atrás, Nieva desarrollaba en las cuartillas una labor absolutamente similar a la que hacía con los pinceles. Sólo que dicha labor la tenía medio oculta, sin publicar, por supuesto, y al alcance de sus compañeros más próximos. *Malditas sean Coronada y sus hijas* fue empezada a redactar en 1949, aunque terminada en 1968. *El rayo colgado* es de 1952; *El combate de Ópalos y Tasia,* de 1953. Sin embargo, sus estrenos datan de los años de la transición. La última de las citadas, junto con *La carroza de plomo candente* (1971), fueron presentadas, en el mismo programa, en 1976, fecha de la verdadera aparición de Nieva como dramaturgo en la escena española. Poco más de un mes antes había hecho lo propio con *Sombra y quimera de Larra,* versión muy particular de *No más mostrador,* de Scribe, traducida por el escritor romántico español. Hasta entonces, Nieva no había pasado de ser un excelente escenógrafo. *Los españoles bajo tierra* (1975), *Delirios del amor hostil* (1977), una innovadora versión de *Los baños de Argel* (1979) cervantina, *La señora tártara* (1980), *Coronada y el toro* (1982), otra adaptación, esta vez de la *Casandra* (1983), de Galdós, y *Las aventuras de Tirante el Blanco* (1987), han sido sus principales estrenos posteriores. Pocos, para una dramaturgia auténticamente innovadora, rica en efectos, pero cuya principal característica, su imaginación, nunca ha sido del agrado del público español.

Su peculiar dominio de la escena, que define buena parte de las obras, procede del conocimiento del teatro por dentro. De ahí que buena parte de sus textos hayan sido puestos en escena por él mismo, o por sus más directos colaboradores. El cuidado que presta a su prosa se manifiesta, asimismo, en el escenario, donde inventa similares efectos técnicos que literarios. Lo que proporciona a su dramaturgia una gran visualidad y plasticidad, que atraviesa desde las palabras a la propia puesta en escena.

En el exquisito mimo con que cuida su producción, Nieva no ha olvidado la configuración de una peculiar teorética, que llama precisamente "Breve poética teatral". No obstante, y como suele suceder en estos casos, lo mejor no está reflejado en ella, sino que se encuentra muy por encima de la teoría. Porque si hay una dramaturgia variada, difícil de encasillar, diversa en su forma, compleja en su estructura y bien diferenciada entre sí, ésa es la de Francisco Nieva. Si la espontaneidad de sus piezas breves lo acercan al género menor o sainetesco, su retórica operística —pasada por elementos de crueldad artaudiana— lo proyecta hacia zonas de muy elevado alcance. No olvidemos que estamos ante el autor que posiblemente haya avanzado más en el enriquecimiento de los modernos lenguajes teatrales.

Otros dramaturgos del momento que, pese a sus señaladas diferencias estéticas, admiten relación con las últimas innovaciones, son Domingo Miras (1934), José Sanchis Sinisterra (1940) y Alfonso Vallejo (1943). El primero, mucho más premiado y editado que representado, dispone (al igual que Nieva) de un muy sólido manejo del castellano, que refleja abierta admiración a los clásicos españoles. Además de limpias adaptaciones de obras de autores clásicos, Miras es autor de varios dramas, algunos de ellos representados bastante tiempo después de su redacción: *La Saturna* (1973), *De San Pascual a San Gil* (1974), *La venta del ahorcado* (1975), *Las brujas de Barahona* (1978), *Las alumbradas de la Encarnación Benita* (1979), *El doctor Torralba* (1982) y *La monja alférez* (1986), presentados los más desde 1977.

Sanchis Sinisterra se relaciona con Nieva por su contumaz presencia en los escenarios españoles desde muchos años atrás, y también su tardía aparición como autor, aunque, eso sí, rodeado del más estimulante éxito. Bastaría citar su *¡Ay, Carmela!* (1986), para catalogarlo como uno de los dramaturgos más significativos del momento. Pero, además, otros textos suyos, como *La Edad Media va a empezar* (1976), *Ñaque o de piojos y actores* (1980) y *Crímenes y locuras del traidor Lope de*

Aguirre (1986) presentan también un envidiable nivel literario y, a la vez, escénico.

Alfonso Vallejo es un prolífico autor, pese a que su dedicación a la escritura teatral sea meramente coyuntural. Su principal profesión, la medicina, le hace entrar con especial sensibilidad en los problemas del individuo y la sociedad. Su teatro propone una especie de superación del conocido realismo mediante valientes rupturas estéticas. También ha llegado a los escenarios con cierta frecuencia, pero siempre con intermitencia. Deben señalarse los muchos elementos renovadores que muestran obras como *Fly-by* (1973), *Eclipse* (1976), *El cero transparente* (1977), *Cangrejos en la pared* (1979) y *Orquídeas y panteras* (1982).

Autores incorporados a la dinámica de la producción con éxito indudable, y cuyos orígenes están en el propio teatro independiente de la transición, son José Luis Alonso de Santos y Fermín Cabal. Alonso de Santos (1942) es otro profundo conocedor del teatro por dentro. Director y actor con Teatro Libre, recorrió la geografía española con sus espectáculos, entre los que incluyó *Viva el duque, nuestro dueño* (1975), su primer estreno. Con el tiempo, formó parte del nuevo teatro surgido de la transición, con temas y personajes propios de la España del momento, que tuvieron perfecto reflejo en las demandas del público. *La estanquera de Vallecas* (1981), *Bajarse al moro* (1985) y *Pares y Nines* (1989) han permanecido durante mucho tiempo en cartel.

Similar situación se daba en Fermín Cabal (1948), otro de los fijos del teatro independiente, desde su participación en Goliardos y Tábano. Irrumpió con enorme fuerza creadora en la profesión, con títulos como *Tú estás loco, Briones* (1978), *Vade retro* (1982) y *Esta noche, gran velada* (1983). Después de tan fulgurante comienzo, Cabal se tomó un tiempo para meditar sobre su escritura escénica, así como sobre los mecanismos de la producción teatral. En el autor tuvo gran influencia el desencanto del intelectual de izquierdas, una vez que el socialismo llegó al poder, así como el proceso que originó en los creadores.

En ese difícil equilibrio entre el teatro comercial y la propuesta interesante debe destacarse a Sebastián Junyent (1948), autor de un hermoso drama, *Hay que deshacer la casa* (1983), que además de ser Premio Lope de Vega, fue importante éxito de taquilla.

LOS NOVÍSIMOS

Entrar en el último teatro español es hacerlo en un difícil medio, en donde casi todo parece concluido y, a la vez, por hacer. Las viejas generaciones siguen produciendo textos de interés, empeñados en denunciar determinados comportamientos del poder, aunque sea democrático. Casi todos los autores que hemos citado a lo largo de este somero repaso al teatro español de los últimos cuarenta años tienen obras por estrenar. Y si no todos, la inmensa mayoría. Sigue alentando en ellos un espíritu de reivindicación de su a veces olvidada condición creadora. No sabemos qué sucedería si los productores de hoy, a la caza y captura de cuanto haya por ahí que pueda interesar al público de hoy, volvieran a jugársela con el estreno de realistas y simbolistas adaptados a la España de final de siglo. No sabemos incluso si los espectadores lo permitirían.

Igualmente está por ver si esa pléyade de jóvenes dramaturgos, que plantean cosas bastante diferentes a las que imaginaron sus predecesores en los escenarios, no terminarán por asentarse en puestos que todavía están sin heredero. Tan sólo María Manuela Reina parece haber cogido el testigo de la comedia literaria, bien escrita y planeada, aunque de estética pretérita. Sus más recientes éxitos así lo muestran. Como Paloma Pedrero, que sin claudicar de un teatro comprometido, parece decidida a recuperar la comedia para pensar, más cerca del realismo que de otra tendencia. O Ernesto Caballero, buscador en modernas zonas de expresión escénica, o Ignacio García May, que ya alcanzó el honor del estreno en el Centro Dramático Nacional, con su exquisita comedia *Alesio* (1987), o Sergi Belbel, adscrito a una importante escuela dramatúrgica, como es la que encabeza Sanchis Sinisterra en su faceta de maestro.

Muchos otros podrán incluirse pronto en este rápido repaso del estado de la cuestión escénica. De momento, no son pocos los autores que prefieren experimentar en grupos teatrales, con obras que no tienen como objetivo, ni mucho menos, el éxito comercial. Son esquemas de comportamiento bastante diferentes a los que venimos viendo en la historia reciente de nuestro teatro, y que merecen la misma seriedad de análisis.

Todo esto llega en un momento en que la escena española busca desesperadamente la estética por encima de las ideas. Los escenarios están más llenos de formas que de conceptos, es decir, por consiguiente, de un arte que si siempre se caracterizó por sugerir realidades, ahora lo hace por realizar sugerencias. Es así como se llega a lo que, en otro sitio, hemos bautizado como "escenario muerto",[16] cuya dramaturgia debería responder justamente a ese enunciado.

---

[1] Por la proximidad del tema tratado parece obligada la consulta de, entre otros, *El teatro, desde 1936*, César Oliva, Alhambra, 1989; *Tiempos de guerra y dictadura*, de Ricardo Doménech, y *Todo ha cambiado, todo sigue igual*, de Alberto Fernández Torres, estos dos últimos, artículos incluidos en "Escenario de dos mundos. Inventario teatral de Iberoamérica", Tomo 2, Centro de Documentación Teatral, 1988.

[2] Ver revista "Primer Acto", números 12, 14, 15 y 16.

[3] *Escuadra hacia la muerte* y *La mordaza*, de Alfonso Sastre, Ed. de Farris Anderson, Castalia, 1984, p. 22.

[4] Ver resumen de la polémica en *Documentos sobre el teatro español contemporáneo*, de Luciano García Lorenzo, SGEL, Madrid, 1981, pp. 17 y 18.

[5] Ver principalmente *El teatro de Buero Vallejo*, de Ricardo Doménech, Gredos, Madrid, 1973, y *La trayectoria dramática de Antonio Buero Vallejo*, de Luis Iglesias Feijoo, Santiago de Compostela, 1982.

[6] Dicho concepto, ya explicitado en *Drama y sociedad* (1956), maneja la conocida característica nota de "lo social es una categoría superior a lo artístico".

[7] Ver sus artículos en la revista "Teatro", números 5 y 13.

[8] Ver *Cuatro dramaturgos "realistas" en la escena de hoy*, Universidad de Murcia, 1978, y *Disidentes de la generación realista*, Universidad de Murcia, 1979.

[9] "Cuadernos para el diálogo", extraordinario, julio 1966.

[10] En el citado estudio *El teatro de Buero Vallejo*, Gredos, Madrid, 1973.

[11] Traducido al español en 1978 por Carmen Hierro, con una sabrosa introducción de Alberto Miralles, Ed. Villalar.

[12] "Primer Acto", núms. 123-124, 1979, p. 47.

[13] Definición de Francisco Torres Monreal, en *Introducción al teatro de Arrabal*, Jiménez Godoy, Murcia, s/f, p. 62.

[14] Definición de Ángel Berenguer, en la Introducción al tomo *Teatro Completo 1*, de Fernando Arrabal, Cupsa Ed., Madrid, 1979, p. 36.

[15] En *Reflexiones sobre el nuevo teatro español*, edición de Klaus Pörtl, Max Niemeyer, 1986.

[16] *Hacia un escenario muerto*, artículo en prensa, en "Gestos", Universidad de Irvine, California.

CRONOLOGÍA

Francisca Bernal y César Oliva

CRONOLOGÍA

	Política
1949	Se crea la OTAN.
1950	La ONU da por finalizadas las resoluciones contra España. España ingresa en la FAO.
1951	Regresan a España los embajadores extranjeros. Se crea el Ministerio de Información y Turismo, que recoge las competencias de cine y teatro.
1952	Las cartillas de racionamiento dejan de usarse. España, que ingresa en la UNESCO, recibe una importante ayuda de Estados Unidos. Congreso Eucarístico de Barcelona.

Cronología

Cultura	Teatro
Laín Entralgo: *España como problema*. Calvo Serer: *España sin problema*. Miró: *Mujeres y pájaros a la luz de la luna*. Leopoldo Panero: *Escrito a cada instante*.	Estreno de *Historia de una escalera*, de Buero Vallejo. Pemán: *La muerte de Carmen*. Calvo Sotelo: *La visita que no tocó el timbre*. Jardiel Poncela: *Los tigres escondidos en la alcoba*. López Rubio: *Alberto*.
Agustina de Aragón, de Juan de Orduña, con Aurora Bautista. Blas de Otero: *Redoble de conciencia*. Guillén: *Cántico*.	En Madrid, Buero: *En la ardiente oscuridad*. López Rubio: *Celos del aire*. Ruiz Iriarte: *El landó de seis caballos*. Benavente: *Su amante esposa* y *Mater Imperatrix*. J. M.ª de Sagarra: *La cruz del alba*. Se funda el Teatro de Agitación Social.
Cela: *La colmena*. Picasso: *Matanza en Corea*. *Alba de América*, de Juan de Orduña. *La Señora de Fátima*, de Rafael Gil. Primera Bienal Hispanoamericana de Arte.	Intento de estreno, en el Teatro María Guerrero de Madrid, de *Prólogo patético*, de Sastre. Buero Vallejo: *La tejedora de sueños*. Benavente: *La vida en verso*. Julia Maura: *Siempre*.
Cela: *Del Miño al Bidasoa*. Celaya: *Lo demás es silencio* (poema semidramático). Caballero Bonald: *Las adivinaciones*. José María Sánchez Silva: *Marcelino, pan y vino*.	En Madrid, Neville: *El baile*. Mihura escena *Tres sombreros de copa* (escrita veinte años antes). Buero Vallejo: *La señal que se espera*. Calvo Sotelo: *María Antonieta*.

CRONOLOGÍA

	Política
1953	Concordato de España con la Santa Sede. Tras el acuerdo económico, acuerdo militar con Estados Unidos. Pacto de Madrid, para la instalación de bases.
1954	Disturbios estudiantiles en Madrid. Manifestación pro Gibraltar.
1955	España es aceptada en la ONU.
1956	Primer Estado de Excepción. El Sindicato Español Universitario pasa a Secretaría General del Movimiento.
1957	Cambio de gobierno en España: comienza la ascensión del Opus Dei. En Roma se firma un tratado sobre el Mercado Común.

CRONOLOGÍA

Cultura	Teatro
Bienvenido Mr. Marshall, de Berlanga. Américo Castro: *La realidad histórica de España*. Alberti: *Ora marítima*. Aleixandre: *Nacimiento último*. Gironella: *Los cipreses creen en Dios*. Semana Internacional de Cine de San Sebastián.	En Madrid, Buero: *Madrugada*. Sastre: *Escuadra hacia la muerte*.
Caballero Bonald: *Memorias de poco tiempo*. *Todo es posible en Granada*, de Sáenz de Heredia. *El beso de Judas*, de Rafael Gil.	En Madrid, Calvo Sotelo: *La muralla*. Martín Recuerda: *La llanura* (también en Granada y Sevilla). Buero Vallejo: *Irene y el tesoro*.
Muerte de Benavente, Ortega y Gasset y Eugenio d'Ors. Dámaso Alonso: *Hombre y Dios*. Goytisolo: *El retorno*. *La muerte de un ciclista*, de Bardem.	En Valencia, Sastre: *La sangre de Dios*. Coloquio sobre los problemas del teatro en la Universidad de Santander.
Premio Nobel a Juan Ramón Jiménez. Sánchez Albornoz: *España, un enigma histórico*. Sánchez Ferlosio: *El Jarama*. *El último cuplé*, de Juan de Orduña. *Calabuch*, de Berlanga. *Calle Mayor*, de Bardem.	En Madrid, Paso: *Los pobrecitos*. Buero: *Hoy es fiesta*. J. M.ª de Sagarra: *La herida luminosa*.
Cela es nombrado académico de la Lengua. Millares, Saura, Faíto, Canogar, entre otros, crean el grupo "El Paso".	En Madrid, Buero: *Las cartas boca abajo*. Muñiz: *El grillo*. En Barcelona, Sastre: *El pan de todos*. Se crea la revista "Primer Acto".

CRONOLOGÍA

	Política
1958	Ley de Principios Fundamentales del Movimiento. Se constituye ETA como grupo escindido del PNV.
1959	Eisenhower visita España. Se promulga la Ley de Orden Público.
1960	Kennedy es proclamado presidente de los Estados Unidos.
1961	Encíclica *Mater et magistra*. Primera aparición de ETA.

CRONOLOGÍA

Cultura	Teatro
Muere Juan Ramón Jiménez. Oteiza: *Escultura negra*. Cernuda: *La realidad y el deseo*. *La venganza*, de Bardem.	En Madrid, Buero: *Un soñador para un pueblo*. Arrabal: *Los hombres del triciclo*. Edición póstuma de *Idea del teatro*, de Ortega y Gasset.
Ayala: *Muertes de perro*. *Nazarín*, de Buñuel. *Molokai*, de Luis Lucía. Primera Semana Internacional del Cine en Color, en Barcelona.	En Madrid, Mihura: *Maribel y la extraña familia*. Martín Recuerda: *El teatrito de don Ramón*. Se estrena en Murcia, con gran escándalo, *Los cuernos de don Friolera*, de Valle-Inclán, por el TEU de Madrid.
Muere Gregorio Marañón. Documento contra la censura, firmado por 227 intelectuales. *La fiel infantería*, de Pedro Lazaga.	En Madrid, Buero Vallejo: *Las meninas*. Sastre: *La cornada*. Armiñán: *Paso a nivel*. Paso: *La boda de la chica*. En Barcelona, *El milagro del pan y los peces* y *Auto de la donosa tabernera*, de Rodríguez Méndez. Se crea el Grupo de Teatro Realista. Polémica sobre el "posibilismo" en la revista "Primer Acto". Fundación de la Escola d'Art Dramatic Adrià Gual, en Barcelona, y del grupo La Pipironda.
Torcuato Luca de Tena: *La mujer del otro* (Premio Planeta). Se estrena *La Atlántida*, de Falla. *Plácido*, de Berlanga. *A las cinco de la tarde*, de Bardem.	En Madrid, García Lorca: *Yerma*. Muñiz: *El tintero*. Sastre: *En la red* (prohibida en provincias). López Aranda: *Cerca de las estrellas*. Sastre: *Ana Kleiber*, en París. Documento del Grupo de Teatro Realista sobre la situación del teatro español.

61

Cronología

	Política
1962	Boda de don Juan Carlos y doña Sofía. Se celebra el "Contubernio de Munich". Se crea el sindicato Comisiones Obreras. España solicita ingresar en el Mercado Común.
1963	En Madrid se celebra el consejo de guerra y posterior fusilamiento de Grimau. Se presenta el Primer Plan de Desarrollo.
1964	Veinticinco años de paz: comienza el Primer Plan de Desarrollo.

CRONOLOGÍA

Cultura	Teatro
El ángel exterminador, de Buñuel. Aleixandre: *En un vasto dominio*. Se inaugura la Escuela Oficial de Cine.	En Madrid, Buero Vallejo: *El concierto de San Ovidio*. Lauro Olmo: *La camisa*. Santiago Moncada: *Alrededor de siempre*. En Barcelona, Espriu: *Primera historia d'Esther*. Creación del Teatre Experimental Catalá. Regreso del exilio de Casona. En "Primer Acto", Monleón cita a la "generación realista".
Segunda etapa de Revista de Occidente. *El verdugo*, de Berlanga.	En Madrid, Casona: *Los árboles mueren de pie*. Mihura: *La bella Dorotea*. Lauro Olmo: *La pechuga de la sardina*. Gala: *Los verdes campos del Edén*. Martín Recuerda: *Las salvajes en Puente San Gil*. Paso: *La corbata*. Alonso Millán: *El cianuro, ¿sólo o con leche?* En Barcelona, Rodríguez Méndez: *El círculo de tiza de Cartagena*. Jornadas de Teatro Universitario en Murcia.
Primera Bienal de Música Contemporánea Española. Principio del nuevo cine español: Picazo *(La tía Tula)*, Camus *(Young Sánchez)*, Summer *(Del rosa al amarillo)*. Festival de ópera en Madrid. *Franco, ese hombre*, de Sáenz de Heredia.	En Barcelona, Benet i Jornet: *Una vella, coneguda olor*. Rodríguez Méndez: *La vendimia de Francia*. Sastre: *Asalto nocturno*. En Madrid, Gómez-Arcos: *Diálogos de la herejía*. Mañas: *La feria del come y calla*. En Zaragoza, Valle-Inclán: *La hija del capitán*. Se crean Los Goliardos y Tábano.

CRONOLOGÍA

	Política
1965	La APE sustituye al SEU. Expedientados los catedráticos que intervienen en la Cuarta Asamblea Libre.
1966	Ley de Prensa e Imprenta. Referéndum de la Ley Orgánica del Estado.

CRONOLOGÍA

Cultura	Teatro
Gil de Biedma: *Las personas del verbo. Nueve cartas a Berta,* de Basilio Martín Patino. *La caza,* de Carlos Saura. *De cuerpo presente,* de Antonio Eceiza.	En Madrid, López Aranda: *Noches de San Juan.* Gómez-Arcos: *Los gatos.* Martín Recuerda: *¿Quién quiere una copla del Arcipreste de Hita?* Armiñán: *El último tranvía.* Mañas: *Don Juan.* En Barcelona, Espriú: *Ronda de mort a Sinera.* M. Aurèlia Capmany: *Vent de garbi i una mica de por.* Rodríguez Méndez: *La batalla del Verdún.* Sastre: *Guillermo Tell tiene los ojos tristes.* Martín Recuerda: *Como las secas cañas del camino.* En Alicante, Muñiz: *El caballo del caballero. Mimodrames,* primer espectáculo de Els Joglars. Se crea en Barcelona la revista "Yorick". Gonzalo Pérez de Olaguer publica "La nueva generación (1959-1964)" en "Reseña".
Sender: *Crónica del alba. El último encuentro,* de Eceiza.	En Madrid, Gala: *El sol en el hormiguero.* Muñiz: *El precio de los sueños* y *La viejas difíciles.* Olmo: *El cuerpo.* I Congreso de Teatro Nuevo, en Valladolid. Intento de Federación Nacional de Teatro Independiente.

Cronología

	Política
1967	Estado de excepción en Vizcaya. Ley Orgánica de la Universidad. La peseta sufre una notable devaluación.
1968	El Estado de Excepción llega a Guipúzcoa. Ley de libertad religiosa. Disturbios estudiantiles en Barcelona y Madrid. ETA mata al policía Melitón Manzanas.

CRONOLOGÍA

Cultura	Teatro
Mueren Azorín y Jiménez Díaz. Delibes: *Cinco horas con Mario*. Goytisolo: *Señas de identidad*. *Peppermint frappé* y *Stress, es, tres, tres*, de Saura. Se ponen en funcionamiento las salas de Arte y Ensayo de cine.	En Madrid, Buero: *El tragaluz*. Sastre: *Oficio de tinieblas*. Gala: *Noviembre y un poco de yerba*. Miralles: *La guerra y el hombre*. Armiñán: *Una vez a la semana*. En Barcelona, Salvat: *Adrià Gual y la seva época*. Brossa: *El rellotger* y *Coller de granis*. Brecht se estrena en Madrid y Barcelona: *La buena persona de Sezuan*, montada por Salvat. Primer Festival de Teatro en Sitges.
Dámaso Alonso es nombrado director de la Academia de la Lengua. Guinovart: *La brocha bandera*. *La madriguera*, de Saura. Recital de Raimon en la Universidad Complutense que termina con manifestación en la Moncloa. Es una ligera derivación del Mayo francés.	En Madrid, Olmo: *English Spoken*. Ruiz Iriarte: *Primavera en la plaza de París*. Salom: *La casa de las chivas*. Luca de Tena: *Hay una luz sobre la cama*. Barcelona, Martín Recuerda: *El caraqueño*. En Sitges, Miralles: *Versos de Arte Menor para un varón ilustre (Catarocolón)*; Riaza: *Los muñecos*. Arias Velasco: *La decoración del hogar*. En toda España, Los Goliardos: *Historias de Juan de Buenalma*. *Marat-Sade*, en versión de Alfonso Sastre, en Madrid y Barcelona. Se crea el TEI: *Terror y miseria del III Reich*, de Brecht.

Cronología

	Política
1969	Estado de Excepción. Escándalo Matesa. Fraga sale del Gobierno. Pleno apogeo del Opus Dei. El salario mínimo es de 102 pesetas. Juan Carlos es nombrado sucesor a título de rey.
1970	Ley General de Educación. Consejo de guerra de Burgos. Salario mínimo: 120 pesetas. Nixon visita España.

CRONOLOGÍA

Cultura	Teatro
Cela: *San Camilo, 1936*. Goytisolo: *Señas de identidad*. *El extraño viaje*, de Fernán-Gómez. *Las secretas intenciones*, de Eceiza.	En Madrid, Alonso Millán: *El día de la madre*. Vicente Romero: *Raciofagia*. Ruibal: *El rabo* y *Los ojos*. J. A. Pérez Casaux: *Historia de la divertida ciudad de Caribdis*. Martínez Mediero: *El último gallinero*. Vidal Alcover: *Oratori per un home sobre la tierra*. *Tartufo*, en versión de Llovet, en Madrid; no es autorizada para gira. El Teatro Estudio Lebrijano monta *Oratorio*, de Jiménez Romero. Pau Garsaball abre en Barcelona el Teatre Capsa para los nuevos autores.
Fernández Santos: *Las catedrales*. *Tristana*, de Buñuel. *El jardín de las delicias*, de Saura. Rocha rueda en España *Cabezas cortadas*, con Paco Rabal.	En Madrid, Diego Salvador: *Los niños*. Alonso Millán: *Juegos de sociedad*. Ana Diosdado: *Olvida los tambores*. Buero Vallejo: *El sueño de la razón*. Tábano: *Castañuela 70*. En Barcelona, Benet i Jornet: *La nau*. Villalonga: *Mort de dama*. Teixidor: *El retaule del flautista*. Els Joglars: *El joc*. En Sitges, Riaza: *Las jaulas*. Vidal Alcover: *La fira de la mort*. Festival O de Teatro Independiente de San Sebastián. Los Goliardos montan *La boda de los pequeñoburgueses*, de Brecht.

Cronología

	Política
1971	XII Congreso del PSOE. Salario mínimo: 136 pesetas. Diversas huelgas en toda España. Cierre del diario "Madrid".

Cronología

Cultura	Teatro
Canciones para después de una guerra, de Basilio Martín Patino, que es prohibida inmediatamente. Llega a España el éxito de la narrativa hispanoamericana.	En Madrid, Buero Vallejo: *Llegada de los dioses*. Calvo Sotelo: *Proceso de un régimen*. H. Sáinz: *La madre*. Riaza: *Los círculos*. Moncada: *Juegos de medianoche*. Ubillos: *La tienda*. Martínez Ballesteros: *Retablo en tiempo presente*. M. A. Capmany: *Mujeres, flores y pitanza*. En Sitges, Brossa: *Els temps acenics*. M. A. Capmany, *L'ombra de l'escorpí*. Arrabal: *El arquitecto y el emperador de Asiria* en París. *Oratorio*, del T. E. Lebrijano en Nancy. Se crea Comediants. *Luces de bohemia* se estrena en Madrid. Se prohíbe, tras la función de estreno, *El retablo del flautista*, de Teixidor. Se inaugura también en Madrid la Sala Magallanes, con *La legal esclavitud*, de Martínez Ballesteros.

Cronología

	Política
1972	Mayoría de edad para la mujer española a los 21 años. Tercer Plan de Desarrollo. Se suspenden los estatutos de autonomía para las universidades. VIII Congreso del PCE. Combates en El Aaiun. Gran aumento de la actividad terrorista.
1973	Carrero Blanco, nombrado presidente del Gobierno, es asesinado meses después por ETA. Comienza también el terrorismo del FRAP. Proceso 1.001.

CRONOLOGÍA

Cultura	Teatro
Mueren Max Aub y Américo Castro. Torrente Ballester: *La saga/fuga de J. B. Ana y los lobos,* de Saura. *El discreto encanto de la burguesía,* de Buñuel. Nace la revista "Hermano Lobo".	En Madrid, Bellido: *Milagro en Londres.* R. Hernández: *Tal vez un prodigio.* J. F. Dicenta: *La jaula.* Gala: *Los buenos días perdidos.* Els Joglars: *Mary d'ous.* En Barcelona, Teixidor: *L'auca del senyor Llovet.* A. Ballester: *Facem comedia.* Matilla: *Una guerra en cada esquina.* En Sitges, *El Fernando,* escrito por ocho autores. M. Romero: *Parapharnalia de la olla podrida.* F. Herrero: *La piedad.* Comienzan las actividades de La Cuadra de Sevilla, con *Quejío.* Manifiesto "Blumenthal" de los autores participantes en una reunión organizada por la Universidad de la Sorbona. Gómez-Arcos, que ya reside en París, estrena *Et si on aboyait.* Se abre para el nuevo teatro la sala Quart 23 en Valencia.
Muere Picasso. *El espíritu de la colmena,* de Erice. *Habla mudita,* de Manuel Gutiérrez. Juan Marsé: *Si te dicen que caí.* Goytisolo: *Bajo tolerancia.*	En Madrid, Bellido: *Letras negras en los Andes.* Diosdado: *Usted también podrá disfrutar de ella.* Gala: *Anillos para una dama.* En Barcelona, Pedrolo: *Descens a la superfície interior, tres.* En Sitges, Pérez Casaux: *La familia de Carlos IV.* Matilla y López Mozo: *Parece cosa de brujas.* Riaza: *El desván de los machos y el sótano de las hembras.* En Madrid y Salamanca, Olmo: *Cronicón del medioevo.* Se prohíbe *Suerte, campeón,* de Gala.

Cronología

	Política
1974	Arias Navarro, presidente de Gobierno. Promesa de apertura bajo el epígrafe del "Espíritu del 12 de febrero". Ejecución de Puig Antich, y cadena de protestas. Bomba en la calle del Correo. Fuerte subida del coste de la vida. Se organiza en España la "Junta Democrática".
1975	Ejecuciones de militantes de ETA y FRAP. Huelgas generalizadas. Nuevo gobierno Arias. Muerte de Franco. Juan Carlos I, rey de España.

CRONOLOGÍA

Cultura	Teatro
La prima Angélica, de Saura. *Tocata y fuga de Lolita*, de Drove, principio de "la tercera vía". Cela: *Oficio de tinieblas*. Ferlosio: *Las semanas del jardín*.	En Madrid, Buero Vallejo: *La fundación*. Diosdado: *Los comuneros*. Martínez Mediero: *El bebé furioso*. Gala: *Las cítaras colgadas de los árboles*. Camps: *El edicto de gracia*. Díaz Velázquez y Jiménez Romero: *La murga*. En Sitges, Adolfo Celdrán: *La virgen roja*. Miralles: *Crucifernario de la culpable indecisión*. Pérez Casaux: *Las hermosas costumbres*. F. Macías: *Campanadas sin eco*. Aparece la revista "Pipirijaina", y desaparece "Yorick" en Barcelona. Primer Festival de Teatro Independiente en el Alfil.
Benet: *Un viaje de invierno*. *Cría cuervos*, de Saura. *Furtivos*, de Borau. *El fantasma de la libertad*, de Buñuel. Luis Martín Santos: *Tiempo de destrucción*. Éxito de la canción latinoamericana.	En Madrid, J. A. Castro: *Tauromaquia*. Martínez Mediero: *Las hermanas de Buffalo Bill*. Rodríguez Méndez: *Historia de unos cuantos*. Alonso de Santos: *Viva el duque, nuestro dueño*. En Barcelona, Teixidor: *La jungla sentimental*. En Pamplona, J. A. Castro: *Fiebre*. Huelga de actores (febrero). Desaparece la revista "Primer Acto". Martín Recuerda y Rodríguez Méndez prohíben a una serie de grupos y personas que representen sus obras (entre ellos, Tábano, Goliardos, Nuria Espert, Adolfo Marsillach, José Tamayo). En Cincinnati se funda la revista "Estreno", dedicada al teatro español contemporáneo.

Cronología

Política

1976

Comienza el regreso de los exiliados. Suárez, presidente de Gobierno. Bombas durante el 18 de julio. Congreso del PSOE. Detención de Santiago Carrillo.

1977

Primeras elecciones generales: gana UCD, con Suárez de presidente. Asesinatos de Atocha. Ley de Asociación Sindical. Legalización del PCE. Pacto de la Moncloa.

CRONOLOGÍA

Cultura	Teatro
Inauguración del Museo de Arte Contemporáneo en Madrid. Estreno en España de *El gran dictador*, de Chaplin. *Pascual Duarte* al cine, debido a Ricardo Franco. Éxitos de Raimon y Llach en recitales mayoritarios. Proliferan las revistas de destape.	En Madrid, Nieva: *La carroza de plomo candente* y *El combate de Ópalos y Tasia*. Tábano: *Cambio de tercio*. Jesús Campos: *Siete gallinas y un camello*. Sáinz: *La niña Piedad*. Buero Vallejo: *La doble vida del doctor Valmy*. Martínez Mediero: *El día que se descubrió el pastel* y *Mientras la gallina duerme*. En Barcelona, Teixidor: *Dispara, Flanaghan!* Brossa: *Quiriquibí*. Lluís Pasqual: *Camí de nit 1854*. Se inaugura en Madrid la Sala Cadarso. Proliferan las cooperativas teatrales. Se crea en Barcelona el Teatre Lliure.
Desaparece la censura. Regreso de Alberti tras casi cuarenta años de exilio. Vicente Aleixandre es designado Premio Nobel.	En Madrid, Martín Recuerda: *Las arrecogías del beaterio de Santa María Egipcíaca*. D. Miras: *La venta del ahorcado*. M. Signes: *Antonio Ramos 1963*. Olmo: *La condecoración*. Arrabal: *El cementerio de automóviles*. Buero Vallejo: *La detonación*. Sastre: *La sangre y la ceniza*. En Barcelona, Dagoll Dagom: *No hablaré más en clase*. Arrabal: *El arquitecto y el emperador de Asiria* y *Oye patria mi aflicción*. En provincias, López Mozo: *Comedia de la olla romana*. Miras: *La Saturna*. Bomba en la Sala Villarroel de Barcelona, con *La sangre y la ceniza* en el escenario. Huelga del espectáculo y lucha por la libertad de expresión. Se crea el Centro Dramático Nacional. Detención de Albert Boadella, director de Els Joglars.

Cronología

	Política
1978	Se aprueba la Constitución. El terrorismo crece en el País Vasco.
1979	Nuevas elecciones. Vuelve a ganar la UCD. Se aprueban los estatutos de autonomía de Euskadi y Cataluña.

CRONOLOGÍA

Cultura	Teatro
Martín Gaite: *El cuarto de atrás*. Berlanga: *La escopeta nacional*.	En Madrid, Nieva: *Delirio de amor hostil*. S. Moncada: *Violines y trompetas*. M. Sierra: *Alicia en el País de las maravillas*. Rodríguez Méndez: *Bodas que fueron famosas del Pingajo y la Fandanga*. Alberti: *Noche de guerra en el Museo del Prado*. Fermín Cabal: *Tú estás loco, Briones*. En Barcelona, Dagoll Dagom: *Antaviana*. Gil Novales: *El doble otoño*. Espriu: *Una altra Fedra, si us plau*. Con la creación del Centro Dramático Nacional desaparecen los Teatros Nacionales. Otros cuatro componentes de Els Joglars ingresan en prisión. Tábano: *Schweyk en la Segunda Guerra Mundial*, de Brecht. Primera edición del Festival de Almagro.
Fernández Santos: *Extramuros*. Carmen Conde, primera mujer nombrada académica de la Lengua.	En Madrid, Buero Vallejo: *Jueces en la noche*. Sastre: *Ahola no es de leil*. Cabal: *¿Fuiste a ver a la abuela?* Moncada: *Salvar a los delfines*. Riaza: *Retrato de dama con perrito*. En Barcelona, Benet i Jornet: *Descripció d'un paisatge* y *Quan la ràdio parlava de Franco*. En Sitges, Sirera: *El veneno del teatre*. Cierre de la Sala Cadarso. Boadella es nuevamente encarcelado. Comienza una segunda época de la revista "Primer Acto".

Cronología

	Política
1980	Ocupación de la embajada española en Guatemala. Ley Antiterrorista. Se constituye el Consejo General del Poder Judicial.
1981	Intento de golpe de Estado el 23 de febrero, con la toma del Congreso de los Diputados. Calvo Sotelo, presidente del gobierno. Escándalo de la colza. Se publica la Ley de Divorcio. Ingreso de España en la OTAN.
1982	Se disuelve ETA p-m VIII Asamblea. Triunfo del PSOE en las elecciones generales: diez millones de votos. González, presidente del gobierno. Jornada laboral de cuarenta horas.

CRONOLOGÍA

Cultura	Teatro
Jorge Luis Borges y Gerardo Diego son los Premios Cervantes.	En Madrid, Alonso de Santos: *Del laberinto al 30*. J. A. Castro: *¡Viva la Pepa!* Benet i Jornet: *Motín de brujas*. Francisco Ors: *Contradanza*. Matilla: *Ejercicios para equilibristas*. A. Vallejo: *El cero transparente*. Gala: *Petra Regalada*. Nieva: *La señora tártara*. D. Miras: *De San Pascual a San Gil*. En Vitoria, Nieva: *El rayo colgado*. En gira, Joglars: *Laetius*. Comediants: *Sol solet*.
Guelbenzu: *El río de la luna*. El *Guernica* de Picasso llega a España. *Maravillas*, de Gutiérrez Aragón. *Deprisa, deprisa*, de Saura.	En Madrid, Muñiz: *Tragicomedia del serenísimo príncipe don Carlos*. Martín Recuerda: *El engañao*. Buero: *Caimán*. En Alicante, Joglars: *Olympic Man Movement*. En gira, Dagoll Dagom: *La noche de San Juan*. Primera edición del Festival Internacional de Madrid.
Laín Entralgo, director de la Academia de la Lengua. Comienza la comercialización del vídeo. *Demonios en el jardín*, de Gutiérrez Aragón.	En Madrid, Fernán-Gómez: *Las bicicletas son para el verano*. Nieva: *Coronada y el toro*. Amestoy: *Ederra*. Gala: *El cementerio de los pájaros*. Rodríguez Méndez: *Flor de otoño*. Cabal: *Vade retro!* Alonso de Santos: *El álbum familiar*.

Cronología

	Política
1983	Nuevo triunfo del PSOE en las elecciones municipales. Escándalo Rumasa. Convenio de amistad España-Estados Unidos: bases militares.
1984	Finaliza la red de periódicos del Estado. Crisis de la Banca Catalana. Triunfo del PNV en las elecciones al Parlamento Vasco.
1985	Firma de entrada de España en la CEE. Ley del Aborto.

CRONOLOGÍA

Cultura	Teatro
Cela: *Mazurca para dos muertos*. Oscar de Hollywood a *Volver a empezar*, de José Luis Garci. *El sur*, de Erice.	En Madrid, López Aranda: *Isabel, reina de corazones*. Arrabal. *El rey de Sodoma*. Cabal: *Esta noche, gran velada*. Sirera: *El veneno del teatro*. En Gerona, Dagoll Dagom: *Glups*. En gira, La Fura dels Baus: *Accions*. Els Joglars, *Teledeum*.
Restauración de *Las meninas* de Velázquez. Cela, Premio Nacional de Literatura. *¿Qué he hecho yo para merecer esto?*, de Almodóvar. *Los santos inocentes*, de Mario Camus.	En Madrid, Buero Vallejo: *Diálogo secreto*. Sebastián Junyent: *Hay que deshacer la casa*. Alonso Millán: *Capullito de alhelí*. En Barcelona, Comediants: *Alè*. Muñoz Pujol: *Fleca Rigol, digueu...* Tricicle: *Exit*.
Luces de bohemia, en cine, por Miguel Ángel Díez. *La vieja música*, de Mario Camus.	En Madrid, Boadella: *Gabinete Libermann*. A. del Amo: *Geografía*. Alonso de Santos: *La estanquera de Vallecas* y *Bajarse al moro*. Gala: *Samarkanda*. Sastre: *La taberna fantástica*. En gira, La Cuadra: *Piel de toro*. Joglars: *Virtuosos de Fontainebleau*. Se inaugura el Centro Nacional de Nuevas Tendencias Escénicas.

Cronología

	Política
1986	El PSOE repite triunfo en las elecciones generales. Referéndum sobre la OTAN: el 53 % de los españoles votan continuar.
1987	En las municipales, el PSOE no consigue la mayoría absoluta en las principales capitales. Huelga general de estudiantes que paraliza la enseñanza media española.
1988	Huelga general el 14 de diciembre, convocada por CC. OO. y UGT.

Cronología

Cultura	Teatro
Tiempo de silencio, de Vicente Aranda. *El viaje a ninguna parte,* de Fernán-Gómez. *La vida alegre,* de Fernando Colomo.	En Madrid, Buero: *Lázaro en el laberinto.* En Valencia, Ananda Dansa: *V-36-39. Crónica civil.* En gira, Tricicle: *Slástic.* Comienza sus actividades la Compañía Nacional de Teatro Clásico. Primer Festival Internacional de Teatro Iberoamericano de Cádiz.
El Premio Nacional de Literatura es para Rosa Chacel. Mayor Zaragoza es elegido director general de la UNESCO.	En Madrid, Alonso Millán: *Damas, señoras, mujeres.* García May: *Alesio.* En Bilbao, Gala: *Séneca.* En Barcelona, Comediants: *La nit.* En Zaragoza, Sanchis Sinisterra: *¡Ay, Carmela!* En Palma de Mallorca, Boadella: *Bye, bye, Beethoven.*
Mujeres al borde de un ataque de nervios, de Almodóvar. Se implanta por primera vez en España un corazón artificial.	En Madrid, A. Diosdado: *Los ochenta son nuestros.* Nieva: *Te quiero, zorra* y *No es verdad.* Alonso de Santos: *Pares y Nines.* En Mérida, La Cuadra: *Alhucema.* En Barcelona, Benet i Jornet: *El manuscrit d'Alí Bei.* Dagoll Dagom: *Mar i cel.* En gira, La Fura dels Baus: *Mon.*

Cronología

	Política
1989	Los socialistas ganan por tercera vez consecutiva las elecciones generales, pero pierden la alcaldía de Madrid.
1990	Introducción del NIF. Escándalos Juan Guerra y Naseiro.

Cronología

Cultura	Teatro
Cela es galardonado con el Nobel de Literatura.	En Barcelona, S. Belbel: *Elsa Schneider*. Vázquez Montalbán: *El viatge*. En Zaragoza, Javier Tomeo: *Amado monstruo*. En Bilbao, Buero Vallejo: *Música cercana*. En Gerona, Joglars: *Columbi lapsus*. En gira, La Cubana: *Cómeme el coco, Negro*.
	En Madrid, Sastre: *Los últimos días de Emmanuel Kant...* Nieva: *El baile de los ardientes*. En gira, La Fura dels Baus: *Noun*.

ANTONIO BUERO VALLEJO

LA FUNDACIÓN

SOÑAR CON
LOS OJOS ABIERTOS

Luis Iglesias Feijoo

La trayectoria creativa de Antonio Buero Vallejo, iniciada en 1949 cuando el autor contaba ya más de treinta años, había estado precedida por muy intensas y dramáticas experiencias, que poco a poco irían aflorando como materia argumental de sus dramas. La vivencia de la Guerra Civil Española de 1936 a 1939, durante la cual su padre fue ejecutado por considerársele hostil a la República (cuya causa defendía, en cambio, el futuro autor), fue seguida de una condena a muerte impuesta por el bando vencedor, que se vio finalmente conmutada por la cadena perpetua, hasta obtener, unos años después, la libertad condicional.

El clima de enfrentamiento familiar que tan a menudo aparece en su teatro ya desde el primer estreno, *Historia de una escalera,* recordará siempre a los espectadores esa lucha fratricida que el régimen dominante se empeñaba en presentar como cruzada religiosa. Porque, no cabe ignorarlo, el teatro de Buero Vallejo es fuertemente autobiográfico. Buero trata de su tiempo y su país, pero no con una mirada castiza o limitadora, sino con una visión que dota de universalidad lo propio.

Buen ejemplo de ello lo proporciona *La Fundación,* drama que podría ser considerado como la culminación de su teatro, tanto desde el punto de vista formal como respecto de su sentido más profundo. En esta obra se halla la propuesta más arriesgada que ha ofrecido al espectador, pues le obliga a dudar de la realidad de lo que está viendo en escena, de forma que la supuesta "seguridad" del teatro realista salta hecha pedazos y un agudo sentido crítico se instala en el centro del escenario, como propuesta que el público debería hacer suya frente a la vida ordinaria.

Estrenada en 1974, esta "fábula", como la denomina intencionadamente su autor, sólo alcanza su plenitud al ser vista sobre la escena. Si esto es una obviedad respecto de cualquier obra dramática, se convierte aquí en un requisito ineludible, pues el juego entre ilusión y realidad exige confirmar cómo nuestros sentidos de la vista y el oído ven desmentidas sus percepciones conforme la obra avanza. Por tanto, nunca como ahora es tan cierto que la lectura de un drama exige imaginar lo que podría ser su representación, y a ello se invita a quienes emprendan su lectura al concluir estas palabras de presentación. Las cuales, de otra parte, pretenden ayudar a desentrañar su significación sin eliminar el efecto de sorpresa que el dramaturgo buscó y que cada lector o espectador debe encontrar por sí mismo.

Así, pues, la obra presenta al inicio lo que parece el marco convencional de la residencia de una fundación científica, donde un grupo de investigadores desarrollan sus experimentos. Cuando algo no marche de acuerdo con lo esperado, el espectador se encontrará perplejo, pero su reacción no será más que un eco de la de un personaje que se encuentra en escena, Tomás. Las sucesivas anomalías serán de tal magnitud que llevarán a éste a dudar de su salud mental, pero el público no dejará de hacer lo mismo, pues las variaciones en la configuración de lo que, al fin y al cabo, no es sino un escenario único, son una serie ininterrumpida de quiebras de la "realidad" escénica, que pueden desorientarle, pero sólo transitoriamente.

Todo ello tiene un sentido, en efecto, y la obra consiste precisamente en su paulatino desvelamiento. El proceso que conduce de la mentira inicial a la dura verdad del desenlace debe ser tomado como el mejor resumen de todo el teatro de Buero Vallejo, que estuvo siempre empeñado en un combate pertinaz para lograr que la sociedad aceptara enfrentarse cara a cara con la realidad de las cosas, por dura y amarga que fuese. *La Fundación* propone pasar de un estado de enajenación individual o colectiva a otro más lúcido, a través de un proceso de desalienación, término con el que se alude a la liberación de la locura cotidiana, pero asimismo a otros planteamientos evocados por esa palabra.

La obra comienza en un estado muy avanzado del decurso de la acción, cuando ésta se acerca a su final, según una técnica que cabe remontar al sistema teatral del Ibsen maduro, a quien Buero admira, pero que a la vez no es otra que la utilizada por Sófocles en su *Edipo rey*. Como ocurre siempre que se elige este modelo constructivo, la obra se convierte en el lento desvelamiento de las circunstancias que han conducido a la situación presente, con la variante, en *La Fundación,* de que ésta se desconoce también. La intriga se desdobla así en una doble dirección, pues no sólo ha de investigarse el pasado.

Resulta evidente, de lo dicho, la existencia de lazos con modelos clásicos. Pero no son menos fuertes los que se dan con el teatro más experimental. Así, esta obra se convierte en uno de los más claros ejemplos de la posibilidad de empleo del punto de vista en el teatro, pues su mayor parte no es otra cosa que el resultado de proyectar una modalización de primera persona sobre el escenario. Lejos de contar lo que es el contenido de la mente de un personaje, lo que resultaría antiteatral por discursivo, éste se despliega sobre la escena, de manera que el espectador no se enfrenta con el mundo real, sino con la forma de interpretarlo que es propia de ese personaje.

Sin entrar en mayores detalles, para no desvelar el secreto del drama, resulta de esta estructura que el público se ve obligado a compartir las peculiaridades o limitaciones de alguno de los seres de ficción, y ello sucede así aunque no se desee. En cierto modo, debe afirmarse que cada espectador es trasladado al centro de la escena, porque ésta se sitúa en el cerebro del personaje: vemos por sus ojos, oímos por sus oídos e incluso visualizamos lo más recóndito de su inconsciente, momento en que cobra singular importancia Berta, única excepción femenina en el mundo de estos hombres.

Ahora bien, el delicado tejido constructivo de la obra, que supone un arriesgado intento de experimentación en los límites del modelo teatral realista contemporáneo, cuyos hitos más destacados asume y trasciende (Wilder, Miller, Williams), no es un mero ejercicio formalista. Buero Vallejo ha combatido siempre en pro de un teatro comprometido, que se convierta en conciencia de su época y sirva de caja de resonancia para los más graves problemas del hombre de hoy. *La Fundación* es reveladora en este sentido, pues en ella se dan cita cuestiones como la tortura, la intolerancia, la dictadura y la represión brutal contra los disidentes políticos.

Aquí es donde la experiencia autobiográfica del autor puede explicar la aparición de referencias carcelarias muy explícitas, que sabemos inspiradas en hechos vividos o conocidos. Pero este motivo inspirador en la génesis de la obra no debe ser tan sólo vinculado a la persona concreta del autor, que quiere trascender incluso la referencia del drama por encima de su propio país. Son todos los sistemas dictatoriales los que aquí se ven directamente encausados. Más aún, como dice un personaje ya avanzada la obra: "Vivimos en un mundo civilizado al que le sigue pareciendo el más embriagador deporte la viejísima práctica de las matanzas". Es toda una civilización la que resulta denunciada, en cuanto que sigue llenando de sangre las páginas de la Historia.

Sin embargo, esta dimensión política y social no agota el sentido de la obra. En una magnífica demostración de lo que el autor siempre ha pretendido, vemos surgir en síntesis dialéctica otro plano de alcance verdaderamente metafísico, perceptible en los dos grandes símbolos que sostienen el tejido conceptual del drama: el paisaje y la propia Fundación. Si antes se han mencionado las raíces europeas de su sistema constructivo, ahora es preciso acudir a otras claramente hispánicas. Del juego entre apariencia y realidad —con el tema del "engaño a los ojos", y la aparición de la locura— es fuente muy clara Cervantes. Por su lado, el Calderón de *La vida es sueño*, con su cuestionamiento sobre la entidad de la vida mortal, resulta ser el escondido motor que explica la metáfora del holograma.

"Cuando has estado en la cárcel acabas por comprender que, vayas donde vayas, estás en la cárcel", dice sin amargura un personaje. La reflexión podría conducir a un feroz escepticismo; nada más lejos, sin embargo, como propuesta final del drama. Si *La Fundación* se ha escrito es para reflexionar en voz alta acerca de la necesidad de una acción solidaria, acaso difícil, porque las circunstancias lo son, pero no por ello menos ineludible. Sólo a través de ella podrá un día hacerse realidad el soñado e idílico paisaje que aparece como fondo del escenario cuando el telón se levanta.

Ese paisaje podrá ser denunciado como ilusorio; en verdad, únicamente es la encarnación de la utopía, que tan sólo si es imaginada podrá algún día llegar a ser real. Para lograrlo, hay que unir la acción con la reflexión o, como se expresa en la obra, "¡Soñar con los ojos abiertos!".

De todas estas cuestiones se habla en *La Fundación*, que, pese a ello, no es un tratado filosófico ni un ensayo, sino una obra de teatro en la que, por el puro juego dramático y la limpia trayectoria de unas acciones enfrentadas, se viven momentos cruciales en las vidas de unos personajes de ficción. Por la trascendencia y alcance de los temas evocados, la obra resulta densa y universal, pero nada importaría si no estuviese sostenida por el choque de sentimientos de unos pobres seres en situación menesterosa. Eso ha sido siempre el teatro desde la época de los griegos y cabe pensar que así deberá seguir siendo, si como arte ha de tener un futuro. Desde la España actual, Buero Vallejo ha aportado con su obra un nuevo eslabón a esta hermosa historia multisecular.

ANTONIO BUERO VALLEJO

Nace en Guadalajara el 29 de septiembre de 1916. Encarcelado tras la guerra civil, es procesado en juicio sumarísimo y condenado a muerte "por adhesión a la rebelión". Conmutada la pena, pasa aún cerca de siete años en prisión, hasta que sale en libertad provisional. En 1949 entra por la puerta grande en el teatro al obtener el Premio Lope de Vega por *Historia de una escalera*. Su extensa producción le convierte en el autor español contemporáneo más reconocido y sus obras están traducidas a varios idiomas. Ha obtenido numerosos premios, entre ellos el Nacional de Teatro varias veces, y el Cervantes en 1986, concedido por primera vez a un autor dramático. Ha acuñado para sí mismo el término "esperanza trágica".

TEATRO

Historia de una escalera. Editada en José Janés, 1950, y Espasa Calpe, 1987. Estrenada en el Teatro Español, 1949, bajo la dirección de Cayetano Luca de Tena.

Las palabras en la arena. Editada en Escélicer, nº 10. Estrenada en el Teatro Español, 1949, bajo la dirección de Ana Martos de Escosura.

El terror inmóvil. Escrita en 1949. Editada en los Cuadernos de la Cátedra de Teatro de la Universidad de Murcia, nº 6, 1979. Sin estrenar.

En la ardiente oscuridad. Editada en Escélicer, 1951, y Espasa Calpe, 1986. Estrenada en el Teatro María Guerrero, 1950, bajo la dirección de Luis Escobar y Huberto P. de la Ossa.

La tejedora de sueños. Editada en Escélicer, 1952, y Cátedra, 1982. Estrenada en el Teatro Español, 1952, bajo la dirección de Cayetano Luca de Tena.

La señal que se espera. Editada en Escélicer, nº 21, y con "Diana", relato, y "Poemas", en el Club Internacional del Libro, 1984. Estrenada en el Teatro Infanta Isabel, 1952, bajo la dirección de Antonio Vico.

Aventura en lo gris. Editada en Puerta del Sol, 1955, y Magisterio Español, 1974. Estrenada en el Teatro Club Recoletos, 1963, bajo la dirección de Antonio Buero Vallejo.

Casi un cuento de hadas. Editada en Escélicer, nº 57. Estrenada en el Teatro Alcázar, 1953, bajo la dirección de Cayetano Luca de Tena.

Madrugada. Editada en Escélicer, nº 96. Estrenada en el Teatro Alcázar, 1953, bajo la dirección de Cayetano Luca de Tena.

Irene o el tesoro. Editada en Escélicer, nº 121. Estrenada en el Teatro María Guerrero, 1954, bajo la dirección de Claudio de la Torre.

Hoy es fiesta. Editada en Escélicer, 1957, y Espasa-Calpe, 1981. Estrenada en el Teatro María Guerrero, 1956, bajo la Dirección de Claudio de la Torre.

Las cartas boca abajo. Editada en Escélicer, 1957, y Espasa-Calpe, 1981. Estrenada en el Teatro Reina Victoria, 1957, bajo la dirección de Fernando Granada.

Un soñador para un pueblo. Editada en Escélicer, 1959, y Espasa-Calpe, 1986. Estrenada en el Teatro Español, 1959, bajo la dirección de José Tamayo.

Las meninas. Editada en Escélicer, 1961, y Espasa-Calpe, 1987. Estrenada en el Teatro Español, 1960, bajo la dirección de José Tamayo.

El concierto de San Ovidio. Editada en Escélicer, 1963, y Espasa-Calpe, 1986. Estrenada en el Teatro Goya, 1962, bajo la dirección de José Osuna.

El tragaluz. Editada en Escélicer, 1968, y Espasa-Calpe, 1987. Estrenada en el Teatro Bellas Artes, 1967, bajo la dirección de José Osuna.

Mito, libro para una ópera. Editada en Escélicer, 1968, y Espasa-Calpe, 1987. Sin estrenar.

El sueño de la razón. Editada en Espasa-Calpe, 1970. Estrenada en el Teatro Reina Victoria, 1970, bajo la dirección de José Osuna.

La doble historia del doctor Valmy. Editada en The Center for Curriculum Development, 1979, y Espasa-Calpe, 1984. Estrenada en el Teatro Benavente, 1976, bajo la dirección de Alberto González Vergel.

Llegada de los dioses. Editada en Biblioteca General Salvat, 1973, y Cátedra, 1982. Estrenada en el Teatro Lara, 1971, bajo la dirección de José Osuna.

La Fundación. Editada en Espasa-Calpe, 1974 y 1986. Estrenada en el Teatro Fígaro, 1974, bajo la dirección de José Osuna.

La detonación. Editada en Espasa-Calpe, 1981. Estrenada en el Teatro Bellas Artes, 1977, bajo la dirección de José Tamayo.

Jueces en la noche. Editada en Vox, 1980, y Espasa-Calpe, 1981. Estrenada en el Teatro Lara, 1979, bajo la dirección de Alberto González Vergel.

Caimán. Editada en Espasa-Calpe, 1981. Estrenada en el Teatro Reina Victoria, 1981, bajo la dirección de Manuel Collado.

Diálogo secreto. Editada en Espasa-Calpe, 1985. Estrenada en el Teatro Victoria Eugenia (San Sebastián), 1984, bajo la dirección de Gustavo Pérez Puig.

Lázaro en el laberinto. Editada en Espasa-Calpe, 1987. Estrenada en el Teatro Maravillas, 1986, bajo la dirección de Gustavo Pérez Puig.

Música cercana. Editada en España-Calpe, 1990. Estrenada en el Teatro Arriaga (Bilbao), 1989, bajo la dirección de Gustavo Pérez Puig.

ANTONIO BUERO VALLEJO

La Fundación

FÁBULA EN DOS PARTES

PERSONAJES

TOMÁS
HOMBRE
BERTA
TULIO
MAX
ASEL
LINO
ENCARGADO
AYUDANTE
PRIMER CAMARERO
SEGUNDO CAMARERO
VOCES

En un país desconocido

PARTE PRIMERA

I

La habitación podría pertenecer a una residencia cualquiera. No es amplia ni lujosa. El edificio donde se halla se ha construido con el máximo aprovechamiento de espacios. Los muros son grises y desnudos: ni zócalo ni cornisa. Muebles sencillos, pero de buen gusto: los de una vivienda funcional donde se considera importante el bienestar. Pero el relativo apiñamiento de pormenores que lo acreditan aumenta curiosamente la sensación de angostura que suscita el aposento. El techo se encuentra, sin embargo, tan alto que ni siquiera se divisa. De tono neutro, sin baldosas ni fisuras, parece el suelo de cemento pulimentado. El ángulo entre el lateral izquierdo y la pared del fondo no es visible: los pliegues de una larga cortina que se pierde en la altura forman un chaflán que lo oculta. En el lateral izquierdo, a media altura y cerca de la cortina, sobresale del muro una taquilla de hierro colado en él empotrada. Sin puertas ni cortinillas, su pobre aspecto contrasta con el de otros muebles. En sus dos anaqueles brillan finas cristalerías, vajillas, plateados cubiertos, claros manteles y servilletas allí depositados. Bajo la taquilla, el blanco esmalte de una puertecita cierra un pequeño frigorífico embutido en la pared. En el primer término de dicho lateral e incrustada asimismo en el muro, sobria percha de hierro, de cuyos pomos cuelgan seis saquitos o talegos diferentes entre sí. Arrimada al muro y bajo ellos, cama extensible que, plegada por su mitad, forma un mueble vertical. En la pared del fondo y junto a la cortina, la única puerta, estrecha y baja, de tablero ahora invisible por estar abierta hacia fuera y a la izquierda del marco. Hállase éste al fondo de un vano abocinado en el muro, cuyo gran espesor es evidente. Sobre la puerta, globo de luz y, más arriba, la rejilla redonda de un altavoz. Contiguo al vano y abarcando el resto del muro hasta su borde derecho, enorme ventanal de gran altura y de alféizar sólo un poco más bajo que el dintel de la puerta. Su marco se halla, asimismo, en un hueco ligeramente abocinado del muro. El ventanal no parece poder abrirse: dos simples largueros verticales sin fallebas sostienen los cristales. Bajo el ventanal y con la cabecera adosada al muro de la derecha, una cama sencilla y clara de línea moderna. Alineados bajo ella, tres bultos recubiertos por arpilleras o mantas diversas, de utilidad desconocida por el momento. Sujeta a la pared sobre la cabecera del lecho, pantallita cónica de metal. El resto del lateral derecho lo ocupa casi por completo una estantería de finas maderas, totalmente empotrada en el muro y quebrada por irregulares plúteos. En su parte baja, un televisor: en algún otro de sus tableros, varios botones. En sus estantes lucen los bellos y lujosos tejuelos de numerosos libros y asoman artísticas figuritas de porcelana o cristal. Bajo la estantería y cercana al lecho, emerge del muro la tabla de una mesilla, al parecer también de hierro: una simple superficie sobre la que descansan libros, revistas y un teléfono blanco. En el primer término de la escena y hacia la derecha, mesa rectangular de clara madera y suave barniz, no muy grande. Sobre ella, periódicos y alguna revista ilustrada. A su alrededor, cinco acogedores silloncitos de luciente metal y brillante cuero. A la derecha del primer término, pendiente de una larga varilla que se pierde en lo alto, gran lámpara con su moderna pantalla de fantasía.

La puerta abierta da a lo que parece ser un corredor estrecho, limitado por una barandilla metálica que continúa hacia ambos lados y que causa la impresión de dar al vacío.

Tras el ventanal, lejana, la dilatada vista de un maravilloso paisaje: límpido cielo, majestuosas montañas, la fulgurante plata de un lago, remotos edificios que semejan extrañas catedrales, el dulce verdor de praderas y bosquecillos, las bellas notas claras de amenas edificaciones algo más cercanas. Tras la

LA FUNDACIÓN

barandilla del corredor y en la lejanía, prolóngase el mismo panorama.
Con su contradictoria mezcla de modernidad y estrechez, la habitación sugiere una instalación urgente y provisional al servicio de alguna actividad valiosa y en marcha. La risueña luz de la primavera inunda el paisaje; cernida e irisada claridad, un tanto irreal, en el aposento.
Suave música en el ambiente: la Pastoral de la Obertura de "Guillermo Tell", de Rossini, fragmento que, no obstante su brevedad, recomienza sin interrupción hasta que la acción lo corta. Acostado en el lecho, bajo limpias sábanas floreadas y rica colcha, un Hombre inmóvil, de cara a la pared. De su cuerpo sólo es visible la nuca y la revuelta cabellera. Con una flamante escoba, Tomás está barriendo basurillas que lleva hacia la puerta. Es un mozo de unos veinticinco años, de alegre semblante, que usa pantalón oscuro y camisa gris. Sobre el pecho, un pequeño rectángulo negro donde descuella, en blanco, la inscripción C-72. Calzado blando. La escoba se mueve flojamente; Tomás silba quedo algo de la música que oye y se detiene, acompañándola con un leve cabeceo.

TOMÁS. Rossini... *(Se vuelve hacia el lecho.)* ¿Te gusta? *(No hay respuesta. Tomás da un par de escobazos.)* Poco hemos hablado tú y yo desde que vinimos a la Fundación. Ni siquiera sé si te gusta la música. *(Se detiene.)* A los enfermos les distrae. Pero si te molesta... *(No hay respuesta. Barre.)* Es una melodía tan serena como el fresco de la madrugada, cuando asoma el sol. Da gusto oírla en un día tan luminoso como este. *(Ante el ventanal.)* ¡Si vieras cómo brilla el campo! Los verdes, el lago... Parecen joyas. *(Reanuda el barrido, saca la basura por la puerta y la deja fuera, a la derecha. Se asoma a la barandilla y contempla el paisaje. El sol baña su figura. Vuelve a entrar y, apartando levemente la cortina de la izquierda, deja detrás la escoba.)* ¿Te gustaría ver el paisaje? El aire está tibio. Si quieres, te incorporo. ¿Eh? *(Ninguna respuesta. Se acerca a la cama y baja la voz.)* ¿Te has dormido? *(El enfermo no se mueve. Tomás va a alejarse de puntillas. Fatigada y débil, se oye la voz del Hombre acostado.)*

HOMBRE. Habla cuanto quieras. Pero no me preguntes... Estoy cansado.

TOMÁS. *(Va a la mesa y toma una revista.)* Claro, no te alimentas... *(Ríe y se sienta.)* Asel ha dicho que no te conviene tomar nada, y Asel es médico. *(Deja la revista.)* Pero tampoco te veo tomar líquidos *(Señala la cortina)* ni ir al cuarto de aseo. *(Se levanta y se acerca.)* ¿Te levantas mientras dormimos? *(Se inclina hacia él.)* ¿Eh?...

(Berta ha aparecido por la derecha del corredor y entra a tiempo de oír las últimas palabras de Tomás, a quien contempla, sonriente. Es una muchacha de mirada dulce y profunda, de brillante melena leonada. El blanco pantaloncillo que viste deja ver sus exquisitas piernas; sobre la inmaculada camisa de abierto cuello, un rectángulo azul con la inscripción A-72. En las manos, un diminuto bulto blanquecino.)

BERTA. No te va a responder. Se ha dormido.

TOMÁS. *(Se vuelve hacia ella.)* ¡Berta! *(Se acerca para abrazarla.)*

BERTA. *(Lo elude, risueña.)* ¡Cuidado! *(Avanza.)*

TOMÁS. *(Tras ella.)* ¡No te escapes!

BERTA. *(Muestra sus manos.)* Lo vas a aplastar.

TOMÁS. ¿Un ratón blanco?

BERTA. Del laboratorio. Nos hemos hecho amigos. *(Se lo enseña.)* Es muy dócil. Apenas se mueve.

TOMÁS. Le habrán inoculado algo.

BERTA. No. Aún no hemos empezado a trabajar. ¿Y vosotros?

TOMÁS. *(La abraza por la espalda.)* Tampoco.

BERTA. *(Levanta sus manos.)* Te está mirando. Te quiere.

TOMÁS. ¡Deliras!

BERTA. ¿No le ves la ternura?

TOMÁS. ¿Dónde?

BERTA. En esas gotitas de vino que tiene por ojos. Bésalo. *(Tomás besa su cuello.)* ¡A él!

TOMÁS. No quiero.

BERTA. Disimula, Tomasito. Es mi novio.

TOMÁS. ¿Me traicionas con un ratón?

BERTA. Le hablaba a él, no a ti.

TOMÁS. *(Se separa, inquieto.)* ¿Le has puesto mi nombre? *(Berta asiente. Tomás va hacia la mesa, pensativo.)*

BERTA. *(Al ratón.)* Tomás, Rabo Largo, el señor se ha enfadado. Es un egoísta.

TOMÁS. *(Con media sonrisa.)* Más bien celoso.

BERTA. *(Ríe.)* ¡Te odia, Tomasín! Ponle ojos tiernos para que se quede contigo.

TOMÁS. ¿Yo?

BERTA. Hay que salvar a Tomás...

TOMÁS. ¡Tomás soy yo!

BERTA. A Tomás Rabo Largo. *(Va hacia él.)* ¿No te da lástima? Me gustaría rescatarle de lo que le espera. Podrías cuidarlo en algún rinconcito del cuarto de baño... Sería vuestra mascota. *(El deniega.)* ¿No?

TOMÁS. Devuélvelo a su jaula, Berta. Lo necesitan.

BERTA. *(Después de un momento.)* Aborrezco a la Fundación.

TOMÁS. Gracias a sus becas vas a ampliar tus estudios y yo, a escribir mi novela... *(Se acerca. Berta acaricia al roedor, sin mirar a Tomás.)* La Fundación es admirable, y lo sabes.

BERTA. Sacrifica ratones.

TOMÁS. Y perros, y monos... Héroes de la ciencia. Un martirio dulce: ellos ignoran que lo sufren y hasta el final se les trata bien. ¿Qué mejor destino? Si yo fuera un ratoncito, lo aceptaría.

BERTA. *(Lo mira, enigmática.)* No. *(Breve pausa.)* Tú eres un ratoncito, y no lo aceptas.

TOMÁS. *(Inmutado.)* A veces no te entiendo.

BERTA. Sí me entiendes.

TOMÁS. *(Pasea.)* Pero, ¿a qué vienen esos escrúpulos tardíos? ¡Es tu trabajo!

BERTA. Quisiera salvar a mi amiguito.

TOMÁS. ¡Todos los ratones son iguales!

BERTA. Este se llama Tomás.

TOMÁS. *(La toma por la cintura.)* ¡Ponle otro nombre! *(Ríe.)* Llámale Tulio. Es el más antipático de mis compañeros.

BERTA. No puedo, se llama como tú. *(Se desprende y se encara con Tomás.)* ¡Y lo salvaré! *(Tomás la mira, perplejo.)* Adiós. *(Va hacia la puerta.)*

TOMÁS. *(Leve angustia en su voz.)* ¡Espera! *(La retiene por un brazo.)* Mis compañeros no tardarán en volver. Y quieren conocerte. *(La conduce a un silloncito. Ella se sienta, acariciando al ratoncillo.)* No acaban de creer que tú también hayas venido a la Fundación.

BERTA. ¿Por qué no?

TOMÁS. Dicen que es mucha casualidad. *(Se sienta sobre la mesa, a su lado.)* Están ciegos para las casualidades. *(Extiende un dedo hacia el número de la camisa de ella.)* Ayer les hablé de ésta. *(Ella le sonríe.)* ¿Os parece mentira que mi novia esté en la Fundación? —les dije—. Pues, además, le han dado el mismo número que a mí: el 72.

BERTA. ¿Tampoco lo creyeron?

TOMÁS. ¡Menos aún! Se echaron a reír... Excepto Asel. Es un tipo desconcertante.

BERTA. *(Sin mirarle.)* ¿Lo conocías de antes?

TOMÁS. No... No. ¿Por qué lo preguntas?

BERTA. Por preguntar.

TOMÁS. El no se rió. El dijo: eso, más que una casualidad, sería un prodigio. Ahora los conocerás, verán tu número y se convencerán de que todo lo que nos sucede a ti y a mí es prodigioso. ¿A que sí?

BERTA. Sí. *(Él se inclina y la besa largamente. Ella ríe.)* Tomasito se me va a escapar. *(Se levanta y sujeta al animal.)* Quieto, Rabo Largo. No seas tú ahora el celoso. *(Se lo enseña.)* Mira, me está diciendo algo.

TOMÁS. Yo nada oigo.

BERTA. Es otro prodigio. *(Se aproxima el ratón a una oreja.)* Dice que se acerca la hora del almuerzo y que quiere comer. Deben de ser celos, pero tiene razón. No puedo esperar más.

TOMÁS. *(Se levanta.)* ¡Un minuto! Pronto estarán de vuelta... *(La toma por un brazo.)* ¿Cómo has sabido que hoy no salía yo a pasear?

BERTA. ¿No te toca el aseo de la habitación?

TOMÁS. ¿Cómo lo sabes? Desde anteayer no hemos hablado.

BERTA. *(Lo mira hondamente.)* Me lo habrás dicho tú.

TOMÁS. *(Intrigado.)* No.

BERTA. *(Desvía la vista y eleva la cabeza.)* Noto un olor desagradable...

TOMÁS. *(Desvía la vista.)* Viene del cuarto de baño. La taza filtra mal. O quizá sea el depósito, que descarga sin fuerza... Ya he avisado al Encargado de la planta *(Ríe.)* Hasta una Fundación como esta sufre deficiencias... Se han dado tanta prisa en construir y organizar que aún no hay servicio, ni comedores...

BERTA. Y el apiñamiento.

TOMÁS. Claro. Mientras terminan los nuevos pabellones. ¿Estáis vosotras mejor antendidas en los vuestros?

BERTA. Lo mismo. Sin servicio aún. Y por eso me tengo que ir. Vámonos, Rabo Largo. *(Inicia la marcha.)*

TOMÁS. *(La detiene con timidez.)* Ya no tardan nada... Y es gente interesante. Te agradarán. Incluso Tulio. Es un poquitín grosero y aborrece la música... Pero es un fotógrafo excepcional, que anda tras un descubrimiento óptico formidable. Un verdadero sabio, aunque algo desequilibrado. Y Max, otro sabio. Un matemático eminente. Pero éste, simpatiquísimo y servicial. Lino es ingeniero. Va a experimentar un nuevo sistema de pretensados... Habla poco y es buena persona.

BERTA. Y Asel.

TOMÁS. Y Asel. El mejor de todos.

BERTA. *(Por el Hombre acostado.)* ¿Y este?

TOMÁS. *(Después de un momento.)* No lo creerás, pero aún no sé a lo que se dedica. *(Se acerca al lecho.)* Como está enfermo no lo cansamos con preguntas.

BERTA. ¿Nos estará oyendo?

TOMÁS. Duerme profundamente. *(La invita a acercarse. Ella lo hace. En voz baja.)* Mira. Parece un campesino. Quizá sea un horticultor... Ensayará injertos, cultivos y todas esas cosas. *(Breve pausa.)*

BERTA. Se me ha hecho tarde, amor. Ahora sí que me voy.

TOMÁS. *(La abraza. Se le vela la voz.)* Vuelve esta noche.

BERTA. *(Asombrada.)* ¿Aquí?

LA FUNDACIÓN

TOMÁS. Son muy dormilones... y muy comprensivos. Si nos refugiamos en el cuarto de baño no dirán nada.

BERTA. *(Al ratón.)* Está loco, Tomasín.

TOMÁS. Loco por ti. ¿Vendrás?

BERTA. *(Después de un momento.)* Aborrezco a la Fundación.

TOMÁS. *(La besa.)* Pero no a mí... Vuelve esta noche.

BERTA. Basta... *(Se desprende.)* Basta. *(Va hacia la puerta.)*

TOMÁS. ¿Vendrás?

BERTA. *(Desde la puerta, muestra al ratón.)* Tengo que proteger a mi otro novio... *(Señala la cortina.)* Y en el cuarto de baño huele mal.

TOMÁS. ¡Nos vamos a otro sitio!

BERTA. *(Risita.)* ¿A dónde? *(Él no sabe qué responder.)* ¡Adiós! *(Desaparece por la derecha del corredor... Tomás sale presuroso y alza la voz.)*

TOMÁS. ¡Yo sé que vendrás! *(Llega, de más lejos, la argentina risa de Berta. Tomás la ve alejarse. Luego contempla el paisaje y respira el aire perfumado. Penetra de nuevo en la estancia y sonríe hacia el Hombre enfermo.)* ¡Cielos, qué mañana! Tan pura como la de Rossini. Duerme, duerme. *(Cruza.)* Amortiguaré un poco la música.

HOMBRE. Estoy despierto.

TOMÁS. *(Se detiene, inmutado.)* Perdona... Los dos creímos que dormías... Te habremos molestado.

HOMBRE. He dormido a ratos... *(Con voz de sueño.)* Ninguna molestia. *(Tomás se acerca a la estantería, manipula en un botón y la música se amortigua.)* Hay un olor desagradable.

TOMÁS. *(Se vuelve hacia él, turbado.)* Del cuarto de aseo. Lo arreglarán pronto... ¿Prefieres así la música? *(No hay respuesta. Tomás se encamina a la mesa sin hacer ruido y toma una revista.*

Cuando va a sentarse llegan por la izquierda del corredor cuatro hombres que miran hacia la derecha por un momento. En cuanto los ve, Tomás corre a la estantería y corta la música. Ellos entran. El primero en hacerlo es Tulio, magro cuarentón de rostro afilado y serio. Viste, como todos, camisa gris; en su rectángulo negro, la inscripción C-81. Pantalón oscuro, diferente al de los demás, asimismo distintos entre sí.) ¿Qué tal el paseo?

TULIO. *(Hosco.)* Bien. *(Los otros entran inmediatamente después: Max, de unos treinta y cinco años, C-96 en su camisa, de agradable fisonomía, va a sentarse a la mesa y hojea la revista dejada por Tomás.)*

MAX. ¡Espléndido! Figúrate que hasta hemos jugado a pídola. ¡Y Tulio ha resultado un maestro! *(Tulio lo mira, ceñudo.)* En caerse, claro. Pero un maestro. *(Ríe, y Tomás ríe con él. Entretanto Lino cruza y va a sentarse al extremo derecho de la mesa. Muy vigoroso y de aire taciturno, aparenta unos treinta años. C-46 en su camisa.)*

TULIO. *(Agrio.)* Voy a beber agua. *(Se acerca a la cortina. Asel se ha aproximado, nada más entrar, a la cama y observa al Hombre acostado. Después se recuesta contra el pie del lecho y mira a Tomás. Asel es el mayor de todos: unos cincuenta años, tal vez más. Cabello gris, expresión reflexiva. En su rectángulo, C-73.)*

TOMÁS. Son pullas sin malicia, Tulio. ¿Te sirvo una cerveza?

TULIO. *(Seco.)* Prefiero agua.

TOMÁS. ¿Sí? Pues yo no. *(Tulio desaparece tras la cortina. Max se barrena una sien ante Tomás, que sonríe.)*

ASEL. Y tú, Tomás, ¿qué tal lo has pasado?

TOMÁS. Muy distraído. He oído a Rossini, he leído...

ASEL. ¿Ninguna novedad?

TOMÁS. Ninguna. ¿Cuándo empezamos los trabajos?

MAX. Tú, cuando quieras. Un escritor no necesita despachos ni laboratorios.

Tulio reaparece secándose la boca con la manga.

TOMÁS. Y ya tomo mis notas. Pero también necesito aislamiento.

ASEL. Así pues, mañana tranquila. ¿Ninguna visita?

TOMÁS. *(Sonríe.)* Una.

Todos lo miran, tensos. Con un resuello de disgusto, Tulio se acerca a uno de los saquitos colgados a la izquierda, entreabre su boca sin descolgarlo y saca un pañuelo, que se guarda. Lino se levanta, mira de reojo a Tomás y se acerca a la puerta, en cuya esquina se recuesta.

ASEL. *(Entretanto.)* ¿Quién?

TOMÁS. *(Divertido.)* ¿No lo adivinas?

ASEL. *(Se incorpora.)* Calla. Alguien se acerca.

Se aproxima a la puerta. Max se levanta y se sitúa a su lado. Tulio se vuelve hacia la puerta. Por la izquierda del corredor aparecen, sonrientes, el Encargado y su joven Ayudante. Ambos visten impecable chaqueta negra, pantalón de corte y corbata de seda clara, al estilo de los regentes de hoteles. El Encargado es un señor de edad mediana y porte distinguido. Tomás se acerca.

TOMÁS. ¡Buenos días, señor!

ENCARGADO. *(Acentúa su sonrisa.)* Buenos días, caballeros. ¿Todo en orden?

TOMÁS. Sí, señor. Tan sólo algunas pequeñeces sin importancia... ¿Cuándo abrirán los comedores?

ENCARGADO. *(Ríe suavemente.)* Muy pronto. La Fundación les ruega que perdonen estas pasajeras deficiencias. Si me permite... *(Entra y observa al Hombre acostado.)* ¿Tampoco hoy se ha levantado?

ASEL. Sigue débil. Pero no es grave.

ENCARGADO. Muy bien. *(Huele discretamente el aire sin decir nada. Su mirada recorre el aposento.)* Celebro que los señores se encuentren a gusto. *(Regresa a la puerta.)*

TOMÁS. Muchas gracias.

ENCARGADO. *(Desde el corredor, dedica a todos una sutil sonrisa.)* Siempre a la disposición de los señores. *(Se va por la derecha. El Ayudante se inclina, muy risueño, y desaparece a su vez.)*

TOMÁS. Son amabilísimos.

Con un sardónico gruñido cruza Tulio, toma un libro pequeño y deteriorado de la mesilla de noche y se recuesta en ella para hojearlo. Lino se asoma al exterior. Asel torna a recostarse a los pies de la cama.

LINO. Ya no tardará la bazofia.

MAX. *(Mientras va a sentarse a la mesa.)* Linda manera de llamar a nuestros festines.

TOMÁS. Es un exquisito.

LINO. Perdona, Tomás... Es mi modo de hablar.

TOMÁS. ¿Yo? No tengo nada que perdonarte. ¿Quién quiere una cerveza?

Sin levantar la vista del libro, Tulio emite otro gruñido de sorna. Tomás lo mira. Max le indica por señas que no haga caso.

MAX. Prefiero whisky. Yo mismo me lo serviré. *(Sin dejar de leer, Tulio suelta la carcajada. Asel lo reprende con un meneo de cabeza.)* Y a éste, un calmante.

TOMÁS. *(Ríe.)* Sí que le hace falta..

TULIO. *(Sin levantar la vista.)* Me reía de algo... que pone aquí.

Tomás llega al frigorífico y lo abre. Destellos de botellas y envases. Lino modula, abstraído, una absurda y discordante melodía con la boca cerrada: improvisados tonos que suben a veces desagradablemente. Tomás, que pensaba lo que podría sacar, lo mira, incómodo.

TOMÁS. Si quieres, pongo música. *(Lino lo mira, enmudece y se encoge de hombros.)* ¿Te apetece una cerveza? *(Lino mira a Asel, quien le hace un leve gesto de asentimiento.)*

LINO. Bueno.

ASEL. *(Mirando a Tulio.)* Para mí, otra.

Tulio lo mira con desdén. Tomás recoge de la taquilla un abridor, con el que destapa una botella de cerveza. Max toma de la taquilla dos vasos altos y se los presenta. Tomás los llena. Max se acerca a Lino y le tiende uno.

MAX. Toma.

LINO. Gracias. *(Pero no lo toma. Tomás está abriendo otra botella. Saca otro vaso de la taquilla y se sirve.)*

MAX. *(A Lino.)* Toma, hombre... *(Tomás los mira.)*

LINO. *(De mala gana.)* Trae. *(Toma el vaso. Max se acerca a Asel.)*

ASEL. ¿Quién nos ha visitado esta mañana, Tomás? No nos lo has dicho.

Lino, que iba a beber, interrumpe su ademán. Tulio cierra su libro y mira a Tomás. Max se detiene.

TOMÁS. *(Ríe.)* Y no sé si decíroslo. *(Va a beber, se detiene y brinda su vaso a Tulio.)* Perdona, Tulio. ¿Te apetece? *(Tulio lo mira, colérico.)*

MAX. ¿Le pongo estricnina para que te sepa mejor? *(Tomás y él ríen. Tulio deja el libro sobre la mesilla con un golpe airado.)*

TOMÁS. Bueno, hombre. No te sulfures. *(Y bebe.)*

MAX. Tu cerveza, Asel. *(Le tiende el vaso.)*

ASEL. *(Lo toma.)* Gracias.

Lino cruza hacia la mesa con los ojos bajos, deja blandamente el vaso que no ha bebido, se sienta en un sillón y tamborilea sobre la tabla.

TOMÁS. ¿Y tu whisky, Max? *(Max va a la taquilla, de la que saca un vaso con unos dedos de whisky ya servidos.)*

MAX. Aquí está. ¿Me pones el hielo? *(Sorprendido, Tomás lo mira y saca del frigorífico un recipiente de metal.)*

TOMÁS. ¿Cuándo te lo has servido?

MAX. *(Con una rápida ojeada a los demás.)* Hace un minuto. ¿No lo has visto?

TOMÁS. No... *(Saca un par de cubitos de hielo con unas pinzas y se los echa en el vaso. Max agita su bebida. Tomás guarda todo y cierra el frigorífico.)*

ASEL. *(Suave.)* Tomás, dinos quién vino.

Lino deja de tamborilear y aguarda la respuesta. Tulio se cruza de brazos y mira a Tomás. Sin perderlo de vista, Max bebe.

TOMÁS. Pues... esa deliciosa personita cuya presencia en la Fundación os obstináis en negar.

Todos se miran.

ASEL. ¿Tu novia?

TOMÁS. *(Jactancioso.)* ¡Y con el 72 en su blusa! ¡Por muy poco no te das de narices con el prodigio, Asel! No hace ni cinco minutos que se ha marchado. *(Tulio se sienta en un sillón y resopla con gesto adusto.)* ¡No me creen, Max! Piensan que me gusta inventar. *(Pasea y bebe.)* Que se lo pregunten al enfermo. Estaba despierto cuando ella vino.

TULIO. *(Iracundo.)* ¡Cállate!

ASEL. *(Se incorpora.)* ¡Tulio!

TULIO. No lo aguanto. *(Se levanta y va a mirar al exterior desde la puerta.)*

ASEL. ¿Qué es lo que no aguantas? En realidad, todos creemos a Tomás menos tú. *(Tulio lo mira, irritado.)* Procura serenarte. Llevas algún tiempo... demasiado nervioso.

MAX. Asel tiene razón. Te ayudaremos todos.

TULIO. *(Seco.)* ¿A qué?

TOMÁS. *(De nuevo afable, sonríe a Tulio.)* Te ayudaremos si lo necesitas, Tulio. Yo también, porque me considero tu amigo. *(Se acerca.)* Si te desagrada que hable tanto de Berta...

MAX. Es muy natural. Es tu novia.

TOMÁS. Si a Tulio le molesta, no volveré a hablaros de ella.

TULIO. Habla lo que te dé la gana.

TOMÁS. *(Reflexiona.)* Estamos algo aislados aquí... Esa puede ser la causa.

ASEL. ¿La causa de qué?

TOMÁS. Asel, tú recibes noticias de tu mujer y de tus hijos. Ayer tuviste carta.

ASEL. Así es.

TOMÁS. A Max lo visita su madre y a Lino también le llegan cartas de sus padres... ¿Estás casado, Tulio? *(Silencio.)*

ASEL. No tiene a nadie.

TOMÁS. Te ruego que me perdones. Le diré a Berta...

TULIO. *(Pasea, exaltado.)* ¿Qué no venga por acá? ¡Gracias, hombre! ¡Ojalá vinieran muchas personas, ojalá viniese el mundo entero! *(A los demás.)* ¡Lo que me crispa no es lo que Tomás supone y vosotros lo sabéis de sobra!

ASEL. No grites, Tulio.

TULIO. ¿Ni siquiera se va a poder gritar?

TOMÁS. ¿De qué hablas?

Lino tamborilea de nuevo sobre la mesa.

ASEL. ¡Por favor, no perdamos la calma! Tomás, ruégale a Berta, en nombre de todos, que nos visite lo antes que pueda.

TULIO. ¡Asel, esto es un error!

ASEL. *(Lento.)* ¿Qué dices?...

MAX. *(Sonriente.)* No es un error y debes ofrecerle a Tomás tus excusas.

TOMÁS. No es necesario.

MAX. Sí lo es. A ti y a todos. *(Ríe.)* ¿Por qué no nos haces una de tus fotos maravillosas? Los buenos amigos de la Fundación a la hora del aperitivo. ¿Qué te parece?

TULIO. *(A media voz.)* Que estáis todos chiflados.

MAX. Si me dejas la máquina os retrato yo, contigo en medio. A condición de que mires al pajarito y sonrías. ¡Será una sonrisa histórica!

Menos Tulio, ríen todos: hasta el ensimismado Lino ríe a su pesar.

TULIO. *(Con aviesa sonrisa.)* Conforme. A condición de que Berta se ponga a mi lado para la foto. *(Tomás lo mira, molesto.)*

ASEL. Eso es una grosería, Tulio. *(Tulio se encoge de hombros. El timbre del teléfono comienza a sonar suavemente. Nadie lo acusa.)*

TOMÁS. *(Frío.)* También retratarás a Berta, si quieres hacernos ese favor. Pero no ahora, puesto que no esta aquí.

TULIO. Eso. No está aquí.

TOMÁS. *(Enfadado, da un paso hacia Tulio... Se contiene y recobra la sonrisa.)* ¡Tulio, te dejo por imposible! *(Apura su cerveza.)* ¿Nadie toma el teléfono? *(Todos se miran.)* Hace rato que suena. Puede ser tu madre, Asel. O quizá tu madre, Max.

MAX. Yo lo tomaré.

TULIO. *(Entre dientes.)* ¡Y lo tomará!

MAX. *(Descuelga el teléfono. Menos Lino, todos le miran.)* Diga... No, no soy Tomás... *(Le guiña un ojo a Tomás, que sonríe.)* Es que nos confunden las voces. Yo soy Max... ¡Qué amable! También todos nosotros deseamos conocerla... *(Con cara de vinagre, Tulio cruza bajo la triunfal mirada de Tomás y desaparece tras la cortina.)* Bueno, casi todos... *(Tomás está a su lado, nervioso.)* Mil gracias. Le paso el teléfono a Tomás, que se está mordiendo las uñas...

TOMÁS. No digas tonterías.

Asel va a la mesa y se sienta, atento.

MAX. *(Ríe.)* ¡Ya se ha comido un meñique! ¡Tenga cuidado con él! ¡Es capaz de devorarla por teléfono!

TOMÁS. ¡Trae, ganso! *(Le arrebata el teléfono. Max se acerca a la cortina y, como si viese a Tulio a su través, señala a Tomás con el gesto de preguntar: "¿qué dices ahora?". Después va hacia la cama, observa un instante al enfermo y se reclina en la madera de los pies.)* ¡Berta, qué pronto has llegado!... ¿En tu coche? Creí que habías venido dando un paseo... *(Tapa el micrófono.)* Tiene un utilitario, pero le he prometido algo mejor para cuando nos casemos. *(Destapa.)* ¿Desde que no nos vemos? ¡Ah, yo sigo viéndote!... ¡Ya lo creo! *(Se vuelve hacia el ventanal.)* Desde aquí te veo en tu pabellón... *(Ahoga la risa.)* Es que tengo ojo telescópico. Una enfermedad muy rara... Oye, ¿sigue vivo Tomás?

ASEL. ¿Tomás?

TOMÁS. *(Tapa el micrófono.)* Un ratón del laboratorio. Le ha puesto mi nombre la muy descarada. *(Destapa.)* ¡Dile que nos veremos las caras! ¡Lo suspenderé por el rabo en el aire, que es lo que más rabia les da!... ¡Al contrario! Tu llamada ha sido oportunísima. Quienes negaban tu existencia han tenido que morder el polvo. Esta noche te ofrecerán sus disculpas... ¡No, no! ¡No quiero ni oírlo! Esta noche vienes... ¡Para que mis amigos vean lo guapa que eres, mujer! *(El escándalo de un depósito que se descarga tras la cortina le interrumpe.)* No.. No, ahora no te oigo bien... *(Disgustado por el ruido que no cesa se tapa el oído libre, al tiempo que reaparece Tulio terminando de abrocharse el pantalón.)* ¡Oye!... ¡Que vengas esta noche!... *(Cuelga, molesto.)* Ha colgado. O han cortado, no sé... Espero que vendrá. Esta noche o mañana lo más tarde.

TULIO. O pasado mañana.

TOMÁS. *(Seco.)* Gracias por la buena intención. De todos modos ya no puedes negar que ella está aquí.

TULIO. *(Cruza para sentarse a la mesa.)* Yo no me he puesto al teléfono.

TOMÁS. *(Se acerca, amostazado.)* ¡Pero Max sí! ¡Y ha hablado con ella! ¡Y si no fuera por ese condenado ruido que has hecho, no sé si aposta!... *(Tulio lo mira de través.)* Porque se te podía haber ocurrido aliviarte en otro momento, digo yo...

ASEL. ¿Otra vez? Yo os ruego a los dos...

TULIO. Descuida. Me callo.

TOMÁS. También yo. *(Pasea. Lino reanuda sus extrañas modulaciones. Tomás se detiene ante el ventanal y contempla la campiña.)*

LINO. ¿Cuánto faltará para la comida?

ASEL. Unos diez minutos. *(Saca una corta pipa, vieja y requemada, que chupetea con avidez.)*

LINO. ¿Tanto?

MAX. No. Ni cinco minutos. *(Pausa.)*

LINO. *(A Asel, en voz baja, señalando al enfermo.)* ¿Te corresponde hoy la ración de ése? *(Tomás se vuelve despacio, escuchándolos con vaga inquietud.)*

ASEL. *(Suspira.)* Pues... sí. Lo siento. *(Tomás va a hablar, pero se contiene al oír a Lino. Max hojea una revista.)*

LA FUNDACIÓN

LINO. Si, al menos, pudiésemos fumarnos el pitillo de la espera... *(Asel se saca la pipa de la boca y la huele con delectación. Tulio saca su pañuelo y se lo pasa por los labios.)* ¿No te quedará a ti ninguno, Max? *(Max deniega.)*

ASEL. Paciencia. Es otro de los lunares de esta admirable Fundación. Creo que hasta dentro de dos días no abren el economato.

TOMÁS. *(Avanza un paso, contento.)* ¡Pero eso os lo resuelvo yo ahora mismo!

LINO. *(Con ilusión.)* ¿Te quedan cigarrillos?

TOMÁS. ¡Claro que sí! Yo apenas fumo. *(Se dirige a los talegos de la izquierda.)* ¡Y bebe tu cerveza, hombre! ¡Ni la has probado! *(Lino recoge su vaso y bebe un sorbo sin quitarle ojo a Tomás. Tulio se engolfa en su libro, ceñudo. Max sorbe otro poquito de su whisky. Asel observa a Tomás, que extrae de uno de los saquitos una cajetilla de tabaco y la muestra a todos. No obstante, algo defrauda a Lino, pues baja la cabeza.)* ¡A fumar! *(Tomás abre la cajetilla y ofrece.)*

ASEL. Toma tu cigarrillo, Lino. *(Lino saca un cigarrillo de la cajetilla con torpes dedos y se queda con él en las manos.)*

TOMÁS. *(A Asel.)* ¿Tú no quieres?

ASEL. *(Se lleva a la boca la pipa.)* Ya sabes que estoy intentando abandonar el vicio.

MAX. Yo soy un vicioso repugnante. Dame. *(Toma un cigarrillo y saca de su bolsillo una caja de cerillas.)*

TOMÁS. *(Tímido.)* Tulio... *(Tulio deniega con un dedo, sin levantar la cabeza.)* Pero tú fumas... *(Tulio niega con la cabeza, enfurruñado. Tomás mira a todos y esboza un consternado ademán.)*

ASEL. *(Suave.)* También le has rechazado la cerveza... No lo desaires por segunda vez. Él te estima...

121

TULIO. *(Golpea la mesa con el puño.)* ¡Basta de sermones! *(Con gesto de impotencia, vuelve a golpear repetidas veces.)* Está bien. ¡Presento mis excusas! *(Rojo de ira.)* ¡Y le probaré que yo también le estimo! ¡Os lo probaré a todos!

TOMÁS. Pero, Tulio, no lo digas tan enfadado. Yo te agradezco tu buen deseo sin necesidad de esas explicaciones.

TULIO. *(A todos, más calmado.)* Perdonadme, tengo el genio vivo. *(Tomás le ofrece la cajetilla.)* Fumar, no. He dicho que no quiero, y no quiero. *(Se levanta y cruza. Se vuelve hacia Tomás.)* Gracias. *(Se aposta ante la puerta y mira al exterior. Max enciende su cigarrillo y ofrece lumbre a Lino, que vacila. Max insiste, Lino se pone el cigarrillo en la boca y lo enciende. Pero, tras dos o tres chupadas, lo deja consumirse sobre un cenicero. Tomás saca un cigarrillo y se guarda la cajetilla.)*

TOMÁS. ¿Me das fuego? *(Max le prende el cigarrillo.)* Gracias. ¿Enciendo la televisión?

MAX. Viene muy sosa a estas horas.

TOMÁS. Con estas niñerías ni me he acordado de poner la mesa, y el almuerzo debe de estar al llegar. Lo hago en un vuelo.

MAX. ¡Y como nadie! Si te falla la literatura, ya sabes: camarero de gran hotel. Ganan más que los novelistas...

TOMÁS. *(Ríe.)* Lo pensaré. *(Ha ido a la mesa y recoge todos los periódicos y revistass, que deja sobre la mesilla. Tulio se vuelve y lo mira con tristes ojos.)*

TULIO. *(Humilde.)* ¿Te ayudo?

ASEL. ¡Bravo, Tulio! *(Tulio dibuja una sonrisa avergonzada.)*

TOMÁS. *(Conmovido.)* Si quieres, con mucho gusto. Te lo agradezco de veras. Retira tú los vasos, por favor. ¿Acabásteis todos?

MAX. *(Se apresura a apurar su vaso y lo suelta.)* Listo.

Tulio se acerca a la mesa, indeciso. Tomás recoge el cenicero, donde el cigarrillo de Lino aún lanza su columna de humo.

TOMÁS. ¿No te gusta este tabaco, Lino? *(Apaga la colilla.)*

LINO. ¿Eh? Sí. Cualquier tabaco me gusta.

TOMÁS. *(Va a la mesilla para dejar el cenicero.)* Se te ha consumido entero...

LINO. *(Desconcertado, mira a los demás.)* Estaba distraído.

TOMÁS. Pídeme otro cuando quieras. *(Nada más dejar el cenicero se detiene, asombrado por la increíble actuación de Tulio, quien, después de mimar los ademanes de apiñar y recoger vasos, pero sin rozar siquiera los que se ven sobre la mesa, se encamina con esta carga imaginaria hacia la taquilla. Los demás no parecen hallar nada anómalo en su proceder; Max se levanta, apurando su colila para dejarla en el cenicero, y después se acerca al Hombre acostado para observarlo discretamente. De nuevo abstraído, Lino tamborilea sobre la mesa con ambas manos. Sonriente y saboreando su pipa vacía, Asel mira a Tulio. Tomás reprime su despecho.)* No debiste ofrecerme ayuda para reírte de mí. *(Todos lo miran, sorprendidos. Tulio se detiene y se vuelve, inquieto. Muy atento, Asel avanza hacia ellos.)*

TULIO. ¿Me hablas a mí?

TOMÁS. *(Glacial.)* ¿A quién, si no? *(Va a la mesa.)*

TULIO. ¿Y por qué... me dices eso?

TOMÁS. ¿Qué estás haciendo?

TULIO. *(Turbado.)* Llevar los vasos... a la alacena.

TOMÁS. ¿Qué vasos?

TULIO. *(Apenas se atreve a levantar sus manos.)* Estos.

TOMÁS. No sé qué pensar de ti. *(Reúne los vasos, que tintinean.)*

TULIO. Pero... si yo...

MAX. *(Rápido.)* ¡Ha sido una broma, Tomás!

TOMÁS. ¡De muy mal gusto! *(Cruza con los vasos hacia la taquilla.)* Me parece... ¡Vamos! ¡Me parece que mis deseos de conciliación no han podido ser más claros!

ASEL. Sin duda, pero cálmate...

TOMÁS. *(Saca de la taquilla un mantel estampado.)* ¡Me ha ofrecido ayuda para burlarse!

TULIO. ¡No!

TOMÁS. *(Mientras va a la mesa y pone el mantel.)* ¡No le soportaré ni una burla más! Pediré al Encargado que lo trasladen de habitación.

MAX. *(Le ayuda a extender el mantel.)* ¿No lo entiendes? Hay que disculpárselo...

TULIO. *(A Asel.)* ¡Yo quería complacerle!

TOMÁS. ¡Y todavía insiste! *(Mientras va a la taquilla para tomar servilletas.)* ¡No quiero oírle ni una palabra más! Este incidente ha terminado. *(Con una colérica mirada a Tulio.)* Para siempre.

ASEL. No, Tomás...

TOMÁS. ¿Lo vas a disculpar?

MAX. Trae. *(Le recoge las servilletas y las va colocando.)*

ASEL. No ha sido una burla, Tomás. *(Tomás va a buscar cubiertos.)*

TULIO. *(Con un gruñido sarcástico, señala a Max.)* ¡Vaya! Resulta que yo soy el único que no sabe ayudar.

MAX. *(A Tomás.)* Yo pondré las copas. *(Va a la taquilla y saca copas, que lleva a la mesa.)*

TULIO. *(Con desprecio.)* ¡Las copas!

ASEL. *(Se acerca a Tomás.)* Tienes que comprenderlo. Él no sabía lo que hacía.

MAX. Yo traigo el vino. *(Va a la taquilla.)*

TULIO. ¡Asel, si lo explicas así, prefiero explicarlo yo!

ASEL. No seas picajoso. *(A Tomás.)* Y tú, ven aquí.

Max lleva a la mesa una botella de vino. Tomás deja sobre la mesa su carga de cubiertos.

TOMÁS. Tengo que poner la mesa. *(Va a la taquilla y toma platos.)*

ASEL. *(Le sigue.)* Escúchame, por favor. *(Lo toma de un brazo.)*

TOMÁS. Déjame.

ASEL. *(Lo retiene y le lleva al primer término.)* Ven.

TULIO. *(Se acerca.)* ¡Te digo que así no! ¡Ya estoy harto!

ASEL. *(Tajante.)* ¡Cállate! *(Breve pausa.)*

TULIO. *(Respira con fuerza.)* ¡Cómo quieras! Seguiré teniendo paciencia. *(Y se aparta hacia la mesa, en cuyo extremo derecho se sienta cruzándose de brazos.)*

ASEL. *(A media voz.)* Tomás, tú sabes que Tulio...

TOMÁS. Yo no sé nada.

ASEL. Tú sabes que él... es muy raro. *(Breve pausa.)* Ten tú también paciencia. Y comprensión.

TOMÁS. ¡Está bien, está bien! Como quieras. *(Va a la mesa, pone bruscamente los platos, vuelve a buscar más y los lleva. Max le ayuda a colocarlos.)* Gracias.

Tulio no soporta la visión de esa ayuda ni la brusquedad con que Tomás le ha puesto delante un plato y se levanta para apoyarse en la mesilla, que golpea con sus manos, de cara a la librería.

MAX. *(Procura distender la situación.)* ¿Qué coche piensas comprar cuando te cases, Tomás?

Asel se sienta.

TOMÁS. No sé... Aconséjame tú. *(A Lino.)* O tú, ingeniero. De eso sabrás bastante... ¿Cuál me recomiendas?

LINO. No sé qué decirte. Yo soy ingeniero.

TOMÁS. ¡Pues por eso! ¿De qué marca es el tuyo?

LINO. *(Ríe levemente.)* De... la mejor.

TOMÁS. *(Coloca el último plato y ríe.)* ¡No lo dudo! ¿Otro cigarrillo?

LINO. *(Va a asentir; se arrepiente.)* No, gracias. *(Tamborilea.)*

TOMÁS. *(Mira la mesa y se frota las manos.)* Ya está todo. *(Se acerca a la cama y mira por el ventanal.)* ¡Qué mañana más luminosa! *(A sus espaldas, se miran todos.)*

LINO. ¡Y qué larga! Cinco horas ya, desde el desayuno.

TOMÁS. *(Se vuelve a medias.)* ¿Te saco unos taquitos de jamón o de queso?

LINO. Aguantaré. Ya queda poco. *(De bruces sobre la mesa, reclina la cabeza en los brazos. Con la boca cerrada, reanuda sus curiosas modulaciones.)*

TULIO. ¡Maldita sea, huele cada vez peor!

TOMÁS. *(A Asel.)* ¡Ah!... Eso también está resuelto. *(Todos lo miran.)*

MAX. ¿Resuelto?

TOMÁS. *(Se adelanta, risueño.)* He avisado esta mañana.

Lino juguetea con el plato que tiene delante. Tulio aprieta los puños.

ASEL. *(Se levanta despacio.)* ¿A quién?

ASEL. El apetito es mayor. *(Lo mira fijamente.)* Tú lo has dicho, son los aires... Confiesa que estás deseando hartarte un día. Y que ningún día lo consigues.

TOMÁS. Es verdad. Y no lo comprendo.

ASEL. Hoy te saciarás.

TOMÁS. Asel, yo no debo aceptarlo.

ASEL. No se hable más. *(Le pone la mano en el hombro.)* ¡Prescripción facultativa!

TOMÁS. *(Baja la cabeza.)* Gracias.

Silencio.

TULIO. Asel, si no digo algo, reviento.

ASEL. Si no es un disparate... *(Se sienta y juguetea con su pipa.)*

TULIO. Eres el hombre más admirable que he conocido.

ASEL. *(Risueño.)* Es un disparate. *(Breve pausa.)* También tú le diste ayer a Tomás algo de tu comida...

TULIO. *(Rezonga.)* Porque me lo rogaste tú.

ASEL. Tonterías. Lo hiciste de buena gana.

TULIO. Que te crees tú eso.

Silencio.

HOMBRE. Yo también tengo hambre. ¿Por qué me tenéis a dieta?

Nadie acusa estas palabras. Tomás, muy perplejo, lanza una mirada al enfermo.

TOMÁS. También yo voy a reventar si no digo algo, Asel.

ASEL. Pues dilo.

TOMÁS. Como médico... no te entiendo.

ASEL. Porque no eres médico.

TOMÁS. ¿No debería tomar algo el enfermo?

Se miran, a hurtadillas de Tomás.

ASEL. Dieta absoluta.

HOMBRE. ¿Por qué?

TOMÁS. ¿Por qué?

ASEL. Sería largo de explicar...

TOMÁS. Ni siquiera bebe.

ASEL. Sí bebe. Cada noche le doy el líquido que necesita.

TOMÁS. *(Se acerca a él, turbado.)* Y durante el día... ¿nada?

ASEL. Nada.

TOMÁS. Se morirá de sed.

ASEL. No.

TOMÁS. *(Tímido.)* ¿Le vas a reconocer hoy?

ASEL. No hace falta. Se halla en una etapa estacionaria.

TOMÁS. *(Caviloso.)* Supongo que sabes lo que haces.

ASEL. No lo dudes.

TOMÁS. Pero dime, Asel... *(Le oprime un hombro.)* Si nos sobran alimentos, ¿por qué recogemos todos los días su ración y nos la tomamos por turno? *(Asel titubea.)*

MAX. ¿Y por qué no?

LINO. Tú has admitido que tenías hambre.

TOMÁS. *(Pasea.)* Sí. Todos la tenemos... ¡Y no me lo explico!

MAX. *(Risita.)* Los aires.

Silencio. Tomás los mira uno a uno y recibe las inocentes miradas de todos. Después se acerca a la cama y se inclina sobre el Hombre acostado.

TOMÁS. ¿Te encuentras bien? ¿Quieres algo? *(No hay respuesta. Tomás se incorpora y se vuelve hacia Asel.)* No le irá a pasar nada... ¿Verdad, Asel?

ASEL. No.

TOMÁS. *(Da unos pasos vacilantes. Se vuelve a mirar el paisaje.)* Es hermoso vivir aquí. Siempre habíamos soñado con un mundo como el que al fin tenemos.

Silencio.

MAX. No le vuelvas a hablar del retrete al Encargado. Podría molestarse.

TULIO. *(Seco.)* Es seguro que el Encargado no lo va a olvidar.

TOMÁS. Descuidad. *(Va a la estantería.)* ¿Un poco de música?

ASEL. Como quieras. *(Tomás va a oprimir el botón.)*

MAX. Espera. Creo que ya está aquí el almuerzo. *(Va hacia la puerta con un plato en la mano.)*

LINO. Sí. Ya lo traen.

Tulio toma un plato y cruza a su vez, poniéndose en fila detrás de Lino y Max. Tomás se acerca a la mesa.

ASEL. *(Cachazudo, se guarda su pipa, toma un plato y se levanta.)* Recoge tú el del enfermo.

TOMÁS. Eso iba a hacer.

Tomás toma dos platos y se dirige a la puerta. Asel se coloca detrás de Tulio. Conducido por dos Camareros correctamente vestidos de frac, llega por la izquierda del corredor un niquelado carrito de dos tablas, colmada la superior de fuentes con exquisitas viandas y la inferior de suculentos postres. Entre el carrito y la barandilla aparece, muy sonriente, el Encargado.

ENCARGADO. Buenos días, señores.

TODOS. Buenos días.

El primer Camarero le tiende a Lino un cestito repleto de dorados panecillos, que Lino se apresura a trasladar a Max y éste a Tulio, quien lo pasa a Asel, el cual se aparta un instante de la fila y lo deja sobre la mesa.

ENCARGADO. *(Entretanto.)* La carta de hoy es excelente y variada. *(Los Camareros les sonríen.)* Tienen donde elegir. *(A Tomás, que se acerca con los dos platos.)* ¿Son para el enfermo?

TOMÁS. Sí. ¿Qué me aconseja usted? *(Risita del Primer Camarero.)*

ENCARGADO. ¿Puede comer de todo?

TOMÁS. De todo.

ENCARGADO. *(Tenue risita.)* Entonces me permito recomendarle estos riquísimos entremeses, una terrina de foie-gras y solomillo con champiñones. *(Los Camareros ahogan regocijadas risitas. Tomás tiende un plato y uno de ellos se lo va llenando.)* Y, de postre..., le recomiendo la tarta de manzana. Está exquisita.

TOMÁS. Perfecto. Yo tomaré lo mismo.

ENCARGADO. Mil gracias. *(El segundo Camarero le pide a Tomás el otro plato y se dispone a servirle..)* ¿Les molesta mucho ese olorcillo? *(Tomás mira a sus compañeros y vacila en responder.)* Perdonen que lo pregunte en ocasión tan inadecuada... *(A uno de los Camareros se le escapa una breve carcajada. El Encargado lo mira rápido, pero también sonríe.)*

TULIO. *(Desde la fila.)* Apenas lo notamos.

ENCARGADO. *(Muy serio.)* No obstante, se arreglará lo antes posible... No lo duden.

Las cortinas se corren durante breves momentos.

II

La misma claridad irisada en el aposento; al fondo, inmutable y radiante, el paisaje. La puerta sigue abierta. Aunque nada parece haber variado, pueden observarse tres cambios si se pone atención. De los cinco elegantes silloncitos, los dos situados hacia la izquierda de la mesa han desaparecido y los reemplazan dos de los tres bultos que antes se guardaban bajo la cama; más visibles ahora, se aprecia que cada uno de ellos consiste en una vieja colchoneta, delgada y estrecha, enrollada y cuyos pliegues en espiral asoman por los bordes de la arpillera que la envuelve. El tercer cambio afecta a las ropas de la cama; ya no hay en ella sábanas ni colcha sino una manta parduzca, y el cabezal gris carece de funda.
El Hombre acostado permanece en la misma postura. De frente y sentado en el suelo hacia el primer término de la izquierda, Tulio lee en su libro desportillado y se aplica a la nariz su pañuelo de vez en cuando. Sobre uno de los petates, de perfil y sentado a la izquierda de la mesa, Lino, abstraído. De frente y sentado cerca del extremo derecho de la mesa, ante un gran libro de reproducciones en color, Tomás lo comenta para Asel y Max, de pie a sus dos lados. Unos segundos de silencio.

TOMÁS. No se cansa uno de mirar.

MAX. ¿Y es un cuadro pequeño?

TOMÁS. No tendrá más de un metro de ancho.

MAX. Parece mentira.

Tulio gruñe, despectivo, sin levantar la vista.

TOMÁS. Fijáos en la lámpara dorada. ¡Qué calidades! ¡Y con qué limpieza destaca del mapa del fondo!

TULIO. *(Sin dejar de leer.)* El mapa del fondo, con sus arrugas viejas... *(Los otros tres se miran.)*

TOMÁS. Exacto. Como un hule que se hubiera resquebrajado. *(Señala.)* ¿Las veis? Debe de ser muy difícil pintar esos efectos. Pero Terborch era un maestro.

TULIO. Terborch era un maestro, pero ese cuadro no es de Terborch.

ASEL. Tulio, ¿por qué no vienes a la mesa y lo ves con nosotros? ¿Qué necesidad tienes de sentarte en el suelo?

TULIO. *(Seco.)* Por variar.

TOMÁS. *(Se ha inclinado para leer en el libro.)* Aquí pone Gerard Terborch.

TULIO. Un pintor está sentado y de espaldas, copiando a una muchacha coronada de laurel y con una trompeta. ¿Es ése?

TOMÁS. ¡El mismo!

TULIO. *(Suspira.)* Lo siento, pero no puedo dejar de intervenir. Ese cuadro es de Vermeer.

TOMÁS. ¡Si aquí dice...!

TULIO. ¡Qué va a decir!

TOMÁS. *(Se inclina, vehemente.)* Dice... *(Se endereza, desconcertado.)* Vermeer. ¿Cómo he podido leer Terborch?

ASEL. *(Ríe.)* Todos estos holandeses son indiscernibles. La ventana, la cortina, la copa de vino, el mapa...

MAX. Ha sido una confusión mental.

TOMÁS. *(Incrédulo.)* ¿De los nombres? Además, yo sabía que este cuadro era de Vermeer... Vermeer de Delft. *(Se inclina.)* Aquí lo dice. ¡Gracias, Tulio! *(Tulio lo mira de reojo y no responde.)* ¿No quieres venir a ver? Es evidente que te gusta la pintura.

TULIO. No tengo ganas de levantarme.

TOMÁS. *(Afectuoso.)* Ni de ver libros... Tienes aquí las más bellas obras creadas por los hombres. Y nunca las miras.

ASEL. *(Suave.)* A cada uno hay que dejarle ser como es.

TOMÁS. ¡Pero es absurdo que se pase las horas con la nariz metida en ese libraco viejo! ¡Un manual de ebanistería! ¿A quién se le ocurre? *(Señala a la estantería.)* Podría distraerse con las mejores novelas... *(A Tulio.)* ¿Quieres que te elija una? *(Tulio lo mira fríamente.)*

MAX. Vamos a seguir viendo cuadros.

TOMÁS. *(Perplejo ante el silencio de Tulio.)* Sí... Sí. *(Mira el libro.)* Vermeer... *(Se entusiasma de nuevo.)* Por cierto, hay algo muy curioso en esta pintura. Esta lámpara holandesa es casi idéntica a la de otra tabla famosa y muy anterior. *(Busca en el libro.)* Una tablita de Van Eyck... El retrato de un matrimonio.

TULIO. *(Entre dientes.)* Arnolfini.

MAX. No es italiano, Tulio. Es flamenco.

TULIO. *(Fastidiado.)* ¡Arnolfini y su esposa! Está en la Galería Nacional de Londres. Pero me callo, me callo. *(Se engolfa, al parecer, en su libro.)*

TOMÁS. Sí, es ése. Y aquí lo tenemos. ¡Mirad! *(Compara una y otra página.)* Se diría la misma lámpara.

MAX. ¿Y si fuera la misma?

TOMÁS. ¿A tres siglos de distancia? No. Vermeer copió la de Van Eyck... o coincidió misteriosamente, pues es muy improbable que conociese este cuadro.

TULIO. ¡Cuánta imaginación! Esas dos lámparas se parecen como tú y yo.

TOMÁS. ¡Son casi iguales! Míralas.

TULIO. No me hace falta. En la de Vermeer, brazos delgados, cuerpo esférico; en la del flamenco, brazos anchos y calados, cuerpo cilíndrico...

TOMÁS. Pequeñas diferencias...

TULIO. Y una gran águila de metal corona la de Vermeer. ¿O me equivoco? *(Silencio.)*

TOMÁS. Creo que... no.

TULIO. Por consiguiente, ninguna coincidencia misteriosa.

ASEL. Tu memoria es admirable, Tulio. *(Tulio se encoge de hombros.)*

TOMÁS. Y yo lo reconozco de buen grado. Es natural: un fotógrafo tan bueno tenía que saber mucho de pintura. ¿Cómo se llama esa técnica que quieres perfeccionar?

TULIO. *(Deja a un lado el libro. No los mira.)* Holografía. *(Suspira.)* Sí... Imágenes que deambulan entre nosotros... De bulto... Y no son más que proyecciones en el aire: hologramas.

MAX. ¿No han descubierto ya eso?

TULIO. Y se puede mejorar. Es un campo inmenso. *(Breve pausa.)* Yo... lo investigaba, sí. Con otra persona. Yo quería... *(Oculta la cara entre las manos.)* ¡Dios mío! Yo quería.

ASEL. *(Se acerca a él.)* Y lo conseguirás, Tulio... No desesperes.

TOMÁS. *(Conmovido.)* Has venido a la Fundación para eso...

ASEL. Se comprende que te amilanen las dificultades...

TOMÁS. Pero ya verás cuando te pongas a trabajar. ¡Aquí haremos todos grandes cosas! Max resolverá el problema de los N cuerpos, Lino inventará sus pretensados, Asel sistematizará toda la acupuntura...

ASEL. Yo no te he hablado de acupuntura.

MAX. *(Risueño.)* ¿Qué bromas?

TOMÁS. *(Riendo.)* No disimuléis, no soy tonto. Estáis cambiando cosas, o escondiéndolas.

ASEL. ¿Dónde?

TOMÁS. *(Serio.)* ¿Me lo vais a negar?

ASEL. Yo, al menos, no bromeo. *(Se miran fijamente.)*

TOMÁS. *(Sombrío.)* Dejémoslo. *(Considera de nuevo la escoba que tiene en la mano. Se inclina y barre hacia fuera el montoncillo de basura, que deja en el corredor a la derecha de la puerta. Al incorporarse mira hacia la izquierda.)* Ya vienen recogiendo. Por poco me descuido. *(Entra, al tiempo que llegan por la izquierda del corredor y cruzan los dos Camareros, portando un cajón oscuro con asas. Ya no llevan el frac, sino largos mandiles sobre sus camisas grises y sus pantalones viejos. Depositan el cajón a la derecha de la puerta y el Segundo Camarero, único visible ahora, saca de él una escobilla y un cogedor. Recoge la basura, la vuelca en el cajón y vuelve a meter en él sus adminículos. Levanta el cajón —se supone que el otro Camarero lo hace al mismo tiempo—, se va por la derecha. Tomás va a mirar, pero retrocede: la puerta se está entornando lentamente, empujada por el sonriente Encargado, quien esboza una obsequiosa inclinación y cierra con suavidad. La superficie de la puerta es de clara madera finamente barnizada; a su derecha tiene un pomo dorado y en el centro, una mirilla. Tomás se sobresalta.)* ¿Por qué ha cerrado sin pedir permiso?

MAX. Te ha sonreído. El todo lo arregla con sonrisas.

Tomás, caviloso, deja la escoba tras la cortina.

TOMÁS. *(Molesto.)* Pero, ¿por qué ha cerrado?

LINO. *(Fastidiado.)* ¡Lo hacen todas las tardes!

TOMÁS. ¿Todas las tardes?...

TULIO. *(Se levanta y va a la mesa para dejar su libro.)* Si tanto te molesta, abre.

ASEL. Tulio, no le hables así.

TULIO. ¿Por qué no? *(A Tomás.)* Abre y llámale la atención para que no lo vuelva a hacer.

ASEL. ¿Estás loco, Tulio?

TULIO. ¡Tú eres el loco! ¿A qué nos conduce todo esto?

MAX. Va a haber que llevarte a la enfermería, Tulio.

LINO. ¡No, a Tulio no! *(Señala a Tomás, quien los mira angustiados.)* ¡A él!

ASEL. Tú, cállate.

LINO. ¡Bien callado me estoy siempre! Pero ya es hora de terminar. ¡Él, a la enfermería, y nosotros, a donde sea!

ASEL. ¿Y si hablan con él?

TULIO. *(Se sienta en el borde de la mesa.)* ¡Abre, Tomás!

ASEL. *(Deniega con vehemencia.)* ¡Por favor!

TULIO. ¡Abre, muchacho! *(Asel se aparta, consternado.)* ¿Qué más te da, Asel? Terminar está dentro de tu plan.

ASEL. Si pudieras callarte...

MAX. *(Ríe.)* ¡Ah! ¿Con que hay un plan? Ya me informaréis...

ASEL. No le hagas caso. Pero, ¡si pudiérais tener todos un poco más de comprensión!... Ya sé que no es fácil. Una vez más os ruego que confiéis en mí. Sin provocar palabras innecesarias... Ya estoy hablando demasiado. Respirad, calmaos, pensad... Y después, ¡por favor!, sigamos.

Max lo mira con curiosidad. Lino suspira y se sienta en un sillón. Tulio humilla la cabeza. Silencio.

TOMÁS. *(Lleno de recelo.)* ¿De qué... habláis?

TULIO. *(Para sí.)* Es la convivencia... A todos nos saca de nuestras casillas...

TOMÁS. *(Con la mano en el pomo de la puerta.)* ¿Abro, Asel? *(Asel vacila.)*

TULIO. Eso no va a estropear nada... Dile que abra. *(Corta pausa.)* Abre, novelista.

TOMÁS. *(Lo piensa. Tembloroso.)* No me atrevo... ¿Por qué no me atrevo? ¿Qué estáis haciendo conmigo?

TULIO. Nada, muchacho. Nada que te perjudique. *(Se levanta.)* ¡Ea, procuremos distraernos! La cosa no tiene importancia, Tomás. De verdad. Charlemos, juguemos a algo... ¿A qué podríamos jugar?

MAX. *(Risita.)* A hacer fotos.

ASEL. *(Estupefacto.)* ¿Ahora?

TULIO. ¿Y por qué no? Es buena idea. ¿Las hago, Tomás? Cuando las revele se las podrás regalar a tus padres.

ASEL. *(Severo.)* Ni lo de antes, ni lo de ahora, Tulio.

TOMÁS. *(Alegre.)* ¡Sí, Asel! Tulio quiere demostrarme su buena voluntad y yo se lo agradezco de corazón. Se las regalaré a Berta. A mis padres no, claro... Ya no los tengo. ¡Dispón tu máquina, Tulio! *(Avanza.)* Y vosotros, agrupaos. ¿Despierto al enfermo?

MAX. Déjale dormir.

TOMÁS. Entonces, alrededor de la mesa. ¡Vamos, colocaos! *(Lo van haciendo.)* ¿Tienes bastante luz?

TULIO. Seguro.

TOMÁS. *(Cruza.)* De todos modos encenderé la lámpara. Es muy potente.

LINO. *(Con sarcasmo y para sí.)* La lámpara.

Tomás oprime el interruptor de la gran lámpara de la derecha, que no se enciende. Prueba de nuevo, sin resultado.

ASEL. *(A media voz.)* Yo no lo haría, Tulio.

TULIO. *(A media voz.)* Déjame darle una satisfacción.

TOMÁS. No se enciende.

Asel lo mira, atento.

TULIO. Da lo mismo. No hace falta.

MAX. Se habrá cortado la corriente.

TOMÁS. ¿Tú crees? Probaré con el televisor. *(Oprime un botón.)* ¡O con la música! ¿Ponemos un poco de música?

ASEL. Si te apetece...

TOMÁS. *(Pulsa otro botón y aguarda unos segundos.)* Qué raro. Tampoco funciona.

ASEL. *(A los demás.)* Lo cual... ¡es muy interesante!

TOMÁS. Y el televisor no se enciende... Voy a dejar todo conectado para ver cuánto dura. *(A Tulio.)* ¿Has preparado ya tu máquina? *(Ríe.)* ¡Esa no fallará!

TULIO. Ahora mismo. *(Va a la taquilla y saca de ella un tosco vaso de aluminio, al tiempo que Tomás busca sitio.)*

TOMÁS. *(Se sienta.)* Yo aquí.

MAX. ¡Atención! ¡Sonrisa aristocrática! ¡Todos mirando al pajarito!

TULIO. Un momento. *(Simula preparar su aparato.)* Ya está. *(Se vuelve hacia ellos y finge enfocarlos con el vaso. Asel no disimula su inquietud.)* ¡Atentos! *(Da un golpecito sobre el vaso con la uña.)* ¿Otra?

TOMÁS. *(Se levanta, descompuesto.)* No. Ni ésa tampoco.

TULIO. ¡Si ya está hecha!

TOMÁS. ¡Apelo a todos vosotros! ¡Porque ahora se ha reído de todos, no sólo de mí!

ASEL. *(A media voz.)* Me lo esperaba.

TULIO. Yo quería...

TOMÁS. ¡Burlarte una vez más!

TULIO. ¡Asel, yo quería complacerle! *(Asel suspira.)*

TOMÁS. *(Se abalanza y le arrebata el vaso.)* ¿Con esto? *(Lo enseña.)* ¡Decidme todos si es locura o mala intención! ¡Porque empiezo a creer lo segundo!

TULIO. *(Desalentado.)* Nunca acierto.

Asel saca su vieja pipa y la acaricia.

TOMÁS. *(A Tulio.)* ¿Quién te has creído que eres, imbécil?

ASEL. ¿Qué tienes en la mano, Tomás?

TOMÁS. ¡Un vaso de aluminio!

ASEL. *(A todos.)* Reconocedlo. Las reacciones se vuelven prometedoras.

TOMÁS. ¡No entiendo tu jerga! *(Agarra a Tulio por la camisa.)* ¡Y tú, indecente payaso, chiflado de mierda, vete! ¡Vete a otra habitación! *(Todos se aproximan.)*

TULIO. *(Se lo sacude.)* ¡Vete tú y déjanos tranquilos!

TOMÁS. ¡Te voy a...! *(Quiere agredirle. Se interponen todos, lo sujetan.)*

ASEL. ¡No, Tomás!

LINO. *(A Tomás.)* ¡Déjalo! ¡Eres tú el culpable!

TOMÁS. ¡Calla, ingeniero! *(Forcejean. Tomás se abalanza de nuevo contra Tulio, que lo repele. Los demás lo sujetan.)*

ASEL. *(Muy fuerte.)* ¡Dejadme hablar a mí! ¡Escuchadme todos! ¡Por favor!... Te lo ruego, Tomás... *(Se calman poco a poco.)*

LINO. *(Va a sentarse.)* Que se vaya. Que termine esto de una vez.

ASEL. Terminará pronto para todos. ¡Y también para él está terminando! ¿No os dais cuenta? Un poco de tacto aún, os lo suplico.

LINO. ¿Para qué? Si también para él está terminando todo, déjale tranquilo. Eso saldrá ganando.

ASEL. ¡No! ¡Os aseguro que no conviene! *(Tulio cruza, sombrío. Atrapa su viejo libro y va a sentarse lo más lejos que puede.)* Tomás, explícame, si puedes, de dónde ha salido ese vaso.

MAX. De la alacena.

ASEL. ¿Quieres dejarle hablar a él?

MAX. *(Irónico.)* A tus órdenes, jefe.

TOMÁS. Lo ha sacado Tulio de la taquilla.

ASEL. ¿Y estaba allí? *(Tomás no responde.)* ¿Lo viste antes allí?

TOMÁS. Eso me estoy preguntando... *(Va a la taquilla, saca un fino vaso de cristal, compara los dos.)* Porque aquí sólo había copas y vasos de cristal, como éste.

LINO. Malo.

ASEL. *(Sonríe.)* No. No del todo mal. ¿De dónde habrá salido ese vaso, Tomás?

TOMÁS. Este vaso... y otras cosas.

ASEL. ¿No puedes responder?

TOMÁS. Tendréis que responder vosotros.

ASEL. Devuelve los dos vasos a su sitio, por favor. *(Tomás lo hace con un brusco además y se encara con él.)*

TOMÁS. ¡Acláralo tú!

ASEL. No te separes todavía de la taquilla. Si su máquina sigue ahí, Tulio hará la foto.

TULIO. ¿Qué dices?

LA FUNDACIÓN

ASEL. *(Fuerte.)* ¡Si tu máquina está ahí, harás la foto! *(A Tomás.)* Pero, ¿está ahí?

TOMÁS. Siempre ha estado ahí...

ASEL. Entonces tráela.

TOMÁS. *(Busca y rebusca en la taquilla. Se vuelve.)* ¡No está!

ASEL. ¡Qué curioso! Que yo sepa, nadie la ha escondido.

TOMÁS. Pero también ha desaparecido.

ASEL. Y en su lugar, un inesperado vaso de metal.

Silencio. Tomás mira a todos y piensa intensamente.

TOMÁS. Max, esta mañana tú no escanciaste tu bebida.

MAX. Te aseguro que...

TOMÁS. ¡Te aseguro que la sacaste de aquí ya servida! La escoba que teníamos se ha transformado en una escoba vieja. De pronto, se va la luz eléctrica: ni el televisor ni el altavoz funcionan.

MAX. Una avería corriente.

TOMÁS. Dos de los silloncitos han desaparecido.

ASEL. *(Muy interesado.)* ¿Ah, sí?

TOMÁS. Sí. Y en su lugar, dos petates. *(Se miran los demás.)* Y ahora, un vaso roñoso en lugar de una máquina.

MAX. *(Risita.)* ¡Lo que digo! Van a ser hologramas.

ASEL. ¡Nada de hologramas! *(A Tomás.)* No hay dispositivos aquí, no hay proyectores de rayos láser. *(A los otros.)* No hay sino... un poco más de alimento. Apenas me atrevía a creer en el resultado, y lo está dando. Con una rapidez que me asombra, pero que me llena de alegría.

TOMÁS. ¡No, por favor! Ya estoy harto de crucigramas. Tus palabras me confirman que vosotros sabéis algo que yo ignoro.

¡Porque todas estas cosas extrañísimas que aquí pasan me sorprenden a mí, no a vosotros! Y exijo que me las expliquéis.

TULIO. ¿Por qué no hablar, Asel?

ASEL. Os lo he dicho muchas veces. Sería peligroso.

LINO. ¿Para quién?

ASEL. Para él, aunque él no os importe. Pero también para nosotros.

LINO. *(Después de un momento.)* Tú no eres médico.

TOMÁS. *(Atónito.)* ¿Que no eres...?

ASEL. *(A Lino.)* Cuida lo que dices.

LINO. ¡No eres médico! Y no sabes lo que conviene o lo que no conviene.

ASEL. Muchacho, yo sé, por desgracia, bastantes más cosas de la vida que tú.

TOMÁS. ¿Es cierto, Asel? ¿No eres médico?

ASEL. ¿Tú qué crees?

TOMÁS. Quisiera creer que lo eres... *(Baja la voz.)* Pero... si no lo eres... ¿Qué estamos haciendo con ese pobre hombre? *(Señala al Hombre acostado y se inmuta de repente al ver las ropas de la cama.)* ¡Ah, no! ¡Es demasiado! ¿Qué habéis hecho con las sábanas, con la colcha?

TULIO. ¡Nadie ha hecho nada!

TOMÁS. ¡Sólo queda una manta y una almohada mugrienta!

ASEL. *(A todos.)* Están llegando los momentos más difíciles. Ni una palabra de más, y ni una de menos. Si me ayudáis, espero que acertemos a conducir bien el caso. *(Max mira a los otros dos y asiente. Tulio y Lino desvían la vista.)*

TOMÁS. ¡No entiendo nada!

ASEL. ¿Estás seguro? *(Silencio. Demudado, Tomás no sabe qué contestar. Asel se le acerca y le pasa un brazo por los hombros. Los demás no los pierden de vista.)* Ven conmigo. *(Lo lleva hacia el lecho.)*

TOMÁS. ¿Vas... a reconocerlo?

ASEL. No hace falta. *(Muy turbado, Tomás toca la manta levemente.)* Déjale tranquilo. *(Apunta con el índice por encima de la cama.)* Y dime qué ves ahí. *(Tomás lo mira sin comprender.)*

TOMÁS. ¿Tras el ventanal?

ASEL. *(Después de cambiar una mirada con los otros.)* Tras el ventanal.

TOMÁS. El... paisaje.

ASEL. *(Se mete la pipa en la boca y va a sentarse.)* Como un Turner. Eso has dicho.

TOMÁS. Pero... más bello... Porque es real. *(Se vuelve hacia el paisaje.)* ¡Verdadero! *(A Asel.)* ¿No es así?

ASEL. Continúa.

TOMÁS. Sobran las palabras... Basta con verlo... Es nuestra más espléndida evidencia.

HOMBRE. *(Sin moverse.)* Me han quitado las ropas de la cama. Tengo frío.

TOMÁS. *(Turbado.)* Una deslumbradora evidencia. El mundo es ya un vergel... Los hombres lo han logrado al fin, amasando agonías, lágrimas...

ASEL. *(Muy suave.)* Que aún existen...

TOMÁS. ¿Eh?

ASEL. Aún existen. Y en abundancia. ¿O no?

TOMÁS. *(Vacila.)* Todavía, sí. Pero...

HOMBRE. Tengo hambre.

TOMÁS. *(A Asel.)* ... Pero tú también lo sabes: esto que vemos era el futuro que soñábamos...

HOMBRE. ¡Dadme agua!

TOMÁS. *(Señala el paisaje.)* ¡Y ya es nuestro!

HOMBRE. *(Eleva la voz.)* ¿Por qué no me dan de comer y de beber?

TOMÁS. La Fundación edifica y edifica... Veo desde aquí a sus gentes... Ríen bajo el sol de la mañana.

HOMBRE. *(Más fuerte.)* ¡Dile a Asel que me dé de comer!

TOMÁS. *(Nervioso.)* ¿Lo oyes, Asel?

ASEL. ¿Ríen bajo el sol?

TOMÁS. Sí.

ASEL. ¿Seguro? ¿No adviertes tristeza en algunas caras?

TOMÁS. Están lejos...

HOMBRE. ¿Por qué os coméis mi ración?

TOMÁS. ¡Contesta, Asel! ¡Si no respondes a esa pregunta, la pesadilla de los antropoides aún no ha terminado!

ASEL. ¿Quién pregunta? ¿Ese hombre?

HOMBRE. *(Muy fuerte.)* ¡Esta es la pesadilla de los antropoides!

TOMÁS. *(Muy nervioso, señala al paisaje.)* ¡No! ¡Los hombres empiezan a ser humanos! ¡No lo impidas tú, Asel! ¡Y contesta!

HOMBRE. *(Grita.)* ¡Fieras! ¡Hipócritas!

TOMÁS. ¡Asel, dale de comer!

ASEL. No lo necesita. Has hablado antes del sol de la mañana. ¿Sabes qué hora es?

HOMBRE. ¡Me devoráis, me matáis!

TOMÁS. ¡Asel, por piedad!

ASEL. Al menos, sabes que estamos en la tarde, no en la mañana. ¿Desde qué lado ilumina el sol ese paisaje?

TOMÁS. Desde éste...

ASEL. ¿Y esta mañana?

TOMÁS. *(Desconcertado.)* Desde... el mismo.

ASEL. ¿No te parece raro?

TOMÁS. *(Vuelve a mirar el paisaje.)* Tal vez ha variado un poco...

ASEL. ¿Lo notas? *(Tomás desvía la vista.)* ¿No te parece raro que no adviertas la menor diferencia? ¿O la adviertes?

HOMBRE. Cantad y bailad de alegría... Os doy la más grata noticia... ¡Me muero...!

TOMÁS. *(Lo señala.)* ¡Asel, se muere!

ASEL. No.

HOMBRE *(Grita.)* ¡Asesinos!

TOMÁS. ¡Asesinos! ¡Lo estamos matando entre todos! *(Se abalanza hacia Asel, que se levanta. Los demás se acercan muy tensos.)*

HOMBRE. ¡No puedo más!

TOMÁS. *(Se lleva los puños a la cabeza, lanza un alarido.)* ¡Asesinos!

LINO. ¡No grites!

ASEL. *(Sujetándolo.)* ¡Serenidad, Tomás! ¡No es más que una crisis!

HOMBRE. ¡Agua!

TOMÁS. ¡Dadle agua!

HOMBRE. Me muero.

TOMÁS. *(Elude a Asel, que intenta retenerlo; sacude por los hombros al Hombre.)* ¡Yo te daré agua!

HOMBRE. ¡...Cómo una rata hambrienta!

TOMÁS. *(Grita.)* ¡No lo soporto!

TULIO. ¡Cállate, van a acudir!

Tomás corre hacia la cortina. Asel lo retiene.

ASEL. ¡Quieto!

TOMÁS. ¡Suelta! *(Forcejean.)* ¡Ahora mismo le doy de beber! *(Intentan reducirlo entre todos.)*

LINO. ¡Cierra la boca!

ASEL. ¡Silencio! ¡Callad todos!

HOMBRE. *(Voz muy débil.)* Ya es... tarde.

Tomás se debate. Ayudado por Asel, Lino lo sujeta con mano de hierro.

ASEL. ¿No los oís? Están ante la puerta.

Tomás se desprende. Inmóviles, todos miran a la puerta. Unos segundos de absoluto silencio. De pronto se oye un seco ruido metálico y la puerta se abre muy rápida hacia la izquierda. La luz del interior cambia instantáneamente. A las feéricas tonalidades irisadas que lo iluminaban las sustituye una claridad gris y tristona. El Encargado y su Ayudante irrumpen; el Ayudante permanece en la bocina de la puerta, con una mano sospechosamente oculta en el bolsillo de la chaqueta. El Encargado mira a todos, corre al lecho y destapa bruscamente al Hombre acostado, que aparece con pobres y gastadas ropas interiores; zarandea un poco el cuerpo y se vuelve.

ENCARGADO. ¿Cuántos días lleva muerto este hombre?

La iluminación cambia de golpe: gana claridad y crudeza. Sólo en los rincones —el chaflán, la lámpara— se mantiene una borrosa penumbra grisácea.

TOMÁS. ¿Muerto?... ¡Si acaba de hablar!

ENCARGADO. ¡Usted cállese! *(A los demás.)* ¡Contesten!

ASEL. Seis días.

TOMÁS. *(Musita.)* No es posible.

ENCARGADO. ¿Por qué se lo callaron? *(Silencio. En el rostro del Encargado se dibuja una maligna sonrisa).* Querían aprovechar su ración, ¿eh? *(Silencio. Se dirige a la puerta.)* ¡Sacad de aquí esta carroña! *(Los dos Camareros, vestidos ahora con blancas batas de enfermeros, aparecen con una camilla que depositan ante la puerta. Sin disimular su repugnancia entran, toma el rígido cuerpo que yace en el lecho, lo sacan al corredor, lo tienden sobre la camilla y se lo llevan.)* Sus efectos personales. *(Al Ayudante.)* Y usted, recoja el petate. *(Max se apresura a descolgar uno de los talegos de la percha. El Encargado lo toma. El Ayudante pone el cabezal y la manta sobre la colchoneta, lo enrolla todo, se lo carga al hombro y sale al corredor.)* Plato, vaso y cuchara. *(Tulio se acerca a la taquilla y, ante la sorpresa de Tomás, saca un plato, un vaso y una cuchara de tosco metal, que entrega al Encargado. Este señala al frente.)* ¡Mantengan la ventana abierta! *(Desde la puerta. con voz de hielo.)* Y aténganse a las consecuencias. *(Sale. La puerta se cierra con un sonoro golpe. Su superficie se ha transformado: ya no es de madera sino de chapa claveteada y su pomo ha desaparecido. Silencio. Tomás se precipita a la puerta, que empuja sin resultado. Busca, en vano, el pomo dorado. Acaricia, descompuesto, la fría plancha que la reviste. Se vuelve y permanece pegado a ella, mirando a sus compañeros con los ojos muy abiertos. Asel no lo pierde de vista. Los demás van sentándose con aire cansino.)*

TULIO. Al fin sucedió. Casi me alegro.

LINO. Yo no. Seis días son muy pocos.

TULIO. Menos es nada.

MAX. ¡Ahora nos llevarán abajo!

ASEL. *(Ferviente.)* ¡Así lo espero!

MAX. ¿Quieres decir que... lo deseabas?

ASEL. Yo no he dicho eso.

LINO. ¿Tardarán mucho en trasladarnos?

TULIO. Dentro de un par de horas. O quizá esta noche.

El silencio, de nuevo. Tomás se separa despacio de la puerta, denegando levemente.

TOMÁS. *(Con la voz velada.)* No estaba muerto. *(Unos pasos más.)* Todos le hemos oído hablar. Pedía de comer.

LINO. *(Hostil.)* Nadie lo oía. Sólo tú.

TOMÁS. *(Asustado.)* ¿Insinúas... que estoy enfermo?

LINO. *(Después de un momento.)* Llevaba seis días muerto.

TOMÁS. Si no puede ser...

LINO. ¡Claro que puede ser! ¿Por qué te crees que olía tan mal? *(Ríe, mordaz.)* ¡Ya te han arreglado el retrete!

Nuevo e intantáneo ascenso de la cruda iluminación, salvo en los rincones.

ASEL. Prudencia, Lino.

LINO. ¡Qué importa ya! Todo se ha precipitado.

ASEL. No para él.

TOMÁS. ¿Es cierto, Asel? ¿Le oía yo solamente? *(Asel baja la cabeza.)* ¿Tú no le oías?... Dime la verdad.

ASEL. *(Melancólico, va a sentarse en la cama.)* No, Tomás. Yo no le oía.

TOMÁS. *(Se acerca a los pies del lecho y se apoya en la tabla.)* ¿Por qué le habéis matado?

Lino ahoga un exabrupto.

ASEL. Nadie lo ha matado. Murió de inanición.

TOMÁS. *(Se incorpora. Perplejo, roza con los dedos la tabla de la cama, observa la habitación, la lámpara, la cruda luz nueva. Se acerca a los petates, toca uno de ellos.)* Me ahogo... Tomaría un poco de cerveza. *(Apenas se ha atrevido a decirlo. Tembloroso, se dirige al frigorífico. Cuando está cerca se detiene, atónito, y retrocede un paso. La luz se vuelve, de repente, aún más agria y fuerte. Al tiempo, una lámina del mismo color que la pared desciende y oculta por completo la puertecita esmaltada. Tomás se vuelve.)* No es... posible. *(Va hacia la estantería, extiende una mano insegura... La luz da su último salto y queda fija en una cruda y casi insoportable blancura, que solamente respeta la penumbra de los rincones. Un lienzo de pared que desciende va ocultando la estantería hasta que desaparece del todo. Con creciente ansiedad, Tomás se acerca al teléfono y lo contempla. Sin decidirse a descolgar, pone sobre él la mano. Muy despacio, la retira y la junta con la otra. Súbitamente se vuelve hacia el ventanal y hacia su soleado paisaje. Después va al primer término y respira hondo, mirando por la ventana invisible. Sin volverse, interpela a Asel.)* ¿Estoy enfermo, Asel?

ASEL. No mucho más que nosotros. *(Se levanta y se sitúa a su lado. Los dos miran por la ventana invisible. Asel apunta con su pipa al exterior.)* Está hermosa la tarde.

TOMÁS. Sí.

Tulio, Lino y Max los observan.

ASEL. Mira. Una bandada de golondrinas.

TOMÁS. Juegan.

ASEL. El mundo es maravilloso. Y esa es nuestra fuerza. Podemos reconocer su belleza incluso desde aquí. Esta reja no puede destruirla.

TOMÁS. *(Se sobresalta. Sus manos se aferran a dos barrotes invisibles.)* ¿Dónde estamos, Asel?

ASEL. *(Con dulzura.)* Tú sabes dónde estamos.

TOMÁS. *(Sin convicción.)* No...

ASEL. Sí. Tú lo sabes. Y lo recordarás. *(Miran los dos por la ventana.)*

TELÓN

PARTE SEGUNDA

I

Cruda y agria, aunque sin la intensidad últimamente alcanzada, la luz se ha estabilizado en el interior. En el chaflán y en el primer término derecho subsiste la extraña penumbra gris. El deslumbrante panorama sigue luciendo tras el ventanal. Todos los silloncitos han desaparecido: alrededor de la mesa, sólo tres petates que sirven de asientos. La cama plegable de la izquierda sigue en su lugar. La mesa ya no es de fina madera, sino de hierro colado similar al de la taquilla, y está empotrada en el suelo. La cama también se ha transformado: una simple litera de la misma chapa calada, empotrada en el muro derecho y con dos anchas patas de hierro a sus pies. Sobre la mesilla, sólo el teléfono. Ninguna vajilla de lujo, ninguna fina cristalería o mantelería en la taquilla: sólamente el sordo destello de vasos metálicos y de cucharas hacinadas. En la bocina de la puerta, un poco de basura.
Tomás conserva su pantalón oscuro, pero sus cuatro compañeros visten arrugados pantalones de color igual al de las numeradas camisas, que ahora llevan sueltas como blusas. Sobre la desnuda cama y adosado a la cabecera, otro petate en el que, sentado. Asel saborea su vieja pipa. Tulio, sentado en el petate más cercano al muro derecho, lee, aburrido, su sempiterno libro viejo. Lino enjuga, con un paño oscuro y grasiento, cinco abollados platos de metal apilados sobre la mesa. Max no está visible. Apoyado en su cama plegable, Tomás observa la faena de Lino, quien le sonríe y le muestra el plato que seca. Los rostros de todos, más demacrados.

LINO. ¡Porcelana fina! Digna de la exquisita cena que acabamos de engullir.

Tomás baja la cabeza.

MAX. *(Su voz, tras la cortina.)* ¡Estómago sin fondo!

LINO. ¿Lo tiene el tuyo?

MAX. *(Su voz.)* Quejica. Con lo guapos que nos ha dejado esta mañana el amable barbero de nuestra encantadora Administración. ¿No te sientes más optimista con la cara tan suave? Yo me siento como un artista de cine.

LINO. Y yo como la fregona de un artista de cine.

Prosigue su tarea y se sume e sus raros gorjeos a boca cerrada. Sin volverse a mirarlo, toca Tomás el mueble donde se apoya como un ciego que intentase identificar su forma. Después va a la mesa, cuyo férreo metal contempla. Mira a Lino, a los otros.

TOMÁS. ¿Siempre habéis llevado esos pantalones?

TULIO. *(Sin levantar la vista del libro.)* Desde que entramos aquí.

Tomás se mira el suyo con disimulo. Pasa luego despacio por detrás de Lino y se acerca a la mesilla. Caviloso, apoya en ella las manos.

ASEL. El rancho ha sido hoy más flojo que nunca.

MAX. Un aguachirle.

ASEL. Me gustaría saber si era un castigo para nosotros o ha sido general.

MAX. *(Su voz.)* No parece que nos apliquen medidas especiales... Ni siquiera nos han rapado la cabeza. Cuando vi entrar al Encargado con el barbero me dije: se acabaron las quedejas. Pero no...

ASEL. No. Y es raro. *(Breve pausa.)*

TOMÁS. *(Murmura.)* Las revistas estaban aquí. *(Asel lo mira.)*

TULIO. *(Lo mira y le tiende su libro.)* Si quieres leer, esto es lo que hay.

TOMÁS. No, gracias.

Tulio torna a su lectura. Tomás gira la cabeza y contempla la radiante luz del paisaje exterior. La del aposento está bajando muy lentamente.

LINO. Listos los platos. *(Mientras lleva los platos y el paño a la taquilla.)* Ahora, el escobazo bajo la mesa. El recuento estará al caer.

TULIO. Hace un minuto que abrieron las puertas.

LINO. Menos la nuestra, claro. *(Busca tras la cortina la escobilla y echa una ojeada al piso bajo la mesa.)* No merece la pena barrer. Aquí no cae ni una miga. *(Va a la puerta, apiña un poco la basura con la escoba y, sin soltarla, se recuesta en el muro con los brazos cruzados.)*

TOMÁS. *(Mira al frente.)* Está anocheciendo... *(Se vuelve hacia el paisaje, donde brilla la mañana esplendorosa.)*

TULIO. Como que ya no se ve gota. Parece que tardan hoy en dar la luz...

LINO. *(Hacia la cortina.)* ¡Acaba, Max! No tardarán.

MAX. *(Su voz.)* Ya voy.

Se oye el ruido del depósito que se descarga. Tomás lo acusa. Luego va a la cama y se sienta a los pies de Asel, acariciando los calados de la plancha. Se enciende la luz sobre la puerta.

TULIO. Si antes lo digo... *(Intenta seguir leyendo.)*

TOMÁS. Este hierro es fuerte.

ASEL. Muy fuerte.

TOMÁS. Y la cama está empotrada en la pared.

ASEL. Y en el suelo.

TULIO. ¡Qué luz más floja! *(Suelta el libro sobre la mesa con un golpe seco.)*

TOMÁS. *(Se levanta, presuroso.)* Quizá encendiendo... *(Va a la derecha para encender la lámpara colgante. Silenciosa, la gran pantalla de fantasía se eleva y desaparece en lo alto; la luz del rincón que ocupaba se iguala con la del aposento.)*

TULIO. ¿El qué?

TOMÁS. *(Observa la desaparición de la lámpara sin demasiada sorpresa y se pasa una mano por la frente. Luego va a la cabecera de la cama para encender la pantallita adosada a la pared. Va a extender la mano y ve cómo la pantallita se sume en el muro. Max sale del encortinado chaflán abrochándose el pantalón bajo la camisa suelta. Tomás vuelve a la derecha del primer término.)* Asel... ¿Nunca hubo aquí nada?

Max se sienta en su petate.

ASEL. ¿Veías tú algo?

LINO. *(Mordaz.)* Ya lo creo. Y hasta encendía a veces. Una lámpara.

TOMÁS. *(Ríe, nervioso.)* Bueno, burlaos... Estaré enfermo, pero...

ASEL. *(Frío.)* ¿Qué?

TOMÁS. Me cuesta trabajo pensar... que sólo eran imaginaciones.

TULIO. Hay que felicitarte, Asel. El trastorno cede. Y ha bastado una pizca de sobrealimentación para ello. Tú tenías razón.

ASEL. *(Grave.)* No estoy yo tan seguro.

TULIO. Desde luego, era una probabilidad contra muchas otras... Sin duda hay una predisposición innata, una mente algo inestable. Pero nuestro pobre tratamiento ha dado resultado a pesar de su interrupción. El muchacho mejora y no parece haber recaídas. ...

ASEL. *(Titubea.)* Sí... A no ser que... se trate de otra cosa.

MAX. ¿De otra cosa?

TOMÁS. *(Nervioso.)* No puedo creer que fueran imaginaciones. Estáis intentando confundirme.

ASEL. *(Glacial, a Tulio.)* Ahí tienes la recaída.

TULIO. No... Es que todavía fluctúa...

ASEL. O quizá ha bastado que tú hablases de que no había recaídas para que se nos brindase una.

TULIO. ¿Me he vuelto a equivocar? Creí que podíamos hablar ya ante él con alguna claridad.

ASEL. No te lo reprocho. Te invito a pensar... en otra posibilidad.

TOMÁS. Pero... ¿estáis hablando de mi? *(Asel no le contesta.)*

TULIO. No te entiendo.

MAX. Ni yo. ¿De qué otra cosa hablas?

ASEL. *(Mide sus palabras.)* De que... ayer mismo... Tomás recibió la visita de su novia. No aquí, sino en locutorios. Para eso lo llamaron, al menos.

TOMÁS. *(Sorprendido.)* ¿Y qué?

Todos lo miran. Empiezan a oírse rápidos portazos consecutivos, cada vez más cercanos.

LINO. ¡El recuento!

Forma contra la pared del umbral. Max y Tulio se levantan aprisa y van a la puerta poniéndose firmes al otro lado. Asel guarda su pipa, salta de la cama y forma junto a Lino. Tomás se acerca más despacio y forma, de espaldas, ante la puerta.

TOMÁS. Esos portazos...

MAX. Los oyes varias veces cada día.

TOMÁS. Sí... Ya lo sé.

Los portazos crecieron de intensidad, se alejaron y vuelven a sonar con fuerza creciente hasta oírse muy cerca. De pronto, cesan.

LINO. Atentos. *(Se yergue.)*

Óyese el ruido de la gruesa llave y la puerta se abre. Ante ella, con sus atildados atavíos, el Encargado y su Ayudante. El fragmento de remoto paisaje que se divisaba al fondo se ha eclipsado; ahora se ve, a varios metros de distancia, otro largo corredor paralelo al ya conocido y con barandilla idéntica a la de éste, volado sobre un muro gris en el que descuellan los acerados rectángulos oscuros de numerosas puertas iguales.

ENCARGADO. La basura.

LINO. Sí, señor. *(Barre presuroso el montoncito y lo deja fuera, a la derecha, volviendo de inmediato a su rígida posición.)*

El Encargado entra y aparta a Tomás. Mira y toca con rápidos dedos los cachivaches de la taquilla, empuja un poco los talegos, toquetea la mesa, la cama... Sus ojos inquieren por todos lados. Con zozobra, Tomás repara en el nuevo panorama que se divisa desde la puerta.

TOMÁS. *(Al Encargado.)* ¿Por qué no nos dejan salir?

Desde el corredor, el Ayudante emite una tenue risotada.

ENCARGADO. *(Se vuelve como un rayo y considera un momento a Tomás. Opta por sonreír.)* La Fundación le ofrece una vez más sus excusas, señor novelista. Hay que abrir una investigación acerca de lo sucedido aquí. Y entretanto... *(Sus manos terminan la disculpa. Sale al corredor y dice, ante la sofocada risa del Ayudante.)* Deseamos a los señores un feliz descanso.

Se va por la derecha. El Ayudante cierra la puerta con un seco golpe. Inmediatamente se reanudan fuertes portazos sucesivos, cuyo ruido se aleja hasta terminar poco después. Lino deja la escoba tras la cortina, Tulio se encamina al petate más lejano, Max vuelve a sentarse donde estaba, Asel viene despacio al primer término y mira por la ventana invisible.

ASEL. Ya es de noche.

TULIO. Y yo voy a desplegar mi suntuosa piltra.

MAX. Hay que ahorrar fuerzas.

Lino se sienta en el otro petate y retorna a sus abstraídos gorjeos. Tomás no se ha movido. De pronto va a la puerta y la empuja, en vano. Después contempla el brillante paisaje. Asel lo advierte, retrocede hasta la mesa y se sienta en su borde, cruzado de brazos. Tulio desenrolla el petate de la derecha y lo extiende junto a la pared: la arpillera sobre el suelo, el delgado colchón, que mulle sin gran resultado, encima; el cabezal, que también remueve antes, en su sitio, y la manta, que no llega a desdoblar, sobre todo ello.

TOMÁS. *(Masculla.)* No puedo creerlo.

MAX. *(Suave.)* ¿El qué?

TOMÁS. Cuando han abierto la puerta... no se veía el campo.

MAX. ¿Qué has visto?

TOMÁS. Muchas puertas... como la nuestra.

TULIO. *(Se sienta sobre su colchoneta.)* Y las has oído.

TOMÁS. Sí.

TULIO. *(A Asel.)* Reconocerás que el proceso sigue su curso.

MAX. Crees que estás viendo cosas raras, ¿eh? A lo mejor, el Encargado vestía de otro modo. De uniforme, por ejemplo...

TOMÁS. No, no. Vestía como siempre. Pero esas puertas... son incomprensibles.

Tulio se tumba, con un suspiro de alivio.

ASEL. Otra cosa es incomprensible. Y me pregunto si os percatáis todos de lo incomprensible que es.

TULIO. Ya sé.

ASEL. ¿Y qué opinas?

TULIO. Quizá lo están pensando.

ASEL. No hay nada que pensar. Hace tres días que descubrieron al muerto. Nuestro traslado a la planta baja debió ser inmediato. Y seguimos aquí.

Lino interrumpe sus canturreos.

MAX. *(Lo justifica.)* Pero incomunicados con los demás y sin paseo.

ASEL. Falta ese traslado, y nunca falta, ni aun en casos más leves. Ni siquiera han cacheado aquí. *(Asombrado, Tomás escucha estas palabras. Asel se vuelve a mirarlo.)* Y tampoco la incomunicación es absoluta. *(Tulio se incorpora y lo mira.)*

MAX. ¿Te referías a eso antes del recuento?

ASEL. Tomás fue llamado ayer a locutorios. Ayer: dos días después de descubrirse lo que habíamos hecho.

TOMÁS. Era Berta... Ya lo oísteis.

ASEL. *(Sin mirarlo.)* ¿No es insólito? Tu madre, Max, se ha trasladado al pueblo más cercano para atenderte mejor y te visita con frecuencia. Es seguro que en estos tres días de incomunicación habrá venido, y no le han permitido verte.

MAX. No lo sé. Eso temo.

ASEL. Pero viene la novia de Tomás..., esa enigmática muchacha cuya visita se nos promete siempre..., y a él sí le levantan la incomunicación.

MAX. Trato especial.

TULIO. Como nosotros con él.

MAX. Es lo único en que ellos y nosotros estamos de acuerdo.

ASEL. No me entendéis. Supongamos por un momento que esa novia misteriosa... no vino, como tampoco ha venido aquí.

TOMÁS. ¡Pero me visitó! ¡Y está aquí!

ASEL. *(Sin mirarlo.)* No viene, y a él lo llaman. Y a su vuelta nos cuenta la visita. *(Todos miran a Tomás y éste, atónito, a Asel.)*

TULIO. ¿Qué estás pensando?

ASEL. *(Se retuerce las manos.)* Lo peor de nuestra situación es que ni siquiera podemos hablar claro. *(A Tulio.)* Pienso lo que tú.

TULIO. *(Después de mirar a Tomás, murmura.)* Me cuesta creerlo.

MAX. *(Quedo.)* Y a mí.

ASEL. Pero lo pensáis.

MAX. Y aun cuando fuera cierto, ¿qué tiene eso que ver con que no nos trasladen?

TOMÁS. *(Alterado.)* ¡Otra vez me excluís de vuestros secretos!

MAX. *(A Asel.)* Parece como... si lamentases que no nos bajasen a los sótanos... *(Asel y Tulio se miran.)* Abajo no vamos a estar mejor que aquí. ¿O sí?

TULIO. Estaríamos peor.

LINO. Entonces, ¿qué puede importarnos?

ASEL. *(Irritado.)* ¡Nos importa porque no es lógico! ¡Debieron trasladarnos y no lo han hecho! Y eso no me gusta nada.

MAX. Tal vez abajo esté todo ocupado.

LINO. Hace cuatro días no lo estaba.

ASEL. Si lo estuviese, nos habrían castigado de otro modo. Con una paliza, por ejemplo.

TOMÁS. *(Descompuesto.)* ¿Con una paliza?...

MAX. Dada nuestra situación, puede que no hayan estimado tan grave la falta.

ASEL. *(Seco.)* Con Tomás, por lo menos, han sido deferentes.

LINO. *(Ríe.)* ¿Le retiras tu confianza? Pronto has cambiado.

Tomás se sienta sobre el petate de Asel y esconde la cabeza entre las manos.

ASEL. Sólo me pregunto una cosa. ¿Por qué lo llamaron?

LINO. Eso no lo sé. *(Se levanta y desaparece tras la cortina.)*

MAX. Tendría esa visita...

ASEL. *(Cortante.)* Estamos incomunicados.

MAX. Tal vez no con los familiares.

ASEL. ¿Y tu madre?

Silencio. Se oye el depósito. Asel se vuelve lentamente y se enfrenta con Tomás.

MAX. Tomás, cuéntanos tu visita al locutorio.

TOMÁS. *(Descubre su rostro sombrío.)* Ya os la conté.

ASEL. Pero no con detalles.

TOMÁS. Qué más da.

Lino reaparece y se recuesta en el muro.

ASEL. *(Reprime su enojo.)* Por favor.

TOMÁS. Tú crees que miento.

ASEL. Pues habla sin mentir.

TOMÁS. ¡Nunca he mentido!

TULIO. *(Afable.)* Tomás, cuéntanos la visita... Yo te creo.

TOMÁS. *(Suspira.)* Me llamaron por esa rejilla. *(Señala a la puerta.)* Todos lo oísteis.

TULIO. ¿Y después?

TOMÁS. En el locutorio me esperaba Berta.

ASEL. ¿Detrás de una tela metálica?

TOMÁS. No.

ASEL. ¿Cómo que no?

TOMÁS. ¿No querías detalles? Detrás de dos. No podíamos ni tocarnos los dedos. Nos pidieron disculpas por eso.

LINO. ¿Qué dijeron?

TOMÁS. Que lo hacían para evitar contagios. Por el trabajo de ella en el laboratorio y por lo que había ocurrido... aquí.

ASEL. *(Incrédulo.)* ¿Eso te dijeron ellos?

TOMÁS. Sí.

TULIO. ¿De qué te habló tu novia?

TOMÁS. Me preguntó cómo me encontraba; le dije que bien. Le reproché que no hubiese venido más a menudo y que apenas me llamase por teléfono.

MAX. ¿Y ella?...

TOMÁS. *(Baja la cabeza.)* Se echó a llorar. No quiso decirme por qué. Le dije que no me iba a engañar, que algo le sucedía. Porque... no vestía ropas de la Fundación..., sino un trajecito viejo y sin número. Me aseguró que no le habían retirado la beca y ellos me lo confirmaron, muy amables. Me dijo que vestía así porque... había ido al pueblo a unos recados... Y prometió visitarme pronto, o llamarme. Pero no ha venido... y yo estoy muy inquieto... Porque se fue llorando... a lágrima viva... Y ahora vosotros... no sé qué sospecháis, ni qué tramais. ¡Y yo ya no entiendo nada de lo que ocurre! *(Calla. Asel se acerca a la cama y se sienta a sus pies.)*

ASEL. Y con ellos, ¿no hablaste?

TOMÁS. Cuatro palabras. Se empeñaron en acompañarme hasta aquí.

MAX. Quizá te preguntaron por tu novela...

TOMÁS. Y por los trabajos de todos... Lamentaron la atrocidad que habíamos cometido; me preguntaron si se trataba de alguna experiencia médica...

ASEL. ¿Médica?

TOMÁS. Saben que eres médico.

ASEL. *(Mira a los demás.)* ¿Se lo has dicho tú?

TOMÁS. Ya ellos lo saben, ¿no? Y me preguntaron si era una experiencia médica.

ASEL. ¿Mía?

TOMÁS. *(Lo piensa.)* No recuerdo que te citaran. Sólo me preguntaron qué perseguíamos al hacerlo.

ASEL. *(Se levanta y da unos pasos y se vuelve.)* ¿Y qué les contestaste?

TOMÁS. Que no me encontraba bien y que no recordaba muchas cosas... Que, a mi juicio, ese disparate se había cometido para comer algo más. Entonces se volvieron a disculpar por las deficiencias del suministro y aseguraron que mejoraría muy pronto.

LINO. Se pasan la vida prometiendo...

TULIO. Pero no ha mejorado.

TOMÁS. No. *(Silencio. Tomás mira al paisaje y nota que está oscureciendo. Ello le asombra, pero no dice nada.)*

LINO. Voy a hacer mi cama. Pronto apagarán.

ASEL. Espera. *(Se aproxima a Tomás y le habla muy de cerca.)* ¿Qué más les dijiste?

TOMÁS. *(Intimidado por la dureza de su tono.)* Creo que... nada más.

ASEL. Crees. Pero tu cabeza no rige bien, tú mismo lo reconoces ya... Ves cosas que los demás no vemos, hablas de personas que desconocemos... Supongamos por un momento que estás bajo la impresión de un falso recuerdo.

TOMÁS. ¿Un falso recuerdo?

ASEL. Te parece recordar que recibiste la visita de tu novia, y tal vez es un falso recuerdo que tapa el verdadero.

TOMÁS. ¡Ella estaba en el locutorio! Y lloraba.

ASEL. ¡Es una suposición! Si ella no estaba allí y, sin embargo, te llamaron, ¿para qué te llamaron?

TOMÁS. ¡Para verla! ¿Para qué si no?

ASEL. Eso es lo que quisiera que recordases... o reconocieses. No vas a locutorios, te llevan a una oficina. Y te preguntan por qué hemos ocultado la muerte de nuestro compañero.

TOMÁS. ¡Se lo dije al volver! Te he dicho lo que hablé con ellos durante el regreso.

ASEL. *(Fuerte.)* ¿Qué más les dijiste?

TOMÁS. *(Se levanta.)* ¡No te tolero que dudes de mí! *(Salta de la cama y Asel lo aferra por un brazo.)*

ASEL. ¡Berta no vino! ¿Por qué te llamaron?

TULIO. *(Se interpone.)* Asel, te excedes...

TOMÁS. ¡Suelta!

ASEL. ¿De qué les hablaste?

TULIO. Ahora eres tú quien pierde los nervios, Asel.

TOMÁS. *(Forcejea.)* ¡Déjame!...

ASEL. *(Colérico.)* ¿Por qué no nos trasladan?

Tomás se desase y va al primer término, muy alterado.

MAX. Interesante pregunta.

TOMÁS. Que la conteste quien pueda. *(A Asel.)* Estoy enfermo, pero tú me quieres volver loco. ¡La Fundación es muy extraña, ya lo sé! Ni vosotros ni yo la entendemos. ¡Pero el Encargado se acaba de disculpar! ¡Todo es cierto, cierto! *(Señala al fondo.)* ¡Tan cierto como ese paisaje!

ASEL. ¡Que no cambia!

TOMÁS. *(Con el dedo tendido hacia el fondo.)* ¡Oscurece! ¡La noche se acerca y oscurece! ¿No lo veis?

TULIO. La recaída.

ASEL. O una torpe mentira.

TOMÁS. *(Se esfuerza en hablar con calma.)* Yo no miento. Y Berta está aquí. ¡Y vendrá esta noche! Porque ahora mismo se lo voy a ordenar.

ASEL. *(Irónico.)* ¿Por teléfono?

TOMÁS. ¡Sí! Antes de que alguien lo escamotee también. *(Se acerca despacio al teléfono y le pone la mano encima, mirando a todos con recelo. Con un airado ademán, Asel extiende su petate sobre la cama; sin terminar de disponerlo observa, con inmensa desconfianza, a Tomás.)*

MAX. *(Entretanto, conciliador.)* Todos perdemos alguna vez la calma y hoy le ha tocado a Asel. Discúlpale, Tomás.

LINO. *(Lo mira.)* Todos, no.

MAX. ¡Todos! Y tú también. Asel es un hombre muy razonador y si algo le parece incomprensible, se desespera... Quizá tu llamada aclare las cosas. Descuelga.

Asel, que lo escuchaba asombrado, recibe de Max un calmoso ademán que pide confianza. Entonces se recuesta en el borde de la cama y se cruza de brazos. Tulio se sienta sobre su colchoneta.

Tomás mira a todos y descuelga. Marca. Larga pausa. Oprime varias veces la horquilla y sigue escuchando, nervioso.

TOMÁS. No contestan. *(Los mira receloso. Cuelga despacio, con la cara nublada. Retira su mano y contempla el aparato. Después se aleja, sin mirar a nadie.)*

ASEL. *(Quedo.)* No sé qué pensar.

TULIO. *(Se sienta en la cama junto a Asel.)* Ahora soy yo quien te dice: calla y reflexiona.

ASEL. *(Sin dejar de observar a Tomás.)* Eso intento.

TULIO. Quizá es sincero y el proceso sigue: parece que el teléfono está ahí todavía, pero ya no funciona.

LINO. *(Quedo.)* Y es posible que su novia le haya visitado realmente.

Descontento consigo mismo, Asel arregla su colchón sobre la cama. Tulio se acerca a Tomás. Este lo nota, se acerca al mueble-cama y empieza a desplegarlo. Una vez dispuesta su pobre yacija, Asel se reclina, saboreando su pipa.

TULIO. La volverás a ver, muchacho. Como yo a la mía. *(Suspira.)* Así lo espero, al menos.

Asel lo mira muy interesado.

MAX. ¿La tuya?

TULIO. Nunca os he hablado de ella. Ni a tí, Asel. ¿Para qué? Pero esta noche no me la puedo quitar de la cabeza... Casi veinte años le llevo. Yo la adoraba sin soltar palabra. Figuraos: me encontraba tan ridículo ante aquella nena... *(Ríe.)* Se tuvo que declarar ella.

Max sonríe. Lino se sienta en su petate.

ASEL. *(Se guarda su pipa.)* ¿Dónde está ahora?

TULIO. En el extranjero. Decidimos que debía aprovechar la beca... *(Terminando de arreglar su cama, Tomás atiende.)* ¡Esa sí que era una beca! A su regreso, nos casaríamos. No sabe dónde estoy ahora. Aunque lo supondrá... Su viaje la ha salvado.

TOMÁS. *(Tímido.)* ¿De qué?

TULIO. *(Lo mira y sonríe.)* De mí... *(Se sienta.)* No sabéis cuánto me consuela que ella esté a salvo y aproveche su tiempo. Es doctora en Ciencias Físicas; sabe mucho más que yo. Me buscó para todo ese jaleo de los hologramas, porque un buen técnico sí que soy. *(Tomás se inquieta ante el tema.)* Si nos volviésemos a reunir, ya hay una excelente universidad que nos espera... en otro país. Pasamos allí un año: el mejor de nuestra vida. Teníamos todos los aparatos necesarios, nos construían los que pedíamos... Y jugábamos... Para nosotros era el más fascinante de los juegos.

ASEL. ¿La holografía? *(Va hacia ellos.)*

TULIO. Sí. Nos gastábamos bromas, proyectábamos objetos de bulto para engañarnos el uno al otro... Habíamos logrado enorme perfección en las imágenes y en disimular los focos de proyección. *(Tomás se detiene. Siente náuseas.)* Yo picaba más que ella; siempre he sido algo bobo. Y ella se reía a carcajadas, con aquella risa suya... que oigo siempre.

TOMÁS. *(Muy quedo.)* Cállate.

TULIO. Un día me estaba esperando en el laboratorio, leyendo en un sillón muy quietecita. Fui a besarla y... *(Ríe)* ¡era un holograma!

MAX. *(Estupefacto y risueño.)* ¿Un holograma?

TULIO. ¡De arriba abajo! ¡Hasta el sillón! Ella se había escondido tras una mesa y empezó a reír como una loca. *(Ríe.)* Y yo...

TOMÁS. *(Grita.)* ¡Cállate! *(Todos lo miran. Silencio.)*

TULIO. Paciencia, muchacho. Volverás a abrazar a Berta.

ASEL. No le digas eso.

TULIO. ¡Déjanos soñar un poco, Asel! *(Se levanta.)* ¡Él se reunirá con su novia y yo con la mía! La vida no tendría sentido si eso no sucediera. Yo te comprendo muy bien, Tomás. *(Tomás deniega, sin volverse.)* ¡Un día las abrazaremos! ¡Y no serán ilusiones, no serán hologramas! *(Tomás hunde la cara en sus puños.)* Será una conmovedora realidad... de carne y hueso. *(Se acerca a Asel.)* Por eso haré todo lo que tú digas, Asel. Eso hay que conseguirlo.

LINO. ¿El qué?

ASEL. *(Rápido.)* Reunirse con ella, hombre. *(Tulio y él se miran.)* ¿Nos invitarás a la boda, supongo?

MAX. *(Lo mira con curiosidad.)* Ahora sueñas tú...

ASEL. *(Ríe.)* Un desahoguillo antes de que apaguen. Porque nos van a apagar de un momento a otro...

LINO. Mucho tardan hoy.

ASEL. Pues, mientras tardan, soñemos un poco, por qué no. Sí: acaso un día brindemos a la salud de la feliz pareja...

TULIO. En esa ocasión y en otras. *(Pasea.)*

MAX. ¿Cuáles otras?

TULIO. *(Muy serio.)* Cuando nos den a ella y a mí el Premio Nobel. *(Max suelta la carcajada. Tomás esboza una sonrisa y se vuelve hacia ellos despacio. Los demás también ríen. Tulio ríe a su vez.)* Bueno: ya estamos en un manicomio y todos felices. Pero os advierto que en la Universidad se rumoreaba ya cuando tuvimos la idea de regresar aquí.

MAX. ¡La nostalgia!

TULIO. La estupidez.

MAX. *(Riendo.)* Os juro que ahora sí me gustaría tomar una cerveza.

Tomás mira instintivamente al lugar donde veía el frigorífico.

LINO. ¡Y a mí!

MAX. ¡Para brindar por tu Nobel y por el que le caerá encima a la novela de Tomás!

TOMÁS. *(Risueño, va a la mesa y se sienta en su borde.)* ¡No digáis chiquilladas!

TULIO. *(Le palmea en la espalda.)* ¡Sí, hombre! ¡Chiquillos todos, como tú! Sueña, Tomás. Me arrepiento de habértelo reprochado. Es nuestro derecho. ¡Soñar con los ojos abiertos! Y tú los estás abriendo ya. ¡Si soñamos así, saldremos adelante!

ASEL. Si nos dan tiempo. *(Se sienta sobre la cama de Tomás.)*

LINO. ¡Hay conmutaciones, Asel! ¡Pueden conmutarnos!

ASEL. Prefiero no esperarlas.

MAX. ¿Y qué podemos hacer sino esperarlas?

ASEL. *(Tulio y él se miran.)* Cierto.

TOMÁS. ¿Qué nos tienen que conmutar?

Estalla la risa de todos.

TULIO. ¡Asel, reconocerás que esa es la voz de la inocencia!

ASEL. *(Frío.)* Tal vez.

TOMÁS. *(Se levanta, expansivo.)* Me alegra tanto lo que has dicho, Tulio... Porque la amistad es una bella cosa. Hemos reñido, pero soy tu amigo. ¡Volverás con tu novia, amigo! *(Con energía, con gravedad.)* La vida, la dicha de crear, nos espera a todos.

TULIO. ¡Así será, Tomás! No nos destruirán. Un día recordaremos todo esto, entre cigarrillos y cervezas. *(Le pasa a Tomás un brazo por la espalda.)* Diremos: parecía imposible. Pero nos atrevimos a imaginarlo y aquí estamos.

ASEL. *(Grave.)* Eso. Aquí estamos.

TULIO. ¡No, no! ¡Estaremos! Diremos: aquí estamos. *(Oprime, afectuoso, la espalda de Tomás.)* Y tú, con tus fantasías, me lo has hecho comprender. Tú no estás tan loco. ¡Tú estás vivo! Como yo.

TOMÁS. *(Conmovido.)* Pero... ¿lo comprendes, Tulio? Si creemos en ese futuro es porque, de algún modo, existe ya. ¡El tiempo es otra ilusión! No esperamos nada. Recordamos lo que va a suceder.

ASEL. *(Sonríe con melancolía.)* Recordamos que no existe el tiempo... si nos dan tiempo para ello.

TULIO. *(Ríe.)* ¡No nos amargues la noche, Asel! ¡Esta noche, no!

TOMÁS. *(Casi como un niño.)* ¡Esta noche no, Asel! *(Y ríe también.)*

ASEL. Conforme, conforme. ¡Viva el presente eterno! *(Y saca su pipa.)*

MAX. ¡Bravo! ¡Fuma tu pipa de aire, Asel! *(Asel ríe y va a meterse la pipa en la boca. Pero se la guarda de inmediato y se incorpora, tenso.)*

ASEL. Callad. *(Breve pausa.)* ¿No oís pasos?

TULIO. ¿Pasos?

Asel se levanta y mira hacia la puerta. Lino se precipita a la puerta y escucha, con el oído pegado a la plancha. Tulio se yergue.

LINO. Se acercan.

MAX. Quizá pasen de largo. *(Retrocede hacia la pared izquierda.)*

Ruido de llave. La puerta se abre, rápida. En el umbral, el Encargado y su Ayudante. Al fondo, la galería repleta de puertas cerradas. Los dos hombres llevan su derecha metida en el bolsillo de la chaqueta; el Encargado trae un papel en la otra mano y entra.

ENCARGADO. C-81.

TULIO. *(Su mano roza la inscripción de su pecho.)* Soy yo.

ENCARGADO. *(Lee.)* ¿Tulio...?

TULIO. *(Lo interrumpe.)* Presente.

ENCARGADO. Salga con todo lo que tenga.

(Se miran todos.)

ASEL. ¿Nadie más?

ENCARGADO. *(Molesto por la pregunta.)* De aquí, nadie más.

Tulio suspira hondamente y cruza para tomar un saquito de la percha.

LINO. Yo te ayudo. *(Se vuelve y toma un plato, un vaso y una cuchara de la taquilla. Tulio cruza con el talego y lo deja sobre su colchoneta. Asel va a su lado y se inclina para ayudarle. Lino va a cruzar; se detiene, indeciso, y mira al Encargado.)*

ENCARGADO. *(Seco.)* ¿Qué le pasa a usted?

LINO. ¿Lo llevan abajo?

ENCARGADO. ¿Por qué abajo?

LINO. Por lo que pasó aquí...

ENCARGADO. No.

Lino llega al colchón de Tulio, abre la boca del talego y mete en él los cacharros. Enseguida va a los pies del petate extendido y cambia una mirada con Asel, que está al otro extremo.

TULIO. *(Voz débil.)* Dejadme a mí.

LINO. No. Tú, no. *(Ayudado por Asel, enrolla el petate y lo ata con unas cuerdecillas dispuestas en la arpillera.)*

TOMÁS. *(Entretanto, al Encargado.)* ¿Lo trasladan a otra habitación?

(Lino lo mira duramente; Tulio está inmóvil, con los ojos bajos.)

ENCARGADO. *(Sonríe.)* Más bien a otro lugar.

TOMÁS. Yo no llegué a pedirlo, Tulio...

TULIO. Lo sé. No te preocupes.

TOMÁS. *(Perplejo.)* Ven a vernos...

ENCARGADO. *(A los del petate.)* ¡Dense prisa!

ASEL. Ya está. *(Lino y él se yerguen.)*

ENCARGADO. *(A Tulio.)* Cárguelo.

TULIO. *(Con desdén.)* No sin antes despedirme. *(El Encargado esboza un movimiento de impaciencia, pero no dice nada.)* Tomás, un abrazo. Amigos para la eternidad. *(Lo abraza.)*

TOMÁS. *(Risueño.)* ¡Te juro que nunca más reñiremos! ¡Hasta pronto!

TULIO. Por si no nos vemos, escúchame una palabrita... Despierta de tus sueños. Es un error soñar. *(Deshace el abrazo.)*

TOMÁS. *(Con risueña sorpresa.)* ¿En qué quedamos?...

TULIO. *(Con una afectuosa palmada en el hombro, le corta.)* Mucha suerte. *(Se vuelve hacia Max.)* Max...

MAX. *(Lo abraza.)* Ánimo.

TULIO. Lo tendré. Gracias por tu ayuda, Lino.

LINO. *(Lo abraza.)* No tendremos más suerte que tú.

TULIO. ¿Quién sabe? *(A Asel.)* ¿Quién sabe, Asel? A mí no me han dado tiempo, pero todo puede resolverse aún. *(Se abrazan entrañablemente.)*

ASEL. *(Se le quiebra la voz.)* Tulio... Tulio.

TULIO. No. Sin flaquear. *(Se separan. Sus manos aún se estrechan con fuerza.)*

ENCARGADO. ¡Vamos!

Lino y Asel levantan el petate y lo cargan a hombros de Tulio, que se encamina a la puerta. Allí se vuelve.

TULIO. ¡Suerte a todos!

TOMÁS. *(Afectado a su pesar.)* ¡Que veas pronto a tu novia, Tulio!

Para Tulio es como un golpe a traición y la desesperación crispa su cara. Pero aprieta los dientes y sale, brusco, desapareciendo por la derecha. El Encargado sale tras él y la puerta se cierra. Silencio. Asel se derrumba en su cama.

LINO. *(Se golpea una mano con el puño de la otra.)* ¡Por eso no apagaban!

MAX. *(Murmura.)* Haré mi cama. *(Se acerca a su petate.)*

LINO. ¿Prefieres su sitio? Está más resguardado.

MAX. Ocúpalo tú. *(Lino agarra su petate y empieza a extenderlo en el lugar que ocupó el de Tulio. Max extiende el suyo entre la cama y la mesa. Asel empieza a desnudarse muy despacio: primero, el calzado, que deja bajo la cama. Después, la blusa, que pone a los pies del lecho. Absorto, se detiene.)* Intentaremos dormir. *(Max se descalza y se desabrocha.)*

LINO. ¿Le quitarán también la luz a Tulio?

ASEL. Al amanecer.

LINO. No me has entendido.

ASEL. Tú no me has entendido.

LINO. *(Se descalza.)* Hay que darse prisa, van a apagar. *(Se va desnudando.)*

TOMÁS. *(Se sienta en su cama y se quita el calzado.)* Todos sentimos la marcha de Tulio... A pesar de sus rarezas es un excelente compañero. Pero, en realidad, deberíamos estar contentos. Si a él le han levantado el arresto, el nuestro será también leve y pronto empezaremos a trabajar. *(Va poniendo su ropa sobre la cama. Lino lo mira fijamente.)*

ASEL. ¡Calla, por favor!

MAX. No le hagas caso.

ASEL. Vosotros no podéis comprender lo solo que me siento.

TOMÁS. *(Con afecto.)* No estás solo, Asel. Y a Tulio no tardaremos en verlo. *(Ha terminado de desnudarse y queda en inmaculada ropa interior, que contrasta con las rotas y no muy limpias de sus compañeros.)*

ASEL. Si estuvieses fingiendo no tendrías perdón.

LINO. No creo que finja. Es que no quiere despertar.

TOMÁS. ¿Despertar?...

LINO. *(Agrio.)* Lo ultimo que te dijo Tulio. No lo olvides, porque ya no lo volverás a ver.

TOMÁS. ¿Qué sabes tu?

LINO. ¡Lo van a matar!

Tomás se levanta, demudado. La luz de la sobrepuerta se apaga. El cuarto queda iluminado por la mortecina claridad lunar que penetra por la ventana invisible.

MAX. Menos mal que hay luna. *(Termina de desnudarse aprisa.)*

TOMÁS. *(A Lino.)* ¿Qué has dicho?

LINO. ¡Lo van a matar, imbécil! ¡Como a todos nosotros! *(A Asel.)* ¡Hay que decírselo, Asel, aunque tú no quieras!

ASEL. *(Sentado en su cama, mira a Tomás.)* Yo ya no digo nada.

TOMÁS. ¿Es que todos estamos perdiendo la razón? *(De pronto, corre al teléfono.)*

LINO. ¿Dónde vas?

TOMÁS. *(Va a descolgar y advierte cómo el aparato se desliza sobre la mesilla y desaparece por un hueco de la pared, que se cierra.)* ¿Os habéis propuesto que mi cabeza estalle? ¿Es a mí a quién pretendéis destruir?... Asel, ¿ya no puedo confiar ni en ti? *(Ante el silencio de Asel, retorna a su cama y se sienta, tembloroso.)*

ASEL. *(Con voz de hielo.)* ¿Qué más les dijiste cuando te llamaron? *(Con un desesperado resuello, Tomás se mete presuroso entre sus límpias sábanas, encoge el cuerpo y esconde la cabeza, de la que sólo asoma, mirando al frente, su contraído rostro de ojos dilatados. Asel levanta las piernas, las apoya en el borde de la cama y oculta su cara entre las manos. A Max, sentado en su colchoneta, apenas se le ve tras la mesa; inclinado hacia adelante y con sus brazos cruzados sobre las rodillas, refugia en ellos su cabeza. Lino suspira y se mete bajo la manta; incorporado a medias sobre un codo, mira al frente con ojos extraviados. Larga pausa.)*

LINO. ¿Qué más les pudo haber dicho? ¿Y qué puede importarte?

ASEL. *(Sin levantar la cabeza.)* Ya, muy poco. Este es el fin.

LINO. No hay que ponerse en lo peor.

ASEL. Eres joven... ¿Es la primera vez?

LINO. Sí. ¿Y tú?

ASEL. La tercera. La segunda fue muy larga... Esta no lo será tanto. Y ya no habrá una cuarta.

LINO. Eso no lo puedes decir.

ASEL. Aun cuando escapase de ésta no la habrá, porque estoy agotado. Hace tiempo que me pregunto si no somos nosotros los dementes... Si no será preferible hojear bellos libros, oír bellas músicas, ver por todos los lados televisores, neveras, coches, cigarrillos... Si Tomás no fingía, su mundo era verdadero para él, y mucho más grato que este horror donde nos empeñamos en que él también viva. Si la vida es siempre tan corta y tan pobre, y él la enriquecía así, quizá no hay otra riqueza y los locos somos nosotros por no imitarle... *(Con triste humor.)* Es curioso. Me gustaría que fuese verdad todo lo que siempre he combatido como una mentira. Que la Fundación nos amparase, que Tulio estuviese en un nuevo pabellón lleno de luz... *(Ríe débilmente.)* Estas cosas se piensan cuando uno está acabado.

LINO. Sólo cuando uno está cansado. Mañana lo verás de otro modo.

MAX. ¿Intentamos entonces descansar? Es lo mejor que podemos hacer. *(Se mete en la cama y se arrebuja.)*

LINO. ¿Duermes, Tomás?... *(Tomás, con los ojos muy abiertos, no responde.)*

MAX. Por lo menos, esta noche no habrá más visitas.

LINO. Que descanséis. *(Se echa, se vuelve hacia la pared y se arropa.)*

ASEL. Pobre Tulio. *(Se acuesta.)*

Sin cambiar de postura, Tomás cierra los ojos. Larga pausa. Debilísima, casi inaudible, comienza a sonar una tenue melodía: la Pastoral de Rossini. Al tiempo, y sin que la espectral claridad lunar del interior se altere, la dulce luz del alba alegra el paisaje tras el ventanal. Tomás abre los ojos y escucha, extático, las suavísimas notas. Por la cortina del cuarto de baño aparece, lenta, una silenciosa silueta. Tomás se incorpora de súbito y ve a Berta, con el blanco atuendo de su primera aparición.

TOMÁS. *(Muy quedo.)* Berta. *(Ella le recomienda silencio con gesto grave y avanza, sigilosa, mirando a los hombres acostados. Ya a su lado, se sienta en el borde de la cama.)*

BERTA. No levantes la voz.

TOMÁS. ¿Cómo has podido entrar? La puerta está cerrada.

BERTA. No para mí.

TOMÁS. Has tardado mucho.

BERTA. *(Irónica.)* Si quieres, me voy.

TOMÁS. *(Aferra una de sus manos.)* No. Tú eres mi última seguridad.

BERTA. ¿Seguridad?

TOMÁS. Voy a despertarlos. Quiero que te vean.

BERTA. Están cansados. Déjales dormir.

TOMÁS. Han trasladado a Tulio.

BERTA. Ya lo sé.

TOMÁS. Estos locos dicen... que lo van a matar. Pero es mentira. Si tú estás aquí, es mentira.

BERTA. Tú sabrás.

TOMÁS. Ya no sé nada, Berta. ¿Por qué la Fundación es tan inhóspita? ¿Tú lo sabes?

BERTA. Sí. Y tú.

TOMÁS. Yo, no.

BERTA. Bueno. Tú, no.

TOMÁS. *(La abraza. Ella lo soporta, pasiva.)* ¿No quieres contestarme? ¿Has venido a burlarte?... Tú me querías... Hoy no eres la misma.

BERTA. *(Risita.)* ¿No?

TOMÁS. Por favor, no te rías.

BERTA. *(Seria.)* Como quieras. *(Mira al vacío.)*

TOMÁS. ¿Por qué lloraste en el locutorio?

BERTA. Por Tomás.

TOMÁS. ¿Por el ratón?

BERTA. Está muy enfermo.

TOMÁS. ¿Se va a morir? *(Silencio.)* Será un mártir...

BERTA. De la ciencia.

TOMÁS. Si le habéis inoculado algo...

BERTA. Nada. No sé si habrá trabajos. *(Se miran fijamente.)*

TOMÁS. Entonces, ¿de qué va a morir Tomás?

BERTA. *(Seca.)* No se va a morir.

TOMÁS. Está vivo, luego morirá. Morirá, Berta. Y ni siquiera sabemos si habrá trabajos. Ven. *(La atrae hacia sí.)*

BERTA. ¿Qué quieres?

TOMÁS. *(Levanta las ropas de la cama.)* Ven a mi lado.

BERTA. *(Se echa hacia atrás.)* ¿Y ellos?

TOMÁS. ¿Qué importa? Vamos a devorarnos. A morir. Sórbeme, mátame.

BERTA. *(Risita.)* ¿Sólo me quieres para eso?

TOMÁS. ¡Qué más da! Tú ya no eres Berta. *(Se miran. Ella se abalanza de pronto y le muerde los labios. Sin separar sus bocas, las manos de él se vuelven audaces. Se vencen los dos sobre el lecho; él separa más las ropas para que entre ella. El beso continúa; él gime sordamente. La música cesa de repente y se oye la voz de Asel.)*

ASEL. ¿Qué te pasa, Tomás?

BERTA. *(Se incorpora, rápida y susurra, sin mirarlo.)* ¡Te lo dije!

TOMÁS. *(Susurra.)* ¡Vete al cuarto de baño! *(Berta se levanta y retrocede hacia la cortina del chaflán, tras la que desaparece. Asel se sienta en su cama.)*

ASEL. ¿Con quién hablabas?

TOMÁS. *(Sin incorporarse.)* Con nadie.

Lino se apoya en un codo y lo mira.

ASEL. No vayas a decir que nos creías dormidos. Nadie ha podido dormir después de lo de Tulio. Ni tú.

TOMÁS. Yo no dormía.

Max se incorpora en su lecho.

ASEL. Entonces, ¿pretendías engañarnos? *(Tomás se sienta en su cama, sombrío.)* Demostrarnos que Berta, pese a todo, ha venido. ¿No es así?

MAX. Aunque no durmiese, quizá fabulaba.

ASEL. Eso es lo que digo.

MAX. No me entiendes. Hablo de... las compensaciones de la soledad. El desahogo de los sentidos mediante la imaginación de un grato encuentro íntimo...

TOMÁS. *(Inseguro.)* Yo no fabulaba.

ASEL. *(Amargo.)* Él no fabulaba. Berta ha venido... y se ha marchado.

TOMÁS. *(Inseguro.)* ... No se ha marchado.

LINO. *(Estupefacto.)* ¿Qué?

TOMÁS. Está... en el cuarto de baño. *(Grosera carcajada de Lino. Tomás se lleva las manos a la cabeza, exasperado.)* ¡Sí, y la vais a ver! No podrá irse sin que la veáis, así que es mejor dejarse de tapujos.

ASEL. Si hubiesen sacado a Tulio por tu culpa, merecerías...

MAX. Pero ¿qué les pudo decir?

TOMÁS. *(Se pone aprisa el pantalón, se levanta.)* ¡Berta os está escuchando! ¡La vais a ver ahora mismo!

ASEL *(Se levanta también.)* ¡Está bien! Que salga. *(Lino se levanta, muy intrigado. Max empieza a incorporarse.)* ¡Llámala!

TOMÁS. *(Titubea.)* ¿Que la llame?

LINO. ¡Sí! ¡Llámala!

TOMÁS. ¡Berta! ¡Sal, Berta! ¡Sal de una vez! *(Aguarda unos instantes. Corre hacia la cortina. Asel lo detiene, iracundo.)*

ASEL. ¿Eres tú el culpable de que no nos trasladen?

TOMÁS. ¡Suéltame!

ASEL. ¡Responde! *(Tomás se zafa y corre a la cortina, la levanta y mira. Vuelve a mirar, desmoralizado. Se vuelve.)*

TOMÁS. *(Muy quedo.)* No está.

MAX. *(Calmoso.)* Pero la puerta no se ha abierto. *(Tomás se abalanza a la puerta y la empuja inútilmente. Después la golpea, frenético.)*

TOMÁS. ¡Quiero salir!... ¡Quiero salir! *(Corren todos a sujetarlo.)*

LINO. ¡Quieto, loco! ¡Van a acudir!

MAX. *(En medio del forcejeo.)* Si está mintiendo, poco le importa. Sabe que a él no le harán nada.

TOMÁS. *(Solloza.)* ¡Salir! *(Lino le abofetea. Tomás se derrumba. Van soltándolo. Él llora en silencio, de rodillas.)*

MAX. *Se aparta y se sienta sobre la mesa.)* Empieza a darme asco.

El paisaje se va oscureciendo casi hasta la negrura.

TOMÁS. Ella... no ha venido. *(Mira hacia el ventanal.)*

ASEL. ¿Lo reconoces?

TOMÁS. Nunca vino. *(Absorto en la noche que inunda el paisaje.)* Estoy delirando.

MAX. Ahórranos tu comedia. Ya no nos vas a embaucar.

TOMÁS. Pobre de mí. *(Oculta la cara entre las manos. Lino se aparta y se sienta sobre su colchoneta. Silencio.)*

ASEL. *(Que miraba a Tomás con vivísima atención.)* No es una comedia.

MAX. ¡Por favor, Asel! Resulta ya imposible creerle.

ASEL. Al contrario. Ahora es cuando se le puede creer. Y yo deploro todo lo que le he dicho.

MAX. ¡No lo defiendas más!

ASEL. No es una defensa, es un razonamiento. Si sus alucinaciones fuesen ficticias, habría afirmado que Berta aparecía ante nosotros, aun cuando no la viésemos. O que se abría la puerta y ella huía, aunque la puerta siguiese cerrada.

MAX. No. Lleva días simulando un regreso paulatino a la normalidad.

ASEL. ¡Lleva días regresando a la cordura! Si fuese una comedia, nuestra incredulidad le incitaría a fingir una grave recaída. Y eso pensé cuando le oí farfullar en su cama... Nunca estuve más cerca de creer que nos mentía. Y esperaba que siguiese hablando con ella ante nosotros, que nos injuriase por afirmar que no la veíamos... Eso habría hecho un embustero acorralado. La desaparición de Berta es la realidad que le invade a su pesar... Esa cita ha sido quizá la última tentativa de refugiarse en sus delirios y la crisis definitiva.

LINO. ¿Definitiva?

ASEL. Él mismo ha dicho que ella nunca vino aquí... No lo dudéis: es imposible que mienta. *(Silencio. Lino se levanta, perplejo, y mira a Tomás, que ha escuchado a Asel con emoción creciente. Asel se acerca a Tomás.)* Tomás, ¿sabes dónde estamos?

TOMÁS. *(Humilde, baja la cabeza.)* Dímelo tú.

ASEL. No. Dilo tú. *(Corta pausa.)*

TOMÁS. Estamos en... la cárcel.

ASEL. ¿Por qué?

TOMÁS. Dilo tú.

ASEL. No. Tú.

TOMÁS. Es que... no lo recuerdo bien... todavía.

ASEL. Acuéstate. Descansa.

Tomás se levanta y va hacia su cama. Durante un segundo mira al paisaje, ahora oscuro y borroso. Se desabrocha el pantalón, se sienta en su cama y se lo quita. Lino vuelve a recostarse en su lecho.

TOMÁS. ¿Es cierto... que van a matar a Tulio?

ASEL. Sí. *(Se sienta en su cama.)*

TOMÁS. ¿Estaba... condenado a muerte?

LINO. Sí.

Tomás se mete en la cama. Silencio.

TOMÁS. ¿No podría ser un simple traslado?

ASEL. A los condenados a muerte ya no los llevan a otra prisión. Podría ser un traslado abajo...

MAX. A celdas de castigo. *(Vuelve a su cama.)*

ASEL. Pero entonces nos habrían bajado a todos. Tulio no hizo nada que no hubiéramos hecho nosotros.

LINO. Si lo sacan sólo a él, es porque se va a cumplir la orden de ejecución.

MAX. Y además le han ordenado salir con todas sus cosas.

TOMÁS. No entiendo...

ASEL. En cada prisión lo hacen a su modo. En ésta, cuando vas al paredón, tienes que salir con todo lo tuyo... y dejarlo en oficinas.

LINO. Si te trasladan a celdas de castigo también te dicen: "con todo lo que tenga". Cuando oigas esa frase, no te será difícil deducir tu destino.

MAX. Y si te ordenan salir sin llevar nada, o es para locutorios o para diligencias.

TOMÁS. ¿Diligencias?

ASEL. Interrogatorios... muy duros... Insoportables.

Tomás se incorpora y lo mira. Breve pausa.

TOMÁS. ¿Estamos condenados a muerte?

Asel vacila en responder.
LINO. Todos. *(Silencio.)*

TOMÁS. Sí... Creo recordar. Explícame tú, Asel.

ASEL. *(Enigmático.)* ¿Por qué yo?

TOMÁS. No sé... *(Asel va a su lado.)*

ASEL. Poco importan nuestros casos particulares. Ya te acordarás del tuyo, pero eso es lo de menos. Vivimos en un mundo civilizado al que le sigue pareciendo el más embriagador deporte la viejísima práctica de las matanzas. Te degüellan por combatir la injusticia establecida, por pertenecer a una raza detestada; acaban contigo por hambre si eres prisionero de guerra, o te fusilan por supuestos intentos de sublevación; te condenan tribunales secretos por el delito de resistir en tu propia nación invadida... Te ahorcan porque no sonríes a quien ordena sonrisas, o porque tu Dios no es el suyo, o porque tu ateísmo no es el suyo... A lo largo del tiempo, ríos de sangre. Millones de hombres y mujeres...

TOMÁS. ¿Mujeres?

ASEL. Y niños... Los niños también pagan. Los hemos quemado ahogando sus lágrimas, sus horrorizadas llamadas a sus madres, durante cuarenta siglos. Ayer los devoraba el dios Moloch en el brasero de su vientre; hoy los corroe el napalm. Y los supervivientes tampoco pueden felicitarse: niños cojos, mancos, ciegos... A eso les hemos destinado sus padres. Porque todos somos sus padres... *(Corto silencio.)* ¿Habré de recordarte dónde estamos y con cuál de esas matanzas nos enfrentamos nosotros? No. Tú lo recordarás.

TOMÁS. *(Sombrío.)* Ya lo recuerdo.

ASEL. Entonces ya lo sabes... *(Baja la voz.)* Esta vez nos ha tocado ser víctimas, mi pobre Tomás. Pero te voy a decir algo... Lo prefiero. Si salvase la vida, tal vez un día me tocase el papel de verdugo.

TOMÁS. Entonces, ¿ya no quieres vivir?

ASEL. ¡Debemos vivir! Para terminar con todas las atrocidades y todos los atropellos. ¡Con todos! Pero... en tantos años terribles he visto lo difícil que es. Es la lucha peor: la lucha contra uno mismo. Combatientes juramentados a ejercer una violencia sin crueldad... e incapaces de separarlas, porque el enemigo tampoco las separa. Por eso a veces me posee una extraña calma... Casi una alegría. La de terminar como víctima. Y es que estoy fatigado. *(Silencio.)*

TOMÁS. ¿Por qué... todo...?

ASEL. El mundo no es tu paisaje. Está en manos de la rapiña, de la mentira, de la opresión. Es una larga fatalidad. Pero no nos resignamos a las fatalidades y debemos anularlas.

TOMÁS. ¿Nosotros?

ASEL. Sí. Aunque estemos cansados. *(Baja la voz.)* Aunque nos espante mancharnos y mentir.

TOMÁS. *(Que está pensando.)* ¿Luchaba yo también?

ASEL. Sí.

TOMÁS. ¿Contigo?

ASEL. En cierto modo.

TOMÁS. Sí. Empiezo a recordar. *(Se pasa la mano por la frente.)* Pero a tí no te recuerdo.

ASEL. Nunca me viste antes de venir aquí. Pero teníamos cierta relación.

TOMÁS. ¿Cuál?

ASEL. *(Le oprime un hombro.)* Si la recuerdas, yo te ayudaré a comprender lo sucedido.

TOMÁS. *(Después de un momento.)* Víctimas...

ASEL. Así es.

TOMÁS. ¿Sin remedio?

ASEL. No, no. Con remedio siempre.

TOMÁS. *(Lo piensa.)* ¿Las conmutaciones?

ASEL. *(Sonríe.)* Incluso las conmutaciones.

Max esboza un movimiento de escepticismo y se arrebuja en su cama.

TOMÁS. Pobre Tulio.

La luz empieza a bajar.

LINO. La luna se esconde. Vamos a dormir. *(Se arropa.)*

ASEL. Descansa, muchacho. *(Va al fondo y se mete en su cama.)*

Oscuridad casi absoluta. Remota y débil, se oye la canturria de un centinela: "¡Centinela, alerta!" Breves segundos. Otra voz, menos lejana, responde: "¡Alerta el dos!"

TOMÁS. Los centinelas.

ASEL. Como todas las noches.

TOMÁS. Pero yo no quería oírlos.

Otra voz, más cercana: "¡Alerta el tres!" Sobre el fondo ya negro y tras el ventanal, una figura lívidamente alumbrada emerge poco a poco. Es Berta, y parece sostener algo en sus manos. Muy alta, casi flotante, la aparición absorbe la atención de Tomás, que no necesita volver la cabeza para percibirla. Óyese la cuarta voz, muy próxima: "¡Alerta el cuatro!" La imagen de Berta separa los brazos y el derecho, extendido, vuelve su mano. De ella pende un inmóvil ratón blanco suspendido por el rabo. Otra voz, más lejana: "¡Alerta el cinco!" Con expresión dolorida, la imagen suelta el ratón, que cae a plomo. Sólo entonces la cabeza femenina se vuelve hacia Tomás y lo mira con indecible pena. La luz que ilumina a la figura decrece hasta extinguirse y las tinieblas se adueñan de todo, mientras se oye, cada vez más lejanos, los gritos del sexto, del séptimo, del octavo centinela. Las cortinas se corren durante breves momentos.

II

Cruda luz diurna. El ventanal ha desaparecido tras un lienzo de pared igual al resto de los muros. A la izquierda y en el lugar que ocupaba la cama plegable hay ahora otro petate. Lo único que subsiste de las imaginaciones de Tomás es la cortina del chaflán, donde aún se refugia una vaga penumbra.
Sentado sobre su petate, Tomás, ensimismado. Su pantalón gris es idéntico al de los otros; su blusa, por fuera. Sentado a la cabecera de la cama en su petate, Asel chupetea la pipa vacía. Al extremo derecho de la mesa y sentado sobre el rollo de su petate, Lino tamborilea sobre la rejilla. Cerca del extremo izquierdo y asimismo sentado, Max, con las manos enlazadas sobre la mesa. Unos segundos de silencio.

ASEL. Tomás, una pregunta por última vez. Cualquiera que sea tu respuesta, nada te reprocharé, te lo aseguro. Cuando te llamaron al locutorio, ¿les dijiste a los guardianes algo que no nos hayas contado? Quizá ahora lo recuerdes.

TOMÁS. No.

Max insinúa un gesto de incredulidad.

ASEL. Tu cabeza aún está débil... ¿No comentarías con ellos, o te dirían ellos a tí, cosas que hayas olvidado?

TOMÁS. No. Estoy seguro.

LINO. *(Reflexiona.)* Entonces...

ASEL. ¿Qué?

LINO. *(Después de un momento.)* Nada.

TOMÁS. ¿Qué pude o me pudieron decir?

ASEL. No sé.

Tomás lo mira, perplejo. Silencio. Tomás toca su petate, pensativo. Después toma un pellizco de su pantalón y considera la tela.

TOMÁS. He estado lleno de imágenes asombrosamente nítidas. Y eran falsas. En cambio, se me han borrado otras que, según vosotros, son las verdaderas. *(Max lo mira con aire suspicaz.)* He sufrido alucinaciones... Quizá las sufro todavía. *(Asel lo mira con interés.)* ¿Estoy loco, Asel? A eso los médicos le llamáis locura. Pero si lo estoy, ¿cómo lo reconozco?

ASEL. Supongo que has sufrido lo que los médicos llaman un brote esquizofrénico. Sin embargo, no puedo asegurarte nada porque yo... *(Sonríe.)* no soy médico.

TOMÁS. *(Asombrado.)* No es la primera vez que oigo eso. ¿Quién lo dijo antes?... *(Señala a Lino.)* Sí. El ingeniero.

LINO. Yo no soy ingeniero, Tomás.

TOMÁS. ¿Tampoco?

LINO. Soy tornero.

TOMÁS. ¿Tornero? *(Lino asiente.)*

ASEL. Y tú siempre le entendías ingeniero. Nos cambiabas los oficios... Porque yo sí soy ingeniero.

TOMÁS. ¿Tú?

MAX. No pongas esa cara. Siempre lo has sabido.

TOMÁS. Te aseguro que no...

MAX. *(A los otros dos.)* No le puedo creer.

TOMÁS. ¿Tampoco eres tú matemático?

MAX. *(Irónico.)* Según se mire. Números por todas partes, sí... Pero de cálculo integral, nada. Un pobre tenedor de libros, como tú sabes muy bien.

LINO. Antes le creías.

MAX. Pues ya no le creo. *(Breve pausa.)*

TOMÁS. *(A Asel.)* ¿Por qué me empeñaría en que tú fueras médico?

ASEL. Yo ideé toda esa historia del enfermo en la cama para aprovechar el rancho del muerto...

LINO. Que buena falta nos hacía.

ASEL. Pero sospecho que te inventaste un médico porque lo necesitabas. Era otro buen indicio, que me alegró. *(Sonríe.)* Y procuré no ser demasiado mal médico para ti.

LINO. ¿Vino realmente Berta a locutorios?

TOMÁS. *(Se levanta, turbado. Da unos pasos.)* Sí. Me costó trabajo reconocerla. Mal peinada, mal vestida... Desmejorada. Lo estará pasando muy mal. *(Pasea, reprimiendo su emoción.)* Estudiaba técnicas de laboratorio. Pero ninguna Fundación la ha becado... Acababa de perder su empleo cuando me detuvieron.

ASEL. ¿Recuerdas eso?

TOMÁS. *(Mira por la ventana invisible.)* Sólo la tengo a ella en el mundo. De niño me quedé sin padres y nadie me costeó estudios. He trabajado en mil cosas, he leído cuanto he podido. Quería escribir. Y ella me animaba... No me atreví a complicarla en nada. La habrán interrogado de todos modos y acaso la hayan golpeado. Berta... Quizá no la vuelva a ver.

Una pausa. Abstraído, Lino inicia sus canturreos. Desde la rejilla de la sobrepuerta llega una voz metálica.

VOZ. Atención. El C-96, preparado para locutorios.

Lino calla. Tomás levanta la cabeza.

LA FUNDACIÓN

MAX. *(Se levanta.)* ¡Es a mí!

VOZ. Atención. Preparado para locutorios el C-96.

MAX. *(Alegre, mientras se pasa los dedos por el cabello para alisárselo.)* ¡Tengo visita!

TOMÁS. *(A los otros.)* Será su madre...

MAX. ¡Claro! ¡Mi madre! *(Corre a la puerta para escuchar.)*

LINO. *(Pensativo.)* Luego no estamos incomunicados con el exterior.

MAX. ¡Pues no! Después de la visita de Tomás, la mía lo confirma. ¡Quizá vengan mañana tus padres, Lino!

LINO. Ojalá.

MAX. *(Escucha.)* Calla.

ASEL. *(Para sí.)* Sin embargo, no es lógico.

MAX. ¡Yo creo que sí! Se han limitado a aislarnos en la celda por unos días en atención a que estamos condenados a la última pena. *(Asel lo mira, incrédulo.)*

LINO. Quizá te traiga comida...

MAX. Nos vendría muy bien, pero no sé. La pobre apenas puede.

LINO. *(Pesimista.)* O tal vez traiga y no se la admitan...

MAX. ¡Ya están aquí!

Ruido de llave. Se abre la puerta a medias. Al fondo se columbra el panorama de las celdas. El Ayudante está en el quicio y viste uniforme negro, gorra de visera y correaje del que pende una pistolera.

AYUDANTE. C-96 a locutorios.

MAX. Sí, señor.

Sale Max. La puerta se cierra. Una pausa.

TOMÁS. *(Se sienta en el petate de Max.)* De uniforme.

LINO. ¿El ayudante?

TOMÁS. Sí.

LINO. Siempre vino de uniforme. *(Se levanta y pasea, caviloso.)*

ASEL. Ya ves que tu trastorno era pasajero. *(Lino se encarama de un salto a la cama de hierro y se sienta a los pies de Asel.)*

LINO. Oye, Asel... *(Asel le indica que se calle.)*

TOMÁS. *(Sigue el hilo de sus reflexiones.)* ¿Por debilidad?

LINO. Escucha, Asel...

ASEL. Después. *(A Tomás.)* Por debilidad y para huir de una realidad que te parecía inaceptable.

TOMÁS. No sigas.

LINO. *(Impaciente.)* ¡Te quisiste matar! Lo sabe toda la prisión.

ASEL. ¡No, Lino! Así, no.

LINO. ¡Sí, hombre! Hay que acortar etapas.

TOMÁS. *(Se levanta.)* ¡Es cierto! Me quise tirar por esa barandilla... *(Señala a la puerta.)*

ASEL. *(Salta al suelo y se le acerca.)* ¡Y yo lo impedí! *(Muy afectado, Tomás lo mira y se aleja unos pasos. Asel va tras Tomás y lo toma de un brazo.)* ¡Calma! Si te acuerdas de todo, calma.

TOMÁS. *(Se desprende, angustiadísimo.)* ¡Yo os denuncié!

LINO. *(Se sienta sobre el petate de Asel.)* ¿Qué?...

ASEL. ¡Sí, nos denunciaste! Estabas más cerca de la cabeza de lo que suponías. Lo supiste después.

TOMÁS. ¡Y tú caíste por mi culpa, Asel!

ASEL. ¡Yo y otros, sí!

TOMÁS. *(Se ahoga.)* ¡Y nos condenaron a muerte!

ASEL. *(Le sujeta por los brazos.)* ¡Te dije que te ayudaría a comprender! ¡Serénate!

TOMÁS. *(Baja la cabeza.)* He comprendido.

ASEL. ¡No has comprendido nada! Te faltan veinte años para comprender. *(Tomás se apoya en la mesa, con un rictus de dolor.)* ¿Qué te pasa?

TOMÁS. Me siento mal... Me duele...

ASEL. Pasará.

TOMÁS. El vientre. *(Desencajado, mira la cortina. Corre como un beodo y se oculta tras ella. Asel menea la cabeza con melancolía y se recuesta en la mesa.)*

ASEL. No te desmorones, muchacho. Te sorprendieron repartiendo octavillas, delataste a quien te las dio, él delató a su vez y nos atraparon a todos. ¿Me oyes, Tomás?

TOMÁS. *(Su voz.)* Sí.

ASEL. Hablaste porque no pudiste resistir el dolor.

TOMÁS. *(Su voz.)* Soy un ser despreciable.

ASEL. *(Deniega.)* Eres un ser humano. Fuerte unas veces, débil otras. Como casi todos.

LINO. Pero delató.

ASEL. *(Seco.)* ¿Y qué?

Lino se encoge de hombros: él ya ha juzgado.

TOMÁS. *(Su voz.)* Un traidor.

ASEL. Estamos cerca de la muerte. Palabras como ésa ya no me dicen nada.

TOMÁS. *(Su voz.)* ¡No puedo perdonarme!

ASEL. Por eso te quisiste matar. Y por eso, cuando yo lo evité, tu mente creó la inmensa fantasía de la Fundación: desde el bello paisaje que veías en el muro hasta el rutilante cuarto de baño.

La cortina se eleva y desaparece en la altura. Al tiempo, la luz del rincón se iguala con la de la celda. En el ángulo, sucio y costroso de humedad, no hay más que un retrete sin tapadera con su alto depósito, su botón para descargarlo y, a media altura, un grifo sobre un escurridero de metal. A un lado, la vieja escoba; al otro, papeles arrugados por el suelo. Muy pálido, Tomás está acuclillado sobre la taza, con un papel en la mano del que, sin duda, acaba de servirse. Nada más levantarse la cortina mira a sus compañeros y se lanza al suelo, avergonzado, tirando el papel a la taza y subiéndose el pantalón.

TOMÁS. *(Se abrocha torpemente.)* Me veíais...

LINO. Y tú a nosotros. Aquí todos estamos hartos de vernos las nalgas.

ASEL. Pero tú te creías oculto por alguna puerta, o alguna cortina... *(Tomás asiente.)* ¿Hasta ahora mismo?

TOMÁS. Sí.

LINO. El pudor... ¡Je! Qué lujo.

ASEL. Acabas de perder tu último refugio. Ya estás curado.

LINO. Descarga el agua.

TOMÁS. Sí. *(Oprime el botón. El depósito se descarga. Sin atreverse a mirar a Asel, Tomás se enfrenta a Lino con ojos humildes y éste le devuelve una dura mirada. Entonces cruza y va a sentarse al petate de la derecha, dándoles la espalda.)*

ASEL. Tomás, nadie puede ser fuerte si no sabe antes lo débil que es.

TOMÁS. Por favor, no digas nada.

ASEL. ¿Crees que intento consolarte como a un niño? No. Sólo quiero afianzar tu curación.

TOMÁS. ¿Para qué?

ASEL. Trastornado, no sirves; en tus cabales, sí.

TOMÁS. ¡Tú caíste por mi culpa!

ASEL. Yo y los mejores hombres que aún quedaban. *(Se acerca a él. Tomás oculta el rostro entre las manos.)* Una catástrofe. Antes de enloquecer has tenido tiempo de ver ciertas miradas de desprecio en esta misma prisión. Algún compañero llegó a insultarte en el patio... *(Se acerca un poco más.)* Pero no pudiste resistir el dolor.

LINO. ¡Debió resistir!

ASEL. ¿Debió? *(Sonríe.)* Actitudes tajantes, solemnes palabras: traición, traidor... Tú se las lanzas y él las reclama. En el fondo, los dos sois iguales: dos chicuelos. ¿Te han torturado a tí alguna vez?

LINO. Una buena somanta ya me han dado.

ASEL. Entonces cállate, porque eso no es nada. *(Se sienta sobre la mesa.)* Y escucha lo que le voy a decir a Tomás... *(A Tomás.)* A mí sí me han torturado. La primera vez, hace muchos años... Mi deber, lo sabía igual que vosotros: callar. *(Breve pausa.)* Pero hablé y mi delación costó, al menos, una vida. *(Tomás levanta la cabeza sin volverse. Lino no pierde palabra.)* ¡Qué sorpresa! ¿Eh? Un compañero tan respetado y tan firme como Asel, ¿delataría bajo el dolor físico? ¡Imposible pensarlo! Pues Asel delató. Su carne delató, después de chillar y chillar como la de un ratoncito martirizado. Y ahora, decidme vosotros qué es Asel: ¿un león, o un ratoncillo? *(Breve pausa.)* El patio de esta cárcel se llena todos los días de ingenuos que lo tienen por un león. Pero él sabe, desde entonces, que siempre puede portarse como un ratoncillo. Todo depende de lo que le hagan. Y que no tiene el derecho de despreciar a ningún otro ratoncillo. *(Se sienta algo más cerca de Tomás.)* Porque su mayor temor sigue siendo ése. Año tras año, lo que le quita el sueño es que se sabe como un molusco blando y sensible entre los dientes de un mundo de hierro. Algo se ha curtido, cierto. A veces, ha resistido. Pero sabe que no podría resistir indefinidamente. Y así lleva media vida..., temblando de miedo... y de remordimiento por aquel desdichado... a quien sus palabras mataron. *(A Lino.)* Sé lo que piensas, jovencito. *(Va a su lado.)* Yo he sido como tú, y no sólo como Tomás. Piensas que un hombre con tanto miedo no debe actuar. *(Lino desvía la vista.)* Claro. Hay que pensarlo, y creer en que se puede callar aunque lo destrocen a uno vivo. Son las consignas... Los deberes. Pero todos tenemos miedo y todos podemos llevar dentro un delator y, sin embargo, hay que actuar. ¡Ya sé que no hay que decirlo, que no os debo desmoralizar! Pero en una ocasión muy especial, como ésta..., hay que ser humildes y sinceros. *(Pasea un poco, se vuelve hacia Tomás.)* Tomás, me he visto en tí y he querido salvarte. Yo lo logré y tú debes lograrlo. *(Se acerca, le pone una mano en el hombro.)* No te avergüences ante mí de tu debilidad; no es mayor que la mía. *(Lino lo mira, caviloso. Salta de la cama y abre el grifo del rincón para beber. Tomás estalla en repentinos sollozos y, sin volverse, le toma a Asel la mano que éste puso en el hombro.)* ¡No, hombre! ¡Sin llorar! *(Se aparta y pasea. Lino cierra el grifo, se vuelve a mirarlos y se enjuga los labios en una manga. Después va al frente y mira por la ventana invisible. Al pasar Asel por detrás lo retiene un instante por un brazo, sin volverse.)*

LINO. Para diputado no tenías precio. *(Risueño, Asel le da una palmada en el hombro y se sitúa a su lado, mirando también al exterior.)*

ASEL. Ya no es fácil que lo llegue a ser. ¿Qué querías decirme antes?

LINO. Una ideílla que me inquietaba... Pero iba descaminado. De buena fe y medio chiflado todavía, es evidente que Tomás les dijo algo a los guardianes. Si os delató antes, también ahora habrá sido el delator. *(Tomás levanta la cabeza y los mira con asombro.)*

ASEL. *(Lento.)* ¿Delator, de qué?

LINO. Tú lo sabrás... Yo no estoy en el juego.

Tomás se levanta, denegando. Asel aferra a Lino por un brazo y lo arrastra hacia atrás.

ASEL. ¿A qué te refieres?

LINO. Le has preguntado varias veces si era el culpable de que no nos trasladen a celdas de castigo... Si había dicho algo... que te preocupa y que yo ignoro.

TOMÁS. *(Se adelanta.)* ¡No! Asel, en mi cabeza ya no quedan nieblas... Me acuerdo de ese proyecto. Pero a ellos no les he dicho nada.

LINO. ¿Un proyecto?

TOMÁS. Que tú no conoces. Tulio sí lo conocía, también lo recuerdo. *(A Asel)* Todo habla contra mí, pero te juro que nada he dicho. Puedo enloquecer, pero mentirte, no... Mentirte, no.

LINO. Cualquiera sabe.

ASEL. Dice la verdad. Si mintiese, otro habría sido su comportamiento. No habría reconocido su trastorno ni su culpa.

LINO. ¿Estás seguro?

ASEL. Y tú. Tan claro como la luz del día.

LINO. *(Va a la mesa y se sienta en el petate de la izquierda.)* Es posible. Pero entonces... yo no he pensado ninguna tontería.

ASEL. *(Se sienta en el borde de la mesa.)* Explícate.

LINO. Tú querías que nos trasladasen a celdas de castigo.

Tomás se sienta al otro lado de la mesa.

ASEL. ¿Por qué?

LINO. ¡Vamos, Asel! Las ganas de lograr ese traslado no las has podido disimular.

ASEL. Es que me alarmaba la falta de lógica...

LINO. ¿Me crees tonto? Te alarmaba que no nos trasladasen. Los nervios, la irritación y hasta ciertas palabras sospechosas, se te han escapado muchas veces.

ASEL. *(Mirándolo con leve inquietud, sonríe y suspira.)* Bien... Admitámoslo. En nuestras circunstancias es difícil no errar... Habría que ser una máquina. Admitamos que propuse la treta de hacer pasar por enfermo al muerto por dos razones: la primera, remediarnos algo con su comida. Y la segunda... Sí. Lograr el castigo de nuestro traslado a los sótanos.

LINO. Y no nos trasladan, y tú piensas que alguien les ha puesto en guardia.

ASEL. Tulio no pudo ser. Ni Tomás... Precisamente por su flaqueza anterior, nunca lo habría dicho.

LINO. Sólo quedamos dos.

ASEL. No sabíais nada.

LINO. Pero nos habíamos percatado muy bien de que ansiabas ese traslado.

ASEL. *(Deniega, pensativo.)* Tú tampoco, es evidente... *(Murmura.)* ¡Será posible!...

TOMÁS. Puede suceder que los otros hayan sufrido algún percance...

ASEL. Sería demasiada coincidencia, y habrían buscado la manera de avisarme.

LINO. No sé de quiénes habláis, pero para mí no hay duda. Max. Hace días que lo sospecho.

ASEL. *(Con ademán consternado.)* ¿Por qué?

LINO. ¿Y por qué un soplón es un soplón? *(Asel lo mira, caviloso. Lino baja la voz.)* Le ví un día hablando con un guardián. Se reían.

TOMÁS. Le llevaría el aire.

LINO. El siempre lleva el aire. También a tí te llevaba el aire mejor que nadie, hasta que dijo que ya no te creía..., para ofrecernos otro sospechoso y que no pensásemos en él.

ASEL. Es grave lo que dices.

LINO. ¡Aquel día lo habían llamado, como hoy! Pero no estaba en locutorios. Desde la puerta del patio lo vi pasar, aprisa y riéndose, con el guardián.

ASEL. ¿Al fondo del rastrillo?

LINO. Sí, y hacia la derecha. ¡No hacia locutorios, sino hacia la oficina!

TOMÁS. Pudieron llamarlo por cualquier motivo...

ASEL. *(Caviloso.)* Pero no nos lo dijo.

LINO. No. Al volver al patio dijo solamente que venía de ver a su madre.

ASEL. ¿Estás seguro de que era él?

LINO. Seguro. Pero hay más...

ASEL. ¡Di!

LINO. Patapalo. El cojo que está en una de las celdas de ahí enfrente. Y que es un as en eso de levantar la mirilla desde dentro... Hará como diez días me dijo algo en el patio. Somos amigos; caímos juntos. Y no es ningún mentiroso.

ASEL. Es un hombre cabal.

LINO. Pues el día anterior Max había tenido una de sus visitas. Y Patapalo lo vió volver a esta celda..., despacito..., atracándose de cosas que traía en su paquete..., mientras el guardián esperaba para abrir a que terminase, muy divertido.

ASEL. Está feo, pero cualquiera puede tener un flaqueza por los pasillos si acaba de recibir un paquete.

LINO. Tú no. Ni yo.

ASEL. No estés tan seguro.

LINO. ¿Y la risita del guardián, esperando a que terminase de zampar? Con ninguno de nosotros habría esperado.

ASEL. Eso es cierto...

LINO. Él es el soplón. Aquí todos nos hemos enfurecido alguna vez. ¡Incluso tú, Asel! Él nunca. Siempre tranquilo, chistoso... Tenía una seguridad que nos falta a los demás.

ASEL. ¿Por qué no nos informaste a tiempo de todo eso?

LINO. *(Gruñe.)* Yo nunca me he fiado de nadie. *(Baja la voz.)* Ni de tí.

Pausa.

ASEL. Va a volver.

LINO. Y pronto. *(Va hacia la puerta para escuchar.)*

ASEL. *(Nervioso.)* Nos queda poco tiemp. *(Se levanta.)* Es necesario que compartas el plan, Lino. Si nos hubiesen trasladado os lo habría explicado abajo. Pero algo sospechan, no hay duda. Sospechan de mí y no de vosotros. Tú fuiste el último en venir, Lino, y a Tomás... le creen chiflado. Max les habrá dicho tan sólo que yo quiero ir a celdas de castigo... He sido imprudente y ya no me dejarán pisarlas, pero quizá a vosotros sí, más adelante, si se os ocurre algo para que os castiguen. Si lo conseguís, tenéis una posibilidad de escapar. *(Se detiene a escuchar junto a la puerta.)*

LINO. *(Con exaltación.)* ¿De evadirnos? ¡Ya estás hablando!

ASEL. *(Los reúne.)* Mi profesión me dio hace tiempo la oportunidad de conocer los planos de toda esta zona. Y del edificio. Las celdas de castigo no están junto al muro exterior; no hay que temer cimientos gruesos. Son sótanos, con ventanucos a uno de los patios. A un metro tan sólo de profundidad y a unos dos metros aproximadamente tras la pared opuesta al ventanuco..., o sea, hacia fuera de la celda, ¿comprendéis?... *(Acciona.)* cruza una alcantarilla. Si se horada un túnel desde el borde de esa pared, con una inclinación de unos veintisiete grados, *(Sus manos dibujan en el aire el triángulo.)* a los dos metros y veinticinco centímetros, más o menos, se llegará al muro de la alcantarilla. Si se le agujerea, hay que caminar por ella hacia la derecha. A unos veinte metros es casi seguro que hay una reja. Hay que limarla. Una vez atravesada, se entra en el colector del norte. Allí hay que tener ojo: pudo haber poceros. Lo mejor es caminar por la izquierda y probar algunos de los pozos de salida. Es paraje poco vigilado.

LINO. *(Atónito.)* ¿Te has vuelto loco?

ASEL. No.

LINO. ¿Con qué se hace eso? ¿Con las uñas?

ASEL. *(Entre los dos, se apoya en la mesa.)* ¿Habéis retenido el ángulo, la dirección?

TOMÁS. El hueco, mitad en el suelo y mitad en la pared opuesta al ventanuco, para poder cubrirlo con un petate. ¿Es lo mejor?

ASEL. Exacto.

TOMÁS. Veintisiete grados de inclinación y unos dos metros y veinticinco centímetros hasta la alcantarilla.

ASEL. Pero ¡mucho cuidado! Sólo puede resultar desde las celdas 14 ó 15. Si os llevan a otra, no es posible.

LINO. ¿Por qué?

ASEL. Son las dos únicas cuyos tragaluces dan al mismo patio donde están las ventanas del retrete de la segunda galería común.

LINO. ¿Y qué?

ASEL. *(Baja la voz.)* En la galería hay dos compañeros a toda prueba. No hace falta que sepáis sus nombres. Han logrado pasar y esconder una lima, una barra de hierro, una cuerda y una espuerta. La barra, para excavar el túnel. Las cucharas también valen: son duras. Todas las noches, después del último recuento, uno de ellos va al retrete y se está allí una media hora. Si oye en el suelo tres golpes y uno más, así: pan-pan-pan; pan..., localizará de cuál de las dos celdas vienen y descolgará la espuerta con las herramientas hasta el ventanuco.

LINO. ¿Y el ruido?

ASEL. Hay que trabajar toda la noche y dormitar lo que se pueda durante el día. Todo ese subsuelo es muy terroso; pasados el muro y el piso, la resonancia es pequeña.

TOMÁS. ¿Y los escombros?

ASEL. La espuerta subirá por la noche cuantas cargas pueda. Ellos tampoco dormirán. Lo que quede, al agujero y bajo los petates.

LINO. ¿Y si cachean?

ASEL. En esas celdas no suelen hacerlo. Las creen muy seguras.

TOMÁS. ¿Dónde meterán ellos las piedras y la tierra?

ASEL. Lo que no puedan desperdigar por los retretes y las ventanas exteriores, en los cajones de la basura. En el basurero general hay cascotes porque están edificando el ala oeste. Si los barrenderos de la galería se callan —y lo harán aunque no entiendan nada, porque son compañeros— todo irá adelante.

LINO. ¿Cuántos días calculas para cavar el túnel?

ASEL. Entre dos... Unas seis noches, quizá.

TOMÁS. Sacando fuerzas de flaqueza...

ASEL. Sí.

TOMÁS. Con el peligro constante de que nos sorprendan, de que atrapen a los compañeros de la galería...

ASEL. Con un peligro mayor aún: la ejecución antes de lograr el traslado.

TOMÁS. A Tulio y a mí nos confiaste ese proyecto. Pero ahora, explicado a fondo..., lo veo imposible.

ASEL. ¿Y tú, Lino?

LINO. ¡Se puede intentar! Y además, si lo conseguimos, yo sé adonde ir.

TOMÁS. *(Se levanta y pasea, desasosegado.)* ¡Es absurdo, Asel! ¡Eso no es la libertad, sino el infierno! Cavar como topos en un túnel negro donde ni puedes moverte... Sin fuerzas, sin comida... Hundirse en la tierra para morir agotados en la oscuridad, o bajo un derrumbe... ¡Devorados por la fiebre, perdidas las pocas energías que nos restan!... Es increíble. Una ilusión.

ASEL. ¡Es tan increíble como la libertad! Ese túnel será el infierno si no crees en ella.

TOMÁS. ¡Nos oirán, nos sorprenderán!

ASEL. ¿Prefieres el paredón? *(Tomás se detiene, inmutado.)*

LINO. ¡Métetelo en la sesera, novelista! Puede pensarse, luego puede hacerse.

TOMÁS. *(Débil.)* Ni siquiera lograremos que nos trasladen...

LINO. Ya veremos. *(Tomás se sienta, sin fuerzas, en la cama de hierro.)*

TOMÁS. *(A Asel.)* Si tú pudieras venir con nosotros...

ASEL. Sospecho que he perdido la partida. Pero vosotros dos la podéis ganar. ¡Pensadlo!

LINO. ¿Por qué no han intentado escapar esos compañeros de la galería?

ASEL. No se puede entrar en celdas de castigo con las herramientas. Cachean antes. Y ellos no están condenados a muerte... todavía.

TOMÁS. ¿Nos ayudan abnegadamente?

ASEL. Así es.

Silencio.

LINO. ¿Qué hacemos con Max?

TOMÁS. Habría que cerciorarse... Si nos equivocásemos...

LINO. *(Pasea.)* ¿Después de lo que os he contado?

ASEL. Y la visita de Berta a Tomás lo confirma.

TOMÁS. ¿Por qué?

ASEL. Él les informaba cuando lo llamaban a locutorios. Para seguir llamándolo sin levantar nuestras sospechas, autorizaron antes la visita de tu novia.

LINO. Y ahora está informando... Aunque de nada concreto, por fortuna.

ASEL. Disponemos de poco tiempo. Escuchadme bien: hay que disimular. Nuestra inferioridad de condiciones nos obliga a la astucia. Si enseñamos nuestras bazas *(Leve sonrisa hacia Tomás.)*, la Fundación nos aplastará sin contemplaciones.

LINO. ¡Asel, hay que anular a los chivatos! Si son un arma de la Fundación... *(Se interrumpe.)* ¡Bueno! ¡Ya estoy yo hablando también de la Fundación!

ASEL. Sigue.

LINO. ¡Precisamente por nuestra inferioridad de condiciones, hay que anular implacablemente cualquier arma del enemigo!

ASEL. ¡No en la cárcel! ¡Las represalias son siempre más duras!

LINO. Pero, ¿no comprendes...?

ASEL. ¡Tú no comprendes! Eres joven y ardes en ganas de actuar... Yo llevo muchos años en esto y sé que no es lo más práctico. Para proteger a los compañeros de la galería, para conseguir la evasión, hay que ser cautos.

LINO. ¿Y permitir que esa rata siga espiando?

ASEL. ¡Lo hará sin resultado! Prevendremos a toda la prisión.

LINO. ¡También es práctico desenmascararlo y hacerle temblar! Si comprueban que hemos descubierto a uno de sus chivatos, lo anulan, porque ya no les sirve. ¡Y disminuimos su fuerza!

ASEL. ¡La redoblamos! Les incitamos a que nos acorten el poco resuelllo que nos dejan. *(Sonríe con tristeza.)* Lino, he vivido muchas derrotas provocadas por no haber medido bien la pobreza de nuestros medios... Pero nadie escarmienta en cabeza ajena... Estás muy callado, Tomás. ¿Qué opinas tú?

TOMÁS. No sé qué decir. Es todo tan complicado...

LINO. Para mí, no. Yo le arrancaré la careta.

ASEL. ¡Provocarás una catástrofe!

LINO. ¡Para forzarle a confesar hay que acosarlo ahora! Inmediatamente después de la supuesta visita de su madre.

TOMÁS. ¿Por qué?

LINO. Se me ha ocurrido una trampa...

ASEL. ¿Cuál?

LINO. ¡Dejadme pensarla bien! *(Se sienta, caviloso.)*

ASEL. No quieres decírmela... Te temo. *(Lino se encoge de hombros.)*

TOMÁS. Habría que pensar algo... Pero no tenemos tiempo.

ASEL. *(Suspira.)* No. Lino no quiere dárnoslo.

LINO. *(Por Max, señalando a la puerta.)* ¡El no nos da tiempo!

ASEL. ¡Lino, hazme caso! ¡No lo hagas!

LINO. ¡Déjame pensar!

ASEL. Piénsalo... Pero bien.

Pausa.

TOMÁS. Ya no tardará.

ASEL. No. *(Chupa su pipa. Lino modula, muy quedito, sus canturrias.)*

TOMÁS. Asel.

209

ASEL. Qué.

TOMÁS. ¿Nunca te has preguntado si todo esto es... real?

ASEL. ¿La cárcel?

TOMÁS. Sí.

ASEL. ¿Quieres volver a la Fundación?

TOMÁS. Ya sé que no era real. Pero me pregunto si el resto del mundo lo es más... También a los de fuera se les esfuma de pronto el televisor, o el vaso que querían beber, o el dinero que tenían en la mano... O un ser querido... Y siguen creyendo sin embargo en su confortable Fundación... Y alguna vez, desde lejos, verán este edificio y no se dirán: es una cárcel. Dirán: parece una Fundación... y pasarán de largo.

ASEL. Así es.

TOMÁS. ¿No será entonces igualmente ilusorio el presidio? Nuestros sufrimientos, nuestra condena...

ASEL. ¿Y nosotros mismos?

TOMÁS. *(Desvía la vista.)* Sí. Incluso eso.

ASEL. Todo, dentro y fuera, como un gigantesco holograma desplegado ante nuestras conciencias, que no sabemos si son nuestras, ni lo que son. Y tú un holograma para mí, y yo, para tí, otro... ¿Algo así?

TOMÁS. Algo así.

ASEL. Ya ves que lo he pensado. *(Lino los miró, estupefacto, y aparta de sí con un desdeñoso manoteo tales lucubraciones para engolfarse en su cavilación. Asel sonríe.)* A Lino le parece una tontería... Pero yo sí lo he pensado.

TOMÁS. Y si fuera cierto, ¿a qué escapar de aquí para encontrar una libertad o una prisión igualmente engañosas? La única libertad verdadera sería destruir el holograma, hallar la auténtica realidad..., que está aquí también, si es que hay alguna... O en nosotros, estemos donde estemos... y nos pase lo que nos pase.

ASEL. *(Después de un momento.)* No.

TOMÁS. ¿Por qué no? *(Largo silencio.)* ¿Por qué no, Asel?

ASEL. Tal vez todo sea una inmensa ilusión. Quién sabe. Pero no lograremos la verdd que esconde dándole la espalda, sino hundiéndonos en ella. *(Con una penetrante mirada.)* Y yo sé lo que te pasa en este momento.

TOMÁS. *(Trémulo.)* ¿El qué?

ASEL. No es que desprecies la evasión como otra fantasía, sino que te acobardan sus riesgos. No es desdén ante un panorama quizá ficticio, sino temor. Así, no vale. *(Tomás baja la cabeza. Asel sonríe.)* Duda cuanto quieras, pero no dejes de actuar. No podemos despreciar las pequeñas libertades engañosas que anhelamos, aunque nos conduzcan a otra prisión... Volveremos siempre a tu Fundación, o a la de fuera, si las menospreciamos. Y continuarán los dolores, las matanzas...

TOMÁS. Acaso ilusorias...

ASEL. Eso se lo tendrías que preguntar a Tulio. Aunque sea otro holograma... que ya han destruído.

TOMÁS. *(Turbado.)* Perdona. Mi Fundación aún me tiene atrapado. *(Se sienta.)*

ASEL. No, tú ya has salido de ella. Y has descubierto una gran verdad, aunque todavía no sea la definitiva verdad. Yo la encontré hace años, cuando salí de una cárcel como ésta. Al principio, era un puro deleite: deambular sin trabas, beberme el sol, leer, disfrutar, engendrar un hijo... Pronto noté que estaba en otra prisión. Cuando has estado en la cárcel acabas por comprender que, vayas donde vayas, estás en la cárcel. Tú lo has comprendido sin llegar a escapar.

TOMÁS. Entonces...

ASEL. ¡Entonces hay que salir a la otra cárcel! *(Pasea.)* ¡Y cuando estés en ella, salir a otra, y de ésta, a otra! La verdad te espera en todas, no en la inacción. Te esperaba aquí, pero sólo si te esforzabas en ver la mentira de la Fundación que imaginaste. Y te espera en el esfuerzo de ese oscuro túnel del sótano... En el holograma de esa evasión.

TOMÁS. Me avergüenzo de haber delirado tan mal.

ASEL. Estabas asustado... Te inventaste un mundo de color de rosa. No creas que demasiado absurdo... Estos presidios de metal y rejas también mejorarán. Sus celdas tendrán un día televisor, frigorífico, libros, música ambiental... A sus inquilinos les parecerá la libertad misma. Habrá que ser entonces muy inteligente para no olvidar que se es un prisionero. *(Pausa.)*

TOMÁS. Hay que discurrir algo para bajar los tres a los sótanos. Contigo al lado me atreveré a todo. Preferiré el túnel al paisaje.

ASEL. *(Le pone una mano en el hombro.)* Nunca olvides lo que voy a decirte. Has soñado muchas puerilidades, pero el paisaje que veías... es verdadero.

TOMÁS. *(No comprende.)* También se ha borrado...

ASEL. Ya lo sé. No importa. El paisaje sí era verdadero. *(Tomás lo mira, asombrado.)*

LINO. *(Se levanta, escucha y corre a la puerta.)* ¡Se acercan! Y ya tengo mi trampa. Hay que decirle que también a mí me han llamado a locutorios y...

ASEL. *(Corre a su lado y le aferra un brazo.)* ¡Eso es muy endeble!

LINO. *(Se desase.)* ¡Tú déjame hacer!

TOMÁS. No sabré mirarle a los ojos. *(Busca sobre la mesilla el libro viejo y se sienta a la derecha de la mesa, abriéndolo ante sí.)*

ASEL. ¡Déjame hablar a mí, Lino! ¡No cometas un error irreparable!

LINO ¡Ya están aquí!

Se aparta de la puerta y se recuesta en el borde de la mesa. Ruido de llave. Con un ademán de contrariedad, Asel sube al lecho y se sienta en su petate. La puerta se entreabre y entra Max, sonriente. Se cierra la puerta.

MAX. ¡Hola!

ASEL. ¿Cómo has encontrado a tu madre?

MAX. Pobrecilla. Hecha una pavesa. Pero animosa. *(Melancólico.)* Convencida de que sus gestiones lograrán mi conmutación... Ojalá no se equivoque.

LINO. ¿Te ha traído comida?

MAX. *(Ríe, avanza y le palmea en el hombro.)* ¡Tú tenías que preguntarlo, hambrón! *(Suspira.)* No le han admitido el paquete. Han dicho que ya era demasiada condescendencia permitirnos visitas. *(Cruza. Se apoya en un hombro de Tomás.)* ¿Tú lees eso?

TOMÁS. *(Sin levantar la vista.)* ¿Qué quieres? Me aburro.

MAX. *(Se sienta a su lado.)* Eran más bonitos los libros de pintura, ¿verdad?

TOMÁS. *(Avergonzado.)* Por favor...

MAX. ¿Los veías realmente?

TOMÁS. Me lo parecía.

MAX. *(Irónico.)* Te lo parecía... Bien, hombre. Como quieras. *(Y mira, escéptico, a Asel. Después pasea hacia la izquierda. A su espalda, Lino se incorpora: va a hablar. Asel lo advierte, salta de la cama y lo sujeta, denegando; pero Lino se desprende.)*

LINO. ¿Has estado hasta ahora mismo en el locutorio, Max?

MAX. Naturalmente. ¿Dónde, si no?

LINO. Pues es muy raro.

MAX. ¿Por qué?

LINO. Porque no te he visto.

MAX. ¿Tú?

LINO. Me han llamado cinco minutos después de llamarte a tí. Mis padres han venido. Y tú allí no estabas. Ni tu madre.

Breve pausa. Asel finge arreglar algo en su petate.

MAX. ¿Qué juego es éste, Asel?

ASEL. Si no lo sé, Max... Lino también acaba de llegar.

MAX. *(Cruza y le pone una mano en el hombro a Tomás.)* Tomás, ¿ha tenido visita Lino?

TOMÁS. *(Con dificultad.)* Sí.

MAX. *(Ya no duda de que sospechan; intenta desorientarlos.)* Bueno, ya me explicaréis.

LINO. *(Seco.)* ¿El qué?

MAX. La broma. No hay duda de que los tres estáis de acuerdo. *(Ríe.)* ¡Incluso nuestro fantástico novelista! *(Le da a Tomás una palmada en la espalda.)* Porque yo he estado en el locutorio. Y el que no estaba allí eras tú, Lino.

LINO. *(Se vuelve hacia él y se apoya en la mesa.)* Así que uno de los dos miente.

MAX. ¡No estabas, Lino! *(Echa a andar, alterado.)* ¡Y ya no me gusta la broma, si es que es broma! ¡Porque más bien me parece... una suspicacia repugnante, que no sé cómo entender!

ASEL. Pero si él no te ha visto...

MAX. *(Se encara con él.)* ¡Tú también mientes! Él no ha salido de la celda.

LINO. Y tú no has ido al locutorio.

MAX. ¡Sí! *(Se detiene, respirando con fuerza. Lino se le acerca, muy risueño, y le pone las manos en los hombros.)*

LINO. Está bien, hombre. He sido un tonto al creer que picarías el anzuelo. Mis padres no han venido. ¿Y tu madre?

MAX. *(Pálido.)* Quítame las manos de encima.

LINO. *(Sin quitárselas, le empuja.)* Anda, siéntate. Vamos a hablar clarito. *(Le obliga a sentarse en su petate.)* Hace unos días estábamos en el patio y te llamaron. ¡Visita extraordinaria! ¿Te acuerdas? *(Se sienta sobre la mesa.)*

MAX. *(Displicente.)* Sí.

LINO. Si viste o no a tu madre, tú lo sabrás. Pero también estuviste en la oficina.

MAX. ¡Eso es mentira!

LINO. ¡Ah!... Te has descubierto. Deberías haberlo justificado y lo has negado... Te llevaba el guardián de los bigotes. Y os reíais a placer... ¡Casi parecíais dos novios!

MAX. ¡No tolero esa patraña! *(Intenta levantarse.)*

LINO. *(Lo vuelve a sentar de un empellón.)* ¡Siéntate!

MAX. ¡Es un infundio! ¿Quién me vió, dí? ¡Otro guillado como Tomás? ¡No me sorprendería, aquí ven visiones muchos más de los que suponemos! Quien sabe si fue el mismo Tomás. *(A Tomás.)* ¿Me viste tú? ¿O aseguraste haberme visto... para que no sospechasen de tí?

TOMÁS. ¿Qué estás inventando?

LINO. *(Le atenaza un brazo.)* ¡Calla, soplón! Esa treta no vale, pero te denuncia aún más... ¡Te ví yo!

MAX. ¿Tú?

LINO. Desde la puerta del patio. *(Se levanta.)*

MAX. ¡Me confundirías con otro!

LINO. No tengo telarañas en los ojos. Y otros compañeros, tampoco. Hace unos diez días te vieron desde una de las mirillas de ahí enfrente. *(Se sitúa a sus espaldas y le pone las manos en los hombros.)* Volviendo a la celda de otra de tus visitas. Nos traías el paquete que recibiste y lo compartimos.

MAX. Menos mal que lo recuerdas. ¡Compartí el paquete!

LINO. Sí. Después de atracarte ahí fuera antes de entrar. *(Breve pausa.)* ¿Ya no niegas? Claro. Has comprendido que te vieron. Y a ese mismo guardián, al de los bigotes, lo vieron también, muerto de risa, esperando a que terminases de tragar. *(Ríe suavemente.)* ¿Te has quedado mudo?

MAX. *(Baja la cabeza.)* Fue una debilidad y os pido perdón. Todos tenemos hambre, y el paquete era mío... ¡Pero no soy un chivato!

LINO. Entonces es que te gusta hablar con los guardianes. Ya nos dirás de qué.

MAX. No... Os equivocáis. Ese hombre... No sé. Debe de ser marica. Me sonríe, me retiene para decirme tonterías sin sentido... Comprenderéis que no os iba a hablar de unas asiduidades... que me avergonzaban.

LINO. *(Se sienta sobre la mesa, a su lado.)* No eres tonto, no. Pero, si tú no eres el chivato, ¿quién es? No nos llevaron abajo, nos permiten visitas... Alguien de esta celda les está informando. Asel es un preso muy significado y le han puesto al lado un espía. *(Asel inicia un movimiento de advertencia.)* ¿Quién es el soplón? ¿Tomás?

MAX. Yo ya no digo nada. Estáis locos.

LINO. Porque ya nada puedes decir. Es muy difícil tu oficio, bribón. Hay miles de ojos mirándonos a todos. Tarde o temprano, te descubren.

MAX. ¡No has descubierto nada ni has probado nada!

LINO. ¿No?... Bien. Entonces quedamos en que tu madre te ha visitado.

MAX. ¡Esa es la verdad, y no hay otra!

LINO. Y no le han dejado darte el paquete.

MAX. No... Esta vez, no.

LINO. Encerrarse en la negativa en vez de justificar, ¿eh? Pero puede ser otro error mortal... *(Se inclina hacia él.)* Échame el aliento.

MAX. ¿Cómo?

LINO. *(Se levanta y le agarra de los cabellos, torciéndole la cabeza hacia atrás.)* ¡Abre la boca!

MAX. ¡Suelta, bestia! Si crees que voy a soportar más tus canalladas... *(Pretende levantarse, zafarse, pero Lino le aprieta las mandíbulas con la tenaza de su mano y le obliga a abrir la boca, de la que se exhala un gemido de dolor. Lino le huele el aliento.)*

LINO. (Sin soltarlo, levanta la cabeza.) Ven a oler, Asel. Y tú, Tomás. *(Tomás se levanta, atónito.)* El señor ha comido y ha bebido. Apesta a rancho y a vino. Les ha dado el parte y ha recibido su precio acostumbrado en vituallas. *(Max se revuelve y manotea en vano, gime. Lino le propina un rodillazo en el estómago que le provoca un grito y la inmovilidad. Tomás se acerca y le huele la boca a Max. Sin acercarse, Asel asiente, pesaroso.)*

TOMÁS. Es cierto. *(Se aparta. Lino suelta a Max, que se encoge.)*

MAX. El de los bigotes me ha dado un vaso de vino... Eso es todo.

LINO. Oye, mamarracho: esto no es un tribunal. Para nosotros ya hay bastantes pruebas.

Silencio.

TOMÁS. ¿Te han obligado a delatar a golpes?... *(Max lo mira de reojo, sombrío, y no responde. Tomás retrocede, observándolo; luego va a la ventana invisible y respira con fuerza.)*

ASEL. No es el mismo caso, Tomás. Es el vulgar confidente. Le dicen que tal vez salve la vida, le ofrecen unos mendrugos, unos cigarrillos... Le brindan, sobre todo, la tranquilizadora sensación de que el poder cuenta con él, de que vuelve a ser persona y no un gusano a quien van a despachurrar... No te odio, Max. Eres otro niño asustado y te has vendido. Nadie sería un espía en un mundo humano.

LINO. Mucha verdad. Pero ahora nuestro amiguito nos va a contar, por las buenas, lo que les ha dicho. Y lo que le han dicho ellos. *(Se sienta otra vez a su lado.)* O por las malas. *(Max lo mira, sobresaltado. Tomás se vuelve y va a sentarse, turbado, a su petate.)* ¡Claro! ¿Qué te has creído? Yo también sé hacer hablar.

ASEL. No, Lino. No más violencia.

LINO. Tú déjalo de mi cuenta. *(Se inclina hacia él.)* Anda, rico. Suelta la lengua. *(Con los ojos muy abiertos, Max se levanta.)* ¿A dónde vas? *(Max retrocede hacia la izquierda. Lino se levanta con aire amenazante. Asel lo sujeta.)*

ASEL. ¡Déjalo en paz! Sería peor.

LINO. ¡Qué va a ser peor! *(Max corre a la puerta y la aporrea, frenético. Tomás se levanta. Asel se abalanza e intenta separar a Max de la puerta. Max se resiste y arrecia en sus golpes. Lino, que no se ha movido:)* ¡Déjalo, Asel! No les va a gustar que le hayamos descubierto. Ahora lo tirarán a la basura como un pingajo. *(Descompuesto, Max deja de golpear.)* ¡Sigue! Vienen, se lo cuentas y les pides perdón por haberlo hecho tan mal. Ya verás la cara que te ponen. *(Una pausa. Se oye la agitada respiración de Max.)* Ven a mi lado, te trae más cuenta. *(Max aporrea de nuevo, desesperado.)* ¡Ah! ¿Me temes más que a ellos? Tampoco te falta razón.

ASEL. ¡Calla, Lino! *(Forcejea con Max.)* ¡Tomás, ayúdame! *(Tomás se acerca y tira de Max.)*

LINO. ¡Si es muy fácil! *(Se acerca y apresa a Max por el cuello con una sola mano)*

MAX. *(Casi ahogado.)* ¡No!... *(Lino lo conduce y lo tira sobre su petate. Max jadea.)*

TOMÁS. *(Que se puso a escuchar junto a la puerta.)* ¡Se acercan!

LINO. *(Le da un golpe en el cuello a Max.)* ¡Maldita víbora! ¡Ojo con abrir la boca! *(Cruza y se sienta en su petate.)*

Asel se recuesta en el borde de su cama. Tomás retrocede hacia el primer término. Un par de segundos y se oye la llave. La puerta se abre. Al fondo, las celdas cerradas. El Encargado y su Ayudante, de uniforme. Sus caras, herméticas. El Ayudante permanece en el umbral. El Encargado entra. Max se levanta de un salto y corre a su lado. Lino se levanta pero no logra retenerlo.

MAX. ¡He sido yo! ¡He llamado yo! ¡Por favor, sáquenme de aquí! ¡Sáquenme!

ENCARGADO. *(Lo aparta con brusquedad.)* ¡Usted cállese! El C-73.

ASEL. *(Se le dilatan los ojos. Se envara.)* Soy yo.

ENCARGADO. Salga. *(Asel mira a los demás con el rostro nublado. Después se dirige al Encargado.)*

ASEL. ¿Con todo?

ENCARGADO. Se le ha dicho que salga y nada más.

LINO. *(A Asel.)* No han llamado por el altavoz...

ASEL. Es interrogatorio. *(Suspiro hondo.)* No tengo nada que decir y no diré nada.

ENCARGADO. ¡Salga de una vez!

ASEL. ¿Puedo despedirme?

ENCARGADO. ¿Para qué, si va a volver?

ASEL. Quién sabe. *(Le da la mano a Lino.)* Suerte, Lino.

LINO. *(La voz velada.)* Aguanta. *(Asel mira a Max con profunda tristeza. Max desvía la vista. Después se acerca a Tomás y estrecha su mano.)*

ASEL. No lo olvides, Tomás. Tu paisaje es verdadero. *(Sale al corredor. El Ayudante le indica la derecha. El Encargado sale a su vez. Asel se detiene un instante.)* Sí... Sí. *(De repente echa a correr hacia la izquierda y desaparece.)*

AYUDANTE. ¡Alto! *(Saca su pistola y la monta.)*

ENCARGADO. ¿A dónde va? ¡Quieto! *(Al Ayudante.)* No dispare. *(Desaparece corriendo hacia la izquierda. Se oye su voz.)* ¡Deténgase! ¡No tiene escape!

Tomás, Lino y Max se van acercando a la puerta.

ASEL. *(Se oye su victoriosa exclamación.)* ¡Sí tengo escape!

ENCARGADO. *(Su voz, más lejos.)* ¿Qué hace? ¡No se mueva! *(Tomás, Lino y Max se apiñan en la puerta.)*

AYUDANTE. ¡Atrás ustedes! *(Los empuja. Se oye de inmediato al Encargado.)*

ENCARGADO. *(Su voz.)* ¡Venga aquí, pero no dispare! *(El Ayudante desaparece corriendo.)* ¡Y usted, no se mueva! *(Un silbato lanza apremiantes llamadas. Nada más desaparecer el Ayudante, sale Max al corredor y mira hacia la izquierda, aferrado a la barandilla. Con mayor cautela, Tomás y Lino se asoman. Se oye al Encargado.)* ¡No se asomen! *(Tomás y Lino retroceden; Max no se mueve.)* ¡Quieto! ¡Baje de ahí!

AYUDANTE. *(Su voz, lejana.)* ¡No cometa disparates! ¡No le va a pasar nada!...

MAX. ¡Se va a tirar!

ENCARGADO. *(Su voz.)* ¡No!

AYUDANTE. *(Su voz.)* ¡No!

MAX. ¡Asel!... Se ha tirado.

TOMÁS. Para no hablar.

Un golpe sordo, lejano. En las puertas de las celdas comienzan a oírse golpes que ganan pronto intensidad y frecuencia, hasta convertirse en un gran trueno. Al retumbar de las puertas se suman numerosas voces que gritan: "¡Asesinos! ¡Asesinos!"

LA FUNDACIÓN

ENCARGADO. *(Su voz.)* ¡Maldito granuja! *(Grita.)* ¡Los de abajo! ¡Recójanlo aprisa! *(Gritos, silbidos, carreras, el tronar de las puertas. En un arrebato, Lino se abalanza hacia Max.)*

LINO. ¡Tú también! *(Agarra sus piernas y, con un rapidísimo y hercúleo envite, lo tira por la barandilla.)*

TOMÁS. *(Grita desde la puerta.)* ¡Lino! *(Se oye el grito de Max en su caída. Lino entra rápidamente.)* ¡Qué has hecho!

LINO. No me han visto.

TOMÁS. ¡Qué horror! ¡Cierra!

LINO. No. Se darían cuenta. Ahora estarán mirando para acá.

TOMÁS. ¡Lo vamos a pagar muy caro!

LINO. ¡No me arrepiento! ¡Él era el culpable!

TOMÁS. ¡Pero lo has echado a perder todo!

LINO. ¡No he podido contenerme! Se me han subido a la cabeza esos gritos. *(Escucha hacia fuera.)*

TOMÁS. Lino, yo ya no puedo condenar nada..., excepto a mí mismo. ¡Pero no apruebo ese asesinato!

LINO. ¡Ya vienen! *(Se oyen pasos que corren hacia la celda.)*

TOMÁS. Intentaré remediarlo... ¡Vete allí! ¡Rápido! *(Le indica la derecha. Lino corre a sentarse en su petate. Entran presurosos el Encargado y su Ayudante. Sigue el sonoro escándalo.)*

ENCARGADO. *(Aferra duramente a Tomás, que se le pone delante.)* ¿Qué ha pasado aquí? *(Lino se levanta.)*

TOMÁS. *(Muestra la mayor indignación.)* ¡Eso pregunto yo! ¿Qué está pasando en la Fundación?

ENCARGADO. ¡No diga sandeces!

TOMÁS. *(Se desprende con violencia.)* ¡Suélteme! ¿Cómo se atreve a tocar a un becario? ¡Yo no digo sandeces y exijo que se me aclare qué sucede! ¡Están pasando desde hace días cosas muy extrañas y ustedes son los culpables! ¡Sí, ustedes! *(Va de uno al otro, increpándolos.)* ¿Es que se les han subido a la cabeza sus empleos? ¡Ustedes no son más que subalternos envanecidos! *(Le grita al Ayudante.)* ¡Guarde esa pistola! ¿Cómo se atreve a ir armado en la Fundación? ¡No tiene ningún derecho a ello y me quejaré! ¡Les costarán muy caras sus negligencias! ¡Pediré que los expulsen! ¡Guarde esa pistola, he dicho!

ENCARGADO. Guárdela. *(El Ayudante la enfunda.)*

TOMÁS. Así está mejor. Y ahora, díganme: ¿Cómo han podido permitir esos ruidos, esos accidentes espantosos? ¿Por qué se ha caído Asel? ¿Lo han empujado ustedes? *(Toma por el correaje al Encargado, que lo está mirando muy fijo.)* ¿Qué horrenda conspiración es ésta?

ENCARGADO. No me toque. *(Lo rechaza.)*

TOMÁS. *(En el paroxismo de su excitación.)* ¿Una conspiración contra mí?

AYUDANTE. *(Se adelanta, con aviesa expresión.)* ¿Y quién ha empujado al C-96?

TOMÁS. ¡Nadie!

AYUDANTE. ¿Cómo que nadie?

TOMÁS. ¡Se ha subido a la barandilla y se ha tirado! ¡Lo he visto yo desde aquí! ¡Y ustedes tienen la culpa! ¡De esa desgracia también tendrán que responder! ¡El prestigio de la Fundación lo exige y yo no voy a callar! ¡Ya se averiguará a sueldo de quién están ustedes, ya se esclarecerá quién pretende manchar el buen nombre de esta casa! Conmigo no van a poder. ¡Y ahora, salgan! *(El Encargado lo aparta con desdén y se encara con Lino.)* ¡No me empuje, canalla! ¡Y salga de una vez!

Los golpes y los gritos se han ido espaciando.

AYUDANTE. Parece que aflojan...

ENCARGADO. *(A Lino.)* ¿Quién ha tirado al C-96?

LINO. Supongo que nadie. Yo no quise asomarme desde que usted lo prohibió y no he visto nada.

AYUDANTE. *(A media voz.)* ¿Tendría escrúpulos?

ENCARGADO. *(A media voz.)* O miedo... Vaya recogiendo las cosas de los dos.

AYUDANTE. Sí, señor.

Los golpes han cesado. El coro de voces continúa pausado y monótono: "¡A... se... si... nos!... ¡A... se... si... nos!" El Encargado se acerca a Lino. El Ayudante sale al corredor y hace una seña. Después entra y toma de la taquilla dos platos, dos vasos y dos cucharas.

ENCARGADO. ¿Por qué quería el C-73 que los trasladasen a la celda de castigo? *(El Ayudante se detiene y escucha.)*

LINO. *(Parece asombrado.)* Es la primera noticia que tengo.

ENCARGADO. ¡No sea embustero!

LINO. *(Ríe.)* ¡Vaya tontería, querer bajar a esas ratoneras! *(El Encargado y él se miran fijamente. Los dos Camareros asoman a la puerta y aguardan, vestidos como cuando actuaron de barrenderos. Las voces insultantes amenguan.)*

AYUDANTE. *(Áspero.)* ¿Cuáles son las colchonetas?

LINO. *(Señala.)* Esa y ésta.

Muy pocas voces ya repiten la imprecación. Pronto callan casi todas.

AYUDANTE. ¡Sus talegos!

TOMÁS. *(Va a la percha y descuelga dos.)* Tómenlos y váyanse ya. *(El Ayudante los recoge y va a poner uno sobre el petate de Max.)* ¡Ese es del otro!

El Ayudante pone el otro saquito y lleva el de Asel a la cama. Una sola voz dice: "¡A... se... si... nos!"

AYUDANTE. *(A los de la puerta.)* Llévense estos dos.

Los Camareros entran; cada uno toma un petate y un saco. Salen con ellos al corredor y se van por la derecha.

ENCARGADO. Vamos.

Salen el Encargado y el Ayudante. Este cierra la puerta con un rotundo golpe. Pausa. Muy amortiguada y por última vez, óyese la acusación de una sola voz: "¡A... se... si... nos!" Silencio. Tomás se dirige a la mesa y se sienta en su borde, agotado. Lino vuelve a sentarse en su petate.

LINO. Se lo han creído.

TOMÁS. Eso parece.

LINO. Has estado admirable... Gracias. *(Tomás responde con un ademán de indiferencia.)* Te cedo la cama. Yo prefiero el suelo.

TOMÁS. No va a hacer falta.

LINO. ¿No?

TOMÁS. Si creen que Max les mintió, ya no tienen nada que averiguar de nosotros. Si piensan que no les engañó, lo probable es que crean que tampoco tú y yo sabemos lo que se proponía Asel. En ningún caso tienen que esperar. Nos sacarán de aquí hoy mismo.

LINO. ¿La ejecución?

TOMÁS. Puede ser. Lo más seguro.

LINO. *(Movimiento de rebeldía.)* ¡Así revienten todos!

TOMÁS. Reventarán. Estos administradores de la muerte caerán también un día. Si a nosotros nos ha llegado la hora, poco importa. *(Se vuelve y lo mira.)* Lino, la afrontaremos como Asel. Con valor. Porque Asel no ha sido cobarde. Se ha sacrificado por nosotros; sabía que no resistiría sin hablar y ha resuelto callar para salvar a los compañeros de la galería y para darnos una última oportunidad.

LINO. ¿A tí y a mí?

TOMÁS. ¿No lo comprendes? *(Se levanta y se acerca.)* Dentro de una hora, o de un minuto, nos sacarán de aquí. Para matarnos, sí. Casi seguro. *(Breve pausa.)* Pero tal vez se limiten a trasladarnos a la celda de castigo. Aunque hayan creído que Max se arrojó, deberán imponer una sanción ejemplar a la celda de donde todo ha partido.

LINO. ¿No estás fantaseando?

TOMÁS. Acaso. Es una probabilidad pequeñísima; quizá sólo una ilusión. Si se realiza, esta noche daremos los golpes de consigna. Y durante seis días..., si no nos llevan al paredón antes..., *(Irónico.)* viviremos esa otra curiosa fantasía de las manos llagadas por la barra, de la ansiedad en el túnel negro, del insomnio agotador..., de la esperanza de abrazar un día a Berta..., de la vida y la lucha que prosiguen.

LINO. *(Se levanta, tenso.)* ¡Oye!... Me gustaría.

TOMÁS. Yo no enloqueceré ya por esa ilusión, ni por ninguna otra. Si hay que morir, no temblaré. Para Asel ya se ha desvanecido este extraño cine. Y para Tulio. No tenemos ningún derecho a sobrevivirles. *(Una sonrisa le transfigura el rostro.)* ¡Pero, mientras viva, esperaré! ¡Hasta el último segundo! *(Da unos pasos y mira por la ventana invisible.)* ¡Esperaré ante las bocas de los fusiles y sonreiré al caer, porque todo habrá sido un holograma! *(Breve pausa.)* Esa fuerza también se la debemos a Asel. Y yo le doy las gracias... con fervor. Ya no me siento huérfano. *(Con una ojeada al fondo, murmura.)* Sí. El paisaje es verdadero. *(Va hacia Lino.)* Si estuviera aún aquí, él te lo repetiría, Lino. Prudencia, astucia, puesto que nos obligan a ello. Pero ni un error más. Arrojar a ese pobre diablo ha sido una atrocidad inútil y muy peligrosa.

LINO. No tan inútil..., si nos llevan abajo.

TOMÁS. No es seguro y hemos salvado la situación a duras penas: tu arrebato lo ha podido hundir todo. Aunque la más justa indignación nos encienda la sangre, hemos de aprender a domeñarla. Si no acertamos a separar la violencia de la crueldad, seremos aplastados. Asel tenía razón, Lino. Sabía más que nosotros... Y yo no olvidaré sus palabras.

Pausa.

LINO. Tenemos el derecho de indignarnos...

TOMÁS. Y el deber de vencer.

Breve silencio.

LINO. Sí. Todo lo he podido echar a perder. Aún tengo que aprender a pensar...

TOMÁS. Y yo...

LINO. ... para entender que es todo esto. ¿Lo sabes tú?

TOMÁS. *(Irónico.)* El holograma... de las fieras.

LINO. Será eso que tú dices. Pero tan sucio, tan duro... ¿Es que nunca vamos a conseguir cambiarlo?

TOMÁS. *(Se acerca y le oprime el hombro.)* Ya está cambiando. Incluso dentro de nosotros. *(Se separa y se sienta.)* Y ahora, esperemos. *(Lino se sienta.)*

LINO. ¿La muerte?

TOMÁS. O la celda de castigo. El túnel espantoso hacia la libertad.

Larga pausa.

LINO. *(Baja la voz.)* ¿No oyes pasos?

TOMÁS. *(Levanta su rostro sonriente.)* Sí.

Miran hacia la puerta.

LINO. Se han detenido. *(Tomás se levanta. Lino, también. A media voz.)* No nos dirán a dónde nos llevan.

TOMÁS. Pronto lo sabremos.

Se oye la llave. La puerta se abre. Entra el Ayudante.

AYUDANTE. El C-96 y el C-72. Salgan con todo lo que tengan.

Tomás y Lino se miran.

LINO. Sí, señor. *(Va a la percha, descuelga los dos saquitos que restan, se cuelga el suyo del brazo y deja el otro sobre el petate de Tomás. Tomás va a la taquilla, toma platos, vasos y cucharas.)*

TOMÁS. Toma. *(Le tiende a Lino los suyos. Lino los mete en su talego. Tomás hace lo mismo con los suyos, se cuelga el saquito y lanza una ojeada circular a la celda.)*

AYUDANTE. *(Sarcástico.)* Muy contento parece usted.

TOMÁS. *(Con una tenue sonrisa.)* Naturalmente. ¿Vamos, Lino?

LINO. Vamos.

Aúpan sus petates, se los cargan al hombro y salen. El Ayudante sale tras ellos y cierra. Breve pausa. Comienza a oírse, muy suave y remota, la Pastoral de Rossini. La luz se irisa. La cortina desciende y oculta el rincón del retrete. El paño de la derecha se desliza hacia arriba y deja ver, de nuevo, la librería, el televisor... El teléfono reaparece sobre la mesilla. A la cabecera del lecho la lamparita vuelve a asomar. El paño inferior de la izquierda se corre y la tapa del frigorífico brilla otra vez. La gran pantalla de fantasía desciende, despacio, hasta su antiguo sitio. Finalmente, descúbrese el amplio ventanal, tras el que resplandece el maravilloso paisaje. La música gana fuerza. La puerta se abre. Es el Encargado quien la gira, para situarse enseguida ante el umbral. Tras la barandilla y al fondo, el lejano panorama campestre. El Encargado viste sus correctas ropas de recepción y, con su más obsequisa sonrisa, invita a entrar en el aposento a nuevos ocupantes que se acercan.

TELÓN

JOSÉ MARTÍN RECUERDA

LAS ARRECOGÍAS DEL BEATERIO DE SANTA MARÍA EGIPCIACA

TODAS SE LLAMABAN MARIANA

Nel Diago

Nació en 1925 en Granada, Andalucía. España. Si todo escritor es hijo de su tiempo y de su lugar, esta circunstancia cobra, en el caso de Martín Recuerda, un especial relieve. Haber nacido y vivido en Granada y, además, escribir teatro, no puede resultar nada fácil cuando uno tiene tras de sí la sombra prodigiosa de Federico García Lorca. La comparación surgirá siempre, inevitable e injusta. Y José Martín Recuerda lo sabe, aunque proteste, aunque no se resigne jamás a arrastrar consigo tal estigma. Como sabe también que ambos han olido las mismas flores, han escuchado las mismas voces, los mismos cantares, han contemplado idénticos paisajes, han estudiado en las mismas aulas. Ambos, igualmente, se han inspirado en las gentes de su común Andalucía, en sus pasiones, en sus padeceres, a la hora de concebir sus obras dramáticas. Y hasta han tratado temas semejantes, como lo prueba la pieza que el lector tiene entre sus manos. Ocurre, sin embargo, que la mirada de uno y otro es muy distinta[1]. Y no ya por su diferente origen social —clase acomodada, García Lorca; humilde, Martín Recuerda—, sino porque, como muy bien ha indicado el autor de *Las salvajes en Puente San Gil,* entre uno y otro media la distancia de un millón de muertos[2].

Lorca desarrolló su producción teatral en el período de

anteguerra, en un clima convulso y torrencial, sí, pero preñado de esperanzas liberadoras. La Guerra Civil (1936-1939) arrancó de cuajo esas esperanzas y la vida misma del poeta. Tuvo tiempo, de todos modos, de prefigurar lo que sería la España de posguerra: *La casa de Bernarda Alba.* Martín Recuerda, apenas un niño cuando Lorca cae asesinado, nace al teatro precisamente entonces, en esa dura y larguísima posguerra en la que el régimen franquista ha decretado, como Bernarda, la losa de un pesado silencio, el cierre de puertas y ventanas. Aquí no pasa nada. Pero pasaba, y Martín Recuerda no sólo veía, sino que se empeñaba en decirlo, renunciando a cualquier componenda, enfrentándose resueltamente a la censura. Y con él otros muchos —Buero Vallejo, Sastre, Rodríguez Méndez, Olmo, Gala—, empeñados como Recuerda en una lucha sin cuartel por la dignificación de la sociedad española y de su teatro. Eran los autores de la llamada "generación realista", los artífices de un teatro de denuncia, de protesta, de revuelta. Cada uno en su estilo, cada uno con sus particulares obsesiones. Todos guiados por el mismo afán, aunque los caminos fueran diversos.

Fue José Monleón quien dividió por vez primera la producción dramática de Martín Recuerda en dos etapas bien diferenciadas[3]. Sus primeras piezas —*La llanura, Las ilusiones de las hermanas viajeras, El payaso y los pueblos del Sur, Los Átridas, El teatrito de Don Ramón*— nos mostrarían a un autor sensible y dolorido, volcado en la exhibición de una Andalucía callada, temerosa, triste, resignada, limitada a un ámbito provinciano. Pero a partir de *Como las secas cañas del camino*, obra que ejercería el papel de puente entre una y otra etapa, iba a tener lugar un cambio de estilo radical: el tono suave y matizado del grupo anterior sería sustituido por otro más recio y contundente; la queja agónica daría paso al exabrupto volcánico; la contentación atemorizada, a la rebelión acusatoria. Es el momento de dramas como *Las salvajes en Puente San Gil, El Cristo, El caraqueño, El engañao* o *Las arrecogías del beaterio de Santa María Egipciaca*. A las que seguirán, más tarde, otros del mismo calibre como *Caballos desbocaos* —contrafacta de *Cómo las secas cañas del camino*—, *Las conversiones, Carteles rotos* o *La Trotski*.

Esta división vendría abonada por unas declaraciones del propio autor: "De este estreno tuve una gran lección: hay que dar la cara en el teatro, sublevando los ánimos y luchando, frente a frente, con el público. Me prometí que mis personajes se rebelarían siempre, que exaltarían siempre las conciencias, que gritarían, que no se dejarían hundir en ningún momento, porque al español había que darle eso: lucha, pasión, acción, rebelión, consuelo, cariño y, sobre todo, un no morirse entre nuestras propias miserias"[4].

Sin embargo, todo intento de catalogación siempre será necesariamente convencional. De ahí que con el tiempo Martín Recuerda llegue a proponer en su evolución no ya dos, sino seis etapas: 1) teatro rebelde y realista *(La llanura)*; 2) teatro poético *(El teatrito de Don Ramón)*; 3) posibilismo *(Como las secas cañas del camino)*; 4) dramaturgia de la violación *(Las salvajes en Puente San Gil, El Cristo, El caraqueño)*; 5) teatro fiesta *(El engañao, Las arrecogías del beaterio de Santa María Egipciaca, Caballos desbocaos)*; y 6) teatro castellano *(Las conversiones, La cicatriz, Amadís de Gaula)*[5].

Sea como sea, lo cierto es que en el teatro de Martín Recuerda se dan, dentro de su natural evolución, una serie de constantes. Por ejemplo: el recuerdo permanente de la Guerra Civil, circunstancia que ya fue advertida por Monleón al afirmar que en la mayor parte de sus obras "se hacen alusiones a la Guerra Civil y aparecen personajes que tuvieron o sufrieron algún papel en ella"[6]. Otra constante es el sexo, cuyo tratamiento está directamente emparentado con el protagonismo femenino de casi todas sus piezas. La represión sexual de la España de Franco y el fariseísmo de las clases dominantes explotan en los textos de Recuerda con una violencia inusitada. Decía el poeta Oliverio Girondo que las Venus griegas tienen 47 pulsaciones y las Vírgenes españolas 103. Así son las protagonistas de Martín Recuerda, como las Vírgenes de Murillo: como vírgenes, demasiado mujeres; como mujeres, demasiado vírgenes[7].

Aunque, quizás, el gran tema recurrente en la producción dramática de este autor granadino no sea otro que la caridad. En todas y en cada una de sus obras Martín Recuerda alza su dedo acusatorio contra los poderosos (la Iglesia Católica, la burguesía, los políticos) para señalar su hipocresía, su falsedad, su falta de piedad para con los pobres, los humillados, los desamparados. Cada drama de Recuerda es un aldabonazo contra las "buenas conciencias" acomodaticias.

En más de una ocasión Martín Recuerda ha rechazado el término realista como caracterizador de su teatro. Y es comprensible su postura. No siempre la realidad inmediata opera como referente en sus dramas. Obras hay —*¿Quién quiere una copia del Arcipreste de Hita?, Las conversiones*— en las que no sólo mezcla personajes históricos y de ficción, sino que, además, elabora un lenguaje poético difícilmente encuadrable bajo esa etiqueta. Y otro tanto puede decirse de sus dramas históricos —*Las arrecogías..., El engañao*—, piezas en las que el autor ensaya un modelo dramático espectacular en el que la palabra se acompaña, al mismo nivel, de otros recursos teatrales imprescindibles: la música, el baile, los elementos plásticos, etcétera. Incluso podría hablarse en el caso de *La arrecogías...* de un afán por integrar al público en la fiesta teatral, haciéndolo copartícipe de la acción.

Todo esto nos evidencia a un autor preocupado por la búsqueda de nuevas soluciones teatrales y atento a la evolución del teatro más allá de las fronteras españolas. Y ello a pesar de que muchas veces su defensa de un iberismo racial, expresada de manera bien apasionada, ha llevado a algún crítico a parangonar esta actitud con la del Unamuno del "¡Que inventen ellos!"[8]. Sin embargo, los estudiosos más perspicaces han sabido relacionar el teatro de Martín Recuerda con ciertos movimientos teatrales europeos como el teatro de la crueldad (Ruiz Ramón) o el distanciamiento brechtiano (Oliva). En cualquier caso, ese acercamiento a los modelos europeos o norteamericanos nunca será expreso y deliberado: "Yo jamás pretendí hacer realismo, ni naturalismo, ni simbolismo, ni ceremonial, ni documental, ni biomecanismo, ni teatro a lo Living, Open, Bread and Puppet, etcétera. Nada pretendí, sino hacer teatro en lucha dolorosísima conmigo mismo, sacrificando muchas cosas de mi vida para poder ir escribiendo. No cabe duda de que en esta lucha ha tenido que haber en mí una natural evolución y un no sentirme apartado del eco de la dramaturgia mundial. Fíjate lo que te digo: el eco, es decir, lo que flota en el ambiente aunque no lo leas, ni veas, ni oigas."[9]

Para el historiador Francisco Ruiz Ramón[10] es precisamente Martín Recuerda el dramaturgo de posguerra que recoge la herencia de Lorca. Y eso se deja ver claramente en esta obra. Recuerda recupera aquí la mítica figura granadina de Mariana Pineda, ya tratada por García Lorca, pero introduciendo importantes y sustanciales cambios. Por de pronto, la acción de la obra de Martín Recuerda se centra en los últimos momentos de la vida de Mariana, transcurridos en el interior del beaterio; circunstancia que en la obra del poeta de Fuentevaqueros sólo ocupaba el tercer acto. Pero hay más: Recuerda, en una viva intuición poética, confirmada después por la investigación histórica, rodea a la heroína de otras presas políticas que, como Mariana, son liberales y revolucionarias más por amor a sus compañeros perseguidos que por meditada conciencia ideológica. Con ellas crea Martín Recuerda un personaje colectivo. No un personaje coral, sino colectivo, pues, aunque todas juntas responden a un patrón común, individualmente están perfectamente caracterizadas, como lo están también las coristas de *Las salvajes* en *Puente San Gil* o las prostitutas de *El engañao*. Este grupo humano, colocado en un espacio cerrado y en una situación límite de máxima tensión, se mostrará inicialmente desunido y enfrentado en su mismo seno. Situación análoga, como observa Ruiz Ramón,[11] a la vivida por las hermanas de *La casa de Bernarda Alba*. Aunque cabría preguntarse si, más que en García Lorca, no será en la propia historia española donde Recuerda encuentra un referente inmediato para sus planteamientos dramáticos. ¿Es necesario rememorar aquí las luchas fratricidas entre las clases populares durante la República y la Guerra Civil (anarquistas contra comunistas; comunistas contra trotskistas) y sus terribles consecuencias?

Sea como sea, el caso es que el texto de Recuerda está escrito muchos años después de esos dolorosos sucesos y son otras sus circunstancias. Al elegir retratar la época de Fernando VII, como hiciera también paralelamente Buero Vallejo con *El sueño de la razón*, lo que pretendía Martín Recuerda era mostrar una correspondencia con la España de los últimos años del franquismo. En uno y otro períodos históricos nos enfrentamos con un sistema social injusto, apoyado en la hipocresía moral y en la impiedad; un sistema que anula todo amago de libertad y en el que hasta los mismos verdugos (Ramón Pedrosa) son, a un tiempo, víctimas. Sólo que en este autor, los humillados, los perseguidos, no se resignan a su suerte: "¡Nos llevarán por miedo a la cárcel, pero vayamos cantando hasta que nos maten! ¡Ea, a cantar! ¡A cantar!", grita Filomena en *Las salvajes*... Y al final de *Las arrecogías*..., tras la ejecución de Mariana Pineda, vemos como Lolilla, las costureras y el resto de las arrecogidas desafían con descaro al público con su palmoteo.

Los humildes, los desplazados del sistema, son inevitablemente derrotados, sí, pero reciben esa derrota con la altivez con la que muere un toro bravo en la plaza. Y el símil no es caprichoso. Martín Recuerda califica a esta obra como "Fiesta española en dos partes", y es precisamente la corrida de toros la fiesta española por antonomasia: luz, color, música, alegría, sangre, dolor, tragedia. Así es, también, el teatro de Martín Recuerda, un dramaturgo racial.

---

[1] La mejor comparación entre ambos dramaturgos la trazó Benigno Vaquero Cid: "De Lorca a Recuerda", en José Martín Recuerda, *El teatrito de Don Ramón, Las salvajes en Puente San Gil, El Cristo*, Madrid, Taurus, Col. El Mirlo Blanco, 1969, pp. 22-31.
[2] Vid. AA. VV., *Teatro español actual*, Madrid, Fundación Juan March-Cátedra, 1977, p. 130.
[3] Vid. José Monleón, "Martín Recuerda o la otra Andalucía", en José Martín Recuerda, op. cit., pp. 9-21.
[4] J. Martín Recuerda, "Pequeñas memorias", en op. cit., p. 55.
[5] Vid. *El Público*, núm. 50, noviembre 1987, pp. 11-13.
[6] J. Monleón, op. cit., p. 12
[7] Oliverio Girondo, *Membretes*, en *Obras Completas*, Buenos Aires, Losada, 1968, pp. 139 y 143.
[8] Así ocurre con Amando C. Isasi Angulo, *Diálogos del teatro español de la postguerra*, Madrid, Ayuso, 1974, p. 263.
[9] *Primer Acto*, núm. 169, junio 1974, p. 10.
[10] Francisco Ruiz Ramón, *Historia del Teatro Español. Siglo XX*, Madrid, Cátedra, 1984, p. 509.
[11] Francisco Ruiz Ramón, *Estudios de teatro español clásico y contemporáneo*, Madrid, Fundación Juan March-Cátedra, 1978, p. 209.

JOSÉ MARTÍN RECUERDA

Nace en Granada el 17 de junio de 1925. Se licencia y doctora en la Universidad de Granada. Facultad de Filosofía y Letras. Fue profesor de Literatura en varias universidades de Estados Unidos. Desde 1971 a 1987 fue director de la cátedra de teatro "Juan del Enzina" de la Universidad de Salamanca.

Desde 1952 hasta 1962 dirigió el TEU de Granada, estrenando más de treinta adaptaciones de los clásicos y algunas de sus primeras obras. En su carrera obtuvo numerosos premios, como el Lope de Vega (dos veces), y continuos enfrentamientos con la censura del anterior régimen. Su teatro sobre tipos históricos es, seguramente, lo más destacado de su producción.

TEATRO

La llanura (1947). Estrenada, con mutilaciones, por el Teatro Español Universitario de Granada en 1954. Publicada en la revista Estreno, vol. III, 1977. Publicada por la Ed. Don Quijote, Granada, 1982.

Los Atridas (1950). Estrenada por el Teatro Universitario de Granada en 1955. Inédita.

El payaso y los pueblos del Sur (1951). Estrenada por el Teatro Universitario de Granada en 1956. Inédita.

Las ilusiones de las hermanas viajeras (1955). Publicada por Ed. Godoy. Murcia, 1981. Estrenada en el Teatro de la Villa de Madrid, en el ciclo titulado "Grandes Autores Contemporáneos" en 1990.

El teatrito de don Ramón (1957). Premio Lope de Vega. Estrenada el Teatro Español de Madrid en 1959. Publicada en 1969 en Taurus y Escélicer. Publicada en la Col. Clásicos de Plaza y Janés, Barcelona, 1984. Se emite por TVE, "Estudio 1", bajo la dirección de Alberto González Vergel en 1969.

Como las secas cañas del camino (1960). Estrenada en Barcelona en 1965. Publicada en la revista Yorick, núms. 17-18, 1966. Publicada en Madrid por Escélicer, 1966. Publicada en la Col. Clásicos de Plaza y Janés, Barcelona, 1984. Grabada para TVE por Pilar Miró en 1968.

Las salvajes en Puente San Gil (1961). Estrenada en el Teatro Eslava de Madrid, dirección de Luis Escobar. Publicada en Primer Acto, núm. 18 (1963), Aguilar (1964), Escélicer (1965), Taurus (1969) y Cátedra (1977). Llevada al cine por Antonio Ribas en 1967. Emitida por TVE con dirección de Sergio Chaff en 1983.

El Cristo (1964). Premio Catedral de Coventry en su versión inglesa. No estrenada en España. Emitida en versión italiana por la RAI en 1972, 1975 y 1977. Estrenada, en versión italiana, en el Paraninfo de la Universidad de Roma. Publicada en Madrid por Taurus y Escélicer en 1965 y por la Editorial Don Quijote de Granada en 1982.

¿Quién quiere una copla del Arcipreste de Hita? (1965). Estrenada en 1965, bajo la dirección de Adolfo Marsillach, en el Teatro Español de Madrid. Publicada en la misma ciudad por Editora Nacional en 1965 y Escélicer en 1966.

El caraqueño (1968). Estrenada en el Teatro Alexis de Barcelona en 1968. Publicada en Primer Acto, núm. 107, 1969, y Escélicer, 1971.

Las arrecogías del Beaterio de Santa María Egipciaca (1969-1970). Estrenada en el Teatro de la Comedia de Madrid en 1977, bajo dirección de A. Marsillach. Estrenada en 1980 por la Resident Theatre Company de Penn State, en traducción inglesa de Robert Lima. Estrenada en ese mismo año en versión francesa de Jacinto Soriano en la Universidad de la Sorbonne Nouvelle de París (Francia). Estrenada en 1988 por el Oxford Theatre Group en el Festival Internacional de Edimburgo (Inglaterra). Publicada en Primer Acto, núm. 169 (1974), Diputación Provincial de Málaga (1975) y Cátedra (1977). La versión inglesa se publica en Performing Arts Journal Publications (Col. Contemporary Drama. Spain), Nueva York, 1985.

El engañao (1972). Premio Lope de Vega. Estrenada en el Teatro Español de Madrid en 1981, dirección de Jaime Chávarri. Publicada en Cátedra en 1981.

Caballos desbocaos (1978). No estrenada. Publicada en Cátedra (1981).

Las conversiones (1980). Estrenada en 1983, con el título de *El carnaval de un reino,* bajo la dirección de Alberto González Vergel, en el Centro Cultural de la Villa de Madrid. Estrenada el año 1985, en su versión íntegra, bajo la dirección de Ángel Cobo, en la cátedra Juan del Enzina de la Universidad de Salamanca. Publicada en Murcia, Ed. Godoy, 1981.

La familia del general Borja. (1983). Inédita.

La Trotski (1984). Publicada en Primer Acto, núm. 207, 1985. Publicada en Biblioteca de la Cultura Andaluza, nº 84, Sevilla, 1990.

La cicatriz (1985). Publicada por Canente. Revista Literaria, nº 7. Málaga, julio, 1990.

Amadís de Gaula (1986). Publicada por la Universidad de Murcia. Col. Antología Teatral Española, nº 13. Año 1991.

La Trotski se va a las Indias (1987). Pubicada en Biblioteca de la Cultura Andaluza, Sevilla, 1990.

La deuda (1988). Inédita.

MARTÍN RECUERDA

Las arrecogías del Beaterio de Santa María Egipciaca

Fiesta española en dos partes

PERSONAJES
(Por orden de intervencion)

CARMELA "LA EMPECINADA"
CONCEPCIÓN "LA CARATAUNA"
CHIRRINA "LA DE LA CUESTA"
PAULA "LA MILITARA"
RITA "LA AYUDANTA"
EVA "LA TEJEDORA"
ANICETA "LA MADRID"
DOÑA FRANCISCA "LA APOSTÓLICA"
ROSA "LA DEL POLICÍA"
MARIANA DE PINEDA
ROSA "LA GITANA"

OTROS PERSONAJES

LOLILLA LA DEL REALEJO, RAMÓN PEDROSA, CASIMIRO BRODETT, EL DEL MUÑÓN, LA MUDA, EL POLICÍA, LA REVERENDA MADRE, SOR ENCARNACIÓN.

Músicos, policías, soldados, frailes franciscanos, monjas, gente del pueblo, títeres.

A mis padres, que me dieron todo

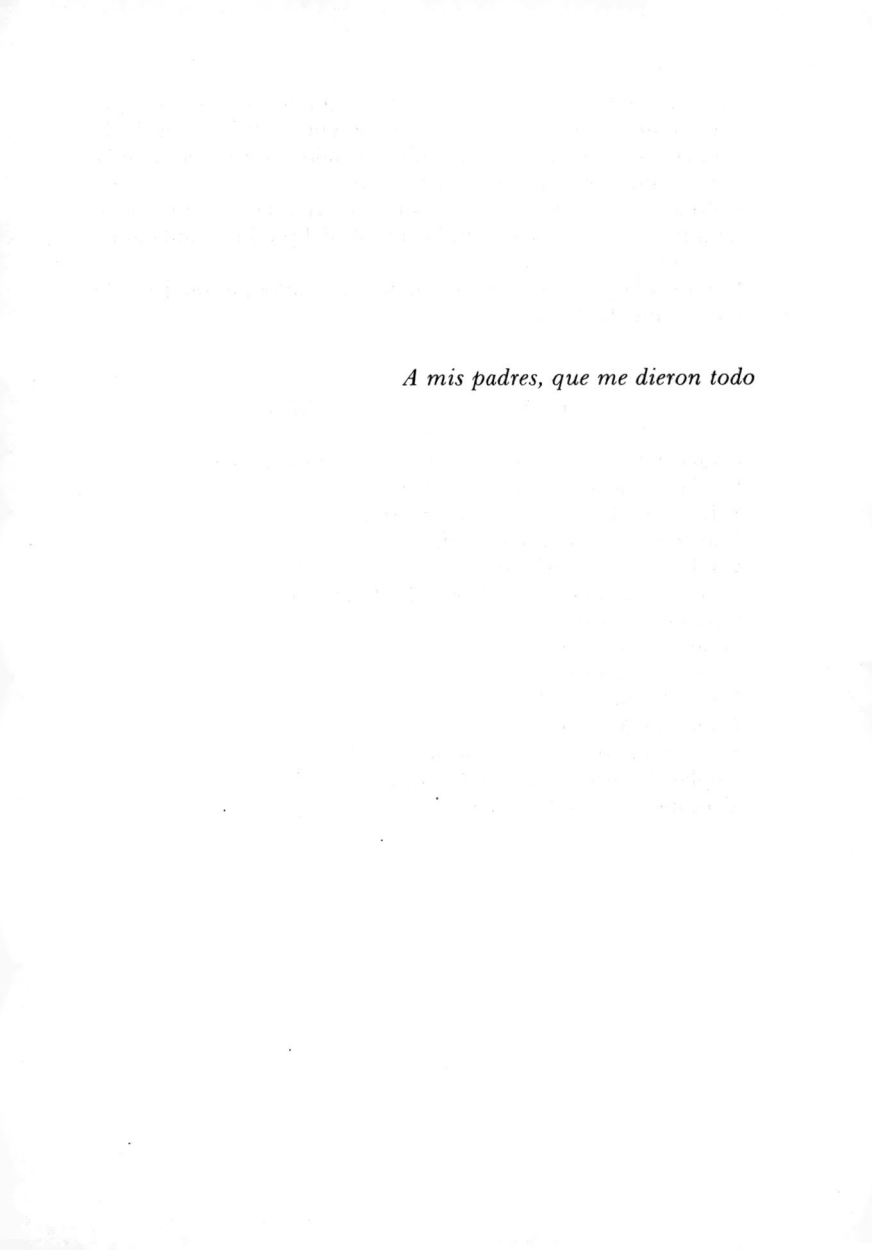

Al ir entrando el público al teatro, tendrá la impresión de que entra a una gran fiesta. Músicos charangueros de la Granada de comienzos del siglo XIX, estarán tocando las canciones de la obra, e irán por todas partes del teatro.

Lolilla la del Realejo y sus costureras, vestidas grotescamente para ir a los toros, alegrarán la entrada del público, cantando a veces; otras, dándoles flores.

Con Lolilla y las costureras podrá haber cuantos personajes de la obra estime la dirección.

CANCIONES DE LA OBRA

Coplas y tanguillos de las manolas de Bibarrambla.
Coplas de las mujeres del rey Fernando.
Salmodia a la entrada en el beaterio.
Canción a las costas de Tarifa.
Coplas de las abanderadas.
Canción a las manos de Rosa "La Gitanica".
Canción a los patíbulos.
Fandango del amor perdido.
Tanguillo del sereno.
Vito a las pisadas de los caballos.
Coplas de Madam Lolilla la del Realejo.
Salmodia a los que martillean sin remedio.
Coplas de las tapadas del Zacatín.
Variantes finales de las coplas.

PRIMERA PARTE

Calles y cuestas de la Granada de principios del siglo XIX, cuando Granada, juntamente con Bayona y Gibraltar, era uno de los focos revolucionarios que amenazaban al gobierno del Rey de España.
Los pasillos de la sala del teatro se unen con las empedradas cuestas granadinas. Las casas de principio del siglo romántico, desbordan la embocadura a un lado y otro de la misma. Dentro del escenario vemos, en estos primeros momentos, las tapias del Beaterio de Santa María Egipciaca. Las tapias han aparecido inundadas de letreros insultantes. En estos letreros podemos leer: "Al librero madrileño Antonio de Miyar lo han paseado por la Cibeles con un cartel al cuello y escupiéndole."
"Calomarde asesina la cultura y el progreso."
"Viva el general Riego."
"La cabeza del hijo puta de Pedrosa."
"Mueran los realistas."
"Viva la masonería."
En la cancela del beaterio, podemos leer también, en letreros toscos, sobre una carcomida madera oscura: "Casa de Dios y de Santa María para asilo de mujeres perdidas."
Y otro letrero más abajo que dice: "Limpia tu alma al entrar, pecadora, como María Egipciaca en las puertas del templo de Jerusalén."
Y otro letrero más abajo, con letras muy populares, que dice: "So putas.".
Vemos pasearse, a través de la cancela, a centinelas, carceleros, soldados de la vieja Infantería española. Oímos a las monjas de

Santa María cantar un "Te Deum", canto que se mezcla con la alegría de una banda de música, que toca en una plaza de toros, no muy lejana.
O achicarra el sol, o la ciudad está solitaria, porque la gente o se encuentra en la corrida de toros o el terror impuesto por la política del tiempo, hace que, en principio, parezca que están desiertas las calles. Estamos en el año 1831. Vemos pasar un hombre por el medio de la sala del teatro y subir una de las cuestas que dan al escenario. El hombre, como mudo, al parecer empleado del Ayuntamiento, muy cansado y sudando, lleva un cubo con pintura y brocha, carteles enrollados y unas escaleras plegables y de madera. Al llegar se sienta y, parsimoniosamente, lía un cigarrillo, mirando discretamente al público, y a un lado y a otro de las calles. Ya liado el cigarrillo, se lo coloca en la oreja, como el que está vigilando, coge sus utensilios y se pone a pegar un cartel, donde se lee en grandes letras: "Aviso: Escuela de Toros". Mientras pega el cartel vemos que, con sigilo, se van abriendo los postigos de los balcones de algunas casas, y observamos que alguien vigila desde dentro. Podemos darnos cuenta de que la ciudad no está tan sola, sino que mucha gente está dentro de sus casas. Termina la faena el empleado y sale. Enseguida oímos tocar una guitarra con alegría y un palmoterío redoblado y bien sonado. Salen, por una de aquellas calles, Lolilla la del Realejo y las cinco costureras, muchachas de unos dieciocho a veinte años, vestidas de manolas señoronas, disfraz burlesco para ellas, con pelucones de estilo francés, pintarrajeadas y grotescas. Se adelanta Lolilla a cantar, mientras las otras bailan, jugando, al mismo tiempo, con grandes abanicos alpujarreños, de vivos colores. El vestido de Lolilla arrastra, a modo de falda colgandera, o de mandil, un largo trapo rojo que, recogido farfolleramente a la falda verdadera, le arrastra por detrás, como si fuera una cola del vestido.

LOLILLA. (*Cantando y bailando.*)
　　　Dicen que toda Granada.
　　　está conspirando,
　　　y que los granadinos

se pasan el día,
con aire muy fino,
entre celosías,
acechando, acechando.
Pero nosotras decimos:
si hay corridas de toros
a donde asistimos,
la plaza repleta,
el sol como el oro,
la alegría completa,
¿qué importa tanta conspiración?
¡Ay, granadino, granadinito
no tienes perdón!

Se alejan unas de otras y se adelantan después las cinco costureras y cantan, mientras Lolilla salta entre ellas.

CINCO COSTURERAS.
Las manolas de Bibarrambla
no saben qué pasa
en España entera,
dividida en dos bandos,
se baila el fandango
y se intenta vivir,
y dicen que la gente,
callando,
callando y callando
quisiera morir.
¿Pero qué pasa aquí?

Se jalean unas a otras con más bríos y después sale Lolilla a cantar, mientras las otras bailan.

LOLILLA.
Ay, huertecicas florías
de las orillicas del río Genil,
mandad airecicos
fresquitos
a los españolitos

de por ahí,
porque todos queremos vivir.

Sigue el jaleamiento y ahora cantan y bailan las seis.

LAS SEIS. *(Cantando y bailando.)*
Sigan los pronunciamientos
y los generales en Gibraltar;
sigan los regimientos
tan descontentos,
que nos da igual.
Que no quiero al realista
ni al que es servil,
sólo quiero agua del río
y un suspiro para dormir.

Toda la sala se enciende y los músicos desde los pasillos de abajo, van subiendo y bajando las cuestas y cantan, al mismo tiempo que tocan. Lolilla y las seis costureras bailan.

LOS MÚSICOS.
Las manolas de Bibarrambla
no saben qué pasa
en España entera,
no saben quién es Pedrosa,
¡vaya una cosa!
ni Calomarde, ni el rey Fernando,
y tan tranquilas,
van a los toros,
siguen su baile
mientras el pueblo se está matando.

Cantan ahora las cinco costureras, con aire ingenuo, mientras Lolilla baila entre ellas, haciendo pantomimas de ingenuidad.

LAS CINCO COSTURERAS.
Somos como palomas
que vuelan sin enterarse.
Lo que pasa en Granada,

se lo lleva el aire,
pero nos contenemos,
porque no queremos
dejar a nadie
por embusteros.

De pronto, dejan de tocar los músicos y Lolilla y las costureras salmodian, con furia.

LOLILLA Y COSTURERAS.
¡Trágala! ¡Trágala! ¡Trágala!
Esto se oye decir
de uno a otro confín
de la España en que vivimos.
¡Trágala aquí!
¡Trágala allí!

Vuelve a sonar la guitarra, ahora por tanguillos, y las seis se dulcifican y taconean. Taconeando el tanguillo, Lolilla se quita el trapo rojo que llevaba en la falda y juega con él, a modo de capote, y se lo arroja a las costureras, quienes sin dejar de bailar, extienden, entre todas, el trapo rojo, y le dan la vuelta. En él se puede leer: "No estáis solas, arrecogías", mientras cantan las seis. Los músicos las acompañan.

LOLILLA Y COSTURERAS.
¿Y el capote?
Éste es.
¿No lo ven?
Por si acaso
un muchacho,
de repente
y valiente,
se tira a la plaza
donde pasa
lo que no se puede figurar.
Y eso es lo que hay que cantar:
porque la gente,
también muy valiente,

cuando grita "olé",
no es por el torero
que tiene salero
al torear,
sino a algo que pasa,
que no está en la plaza,
pero la gente ve,
y al decir "olé",
parece que quieren matar.
¿Qué será?

Mientras se jalean taconeando los tanguillos, Lolilla coge el trapo rojo y lo arroja detrás de las tapias del Beaterio de Santa María Egipciaca, sin dejar de bailar. La gente, escondida detrás de los balcones, cierra en seguida los postigos y los músicos y las costureras alzan el baile y la música, con más fuerza. Lolilla se vuelve asombrada y canta ahora, mientras las demás bailan.

LOLILLA. *(Con cierta burlesca ingenuidad.)*
Se me escapó.
Sí, señor.
Un aire traicionero,
granadino y fiero
se lo llevó.
Y el capote ha quedado,
como se ve,
dentro de las tapias,
para no sé quién.

Cambia el tono de la música y cantan y bailan ahora las seis.

LOLILLA Y COSTURERAS. *(Con ciertos tonos confidenciales.)*
Sepan ustedes
que nosotras somos
Lolilla y sus costureras,
pero nos disfrazamos,
muy pintureras,

de manolas
o de señoras
francesas,
y aquí comienza
la cuestión
de esta España
que vivimos de la "ilustración".
Helo aquí.

Se ponen un dedo en la boca, en señal de silencio, y cantan y bailan bajito.

Nadie puede decir
que nosotras fuimos
las que hicieron
lo que vimos
y vieron.
Y todos a reír,
que nadie trajo un capote aquí,
sino un polisón
en la falda de Lolilla,
y se le escapó.

Cambian de son y de baile y el palmoterío se hace más alegre, los músicos cantan ahora.

LOS MÚSICOS.
¿Quién dijo miedo?
Salero, salero, salero,
buen vino tinto
y buen tabernero.
Penas, ninguna,
que dieron la una,
que dieron las dos.

Sale Lolilla a cantar, mientras las otras bailan.

LOLILLA.
Y Albaicín arriba,
y Albaicín abajo,

la cabeza alta
y mucho desparpajo,
que lo que ha de pasar,
se verá.
Y por mucho que pase,
con finura y clase
hay que seguir,
para hacer sonreír,
cantando y bailando
al mismo compás.
Quiere usted callar.
No hay triste destino,
españolito
que naces, tan solito
como las aguas del mar.

Los músicos y las costureras corean.

MÚSICOS Y COSTURERAS.
No hay triste destino,
españolito
que naces, tan solito
como las aguas del mar.

Varían el baile y la música y muy armoniosamente, con gran encanto y serenidad, se van metiendo por una calle, sin dejar de cantar y bailar.

LOLILLA Y COSTURERAS.
Ay, murallitas de Cádiz,
Ay, marecitos de plata.
Los barquitos españoles
tienen las anchas atadas,
que no sirven los suspiros
ni lágrimas derramadas.

Se van fundiendo estos cantos con los de las monjas del Beaterio. Se apaga la luz de la sala y queda sólo la luz del escenario a pleno sol. El teatro se invade de los cantos religiosos de una "Salve" que cantan las monjas del Beaterio de Santa María Egipciaca, mientras va subiendo la tapia, para verse ahora, por dentro, el Beaterio, que ocupa, de un modo solemne, toda la mayor parte del escenario. El Beaterio es un antiguo palacio del Renacimiento, con corredores enjaulados arriba, que sirven de celda común a las arrecogidas rebeldes, casi fanáticas, que viven entre la realidad y la locura, entre el terror y la contenida paciencia que dará fin a sus vidas. Cogida a los hierros de los enrejados, vemos a Paula "La Militara", con el vestido casi destrozado y harapiento, con los pechos medio desnudos, con las piernas arañadas, encrespados los cabellos, la cara sudorosa y gesto de cansancio. Mira hacia abajo, hacia el patio. Paseándose nerviosa, está Rosa "La del Policía", como endemoniada, harapienta, semidesnuda, con cadenas y argollas entre los huesos de las muñecas. Detrás vemos a Aniceta "La Madrid", sentada en un jergón, peinándose y quitándose piojos; con un jarro de agua al lado y un lebrillo. Abajo, en el patio, vemos corredores y celdas individuales. Todas abiertas, menos una. Una gran cancela a un lado da a los corredores del pórtico de entrada. Un corredor, hacia el centro, que se pierde hacia el foro, simula la entrada a la capilla. Corredores, columnas, celdas, empedramiento del patio, todo dará la impresión de las caballerizas del viejo palacio renacentista, arruinado ahora, asilo u hospital en otro tiempo. Por el empedrado se pasa orgullosa y lujosamente vestida, Doña Francisca "La Apostólica", también arrecogida, perteneciente a la aristocracia granadina, siempre deseando ser amable con las demás. Las demás desconfían y parecen huir de ella. De uno de aquellos corredores, sacan una mesa, larga y de madera carcomida, Carmela "La Empecinada" y Chirrina "La de la Cuesta". Rita "La Ayudanta", Eva "La Tejedora" y Concepción "La Caratauna", traen vasos y jarras, entrando y saliendo, como las de la mesa. La "Salve", cantada en la capilla por las monjas del Beaterio, se hace enternecedora.

CARMELA "LA EMPECINADA". Ya han terminado la Salve, gracias al trono de la Santísima Trinidad, que dicen que cae aquí en lo alto.

CHIRRINA "LA DE LA CUESTA". *(A Concepción "La Caratauna".)* Como no te laves las manos, yo no bebo en esos jarros, ni como en esos platos.

CONCEPCIÓN "LA CARATAUNA". ¿Es que no me las lavé antes de coger los platos y los jarros? ¿Qué tienen mis manos? Lavadas con arenilla. ¿Qué culpa tengo yo de que me haya tocado hoy fregar la jaula de arriba?

PAULA "LA MILITARA". ¿Qué pasa con la jaula de arriba?

RITA "LA AYUDANTA". *(A Eva "La Tejedora".)* Fíjate qué oído de víbora tiene "La Militara".

PAULA "LA MILITARA". Si os parece, me taparé los oídos. Pues no faltaba más. Que una no oiga ni la tarde de toros.

EVA "LA TEJEDORA". Qué alegría da de oír el gentío. Esta alegría no se oía en Cataluña.

ANICETA "LA MADRID". Yo me ponía mi peina atrás. *(Señala detrás de la cabeza)* que me pillaba toda esta parte de la cabeza, y hala, a los toros. Pero en Madrid, hija. La plaza de los Carabancheles me la conozco bien. Y mira en el espejo en que me veo:
  Paso río, paso puente,
  siempre te encuentro lavando,
  qué lástima de carita,
  que se vaya marchitando.
Si me viera mi general ahora...

CARMELA "LA EMPECINADA". *(Muy dispuesta.)* Que te calles, alcuza vieja.

ANICETA "LA MADRID". No me da la gana. ¿Es que cada una no recordáis lo vuestro cuando os da la gana? ¿Es que cada una no contáis lo que os sale de la garganta? Yo sí. Pues no me rogaba veces, mi general Riego, para llevarme a los toros. Vivía yo entonces en la plaza de la Cebada. Llegaba mi general bajo mis balcones, en un coche de caballos, guapo como un granadino albaicinero, y me hacía una reverencia. Entonces yo bajaba, me montaba en aquel coche e iba a la plaza de los Carabancheles. Se armaba la gorda al vernos asomar al tendido a mi general Riego y a mí. Pero nosotros no entendíamos de desigualdad de clases. Yo vendía flores, él era general. Que rabiaran los que fueran. Después de la corrida, paseábamos por la Cibeles, por San Isidro, por la Florida... Ni los reyes. *(Bebe agua del jarro y la rechaza con asco.)* ¿Habéis probado este agua? Está llena de arenilla. Y dicen que la traen de la fuente del Avellano... *(Escupe.)*

CARMELA "LA EMPECINADA". Poner la mesa bien en medio. Que nos dé el olor de los limoneros.

CHIRRINA "LA DE LA CUESTA". En medio la estamos poniendo.

CARMELA "LA EMPECINADA". Que te crees tú eso. Que estás dislocada, nada más que has visto a los centinelas.

CHIRRINA "LA DE LA CUESTA". ¿Yo? ¿De qué centinelas hablas?

CARMELA "LA EMPECINADA". De los que han venido a reforzar.

DOÑA FRANCISCA "LA APOSTÓLICA". *(Muy digna.)* ¿Ha venido refuerzo?

CARMELA "LA EMPECINADA". Mucho. Pero creo que son infantes de las nuevas llamadas. Eso dijo Rita "La Ayudanta", que lo sabe todo. ¿No es así?

RITA "LA AYUDANTA". *(Encogiéndose de hombros.)* ¿Yo?

PAULA "LA MILITARA". *(Como soñando.)* ¿Infantes?

CARMEN "LA EMPECINADA". Sí, infantes de la gloriosa Infantería, aunque "La Ayudanta" se haga la tonta. Un regimiento tenemos rondándonos. Por eso yo me he puesto estas ramas de limonero en la cabeza.

CHIRRINA "LA DE LA CUESTA". Y yo este escote descosido, que ya no puedo enseñar más de lo que tengo.

PAULA "LA MILITARA". ¿Oyes, Rosa? Más refuerzo. *(Se tira al suelo, haciendo esfuerzos para fisgonear entre los hierros bajos de las rejas.)*

ROSA "LA DEL POLICÍA". *(Sumida en odio, mientras no deja de pasear.)* Oigo.

PAULA "LA MILITARA". *(Tendida, misteriosa y con miedo.)* ¿Qué esperará el rey tripero que pase en Granada?

ROSA "LA DEL POLICÍA". *(Mascullante.)* Que estalle lo que tiene que estallar.

ANICETA "LA MADRID". ¿Vamos nosotras a bajar a comer?

PAULA "LA MILITARA". Yo qué sé.

ANICETA "LA MADRID". Que estamos en vísperas de Corpus Christi y harán la caridad de bajarnos abajo.

CHIRRINA "LA DE LA CUESTA". *(Que oyó a Aniceta.)* Comulga y confiesa y tendrán confianza en ti.

ANICETA "LA MADRID". ¿Digo, el oído que tiene "La de la Cuesta"? *(Asomándose irónica a las rejas.)* ¿Has comulgado y confesado tú?

CHIRRINA "LA DE LA CUESTA". En la capilla de enfrente.

ANICETA "LA MADRID". Pues cúbrete el escote, que te las veo bien.

ROSA "LA DEL POLICÍA". *(En su angustia.)* Dejarlas.

ANICETA "LA MADRID". Si no hacen más que provocar.

ROSA "LA DEL POLICÍA". Dejarlas. ¿No hay un trapo con vinagre para darme por estas rozaduras?

ANICETA "LA MADRID". Sí lo hay. Ahora mismo lo busco.

ROSA "LA DEL POLICÍA". Tú no. Tú no. Se quiere congraciar conmigo, pero es mala. No la quiero ni a la hora de mi muerte. Me dan asco tus manos, no lo puedo remediar.

ANICETA "LA MADRID". Nadie debe despreciar las manos de nadie.

ROSA "LA DEL POLICÍA". Paula, busca el vinagre. Tengo fiebre y los desollones se me hinchan. Paula, ¿me oyes?

PAULA "LA MILITARA". *(Sin mirar a Rosa.)* Déjame ahora, a ver si lo veo.

ROSA "LA DEL POLICÍA". Sois malas las dos.

PAULA "LA MILITARA". *(A Rita "La Ayudanta".)* Eh, tú, Rita "La Ayudanta", tú que estás más cerca de la puerta, dime de dónde vinieron los del nuevo regimiento.

RITA "LA AYUDANTA". *(En secreto, poniéndose un dedo en los labios y mirando, con desconfianza, a un lado y a otro.)* De Burgos.

PAULA "LA MILITARA". *(Sobresaltándose.)* ¿De Burgos? ¡Si hubiera venido él!

CARMELA "LA EMPECINADA". Si hubiera venido él, ¿qué?

PAULA "LA MILITARA". Lo avergonzaría desde aquí. Que no hay tapias cuando quiero que mis voces se oigan. Tres años sirviendo al rey, mientras yo me pudro. Pero, ¿cuándo saldrá mi juicio? Pero, ¿cómo las Audiencias guardan tanto los papeles de los pobres?

ANICETA "LA MADRID". *(Riendo.)* Te faltan los años que tiene Aniceta "La Madrid", como llamáis a una servidora, para comprenderlo. Tu juicio, hija mía, no es el de una Audiencia donde corre la moneda. Tu juicio lo llevan los militares. Pero, qué cabezas, Santa Filomena, doncella y mártir, qué cabezas. Ninguna se entera de los funcionamientos de las leyes. Ni sabéis leer ni escribir. No sabéis más que enamoraros. ¿Cómo vamos a ganar las liberales? Ni fuisteis a la escuela ni sabéis bien qué es lo que en España pasa.

CARMELA "LA EMPECINADA". Ni lo sabe nadie.

CHIRRINA "LA DE LA CUESTA". Más que los que roban.

CARMELA "LA EMPECINADA". Que te calles con el sermón de la montaña.

ANICETA "LA MADRID". *(Levantándose y matando el último piojo.)* Con cantos de este lebrillo, os estaría dando golpes en la cabeza, hasta que os metiera las letras y supiérais leer en los periódicos.

CARMELA "LA EMPECINADA". ¿Estáis oyendo a la cascaruleta? Aquí tenemos al general Riego pronunciándose.

ANICETA "LA MADRID". ¿De qué me sirvió entonces tenerlo tantas noches en mis brazos? Todo su delirio de grandezas y todas sus aspiraciones se quedaron entre estos brazos, con pellejos colgando, que estáis viendo.

CARMELA "LA EMPECINADA". ¿Que nos vamos a creer que estuviste comprometida en tu plaza de la Cebada? Una. Una sí que fue detrás de Juan Martín, el Empecinado. Yo fui del Empecinado. Fui y lo seré siempre. Y no se lo restriego a nadie. Ni sueño con él. Que le peguen cuatro tiros si estuviera vivo.

ANICETA "LA MADRID". Pero mírala ahí. ¿Por qué no iba a ser yo la comprometida del general Riego? ¿Os habéis fijado alguien en mis ojos? ¿Quién de este beaterio riene unos ojos más bonitos que los míos? Que me quisieron hasta pintar. Y a mis años. Y mis manos, ¿tienen alguna arruga a mi edad? Habría mujeres hermosas en Madrid, pero como yo, pocas. Vosotras, como me veis todos los días, no os dais cuenta. ¡Si mi general viviera...!

ROSA "LA DEL POLICÍA". *(Con odio y dolor.)* Mis manos, Paula.

PAULA "LA MILITARA". Voy, voy. No parece sino que nadie ha tenido argollas en las manos. Necesitas para ti una criada. *(Antes de ir a ayudar a Rosa, dice a las de abajo, y a modo de indirecta.)* Que ya se están acabando los señoríos.

DOÑA FRANCISCA "LA APOSTÓLICA". *(Atildándose orgullosa y paseándose.)* La tienen tomada conmigo. Pero yo sé bien qué hacer el tiempo que esté encerrada aquí. No puedo convencerlas, ni me importa. ¿Es que no puede una pasearse bien limpia por esta caballeriza? Pero estoy perdiendo toda mi clase de señora con hablar aquí. Y es que una necesita tanto con quien hablar..., que hasta con las columnas hablaría. Ya no me importa ser una más. *(Encandilando los ojos.)* Una más. Salgo aquí para escuchar el ruido de los toros y a ellas les molesta. ¡Pensar que las fiestas del Corpus Christi están en puertas...! Que años atrás yo abría los salones de mi casa para dar suntuosas fiestas. Mi casa de la calle de Gracia... Mi palacio con su jardín...

CARMELA "LA EMPECINADA". Y no casca nada la señora.

DOÑA FRANCISCA "LA APOSTÓLICA". Parece mentira, haber luchado tanto para destruir las clases, llegar aquí, luchando por la igualdad...

CARMELA "LA EMPECINADA". ¡Mientes! Estabas arruinada.

DOÑA FRANCISCA "LA APOSTÓLICA". *(La mira, simulando paciencia, de arriba abajo.)* Menos mal que una os comprende y que una tiene resignación. Querer ser como vosotras, y no querer comprenderme... ¿Qué hacer yo para convenceros? ¿Es poco estar encerrada en el beaterio? Yo juré la Constitución del año doce,[10] cuando también la juró el rey Fernando, y, sin embargo, no renuncié a mi jura, como renunció el rey. Por eso estoy entre vosotras. Y estoy con orgullo de estarlo.

CARMELA "LA EMPECINADA". Pues escribe en la "Gaceta" lo que dices. Ole ahí los pronunciamientos.

CHIRRINA "LA DE LA CUESTA". *(Acercándose coqueta e irónica a Doña Francisca.)* Dame un poco de tu colonia. ¡Qué bien huele tu perfume! Han venido infantes nuevos y puede que esta noche... ¿Me lo darás?

DOÑA FRANCISCA "LA APOSTÓLICA". ¿Mayor desvergüenza se ha visto...? No respetar a una señora.

CHIRRINA "LA DE LA CUESTA". *(Irritándose.)* ¿Señora? Aquí vienen las que estuvieron con muchos y les hicieron barrigas y tienen que corregirse. Si fueras solamente presa política, te hubieran llevado a la cárcel baja. Anda y que se mueran los generales de aquélla. *(Señala a Aniceta.)* Y los reyes y la aristocracia tuya. Anda y que se mueran los tejedores catalanes que llaman liberales y han venido a traficar en Granada. ¿De qué me sirven las ideas que me dieron, si hoy me encuentro en este beaterio, sin un poco de colonia para enamorar siquiera a esos soldados de infantería que nos guardan? Anda y que se pudran todos. ¿Para qué luché al lado de nadie? ¿Quién me salva ahora? Vengan matas de limonero también para mi pelo, y a vivir aquí, tan cercanas a la muerte y olvidadas de todo ese mundo que está alegre en los toros, y paseándose por las calles de los madriles de aquélla. *(Vuelve a señalar a Aniceta.)* Y van a los toros como los que nada sienten. *(Exaltándose.)* ¿Pero y esos liberales que están en las costas y no pegan ni un tiro? Pero, ¿por qué teniendo un fusil en la mano no pegan ni un tiro? ¿Pero qué pasa que nadie se rebela?

ANICELA "LA MADRID". ¿Qué pasa con mis madriles y con mi general? Ay, Santa Piedad, no sé cuándo vais a respetar lo mejor de mi vida.

ROSA "LA DEL POLICÍA". ¡Mis rozaduras!

ANICETA "LA MADRID". ¡Calla de una vez! ¡Qué delicada es esta Rosa "La del Policía". Se ve que tu marido cobraba buenos sobresueldos y te tendría entre lujos, como buen policía del rey Fernando.

ROSA "LA DEL POLICÍA". Aparta de mi vista, vieja jarapatosa.

ANICETA "LA MADRID". Deja lo de vieja. Que pronto te verás tú como yo. Aquí se envejece al vuelo. Los días son años.

ROSA "LA DEL POLICÍA". *(En el mismo estado.)* No mientes más mi pasado. No quiero saber nada de mí. Como lo sigas nombrando, soy capaz, mientras duermes, de clavarte las argollas en la cabeza.

ANICETA "LA MADRID". Bien atadas están tus manos. Que todos sabemos lo que hiciste.

ROSA "LA DEL POLICÍA". Lo hice porque soy liberal. Liberal y no me arrepiento, como otras. Si esto se paga con este beaterio, que se pague. Así defiendo mi libertad.

ANICETA "LA MADRID". *(A las de abajo.)* ¿Sabéis que mató a su marido?

ROSA "LA DEL POLICÍA". ¿Y qué? Era un policía ladrón.

ANICETA "LA MADRID". ¿Lo veis?

ROSA "LA DEL POLICÍA". Lo ven. Lo saben. Así se paga la libertad. *(Va y golpea los hierros de las rejas con las argollas.)* ¡Y no me arrepiento de pagarla!

ANICETA "LA MADRID". ¿Veis? Nadie puede quitarse de encima aquella quien fue. Ella miente. Daría su vida por no estar aquí y con esas argollas. Las ideas de libertad no liberan, sino condenan, como está ella, como estamos todas.

ROSA "LA DEL POLICÍA". *(Abalanzándose a Aniceta.)* ¡Callarás para siempre!

PAULA "LA MILITARA". *(Sujetándola.)* Quieta, Rosa, quieta.

ROSA "LA DEL POLICÍA". ¡Déjame!

PAULA "LA MILITARA". *(Luchando con ella.)* Quieta.

Rosa "La del Policía" va cayendo al suelo, gimiendo, vencida, sin fuerzas. Abajo se armó un gran alboroto, cerrando las puertas por temor a que las monjas intervengan, mientras dicen unas a otras.

CARMELA "LA EMPECINADA". Cerrar las puertas del pasillo de la capilla.

CHIRRINA "LA DE LA CUESTA". Que no comemos hoy caliente. Que me dan calambres en la panza.

CARMELA "LA EMPECINADA". Deja los platos, ayudanta, y ponte a cerrar.

CHIRRINA "LA DE LA CUESTA". *(Subiéndose en la mesa.)* Me subo y bailo, mientras aquéllas callan. Y bailo con el trapo rojo que antes tiraron, que lo tenía en un escondite: en el cajón de la mesa.

Una vez subida, se pone el trapo rojo por la falda, de larga cola, se palmotea y empieza a bailar.

CARMELA "LA EMPECINADA". Allá voy yo también.

Cantan y bailan para suavizar el miedo que se apoderó de todas ante la refriega de las de arriba. Doña Francisca "La Apostólica" se encerró en su celda.

CARMELA "LA EMPECINADA". *(Cantando y bailando.)*
  Se dice por los madriles
  que las mujeres del rey Fernando
  son muy princesas,
  de muy alto rango.
  Muy delicadas, con gran finura
  bajan al Prado
  y suben penando.
  Ay, ¿qué tendrán?
  ¿Qué tendrán
  las mujeres del rey Fernando?

Se bailotea con nervio y sale Carmela "La Empecinada" a cantar.

CARMELA "LA EMPECINADA".
  Los aires de los madriles
  pasan matando,
  a las reinas de España
  que se casaron,
  muy enamoradas
  del rey Fernando.

Se vuelve a bailotear y cantan después las dos.

CARMELA "LA EMPECINADA" Y CHIRRINA "LA DE LA CUESTA".
Ay, reyecito de España,
si tus mujeres,
entre los aires de Recoletos
viven penando,
¿por qué no piensas
en los secretos
que las afligen?
Que son palomas,
con ojos almerienses,
mirar hiriente
y olor a rosas.

Las demás arrecogías de abajo se contagiaron, juntamente con Aniceta "La Madrid" y Paula "La Militara", cantando y bailando todas, menos Rosa "La del Policía", que está casi desfallecida en el suelo.

TODAS.
Que en las costas españolas
y olé,
se derrumban los castillos,
ole con ole, con ole y olé,
porque no hay reyes de España,
que contengan las hazañas,
de Merino y Juan Martín,
ole ahí.
Que castillos grandes, grandes,
derrumbados, dieren fin,
y las costas españolas
no contienen la avalancha
de los gritos liberales
que se lanzan
desde Cádiz a Gibraltar,
desde Castilla la Vieja,

Ronda, Málaga y Granada,
al otro lado del mar,
ole con ole, con ole y olá.

CHIRRINA "LA DE CUESTA". Mirad.

CARMELA "LA EMPECINADA". ¿Qué pasa?

CHIRRINA "LA DE LA CUESTA". Están relevando a los centinelas.

CARMELA "LA EMPECINADA". Vamos a verlos desde las escaleras, pero tiraros al suelo.

Se tiran al suelo y, rastreando, van subiendo la escalera que da al corredor, donde al fondo se ve la cancela enrejada de la primera guardia. Muy en neblinoso se ven las sombras de los de Infantería. Paula "La Militara", muy intranquila y nerviosa, se vuelve a tirar al suelo intentando espiar y escuchar a las de abajo. Aniceta "La Madrid" sigue peinándose y Rosa "La del Policía" gime muy en silencio. La escena toma un aire misterioso.

CHIRRINA "LA DE LA CUESTA". Así no nos verán.

EVA "LA TEJEDORA". *(En secreto a las demás.)* Parece que Granada se ha llenado de guarniciones militares.

PAULA "LA MILITARA". *(En secreto a las de abajo.)* ¿Oís qué dicen?

CARMELA "LA EMPECINADA". No. Pero hablan fino. Como de Valladolid. Como de Burgos...

PAULA "LA MILITARA". *(Como soñando.)* ¡De Burgos...!

En estos momentos, ha abierto la puerta de la celda, Mariana de Pineda. Reconocemos en su cara las huellas de los muchos días en vilo dentro del Beaterio de Santa María. La muerte lucha con ella y los huesos de la cara lo atestiguan, pronunciándose y comiéndose la belleza de la hermosa mujer granadina. El cabello encrespado, revuelto, descuidado, rubio, precioso a la vez, es testigo de las muchas noches en vela. Los ojos, soñolientos, pero con la triste mirada de las granadinas, cansados. Su último traje de gran señora, sucio y jironado, se echa en el umbral de la puerta de la celda, como la que le deslumbra la hermosura del sol, o la que no estuvo viviendo y de pronto se da cuenta que vive. Así escucha a las demás. Nadie notó la salida de Mariana.

EVA "LA TEJEDORA". Al principio, no había tanto militar.

CONCEPCIÓN "LA CARATAUNA". Pobres de nosotras, sin luces en nuestros sesos para escapar de aquí.

EVA "LA TEJEDORA". Habla bajo. Aunque se encerró Doña Francisca "La Apostólica", puede estar escuchando. Alguien hay entre nosotras que le dice todo a las monjas.

RITA "LA AYUDANTA". ¿Por qué tanto soldado cercando el beaterio?

CONCEPCIÓN "LA CARATAUNA". No sé.

RITA "LA AYUDANTA". Hay refuerzos continuos.

EVA "LA TEJEDORA". Oí decir al panadero que han matado a Manzanares en las serranías de Ronda.

CONCEPCIÓN "LA CARATAUNA". ¿Y qué? No es nuevo. No pasan tres meses sin que fusilen o maten a un político o a un general.

EVA "LA TEJEDORA". Pero es que dicen que Manzanares venía para unirse, aquí en Granada, con el capitán Casimiro Brodett.

RITA "LA AYUDANTA". ¡Casimiro Brodett!

CARMELA "LA EMPECINADA". *(Sobresaltada.)* ¿Quién es ese capitán?

PAULA "LA MILITARA". *(Que estaba deseando hablar.)* Si estuviera abajo, como vosotras, enamoraría a los centinelas para que me lo dijeran todo.

CONCEPCIÓN "LA CARATAUNA". Sí, ¿quién es ese capitán?

CHIRRINA "LA DE LA CUESTA". Uno de los amantes que tuvo Mariana de Pineda.

EVA "LA TEJEDORA". *(Herida.)* Respeta ese nombre que acabas de decir.

CHIRRINA "LA DE LA CUESTA". ¿Por qué he de respetarlo? Las que entran aquí son como nosotras, y también las ahorcan con las medias colgando y aunque tengan capa de señoras, merecen la corrección. ¡Quién pudiera haberse llevado a la cama a los que Mariana se llevó, y morir en paz y gracia de Dios después!

EVA "LA TEJEDORA". Cállate.

CHIRRINA "LA DE LA CUESTA". No me da la gana. Aquí hemos venido a decir todo, a que nada se nos quede por dentro. Benditas confesiones. Soy granadina y lo sé todo. Granada es pequeña como un pañuelo.

CARMELA "LA EMPECINADA". Pero, ¿qué pasa con Casimiro Brodett?

CHIRRINA "LA DE LA CUESTA". Tiene una historia turbia. Lo que sea, él sólo lo sabe, pero es liberal y quiere traicionar a las tropas del rey. Con Torrijos y los de Bayona formará el nuevo gobierno. Y es más. Acercaos. *(Todas se acercan ansiosas de saber.)* Es el hombre para quien Mariana de Pineda bordó la bandera. *(Como iluminada señala para los centinelas.)* Tal vez aquella sea su gente. Estoy casi segura que son, porque ella está aquí. Fui bailaora y puta en Cádiz y lo sé todo. No se me escapa nada.

CARMELA "LA EMPECINADA". ¿No oís cómo hablan? No son andaluces.

CONCEPCIÓN "LA CARATAUNA". Uno ha dicho que es de Burgos. "La Ayudanta" lo sabe.

CHIRRINA "LA DE LA CUESTA". De Burgos venía Casimiro Brodett.

PAULA "LA MILITARA". Sí. Tienen la certeza. *(Alzando la voz.)* ¿Tenéis la certeza de que han dicho que son de Burgos?

ANICETA "LA MADRID". Calla, que nos enteremos de lo que dicen.

PAULA "LA MILITARA". *(Con gran nerviosismo.)* Pues eso quiero, enterarme. *(A las de abajo y sin poderse controlar.)* Preguntarles si son los del Regimiento de Santa María de Burgos. Sí. Lo son. Tienen que ser.

ANICETA "LA MADRID". Si no callas, no podemos enterarnos. Chiquilla, que está Fermín Gavilán.

CHIRRINA "LA DE LA CUESTA". *(A Aniceta.)* ¡Cállele usted la boca a ésa!

PAULA "LA MILITARA". *(Obsesionada.)* Ha tenido que venir Fermín Gavilán.

Se levanta y va, desalentada, a un lado y a otro de la celda, golpeando las paredes de enfrente, cogiendo los jergones y amontonándolos, como la que intenta mirar por los ventanucos de lo alto de las paredes. Las de abajo empiezan a inquietarse al oír los ruidos y el escándalo de "La Militara".

EVA "LA TEJEDORA". ¿Qué le pasa a Paula "La Militara"?

RITA "LA AYUDANTA". No sé. Me da miedo de mirarla.

CONCEPCIÓN "LA CARATAUNA". Que vendrán las monjas, que ya acabaron los rezos.

EVA "LA TEJEDORA". *(Con miedo.)* Sigamos poniendo la mesa.

CARMELA "LA EMPECINADA". Aniceta, ¿qué le pasa a "La Militara"?

ANICETA "LA MADRID". Que la estoy deteniendo, porque está golpeando las paredes. Y me araña. Que no puedo con ella. Rosa, ayúdame. Dale con las argollas en los sesos. Que está desvariando. Rosa, acude. Que no puedo con ella. *(Llamando.)*

Madres, madres, Paula "La Militara" se está volviendo loca y me está arañando, ¡Madres!

Suena un alarmante repiqueteo de campanas. Salen alarmadas las monjas por unos y otros corredores del Beaterio. Suben dos y abren la celda común. Una de ellas, muy joven y fuertes, es Sor Encarnación. La otra es la Reverenda Madre María de la Trinidad. Intentan contener a Paula "La Militara". Esta corre, hasta quedar acorralada en una pared de la celda. Las arrecogidas de abajo se ponen delante de las escaleras que conducen a la galería de arriba para detener el paso de las demás monjas. Vemos en estos momentos subir a Mariana de Pineda, paseándose nerviosa.

PAULA "LA MILITARA". No me toquéis. *(Ha roto uno de los lebrillos y amenaza con un canto.)*

LA REVERENDA MADRE. Suelta eso.

PAULA "LA MILITARA". No me da la gana.

La Reverenda Madre mira a Sor Encarnación. En la mirada se le nota una orden. Sor Encarnación se abalanza a Paula "La Militara" y lucha con ella, hasta lograr quitarle el canto del lebrillo. En estos momentos, Rosa "La del Policía" da golpes de rencor, con las argollas, entre los hierros.

ROSA "LA DEL POLICÍA". ¡Se está peleando con ella y la ha golpeado! ¡Que salgan nuestros juicios! ¡Vosotras, monjas de Santa María, hijas del pueblo, no hacéis nada por ayudarnos! Pero Dios os castigará. ¡Que nos estáis dando la muerte en vida, que es la peor de las muertes!

La Reverenda Madre intentó amordazar a Rosa "La del Policía". Las dos mujeres luchan con las dos monjas. Mariana de Pineda, en un arranque de valentía, y viendo que llegan más monjas con maromas, apartó a todas, subió aprisa, se metió en la celda común y la cerró, guardándose la llave. Antes de subir logró coger algunas maromas de las monjas que subían.

MARIANA DE PINEDA. Dejarlas. ¡Dejarlas ahora mismo! *(Silencio. La Reverenda Madre la mira desafiante. Sor Encarnación está jadeante y aterrorizada, mirando sus manos sin saber bien lo que hizo, pero la Reverenda Madre no suelta a Rosa "La del Policía".)* He dicho que no la toquéis. *(Le da una maroma a Aniceta. Silencio.)* Somos cuatro mujeres en contra de dos. Y no estamos solas.

LA REVERENDA MADRE. *(Soltando a Rosa.)* No están solas, acaba de decir Doña Mariana de Pineda. Espero que eso se lo diga también a Don Ramón Pedrosa. Y es delito mayor esta amenaza.

MARIANA DE PINEDA. Ha llegado el momento de tomarnos la justicia cada una.

LA REVERENDA MADRE. Luego sabe Doña Mariana que su condena está muy cerca y segura. Sólo las que están a punto de ir al patíbulo reaccionan y hablan así.

MARIANA DE PINEDA. Yo no iré a ningún patíbulo. Y no soy una presa. Ni una arrecogida. No hay delito comprobado que atestigüe ninguna de las dos cosas. Mire la Reverenda Madre lo que dice y lo que hace. De aquí se sale. La institución de Santa María Egipciaca no tiene leyes en su código que autoricen el castigo físico. El Romano Pontífice ha de juzgar esta institución que se toma la justicia por su mano.

LA REVERENDA MADRE. Cumplimos las órdenes de su Real Majestad, en momentos de extremada gravedad como es el que vivimos. Cumplimos la misión impuesta a la Orden de este beaterio de Santa María Egipciaca.

MARIANA DE PINEDA. Ni su Real Majestad ni nadie puede consentir tales abusos. Son las monjas de Santa María Egipciaca de Granada quienes, por miedo, no saben regir su ministerio. A los seres humanos se les lleva la limosna acariciadora de la palabra de Dios.

LA REVERENDA MADRE. *(Hablándole de tú, para hacerle perder categoría.)* Sal de esta celda.

MARIANA DE PINEDA. Hábleme la Reverenda Madre con respeto. Para hablar con Doña Mariana de Pineda, hay que hacerlo con respeto. Nadie debe tomarse esas licencias.

LA REVERENDA MADRE. Las que llegan aquí son recogidas. Las presas políticas van a la cárcel.

MARIANA DE PINEDA. ¿Quién puede a ciencia cierta decir lo que Vuestra Reverencia está diciendo?

LA REVERENDA MADRE. Suelta esas maromas. Nada tienes que hacer con ese arrebato de violencia. Será inútil.

MARIANA DE PINEDA. El mío no es arrebato de violencia, sino de justicia. Sé que han reforzado la guardia del beaterio. Pero, ¿tanto poder conceden a unas mujeres solas, privadas a la fuerza de su libertad?

LA REVERENDA MADRE. Tú misma dijiste que no estás tan sola.

MARIANA DE PINEDA. Desde que pisé el beaterio, lo estoy. Y si no lo estuviera, sería la mayor sorpresa de mi vida. Mientras tanto, le pregunto a Dios qué debo hacer para aceptar la soledad que nunca quise.

LA REVERENDA MADRE. Si fueras la gran señora, que dice la Granada liberar que eres, la sola idea de Dios, en verdad, te llenaría. Pero la realidad es que eres una recogida más.

MARIANA DE PINEDA. ¡Reverenda Madre!

LA REVERENDA MADRE. Sí. Una recogida más que ha llegado a este beaterio y ahora empezamos a saber quién eres y quién fuiste. En todo momento tiene que verse el temple y la fortaleza cristiana de una señora. Te observamos y recogemos tu proceder, que es ahora cuando tiene que verse, cuando está tan cerca la hora en que vas a ser juzgada por el crimen de traición al Rey, Nuestro Señor.

MARIANA DE PINEDA. Ni la Reverenda Madre, ni el juez de infidencias, Don Ramón Pedrosa, ni el Rey pueden demostrar mi crimen de traición. Cuide y ordene sus palabras. Y si en verdad se vigilan mis actos me vais a ver como soy, como en realidad nadie me vio nunca. Salgan de esta celda. Salgan ahora mismo. Tira, Paula, ese canto de sus manos. *(Paula lo tira.)* Yo también tiro estas maromas. Tira, Aniceta, la tuya. *(Se agarra con furia a los hierros de la jaula para decir.)* Pero, ¿hasta dónde llega el terror impuesto que cada española se convierte en la suma justicia? *(A las monjas.)* Tengan la llave de la celda. Y cuidado con tocar, ni aun rozar el vestido de Doña Mariana de Pineda.

LA REVERENDA MADRE. *(Cogiendo la llave.)* Tu sueño de gran dama se derrumbará pronto.

MARIANA DE PINEDA. Déme la Reverenda Madre luz, si es que no tengo. Y no vuelvan a rozar ni la punta del zapato de una mujer indefensa. Y si cumplen leyes del Rey, nosotras no las aceptamos. Tenemos la honra y el solo delito de ser liberales, pero no quieran confundir nuestras ideas, con lo que cada una hizo de su cuerpo.

LA REVERENDA MADRE. No somos nosotras quienes tenemos que hablar. Pecamos al hablar. Ya te hablarán otros.

Salen y cierran la celda. Mientras bajan, las arrecogidas cantan, primero a boca cerrada, con un dolor contenido. Rosa "La del Policía" se acerca a Mariana y le dice, misteriosamente, señalando con un gesto en la cara a las monjas que bajan.

ROSA "LA DEL POLICÍA". Esa monja que ha venido acompañando a la Reverenda Madre es hija de un tejedor. Acaba de entrar al convento. Hija de un tejedor perseguido que se fue de guerrillero a los campos de Ronda, y está vigilada por las demás monjas. Y la dura prueba que le han impuesto a Encarnación la del guerrillero, que es esa que baja, con las manos encallecidas, de tanto tejer en los telares del Albaicín, es venir y castigarnos, golpear y amordazar a las suyas propias, que somos nosotras. Nada de lo que ha hecho ha sentido. Tiene el mismo terror que las demás. Mariana, esa monja es de las nuestras.

MARIANA DE PINEDA. Ay, Dios..., ¡lo que han hecho en Granada!... *(Con gran cariño, Mariana va hacia las rejas de la jaula.)* Quiero hablar con Encarnación...

ROSA "LA DEL POLICÌA". *(Dando con las argollas en las manos de Mariana.)* Jamás. No la salvarías entonces.

Mariana esconde, desesperadamente, la cabeza entre los brazos, que los tiene cogidos a las rejas de la jaula. Todas las arrecogidas cantan ahora, casi salmodiando, suaves, serenas. Las monjas se fueron por diversas partes.

TODAS.
    Mariana de Pineda ha llegado al beaterio...
    va jironando su último vestido,
    de fino encaje albaicinero...
    A verla no llegan sus íntimos amigos,
    ni los fieles enamorados.
    Muchos días pasan de este mayo granadino
    sin que ningún amigo se acerque a las puertas del beaterio.
    Mariana de Pineda vive con granadinas
    que se enseñaron a desconfiar y a mentir...
    y en sus ojos de plata rosada
    como los mares de Almería,
    brillan luces dislocadas
    igual que las de las últimas estrellas,
    que no quieren dejar al cielo en los amaneceres de Granada.
    En el alma de Mariana de Pineda está amaneciendo.
    El beaterio de Santa María Egipciaca le enseña,
    el amanecer que nunca vio la hermosa.
    Y la heroína,
    quizá en los últimos días de su vida,
    empiece a saber lo que nunca supo:
    que ahora quiere comenzar a vivir.

Mariana va levantando la cabeza. Las arrecogidas de abajo, unas están junto a los corredores que salen a la puerta de entrada; otras, sigilosamente, siguen preparando la mesa. Las de arriba, excepto Paula "La Militara", quedan soñolientas en diversos rincones, pero tanto unas como otras, mientras están en lo suyo, siguen alertas a la conversación de Mariana con Paula "La Militara".

MARIANA DE PINEDA. *(Obsesiva, sin mirar a "La Militara".)* ¿Qué intención tenías, Paula? Demasiado sabes que ni se puede ver ni salir de aquí.

PAULA "LA MILITARA". Ver a Fermín Gavilán.

MARIANA DE PINEDA. ¿Quién es Fermín Gavilán?

PAULA "LA MILITARA". Quien me denunció. Por él, por ser tan mío él, me pusieron el apodo de "La Militara". Estoy aquí encerrada por él. Y llevo años sin que salga mi juicio.

MARIANA DE PINEDA. ¿Fue tu amante?

PAULA "LA MILITARA". Más que amante. Mi todo. Mi locura. Él me llevó al altar en una iglesia de Cádiz.

MARIANA DE PINEDA. ¿Y te denunció?

PAULA "LA MILITARA". Por masona.

MARIANA DE PINEDA. ¿Y cuál es la verdad?

PAULA "LA MILITARA". *(Apoderándosele un terror se coge a los hierros y dice a unas y a otras.)* ¿Se puede hablar aquí?

Las arrecogidas siguen sin alterarse, como si no se hablara con ellas, pero con un gran deseo de enterarse.

MARIANA DE PINEDA. Si no quieres, calla. Estoy ya en tu celda y tendremos mucho tiempo para contarnos todo.

PAULA "LA MILITARA". Reclama la tuya. Puedes reclamarla. Tú eres una gran señora.

MARIANA DE PINEDA. Acaso seamos muy iguales, Paula.

PAULA "LA MILITARA". En ti confían los revolucionarios de Granada. En mí, nadie. Mi juicio ni saldrá. Y moriré sin ser juzgada y sin poder defenderme.

MARIANA DE PINEDA. ¿Por qué piensas esas cosas tan crueles?

PAULA "LA MILITARA". Porque en el tiempo que estuve aquí, vi a otras aue les ocurrió igual, sacadas de esta misma celda, sin saber siquiera dónde iban... ¿Puedes suponerte lo que es morir sin que te juzgue un juez? ¿Sin que te defiendas ante un juez?

MARIANA DE PINEDA. *(Encandilando los ojos, presa de un terror.)* Lo supongo... Pero, ¿qué pasó entre ti y Fermín Gavilán?

PAULA "LA MILITARA". Que yo quise separarme de él. Fui yo. Estaba harta de que quisiera al rey más que a mí. De querer él tanto al rey, tuve yo que odiar al rey. Le propuse un día que eligiera entre el Ejército o yo. Eligió al Ejército y huí de él. Antes le propuse que huyera con Torrijos a Gibraltar. Pero no me escuchó. No tiene sesos. No le gusta más que jugar a los dados, beber y cobrar la paga. A duras penas lleva unos galones. Unos galones que le quité un día, a bocados, peleando con él.

MARIANA DE PINEDA. ¿Y por qué odias tanto al rey?

PAULA "LA MILITARA". Porque mandó fusilar a mi padre junto a los muros de la iglesia de San Felipe Neri. Yo, que soy gaditana, lo vi desde un balcón y tuve que tragarme aquello. Me fui entonces a Cartagena, a trabajar en el muelle, y me enteré que me denunció. Huí a Sierra Morena y me encontré con "El Empecinado" y su gente. Me uní a él, hasta que lo metieron en las jaulas y lo pasearon por la plaza de aquel pueblo de Valladolid donde pude besarlo por última vez. Mientras lo besaba dentro de aquellas jaulas, le sequé con este pañuelo, que no lo aparto de mí *(Se saca el pañuelo del escote),* todo el sudor de la cara. Entonces me detuvieron y me trajeron a este beaterio a corregirme, porque me vieron besarlo, pero yo, ¿sabes?, soy honrada. Entre los que me detuvieron estaba Fermín Gavilán y me denunció por masona. Y estoy esperando meses que salga mi juicio, porque si saliera *(Con rencor)* iban a saber quién es Paula "La Militara". Tengo que arrastrar a Fermín Gavilán por las calles, a pesar de tanto como le sigo queriendo. Lo tengo que ver morir en mis brazos.

MARIANA DE PINEDA. Calma, Paula. Es posible que todo llegue... Pero olvídate del militar que quisiste. Olvídate...

PAULA "LA MILITARA". Nunca. Le he oído hablar. Ha venido con esos de Burgos. Tal vez hayan reforzado la guardia porque ha llegado mi hora. ¡Verás el amanecer de mañana! Y no traerán un cura a confesarme, porque con la cruz le abriré los sesos a quien sea. ¡Si pudiera ver al rey!

MARIANA DE PINEDA. Puede...

PAULA "LA MILITARA". *(Cogiendo a Mariana, nerviosa.)* ¿Puede? *(Casi susurrante.)* ¿Sabes algo? *(Misteriosamente.)* Yo sé que tú ayudaste a muchos presos para que se escaparan. Sé que tuviste en tus manos planos de las cárceles, y que los refugiados de Gibraltar, que ayudaste a escapar, vendrán a darte la libertad. *(Cogiéndola más nerviosa y en el mismo misterio.)* Seré una tumba para guardar tus secretos. Te daré... la mayor reliquia que conservo... *(Se saca el pañuelo del escote.)* Mira: manchado, no sólo de sudor sino de la sangre del Empecinao... Su última sangre... Cuando lo vi en aquel montón de escombros... junto a unas tapias... Es sangre que quiso liberar a España...

MARIANA DE PINEDA. Guárdate eso, Paula.

PAULA "LA MILITARA". ¿Por qué? Algo sabes. Es que sabes que voy a morir y quieres que muera con el pañuelo, mi único consuelo. Mariana, oye a esta presa: algo tenemos que hacer unas por otras.

MARIANA DE PINEDA. ¿Por qué temías tanto que Fermín Gavilán estuviera entre la guardia?

PAULA "LA MILITARA". *(En secreto.)* Porque he oído decir... que llegan tropas de Burgos a salvarte... Y si entre ellas llega Fermín Gavilán... la conspiración quedará destruida. Es espía de generales realistas. Es más... *(Se le acerca.)* Puede que haya venido al mando de las tropas... Casimiro Brodett.

MARIANA DE PINEDA. *(Valiente, con rencor contenido.)* ¿Quién es Casimiro Brodett?

PAULA "LA MILITARA". El hombre para quien tú bordaste la bandera...

MARIANA DE PINEDA. *(En la misma actitud.)* Yo no bordé ninguna bandera.

PAULA "LA MILITARA". *(Retirándose de ella.)* ¡Estás mintiendo! ¿Entonces por qué estás aquí? Entre las arrecogías se sabe todo.

MARIANA DE PINEDA. Nada puede saberse. Ni yo sé por qué estoy aquí.

PAULA "LA MILITARA". Estás mintiendo. Aquí ha llegado la hora de decirnos la verdad y ser como somos, porque no sabemos quién morirá mañana, si tú o yo. Por eso quiero, al menos, amistad. Lo de mi pañuelo, no lo sabe nadie más que tú.

ROSA "LA DEL POLICÌA". *(Que se fue acercando con coraje.)* Una señora no puede mentir de esa manera.

MARIANA DE PINEDA. No te permito esa libertad conmigo.

ROSA "LA DEL POLICÍA". Fui la mujer de un policía. En la calle de Gracia vivíamos, lindando con la calle del Águila, donde tú vives. Desde nuestra casa oíamos las músicas de tus fiestas. Nos subíamos a la torre para ver los balcones de tu casa. Te veíamos en tus salones, entre aquellas orgías. Los políticos más rebeldes y más asesinos de Granada acudían a tus fiestas. Te puedo decir uno por uno quiénes eran. Después, cuando la fiesta terminaba, cerrabas los balcones de tu dormitorio y siempre se quedaba un hombre contigo.

MARIANA DE PINEDA. *(Masculante.)* Fuera de aquí, Rosa. Sigue en tu rincón.

ROSA "LA DEL POLICÍA". ¿Has venido a mentir a la hora de la muerte? Las fuerzas de la vanguardia se refuerzan y es por ti.

Por ti. Casimiro Brodett viene a salvarte. Y a la hora de la salvación, serás tú la salvada y nadie se acordará de las demás.

MARIANA DE PINEDA. Rosa, vuelve a tu rincón.

ROSA "LA DEL POLICÍA". ¡Qué he de volver! Si te salvan, nos salvarán a todas, y si mueres, pediremos morir contigo. Que el espectáculo sea mayor en la Plaza del Triunfo, donde levantan los patíbulos.

Las recogidas de abajo, en estos momentos, se alborotan, acosando unas y otras a Mariana.

CARMELA "LA EMPECINADA". ¿Quién bordó entonces la bandera?

CHIRRINA "LA DE LA CUESTA". ¿Quién salvó de la cárcel a Sotomayor?

ANICETA "LA MADRID". ¿Por qué está aquí encerrada?

ROSA "LA DEL POLICÍA". ¡Esos balcones de tu dormitorio cerrados con gente dentro! Son los políticos que te voy a señalar *(Mariana cree enloquecer y se tapa los oídos):* Tu fiscal, don Andrés Oller, el coronel del cuarto de ligeros de caballería, vizconde de Labante, y hasta el alcalde de crimen de la Real Chancillería de Granada, subdelegado de Policía, don Ramón Pedrosa.

DOÑA FRANCISCA "LA APOSTÓLICA". *(Saliendo de la celda.)* ¡Quién pudiera arrancarte la lengua! Estás faltando, menos a Pedrosa, a la real nobleza de Granada.

ROSA "LA DEL POLICÍA". Mira qué pronto salió de su agujero "La Apostólica".

CHIRRINA "LA DE LA CUESTA". Y dice Doña Mariana que no conoce a nadie. Y se ha pasado encerrada los días en su celda.

CARMELA "LA EMPECINADA". Desde que la trajeron por esa puerta. ¿Es acaso del rey?

CHIRRINA "LA DE LA CUESTA". O está aquí por masona.

CARMELA "LA EMPECINADA". *(Señalando a Mariana.)* ¡Tú bordaste la bandera de la libertad! ¡Esa bandera que se espera revolotee por las calles de Granada!

FRANCISCA "LA APOSTÓLICA". No tenéis perdón. Es tan valiente, tan gran dama, que ni os puede hablar.

ANICETA "LA MADRID". Es una política. Y tiene las malas revueltas de todos los políticos.

MARIANA DE PINEDA. Tengo fiebre, Señor. Y pienso en mis hijos.

Se oye cercana la música de los toros.

CARMELA "LA EMPECINADA". Ya irán por el cuarto toro.

CHIRRINA "LA DE LA CUESTA". *(Burlona.)* Aquí no pasa nada.

ANICETA "LA MADRID". *(Burlona.)* ¿Qué va a pasar porque se refuerce la guardia?

CARMELA "LA EMPECINADA". ¿Qué llevas ahí?

CONCEPCIÓN "LA CARATAUNA". Un trapo que encontré en la cocina. Mira cómo lo revoloteo. *(Revolotea el trapo con mucho garbo. Eva "La Tejedora" y Rita "La Ayudanta" están asustadas.)* Así yo, Concepción "La Caratauna", llevé una bandera, Mariana, desde mi pueblo alpujarreño hasta las tierras de Tarifa. Pero al llegar a las costas tarifeñas, nos cazaron. Yo fui la única que me salvé. Conmigo venía don Rodolfo de la Peña, maestro de la escuela de mi pueblo. Yo era su fregantina. ¿Sabéis quién venía con nosotros y cayeron todos, uno por uno...? ¡Los niños de la escuela de don Rodolfo de la Peña! Y entre ellos *(Llora)* mi hijo Sebastianico. Pero, ca, ya no lloro, mira, en vez de llorar, revoloteo la bandera y no me oculto de quién fui y lo que quiero. Soy una fregantina y no una señora, pero no me oculto. *(En un arranque se sube en lo alto de la mesa, revoloteando la bandera.)* Mi brazo es el palo que sostiene la bandera, que así está ya de seco; sostiene la bandera como por las costas de Tarifa la llevaba, mientras cantábamos con los niños.

MARIANA DE PINEDA. *(Se fue arrodillando ante la reja de las jaulas y saca los brazos fuera de las rejas, deseando acariciar a Concepción.)* Ay, Concepción.

CONCEPCIÓN "LA CARATAUNA". Yo también tuve un hijo, Mariana. Por aquellas tierras cantábamos así: *(Cantando con profunda nostalgia.)*

> Por las costas tarifeñas
> van llevando una bandera
> Don Rodolfo de la Peña
> y los niños de su escuela.
> De doce a catorce años
> es la edad de los muchachos.
> Son de tierra alpujarreña
> y ya sienten y pelean
> por la España liberal,
> pero al llegar a la arena,
> con tanto sol y cansancio,
> han dejado la bandera
> y están jugando en el mar.
> De entre rocas tarifeñas
> salieron ardientes balas,
> cobardes y traicioneras.
> Han matado al de la Peña
> y a los niños de la escuela.
> La bandera de la tierra
> ya nunca se volvió a izar,
> los niños agonizaban,
> pidiendo la libertad.
> Tan sola y abandonada,
> ¿dónde fue aquella bandera
> que el aire volando lleva
> por las arenas del mar?

CARMELA "LA EMPECINADA". *(Cogiendo rápida el trapo y jugueteando con las demás.)* Mirad lo que yo hago con los trapos de la cocina de este beaterio, pagados por el rey. *(Intenta, quizá* *conmovida por el cantar de Concepción, hacer trizas al trapo.)* Que lo hago trizas.

CHIRRINA "LA DE LA CUESTA". *(Quitándole el trapo.)* Puede ser nuestra bandera, y es hermoso. *(Lo revolotea.)*

CARMELA "LA EMPECINADA". ¡Dame la bandera!

CHIRRINA "LA DE LA CUESTA". *(Corriendo con el trapo.)* Buen trapo. Para abanicarse. Mira, Mariana, para lo que sirven las banderas. Mira como nos abanicamos sin miedo, dentro de estas caballerizas. ¿Quién te crees que somos? Estamos aquí por hablar claro, por no haber ocultado nunca quiénes somos. Si hemos de morir, hagámoslo hablando con claridad. Rabia por no revolotearla tú, que para eso elegiste celda. Y rabia por no abanicarte con ella, que me es igual.

DOÑA FRANCISCA "LA APOSTÓLICA". Disfrutar el revoloteo. Hay que saber disfrutar de lo que se tiene en sueños.

ANICETA "LA MADRID". *(Que se incorpora a las rejas.)* ¿Pero qué hacen?

EVA "LA TEJEDORA". Que entre unas a otras se echan el trapo, porque quieren llevar la bandera. *(A las de abajo.)* Sí, lograréis que nos dejen sin comer.

CARMELA "LA EMPECINADA". Bájate ya de la mesa, Caratauna. Y tú, Mariana, oye nuestras coplas.

Cantan a veces burlonas, otras veces con furia, y simulan pantomimas de desfile y de rebelión. Cantan todas menos Mariana.

CARMELA "LA EMPECINADA".
 Por las calles de Granada,
 viva que viva, que viva verdad,
 bajan las abanderás.

Desfilan bailando las pantomimas, mientras repiten todas.

TODAS
 ¡Viva que viva, que viva verdad!

CARMELA "LA EMPECINADA".
    Las del beaterio
    que mucho padecieron,
    al llevar la bandera,
    se enaltecieron,
    y roncas de cantar,
    van en las turbas primero.

TODAS.
    ¡Viva que viva, que viva el salero!

CARMELA "LA EMPECINADA".
    Con un palo de caña
    y arremangá,
    la bandera lleva
    Carmela "La Empeciná".

TODAS. *(Respondiendo con bufa.)*

    ¡Viva que viva, que viva verdad!

Chirrina "La de la Cuesta" sale a bailar, espontánea, bailando y jaleándose ella sola, mientras las otras se hartan de reír.

CHIRRINA "LA DE LA CUESTA".
    Y arrancaron
    con sudores
    y temblores,
    puertas,
    rejas,
    miradores
    del beaterio
    de Santa María.
    Y las perdonó el Señor,
    como a la Egipciaca
    le dio su perdón.

ANICETA "LA MADRID". *(Secundándola, espontánea en el baile, cantando y jaleándose desde arriba.)*
    Porque las arrecogías
    nadie les quitó nunca

las alegrías.
Que son muy mozas
y muy airosas
cuando se envalentonan,
meten al que quieren
en la encerrona
del corazón.
Ay, Señor,
que todo el que lucha
merece un perdón.

Cantan todas, ahora, frenéticas, con odio. "La Empecinada" marca los pasos del desfile y desfilan todas, las de abajo y las de arriba.

TODAS.
Ya está aquí la bandera,
la que se espera,
sin bordaduras,
sea revoloteada
por las calles de Granada,
rompiendo las ataduras
que nos afligen.

(Acentuando la furia.)

¡Aquí, aquí, aquí,
con sudores y bríos de muerte
echaremos nuestra suerte
por la libertad!
¡Viva que viva, que viva verdad!

CARMELA "LA EMPECINADA". *(Tirando el trapo al aire.)* Toma, Aniceta, tú que estás en la jaula, puedes subirte por alguna parte y colgarlo, y que lo vean los de la calle.

ANICETA "LA MADRID". *(Dando risotadas.)* Eso quisiera yo, mira qué peana.

CARMELA "LA EMPECINADA". Doña Francisca "La Apostólica", que tanto moño tiene, que cuelgue el trapo en la ventana de su celda. Y que se lo traguen, colgado y revoloteando, los que pasen.

DOÑA FRANCISCA "LA APOSTÓLICA". Yo lo llevaría por las calles a la hora de la verdad.

CHIRRINA "LA DE LA CUESTA". Callad.

EVA "LA TEJEDORA". ¿Qué pasa?

CHIRRINA "LA DE LA CUESTA". Que calléis.

Va a espiar cerca de la escalera de la puerta de entrada. Los infantes se amotinan y forman en la puerta.

CARMELA "LA EMPECINADA". Esta ve visiones.

CHIRRINA "LA DE LA CUESTA". Qué he de verlas. Que calléis.

RITA "LA AYUDANTA". Es verdad. Fijaos. Se oye cómo presentan armas.

CARMELA "LA EMPECINADA". Presas tenemos. Esconder el trapo.

EVA "LA TEJEDORA". ¿Es posible?

CHIRRINA "LA DE LA CUESTA". *(Acercándose más a la escalera y con contenido coraje.)* Forman guardia como para darle entrada a un general.

CARMELA "LA EMPECINADA". *(Con burla.)* Será el general Riego de aquella, que viene para llevarla a los toros.

ANICETA "LA MADRID". ¡Culebrona!

CHIRRINA "LA DE LA CUESTA". Que calléis. ¿No oís cómo forman?

EVA "LA TEJEDORA". Y es verdad. Forman.

Se van convenciendo del extraño hecho y les empieza a llegar cierto miedo. Mariana y las de arriba, menos Aniceta, esperan impacientes. Las de abajo intentan seguir los preparativos desconfiadas; cuando hablan se les ve el acobardamiento. Doña Francisca se pasea tranquila, antes entró a la celda, sacó un vistoso abanico y se hace aire.

CARMELA "LA EMPECINADA". Preparemos la mesa de una vez. Y usted, la del abanico, vamos a la faena. *(Doña Francisca le hace un desprecio y sigue abanicándose.)* Un tiro que le den a la rica. *(Doña Francisca vuelve a despreciarla.)*

CHIRRINA "LA DE LA CUESTA". Mira qué mesa. Llena de los pisotones de aquélla. ¿Y aquí vamos a comer? Trae un trapo que le saque brillo.

CONCEPCIÓN "LA CARATAUNA". Ahí va.

Chirrina corrió subiendo la escalera y se tiró al suelo después, espiando. Paula se tiró también al suelo, a espiar. Mariana y Rosa están en la expectativa.

CHIRRINA "LA DE LA CUESTA". *(Acentuando el misterio.)* Ha llegado un coche de caballos. He sentido las ruedas del coche y las pisadas de los caballos. Y siento los chirridos de un carro. Presas llegan.

EVA "LA TEJEDORA". *(Con asombro.)* En un domingo como este...

CARMELA "LA EMPECINADA". *(Mascullante mientras limpia la mesa.)* Que no paran de detener...

PAULA "LA MILITARA". *(Mirando a Mariana.)* Algo más grave pasa. El juicio o la muerte de alguna se adelanta.

ANICETA "LA MADRID". Cuando los juicios se adelantan, también se adelantan las revoluciones. ¿No es así, Mariana? *(Mariana no responde.)*

PAULA "LA MILITARA". Están perdiendo, Mariana, seguro están perdiendo. ¡Si pudiéramos leer aquí la Gaceta!...

ANICETA "LA MADRID". Están prohibidos los periódicos en España, ¿o es que no lo sabéis? Las Universidades cerradas. Las cárceles, comisarías y cuarteles con presos de todas raleas, gitanos y castellanos, ¿no es así, Mariana?

MARIANA DE PINEDA. *(Que ha ido conteniendo sus nervios y al fin estalla.)* ¿Por qué he de saberlo yo? ¿Por qué? Pero, ¿qué prudencia es la vuestra? Acaban de presentar armas y de llegar un coche... *(Susurrante.)* Se puede perder por falta de prudencia. La guerra se hace de muchas maneras, y aun indefensas como estamos se puede hacer la guerra y ganar. Hablar bajo todas... Ha llegado un coche y bien pudiera ser el de Pedrosa...

PAULA "LA MILITARA". *(Con rencor.)* Quién pudiera echarse a la cara a ese Pedrosa. Si él fuera, qué ocasión...

MARIANA DE PINEDA. Qué ocasión. Pero no tendré esa suerte...

PAULA "LA MILITARA". ¿Qué vas a hacer?

MARIANA DE PINEDA. Por si acaso, peinarme... *(A las de abajo.)* Y preparar unas ramas de limonero que tengan flor. Podría ser el gran día...

CHIRRINA "LA DE LA CUESTA". Abren el rastrillo.

ROSA "LA DEL POLICÍA". Lo oí antes que tú.

CHIRRINA "LA DE LA CUESTA". Entra alguien...

Vemos entrar a una niña gitana, lentamente, con las manos atadas. No le vemos la cara, porque llega avergonzada, mirando al suelo, con el pelo lacio y caído por la mayor parte de la cara. Baja la escalera en un estado de pudor, de miedo, silenciosamente.

EVA "LA TEJEDORA". ¿Quién será?

RITA "LA AYUDANTA". No lo sé.

CONCEPCIÓN "LA CARATAUNA". *(Enternecida.)* Es una niña...

EVA "LA TEJEDORA". Con las manos atadas...

285

CONCEPCIÓN "LA CARATAUNA". Y descalza...

EVA "LA TEJEDORA". Es gitana. Y trae los volantes del vestido rotos...

DOÑA FRANCISCA "LA APOSTÓLICA". Y nadie con ella...

RITA "LA AYUDANTA". *(Mirando las puertas.)* Nadie...

CONCEPCIÓN "LA CARATAUNA". Parece que tiene sed. Sí. ¿A ver tu cara, niña? ¿A ver? *(La niña no se deja ver.)* ¿Quién eres? ¿Quién te ha traído? ¿Qué has hecho tú? Si eres una niña...

CARMELA "LA EMPECINADA". ¿Te apuntaron el nombre al entrar?

RITA "LA AYUDANTA". Tiene que ser de las revueltas de Cádiz.

CARMELA "LA EMPECINADA". O de las revueltas que se están dando cerca del beaterio.

CHIRRINA "LA DE LA CUESTA". *(Contenta, pero sin dejar el miedo que todas tienen.)* Yo la conozco. Es Rosa. Tú te llamas Rosa. Eres albaicinera. Vives en San Nicolás. Te he visto vender castañuelas y abanicos en la Plaza Larga. Ahora... ahora eres bordadora.

CARMELA "LA EMPECINADA". Aparta, Chirrina. Niña, mírame ¿de dónde vienes? Ay, si tiene las lágrimas saladas.

CONCEPCIÓN "LA CARATAUNA". *(Cogiéndole la barbilla.)* Y es verdad. Hija mía, ¿por qué lloras?

ROSA "LA GITANICA". *(Con esfuerzo al hablar.)* Yo no sé bordar. ¡No sé bordar!

CONCEPCIÓN "LA CARATAUNA". Ay, si no puede ni hablar.

CARMELA "LA EMPECINADA". ¿Qué tiene que ver eso para que llores?

ANICETA "LA MADRID". ¿Qué dijo?

CARMELA "LA EMPECINADA". Que no sabe bordar.

EVA "LA TEJEDORA". Ay, si tiene la boca seca como una ragua. Traer un cazo con agua.

RITA "LA AYUDANTA". *(Llevándolo.)* Toma, bebe.

Rosa "La Gitanica" no puede coger el cazo.

CONCEPCIÓN "LA CARATAUNA". Que no puede coger el cazo. Tiene que traer las calenturas. A ver que te tiente la frente y las manos. *(Le coge las manos y se va horrorizando poco a poco.)* Pero si tiene los huesos de las manos rotos. ¡Asesinos!

CARMELA "LA EMPECINADA". Y es verdad. ¡Es verdad!

De las arrecogidas se apodera un pánico colectivo. Rosa "La del Policía", sin control y casi enloqueciendo, estalla, golpeando con las argollas los hierros de las jaulas.

ROSA "LA DEL POLICÍA". ¡Asesinos! Sor Encarnación, ven y abre la puerta de esta jaula. Abre, abre. Trae las manos hechas añicos. ¿Dónde están sus asesinos? ¡Cobardes, inquisidores! Pero, ¿qué hacéis todas sin hablar? Pero, ¿por qué no vienen a curarla? ¿Dónde están los liberales de Granada que tantos reaños tienen? ¿Dónde están los asesinos que la trajeron en la jaula? ¡Asesinos, cobardes!

Golpea más y más. Todas las arrecogías se contagian y golpean puertas y ventanas, gritando "Asesinos". En arrebato de pasión, cantan y danzan.

TODAS.
Ay, para Rosa la gitanica se abrieron las puertas de Santa María.
Llega descalza.
Ay, pies que tanto bailaron pisando la tierra.
Y ha dicho que no sabe bordar.
Las manos trae atadas con sogas.
No siente el dolor por el mucho dolor que padece.
Y sigue la tarde de toros en Granada.
Y está dando el sol en los hierros de estas jaulas.
Ay, qué mayo florido.

Ay, qué mal mayo florido.
Ya nunca volverán estas manos a coger hilos de seda.
Albaicinera, ¿qué será ahora de tu vida?
Rosa "La Gitanica" entró al beaterio
con la buena inocencia de sus quince años.
Trae descosidos los volantes de su falda de lunares.
¿Quién descosería los volantes de su falda?
Y al entrar se avergüenza
al ver a las arrecogías de Santa María.
¿Qué dirán los que te vieron como nos ha tocado verte?
¡Trae las manos destrozadas! ¡Le quebraron los huesos!

(Acentuando la furia.)

Morirá el rey Fernando
con la maldición de ir viendo su misma pudrición,
con la barriga abierta, viéndose los gusanos
en la cama de su palacio,
y palomas de odio nublarán los cielos,
pero nadie se acordará de las manos de Rosa.
Ay, ya no habrá flor que coja.
Ay, ya no habrá caricia que haga.
Han quedado sus manos deshojadas,
como la adelfa seca en camino sin agua.

(Danzan con más furia, golpeando al suelo.)

¡Trágala! ¡Trágala! ¡Trágala!
¡Muriendo y trágala!
¡Inciensos y pétalos de rosa, y trágala!
¡Palacios y conspiraciones, y trágala!
¡Trágala! ¡Trágala! ¡Trágala!

En la puerta de entrada al beaterio está Pedrosa. Todas quedan como estatuas de odio. Pedrosa, alcalde del crimen de la Real Chancillería de Granada, subdelegado de Policía y Juez de Infidencias de su Real Majestad, Fernando VII; llega acompañado del escribano de la Real Chancillería, de padres franciscanos, con largas barbas y caras sombrías, de un piquete de guardia de la infantería española y de la Reverenda Madre María de la

Trinidad y otras monjas del beaterio. Una monja subió diligente a abrir la puerta de la celda de arriba. Mientras tanto, la voz de un pregonero sonó entre la mayor expectación: "Su Ilustrísimo Señor don Ramón Pedrosa, Alcalde del Crimen de la Real Chancillería de Granada, subdelegado de Policía y Juez de Infidencias de su Real Majestad, el Rey nuestro señor, Fernando VII". Hay un silencio mientras Pedrosa baja serenamente las escaleras, mirando todo.

RAMÓN PEDROSA. *(Con serenidad y contenida ironía y rencor.)* Preparaban la comida en el patio... Entre los limoneros. Da gloria oler el azahar de los limoneros... *(Sigue analizando todo.)* No se está mal aquí. Llega un aire templado y agradable... Refresca la tarde. Se oye hasta la música de la plaza de toros... y está dando el sol en casi todas las celdas... No está mal todavía este palacio. Hay beaterios peores en Castilla... ¿A qué se debe el privilegio de comer en el patio?

LA REVERENDA MADRE. A las vísperas de Corpus Christi.

RAMÓN PEDROSA. *(Viendo a Doña Francisca "La Apostólica" y haciéndole un saludo.)* Doña Francisca...

DOÑA FRANCISCA "LA APOSTÓLICA". *(Abanicándose gentil y correspondiendo.)* Ilustrísima...

Las arrecogidas se miran entre ellas, discretamente.

RAMÓN PEDROSA. *(Fisgoneando la celda de Doña Francisca.)* Buena celda. No le falta de nada.

DOÑA FRANCISCA "LA APOSTÓLICA". *(Abanicándose satisfecha.)* De nada.

RAMÓN PEDROSA. No olvidaré nunca los salones de su palacio, siempre abiertos a los forasteros. Qué amable hospitalidad ésta de los granadinos.

DOÑA FRANCISCA "LA APOSTÓLICA". Gracias, Ilustrísima.

RAMÓN PEDROSA. Abiertos y hospitalarios como los de Doña Mariana de Pineda. Desde que llegué a Granada la hospitalidad más generosa se me fue ofreciendo. Pero por aquí baja Doña Mariana de Pineda, mi amiga. *(Carmela "La Empecinada" le da a Mariana una rama en flor de limonero.)* ¿Qué le da?

MARIANA DE PINEDA. *(Con gran seriedad.)* Una rama en flor de limonero. *(Se la pone en el pelo.)* Yo tampoco puedo olvidar que hoy son vísperas de Corpus Christi, que es domingo, que es mayo.... Me preparaba para la temprana cena de... las presas.

RAMÓN PEDROSA. Mi gran amiga Mariana de Pineda, mi gran señora. Al volverla a ver recuerdo aquella tarde que la vi en su casa. Inolvidable tarde. Doña Mariana fue la primera, en Granada, que me abrió los salones de su casa.

MARIANA DE PINEDA. Es difícil de olvidar la generosidad ajena.

RAMÓN PEDROSA. Sigue tan hermosa, Doña Mariana.

MARIANA DE PINEDA. Gracias, Ilustrísima.

RAMÓN PEDROSA. Ahora su belleza ha tomado un aspecto más dulce y más profundo. Y está más serena. Los días en el beaterio de Santa María han tenido que hacerle reflexionar mucho. Sé que ha leído a San Pablo y otros libros piadosos que le habrán llevado a largas meditaciones.

MARINA DE PINEDA. Siempre fueron largas y hasta torturantes mis meditaciones, dentro y fuera del beaterio. Granada es tierra ideal para pensar... Y nuestra situación actual, mucho más.

RAMÓN PEDROSA. ¿Y ha llegado a nuevas conclusiones fuera de esas que nos llegan de Francia y que algunos llaman "progresistas"? ¿La existencia humana ha de tener abismos y secretos más nobles que los que nos enseña la famosa "ilustración" francesa?

MARIANA DE PINEDA. Nunca fueron mis favoritos ni Rousseau ni Voltaire. No comprendo la "pasión" que está de moda, creo que conduce a la existencia a una grave crisis espiritual. Con la pasión se olvida la realidad. Lástima que en un momento tan crítico como éste, no pueda recapacitar y hacer memoria para poder expresar a su Ilutrísima mis nuevas ideas de la existencia humana.

RAMÓN PEDROSA. *(Dejando escapar una escondida inquietud.)* ¿Quiere la señora que pasemos a la capilla y me explique sus nuevas ideas?

MARIANA DE PINEDA. ¿Cree don Ramón Pedrosa que en un momento se puede hacer resumen de un cambio profundo?

RAMÓN PEDROSA. Quizá dentro de la capilla sea el lugar adecuado para un recogimiento sincero. *(Mariana lo mira de arriba a abajo.)* Pero si la señora piensa que un humilde juez como yo no es digno de escucharla, puede hacerle sus confesiones a algún reverendo padre de los que vienen conmigo.

MARIANA DE PINEDA. ¿Y por qué no intentar hablar delante de este auditorio que tanto desea oír?

RAMÓN PEDROSA. ¿La intimidad puede expresarse así?

MARIANA DE PINEDA. La intimidad con los míos, o delante de los míos, es más consoladora para mí.

RAMÓN PEDROSA. ¿Los suyos? Muy segura está la señora de que aquí están los suyos.

MARIANA DE PINEDA. ¿Acaso don Ramón Pedrosa piensa que no están? *(Se va acercando a él con odio contenido.)* Aquí y en cualquier esquina de Granada están los míos.

RAMÓN PEDROSA. Muy segura está.

MARIANA DE PINEDA. Muy segura.

RAMÓN PEDROSA. ¿Acaso han sido éstas las conclusiones a que le han llevado las largas meditaciones?

MARIANA DE PINEDA. Mis meditaciones han ido más lejos.

RAMÓN PEDROSA. Qué interesante.

MARIANA DE PINEDA. Siempre interesaron mis palabras a su Ilustrísima. Tan gentil siempre. Qué pena de encontrarlo donde no soy la dueña. ¿Qué pasó de mi casa de la calle del Águila? ¿De mis muebles, de los salones donde fue recibido su Ilustrísima la primera tarde que pasó en Granada? Mi abogado, ese pobre abogado de oficio que me nombraron, no me da norte ni guía... ¿Qué pasó de mis hijos? ¿Ha llegado a oídos de su Ilustrísima si me llaman al menos de noche, para pedirme que les alargue la mano antes de quedarse dormidos?

RAMÓN PEDROSA. Todo está seguro. Sólo que a su casa llegan, de vez en cuando, amigos, parece ser de Cádiz... tal vez de Gibraltar... tal vez de Bayona, porque alguno habla un cierto español matizado de francés, y claro, quedan desconcertados... Pero le aseguro a Doña Mariana que todo pasará pronto y que felizmente podrá volver a su casa.

MARIANA DE PINEDA. *(Repitiendo con cierto presentimiento inseguro.)* Felizmente...

RAMÓN PEDROSA. Todo marcha bien. Por Doña Mariana de Pineda se interesa todo lo mejor de Granada. Y hasta en las Cortes se habla de su notorio caso.

MARIANA DE PINEDA. ¿Y...noticias del rey?

RAMÓN PEDROSA. Pronto las habrá. El panorama nacional se está pacificando más de lo que se supone. Granada es una ciudad lejana donde los correos tardan en llegar y nos enteramos, por esta razón, los últimos de lo que pasa en el país. El granadino es preocupado por naturaleza y ve montes donde no existen. Pero todo se tranquiliza. Ya sabrá Doña Mariana que desde la muerte de Manzanares en las serranías de Ronda, Andalucía ha quedado muy tranquila. Sólo hay un foco de rebeldes en Gibraltar, capitaneados por el general Torrijos y otro pequeño foco, clandestino, claro, para el rey de Francia, en Bayona. Foco de ilusos: ¿qué pueden hacer unos pocos hombres tan solos y tan "románticos", como se los viene llamando ahora? El pueblo de Granada está con el rey. ¿No oye la música de los toros? La plaza está abarrotada. Pronto se oirá desde aquí la alegría de la salida de la gente.

MARIANA DE PINEDA. Pero... su Ilustrísima no fue a la corrida y tengo entendido que es muy amante de las corridas de toros.

RAMÓN PEDROSA. Sí, es cierto. Pero uno no es dueño de sí mismo. Cuánto siento haber perdido esta corrida. La lidian matadores de la escuela rondeña, sin embargo, la perdí, cuánto lo he sentido.

MARIANA DE PINEDA. ¿Y... fue la causa?

RAMÓN PEDROSA. Esa gitanilla que ve aquí.

MARIANA DE PINEDA. *(Fría, tranquila.)* Tan niña... Apenas tendrá quince años.

RAMÓN PEDROSA. Apenas. Los gitanos no se dan ni cuenta de los años que tienen. Pasan la vida bailando y cantando y, tal vez, soñando.

MARIANA DE PINEDA. ¿Y no es bonito soñar en nuestra época?

RAMÓN PEDROSA. Muy bonito. Los granadinos son muy soñadores. Todo en ellos es motivo de dulzura y ensueño. Mi señora Mariana, soñando tal vez se puso esta rama de limonero en flor entre el pelo.

MARIANA DE PINEDA. Sí, soñando siempre. Hasta la muerte es preferible recibirla soñando, como sueñan en Granada las fuentes, el agua, los mirtos, las palomas, los atardeceres... Granada nos hizo ser así, soñadores. ¿Y por esta gitanilla su Ilustrísima no fue a los toros? *(Se acerca a Rosa.)* Pobrecilla. Está casi temblando. *(Mira a Pedrosa.)* Creo que con las manos no podrá ya, nunca más, secarse ni el sudor de la frente.

RAMÓN PEDROSA. Puede.

MARIANA DE PINEDA. *(Fingiendo serenidad.)* ¿Qué le ocurrió, Ilustrísima?

RAMÓN PEDROSA. ¿No la conoce?

MARIANA DE PINEDA. Jamás la vi.

RAMÓN PEDROSA. ¿Ni tú, preciosa niña, viste a esta señora nunca?

Rosa "La Gitanica" dice que no con la cabeza.

MARIANA DE PINEDA. Si su Ilustrísima piensa hacer muchas preguntas, me temo que la niña no pueda responder, porque trae fiebre y está agotada. ¿Dónde martirizan a estas inocentes criaturas?

RAMÓN PEDROSA. Nada importan las víctimas, sólo importa mantener unida la fe, bajo el mando del rey, Nuestro Señor, quien sabe velar día y noche por sostenerla.

MARIANA DE PINEDA. ¿Acaso ella no tiene esa fe de la que su Ilustrísima habla?

RAMÓN PEDROSA. No la tiene.

MARIANA DE PINEDA. ¿Y de qué delito se le acusa? ¿Las leyes del reino autorizan a dejar inútil a un ser menor de edad?

RAMÓN PEDROSA. Ha cometido uno de los peores delitos: ha intentado bordar esta bandera.

Un padre franciscano le da la bandera a Pedrosa, quien la muestra a Mariana.

MARIANA DE PINEDA. Es preciosa. Qué finura de letras. ¿Es acaso la bandera de uno de esos focos revolucionarios? Esas banderas siempre descubiertas y nunca enarboladas.

RAMÓN PEDROSA. ¿No conoce la señora esta tela?

MARIANA DE PINEDA. No, ¿por qué iba a conocerla? No sé ni qué tejido pueda ser.

RAMÓN PEDROSA. ¿Ni las bordaduras?

MARIANA DE PINEDA. No soy aficionada a bordar. No he visto jamás una prenda revolucionaria tan cuidada como ésta.

Creo que para la revolución no hace falta más que hombres y armas. Cualquier trapo sirve de bandera. Qué modo de perder el tiempo bordando esta tela, ¿no cree su Ilustrísima?

RAMÓN PEDROSA. ¿Aunque la bandera se borde por amor?

MARIANA DE PINEDA. ¿Por amor, a quién? ¿Puede especificar su Ilustrísima?

RAMÓN PEDROSA. Tal vez por amor a algún hombre.

MARIANA DE PINEDA. Es muy poco el amor de un hombre para bordar una bandera con tanto primor. Creo que debe haber más altos destinos que el amor de un hombre para bordar con tanto arte y más, siendo la bandera que, según su Ilustrísima, está destinada a la revolución. *(Intentando cambiar de tema y dirigiéndose a la Reverenda Madre.)* Pero, Reverenda Madre, esta niña está grave. Esta niña no puede quedar en este estado, mientras oye las amables conversaciones de su Ilustrísima conmigo.

RAMÓN PEDROSA. Todo llegará. Veo que no se conocen. Que va a ser imposible que se conozcan.

MARIANA DE PINEDA. ¿Por qué iba a conocerla yo?

RAMÓN PEDROSA. ¿Acaso no fue ésta la bandera que se encontró en su casa?

MARIANA DE PINEDA. Puede. Creo que me detuvieron por esta causa, pero, ante tanto sobresalto, yo no sé ni cómo es el color de aquel trapo.

RAMÓN PEDROSA. *(Dejando asomar su rencor.)* Rosa Heredia, oye mis palabras. *(Rosa "La Gitanica" queda inmóvil.)* Todavía puedes salir de aquí, si dices que esta mujer, llamada Mariana de Pineda, subió a tu casa del Albaicín y te dio a bordar esta bandera.

Silencio.

ROSA "LA GITANICA". *(Levantando poco a poco la cabeza.)* No... conozco... a esta señora.

Rumor de todas las arrecogidas.

RAMÓN PEDROSA. Llegarás a conocerla. Tendrás que conocerla al fin.

Silencio.

ROSA LA GITANICA. *(Con mucha humildad.)* No conozco a esta señora. Y yo nunca aprendí a bordar. *(Sufre ahora un leve temblor que le hace sentir miedo y corre hacia Sor Encarnación, suplicante.)* No aprendí a bordar. Las monjas de Santa María la Real lo saben. Pueden preguntarles. Quisieron enseñarme, pero no aprendí. Yo sólo sé bailar, y por las mañanas salgo a vender a la plaza. Pero yo no sé bordar. No sé. Por los clavitos del Señor, que me duelen mucho las manos. ¡Mis manos! ¡Mis manecitas!

Rosa "La del Policía" intenta estallar, pero Aniceta "La Madrid" le tapa la boca.

RAMÓN PEDROSA. *(Exaltándose, pero al mismo tiempo conteniéndose como puede.)* Tus manos, además de bordar la bandera, te sirvieron para acariciar al que ya no verás más.

MARIANA DE PINEDA. *(Que va exaltándose también.)* ¿Se puede saber quién?

RAMÓN PEDROSA. *(Aparentando tranquilidad e ironía.)* Mucho se interesa la señora.

MARIANA DE PINEDA. Mucho. *(Haciéndole frente con bastante frialdad.)* Soy liberal.

RAMÓN PEDROSA. ¿Y supone que las últimas caricias fueron para un liberal?

MARIANA DE PINEDA. Lo supongo. Si no, no estaría aquí, inútil como la han dejado.

RAMÓN PEDROSA. ¿Y para qué quiere saber la señora el nombre?

MARIANA DE PINEDA. Para admirarlo y bendecirlo.

RAMÓN PEDROSA. Pues que muera sin las bendiciones de la señora. Que muera condenado en los infiernos. Sólo le diré... *(Levanta la cabeza con orgullo.)* Les diré a todas que esta niña es la amante de un joven a quien Dios tenía destinado por los caminos de la iglesia. Un joven que aborreció el sacerdocio para hacerse amante de esta gitana. La ley es justa. Y esta niña entra a este beaterio como una regida más. Las madres de Santa María Egipciaca le enseñarán el camino de la humildad y de la corrección.

MARIANA DE PINEDA. ¿El camino de la corrección, cuando lo que llama su Ilustrísima "justicia" la ha dejado inútil para siempre? ¿Qué corrección le puede enseñar ya a esta niña un gobierno absolutista y dictatorial que la ha dejado inútil para siempre? Será la corrección de saber odiar al rey.

ROSA "LA DEL POLICÍA". ¡Muera el rey!

MARIANA DE PINEDA. ¡Silencio! Todo el mundo tiene que guardar silencio. A ningún camino se llega con la violencia. El gobierno liberal de España, que desgraciadamente se tiene que ir formando en el extranjero, regirá con amor, con bondad, con humanidad y con comprensión. ¿En qué nos diferenciamos entonces de los que juramos y somos fieles a la Constitución del doce de aquellos cuyos poderes son la violencia y la sangre, el callar a la fuerza, el sometimiento injusto?

RAMÓN PEDROSA. El señor secretario tome nota de estas palabras.

MARIANA DE PINEDA. Palabras que serán leídas no sólo públicamente en la Audiencia Territorial de Granada, sino también en las Cortes Españolas, si es que hay hombres y justicia.

RAMÓN PEDROSA. Ha venido a ti un súbdito del rey con la mayor de las prudencias.

MARIANA DE PINEDA. Y con la mayor de las prudencias intenté responder, pero la vista de unos hechos asesinos, como son las manos de esta niña, no tengo más remedio que exaltarme. Claman los cielos. Pero entérate bien, Pedrosa; te he de llevar a declarar que esta bandera fue introducida en mi casa por tu misma policía. No tienes datos para atestiguar lo contrario. Me lo dijiste. *(Mirando hacia arriba desafiante, a Rosa "La del Policía".)* ... Sí, Rosa, me lo dijo una noche que yo le abrí el dormitorio de mi casa y cerré después los postigos del balcón que tú veías cerrar. ¿Sabes por qué lo hice? Para salvar a los míos. Y por darle la libertad a los demás, no se puede condenar a nadie. Pero jamás este hombre puso las manos en mi cuerpo, jamás. Sólo ha sabido de mis desprecios porque llegué a descubrirlo sin que lograra nada mío.

RAMÓN PEDROSA. Tú estabas descubierta muchos años antes.

MARIANA DE PINEDA. Nunca negué mi amor por la libertad. Me casé con un hombre que quiso ser libre. Fui la mujer de un campesino. En este pedazo de tela a medio bordar juraría que se concentran los ideales y sueños de media España, es la bandera liberadora. El sueño de muchos que esta niña ha pagado con sus manos.

RAMÓN PEDROSA. Y que tú pagarás con tu condena.

MARIANA DE PINEDA. Mucho cuidado con esa condena. Hablaré lo que tengo que hablar en la sala de la Audiencia.

RAMÓN PEDROSA. Hay quien puede juzgarte sin tu asistencia a la sala.

MARIANA DE PINEDA. No serás tú ni el rey. *(Acercándose con odio.)* Piensa que alguno de estos soldados que te guardan, puede clavar el machete de su fusil en tu cuerpo. Piensa en estas mismas monjas pueden ser tus peores enemigas. Piensa que al dictar mi sentencia, pueden, en esos momentos, traspasarte el corazón. Ni tú ni el rey estais seguros. Estáis enloqueciendo de terror en esta época criminal. Tenéis enemigos por todas partes. Al salir por esta puerta, pueden asesinarte. Granada entera está conmigo y con estas arrecogías que no las dejáis defenderse en públicos juicios. Pero entérate bien, me puse esta rama en flor pensando en tu muerte. *(Arrojándosela.)* Toma la única flor que echarán en tu tumba. Sé que faltan pocos días para que salga mi juicio. Allí nos veremos, Ramón Pedrosa. Y ciudado con usar tus regios poderes de juez de infidencias. Mi juicio no puede resolverse secreto. Son muchos los que lo esperan. Y tengo fuerzas y poder para llevarlo no sólo a esas cortes traicioneras y engañosas, sino ante los reyes de Europa.

RAMÓN PEDROSA. Llévalo, pero con los nombres que preparan contigo la descubierta conspiración. ¿Cuáles son sus nombres?

MARIANA DE PINEDA. Los que te asesinarán. Los que después de asesinarte darán la libertad a España. Ni en una sala inquisitorial me arrancarán los nombres. Ellos son mi orgullo. Mi orgullo de hembra granadina, que no ha llegado a perder la batalla que libra.

RAMÓN PEDROSA. *(Haciéndole una arrogante reverencia.)* Nos veremos pronto, doña Mariana.

MARIANA DE PINEDA. Así lo espero... Pedrosa.

RAMÓN PEDROSA. *(Aparentando tranquilidad.)* Y... *(Cogiendo la rama.)* me llevo tu rama en flor...

Recogen la bandera y sale Ramón Pedrosa con los demás que entró. Las arrecogidas han quedado en grave silencio, mientras ven salir a Pedrosa. Carmela "La Empecinada" siguió, casi en secreto, a la comitiva que sale. Hasta cerciorarse bien de que salieron. Entonces, dice, dejando escapar sus nervios, mientras se apodera de todas un gran nerviosismo.

CARMELA "LA EMPECINADA". Hasta salieron a las puertas a hacerle reverencia.

CHIRRINA "LA DE LA CUESTA". ¿Qué te parece? Condenadas sean todas ellas las que comen las migajas del rey y de los ricos. Qué mendrugo de pan más mal comido. No lo quisiera para mí.

ANICETA "LA MADRID". Tanto inclinar la raspa para decirle adiós al inútil político que se lo tienen que comer los gusanos. *(Exaltándose cada vez más.)* Pero lo acribillarán a balazos en una calle y nadie cogerá su cuerpo.

CARMELA "LA EMPECINADA". ¡Calla la boca! Hay que ver qué vieja. *(Volviéndose a todas.)* Ea, no tenemos reaños ni moños en la cabeza si nosotras mismas no le pegamos un tiro a ese tío y si consentimos que las monjas de Santa María nos den el caldo. Mirad qué manos llenas de callos, para echarse solas el caldo. Aquí en el suelo hago una cruz. Mirarla. *(La hace y escupe.)* No consentiré que las manos de esas mujeres cojan mi plato, porque vieron las manos destrozadas de esta niña y se van y siguen haciendo reverencias.

CHIRRINA "LA DE LA CUESTA". *(Saltando como una furia.)* Yo también hago lo que tú. *(Lo hace.)* La victoria es nuestra. Si no había más que verle la cara a Pedrosa para comprender el miedo que tenía. Tiene que vivir aterrorizado de miedo, como ha dicho *(Con burla)* "la señora" Doña Mariana. Juraría que hasta los centinelas que nos rondan son de los nuestros.

RITA "LA AYUDANTA". Y qué guapos son. Qué manos tan grandes tienen. Tienen que ser albaicineros.

ANICETA "LA MADRID" *(En el nerviosismo de las demás, coge del escote a Paula "La Militara".)* Esta lo tiene que saber. Dinos si entre el piquete venía tu Fermín Gavilán.

PAULA "LA MILITARA". *(Con asco.)* Si hubiera venido entre el piquete, a voces lo hubiera dicho para que se avergonzara, descubriendo lo que es. ¿No me ves todavía que estoy temblando porque no atiné a coger ni los hierros de la jaula, porque entre el piquete parecía que lo veía? Y he creído desmayarme. Y no era ninguno de ellos. No era. No era. No era.

ANICETA "LA MADRID". ¿Habéis oído? No hay que tener miedo. No puede haber conspiración en contra. Que por muy secretas que hagan las cosas los políticos, siempre se les ve venir y se descubren. Los centinelas son nuestros.

CARMELA "LA EMPECINADA". *(A Mariana.)* ¿Y tú crees eso?

DOÑA FRANCISCA "LA APOSTÓLICA". Dejarla. Ha dicho lo que tenía que decir. No sabéis tratar. Dejarla.

CARMELA "LA EMPECINADA". ¿No os lo decía? ¿Veis como entre ellas se defienden? *(Burlándose.)* ¿No visteis como Doña Francisca, la de los juramentos, se saludó con Pedrosa?

CHIRRINA " LA DE LA CUESTA". ¿Y cómo meneaba el abanico, haciéndose aire? Qué buenas colas de pavos reales ha tenido que mover esta rica de tres al cuarto.

CARMELA "LA EMPECINADA". No, si ésta está aquí de fiesta. *(En un arranque se acerca a ella y le dice entre dientes.)* Pero oye, si esto es así, me llevo tu corazón entre los dientes que me ves. *(Doña Francisca le vuelve la espalda y se encierra en su celda, abanicándose con empaque. Carmela va a la puerta de la celda de Doña Francisca.)* ¿Me oyes lechuza, con esa nariz ganchúa que tienes y esas colonias que te echas? Te voy a vigilar día y noche. *(Dirigiéndose en el mismo estado a Mariana.)* Y a ti, la discursera, pico de oro, pico de cura en púlpito, y cómo sabes callarte las mejores.

MARIANA DE PINEDA. *(Que estuvo oyéndolas sufriendo, dice sin poderse contener.)* Las manos de esta niña.

CARMELA "LA EMPECINADA". *(Enfrentándosele rápidamente.)* Puede que tú la mandaras bordar la bandera.

CONCEPCIÓN "LA CARATAUNA". *(Acosándola.)* Puede que haya fingido no conocerte.

CARMELA "LA EMPECINADA". *(En el mismo acosamiento.)* Todas sabemos que tienes influencias por todas partes, tú misma lo has dicho, y que eres mujer que puede hacer temblar de miedo a un rey porque sabes los secretos de muchos, que serán altos políticos, pero si tus influencias te van a servir para que te salves tú sola, deja de acordarte de las manos de esta gitana. No las toques siquiera, que estas manos son nuestras, como si hubieran sido nuestras propias manos, y nosotras solas queremos curarla.

CHIRRINA "LA DE LA CUESTA". *(Que sigue en el acosamiento.)* De ti no nos hemos fiado desde que te vimos entrar por esta puerta, con ese vestido de encaje y esa cara afilada, descolorida y de mártir. Ya no estamos en tiempos de creer en las mártires. La gente no quiere más que salvarse de sí misma.

Mariana, desafiándolas a la vez, como la que quiere confundirles, sin dejar de mirarlas, se desgarra un trozo del vestido.

MARIANA DE PINEDA. Que este trozo de mi vestido sea la primera venda para curar las manos de esta niña. Me dais lástima. Que tanto desconfiar unas de otras, nos va a llevar a la ruina y se van a acabar los liberales por tanta desconfianza. Los españoles no sabemos más que destruirnos vivos. Imposible nuestra liberación. *(Imponiéndose a todas.)* Quien quiera, desde ahora, haga lo que yo. No sé si algunas de las de aquí estamos, nos salvaremos o no. *(Se enfrenta de nuevo a "La Empecinada" y a las más rebeldes.)* Los políticos no saben perder, como estamos perdiendo, que el hecho de estar aquí, ya supone perdición.

CARMELA "LA EMPECINADA". ¡Tú no has perdido!

MARIANA DE PINEDA. ¡Escucharme bien! Si han de colgarnos en las Explanadas del Triunfo por arrecogías y no porque luchamos por unas ideas, que nos vean las ropas así, y se digan: "Ahí las tenéis, ahorcadas con las ropas jironadas por las manos de tantos hombres como las tuvieron". Sí. De tantos hombres como hemos querido y queremos. Los que luchan escondidos, los de Ronda y Gibraltar. *(Arrebatadamente coge a Rosa "La Gitanica".)* ¿Fuiste tú, hija mía, la que bordaste la bandera?

ROSA "LA GITANICA". *(Casi desfalleciendo, mientras sonríe.)* Yo... sólo tuve el pedazo de trapo cogido en mis manos para acariciarlo, como tantos lo tuvieron...

MARIANA DE PINEDA. *(Abrazándola.)* Benditas sean tus manos que cogieron el trapo. *(En el mayor arranque de rebelión.)* Ea, ¡otro jirón de mi ropa! ¡Y otro! ¡Y otro! ¡Y otro!

ROSA "LA DEL POLICÍA". *(Sin poderse contener y alzando los brazos encadenados.)* ¿No hay quien quite las argollas de estas manos para dar otro pedazo de vestido?

Eva "La Tejedora" y Concepción "La Caratauna" son las primeras en desgarrarse el vestido; las secundan las demás, diciendo con furia "y otro", "y otro". En estos momentos, todas cantan, al mismo tiempo que inician una danza, la cual se va haciendo violenta, mientras Mariana venda las manos de Rosa "La Gitanica".

TODAS. *(En profunda rebelión.)*

No hay patíbulo capaz de levantarse en ninguna tierra española
para cortar los vuelos de las arrecogías,
porque hasta la tierra pudrirá las maderas
de los patíbulos que se levanten.
Los capitanes generales de los cuarteles de España
clamarán los primeros
por libertar a las mujeres de estos beaterios.
A las tropas las están acuartelando
y cada soldado sueña con vernos en las calles,
mientras saca brillos al cañón de su fusil.

(Entre todas cogen a Rosa "La Gitanica" y la alzan mientras siguen cantando y danzando. Mariana se arrincona y sueña, con la mirada perdida.)

No se paga este sudor que tenemos con nada de este mundo.
Olemos ya a pudrición,
de dormir en los jergones de nuestras caballerizas,
donde nos pasamos las noches en vela y sigilos.
Y el aire callado de las noches granadinas
nos trae secretos lamentos de mucha gente que suspira.
Preguntamos al aire en las noches calladas,
y el aire nos descubre todos los secretos.

Así de alerta son nuestros cuidados.

(Con mayor furia.)

Aquí tenéis a Rosa "La Gitanica" con los ojos encandilados.
¿Será el estado de sus ojos el comienzo de la muerte?
Pero Rosa "La Gitanica" sonríe,
que así es como sabemos morir, sonriendo.
Poco podremos haber remediado su dolor,
pero Rosa sonríe .
Cuidaremos sus manos
por si todavía pueden llegar a alzarse y bailar.
Que tiene que llegar el día
que se baile con la misma libertad que tiene el viento.

Con gran cariño, van dejando a Rosa "La Gitanica" junto a la pared de una celda. Rosa a duras penas se sostiene, pero sobreponiéndose mientras sonríe, va muy lentamente alzando los brazos e intenta bailar. Las arrecogías empiezan a jalearla, primero bajito y con un deseo de infundirle alegría y vida. Carmela "La Empecinada" le lanza un "olé" arrancado del alma. Mariana empieza a cantarle bajito, entre la admiración de las demás, mientras la niña, intenta seguir bailando.

MARIANA DE PINEDA.
Ay, el que tanto me gustaba
no abrió la cancelica
donde me custodiaban.
¿Cómo es posible, compadre,
que sepas que estoy aquí,
y queriéndome, como te quise,
me estés dejando morir?

Se inicia un palmoterio de todas y Chirrina "La de la Cuesta" sale a bailar y a cantar, con mucha alegría, tocándose las palmas y queriendo contagiar de esta alegría a todas.

CHIRRINA "LA DE LA CUESTA".
El sereno de esta calle
me quiere trincar mi llave,

que alza que toma
que toma que dale.
Y esta noche me lo espero
para que no se me escape,
con facas y con revólver
de entre mi escote y mi traje,
que alza que toma
que toma que dale,
porque custodio la llave
de las arrecogías,
y las mujeres valientes,
sé que están dentro metías.
Que toma, sereno,
que toma el pañuelo,
que no te lo doy,
porque sí, porque quiero,
que éstas de Santa María,
te tendrán en desvelo
sin que descanses ni noche ni día.

La alegría se contagió y todas palmotean. De pronto, al mismo compás, golpean, taconeando. Todas las luces del teatro se encienden. Palmotean y taconean con violencia, desafiando al público. De esta manera, se adelanta a cantar y a bailar Mariana, con el aire de una campesina en derrota, ante la sorpresa de las demás. Todas la jalean, teniéndola ya por muy de ellas. Los "olés" se escapan por todas partes. Lolilla y las costureras así como los demás actores que estaban entre el público, se levantan interrumpiendo a la gente, para salir a los pasillos a cantar y a bailar, convirtiéndose todo el teatro en una gran fiesta, al mismo tiempo que tiran flores. Mariana provoca al público, cantando y bailando, mientras Carmela "La Empecinada" la jalea diciéndole: "Anda ahí, la mujer del campesino".

MARIANA DE PINEDA.
Las pisás de los caballos,
ya se escuchan por la sierra.

Todos los actores, los de fuera del escenario y dentro, cantando.

TODOS. con el vito, vito vienen,
vienen pisando la tierra.

MARIANA DE PINEDA. Madre mía qué caballos,
qué pisadas, con qué fuerza,
qué herraduras les pusieron.
Vienen pidiendo la guerra.

TODOS. ¡Vienen pidiendo la guerra!

MARIANA DE PINEDA. Ya están cerca de Granada
los de la Ronda la llana.

TODOS. Con el vito, vito, vito,
con el vito, y con qué ganas.
Ya están aquí los caballos
de los hombres liberales,
sudando, con tierra encima,
sedientos, y qué cabales.

MARIANA DE PINEDA. En las Explanás del Triunfo
se pararon en las puertas.

TODOS. Con el vito, vito, vito,
con el vito de la guerra.

MARIANA DE PINEDA. Madre mía, qué arrogancia
traen caballos y traen hombres,

TODOS. Con el vito, vito, vito,
con el vito de sus nombres.

MARIANA DE PINEDA. Nadie arrancará los nombres
de estas lenguas que tenemos,
porque nos enamoraron
y por ellos padecemos.

TODOS. ¡Y por ellos padecemos!

MARIANA DE PINEDA. Porque el nombre de estos hombres,
desde Gibraltar a Ronda,
desde Bayona a Granada,
son gloria, fama y honra.

(Va bajando las cuestas para salmodiar con furia.)

Son los nombres de don nadie,
los que saben pelear,
a escondidas y en secreto
y los que saben cantar
aunque arrinconados mueran
por el llano, por la sierra o por el mar.

TODAS. Por el llano, por la sierra o por el mar.

En estos momentos, las arrecogías de las celdas de abajo se adelantan, junto a Mariana, para salmodiar con la misma furia, mientras va bajando las cuestas y llegando a los pasillos del teatro, al mismo tiempo que se descuelgan del techo del teatro simulaciones de barrotes de rejas de cárcel.

TODAS. *(Señalando al público.)*

Nadie arrancará sus nombres
de estas lenguas que tenemos,
que son tuyos
¡y tuyos! ¡tuyos! ¡tuyos!
y las lenguas son de una.
¡Aquí! ¡Aquí! ¡Aquí!
¡Dentro del pecho los guardamos!
¡Y tú! ¡Y tú! ¡Y tú!

Suena una guitarra, sube la simulación de los barrotes que cayeron del techo de la sala. Todo se dulcifica. Las arrecogías se vuelven a la misma vez, todas hacia el escenario, bailando al son de la guitarra, vuelve de espaldas al público, cuando llegan al escenario, cantan serenas y con encanto.

TODAS. ¡Ay, huertecicas floridas
de las orillas del río Genil,
mandad airecicos
fresquitos,
a los españolitos
de por ahí,
porque todos queremos vivir.

Van cayendo las tapias del beaterio de Santa María Egipcíaca. En estos momentos salen los músicos, tocando con muchísima alegría las canciones de la obra, bajando por el pasillo de butacas. Un letrero que cae dice:

HA TERMINADO LA PRIMERA PARTE
DE ESTA HISTORIA

SEGUNDA PARTE

Los músicos van entrando en el patio de butacas. Volviendo a tocar, felizmente, las canciones de la obra, saludan al público, quitándose los sombreros para saludar; otras veces saludan con las manos y, así, suben al escenario. En estos momentos vemos bajar un cartel, delante de las tapias del beaterio que dice: "Tienda de Modas de Madame Lolilla la del Realejo." En la parte de la derecha del espectador y junto a las calles, baja un telón que simula la tienda de Lolilla, con maniquies de muñecas, muy alegres. Estos maniquies tienen puestos vestidos de moda napoleónica, con aire muy francés, con muchos colorines, pelucas versallescas, etc. Las costureras de Lolilla están hartándose de reír con los músicos, palmoteándoles y saludándoles. Lolilla tiene puesto, a modo de prueba, un vestido grotesco de gusto francés. En la cabeza lleva un enorme pelucón versallesco. Lolilla se finge maniquí. La vemos reírse de sí misma, palmotear y salir a bailar y cantar. Las costureras la jalean.

LOLILLA. No llamarme Carmela,
Ni Paquita, ni Pilar,
ni tampoco me llaméis
lo que me queráis llamar,
que siendo granadina
y no aragonesa
deseo que me llaméis
la francesa.

(La jalean y sigue bailando, después canta.)

Quisiera ser la novia
de rey de Francia,
para decirle al oído
las cositas que aquí pasan.

(La vuelven a jalear y ella se jalea.)

Que ni pasan en Cádiz,
ni en la Corte, ni en Sevilla.
¿Quiere usted callar,
don Nicolás?
Mire usted qué maravilla,
qué gloria y qué esplendor.
Nada, nadita pasa
en las tierras del Sol.

(Sigue el jaleamiento.)

Que no tenemos faroles,
porque nos sobra luz,
sí, "monsiur".
Que las fiestas en Granada
empezaron ya.
¿Qué quiere usted?
¿No las oye sonar?
Así somos, "monsiur",
cantamos, bebemos, bailamos
y olvidamos.

(Sigue el baile y el palmoterio. Lolilla sin dejar de bailar, ha cogido un sombrero y se lo ha puesto.)

Y mire usted qué maravilla,
Madam Lolilla la del Realejo
se ha puesto traje y sombrero
que no se gasta en Sevilla.
Qué avance,
compadre.
Y ésa es la cuestión,
que las costureras de casa Lolilla,

están, con toda razón,
al tanto de esas modas
que vienen y pasan,
pero llegan de Francia
y se aceptan sin rechistón.

(Sigue el jaleamiento y el baile.)

Ay, que el rey Luis Felipe de Francia
se hizo amiguito
de los españolitos,
y con mucho salero y gracia
de las españolas que bailan y cantan.
Y ésa es la cuestión,
"violá":
con la falda arremangá
del traje de gran señora,
baila Lolilla, peinaora
y costurera que fue de su majestad,
reina de las Francias.
Qué elegancias.
Por eso aquí vendemos
corsés, pelucas y peluquines,
fajas de talle alto,
y los mejores vestidos de los figurines
del país de la Ilustración.
¿Qué paso?
Ah.

Lolilla, sin dejar de bailar, se quitó el sombrero y cogió un hermoso abanico de colores rojos, abanicándose con garbo mientras sigue bailando y las demás costureras cantan ahora.

COSTURERAS: Fíjense en Lolilla la del Realejo,
morenilla,
pequeñilla,
cómo baila,
con qué garbo y qué salero
se vistió de señorona francesa,

y no le pesa.
Ay, cómo mueve su abanico
de nácar y lentejuelas,
traído de los Versalles
para que calle
Andalucía,
que ni de noche ni de día
deja de cascarrear.
Ésa es la verdad.
Tome usted,
para vender
al inglés
y al granadino.
Qué fino
el abanico de Lolilla.
Cómo lo mueve.
Cómo va y viene.
Con qué recelo.
Qué garbo en las manos y en el pelo.
¡Toma desvelo!
Lolilla,
morenilla,
pequeñilla.
¿Qué secreto llevará?
Y ésa es la verdad.

(Todas palmotean y bailan con Lolilla. Dejan después a Lolilla, sola, bailando, y las costureras le cantan.)

Costurera y peinaora realejana,
arremángate el vestío.
antes de que venga el frío.
Da a este hombro una puntá
y un pespunte en el faldón,
todo con regla e ilustración.
Éstas son las costureras de Lolilla
y cose que te cose, hasta la coronilla
del tío Fernando,

Mi tío carnal,
oiga usted,
seriedad, seriedad, seriedad.
Que toma la aguja,
que no te la doy,
que a las Alpujarras voy,
porque sí, porque quiero,
que son las fiestas
y nos espera el bolero.
¡Vaya salero!

Antes de que terminen el baile vemos entrar por el patio de butacas a unos títeres haraposos, uno tuerto, otro con un muñón al aire, otro con una muleta dando cotejadas, y una calaña de gente semejante que les acompañan. Al frente viene una mujer despeinada, como una leona, haciendo señas, como si estuviera muda y tocando un pandero. Otros tiran de un carromato y, antes de subir las cuestas, se les oye decir:

LOS TÍTERES. ¡Eh, las del baile! ¡Eh, barrigas!

LOLILLA. ¡Los feriantes! ¡Los feriantes!

EL DEL MUÑÓN. *(Cabreado.)* Sí. Los feriantes. Pero, ¿dónde ponemos ahora el carromato?

LOLILLA. *(Chulesca.)* ¿A eso le llamáis carromato? Qué poca monta.

EL DEL MUÑÓN. ¿No es ésta la plaza Nueva?

LOLILLA. Éste es el barrio del Realejo.

EL DEL MUÑÓN. Aquí todo el mundo nos engaña.

LOLILLA. Nadie engaña a nadie. Vosotros que os habéis equivocado de camino. Si venís a las ferias, tenéis que volveros y seguir por la calle de Molinos, hasta la calle Reyes y subir después.

EL DEL MUÑÓN. No sabemos las calles.

LOLILLA. Vamos, que no habéis estado antes aquí.

EL DEL MUÑÓN. ¿Nosotros? En las fiestas de San Isidro de Madrid sí, pero en las granadinas no.

LOLILLA. Pues nos ha fastidiado. Vuelvan sus señorías a la Corte de los isidros. Pero, ¿qué ven mis ojos? Si además de "El del Muñón", vienen cojos y tuertos.

EL DEL MUÑÓN. ¿Y qué pasa por eso?

LOLILLA. ¿Qué pasa? Que no se me figura a mí cómo podéis distraer y tener talante con vuestro carromato.

EL DEL MUÑÓN. Lo que verás, si vas a las ferias.

LOLILLA. *(Con burla.)* ¿No he de ir a ver el espectáculo?

EL DEL MUÑÓN. Bueno, ¿nos guía?

LOLILLA. Guiándolos estoy. Seguir aquel camino y donde veáis la Audiencia, allí es.

EL DEL MUÑÓN. ¿Cómo vamos nosotros a saber dónde está la Audiencia, si no estuvimos aquí nunca?

UNA COSTURERA. *(Lastimada.)* Y dicen verdad.

LOLILLA. Os prometemos ir a veros. ¿Qué hace ésa que traéis, con su melena de la revolución francesa y ese pandero?

EL DEL MUÑÓN. Es muda.

LOLILLA. *(Aparentando burla.)* ¿No te digo? El asilo de San Juan de Dios que llega.

EL DEL MUÑÓN. Volvamos. Que no tienen más que ganas de burlas. Quien le va a meter a éstas en la cabeza lo que somos y lo que fuimos.

LOLILLA. ¿Quién fuisteis, quién? ¿Acaso de la nobleza de Francia?

EL DEL MUÑÓN. *(Escondiendo un rencor.)* O héroes de la guerra de la Independencia. Lo contrario que pensaste. Qué buena acertaora. ¿No nos ves? Lisiados de la Independencia.

LOLILLA. Y lo dicen con ese orgullo, sin temor a la policía y sin pensar que están delante de la tienda de "Madame Lolilla", amiga de la nobleza de España y Francia. ¿Se puede ver cosa igual? Pero cá. Éstos me los conozco bien. *(Sigue la burla.)* ¿Y de la gloriosa guerra de la Independencia, habéis pasado al glorioso oficio de títeres?

EL DEL MUÑÓN. *(Burlón.)* ¿Y qué remedio le queda aquí a los héroes?

LOLILLA. No te digo, San Antón. Será provocativo el señor. Vamos, ¿que sois héroes del Dos de Mayo?

EL DEL MUÑÓN. Y de muchos Dos de Mayo más.

LOLILLA. Lo que te digo, Salomé. Que éstos vienen escapados de las serranías de Ronda.

EL DEL MUÑÓN. ¡Benditas serranías!

LA MUDA. *(Cogiéndolo del brazo.)* Vamos, Frasquito, déjalas. No te enfrentes. Nosotros encontraremos la salida.

LOLILLA. ¿Podéis ver cosa igual? ¿Qué te parece la cabeza parlante? ¿No era ésa que habló la muda que antes dijiste?

LA MUDA. Bueno, ¿es aquí o no es aquí? Porque no tenemos ganas de pronunciamientos, que no somos generales arrepentidos, porque si vinieras tirando del carromato desde las costas de Málaga, ya veríais lo que es tirisia.

LOLILLA. Tirisia tendréis de los trinques del camino. Que el del muñón viene con pelona y *(Enfureciéndose.)* además, desvergonzado y provocativo, faltando de rechazo a nuestras leyes. Gracias que no hay ahora clientela en mi tienda, si no, íbais a saber lo que es bueno.

LA MUDA. Dejemos a las remendonas. Que son las fiestas granadinas *(Burlona.)* putifinas y están contentas. *(Acentuando la burla.)* No sé a qué vienen esas alegrías, tía María.

LOLILLA. ¿Qué hablas tú, cabeza parlante? Ésta es la casa de modas de madam Lolilla, la mejor y más honrada de Granada.

LA MUDA. *(Con la ironía de una gallina en pelea.)* Ya se ve que sois muy francesas. Pues que os peguen fuego con ese señorío vestiril o serviril para las grandes damas de la calle de Gracia. *(Intenta irse.)*

LOLILLA. Eh, tú, parlante. ¿No dices que eres de fuera, cómo sabes el nombre de esa calle?

LA MUDA. ¿Y quién no en España? *(Burlona.)* La aristocracia para la que coséis da en esa calle sus reuniones "sonadas".

LOLILLA. Venid para acá.

LA MUDA. No nos da la gana. Que este que ves aquí con el muñón fuera tiene que descansar, para comer después a la hora de la función fuego, cogiéndolo con el muñón y echándoselo a la boca, y queremos descansar antes de que llegue la noche y empiecen estas fiestas granadinas, que según dicen no tienen par. *(Con intención.)* Qué animación en esta Granada.

LOLILLA. Pues iros de una vez a tomar el fresco a la Fuente de la Bicha.

LA MUDA. *(Remedándole.)* ¡Quítate ese pelucón que te veamos el pelo de costurera! Que hasta las costureras queréis ser hoy de la Ilustración. Y eres una costurera. Y sansacabó.

LOLILLA. *(Quitándoselo.)* Pues mira mi pelo. *(Descubre una melena alborotada de león.)* ¿Qué pasa? Y si venís a la plaza Nueva, poneos bien pegados los oídos en las paredes de la Audiencia.

LA MUDA. Pero, ¿qué Audiencia dice?

LOLILLA. Esa que buscáis. Que ya os calé.

LA MUDA. *(En un arranque de coraje.)* Vamos, Frasquito, a llegar a ellas, que voy a decirles unas cuantas cosas al oído. *(Los títeres suben al escenario. La Muda dice muy dispuesta.)* Éste es el cojo del Puerto de Santa María, que baila el bolero con la pata coja que le cortó de una cuchillada un francés tuyo, comercianta;

sí, comercianta de ese rey Botella que pusísteis en el trono de las Españas.

LOLILLA. *(Dando la cara y en jarras.)* ¿Y a decir eso subiste hasta aquí? Pues mira la parlanta qué agallas tiene. Ésta no teme entrar en la prevención.

LA MUDA. ¿En la prevención yo? No hay prevención ni cárcel para encerrar a ésta. Mira lo que tengo aquí. *(Se arremanga la ropa y enseña el muslo.)* Una cicatriz que me dejó la herradura de un caballo francés, que llegó a pisotearme, mientras yo defendía las puertas de Zaragoza. Que soy ya vieja, puta y sabia. Para qué lucharía en aquel tiempo contra los franceses. Que un caballo francés me pisó y me dejó aquí la relíquia que nadie me ha pagado nunca. Aquí, en mis carnes. Y ahora tú me llamas "madam", te pones esa peluca y coses para la nobleza. Y nosotros, humillándonos, venimos a estas fiestas organizadas por el rey en tiempos difíciles, por no morirnos de hambre.

LOLILLA. Si venís a hablar de la política estáis muy equivocados. Marche. Marche. No quiero sermones de la política delante de mi tienda. ¿No habláis y cantáis y sois títeres? Pues conformaos con lo que habéis dado lugar a ser.

LA MUDA. ¿Te parece poco venir a buscarnos la vida a estas ferias? Y libremente, mientras tú coses harapos para la aristocracia. ¡Y tener que venir a las ferias de Granada! *(Con intención.)* Que así está Granada de forasteros. Mejor negocio y más limpio, ¿dónde?

LOLILLA. Pues iros de delante de mi puerta que voy a barrer. Que cualquier puente del río Genil es bueno para posada vuestra, independencieros.

UNA COSTURERA. Que no les hables más.

OTRA COSTURERA. Que sigan su camino.

OTRA COSTURERA. Que no tienes por qué perder clientes si te ven hablando con gente de esta calaña.

OTRA COSTURERA. Que ya está la gente en los balcones. Vamos, mi aguja. Aquí hace falta otra puntada. Y aquí otra.

OTRA COSTURERA. Bueno, circular. Ya saben el camino.

LA MUDA. No nos da la gana. Y ahora nos vamos a sentar en este poyo hasta que el cojo y el del muñón descansen.

LOLILLA. Que hagan lo que quieran. *(Siguen cosiendo.)*

EL DEL MUÑÓN. Venga un cacho de pan.

LA MUDA. Ahí va.

LOLILLA. ¿A que dejan todo lleno de desperdicios?

UNA COSTURERA. Menudo coche viene.

Se oye venir un coche de caballos. Las costureras quedan expectantes.

LOLILLA. Coche va, coche viene. Seguro va al beaterio de Santa María. Ni que las arrecogías fueran princesas. No he visto más carromatos que las visitan.

UNA COSTURERA. Cuando bajé esta mañana de la Calderería, había grupos rondando las puertas de la Audiencia.

LOLILLA. Y qué. Han instalado allí este año el ferial.

LA COSTURERA. Demasiados forasteros como ésos. *(Señala a los títeres.)* Lisiados de la Independencia.

LOLILLA. La del coche de caballos viene aquí. Y buena señorona que es.

UNA COSTURERA. Pues es verdad.

Vemos llegar a una señora lujosa, con una peluca imperio y atraviada al gusto francés de última hora. Lolilla se dispone a recibirla.

LA SEÑORA. ¿Madam Lolilla?

LOLILLA. Una servidora.

LA SEÑORA. ¡Ah! *(La mira de arriba a abajo.)* La creí mayor.

LOLILLA. ¿Por qué, señora?

LA SEÑORA. Por su mucha fama. Usted estuvo en Francia aprendiendo costura.

LOLILLA. Sí, señora. *(Silencio.)*

LA SEÑORA. ¿Puedo revisar los vestidos?

LOLILLA. Con muchísimo gusto.

LA SEÑORA. Vengo de Madrid.

LOLILLA. Mi sueño dorado es Madrid.

LA SEÑORA. *(Analizando los vestidos.)* Qué buen gusto. Qué corte tan elegante. Ya veo que está al tanto de la moda. Y además, vende usted pelucas y telas... *(Analizándolas.)* y telas riquísimas. Yo venía, sabe usted, a ver si fuera posible que me hicieran un vestido para el día de la Octava.

LOLILLA. De aquí a nueve días, señora. No sé qué le diga. Hay tanto vestido por terminar.

LA SEÑORA. Lo pagaré a un precio mayor que el habitual.

LOLILLA. No es por eso, señora. Es el tiempo...

LA SEÑORA. Sabe, vine invitada a Granada y me aconsejaron que en su casa podrían satisfacer mi deseo, porque veo aquí un tafetán verde precioso... Y yo quisiera mi vestido verde, como este tafetán.

LOLILLA. *(Mirándola de arriba a abajo.)* Se ve que tiene buen gusto la señora.

LA SEÑORA. *(Cogiendo el tafetán.)* Sí, es precioso. Se ha puesto de moda este color. ¿No lo sabe?

LOLILLA. No.

LA SEÑORA. Sí, se ha puesto de moda por ser el color de esas banderas que descubren a los rebeldes por cualquier rincón de España. Y voilá. He aquí la moda.

LOLILLA. *(Sonriendo.)* ¿Vestirse las señoras de España del color de esas banderas?

LA SEÑORA. Es una manera de, ¿cómo le diría?, de despreciar. Eso es, despreciar.

LOLILLA. ¿Y a qué rebeldes se refería la señora?

LA SEÑORA. A esos que llaman masones, liberales, persas o no sé qué más. Los focos esos de insurrectos que, en buena hora, se están terminando para bien de la paz y tranquilidad de todos.

LOLILLA. *(Con profunda tristeza.)* ¿Acaso ha visto la señora alguna de esas pobres banderas arrinconadas o tal vez ensangrentadas, tiradas en cualquier rincón de cualquier calle?

LA SEÑORA. *(Mirándola pensativamente.)* No vi. Pero sea lo que sea, reconozco que no deja de ser un acto de hermosura... *(Sin dejar de mirarla.)* Pero dicen que Granada es un lugar tranquilo y pacífico. Qué agua tan tranquila la de sus fuentes y qué pececillos de plata se ven entre las aguas... Gracias a Dios podemos festejar las fiestas en paz... Dicen que esta tienda la frecuentó mucho esa señora que llaman Mariana de Pineda. ¿Es cierto?

LOLILLA. Cierto. Aquí se vestía. ¿Mucho le interesa a la señora?

LA SEÑORA. Tiene fama su elegancia y su belleza. Nadie diría que fue la mujer de un campesino, ni hija de padres desconocidos, tal vez granadinos, pues dicen que su belleza es algo así como nórdica, tal vez germana...

LOLILLA. ¿La vio alguna vez?

LA SEÑORA. No. Por las alabanzas que se hacen de ella, hablo de cómo es. Su éxito es grande entre los mejores políticos de la Corte y de Granada... *(Mirándola con intención.)* tal vez también de los refugiados de Gibraltar. Por todo, yo quisiera vestirme una vez que vengo a Granada en la casa de madam Lolilla. ¿Podrá hacerme el vestido de tafetán que digo? *(Muestra un trozo de la misma pieza de tela.)* Es exactamente igual esta pieza de tafetán verde que yo traigo que la que tiene usted.

LOLILLA. *(Cogiendo rápidamente la pieza de tafetán.)* ¡Igual! *(Con odio y masculiante.)* Igual que el de la bandera que tiene Pedrosa. (Ha cogido de pronto unas tijeras grandes y amenaza al corazón de la señora.) ¡Quieto! *(De un tirón le arranca la peluca. Se descubre que es un hombre.)* ¡Atad las manos! *(Las costureras, avispadas, están atando las manos del hombre, mientras una le amenaza por la espalda con otras tijeras.)* Que tu boca no rechiste. Traes los dientes podridos y noté tu olor a caballo de las caballerizas de Pedrosa, pero haces bien el papel de señora, propio de esos policías que esperan el sobresueldo de Pedrosa, aunque tengan que denunciar a inocentes. ¡Quieto! *(Vemos al policía temblar levemente; hizo un intento de escapar, pero Lolilla y la otra costurera le acercaron más las tijeras.)* Estas tijeras pueden clavarse en tu corazón. Mira qué cerca las tienes. Y ya te diste cuenta de que somos muchos. Mira a tu alrededor. *(Los títeres se han ido levantando y acorralando al policía.)* Sabía que ibas a venir. Nosotros también tenemos nuestros espías. Te estábamos esperando. Sí. El tafetán lo regalé yo. Yo, Lolilla la del Realejo. Que lo sepas bien. Ahora dime, ¿qué ha sido de ese juicio que acaba de fallarse esta mañana?

EL POLICÍA. *(Sudando y en el mismo leve temblor.)* No sé... de ningún juicio.

LOLILLA. *(Amenazándolo aún más con las tijeras.)* ¡Lo sabes! Has venido por eso. Estáis a ver si descubrís los móviles de la bandera. ¿Qué nombres de liberales salieron a relucir en el juicio? Y no es que me importe el mío, pero sí el de muchos.

EL POLICÍA. *(En la misma actitud.)* No sé de ningún juicio.

LOLILLA. Qué sencilla va a ser tu muerte. Y mira. Mira a tu alrededor. Vuelve a mirar. Tienes gente por todas partes dispuestas a asesinarte. Todos esperan que digas un nombre. ¡Di ya ese nombre!

EL POLICÍA. No sé de ningún juicio.

LOLILLA. ¿Qué pasó en la Audiencia? ¿Habéis condenado a Doña Mariana de Pineda?

EL POLICÍA. *(Apoderándosele un terror.)* No sé. No sé.

Lo arrojan al suelo. Lolilla ante él le pone las tijeras en el cuello.

LOLILLA. Estás dentro de mi tienda y nadie de los tuyos puede verte. No importa un crimen más. Dinos, ¿habéis condenado a Doña Mariana?

EL POLICÍA. *(Perdiendo el control.)* Sí, sí, sí.

LOLILLA. ¿Y Mariana se defendió? *(Silencio.)* Habla, habla.

EL POLICÍA. Mariana... no estuvo en el juicio. Se falló sin ella estar presente.

LOLILLA. ¡Canallas! Han fallado el juicio sin que ella se defienda. ¡Ea!, no se puede esperar más. *(Levantándose.)* ¿Habéis oído? ¡Han condenado a Mariana sin que ella se defienda! ¡Han fallado el juicio de otra arrecogía sin que ella se defienda! ¡Criminales!

LA MUDA. *(Al Policía.)* ¿Y qué nombres sonaron en el juicio?

EL DEL MUÑÓN. ¿Qué nombres, di, qué nombres?

Piterío por todo el teatro. La Policía entra por el patio de butacas. La luz de la sala se enciende. Los títeres se enfrentan a la Policía, sacando cuchillos y pistolas. La gente, escondida entre las ventanas y balcones de las casas, encañonan con fusiles a la Policía. Éstos, en principio, se dan cuenta y se detienen sin subir al escenario.

LOLILLA. Cuidado que nadie se acerque ni toque un tanto así de nuestra ropa. Ni a esta tienda que tanto bien hizo a muchos. De aquí salió la bandera. Y de aquí salieron los disfraces que hicieron salir a muchos presos de la cárcel. Ya sabéis un nombre más. El mío. El de Lolilla. El de la que regaló la tela de la bandera sin que nadie viniera a comprarla. Andad, venir por mí y hacerme arrecogía. *(Tira las tijeras al suelo.)* Nada en mis manos. Y nadie disparará, porque no queremos sangre. Vosotros sois España también. *(La Policía hace un intento de subir. Los demás encañonan dispuestos a disparar. La Policía vuelve a detenerse.)* ¡Qué nadie dispare! ¡Ni nadie amenace! ¡Fuera esos fusiles! *(La gente deja de encañonar.)* Pero sigamos alerta. Ya lo sabéis, en cada casa se esconde un liberal. Pero ciudado con que nadie delate a nadie. Sé que ni vosotros quisiérais ser lo que sois. Ea, retiraos. Iros retirando sin dejar de mirarlos. Nos vamos también a las serranías de Ronda.

Lolilla y los suyos se van retirando, dando pasos hacia atrás y cantando bajito, mientras palillean con los dedos de las manos sin dejar de mirar a la Policía y haciéndoles de esta manera frente. Puertas y ventanas se cierran al mismo tiempo.

LOLILLA Y LAS COSTURERAS.
Estas son las costureras de Lolilla
y cose que te cose, hasta la coronilla
del tío Fernando.
Mi tío carnal,
oiga usted,
seriedad, seriedad, seriedad.
Que toma la aguja,
que no te la doy,
que a Ronda me voy,
porque sí, porque quiero,
que son las fiestas
y me espera el bolero.
¡Vaya salero!
Salero, salero, salero.

Rápidamente se apaga la luz de la sala y la Policía irrumpe en el escenario, dando golpes en puertas y ventanas, abriendo la puerta de la tienda de Lolilla y entrando a saco en ella. Las campanas del Beaterio de Santa María repican a Gloria. Sube el telón de la tienda de Madam Lolilla, mientras los músicos pasan tocando con mucha alegría, anunciando las fiestas con pancartas. Al mismo tiempo van subiendo las tapias del beaterio. El día es luminoso y espléndido. En los bebederos de las caballerizas de abajo, Carmela "La Empecinada", Chirrina "La de la Cuesta", Concepción "La Caratauna" y Eva "La Tejedora" se lavan a galfadas y después se van poniendo al sol para secarse. Rita "La Ayudanta" le da a la bomba del agua. Mariana se está peinando. Doña Francisca "La Apostólica" se va a acicalarse dentro de la celda. Rosa "La del Policía" sigue con las manos atadas. Paula "La Militara" la está peinando. Aniceta "La Madrid" se lava los pies en un lebrillo. La música se oye tocar lejana.

ANICETA "LA MADRID". ¿Dónde será hoy el concierto? Vaya unos querubines tocando. Seguramente habrán estado ensayando en las cuadras de su casa. Yo no quiero más que a los músicos de mi Madrid. Esos sí que saben tocar.

PAULA "LA MILITARA". El concierto será en la plaza Nueva.

EVA "LA TEJEDORA". ¡Qué alegría! Hoy es Corpus Christi.

CHIRRINA "LA DE LA CUESTA". Bandejas con pétalos de rosa guardaba yo en mi alcoba para tirar los pétalos al paso de la Custodia. Yo, sí. A mí las cosas de las procesiones y de los santos me gustaron siempre. A veces salí con una vela y cantando en las procesiones. Además, yo creo mucho en Santa Rita. Me ha hecho ya dos milagros.

ANICETA "LA MADRID". A ver si Santa Rita la llorona te saca de aquí.

EVA "LA TEJEDORA". Vaya una banda tocando. Parece que hemos amanecido en paz y en gracia de Dios.

PAULA "LA MILITARA". Corpus Christi, ¿qué quieres?

CARMELA "LA EMPECINADA". *(Acercándose a Rita con misterio.)* Dinos, Rita, ¿qué te dijo el panadero?

RITA "LA AYUDANTA". Que hay más forasteros que nunca.

CARMELA "LA EMPECINADA". ¿Y nada más?

RITA "LA AYUDANTA". Bueno, lo que os dije: que han visto pasar a un cura preso porque habló mal del gobierno desde el púlpito.

CARMELA "LA EMPECINADA". ¿Y nada más?

RITA "LA AYUDANTA". ¿Y es que yo soy la Gaceta?

CARMELA "LA EMPECINADA". La Gaceta no, pero sí la que recoge el pan.

RITA "LA AYUDANTA". ¿Y qué?

CARMELA "LA EMPECINADA". Que puedes oír más cosas que ninguna.

RITA "LA AYUDANTA". Otro mes te tocará a ti.

CARMELA "LA EMPECINADA". ¿Pero hablaste mucho rato con el panadero? *(Irritada.)* No te quedes más pensando y contesta.

RITA "LA AYUDANTA". *(Dándole a la bomba.)* Piensa en Rosa "La Gitanica" que ya estará en el Hospital Real.

ANICETA "LA MADRID". Déjala que piense y que hable lo que quiera con el panadero.

PAULA "LA MILITARA". *(A Aniceta.)* A ver si dejas ya el lebrillo, que podamos lavarnos los pies las demás.

ANICETA "LA MADRID". Y el lebrillo tuyo, ¿qué?

PAULA "LA MILITARA". Éste es para lavarnos la cara.

CARMELA "LA EMPECINADA". *(En el mismo misterio a Rita.)* ¿Por qué hablaste tanto rato con el panadero?

CHIRRINA "LA DE LA CUESTA". Y dale morena.

RITA "LA AYUDANTA". Por qué me salió de donde yo sé.

ANICETA "LA MADRID". Pero qué mal genio echó esta Rita "La Ayudanta".

RITA "LA AYUDANTA". Todo se pega.

CARMELA "LA EMPECINADA". Pero mírala ahí.

CONCEPCIÓN "LA CARATAUNA". *(A Chirrina.)* Como te sigas echando esas galfadas de agua me voy a poner chorreando.

CHIRRINA "LA DE LA CUESTA". Pues ponte. Que te hacía falta lavarte bien.

CONCEPCIÓN "LA CARATAUNA". Eso es, y me quedo en enaguas mientras se seca el vestido, y no voy a ir en enaguas a la iglesia.

CHIRRINA "LA DE LA CUESTA". *(Burlona.)* ¿Y qué importa que no vayas si nunca pones atención y miras al techo mientras dicen la misa.

CONCEPCIÓN "LA CARATAUNA". ¿Y qué tiene que ver lo que una haya sido y sea para seguir creyendo en Dios?

CHIRRINA "LA DE LA CUESTA". ¿Lo veis? Ésta tiene que estar aquí por tonta.

CONCEPCIÓN "LA CARATAUNA". A mí que no me quite nadie a Dios. No me lo pudieron quitar ni los de la Ilustración, que iban a mi pueblo a enseñarla.

CHIRRINA "LA DE LA CUESTA". Se ve que no pudo ilustrarse la señora. *(Mete la cabeza entera en la pila y el agua se derrama.)*

CARMELA "LA EMPECINADA". ¿No veis, chiquillas? Que cuando mete la cabeza en los bebederos, es como si la metiera una mula.

ANICETA "LA MADRID". Como que tiene cabeza de león con tantísimo pelo y tan largo.

CHIRRINA "LA DE LA CUESTA". *(Sacando la cabeza y encarándose con Aniceta.)* O cabeza de bailaora. Que yo bailé en los cafés cantantes de Cádiz. Y todavía, mirad qué brazos tengo, duros como garrotes, con borbotones de sangre dentro que no saben para dónde tirar. Unos brazos como mis piernas y mis muslos. *(Se remanga la ropa y se tira un pellizco en el muslo.)*

Mirad, acero puro. A quien pisoteen estas piernas o ahoguen estos brazos, va a saber lo que es morir. *(Se canturrea y taconea.)* "Que si quieres arroz, Catalina".

CARMELA "LA EMPECINADA". *(Secándose al sol y acercándose otra vez a Rita.)* ¿Y qué más te dijo el panadero?

RITA "LA AYUDANTA". Déjame, empeciná. Respetad el día de hoy y no acordaros de las cosas políticas. Digo yo. Que hoy es el día más hermoso del año:
Tres días tiene el año
que relucen como el sol,
Jueves Santo, Corpus Christi
y el día de la Ascensión.

CARMELA "LA EMPECINADA". *(Burlona.)* ¿No os digo que a esta la llaman "La Ayudanta" por algo? Todo lo de la iglesia se le pegó.

ANICETA "LA MADRID". Deja de una vez a la pobre. ¿No veis que de aquí sale corregida para el claustro? Se está viendo. Si es tan buena... ¿por qué estás aquí, hija mía? ¿Te hizo una barriga algún liberal?

CONCEPCIÓN "LA CARATUNA". Haga usted el favor de callarse con esas preguntas de mala intención. Que me he puesto hasta colorada.

ANICETA "LA MADRID". *(Desenfadada.)* Es que yo quisiera saber por qué está aquí.

EVA "LA TEJEDORA". Nadie tiene derecho a contar por lo que está aquí, digo yo.

ANICETA "LA MADRID". *(A Eva, irónica.)* Tampoco tu caso es claro.

EVA "LA TEJEDORA". Y yo ni lo predico ni os importa. Pero todas sabéis que fui tejedora, que me establecí en el Albaicín, y que hilaba en un telar de la Plaza Larga, que era mío y que lo puse con muchas fatigas después de haber trabajado mucho en Cataluña.

ANICETA "LA MADRID". ¿Y qué más?

EVA "LA TEJEDORA" Y que me enamoré de un liberal y sansacabó. Y que el liberal se fue a la sierra. Y que de la sierra se fue a los campos de Gibraltar. Y hace dos años. Y no me llegó ni una carta. Ni una noticia. Y tengo cuatro hijos de él. Y no sé si siguen en el telar, que ya con diez años trabajan. Y ni el abogado de oficio sabe de mis hijos ni de mi telar. Todo mi delito es haber querido y querer todavía a un hombre que huyó. Y por las noches me desvelo porque creo que me llaman mis hijos. No sé ni dónde estarán. El mayor tiene catorce años. Y salgo al patio a medianoche, a ver si el aire me trae alguna voz de ellos... Y nunca oigo nada.

CHIRRINA "LA DE LA CUESTA". ¿Lo veis? Los abogados de oficio que nos mandan están vendidos también. Quién hubiera podido comprarlos con el dinero que gané bailándole a los franceses en las tabernas de Cádiz. Pero al traerme de arrecogía me quitaron hasta el pañuelo. Por estos muslos que tengo y por estas ancas se volvían locos los franceses de Pepe Botella. Y si hubiera querido, hubiera bailado en los palacios y hubiera enamorado hasta enloquecer al mismo Pepe Botella. Pero fui una desgraciá que no me supe quedar con el dinero. Mi baile valía más que el dinero. Hoy podría tener dinero para comprar a todos los abogados de oficio que vienen al beaterio. ¡Que también la justicia está vendida!

ANICETA "LA MADRID". Amigo y el más amigo,
y el más amigo la pega.
No hay más verdad que Dios,
y un duro en la faltriquera.

MARIANA DE PINEDA. Como acaso siempre haya estado vendida la justicia.

Todas la miran expectantes.

CHIRRINA "LA DE LA CUESTA". Y si sabes eso, ¿por qué consientes hablar con esos apagavelas de oficio que nos traen diciéndonos que son abogados?

MARIANA DE PINEDA. Los miro y no los escucho. No hablo con ellos. No puedo bailar. Les comprendo el engaño y a veces siento piedad. Pero veo en sus fondos y creo entonces saber por dónde anda todo. Sé esta injusticia, y la acepto como es. Pero yo también sé hacer la guerra a mi manera. Y los secretos de esta desgraciada sabiduría, si es preciso, me los llevaré a la tierra. A pesar de todo, todavía espero mucho. Mis esperanzas no terminan.

CHIRRINA "LA DE LA CUESTA". ¿Y no pueden saber tus compañeras de muerte ni un poco de lo que tú sepas?

MARIANA DE PINEDA. Cada una hemos vivido una vida. Es ya imposible.

ilencio. La atmósfera toma un aire grave y misterioso. Cada una sigue en su faena. Carmela "La Empecinada" se ha vuelto a acercar a Rita "La Ayudanta", que sigue al ciudado de la bomba de agua, para preguntarle.

CARMELA "LA EMPECINADA". ¿Y qué más te dijo el panadero? Se ve que no quieres decirlo.

RITA "LA AYUDANTA". Pero, ¿por qué he de saberlo yo? Pregúntale a ésa *(por Eva)* que no duerme nunca y lo oye todo.

EVA "LA TEJEDORA" Nada sentí. Esta noche estuvo el aire callado. Todo callado. Y estaba el aire muy templado.

CHIRRINA "LA DE LA CUESTA". Pues buen jaleo que yo oí. Claro, sería la feria.

EVA "LA TEJEDORA". El jaleo se terminó pronto. Después, ni el aire se levantaba. Yo sentí calor y me salí al patio. Y vi este capullo que nacía.

MARIANA DE PINEDA. ¿Un capullo? Qué milagro en el beaterio.

EVA "LA TEJEDORA". Sí. Éste.

MARIANA DE PINEDA. Y es verdad.

EVA "LA TEJEDORA".*(Con cariño.)* Quisiera... Mariana, que algunas mañanas me dejaras peinarte.

MARIANA DE PINEDA. Sí, Eva, sí. Cuánto te lo agradezco.

PAULA "LA MILITARA". ¿Es posible que no tengamos dónde secarnos? Ni mantas, ni sábanas en los jergones.

ANICETA "LA MADRID". Es que temen que te ahorques.

PAULA "LA MILITARA". ¿Dónde me seco ahora las manos? Aquí no llega el sol. *(A las de abajo.)* Dichosas vosotras las de la igualdad de clases, que tenéis el privilegio del sol.

CHIRRINA "LA DE LA CUESTA". Ya abrió el pico la Militara.

PAULA "LA MILITARA". Vosotras que hasta tenéis rosales con capullos.

ANICETA "LA MADRID". Ya empezaron los pronunciamientos. Y en Corpus Christi.

PAULA "LA MILITARA". Me secaré en los barrotes, ea.

Se seca y se peina después un pelo largo y negro, que le llega a la espalda.

ANICETA "LA MADRID". Menuda melena tiene ésta también, llena de piojos.

PAULA "LA MILITARA". Serán de los tuyos.

EVA "LA TEJEDORA". Si al menos nos dejaran que las familias nos trajeran cosas.

CARMELA "LA EMPECINADA". Mal tiene que andar todo.

CHIRRINA "LA DE LA CUESTA". Y nadie da la cara, ni las monjas.

RITA "LA AYUDANTA". Eso no digas, porque Sor Encarnación va y viene como la que quiere hablar con nosotras.

CHIRRINA "LA DE LA CUESTA". Pero se calla, como la que no se atreve a hablar.

ANICETA "LA MADRID". Alárgame el peine.

PAULA "LA MILITARA". ¿El de las tres púas?

ANICETA "LA MADRID". Ay, qué lástima de mis peinas. Quién tuviera siquiera una para darse un alisón.

PAULA "LA MILITARA". *(A Rosa.)* Qué guapa te estoy poniendo. Mirad a Rosa, con la raya en el medio y el pelo tirante es hasta guapetona. Se acostumbró a las argollas y está hasta guapa desde que no llora. *(Le toca la frente.)* Pero si tiene las calenturas. A ver. *(Le toma el pulso.)* Pero que muy caliente. Pero qué vejigas tiene en las muñecas. Si se le ven hasta los huesos. ¿A ver? Mira a ver tú, Aniceta.

ANICETA "LA MADRID". *(Yendo descalza.)* Sí. ¿Y no te duelen? *(Rosa no contesta.)* Si está ardiendo.

PAULA "LA MILITARA". ¿Y no querrán que esta salga así a misa?

ANICETA "LA MADRID". Quiá, hija. Esta se queda en la jaula. ¿No ves que puede darles con las argollas?

ROSA "LA DEL POLICÍA". No lo estoy.

ANICETA "LA MADRID". Ay, hija, siempre nos traes sobresaltos.

ROSA "LA DEL POLICÍA" *(Levantándose y yendo a los hierros, soñolienta, obsesiva.)* Nadie oyó lo que yo oí ayer. Serían las cuatro de la tarde.

ANICETA "LA MADRID". ¿Qué se va a oír? Sólo música y forasterío.

ROSA "LA DEL POLICÍA". ¿No es demasiado el forasterío que está entrando?

ANICETA "LA MADRID". No lo es. Estamos en fiestas.

ROSA "LA DEL POLICÍA". *(Misteriosa.)* ¿No es demasiada la música que suena?

ANICETA "LA MADRID". Mira, déjanos en paz. Digo. Parece una pitonisa.

ROSA "LA DEL POLICÍA". Ayer, a las cuatro de la tarde, hubo redada. Y daban grandes golpes en las puertas de las casas.

PAULA "LA MILITARA". ¿Pero qué está hablando esta mujer?

ROSA "LA DEL POLICÍA". Hubo redada. Oí la alarma y los gritos. No he dormido en toda la noche y sé que no han dejado de entrar y salir al beaterio. He oído puertas abrirse y cerrarse muchas veces. Y alguien quiería hablar con alguna de nosotras.

MARIANA DE PINEDA. Pues aquí estamos para que nos hablen. Rosa, te pido que te serenes. Ahora es la mejor hora para estar serenas. Yo también oí lo que tú. Pero hay que estar muy serenas. Y preparadas.

Pasan y cruzan dos monjas; las arrecogídas se callan. Antes de salir de escena, las monjas abrieron las puertas de la capilla.

ANICETA "LA MADRID". *(Mientras las monjas pasan.)* Qué alegría. ¿No oís la música y el forasterío? ¡Santísimo Corpus Christi!

MARIANA DE PINEDA. ¿A qué te referías, Rosa?

ROSA "LA DEL POLICÍA". Puede que tú lo sepas como yo.

MARIANA DE PINEDA. ¿A que se haya celebrado algún juicio? ¿Los católicos del rey pueden celebrar juicios en fiestas tan hermosas como ésta? Todos estarán tranquilos. Apuesto que hay gente hasta de la Corte en Granada, y malagueña, y de las serranías de Ronda. *(Esta última frase la ha dicho con misterio y esperanza.)* ¿A qué temes, Rosa?

ROSA "LA DEL POLICÍA". Habla, Eva, habla tú que estás desvelada siempre. Te he visto sin poder dormir, ahí abajo.

EVA "LA TEJEDORA". Ya he dicho lo que oí.

ROSA "LA DEL POLICÍA". Estás mintiendo por algo. *(Cogiéndose a los hierros asustada.)* Ay, Dios. ¿Habrán venido hombres de las Alpujarras o de Ronda y los habrán detenido?

CONCEPCIÓN "LA CARATAUNA". *(Asustada.)* ¿Acaso mi juicio pueda haberse fallado? *(Muy nerviosa se dirige a Mariana.)* ¿Sabes algo sobre esto, Mariana?

MARIANA DE PINEDA. *(Conteniendo sus sentimientos.)* Os pido tranquilidad. Seguir arreglándoos. Un padre franciscano nos va a confesar y no podemos oler mal al entrar en la capilla. *(Con mucho cariño a "La Caratauna".)* Vamos a tomar la Comunión después. No puede haber en la tierra miedos tan grandes como para fallar y dictar juicios en estos momentos tan hermosos. No podemos tener miedo. Ya suena la segunda llamada. A misa todas, y muy tranquilas. Que nadie se dé cuenta de nuestro miedo, porque se alegrarían.

ANICETA "LA MADRID". Anda, Chirrina, que vamos a entrar con tus santos, que quiero verte con el rosario en las manos y pidiéndole a Santa Rita.

En estos momentos sale Doña Francisca "La Apostólica" con una peluca francesa y adornada espléndidamente. Todas la miran.

CARMELA "LA EMPECINADA". *(Con burla a Doña Francisca.)* ¿Qué, a la iglesia?

DOÑA FRANCISCA "LA APOSTÓLICA". Digo. Y con mi velo. *(Se pone un velo riquísimo y brillante en lo alto de la ridícula peluca.)* Africano. Fabricado en Melilla.

CHIRRINA "LA DE LA CUESTA". *(Haciendo reír a todas.)* Digo, la peluca que se puso con tantos caracoles la de los sermones constitucionales.

DOÑA FRANCISCA "LA APOSTÓLICA". *(Sin soliviantarse.)* ¿Acaso voy mal? Una es joven todavía.

CHIRRINA "LA DE LA CUESTA". Casi en los sesenta estará la señora, aunque se quita diez de golpe.

DOÑA FRANCISCA "LA APOSTÓLICA". ¿Y qué? Todavía puedo enamorar.

CHIRRINA "LA DE LA CUESTA". *(Acercándose con coraje.)* ¿Enamorar? ¿A quién?

DOÑA FRANCISCA "LA APOSTÓLICA". A quien pueda ser.

CARMELA "LA EMPECINADA". *(Con coraje.)* Digo, la peluca que se puso la constitucional. ¿Y dice que no es de la aristocracia? ¿Veis cómo no podéis dejar las lacras que arrastráis? Las lacras y las dañinas grandezas es vuestro mundo inútil, que nos está llevando a la ruina.

DOÑA FRANCISCA "LA APOSTÓLICA". *(Muy serena.)* ¿Por qué? ¿Porque una es mujer y sepa ponerse los postizos y vestirse como Dios manda?

CARMELA "LA EMPECINADA". *(Cabreada.)* Pues eso es de rica. Pues eso es que quieres ser todavía rica.

DOÑA FRANCISCA "LA APOSTÓLICA". Soy una mujer, y joven, aunque os pese.

CARMELA "LA EMPECINADA". Y yo otra. Y mira mi melena colgando. Y si tan constitucional eres, quítate ahora mismo esa peluca para entrar en la iglesia, vamos, que te la quito de un tirón. Entra como nosotras, con los pelos colgando, rotas las ropas y hasta descalzas, que la guerra nos espera y no las fiestas.

CHIRRINA "LA DE LA CUESTA". Carmela, déjala.

CARMELA "LA EMPECINADA". Es que me subleva. Parece que va de fiesta la señora. Y yo sé bien por qué, porque ella, como Rosa y las demás, ha oído la redada y se alegra.

DOÑA FRANCISCA "LA APOSTÓLICA". *(Muy serena.)* Si me alegrara, ¿cómo iba a estar aquí contigo?

CARMELA "LA EMPECINADA". Háblame de usted, que yo también fui señora.

DOÑA FRANCISCA "LA APOSTÓLICA". ¿En qué quedamos, pues? ¿Acaso hasta las pobres aspiran a ser señoras?

CARMELA "LA EMPECINADA". *(Muy irritada.)* Pues ea, con esas ínfulas, y con esa peluca no entras a la capilla con nosotras. Y no te pronuncies, porque soy capaz de cagarme en mis muertos. Y deja ya tanto fingimiento, que algo malo pasa en Granada y alguien de las que estamos aquí nos vende. Y yo, que no me desvelo tan fácilmente como éstas y duermo como un lirón, que no extraño ni jergones ni piojos, sin embargo he oído esta noche lo que ninguna: dar martillazos que dan cuando un patíbulo se allza. ¿Quién puede negar que no ha oído esos martillazos?

CONCEPCIÓN "LA CARATAUNA". *(Tapándose los oídos.)* ¡Qué te calles ya!

EVA "LA TEJEDORA". El tercer toque.

Se oyen, acercándose, rezos de monjas, van desfilando madres y hermanas del beaterio y entran en la capilla. Unas hermanas suben y abren la celda de arriba. Salen, muy damas y altaneras. Aniceta "La Madrid" y Paula "La Militara". Va a salir Rosa "La del Policía" y las hermanas la dejan dentro, cerrando la cancela.

ROSA "LA DEL POLICÍA". *(Aterrorizada.)* ¿Por qué yo no? *(Las hermanas no le responden y bajan. Aniceta y Paula, sospechando, se hacen las retraídas.)* ¿Pero por qué yo no?

Todas las arrecogías sienten un gran pánico y se miran una a otras.

MARIANA DE PINEDA. *(Atajando a las monjas antes de que acaben de bajar.)* ¿Se puede negar la misa a una presa? *(Las monjas, sin responder, intentan seguir su camino, pero Mariana vuelve a interponerse.)* ¿Quiénes sois vosotras, ni el beaterio entero, ni la diócesis granadina en pleno para prohibir un mandato de Dios?

Las monjas, sin responder, entran en la capilla.

ROSA "LA DEL POLICÍA". *(Desesperada.)* Se ha fallado mi juicio. Mariana. Se ha fallado mi juicio. No me dejéis sola, por Dios. Necesito a Dios. Necesito hablarle en la capilla. No me dejéis sola, que pueden llevarme mientras vosotras estáis oyendo la misa. Mariana sube. Sube, por Dios.

Rápidamente sube Mariana y abraza a Rosa y la acaricia entre los hierros de la puerta de la celda. Mariana, después, en un momento de cólera, dice desde el barandal.

MARIANA DE PINEDA. ¡Que no sigan entrando en la capilla! ¡Y que salgan las que entraron! Y que no entre ninguna arrecogía sin que antes no hayan abierto la puerta de esta celda. ¡Que nadie tenga valor de celebrar la misa sin Rosa! ¡Y de oír la misa sin Rosa! *(Las arrecogídas se han detenido, indecisas, aterrorizadas. Mariana baja rápida y va a cerrar la puerta de la capilla. Al momento aparecen soldados rodeando el patio, con fusiles y bayonetas en ristre. Mariana les dice en la mayor serenidad.)* No tenemos miedo. Ningún soldado nos asusta, por muy relucientes que enristren las bayonetas. Ninguno. Y que ningún soldado se mueva de donde está. Sé que no tendréis valor de moveros. *(Se pone delante de la capilla para que nadie entre.)* Lo que haya de pasar todas queremos saberlo. *(A las monjas que han ido saliendo de la capilla.)* Vengan las llaves o venga la sentencia, que todas la oigamos.

Sor Encarnación sale por la puerta que conduce a la escalera que da al rastrillo, con un oficio en la mano. Tras ella, unos padres franciscanos.

SOR ENCARNACIÓN. Aquí está. *(Lee copia del oficio. Un tambor redobla.)* "En virtud del decreto de uno de octubre de 1830, aplico el artículo siete del decreto a doña Mariana de Pineda, natural de Granada, viuda, de veintisiete años de edad, que dice: "Toda maquinación en el interior del reino para actos de rebeldía contra mi autoridad soberana o suscitar conmociones populares que lleguen a manifestarse por actos preparativos de su ejecución, será castigada en los autores y cómplices con la pena de muerte. Y ha quedado demostrado que la susodicha señora ha cometido uno de los actos criminales de mayor gravedad. El de haberse encontrado en su propia casa el delito más horroroso y detestable, como es el encuentro y aprehensión del signo más decisivo y terminante de un alzamiento contra la soberanía del Rey Nuestro Señor." Firmado, el fiscal de la Audiencia Territorial de Granada, don Andrés Oller."

Al terminar de leer la sentencia ha llegado un grave silencio. Las monjas vuelven a entrar a la capilla, entonando suaves y bellos cantos gregorianos. Las arrecogidas y Sor Encarnación están quietas y silenciosas. Mariana se sobrepone y se adelanta hacia el centro del escenario sin decir palabra, con la mirada perdida en el vacío. De pronto, es Carmela "La Empecinada" la que rompe el fuego.

CARMELA "LA EMPECINADA". *(Gritando y señalando a la capilla.)* ¡Yo no entro ahí! *(Se apodera de todas una histeria y gritan.)*

TODAS. ¡Ni yo! ¡Ni yo! ¡Ni yo! ¡Ni yo!

Los soldados intentan avanzar. Carmela "La Empecinada" es la primera que les hace frente.

CARMELA "LA EMPECINADA". ¡Quietos! ¡Un juicio se ha fallado en la mayor de las traiciones!

ANICETA "LA MADRID". ¡El mundo se enterará de esta traición y los despreciará siempre!

CARMELA "LA EMPECINADA". ¿Cómo es posible que enristréis vuestas bayonetas? ¡Maricones! ¡Serviles!

Todas cantan, menos Mariana que sigue en su mundo aparte, con la mirada perdida.

TODAS. *(Danzando, al mismo tiempo amenazantes.)*

Ay, qué día tan grande en el beaterio,
que hasta a las piedras haría llorar.
Hemos oído el martillo de un patíbulo que levantan,

¡Qué temblor y qué miedo tendrán las manos de los hombres
que martillean!
¡Si en esos momentos pudieran hablar!
No culpéis a los hombres que mandan a levantar patíbulos.
¡Piedad! ¡Piedad para todos!
Por eso ni el aire se oye sonar.
Ni una paloma pasa por el cielo.
Y hasta las paredes de este beaterio, mudos testigos, llorarían.
¡Qué saben estos soldados lo que nos tocó vivir!
¡Qué saben ni quienes fuimos!
Si los estamos viendo temblar,
con las gargantas secas,
y brillando sus ojos como el acero de las bayonetas.
Y en el brillo se ven contenidas lágrimas.
Ay, podrían ser hijos de alguna arrecogía.
Y no hay hijo en la tierra que sepa cómo se mata a una madre.

(Todas danzan muy unidas y cantan, ahora, muy líricas y suaves.)

Qué día tan triste en Granada,
que a las piedras hacía llorar,
al ver que Marianita se muere
en cadalso, por no declarar.

Las arrecogidas quedan silenciosas, unidas, arrinconadas. Mariana, en el mayor silencio y dando la impresión que vive en otro mundo, se dirige a Sor Encarnación.

MARIANA DE PINEDA. Sor Encarnación: la presa de arriba tiene que bajar. *(Se miran mutuamente.)* Pida la llave de la celda. *(No le responde.)* Pida la llave. Es la voluntad de una condenada a muerte.

Sor Encarnación hace una leve indicación a unas monjas que se quedaron retraídas en la puerta de la capilla. Una de estas monjas le lleva la llave a Mariana. Mariana sube, abre la puerta de la celda y deja salir a Rosa "La del Policía". Mariana la ayuda a bajar. Al llegar al patio, la recogen entre las demás. Las monjas inician ahora rezos dentro de la capilla, Rosa, sobreponiéndose, se suelta de las demás y entra la primera. Detrás entran las otras, humilladas, vencidas.

MARIANA DE PINEDA. *(A Sor Encarnación.)* Tengo la fortaleza cristiana suficiente para no desmayar ante mi condena. Si la dejaron aquí para consolarme, sobra todo consuelo. Lo que pueda ser yo, lo sabe Dios. Pero sepa, sor Encarnación, que mis esperanzas siguen siendo infinitas.

Sor Encarnación hace una leve señal y los franciscanos y la tropa se retiran. Mariana se vuelve e intenta entrar a la capilla. Al verse sola, siente un vahído y se apoya en una columna del patio. Sor Encarnación, que no se movió de donde estaba, y mira ir a Mariana, con un cariño que sorprende, dice.

SOR ENCARNACIÓN. Mariana.

MARIANA DE PINEDA. *(Con intimidad.)* Encarnación...

SOR ENCARNACIÓN. ¿Puedo... ayudarte?

MARIANA DE PINEDA. Ya va pasando. *(Cantan las monjas.)* La misa empieza.

SOR ENCARNACIÓN. *(Con lágrimas en los ojos.)* Perdóname, Mariana...

MARIANA DE PINEDA. Cumpliste con tu deber. Con el deber que te impusieron. Y te agradezco que hayas sido tú la que has leído la sentencia.

SOR ENCARNACIÓN. Lo sabía. Por eso rogué y pedí leerla yo.

MARIANA DE PINEDA. *(Acariciándole suavemente la cara.)* Hija mía. ¿Qué sabes de tu padre?

SOR ENCARNACIÓN. Nada. Lo que tú sabes de los tuyos, nada. Vivimos sin saber nada. Y no duermo, como vosotras. Y hasta en el coro, en vez de cantar, maldigo...

MARIANA DE PINEDA. ¡Encarnación!

SOR ENCARNACIÓN. Maldigo, Mariana. Y quisiera salir a la calle y encerrarme en una iglesia, sin querer comer ni beber, y así, que pasaran días, y que llegara a oídos de Su Santidad mi rebeldía. Y que la gente se preguntara: ¿qué puede pasarle a esa monja que se encierra en una iglesia a morir de hambre? ¡Ha pedido tu sentencia de muerte quien fue tu mejor amigo, el fiscal don Andrés Oller!

MARIANA DE PINEDA. ¡Mi mejor amigo!

SOR ENCARNACIÓN. Nos han conducido a desconfiar, a mentir, a perder los grandes amores de la vida...

MARIANA DE PINEDA. Pero yo perdono a mi fiscal. Te confesaré en secreto que muchos en Granada, para salvarse, si es que la revolución no triunfa, cosa que dudo mucho, firmarían en estos momentos mi sentencia de muerte.

SOR ENCARNACIÓN. ¿Y así puede ser la humanidad? ¿Y eso puede ser cariño a la revolución, Mariana?

MARIANA DE PINEDA. Sí. Mucho cariño. De esta manera, ellos seguirán viviendo y podrán llegar a hacer el bien que yo, desgraciadamente, tal vez no pueda hacer ya.

SOR ENCARNACIÓN. Dices ¿tal vez? ¡Cómo respiro!, porque yo también lo creo.

MARIANA DE PINEDA. Confiemos.

SOR ENCARNACIÓN. *(Con una alegría grande.)* Tu sentencia tiene que llegar al rey y tal vez puedan detener al correo por el camino. O tal vez puedan asesinar al rey mientras la firma...

MARIANA DE PINEDA. ¿Cómo puede pensar así una monjica granadina como tú? ¿Hasta la vida de recogimiento es posible que llegue a tales pensamientos? ¡Qué desengaño y qué asombro! A veces, pensé que la vida religiosa podría salvar todas las apetencias del mundo que la vida da. Hubiera querido, entonces, llegar a ser religiosa como tú. Y asilarme en esa dulzura que tiene que dar el recogimiento y la búsqueda de Dios. Pero si la búsqueda de Dios nos desengaña también... qué espanto, entonces, de pensar en la existencia humana.

SOR ENCARNACIÓN. Es que yo llevo dentro de mí una lucha muy grande.

MARIANA DE PINEDA. ¿Y qué lucha es la tuya?

SOR ENCARNACIÓN. La Iglesia unida al rey me enseña un sentido no puro de la vida que busco. Nunca pensé que la Iglesia pudiera hacer tanto daño con su influir en los poderosos y en los reyes. Influencia que hace víctima a nuestro pueblo. Me desencanto. Por eso, hincada de rodillas delante del Santísimo, le pregunto: ¿es acaso éste el castigo, la prueba la mortificación, Señor mío, que me das? Y el silencio, en respuesta, que escucho, después de la pregunta, me estremece y me rebela. Y entonces pienso...

MARIANA DE PINEDA. ¿Qué, Encarnación?

SOR ENCARNACIÓN. Quitarme la toca y los hábitos y pisotearlos.

MARIANA DE PINEDA. Encarnación, piedad. Te pido que no blasfemes.

SOR ENCARNACIÓN. No blasfemo. Sólo pienso. Nadie puede quitarme el poder de pensar.

MARIANA DE PINEDA. Ten humildad.

SOR ENCARNACIÓN. *(Mirando fijamente los ojos de Mariana.)* No puedo. ¿De qué sirve la humildad en estas condiciones, obedeciendo leyes injustas?

MARIANA DE PINEDA. Será ésta tu prueba.

SOR ENCARNACIÓN. Pues si mi prueba es ésta, mira. *(Se va quitando la toca.)*

MARIANA DE PINEDA. ¿Qué haces?

SOR ENCARNACIÓN. ¡Seguir los mandatos de Dios! *(Al quitarse la toca descubre una hermosa mata de pelo. Después se desgarra los hábitos.)*

MARIANA DE PINEDA.. ¡Encarnación...!

SOR ENCARNACIÓN. Eso. Encarnación. Que así me juzguen: Encarnación, la monja granadina que, por amor a los suyos, rasgó sus hábitos un día. Los hábitos de Santa María Egipciaca.

MARIANA DE PINEDA. No puedes hacer eso.

SOR ENCARNACIÓN. ¡Una arrecogía más! Que me juzguen donde quieran. Diré lo que vi y lo que siento, pero prefiero morir arrecogía.

MARIANA DE PINEDA. *(Abrazándola.)* Encarnación de mi alma, no puedes hacer eso. Sálvate.

SOR ENCARNACIÓN. Me estoy salvando.

Los cantos de monjas, dentro de la capilla, suben de tono hasta inundar todo el teatro de la Salve. Hay un oscuro en el beaterio. En seguida se oye tocar una guitarra por alegrías. Y los taconeos de Lolilla y las costureras. Salen bailando y cantando por la calle, disfrazadas con otras pelucas y tapadas con mantillas, que abren y cierran con el juego del baile.

LOLILLA. Aquí están aquellas.
Las que sabéis.

(Se descubren las seis y vuelven a taparse.)

¿Nos conocéis?
Sin penas y sin quejas.
Sin rechistar
y a callar.

TODAS. *(Cantando y bailando.)*

Que son la una,
que son las dos,
penas ninguna,
señor Juan de Dios.

Se bailotean y sale de nuevo Lolilla a cantar, cambiando de cante y de baile.

LOLILLA. Los campos de Ronda la vieja

se quedaron sin caballos
y sus jinetes pelean
valientes y sin desmayos.

TODAS. Que son la una,
que son las dos,
penas ninguna,
San Juan de Dios.
Aquí estamos.
Y esperamos.
Toma ahí.
¡Zacatín!

(Se vuelven a destapar mientras bailan y cantan, con unos farolillos que traen encendidos. Lolilla enseña ahora el tafetán verde de la bandera, que va pasando de mano en mano de las costureras.)

¿No veis?
Así somos.
Fieles
con nuestro quereres.
Y la vida se juega,
sí señor,
cuando hay que jugarla
por amor o rencor.

Sale Lolilla a cantar mientras las otras bailan.

LOLILLA. Y así estamos,
desveladas
en las veladas
de las fiestas granadinas.
¿Quién dijo lo contrario?
Finas
y sin descanso,
en Ronda,
en la sierra,
en las serranías,
en Bayona,

y en la sierra mora
que es aquí:
la del Zacatín.

(Bailan y cantan ahora por tanguillos.)

Se preguntarán
qué es este trapo verde
que viene y va.
Les responderé:
es la bandera de la libertad.
¿Qué dónde estaba?
En casa de Madam Lolilla,
la pequeñilla,
la que veis bailar.
¿Que qué pasó?
que la bandera estaba,
no en la casa
de doña Mariana,
como dijo el tal Pedrosa,
¡vaya una cosa!,
sino cogía,
manchá
y besá,
no sólo por los besos
de Lolilla y sus costureras,
las que hicieron
en nombre de todos
esta bandera
que tanto cogieron
las costureras y los demás.

Todo cambia ahora en un arrebato de furia. Salmodian casi en grito.

TODAS. ¡Mariana no bordó ninguna bandera!
y como fieras
celamos,
acechamos,

pregonamos
a los cuatro vientos,
que la solución
es la revolución
que se espera.

(Lolilla baila ahora triunfal con el tafetán verde alzado entre las manos, mientras las otras cantan.)

Lolilla,
costurera realejana,
cómo brilla
la alegría entre tus manos.
¡Alegría,
arrecogías,
que velamos,
que acechamos!
Zacatín arriba,
Zacatín abajo.
Penas ninguna,
que dieron la una,
que dieron la dos,
que mira Frasquito
sentándose al sol.
Zacatín arriba,
Zacatín abajo.
La cabeza alta
y mucho desparpajo.

Se metieron dentro cantando y bailando. La guitarra y el palmoterío siguen, fundiéndose ahora con las palmas que toca Chirrina "La de la Cuesta" que, dentro del beaterio, parece que siguió los compases de las tapadas. Se iluminó de nuevo el Beaterio de Santa María Egipcíaca. Está dando el sol de pleno. Son las tres de la tarde de aquel mismo día de Corpus Christi. La puerta de la capilla está abierta de par en par. Las tres arrecogidas de arriba siguen en la celda común. Mariana y las demás arrecogidas de abajo, están en distintos lugares. Vemos a Eva "La Tejedora" sentada en un poyete, junto a Mariana, pensativas ambas. Chirrina "La de la Cuesta" se toca las palmas y se bailotea por bajines, junto a una portezuela que conduce arriba, disimulando que está al acecho de algo; a su lado está Concepción "La Caratauna", inquieta. Doña Francisca "La Apostólica" está en su celda, acicalándose. Las tres arrecogidas de arriba también se ven inquietas, nerviosas. Paula y Rosa van y vienen, paseándose. Aniceta lava ropa blanca en un lebrillo. Se ve tan nerviosa como las demás, aunque disimula. Carmela "La Empecinada" lava también la ropa blanca en los bebederos junto a Chirrina; lava y vigila más que ninguna. Rita "La Ayudanta" no está.

CARMELA "LA EMPECINADA". Vaya gotas de sudor. Hasta por el canal de las tetas me caen.

ANICETA "LA MADRID". Pues yo, ya lo veis, ni que sea Corpus ni que no sea lavo porque fui muy limpia siempre. Y no me quejo. ¡Pues no lavé yo ropa en el río Manzanares! Y no me quejé nunca. Y sudo lo que tengo que sudar, como siempre sudé.

CARMELA "LA EMPECINADA". ¿Y el tendedero, qué?

ANICETA "LA MADRID". ¿Te parece poco tendedero los barrotes de esta jaula?

CHIRRINA "LA DE LA CUESTA". *(Que no deja de palmotearse.)* O las ramas de los limoneros, así la ropa olerá a limón.

CARMELA "LA EMPECINADA". Si al menos se pudiera tender en la torre.

ANICETA "LA MADRID". *(Señalando a la celda de Doña Francisca.)* ¿Quién lavará a la de la peluca francesa los harapos?

CHIRRINA "LA DE LA CUESTA". *(Irónica.)* Tiene lavandera particular.

CARMELA "LA EMPECINADA". Pues desuello esta ropa en los bebederos y la retuerzo así *(La retuerce)* como a algunas quisiera retorcerles el gaznate.

CHIRRINA "LA DE LA CUESTA". Que salta el agua.

CARMELA "LA EMPECINADA". Así te bañas, que calor hace. Ay, qué gotas de sudor me caen. ¿Quién diría que estamos en el mes de mayo? *(A Chirrina.)* ¿Quieres dejar de tocar esas palmas?

CHIRRINA "LA DE LA CUESTA". ¿Le molesta a la señora? Menudo palmoterío llega de la feria.

ROSA "LA DEL POLICÍA". *(Que sigue en su nerviosismo, pregunta asustada.)* ¿Bajó ya?

CARMELA "LA EMPECINADA". ¿Quién? Pero, ¿dé qué habla aquélla? *(A Chirrina.)* Coge la ropa de estos picos, que vamos a tender. *(Antes de coger la ropa, Chirrina sigue tocándose las palmas; cuando la coge, se canturrea. Carmela se le acerca y le pregunta en secreto);* ¿Qué?

CHIRRINA "LA DE LA CUESTA". *(Contesta en el mismo secreto.)* Muchos menos. *(Sigue tocándose y canturreándose y bailándose y, así, se acerca a Mariana y a Eva y les dice en el mismo secreto.)* Muchos menos. *(Cantando.)* "Toma ahí, porque sí". No sé cómo podéis estar sentadas en ese poyete, con tanto sol cayendo de plano. Y la puerta de la capilla sin cerrar. Y la lámpara del Santísimo encendida.

CARMELA "LA EMPECINADA". Abierta como la dejamos. Alguna sentirá arrepentimiento, digo yo. Y volverá a entrar a pedir.

DOÑA FRANCISCA "LA APOSTÓLICA". *(Saliendo.)* En la Constitución se juró que la religión de España sería siempre la católica.

CARMELA "LA EMPECINADA". ¿No veis? Está en todo. Qué gana tengo de meterle mano. Y parecía que se estaba rizando los caracoles de la peluca.

DOÑA FRANCISCA "LA APOSTÓLICA". *(Sin hacerle caso.)* Sí. Eso se juró. Y si yo pudiera hablar a cabezas, como son algunas de las vuestras, hablaría.

CARMELA "LA EMPECINADA". *(Burlándose e irritada.)* Pues no hables tanto. Y lávate la ropa si eres tan liberal. Quién fuera su señoría para no tener que lavar.

DOÑA FRANCISCA "LA APOSTÓLICA". ¿Lo veis? "Quien fuera su señoría", ha dicho. Las pobres de España están siempre deseando ser ricas. Esos son los únicos sueños por los que no saben ni luchar.

CARMELA "LA EMPECINADA". Si es que da coraje.

DOÑA FRANCISCA "LA APOSTÓLICA". Coraje, ¿de qué?

CARMELA "LA EMPECINADA". Pero mírala ahí, chiquilla, ¿no ves? Qué buena arpía. Siempre está de punta como una escopeta.

DOÑA FRANCISCA "LA APOSTÓLICA". Es que está muy mal lo que habéis hecho.

CARMELA "LA EMPECINADA". ¿Qué es lo que está mal hecho?

DOÑA FRANCISCA "LA APOSTÓLICA". Ese salirse a destiempo de la capilla; ese no querer confesar y no tomar la Sagrada Comunión. Esa humillación y ese abuso que habéis cometido con las pobres monjas de este beaterio.

PAULA "LA MILITARA". *(Que estaba oyéndolas y sin poderse contener.)* Es que viendo lo que vemos, preferimos morir en pecado mortal antes de confesarnos en esa capilla. Hasta confesándonos, podrían traicionar nuestra confesión. Cualquiera perdería la fe. No comprendo ese catolicismo. Quieren salvarnos con la Comunión y nos condenan al mismo tiempo. ¿Pero qué modo es éste de entender?

CARMELA "LA EMPECINADA". *(Irritada.)* No he querido confesar porque me hacen cumplir una orden injusta, como dice aquella de lo alto. Y eso tiene que arreglarse. Y a las pobres, como tú nos llamas, no se nos mete eso en la cabeza. Digo yo, que algún día habrá salida para arreglar las cosas.

CHIRRINA "LA DE LA CUESTA". *(A Doña Francisca.)* ¿Qué querías? ¿Que confesáramos? ¿Se puede confesar con gente que se hace partícipe de la condena de seres inocentes?

DOÑA FRANCISCA "LA APOSTÓLICA". Eso es tergiversar los pensamientos. Por esos tergiversamientos, nos vemos donde nos vemos. No sabemos cumplir ni leyes humanas ni divinas. Ni entenderlas. Hace falta una claridad y una humildad grande para comprender.

CARMELA "LA EMPECINADA". *(Acercándose rebelde.)* Las humanas no existen. Las divinas no son cumplidas por los humanos que deben cumplirlas. Y ha llegado el momento de no creer en nada, y más aún cuando vemos que los que deben creer no creen. Todo el mundo pacta con la mentira. Se vive como si Dios no existiera, aunque se presuma de lo contrario.

DOÑA FRANCISCA "LA APOSTÓLICA". ¿Qué tiene que ver todo eso que dices con tu conciencia? ¿Acaso cuando viste morir al Empecinado no te acordaste de Dios?

CARMELA "LA EMPECINADA". Me acordé. Y me acuerdo a solas, porque soy creyente de verdad. Dentro de la iglesia es donde menos puedo acordarme. Imposible el recuerdo.

En estos momentos, unas monjas cruzan muy nerviosas, aunque conteniendo sus nervios; las arrecogidas callan y las ven cruzar.

CHIRRINA "LA DE LA CUESTA". Así andan.

CONCEPCIÓN "LA CARATAUNA". Y peor andarán.

CARMELA "LA EMPECINADA". ¿Qué sabes?

CONCEPCIÓN "LA CARATAUNA". Lo que sabéis.

ROSA "LA DEL POLICÍA". *(En el mismo estado anterior.)* ¿Bajó ya?

CARMELA "LA EMPECINADA". Contente y calla de una vez, Rosa.

ROSA "LA DEL POLICÍA". ¿Por qué he de callar? Si todo está visto como la luz del día.

CHIRRINA "LA DE LA CUESTA". *(Bailando y cantando para interrumpir la tensión nerviosa creada.)* "Alegría, que dieron la una, que dieron las dos". *(Así se va acercando a la puerta del rastrillo, para decir triunfante.)* ¡Menos!

Mariana, Eva y las demás se acercan también, con disimulo, a la puerta del rastrillo.

CHIRRINA "LA DE LA CUESTA". *(Triunfante.)* Los están acuartelando. Los balazos que sonaron antes, han hecho que los estén acuartelando.

ROSA "LA DEL POLICÍA". *(En su obsesión.)* Que baje esa mujer ya.

CARMELA "LA EMPECINADA". Taparle la boca a ésa. *(A Chirrina para despistar.)* Y a ti te digo que no sonaron balazos, que fueron cohetes de la feria.

EVA "LA TEJEDORA". Yo también los oí: eran balazos porque me zumbaban los oídos y el eco se perdía por el río. Os juro que sonaron balazos.

Vuelven a pasar unas monjas aprisa.

CARMELA "LA EMPECINADA". ¿A dónde irán?

CHIRRINA "LA DE LA CUESTA". A la sala de visitas.

CARMELA "LA EMPECINADA". ¿Cómo sabes eso?

CHIRRINA "LA DE LA CUESTA". ¿Es que estoy aquí por gusto? Mirar al fondo, a la puerta aquella que tanto se abre y se cierra.

CARMELA "LA EMPECINADA". Esa puerta no da a la sala de visitas.

CHIRRINA "LA DE LA CUESTA". Da. Y estoy segura que el Vicario y los curas de la Curia han venido a hablar con ellas.

Conozco las voces de los curas que confiesan y echan sermones en el púlpito de la Catedral. Y he oído bien esas mismas voces.

EVA "LA TEJEDORA". *(Intentando acariciar a Mariana, poniendo una mano en el hombro de ésta.)* Mariana...

MARIANA DE PINEDA. *(Aparentando serenidad.)* No temas.

EVA."LA TEJEDORA". Pero di algo. Necesito oír un consuelo tuyo.

MARIANA DE PINEDA. Hay que esperar.

EVA "LA TEJEDORA". Ni yo puedo vivir. No sé cómo puedes vivir tú, con esa serenidad.

MARIANA DE PINEDA. Confiando. Todo llegará donde ha de llegar.

CARMELA "LA EMPECINADA". *(Enfrentándose a Mariana.)* Di lo que sea, porque hasta yo, que no temblé nunca y no hice las guerrillas, tengo un temblor dentro de mí, que me va a matar.

MARIANA DE PINEDA. ¿Puedo yo saber lo que pueda pasar? Sólo sé que tengo fe.

CARMELA "LA EMPECINADA". *(Rabiosa.)* ¿En qué?

MARIANA DE PINEDA. En la espera.

CARMELA "LA EMPECINADA." La espera mata los nervios de cualquiera. No sé qué puedan intentar esas monjas con tanto pasar y cruzar.

MARIANA DE PINEDA. Tienen el mismo miedo que tú.

ROSA "LA DEL POLICÍA". *(En su estado casi delirante.)* ¿Bajó ya?

MARIANA DE PINEDA. Eso esperamos. Pero calla. Si saben que subió a la torre para ver y contarnos después, no la dejarán subir nunca más. Perderá la confianza de las monjas y ya no contará nadie con Rita "La Ayudanta".

ROSA "LA DEL POLICÍA". *(Con profundo rencor.)* Bueno, callo. Callo. *(Se pasea, como Paula "La Militara" casi perdiendo el control de los nervios, como fiera hambrienta.)*

EVA "LA TEJEDORA". Sí, es cierta una cosa: que hay menos centinelas que ayer y que esta misma mañana.

MARIANA DE PINEDA. Cierto. Pero también llega, de pronto, un silencio que sobrecoge. Y lo que dice Chirrina es cierto: aquella puerta es la de las visitas y hubo muchas en estas cinco horas que pasaron.

CONCEPCIÓN "LA CARATAUNA". ¿Te refieres a las cinco últimas horas que pasaron?

MARIANA DE PINEDA. Me refiero a las cinco últimas horas que falta aquí Sor Encarnación.

CONCEPCIÓN "LA CARATAUNA". Es verdad. No la vi pasar ni cruzar. Ni entrar en la capilla.

EVA "LA TEJEDORA". ¿Y esto qué es? *(Descubre la toca.)* Una toca tirada. *(La huele.)* ¿Acaso la toca de Sor Encarnación? *(Nadie responde.)* ¿Qué ocurrió, Mariana? ¿Por qué no entró en la capilla?

MARIANA DE PINEDA. No sé. No sé. Yo no sé cómo es nadie. Dejarme y no crispéis mis nervios, que tengo que pensar. Que quiero tener valentía para pensar. Que no quiero derrumbarme en estos momentos. Que no quiero ser débil en ningún momento.

CONCEPCIÓN "LA CARATAUNA". *(Apoderándosele un terror.)* Tú lo sabes, Mariana, y no quieres decirlo por piedad. Pero sabes que la revolución habrá empezado y que en venganza nos matarán a todas juntas, sin juzgarnos, como no te juzgaron a ti. Di, Eva, los ruidos que has escuchado esta madrugada.

EVA "LA TEJEDORA". No oí ningunos ruidos. Se terminó la feria; serían las dos y no oí ni cantar a nadie. Ni a borrachos pasar por las calles.

CONCEPCIÓN "LA CARATAUNA". Sí oíste. No mientas.

EVA "LA TEJEDORA". Pero si no puede ser. Mis sospechas no son claras. Están muy lejos de aquí las Explanadas del Triunfo.

CONCEPCIÓN "LA CARATAUNA". Pero tu oíste como si hombres con carros pasaran por delante de esta puerta acarreando bestias, a eso de las cuatro de la mañana, y dijiste que cayeron tablas de los carros al suelo porque una bestia se ringuió de tanto peso. Las tablas las llevaban hacia calle Reyes, camino de las Explanadas del Triunfo.

EVA "LA TEJEDORA". *(En su terror.)* Estoy muy nerviosa y no sé lo que digo. Y ni quiero comer. No puedo ni comer. Me estoy poniendo enferma. No os volveré a contar nada. Son mis oídos que oyen lo que no existe. Creo que hay peligro donde no hay. Esto es debido a mis trastornos propios de enferma.

CHIRRINA "LA DE LA CUESTA". *(De pronto.)* Callad.

EVA "LA TEJEDORA". ¿Qué?

CHIRRINA "LA DE LA CUESTA". Baja.

Todas se aproximan y se apiñan en la portezuela que conduce a la torre para ver bajar a Rita "La Ayudanta". Esta baja con una canasta de ropa blanca. No habla. Mira a unas y a otras y hay un gran silencio. Todas miran puertas y ventanas. No ven a nadie. Mariana coge a Rita y la lleva aparte, y le pregunta casi en un susurro.

MARIANA DE PINEDA. Di.

RITA "LA AYUDANTA". *(Desconfiando.)* Poco puedo decir. *(Todas vuelven a mirar a unos lados y a otros. Rita va sacando la ropa de la canasta.)* ¿Me ayudas a doblar la ropa? *(Todas van. La escena toma tonos aún más misteriosos.)*

MARIANA DE PINEDA. *(Mientras dobla la ropa con ella.)* ¿Qué?

RITA "LA AYUDANTA". *(Mira a Doña Francisca. Doña Francisca le sostiene la mirada, le brotan entonces unas lágrimas que deja caer. Todas se dieron cuenta. Doña Francisca se seca las lágrimas. Eva vuelve a mirar, misteriosamente, a unos lados y a otros, disimulando doblar la ropa.)* La iglesia de San Antón está acorralada por la tropa.

MARIANA DE PINEDA. *(En el mismo tono de terror y misterio.)* ¿Qué estás diciendo?

RITA "LA AYUDANTA". He podido oír lo que pasaba.

Todas doblan la ropa, disimulando, pero alertas a lo que dice Rita.

MARIANA DE PINEDA. Dinos, por Dios.

RITA "LA AYUDANTA". Sor Encarnación se encerró en esa iglesia. Otras mujeres, al saberlo, se encerraron con ella. Son veinte mujeres las que se han encerrado. Eso oí. Alguien que pasó por la calle lo dijo adrede para que lo oyera. Y desde la torre de la casa de enfrente, una mujer me tiró este papel, atado con una piedra. Tiene el papel un escrito, como no sé leer, no sé qué dice.

MARIANA DE PINEDA. ¿A ver? Trae. *(Lo lee.)* "Veinte mujeres se encerraron en la iglesia de San Antón dispuestas a morirse de hambre, con Sor Encarnación al frente, y no saldrán de allí sino asesinadas o muertas por el hambre." *(Besando el papel.)* Benditas sean las manos que escribieron este papel y benditas Sor Encarnación y la mujeres valientes.

RITA "LA AYUDANTA". La tropa acorrala la iglesia. Por eso faltan centinelas.

MARIANA DE PINEDA. No hay por qué temer.

RITA "LA AYUDANTA". Hay más.

MARIANA DE PINEDA. Dime.

RITA "LA AYUDANTA". Unos hombres han formado una barricada en la Puerta Real, junto al portón de una casa. Los vecinos han bajado colchones, sillas, mesas y están haciéndole frente a la tropa. Y nadie se atreve a disparar.

EVA "LA TEJEDORA". *(Abrazándose a Mariana.)* ¡Mariana!

MARIANA DE PINEDA. Calma. Ahora más que nunca, calma. La victoria puede ser nuestra si sabemos contenernos hasta la hora justa. Porque *(Se tapa la cara con las manos.)* ¡Ay, Dios!, pudieran venir refuerzos de otros lugares.

EVA "LA TEJEDORA". ¿Dónde vas, Mariana?

MARIANA DE PINEDA. A la capilla. Necesito a Dios.

CONCEPCIÓN "LA CARATAUNA". *(Abrazándose a Mariana.)* Están ahí. Nadie morirá.

DOÑA FRANCISCA "LA APOSTÓLICA". *(Interponiéndose en el camino de Mariana con gran esperanza.)* Nadie morirá, Mariana.

MARIANA DE PINEDA. *(Cogiendo a unas y otras con cariño.)* Serenidad.

DOÑA FRANCISCA "LA APOSTÓLICA". La tengo.

EVA "LA TEJEDORA". *(Yendo también a abrazar a Mariana.)* Tengo hasta la garganta seca por el mucho miedo; pero nadie morirá.

CARMELA "LA EMPECINADA". *(Interponiéndose violenta.)* ¿Cómo puedes entrar a esa capilla, donde entran los cómplices de los que quieren asesinarnos? Dices que necesitas a Dios. ¿Es que dudas?

MARIANA DE PINEDA. Se duda siempre. Se duda aún hasta cuando está la muerte delante de nuestros ojos.

CARMELA "LA EMPECINADA". Sabes mucho más que nosotras. Se ve en tus ojos, de pronto, una alegría y hasta una emoción que me extraña. Y tus labios están secos de emoción. Y tus manos *(Las tienta)* tienen un sudor frío...

MARIANA DE PINEDA. Déjame pasar.

CARMELA "LA EMPECINADA". *(Interponiéndose más al paso.)* No te dejo. Porque el rato que estés en esa capilla estaremos sufriendo. Algo esperabas que te hace tener ese gozo que se te ve. Dinos qué.

Se miran. Carmela mira a las demás que están expectantes.

MARIANA DE PINEDA. *(Con humildad y encanto.)* Él... tiene que estar en Granada...

CARMELA "LA EMPECINADA". ¿Él? ¿Quién es él?

MARIANA DE PINEDA. El más grande héroe de la guerra de la Independencia. El más grande héroe de la libertad.

CARMELA "LA EMPECINADA". ¿Quién es?

MARIANA DE PINEDA. El capitán Casimiro Brodett. Él lleva adelante la revolución y el gobierno que ha de venir. Él y muchas tropas de España juntas.

CARMELA "LA EMPECINADA" ¡Era!

MARIANA DE PINEDA. Es la salvación. *(De pronto parece desfallecer.)*

CARMELA "LA EMPECINADA". ¡Cogerla conmigo!

MARIANA DE PINEDA. *(Se recupera.)* Ya pasó. Dejarme entrar. ¿Veis? Tranquila. Con los pasos firmes.

Entró en la capilla y en seguida se amotinan todas con gran revuelo.

ANICETA "LA MADRID". Por eso pasan y cruzan las monjas descompuestas.

EVA "LA TEJEDORA". *(Que no sale de su asombro.)* Se fue Sor Encarnación...

CONCEPCIÓN "LA CARATAUNA". Mariana lo sabía y no habló.

ROSA "LA DEL POLICÍA". ¡Quien pudiera en estas horas encañonar un fusil!

PAULA "LA MILITARA". ¡Quién pudiera estar en la iglesia con las veinte!

ROSA "LA DEL POLICÍA". Yo bien lo sabía y lo dije. Es nuestra. Encarnación la del guerrillero es nuestra.

CHIRRINA "LA DE LA CUESTA". Benditas sean las granadinas que tan valientes saben encerrarse en las iglesias.

CARMELA "LA EMPECINADA". Y benditos sean los hombres valientes de Granada. *(A Doña Francisca.)* ¿Qué dices ahora?

DOÑA FRANCISCA "LA APOSTÓLICA". Lo que quisiera decir me lo guardo. Me lo guardo. Pero entérate bien: *(Mascullando)* sé manejar el fusil mejor que vosotras. Tuve maestros de caza que me enseñaron el manejo del fusil. Y si Dios hubiera hecho el milagro de que yo me encontrara entre esas veinte mujeres, haría frente a un ejército. Para eso me sirvió y me fue útil el dinero. No hay paloma que pase por este cielo a quien yo disparara y fallara mi puntería. Pero me habéis de ver por las calles de Granada, utilizando mi maestría en el arte de matar.

CARMELA "LA EMPECINADA". *(Endemoniada.)* Dinos ya, aristócrata. ¿Por qué estás aquí?

DOÑA FRANCISCA "LA APOSTÓLICA". *(Respondiendo con brío.)* Yo también me muerdo la lengua y no delato a quien aquí me trajo. Pero confórmate con esto: me trajo un conde, capitán general de los ejércitos del rey. Un conde que juró también la Constitución del año doce. Un conde que ama la libertad como la amáis vosotras, como la amo yo. Un conde que no puede hablar sobre lo que siente, pero tiene que seguir donde está. En cambio yo, por amor a él, hablé delante del rey lo que él ni nadie se hubiera atrevido a hablar. La nobleza también sabe rebelarse.

CARMELA "LA EMPECINADA". Cuando no tiene dinero como tú. Cuando quiere más dinero. Que tu dinero lo tiraste en lujos, que estabas arruinada.

DOÑA FRANCISCA "LA APOSTÓLICA". Tan arrecogía soy como tú, que voy a hacer lo que esperas.

Se abalanza al cuello de Carmela. Luchan, y Chirrina las separa.

CHIRRINA "LA DE LA CUESTA". ¡Quietas! ¡Y callad! *(Silencio.)* Que salen. *(Todas se aproximan a espiar en la puerta del rastrillo.)* ¿Veis, la Curia?

EVA "LA TEJEDORA". Juraría que quieren llevar a la monja a la Inquisición.

ANICETA "LA MADRID". No se atreverán. El escándalo sería grande.

CHIRRINA "LA DE LA CUESTA". Lo sabría todo el mundo. Y los ánimos revolucionarios tomarían más vuelos.

PAULA "LA MILITARA". Y el extranjero hablaría también.

ROSA "LA DEL POLICÍA". Y Roma. El Santo Padre de Roma. Y eso es muy peligroso.

DOÑA FRANCISCA "LA APOSTÓLICA". Los católicos tendrían que juzgar a una monja católica que se rebela en contra de los mismos católicos de España.

CHIRRINA "LA DE LA CUESTA". *(A Rita.)* Dame la llave de la torre.

RITA "LA AYUDANTA". Imposible. Me matarían. Se terminaría el poco consuelo que puede traeros.

CHIRRINA "LA DE LA CUESTA". Pero no podemos estarnos aquí quietas. Que me des la llave.

ANICETA "LA MADRID". Eso es una locura. Hay que esperar.

ROSA "LA DEL POLICÍA". *(Paseándose nerviosa.)* Esperar. Esperar. Esperar.

PAULA "LA MILITARA". Hasta salió el sol con más brío que nunca.

ROSA "LA DEL POLICÍA". ¡Veinte mujeres unidas!

PAULA "LA MILITARA". En plena luz del día.

CONCEPCIÓN "LA CARATAUNA". Oigo pasos.

EVA "LA TEJEDORA". Yo también.

CONCEPCIÓN "LA CARATAUNA". Son pasos cansados.

CHIRRINA "LA DE LA CUESTA". Callar todas.

Silencio.

PAULA "LA MILITARA". De un momento a otro pudieran empezar a...

CHIRRINA "LA DE LA CUESTA". Calla. Los pasos se encaminan hacia aquí.

EVA "LA TEJEDORA". Sí.

Intentan espiar más.

ANICETA "LA MADRID". ¿Quién es?

CHIRRINA "LA DE LA CUESTA". Un soldado solo.

PAULA "LA MILITARA". ¿Un soldado solo?

CHIRRINA "LA DE LA CUESTA". Solo.

EVA "LA TEJEDORA". *(Asombrada.)* Y desarmado...

CONCEPCIÓN "LA CARATAUNA". *(Asombrada.)* Y ensangrentado... ¡Dios mío!

Se van retirando de la puerta, asustadas, dando pasos hacia atrás. Vemos entrar a un militar casi moribundo, ensangrentado, con las manos atadas, jironada la ropa, arrancadas las insignias de la guerrera. No podemos distinguir su clase militar. La cara tampoco se le distingue bien, herida, tostada por el sol, sudorosa, con los cabellos cayendo por la frente hasta cerca de los ojos. Sin embargo, podemos observar la presencia de un militar arrogante, fuerte y todavía joven. Al llegar al quicio de la puerta, se echa sobre la pared y mira con gran cansancio todo: la celda común de arriba, las celdas de las caballerizas, los limoneros, el empedrado. En estos momentos las monjas salen, fisgonean a unas y a otras de las arrecogidas, buscando a Mariana. Una, aprisa, mira dentro de la capilla. Mariana sale y ve al militar que llega. Y quiere como reconocerlo y no puede. De pronto, parece que lo reconoce y ahoga una emoción, que sabe bien contener. Las monjas, cumpliendo una orden que fácilmente puede apreciarse, entre leves murmullos y balbucientes palabras de "Vamos, vamos", van arrinconando a las arregogidas hasta llevárselas del patio por una de aquellas puertas, e igualmente ocurre con las arrecogidas de arriba, pues salieron monjas por una puerta trasera y se las llevaron de la celda común. Las arrecogidas, antes de salir, estuvieron viviendo entre un terror y un desconcierto, sin saber qué hacer. Al salir, el silencio se hace estremecedor en el beaterio. Mariana se va acercando al militar. El militar ni puede apenas mirarla. Tiene los labios entreabiertos y secos. Mariana, al llegar, le acaricia suavemente la frente, la cara y los labios, los brazos, mirando y mirando. En el mayor asombro, cariño y misterio le pregunta.

MARIANA DE PINEDA. ¿Quién eres? *(El militar no responde.)* ¿Quién eres? *(El militar con la cabeza, hace un gesto de cansancio.)* Ya veo. Estás cansado y tienes sed. Te daré agua. *(Coge un cazo y lo llena de agua y le da de beber. El militar bebe, al parecer, sediento.)* ¿De qué ejército eres? *(El militar no responde.)* ¿Eres acaso soldado? *(Lo va analizando.)* ¿Soldado? Arrancaron tus graduaciones, se ve claro. Destrozaron los puños y las hombreras de tu guerrera. *(Acaricia puños y hombreras.)* ¿De dónde vienes? *(El militar, sin responder, va entrando, se detiene en el centro del patio y alza la cabeza, mirando a un lado y a otro. Mariana lo sigue.)* ¿Qué puedo hacer por ti? *(El militar tiene la mirada perdida y no responde.)* ¿Qué esperan que pueda hacer por ti? *(Ha dicho esto con intención. Después, ha sentido un terror y se pone delante del militar.)* Quiero ver tu lengua. *(El militar, apenas sin poder, entreabre débilmente, la boca. Mariana dice en el mayor dolor y asombro.)* ¡Quemada! *(Va cayendo, en el mismo dolor, abrazada al militar, hasta seguir abrazando sus piernas, mientras cayó al suelo. El militar, con gran esfuerzo, intenta acariciar la cabeza de Mariana.)* No puedes tú, pero te acaricio yo. *(Entre suaves lágrimas.)* ¿No me ves? *(Lo está acariciando con la cabeza.)* Y beso tu uniforme que huele a tierra, a tu sudor, a tu sangre, a tu cuerpo. Huele a ti, mi amor... *(El militar hace el esfuerzo de querer hablar, no puede y siente espanto.)* No. Es mejor así, de nada sirve ya lo que me dijeras. Y si oyera tus palabras, mis gritos clamarían al cielo. Y hay que contenerse y morir, si es preciso, conteniéndose mucho. Sólo la tierra y yo. Sólo la tierra y tú, pero juntos los dos en la tierra. Mi capitán, lucero de mi vida. *(Le besa las manos, los brazos, la frente.)* Los labios no. No. Pudieran mis labios hacer daño a los tuyos. *(Desconfiada mira a un lado y a otro del beaterio, intentando descubrir el espionaje.)* Habrá un fusil encañonando a través de cada boquete del beaterio. Así es de grande el temor que te tienen, por lo valiente que siempre fuiste. *(Acariciándole las manos.)* Pobres manos atadas y sin defensa. Manos que fueron mías. Estas manos que tanto sintieron el temblor de mi sangre cuando me acariciaban. Están ardiendo, como si tuvieran fuego. El fuego de la vida que derramas. Adivino la traición. *(Vuelve a mirar todo alrededor, sintiendo el deseo de desafiar.)* Pero nada lograrán. *(Le coge la cara y mirándolo fijamente le dice casi en un susurro.)* Nuestro amor irá a la tierra como vino, en el mayor de los secretos, sin descubrirlo a nadie, para hacerlo más nuestro. Héroe mío. *(El militar acaricia ahora, con la cara, la cara de Mariana.)* Que nadie crea que destruyó al héroe que eres. Al contrario, más héroe te hicieron al traicionarte. No te vencieron. Ni te vencerán. *(El militar vuelve a intentar hablar y lanza como un sonido gutural. Mariana le pone los dedos en los labios, suavemente y dice con cariño.)* Sé lo que quieres preguntarme. Pero ni sé yo dónde está. Y me da tanto miedo hablar de él, que ni lo nombro. Lo guardo tan dentro de mí, que apenas sabe nadie de nuestro hijo, de tanto temor como tengo de que le hagan el daño que han podido hacerte a ti... *(El militar queda pensativo.)* ¿Qué piensas? Quiero mirarte mucho, para poder adivinar lo que puedas pensar, aunque nunca me hicieron falta tus palabras para saber de ti. *(El militar derrama unas lágrimas.)* ¡Dios! *(Se tapa la cara.)* Cómo no será tu daño, que Casimiro Brodett, el capitán, el héroe de la Independencia, derrama unas lágrimas, cosa que nunca vi en sus ojos, ni aun cuando saliste a las puertas de Burgos a darme el último adiós, el día que tuve que alejarme de ti para siempre. *(Casimiro Brodett parece que desespera, quiere volver a intentar hablar y lanza unos sonidos llenos de angustia.)* ¡Piedad para ti! No esfuerces tu garganta y tu lengua. No me dejes en el sufrimiento de verte en la tortura de no poder hablar. Sé que ni mis cartas llegaron a tus manos, porque a las mías tampoco llegó ninguna tuya, pero la gente me traía tus palabras. Y sé que quieres saber de mí no por lo que te dijeron, sino por lo que yo te diga. Pero ya no me importa hablar con tal de consolarte. *(Casimiro Brodett niega con la cabeza, intentando que Mariana no hable. Mariana empieza a tener cierto desequilibrio.)* Sé que no necesitas consuelo. Que las palabras te sobran. Y qué fuerza tiene todavía tu sangre que puede sentir esos arranques tan valientes. Pero ¿quieres que te hable? *(Casimiro Brodett queda a la expectativa, casi conteniendo la respiración.)* ¿Quieres saber de mí? *(Silencio.)* ¿Quieres saber de mí por mí misma, desde el último adiós que me diste a la salida de Burgos? *(Pierde la serenidad, se separa de Casimiro, mira a unos lados y a otros del beaterio y desafía, como la que está cierta de que la están escuchando.)* ¡Le habéis traído por eso! ¡Asesinos! ¡Lo habéis traído moribundo, con la lengua quemada, para que Mariana de Pineda hable, al ver el mayor mundo de su vida derrumbado! *(Casimiro Brodett jadeante y casi enloquecido se acerca a Mariana, intentando hablar, echando espumarajos por la boca y colocando la cabeza en el hombro de Mariana, para impedir que ella hable. Mariana le coge la cabeza, en el mismo estado de valentía y desafío, nerviosa y desequilibrada.)* Mi amor. Van a saber una historia más para sus remordimientos y sus propias condenas. *(Casimiro Brodett niega con más fuerza. Mariana lo rehúye, se adelanta y dice desafiando a unos lados y otros del beaterio. Casimiro Brodett, en un impulso de cólera, cae al suelo y golpea con los puños, intentando impedir la confesión de Mariana. Pero ella dice, desafiante y con orgullo.)* Sabed que los políticos del rey, y el rey, quisieron que el capitán Casimiro Brodett renunciara a sus ideas liberales antes de casarse conmigo.

Y fui yo, yo, Mariana de Pineda, quien me negué a casarme con el hombre que quería, antes de que él renunciara a sus ideas. Y consentí ser su amante y no su esposa. Y me tuve que ir de Burgos, como una ramera, cuando el ejército se enteró de que yo era la amante de Casimiro Brodett. Quiso seguirme y renunciar al ejército, pero le hubiera despreciado entonces para siempre, porque tenía que quedar allí, en su puesto militar, defendiendo ese uniforme que trae destrozado, pero en ese destrozamiento está su mayor gloria. *(Se tira al suelo y cogiéndole la cara a Casimiro en un estado de desesperación, le sigue diciendo.)* Y en este sudor, y en esta sangre. No hay amor tuyo ni mío que tenga la grandeza de tu resistencia, de tu uniforme roto, y el sudor y la sangre que dejas en las piedras de este beaterio. *(Seca el sudor y la sangre, muy nerviosa, con las mangas de su vestido.)* Y las seco. Así. Y la beso. Que tu sangre quede en mi vestido. Y la llevaré conmigo a la muerte. Así moriré contigo. *(Lo coge entre sus brazos, en el mismo estado.)* ¿Sabes qué hizo después en Granada, aquella Mariana de Pineda, ramera que llegó de Burgos? *(Casimiro Brodett, en un nuevo impulso, logra soltarse de los brazos de Mariana, signo de no querer saber, y cae de bruces al suelo, cubriéndose los oídos con los brazos.)* ¿Sabes qué hizo? Me refugié en la mayor soledad, para sentir el mayor de los consuelos, salvando a los demás. *(Se levanta y vuelve a desafiar con gran ira.)* Era una manera de consolarme, uniéndome al dolor de aquellos que sufrían como yo. *(Silencio. En su desafío da, ahora, unos pasos.)* Y abrí los salones de mi casa para dar grandes fiestas a los políticos de Granada. Y después de aquellas fiestas, abria la puertas de mi dormitorio a los políticos y a la nobleza, para traicionarlos. ¿Queréis saber nombres? *(Silencio.)* Repito que si queréis saber bombres. *(Silencio.)* Si esto queréis saber, repasar la lista de vuestros propios capitanes generales, de vuestros condes y duques, de vuestros políticos, de todos aquellos que metí entre las sábanas de mi cama para que me firmaran pasaportes falsos, para que me dieran planos de cárceles. Y salvé a todos los presos que quise. Y huyeron a campos de Bayona y de Gibraltar. ¡A cambio de mi cuerpo salvé a muchos hombres! ¡Muchos hombres que os acechan! ¡Y yo maldigo lo que hice delante del gran amor de mi vida, que es este guerrero, que en plena vida habéis dejado mudo para siempre, y me habéis dado la gloria de traerlo, a que por última vez lo vean mis ojos ante una muerte cierta! *(Casimiro Brodett se levanta despacio, profundamente herido en el alma, y camina hacia la puerta del rastrillo, sin querer despedirse, ni volver a mirar a Mariana.)* Casimiro.. *(Casimiro Brodett se detiene sin mirarla.)* ¿Así se despide un liberal de la mujer que más quiso? *(Casimiro Brodett queda yerto, sin mirarla.)* ¿Es que un liberal sabe luchar solamente por el débil amor humano de una mujer? *(Va rápidamente y se pone delante de él.)* ¡Mírame! *(Casimiro Brodett la mira frío y contenido. Adivinándolo.)* ¿Que te han herido mis palabras? *(Casimiro Brodett sigue sin reaccionar.)* ¿Puede el amor humano ser tan débil? *(Se abalanza con todos los bríos.)* Casimiro de mi alma, no derrumbes todo el mundo mío. ¡Qué importa el cuerpo ni la carne! ¿Sabes bien mi asco y mi dolor cada vez que tenía que salvar a alguien con mi cuerpo? ¿Sabes que después me abrazaba a un crucifijo y sabía que Dios me tenía que perdonar? ¿Sabes el odio tan grande que hay que llevar dentro para cometer actos semejantes? ¿Sabes el remordimiento que sentía, en contra de mí misma, porque en mí quedaban las traiciones y la ruindad de los que gobiernan? *(Casimiro Brodett se contiene cada vez con más fuerza.)* ¿Acaso tu deseo de venganza, tu deseo de llegar a las puertas de Granada a la hora de mi condena, era sólo por salvar a una mujer? ¿El amor humano puede estar por encima de la libertad de todo un pueblo? *(Casimiro Brodett sigue sin reaccionar.)* ¿Y un hombre no perdona a la mujer que quiso, sea como haya sido ésta? Pero qué ideas del honor tan cobardes, que destrozan toda la libertad del pensamiento. ¿Qué importa la honra de una mujer, ni los medios de que se vale, cuando se sacrifica por salvar de la muerte a muchos que humillaron, que traicionaron como a ti y a mí, frustrando para siempre nuestra vida? ¡Puertas de Santa María de Burgos, cómo juré ante ellas mi venganza a costa de mi honra y de mi vida! ¡Qué día aquel de enero...! ¿Qué sabes tú de mi largo camino...! Y llevaba a tu hijo conmigo. Y al llegar a Madrid, le dije: "Cuando seas hombre, huye de aquí." *(Casimiro*

Brodett, en un impulso de furia, lanza ahora unos sonidos guturales, donde parece entenderse la palabra "fe". Mariana le responde con el mismo impulso.) Di fe a los que no la tenían. ¿Qué más puedes desear? Pero quise quitarle la fe a mi hijo. Una fe en la que me han hecho no creer. *(Casimiro Brodett quiere seguir su camino. Sintiendo miedo.)* No puedes dejarme así a la hora de la muerte. Piensa que acaso sean estos nuestros últimos momentos. Piensa que no puedes dejarme así, en una despedida como ésta. ¡Casimiro! *(Se le abraza y va cayendo delante de él de rodillas.)* El amor humano también es débil. Mírame aquí, suplicándote, necesito el último beso tuyo, aunque tus labios se dañen, aunque me mientas al besarme, pero no me dejes en este desamparo, que entonces, Mariana de Pineda se arrepentirá de todo lo que hizo en su vida y despertará, al fin, a una realidad cruel: la realidad de saber que todas nuestras luchas y que todos nuestros esfuerzos, son inútiles... *(Casimiro Brodett parece no oír la súplica, se deshace de ella y sigue el camino. Sin mirarlo ir)* No quiero verte ir. Verte ir por última vez. Vete solo, mi amor, sin mis miradas últimas, pero llévate el consuelo de que te quise y te quiero. Así, como te vas, se van los hombres valientes. Se van los héroes... *(Profundamente débil y arrodillada, sin mirarlo.)* No me has comprendido. Nunca me comprenderás ya. Quizá yo me equivoqué...

Un piquete de soldados sale a custodiar a Casimiro Brodett, y otro piquete, al mismo tiempo, sale custodiando a Pedrosa, quien ordena.

RAMÓN PEDROSA. Que aún espere.

El piquete detiene a Casimiro Brodett. En estos momentos empezamos a sentir golpes, en son de protesta, primero suaves, por unos sitios y otros de las puertas y ventanas cerradas del beaterio, como una rebelión amenazante y secreta. Intuimos que las arrecogidas están acechando por distintos lugares y son las que golpean. La amenaza se va haciendo más intensa. Pedrosa mira todo e intenta localizar el golperío, pero imposible, suena más y más por todas partes. Mariana se levantó como una diosa en derrota, pero sobreponiéndose, con valentía, con odio. El vestido jironado, el pelo en desorden, cayendo tras la espalda y delante de la cara. Todo en ella lleva un tono de amenaza y de guerra. De esta manera, queda esperando a Pedrosa. Pedrosa baja despacio la escalera del beaterio, mirando a Mariana. Los golpes dejan de sonar.

RAMÓN PEDROSA. *(Sereno e irónico.)* ¿Es ésta doña Mariana de Pineda? ¿La que supo siempre cuidar con galanura su clase de gran señora? *(Silencio. Pedrosa va analizando a Mariana, dando la vuelta alrededor.)* ¿En tan pocos días la señora ha perdido tanta serenidad, tanto equilibrio y tanto dominio de sí misma? La miro y no creo lo que veo: el vestido hecho trizas, el sudor, la respiración jadeante, como a torrentes de la que quiere dejar escapar la vida, el pelo que cubre los ojos, en cuyos ojos se puede distinguir una ira que eclipsa la hermosura de su mirada. Podría pintarla ahora mismo, para gloria de los liberales, el pintor más realista. Qué gran cuadro de odio y de ira en una figura humana. Y qué del pueblo, y qué hembra esperando inútilmente la revolución... *(Sin dejar de analizarla.)* De cuántas inútiles esperanzas están hechas las vidas de nuestro país.

MARIANA DE PINEDA. *(Habla sin mirarlo, serena y ocultando la ira.)* ¿Y es éste, su Ilustrísima, don Ramón Pedrosa, político astuto, juez de infidencias, que tanta serenidad finge, y se ve tan claro el fingimiento, en horas tan graves como éstas, donde la amenaza se cierne alrededor de toda Granada? Qué seguro parece estar de lo que dice y qué miedo se le ve en los ojos.

RAMÓN PEDROSA. ¿A qué amenaza se refiere la hermosa dama y a qué miedo?

MARIANA DE PINEDA. A la amenaza y al miedo que Pedrosa bien sabe.

RAMÓN PEDROSA. *(Sin dejar la ironía.)* Tendré que pensar que también doña Mariana padece estos días alucinaciones o delirios. Que a esto llegue aquella dama elegante... hasta perder el control de sí misma.

MARIANA DE PINEDA. ¿No será mi falta de lucidez ceguera de su mente?

RAMÓN PEDROSA. Puede ser. Necesitamos tanto tiempo para desengañarnos de las cosas. Nuestros desengaños llegan tan tarde... y tan sin remedio. Pero haré memoria. ¿A ver? *(Finge reflexionar.)* ¿A qué amenaza y a qué miedo se refería antes? No se referirá a esas mujeres que se han encerrado en las iglesias.. Sepa que el ejemplo de Sor Encarnación fue seguido por más mujeres de Albaicín Alto. Y en las iglesias de San José y San Nicolás hay encerrados varios grupos más. Todas acabarán solas y señaladas. Pobrecillas. Con qué terror vivirán cuando salgan de las iglesias. *(Silencio. Sigue analizándola.)* ¿O acaso se refiere doña Mariana a la conspiración descubierta de este capitán que fue el amor... o uno de los muchos amores de Doña Mariana? *(Casimiro Brodett ha querido abalanzarse sobre Pedrosa, pero lo contiene el piquete de soldados. A Casimiro.)* Veo que aún tiene fuerzas y arranque nuestro glorioso capitán. ¡Lo que hablaría si pudiera hablar! No habló, y por eso es el estado de su lengua. Con él se irá a la tierra todo lo que sabe. *(Se va retirando sin dejar de mirarlo.)* Yo, que antes de ser el pobre político que soy, sin carrera civil ni militar, tuve aficiones a la pintura, me gustaría poder pintar a dos héroes, como vosotros, en derrota ante la muerte.

MARIANA DE PINEDA. ¿Derrota? ¿Muerte? ¿De qué habla don Ramón Pedrosa?

RAMÓN PEDROSA. De lo que nunca la romántica Doña Mariana podrá ver. Quien pudiera estudiar sus pensamientos con el riguroso criticismo del siglo pasado. Qué extraños pensamientos, o qué hermosos pensamientos tiene que haber dentro de su cabeza, que no ve, o no puede ver, el deplorable estado a que llegó.

MARIANA DE PINEDA. ¿Deplorable estado o triunfal estado? No sabemos quién es aquí el derrotado, ni el que morirá para siempre.

RAMÓN PEDROSA. Helo aquí, digo, utilizando un galicismo que me hicieron aprender. La señora sigue confiando aún. *(Se le acerca.)* Me gustaría saber tanto de lo que pensó en estos días... *(Arranca una rama en flor del limonero y distraidamente juega con ella, sin dejar de mirar a Mariana.)* Sé que ha leído la historia de Santa María Egipciaca y las *Confesiones* de San Agustín. Todo lo que lleva al arrepentimiento. Sus ideas son siempre paradójicas. Es curioso las excusas que siempre buscan los vencidos. Seguramente, la señora será muy querida por las arrecogidas de este beaterio, mujeres que quieren, a la fuerza, justificar sus propios engaños.

MARIANA DE PINEDA. ¿Engañadas por qué y por quién? ¿Acaso Pedrosa no se engaña?

RAMÓN PEDROSA. Quizá... *(Deja la ironía y deja escapar tonos de rencor.)* Escuché tu confesión, Mariana. Tu confesión a este capitán que ha dejado de pertenecer a los Ejércitos de España. *(Sigue con ironía.)* ¿Está bien mi definición? ¿Ve? No vengo agresivo. *(Reflexiona de pronto, como sobrecogido por un sentimiento que no espera y deja la ironía y se le ve hondamente preocupado.)* Quizá mi piedad sea mayor de lo que pueda pensarse. Una piedad en la que yo ni creo, porque me sorprende a mí mismo. Una piedad que acaso nunca será compensada. *(Venciéndose.)* Permítase también, a un súbdito del rey, tener piedad y razones por las que lucha. Razones que pueden ser tan verdadras como las contrarias. *(Sus palabras van tomando verdaderos acentos humanos.)* Escuché tu historia, Mariana, que ya sabía. La historia de tu propio engaño. Yo, Ramón Pedrosa, como un hombre más que quiso ser tu amigo, indagué, con celos, en la vida íntima de la mujer que también supo enamorarme... *(Vuelve a la ironía.)* Y he aquí la cuestión: el liberalismo de doña Mariana de Pineda empezó ante la historia amorosa de un hombre llamado Casimiro Brodett, a quien el ejército hizo que renunciara a sus ideas liberales antes de casarse con Doña Mariana. Entonces, ella quiso vengarse de todo lo divino y humano. ¿Eso es amar el otro costado de España?

MARIANA DE PINEDA. Ramón Pedrosa olvida que Mariana de Pineda no quiso casarse con este capitán y prefirió ser su amante antes de que él renunciara a sus ideas. Ramón Pedrosa olvida que nací de una mujer del pueblo a quien traicionaron y que fui la mujer de un campesino. *(Va perdiendo su equilibrio y mira a Pedrosa.)* ¡No me engañé jamás! Ni las arrecogías son unas engañadas. Nuestras causas son más profundas que las que Ramón Pedrosa ve. Y nos da una pena grande de ver a los hombres como Ramón Pedrosa que no ven, que están ciegos.

RAMÓN PEDROSA. Qué interés tiene lo que dice. *(Haciéndole frente, con rencor.)* Ahora hubiera dado lo que tengo por estar junto a ti, en estos días últimos. Y que, como hombre que te quiso y que te quiere, me hubieras ido confesando lo que piensas.

MARIANA DE PINEDA. *(Desafiándolo igualmente.)* Y yo hubiera dado lo que no tengo por tenerte. Por hablarte en la intimidad. Cogiéndote con mis propios brazos, para convencerte de tu pobreza y de tu ceguera.

RAMÓN PEDROSA. ¿Y no puedo oír algunas de estas confesiones?

MARIANA DE PINEDA. Mira primero las manos de esos soldados que empuñan el fusil.

RAMÓN PEDROSA. Miro.

MARIANA DE PINEDA. ¿Y nada ves?

RAMÓN PEDROSA. ¿Qué puedo ver?

MARIANA DE PINEDA. El hambre de esos soldados.

RAMÓN PEDROSA. ¿Y dónde se ve el hambre?

MARIANA DE PINEDA. En las manos, que apenas pueden sostener el fusil.

RAMÓN PEDROSA. Será por el peligro en que ellos mismos se encuentran. Será por la emoción de verte. Estos soldados son el refuerzo que ha venido de Málaga y de Córdoba para coartar la conspiración de Casimiro Brodett. *(Lo señala.)* Este capitán fue, exprofeso, enviado por el rey para terminar en Granada con él.

MARIANA DE PINEDA. Te vuelvo a decir que mires las manos de esos soldados. Los tenéis amenazados y hambrientos. Habéis tenido que gastar mucho dinero para pasear a los cien mil hijos de San Luis por las tierras de España, para hacer que los reyes absolutistas de Europa estén con el rey Fernando. Y nadie está con él. Y tú, defendiendo este engaño, quieres llevar al país que viva de limosnas. Hoy vive de las limosnas de Francia, mañana vivirá de las limosnas de otro país. ¿De quién será la derrota antes? ¿Quién morirá antes, yo con mi condena o tú con tu ceguera? Sé que te desvelas de miedo. Y sé, lo sé, que tú hubieras sido otro más de los que firmaron los pasaportes falsos o echaron de la cárcel a quien yo pedía. ¡Cobarde!

RAMÓN PEDROSA. No solamente habré vencido, sino que el pueblo de Granada se habrá liberado con tu muerte. Tu muerte será la libertad y la alegría para tantos como temen que hables. No existen ideas, ni amores a héroes, sino defensas al pan que cada cual se come. Y cuando te lleven al cadalso podrás comprobarlo. Cuando las argollas te las aten al cuello, comprenderás la única realidad. Y todos se alegrarán.

MARIANA DE PINEDA. Si ese momento llega, huye de Granada, porque podrás ser arrastrado por las calles.

Vuelven los golpes a las puertas y ventanas, amenazantes, hasta sonar violentos. Pedrosa mira a unos lados y a otros. Mariana queda como una reina que vence, porque en el mirar de Pedrosa se observa cierto pánico. Casimiro Brodett va mirando tambien. Un momento de terror se apodera de todos.

RAMÓN PEDROSA. *(Se adelanta y dice con firmeza.)* Es necesario que todas esas arrecogías escuchen lo más importante de tu historia. Y que ellas te juzguen. Tu juicio lo vas a tener aquí, públicamente. *(Dando la orden.)* ¡Abran las puertas!

Las puertas se abren. Van saliendo las arrecogidas, serenas, lentas, con una ira contenida, tanto las de arriba como las de abajo, con un mirar inquietante. Las monjas salen después, y quedan retraídas. Toda la luz del teatro se enciende. La tropa se refuerza, entrando por la sala del teatro. Una vez que salen, empiezan nuevamente a golpear despacio, incitantes, sin dejar de mirar a Pedrosa.

RAMÓN PEDROSA. *(Intentando serenarse. Terminan los golpes.)* Según Doña Mariana de Pineda, el juez de infidencias, Ramón Pedrosa, es un hombre que llegó al poder, como tantos, a base de traiciones. Un hombre que es juez y alcalde de la sala del crimen, sin haber pertenecido a la nobleza ni al ejército, ni a ninguna clase digna. Un hombre del pueblo que no quiso morir de hambre. Un hombre más que quiso a esta mujer. He querido salvarla por encima de los turbios políticos de Granada, pero me he visto obligado a firmar su sentencia de muerte, sin juicio público, y enviar esta sentencia al rey, bien sabe Dios que no por mis deseos, sino porque sus amigos me obligaron a ello. *(Se acerca a Mariana, le aparta el pelo de la frente y la mira. Mariana también lo mira y queda como la que no tiene respiración ni aliento.)* Mariana de Pineda, tu juez te pregunta: *(Mariana se retira de él, dando unos pasos hacia atrás sin dejar de mirarlo.)* ¿Conoce Doña Mariana a Don Diego de Sola, alcalde de la cárcel de esta corte? *(Mariana no responde.)* ¿Conoce Mariana a don Fernando Gil, gobernador de las salas del Crimen de la Real Chancillería de Granada, conoce al fiscal don Andrés Oller, conoce al conde de los Andes, capitán general de Granada...?

MARIANA DE PINEDA. A todos. Y a todos quise por igual.

RAMÓN PEDROSA. ¿Sabe Doña Mariana lo que traigo en este pliego?

MARIANA DE PINEDA. Lo puedo adivinar. Mi sentencia de muerte.

RAMÓN PEDROSA. Tu sentencia de muerte, pero en este otro traigo tu indulto. Tú elegirás. Traigo una duda grande, Mariana. Mi duda es la siguiente: si estos amigos tuyos, que no dudo que sean liberales, pueden salvarse con tu muerte. Y siento una gran tristeza de que los hombres liberales, por terror a la muerte, renieguen de sus ideas y sean capaces de firmar, en momentos preciosos, la sentencia de muerte de una mujer como tú. Qué grande es mi tortura y qué grande mi desengaño. Y qué miseria la de los hombres que fueron tuyos. *(Casimiro Brodett lanza angustiosos sonidos guturales y, encolerizado, cae de rodillas al suelo, y golpea con el ansia de querer hablar. Nadie lo mira, Pedrosa a Mariana.)* Tienes que sacarme de esta duda: ellos firmaron antes de que tú hablaras para hacer ver al rey que desean tu muerte, a sabiendas de que son culpables de la revolución que en Granada se preparaba, y son los que firmaron los pasaportes falsos y son los que te dieron los planos de las cárceles, y son los que dejaron en libertad a los presos que tú quisiste. *(Silencio.)* Contéstame, Mariana. *(Silencio.)* Puedes salvarte tú y él *(señala a Casimiro)* si declaras delante de tu juez y de estas arrecogidas que los hombres que firmaron tu sentencia de muerte son y fueron los más infieles traidores al rey.

MARIANA DE PINEDA. *(Se le va acercando silenciosamente y con gran frialdad dice.)* Ramón Pedrosa: ellos sólo fueron mis amantes.

Casimiro Brodett llora como un niño, queriendo ocultar las lágrimas. Mariana sigue sin alterarse, mirando a Pedrosa.

RAMÓN PEDROSA. Estás mintiendo, Mariana.

MARIANA DE PINEDA. *(Con la misma frialdad.)* No sé mentir. En estos momentos, menos que nunca. Fueron y son los que me condenan, mis amigos y mis amantes. Y los considero hombres tan valientes como para después de haberme querido, haber firmado mi sentencia de muerte. Tú bien lo sabes, Ramón Pedrosa: me trajiste aquí como una arrecogía más. Eso soy *(Entre lágrimas.)*, una arrecogía más. Una arrecogía profundamente sola. La soledad es lo único que me queda. Y después de esta soledad, no me importa ya la muerte.

CARMELA "LA EMPECINADA". *(En un arranque de cólera.)* ¿Qué estás hablando de soledad? ¡Has mentido!

CHIRRINA "LA DE LA CUESTA". *(Rápidamente se pone delante de Mariana.)* ¿Unas lágrimas tú? *(Exaltándose.)* ¡Somos como tú! ¡Somos de carne y hueso como tú! Mira mi mano cogiendo la tuya. Tienen el mismo sudor nuestras manos. Son manos amigas. *(Volviéndose a Pedrosa.)* ¡Él sí que está solo! ¡Traidor!

CARMELA "LA EMPECINADA". ¿Cómo ser partícipes de este juicio, si nos habéis hecho desconfiar de nuestra sombra? *(Gritando.)* ¿Dónde puede estar la verdad?

CHIRRINA "LA DE LA CUESTA". *(En la misma actitud que Carmela.)* ¡Él hubiera sido capaz de traicionar al rey por tenerte! ¡Él se hubiera convertido en otro de los que firmaban pasaportes falsos, si tú hubieras querido!

EVA "LA TEJEDORA". ¡Todas seremos testigos de lo que ha dicho!

ANICETA "LA MADRID". ¡Nos tendrán que oír!

PAULA "LA MILITARA". ¡Se sabrá en las Cortes!

CARMELA "LA EMPECINADA". ¡Que se abran las puertas de la Audiencia de Granada y que el juicio se vea delante de las personas que han firmado la sentencia! ¡Que se vean cara a cara con Mariana! ¡Y que todas vayamos a ese juicio! ¡Y que sea público y que entre la gente que desee oírlo! ¡Y que nos dejen hablar a nosotras! ¿Qué contestas, Pedrosa?

RAMÓN PEDROSA. Que tu ceguera es más grande que la que yo pueda tener, y que en ti veo la derrota de eso que llamáis liberalismo. Imposible el entendimiento y la comprensión.

CARMELA "LA EMPECINADA". *(Como una fiera.)* ¿Es que no comprender es querer indagar sobre la justicia?

CHIRRINA "LA DE LA CUESTA". *(Cogiendo de la ropa a Pedrosa.)* ¿A que tú eres de los nuestros? ¡Pobre miserable que de la nada has llegado donde estás! ¡Matando a los tuyos!

(Chirrina "La de la Cuesta" le escupe. Se abalanza al cuello de Pedrosa. Lucha con él. Rápidamente un soldado con una bayoneta en ristre se adelanta y quiere traspasar la espalda de Chirrina "La de la Cuesta". Todas gritan y Mariana se interpone.)

MARIANA DE PINEDA. ¡Quieto!

Las arrecogidas se arrinconan con terror. La tropa espera órdenes de Pedrosa. Este, mientras va rehaciéndose y con un gesto, manda retirarse al soldado.

CHIRRINA "LA DE LA CUESTA". *(Jadeante.)* Te hemos dicho la verdad. Hemos pedido la verdad.

TODAS LAS ARRECOGÍAS. ¡Hemos pedido la verdad!

CHIRRINA "LA DE LA CUESTA". ¡Nuestros juicios tampoco saldrán! ¡Nos condenarán como a ella! ¡Si hemos de morir, ahora! ¡Desarmadas! ¡Sin nada en nuestras manos! *(Desafiando a los soldados se hinca de rodillas y extiende los brazos diciendo.)* ¡Queremos la muerte!

CONCEPCIÓN "LA CARATAUNA". *(Secundando a Chirrina, hincándose de rodillas y extendiendo los brazos.)* ¡Yo llevé una bandera por las costas de Tarifa!

ROSA "LA DEL POLICÍA". *(Haciendo igual.)* ¡Y yo maté a un hombre con mis propias manos!

CARMELA "LA EMPECINADA". *(En el mismo estado que las demás.)* ¡Y yo hice las guerrillas y ahogué sin compasión a los que pude!

PAULA "LA MILITARA". ¡Y yo sequé la sangre del Empecinao con mi pañuelo, y quiero morir con esta sangre!

En un griterío desbordante y de histeria colectiva, todas, menos Mariana, se van hincando de rodillas, pidiendo la muerte, con los brazos extendidos; algunas pudieron coger las manos de Mariana, diciendo.

TODAS. ¡Qué esperáis! ¡Qué esperáis! ¡Qué esperáis!

En este estado, mientras gritan, se van aproximando a los soldados. Los soldados permanecen firmes y mirando al vacío Pedrosa ordena con un gesto. Un piquete de soldados se lleva a Casimiro Brodett. Otro piquete se lleva a Mariana. Casimiro Brodett lucha con el piquete, parece que tiene el intento de dar el último beso a Mariana. Intento que ya no puede ser. Van saliendo, mientras las arrecogías gritan golpeando.

TODAS. ¡Mariana no! ¡Mariana no! ¡Mariana no!

(Las monjas con quinqués en las manos rodean, amenazantes, a las arrecogías. Éstas siguen gritando: "¡Mariana no!" Al mismo tiempo, suenan chirridos y martillazos propios del levantamiento de un patíbulo, hasta inundar sala y escenario de ruidos de hierros y martillazos ensordecedores. Hay un oscuro y cesan los ruidos del patíbulo. Rápidamente el beaterio de Santa María Egipcíaca se llena de una gran luminosidad. Durante el oscuro, las monjas y arrecogías desaparecieron del escenario. Por todas partes del beaterio, Lolilla y sus costureras cantan con gran alegría.)

COSTURERAS. Penas ninguna,
que dieron la una
que dieron las dos,
San Juan de Dios.

TODAS. Que no tenemos faroles
porque nos sobra luz,
sí, "monsiur".
Que las fiestas en Granada
empezaron ya.
¿Qué quiere usted?
¿No las oye sonar?
Así somos, "monsiur".
Cantamos, bebemos,
bailamos y olvidamos.

Lolilla se adelanta bailando sola, mientras las otras la jalean.

LOLILLA. El sereno de esta calle

quiere trincar mi llave,
que alza que toma
que toma que dale,
y esta noche me lo espero
para que no se me escape
entre mi escote y mi traje,
que alza que toma
que toma que dale.

TODAS. Zacatín arriba,
Zacatín abajo.
Penas ninguna,
que dieron la una,
que dieron las dos,
que mira Frasquito
sentándose al sol.

El canto de Lolilla y sus Costureras queda interrumpido por un doblar de campanas; primero suenan suaves, luego violentas. Las campanas, doblando a muerto, se hacen sobrecogedoras en todo el teatro, escenario y sala. Lolilla y sus Costureras están aterrorizadas. Las campanas van cesando, sin dejar su sonido estremecedor, para poder ver y oír ahora a "Las Arrecogías" que estarán situadas en diversos lugares del teatro, diciendo:

CARMELA "LA EMPECINADA". ¡Mariana ha muerto!

ROSA "LA DEL POLICÍA". ¡Mariana ha muerto!

CONCEPCIÓN "LA CARATAUNA". ¡Mariana ha muerto!

CHIRRINA "LA DE LA CUESTA". ¡Le han dado garrote vil en un patíbulo levantado en las Explanadas del Triunfo!

EVA "LA TEJEDORA". ¡Han clavado las argollas en su cuello y un clavo atravesó su nuca!

ANICETA "LA MADRID". ¡Mariana ha muerto sin declarar!

DOÑA FRANCISCA "LA APOSTÓLICA". ¡Malditos patíbulos que levantan los hombres!

ROSA "LA DEL POLICÍA". ¡Mariana ha muerto de garrote vil!

En son de protesta Lolilla y las Costureras, desafían al público, golpeando el suelo al mismo tiempo que palmotean. Todas se encaran en tono provocativo. De la misma manera, "Las Arrecogías" van subiendo al escenario. Costureras y Arrecogías desafían insistentes al público. De pronto, todo queda congelado. Aparece ahora, de entre todas ellas, la actriz que representó el papel de Mariana de Pineda, quien dice al público:

ACTRIZ. Mariana de Pineda fue ejecutada el amanecer del día 26 de mayo de 1831. Su juicio se celebró y sentenció sin su presencia. Meses después, en el primer amago de muerte del rey Fernando VII, se promulgó una amnistía. Volvieron a España diez mil exiliados. Si la amnistía se hubiese dado unos meses antes, Mariana de Pineda no hubiera muerto, y con ellas, otras muchas víctimas que quedaron en el olvido, como aquellas arrecogías del Beaterio granadino de Santa María Egipciaca.

OSCURO

APÉNDICE

VARIANTE I

LOLILLA. Para llegar a la hora señalada,
donde en la plaza de toros
del reino moro de Granada,
se va a torear.
Qué claridad,
que las tapadas en Ronda,
no teníamos que hacer na.

(Todas bailan.)

Ay, dicen que las Corridas en Cádiz
se están terminando,
porque los gaditanos,
entre sus mares de plata,
se están apenando.

TODAS. *(Cantando y bailando muy alegres.)*

Pero oiga usted,
serán los viejos,
secos y pellejos,
que no pueden venir
a las corridas de toros
que se dan aquí,
y que no se dan
en el viejo y alegre Madrid.
¡Toma ahí!
Que en los viejos madriles,
todo es seriedad,

aquí, es esta Andalucía,
alegría y claridad.

Bailan todas mientras Lolilla canta.

LOLILLA. Penas ninguna
que dieron la una,
que dieron las dos,
señor Juan de Dios.

TODAS. *(Cantando.)*

Si los relojes se paran
es que el toro a alguien pilló,
pero Frasquito y yo,
seguimos en reunión,
uno junto al otro,
como en la grupa de un potro,
como en las doce
las manecillas del reló,
una con otra
y sanseacabó.

Palmoteo y baile de todas. Sale Lolilla a cantar.

LOLILLA. Penas ninguna
que dieron la una,
que dieron las dos,
que sale el rejoneador,
y cerca de la barrera
se le espera.

TODAS. Aquí estamos
y esperamos.
Tomo ahí,
Zacatín.
Zacatín arriba,
Zacatín abajo,
la cabeza alta
y mucho desparpajo.
Valentía.
Alegría.

(Se vuelve a destapar. Mientras bailan y cantan.)

¿Nos veis?
Así somos.
Fieles
con nuestros quereres.
Y la vida se juega,
sí señor,
cuando hay que jugarla
por amor
o rencor.
Que toma Asunción,
que no quiero compasión,
que quiero desvelo,
desvelo, desvelo, desvelo
y glorias y obras
ganás para el cielo.

Sale Lolilla a cantar mientras las otras bailan.

LOLILLA. Y así estamos,
desveladas
en las veladas
de las fiestas granadinas.
¿Quién dijo lo contrario?
Finas
y sin descanso,
en Ronda,
en la sierra,
en los mares,
en Bayona,
y en la tierra mora
que es aquí:
la del Zacatín.

TODAS. Zacatín arriba.
Zacatín abajo.
Penas ninguna,
que dieron la una,

que dieron las dos,
que mira Frasquito
sentándose al sol,
y gira, gira, girasol.
Girasol amarillico,
mira y mira
para el sol.
Zacatín arriba,
Zacatín abajo.
La cabeza alta
y mucho desparpajo.

VARIANTE II

LOLILLA. Penas ninguna,
que dieron la una,
que dieron las dos,
señor Juan de Dios.

TODAS. Que no tenemos faroles
porque nos sobra luz,
sí, "monsiur".
Que las fiestas en Granada
empezaron ya.
¿Qué quiere usted?
¿No las oye sonar?
Así somos, "monsiur",
cantamos, bebemos, bailamos
y olvidamos.

(Lolilla se adelanta bailando sola y baja a la sala a bailar. Mientras baila, las otras cantan.)

¡Fíjense en Lolilla la del Realejo,
morenilla,
pequeñilla,
cómo baila,
con qué garbo y salero!
Ay, cómo mueve su abanico
de nácar y lentejuelas
traídas de los Versalles
pa que calle

Andalucía
que ni de noche ni de día
deja de cascarrear.
Esa es la verdá.
Tome usted,
pa vender
al inglés
y al granadino.
Qué fino
el revuelo de Lolilla,
cómo se mueve,
cómo va y viene,
con qué salero,
qué gracia en sus manos y en su pelo.

Bailan las de arriba, Lolilla canta y baila sola abajo.

LOLILLA. El sereno de esta calle
me quiere trincar la llave,
que alza que toma,
que toma que dale.
Y esta noche me lo espero
para que no se me escape,
con facas y con revólver
entre mi escote y mi traje,
que alza que toma,
que toma que dale.
Que toma sereno,
que toma el pañuelo,
que no te lo doy,
porque sí, porque quiero,
que toma salero,
salero, salero, salero.

Arriba siguen tocando los músicos, las costureras bajan a cantar y bailar entre el público.

TODAS. Zacatín arriba,
Zacatín abajo.

Penas ninguna,
que dieron la una,
que dieron las dos,
que mira Frasquito
sentándose al sol.
Zacatín arriba,
Zacatín abajo.
La cabeza alta
y mucho desparpajo.

Mientras la alegría de la fiesta continúa baja un cartel con unas letras grandes que dicen

ESTA HISTORIA HA TERMINADO.

Ellas siguen bailando y repitiendo canciones.

JOSÉ MARÍA RODRÍGUEZ MÉNDEZ

FLOR DE OTOÑO

EN EL CORAZÓN DEL BARRIO CHINO

Luciano García Lorenzo

Entre las tareas más urgentes que, en torno del teatro español de los últimos cuarenta años, quedan por hacer, figura la de situar en el lugar que en justicia corresponde a los denominados autores realistas. Y es que, efectivamente, se ha pasado, respecto de ellos, de una apreciación positiva e incluso entusiasta, con escasas excepciones, al arrinconamiento de los últimos años, sorprendiendo además muchas afirmaciones de críticos con privilegiada tribuna que llegan, por ejemplo, a calificar el teatro de Buero Vallejo (¿puede catalogarse sin más de realista este teatro?) como "alta comedia" a la manera benaventina. Parece como si hubiera una cierta mala conciencia por el interés prestado a Sastre, Olmo, Rodríguez Buded, Martín Recuerda, Muñiz, etcétera, hace veinte o treinta años, y ello obligara, al menos, a guardar silencio ante lo que significó el teatro más representativo (con Mihura, por supuesto) de tiempos no tan lejanos.

Cierto es que en las muchas decenas de obras escritas —no tantas estrenadas— hay de todo: desde textos que difícilmente resistirían hoy una puesta en escena hasta piezas que ya entonces recibieron los juicios adversos que merecían. Pero, entre todos los títulos que componen, cuando menos, tres décadas de nuestra historia teatral reciente, no pocos, y de autores diversos, pueden ocupar lugar de primera fila en cualquier antología del último teatro y, más aún, algunos de ellos siguen teniendo una vigencia indiscutible, dejando aparte la anécdota de la que se sirven para desarrollar el conflicto.

José María Rodríguez Méndez es uno de los autores más representativos de ese período y su obra, a pesar de acercamientos valiosos, sigue esperando el estudio detenido que merece. Más aún, atender a la producción de Rodríguez Méndez exige no sólo estudiar sus obras dramáticas, sino tener en cuenta esas reflexiones sobre el hecho teatral de su tiempo que publicó, fundamentalmente, en dos libros: *Comentarios impertinentes sobre el teatro español* (1972) y *La incultura teatral en España* (1974). En estos volúmenes, como en otros artículos aparecidos en diversos medios de comunicación, quizá puedan encontrarse claves adecuadas para explicar nuestras afirmaciones anteriores (y no sólo ellas). Que es, al fin y al cabo, ya con una perspectiva histórica respetable, explicar el porqué y el cómo del teatro de Rodríguez Méndez y, por extensión, del de no pocos de sus coetáneos.

Flor de Otoño es, precisamente, una de esas obras que, por distintas razones, está justificando la necesidad de un acercamiento sin condicionante alguno al teatro de su tiempo. Escrita en 1974, esta "historia del Barrio Chino" barcelonés está lejos del manido concepto de realismo en que se apoyan no pocos para descalificar esta práctica. Más aún, quien está detrás de *Flor de Otoño* es, muy significativamente, Valle-Inclán, un Valle que ya asomaba levemente en *El círculo de tiza de Cartagena*, se acentuaba con *Bodas que fueron famosas del Pingajo y la Fandanga* y que en *Flor de Otoño* está patente en las acotaciones, en la actitud del autor ante el lenguaje, en algunos personajes de la pieza y, sobre todo, en el tono que Rodríguez Méndez ha impuesto a la misma, haciéndonos recordar en el transcurso de la lectura el trágico humor y la amarga hiel que destilan *Las galas del difunto*, *La hija del Capitán*, la *Farsa y licencia de la reina Castiza* e incluso —la bajada a los infiernos es la nochje barcelonesa en *Flor de Otoño-Luces de bohemia.*

La obra de Rodríguez Méndez se desarrolla en 1930 y la fecha no es en absoluto gratuita. Se trata del final de la dictadura de Primo de Rivera; es la víspera de un nuevo tiempo. Y, como hemos adelantado, su espacio es la Barcelona de esos años, con dos lugares bien delimitados: el Ensanche, burgués y residencial y el Paralelo, bohemio, chulesco, golfante, frívolo y rufianesco. Y en el centro, haciendo de puente entre ambos, pero sólo para mostrar las dos caras sociales de esa Barcelona, un homosexual apodado Flor de Otoño que es el aristócrata Lluiset para las gentes del Ensanche y, sobre todo, para esa familia a la que pertenece, familia que vive rodeada de su inmediato pasado militar y político y de un presente cuyos testimonios pueden muy bien ser la fotografía —dedicada— de Su Majestad Alfonso XIII y a su lado "un Niño Jesús en un fanal, entre flores de papel..."

Con Flor de Otoño, personaje de doble vida y doble personalidad, hacemos un recorrido por la Barcelona de aquellos años, de un indudable valor testimonial y —subrayamos esto— de un acierto dramático muy digno de tenerse en cuenta al estudiar la obra de su autor. Flor de Otoño es un marginado, por ser homosexual, y a ello está dedicado buena parte de la obra, pero, a través de él y a su alrededor, Rodríguez Méndez nos ofrece todo un cuadro de esa aristocracia-burguesía barcelonesa, entre el Liceo y las noches locas de Paralelo, entre la prepotencia y los estúpidos prejuicios, entre una actitud de rancios privilegios y un universo canallesco y degradado, entre la presunción de virtudes tradicionales y la hipocresía más absoluta.

Y todo esto llevado a escena con una muy consciente elaboración dramática, donde podemos encontrar fórmulas valleinclanescas (ya lo adelantábamos); parodia, equilibrada y muy pegada a los referentes, de la alta comedia; caricatura del espacio dramático, personajes y diálogos de las tópicas comedias burguesas benaventinas (a don Jacinto hay una referencia precisa en la obra); utilización de elementos sainetescos pero sin permanecer en el cuadro de carácter costumbrista; toda una escena de "music-hall" y travestismo magistralmente entreverada en el conflicto de la pieza; caricatura del mundo de la milicia por medio de unas secuencias en las Atarazanas planteadas y resueltas con un excelente sentido dramático; desenlace con una situación vista muchas veces, sobre todo en el cine, pero resuelta con una gran eficacia escénica.

Hemos utilizado los términos parodia y caricatura y, efectivamente, ese es el camino elegido por el autor para muchos momentos de la obra; sin embargo, no se trata de buscar la hilaridad con la vuelta al revés de los referentes escogidos; Rodríguez Méndez escribe una tragicomedia, no una pieza bufa sin más y, volvemos a Valle, aunque vapulee constantemente a muchas de sus criaturas (la obra es un desfile de tipos y personajes) el regusto de amargura y de estar "mascando ortigas" que nos queda al final de la misma, nace al comprobar que estamos, más que ante seres culpables de su destino, ante pobres desgraciados víctimas del mundo que les rodea.

Flor de Otoño morirá ajusticiado al final de la historia que protagoniza, pero detrás permanece una sociedad tambaleante, unos hombres que robaron fusiles de un cuartel como parece podrían haber robado disfraces para otro espectáculo en el Paralelo, un crimen pasional entre travestidos y que se convertirá en la gran noticia para la prensa, unas calles por donde ha corrido la sangre a causa de una fusilada, presentada como un "pandemonium" y no como un acto heroico (habría sido lo más fácil), pues, en una acotación que a *Luces de bohemia* nos lleva de nuevo, Rodríguez Méndez quiere mezclar muy acertadamente gritos ácratas con voces de aguardiente, blasfemias y jaculatorias, comunismo libertario con nacionalismo catalán.

De todo ello, lo que realmente, trágicamente, permanece en el lector o espectador son unos hombres que vivían su felicidad en la libertad de la noche y fuera de los condicionamientos a que el mundo familiar, social, político e incluso legal, les obligaban. Pero unos hombres, téngase esto muy en cuenta, muy lejos de la actitud del héroe o incluso del positivo protagonista de la comedia convencional. Si algo no hay en *Flor de Otoño* es maniqueismo, pues la mirada de su autor está muy por encima de la bondad o de la maldad, de lo positivo o de lo negativo. Hasta la pobre Doña Nuria llevará a su hijo como último regalo, antes de ser fusilado, el pijama de seda color naranja, colonia, perfume y una barra de labios.

Digamos, para finalizar, que otra de las muchas bondades de *Flor de Otoño* es su lenguaje. Radicalmente preocupado por los diálogos de sus personajes, Rodríguez Méndez ha sabido siempre darles vida con el habla más adecuada y con una eficacia dramática indiscutible. Con *Flor de Otoño* da un evidente paso adelante y la obra se nos presenta con diversos registros y cada uno de ellos en el momento adecuado: argot cuartelero, lengua folletinesca o achulapada, regionalismos diversos, parodia cultista, frases estereotipadas, de propaganda política, expresiones del mundo homosexual o del travestismo. Y la mezcla de castellano y catalán, según los personajes y las circunstancias, aunque ya dejó bien claro el autor: "Los personajes de *Flor de Otoño* no hablan precisamente en catalán, sino en barcelonés. No hay que confundir esa especie de lunfardo castellano-catalán con ciertas incrustaciones de lingua franca portuaria que se habla en Barcelona, con la movible e imprecisa lengua catalana. El lenguaje que pongo en los personajes burgueses y proletarios de mi drama es el catalán fonético que he escuchado por las calles y las residencias señoriales. Mi oído de charnego lo capta como un elemento más de esta rivera mediterránea."

La lectura de *Flor de Otoño* nos deja el ácido sabor de una historia contada con amargura, aunque con distanciamiento. Y con la caída de Lluiset se nos viene encima un mundo que, por parecidos motivos u otros diferentes (trasladar la metáfora no es difícil), hoy nos sigue resultando familiar. Quizá la única congoja de Flor de Otoño, camino del pelotón de fusilamiento, no es morir sino hacerlo de esa manera, pues, rodeado de busconas y soldados que jadean entre ellas haciendo guardia, había afirmado con orgullo: "Me moriré en el corazón del Barrio Chino. En el medio del hampa. ¿Qué mejor muerte puede cuadrarle a un aristócrata barcelonés?"

JOSÉ MARÍA RODRÍGUEZ MÉNDEZ

Nace en Madrid en 1925. Su primera obra teatral es *Vagones de madera*, estrenada en 1959. Le siguen, entre otras, *La tabernera y las tinajas*, *Los inocentes de la Moncloa*, que en su época constituye un verdadero éxito, *La batalla del Verdún*, *Bodas que fueron famosas del Pingajo y la Fandanga*, estrenada en el Centro Dramático Nacional en 1978, e *Historia de unos cuantos*, en 1975. Autor de más de una veintena de títulos, y con más de treinta años como dramaturgo, conserva varias obras inéditas.

TEATRO

El milagro del pan y de los peces. Escrita en 1953. Estrenada en 1959, por el grupo Palestra.

Vagones de madera. Escrita en 1958. Editada en Primer Acto, 1958. Estrenada en 1959 por el TEU de Barcelona.

La tabernera y las tinajas. Escrita en 1959. Editada en Taurus, 1968. Estrenada en 1959 por el grupo La Pipironda.

Los inocentes de la Moncloa. Escrita en 1960. Editada en Primer Acto, 1960, y Taurus, 1968. Estrenada en el Teatro Candilejas de Barcelona en 1961.

La vendimia de Francia. Escrita en 1960. Editada en la revista Yorick, 1964. Estrenada en Barcelona, 1965.

La batalla del Verdún. Escrita en 1960. Editada en Occitania, 1966. Estrenada en el Teatro Candilejas de Barcelona, 1965, por el grupo La Pipironda.

La trampa. Escrita en 1962, obra perdida. Estrenada en el Teatro de la Capilla Francesa de Barcelona, 1965.

Historia de forzados. Escrita en 1962. Obra perdida.

El círculo de tiza de Cartagena. Escrita en 1963. Editada en Occitania, 1964. Estrenada en el Teatro Guimerá de Barcelona, 1963.

En las esquinas, banderas. Escrita en 1963. Obra inédita.

El vano ayer. Escrita en 1963. Inédita. Estrenada en el Teatro Lope de Vega de Valladolid, 1966, por la Compañía Ara de Málaga.

El guetto o la irresistible ascensión de Manuel Contreras. Escrita en 1964. Inédita. Estrenada en 1966 por el grupo La Pipironda.

Bodas que fueron famosas del Pingajo y la Fandanga. Escrita en 1965. Editada en Cátedra, 1979. Estrenada en el Teatro de Montjuich de Barcelona, 1976, por la Asamblea de Actores y Directores de Cataluña.

Los quinquis de Madriz. Escrita en 1967. Editada en Godoy, 1982.

La Andalucía de los Quintero. Escrita en 1968. Editada en la revista Yorick nº 29.

Historia de unos cuantos. Escrita en 1971. Editada en Cátedra, 1982. Estrenada en 1975 en la Cátedra "Juan del Enzina" de la Universidad de Salamanca.

Flor de Otoño. Escrita en 1972. Editada en Primer Acto, 1974, y Cátedra, 1979 y 1986. Estrenada en el Teatro Principal de Valencia, 1981, bajo la dirección de Antonio Díaz Zamora.

Spanish News. Escrita en 1974.

Teresa de Ávila. Editada en Godoy 1982. Estrenada en 1985 por la Compañía de Mari Paz Ballesteros.

Sangre de Toro. Estrenada en el Teatro Trueba de Bilbao, 1985, bajo la dirección de Enrique Benlloch.

La marca del fuego. Estrenada en el Coliseo Carlos III de El Escorial, 1986, bajo la dirección de González Vergel.

De paseo con Muñoz Seca. Estrenada en 1986 por la compañía de María Paz Ballesteros y Luis Escobar dentro de los Veranos de la Villa de Madrid.

Barbieri, un castizo en la corte isabelina. Estrenada en 1987 en los Veranos de la Villa de Madrid.

JOSÉ MARÍA RODRÍGUEZ MÉNDEZ

Flor de Otoño

Una historia del Barrio Chino

PERSONAJES

De la familia Serracant: Doña Nuria de Cañellas; Lluiset, su hijo; Pilar, la criada; Un señor gordo y calvo, tío de Lluiset; Un señor flaco, tío de Lluiset; Una señora rubia, tía de Lluiset; Una señora regordeta, tía de Lluiset; Un señor jorobado, tío de Lluiset.

Del Bataclán Cabaret: Flor de Otoño; Ricard; Surroca; El portero; La del guardarropa; Un camarero; El viudo de "La Asturianita"; Policías; Público en general.

Del Cuartel de Atarazanas: Un teniente; Un cabo; Un sanitario; Varios caloyos; Dos busconas.

De la Coperativa Obrera del Poble Nou: La noia del bar; Un camálic catalán; Un camálic andaluz; Un camálic gallego; Un camálic murciano; Estudiante 1º; Estudiante 2º, Estudiante 3º; Guardia civil 1º; Guardia civil 2º; Obreros.

De la prisión militar de Montjuich: Un sacerdote que hace las veces de hermano de la paz y caridad; El teniente-defensor; El comandante de la fortaleza; Un centinela.

Gente de la calle: Un vigilante nocturno; Dos de la Policía Secreta; Una modistilla y su gachó; Una corista de la compañía de Sugranyes; Damas y caballeros de la alta sociedad, etcétera.

Acción: En Barcelona, durante los primeros meses del año 1930.

PRIMERA PARTE

Nuestra historia empieza en un mes de enero del año de gracia de 1930 y en una residencia burguesa del Ensanche barcelonés. Noche fría de luna. Ésta, la luna, se refleja, azulada y misteriosa, en los espejos del saloncillo de la Señora Cañellas, viuda del que fue miembro del gobierno maurista, don Lluis de Serracant, hijo a su vez de un general que anduvo a la greña en Cuba y Marruecos a las órdenes del glorioso general Prim Prats, con lo cual a la viuda Serracant, o Señora Cañellas, le vendría a quedar un buen pasar y no debidamente a la pensión del difunto, sino a ese sentido de la previsión en que los catalanes siempre fueron maestros. El saloncillo de la Señora Cañellas, iluminado por los reflejos de la luna, al filo de la madrugada de una fría noche de enero, dice el "qué", el "cómo" y el "porqué" de la vida de sus habitantes. Clase burguesa entre las burguesas anunciada por aquella chimenea de mármol blanco, en la que brilla el rescoldo del último fuego; sobre la repisa no faltan los relojes de sonería, la porcelana china y algún recuerdo de las campañas tagalas de los compañeros de su difunto; el mismo general, compañero de armas de Prim, preside el testero de la chimenea y aparece aureolado por el resplandor lunar y por un "xic" del reverbo urbano (pues claro está que nos hallamos ante un piso principal). Hermosa alfombra persa. Butacas y sofás de peluche granate. Dorados. Cornupias. Filigranas. Pliego enmarcado en plata con firmas adulonas de subordinados. Fotografías añejas de damas en trance de salir del Gran Teatro del Liceo. Mariposas clavadas en la pared (anuncio del culto a la naturaleza propio del país). Piano. Un pajecillo en bronce, mezcla complicada de Cupido y Mercurio, levanta un afiligranado farol. La vida de la calle penetra a través de los gruesos cristales de la "tribuna" (así llaman en Barcelona al mirador), cristales de colorines orientales, efluvios del Bósforo, enmarcados en una filigranada piedra a estilo de Gaudí. La luz de la luna, al entrar por los cristales de colorines, forma hermosos arco iris que nos explican la solidez, la tiesura, la firmeza de esta casa que permanece sólida —en este año de 1930—, aunque se vea obligada a cambiar de color según el giro eterno —indeclinable— de la luna.

Silencio augusto. A tales horas en esta casa se duerme como es de ley. Sólo se oye el tranvía. El paso furtivo de algún automóvil. El traqueteo de un coche que empieza a traer a los señores del Liceo. alguna copla de borrachos que cantan cosas como ésta: "Pistolers i rebassaires-pistolers i rebassaires, tururú, tururú.... —pistolers i rebassaires— et van a donar pel cul...¹ Coplas de murcianos catalanizados, o al revés, que tanto abundan en estos tiempos en que sabe Dios dónde vamos a parar. La fotografía de Su Majestad Don Alfonso XIII (dedicada con su elegante rúbrica) parece estremecerse ante estos desafueros, pero la presencia contigua de un Niño Jesús en un fanal, entre flores de papel, confeccionadas por las monjitas de María Auxiliadora, hace mantener la compostura al monarca.

Y en este silencio matizado, de pronto, inesperadamente, suena un timbrazo que estremece toda la casa. Un timbrazo plebeyo, soez, grosero, inmisericorde, criminal, que hace tambalearse todo. Tiembla el retrato del rey, tiemblan los bigotes del apuesto general pintado al óleo, tiembla el Niño Jesús, las flores de papel. Un timbrazo y otro timbrazo. ¿Cómo es posible que a semejantes horas alguien se atreva a llamar de este modo a una

---

[1] Pistoleros y campesinos te van a dar por culo..." La palabra "rabassaire" se refiere a los campesinos que tenían un contrato especial sobre los viñedos de los aledaños de Barcelona y se caracterizaron por su fervor revolucionario a finales del siglo XIX.

casa decente y además lo haga por la puerta principal y no por la de servicio? Inaudito. Resulta tan insólito el hecho que nada ni nadie responde a semejante llamada. ¿La casa está vacía? Eso parece. Pero no. A la décima llamada del timbre ya se oyen voces, rumores, desasosiego. Se percibe una frase femenina airada y terrible: "¿I ara?... Pero ¿I ara?" Algo se avecina sobre aquella quietud. El timbre ha puesto en movimiento todo un mecanismo de jadeos, de pasos, de ahogos, de toses.

VOZ FEMENINA AIRADA. ¡Pero, Pilar! ¿Qué hace usté? ¡Ay Deu, Senyó...!

OTRA VOZ FEMENINA. Ya voy, señorita, ya voy, señorita. ¡Ay, bendito Dios...!

LA PRIMERA VOZ. ¡Abra, abra usted...! ¡Pilar...!

LA SEGUNDA VOZ. ¿Abro, señorita?

LA PRIMERA VOZ. ¡Abra...!

El timbre sonaba y sonaba. Ahora hay una pausa tensa, terrible, expectante. Y en seguida el grito de la criada. Grito de folletín amargo y estrangulado.

LA SEGUNDA VOZ. ¡Ay...! ¡Pistoleros...! ¡pistoleros!

LA PRIMERA VOZ. ¡Ay, mare meva...!

Se oyen pasos que avanzan hacia el salón.

UNA VOZ VARONIL. *(Que tapa las voces de las mujeres.)* ¡Calli, dona, calli...! *(En otro tono.)* Ustedes se quedan aquí... ¡Eh, vusté...!

LA PRIMERA VOZ. ¡I ara!

OTRA VOZ VARONIL. ¿Por dónde, don Ambrosio?

LA PRIMERA VOZ VARONIL. ¡Que se calli, dona...! ¿Qué la pasa? ¿Está bocha?[1]

---

[1] ¿Está loca?

En este momento es cuando irrumpe en el salón Doña Nuria Cañellas entre el frufrú y el revoloteo de un salto de cama elegantísimo, en chanclas, despeinada, y se dirige como un vendaval hacia el mirador, tan ciega que no se da cuenta cómo los flecos del salto de cama se enganchan al retrato de don Alfonso XIII, que rueda por el suelo. Ella, la Señora Cañellas, abre el mirador y sin parar mientes grita: "¡Vigilant...!, ¡vigilant....! ¡vigilant....! ¡Socorro...! ¡pistolers!, ¡pistolers...! Y precisamente tras ella entra en el salón el Vigilante, a quien invoca la Señora Cañellas, con su uniforme azul marino y sus galones verdes. Tras el Vigilante se mueven otras formas con aire de "gangsters" de Chicago.

EL VIGILANTE. Estic ací, senyora... Senyora... ¿que no em veu, que estic ací?[1] *(La coge por un brazo y ella se vuelve y le mira asombrada.)* Estic ací, dona...

LA SEÑORA CAÑELLAS. ¡I ara!

EL VIGILANTE. Está clar... he pujat amb los senyors...[2] *(Y señala las dos figuras que están en la puerta del salón, apoyados en la cristalera. Respirando fuerte por encima de sus bigotazos, hartos de tocar el timbre y de tantas narices, deseosos de terminar la noche en el Barrio Chino.)*

EL VIGILANTE. Aquests senyors, son de...

LA SEÑORA CAÑELLAS. *(Cortándole.)* ¡Pistolers...!

Uno de los bigotudos ya no se contiene más y avanza altivo hacia la Señora.

POLICÍA 1º. De la Policía Secreta, señora. *(Y el muy guaja hace una reverencia.)*

LA SEÑORA CAÑELLAS. ¡I ara!... ¡Pistolers, pistolers...!

EL VIGILANTE. Ascolti, senyora...[3]

---

[1] EL VIGILANTE. Estoy aquí, señora... Señora... ¿Es que no ve que estoy aquí?
[2] EL VIGILANTE. Claro... He subido con los señores...
[3] EL VIGILANTE. Escuche, señora...

El primer policía ya se ha dejado de mandangas y haciendo un guiño al otro han empezado a registrar todo el salón. El Primer Policía lo primero que ha hecho es recoger el retrato, con el cristal roto, de don Alfonso XIII y lo mira. El otro levanta las butacas, abre los cajones, etcétera. La Señora Cañellas está estupefacta.

LA SEÑORA CAÑELLAS. ¿Aleshores?.... ¿Aixó es la revolució?... ¡Mare meva santísima![1] *(Se desmaya en los brazos del apuesto Vigilante, que había intentado sin éxito mostrarla el papel con la orden de registro.)*

EL VIGILANTE. ¡Apa!..., ja hi son tots...[2]

POLICÍA 1º. *(Mientras sigue su búsqueda.)* Dela unos cachetitos en la espalda.

POLICÍA 2º. *(Al primero.)* Una pistola, mire... *(Le muestra una pistola.)*

POLICÍA 1º. A ver...

EL VIGILANTE. *(Que ha dejado a la Señora sobre el sofá.)* ¡Senyora...!, ascolti... ¿I l'altra dona?... ¿Y la chica?

Detrás de la puerta de cristales se asomaba ya el bulto de una criatura llorosa, hiposa, sin atreverse a dar un paso; pero al ver el cuerpo de la Señora yaciendo en el sofá, en un arranque de valentía, atraviesa la frontera del salón.

PILAR. ¡Señora...! ¡Señora! ¡Ay, que mataron a mi señora...!

POLICÍA 2º. *(Mirando a la Criada.)* ¡Otra que rediez...!

EL VIGILANTE. *(A la Criada.)* No es res, noia... No pasa nada... ¡Un síncope...!

PILAR. ¡Ay, madre...!

---

[1] LA SEÑORA CAÑELLAS. ¿Así que esto es la revolución?... Madre mía, santísima...
[2] EL VIGILANTE. ¡Hala!... Lo que faltaba...

EL VIGILANTE. La dé friegas en la espalda, dona...

Total que ya tenemos la escena montada; la Señora en su desmayo, la Criada compungida, el Vigilante resolviendo tamaña papeleta y los inspectores con las manos en los suyo. Y toda la escena se queda quieta fomando la estampa claroscura de una ilustración de novela con algo de la tierna sordidez colorista de un "Ramón Casas", por ejemplo. Hasta que de pronto la "mestressa" de la casa da un respingo y se yergue repentina. Su busto opulento destaca en la penumbra, la bata cayéndola por el hombro como una reina ultrajada. Ahora la escena está iluminada por la araña y el farol del "niño-Mercurio" que la Criada y los Polis fueron encendiendo.

DOÑA NURIA. *(Avanzando mayéstática hacia los Policías.)* Muy señores míos...

EL VIGILANTE. Ascolti, aixó, que...

PILAR. Cálmese, señora...

DOÑA NURIA. *(Al Vigilante y a la Criada.)* ¡Atrás...! *(Y su brazo al conminarles a que retrocedan nos recuerda un gesto de la ilustre María Guerrero. A los Polis que están en los suyo revolviendo el saloncillo.)* ¡Muy señores míos...!

POLICÍA 1º. *(Volviéndose a ella.)* Estamos listos. Un segundo nada más, señora...

DOÑA NURIA. *(Ahora ya colérica.)* ¡I ara...!

EL VIGILANTE. *(Al Policía.)* Díganla que son ustedes unos mandaos, home...

POLICÍA 2º. Nosotros no estamos pa mandangas, amigo...

DOÑA NURIA. ¡Estic en la meva casa...! ¡Esta es mi casa! ¡Soc la vidua de Serracant...!

PILAR. *(Como un eco.)* Esta es la casa de la señora viuda de Serracant...

DOÑA NURIA. Por más que se haya terminado la dictadura, gracias a Dios, creo que me están ustedes atropellando...

POLICÍA 1º. *(Limpiándose las manos y llevando el retrato roto de Alfonso XIII debajo del brazo.)* Sí, señora. Eso es. Lo que usted ha dicho. *(Señalando al Vigilante.)* Aquí tié la orden de registro. En casa del señor Luis de Serracant y Cañellas. Orden de registro y *(Sacando una papeleta del bolsillo.)* esta citación, pa que se presente dicho sujeto mañana por la mañana en la comisaría del distrito...

POLICÍA 2º. ¡Apa, ya está...!

Las palabras dichas deprisa y corriendo, pero con una claridad y un acento murciano ostensibles han tenido la virtud de dejar muda y atónita a la ilustre dama.

EL VIGILANTE. *(Que ha cogido el volante de citación que la Señora despreció.)* "Por la presente comunico a usted que deberá presentarse...

La Criada llora.

DOÑA NURIA. *(Colérica y dando un manotazo al Vigilante que suelta el papel.)* ¡Prou! ¡Basta, he dicho, basta! ¿Me oyen? ¡Basta, basta y basta...!

Los Policías ya han actuado y desmontado todo. Se llevan varias cosas: el retrato real, una pistola, unos papeles.

POLICÍA 1º. *(Haciendo una reverencia a la Señora.)* A los pies de usted, señora...

DOÑA NURIA. ¡Pistolers, murciano, trabucaire...!

EL VIGILANTE. ¡Señora, señora...!

POLICÍA 2º. ¡Miá tu la tía...!

POLICÍA 1º. Uno ya tiene "el cul pelat", que dicen ustedes los catalanes, en estos menesteres, dicho sea con perdón, para sentirse ofendido y elevar un parte por desacato. Ahí queda eso. ¡Y a pasearse por la Exposición Internacional...!

DOÑA NURIA. ¡Grosero, tío cuchinu...!

PILAR. *(En un acto de inaudito atrevimiento va hacia el Policía y le da golpecitos en la solapa.)* ¡A mi señora no la insulte, a mi señora no la insulte...!

DOÑA NURIA. *(Acogiendo en su regazo a la llorosa Sirvienta.)* No ploris, nena, no ploris... *(Y la voz se la quiebra.)*

POLICÍA 1º. Respete usted, señora, que...

EL VIGILANTE. Aquí son unos mandaos, señora...

DOÑA NURIA. ¡Fuera de aquí, ladrones, lladras...!

POLICÍA 1º. Nosotros habemos cumplío *(Al otro.)* Tira, nichi. Y a ver si procura usted cuidar mejor de su "nen" y no anda metío en el Barrio Chino... *(Y dicho esto se larga.)*

La palabra "Barrio Chino" relacionada con el "nen" queda temblando en la mente de la Señora Cañellas. Atónita no acierta a ver qué relación puede haber entre esas cosas. El portazo de la puerta de la escalera anuncia la retirada de los Policías. El Vigilante no sabe qué hacer.

DOÑA NURIA. *(Pregunta a la Criada.)* ¿Qué han dit del "Barrio Chinu"?

PILAR. ¡Ay, yo estoy mala, yo me pongo malaaa...!

EL VIGILANTE. Senyora, aixó, no fasi cas...

DOÑA NURIA. ¿Qué fa vusté ací? ¡Qui li ha demanat? ¿Eh?

EL VIGILANTE. Ascolti, senyora, jo...

DOÑA NURIA. ¿Qué fa vusté aquí? ¡Fora d'aquesta casa! ¡Vaja un vigilant, vaja un vigilant...! *(El Vigilante retrocede asustado.)* Vigilant-pistoler, vusté. Ja tornará a venir Nadal, ja, ja, tornará vusté a demaná aguinaldu... y ja li donarem aguinaldu a vusté, ja vurá prou, ja.[1]

El Vigilante ha retrocedido y se ha marchado como alma que lleva el diablo. Las dos mujeres ahora, en el espasmo de la madrugada se miran, dan un grito y se abrazan llorando. Están un rato llorando las dos abrazadas, hasta que Doña Nuria se separa con cierto asco de ella y grita.

DOÑA NURIA. ¡Las joies, las joies...!, ¡mis alhajas, mis alhajas!... *(Entre el estropicio del registro abre cajoncillos, secreteres, rebusca.)* Están aquí, sí, no las han pas tocadas... Pendientes, sortijas...

PILAR. *(Llorosa.)* ¡Se han llevao el retrato de Su Majestad...!

DOÑA NURIA. El pendentif de Montecarlo, las arracadas de mi madre *(Se vuelve de pronto y grita.)* ¿Y el nen? ¡Dónde está el nen?

PILAR. En el Liceo, señorita. Hoy tenía Liceo, señora...

Corre Doña Nuria al teléfono y marca un número. Está nerviosa. Vuelve a marcar.

PILAR. *(Que está temblando.)* Voy a calentarla un poco de tila...

DOÑA NURIA. Te la bebes tú que más falte te ha *(Al teléfono.)* Montse, ¿es la Montse? ¿No está la Montse? *(Aparte)* ¡Ay, mare de Deu Santísima...!

PILAR. Un poco de tila...

DOÑA NURIA. *(Apartándola.)* ¡Quita...! *(Al teléfono.)* Ay, Montse. Ascolta nena. ¿Habeu vist al Lluiset?... Sí, sí... Aixó que... ¿Era al Lliceu?... Sí... ¡Ay, dexa ara la Toti dal Monti...! ¿Al resopón? ¡Ay!, es que... Sí, sí... Es que... Ascolta... *(Tapando el teléfono, pero más tranquila.)* Ay qué angunia de Montse...

---

[1] DOÑA NURIA. ¿Qué es lo que hace usted aquí? ¡Fuera, fuera de esta casa! Vaya un vigilante, vaya un vigilante... Ya volverá a ser Navidad y vendrá a por el aguinaldo... y le vamos a dar aguinaldo... ya, ya...

PILAR. *(Acercándola una bandeja con el servicio.)* La tila...

DOÑA NURIA. Es que, ascolta, Montse, dona, ascolta... ¿Saps lo que em passa?... Em passa una cosa...

La escena se oscurece. Tras el oscuro se proyecta en el escenario una página de periódico con el siguiente contenido:
En grandes titulares: Espantoso crimen en el Barrio Chino: "En un reservado de La Criolla aparece muerto el imitador de estrellas conocido por La Asturianita."

En letra más menuda dice: "En la madrugada del sábado apareció en un reservado del tugurio denominado La Criolla, refugio de la gente del hampa que frecuenta esos lugares, el cadáver horriblemente mutilado del maleante Arsenio Puig Bellacasa, conocido entre el hampa por el alias de La Asturianita. Parece ser que el crimen se debe a rivalidades de tipo pasional, aunque no se descarta la posibilidad de que existan ramificaciones de tipo ácrata o de sindicato libre. La policía investiga para encontrar a los asesinos."

En titulares menos grandes: "Se rumorea que una prestigiosa personalidad de nuestra mejor sociedad se halla relacionada con el asesinato de La Asturianita: "Noticias confirmadas parecen indicar una pista sobre el espantoso crimen de La Criolla. A título de rumor se afirma que hay una o varias personas de nuestra sociedad más selecta relacionadas con el trágico suceso. Concretamente, la policía, provista de la correspondiente orden, procedió a registrar la residencia de un conocido y prestigioso abogado. Se afirma que dicho señor era dado a la cocaína y otros estupefacientes que, según simples rumores, eran obtenidos en lugares como La Criolla. Todo ello evidencia que las salpicaduras de la mala vida barcelonesa llegan hasta el mismísimo Ensanche."[1]
Otros titulares: "Hoy en la Exposición Internacional se celebra el Día del Ecuador. Asistencia del excelentísimo Embajador de aquella República."

---
[1] Ensanche: barrio barcelonés residencial en esta época.

Un anuncio: Peca-cura (con el rostro de una damisela.)
Otro anuncio: Cinema-Palace, "La Madona de los coches camas", gran éxito.
Una gacetilla: Reposición de "El ocaso de los dioses" en el Gran Teatro del Liceo.
Otro anuncio: Bataclán-Té-Dansant. Debut de la singular "Flor de Otoño". Reserve su mesa.
Un anuncio que cierra la página: "Wagon Lits Cook".

Mientras se proyecta este facsímil periodístico se escucha una música entre dulzona y canalla, a base de violines y muy a lo lejos un ritmo lento de sardanas.
La página se desvanece de pronto como si hubiera sido rasgada por una mano femenina y airada.
Tras la desaparición del periódico, vemos a Doña Nuria vestida elegantemente con un traje sastre y tocada con un sombrero de fieltro, cuya ala la cubre la mitad del rostro (estilo Pola Negri), que está dando fuertes golpes con un paraguas sobre una mesa de despacho Renacimiento. Tras la mesa, un joven parecido a Rodolfo Valentino, que trata de calmar a Doña Nuria. Sentado en una butaquita y compungido, llevándose el pañuelo a las narices (porque parece constipado), hay un individuo flacucho, pálido, con gafas, embutido en un abrigo oscuro que parece totalmente indefenso. Alfombras, arañas, gran retrato de Alfonso XIII. Todo ello nos anuncia que estamos en uno de los despachos del Gobierno Civil.

DOÑA NURIA. *(Golpeando con el paraguas sobre la mesa.)* ¡Quiero que me reciba Su Excelencia, Su Excelencia, Su Excelencia...!

SECRETARIO. *(Apartándose un poco por temor a recibir un paraguazo.)* Imposible, señora. Imposible. ¿Cómo quiere que se lo diga?

DOÑA NURIA. ¡Soc la vidua de don Lluis de Serracant...!

SECRETARIO. Sí, señora...

EL JOVEN ESCUCHIMIZADO. ¡Hi, hi, hi...!

DOÑA NURIA. Anúncieme... *(Y al decir esto se queda apoyada en el paraguas como una reina en su báculo.)*

SECRETARIO. Está enfermo. Se lo estoy diciendo. La gripe...

DOÑA NURIA. ¡Almorranas es lo que tendrá...!

SECRETARIO. ¡Señora..., señora....!

DOÑA NURIA. Soc doña Nuria...

SECRETARIO. Por favor, ¿quiere ser tan amable, doña Nuria, de exponerme su reclamación?

DOÑA NURIA. ¿Usted quién es?

SECRETARIO. Señora: soy el secretario de Despacho...

DOÑA NURIA. No le conozco, señor mío...

SECRETARIO. Usted perdone, pero...

DOÑA NURIA. No sé cómo se llama usted. No me lo han presentado nunca. En cambio yo soy...

SECRETARIO. Sí, señora, doña Nuria de Cañellas, viuda de...

DOÑA NURIA. *(Presentando ahora a su hijo.)* Y este señor, aquí donde usted le ve, es mi hijo. Hijo mío y de mi esposo que en paz descanse. Lluis de Serracant, abogado, premio extraordinario en la Facultad, una lumbrera del Foro, una lumbrera, no como otros. Porque este hijo mío —entérese usted— no se interesa por la política. No se interesa por la política, ni le importa medrar, señor mío. No como otros que...

EL JOVEN ESCUCHIMIZADO. ¡Por Dios, mamá...!

DOÑA NURIA. ¡Cállate tú! Que todavía tienes quien te defienda. ¿Lo oye usted? Aquí estoy yo para defender a este señor, mi hijo, que tendrían ustedes que besar por donde pisa. ¡Cállese usted! Un modelo de hijo. Un modelo. Un modelo de ciudadano. Y un modelo de catalán, entérese usted, pollastre... *(El Secretario quiere hablar.)* Nadie, pero nadie, nadie, puede decir así, pero ni así *(Lleva el puño cerrado hasta la nariz del*

Secretario que da un respingo asustado.) de este señor en nada: ni en moral, ni en piedad, ni estudios. Un espejo en el que debieran mirarse tots aquests arreplegats que intentan injuriarle, e injuriar a mí y, es clar, injuriar a mi difunto esposo, y, por tanto, señor mío, injuriar a Cataluña y al injuriar a Cataluña injuriar a España...

EL JOVEN ESCUCHIMIZADO. *(Se levanta y va a detener el gesto de su madre que con el paraguas enarbolado trata de golpear al secretario.)* Mamá, mamá, ja está be...

DOÑA NURIA. ¡No está be, no está be...!

EL JOVEN ESCUCHIMIZADO. *(Con voz maricuela, pero muy firme.)* De todas maneras, caballero, me parece que ya está dicho todo. ¡Que cese de una vez esa injuriosa campaña de prensa, que cese de una vez! Lo solicito como ciudadano y como ofendido...

DOÑA NURIA. *(Arrobada por la verborrea de su retoño.)* ¡I ara...! ¡I ara...!

SECRETARIO. *(Haciendo grandes reverencias al tiempo que pulsa el botón de la mesa.)* Les doy mi palabra de que he de trasladar su queja al señor Gobernador. Estamos aquí para escucharles y atenderles...*(Aparece un ujier en la puerta.)* Acompañe a estos señores... Señora, señor...

DOÑA NURIA. *(Muy altiva.)* Beso a usted la mano, caballero...

SECRETARIO. Beso a usted los pies, señora...

DOÑA NURIA. Pero yo no le conozco. No se quién es usted. *(A su hijo mientras salen.)* ¿Y tú, Lluiset, el coneix?...

Salen los dos y el Ujier les hace una reverencia. Oscuro.

Consejo de familia en casa de la viuda de Serracant. Tarde de lluvia. Oscuridad tenebrosa iluminada por los reflejos del fuego de la chimenea y el farol que sostiene aquel niño híbrido entre Cupido y Mercurio. Tiesas figuras sentadas en butacones. Caballeros pálidos y judaicos. Una Dama Rubia y frágil que destaca entre la negrura del resto de los asistentes. Otra Dama Regordeta y de aspecto ordinario que abriga sus manos en un manguito. Preside la reunión Doña Nuria, aún vestida con su traje sastre estilo Pola Negri. Más tiesa que nadie, yergue su busto de matrona catalana como si fuera una encarnación de la plutónica ciudad. La sombra de aquella criada —Pilar— va y viene trayendo tacitas y cosas. Están todos tiesos sin hablar. Por encima de ellos se extiende una atmósfera de gorgoritos de ópera que sustituyen a las palabras. Todos beben el café casi al unísono. Hay muchos paraguas en la escena: abiertos unos, cerrados otros y la lluvia preside tras el mirador aquella ceremonia fúnebre. Nadie habla. Los gorgoritos crecen, hasta que Doña Nuria se decide:

DOÑA NURIA. A vusté, pollastre, no el coneix, jo no el coneix, jove, no se el seu nom, le vaig dir. Aixi le vaig dir. ¡I ara...![1]

UN SEÑOR GORDO Y CALVO. ¡Ai Deu Senyor, ai Deu Senyor...![2]

UN SEÑOR FLACO COMO UNA ESPÁTULA. ¡Ai carai...![3]

DOÑA NURIA. ¡I ara...! Doncs estaría be... Ja l'he dit prou, ja...[4]

UN SEÑOR JOROBADO. *(Llamando a la Criada.)* Ascolti, Pilar, fasi el favó de portarme las pildoretas que m'he deixat en el abric...[5]

Silencio de nuevo. Pilar trae las "pildoretas" que el Señor Jorobado se toma disueltas en agua, luego de gargajear un tonillo de ópera.

---

[1] DOÑA NURIA. A usted, pollito, no le conozco, yo no le conozco, joven. Ni conozco su nombre tan siquiera. Así le dije. Se lo dije así. ¡Vamos!
[2] UN SEÑOR GORDO Y CALVO. Válgame Dios, válgame Dios...
[3] UN SEÑOR FLACO COMO UNA ESPÁTULA. Caray...
[4] DOÑA NURIA. ¡Vamos! Pues estaría bien... Ya le dije bastante, ya...
[5] UN SEÑOR JOROBADO. Oiga, Pilar: haga el favor de traerme esas píldoras que me he dejado en el abrigo.

FLOR DE OTOÑO

DOÑA NURIA. *(Rompiendo de nuevo el silencio.)* Aleshores...[1]

EL SEÑOR GORDO. Aleshores...[2]

EL SEÑOR FLACO. ¿Aleshores...?[3]

EL SEÑOR JOROBADO. *(Tose y carraspea.)* ¡Ai, senyó...![4]

DOÑA NURIA. Aleshores, un Serracant, tot un Serracant, barrejat amb la gent del hampa...

LA SEÑORA REGORDETA. ¡Mare de Deu Santísima...![5]

EL SEÑOR GORDO. Y, es clar, els Teixits Serracant barretjats amb la gent del hampa...[6]

LA SEÑORA RUBIA. *(Echándose a llorar.)* Ai, ai, jo em vull morirme... ¿Com podré anarhi al Lliceu ara? ¡Quina vergonya...![7]

DOÑA NURIA. Aixo ens ha portat la política...[8]

EL SEÑOR FLACO. *(Levantando un dedo.)* La política, la política tú lo has dit... Perque, es clar, aixó es la política...[9]

EL SEÑOR JOROBADO. *(Pudiendo hablar después de su acceso de tos.)* L'enveja, aixó es l'enveja...[10]

DOÑA NURIA. Ah, pero aixó no reste ací...[11]

---

[1] DOÑA NURIA. Total...
[2] EL SEÑOR GORDO. Total...
[3] EL SEÑOR FLACO. ¿Total...?
[4] EL SEÑOR JOROBADO. ¡Ay, señor...!
[5] LA SEÑORA REGORDETA. Madre mía santísima...
[6] EL SEÑOR GORDO. Y claro, los Tejidos Serracant mezclados a la gente del hampa...
[7] LA SEÑORA RUBIA. Ay, ay... Yo me quiero morir... ¿Cómo voy a ir al Liceo ahora? ¡Qué vergüenza!
[8] DOÑA NURIA. Eso es lo que nos ha traído la política...
[9] EL SEÑOR FLACO. La política, la política. Bien dicho... Porque claro está que es cosa de política...
[10] EL SEÑOR JOROBADO. Y de envidia... Eso es envidia...
[11] DOÑA NURIA. Pero la cosa no se queda aquí...

EL SEÑOR GORDO. ¡Oh, i tant...![1]

EL SEÑOR FLACO. ¿I ara? Doncs estaría be que els paraigas Serracant, tan be acreditats desde l'any 1830, s'ensorrasen asís per una malifeta d'un mal nascut...[2]

DIVERSAS VOCES. ¡Ay Deu Senyor, ay Deu Senyor...!

LA SEÑORA RUBIA. Jo sempre ho dic: tranquilitat y bons aliments...[3]

DOÑA NURIA. O sigui que aquet fill meu, aquella joia, qu'es una joia, va a resultá que es un pistoler, un cocainomán i que anda berrejat amb faldillas...[4]

EL SEÑOR JOROBADO. ¡Toma castanya...![5]

DOÑA NURIA. Mare meva, quand jo estic desesperada perque no vell casarse i ja te treinta anys...[6]

EL SEÑOR JOROBADO. Oh, doncs no será perque no hagi volgut, que la meva Antonieta...[7]

DOÑA NURIA. *(Callándole con una mirada.)* ¡I ara! ¡I ara! No es moment aquest per...[8]

EL SEÑOR JOROBADO. No, si ho deia perque...[9]

DOÑA NURIA. *(Sin hacer caso.)* I el meu fill en el Paralelu. En el Paralelu...[10]

---

[1] EL SEÑOR GORDO. Toma, claro...
[2] EL SEÑOR FLACO. ¡Vamos! Estaría bueno que los Tejidos Serracant, tan bien acreditados desde 1830 quebrasen por la mala acción de un malnacido...
[3] LA SEÑORA RUBIA. Yo es lo que digo: tranquilidad y buenos alimentos.
[4] DOÑA NURIA. O sea que este hijo mío, esta joya que es una joya, resulta que es un pistolero, un cocainómano y que anda revuelto en faldas...
[5] EL SEÑOR JOROBADO. ¡Toma castaña!
[6] DOÑA NURIA. ¡Madre mía! Cuando yo estoy desesperada porque no acaba de casarse y tiene ya los treinta años...
[7] EL SEÑOR JOROBADO. Oh, pues no será porque no haya querido, porque mi Antoñita...
[8] DOÑA NURIA. ¡Vamos! No es este momento de...
[9] EL SEÑOR JOROBADO. No, yo lo decía porque...
[10] DOÑA NURIA. Y mi hijo en el Paralelo. ¡En el Paralelo!...

LA SEÑORA REGORDETA. En el Paralelu...[1]

DOÑA NURIA. Tú calla, que t'han vist una vegada anarhi al Paralelu a veura, una revista d'en Sugranyes...[2]

LA SEÑORA REGORDETA. Doncs tu em vas veura, mira...[3]

LA SEÑORA RUBIA. *(Para calmarla)*. Jo sempre ho dic: tranquilitat y bons aliments...[4]

EL SEÑOR FLACO. O sigui que en Lluiset, pobre fill, es un "joven bárbaro", com diem aquests de Lerroux...[5]

LA SEÑORA RUBIA. *(Volviendo a llorar.)* ¡Ai mare meva, quina vergonya...![6]

EL SEÑOR GORDO. La Marieta ha dit que tanquessim el estant de la Exposició... per si un cas...[7]

DOÑA NURIA. *(Saltando hecha una fiera.)* ¿Cómo? ¿Cómo tancar? Amb el cap ben alt hem de caminar tots els Serracant, per mes que ems insultim els maldits y resconsagrats lliberals de... ¡Mare meva no se ho que dic...![8]

Silencio.

LA SEÑORA REGORDETA. Y el sus que vas pasa tu Nurieta, amb aquest registru...[9]

---

[1] LA SEÑORA REGORDETA. En el Paralelo...
[2] DOÑA NURIA. Tu cállate, que ya te han visto en el Paralelo viendo una revista de Sugrañes...
[3] LA SEÑORA REGORDETA. Pues tú me viste, conque...
[4] LA SEÑORA RUBIA. Yo es lo que digo: tranquilidad y buenos alimentos...
[5] EL SEÑOR FLACO. O sea que Lluiset, pobre criatura, es un "joven bárbaro" como dicen de los de Lerroux...
[6] LA SEÑORA RUBIA. ¡Ay madre mía, qué vergüenza!
[7] EL SEÑOR GORDO. Marieta dice que deberíamos cerrar el puesto de la Exposición por si acaso...
[8] DOÑA NURIA. ¿Cómo? ¿Cómo cerrar? Con la frente muy alta hemos de andar todos los Serracant. Aunque nos insulten esos malditos y pérfidos liberales de... Dios mío, no sé ni lo que digo...
[9] LA SEÑORA REGORDETA. Y el susto que debiste pasar tú, Nurita, con aquel registro...

DOÑA NURIA. Aixó..., que et digui Pilar...[1]

PILAR. *(Llorando.)* ¡Ai quin susto señora...!, ¡quin susto...![2]

Otra pausa.

EL SEÑOR JOROBADO. Aixó es l'enveja. Quasevol desgraciat que no vull al Lluiset. Aixó es.[3]

DOÑA NURIA. I encara amb aixó del retrato de Alfonso XIII, que van trancar els propis polis, diuem qui hia política pel mig...[4]

LA SEÑORA REGORDETA. La gent es molt dolenta, molt, molt...[5]

LA SEÑORA RUBIA. *(Que ha dejado de llorar y se arregla las cejas mirándose a un espejito que ha sacado del bolso.)* ¡I las Puig y Dolcet ho que anirán diuem, mare meva...![6]

DOÑA NURIA. Lo que es aixó; ja vurem qui riu l'ultim... ¡Ja, ja...![7]

Silencio.

EL SEÑOR JOROBADO. Aleshores...[8]

DOÑA NURIA. Ems defensarem, ems defensarem amb ungles i dents. Tornarem a posar la nostra senyera en el lloc que ha estat sempre. Restaría mes...![9]

---

[1] DOÑA NURIA. Huy, eso... que te lo diga Pilar...
[2] PILAR. Menudo susto, señorita... Menudo susto...
[3] EL SEÑOR JOROBADO. Eso es la envidia. Algún desgraciado que no quiere bien a Lluiset. Eso es...
[4] DOÑA NURIA. Y luego con lo del retrato de Alfonso XIII, que rompieron los propios policías, basta para que digan que hay política por medio...
[5] LA SEÑORA REGORDETA. La gente es muy mala, mucho, mucho...
[6] LA SEÑORA RUBIA. Y las Puig y Dolcet lo que irán diciendo por ahí... ¡Madre mía!
[7] DOÑA NURIA. Lo que es eso... Ya veremos quién es el que ríe el último...
[8] EL SEÑOR JOROBADO. O sea que...
[9] DOÑA NURIA. Nos defenderemos. Nos defenderemos con uñas y dientes. Volveremos a poner nuestra enseña en el lugar de siempre. ¡No faltaría más...!

FLOR DE OTOÑO

LA SEÑORA REGORDETA. Pero jo tinc por...[1]

EL SEÑOR FLACO. Temps de baralla, temps de baralla, no hia ordre, no hia principis; aixó...[2]

LA SEÑORA RUBIA. ¡Ai quina vergonya! y demá no podré anarhi al Lliceu i canta la Toti dal Monte... Ai, ai... *(Se oye un regodeo de gorgoritos dramáticos.)*[3]

EL SEÑOR JOROBADO. Aixo ve de lo que ve. Molts murcianus que han vingut, molta mala gent a Barcelona, amb tanta exposició y tanta mandanga. Aixó. Que volem ensorrarnos a tots...[4]

DOÑA NURIA. *(Irguiéndose muy altanera.)* ¡Doncs ens defensarem...![5]

TODOS. Ens defensarem...[6]

DOÑA NURIA. *(Exaltándose progresivamente.)* El fill de En Lluis de Serracant, amic intim, intimissim, den Maura, Lluis de Serracant, fill a la vegada de aquest general *(Señala al retrato al óleo y todos se vuelven respetuosos a reverenciarlo.)* que va a ser mes gloria de Castillejos que el propi Prim, amb tota una familia dedicada als mes prosper negocis...[7]

EL SEÑOR GORDO. Els teixis Serracant, mira...[8]

---

[1] LA SEÑORA REGORDETA. Pero yo estoy asustada...
[2] EL SEÑOR FALCO. Tiempos de lucha, de revueltas. No hay orden, ni principios, y claro...
[3] LA SEÑORA RUBIA. ¡Qué vergüenza! Mañana no podré ir al Liceo y canta la Toti dal Monte...
[4] EL SEÑOR JOROBADO. Todo esto viene de lo que viene. Demasiados murcianos que han venido... Mucha mala gente que hay en Barcelona con tanta exposición y tanta mandanga. Eso es. Que quieren arruinarnos a todos...
[5] DOÑA NURIA. Pues nos vamos a defender...
[6] TODOS. Nos vamos a defender...
[7] DOÑA NURIA. El hijo de Luis de Serracant, amigo íntimo, intimísimo de Maura, Luis de Serracant, hijo de ese general... *(Señala el cuadro.)* que fue más gloria de Castillejos que el propio Prim y con toda una familia dedicada a los más prósperos negocios...
[8] EL SEÑOR GORDO. Los tejidos Serracant, mira...

EL SEÑOR FLACO. Els paraigas Serracant...[1]

EL SEÑOR JOROBADO. Serracant, els perfums de París...[2]

TODOS. ¡Ai, Deu Senyor...![3]

DOÑA NURIA. ¡Ens defensarem...![4]

EL SEÑOR JOROBADO. Hen de fer un pla d'acció...[5]

DOÑA NURIA. ¡Ai si el seu pare viscés!, ¡ai..![6]

EL SEÑOR GORDO. Jo soc amic del Delegá de Hacenda...[7]

EL SEÑOR FLACO. I jo del Ministre de Fomento...[8]

EL SEÑOR JOROBADO. Doncs jo soc amic de un pistoler que...[9]

Todos se quedan horrorizados.

DOÑA NURIA. ¿Qué dius ara?[10]

EL SEÑOR JOROBADO. No, aixó, que... Prenderé un altra pildoreta...[11]

DOÑA NURIA. Ai, ja veig que estic sola, sola, amb tota la baralla. ¡Ai Senyor doneume forces...![12]

---

[1] EL SEÑOR FLACO. Los paraguas Serracant...
[2] EL SEÑOR JOROBADO. Serracant, perfumes de París...
[3] TODOS. ¡Dios mío!
[4] DOÑA NURIA. ¡Nos defenderemos!
[5] EL SEÑOR JOROBADO. Hemos de trazar un plan de acción...
[6] DOÑA NURIA. Ay, si su padre viviese. ¡Ay...!
[7] EL SEÑOR GORDO. Yo soy amigo del delegado de Hacienda...
[8] EL SEÑOR FLACO. Y yo del Ministro de Fomento...
[9] EL SEÑOR JOROBADO. Pues yo tengo un amigo pistolero que...
[10] DOÑA NURIA. ¿Qué es lo que estás diciendo?
[11] EL SEÑOR JOROBADO. No, nada... Tomaré otra pildorita...
[12] DOÑA NURIA. Ay, ya veo que estoy sola... ¡Estoy sola en la batalla!... ¡Dadme fuerzas, Señor!

LA SEÑORA RUBIA. Ai Nurieta que som tots amb tu... Tranquilitar...[1]

EL SEÑOR JOROBADO. I bons aliments...[2]

EL SEÑOR GORDO. I patí be...[3]

DOÑA NURIA. *(Levantándose.)* Aleshores. Ja ho sabeu tot...[4]

(Y con este "Ja ho sabeu tot", Doña Nuria da por terminado el consejo de familia. Todos se ponen en pie y se inicia la larguísima y ritual ceremonia de las despedidas. Pero ya sólo vemos los gestos, en que se discute —lo que puede discutir esa gente— en que se recomienda, en que se ponen los abrigos, y se cogen los paraguas. Escena de marionetas tenebrosas.
Mientras tanto, se ha iluminado un rincón de la escena y vemos al Lluiset, o sea, la criaturita que ha producido tamaño terremoto moral. Está en una especie de "garconnière" tapizada de rojo. Sobre una mesita reposan las gafas. El Lluiset se nos aparece ahora muy distinto del que vimos en la entrevista con el secretario del Gobierno Civil. Vestido con pantalón, faja y camisa de "smoking", sin gafas, parece un gigoló maricuela. Se está contemplando al espejo. Alisándose los cabellos y poniéndose fijador. Se advierte que lleva bastante tiempo acicalándose. Utiliza pulverizadores, pomos de perfume y mil menudencias. Mientras se acicala silba alegre. Entretanto, seguimos viendo al fondo el grupo de la familia mimando una larga y dolorosa despedida. El Lluiset se aleja del espejo para contemplar su figura. Marca unos cuantos pasos de "claqué", luego se coloca las manos en las caderas y avanza hacia el espejo con andares de "vamp" cinematográfica estilo Mae West. De pronto, como recordando algo va al teléfono que hay sobre una mesita y marca un número. Da golpes nerviosos con su piececito en el suelo,

---

[1] LA SEÑORA RUBIA. Ay, Nurita, que estamos todos contigo... Tranquilidad y...
[2] EL SEÑOR JOROBADO. Y buenos alimentos...
[3] EL SEÑOR GORDO. Y buena digestión...
[4] DOÑA NURIA. Así que ya lo sabéis todo...

poniendo en todo ello una gran suavidad y una dulce coquetería.)

LLUISET. ¿Aló?... Señorita... Señorita. ¿La conferencia con Vilanova?... ¿Encara? ¿Media hora? ¿De qué, guapa, de su reloj o del mío? Pero si... Ande, no sea mala, chata... Tenga misericordia de un enamorado... *(Recalcando.)* E-na-mo-rado. *(Con un gritito muy de maricuela.)* ¡Uuuuy...! ¡I ara...! ¿Cómo lo sabe? Ah, picarona. ¿De verdad? ¿De verdad verdaderita?... *(Besando el auricular.)* Ahí te mando un beso, y otro... Viva tu mare, flamencota... ¡Olé!... *(Cuelga el teléfono y da unos cuantos pasos de baile. Vuelve al espejo. Luego descuelga la capa y se la coloca muy terciada, a lo flamenco y marcha por el escenario como una cupletista flamenca. Coge una flor de un "bouquet" y se la coloca en la oreja. Se mira. No le gusta y se quita la flor. En la penumbra sus familiares, empiezan la teoría de besos y abrazos. Suena ahora el teléfono y el Lluiset corre hacia él, tirando la capa. Descuelga el teléfono nervioso.)* ¿Aló? ¿Aló?... ¿Vilanova?... ¿Vilanova?... Com diu?... No et sent res, res... ¡Ascolti, senyoreta, senyoreta...! Sí... Sí... Ja estic, dona... Vilanova... ¿Es Vilanova? *(Rabioso da una patada a la capa que tenía bajo los pies.)* ¡Ricard...! ¡Ricard...! ¡Ricard...! ¿Es tú?... ¿Es Ricard?... Ascolta... ¿Qué?... ¿Cómo dice? ¿Pepito? No, no, se equivoca. Yo "demanu" per Ricard... Ay, hijo, pues Ricard... De Pepes, na... ¡Apa...! *(Cuelga rabioso y vuelve a marcar.)* Señorita, señorita... Que s'ha equivocat, que yo busco a un Ricard y me ha salido Pepe, Pepito.., y de Pepitos... ¿Cómo dice, mona? No, no. Ricard de Vilanova. No Pepito de Vallbona... ¡Vaya!... Que tiene usted un día... Ay, sí será por el tiempo, mira... Bueno... Aquí te espero, comiendo un huevo... *(Cuelga y se cruza de brazos. Mira su reloj de pulsera.)* ¡Ay, qué Telefónica ésta...! *(Otra vez el timbre.) (Descuelga rápido.)* ¿Aló?... Sí... Sí... ¡Ay!... ¿Eres tú Ricard? ¡Ai, ja era hora...! Tot el vespre en tens a la "vera" del "telèfon" querido... ¿On eras? ¿En Can Raurell? Pillín... Pillín... ¡So guaja...! No et creo. ¡Ay quina angunia! ¿Ja ho saps tot? Ai, ho sap tot... Ja ho suponía que ho sapigevas tot. Ers un Serloc Holmes... *(Dando un gritito.)* ¡Uuuuh...! Imaginat, imaginat. ¡Quin escandal! De tot, de tot: registru, polis, comisaría, ai Deu

FLOR DE OTOÑO

Senyor... ¿Qui jo? Tan pancho, ves... ¿Qué? No t'entec... Ah, si. Aquesta nit. T'espero. Te ho contaré tot amb pels y senyals... Tot, tot, es clar... ¿He tingut mai secrets amb tú, gitanu?... Procura venir d'hora. En el "reservado", sí. ¿Vindrás en Rolls d'en Surroca? Ai, quina ilusió... Ja vurás, ja... Adeu macu. Patons.[1] Molts patons. Doncs apa. Abur. ¡Au revoir...! *(Cuelga y suspira satisfecho. Vuelve a marcar un número.)* Señorita, ya está... ¡Uuuy!, no lo sabe usted bien, no lo sabe usted bien. Muchas gracias, maca. Y usted que lo vea... Apa adeu sinyoreta y que hagi sort amb aquests que diu dells ulls[2] gitanus...

Cuelga. Corre por la habitación alegre. Todavía siguen allá en la sombra danzando las siluetas de sus parientes. Se coloca la corbata de lazo, la chaqueta del "smoking", se cubre con la capa. Se pone la chistera ladeada. Coge un bastoncillo y ya es una figura de cabaret ínfimo con pujos parisienses. Voltea el bastón frente al espejo y el espejo le devuelve su figura canallita, de cejas depiladas y ojos ensombrecidos por el rimmel. Avanza hacia el fondo. Saca un pañuelo del bolsillo y lo agita dirigiéndose a sus parientes, que ya desfilan como una despedida de duelo, llevándose también pañuelos a los ojos. Una voz de gramola deja oír la voz del propio Lluiset, afeminada, que canta un cuplé que se inicia así

> Flor de cabaret...
> Ojos de pasión...
> Flor de Otoño me llaman a mí,
> Flor de invernadero del viejo París...

Y con el último verso rasgado de la vieja gramola, termina de oscurecerse la escena.

Se encienden unos letreros luminosos y parpadeantes llenos de inquietud y ansiedad, que dicen así: "Bataclan". "Té Dansant". "Debut: Flor de Otoño, debut".

---

[1] Besos.
[2] Ojos.

La noche loca del Paralelo barcelonés en los años 30. Heterogéneo público formado por: "trinxeraires", bohemios, chulos profesionales, burgueses camuflados, extranjeros que van de paso para visitar la Exposición, anarquistas, jugadores... Barullo de simones, berlinas, automóviles a la puerta del famoso "Bataclán". Una niña canta ante un grupo de mirones la famosa copla "Baixant de la Font del Gat". Noche de enero con efluvio de mimosas. En el vestíbulo del "Bataclán", cortinas de terciopelo rosa encubridoras del pecado. Fotografías cabalísticas. Luz agria y agresiva. La Matrona del Guardarropa, rubia oxigenada y casi sexagenaria, especie de pitonisa que abre los caminos del arcano y sonríe malévola a la vez que aconseja a los dubitativos. Plantado en la puerta el portero, galoneando, con gorra aplastada, enormes patillas, nos anuncia al "camálic" del Borne haciendo horas extraordinarias.

Es noche de debut y entre la clientela habitual se ven algunas damas que vuelven del Liceo y no reparan en el peligro que supone exhibir sus capas de armiño, sus estolas de visón, sus alhajas. Están gozosas de verse mezcladas con la flor del hampa. Rumores de todas clases y excitación nacida en la página de sucesos. Hay una pareja mirando las fotografías. Ella parece una modistilla endomingada y él un joven calavera de la burguesía.

LA MUCHACHA. Mírala, ésta es. Dicen que cosió a puñaladas a La Asturianita.

EL POLLO. Ya será menos, maca...

LA MUCHACHA. Me hace ilusión. ¿Entramos?

EL POLLO. *(Muy insinuante.)* ¡Morbosa...!

LA MUCHACHA. Anda, no seas malo... *(La pareja desaparece tras las cortinas.)*

EL PORTERO. *(A la del guardarropa.)* ¡Quina gentada! Avui haurá follón, Montse...

LA DEL GUARDARROPA. ¿Ha vingut la bofia?

EL PORTERO. *(Obsesionado.)* Avui va estar bona. Jo t'ho dic, ¡la mare que els va a parir a tots...!

LA DEL GUARDARROPA. ¡A mí, plim...!

En este momento llega al vestíbulo un tipo con todo el aire de un gangster de Chicago, mestizado con el tipo clásico de murciano fabricante. Monstruo corpulento, peludo, impresionante, cuyas ropas que quieren ser elegantes —abrigo con cuello de astracán— contribuyen a hacerlo más inquietante. Le acompañan dos tipos, uno de ellos con gorrilla, que pregona su carácter de guardaespaldas. Al tal tipo ya le conocen por el nombre de "El viudo de La Asturianita". El Portero, al verlos, se enfrenta valientemente a ellos.

EL PORTERO. Lo siento, señores. Está lleno. Tot ple...

EL VIUDO DE LA ASTURIANITA. ¿Qué dices, tú...?

EL PORTERO. *(Dando una palmadita en el hombro al monstruo.)* ¡La reoca! Ha venío esta noche Dios y su madre. No cabe un alfiler.

EL VIUDO DE LA ASTURIANITA. *(Apartándole con buenos modos.)* Déjame pasar...

EL PORTERO. *(Asustado.)* ¡Que está tot ple! Mañana hay otro pase y además...

UNO DE LOS GUARDAESPALDAS. *(Al Portero.)* Vete a guardar un cortijo...

Y los tres patibularios se cuelan. La del Guardarropa intenta un último obstáculo.

LA DEL GUARDARROPA. ¿Senyor? ¿Els abrics?...

UNO DE LOS GUARDAESPALDAS. ¡Toma y calla...! *(La tira una moneda de cinco duros.)*

EL PORTERO. *(Quitándose la gorra y rascándose la pelota.)* ¡Renoi... ara si que l'han fet bona! Aquest es... *(Baja la voz.)*

LA DEL GUARDARROPA. ¡Mare meva santísima...! Hem de cridar a la bofia. Ho demanaré al senyó Barral...

EL PORTERO. He fet tot lo possible; pero, noi amb aquets ganster...

En ese momento acaba de detenerse a la puerta el Rolls lujoso que llevaba siempre a las grandes estrellas. La gente se arremolina alrededor. Llega la famosa estrella Flor de Otoño, acompañada de aquel amigo suyo, Ricard, y al volante un ex boxeador con veleidades ácratas, que es El Surroca. Los golfantes que hay a la puerta aplauden. La Flor de Otoño, o sea, el Lluiset, está radiante de gozo, bajo la diabólica iluminación de los parpadeantes letreros. Se quita la chistera y saluda.

UNA MUCHACHA. ¡Que es bofoneta...!

UNA DAMA ¡Quins ulls...!

UN BURGUÉS. *(A la Dama anterior.)* Tot aixó es mentida...

LA DAMA. ¡Sí, creu tú...!

EL PORTERO. *(Dirigiéndose a Flor de Otoño al descender del auto.)* ¿Saps qui ha vingut, nena?

LLUISET. ¿Qui, encantu? *(El Portero le dice algo al oído.)* ¿Y ara? ¿Per aixó t'exclamas?

EL PORTERO. Es que ve amb las del veri...

EL RICARD. ¿Qué diu?...

LLUISET. Res. Que ha vingut un del hampa...

EL SURROCA. Per aixó está "reservado el derecho de admisión".

LA DEL GUARDARROPA. *(Al Lluiset.)* Ai, Flor, que arribas una mica tard, maca...

LLUISET. *(Besando a La del Guardarropa con gran coquetería.)* Muu... muu.. Jo mai arribu tar; tot lo contrari; a punt...

LA DEL GUARDARROPA. ¿Saps qui hia?

LLUISET. Molts admiradors...

LA DEL GUARDARROPA. Que no het passi res...

Todos riendo han dejado los abrigos y desaparecen tras las cortinas. El Portero se quita de nuevo la gorra.

EL PORTERO. Ara es quand jo sería a gust amb els meus companys del Borne.

LA DEL GUARDARROPA. Nosaltres, plim. Per aixó está la bofia...

EL PORTERO. Pero ja has vist que jo se lo he dit...

LA DEL GUARDARROPA. *(Con sorna.)* Se lo has dit..., ja...!

EL PORTERO. ¡Cagun coin...! ¿Qué volías que faci, amb aquests altres?...

LA DEL GUARDARROPA. A mí, plim...

EL PORTERO. *(A una pareja que está a punto de entrar.)* ¿Senyor?

La pareja está compuesta por aquel Jorobado que vimos en el consejo de familia de la Señora de Cañellas, que va acompañado de una vicetiple de la Compañía de Sugranyes.

EL JOROBADO. Volem entrar, per a veura el debut de la sin par "Flor de Otoño"...

EL PORTERO. Ho sent molt, caballer; pero tot está ple...

LA VICETIPLE. ¿Ple? ¡Oh...!

EL JOROBADO. No pateixas, nena... Ascolti, jove...

EL PORTERO. Está ple, senyor...

EL JOROBADO. ¿Vusté sap quin soc jo?

EL PORTERO. No tinc el gust, senyor; pero está plé...

EL JOROBADO. ¿Ja sap vusté que yo soc de la empresa?...

EL PORTERO. No , senyor; pero tinc ordres...

EL JOROBADO. ¡Apa, apa...!, no sigui pesat y no posi pegas. Volem una bona taula...

EL PORTERO. Recoin, si le dic que no hi ha res, doncs no hi ha res...Si vusté es de la empresa parli amb el senyor Barral...

LA VICETIPLE. Si que es usté descortés...

EL PORTERO. Jo soc un mandat...

LA VICETIPLE. *(Apretando con su manita ensortijada el brazo del Jorobado.)* Quiero entrar...

EL JOROBADO. *(Tratando de sobornar al Portero.)* Prengui, prengui y tanqui els ulls...

EL PORTERO. *(Mirando la peseta que le da el Jorobado.)* Cag'un coin, ¿no le he dit que no?

EL JOROBADO. ¿Y no sap qui soc jo?... ¿Eh?...

EL PORTERO. Ja está be, home... *(Y coge al vejete por el cuello, le da la vuelta y le echa a la calle. La Vicetiple grita.)*

LA VICETIPLE. ¡Grosero, sinvergüenza, trinxa...!

EL PORTERO. *(Sacudiéndose las manos.)* Estic ja tip de monsergas...

LA DEL GUARDARROPA. Doncs la jeta del tíu em diu alguna cosa...

EL PORTERO. Doncs mira como si es el Bisba, a mí plim...

En ese momento entran tres tipos que muestran una placa. El Portero se quita la gorra y saluda. Pasan.

EL PORTERO. *(Contento.)* Ja els tenim ací. Ara podrém clapar una mica...

Suena dentro una salva de aplausos y se oscurece la escena.

Y ya tenemos en la escena a la famosa estrella Flor de Otoño. Vestido con el pantalón, la camisa y el lazo del "smoking", pero la chaqueta la ha sustituido por una casaca de lentejuelas. En la chistera una pluma de varios colores. Los ojos llenos de rimmel. Los labios pintados en forma de corazoncito. Su rostro es una máscara un tanto oriental. Una salva de aplausos acoge su presencia. Se nota el jadeo de satisfacción de un público que aparece en la sombra. Flor de Otoño, jugueteando con su bastoncillo, nos recuerda una Marlane Dietrich misteriosa y arrogante. Canta con aquella voz cascada parecida a la de la Bella Dorita y se mueve con avezado aire de "vamp" estrepitosa.

FLOR DE OTOÑO. *(Cantando.)*

> Flor de cabaret...
> Ojos de pasión...
> Flor de Otoño me llama a mí,
> flor de invernadero del viejo París...

UNA VOZ SALIDA DEL PÚBLICO. ¡La mare que et va parir, nena...!

OTRA VOZ. ¡Estás mejor que las fuentes de Buhigas...! *(Risas.)*

FLOR DE OTOÑO. *(Que empieza el desfile entre las mesas cantano en voz tenue y sin hacer caso de los ruidosos.)*

Flor de coca, coca, coca, coca... iiina...
misteriosa flor,
rosa de la Chiiina... Chiiina... Chiiina... ¡Ay..!

(Se detiene mirando al público luego de lanzar su suspiro.)

UNO DEL PÚBLICO. Vina p'acá sicalítica...

OTRA VOZ. Toma cocaína, nena...

UNA VOZ AIRADA. Callarsus ya, cag'un coin...

FLOR DE OTOÑO. *(Impertérrita.)*

Dame, dame, dame tu... maninaa...
y yo te daré mi coca... ina...

Los focos ya iluminan las mesas y Flor de Otoño se ha atrevido nada menos que a coger la mano del terrible Viudo de La Asturianita, la que fue su rival. El monstruo frunce el ceño. En la mesa de enfrente se ve a los amigos de la artista —el Ricard y el Surroca— alertas. Al fondo la silueta de los de la bofia.

FLOR DE OTOÑO. *(Acariciando la mano del Viudo de La Asturianita. Hablando.)* ¡Ay, qué manos, esto son manos, esto son manos y no lo que yo me sé...! *(Intenta llevarse la mano a la cara y el monstruo se la aparta de golpe y dice algo ininteligible. Flor de Otoño se ríe.)* Huuuy..., ¡qué coraje! Así me gustan los hombres a mi... con coraje... Con lo que hay que tener, como en "La Verbena de la Paloma..." Que pa eso una es flamencona... Aunque haiga nacío en París... *(Cantando y apartándose de la mesa enemiga.)*

París, oh París...,
flor de invernadero del viejo París...

(Deteniéndose y recitando de nuevo.) París, oh París... Pero, donde esté Barcelona que se quite tot... I ara que está tan maca amb las fonts de Buhigas y amb tanta flor, perque, es clar, ara una no es res... Una no es nada, entre tanta flor. Hay que ver cómo está el Bataclán. Huy, qué horror. No se puede comparar ni con Chez Maxim. *(El foco va pasando a través de varias cabezas de señora.)* Pero, axió sí, no em negarán ustedes que yo soy la "flor de las flores", en latín 'flor florum'', apa, pa que veais que una tiene su cultura... ¡Ay, chatooo...! *(Ha estrujado la nadiz de Ricard y vuelve al centro de la pista cantando de nuevo.)*

Dame, dame, dame... tu coca,
tu coca, tu coca... iiina...

EL VIUDO DE LA ASTURIANITA. *(A los otros de su mesa.)* Como vuelva a pitorrearse, la acogoto...

UNO DE SUS GUARDAESPALDAS. No encara, no encara...

FLOR DE OTOÑO. *(Contoneándose.)*

Porque yo soy la flor,
misteriosa flor,
rosa de la Chiiina...

(Recitando.) Vamos, todos, a cantar conmigo, sinvergüenzas.

Risas, jaleo, y un coro disforme que intenta corear a la vedette.

CORO. Misteriosa flor,
rosa de la Chiiina...
Chiiina... Chiiina...

FLOR DE OTOÑO. *(Deteniéndose ahora ante la mesa de un señor con aspecto de financiero americano que está con dos damas de alto copete, muy insinuante dice:)*

Anda, dame tu coca... iiina...
Anda, no seas egoistón,
¿no ves cómo me fascinas?

(Cantando ahora.)

Tu mirada me fascina,
y me voy a desmayar,
si no tomo cocaína...,
no se dónde iré a parar...

(Deteniéndose y hablando.) Eso me pasó el otro día en la Rambla. Porque como ahora está la Rambla así. ¡Ay, cómo está la Rambla! No hay quien dé un paso sin llamar la atención. Con tanto extranjero. Con tanto tufo varonil. Y luego con aquellos aromas. Que no puede una, vaya, que no puede. Una servidora, no es por alabarse, pero no puede pasear ya por la Rambla. El otro día me metieron en un cartucho de papel y me llevaron ante Su Majestad, que había pedido que le llevaran la flor más bonita de la Rambla... ¡Ohhh!... *(Se arma un gran bullicio. La genta patalea. Se oyen voces zoológicas y la Flor de Otoño, contoneándose, vuelve al centro de la escena, levanta el bastoncillo, se marca unos pasos de baile y hace como si dirigiera todo el coro moviendo las caderas con inaudito desahogo.)*

Flor, misteriosa flor,
rosa de la Chiiina...
Misteriosa flor,
flor de flor de cocaíína...

¡Vamos, vamos, todos...!

CORO. Misteriosa flor,
flor de cocaiiina...
Misteriosa flor,
rosa de la Chiiina...

FLOR DE OTOÑO. Misteriosa flor,
flor de cabaret,
dame tu pasión,
y yo te daréee...

(Preguntando.)

¿Qué te daré yo...?
...otra cosa fiiina...
Co... ca... i... na...

El foco se ha ido centrando sobre la estrella a medida que cantaba los versos y estalla una salva de aplausos ensordecedora. La estrella saluda, lanza besos con la manita. Se marcha, vuelve a aparecer. Está radiante. Su triunfo ha sido total. Cuando cesan los aplausos, se ilumina la sala y Flor de Otoño se dirige a la mesa de los amigos, eludiendo los piropos que salen de otras mesas. El Ricard la besa la mano y lo mismo el Surroca. Se sienta con ellos sin dejar de observar la mesa en que están los rivales, es decir, El viudo de La Asturianita y sus compinches.

RICARD. Has estat de buten, nena...

SURROCA. Colosal, de butiful...

FLOR DE OTOÑO. ¿Heu vist como jo no m'achantu?

RICARD. Doncs escolta, nena, no facis boixeirias[1] que están els de la bofia...

SURROCA. Y els del Sindicat Lliure...

FLOR DE OTOÑO. *(Muy flamencona.)* Pues a mi que me registren...

---
[1] No hagas locuras.

En la pista empiezan a bailar las parejas. Flor de Otoño enciende un cigarrillo largo, turco, que le ofrece su amigo Ricard.

RICARD. No et precipitis, que encara hia molta feina...

FLOR DE OTOÑO. La noche es joven... *(Llamando al camarero.)* ¡Garsón, garsón..!

CAMARERO. *(Acercándose.)* Digas, tesoro de la casa...

FLOR DE OTOÑO. Convida en esa mesa *(Señala la del Viudo de La Asturianita)*, que están mu sequitos los pobres...

CAMARERO. *(Retirándose y riéndose.)* La mare que la va a parir...

RICARD. No seas loca, nena...

FLOR DE OTOÑO. Me da la gana, pa eso es mi debut, pinxu. Y no te pongas tan feo...

El Camarero se desliza entre las parejas que bailan un danzón lento y se planta ante la mesa del Viudo.

CAMARERO. La estrella de la noche, que qué quieren beber ustedes, que ella convida...

EL VIUDO. La dices que no somos sus macarras...

CAMARERO. Ascolti, que yo soy un mandao...

UN GUARDAESPALDAS. Pos mierda pal correo que va y viene.

Entonces la Flor se lanza hacia la mesa del Viudo, esquivando a sus amigos que quieren detenerla.

FLOR DE OTOÑO. *(Poniéndose en jarras muy graciosa.)* ¿Qué pasa en Cádiz?

UN GUARDAESPALDAS. *(El Viudo permanece quieto como una momia egipcia.)* ¡Que te den por el tras, nena...

FLOR DE OTOÑO. ¡Ay, quina ilusió...!

CAMARERO. Yo ya he cumplío... *(Se va a servir a otra mesa.)*

FLOR DE OTOÑO. *(Cogiendo por la mano al Viudo.)* ¿Me sacas a bailar, cascarrabias? *(El otro callado.)* Es nuestro tango...

EL VIUDO. ¿Sabes quién soy yo?

FLOR DE OTOÑO. Un hombre..., lo que yo busco...

EL VIUDO. ¿Sabes a lo que he venido?

FLOR DE OTOÑO. A robar corazones, so negrazo...

EL VIUDO. A vengar a una que tú conocías...

FLOR DE OTOÑO. Ay, no me hables de cosas tristes ahora. La Asturianita era mi ojito derecho. Te lo pueden decir todos. Hoy la he mandado una corona...

EL VIUDO. *(Con un estremecimiento.)* Mira que está la bofia y que no me quiero perder.

FLOR DE OTOÑO. Pero, tonto, ¿por qué? Piérdete conmigo, chato. Anda, que empieza el tango. Te contaré cosas de tu Asturianita...

El Viudo se levanta y sale a la pista con la Flor de Otoño. En la mesa de los otros.

SURROCA. Ya la ha liao, esta puta...

RICARD. Prepárate...

SURROCA. Lo estoy. Pero esta mala zorra te echará a pedir...

RICARD. Era pa dejarla que se las apañara sola.

SURROCA. Di que no tienes corazón para eso. Yo tampoco. A fuerza de corregir galeradas de poetas, se me ha hecho tierno el corazón...

UN SEÑOR. *(Se levanta de una mesa y corre hacia los Policías.)* ¡M'han pispat la cartera! ¡La cartera, me l'han pispat...!

OTRO SEÑOR. ¡Anda, vaya noticia...! ¿A quién se le ocurre?

En la pista los focos sobre la pareja que forman Flor de Otoño y El viudo de La Asturianita.

FLOR DE OTOÑO. ¿La querías mucho?

EL VIUDO. *(Con voz cavernosa.)* ¿A quién?

FLOR DE OTOÑO. ¿A quién va a ser? ¡A tu Asturianita...!

EL VIUDO. Como vuelvas a mentarla te estrangulo... *(Efectivamente coge el cuello de la Flor entre sus manazas.)*

FLOR DE OTOÑO. *(Riendo nerviosa.)* ¡Ay, qué taco...! ¡Qué manos tan "manosas"! ¿Trabajas en el puerto, chato?

EL VIUDO. Es que soy hombre de fe, porque si supiera de verdad que habías sido tú...

FLOR DE OTOÑO. *(Quitando las manazas de su cuello.)* ¿Qué había sido yo, qué?...

EL VIUDO. La asesina de mi diosa...

FLOR DE OTOÑO. ¡Ay, mi diosa! Qué manera de hablar. Tú eres poeta...

EL VIUDO. La madre que te parió. Yo te estrangulo...

Aparece entonces ante ellos el Ricard.

RICARD. Nuestro baile, nena...

EL VIUDO. *(Sin hacer caso.)* Hoy va a ser una gran noche...

FLOR DE OTOÑO. Una noche del Paralelu...

RICARD. *(Dando un golpetazo en la espalda del Viudo.)* Eh, amigo...

EL VIUDO. *(Volviéndose.)* ¿Quién me llama?

RICARD. *(Muy airado a la Flor.)* Ja está be, maca...

En el momento en que va a enlazarla por la cintura, El viudo de La Asturianita se lanza sobre él y le da un cabezazo en el vientre que le hace rodar por el suelo. Grito tremendo de la Flor y barullo general. La bofia se adelanta. El Surroca saca una pistola. Los guardaespaldas del Viudo van a ayudar a éste. Mientras el Ricard se levanta, el Viudo ha sacado una enorme navaja y se lanza contra la Flor de Otoño, a la que da un tajo en el cuello. Gritos horrorizados de todos. Surroca dispara contra el Viudo. Los Policías disparan al aire. La música sigue sonando y oscuro.

El Cuartel de Atarazanas en la ribera del puerto. Un caloyo de centinela en la garita. Busconas agazapadas en los rincones a la espera de algún caloyo deseoso de desahogarse. Altas horas de la madrugada. Rumor de grúas del puerto cercano. El faro iluminado de la estatua de Colón. El rondín de guardia pasa haciendo el relevo y se remueven los bultos de las busconas.
De pronto llega un grupo corriendo. El Ricard y el Surroca llevan a Flor de Otoño sentada a la sillita de la reina. La desdichada Flor aparece tronchada por el cuello. Su cabecita como el pétalo de una camelia cae hacia un lado y con las manos trata de cortar el flujo de la sangre.

FLOR DE OTOÑO. ¡Ay, ay, que me desangro...!, ¡Me desangro! Soy Margarita Gautier...

RICARD. Leches... Calla de una vez, puñetera...

SURROCA. Me parece que les hemos dao el piro. ¿Qué hacemos?

FLOR DE OTOÑO. ¿Qué hacemos?... ¡Ay, pedir auxilio!... *(Gritando.)* ¡Auxilio, guardias, por favor..., auxilio que me mueroooo...!

Las busconas aparecen en la sombra.

UNA BUSCONA. ¿Quién grita?

OTRA. Debe ser una que la han dao mulé...

LA OTRA. Mala sangre que tienen los hombres...

FLOR DE OTOÑO. ¡Auxilio...! ¡Guardias...!

RICARD. ¿Te quieres callar? ¿Nos vas a perder a todos?

FLOR DE OTOÑO. No me importa con tal de ver colgao a ese malasangre, que me ha echao al arroyo...

SURROCA. ¡Cag'un coin...!

Se acerca el rondín de guardia. Cuatro. caloyos y un cabo llenos de sueño.

CABO. ¡Alto! ¿Quién vive?...

RICARD *(Gritando.)* Favor, un herido...

FLOR DE OTOÑO. No, hombre, se dice así: España...

CABO. *(Malhumorado.)* ¿Qué leches? ¿Quién vive?

FLOR DE OTOÑO. *(Con una voz dulce.)* Españaaa...

CABO. ¿Qué gente?

RICARD. *(En voz altísima.)* Gent de pau...

FLOR DE OTOÑO. *(Muy alborozada.)* España, España...

El rondín de guardia está agazapado en la sombra.

UN CALOYO. No haga caso, mi cabo. Son putas.

CABO. *(Con un jadeo de placer.)* ¡Ay...!

OTRO CALOYO. Y tras las putas están los pistoleros...

CABO. *(Adelantándose al centro de la calzada.)* ¿Quién es esa que dice España?

(Aparece la Flor de Otoño bellamente ensangrentada y detrás en la sombra se adivina el perfil de sus compinches.)

FLOR DE OTOÑO. Capitán, capitán, capitán de los Tercios de Flandes...

CABO. ¡Mi madre...! Menúa cogorza lleva esa tía...

FLOR DE OTOÑO. Herida voy de muerte..., ¡ay...!

CABO. Joer..., vaya chirlo que te han metío... Anda, pero si parece un tío...

FLOR DE OTOÑO. Soy el marqués de la Marina. Acaban de asaltarme..., ¡ay...! *(Tose sangre.)*

RICARD. *(Adelantándose.)* A la salida del Bataclán nos asaltaron. Al marqués le dieron un corte. ¿No oyeron ustedes disparos?

CABO. El pan nuestro de cada día. No te joes... Eso es asunto de la poli, amigo...

FLOR DE OTOÑO. ¿Y yo tengo que desangrarme?

CABO. Aquí es jurisdicción militar...

SURROCA. Un socorro no se le niega a nadie...

UNA BUSCONA. *(Que se ha acercado.)* Un señorito es. Y bien guapo. Tajao como un cerdo, con perdón...

FLOR DE OTOÑO. Me moriré en el corazón del Barrio Chino. En medio del hampa. ¿Qué mejor muerte puede cuadrarle a un aristócrata barcelonés?

CABO. Joroba...

UN CALOYO. Pues el marqués parece sarasa, Dios me perdona...

SURROCA. Vamos ya, cabo. Mande abrir el portalón para socorrer a un caballero...

CABO. No tengo órdenes para eso, amigo...

RICARD. Cuando mañana lo sepa el Capitán General veremos lo que pasa... Ceno todos los días con él...

FLOR DE OTOÑO. ¿Anastasio? Se moriría de verme en este trance. Ai, quina mort la meva. Soc com la Traviata...

CABO. *(Dubitativo.)* Lo más que puedo hacer, pa servirles, es comunicar el caso al oficial de guardia...

UN CALOYO. Estará roque. Y si le despertase...

CABO. *(Al Caloyo que ha hablado.)* Anda tú a despertarle y dile lo que hay...

CALOYO. ¡Mi madre..., me pela si lo hago!

CABO. Y yo te descuartizo. Anda allá...

FLOR DE OTOÑO. *(Al ver al soldadito corriendo hasta la puerta.)* Pero más despacio, niño, a ver si vas a desnucarte y vamos a ser dos los novios de la muerte...

RICARD. Calla ya, que me pones nervioso...

SURROCA. *(Explicativo al Cabo.)* Se trata de que repose un poco ahí dentro y se le hace una cura de urgencia...

RICARD. Cosa de humanidad...

CABO. Se estuvieran ustedes en su casa y no frecuentaran lugares a altas horas y no había de pasarles nada grave...

FLOR DE OTOÑO. La noche tiene esos maleficios...

Ya se abre el portalón y aparece la maciza silueta del Teniente de Guardia con su sable, en el que se apoya como Júpiter en su rayo.

TENIENTE. ¿Qué pasa?

CABO. A sus órdenes. Ná de particular...

FLOR DE OTOÑO. *(Exaltándose.)* ¿Cómo ná de particular? ¿I ara? ¿Se está una desangrando y no pasa ná de particular?

RICARD. *(Al teniente.)* Pistoleros. Nos asaltaron al volver de la Exposición...

TENIENTE. Lo siento, pero...

CABO. *(Apartándole un poco.)* Mi tiniente, parecen gente de condición...

TENIENTE. No quiero líos...

SURROCA. Escuche, amigo. Se trata de un primer auxilio. El señor marqués se muere.

RICARD. Cuestión de humanidad...

FLOR DE OTOÑO. ¡Ay, estando en brazos del Ejército español ya me puedo morir tranquila...!

TENIENTE. ¿Qué dice?

RICARD. El muchacho delira...

TENIENTE. Meterlo dentro y que busquen alguien que le cure.

FLOR DE OTOÑO. Ya sabía yo que un arrogante oficial no iba a dejarme morir en el arroyo...

TENIENTE. Bueno..., me huele a cogorza de altura. Juerga de señoritos, me cagüen la leche...

El Ricard y el Surroca llevan a Flor de Otoño al cuerpo de guardia, mientras el Teniente, en la noche mediterránea balancea el sable.

TENIENTE. Pero lleva razón. Un oficial no puede dejar sin ayuda a un necesitado. Lo malo es tener que redactar un parte. Con lo bien que estaba durmiendo...

En el cuerpo de guardia. Bóvedas sombrías. Sobre una mesa dejan el cuerpo de la bella Flor, "smoking" ensangrentado, greñas con brillantina. Los caloyos acuden a contemplar el cuerpo.

CABO. *(A los soldados.)* Apartarse, coño, que quitáis el aire...

UN CALOYO. Un poco más y lo rebanan el pescuezo...

OTRO. Le colocaron bien la faca...

FLOR DE OTOÑO. ¿Estoy en el paraíso? ¡Oh, qué hermosa compañía! Ahora sí que soc la Traviata... *(Risas de los Soldados.)*

UN CAYOLO. Pero si es un "canca"...

CABO. ¡Fuera de aquí, leche, o sus pelo a todos!

Entra el Teniente.

TENIENTE. Que busquen a un practicante, rápido. Que lo curen y se larguen. Llama tú al sargento pa que pase el parte...

Flor de Otoño ahora yace sobre la mesa y un par de caloyos le cogen de la mano. Él canturrea fragmentos de "La traviata" de Verdi.

TENIENTE. ¿Además está borracho?

RICARD. Una persona así, ya sabe, siempre tiene que alternar. Cuatro copillas...

TENIENTE. No, si eso no es cosa para reprochárselo.

FLOR DE OTOÑO. *(Incorporándose y fijando sus ojos en el Teniente.)* ¡Qué maravilla! El Cid Campeador en persona. Yo soy tu Jimena. Móntame en tu Babieca y huyamos por la huerta valenciana...

TENIENTE. *(Retirándose. Risas de los Soldados.)* Joer..., la que ha cogío...

RICARD. *(Explícito.)* La fiebre que le consume...

TENIENTE. No sé por quién me toma...

FLOR DE OTOÑO. Por la flor de la Caballería. Yo soy la Dulcinea...

TENIENTE. Sí que parece marica, Dios me perdone...

Ahora llega un soldado somnoliento con un botiquín en la mano.

SANITARIO. A zuz órdenes... ¿Aónde eztá el herío...?

TENIENTE. *(A los soldados y amenazándoles con el sable.)* Apartarsus o sus abro la chola. *(Al sanitario.)* Ahí tienes al... herido. O le que sea. Le curas de urgencia y que se largue...

RICARD. *(Al Teniente, mientras el Sanitario se apresta a ver a Flor de Otoño.)* No olvidaremos su rasgo, caballero. Quién sabe si será usted propuesto para un ascenso.

TENIENTE. *(Con falsa modestia.)* No soy persona dada a los honores. Menos en estos tiempos...

SURROCA. Ahí se ve que es usted militar de temple...

TENIENTE. Militar de... *(Corta la frase y se retira, luego de añadir.)* Tómense el tiempo preciso. Aquí están sobre seguro. Son muy malas horas pa arriesgar el pellejo...

RICARD. No sé cómo darles las gracias en nombre del marqués...

El Teniente se retira. El Sanitario observa la herida de Flor de Otoño.

SANITARIO. ¡Mi mare!... Un degüeyo en toa regla. ¿Quién le hizo ezta firma?

FLOR DE OTOÑO. Un maleante, que quiso robarme el collar. Y me lo robó. Pero a cambio me das tus manos *(Las besa.)* que valen más que los brillantes del Sha de Persia...

SANITARIO. *(Retirando las manos divertido.)* ¿Qué dice? Uy, la mare que te parió...

FLOR DE OTOÑO. Ahora tú eres mi sultán y yo tu favorita...

SANITARIO. *(Medio aparte.)* Marica de loo gordoo... Puee aquí jasen farta puntoo. Yo zolo pueo ve zi corto la hemorragia...

Mientras tanto el Ricard y el Surroca, aprovechando la ausencia del Teniente y los Soldados, que ya se habían arrebujado en sus capotes y dormitaban a la sombra de las bóvedas, se acercan al armero donde están colocados los fusiles.

RIOCARD. *(Observándolos.)* Mauser de la campaña de Cuba...

SURROCA. Y sirven para un avío... *(Cogiendo un fusil.)* Y está "carregat"...

RICARD. Son de marca americana...

SURROCA. *(Escondiéndose un fusil debajo del abrigo.)* Un record...

RICARD. *(Un poco escandalizado.)* ¿Te lo vas a llevar?

SURROCA. La ocasión la pintan calva...

RICARD. *(Dándole otro fusil.)* Llévate el otro. Te cabe.

SURROCA. ¿A ver? *(Da unos pasos.)* Es cuestión de componer la figura...

RICARD. Eres un tío fermo...

El Surroca avanza hacia la puerta con los dos fusiles escondidos.

SURROCA. Iré a avisar a un cochero. Pa trasladar el herido...

RICARD Sí, ya hemos abusado bastante de estos señores...

Sale el Surroca.

FLOR DE OTOÑO. ¡Ay, me muero, me muero! Soc como la Traviata. La Traviata. ¿Sabes, hijo? Llevé una vida pecadora. Y ahora me arrepiento...

SANITARIO. *(Mientras le cura.)* Si no te eztáa quieta, precioza, no te curo...

FLOR DE OTOÑO. ¡Ay...!, lo que tú ordenes, tirano. Me llevas a la muerte y te sigo...

RICARD. *(Al Sanitario.)* ¿Cómo va eso?

SANITARIO. Er tajo e regulá... Con diee puntoo no tié aún baztante... Un zervió le hago una cura de urgencia....

RICARD. Es usted un alma compasiva...

FLOR DE OTOÑO. ¿De dónde eres tú, abencerraje?...

SANITARIO. ¿Yo?, de Graná..., pero cállate, que no te pueo curá...

Se oye un silbido por el gran ventanal. Es el Surroca.

SURROCA. *(Desde la calle.)* Ricard...

RICARD. *(Acercándose al ventanal.)* ¿A ver qué quiere éste? ¿Qué pasa?

SURROCA. *(Desde fuera.)* Aquí tengo el coche a punto. Oye...

RICARD. ¿Qué?

SURROCA. Tira una cosa de esas...

RICARD. ¿Un...? *(Mirando las sombras de los soldados al fondo.)* ¿Estás loco?

SURROCA. Venga ya...

RICARD. *(Acercándose al armero y cogiendo un fusil, lo lleva con disimulo hasta la ventana.)* Toma... *(Deja caer el fusil que el otro parece coger al vuelo.)*

SANITARIO. (Que ha terminado la cura.) Ea... Ahora que lo lleven a un médico. De momento pue pazá...

RICARD. *(Sacando un billete de la cartera.)* Toma, muchacho...

SANITARIO. No, zeñó... No pueo aceptar...

RICARD. Pa tomar un carajillo...

SANITARIO. Joé..., con ezo ze puén tomá mil carajiyoo...

RICARD. Pa que convides a esos muchachos *(Por los soldados.)*

SANITARIO. Ziendo azín..., pero nozotroo no poemoo... *(Coge el billete.)*

FLOR DE OTOÑO. ¡Ay, no puedo hablar. Me he quedao ronca...! He perdido la voz... *(Lleva el cuello vendado.)*

Entra el Surroca y se dirige a ellos.

SURROCA. El cochero está esperando. *(Al pasar por el armero pilla otro fusil y lo esconde bajo el abrigo.)* Vamos...

RICARD. Estamos emocionados. No olvidaremos esto. He de proponer a mi amigo, el Capitán General, que dé un rancho extraordinario a la tropa...

SANITARIO. Que no zea ná é lo que jase farta, y que ze cure er zeñorito...

SURROCA. Nuestros respetos, al señor teniente...

Al pasar por el armero esconde otro fusil. Han dejado prácticamente vacío el armero.

FLOR DE OTOÑO. ¿Y no forma la guardia?

SURROCA. ¿Te has creído que esto es "El desfile del amor"?

Sin embargo, los Soldados se acercan a despedirlos y a abrirles paso hasta la puerta.

UN CALOYO. ¡Adiós, preciosiá...!

OTRO. ¡Y cuídate la garganta...!

OTRO. No te se orvíe hacer gárgaras...

FLOR DE OTOÑO. *(Saludando con su manita.)* Todos, todos, tendréis mi foto dedicada... ¡Tesoros...! ¡Viva el Ejército español...!

Salen un poco apresuradamente. El armero aparece vacío de fusiles. Se los han llevado todos.

SEGUNDA PARTE

Aparece otra página del periódico en la que se leen las siguientes noticias. En titulares grandes: "Se esclarece el crimen de La Asturianita." En caracteres más pequeños: "El presunto asesino del infortunado Arsenio Puig (A). La Asturianita es uno de sus compinches que se oculta bajo el apodo de Flor de Otoño, quien al parecer lo asesinó por supuestas rivalidades amorosas, según declaraciones de un amigo de la víctima. La Policía espera detener rápidamente al que se oculta bajo el nombre de Flor de Otoño, y que actuaba en el cabaret Bataclán, que ha sido clausurado por orden del excelentísimo señor gobernador civil."
Otra noticia, debajo, con titulares menores: "Gustosamente rectificamos: El esclarecimiento del crimen de La Asturianita ha permitido rectificar las temerarias sospechas que recayeron, o alguien hizo recaer, en la persona de un hijo de familia honorable, culto letrado de nuestra ciudad, por lo que nosotros somos los primeros en lamentar tan desagradable error imputado a fuentes maliciosas. Nuestro más profundo desagravio a dicha familia que goza, como gozó siempre de la más alta estimación de nuestros ciudadanos."
Otra noticia: "Roban armamento en el cuartel de Atarazanas." Tres individuos desaprensivos asaltaron anoche el cuartel de Atarazanas de donde se llevaron armamento diverso, mediante engaños. Uno de los maleantes, sin duda anarquistas-pistoleros, se fingió herido y mientras era curado por un sanitario, sus compinches desvalijaron el armero del

cuerpo de guardia. Parece ser que entre dicho grupo y el fugitivo asesino de La Asturianita existen algunas relaciones".
Un anuncio: Laxen Busto, lo mejor para el extreñimiento.
Otro anuncio: Pathé Palace —estreno— "El desfile del amor", con Maurice Chevalier y Jeannette Mac Donald.
Otro anuncio: Gran Teatro del Liceo: reposición de "La Traviata". Primera actuación de la eximia soprano Toti Dal Monte.
Otro anuncio: Wagons Lits Cook.

Difuminado el telón aparece de nuevo la familia Cañellas reunida. La misma familia que habíamos visto en otra ocasión. Con el mismo carácter fúnebre y crepuscular. Las mismas tazas de té y café. La misma sombra de la criada yendo y viniendo. Los mismos gorgoritos de ópera. Doña Nuria termina de leer sensacionalmente la noticia periodística.

DOÑA NURIA. *(Triunfalista.)* "El esclarecimiento del crimen de La Asturianita ha permitido rectificar las temerarias sospechas que recayeron, o alguien (subraya esto) hizo recaer en la persona de un hijo de familia honorable (recalcado), culto letrado de nuestra ciudad (idem), por lo que nosotros somos los primeros en lamentar tan desagradable error imputado a fuentes maliciosas (recalcado). Nuestro más profundo desagravio a dicha familia, que goza, como gozó siempre, de la más alta estimación de nuestros ciudadanos."

(Un suspiro general de satisfacción. Doña Nuria deja el periódico y contempla a todos con aire imperial.)

LA SEÑORA REGORDETA. Gracias sean donadas al Senyor...[1]

LA SEÑORA RUBIA. Amén...[2]

---

[1] LA SEÑORA REGORDETA. Hay que dar gracias a Dios.
[2] LA SEÑORA RUBIA. Amén...

EL JOROBADO. Gracias a Deu...[1]

EL SEÑOR GORDO. Ah, sí, está be. Pero... ara hauríen de demanar nosaltres danys i perjudicis...[2]

EL SEÑOR FLACO. ¡Oh, es clar que sí...![3]

EL SEÑOR GORDO. Doncs estaria be que amb una rectificació tot se arreglesi...[4]

LA SEÑORA RUBIA. *(Lloriqueando.)* Hem patit mult...[5]

EL SEÑOR GORDO. Els nostres negocis, honorables negocis, han patit un merma a la seva honorabilitat y aixó s'ha de pagar...[6]

EL SEÑOR FLACO. ¡Oh, es clar...![7]

LA SEÑORA REGORDETA. ¡Quina cara...![8]

LA SEÑORA RUBIA. I a mi las de Puig y Devalla em van voltar la cara l'altre día al Lliceu...[9]

EL SEÑOR GORDO. No es pot permitir. ¡I ara! Asís amb un desagravi et resol tot...! ¡Ja et darán...![10]

---

[1] EL JOROBADO. Gracias a Dios...
[2] EL SEÑOR GORDO. Ah, sí... Está bien... Pero lo que hay que hacer ahora es pedir daños y perjuicios...
[3] EL SEÑOR FLACO. Toma claro...
[4] EL SEÑOR GORDO. Estaría bueno que con una rectificación se arreglara...
[5] LA SEÑORA RUBIA. Hemos sufrido mucho...
[6] EL SEÑOR GORDO. Nuestros negocios, honorables negocios, han sufrido una merma en su honorabilidad y eso hay que pagarlo...
[7] EL SEÑOR FLACO. Claro...
[8] LA SEÑORA REGORDETA. ¡Menuda cara...!
[9] LA SEÑORA RUBIA. Y a mí las de Puig y Devalls que me volvieron la cara en el Liceo el otro día...
[10] EL SEÑOR GORDO. No se puede permitir... ¡Vamos! Así, con un desagravio, todo resuelto... ¡Lo que es eso!

EL JOROBADO. Ho demanarem. Ho demanarem: una bona indemnizació. Es clar. ¡Ah i a més a més hem de posá a la policía en la pista de aquets inmoral Flor de Otoño, al que jo coneix...![1]

Revuelo general.

DOÑA NURIA. ¿Qué dius, ara? ¿Qué tú coneixes aquest individu del hampa?[2]

EL JOROBADO. Jo se que treballa o treballaba al Paralelu...[3]

EL SEÑOR GORDO. Al Bataclán, ja ho diu ben clar el diari...[4]

LA SEÑORA RUBIA. ¿I ara? ¿Es que has anat tu al Bataclán? ¿Eh? ¿Has anat?[5]

EL JOROBADO. ¿Jo? ¡Mare de Deu...!, ¿Qué dius?[6]

LS SEÑORA RUBIA. ¿Aleshores, per que dius que el coneixes?, ¿eh? ¡Ay, quin home aquest...![7]

DOÑA NURIA. *(Conciliadora.)* Silenci, silenci...[8]

LA SEÑORA RUBIA. *(Lloriqueante.)* ¡Oh y Deu sap a qui haurá anat...! ¿Has anat amb aquella, eh, amb aquella? *(Golpea a su marido en los brazos con sus puños.)*[9]

EL JOROBADO. Calla, dona, calla. ¿I ara?[10]

---

[1] EL JOROBADO. Lo demandaremos. Exigiremos una buena indemnización. Eso está bien claro. ¡Ah y además hemos de dar a la policía la pista de ese inmoral Flor de Otoño al que yo conozco...
[2] DOÑA NURIA. ¿qué es lo que dices? ¿Que tú conoces a ese individuo del hampa?
[3] EL JOROBADO. Yo lo único que sé es que trabaja o trabajaba en el Paralelo...
[4] EL SEÑOR GORDO. En el Bataclán. Ya lo dice bien claro el periódico...
[5] LA SEÑORA RUBIA. ¡Vaya! ¿Es que tú has estado en el Bataclán? ¿Eh? ¿Has ido allí?
[6] EL JOROBADO. ¿Yo? ¡Virgen Santa!... ¿qué estás diciendo?
[7] LA SEÑORA RUBIA. Entonces, ¿por qué dices que le conoces? ¿Eh? ¡Huy, qué hombre este!
[8] DOÑA NURIA. Silencio, silencio...
[9] LA SEÑORA RUBIA. ¡Oh y sabe Dios con quién habrá ido! ¿Has ido con aquella?... ¿Con esa?
[10] EL JOROBADO. Calla, mujer, calla...

LA SEÑORA RUBIA. ¡Jo em moriré...![1]

EL SEÑOR GORDO. Aixó no conta ara, dona. Ara lo quie haurém de fer es demaná una indemnizació de danys i perjudicis... ¡Oh!, el mateix Lluiset, como abocat ho fará...[2]

DOÑA NURIA. Tot es fará... Tot es fará. Pero ascolteume, ascolteume. Lo més importánt está guanyat que es el honor de la familia.[3]

LA SEÑORA REGORDETA. ¡Oh, ja et darán amb el honor de la familia...![4]

DOÑA NURIA. ¡Silenci! El honor de la familia i el honor de Lluiset, que podeu estar ben segurs ja els posará las peras a cuart als qui hagin sigut els autors de la infamia...[5]

EL JOROBADO. ¡Oh y bona infamia...![6]

DOÑA NURIA. O sigui que lo principal está a conseguit. Ara lo que he de fer es donarhi gracias a Deu i jo us proposo aquest: hem de anarhi tota la familia a Montserrat a donar las gracias a la Moreneta... ¡Tota la familia sencera![7]

Alborozo general.

---

[1] LA SEÑORA RUBIA. ¡Yo quiero morirme!
[2] EL SEÑOR GORDO. Eso ahora no importa, mujer. Ahora lo que hay que hacer es pedir una indemnización de daños y perjuicios... ¡Oh y el mismo Lluiset, como abogado, podrá hacerlo.
[3] DOÑA NURIA. Todo se hará... Todo. Pero escuchadme. Lo más importante está ganado, que es el honor de la familia...
[4] LA SEÑORA REGORDETA. Sí, ya ves tú, el honor de la familia....
[5] DOÑA NURIA. ¡Silencio! El honor de la familia y el honor de Lluiset, que bien seguros podéis estar que les va a poner las peras a cuarto a los autores de semejante infamia...
[6] EL JOROBADO. ¡Menuda infamia!
[7] DOÑA NURIA. O sea que lo principal ya está conseguido. Ahora lo que tenemos que hacer es dar muchas gracias a Dios y yo os propongo lo siguiente: ir toda la familia a Montserrat para dar las gracias a la Moreneta... ¡Toda la familia completa!

LA SEÑORA REGORDETA. Ay, sí, sí. Aixó está be... A Montserrat...[1]

EL SEÑOR GORDO. Molt be pensat. Aixó lo primer de tot. A la Moreneta y aisís tots vuram el nostre dolor...[2]

EL JOROBADO. Demá mateix...[3]

LA SEÑORA RUBIA. Oh, tu ja post anarhi, pero será sol...[4]

DOÑA NURIA. Ja está dit tot. Anirem tota la familia a Montserrat a donar hi las gracias a la Verge Santísima...[5]

Todos se ponen en pie y entonan las primeras estrofas del Virolai. El Virolai crece al mismo tiempo que se va oscureciendo la escena hasta desaparecer.

Doña Nuria, sola. Está llorando. Sentada junto a un secreter, a la luz tamizada por los visillos, que entra a través de la tribuna, luz de atardecer, parece una dama pintada por Rusiñol o Ramón Casas. Entra la Criada. Y se inicia la siguiente escena benaventina.

PILAR. Señora, señora... Un señor que quiere verla.

DOÑA NURIA. Te he dicho, Pilar, que hoy no recibo a nadie. No quiero...

PILAR. Señora, a lo mejor trae noticias del señorito...

DOÑA NURIA. *(Dejando de llorar.)* ¿Que dius, ara?...

PILAR. Yo creo que es amigo del señorito. ¿Le digo que pase?

DOÑA NURIA. ¿Cómo es? ¿Es joven?

PILAR. Joven y bien parecido...

---

[1] LA SEÑORA REGORDETA. Ay, sí, sí... Eso está muy bien... ¡A Montserrat!
[2] EL SEÑOR GORDO. Muy bien pensado. Eso es lo primero de todo. Iremos a la Moreneta, para que todos vean nuestro dolor...
[3] EL JOROBADO. Mañana mismo...
[4] LA SEÑORA RUBIA. Lo que es tú, tendrás que ir solo.
[5] DOÑA NURIA. Ya está todo dicho. ¡Iremos toda la familia a Montserrat paa dar las gracias a la Virgen Santísima...

DOÑA NURIA. ¿Viene solo?

PILAR. Solo, sí, señora. ¿Le digo que pase?

DOÑA NURIA. Anda, dile que pase. *(Sale de prisa la Criada. Doña Nuria se levanta y se mira en el espejo.)* ¡Quina cara faig...!

Se oye la voz de la Criada: "Por aquí, señor." Y entra Ricard, el amigo de Lluiset. Va vestido a lo dandy y se inclina muy ceremonioso. Pero no puede evitar su cara de macarra, con sus bigotazos y patillas.

RICARD. ¿Doña Nuria de Cañellas?

DOÑA NURIA. Servidora.

RICARD. Vengo de parte de su hijo de usted...

DOÑA NURIA. *(Sobresaltada.)* ¿Del Lluiset? Ah, siéntese, por favor, caballero...

RICARD. *(Sentándose y hablando de prisa.)* Un servidor es amigo y compañero de trabajo de su hijo. Le hago de pasante...

DOÑA NURIA. Oh, mucho gusto, me alegro tanto...

RICARD. Y como supongo que usted estará angustiada sin noticias de su hijo, por eso he cogido mi Rolls y aquí me tiene *(Saca del bolsillo de la chaqueta una carta.)* a traerle noticias...

DOÑA NURIA. ¡Ay, no sabe, joven, cuánto se lo agradezco! ¡Ay, no sabe lo que estaba sufriendo! ¿Le ha pasado alguna cosa? Dígame...

RICARD. Está muy bien. Está perfectamente bien. Lea esta carta...

DOÑA NURIA. ¡Ay, gracias a Deu, gracias a Deu...! *(Gritando.)* ¡Pilar, Pilar...!

La Criada, que estaba escuchando detrás de la puerta, entra alborozada.

PILAR. ¿Lo ve, señora, lo ve cómo estaba bien?

DOÑA NURIA. ¡Ay, quina angunia...! La Verge de Montserrat m'ha escoltat...

PILAR. ¿Qué dice la carta?

RICARD. Lea, lea...

DOÑA NURIA. ¡Ay, qué nervios! *(Despliega la carta.)* "Querida mamita"... *(Se echa a llorar.)*

RICARD. ¿Quiere que se la lea yo?

DOÑA NURIA. ¡Ay sí!, gracias, joven, es usted muy amable. Ya se ve que es todo un caballero. Pilar, trae una taza de café al señor. ¿Un licorcito?

RICARD. No se moleste... Por Dios.

PILAR. No faltaba más... Pero ¿qué dice la carta?

RICARD. *(Leyendo.)* Querida mamita...

DOÑA NURIA. *(Interrumpiendo.)* ¡Fill meu...!

RICARD. Como supongo que estarás angustiada al no saber de mí, te mando esta misiva con mi amigo y compañero Ricard, para decirte que estoy muy bien, que no me pasa nada...

DOÑA NURIA. ¡Ay, Verge santísima...!

RICARD. ... Y que me vine a la torre de Badalona para descansar unos días y recuperarme del disgusto que nos dieron esos malvados. Estoy con unos buenos amigos, el portador de la carta, que, como verás, es un noi estupendo, y otros. No te inquietes y déjame tranquilo unos días. Me hacía falta descansar después de lo que pasó. Te quiero mucho, mucho, mucho. Y te mando muchos, muchos besos. Tu hijo, Lluiset...

DOÑA NURIA. Ay, pobre..., qué bueno es...

PILAR. ¡Ay, qué contenta estoy, señora...! *(A Ricard.)* Ahora le traigo su café.

RICARD. *(Entregando la carta a la Señora.)* No se moleste. Si no vine antes fue porque me era imposible.

DOÑA NURIA. ¿Así que están en la torre del tiet? Pero no sé si tendrá ropa suficiente en las camas y...

RICRD. No se preocupe, señora, todo está bien.

DOÑA NURIA. Creo que tendré que ir a echarles una mano.

RICARD. No, no señora. Por favor. Qué disparate. Precisamene nos gusta vivir a lo bohemio y aquello es tan divino...

DOÑA NURIA. *(Riendo.)* ¡Ay!, ¡qué juventud ésta...! ¡Qué juventud! Pues sí, yo estaba preocupada al no saber dónde se había metido esa criatura. Y ayer que estuvimos en Montserrat me hubiera gustado tenerle junto a mí...

RICARD. Quisimos avisarla ayer, pero con el viaje...

DOÑA NURIA. En fin, el caso es que esté bien...

RICARD. Se trata de unos días, para descansar...

DOÑA NURIA. Ya le hace falta, pobret, con lo que ha sufrido. ¿Ha visto usted lo mala que es la gente?

RICARD. Eso hay que olvidarlo...

DOÑA NURIA. *(Calándose los impertinentes.)* ¿Y usted, joven, hace mucho que conoce a mi Lluiset?

RICARD. ¡Oh!, desde los tiempos de la Universidad. Juntos hemos trabajado en casa del abogado Peracamps...

DOÑA NURIA. ¡Oh!, entonces ya le conocerá usted bien a mi hijo. Tan bueno, tan inocente...

RICARD. ¡Oh!, ya lo creo, señora. Un compañero inestimable...

DOÑA NURIA. Miri, no es porque yo sea su madre, pero todos le dirán lo mismo. Bueno, inteligente, educado, una joya..., en fin, mejorando lo presente...

RICARD. Por favor, señora...

DOÑA NURIA. Ya veo que usted no tiene nada que envidiarle. Ya sé que mi hijo no alterna con cualquiera, ya...

RICARD. No, señora, es verdad. Su hijo es demasiado serio...

DOÑA NURIA. ¡Ay!, eso sí. Ahí sí que hi toca. Demasiado serio, demasiado serio. Lo que yo digo. ¿Verdad, usted? Un chico tan joven y tan independiente, que lleva una vida de monje, de monje. Eso es lo que me preocupa un poco.

Entra la Criada con una bandeja y la taza de café.

DOÑA NURIA. *(A la Criada.)* ¿Por qué no has cogido la bandeja de plata?

PILAR. ¡Ay, señora!, estoy tan aturdidaa de contenta que...

RICARD. Señora..., por favor...

DOÑA NURIA. Pues lo que le decía, joven, que eso es lo que me preocupa de ese chico, que no se divierte, que no es como otros, que tienen sus ratos de expansión, que disfrutan. Él es tan estudioso, siempre en su "garconnière", en su trabajo... ¡Ay!, no sé, a mí me gustaría que disfrutara un poco. Quitando el Liceo, él...

RICARD. Oh, no se preocupe, señora. Tiempo habrá.

DOÑA NURIA. Oh, ya ha cumplido los treinta años...

RICARD. Lo que debemos hacer ahora, que es tiempo, señora, es labrarnos un porvenir y después...

DOÑA NURIA. ¡Ay, sí!, un porvenir. Eso sí. Ya veo que es usted muy juicioso. Ya veo que mi Lluiset sabe escoger sus amistades... *(Ricard asiente con la cabeza.)* Pero a mí me gustaría que ustedes se divirtieran un poco. Que gastaran algo más de dinero... ¿Y de novias qué? Porque mi Lluiset de eso, nada. Ya ve...

RICARD. *(Picaresco.)* Oh, no haga caso, esas cosas se llevan muy en secreto...

DOÑA NURIA. ¿Ah, sí? ¿De verdad? ¿Hay alguna damita por medio?...

RICARD. *(Muy picaresco.)* Esas cosas son muy íntimas y...

DOÑA NURIA. ¡Oh!, pero a una madre no se le debe ocultar nada. ¿Así que andan ustedes de picos pardos? ¡Ah pillines, pillines...! Pues le reñiré por no decirme nada...

RICARD. Bueno, son tonterías, ya sabe...

DOÑA NURIA. *(Muy contenta.)* Sí, sí, tonterías. Lo malo es que alguna lagarta le engatuse y como él es tan bueno, tiene un corazón así. Con tal de que no se trate de una corista o algo por el estilo...

RICARD. Por favor, señora. nosotros no frecuentamos ciertos lugares...

DOÑA NURIA. Me alegro, me alegro que se diviertan ustedes sin propasarse. No sabe qué placer tan grande he tenido en conocerle. No lo sabe. Tiene usted que venir más por esta casa...

RICARD. Estoy tan atareado...

DOÑA NURIA. ¡Ah, ya está bien! De vez en cuando hay que echar una canita al aire...

RICARD. Ya lo hago cuando puedo...

DOÑA NURIA. Es usted también un poco tímido, como el Lluiset.

RICARD. Hombre, tanto como tímido...

DOÑA NURIA. Sí, sí, a mí no me engaña, que una ya ha vivido bastante. Es usted tímido y bueno. El compañero apropiado para mi Lluiset, pero tienen que animarse entre los dos y...

RICARD. ¡Oh!, ya nos animamos, ya...

DOÑA NURIA. Y, dígame, ¿usted no es catalán?

RICARD. Sí, señora, soc nascut a Vilanova, mis pares...

DOÑA NURIA. ¡Ah...! ¿i per que no parla el catalá?

RICARD. ¡Oh!, no ho se, com tinc la costum al despax y aixó a parlar hi en castellá...

DOÑA NURIA. A, es clar. Com mi Lluiset... ¡Ay!, no sap vusté, no ho sap be quina joia tinc al haberme portat tan bones notices y també, es clar, de conoixer a un jove de las prendas de vusté...!

RICARD. ¡Senyora, señora...!

La luz decrece y se hace el oscuro.

Cooperativa Obrera del "Poble Nou". Salón de bar con grandes ventanales neogóticos que dan al suburbio. Mesas de mármol donde se sientan obreros a tomar su carajillo y echar la partida entre turno y turno de fábrica. Letreros ácratas y carteles progresistas en la pared. ("La propiedad es un robo", etc.) Siglas sindicalistas y el escudo de los "Coros d'en Clavé". Como una flor exótica se abre la gramola. Suntuosidad popular ya desgastada. Humazo. Rostros torvos y exaltados. Sombras inquietas alrededor de una mesa de billar. Como flor en el fango tras el mostrador de mármol impoluto, una "noia" frescachona abre la corola de sus dieciséis años como una esperanza de paz y felicidad en el siniestro rostro del suburbio ácrata e industrial. Allá, junto a uno de los ventanales, se sienta Flor de Otoño-Lluiset, vestido con un atuendo híbrido entre macarra y pistolero: gorrilla elegante, una bufanda anudada coquetamente al cuello y jersey de cuadros azules y blancos bien entallado que describe sus formas pectorales y cintura. Pantalón gris, zapatos blancos. Si no estuviera en tal sitio podía ser un deportista de Montecarlo. El Surroca se halla entretenido con una radio de galena que extiende sus alambres sobre su gran cabezota y tapa sus orejas con enormes auriculares. El Ricard, con su abrigo de gran vuelo echado sobre los hombros, el sombrero de ala flexible y bohemia echado hacia atrás, a lo gangster, le está dando el parte del día.

RICARD. Puedes estar tranquilo.

LLUISET. Una madre es una madre. *(Tararea el "Nen de la mare".)*

RICARD. Es molt trempada tu madre. Me partía de oírla...

LLUISET. ¡Pobreta...!

RICARD. Eso de la familia es un atraso.

LLUISET. ¿Qué vols? Ácrata, una es ácrata. Pero también tiene corazón...

SURROCA. ¡S'escolta..., s'escolta...!

LLUISET. Y toda la mañana así. Qué dolor de cabeza...

Han llegado cuatro hombres torvos y siniestros. Gorrilla mugrienta, blusones, fajas ciñendo sus lomos. La Noia del Mostrador les conduce como una "beatrice" popular hacia los señorones camuflados.

LA NOIA DEL MOSTRADOR. Senyor Ricard, aquests senyors us demanam...

RICARD. *(Levantándose.)* Ah, sí, hombre... Sentarse, hombre, sentarse... *(Al Lluiset.)* Ja els tenim ací...

Los cuatro hombres permanecen sin embargo de pie y no se sientan, no se sabe si por respeto o porque prefieren no mezclarse con cierta gente.

CAMÁLIC CATALÁ. *(Uno gordo y con barretina.)* Senyó Ricard: el portu lo millor del Borne i els seus alrededors... *(Muestra la mercancía, que son los otros tres que saludan con una especie de gruñido.)*

LA NOIA DEL MOSTRADOR. *(Que se mantenía un tanto retirada.)* ¿Volem prendre quasevolt els senyors? ¿Un cafetot, un carajillu?...

EL CAMÁLIC CATALÁ. Ja t'ho demanarem, nena, ja te ho demanarem...

Los otros miran a la niñita y se nota que se les va la mano hacia el trasero de ella, que lo movía seductor al retirarse hacia el mostrador.

RICARD. Asis que si no voleu seura...

EL CAMÁLIC CATALÁ. Hi ha molta feina encara...

EL CAMÁLIC GALLEGO. Nusotrus estamos al aviu de lo que manden os señoritus...

RICARD. *(Al Lluiset.)* Tú dirás... Aquí es el que manda...

Lluiset observaba la estructura maciza de los cuatro camálics y se ajustaba la bufanda al cuello herido.

EL CAMÁLIC CATALÁ. *(Con una leve inclinación de cabeza.)* Tan de gust, senyó... *(Gruñido de los otros.)*

LLUISET. *(Guiñando un ojito.)* Em sembla que estan pintiparats. Parlas-li tú, Ricard y vosaltres excusarme que tinc mal de cap...

RICARD. *(Levantándose.)* Aleshores... Ya les habrá dicho algo el Sebastianet...

EL CAMÁLIC CATALÁ. Sí, señor. Pero si le place pot parlarhi catalá, aunque éste es gallego, ese andaluz y el otro murciano, ho comprend. ¿Oi que sí? *(Gruñidos del trío gallego-andaluz-murciano que no se pueden interpretar ni como sí, ni como no.)*

RICARD. Es igual. Hablaremos en castellano, pa que quede todo bien clarito. Se trata de suministrar un correctivo a un tipo, vamos, quiere decirse, de dar una paliza a un gachó...

EL CAMÁLIC CATALÁ. Sí, señor, una panadera que diem en catalá...

EL CAMÁLIC ANDALUZ. Amoo, una capuana que llaman en mi tierra...

EL CAMÁLIC GALLEGO. Una güena soba...

EL CAMÁLIC MURCIANO. *(Orondo y efusivo como buen levantino.)* Soba, tunda, zurra, panaera, curra, vaselina... *(Tienen que cortarle los otros.)*

EL CAMÁLIC CATALÁ. Pues, señor, ens diu vusté de qui es tracta, las condicions y queda el asunto finiquitao...

RICARD. *(Sacando una foto del bolsillo trasero del pantalón.)* Éste es el gachó. ¿Acaso le conocéis?

EL CAMÁLIC CATALÁ. *(Sacando unos lentes y poniéndoselos, mira con solemnidad la foto.)* De moment... *(La tríada de cabezas se asoma para mirar la foto.)*

RICARD. Es uno que andaba con La Asturianita, una del Barrio Chino...

EL CAMÁLIC ANDALUZ. ¡Zí, zeñó...!, ¡zí, zeñó...! Un zervió curreló pa ezte tipo... ¡Zí, zeñó! Un zervió maniobraba un organillo, cuando ezte hijo e la gran puta ze dedicaba a la múzica.

EL CAMÁLIC CATALÁ. Para el caso es lo mismo. Más que nada para saber quién es y ponerle los puntos en el lugar y hora... con eso basta...

RICARD. Frecuenta el Paralelo...

EL CAMÁLIC CATALÁ. No es preocupi, que ja ho pillarem... Asís que...

LLUISET. *(Interviniendo muy nervioso.)* Una tunda, una buena tunda, una panadera, sí señor... pero de chipén, de órdago, de padre y muy señor mío...

EL CAMÁLIC CATALÁ. No tiene usted que decirme nada, señorito, que de eso ya me encargo yo. Se trata de si va pal hospital o pal cementerio...

LLUISET. *(Apretándose las sienes.)* ¡Ay, compadre!, no miente usted esa palabra, cementerio...

El Surroca tiene cara de loco escuchando tras los auriculares y los camálics le miran un poco embobados.

RICARD. *(Retirándose con la colla de camálics hacia la barra.)* Aixó, vusté m'entend. Una panadera buena, que se le bajen los humos. Que se le quiten las ganas de chulear.

EL CAMÁLIC CATALÁ. Sí, señor. Sí, señor. Ya conozco el género. Me parece que quedarán ustedes satisfechos...

RICARD. Sin escándalo, ni complicaciones...

EL CAMÁLIC CATALÁ. ¡I ara...!

RICARD. En cuanto a dinero...

EL CAMÁLIC CATALÁ. *(Cogiéndole al vuelo.)* D'aixó... Miri. Le voy a ser franco. Li parlo en plata. Nosaltres en guanyem la vida en el Borne, fem de camálics, es clar, perque no sahem fer un'altra cosa. Pero si hauren de perder un jornal...

RICARD. Ah, claro, claro, claro. Ese jornal que ustedes pierden se les abona y además...

EL CAMÁLIC CATALÁ. Doncs ja está tot parlat. Lo demás a su voluntad.

EL CAMÁLIC GALLEGO. *(Interviniendo.)* En Galicia pur menus de cincu pesus no se mata a ningunu...

RICARD. *(Tratando de integrarles a todos en un abrazo.)* No preocuparse, que vais a quedar satisfechos. Vosotros hacéis la cuenta de los jornales, que os abonamos junto con la mitad de la paga..., y la otra mitad cuando esté hecho el trabajo...

EL CAMÁLIC CATALÁ. No ems barallarem, cag'un coin... Som entre companys...

RICARD. Entre companys y es trata d'un enemic del poble, d'un chupasangre del obrero, como ha dicho aquí *(Señala al Andaluz.)*

EL CAMÁLIC ANDALUZ. *(Interrumpiendo.)* La mare que lo parió al tío, le rajo la jeta como me llamo Manolo...

EL CAMÁLIC CATALÁ. Sí, señor. Un burgués. Lo mismo da mandarle al otro mundo, con perdón...

RICARD. ¡Bravo! Ahora convidarse. Nena, convida a estos señores...

LA NOIA. ¿Qui volem?

EL CAMÁLIC ANDALUZ. Pa mí un carajillo, ricura...

Metidos ya en el alboroque, las voces se difuminan y Ricard se vuelve al grupo de sus compadres. El Surroca, mientras tanto, entusiasmado con su radio de galena, pasaba los auriculares al Lluiset que hacía mohines.

SURROCA. ¡S'escolta chanchi, maca! *(Poniéndole el auricular.)* Te. Mira quin tangu...

LLUISET. ¡Ai...!, dexam. ¡Quin burinot...! *(Luego de cerrar los ojirris.)* No sentu res, res...

SURROCA. *(Enfurecido.)* ¡I ara...! Porta...

LLUISET. Espera... *(Con un gritito.)* ¡Ay, sí, ja ho sentu...! Un tangu... ¡Oy...! *(Canturrea.)* "Yo soy la morocha - la más apreciada - la más agraciada - de la población..."

LLUISET. *(Dándole un golpecito en el hombro.)* Ascolta, tú... Aixó que...

LLUISET. *(Deteniéndole con la manita. Sigue cantando.)* "Soy la morocha argentina..."

SURROCA. Porta, ja está be, ja lo has escoltat...

LLUISET. *(Quitándose los auriculares y entregándoselos.)* Toma, toma..., ¡oy, quin pardal...! I ara...

RICARD. *(Al Lluiset.)* Que digo que ya están aleccionados. Que le van a estomacar be al tiu...

LLUISET. *(Con un placer sádico.)* ¡Ay, pobret...!

RICARD. *(Mirando por el ventanal.)* I ara ja som ací els altres. *(Al Surroca.)* Tú, deja ya tot aixó, que vamos a empezar...

Entran ahora otros tres tipos. Estos son jóvenes. Estudiantes calaveras. Ojerosos y crápulas. Sombreros estilo gangster echados hacia atrás.

ESTUDIANTE 1º. *(Palmoteando al Ricard.)* Renoi, ¡quina carrera...!

RICARD. Salud, compañeros. Sentarse. ¿Qué llevais ahí?

ESTUDIANTE 2º *(Que lleva un envoltorio redondo en papel de periódico.)* Una pelota, pa jugar un partido...

ESTUDIANTE 3º. *(Que es rubiales y parece llegado de Oxford.)* El tío, que ha fabricao una bomba.

LLUISET. ¿Una bomba? ¡Ay, mi madre...!

ESTUDIANTE 1º. Es una sandía de invierno. Échala pa aquí... *(El otro le tira el envoltorio y lo recoge con garbo.)*

RICARD. No fumeu... ¿Es veritat? ¿Qué es aixó?

ESTUDIANTE 3º. Una bomba... Ya te lo decimos. Pa empezar la fiesta. En cuanti que estalle...

ESTUDIANTE 2º. Tengo un tío que es fallero en Valencia...

RICARD. Bueno, menos guasa, Tomasa... *(El Surroca ha dejado la radio de galena y empieza a interesarse en el asunto.)* La cuestión es que...

ESTUDIANTE 1º. Nosotros dispuestos. Todo a punto...

RICARD. *(Al Lluiset.)* Habla tú...

LLUISET. *(Llevándose la mano a la cabeza.)* ¡Huy...!, tinc un mal de cap. *(Poniéndose serio de pronto.)* ¿Qué hay de la fábrica?

ESTUDIANTE 1º. *(Relamiéndose.)* En "Serracant Perfumes de París" todo a punto. La mecha encendida. Arderá como el ninot de una falla...

LLUISET. *(Frotándose las manos con entusiasmo.)* ¡Ay, pobret, mi tío el chepa! ¿Y los obreros?

ESTUDIANTE 1º. A la huelga... Los de la Catalana, la Hispánica, la Vasco Navarra..., tots a la vaga... En cuanto se prenda la mecha...

ESTUDIANTE 2º. Derecho y Medicina se unen a la huelga.

ESTUDIANTE 3º. Los sindicatos ácratas hacen causa común con nosotros frente al capitalismo y la inquisición...

ESTUDIANTE 1º. *(Dando una palmadita.)* Echa, pilili...

ESTUDIANTE 2º. *(Tirándole el envoltorio de papel.)* Para el gol...

ESTUDIANTE 1º. *(Cogiendo el envoltorio.)* En cuanti que estalle este chollo *(Mostrando el envoltorio.)* tot Poble Nou se pone en llamas. ¡Vivan los irredentoos...!

La barra del mostrador está llena de siluetas turbias, acechantes. Se empieza a palpitar el aire de los grandes acontecimientos.

SURROCA. *(Mirando con nostalgia su radio de galena.)* Ahora que ya se oía bien ésta.

LLUISET. ¡Ay, qué caprichoso eres! A punto de triunfar la revolución ácrata y tú con la radio de galena...

RICARD. ¿Y que hay por Vilanova?

ESTUDIANTE 1º. Fetén... Los del Club harán descarrilar el exprés de Madrid. El sudexprés...

LLUISET. *(Con un gritito.)* ¡Huy qué espanto...! ¿Y los Perfumes Serracant a quina hora?

ESTUDIANTE 1º. ¿Tú ves esto? *(Enseñando el envoltorio.)* Cuando esto estalle, fuego.

LLUISET. ¡Ay, pues, tendría que avisar a mi tío el chepa...!

RICARD. Nena..., porta tres carajillets...

SURROCA. *(Entusiasmado.)* ¡Ah!, no saben los burgueses la que les espera...

RICARD. *(A los Estudiantes.)* Hemos distribuido armas del cuartel de Atarazanas...

ESTUDIANTE 1º. *(Riendo de gozo.)* ¿De Aratazanas? Sois uns tius de cullons...

ESTUDIANTE 2º. *(Jugueteando con el envoltorio, canturrea.)* 'Jo te l'ancendré —al tiu, ti fresco— jo te lo encendré..."

Se queda en suspenso porque entran dos guardias civiles de pronto, que paralizan al personal cooperativista. Se hace un silencio. El niño del envoltorio se queda como una estatua con la bola en las manos, con algo de olímpico ateniense. Porque la pareja de los civiles se dirige a ellos mismos.

GUARDIA 1º. ¿Qué pasa aquí?

El silencio se espesa. La niña del mostrador se ha quedado también con la taza en las manos.

LLUISET. *(Que es el primero en recuperarse.)* Como pasar, no pasa nada, señor guardia... ¿Le apetece una copa?

GUARDIA 1º. *(A los Estudiantes.)* Ustedes, identifíquense...

ESTUDIANTE 1º. ¿Nosotros?

GUARDIA 2º. *(Más conciliador.)* ¿No están oyendo o qué?

RICARD. *(Abriendo una ancha sonrisa.)* Estos son amigos, de Vilanova...

GUARDIA 1º. A mí eso me tiene sin cuidado, si son de Vilanova, como de Vilavieja...

LLUISET. ¡Oy, por Dios...!

GUARDIA 2º. *(Al Lluiset.)* Usted haga el favor de callarse de momento...

GUARDIA 1º. Venga, los papeles...

ESTUDIANTE 2º. *(Pasando el paquete al Estudiante 1º.)* Toma esto, que no puedo desabotonbarme la chaqueta...

ESTUDIANTE 1º. *(Fingiendo susto.)* A mí no me des tú esto...

GUARDIA 1º. *(Dando un puñetazo sobre la mesa.)* Venga, menos guasa aquí...

ESTUDIANTE 2º. *(Tirando el paquete al Lluiset.)* Toma tú, esto...

LLUISET. *(Dando un gritito.)* ¡Ay, madre mía, la bomba...!

GUARDIA 1º. *(Ya enfurecido.)* ¡Qué ya está bien de guasa! *(Señalando el envoltorio.)* ¿Qué leches es eso?

LLUISET. Una bomba, guardia, una bomba...

GUARDIA 2º. *(Conciliador.)* Pero, hombre, que no son cosas de guasa...

SURROCA. Sí, sí, guasa...

GUARDIA 1º. Ustedes se vienen con nosotros al cuartel...

ESTUDIANTE 1º. Lo que ordene, cabo. Trae la bomba...

ESTUDIANTE 2º. Deja aquí la bomba...

LLUISET. Toma la bomba.

GUARDIA 1º. *(Echando sus manazas al envoltorio y cogiéndolo.)* Se acabó ya el cachondeo. Se acabó ya el choteamen. Aquí sos habéis creío que la autoridá es... Tó el mundo pa afuera... Saca la pistola, Felipe...

Mientras el Guardia Civil 2º saca de mala gana la pistola, los conspiradores se ponen en pie.

LLUISET. Vamos adonde usted quiera. Pero no diga que no le avisamos, no diga que no le avisamos, que lo que tiene usted en esas manitas es una bomba, una bomba...

GUARDIA 1º. Me cagüen... Ahí va la bomba...

La lanza a la calle por el ventanal, y un segundo después, estalla un horrísono estruendo, saltan los cristales hechos añicos, se caen las mesas, se tambalea las figuras y se oscurece la escena.

En la oscuridad estallan los disparos, los gritos ácratas, los himnos, las pisadas de los cascos de los caballos, el tintineo del coche de los bomberos, las voces de aguardiente, etc. En medio del pandemonium se ilumina otra vez la escena y la cooperativa se ha convertido en una trinchera terrible. Los cristales rotos. Las mesas sirven de parapeto. Las molduras comidas por los disparos. Incluso los letreros ácratas han sufrido los efectos de la revolución y donde antes decía "La propiedad es un robo" ahora se lee únicamente: "La propi es un robo". El Lluiset, el Surroca, el Ricard, los estudiantes, los camálics y otros individuos turbios luchan como jabatos encarando los fusiles por las ventanas y tras la trinchera improvisada. La Noia del bar aparece blanca y frágil entre la vidriera rota de los estantes, muerta de miedo y soltando sollozos que sirven de contrapunto a los disparos, blasfemias y jaculatorias de los combatientes. Las piernas espatarradas de uno de los guardias civiles muerto en el primer asalto, emergen por encima de un sofá desgualdramillado. Humazo de pólvora y heroísmo flotante.

LLUISET. *(Disparando con una pistolilla de señora.)* ¡No ens agafareu, no...!

RICARD. *(A grito pelado.)* ¡Aquí estem, aquí estem...!

SURROCA. Me habéis destrozao mi radio e galena, pero yo me he llevao a más de uno por delante...

UN FUSILERO OSCURO. ¡Visca la Catalunya Lliure...!

OTRO FUSILERO CAMÁLIC. Cagun'coin ja us donarem, ja...

SURROCA. Toma, pilili...

UN ESTUDIANTE. ¡Lacayos de la burguesía...!

OTRO ESTUDIANTE. ¡La autoridad es una mierdaaaa...!

LA NOIA DEL BAR. ¡Ay, mare meva...!, ¡ay, mare...!, ¡ay Verge...!

LLUISET. *(Volviéndose.)* Calla, nena, calla...

UN CAMÁLIC FUSILERO Y NUMANTINO. ¡La sangre de los mártires nos traerá la primavera libertariaaa...!

VARIOS FUSILEROS. ¡Olé la madre que te parióoo...!

SURROCA. *(Al Lluiset.)* Dale a ése, tú que lo tienes cerca. Al del pompón, apunta...

LLUISET. *(Cerrando los ojos.)* Le di...

CORO DE FUSILEROS. ¡Arriba los pobres del mundo...!

Horrísono estruendo.

VOCES QUE VIENEN DE FUERA. ¡Germaness us lliberarem..., us lliberarem...!

LLUISET. No las hagais caso, hermanos, que son sirenas...

VARIOS FUSILEROS. ¡Hijos de puta, hijos de puta, hijos de puta...!

UN CAMÁLIC FUSILERO ENLOQUECIDO. Pa hijos de puta, nosotros..., nosaltres...

LA NOIA DEL BAR. *(Gritando estremecida.)* ¡Ay, mare meva... ay, jo no vull estarhi mes...!

LLUISET. Calla, nena, calla d'una vegada... Anda, portame un vas d'aiga que em moro de sed...

LA NOIA DEL BAR. ¡Ay, señorito...!

LLUISET. ¡Qué señorito, ni leches! ¡Porta un vas d'aiga...!

RICARD. Vashi tú, home, que no veus que la nena te por...

LLUISET. Vosaltres seguíu que jo torno... Me voy a la retaguardia... *(Se retira hacia el mostrador y apartando a la nena se sirve el agua.)* Quina por tens, nena...

LA NOIA DEL BAR. *(Abrazándose a él.)* ¡Ay, señoritu...!, ¡ay...!, jo vull anarme a casa...

LLUISET. *(Ofreciéndola agua.)* No pasa res, noia..., no pasa res... Te, veu un a mica d'aiga...

SURROCA. *(Disparando febril.)* ¡Ay, quina rauxa, quina rauxa...!

RICARD. ¡Adelante los hombres libreees...!

UN ESTUDIANTE. ¿Y dónde están los poetas? ¿Dónde están los poetas que cantaban a la libertad...!

OTRO ESTUDIANTE. ¿Los poetas? Debajo la cama...

UN FUSILERO CAMÁLIC. ¡Cag'un coin...! Ja se m'ha encasquillat altra vegada. Quina merda de fusils tenían en Aratazanas...

OTRO VOLUNTARIO. Tira pa atrás del cerrojo...

EL FUSILERO CAMÁLIC. Ja tiru, coin...

EL OTRO. Porta ací...

En ese momento estalla el fusil y hiere a los dos fusileros.

EL CAMÁLIC ANDALUZ. ¡Me cagüen la leche...!, ya temooo doo baja; pero aquin habemooo unoo cuantoo que valen por sincoo...

UN ESTUDIANTE. ¡Ele, pilili...!

UN FUSILERO. ¡Arriba el comunismo llibertarii...!

OTROS. ¡Arribaaa...!

UN CORO IMPROVISADO. Visca el pa, visca el vi, visca la mare que ens va parir. Visca el pa, visca el vi, visca la mare que ens va parir...

LLUISET. *(Que tiene abrazada a la Noia, la acaricia.)* No tinguis por, nena. ¿Que no veus que lluitem per tú y per las noias com tú? ¿Que no veus que lluitem perque no hagi mes sang, ni mes violacións, ni mes fam, ni mes...

LA NOIA. *(Mirando arrobada al Lluiset.)* Jo tin por...

LLUISET. *(Acariciándola.)* Ja vuras. Ja..., quan siguis grand del tot, serás molt feliz y podrás viure tranquilla y en pau amb el home que tu vulguis, amb teus fills... ¿Qué no veus, nena, que lluitem perque tots, tots sigueu felisus...?

LA NOIA. *(Que empieza a consolarse.)* Si, ja ho compren, sí...

LLUISET. Doncs, noia...

UN FUSILERO. ¡Pero quina merda de fusils militars...!

RICARD. Sí, encara. A caballo regalao no le mires los dientes...

UN FUSILERO CAMÁLIC. *(Con el rostro lleno de sangre empieza a dar saltos entre las ruinas.)* ¡Ya me han dau los hijus de puta..., ja me han dau esus hijus de la gran puta...!

OTRO CAMÁLIC. No te achantes, gallego...

EL HERIDO. *(Empezando a tirar por la ventana trozos de mármol de la mesa.)* Ya pudréis, asesinus, ya pudréis con tantu caloyu...

ESTUDIANTE 1º. ¡Compañero, ánimo, que esa sangre es la sangre de la primavera libertariaaa...!

UN ECO. ¡La primavera libertariaaa...!

LLUISET. *(A la Noia.)* La primavera libertaria. Aixó farem... Ja ho vurás, nena, ja ho vurás com vindrá la primavera i tot será com una mena de rosas sensa espines...

RICARD. *(Al Lluiset.)* Venga ya, tú, déjate de folletines y vente pa aquí que esto se pone feo...

SURROCA. *(Dando saltos como un mono.)* ¡Qué se pone feo, que se pone feo...!

UN ESTUDIANTE. ¡Pisaréis cadáveres, pisaréis cadáveres...!

UN FUSILERO EXALTADO. ¡No pasarán, no pasarán, no pasarán...!

LLUISET. *(Tratando de zafarse de la Noia.)* Deixam, maca, que he de lluitar...

LA NOIA. No em deixe, no em deixe...

LLUISET. Nena, nena...

UN CORO IMPROVISADO. ¡Els tenim be posats, els tenim be posats...!

OTRO CORO. Visca el pa —visca el vi— visca la mare que ens va parir...

Un enorme estruendo. Todo tiembla.

SURROCA. *(Con un grito.)* ¡La artillería! Los cabrones han posat la artillería...

Hay un gran revuelo de heroismo. El Lluiset se ha tirado al suelo con la Noia. Humaradas de polvo.

VOCES. ¡No pasarán, no pasarán...!

OTRAS VOCES. ¡Pisarán cadáveres!

OTROS. ¡Adelante, hermanos! ¡Viva el comunismo libertarioooo...!

Estruendos artilleros. Temblor de tierra. Un trozo de techo que se hunde y las voces cada vez más roncas y exaltadas.

VOCES ENTRE EL HUMO. *(Roncas e invencibles.)* Visca el pa —visca el vi— Visca la mare que ens va parir...!

Gran estruendo y oscuro.

Iluminados por unos potentes focos, aparecen sentados en el infame banquillo los tres cabecillas del abortado golpe revolucionario del Poble Nou. El Lluiset —Flor de Otoño—, el Ricard, el Surroca. Se adivinan sombras de tricornio, reflejos de sables militares, tenebrosidades de castillo militar y ambiente de juicio sumarísimo. Ellos miran al frente con aquella lumbre de locura en sus ojos, propia de los que ya no esperan nada de este mundo. A su alrededor suenan diversas voces, que a veces quedan truncadas en medio de una frase, otras se hacen ininteligibles, otras adquieren un tono parlamentario. Voces fiscales, periodísticas, callejeras, que ellos escuchan como una música fúnebre, que no merece la pena considerar.

UNA VOZ SECA Y MILITAR. Asesinos, atracadores a mano armada, inmorales, viciosos, cocainómanos, pistoleros a sueldo de la delincuencia internacional...

UNA VOZ PERIODÍSTICA. Barcelona, la apacible y progresista ciudad del mediterráneo, emblema del trabajo y del fervor ciudadanos, añade hoy una nota siniestra a la iluminada presencia del Certamen Internacional: la intentona criminal que unos cuantos delincuentes vulgares, apellidados ácratas, llevaron a cabo para satisfacer instintos criminales y sembrar de horror a los pacíficos ciudadanos de nuestra industriosa y bella ciudad...

VOZ SECA Y MILITAR. Esta tierra de poetas y de artistas, esta tierra de hombres empresariales, de raza decidida, cuna de los almogáraves, no puede albergar en su seno semejante taifa de...

VOZ SECA PERIODÍSTICA. Nuestra libertad no puede enajenarse a cambio de la proliferación de semejantes reptiles surgidos de la reclusa hampona de otros países, que empozoñan nuestras bellas ciudades y el aire de nuestra sagrada convivencia...

VOZ SECA Y MILITAR. Viciosos homosexuales, cocainómanos, desechos humanos ya sin forma propiamente humana...

VOZ PERIODÍSTICA. Y por muy doloroso que nos resulte, la presencia entre los criminales de algún hijo de familia honorable perteneciente a una sociedad laboriosa, voluntariamente, cegado por las cadenas del vicio, no ha de torcer nuetro deseo de justicia implacable... Debemos ser inflexibles y recordar aquello de "lex dura sed lex"...

VOZ SECA Y MILITAR. Dinamitaremos ese nefasto barrio chino, cortaremos la gangrena social fulminantemente...

(Ahora se oyen voces ciudadanas un tanto confusas.)

— Que los fusilen a todos...
— La tranquilidad es la tranquilidad...
— Tranquilitat i bons aliments...
— Quin horror, quin horror...
— Gent depravada, gent sensa principis...
— ¡Pobre Cataluña, qué día de luto...!

UNA VOZ PERIODÍSTICA ESPECIALIZADA. De dolt, de dolt s'ha vestit la nostra Catalunya amb aquest rebombori maleit d'un grupet que es diun "ácratas" i es clar que no som mes que vulgars delinquents, asesinus i viciosus, que volem portar a la nostra Catalunya, auvi rient y esplendorosa, als abismus de la Semana Trágica...

VOZ SECA Y MILITAR. ¡Muerte, muerte, muerte, muerte...!

VOZ PERIODÍSTICA Y CLERICAL. Germans, es forsa dificil amb aquest deliri tornarhi una mirada de misericordia on no hi ha mes que fang, depravació, satanisme... Demanem a la justicia de Deu lo que la justicia dels homes no pot fer, entonem un cant de penitencia y dieu amb mi: miserere nobis, miserere nobis, miserere nobis...

VOZ SECA Y MILITAR. *(En un susurro decreciente.)* Muerte, muerte, muerte, muerte...

Los tres guajas del banquillo, indiferentes, siguen desafiando al público a través de su mirada enloquecida.

Lóbrega sala del castillo de Montjuich acondicionada de capilla. Horas antes del amanecer. Un Cristo tétrico sobre una mesa en que lucen dos blandones siniestros. Tres camastros. Una mesa con unas botellas y restos de comida. En la luz agria se adivinan los bultos de los tres condenados: el Lluiset está tendido sobre un camastro un poco al estilo odalisca, envuelto el cuello en aquella bufanda; el Ricard, sentado a caballo sobre una silla, se sume en meditaciones profundas; el Surroca sigue escuchando aquella radio de galena, los alambres sobre la cabeza, los auriculares en las orejas y la mirada febril. En el silencio destacan los pasos de un Sacerdote, que mide de punta a punta la escena, a veces se detiene ante el Cristo y junta las manos. Un Teniente, el defensor sin duda, mira tras la ventana enrejada, el sable sostenido entre las manos, hacia el mar del que llega un rumor de sirenas y el aleteo de las gaviotas. Un Centinela, triste caloyo rapado, da cabezadas, apoyado en el fusil junto a la puerta.

EL SACERDOTE. *(Luego de otros de sus paseos. Plantándose ante los condenados.)* Hermanos, hermanos míos, tened confianza en Dios que os está mirando... *(Silencio.)* Un instante tan sólo, un instante y seréis salvos. He aquí que Jesús vio venir a un centurión, el cual tenía a su esclavo enfermo... Escúchame, hijo... *(Se ha sentado al borde de la cama del Lluiset, que da un respingo.)*

LLUISET. ¡I ara...! Quin buriont aquest home, quina nit me está fen passar... Fugi d'aci...

El Sacerdote se levanta y se retira unos pasos. Queda dubitativo y observa a los otros reos, no atreviéndose, por su actitud, a intentar la conquista de aquellas almas. El Sacerdorte, moviendo los brazos, va hacia el Teniente, el cual le da un golpecito amistoso en la espalda. El Sacerdote parece sentir, a través de la caricia, una energía agustiniana que le lleva a hincarse de rodillas ante los réprobos y continuar con su sermón.

EL SACERDOTE. Hermanos, acordaos de aquel pobre centurión que tenía a su esclavo enfermo, enfermo y desahuciado, su esclavo tan esclavo como nosotros somos míseros esclavos... Un esclavo a quien adoraba y quería como a su propio hijo...

LLUISET. *(Incorporándose un poco.)* ¿Se querían?

EL SACERDOTE. Se miraban uno en otro a través de la bondad de Dios...

LLUISET. Está be..., ¿i aleshores?...

EL SACERDOTE. Pues, aleshores, hijo, vio venir el centurión a Jesús y le dijo... "Señor tengo a mi esclavo enfermo, pero yo sé que tú, sólo tú, puedes curarle. Ven, pues, a mi casa y di una palabra, una sola palabra y mi esclavo será sanado..."

LLUISET. Coin, quina cara..., sensa pagarhi res...

EL SACERDOTE. *(Sin hacer caso.)* He aquí la fe. He aquí la fe en la misericordia del Señor. Asimismo vuestras almas, por mucho que pecaron, pueden ser sanadas con decir una sola palabra... *(Se levanta y va como una catapulta hacia Lluiset llevando el borde de su estola.)*

LLUISET. *(Dando un respingo de la cama y corriendo hacia el otro extremo de la sala.)* ¡Ai, mare, que s'ha tornat boix...!

EL SACERDOTE. ¡Hijo, hijo..., una sola palabra...!

LLUISET. *(Acercándose al Teniente y casi abrazándole.)* Guardia, defiéndame...

EL TENIENTE. *(Retirándose adusto y confiado.)* Vamos, hombre, vamos, a ver si...

RICARD. *(Encarándose al Sacerdote.)* ¡Cag'un coin..., haga el favor, hombre...! ¿No ve que...?

SURROCA. *(Quitándose los auriculares.)* No me dejarán, no, oír ni siquiera las olas del mar, en los últimos momentos de mi perra vida...

EL SACERDOTE. *(Que se ha retirado a un rincón, arrodillándose.)* Aquí estaré de rodillas, hasta que vuestras almas sean del Señor... *(Al Centinela caloyo.)* Déjame tu bayoneta, hijo, deja que me ponga tu bayoneta bajo las rodillas para mortificarme...

EL CENTINELA. *(Despierto totalmente y con mirada de loco, forcejeando con el Sacerdote que quiere arrancarle su bayoneta.)* Pae, pae..., que no pue zé..., que no... Mi tiniente, mire uzté que... ¡me afusilan!

EL TENIENTE. *(Yendo hacia el Sacerdote.)* Padre, la ordenanza prohibe al soldado entregar parte de su arma...

EL SACERDOTE. *(Lloriqueando.)* Yo quiero sus almas, sus almas... *(Sigue de rodillas.)*

Silencio tétrico. El Lluiset queda de pie mirando tras la reja del ventanal. Los otros siguen en la misma postura.

LLUISET. ¡Quin fret, coin...!

RICARD. *(Con voz ronca.)* Hay aguardiente en esa botella...

LLUISET. No m'agrada l'aiguardent...

RICARD. Donc portam a mí... *(El Lluiset alcanza la botella y se la lleva al Ricard que debe con ansia.)*

LLUISET. ¿Tú me quieres tanto como ese que decía el gachó a su esclavo?

El otro no contesta. Se filtra una chispa de luz de amanecer. Hay un escalofrío en toda la sala. Se oye el bisbiseo del Sacerdote. Ruido de pasos. Estremecimiento general. El Lluiset se acerca a la puerta. El Sacerdote le coge por la muñeca.

LLUISET. *(Dando un gritito.)* ¡Ja hi som...!

EL SACERDOTE. Espera a Dios, espera a Dios, tú que naciste de buenos pañales...

LLUISET. *(Desasiéndose.)* ¡Quina calandria, aquest home...! *(Mirando fijamente al Sacerdote.)* Si existe Dios, lo veré muy prontito y se lo diré de tu parte, chato... *(Y le da un puñetazo cariñoso en la barriga.)*

EL SACERDOTE. *(Radiante.)* ¡Aleluia, aleluia, santo, santo, santo...!

Ruido de llaves. Las puertas se abren. Entra el Comandante. Ruidos de pasos militares. El Sacerdote, el Teniente se cuadran. Taconeos. Liturgia militar.

EL COMANDANTE. Es la hora...

Desfallecimiento general en que el ruido de los pasos militares en el pasillo y las voces en sordina de un Sargento ponen la piel tiritante. Luz morada en los ventanales enrejados. El Ricard se pone de pie mayestáticamente. El Surroca se quita los alambres y los tira con desprecio sobre la mesa.)

EL TENIENTE. *(Acercándose al Comandante.)* ¿No hubo indulto?

EL COMANDANTE. No lo hubo. Así que...

EL SACERDOTE. *(Juntando las manos y bisbiseando.)* ¡Santus, santus, santus, santus...!

EL COMANDANTE. *(Volviéndose a los tres.)* Señores: según la ordenanmza, ¿tienen un deseo que manifestar?

RICARD. *(Ronco.)* Viva el comunismo libertario...

Surroca escupe.

LLUISET. Yo..., yo..., que me dejen pintarme los labios...

Todos se quedan consternados y bajan la vista ante tamaña blasfemia.

EL SACERDOTE. *(Sus palabras quedan subrayadas después del exabrupto del Lluiset.)* Santus, santus, santus, santus...

En este momento alguien ha llamado al Sacerdote. El Sacerdote sale y vuelve a entrar, cuando ya el Comandante iba a disponer la conducción. El Sacerdote lleva aparte al Comandante y le dice algo al oído. El Comandante mueve la cabeza sorprendido y mira su reloj de pulsera.

EL COMANDANTE. Cinco minutos, cinco minutos nada más... *(El Sacerdote sale a grandes zancadas.)*

EL COMANDANTE. Don Luis de Serracant...

LLUISET. *(Con cierta chulería.)* Me llamo...

EL COMANDANTE. Va a recibir usted una visita de despedida...

LLUISET. ¿Yo?...

EL COMANDANTE. Tiene usted cinco minutos... *(Al Teniente.)* Llévese a los otros...

El Teniente va hacia Ricard y Surroca y les indica que salgan. En el momento en que salen entre Doña Nuria Cañellas, elegantísima, vestida de terciopelo morado, con un sombrero de velito. Doña Nuria, sin reparar en más detalles, se lanza sobre su hijo. Lluiset, luego de un acto dubitativo, se abraza a su madre... Terminan de salir todos, incluso el Sacerdote, y sólo queda un Cabo, que se mantiene alejado en un rincón.

DOÑA NURIA. ¡Fill...!, ¡fill meu...! ¡fill meu...!

LLUISET.: Mare..., mare...

DOÑA NURIA. ¿Por qué no me habías dicho que embarcabas para Méjico? Gracias que me he enterado por sorpresa. Si no ¿cómo iba a venir a despedirte?

LLUISET. *(Debilitado.)* Salimos para Méjico...

DOÑA NURIA. Que sofocón de correr me di, hijo... *(Mostrando un maletín que lleva en la mano.)* Y como eres tan distraído. Te traigo algunas cosas: ese pijama de seda, color naranja que tanto te gusta...

LLUISET. ¡Qué ilusión...! Estás en todo, mamá...

DOÑA NURIA. ¿Y cómo vas a salir así con el fresquito que hace? ¿Y el relente del mar?

LLUISET. *(Siguiendo la broma.)* No hace tanto frío...

DOÑA NURIA. En los barcos hace frío... Cuídate, cuídate, hijo...

LLUISET. No te preocupes. No te preocupes...

DOÑA NURIA. También hay aquí dentro colonia, perfume... barra de labios...

LLUISER. Estás en todo, mamá...

DOÑA NURIA. Porque en el barco, hay que alternar... ¿Cuántos días dura la travesía?

LLUISET. Un mes...

DOÑA NURIA. Un mes, qué maravilla. Sí, hijo, vete a Méjico, vete lejos de este mundo podrido. Yo te seguiré. Yo me reuniré contigo lo antes posible. Y no te preocupes de escribir. Me basta con saber que estás ya en paz...

LLUISET. En paz, mamá, en paz...

DOÑA NURIA. De momento, tú, tranquilo. Yo, en cuanto deje arreglado todo lo de la casa, ya sabes, las cuatro chucherías nuestras, te seguiré. Allí nos reuniremos y seremos otra vez felices...

LLUISET. Sí, sí, siempre ya...

DOÑA NURIA. Además, ya sé que vas con tu amigo Ricard, que es un muchacho excelente. Vas en buena compañía. Así que por mí no sufras, yo quedo tranquila... Que tengáis una buena travesía...

LLUISET. Gracias, gracias...

Ha aparecido el Comandante.

EL COMANDANTE. Señora...

DOÑA NURIA. Oh, el señor comandante del barco... Le recomiendo a este pollo, espero que no haya naufragios, comandante...

EL COMANDANTE. *(Confundido.)* Señora...

DOÑA NURIA. *(Abrazando a su hijo.)* Dame un beso..., otro, otro... *(Besos patéticos. Entregándole el maletín.)* Toma... ¿Ya va a salir el barco? ¿Sonó la tercera sirena, comandante?

EL COMANDANTE. Sí, señora. Están quitando la escala...

DOÑA NURIA. Doncs apa... Adiós, fill meu..., adiós..., ¡Buen viaje, buen viaje...!

El Comandante arrastra suavemente al Lluiset, Doña Nuria da unos pasos y queda junto a la puerta. Está a punto de desplomarse. Saca un pañuelito del bolsillo y lo agita.

DOÑA NURIA. Adeu, siau.., adeu, siau... *(Queda sola en la escena. Al fondo la silueta del Centinela que la mira con los ojos muy abiertos. Doña Nuria se vuelve hacia la ventana enrejada. Se seca las lágrimas y agita el pañuelo.)* Adeu, siau... *(Volviéndose al Centinela.)* Qué tonta, lloro, cuando sé que va a ser feliz en Méjico..., pero las madres somos así ¿sabes?... *(El Centinela está como una estatua.)* Va a hacer una buena mañana de primavera. El mar está precioso. Una divinidad. Será una buena travesía... Yo me quedo solita, solita... Pero me iré a Méjico también... En cuanto arregle los papeles. Mientras tanto *(Encarándose con el Centinela.)* voy a estar muy sola... Y mi casa es tan grande, fíjese, una casa tan antigua, tan noble... Pero ¿sabe lo que voy a hacer? Haré casa de huéspedes y de huéspedas. Muchachas alegres que canten, que rían, que gocen de la vida. Sí, sí, sí. Una casa de huéspedes pondré, en mitad del Ensanche... *(Llorando.)* Porque no podré estar tan sola, tan sola, tan solita... hasta que pueda marcharme al fin a Méjico, a reunirme con mi hijo..., ¡el meo fill...! *(Se oyen las descargas lejanas de las fotos. Y una sirena de barco. Doña Nuria se tambalea. El Centinela se mueve un poco. Pero Doña Nuria se yergue. Agita el pañuelo.)* Ya salen, ya salen... ¡adeu, siau!..., ¡adeu, siau...!

TELÓN

ALFONSO SASTRE

LA SANGRE Y LA CENIZA

DEJAR LAS COSAS EN SU SITIO, NO "COMO ESTABAN"

Mariano de Paco

La sangre y la ceniza, una de sus obras más significativas, inició una nueva época en el teatro de Alfonso Sastre. El dramaturgo dedicó varios años a la escritura de esta pieza, que suponía profundizar en la búsqueda de un modo de tragedia en el que se incorporasen determinadas formas del teatro moderno. *Guillermo Tell tiene los ojos tristes*, *Asalto nocturno* y *Oficio de tinieblas* muestran la experimentación continuada durante una década para conseguir un drama "libre", es decir, "liberado de apriorismos formales", como el autor indicaba en la primera nota a *La sangre y la ceniza*. Y allí apuntó la expresión "tragedia compleja", que daba nombre a lo que desde entonces ha sido la forma que caracteriza su producción teatral. [1]

El hallazgo de la "tragedia compleja" divide, por ello, la obra sastreana en dos grandes etapas, en la segunda de las cuales se recogen elementos de la tragedia aristotélica, que Sastre había cultivado con anterioridad, junto a otros del esperpento valleinclanesco y del teatro épico de Bertolt Brecht. Desde el punto de vista teórico, al que Alfonso Sastre ha dedicado siempre una notable atención, *Drama y sociedad* (1956) exponía su pensamiento primero, mientras que *La revolución y la crítica de la cultura* (1970) desarrolla su concepción de la "tragedia compleja". [2] En ella se reúnen diversos aspectos de los que el autor se ocupa desde los tiempos de *Arte Nuevo*: el teatro como "agitación social" o como auténtica revolución, la profundización en el realismo y la atención al género trágico, ahora renovado.

Los caracteres fundamentales de la "tragedia compleja" tienen cumplida plasmación en *La sangre y la ceniza*, extraordinaria obra dedicada a un personaje histórico español al que Sastre ha prestado particular atención. Poco después de poner final a esta pieza apareció su biografía literaria *Flores rojas para Miguel Servet* (1967) y aún está próxima la emisión en Televisión Española de la serie *Miguel Servet. La sangre y la ceniza*, cuyos guiones realizó, con Hermógenes Sainz y José María Forqué, en 1987.

Menéndez Pelayo advirtió ya la condición de héroe quijotesco de Miguel Servet, para Sastre arquetípica estampa del hombre errante y clandestino, como lo manifiesta en *Flores rojas para Miguel Servet*. La nobleza de la configuración moral de Servet no corre pareja con las probadas miserias de su constitución física o con la debilidad que muestra ante la reclusión o frente a la muerte. Por ello es persona que se corresponde a la perfección con el "héroe irrisorio", personaje esencial de la "tragedia compleja" que a una innegable grandeza añade como parte imprescindible una faceta cómica o incluso grotesca que nos conduce a la reflexión acerca de lo que el ser humano tiene de pobre y de deficiente. El héroe trágico cobra de este modo una dimensión diferente y el espectador lo siente próximo, advierte su resistencia ejemplar, al tiempo que ve su cercana debilidad.

La sangre y la ceniza es un drama histórico con muy peculiares características. Ante él es inevitable el recuerdo del *Galileo Galilei* brechtiano, por la misma naturaleza del personaje y por la estructuración dramática que se realiza con episodios de su vida. En el teatro español no están lejanas las primeras piezas históricas de Buero

Vallejo, en las que se pretende igualmente que el pasado arroje luz sobre el presente del espectador. Sastre, sin embargo, introduce un elemento diferenciador, apreciable en buena parte de las "tragedias complejas" (pensemos en *La taberna fantástica, Crónicas romanas, Tragedia fantástica de la gitana Celestina, Los últimos días de Emmanuel Kant, Revelaciones inesperadas sobre Moisés* o *Demasiado tarde para Filoctetes):* la voluntad de establecer la evidencia del doble plano realidad-ficción, el propósito de mostrar la dualidad acción-representación.

Las alusiones en ese sentido son frecuentes en este drama, pero, además, las partes primera y tercera se cierran con dos escenas expresamente concebidas como breves y espectaculares actuaciones dentro de la escenificación general: la de la ejecución en efigie y la cruel muerte de Servet en la hoguera. El público que presencia esta última es personaje colectivo ("con máscaras de terror") y la voz que se oye por los altavoces rompe brusca y eficazmente con una ilusión multiplicada que hace más directa la percepción de los sucesos anteriores: "¡Corten! ¡Corten! ¡Ya es suficiente! ¡Corten! ¡Retírense todos los actores de escena! Vamos al epílogo".

Función similar tienen los reiterados anacronismos de *La sangre y la ceniza*. La pieza comienza con un prólogo en el que "algunas gentes de uniforme, sin muchas explicaciones, destruyen una estatua". Es la estatua de Servet y en el epílogo se muestra un pedestal vacío porque en el transcurso de la representación persona y símbolo, héroe e imagen, han sido vencidos en un intemporal momento que es el del siglo XVI y el nuestro. Alfonso Sastre, cuya biografía posee evidentes puntos de contacto con la de Miguel Servet, expresa a la par la lucha del espíritu libre del médico y teólogo aragonés contra los poderes que lo sojuzgaban y la opresión que en los años de escritura del drama padecen los individuos que no se resignan y se rebelan contra un sistema igualmente coactivo. Y lo hace de manera que en el escenario se evoquen simultáneamente estos y aquellos hechos.

También la lengua conecta con el presente por medio de la utilización de palabras y expresiones coloquiales, de términos que pertenecen a la época actual y traen a la memoria personajes y situaciones de ahora. No hay en *La sangre y la ceniza,* como en otras "tragedias complejas" (recordemos *La taberna fantástica* o *Tragedia fantástica de la gitana Celestina)* un empleo de hablas marginales o de jergas, sino unos usos lingüísticos que, junto a la ruptura del lenguaje convencional, proporcionan sensación de lejanía y de sorpresa para los mismos personajes: "Qué escena tan extraña, amigo, y qué diálogo el nuestro, que no parece de un autor moderno...", dice Frellon a Servet en el primer cuadro de la obra.

Hay, pues, en *La sangre y la ceniza* una mayor libertad en el lenguaje y en otros procedimientos escénicos que van configurando las "tragedias complejas", aunque algunos provienen del teatro precedente del autor. Aumenta el número de cuadros, se introducen canciones y proyecciones, se manejan distintos efectos de participación. Merece la pena destacar, en este sentido, además de la ya señalada relación entre el nazismo y la tiranía que sufre Servet, la sustitución de los miembros del consejo que lo juzga y sentencia por maniquíes que hacen visible la mera simulación de un acto que pretende conferir apariencia legal y respetable a lo que es en definitiva pura crueldad y despreciable venganza de Calvino.

El equilibrio armónico entre distanciamiento y participación, entre la reflexión crítica y la identificación emotiva, es precisamente lo que pretende, en éta y en otras "tragedias complejas", esa especie de dramaturgia de "boomerang" construida con "la dialéctica de la participación y la extrañeza". La ambivalencia de este "efecto A" (de anagnórisis) ha de dar lugar no a un reconocimiento inmediato sino a un reconocimiento "extrañado" que apunte a una catártica toma de conciencia. [3] El teatro ha de conducir justamente (este es su oficio, según afirma en el epílogo el "Autor de la Comedia") a dejar las cosas en su sitio, "no como estaban", a transformar la realidad que Servet no pudo modificar y ante la que sucumbió.

Miguel Servet goza de una destacada elevación moral e intelectual, al margen de sus dudas y carencias ("Pensar, luchar, huir. Esa es mi vida"). Con una voluntad decidida de buscar y expresar la verdad, nos aparece como víctima concreta e intemporal de la hipocresía y de la intolerancia de los que en nombre de uno u otro credo, católicos o protestantes, son dueños del poder y se resisten a exponerlo al menor peligro. Miguel se ve obligado a renunciar a su nombre y a su vida, pero su figura permanece victoriosa.

La sangre y la ceniza, concluida en 1965, no pudo ser publicada, por problemas de censura, en el primer volumen de las *Obras completas* [4] de su autor y tardó más de diez años en editarse [5] y estrenarse [6] en España. En una de sus primeras representaciones, en la Sala Villarroel de Barcelona, hizo explosión una bomba, lo que revelaba desgraciadamente la vigencia de las denuncias de la obra, la actualidad de la violencia contra la libre expresión. Historia pasada y realidad presente volvían en esa ocasión a converger en el teatro.

---

[1] Vid. Alfonso Sastre, *La sangre y la ceniza, Crónicas romanas*, edic. de Magda Ruggeri Marchetti, Madrid, Cátedra, 1979, pp. 137-139.

[2] Puede verse al respecto mi Introducción a Alfonso Sastre, *La taberna fantástica, Tragedia fantástica de la gitana Celestina*, Madrid, Cátedra, 1990.

[3] Alfonso Sastre, *La revolución y la crítica de la cultura*, Barcelona, Grijalbo, 1970, pp. 42-43.

[4] Alfonso Sastre, *Obras Completas, I. Teatro*, Madrid, Aguilar, 1967.

[5] En *Pipirijaina Textos*, núm. 1, octubre 1976. En 1967 había aparecido la traducción italiana de María Luisa Aguirre d'Amico (Milán, Feltrinelli) y en 1974 la francesa de Claude Schrotzenberger (Lausana, La Cité).

[6] Fue estrenada por el colectivo El Búho el 15 de enero de 1977 en Igualada (Barcelona). Hubo después representaciones en otras ciudades españolas y en distintos países de Iberoamérica. A finales de ese año se presentó en la Sala Cadarso de Madrid. La puesta en escena más reciente (1990) de *La sangre y la ceniza* es la de Rubén Yáñez con la Institución Teatral "El Galpón", de Montevideo, Uruguay.

ALFONSO SASTRE

Nace en Madrid en 1926. Desde muy joven decidió encaminar su vida por los rumbos del teatro, profesión esta que se ha convertido en militancia. En 1945 funda con otros compañeros Arte Nuevo, como un intento de revolucionar el teatro mismo, y luego, en 1950, el Teatro de Agitación Social. Diez años después crea el Grupo de Teatro Realista, y en 1977 lanza la idea del Teatro Unitario de la Revolución Socialista. Su producción dramática camina paralela a esta actividad. Desde su primera obra, *Ha sonado la muerte,* estrenada en 1946, lleva escritas unas cincuenta obras. Durante muchos años, apenas fue representado en nuestro país, aunque sí fuera. Su teatro está marcado por la militancia, la crítica, los elementos fantásticos y hasta el terror. Ha realizado adaptaciones, ha escrito narrativa, ensayo y un largo etcétera imposible de enumerar.

TEATRO

Comedia sonámbula. Escrita en 1945. Editada en Art Teatral nº 1, 1987.

Ha sonado la muerte. Escrita en 1945 en colaboración con Medardo Fraile. Editada en Peman, 1949, formando parte del volumen "Teatro de vanguardia, Quince obras de Arte Nuevo". Estrenada en el Teatro Beatriz, 1946, bajo la dirección de José Franco.

Uranio 235. Escrita en 1946. Editada en Peman, 1949, formando parte del volumen "Teatro de vanguardia, Quince obras de Arte Nuevo", y en Aguilar, 1967, dentro del volumen "Obras Completas I". Estrenada en el Teatro Beatriz, 1946, bajo la dirección de José Franco.

Cargamento de sueños. Escrita en 1946. Editada en Peman, 1949, formando parte del volumen "Teatro de vanguardia, Quince obras de Arte Nuevo", y en Aguilar, 1967, dentro del volumen "Obras Completas I". Estrenada en el Instituto Ramiro de Maeztu de Madrid, 1948, bajo la dirección de Alfonso Sastre.

Prólogo patético. Escrita en 1950. Editada en Aguilar, 1967, dentro del volumen "Obras Completas I".

El cubo de la basura. Escrita en 1951. Editada en Aguilar, 1967, dentro del volumen "Obras Completas I".

Escuadra hacia la muerte. Escrita en 1952. Editada en Aguilar, 1967, dentro del volumen "Obras Completas I", y en Escélicer nº 77. Estrenada en el Teatro María Guerrero, 1953, bajo la dirección de Gustavo Pérez Puig.

El pan de todos. Escrita en 1953. Editada en Aguilar, 1967, dentro del volumen "Obras Completas I", y en Escélicer nº 267. Estrenada en el Teatro Windsor (Barcelona), 1957, bajo la dirección de Adolfo Marsillach.

La mordaza. Escrita en 1954. Editada en Aguilar, 1967, dentro del volumen "Obras Completas I", y en Escélicer nº 126. Estrenada en el Teatro Reina Victoria, 1954, bajo la dirección de José María de Quinto.

Tierra roja. Escrita en 1954. Editada en Aguilar, 1967, dentro del volumen "Obras Completas I".

Ana Kleiber. Escrita en 1955. Editada en Aguilar, 1967, dentro del volumen "Obras Completas I", y en Escélicer nº 171. Estrenada en París en 1961. En España fue estrenada por la Compañía Teatro de Hoy, 1967, bajo la dirección de Eugenio Olmos.

La sangre de Dios. Escrita en 1955. Editada en Aguilar, 1967, dentro del volumen "Obras Completas I", y en Escélicer nº 152. Estrenada en el Teatro Serrano de Valencia, 1967, bajo la dirección de Alberto González Vergel.

Muerte en el barrio. Escrita en 1955. Editada en Aguilar, 1967, dentro del volumen "Obras Completas I", y en Escélicer nº 286.

Guillermo Tell tiene los ojos tristes. Escrita en 1955. Editada en Aguilar, 1967, dentro del volumen "Obras Completas I", y en Escélicer nº 354. Estrenada en Madrid, 1965, por el grupo Bululú, bajo la dirección de Antonio Malonda.

El cuervo. Escrita en 1956. Editada en Aguilar, 1967, dentro del volumen "Obras Completas I", y en Escélicer nº 246. Estrenada en el Teatro María Guerrero, 1957, bajo la dirección de Claudio de la Torre.

En la red. Escrita en 1959. Editada en Aguilar, 1967, dentro del volumen "Obras Completas I", y en Escélicer nº 316. Estrenada en el Teatro Recoletos, 1961, bajo la dirección de José Antonio Bardem.

Asalto nocturno. Escrita en 1959. Editada en Aguilar, 1967, dentro del volumen "Obras Completas I"

La cornada. Escrita en 1959. Editada en Aguilar, 1967, dentro del volumen "Obras Completas I", y en Escélicer nº 213. Estrenada en el Teatro Lara, 1960, bajo la dirección de Adolfo Marsillach.

Oficio de tinieblas. Escrita en 1962. Editada en Aguilar, 1967, dentro del volumen "Obras Completas I", y en Escélicer nº 546. Estrenada en el Teatro de la Comedia, 1967, bajo la dirección de José María de Quinto.

El circulito de tiza o historia de una muñeca abandonada. Escrita en 1962. Editada en Aguilar, 1967, dentro del volumen "Obras Completas I". Estrenada en Milán en 1976 por Giorgio Strehler; en España fue estrenada en el Teatro María Guerrero, 1989, bajo la dirección de Xicu Masó.

La sangre y la ceniza. Escrita en 1965. Editada en Pipirijaina nº 1, octubre, 1976, y en Cátedra, 1979. Estrenada en la Sala Villarroel (Barcelona), 1977, por el Colectivo El Búho.

El banquete. Escrita en 1965.

La taberna fantástica. Escrita en 1966. Editada en Cuadernos de la Cátedra de Teatro de la Universidad de Murcia, 1983; en Primer Acto nº 210-211, 1985; en Antonio Machado, 1986, y en Taurus 1986. Estrenada en la Sala Fernando de Rojas (Toledo), 1985, bajo la dirección de Gerardo Malla.

Crónicas romanas. Escrita en 1968. Editada en Cátedra, 1979. Estrenada en el Festival de Aviñón, 1981, bajo la dirección de Gerard de Page.

Melodrama. Escrita en 1969. Editada en Camp de l'Arpa nº 1, 1972.

Ejercicios de terror. Escrita en 1970. Editada en Los Libros de la Frontera, 1973, dentro del volumen "El escenario diabólico". Estrenada en el Teatro Romea (Murcia), 1981, bajo la dirección de César Oliva, con el título "Terrores nocturnos".

Askatasuna! Escrita en 1971. Editada en Pipirijaina nº 10, septiembre-octubre, 1979, y en Hórdago, 1979, dentro del volumen "Teatro político".

Las cintas magnéticas. Escrita en 1971. Editada en Los Libros de la Frontera, 1973, dentro del volumen "El escenario diabólico". Estrenada en el Teatro Romea (Murcia), 19811, bajo la dirección de César Oliva, con el título "Terrores nocturnos".

El camarada oscuro. Escrita en 1972. Editada en Hórdago, 1979, dentro del volumen "Teatro político".

Ahola no es de leil. Escrita en 1975. Editada en Vox, colección la Farsa, 1980. Estrenada en la Sala Gayo Vallecano, 1979, bajo la dirección de Juan Margallo.

Tragedia fantástica de la gitana Celestina. Escrita en 1978. Editada en Primer Acto nº 192, 1982, y en Cátedra, col. Letras Hispánicas, 1990. Estrenada en Roma, 1979, bajo la dirección de Luigi Squarzina. En España fue estrenada en la Sala Villarroel (Barcelona), 1985, bajo la dirección de Enric Flores.

Análisis espectral de un comando al servicio de la revolución proletaria. Escrita en 1970. Editada en Hórdago, 1979, dentro del volumen "Teatro político".

Las guitarras de la vieja Izaskun. Escrita en 1979.

El hijo de Guillermo Tell. Escrita en 1980. Editada en Estreno XI, 1983.

Aventura en Euskadi. Escrita en 1982.

Los hombres y sus sombras. Escrita en 1983. Editada en Antología Teatral Española, 1988, publicada por la Universidad de Murcia.

Jenofa Juncal, la roja gitana del Monte Jaizkibel. Escrita en 1983. Editada en Gestos nº 1, 1986. Estrenada en la Universidad de Leeds, 1988, bajo la dirección de César Oliva.

El viaje infinito de Sancho Panza. Escrita en 1984. Editada en Le Lettere (Florencia), 1987 (edición bilingüe), y en Hiru, Bilbao, 1991.

El cuento de la reforma. Escrita en 1984.

Los últimos días de Emmanuel Kant contados por E.T.A. Hoffmann. Escrita en 1985. Editada en El Público, 1989. Estrenada en el Teatro María Guerrero, 1990, bajo la dirección de Josefina Molina.

La columna infame. Escrita en 1986.

Revelaciones inesperadas sobre Moisés. Escrita en 1989. Editada en Hiru, 1991.

Demasiado tarde para Filoctetes. Escrita en 1989. Editada en Hiru, 1990.

¿Dónde estás, Ulalume, dónde estás? Escrita en 1990. Editada en Hiru, 1990.

ALFONSO SASTRE

La sangre y la ceniza

*"Dejemos las cosas en su sitio;
no como estaban".*

(A. S.: "La sangre y la ceniza")

Notas del Autor

NOTA 1. Habiendo reivindicado muchas veces los fueros de la tragedia —y ello frente a la antitragedia de Brecht y al "esperpento" y sus formas; o, mejor, "junto a" Brecht y al esperpento: por la reclamación de "un sitio", en nuestro mundo, para lo trágico entre las demás expresiones teatrales—, podría parecer que el escribir ahora algo que yo llamo una "tragicomedia" significa una reconsideración de mis disposiciones y un ensayo para el cultivo de un género que no entraba en mi proyecto literario, aun admirador como siempre me he mostrado de la tragicomedia y el "esperpento". ¿Me pongo, pues, a desoír una exigencia social que yo mismo he formulado: la de la presencia de lo *trágico* en un mundo teatral caracterizado por la mayoría absorbente del "bulevar", el "music-hall", la comedia indiferente y la tragicomedia nihilista (Beckett) o socialista (Brecht)? No se trata de eso en este caso sino de buscar un cierto modo trágico que pudiera asumir y, de alguna manera, superar, las experiencias del teatro moderno. Ya he dicho otras veces que, en mi opinión, la tarea que hoy se ofrece al cuidado de los autores inconformes no consiste en *reafirmar* los postulados dramáticos prebrechtianos ni en aceptar acríticamente el magisterio de Brecht (ni, por supuesto, disolvernos en una "vanguardia" nihilizadora de la totalidad), sino en postular y practicar *la negación* (dialéctica) *de la negación* brechtiana de la tragedia que Brecht llamaba "aristotélica" y ello, como digo, tanto en el campo teórico —estética del teatro— como en el de la praxis teatral. Este sería quizás el teatro "nuevo".

El mío, desde luego, no presenta, al menos hasta ahora, ninguna respuesta práctica a esta cuestión. Yo me he movido experimentalmente durante estos años, sin conseguir, por cierto, ningún hallazgo notable de más alta catadura, en el simple sentido de buscar un drama "libre": liberado de apriorismos formales. Por lo demás el experimento más "avanzado" que he querido realizar no se ha "cumplido" de modo suficiente, al no haber sido representada la obra, al menos en las debidas condiciones. Hablo de *Asalto nocturno* que, por otra parte, no es más que un intento de incrustar críticamente en una tragedia contada "al revés", desde la *catástrofe* hasta el "pecado" original, elementos de la diversión (alienación) cotidiana —el "music-hall"— y de la información periodística; de modo que la tragedia resultara envolvente del conjunto y no al revés como en el esperpento beckettiano (o valleinclanesco) y el teatro brechtiano. Las otras dos obras donde se apunta, tímidamente, en semejante sentido, son *Guillermo Tell tiene los ojos tristes,* y ello porque ya no es una tragedia simple y estricta en la medida en que introduje en ella un elemento esperpéntico (el tirano y sus ayudantes, policías, etc., no son "serios" como lo son, por ejemplo, en el *Guillermo Tell* de Schiller, sino que se toman, diríamos, un poco "a broma"; lo que no hace cómica sino incluso más que opresiva situación) y *Oficio de tinieblas,* donde el personaje Ismene incorpora a la situación trágica un desenfado grotesco, expresado en un lenguaje que ya no tiene la pulcritud convencional del lenguaje tan "económico" empleado por mí en el común de mis obras anteriores.

Hoy —he aquí la cuestión— trato de ir más allá y no, como podría parecer, de "regresar" a lo tragicómico tradicional o nuevo. Pienso en lo que podríamos llamar, frente a la tragedia pura o "simple", una forma neotrágica que podría definirse como una "tragedia compleja". (La complejidad de la presente obra es también "formal" pero no tiene por qué serlo.) Para ello, sobre un material tradicionalmente trágico y "serio" (un proceso "histórico" que termina en la hoguera), trato hoy de constituir lo que llamo irónicamente una tragicomedia, y creo que es, en verdad, una tragedia verdadera. El elemento esperpéntico no queda, en esta obra, incrustado o incorporado sino "disuelto" en ella —con una intención distanciadora, desmitificadora. El resultado, ¿no será, como digo, una tragedia verdadera? La respuesta han de darla los "verificantes", los públicos.

¿Será ésta una forma de "recibir" en la Tragedia lo que yo he llamado en otra parte (y considerado como deseable) "el fuego nihilizador de la vanguardia", y de presentar este "género" en un modo distanciado, crítico, actual (es decir, liberado de la imagen inmovilizadora, clásica, de lo irremediable)? Es lo que hoy me pregunto al escribir como lo hago una historia que parece reclamar un tratamiento de "tragedia griega".

(Madrid, 22 de febrero de 1965)

NOTA 2. Que yo conozca, existe un solo tratamiento teatral anterior, del tema Servet: *La muerte en los labios,* de José Echegaray. Yo he escrito, aparte la presente obra, una biografía literaria con el título "Flores rojas para Miguel Servet".

NOTA 3. Quisiera también, pero no en seguida (pues mi próximo trabajo lo pienso en esta línea de "tragedia compleja" sobre un tema "muy contemporáneo": la fabricación cinematográfica de pornografía; y su título será *El banquete*) hacer una experiencia propiamente tragicómica. Consistirá, si llego a hacerla, en una trilogía de *episodios nacionales: El verdugo español* (sobre la Cuba colonial), *El monstruo marxista* (sobre la guerra española) y *El censor melancólico* (sobre la posguerra).

Vaya lo dicho como un simple proyecto.

NOTA 4. En esta obra hay varios deliberados galicismos. Ruego que sean respetados.

El director de escena queda, sin embargo, en libertad de reducir el texto sobre todo en los sectores documentales, "históricos"; de acoplar personajes, etc. Hay muchas posibilidades de "doblaje" y reducción de elenco.

TABLA DE CUADROS

PARTE PRIMERA

PRÓLOGO. "En el que algunas gentes de uniforme, sin muchas explicaciones, destruyen una estatua."

CUADRO PRIMERO. "Encuentro de un Intelectual y un Editor, y de la plática que tuvieron."

CUADRO SEGUNDO. "Del Dr. Miguel de Villanueva y sus extrañas opiniones."

CUADRO TERCERO. "Obra de sangre."

CUADRO CUARTO. "¡Viva el reparto de la riqueza! ¡Viva el bautismo de los adultos! ¡Muera la bautización de los párvulos!"

CUADRO QUINTO. "Tertulia intelectual imaginaria, y que Miguel hizo las maletas."

CUADRO SEXTO. "La Peste."

CUADRO SÉPTIMO. "M. S. V."

CUADRO OCTAVO. "Proceso a la Herejía."

PARTE SEGUNDA

CUADRO PRIMERO. "Camino de Ginebra y triste despedida."

CUADRO SEGUNDO. "En la Posada de la Rosa."

CUADRO TERCERO. "El principio del fin."

CUADRO CUARTO. "De cómo fue recibido Miguel por la policía ginebrina y de su herida dignidad."

CUADRO QUINTO. "Viaje a la Noche en forma de monólogo con lo Desconocido."

PARTE TERCERA

CUADRO PRIMERO. "Pasión de Miguel Servet según algunos Documentos."

CUADRO SEGUNDO. "Por el Honor de Dios, la última pena."

CUADRO TERCERO. "Penúltimos diálogos y tristes expresiones."

CUADRO CUARTO. "El matadero."

EPÍLOGO. "En el que habla Sebastián de Castellion; y con ello la tragicomedia se termina."

PERSONAJES

Frellon, editor
Miguel, médico
Daniel, discípulo
El doctor Sanguino
Juan el anabaptista
Sebastián de Castellion, intelectual
Un carcelero
Un viejo penitente
Baltasar, impresor
Benito (el mismo actor que haga "Daniel")
El comisario de Viena y de Ginebra (mismo actor)
Un agente
Maugiron, alto dignatario de Viena
El cardenal Tournon
El pregonero y ujier
El ejecutor de Viena y verdugo de Ginebra
(mismo actor)
Rosa, hotelera
Otro agente
Calvino, ministro del Señor
Criado (una frase)
Perrin, miembro del consejo
El sargento
Centinela primero
Farel, ministro del Señor
Curioso primero
Curioso segundo
Un rapsoda
Un gitano recitador
Un "cantaor"
Un manifestante (una frase)

Figuración:

SOLDADOS NAZIS
ANABAPTISTAS
ENFERMOS
OFICIALES DEL SANTO OFICIO
ALTOS FUNCIONARIOS
CURIOSOS
POLICÍAS Y POLICÍAS
DOS CENTINELAS
CUATRO ENCAPUCHADOS

X
Y
Z } LIBERALES DE LA OPOSICIÓN
J
K
N

PRIMERA PARTE

PRÓLOGO

En el que algunas gentes de uniforme,
sin muchas explicaciones, destruyen una estatua

Un himno nazi.
Soldados, ayudados de unas cuerdas, derriban una estatua de Miguel Servet.
Grandes risas que se van disolviendo, hasta quedar la risa de un hombre solo, cada vez más tenue. Por fin, no se oye nada y la oscuridad se hace sobre la escena.
En una pantalla se proyecta el siguiente letrero:
La estatua era de bronce.
Los ocupantes, solícitos,
la fundieron
Para contribuir a hacer cañones y así guardar
el orden público
Música concreta que cesa bruscamente.
Luz para el Cuadro Primero.

CUADRO PRIMERO

Encuentro de un Intelectual y un Editor, y de la plática
que tuvieron

La librería de Frellon en Lyon. Iluminación suave y por puntos: una esfera armilar, pilas de libros y otros objetos. El viejo librero trabaja ante una mesa. Suenan golpes en la puerta, que él no parece oír. De pronto, los golpes suenan muy fuertes, y entonces lo sobresaltan. Se levanta y acude murmurando: "Ya va, ya va; coña". Abre la puerta. Al otro lado hay una figura que viste ropa negra. Es un hombre desgarbado y pálido. Cuando ande, nos daremos cuenta de que cojea y que le cuesta un gran esfuerzo caminar: contrae la cara como si sintiera un agudo dolor al moverse; renquea un poco. Frellon lo mira casi hoscamente y dice con ánimo de cerrarle la puerta:

FRELLON. ¿Qué quiere? La librería está cerrada a estas alturas de la noche.

MIGUEL. Yo no es a la librería donde llamo. No ando a la busca de ningún libro ni cosa parecida.

FRELLON. ¿Sino entonces?

MIGUEL. A la del mero señor Frellon, el propietario, si tiene la bondad de recibirme.

FRELLON. ¿Estas son horas de visitas? ¿Son horas estas de llamar a una casa? Perdone, hermano, por favor, y vuelva mañana, si lo desea, a alguna hora más amena.

Va a cerrar la puerta, pero el otro se lo impide con el pie.

MIGUEL. Sepa que soy gente del oficio.

FRELLON. *(Con la puerta medio cerrada, receloso, habla por la rendija.)* Dígame lo que quiere.

MIGUEL. No puedo, en estas condiciones. No entrecierre la puerta, por cortesía. *(Frellon la abre un poquito más.)* Ni la entreabra tampoco, sino ábrasela francamente a un seguro servidor.

FRELLON. Sepa, señor, y usted disculpe, que hay muchos asaltos por las noches, y tantos robos y crímenes que anda la brigada de investigación criminal revuelta. Suelte ya su recado y márchese.

MIGUEL. Mi recado es hablar con alguna amplitud y es también, por lo que le decía del oficio, recado de escribir. ¿Es usted el señor Frellon en persona o hablo con un sirviente?

FRELLON. *(Un poco dolido)* No, no; soy yo mismo esa persona de su interés. Así que cuente, si no puede esperar hasta mañana.

MIGUEL. ¡Dios mío de mi alma! No lo tome a mucha exigencia de mi parte, pero me hielo aquí con lo que está cayendo en esta noche tan despejada. Hágame entrar de una vez en esa hermosa sala, junto a la lumbre, o pereceré aquí de una mala pulmonía, o afección de riñones que ya me están doliendo de estar tanto rato en esta postura tan poco natural.

FRELLON. Está bien, está bien: pase, tozudo de todos los diablos y discúlpeme, por favor, mi inadvertencia.

MIGUEL. *(Pasando.)* Gracias. Esto ya es otra cosa.

FRELLON. Siéntese ahí, si quiere.

MIGUEL. ¡Cómo no! Es lo que estaba deseando. *(Lo hace.)*

FRELLON. Yo tengo costumbre de hacerlo en esta silla. *(Lo hace frente a Miguel.)* Así podremos conversar más cómodamente y mirarnos las caras, que es como a mí me gusta, aunque la mía, tan envejecida por la edad y los grandísimos disgustos, no sea cosa muy grata de mirar.

MIGUEL. Por el contrario, yo la encuentro, con perdón, lozana y de buen ver.

FRELLON. Añadiré entonces lo de amable a aquello que dije de tozudo, y conste que lo hice sin intenciones de molestar. Bueno, si le parece, haga el favor de presentarse. Perdone; pero, aun siendo como dice del oficio, no tengo el gusto de conocerle a no ser que, si alguna vez le conocí, lo haya olvidado; lo que no sería extraño con los achaques de la vejez, pues sepa, aquí donde me ve, que he cumplido ya los cincuenta, y son ya varios los instrumentos y los órganos que me fallan.

MIGUEL. No se preocupe por este caso de memoria. Es la primera vez que me ve y yo a usted lo mismo, de modo que, ¿cómo iba a recordarme? Me llamo Miguel de Villanueva y soy de España, aunque hace tiempo que dejé aquellas tierras.

FRELLON. *(Se rasca la cabeza.)* El nombre, a decir verdad, no me es desconocido, pero tampoco lo contrario. Esto sí que es defecto de mi pobre memoria.

MIGUEL. Esperaba que, al menos, le sonara, en beneficio de mi situación general, y de mi estómago.

FRELLON. ¿Qué disparate dice? ¿Qué tiene que ver su estómago con mi persona? ¿No será un señor médico lo que usted busca entonces?

MIGUEL. *(Se ríe.)* Sería insensato si me pusiera a buscar lo que yo mismo soy. *(Hace como un "aparte" de teatro antiguo al público.)* Aunque es verdad que muchos de nosotros, los médicos, no confiamos en nosotros mismos para nuestras propias curaciones y las de nuestros seres más queridos. *(Otra vez a Frellon.)* Pero no se trata de eso sino de lo que más adelante se verá si esta conversación conduce adónde debe conducir.

FRELLON. ¿Adónde pretende llevarme? ¿Cuál es su propósito? Dígamelo de una vez, sin más rodeos.

MIGUEL. No trato de llevarle, sino de que usted solo venga, movido por sus necesidades y también, a ser posible, por su buen corazón, a decisiones útiles para mi propio provecho y también, creo yo, para beneficio intelectual de esta su casa.

FRELLON. Añada algo, antes de seguir, a lo que ya me ha dicho; su nombre y sus orígenes.

MIGUEL. Mi nombre, señor, y no vea en que se lo diga ni vanidad ni ganas de presumir de ello, anda impreso en la cubierta de algunos libros.

FRELLON. ¡Dios mío! No hay libro publicado en este país que no haya sido mirado por estos ojos míos, y aun lo han sido también gran parte de los del extranjero; pero no recuerdo en este instante ninguna obra firmada con su nombre.

MIGUEL. ¡Ah! Ya lo veo, que no soy, desgraciadamente, un autor muy famoso, pero alcancé buen éxito hace algún tiempo con una edición corregida y aumentada de la Geografía del egipcíaco Tolomeo; y sepa que yo vivía entonces aquí, en esta misma ciudad de Lyon.

FRELLON. Pero, ¿cómo? ¿Es usted? Pues claro; ahora que me lo dice lo recuerdo. La imprimieron aquí en Lyon los hermanos Treschel, en el año 1535 si no me equivoco, y hasta puedo decirle que la edición se agotó en muy escaso tiempo.

MIGUEL. Así pues, tiene buena memoria, a pesar de que sus palabras hablan de vejez y de otras tristezas corporales.

FRELLON. ¡Le doy la bienvenida, don Miguel, aunque con imperdonable retraso! Póngase todo lo cómodo que quiera... *(Miguel se recuesta un poco en su asiento.)* y dígame de dónde viene ahora, qué es de su vida y cuál es la razón de que lo tengamos otra vez entre nosotros.

MIGUEL. Acabo de llegar de París y mi pensamiento, con la venia de los lyoneses, es quedarme en esta ciudad por algún tiempo.

FRELLON. ¿Tiene ya algún trabajo?

MIGUEL. A esto quería yo llegar, pues, hablando de trabajo, cuento tan sólo con el que usted me proporcione. Con esa esperanza le visito.

FRELLON. ¡Dios mío! Andan mal los negocios. La censura no nos deja vivir a nuestro gusto, y más con funcionarios como ese Abate Ortiz que Dios confunda. Son muchas las obras extranjeras que están prohibidas en Francia y en cuanto a nuevos libros tenemos los mil y un problemas, pues aunque obtengamos el *nihil obstat* y el *imprimatur* y la Biblia, luego basta cualquier denuncia de particulares para que una obra sea retirada de la circulación.

MIGUEL. Ya lo sé, ya lo sé; y pienso que a este paso la escritura, la impresión y la venta de libros tendrán que ser actividades secretas, clandestinas. Es una vergüenza para esta patria.

FRELLON. *(Parece súbitamente atemorizado.)* Yo no diría tanto. Me considero buen francés y también hijo devoto de la Santa Madre Iglesia, cuyo Papa nos guarde Dios muchos años. *(Miguel, al oír esto, ríe sarcástico, escandalosamente. Frellon lo mira con iracunda desaprobación.)* ¿De qué se ríe, vamos a ver? ¿Qué burla es esa y en mi propia casa? ¿Hay tales motivos en mis palabras para una risa tan singular?

MIGUEL. *(Dejando de reír con mucho esfuerzo.)* Ay, señor. Discúlpeme esta mala risa que me acomete en ocasiones, y casi siempre en los momentos menos oportunos, sin venir para nada a cuento. Muchos disgustos me ha dado esta miserable condición de reírme sin venir a qué, a lo largo de mi aperreada vida, siempre danzando por esos pueblos, caminos y posadas, y también en universidades y quirófanos, con graves consecuencias para mi porvenir. Ruego que me disculpe...

FRELLON. *(Le interrumpe.)* Está bien, está bien; no se me inquiete tanto. Pero, pensando en la otra cosa, yo me pregunto si no sería conveniente que anduviera a ver —digo para esa cuestión de su trabajo— al señor Gaspar Treschel que, por ser su antiguo editor, tendrá, es seguro, muchísimo gusto en recibirle.

MIGUEL. ¿Así me despide? ¿Es por enfado motivado por esta maldita risa? Pero yo le digo que no hubo mala intención sino un accidente, y de los más tontos y peores.

FRELLON. Hay accidentes, señor, que pueden serle muy mortales si risas como ésas le dan delante de algún oyente de nuestra Santa Inquisición.

MIGUEL. *(Conciliador)* Por fortuna para mi propia seguridad en este percance de hora, es conocida la fama de liberal de Su Excelencia.

FRELLON. ¿Burlas aún? Ya veo que ahora me da ese tratamiento para ablandarme. No crea que ando tan decrépito.

MIGUEL. No es por mi seguridad politicosocial por lo que temo, ahora que veo este gesto que pone tan severo y poco amistoso, sino por los fueros sagrados de mi tripa, que anda medio vacía desde hace muchas horas y no se podría llenar a modo si no es con un empleo, a ser posible urgente, pues no es costumbre mía pedir dinero a las personas, a no ser (cosa que hago frecuentemente) como anticipo liberal por mis trabajos. Olvídese, pues, de mi risa que no significaba, de verdad, cachondeo alguno para su respetabilísima persona.

FRELLON. ¿Qué es esa fama de liberal de que usted habla? ¿En qué corrillos, mentideros, tertulias, se dice eso? ¿En los cafés de París, entre estudiantes; o es el profesorado? ¿Es que quieren comprometerme o sólo que me comprometen, aun sin quererlo? Lo soy —digo que liberal—, y hasta lo soy demasiado, en el aspecto dinerario (cuestión de pago a los autores y otras cosas que me reservo, tales como anticipos), pero no en los aspectos religioso, ideológico y político.

MIGUEL. *(Muy serio.)* No he de reírme más por mucho que insista en esa especie; sino que me parece muy bien, y aun excelente, su posición. *(Su rostro tiene un aire compungido.)*

FRELLON. *(Ahora sonríe él a su pesar.)* Pero no se me ponga así tampoco, buen hombre, y vamos a razones; que tampoco es momento para una melancolía tan profunda. *(Se ha levantado y hace el gesto cordial de ofrecer vino a Miguel.)* ¿Qué opinaría de un buen vino, para cambiar un poco la conversación?

MIGUEL. Soy bebedor, a falta de otros vicios más importantes y que me están vedados por algunas miserias de mi propia constitución.

FRELLON. *(Sirviendo vino.)* Por su aspecto, aparte de cierta palidez, no se vislumbra nada.

MIGUEL. Cojeo, como ha visto, de una hernia que me impide mayores esfuerzos, entre otros, ¡ay!, los referentes a amores y mujerío en general.

FRELLON. *(Bebe.)* Qué escena tan extraña, amigo, y qué diálogo el nuestro, que no parece de un autor moderno, y cómo nos hablamos tan amistosamente, con enfados y risas, así como si ya nos conociéramos de toda nuestra vida. ¿Qué simpatía es esta? ¿Quién la ha puesto; pues no he sido yo, que soy muy conocido por mis males humores? Y ya que usted ha sido tan sincero en confesarme lo que algunos varones —entre los que yo, mientras lo fui, me cuento— ocultarían con cuidado, le diré que, sin haber razones para una burla de mi reciente confesión de fe y de patriotismo, ha habido, sí, alguna exageración en mi manera de expresarme.

MIGUEL. Nada podría disgustarme tanto como que alguien me tomara por confidente, soplón, agente de policía o miembro de la Santa Inquisición que Dios confunda. No hago oficios de chivato que son, a mi modo de ver, propios de hijos de puta.

FRELLON. Silencio, por favor. Me asustan sus palabras; pues vivimos en una provincia y no en la capital donde acaso sean muy frecuentes tales expresiones.

MIGUEL. ¡Nadie nos oye, a no ser nosotros mismos!

FRELLON. Usted no sabe nada. Aquí, en provincias, las paredes tienen orejas y micrófonos. Todo es agitación, persecuciones. Arden brujas que nunca jamás lo fueron. Yo soy un católico —no me confunda— pero nada partidario de la violencia. ¿Es esa mi fama de liberal, la que usted dice y yo no sabía tener y talmente me ha sorprendido que me he asustado?

MIGUEL. Esa misma, y ya no se preocupe más por ello. Por su salud, maese Frellon.

FRELLON. Yo por la suya.

Beben.

MIGUEL. También sería conveniente acompañar este vino con alguna sopa o potaje o cualquier otra cosa por insignificante que fuera, pues, si no, es posible que este vinillo me caiga de mala forma en el estómago.

FRELLON. Claro que sí y cene, pues, conmigo, y luego, mañana, a primera hora, le será dado un anticipo por sus futuros trabajos como corrector de pruebas en esta casa que desde ahora le ofrezco como suya. ¿Es de su agrado tal empleo?

MIGUEL. Mucho, y espero desempeñarlo a su entera satisfacción. *(Alza su vaso.)* ¿Salud?

FRELLON. Bueno, salud; y Dios que nos ampare, señor de Villanueva.

Beben. Antes de terminar su vaso, Frellon vacila, como si se mareara.

MIGUEL. ¿Qué le sucede?

FRELLON. No es nada... nada... No le diga nada a mi hija. En un momento se me pasa. Salud.

Termina su vaso. Se hace el oscuro.

CUADRO SEGUNDO

Del Dr. Miguel de Villanueva y sus extrañas opiniones

Vuelve la luz sobre Miguel trabajando en la corrección de unas pruebas. Entra el joven Daniel que llama respetuosamente su atención

DANIEL. Señor Doctor.

MIGUEL. *(Levanta la cabeza.)* Dime, dime, Daniel.

DANIEL. Es de la parte de maese Frellon, que quiere hablarle. Al parecer se encuentra muy peor.

MIGUEL. En un instante voy. *(Se levanta. Recoge sus papeles.)*

DANIEL. Acaba de llegar un médico mandado por su hija.

MIGUEL. Vamos, vamos allá. Apágame esta luz.

Sale de la luz y Daniel pone una mano sobre una lámpara. Oscuro. Se hace luz sobre el lecho en el que está postrado, inmóvil, Frellon. Un médico, el Doctor Sanguino, está prescribiendo a Frellon el tratamiento.

DOCTOR. Trataremos, maese Frellon, de recuperar tantos tiempos perdidos, haciendo lo que debió de hacerse hace una semana, en cuanto sintiera los primeros síntomas. Le practicaremos, pues, una sangría curiosa y ojalá que con ella hayamos llegado a tiempo de salvarle.

Entra en la zona de luz Miguel, acompañado del joven Daniel, y quedan observando la escena.

FRELLON. Es la primera vez en mi larguísima vida que me pongo en manos de doctores, y no es que me he puesto yo sino que me ponen, pues mi hija anda muy preocupada de verme así sin ánimos y que ni un libro me apetece mirar.

DOCTOR. Expulsaremos el mal del modo que le digo.

FRELLON. ¿Será muy dolorosa esa operación de quitarme las sangres?

DOCTOR. No más de lo inevitable, pero a lo mejor siente también algún mareíllo o desvanecimiento.

FRELLON. Lo malo no sería ya sentir, digo yo, sino no sentir nada luego; o sea, no recuperarse del desvanecimiento —que significaría, dicho en plata, no volver a la vida—; y yo no me hallo en esa disposición.

DOCTOR. La vena fluye y de ese flujo y liberación se recuperan la holgura interior y la salud.

FRELLON. ¿Y qué ha de hacerse, si no es mucho preguntar, con esos sobrantes de mi sangre?

DOCTOR. No se han de aprovechar en nada, pues, primero, el nuestro no es oficio de vampiros, y, segundo, son malas sangres, corrompidas y sucias, esas que proceden de cuerpo enfermo. De la palangana irán a la basura a no ser que usted desee enterrarlas religiosamente como que forman parte de su cuerpo que es el templo del Espíritu Santo. Yo no sé aconsejar de esas cuestiones, aun siendo buen católico, pues soy —como se ve— más que nada un técnico y no me meto en nada fuera de lo mío. Así pues, voy a ir preparando el instrumental, con su permiso.

Pero Miguel se ha adelantado y le saluda.

MIGUEL. Buenos días, doctor. Soy gente de la casa.

DOCTOR. Tanto gusto.

MIGUEL. El gusto es mío, pero también tengo algunas opiniones sobre el caso; y la primera es que la vida de aquí, del jefe, no corre por el momento ningún serio peligro, sino que lo correría, y muy grave, si le restáramos alguna cantidad del principio vital que constituye la esencia misma de su sangre. Lo suyo es una fatiga que viene del exceso de su trabajo y lo que necesita, a mi modo de ver, es unos días de mucho reposo y buenos alimentos, acompañados de un jarabe dulce que yo mismo le prescribí y que está dando, por cierto, muy buenos resultados.

DOCTOR. ¿Quién es usted? Pues no quisiera, con perdón, discutir con algún profano en la materia; aunque ya veo que se expresa en términos que parecen profesionales.

MIGUEL. Trabajo aquí en calidad de corrector de pruebas.

DOCTOR. Entonces es muy grande su audacia al opinar y podría ser denunciado por intrusismo a las autoridades.

MIGUEL. Yo también lo soy en lo que cabe, pues fui titulado en Medicina por la Sorbona, aunque en estos mismos momentos no ejerza la profesión, pues me dedico más a investigaciones anatómicas, aunque ya sabe lo escasos y difíciles que andan los cadáveres, no por falta de muertes (que se fabrican muchas en las guerras, aparte de las naturales), sino por no haber autorización eclesiástica para rajar el templo del espíritu con el bisturí; pues ya sabe que si se hace con la espada es muy diferente cosa y aún se bendice. Para terminar mi presentación le diré que en París he trabajado con el maestro Winterius y también con el profesor Sylvius, y que he tenido como camaradas de estudios a gentes muy notables como el Andrés Vesalio, que algún día será famoso, pues es muy grande su capacidad y anda preparando una magna descripción de la fábrica del cuerpo humano, que va a dar mucho que decir.

DOCTOR. Bueno, bueno. Si usted, joven, es tan estudioso, yo en cambio tengo la práctica de muchos años de ver y tratar enfermos en esta ciudad; y le supongo informado de que maese Frellon ha empeorado esta noche muy peligrosamente, a pesar de sus dulcísimos jarabes, que me parecen cosa rara y revolucionaria pues las medicinas han de ser, en mi opinión, y en la de la mayoría de los profesionales, cosa amarga y revulsiva para que sea eficaz y cure los cuerpos castigados, mediante benéficas náuseas y convulsiones.

MIGUEL. No está peor este paciente —a pesar de las alarmas explicables de la familia—, sino que eso que usted dice ha sido la crisis curativa y desde ahora hemos de verlo renacer con la mayor seguridad. Por lo demás, los cuerpos no son castigados, como usted ha dicho, con las enfermedades; y ese es un concepto muy erróneo trasladado, sin pensar, de la teología, y que parece suponer que el enfermo es culpable de algo que ignora, y que Dios Nuestro Señor le manda la enfermedad como castigo. Todavía pensamos que el enfermo tiene demonios en su interior y que hay que expulsarlos del modo más cruento. Los locos son flagelados y llevados a oscurísimas prisiones y mazmorras, y se cometen así muchas canalladas y humillaciones, aparte de los crímenes que matan, mediante sangrías y dietas, a los enfermos, debilitándolos hasta la muerte. Sepa, señor, que las sangrías sólo han de indicarse en casos de mucho exceso de sangres, y escuche este precepto: la Medicina ha de ser dulce.

DOCTOR. *(Se dirige a Frellon.)* Acabamos de escuchar, maese Frellon, infinidad de desatinos. A usted le toca elegir el facultativo de su gusto.

FRELLON. Yo esperaría, a la vista de esas razones y de las suyas, un poco más, antes de someter mi cuerpo a tratamiento tan enérgico como el que usted me proponía, de abrirme una incisión y marearme —que ya lo estoy—, y hasta que se me va la cabeza.

DOCTOR. Es su vida la que se juega y no la mía. Es usted muy dueño de hacer lo que le salga. Quédese, pues, ahí con esta ayuda que parece preferir a la mía y no trate de llamarme, pues ando muy ocupado y sólo trato a enfermos que conocen mi autoridad. Que Dios le ampare, hermano, y no me vengan luego con lamentaciones, que me parecerían, con perdón, palabras necias, y que escucharía con los oídos más sordos que los de mi abuela.

Sale. Miguel se inclina sobre Frellon y le toma la mano.

MIGUEL. ¿Cómo se encuentra ahora, después de tanta charla como ha tenido que escuchar?

FRELLON. Algo mejor, parece, después de sus palabras; pero no las tengo todas conmigo, sinceramente. Me duele mucho aquí, en esta parte del estómago. También siento defectos en la vista y una puntada en la rabadilla, aparte de cierto dolor de muelas. Soy una ruina y estoy triste.

MIGUEL. Es todo de lo mismo. Descanse ahora. *(Se sienta a su cabecera.)* Me pasaré el día trabajando aquí, a su vera, y así no tendremos sorpresa que lamentar, como la llegada de ese médico que era lo peor que le podía ocurrir a usted; más grave percance que la más maligna enfermedad de todas las existentes y posibles. *(Abre una cartera de papeles.)* Mire en lo que ando, pero conste que lo hago fuera de las horas y no en perjuicio del trabajo de la imprenta. Voy describiendo con detalle, en este trabajo que le digo, la circulación de nuestra sangre en el interior de nuestros cuerpos. *(Lee.)* "Fit autem communicatio haec non per parietem cordis medium ut vulgo creditur, sed magno artificio a dextro cordis ventriculo, longo per pulmones ductu, agitatur sanguis subtilis; a pulmonibus praeparatur, flavus efficitur: et a vena arteriosa in arteriam venosam transfunditur." *(Levanta la vista y mira a Frellon, que ha cerrado los ojos. Miguel sonríe.)* Claro... No podía fallar este remedio... La lectura somnífera...

Se inclina sobre sus papeles y sigue trabajando. Oscuro. Música concreta.

CUADRO TERCERO

Obra de Sangre

Se ilumina confusamente algo que puede ser —y lo es— una horca. Algunas figuras encapuchadas están descolgando un cuerpo mutilado y con los ojos vacíos: lleva una máscara de horror, que se hace muy visible por la atención de la luz sobre ella. Oscuro. Percusión. Cesa la música concreta al hacerse la luz —una luz tenebrosa, vacilante— sobre una plataforma en la que, desnudo, yace el cadáver. Miguel hace cortes en su tórax ante Daniel, otros discípulos y el público de la sala, y les explica:

MIGUEL. Este que veis aquí es el ventrículo izquierdo del corazón, y la sangre que riega nuestro cuerpo —la sangre arterial— procede de él. Mucho intervienen los pulmones en la formación de la sustancia de esta sangre nueva, la cual es un elemento tenue, calorífico y de color rojo claro, que se origina por la mezcla en los pulmones del aire que se inspira en la respiración y de la sangre elaborada que el ventrículo derecho transmite al izquierdo.

DANIEL. Usted dice, maestro, que la sangre pasa del uno al otro ventrículo; y yo le quiero preguntar cómo se produce esta transmisión de sangre desde el ventrículo derecho hasta el izquierdo. ¿Es a través de este tabique que usted llama interventricular?

MIGUEL. Vean, vean —y lo tienen aquí bien al descubierto— que el tabique interventricular no está perforado, por mucho que lo crean algunos porque lo dijeran en otros tiempos grandes maestros como Aristóteles y el Doctor Galeno, y sea esto admitido como otras tantas verdades oficiales que nadie se atreve a discutir... sino que la comunicación se realiza por este magno dispositivo que va desde el ventrículo derecho al izquierdo por este largo conducto que recorre los pulmones y por el cual circula la sangre sutil que es preparada por ellos, en los que toman su color, y pasa de la arteria pulmonar —que es esta— a la vena pulmonar. La sangre se mezcla en esta vena pulmonar con el aire inspirado y se libra de impurezas mediante la espiración. Finalmente, una vez mezclada, es atraída por el ventrículo izquierdo mediante el mecanismo adecuado de la diástole y se hace sangre arterial.

DANIEL. ¿Existe, doctor, alguna demostración de esto?

MIGUEL. Sí que existe. La demostración la tenemos en las múltiples conjunciones y comunicaciones que hay entre la vena pulmonar y la arteria pulmonar en los pulmones. Lo confirma, asimismo, el gran tamaño —que pueden apreciar en esta observación— de la arteria pulmonar, y también el hecho de que en el feto están cerradas, hasta el mismo momento de nacer y respirar, las válvulas cardíacas. En el ventrículo izquierdo no hay, desde luego, espacio para tanta y copiosa mezcla, y la pared media del corazón se encuentra desprovista de vasos y de propiedades adecuadas para realizar esta comunicación y esta elaboración, aunque alguna exudación sí que pudiera producirse. El paso de la sangre en los pulmones desde la arteria a la vena pulmonar es análogo al que se produce en el hígado entre la vena porta y la vena cava; pero en el caso del corazón la sangre —esta sangre arterial— pasa luego desde el ventrículo izquierdo a las arterias de todo el cuerpo, de modo que... *(De pronto, calla. Se oye en la calle un ruido acompasado de botas militares. Escuchan inmóviles y, lejanamente, el himno nazi del prólogo.)* ¿Qué es eso, Daniel? ¿Escuchas?

DANIEL. Es la ronda que pasa. No creo que busquen aún el cuerpo del ajusticiado, cuya alma Dios tenga en su gloria.

MIGUEL. De todos modos, apaguen las luces por si acaso. A medianoche seguiremos y antes de amanecer sacaremos los restos en los cubos, y se enterrarán con todo respeto, pues ante la muerte todos somos lo mismo, los criminales y los santos, los que mueren con su propia respiración y los que son obligados a morir con la mortal corbata, como esta pobrísima criatura.

Van apagando los fuegos hasta que llega a hacerse el oscuro total. Música concreta, con una sirena penetrante que parece anunciar un bombardeo aéreo o la entrada de los obreros en una fábrica.

CUADRO CUARTO

"¡Viva el reparto de las riquezas! ¡Viva el bautismo de los adultos! ¡Muera la bautización de los párvulos!"

Luz sobre la figura de Miguel, envuelto en una vestidura blanca, a modo de sábana de baño. Debajo lleva un bañador listado. Tiene los cabellos mojados y se enjuga el rostro con una toalla. El Pastor lo bendice en compañía de otros fieles. He aquí su plática:

JUAN EL ANABAPTISTA. Voz de un hombre que clama en el desierto: acabas de ser bautizado, por inmersión completa y libre decisión de su soberana voluntad, con el permiso de Dios Nuestro Señor. Entras en una comunidad que vive en el secreto.

MIGUEL. *(Está tiritando.)* Tengo frío.

JUAN. Aguanta un poco, hermano, hasta el final de nuestra plática. Luego podrás calentarte a la lumbre y tomar un refrigerio.

MIGUEL. Me disculpo modestamente. Siga, hermano.

JUAN. La Policía Política y las Brigadas Religiosas, así como las Asociaciones de Buenas Costumbres y los Comités de Salvación Pública Flor de Eternidad, Defensa Romana, Lucha por la Pureza Dogmática y otras, bajo el patrocinio del Santo Oficio —que no lo es sino diabólico, y triste, y oficio de tinieblas— rastrean sin cesar la existencia de hermanos nuestros, que son sometidos en los sótanos de la Organización Provincial de Seguridad a bárbaras e inhumanas torturas, con lo que se trata de desarticular por el terror nuestras organizaciones. Esta es la comunidad en la que has entrado. *(Miguel está tiritando.)*

¿Qué te sucede? Estás temblando. ¿Sientes acaso temor de lo que acabas de escuchar?

MIGUEL. Tengo frío. Mi cuerpo no es muy resistente aunque no es ánimo lo que me falta. Siga, siga.

JUAN. *(Lo observa, comprensivo.)* Haga después un poco de ejercicio. Acaso unas flexiones.

MIGUEL. No podré eso, por el asunto de mi hernia; pero ya entraré de algún modo en calor; no se preocupe, hermano. Siga, siga; y acabe lo antes posible sin acortar por eso el discurso de sus límites convenientes.

JUAN. Lo puedo terminar ya aquí, si no resiste.

MIGUEL. Sí que resisto; sólo que a lo mejor podría resistir mejor vestido con mi ropa, y bueno, creo que no me sobraría tampoco una bufanda, si es que tienen alguna a mano por ahí. *(Estornuda.)* Ay, hermano, ya cogí el catarro que me temía; pero no se preocupe por tan poca cosa.

JUAN. ¡Dios mío! Vístase, vístase, en el nombre de Dios Nuestro Señor. No prolonguemos más este suplicio; que hace una tarde muy mala, con la manta de hielo que está cayendo, impropia de la estación. *(Le preparan un biombo para cambiarse y acertamos a ver que lleva ese bañador listado, de los que usaban a principios de este siglo. Juan, mientras Miguel se cambia, sigue su plática mirando al público.)* Se nos persigue, ¡oh Miguel!, por mor de la teología, pero más que nada lo hacen por nuestra predicación del comunismo libertario. ¡Los ricos y los príncipes ven en nosotros pecadores la imagen espantosa del Anticristo! ¡El reparto de la riqueza: ésa es, para ellos, la figura del Anticristo; y defienden su maligna idea con la fuerza de la opresión! Dicen que no somos hombres religiosos sino políticos. ¡Claro! ¡Como que nosotros queremos construir una nueva ciudad sobre las ruinas de Babilonia! Así tratamos de hacerlo hace unos años, en el 34, en Münster, y fuimos sitiados, como se sabe, y sometidos a lúgubre matanza. Aquel obispo Von Waldeck, hijo de Satanás, dirigió las operaciones contra nosotros. El compañero Jan Matthys, de nuestra Ejecutiva, cayó en una salida heroica que se hizo contra el asedio. Cuando Münster cayó, no fueron lo peor los fusilamientos en masa, sino los detalles macabros, la tortura eléctrica, la caza del hombre como festejo, y las mil maravillas del terror blanco. A Juan de Leyden nos le arrancaron las carnes a pedazos con tenazas al rojo vivo y él, en las agonías de la muerte, chillaba: "¡Viva el reparto de las riquezas! ¡Viva el bautismo de los adultos! ¡Muera la bautización de los párvulos!" Nosotros, Miguel de Villanueva, te recibimos hoy en nuestra comunidad. *(Sale Miguel, ya vestido, abrochándose la braqueta.)* ... a no ser que en este último momento, a la vista de tanto daño, te arrepientas.

MIGUEL. *(Ha terminado de abrocharse.)* Considero justa vuestra predicación. Dios nos ampare.

JUAN. Bravo. ¿Ingresas, pues, en nuestro templo?

MIGUEL. Ingreso.

JUAN. ¿Prometes guardar secreto?

MIGUEL. Prometo.

JUAN. ¿Propagar nuestras ideas de salvación?

MIGUEL. Propago. Quiero decir, prometo.

JUAN. ¿Resistir la tortura?

MIGUEL. Así lo haré, si llega el caso, con la ayuda de Dios, si es que me asiste en ese trance que ojalá, hablando sinceramente, no llegue a suceder jamás ni por asomo.

JUAN. Amén. Arrodíllate. *(Música. Miguel lo hace.)* Quedas bautizado en la verdad, en nombre del Señor. *(Suena un canto religioso —acaso gregoriano— y todos los fieles se arrodillan. También Miguel.)* Tu nombre será Eloy entre nosotros. Quedas encuadrado en la organización de esta ciudad de Charlier. Tomarás pretexto de tus visitas médicas para establecer contacto con el Comité de la Zona en la forma que se te indicará oportunamente. Eloy.

MIGUEL. ¿Qué, hermano?

JUAN. Así me gusta. No te olvides de tu nombre y tampoco de tu reciente compromiso. ¡Oremus! ¡Oremus! Padre nuestro... *(Rezan todos en un devoto silencio. De pronto se oyen silbatos policíacos y fuertes golpes. Alguna puerta se derrumba. Nadie se mueve, paralizados por el terror. Juan grita palidísimo.)* ¡Vienen por nosotros! ¡Ha habido alguna confidencia! ¿Quién ha sido el hijo de mala madre? ¡Que nadie ofrezca resistencia! Es el único modo de salvarnos; quietos, carajo.

Irrumpen en escena los soldados con uniformes convencionales o "nazis". Golpean con las culatas a los hombres. Nadie se resiste. Hay un absoluto silencio mientras los hombres caen, sin un lamento, sin una resistencia, como inertes figuras de trapo. Otros son arrestados; entre ellos, a una orden dada por un oficial, es detenido Miguel. Todo en absoluto silencio —incluso la orden—, pues el oficial abre la boca y hace el gesto enérgico, pero no se oye nada. Es como un film al que se le hubiera estropeado, de pronto, la banda sonora. Oscuro.

CUADRO QUINTO

Tertulia intelectual imaginaria y que Miguel hizo las maletas

Una celda. Miguel está atado y tendido en el suelo. Poca luz: sobre su figura y otro punto, una puerta que se abre y deja paso a un hombre que le llama en voz baja.

SEBASTIÁN. Miguel, señor Miguel. Eh, despierte, doctor.

MIGUEL. *(Adormilado aún, abre medio ojo y dice con irritación)* Sólo al diablo, Dios me perdone, se le ocurre despertar a un hombre de bien en un momento como éste.

SEBASTIÁN. Vamos, déjese de cosas y despiértese de una condenada vez, que las legañas no le dejan mirar y es seguro que ni pensar puede con tanto sueño. Haga un esfuerzo lo más grande posible y trate de escucharme.

MIGUEL. *(Lo mira con los ojos semicerrados.)* Estaba soñando en estos mismos momentos, cuando me han despertado sus ásperas voces; y el sueño era que vivía en otro mundo. Figúrese mi gran disgusto por este despertar.

SEBASTIÁN. ¡Cómo se podrá dormir en situaciones como ésta! Ha tenido la soga al cuello, y aún no sabe que acaba de librarse de tan malísimo final. Precisamente soy yo quien le trae la feliz noticia de su libertad o, por mejor decir, su reingreso al mundo, donde tampoco las libertades son enormes.

MIGUEL. ¿Quién es usted, amigo? ¿Carcelero, letrado, benefactor de la humanidad o alguacilillo?

SEBASTIÁN. *(Ríe.)* Soy del gremio de usted, Doctor en Letras y amigo de don Juan Frellon, que le manda conmigo sus saludos y enhorabuenas. Él ha podido conseguir, con influencias, liberarlo de la corbata de cáñamo o de ser asado como los otros supervivientes lo serán, pues algunos allí mismo, a culetazos, perecieron.

MIGUEL. Yo no quiero ser excluido si los camaradas corren esa maldita suerte.

SEBASTIÁN. Ese escrúpulo no liberaría de la muerte a los otros. Viva y déjese de morir inútilmente, que ya se le presentarán mejores ocasiones si sigue en actividades como esta que ha estado a punto de costarle la vida.

MIGUEL. He de pensarlo.

SEBASTIÁN. Pero véngase a casa de Frellon por el momento, pues él nos espera y ya entregué al alcaide la orden de su libertad. Y sepa que se ha dicho —acompañando el dicho de algunas influencias y ciertos dineros— que sus servicios de médico habían sido reclamados en aquella casa donde se celebraba, sin que usted lo supiera, una reunión ilegal de anabaptistas sujetos a las disposiciones sobre bandidaje y terrorismo.

MIGUEL. Yo fui rebautizado en esa terrorífica reunión, y si no lo digo a voces es por guardar las reglas del secreto —que sólo violo ante usted por parecerme persona de entera confianza.

SEBASTIÁN. Claro, claro. Sígame, pues, que es de lo que se trataba, aunque yo no supiera esas razones, y sigamos hablando fuera de este carabanchel tan inhóspito y maloliente y, por lo que siento *(Se rasca algunas partes del cuerpo.)*, no desprovisto de piojos y otras tristes miserias.

MIGUEL. A mí también me pica —¡y figúrese cuánto, después de los ocho días que vivo aquí forzadamente!— con la desgracia suplementaria de que no me puedo rascar por tener las manos esposadas con estos antipáticos hierros.

SEBASTIÁN. Tiene mucha razón en esa queja, y por ahí debíamo haber empezado. Le ruego me disculpe. *(Da voces.)* ¡Carcelero! ¡Eh, venga, carcelero! *(Da palmas.)*

VOZ DEL CARCELERO. ¡Ya voy! ¡Ya voy!

Golpes de un chuzo en el suelo anuncian la llegada de un enano macrocéfalo que, por fin, entra con un manojo de llaves.

CARCELERO. A la orden.

SEBASTIÁN. No son mías las que traigo, agente, sino la firmada por la autoridad competente en estas materias de prisión y que entregué al alcaide hace un momento.

CARCELERO. *(Buscando en el manojo.)* Con tal de que encuentre ahora la llave. A ver si es ésta. *(Prueba una y no es.)* Ah, no; que me he equivocado; es la del quince. Esta debe de ser, con un poco de suerte. *(Prueba y tampoco.)* Que tontísimo soy. Pues, ¿no voy y meto la del diecisiete bis? Usted disculpe, caballero. A pesar del regular tamaño de mi cabeza, no ando muy bien últimamente de entendimiento y de memoria. Antes sí manejaba este llavero como Dios —es un decir—, pues figúrense que me he pasado toda la vida aquí dentro y en este mismo oficio, que es por lo que estoy tan blanco, pues hace siglos que no veo la luz del sol. *(Con alegría súbita porque ha acertado a abrir las esposas.)* ¡Hurra! ¡Hurra! ¡Ya está! ¡Es usted libre! ¡Es usted libre! *(Sebastián hace esfuerzos por no echarse a reír.)*

MIGUEL. *(Risueño, se estira voluptuosamente.)* Gracias... gracias... graaaaciaaas... *(Bosteza y va haciéndose el oscuro, para irse iluminando la siguiente escena en la casa que conocimos de Frellon. Miguel y Sebastián ríen. Están ante unos vasos y una jarra de vino.)* Creí morirme de risa con el enano macrocéfalo —ja, ja, ja— y no por su malformación, que Dios me libre, sino por sus rarísimas maneras.

SEBASTIÁN. Yo hice todo lo que pude por no soltar el trapo, dado lo grave de las circunstancias.

MIGUEL. *(Mira a Sebastián con enorme simpatía. Con acento grave, sereno, reposado.)* No sabe cuánto honor ha sido para mí conocer así, tan familiarmente, a Sebastián de Castellion —¿cómo no se me presentó con su nombre desde el principio y así se hubiera ahorrado aquellas mis primeras impertinencias?—. Y más honor hay aún en haberle conocido cuando cumplía una misión tan beneficiosa para mí mismo, tan a punto como estaba de encontrarme bailando la danza macabra en un patíbulo; y seguramente que usted ha hecho lo que ha hecho sin ser, como un servidor, anabaptista.

SEBASTIÁN. No, yo no soy, en verdad, ni eso ni lo otro; sólo un cristiano —y también un cristiano solo; perdóneme el juego de palabras—, y más que otra cosa partidario de la tolerancia entre las gentes y amante del diálogo.

MIGUEL. No es tesis muy extendida esta de querer el diálogo, que usted dice.

SEBASTIÁN. Es al contrario justamente. El mundo vive en medio de terrores y también hay atroces miserias por todas partes; pero apenas se abre una boca con intenciones de decirlo, ya surgen bosques de espadas para impedir que suenen nuestras voces. Malos tiempos —y muy malas costumbres.

MIGUEL. No parece posible, en estas condiciones, ese moderado y tolerante diálogo que usted propone a un mundo dividido.

SEBASTIÁN. Pero sólo el diálogo podría modificar tan espantables condiciones; tal es mi pensamiento que algunos llaman liberal.

MIGUEL. El círculo es vicioso —y no porque haya en él vicio moral sino al contrario— y puede verse en su centro esa grave contradicción que hace tan difícil, a mi modo de ver, nuestra modesta condición de intelectuales en tan revuelto mundo. Yo soy más partidario de hacer, si llega el caso, alguna violencia a los violentos y hasta quizás —y en ello sí pueden advertir los moralistas graves vicios morales— alguna injusticia a los injustos; tal es mi pensamiento que algunos llaman anarquista o libertario; y yo no me avergüenzo.

SEBASTIÁN. No es oficio intelectual, en mi opinión, asaltar los patíbulos por la fuerza —que son un tanto escasas; imagínese un batallón de poetas, autores de teatro, filósofos y otras gentes de letras el poco juego que daría; y qué general de Estado Mayor más poco eficaz haría el buen maestro don Erasmo— sino más bien exponer el poco fundamento ético de esos castigos tan brutales por cuestiones de pensamiento y cómo hay en ello una verdadera negación del cristianismo, a no ser que Cristo se hubiera vuelto con los tiempos tan salvaje y contrario de sí mismo; cosa imposible de creer.

MIGUEL. Pero, ¿cómo exponer tal cosa sin existir la libertad de imprenta?

SEBASTIÁN. Ese que usted dice es el verdadero y principal problema; y nada fácil de resolver por cierto. Se trataría, por ejemplo, de publicar clandestinamente un manifiesto contra la tortura; y yo mismo lo intenté hacer, no a título personal (que nada valgo) sino con otros, cuando hace unos meses se iba a quemar aquí, en Lyon, a un grupo de estudiantes evangélicos ; pero tuve muy poca fortuna y hubo de todo en las respuestas que me dieron los compañeros; comprendiendo, sin embargo, la mayor parte de ellos, la muy grande justicia de lo que habría que pedir; vea varios ejemplos; que no serviría de nada, a la par que nos comprometíamos innecesariamente; que se aprovecharían de ello las organizaciones secretas de la Reforma en Francia; que estas cosas sólo se hacían para buscarse unos cuantos la notoriedad que no conseguían esos por el ejercicio puro de su profesión intelectual; que ése era sólo un modo de calmar la mala conciencia sin hacer, por otra parte, nada; y que habrá que hacer algo mucho más serio y radical, pero que no se les ocurría qué; que el borrador que yo llevaba carecía de belleza de estilo y que sería preciso pensarlo detenidamente —¡y ya faltaban en aquellos momentos muy pocas horas para que aquellos estudiantes fueran ejecutados "sin efusión de sangre"!—. ¡Triunfaba la intolerancia! ¡Ascendía el terror! ¿Usted comprende, Miguel?

(Con sorda declamación.) Y se encendieron las hogueras, y con su tenebrosa luz cayó sobre nosotros la ignominia por si había poco con las supersticiones, la magia negra y las calamidades de toda especie que forman parte de nuestra pobre vida. Yo he decidido marchar de aquí y no sé por fin adónde pararé —pues desde luego ya no me considero parroquiano de la Iglesia Romana— dicho sea con el mayor sigilo y toda confianza, de compañero a compañero.

MIGUEL. ¿Y adónde ir con ese desconsuelo y tan nobles ideas? Yo no le aconsejaría París, aunque sea buena tentación, para ese respiro que usted busca, pues allí la situación ahora es de las más delicadas, y ya viene siéndolo desde hace muchos años cuando, en el treinta y tres, el rector don Nicolás Cop pronunció aquel discurso inaugural del curso y comenzó el escándalo y hubo las detenciones y las huidas al exilio de varios intelectuales de alguna consideración, y pasquines simpatizantes con la Reforma, y lo que con ello se siguió. Por aquellas fechas conocí y traté un algo al joven Juan Calvino, que al poco salió huyendo de la quema, y ahora anda de pastor en la ciudad de Ginebra —con el Farel, creo: un terrorista barbirrojo, y algunos otros celosos apóstoles de los nuevos terrores y herejías, que Dios confunda.

SEBASTIÁN. No le gusta Calvino, a lo que veo; y parecería, por la violencia de sus palabras, que a lo ideológico se uniera alguna emoción muy personal.

MIGUEL. He dicho en otra parte: "Perdat Dominus omnes Ecclesiae Thyranos". ¡Que el Señor confunda a todos los tiranos de la Iglesia! En eso estriba mi emoción personal, y en que lo veo como es: un tirano pálido que trata de imponer por el terror una teocracia de hierro; ¡paternalismo sanguinario el suyo, que detesto con todas las fuerzas de mi alma! ¡Aberración abominable! *(Miguel habla ahora con encendida pasión. Hay, en estos momentos, una cierta inflexión en el estilo de la obra: algo como un cambio que fuera introducido por la pasión de Miguel, la cual, sin embargo, puede entenderse bajo la especie irónica: "Cada loco con su tema".)* Pero, además, es que su pensamiento teológico cae en burdos y muy detestables errores o, por mejor expresarme, suscribe los antiguos... como ése... tan nefasto... que ningún ser humano puede... sin horror... *(Vacila como si no supiera o no pudiera continuar; pero ahora hay algo febril en sus ojos que a Sebastián le hace inclinarse con comprensiva curiosidad hasta él y preguntarle.)*

SEBASTIÁN. Por favor, ¿qué iba a decir? ¿Por qué se corta? Siga, si no existe un inconveniente serio que se lo impida.

MIGUEL. *(Baja los ojos.)* Apenas me atrevo a hablar de ello. Es... *(Con un ligero temblor.)* Estaba a punto de hablar de un monstruo tricéfalo. Es algo demasiado horrible y no parece un tema grato para una amigable conversación.

SEBASTIÁN. Dudo a qué pueda referirse y no quisiera hacerle fuerzas para tratar cualquier tema por más que a mí me interese, si lo más de su agrado de usted es el silencio.

MIGUEL. Más me hubiera valido callar en muchas ocasiones y nunca lo hice. Mire, pues, que se trata... *(Parece recuperar por un momento el tono propio de una pasión normalizada y sigue.)* ... de un error que fue consagrado muy arbitrariamente en el inmundo concilio de Nicea; pero lo más malo del caso no es eso sino que tales sedicentes reformadores, al menos en su mayor parte, también lo aceptan como un artículo de su propia fe; y a lo que íbamos, ese Juan Calvino (que es pájaro siniestro y más que teólogo un jurista; y algunas cosas más que yo me callo y son referentes a su madre) está deslumbrado por ese perro de tres cabezas.

SEBASTIÁN. ¡Un perro de tres cabezas! He oído en alguna parte esa expresión, y no sin algún terror, por su carácter un tanto desmesurado o, más precisamente, teratológico.

MIGUEL. Es sólo un modo de imaginar un concepto arbitrario que sólo encierra en su seno la mentira y que es —yo opino con mis escasas luces— la horrenda expresión de un vacío teológico que algunos ignorantes (revestidos de una autoridad muy discutible) tratan de colmar con los monstruos de una imaginación enferma... creadora de especies monstruosas... seres truncados... como abortos... imágenes amarillas... espectrales... nacidas en el fango de la calentura... entre sudores de muerte. Trato de explicarle en qué consiste ese delirio teológico... esa figura que seguramente surgió en el peor momento de una terrible pesadilla.

SEBASTIÁN. Está hablando de Dios y con palabras muy hirientes.

MIGUEL. ¿De Dios? ¿Qué dice? ¡No, nada de Dios! *(Un pequeño silencio, como si no se atreviera a continuar. Por fin, dice con mucho esfuerzo.)* Hablo de esa espantable ficción que llaman la Santa Trinidad, con la que, precisamente, algunos tratan de llenar, como ahora le decía, el vacío de Dios.

SEBASTIÁN. ¿Hasta tal punto le angustia ese problema, ese... Misterio? Pues más que una tesis, lo suyo parece —diríamos— una... virulenta posición personal ante la definición trinitaria.

MIGUEL. *(Parece que renuncia a seguir. Trata de resumir brevemente su posición.)* Odio esa figura por ser contraria a toda dignidad. Eso es todo. Por lo demás he de decirle que yo no soy teólogo *(No mira a los ojos de Sebastián. Está nervioso.)* ... sino un médico y menos aún ahora, pues me ocupo, más que nada, de corrección de pruebas aunque a la par esté preparando una gramática castellana; y que, hablando de teología, empleo más que otra cosa mi sentimiento; y que, en fin, no me encuentro con fuerzas para un debate con usted, pues ya veo —por su forma de escucharme antes y luego por el sonido y la forma de sus palabras— que usted no parece participar de esta opinión mía que pudieran llamar antitrinitaria y no lo es, pues yo no pienso contra nadie ni nada sino a favor de la verdad.

SEBASTIÁN. *(Sonríe.)* Ya veo que el teólogo se esconde medrosamente —¿o hábilmente?— detrás de su gran fama de médico, graduado en París. ¿Por qué esa reticencia? ¿No estamos entre amigos? ¿Hemos de dejar al miedo que penetre también en lo íntimo de nuestra tertulia? Aparte la Gramática, ¿no prepara también ahora (así lo ha dicho Frellon) una edición de la "Suma Teológica" del Aquinense? *(Miguel está en tensión, encerrado ahora en un penoso mutismo.*) Usted acaba de manifestar, en fin, que encuentra algo erróneo —e incluso peor; algo, a su parecer, casi repugnante— en determinado concepto: Dios trino y uno... ¿Es eso lo que le parece un error? ¿La distinción real de las tres personas?

MIGUEL. No he llegado a expresarme en tan... en tan "profesionales" términos. Déjeme, pues, amigo Sebastián, en mi modesto oficio de curandero o matasanos, como algunos nos llaman. Ha sido, créame, una loca imprudencia por mi parte meterme así, sin más ni más, en un terreno tan vedado, y que es precisamente el suyo propio, de usted, como estudioso de la Biblia y notable teólogo, que por tal se le tiene y en mi opinión con la mayor justicia.

SEBASTIÁN. No le insisto pero tampoco estoy por callar del todo, y sepa, si no lo sabe (y tanto me extraña que lo creo y no lo creo), que sus ideas no son cosa muy nueva; y que hasta están escritas y publicadas con muy parecidas palabras en un libro que armó su gran escándalo hace algún tiempo. Yo le procuraría un ejemplar si lo tuviera, pero fue públicamente quemado y es de lo más difícil de encontrar; y si alguien lo tiene no se atreve a decirlo por lo que pudiera suceder. Se titula "De Trinitatis Erroribus" y es su autor —que al poco desapareció y no se sabe si ha muerto— un compatriota de usted, de nombre Miguel Servet y nacido en Tudela, de Navarra, según creo, y cuya vida en Suiza y Alemania fue de lo más tumultuosa hasta que, de pronto, desapareció como tragado por la tierra y es lo mejor que pudo hacer tal como se le presentaba el porvenir de negras asechanzas y peligros.

MIGUEL. Yo conozco esa obra —y otra segunda, los "Diálogos"—, y opino más o menos como ellas, y no, claro, porque el hombre sea español como yo mismo, sino por la claridad de sus ideas —que aunque el autor fuera tártaro me parecerían muy en lo suyo.

SEBASTIÁN. No digo yo que sean oscuras —esas ideas— a pesar del muy deficiente latín con que las escribió; y que algo mejoró después, en los diálogos "De Trinitate" como usted dice.

MIGUEL. Era muy joven por esas fechas, y si ha perseverado, puede que escriba ahora más correctamente que entonces, a temprana edad.

SEBASTIÁN. No lo dudo, y qué personalidad más atractiva que era la suya —por lo poco que sé de él.

MIGUEL. *(Un poco estirado, con inoportuna modestia.)* No he tenido el gusto de hacer su conocimiento; pero, aunque me lo hubiese topado, no sé si lo hubiere llegado a conocer; pues el conocimiento del ser humano es cosa muy difícil, incluso cuando se trata de uno mismo.

SEBASTIÁN. Yo tampoco lo conocí hasta ahora, como lo digo, aunque algunas veces lo procuré —y hasta recuerdo haber preguntado por él en Basilea a Conrado Rouss, el editor que estuvo a punto de publicarle el libro y después no se decidió, no sé por qué razones aunque me las figuro.

MIGUEL. Por miedo —o digamos que le daría aprensión y es natural.

SEBASTIÁN. ¿Cómo dice? ¿Conoce lo sucedido?

MIGUEL. No, no lo conozco. Que tendría su miedo, digo, el editor aquel, Luciano, o Medardo, o Conrado, o como diablos se llamara —o se llama— el hombre.

SEBASTIÁN. Conrado Rouss se llama, y sí que tendría miedo, pero no lo tuvo, en cambio, Hans Setzer, que la imprimió en Hagenau y la puso en circulación con dos razones: que imprimir libros era su profesión y que él no veía en éste ninguna desvergüenza del estilo de las del Pantagruel y de su padre, el Gran Gargantúa, las fábulas atroces de ese buen fraile —y obscenísimo escritor— que es el doctor Rebelais, su colega; y que hizo nacer por un oído de su madre a su imaginaria criatura.

Ríen los dos.

MIGUEL. Historias que cuentan y que seguramente no se corresponden bien con la verdad; aunque pudiera ser, pues Juanito Setzer es hombre de buen humor, aparte de notable y corajoso; tal como Carolo Barralius, el Layetano, cuyo lema decía: "Biblioteca brevis, ars longa, experientia fallax"; y que murió en la miseria a fuerza de pulverizarle ediciones con interdictos y estropearle de ese modo su negocio.

SEBASTIÁN. No el negocio, sino su vida (que es la mera condición de todo negocio humano), se le pudo terminar al español de nuestro cuento si no se esfuma como lo hizo, pues tuvo en Suiza críticas de lo más desfavorables tales como la de Zwinglio que comentó que un hombre que era capaz de esas blasfemias se constituía por ello en indigno incluso de respirar; o la del dulce pastor Bucero, de Estrasburgo, cuya opinión sobre el libro —bastante dura, a mi modo de ver— fue que el tal Miguel Servet merecía que le cortaran a cachitos las entrañas. Otros lo llamaron judío —y también moro quizá por eso de ser español— y hasta hubo quien lo denunciaba por ser espía o agente secreto del Gran Turco.

MIGUEL. *(Ríe.)* Cuántas cosas, en verdad y a cual más disparatada. No hubiera yo querido estar en su pellejo y, de estarlo, antes de perderlo hubiera hecho lo suyo, evaporarme.

SEBASTIÁN. *(Ríe.)* Y volviendo a lo suyo —pero no al asunto teológico; descuide, que no retorno a la cuestión—, ¿cuáles son ahora sus proyectos?

MIGUEL. Marcharme de Lyon, donde primero: no se me ha perdido nada; segundo: ando alcanzado de dinero y, además, y por si fuera poco, se sospecha que soy rebautizado, por más que en la Brigada hayan hecho como que creen lo de que estaba allí, entre los rebautizantes, de visita profesional. Este es, por otras partes, mi destino: el de andar siempre con los bártulos de un lado para otro, y también creo que es por eso que siento enormes simpatías por mi tocayo el teólogo aventurero y vagamundos Servet, cuya ideología, al parecer, comparto y a mucha honra.

SEBASTIÁN. Claro, claro. Abandonamos, pues, Lyon y a los antiguos compañeros.

MIGUEL. Y yo lo siento de veras por el señor Frellon que ha sido amigo y medio padre para mí. Y me voy a la Viena Delfinal llamado por un medio hermano mayor que allí tengo —y digo medio hermano mayor porque fue compañero de clase en Matemáticas, allá en el Colegio de los Lombardos de París y ahora tiene la alta dignidad de arzobispo de Viena— y se llama Pedro Paulmier —y yo le llamaba (lo que son las cosas) Pedro, hace bien pocos años.

SEBASTIÁN. Sabrá, Miguel —y si es que no lo sabe, yo se lo digo—, que la ciudad de Viena anda muy azotada por una peste, y que toda la urbe se halla en cuarentena y vive aislada, y que han sido cortadas por la policía sus carreteras para que nadie salga y que el mal no se extienda por el país; y es una peste mala; que salen bubones como huevos y la llaman bubónica por esa maligna condición.

MIGUEL. Cumplo, yéndome al toro, mi oficio de médico y celtíbero, y hago caso también, así, a las demandas de mi corazón, de cuyas abundancias no suelen hablar mi boca sino mis actuaciones, por las que se me conoce y a veces me persiguen; y no tengo otra notoriedad que aquella de mis obras, según lo manda el Evangelio.

Sebastián sirve vino, ofrece a Miguel, y bebe él mismo.

SEBASTIÁN. ¿Y —volviendo a las andadas— no prepara Miguel Servet, que usted sepa, si es que tiene algún motivo para saberlo, alguna nueva teología?

MIGUEL. *(Ríe.)* ¿Esas tenemos, Sebastián? Está bien, está bien; yo sé —y usted sospecha— dónde se oculta Servet y no quería confesarlo. *(Sonríe.)* Sí, creo que la prepara; y, por lo que me parece saber, versa su nueva obra sobre una nueva restitución del cristianismo que está perdido por unos y por otros y que no se le halla, por más que se lo busque, en los templos ni de aquí ni de allá, ni romanos ni menos aún los reformados suizos o alemanes

—y menos aún, claro, en los de ese estúpido picardo exiliado en Ginebra y tirano actual de sus en otro tiempo alegres y muy cachondos habitantes.

SEBASTIÁN. Miguel, Miguel, que tenga suerte y que no se nos muera en Viena de aquella pestilente maladía; y sepa que toda prudencia —aun la mayor— es poca en estos tiempos; y proteja en todo lo que pueda a su paisano Servet, y haga todo lo más que le sea posible porque ese hombre, que es hoy de sangre y hueso, no tenga terminación de fuego y de ceniza. ¡Dios no lo quiera nunca, y nos ampare!

MIGUEL. En nombre de aquel Miguel y mío propio, gracias, gracias; y tú también, en tus andanzas (permíteme el tuteo, pues ya se ve que somos camaradas y amigos verdaderos); y tú también ten el mayor cuidado; que corren —como tú sabes y dices muy bien— malos y tristes tiempos, y no se gana nada con llegar, en la flor de la edad, a ser difuntos.

SEBASTIÁN. Así es; que fallecer es lo peor que pueda sucederle a uno. Cuídate mucho y sé, como manda Nuestro Señor Jesucristo, astuto como la serpiente.

Oscuro y crispada música concreta, con gritos humanos de dolor. Cuando se hace la luz...

CUADRO SEXTO

La peste

Estamos en una especie de gran sótano en el que yacen amontonados, contorsionados, los cuerpos dolientes, envueltos en harapos, de los enfermos de la peste. Miguel está explorando minuciosamente uno de los cuerpos. Lleva una mascarilla fantástica, como también su acompañante, un viejo tembloroso que le informa.

MIGUEL. ¿Cuál es el tratamiento que se sigue?

VIEJO. ¿Cómo? ¿Cómo? No sé lo que dice de tratamiento, pero es muy malo, señor, pues a los pestilentes se los echa de aquí sin más ni más y ya nadie viene a verlos, ni parientes ni autoridades; pero no digo a verlos, sino que ni siquiera se aproximan a las afueras de la cárcel porque hay contagio en respirar estos aires viciados y pestíferos.

MIGUEL. ¿Y por qué está usted aquí, no padeciendo enfermedad?

VIEJO. Estoy en cumplimiento de promesa, por un hijo que Dios me salvó de perecer de unas fiebres malignas.

MIGUEL. ¿Y usted está contento de perecer, pues eso es lo que va a pasarle (marcharse al otro mundo) si persiste en este cumplimiento?

VIEJO. Tanto como contento no lo estoy, que la vida es muy dulce hasta para un anciano como yo, pero una promesa es una promesa y no hay más razones que cumplirla; y conste que ya me han empezado esta mañana los escalofríos que es por donde comienza esta muerte negra del demonio.

MIGUEL. Este es el edificio de la prisión. ¿Qué se hizo de los presos alojados aquí? ¿En dónde se les puso?

VIEJO. No se les trasladó a ninguna parte y la mayoría han muerto como chinches o están a punto de palmarla —con perdón de la frase, pero soy gente de pueblo y no poseo otras mejores expresiones. También por esta calamidad se ha encerrado aquí a muchos judíos que gozaban de buena salud —y que ya están la mayoría un tanto desmejorados— por haber sido ellos, según dicen, los que han envenenado algunas aguas y untaron con caca del diablo las puertas de las casas donde viven muchos viejos y reverentes cristianos y buenos patriotas. Es la razón de que el otro día lincharan a dos (un padre y su hijo de cuatro años) en el mercado de la carne. Pero el azote sigue y aumenta, a pesar de estos castigos y puniciones, y de las mil y una rogativas y procesiones que se efectúan, con las más diversas imágenes y reliquias, sagradas vísceras, muertos que sangran, manos de santo, dedos y el prepucio de San Colodrón, que es la reliquia principal de la villa. *(En este momento un enfermo grita. Es un alarido terrible.)* Perdón, señor; que voy a calmar a ese desgraciado que, a mi entender, debe estar en las últimas. *(Se acerca al enfermo que grita y lo amordaza sin ninguna consideración.)*

MIGUEL. *(Horrorizado.)* Pero, ¿qué le hace? ¡Quítele eso y no se comporte a modo de cabrón; que no son formas! *(El Viejo se retira, amedrentado, y Miguel asiste al enfermo liberándolo de la mordaza. El enfermo gime; está llorando. Miguel lo incorpora y vemos su rostro —una máscara— hinchado y monstruoso.)* Tranquilícese, hombre, dentro de lo posible. Dígame, si puede, cuánto tiempo hace que comenzó su enfermedad.

ENFERMO. Dos semanas; sí dos... y ya parece eterno.

MIGUEL. *(Se fija en su rostro con apenada atención.)* Nunca nos hemos visto antes, ¿verdad?

ENFERMO. Sí... sí.

MIGUEL. ¡Dios mío! ¿Quién eres tú entonces? Ya me parecía reconocer algo a pesar de la tumoración.

ENFERMO. ¡Ay, doctor Villanueva, en qué mala situación me encuentra! ¡Me he querido esconder al verlo, pero este maldito dolor tan fuerte, al final, me ha denunciado! ¡Me encuentra moribundo!

MIGUEL. *(Azorado.)* No te reconozco así de pronto. Perdona. Dime quién eres, porque quiero y no puedo reconocerte y sé, sin embargo, que me resultas muy familiar y amable.

ENFERMO. *(Habla con dificultad.)* El mozo de la librería de Frellon, Daniel, y su discípulo de Anatomía y Medicina; que me llamaron mis padres a Ginebra, y luego me vine aquí; y al enterarme de la peste pedí permiso y me encerré en esta cárcel por mi propia voluntad para el cuidado médico de estas gentes, y me entró fuerte el mal, sólo a los cinco días, y ya me ve disforme y con muchos síntomas de agonía —que hasta tengo el testículo izquierdo frío y convulso—; lo que es signo normal, según el gran maestro Hipócrates. También me acometen vómitos de sangre y palidezco.

MIGUEL. *(Con horror y desesperada energía, le grita.)* ¡Daniel, Daniel, levántate ahora mismo! ¡No te dejes morir! ¡Levántate!

DANIEL. *(Lo intenta y no lo consigue.)* ¡No puedo! ¡No puedo! ¡Yo bien que lo procuro!

MIGUEL. *(Lo ayuda.)* Anda, Daniel; anda y haz un esfuerzo; y no me seas reacio de vivir.

DANIEL. Yo bien quisiera recuperar el ánimo, maestro, pero las fuerzas me abandonan.

MIGUEL. Recuéstate un poquito y cuenta cualquier cosa, que la distracción también es buena medicina.

DANIEL. Todo fue de mal en peor desde mi marcha hasta Ginebra.

MIGUEL. ¿No era buen sitio para ti estar en Ginebra con tus padres?

DANIEL. La policía me detuvo y fui muy torturado.

MIGUEL. ¿Por qué tal cosa?

DANIEL. Acusado de propaganda ilegal y de celebrar reuniones clandestinas.

MIGUEL. La política, sin embargo, no era tu verdadera vocación.

DANIEL. No hacíamos política ninguna, sino sólo alguna crítica ideológica y pedíamos libertad para la expresión de las ideas. Me dieron una grande paliza y me abandonaron en un camino, dejándome por muerto. De mis amigos, yo no he sabido nada; ¡y hasta mis padres ya no se atrevían a tenerme en su casa después de lo ocurrido!

MIGUEL. La ciudad de Ginebra vive en pleno terror, según se cuenta aquí; y por lo que tú dices no hay en ello ninguna exageración romana.

DANIEL. Así es, y muy verdad, que hay gran espanto. Juan Calvino se ha hecho el dueño absoluto de la ciudad y es su tirano y dictador. ¡Es un loco pequeño y descolorido —homúnculo siniestro; todo él lleno de santa ira! ¡Le acometen temblores de furor teocrático! ¡Su Consistorio de Pastores es algo como un pulpo de tentáculos (imprecisos, flotantes y como hechos de viscoso mucílago) que llegan hasta el último rincón de los hogares más honrados y temerosos! ¡Las Orejas del consistorio son todo un mundo de órganos y una complicada madeja de hilos y resortes, y en el Palacio se oye, ampliado, resonante por los megáfonos, todo lo que se dice o suena en la ciudad, hasta el ruido de los retretes o el suspiro de los agonizantes. ¡La gente cree que más allá, en lo oscuro de su gabinete sobre la pantallita blanca, aparecen las imágenes de los sucesos más recónditos! ¡Y, al fin, tortura, ejecuciones y terror, ése es el balance de aquella teocracia o bibliocracia, que es más esto que aquello! ¡Y ya nadie se atreve a hablar y ya no hay fiestas —ni nada que celebrar

—por otra parte— y los teatros están prohibidos y los bares cerrados y las calles oscuras y desiertas!

MIGUEL. Cálmate, cálmate, Daniel, y dime, en vez de eso, lo que sucede aquí, en esta Viena Delfinal; pues aquí me encuentro yo casi recién llegado y no conozco; y si en Ginebra nosotros, que vivimos aquí, nada podemos, aquí podríamos; y no tenemos muchos tiempos que perder. Dime —que es importante— cómo y quién hace los diagnósticos de peste y cómo se decreta el ingreso de gentes en estos oscurísimos sótanos.

DANIEL. No, no es cuestión de diagnóstico (que nadie hay para ello ni nadie, aunque lo hubiera, se aproximaría para mirar de cerca a otro, por temor del contagio), sino que hay un sistema de denuncia, y la persona denunciada por un vecino (o por el portero, que es cosa muy frecuente) se ve conminada de pronto, a voces, a salir, y si es que no lo hace se le prende la casa, tirando teas, antorchas, leñas; o se le cerca y se espera hasta que el denunciado salga desesperado por las hambres (si no es que se deja morir, por miedo, dentro, por causa de las mismas), y entonces, cuando sale, con piedras, a distancia, se los conduce y algunos llegan aquí descalabrados, y se les marca la casa con una cruz así, de color negra.

Interviene ahora el Viejo que ha asistido a la escena en recogido silencio.

VIEJO. Es cierto, cierto; y basta que algún vecino te encuentre mala cara, como de enfermo, o te tenga ojeriza, para formular la denuncia y que el tuyo sea este triste destino; como sucedió con un pobre hermano mío, que lo denunció su acreedor y aquí se ha muerto, contagiado.

DANIEL. Todo el mundo tiene cuidado, y la poca gente que sale anda derecha por las calles, y los hombres se afeitan y hasta se ponen colores en las mejillas si no los tienen naturales para no despertar sospechas.

VIEJO. ¡Y la ciudad está cercada por tropas como habrá visto, y nadie puede salir ni nadie entrar, y ya faltan mucho los alimentos, y sólo se aventura a entrar con municiones de boca alguna gente de mal vivir, bandidos y gentuza, que piden mucho dinero por el riesgo que corren entrando en esta zona de peste!

MIGUEL. ¿Y tú, Daniel? ¿No te encuentras con fuerzas? ¿No te repones? Échame una mano, si puedes, en lo que quiero hacer, que es distribuirlos en salas según lo avanzado de la enfermedad y así poder dar a cada uno su tratamiento.

DANIEL. Puedo empezar la ayuda y otro la seguirá cuando yo me acabe.

MIGUEL. ¡Ánimo!; y ahora me voy a ver al arzobispo y volveré esta tarde con alguna asistencia.

DANIEL. Ojalá que lo vuelva a ver.

MIGUEL. No estás tan malo y vuelvo dentro de unas horas. Es que estás melancólico.

DANIEL. Ahora siento una náusea.

MIGUEL. Échate aquí de nuevo y te reposas hasta luego.

DANIEL. Es sólo mareado. Luego se me pasa; y también este temblor de manos. *(Le tiemblan muy visiblemente.)*

MIGUEL. ¿Te tranquilizas?

DANIEL. *(Con angustia.)* Sí, y luego, cuando usted vuelva, podré ayudarle.

MIGUEL. Ahora descansa.

DANIEL. Cuando usted vuelva, podré ayudarle... yo...

Silencio. Miguel mira con angustia el cuerpo de Daniel, que ha quedado inmóvil. Le cierra los ojos. Música concreta, alaridos, oscuro.

CUADRO SÉPTIMO

M.S.V.

Luz sobre un Rapsoda que canta, acompañándose con una guitarra, la siguiente "Balada de que todo tiene su final":

RAPSODA. *Pero la peste se acabó*
pues todo acaba en este mundo:
lo que es ligero y lo profundo,
lo que hace poco que empezó.

* * *

Lo que parece perdurable,
luego se acaba lo primero.
Todo es mortal, perecedero,
tanto lo malo que lo amable.

* * *

Así la peste se acabó
y a poco ya nadie se acuerda:
cuelga el ahorcado de su cuerda
y el vivo juega como yo.
Pero la peste se acabó...

OSCURO

ESCENA PRIMERA

Luz sobre la casa de Miguel en Viena del Delfinado. Miguel está trabajando: cose un gran manuscrito. Llaman a la puerta.

MIGUEL. Pase, hágame el favor.

Entra Baltasar.

BALTASAR. Buenas noches, doctor. Recibí el recado de su criado Benito y he tardado lo menos que me ha sido posible, ya caída la noche, y viniendo sin que nadie me vea, según sus instrucciones —aunque casi me asusta tanto misterio, y ni me figuro de qué se trata—, pero no puede ser nada malo, tratándose de usted, doctor, tan respetado por todo el mundo en esta ciudad desde que apareció aquí en aquella mala ocasión de la peste negra.

MIGUEL. Siéntese, siéntese, y voy lo más directo al grano, señor Arnoullet. Le he llamado en su calidad de impresor y de persona discreta y liberal.

BALTASAR. *(Se sienta.)* Imprimir es lo mío, y lo hacemos en mi casa de las mejores maneras posibles. Pero, además, si se trata de una obra de usted, doctor, le haremos un precio muy arreglado.

MIGUEL. Veremos si sigue opinando lo mismo cuando le diga. Otros con los que ya hablé se me rajaron al saberlo, como Marrinus, a quien en este mismo año de 1552 se ha hablado de ello.

BALTASAR. Bueno, vamos a ver, si tiene la bondad.

MIGUEL. Se trata de imprimir una obra de modo clandestino —hablando sin circunloquios ni rodeos—. Una vez puestos aquí, en mi casa, los ejemplares, yo me encargaría de su distribución y ustedes no tendrían ya que ver.

BALTASAR. Yo trabajo legal, y nunca me he metido en ningún lío. Déjemelo pensar. Es un libro honesto, me supongo.

MIGUEL. *(Afirma.)* Y no sólo honesto sino de gran interés moral y público.

BALTASAR. No contendrá herejías.

MIGUEL. Hablemos de otra cosa.

BALTASAR. Está bien, está bien. ¿Debería yo saber el nombre del autor o no conviene?

MIGUEL. De usted para mí, soy yo el autor del libro; pero no voy a figurar, ya puede suponerse, sino que figurarán en él unas iniciales —M. S. V., por poner algo— y lo que sí le pido es una gran discreción en lo que acabo de decirle.

BALTASAR. Lo malo son los tipos que uso habitualmente y son muy conocidos como de mi propia casa y me cogerían nada más salir el libro o ser él denunciado.

MIGUEL. Tratándose de ese problema, le sugiero que emplee tipos que estén por estrenar y no los use luego, hasta que pase la borrasca, si es que la hay; y yo le compensaré del gasto que eso le suponga.

BALTASAR. No tengo otros tipos diferentes, pero puedo comprarlos exprofeso y secretamente a personas de mi confianza al precio que estén en el mercado negro.

MIGUEL. Vale.

BALTASAR. Es obra escrita en latín, yo me figuro.

MIGUEL. Así es.

BALTASAR. La compondrán obreros poco latinos y ni se enterarán de qué contiene. Se les dirá que es una obra de Agustín o de Tomás de Aquino y así se evita el peligro de una indiscreción.

MIGUEL. Esta es la obra *(Se la muestra.)* que yo mismo depositaré en su casa sin testigos.

BALTASAR. Déjeme ver un poco. *(Lee.)* "Restitución del Cristianismo". ¿Tiene algo que ver esta "Restitución" con aquella que se llama "Institución" de Juan Calvino?

MIGUEL. Tiene que ver, pues es una lucha contra ella.

BALTASAR. Entonces, si la ataca, no será muy mal visto por nuestra Santa Madre Iglesia, digo yo.

MIGUEL. Me barrunto que sí, por lo que al leerla podrá ver.

BALTASAR. *(Leyendo en la primera página.)* "Y se engendró una guerra en el cielo." Es cita del Apocalipsis y no muy tranquilizadora, que digamos.

MIGUEL. *(Asiente.)* Con ello me refiero a la que se va a armar, si Dios no lo remedia, y en la que yo he de morir luchando al lado de mi tocayo San Miguel Arcángel, y dar con ello testimonio de la verdad.

BALTASAR. Con lo tranquilo que usted vive en Viena, qué ganas tiene de meterse en jaleos, doctor; teniendo la clientela que usted tiene y el bienestar, y más siendo soltero.

MIGUEL. ¿Se me arrepiente ahora? Pues es cierto que también su clientela, en su oficio, es de lo mejor; y si el asunto se descubre podrían molestarle.

BALTASAR. No, no; y es más: lo voy a hacer; pero el caso es que necesito algunos dineros para empezar, y no los tengo.

MIGUEL. ¿Así cómo cuánto necesita?

BALTASAR. No menos de trescientos, pero eso desde ya. Luego, si necesito más, le pediría.

MIGUEL. No se me quede corto.

BALTASAR. Están los tipos por las nubes y tengo que mandar un propio a Lyon para buscarlos.

MIGUEL. Hágame el presupuesto cuanto antes, para tener idea.

BALTASAR. ¿Me pagará al contado?

MIGUEL. Si me hace buen descuento, puedo pagarle a tocateja, haciendo algún esfuerzo.

BALTASAR. El tres por ciento o cosa así le haría; no podré más, pues se lo haré muy ajustado.

MIGUEL. No me compensa. Entonces me gira a treinta días, pues como digo no me compensa la rebaja.

BALTASAR. Hecho. *(Se dan la mano.)* El alboroque por mi cuenta, desde luego.

MIGUEL. Gracias, yo invito. *(Vocea hacia dentro.)* ¡Chico, ponnos una de vino y cualquier cosa! ¡Anda, muchacho, date prisa!

Entra el escudero Benito con una frasquilla de vino tinto y dos vasos y los sirve con estilo muy tabernario. Mientras se hace el oscuro, Benito —lo puede interpretar el mismo actor que haga Daniel— recita la carta.

BENITO. ¿Qué quieren los señores? Tengo tripa con guindilla y pimiento, ensaladita, gambas fritas con ajos, taquitos de jamón Bayona, tortilla de patatas, olivicas...

Oscuro y música. Proyección de la portada del libro, ya impreso. De nuevo, oscuro y música.

ESCENA SEGUNDA

Luz sobre la escena vacía. Entra Benito, precipitadamente.

BENITO. Doctor, ¿dónde se mete? *(Va a una puerta.)* Doctor, ¿dónde se mete? *(Va a otra puerta. Más fuerte.)* Doctor, ¿dónde se mete?

MIGUEL. *(Saliendo.)* Estoy aquí. ¿Qué pasa? *(Viene abrochándose.)* Estaba haciendo de cuerpo y no te oía. ¿Qué sucede?

BENITO. ¡Doctor, los ejemplares de su libro! ¿Cuántos le quedan sin repartir?

MIGUEL. Ya no hay ninguno en esta casa. Los unos salieron para Lyon —entre ellos los de Frellon, que tú mismo llevaste—, otros a la feria de Frankfurt, y el resto para otros lugares que a ti no te interesa, aparte los depositados aquí mismo, secretamente. Pero, ¿a qué viene eso? ¿A qué tanto susto así de pronto?

BENITO. Vienen a por usted, doctor. Ha habido una denuncia.

MIGUEL. Es imposible. Nadie sabe este asunto.

BENITO. Han registrado ya la imprenta y vienen hacia aquí y nos manda recado don Baltasar.

MIGUEL. ¡La imprenta! ¿Y qué encontraron, te lo han dicho?

BENITO. Nada, al parecer, pues todo lo comprometedor está escondido.

MIGUEL. Pues aquí tengo yo papeles, borradores y copias —y esto sí que es peligroso.

BENITO. ¡Haga una limpia, lo más rápido; que vienen!

MIGUEL. Cierra la puerta y no abras hasta que yo te diga.

BENITO. Ya voy, ya voy.

Sale. Miguel saca papeles de algunos cajones y los echa a una estufa que hay en primerísimo término y junto a la que se sienta. Mientras procede a la quema, habla hacia el público. Su rostro está iluminado de rojo. No gesticula. Es un monólogo "interior".

MIGUEL. Ni me figuro de dónde pueden venir los tiros, a no ser —pero es imposible por muy cabronazo que sea el tal Calvino—, a no ser, digo, que vengan de Ginebra, pues sólo él sabe que yo sea el autor del libro y mi verdadera identidad, por las cartas secretas que le mandé durante algunos años y que algunas, ¡ay de mí!, he reproducido literalmente en la segunda parte de mi obra. Pero ¿cómo un enemigo tan encarnizado de la Iglesia

Romana va a denunciarme al Santo Oficio, que quema siempre que puede a sus hermanos evangélicos? No, no es posible; a no ser que aparte de teócrata sea un hijo de la grandísima y pase por todo con tal de hacerme la puñeta y de perderme. No, no; sería demasiado y no lo creo. Así pues, tranquilidad y a ver qué dicen; y quemo aquí mis borradores y también las estúpidas respuestas que me mandaba el hombre, por más que venían firmadas, no con su nombre de Juan Calvino, sino con ese seudónimo de Carlos Despeville que se ponía el tío para escribirme. Y pensaba yo —pero vaya usted a saber, pues sé que me las tiene juradas— que lo hacía para no comprometerme ante esta gente de aquí; la cual, por cierto, no sospecha nada de mis cosas y más viéndome que asisto puntual a la misa y, cuando se tercia, también a las funciones religiosas, a las que voy —qué remedio— para disimular unas creencias, y gracias a lo cual he podido dar fin a esta obra importante; y no es porque la haya fabricado yo, pero lo es, aunque para muchos será poco comprensible, pues contiene algunas maravillas cuya comprensión exige conocimientos de anatomía y otras materias complicadas. ¿Cómo, si no, comprender, por ejemplo, la circulación de la sangre que cuento en algunas de sus páginas, así de paso, con todos los pelos y señales? *(Al estilo del viejo teatro, murmura.)* Pero cuidado, que aquí vienen. ¡Ah! Y que no se me olvide, por si acaso, escribir al zorro de Ginebra pidiéndole, como quien no quiere la cosa, que me devuelva mis escritos.

BENITO. *(Dentro.)* Señor, señor, que se me cuelan.

MIGUEL. *(Se levanta y grita y grita hacia la puerta con amplios ademanes.)* ¡Pase el que sea, si quiere, hasta la mismísima cocina; que aquí no tenemos nada que ocultar!

Pasa Benito, acompañado de un Comisario y de un Agente.

COMISARIO. Muy buenas.

MIGUEL. Hola, señores; buenas.

COMISARIO. Usted disculpará la intromisión, pero traemos un asunto, acaso sin importancia, pero urgente.

MIGUEL. Mi casa, a pesar de su aspecto un tanto señorial, se encuentra abierta para todos: tanto enfermos como aquellos otros que, saludables, quieran venir a ella por razón de su gusto, o vengan obligados por la de su oficio, como me parece que es el caso de ustedes, que no parecen gente muy reumática, ni aquejada de otras dolencias, a no ser algún exceso de bilis, que les pone ese gesto así, diríamos, un poco avinagrado.

COMISARIO. Gozamos de muy buena salud, gracias a Dios, y no es ese el objeto.

AGENTE. No lo dirá por mí, jefe, que no me encuentro muy católico, dicho sea en el mejor sentido de la palabra.

MIGUEL. ¿Le duele algo?

AGENTE. Ahora que cambia el tiempo y viene la primavera, tengo mareos y algunos molestos picores en la piel, los cuales...

COMISARIO. *(Reprochándole, le interrumpe.)* Pero no es ése el objeto, muchacho, no es ése el objeto. Si acaso, te vienes otro día y que te vea aquí, el doctor, pues hoy venimos de servicio.

MIGUEL. ¿Pertenecen, por un casual, al honorable servicio de limpiezas?

COMISARIO. Algo así es y la palabra misma lo dice, pues somos policías.

MIGUEL. En esta casa, señores, son buenas las costumbres.

COMISARIO. No decimos que no, pero nos encargan de preguntarle si no será Su Excelencia autor de un libro cuya página sesenta y nueve es esta. *(Le muestra una página y Miguel va a cogerla pero el comisario la retira.)* Y también tenemos la orden de hacerle, con su beneplácito, por supuesto, un registro domiciliario que es como nosotros llamamos en nuestro argot a este tipo de investigaciones, diríamos, caseras, familiares.

MIGUEL. Encantado, por no decir otra cosa, y déjenme ahora, si les parece, la paginita que me traen para que yo le eche un ojo mientras ustedes investigan y manipulan —como parece ser su oficio— en mis rincones.

COMISARIO. Mírela sin cogerla, no sea que se rompa, pues constituye prueba. Eh, tú, procede ya al registro, conforme a la ordenanza.

El Agente empieza el registro.

MIGUEL. No tema esa maliciosa intención que usted me atribuye: no son esos mis modos.

COMISARIO. ¿A quién no le sucede un accidente y más teniendo el fuego aquí tan próximo y que parece propio para quemar papeles, pues, por lo que veo, aún humean algunos?

MIGUEL. Son notas de mis deudores, ya pagadas —y, además, no le importa. Déjeme ver ese papel, si no lo suelta; aunque ya veo, por el formato, que me es desconocido.

COMISARIO. ¡Qué buena vista tiene, así, a distancia!

MIGUEL. Pues aproxime. *(El Comisario le acerca el papel y Miguel se pone unas grandes gafas. Se explica.)* Así, para cerca, necesito. *(Deletrea.)* Res-ti-tu-ción del Cris-tia-nismo. No me suena.

COMISARIO. Tiene mala memoria, si no se acuerda de sí mismo.

MIGUEL. Es un bello latín —pero no mío.

COMISARIO. ¿Así pues, no se reconoce como autor?

MIGUEL. *(Mira aún.)* No, no me reconozco por más que lo releo.

COMISARIO. Si en lugar de intelectual fuera un obrero, yo podría ayudarle un poco a recordarse.

MIGUEL. Ah, eso quiere decir que tiene orden de ser persona muy correcta. ¿Y qué? ¿Le cuesta mucho?

COMISARIO. *(Compungido.)* Me cuesta, por falta de costumbre, pero cumplo las órdenes. ¿Y tú, qué haces? *(Al Agente que se ha parado. Le silba.)* Busca, busca.

AGENTE. Es que he encontrado esto. Por eso me paraba.

Es un libro, que tiende al jefe.

COMISARIO. ¿Y qué es lo que encontraste?

AGENTE. A pesar de mi mal latín, parece un libro subversivo.

COMISARIO. *(Lo mira con aire de entendido, sin comprender nada.)* Pues sí que lo parece. Levantaremos acta.

MIGUEL. *(Ríe.)* Es obra de lo más legal, publicada en París y con mi nombre. Me defendí con ella (como Dios me daba a entender) de los médicos de París, que me acusaban de Astrología judiciaria, cuando lo que pasaba (puedo jurarlo) es que tenían envidia de mi clientela y nada más.

COMISARIO. Nos lo llevamos, por si acaso.

MIGUEL. Bueno, pero me lo devuelven, una vez visto, que no tengo más ejemplares y cuesta encontrarlos.

COMISARIO. Vale, vale.

Entra Benito.

BENITO. El Excelentísimo Señor de Maugiron, que quiere verle y que trae prisa, dice.

MIGUEL. Se habrá puesto peor su hijita. Tendremos que buscar otro hemostático. Que entre, que entre, con el permiso de aquí, de los señores.

BENITO. Dice que es visita medio oficial y no asunto de la consulta.

MIGUEL. ¿También de servicio? *(Al Comisario.)* ¿Qué es esto? ¿Una encerrona?

COMISARIO. *(Se encoge de hombros.)* A mí qué me cuenta. Este y yo somos, mal que nos pese, unos mandados.

MIGUEL. Anda y dile que pase.

BENITO. Si, señor; enseguida. *(Aparte.)* Barrunto la tragedia. *(Sale.)*

MIGUEL. ¿Y ustedes, terminaron?

COMISARIO. Sí, pero nos quedamos a verlo. Son las órdenes que tenemos y ya sabe Su Excelencia que una orden es una orden.

MIGUEL. No, no lo sabía. ¿Así que estoy en libertad vigilada?

COMISARIO. Así puede decirse. *(Entra Maugiron. Los policías le saludan cuadrándose.)* A la orden, señor.

AGENTE. A la orden, señor.

MAUGIRON. *(Con un gesto.)* Bajen la mano, chicos. Buenos días, Miguel.

MIGUEL. Buenos días, querido Maugiron.

MAUGIRON. Miguel, estoy muy preocupado por ti. ¿Somos o no somos amigos?

MIGUEL. Lo somos; y me asustas con tus palabras. ¿Qué me quieres decir?

MAUGIRON. Tú, Miguel, eres muy querido y muy respetado en esta ciudad, y no es que yo lo diga. ¿Es o no es cierto?

MIGUEL. Lo es, yo creo, y sigues asustándome. ¿Es que pasa algo grave? No comprendo qué puede ser, querido Maurigon.

MAUGIRON. Las fuerzas vivas de la ciudad (entre las que yo, modestamente, me encuentro) son (somos) tu clientela, y te confiamos a nuestros hijos (por cierto que Clarita sigue mejor de lo suyo, y no es cosa de dar aquí detalles) y aquí te debemos los unos la vida, los otros la alegría, los otros el encanto de tu conversación. ¿Digo mentira?

MIGUEL. No; es decir yo qué sé; pero ya, por como hablas, no me llega la camisa al cuerpo de terrores. Sabes que soy un poco asustadizo.

MAUGIRON. Corre, figúrate, la especie de que eres culpable de herejías y de que vives aquí con un nombre que es falso, y de que tu verdadero nombre es, ¡fíjate tú!, Miguel Servet; que es como se llamaba un fingido teólogo, mitad diablo, mitad español.

MIGUEL. Qué tontería, vamos. ¡A quién se le ocurre! La gente, desde luego, no sabe lo que inventar con tal de fastidiarle a uno.

MAUGIRON. Eso mismo es lo que digo yo a quien me quiere oír, y es más, traigo una prueba, que he obtenido por cierto con malas artes, sólo por este cariño que te tengo.

MIGUEL. ¿Una prueba de que yo no soy Miguel Servet? ¡Qué cosa tan estupenda! ¿Y cómo es eso?

MAUGIRON. Es una prueba indirecta, o sea un testimonio de cómo combates tú la sucia herejía calvinista. Eso puede hacerte mucho favor si esto sigue adelante, como me temo.

MIGUEL. A ver, a ver. *(Maugiron saca un libro.)* ¿De qué se trata?

MAUGIRON. Este es un libro muy perverso —que hasta me da asco tenerlo así, en la mano.

MIGUEL. Ah, ya... "Restitución" o no sé qué. Estos señores, amablemente, me han mostrado una página.

MAUGIRON. No, no es eso que tú dices, Miguel, sino que este libraco es el de las "Instituciones" de Juan Calvino y está anotado a mano —¡y qué mano! ¡una mano maestra!— por un comentarista anónimo (que seguramente eres tú), el cual le envió este ejemplar, con esas notas manuscritas, a Ginebra.

MIGUEL. *(Las mira con reserva.)* ¿Cómo ha llegado ese libro a tu poder?

MAUGIRON. Ha sido "distraído" de la casa de Calvino en Ginebra por un agente secreto nuestro que tenemos allí.

MIGUEL. *(Se sobresalta.)* ¿Y qué más ha traído nuestro espía?

MAUGIRON. Nada más que eso, por desgracia.

MIGUEL. ¿Nada más, nada más? *(Hipócrita.)* Qué desgracia tan grande.

MAUGIRON. Miguel, Miguel, en lo que voy a preguntarte, no desconfíes de mí, por Dios, que te la juegas. ¿Eres tú o no el autor de estos sabrosos comentarios? El de aquí, de este margen, es un prodigio. "Cabrón" y está escrito con dos admiraciones. ¿No es una maravilla? ¿Pues, y este otro de aquí? "Si algún día te encuentro, te la parto". O este otro del pie, que es el que más me gusta: "¡Error! ¡Error! ¡Te van a dar por saco y ya sé que te gusta!" Todo esto, Miguel, si se comprueba que eres tú el autor de esta acerada prosa, acreditaría de sobra tu fervor religioso, tu devoción y la energía con que condenas al hereje. Vamos, no seas modesto, Miguel mío, y confiésate conmigo que, aparte de fuerza viva, soy tu amigo del alma.

MIGUEL. *(Modestamente.)* Sí, confieso que soy yo el autor de esas palabras, por bárbaras y vergonzosas que parezcan; pero es que el hombre de Ginebra a mí, por mucho que quiera contenerme, me saca de quicio y lo combatiría con buenas razones si, en vez de un pobre médico, fuera un teólogo —que no lo soy, y bien lo siento—; pero a falta de causa eficiente, natura naturante, hilemorfismo y otras semejantes, empleo, cuando no estoy de acuerdo, esas palabras un tanto gruesas que también tienen su fuerza convincente, al menos en mi país natal.

MAUGIRON. Es lo que yo esperaba.

MIGUEL. ¿Y cómo te lo figuraste —si es que puede saberse— que era yo?

MAUGIRON. Por la letra, muy parecida a la ilegible con que tú escribes tus recetas y ese color de la tinta morada que tú empleas.

MIGUEL. Otros la emplean parecida y lo de ilegible es achaque común en médicos y otras gentes de mal vivir.

MAUGIRON. Sea como sea, ha resultado cierto. Así que sólo te queda firmar.

MIGUEL. ¿Firmar? ¿El qué?

MAUGIRON. La mera declaración de eso que has dicho: que tú eres el fervoroso polemista en cuestión.

MIGUEL. Tengo que redactarla, y luego te la firmo.

AGENTE. *(Que ha estado escribiendo.)* Ya lo hice yo. La redacté mientras hablaban. *(Le tienden el papel)* Mire si las palabras son correctas y si las comas figuran en su sitio.

MIGUEL. Es usted muy amable. Si, no está mal del todo. ¿Dónde debor firmar?

MAUGIRON. Aquí mismo, si te parece.

MIGUEL. Muy bien. *(Firmando.)* Miguel de Villanueva.

MAUGIRON. Bravo. *(Coge el papel.)* Ahora te vienes con nosotros, y ya está.

MIGUEL. ¿Adónde quieres que me vaya?

MAUGIRON. A ver a unos enfermos que están ahí en los calabozos del Palacio Delfinal y no tenemos otro médico que pueda ir.

MIGUEL. Ese es mi oficio y yo lo desempeño con buena voluntad. Esperad que me vista.

MAUGIRON. *(Niega.)* Te vienes así mismo. Muchachos, ponedle las pulseras aquí al doctor.

Los policías esposan a Miguel

MIGUEL. *(Protesta.)* Esto es un atropello.

MAUGIRON. *(Sencillamente.)* Sí.

Oscuro y música.

CUADRO OCTAVO

Proceso a la herejía

ESCENA PRIMERA

Al fondo, un enorme crucifijo. Es el Tribunal del Santo Oficio. Lo preside fray Mateo Ory, martillo de herejes. Figuran en él Maugiron, oficiales del Santo Oficio y otros altos funcionarios. También los policías, etcétera. Miguel está sentado en el banquillo.

ORY. Levántese el procesado Miguel Servet. *(Miguel no se levanta. Mira a su alrededor como diciendo: "¿A quién se referirá?)* ¡Procesado Miguel Servet, levántese! *(Lo señala con un dedo. Miguel hace un gesto de extrañeza como diciendo: "¿Es a mí?")* Sí, a usted le digo. Por lo visto, en usted se une al horrendo pecado de la herejía el molesto defecto de la sordera. Si es así, puede aproximar el banquillo aquí, al estrado.

MIGUEL. No es así, mi señor, sino que ese nombre que ha pronunciado no es el mío propio; y aprovecho este claro para protestar de haber sido detenido ilegalmente durante dos días en un inmundo calabozo.

ORY. *(Ríe y comenta con sus compañeros de Tribunal.)* Tozudo, el aragonés, por lo que veo.

MIGUEL. *(Muy entero.)* He de decir a Miseñor que yo no soy tozudo para nada, a no ser la defensa de la verdad, y que más que aragonés soy de la parte de Cataluña, pues mi pueblo pertenece al Obispado de Lérida y la prova es que parlo catalá desde que era petit.

ORY. ¿Niega entonces llamarse Miguel Servet (a) Reves?

MIGUEL. Niego.

ORY. ¿Niega ser el nefando autor de "Los Errores de la Trinidad" y de los siguientes "Diálogos de la Trinidad", obras llenas de exquisitas blasfemias y peculiares abominaciones?

MIGUEL. Niego.

ORY. ¿Niega ser el autor de la pestífera obra "Restitución del Cristianismo"?

MIGUEL. Niego.

ORY. Señor de Maugiron, vamos a la prueba documental sin dilaciones.

MAUGIRON. Sí, Miseñor. *(A Miguel.)* Acérquese el procesado. *(Miguel se acerca.)* ¿Niega ser su firma ésta que aparece aquí, al pie de esta declaración que firmó anteayer en su casa delante de testigos?

MIGUEL. *(Inquieto.)* Afirmo.

MAUGIRON. En ella se declara autor de las anotaciones manuscritas al margen de esta obra del infame Calvino.

MIGUEL. Así es.

MAUGIRON. Ahora, por cortesía, échele un vistazo a este paquete de cartas dirigidas al señor Calvino, hereje de Ginebra. La mayor parte de ellas están reproducidas como apéndice del libro "Restitución del Cristianismo", obra firmada por M. S. V. y fechada en este año de 1553. *(Miguel ha palidecido. Ni las mira.)* Compare esta escritura de las anotaciones, la firma de su reciente declaración y estas cartas, y díganos, por cortesía, si es el autor de ellas.

MIGUEL. *(Con un hilo de voz, muy apurado.)* Es un interrogatorio tozudo y muy... y muy desagradable. Me... me niego a responder a tan insidiosas preguntas, y además...

ORY. *(Le interrumpe.)* Aunque martillo de herejes, según me llaman, soy persona de muy apacible condición y puedo asegurarle que, sea cual sea el resultado de la encuesta, ha de tratársele con arreglo a su elevado rango y posición en la ciudad, y así lo garantizo como Inquisidor General del Reino de Francia.

MIGUEL. O sea, que si me encuentran culpable me quemarán con muchísimo respeto. No es agradable perspectiva.

Rumores.

EL UJIER. *(Al público)* ¡Silencio, o desalojo la sala! ¡Silencio!

MAUGIRON. Señor de Villanueva, es igual que lo niegue o no, pues la identidad de las letras es bien concluyente. Ello prueba ser usted el autor de esta perversa "Restitución del Cristianismo" —que no lo es sino una maligna destrucción de la doctrina— y nos permite reconocer en esas letras (M. S. y V.) sus propias iniciales: ¡Miguel Servet de Villanueva! *(Rumores.)* ¡Por si esto fuera poco, en la última de estas cartas su autor —usted— declara *(Exhibe la carta con un gesto amplio de tribuno)* ser el mismo Miguel Servet, español! En estos momentos, el señor Baltasar Arnoullet y los obreros que trabajaron en la composición del libro han sido detenidos y sometidos a proceso por delito de imprenta. Y sepa el señor Miguel Servet, agente secreto de la Herejía en Francia y reo de actividades clandestinas, que todas esas pruebas no han sido obtenidas con mañas, como se le dijo, sino que el propio Juan Calvino las ha puesto en nuestras manos por considerar que la espantosa herejía servetiana es tan nociva para su estúpida doctrina como para la nuestra, verdadera.

ORY. *(Ríe.)* ¡Los herejes —ja, ja— los herejes —ja, ja— los herejes se devoran entre sí —ja, ja, ja! *(La risa le da tos y se pone coloradísimo. Bebe agua. Cuando se calma.)* Así pues, levántese el procesado Servet y escuche con el debido respeto la augusta voz del Santo Oficio.

MIGUEL. *(No se levanta. Da un grito.)* ¡Yo no soy Miguel Servet!

Rumores.

ORY. *(Comenta, indignado, con los otros.)* Esto es el colmo.

MAUGIRON. Nunca vi cosa igual.

COMISARIO. Más que tozudo, es una mala bestia.

MIGUEL. *(Solloza.)* La culpa la tengo yo por apropiarme indebidamente de ese nombre que es el de un paisano mío con cuyas ideas, es verdad, yo simpatizaba. Ay, ay.

ORY. Tampoco es cosa de llorar. Pórtese como un hombre.

MIGUEL. *(Medio llorando aún.)* Prefiero ser una rata viva que un hombre ardiendo; pero es la pura verdad lo que les digo, por increíble que parezca.

ORY. Hágame el favor de pensar y no me sea, por Dios, una bestia bruta. ¿Qué más le da decirlo, si la reciente publicación clandestina del "Restituto" —que ésa sí que no puede negarla— comporta tanta penalidad como si también es autor —¡que claro que lo es!— de los "Errores Trinitarios" firmados por Servet hace veintidós años? ¿No lo comprende?

MIGUEL. Sí, en eso también tiene, pensándolo bien, su poco de razón. Pero hay que comprender...

ORY. Vaya, vaya, parece que ya va entrando en razón, aunque le cueste un poco. Y, bien, con un punto del que desearía tratar, terminaremos por hoy. Parece, amigo M.S.V. (por no llamarle Servet, que tanto le molesta), que usted se declara un poco en desacuerdo con la forma en que nosotros administramos el Pan Bendito en la Sagrada Eucaristía.

MIGUEL. *(Recuperando su entereza.)* Así es, aunque ahora, en estas adversas circunstancias, me esté mal el decirlo.

ORY. Vamos a ver. ¿Cree el procesado en la transubstanciación del pan en la carne de Nuestro Señor y del vino en su preciosa sangre?

MIGUEL. No creo.

ORY. *(Escandalizado.)* ¿Se da cuenta el procesado de lo absurdísimo de su error?

MIGUEL. No me haga hablar, Miseñor, porque me pierdo.

ORY. Hable sin miedo, hable. *(Aparte, como en el viejo teatro.)* Que perdido ya está. *(Alto.)* Hable, que le escuchamos y somos todo oídos.

MIGUEL. Pues verá, Miseñor, en qué consiste mi idea del asunto. Que yo creo, verá, y lo diré con las mejores palabras que me salgan, que yo creo que Nuestro Señor y Divino Maestro, nunca tuvo intención de darse a comer y beber a modo de aperitivo o postre de aquella Santa Cena a los Apóstoles y ser devorado o ingerido por ellos (ni menos por nosotros, la posteridad), lo que sería un rito ya vampiresco, ya teofágico, y muy contrario, digo yo, a todas las dignidades, tanto divina como humana, y propio de falsas religiones primitivas y ritos antropofágicos, cuyo objeto es tomar la fuerza y el espíritu del enemigo o del dios y para ello se los comen; y que yo creo también que no se produce tampoco ninguna especie de tropo espiritual como se creen los calvinistas que sucede en sus Cenas, sino que soy, digamos, "memorialista", como el compañero Socín; quiere decirse que la Cena, para un servidor, es un recuerdo o memoria de aquella noche lúgubre y que en ella la manducación de pan es eso, manducación de pan, aunque la celebración produzca —que sí los produce— saludables efectos espirituales, y Jesucristo, al hacerse eco en su memoria, revive y se presenta o representa en nuestro interior; y sentimos entonces su misericordiosa compañía, que tanto nos falta en este valle.

ORY. En suma, en su opinión, Nuestro Señor no está en la Hostia Consagrada. *(A un escribiente.)* Y usted apunte.

MIGUEL. Un momento, un momento. Estar, sí que está, pero igual que lo está en todas las demás cosas, y no de un modo especial. Dios está en la hostia —que sea consagrada o no— como en cualquier otra parte: la pata de la mesa, la nariz del notario, la nube roja, la aguja de la torre, las rocas negras o el tórpido cangrejo.

ORY. *(Pone el grito en el cielo.)* ¡Panteísmo! ¡Panteísmo!

MIGUEL. *(Humildemente.)* Sí, Miseñor, si así quiere llamarlo; sólo que yo, sinceramente...

UJIER. ¡Silencio!

Miguel se calla. Rumores.

ORY. Sigamos con la Cena, por favor. ¿La considera un sacramento?

MIGUEL. Sí, Miseñor.

ORY. ¿Cuántos admite?

MIGUEL. El Bautismo y la Cena nada más.

ORY. ¿Los otros cinco se los fuma? ¿Dónde los echa?

MIGUEL. Lo siento, Miseñor.

ORY. ¿El bautismo de párvulos lo acepta?

MIGUEL. No; sino que creo que los hombres deben ser bautizados cuando adultos, ya que, según yo, "nostrum peccatum incipit quando scientia incipit".

ORY. ¡Herejía!

MIGUEL. *(Humildemente.)* Es pensamiento, Miseñor.

ORY. Vamos a ver, explíquenos cómo imagina usted que debe celebrarse el Santo Sacramento de la Eucaristía; pero ahorrando procacidades, se lo ruego.

MIGUEL. A mi modo de ver, cada uno de los que participen, Miseñor, debe llevar su propio pan y su botellita de vino, pero luego se debe de reunir lo que se traiga y repartirlo a todos por igual, de modo que los ricos no coman más que los menesterosos. Se recomienda, sin embargo, por mucho vino que se reúna, que nadie beba en exceso, lo cual perturbaría probablemente la armonía.

ORY. *(Burlón.)* Supongo que de no haber vino podría tomarse cerveza o sidra, en su lugar. *(Risas.)*

MIGUEL. *(Serio.)* Es preferible vino.

ORY. *(Aguantándose las ganas de reír. Todos, ahora, están sonrientes.)* Siga. Siga.

MIGUEL. *(Imperturbable.)* El pan no ha de ser ázimo sino fermentado, y pueden añadirse también otros manjares.

ORY. *(Aguantándose la risa.)* ¿Como por ejemplo?

MIGUEL. *(Con digna seriedad.)* A discreción, según los posibles de los participantes, el gusto de cada cual y lo que haya en ese momento en el mercado.

ORY. ¿Valdría un cochinillo asado, por ventura?

MIGUEL. *(Serio.)* A mí, personalmente, no me gusta demasiado el cochinillo, pero, a juzgar por la barriga de Miseñor, Su Excelencia sí debe ser aficionado. Yo prefiero el cordero —que por cierto, mi Maestro Jesús y sus discípulos se comieron uno la noche de referencia— pero eso es cuestión de gustos y costumbres.

Rumores y protestas.

ORY. *(Acusador.)* Ya ven, señores, que para el diabólico Serveto, cada Sagrada Cena sería una especie de opíparo *lunch* o de indecente juerga.

MIGUEL. No tal, Miseñor, sino una familiar reunión, llena de amor y de esperanza; y si no admito ni este rito ni otros, ni cualquier culto externo, es porque advierto, en esas manifestaciones, bárbaras huellas del paganismo; ni tampoco admito la celebración del Domingo, pues todos los días son días del Señor;

ni tampoco me parece un acierto, con perdón de la mesa, la existencia de sacerdotes o intermediarios entre Dios y los hombres. Pues, ¿quién, a ver, quién tiene derecho a arrogarse tamaña prerrogativa —digo yo—?

ORY. *(Se levanta y grita, acusador, fulminante.)* ¡Rabioso iconoclasta! ¡Miserable! ¡Hijo de Satanás! ¡Destructor de templos!, ¡pisoteador de hisopos!, ¡derramador de agua bendita! ¡Vade retro!

MIGUEL. Nunca hice tal cosa, ni destruir, ni pisar, ni derramar, Miseñor, sino pensar, luchar, huir. Esa es mi vida.

ORY. ¡Basta por hoy, señores! ¡El aire se envenena con esas fétidas palabras! ¡Termina la sesión!

Todos se levantan. Los policías se arrojan sobre Miguel y lo sujetan. Rumores y música concreta: alaridos, sirenas, oscuro y súbita luz, muy concentrrada, a primer término, sobre la figura, tirada en el suelo, de Miguel. Súbito silencio y comienza la escena siguiente.

ESCENA SEGUNDA

Fuera de la luz se oye la voz de Benito

BENITO. Señor Miguel, despierte.

MIGUEL. No dormía. Estaba pensando.

BENITO. No piense en otra cosa sino en la huida, y en salvarse lo antes posible de la quema.

MIGUEL. Si me veo fuera de aquí, no paro hasta perder de vista esta maldita ciudad. Pero, a ver, ¿cómo?

BENITO. Agarre esto. *(Desde los telares baja una escala.)* Todo está preparado afuera, su caballo y mi rucio. Suba.

MIGUEL. Con la hernia no sé si podré; pero por mí que no quede: ¡voy!

Con mucho esfuerzo va ascendiendo. Nuevo oscuro. Se oye la chicharra de un morse y una voz registrada en magnetofón.

MAGNETOFÓN. Atención, atención, Policía de Caminos. Se busca a un delincuente fugado de los calabozos del Palacio Delfinal, Viena. Estatura, elevada. Ojos pardos. Nariz aguileña. La color, pálida. Detalles especiales: Cojea un poco. Edad, cuarenta y dos años. Valor, se le supone. Atención, atención.

Luz para la siguiente escena.

ESCENA TERCERA

La Plaza de Charneve, a la hora del mercado. Mediodía del 17 de junio de 1553. En el centro hay un túmulo y, junto a él, un carro que contiene algo que está cubierto con una gran lona. El Pregonero lee la sentencia ante los grupos de curiosos congregados por el lúgubre redoble de un tambor.

EL PREGONERO. Sentencia dictada, en rebeldía, contra Miguel Servet (a) Reves, (a) "Doctor de Villanueva", español, por los siguientes delictivos hechos: Crimen de herejía escandalosa, dogmatización, composición de nuevas doctrinas y libros heréticos, cisma y perturbación de la unión y reposo públicos, rebelión y desobediencia a las ordenanzas promulgadas contra las herejías, efracción y evasión de las prisiones reales delfinales: por cuyos hechos se le condena a una multa pecuniaria de mil libras en favor del Rey-Delfín y a ser llevado, en cuanto sea aprehendido, sobre un túmulo con sus libros a la vista y hora del mercado, desde la puerta del palacio delfinal, por las encrucijadas y lugares acostumbrados, hasta el lugar de la Halle de la presente ciudad, y, seguidamente, en la plaza llamada de Charneve, a ser allí quemado vivo a fuego lento, de tal modo que su cuerpo quede reducido a cenizas. No obstante, la presente sentencia será ejecutada en efigie, con la cual serán quemados dichos libros. Dada en junio y 17 del año de gracia de 1553, en la Ciudad de Viena. *(Se afloja el cuello. Está sudando. Comenta.)* Jolines, qué calor hace.

Redoble de tambor. En el reloj de una torre empiezan a sonar doce campanadas. Hay una luz vivísima, cegadora. Música solemne. Entran en escena las autoridades y se sitúan en un estrado. De pronto, un clarinazo y un redoble. Silencio. El ejecutor de la justicia pide permiso a la tribuna, como se hace en las corridas de toros, y el presidente de la ceremonia (Maugiron) saca un pañuelo. El ejecutor hace una reverencia y va al carro. Tira de la lona y descubre un gran muñeco representando, caricaturizado, a Miguel. Lo descarga con ayuda de algunos y lo coloca sobre el túmulo. Descarga unos libros del carro y los ata con una cadena al cuerpo del muñeco. Rumores. Una vez terminada la operación, el ejecutor grita hacia el estrado.

EJECUTOR. ¡Con la venia, señor!

MAUGIRON. Vale; cumple con tu deber, muchacho. *(El ejecutor enciende una antorcha y prende fuego al muñeco. Cuando está ardiendo —en las representaciones al aire libre se quemará el muñeco realmente— se dirige al presidente y le dice.)* ¡Sentencia cumplida, Presidente!

Algarabía festiva, música y telón.

FIN DE LA PRIMERA PARTE

PARTE SEGUNDA

CUADRO PRIMERO

Camino de Ginebra y triste despedida

Ciclorama en rojo. Anochece. Sobre un caballo flaco, altísimo y un rucio (ambos de madera), situados en primerísimo término frente a los espectadores, "cabalgan" Miguel y Benito. Sus imágenes pueden recordar las de Don Quijote y Sancho por los campos de La Mancha. Música descriptiva del trote de las cabalgaduras.

MIGUEL. ¿Qué piensas tú, Benito, que te veo tan caviloso desde hace mucho rato?

BENITO. Nada, mi señor don Miguel; y si pongo esta cara es porque tengo un rato sueño y no por otra cosa.

MIGUEL. Pues yo sí tengo pensamientos y no de los mejores; a medias agoreros, a medias lúgubres.

BENITO. No piense en nada, don Miguel, si no es en que se ha salvado por tablas de la quema, que es cosa de alegría.

MIGUEL. Aunque es muy cierto lo que dices, me pongo melancólico.

BENITO. Pensará en otros tiempos que ya se fueron y que nunca más vuelven. Es lo que pasa, cuando uno se abandona.

MIGUEL. También es eso que tú dices, pero no todo. Ando desde muy joven fuera de mi patria y el exilio es precisamente lo que yo más conozco de la vida; y ya ni se me ocurre pensar en aquel lejano pueblito de mi España y en el señor notario, mi padre, y en doña Catalina, que así se llama mi pobre mamá, y ya serán muy viejos; y hasta olvido sus caras y no sé ni cómo puede ser el rostro de mi hermano que, por cierto, según algunas noticias indirectas que yo tuve, se hizo cura y seguro que ha de rezar día y noche por mi conversión y mi vuelta al redil. ¡Pobre y tranquila gente que habrá llorado mucho por mí, horas y horas, y a lo mejor me creen ya muerto, adelantándose un poco en eso, a la verdad, pues no es mucho, creo yo, lo que me falta para tan triste suceso; y tan irremediable que ya lo veo ahí, y no encuentro el modo de evitarlo!

BENITO. ¡Olvídese lo más pronto de esas cosas, y no se deje morir así, ni le dé nada hecho a la muerte para cuando quiera presentarse —que ha de tardar aún mucho todavía— y que le cueste cumplir en su cuerpo ese mortal oficio que es contrario a este nuestro de vivir! La policía no nos encuentra, por mucho que deba andar buscándonos aún, al cabo de tres meses, y eso es cosa importante y digna de mucho regocijo. Sólo nos queda ya torcer este camino y no seguir hasta Ginebra, pero buscar otra salida, pues esa no lo es, y no sé qué demonio le hace empeñarse en meterse en esa ciudad maldita que es la misma boca del lobo.

MIGUEL. Tengo la forma de tomar una barca allí y de ponerme a salvo.

BENITO. Ojalá sea así su pensamiento y no que vaya a provocar a su enemigo que ya sabe que ha dicho que si usted se presenta en su dominio no ha de salir vivo de sus manos.

MIGUEL. Yo sé lo que me hago, Benito; y llega ahora, te lo adelanto, un mal momento. Baja aquí, que te hable. *(Desciende del jamelgo.)* Qué buena noche hace, propia de este mes de agosto que llevamos.

BENITO. ¡Y que lo diga, don Miguel; y que agustito se respira a estas horas, cuando refresca! *(Baja del rucio.)* ¿Qué me quiere decir?

MIGUEL. Siéntate y conversemos un ratico, que ya nos queda poco tiempo y no está bien este enorme silencio que llevamos. *(Lo hacen.)* Te quería decir, ni más ni menos, que ya llegamos al fin de la jornada común, pues Ginebra aparece ya ahí a simple vista —es aquello que no se ve por esa parte, sin luces y más oscuro que la misma noche, como boca de lobo— *(Señalando hacia el público)* y decirte también que llega con esto el momento de la separación.

BENITO. *(Afligido.)* No me diga eso, que me da mucha pena, y son palabras que nunca, nunca, entre buenos amigos, han de decirse. No pienso separarme de usted, diga lo que me diga; así que hablemos de otra cosa.

MIGUEL. Nunca me hablaste así, Benito, con esa rebeldía; y me disgusta.

BENITO. *(Dolido.)* No creo que sea tanta ofensa querer acompañarle.

MIGUEL. ¿He sido alguna vez un amo o señorito para ti?

BENITO. Por mi padre lo tengo; que al mío no le conocí, ni sé si es blanco o negro, siendo yo morenito como soy, y muchos, hasta que me vine con usted, me han dado el feo título de hijo de puta, con el sufrimiento que eso supone en una persona de mi edad.

MIGUEL. No te apures por eso, pues hay muchos, conocedores de sus padres, que son eso que a ti te llamaban y nadie se lo dice. Pues bien, ahora, y volviendo a lo nuestro, yo me hago amo y devengo señorito para decirte, sin apelación, que vayamos por distintos caminos aunque después nos reencontremos en un lugar pacífico, tal como Nápoles donde viven muchos compatriotas y yo podré ejercer la medicina y seguir con mis trabajos de investigación y de cura.

BENITO. *(Muy triste.)* Nunca más lo volveré a ver si me separo.

MIGUEL. Haremos los posibles. *(Saca una bolsa.)* Toma esta bolsa con dineros, que son la mitad de los que he podido conservar después del expolio de Viena y de mi ruina; y también va dentro la dirección de la persona napolitana que volverá a reunirnos.

BENITO. ¡No la quiero coger! Yo, joven como soy, puedo ganármelo, y a usted le va a hacer mucha falta en ese territorio enemigo.

MIGUEL. No me rechistes y lo coges.

BENITO. *(Se resiste.)* Que no lo quiero.

MIGUEL. ¡Que lo cojas y basta! ¡Tómalo!

BENITO. Entonces se lo guardo. *(Lo coge.)* No me pienso gastar ni un céntimo.

MIGUEL. Tonto serás si no atiendes con esas perras a tus necesidades.

BENITO. Si ocurre lo que me temo, ¡ay, don Miguel!, en flores me gasto hasta la última perrilla para su tumba y monumento.

MIGUEL. A lo mejor no sucede nada, ya verás, pero si ocurre no habrá tumba donde ponerlas; así que te lo gastas.

BENITO. Yo sé mi obligación igual que usted la suya.

MIGUEL. ¿Así te pones?

BENITO. Me pongo como Dios manda y nada más.

MIGUEL. Al poco de separarnos, verás cómo es distinto, sin que por eso yo diga que me olvides... Pero dejemos ya la discusión. Al amanecer quiero llegar ante las puertas de Ginebra. Así que tengo que marcharme; y quedas avisado que te prohíbo de seguirme los pasos. Quiere decirse que tú te vas por otra parte. *(Sube al caballo. Ya arriba.)* No me guardes rencor, y hasta la vista. Arre, caballo, arre y vámonos de este lugar, antes que a mí, que soy hombre barbado, se ma caigan las lágrimas.

Música y oscuro sobre su figura. Benito queda acurrucado en el suelo, llorando. Oscuro también sobre su figura; y sigue la música que cesa al hacerse las luces para el siguiente cuadro.

CUADRO SEGUNDO

En la Posada de la Rosa

En la "recepción" de la Posada, Rosa toma a Miguel la filiación.

ROSA. Dígame su nombre y apellido; tenga la bondad.

MIGUEL. Me llamo Micaele Vilamonti.

ROSA. Profesión u oficio.

MIGUEL. Médico.

ROSA. *(Escribiendo, recita la fórmula de la siguiente casilla.)* "Su trabajo presente y en qué ciudad lo desempeña".

MIGUEL. Cuido —ejem— de la salud del Gran Duque de Milán y voy ahora para Italia.

ROSA. Viene de Francia y debo reseñarlo.

MIGUEL. He ido en busca de fármacos para el Duque, pues, siendo gálico su mal, he pensado que podría encontrar el remedio en el lugar de origen.

ROSA. *(Amable.)* No me hable tan deprisa, que soy un poco tarda en escribir. Perdone. *(Escribe muy lenta y acercando mucho los ojos al papel.)* "Que se va para Italia".

MIGUEL. Es una pena eso —¡y usted perdone mi atrevimiento!— en una muchacha de su edad, por muy propietaria que sea de este hotel.

ROSA. ¿Qué le da tanta pena?

MIGUEL. Ese asuntillo (usted dispense) de la vista; que, por lo que se ve, le cuesta mirar las cosas a esa poca distancia.

ROSA. Es muy poco el esfuerzo que hago y no me importa. ¿Cómo decía? ¿Villamanta?

MIGUEL. Vilamonti, señora —nombre italiano—. Vi-la-mon-ti. *(Mira como ella lo escribe.)* Es con uve, señora, según mi costumbre; pero no se apure por eso.

ROSA. *(Un poco picada.)* Se corrige.

MIGUEL. No merece la pena. Con be de burro va muy bien y no son pocas —no crea— las veces que me he comportado como tal, y he sufrido luego las consecuencias. Así que continúe, y usted tranquila; que no me afecta nada y hasta resulta muy bien con esa be que usted le pone.

ROSA. Se le agradece. *(Termina de escribir.)* Bueno, no tengo ya nada más que poner aquí, y conste que si lleno esta hoja —con los problemas de escritura que me trae— es por la policía y no por mi propia voluntad. Me firma el papelillo y así acabamos. ¿Me pone aquí su garra?

MIGUEL. *(Con extrañeza.)* ¿Garra le dicen? No sabía que aquí, en Ginebra, le llamaban de ese modo al garabato de la firma, o a la mano, o al acto mismo de suscribir o a lo que sea.

ROSA. Es expresión vulgar, pero se dice, aunque a veces, al pronunciarlo, se pide perdón de los presentes, por eso de que garra parece mentar pezuña o cosa así.

MIGUEL. *(Fijándose en el techo.)* Este hotel es bastante antiguo, ¿verdad?

ROSA. Existe desde mucho; pero antes, en la época de la corrupción liberal, no era una casa santa.

MIGUEL. *(Observando la casa.)* ¿Y no le dio aprensión meterse así, en un antiguo lupanar y establecerse en él, por mucha limpieza y reformas que le hicieran?

ROSA. Con un médico se puede hablar, y no lo oculto; que una servidora figuraba ya antes en la plantilla de la casa y que ejerció de meretriz durante casi cinco años, hasta que, como un rayo, me vino la conversión, que coincidió curiosamente con el momento de la prohibición del oficio, en lo que yo veo, no sé, algo muy milagroso; y a todo esto el ama, que me quería mucho, porque yo era, no es porque yo lo diga, muy dispuesta y tenía mucha imaginación, y estaba, digamos, especializada (lo digo con sonrojo y me sirve así de penitencia); que tenía yo muchas habilidades, digo, para los caprichos y las rarezas de los clientes, viejos o jóvenes (con la sobretasa que eso supone, y que era un pico que nos repartíamos a medias entre la dueña y yo), ¿por dónde iba? Ah, sí; que me quería mucho el ama y, bueno, pues que al morirse me nombró su heredera y yo, al hacerme decente del modo rápido que le he dicho, convertí el deshonesto inmueble en este precioso hotel, que ya no es, desde luego, ni la sombra de lo que era en otros tiempos. *(Tiene la cara muy triste.)*

MIGUEL. *(Pensativo.)* Los tiempos que se van le dejan a uno, ¿no es verdad?, un poco de tristeza, por mal que lo pasara uno.

ROSA. *(Protesta.)* ¡Nada de tristeza, sino santa alegría, es lo que tengo yo, señor de... *(Consulta el papel con mucho esfuerzo)* ...de Vilamonti; la cual alegría tiene sus propias expresiones que no son ni risas ni cante ni otras muestras obscenas, muy propias de bodeguillas y burdeles! Aquí ese tiempo, afortunadamente, ya pasó, y gozamos desde hace años, de una paz muy sepulcral y de lo más agradable, créame. Todavía recuerdo aquel barullo que se armaba cuando se elegía en el barrio a la Reina del Burdel, y todo el mundo se embriagaba. ¡Dios mío, qué vergüenza!

MIGUEL. A todo esto, voy a sentarme un poco, porque siento dolor en esta ingle izquierda —si es que puedo expresarme así; que yo creo que puedo, pues me autoriza a esa expresión mi condición de médico titulado por la Sorbona. *(Se sienta.)* Tomaría un poco de vino o de cerveza, por refrescar un poco.

ROSA. *(Niega con la cabeza.)* No se expende.

MIGUEL. ¿Hay establecimientos especiales para el caso?

ROSA. Es prohibición general y no se encuentra ni vino ni licores en toda Ginebra a no ser que haya —que no lo creo— alguna taberna clandestina.

MIGUEL. ¿El agua, al menos, corre libre?

ROSA. Sí, señor, y es muy buena, por cierto. Beba, beba sin restricciones, que no se suele poner en la factura.

MIGUEL. ¿Y qué expansiones tiene un día así que cae como hoy en domingo, aparte de satisfacer la sed *(Bebe un trago de agua)* honestamente, lo cual comporta una intensa delicia, no lo niego?

ROSA. La gente se recoge en sus casas hasta la hora de los oficios en San Pedro y las calles están, como vería si saliera, desiertas y apacibles.

MIGUEL. ¿Y a la hora de los oficios, qué sucede?

ROSA. Entonces ya no queda nadie en sus casas y San Pedro se llena de bote en bote, salvo los enfermos e impedidos y aun a ésos se les retransmite después el santo discurso de Maese Calvino que, por cierto, ¡dice cada verdad!; aunque alguna resulte triste y un tanto deprimente para las gentes tibias y de poca formación. Está muy bien organizado, no se crea, y nadie tiene peligro de olvidarse de ir (con el perjuicio espiritual que supondría), pues unas brigadillas recorren las casas recordándolo y convenciendo a algunos perezosos que siempre hay —los cuales, si pasan a rebeldía, son castigados muy severamente con reclusiones, expulsiones, cortes de lengua, picotà, horca (para casos de adulterio, blasfemia, idolatría...) y, si ya se trata de casos muy notables, la hoguera, que se sitúa comúnmente allá por el campo de Champel. Por ejemplo, por sonreírse en un bautizo, se suelen poner tres días de prisión; igual que por quedarse dormido durante las predicaciones; igual también (pero además a pan y agua) cuando alguien es sorprendido desayunando *foie-gras* (que es caso que ocurrió el otro día); y cuatro días de cárcel (es otro ejemplo) se ponen a los que se resisten a bautizar a sus hijos con los santísimos nombres de la Biblia, que es por lo que ahora se ven en Ginebra tantos Abrahames, Isaaques y Raqueles, que antes, durante la ocupación romana y extranjera, no existían. ¿Me comprende? Por lo demás, se evitan ocasiones, y por ello se prohibieron, entre otras cosas, los juegos, los peinados altos de las señoras (tan provocativos) y, ¡claro!, las representaciones teatrales. ¿Así que me comprende?

MIGUEL. Muy mucho; y como mi proyecto, si Dios quiere, es marcharme mañana mismo de esta bella ciudad, dígame si sería prudente salir ahora en busca de un buen hombre que me han recomendado y que me llevará en su barca lo más tempranito que se pueda, rumbo a cualquier puertecillo que me aproxime a Zurigo —que es el nombre que nosotros, los italianos, damos a Zurich, si no lo sabe.

ROSA. Usted, como extranjero, es muy libre de hacer lo que le plazca, y no creo yo que le moleste la Secreta, y mucho menos la patrulla. A no ser los agentes consistoriales... pero no creo; y menos la guardia del Municipio o la Policía Militar que permanece acuartelada. En cuanto a los soldados nada puede ocurrir, a no ser que les ordene atacar un oficial o un jefe, pero, ¿por qué va a ordenarlo? La Milicia Civil, en ocasiones, hace alguna limpieza, pero no creo que hoy... Y las Escuadras de Ex Combatientes, "Los Leones Valerosos" y otros, que tienen sus milicias, sólo hacen que desfilar un poco los domingos, y no te hacen nada a no ser que los provoques, pero nadie se atreve. Con los carabineros y guardacostas, no creo que se tope usted hasta el momento de embarcarse, y si no lleva alijos no suele pasar nada. ¿Y qué queda? Bueno, quedan los somatenes, la obra "Descubramos, hermanos, al Espía", La Santa Hermandad de los Caminos, los Alféreces de Dios, los Comités de Salvación Pública, las Organizaciones Piadoso-Militares, la Legión Ginebrina, la Brigada Especial, la Comisión Antialcohólica, el Ejército contra el Juego, Baile y Corrupción, el Servicio de Informaciones, los Amantes de Cristo —que cuidan, más que nada, de la moralidad en parques y jardines—, la Falange del Amor —de la que, si no es usted judío, no tieantes le dije de la vista, y si le van bien, no me sea coqueta, por favor, y no me las desprecie. *(Le da unos lentes.)*

ROSA. *(Se ríe, nerviosa.)* ¿Y esto qué es?

MIGUEL. Se pone en las narices.

ROSA. ¿Así?

MIGUEL. Así. Y mire ahora.

ROSA. ¿Qué tengo que mirar?

MIGUEL. El papel, por ejemplo.

ROSA. *(Lo hace.)* ¡Micaele Vilamonti! ¡Se sale del papel!

MIGUEL. Soy yo.

ROSA. ¡Qué bien lo veo! Es un milagro.

MIGUEL. *(Modesto.)* De la Ciencia, señora.

ROSA. *(Mirándole con las gafas.)* ¿No me hará feo?

MIGUEL. Está, por el contrario, guapa, y le favorecen.

ROSA. Cualquiera diría que es español, por lo galante.

MIGUEL. Qué tontería. Bueno ya me retiro. *(Aparte.)* Estoy fatigadísimo y loco por tumbarme un rato. *(Alto.)* Me despierta dentro de cuatro horas, por favor.

ROSA. Espere. *(Le muestra una botella, que saca de debajo del mostrador.)*

MIGUEL. ¿Qué es eso?

ROSA. *(Con mucho misterio.)* Vino; pero, por Dios, que no se entere nadie.

MIGUEL. *(Pidiendo permiso para beberlo.)* ¿Se puede?

ROSA. Sí.

MIGUEL. *(Lo bebe, paladeándolo.)* Qué asco, aquellas viejas costumbres, ¿verdad?

ROSA. *(Afirma y dice con suave melancolía.)* Sólo que algunas cosas daban —no sé cómo decirlo— un poco de alegría, y, a veces, son cosas que se recuerdan sin querer... El vicio tira mucho.

MIGUEL. Gracias por el traguito, aunque, de haberlo dicho antes, me hubiera podido ahorrar el agua. Bueno, hasta luego, ¿eh?, señora Rosa.

ROSA. No me haga tan vieja con el trato.

MIGUEL. Hasta luego, Rosita. ¿Vale así?

ROSA. *(Asiente con alegría.)* Que usted descanse, y llámeme, por favor, si necesita algo. *(Sale Miguel. Rosa, con las gafas, mira, con alegre sorpresa, varios objetos de su cercanía. Entra un agente, enlutadísimo, y se acerca en silencio a Rosa, que se sobresalta al darse cuanta de su presencia.)* ¡Ay, qué susto!

AGENTE. La hoja.

ROSA. Aquí está.

AGENTE. *(Leyéndola.)* Así que Micaele Vilamonti.

ROSA. Sí, señor. *(El agente ríe.)* ¿Es que pasa algo?

AGENTE. No, nada. Nada. *(Aparte, al público.)* ¡Pero va a pasar pronto!; pues sabemos, por una confidencia, que se trata del diabólico Serveto, español, enemigo mortal de nuestro Padre Calvino, y todo está preparado para proceder a su detención y procesamiento, como mandan los cánones. *(Se ha ido haciendo el oscuro sobre el hotel y queda iluminada tan sólo, en primerísimo término, la figura del agente que, ahora, cambia el tono convencional de su "aparte" para dirigir al público un breve discurso informativo y didáctico.)* Aquí, en Ginebra, existe una ley para evitar muchos abusos de los que había con tanta y tanta denuncia como se producen; y ésta consiste en que "aquel que denunciare a otro *(Con tonillo)* tiene que constituirse él mismo en prisión y sufrir la pena estipulada para el delito atribuido al otro en el caso de que se pruebe la falsedad de la denuncia". Pues bien, hasta esa formalidad está ya resuelta en este caso; y no era fácil, pues a nadie nos parecía bien, y a Nuestro Padre, claro, menos que a nadie, ver al doctor Calvino encerrado en la prisión ni siquiera unas horas y aunque tuviera todas las comodidades (que las hubiera tenido, como es lógico). La solución ha sido esta: va a formular la denuncia Nicolasillo Lafontaine, criado de Nuestro Padre y hombre sencillo y devoto, buen cocinero y algo teólogo por contagio con el maestro; el cual Nicolás, en cuanto se pruebe la verdad de la denuncia, saldrá a la calle, libre, y ya todo marchará sobre ruedas hasta el fin que será, sin duda, siguiendo la voluntad de Dios, la ejecución del monstruo. Sólo nos quedaba ahora fijar cómo se va a hacer la detención, si aquí, en el hotel, si en la puerta al salir, si en la calle al pasear, etcétera; y, de momento, le dejamos dormir tranquilo; que ya poco le queda.

Oscuro. Guitarra. Se oye la copla flamenca:

Veinticinco calabozos
tiene la cárcel de Utrera;
veinticuatro llevo andados.
El más sombrío me queda.

Luz a un primer término lateral. Un gitano, de pie, recita con gesto crispado y trágico.

GITANO. Aquel día luminoso
        el trece de agosto era.
        Miguel salió por la tarde
        —¡nunca el buen Miguel saliera!—
        y vio gentes que pasaban
        paseando por la acera.
        (Muchos eran policías
        de la Brigada Tercera).
        Quiso torcer hacia el lago
        para buscar la barquera
        pero vio que todo el mundo,
        del duque a la cocinera,
        iba en una dirección
        sin que nadie se saliera.

No se atrevió a separarse.
Siguió la corriente entera,
y así llegó hasta San Pedro
y entró en la nave primera.
Allí se sentó entre fieles...
de la Brigada Tercera,
y en esto comienza el órgano
—¡oh, música duradera!—
y los salmos se escucharon
con voz muy grave y severa
que parecen anunciar
que viene la hora postrera.
¡En esto se hace el silencio
y sale a la luz la fiera!
¡Miguel, cuida de ti mismo
que la vida es verdadera
y la muerte el acabóse!
¡Quién te viera y no te viera!

La figura del gitano queda inmóvil. Cante, con guitarra, fuera de escena.

CUADRO TERCERO

El principio del fin

Se enciende una luz en un palco de entresuelo, decorado como púlpito y rematado con una cruz. Juan Calvino comienza su sermón a los fieles: los espectadores de la sala del teatro. En el escenario, telón corto que representa el austero altar de la iglesia.

CALVINO. *(Es un hombre delgado, de estatura más bien baja y aspecto muy enfermizo. Habla en un tono medio, con precisión y sin énfasis alguno.)* Hermanos, sed los bienvenidos a esta modesta cátedra que yo, indigno de mí, modestamente desempeño gracias a la asistencia divina que nunca, puedo decirlo con santo orgullo, me abandona, sino que, por el contrario, me permite seguir la vigilancia, por el honor de Dios, a pesar de la miserable condición de mi pobre cuerpo tan afectado siempre por inmundas enfermedades, cólicos, mareos, bilis, ataques que me derriban al suelo entre espantosas convulsiones y otros dolores con los que Dios me prueba continuamente. Bien, hermanos: no de teología les quiero hablar esta vez, pues hay problemas graves que afectan hoy en el terreno de la Política de Dios y yo quiero advertirles de ellos, en el nombre del Padre, del Hijo y del Espíritu Santo. *(Se oye, en el patio, una provocativa carcajada. Calvino escruta el patio con ojos penetrantes.)* ¿Quién ha sido? El groserísimo rebuzno que se ha escuchado, ¿quién lo emitió? *(Silencio. Con contenida cólera.)* Sé quien eres y no te vale ocultarte, oh lobo, entre mis ovejitas. El que turba la paz en la ciudad de Dios que aquí se construye con la Sagrada Disciplina, será severamente castigado por Dios cuyo Honor no tolera, queridos hermanos, ni mofa ni provocación, ni vilipendio; y de eso se trataba precisamente: de advertirles que se está tramando, en las cloacas morales de la ciudad, una conjura criminal contra nosotros, a cargo de perrinistas, libertinos, sedicentes "patriotas", intelectuales resentidos, papistas y otras carroñas supervivientes que maquinan contra Dios al amparo de la sombra, en las tinieblas de sus maléficos espíritus, y que trabajan al servicio, naturalmente, de intereses extraños, ¡oh, infame contubernio! ¡Dios tiene horror de esos pecadores, como ellos sienten horror de Dios y tratan de destruirlo en nuestras realizaciones salvadoras, en nuestra paz, nuestra vida espiritual, nuestro orden público! ¡Claro está que esos funestos miserables están condenados al fuego de antemano! ¡No habían nacido y ya tenían su puesto de horror en el infierno! ¡No soñaban nacer y ya eran asesinos, y ya estaban condenados a la infamia! Hermanos, no es preciso insistir. Ustedes conocen la doctrina y saben que, aunque todos participamos de la culpa de Adán, el destino de unos es la salud y el de los otros la eterna condenación en el infierno.

Se oye algo en el patio. Es Miguel, que pide la palabra. Rumores: "Que se siente." "Asesino." "Profanación." Miguel, con su peculiar cojera, avanza por el pasillo central y grita señalando enérgicamente hacia ha cátedra con su bastón.

MIGUEL. ¡Yo pido la palabra! ¿No te acuerdas de mí? ¡Soy Miguel Servet! *(Rumores: "Un extranjero." "Condenación." "Está loco." "Es horrible." "A muerte." "A muerte.")* ¡Escucha, Juan, lo que te digo: no aguanto la mentira y me da pena de este pueblo! *(Voces: "!Sedición!" "¡A las armas!" Calvino se ha quedado absolutamente inmóvil, como una estatua. Miguel le grita como un energúmeno.)* ¿Es decir que somos culpables antes de haber hecho nada? ¿Culpables? ¿Y por qué? ¿Porque otro infringió un precepto? Apenas existo y no conozco ni el nombre de Adán, ni el mal, ni lo que es Dios, ni lo que soy yo mismo, y ya estoy condenado por toda la eternidad, por una culpa de la que ni conciencia tengo. ¿Y por qué? ¿Porque vivo? ¿Es decir que la culpa es la vida misma? ¡Entonces, maldecid la creación, imbéciles! *(Se ha vuelto a la gente y grita.)* ¡Maldecid al

Eterno Padre y a su Hijo, que es la propia vida sobre la Tierra! ¿Puede existir, decidme, un dogma que condena a casi la totalidad del género humano, desde toda una eternidad, a expiar sin fin ni tregua, en inauditas torturas, el crimen de un solo primer padre, causa primera —y causa prevista por Dios— de todos los crímenes? ¿Hay, decidme, un dogma más repulsivo a la conciencia de todo hombre justo? ¡Jamás! ¡No, jamás la razón humana podrá aceptar esos dogmas vuestros que no hacen sino expresar la ferocidad de vuestras almas o vuestra horrible inconsciencia! ¡Despertad, despertad de ese sueño maléfico! ¡Vuestra fe es mero humo! ¡Un sueño determinista! El hombre es para vosotros un tronco inerte, y Dios una quimera de la voluntad esclava... La justificación que predicáis es una fascinación, una satánica locura... ¡Pobres de vosotros!

Una pareja de guardias se acerca a Miguel por el pasillo.

GUARDIA. Documentación.

MIGUEL. La tengo en el hotel. Soy extranjero.

GUARDIA 2º. Acompáñenos.

MIGUEL. Con mucho gusto, pero suéltenme.

Lo habían cogido por los brazos y el se suelta enérgicamente. Sale dignamente hacia el vestíbulo y los Guardias detrás de él. Oscuro sobre el púlpito, y desaparece la pálida estatua de Calvino. Oscuro general y música.

CUADRO CUARTO

De cómo fue recibido Miguel por la policía ginebrina y de su herida dignidad

La Comisaría. El Comisario (será el mismo actor que haga el Comisario de Viena) escribe la ficha ante Miguel que está de pie y esposado.

COMISARIO. Miguel Servet. Alias...

MIGUEL. Reves.

COMISARIO. *(Escribe.)* "Alias, Reves". Natural de...

MIGUEL. Villanueva de Sigena.

COMISARIO. ¿Eso de dónde es?

MIGUEL. España.

COMISARIO. *(Escribe.)* "España". Edad.

MIGUEL. Cuarenta y dos.

COMISARIO. Hijo de...

MIGUEL. Antón y Catalina.

COMISARIO. Estado.

MIGUEL. Soltero.

COMISARIO. ¿Sabe por qué ha sido detenido?

MIGUEL. *(En tono tranquilo, familiar.)* No; pero supongo yo que será —¡y bien que lo comprendo, pero no me he podido contener, pues soy de natural un poco exaltado!—, supongo, digo, que será por la muy inmoderada pasión que he puesto esta tarde en discutir la tesis errónea del pecado original en la Iglesia de San Pedro; y estoy dispuesto a sufrir el justo correctivo que sea del caso: la multa o el arresto, o la expulsión... Soy extranjero y no conozco las costumbres y leyes de esta República. Me extraño, sin embargo, de dos cosas, y permítame, señor Comisario, que proteste respetuosamente de ellas. Primera, de que me hayan atado así las manos, que me parece excesiva precaución y un atentado contra mi propia dignidad. Y segunda, de que haya sido despojado —sin recibo ni formalidad alguna— de todos mis dineros y las joyas; bienes que constituyen mi única fortuna, pues no tengo más cosa en ningún otro sitio y ando de viaje.

COMISARIO. Bueno, bueno. Si el asunto de su locomoción es lo que le preocupa más, no tenga ningún cuidado en ello, pues el viaje que estaba haciendo ya no lo continúa, por orden judicial, y aquí tendrá de todo lo necesario para su mantenimiento: rancho caliente y cama. Y en cuanto a lo demás, me parece que no ha valorado bien las causas de su prisión y su actual procesamiento, el cual se inicia a instancias de don Nicolás de Lafontaine.

MIGUEL. No lo conozco.

COMISARIO. Él a usted sí, parece ser, pues mire los términos de su declaración, que el Nicolás firmó antes de entrar él mismo, hace una hora, en un calabozo de esta su casa conforme a las leyes de la República, que usted empezará a conocer en seguida de modo muy práctico y tangible: "Ante vosotros, magníficos, poderosos y muy temibles señores, depone Nicolás de Lafontaine, constituido prisionero en causa criminal contra Miguel Serveto, por los grandes escándalos y trastornos que el dicho Serveto ha causado durante el espacio de veinticuatro años, aproximadamente, en la Cristiandad; por las blasfemias que ha pronunciado y escrito contra Dios; por las herejías con que ha infectado el mundo; por las monstruosas calumnias y falsas difamaciones que ha publicado contra los grandes servidores de Dios, y sobre todo contra Monseñor Calvino, mi pastor; hechos que constituyen, piensa el que suscribe, la materia de un delito continuado de herejía subversiva, merecedor del más severo castigo, a ser posible sin efusión de sangre y con el ceremonial conveniente para el escarmiento público y la conservación de nuestra fe. Y entrego, con la presente, treinta y ocho tesis escritas de mi puño y letra, con el detalle de lo aquí declarado. Nicolás."

MIGUEL. "Sin efusión de sangre" quiere decir "quemado vivo" y es una expresión eufémica de ello. ¿No es así?

COMISARIO. Así es.

MIGUEL. *(Ríe de buena gana.)* Eso sería absurdo si no fuera ridículo; es decir, sería grotesco si no fuera terrorífico; o sería, digamos, espantoso si no fuera, como seguro que lo es, una equivocación muy lamentable. Es decir, que sería...

COMISARIO. Cállese, cállese ya. Me vuelve loco. *(Miguel calla. El Comisario se encoge de hombros.)* A mí qué me cuenta. Firme aquí que le he dado lectura al acta de acusación, y déjese ya de fastidiar con comentarios que a lo mejor le perjudican.

MIGUEL. *(El muestra las manos.)* No puedo.

COMISARIO. Haga un poder. Otros se apañan.

MIGUEL. Yo no.

COMISARIO. *(Refunfuña.)* Intelectuales del carajo... Traiga, traiga... *(Lo suelta.)*

MIGUEL. ¿Me permite una silla? Los intelectuales del carajo, como usted dice con expresión un tanto grosera y muy desafortunada, no escribimos de pie ni de rodillas, sino sentados; aunque ya veo, por las faltas, que usted escribe, más que de pies, con ellos.

COMISARIO. Ya se le quitarán los humos, señor doctor. Siéntese donde quiera y firme y váyase. Lo esperan en los calabozos del Obispado.

MIGUEL. Con su permiso, señor. Con su permiso...

Se sienta y firma con mucho cuidado y elegancia mientras va haciéndose el oscuro. Música.

CUADRO QUINTO

Viaje a la noche en forma de monólogo con lo desconocido

Luz sobre Miguel, de pie, en primerísimo término. En una pantalla se proyecta —en letras blancas sobre fondo negro, como se solía hacer en el cine mudo— la leyenda: "Era el 14 de agosto de 1553..."

MIGUEL. *(Tranquilo, dueño de sí mismo.)* Entiendo, señores Magistrados, que las treinta y ocho tesis presentadas por el probo denunciante señor Lafontaine en las que un servidor cree reconocer, y lo dice sin segunda intención, el estilo ajustado y preciso de monseñor Calvino, cuyo fámulo y cocinero es, por cierto —según he conseguido averiguar—, podrían resumirse en estas tres: que yo niego la Santísima Trinidad, que también niego la divinidad de Cristo y que mantengo doctrina panteísta. Sin pasar aún a la materia de estas acusaciones, quiero decirles que yo, Miguel Servet, mantengo con muy buenas razones en mi "Restitución del Cristianismo" esto: que nadie puede ser procesado por sus opiniones y que una de las mías, es, precisamente, que una diferencia teológica no puede ser resuelta por un tribunal secular como el aquí compuesto por ustedes, magníficos señores.

(Se cambia —con acompañamiento de música— la proyección de la pantalla: "Al día siguiente".)

Soy, en efecto, anabaptista, y no me miren por ello con tanto horror, pues esto no es un crimen, ni practicamos otro terrorismo que decir la verdad, tan falseada día a día por las informaciones oficiales. Postulamos el comunismo de los bienes y el bautismo de los adultos —y en ello estamos conformes con el más riguroso espíritu del Evangelio—. Yo estoy dispuesto, si me dan licencia para ello, a defender la verdad de mis doctrinas.

(Se cambia —lo mismo— la proyección de la pantalla: "Un día después".)

Advierto con mucha complacencia que mis razones encuentran eco en vosotros y ello me alegra, pues indica que no ha sido totalmente usurpado el espíritu de los patriotas y libertinos que consiguieron la liberación de la ciudad del yugo de los Saboyas y la Iglesia Romana, y que hay aún esperanzas para este pueblo. A vuestro sentimiento de la justicia me dirijo...

(Un altavoz resuena en la sala.)

ALTAVOZ. ¡Eso es política!
¡Subversión!
¡Está conjurado con los enemigos de nuestro pueblo!
¡Es un agitador extranjero!
¡Viva Calvino!
¡Orden!

MIGUEL. Entre los que gritan contra mí, hay algunos que callan. A ustedes, silenciosos, me dirijo. Yo no conozco a nadie en la República. Nadie me ha venido a visitar al calabozo. Sólo he hablado, y en alta voz, con ujieres y policías. Hablo según mi corazón, y no digo nada que me hayan dicho decir. No sé nada de conjuras; pero sus gritos me dicen que aquí se teme al pueblo, y yo soy acusado de producir agitación, ligeramente, falsamente. Tan sólo pronuncié unas palabras de agradecimiento en el seno del Pequeño Consejo, sin ninguna malicia ni ánimo de difusión.

ALTAVOZ. ¡Si no formas parte del contubernio, les haces el juego, cabronazo!
¡Compañero de viaje!
¡Tonto útil!
¡Viva la Ciudad de Dios!

¡Viva Ginebra! ¡Viva el Consistorio! ¡Mueran los traidores que conspiran conta el Honor de Dios!

(Por los altavoces, un grave himno litúrgico, que funde con una sonora marcha nazi. De pronto, silencio.)

¡Atención!
¡Atención!
¡Atención!
¡Atención! Tiene la palabra Monseñor Calvino, que hoy nos concede el honor de su visita.

Una pausa.

VOZ DE CALVINO. He venido, señores Magistrados, a pedirles que se me autorice a participar en el interrogatorio de este hombre.

VOCES. ¡Autorizado!
¡Cómo no!
¡Viva Calvino!

VOZ DE CALVINO. *(Muy reposadamente.)* Quisiera, antes que nada, reprobar paternalmente a los señores Magistrados la tibieza con que están llevando el caso de este español blasfemo, corrupto y portador de abominable peste... En la sesión de ayer, según he sido informado, el Magistrado señor Berthelier —cuyas equívocas posiciones libertinas ninguno desconoce entre nosotros (y son benévolamente toleradas por Dios, a través de mi paternal condescendencia)— se opuso a la justa demanda del abogado señor Colladon, de que fuera puesto en libertad mi Nicolás —el amado discípulo que tomó la valerosa decisión de constituirse en denunciante del hereje celtíbero— ni aun con la oferta, por parte de mi querido hermano Antonio, de depositar una fianza para ello. Estas y otras circunstancias que concurren en el señor Filiberto Berthelier —y quedan avisados con ello el señor Perrin y los demás vergonzantes miembros de la larvada oposición a Dios, cuyos solos designios trascendentes constituyen la férrea pauta de conducta por que se rige la ciudad—, estas y otras circunstancias, digo, me deciden a proyectar, a buen plazo, la excomunión del señor Berthelier, que será proclamada en momento y lugar oportunos. Excluido de nuestra espiritual Cena, el señor Berthelier tendrá tiempo de pensar en sus pesados, sacrílegos errores. ¿No decís nada? Vuestro respetuoso silencio es suficiente prueba de vuestro piadoso acuerdo con la ley... Siento, con los oídos del espíritu, el inefable clamor de vuestro apoyo. No tengo nada que agradeceros, ni vosotros a mí; y sí todos a Dios que está en los cielos. Pero vayamos a este pobre, triste, desventurado asunto del iracundo Servet, cuyo aspecto (ahí lo veis) de puerco ciudadano que tuerce el hociquito en busca de basura, nos dice mucho de su miserable condición de bestiaza. Escúchame, Miguel, y si logras entender mis palabras —pues tu inteligencia es verdaderamente muy obtusa— me respondes.

MIGUEL. *(Se revuelve y vocifera.)* ¡Pero antes, explica a este Consejo que tú me has denunciado a la Inquisición romana, usando de malísimas artes propias de un degenerado soplón, y que les hiciste llegar las pruebas contra mí, y que me he salvado de milagro de la muerte! ¿Y cómo explicas eso? Me entregaste atado de pies y manos a la misma gente que quema en Lyon a tus hermanos evangélicos, ¿y aún quieres que te escuche? ¿No sabes que es impropio de un ministro del Evangelio ser acusador criminal y perseguir judicialmente a un hombre a muerte? ¡Yo recurso tu presencia en este tribunal por lo que acabo de decir y porque tú no puedes ser ni testigo ni juez en esta causa, pues eres —una vez más— el denunciante y acusador, oh sicofanta, oh mago, oh cacodemonio!

VOZ DE CALVINO. *(Reposado.)* El denunciante se llama Nicolás de Lafontaine, y todo está jurídicamente en orden y es correcto.

MIGUEL. Desconozco el procedimiento aquí vigente y pido, antes de continuar, un abogado —sin el cual me va a ser imposible defenderme.

VOZ DE CALVINO. Con lo bien que sabes tú mentir, ¿para qué quieres un abogado? *(Risas.)* Señores, seriametne: su solicitud entraña mala fe y propósitos políticos. Quisiera convertir ese estrado en una turbia plataforma de agitación. Opino que no debe otorgársele su demanda. Pero pasemos —con el permiso, antes obtenido, del tribunal— a la materia del proceso. Tanto en ese último y largo volumen de sus delirios llamado "Restitución" como en los vómitos que echó sobre un ejemplar de mi "Institución", y luego me lo envió provocativamente, como en sus otros trabajos, los errores y abominaciones constituyen la verdadera trama del discurso. Abramos cualquiera; por ejemplo, su edición de la Geografía que no es más que un groserísimo salivazo sobre la ilustre obra de Tolomeo. Veamos, Miguel: ¿cuál testimonio debes aceptar, el de la Santa Biblia según la cual —que es la palabra de Dios— Palestina es una tierra fértil "donde fluyen la leche y la miel", o el tuyo, según el cual se trata de una tierra "inculta y estéril"?

Expectante silencio. Miguel parece recuperar su calma.

MIGUEL. El mío se refiere al estado actual de aquellas tierras y cuento para mi descripción con el testimonio directo de muchos viajeros y mercaderes. No niego que en los lejanos tiempos del ilustre teólogo Moisés, aquellas tierras pudieran ser más spende por unos minutos la sesión.

Música y oscuro. Pantalla grande en primer término. Sobre ella se proyectan las siguientes leyendas:
"Este loco Copérnico desea invertir todo el sistema de la astronomía. Pero la Sagrada Escritura nos dice que Josué ordenó al Sol que se estuviera quieto, y no a la Luna".

Lutero

"En verdad los gobernantes prudentes deberían domar el desenfreno de las mentes de los hombres. ¡Qué disparate el de este prusiano que mueve la tierra y fija el Sol!"

Melanchton, 16 octubre 1541

"No les da tiempo a fumar un cigarrillo. Cuatro minutos de descanso. Se ruega permanezcan en sus asientos".

Breve descanso.

PARTE TERCERA

CUADRO PRIMERO

Pasión de Miguel Servet, según algunos documentos

Cuando se alza la pantalla, Miguel sigue en el mismo lugar, pero ahora de espaldas al público. Se supone que la sala —y con ella, Miguel— ha girado 180° y ahora tenemos enfrente, en el foro del escenario, la mesa del tribunal. En torno a ella están los Consejeros y Magistrados, representados por maniquíes de tamaño natural, que podrán manejarse mediante hilos, como marionetas. En un lateral, empinado sobre una altísima plataforma —de modo que Miguel, para hablarle, tiene que mirar hacia arriba— está Calvino. Así, también durante el cuadro anterior miraba hacia arriba (aunque no viéramos a Calvino) y, naturalmente, se dirigía al lado contrario de la actual situación de éste.

CALVINO. *(Con voz tranquila, reposada, y su gesto hermético, imperturbable.)* Entre tus muchos atentados criminales a la Escritura (y el cometido por ti contra la Tierra Santa de Palestina ha sido escuchado con espanto por estos señores Consejeros, que son sabios y prudentes, aunque no sean muy duchos en sagrada teología; y, por ello, se comportan solícitos y respetuosos con su Pastor) está tu blasfemísima interpretación, materialista e histórica, de las profecías contenidas en los sagrados libros, las cuales para ti (y no sin vergüenza repito literalmente tus sonoros rebuznos), "tienen una significación natural y propia de la historia del tiempo" y no se pueden aplicar literalmente a Jesucristo. Ese es tu —bueno, digamos...— tu "pensamiento", a no ser que en este mismo acto te retractes.

MIGUEL. *(Con furia.)* ¡No me retracto sino que me reafirmo! Así lo pienso; y léete mi edición de la Biblia Latina de Pagnini, que buena falta te hace. En ella verás el descubrimiento, por mí, de muchísimos errores como el que cometió Jerónimo en Isaías 7:14 al traducir por "virgen" lo que realmente debe traducirse por "muchacha"; y ten en cuenta que el pasaje, además, no se refiere "proféticamente", como muchos pretenden, a la madre de Jesús sino, como siempre, a personajes de aquella actualidad; en este caso, a la mujer de Ezequías y nada más que a ella.

CALVINO. Tu horrísona edición de la Biblia, salpicada por tus frecuentes eructos (pues no merecen el nombre de notas, ni de nótulas, ni de escolios, ni de nada parecido), es ilegible, y en ella señalas como errores místicos todas las cosas que tú, podenco, no comprendes; y mira cómo tu vida es un abismo de contradicciones: no creyendo en la virginidad de María, ¿por qué confraternizabas tan vergonzosamente con los papistas? Nuestros hermanos de Viena te han visto, siempre puntualmente, entrar a la misa y a los sacrílegos oficios y a todas las funciones de esos "magne meretricis filios".

Los maniquíes levantan las manos y se oye su voz colectiva por los altavoces.

VOZ DE LOS CONSEJEROS. ¿Es eso cierto?

MIGUEL. *(Les explica)* ¡Sí que lo es, señores! En Viena, yo no podía mostrarme como era, por miedo que tenía de la muerte; y no me da vergüenza decirlo. Simular para sobrevivir, esa es, señores Magistrados, la condición clandestina a que nos obliga nuestro tiempo. Pero yo reprobaba el acto en mi corazón; ¡Y tú *(A Calvino)* conoces, si has leído mi obra, mi pensamiento sobre la Iglesia Romana: no lo niegues!

(Recita exaltada y solemnemente la letanía.)

¡Bestiam bestiarum sceleratissimam!
¡meretricem impudentissimam!,
¡draco ille magnus!
¡Serpens antiquus!

¡diabolus et Sathanas!
¡Seductor orbis terrarum!

CALVINO. Basta, basta. Pasemos a materia propiamente teológica.

MIGUEL. *(Como aceptando un reto deportivo.)* Empieza.

CALVINO. Asunto de la Santísima Trinidad.

MIGUEL. Vale.

CALVINO. "Juega el fanático Servet con el vocablo persona".

MIGUEL. Eso no es tuyo.

CALVINO. Ah, ¿lo recuerdas?

MIGUEL. Sí.

CALVINO. "Lugares comunes", de Melanchton.

MIGUEL. Exacto.

CALVINO. ¿Aceptas?

MIGUEL. Niego.

CALVINO. Si no juegas, ¿qué haces?

MIGUEL. Investigo.

CALVINO. ¿Y qué hallas?

MIGUEL. Hallé el significado que tenía la palabra persona para los latinos.

CALVINO. ¿Cuál era, según tú?

MIGUEL. ¿No dices haber leído a Melanchton?

CALVINO. Para que lo oigan aquí. *(Por los maniquíes consejeros.)*

MIGUEL. "Hábito o distinción de oficio."

CALVINO. De donde, Padre, Hijo y Espíritu Santo son *(Ríe fríamente)* distintos hábitos *(Vuelve a reír)* o, mejor aún, distintos oficios de Dios. ¿Es eso?

MIGUEL. Sí, algo parecido

CALVINO. Blasfemado has.

MIGUEL. Aduzco autoridades.

CALVINO. Por ejemplo.

MIGUEL. Ignacio Obispo.

CALVINO. ¿Y cuál más?

MIGUEL. No recuerdo ahora.

CALVINO. Ignorante.

MIGUEL. No puedo discutir así.

CALVINO. ¿Cómo?

MIGUEL. De memoria.

CALVINO. ¿Qué quieres?

MIGUEL. Libros.

CALVINO. ¿Sabes el griego?

MIGUEL. ¡Qué pregunta!

CALVINO. Lee aquí. *(Le tiende un libro.)*

MIGUEL. No.

CALVINO. Porque no sabes.

MIGUEL. ¿Soy acaso un niño? Ya tuve mis maestros y tú no lo eres.

CALVINO. Anote el tribunal que el procesado no conoce el griego.

MIGUEL. Eso es mentira.

CALVINO. Sigamos. Luego, la Trinidad, para ti, ¿qué es?

MIGUEL. ¿Lo que llamáis tres personas?

CALVINO. Sí.

MIGUEL. Tres manifestaciones de una sola persona "multiformes Deitatis aspectus".

Los maniquíes levantan los brazos.

SUS VOCES. Blasfemia.

CALVINO. ¿Crees que el Verbo habitó entre nosotros?

MIGUEL. Habitó "in nobis", en nosotros; y no "inter nos". Todos participamos del Verbo.

CALVINO. Jesucristo ¿es Dios?

MIGUEL. *(Afirma.)* También nosotros, aunque las criaturas humanas somos degradaciones de la Divinidad; pero un día, en el futuro siglo, la sustancia de la divinidad de Cristo irradiará en nosotros transformándonos y glorificándonos. Pues en el cuerpo de Cristo se concilia, concurre y recapitula todo: Dios y el hombre, el cielo y la tierra, la circuncisión y el prepucio. Este proceso es Dios, y Jesús su manifestación más luminosa, la manifestación más elevada de todo: las cosas, los animales y nosotros.

CALVINO. ¿Así piensas?

MIGUEL. Sí.

CALVINO. "Todo es Dios, y Dios es todo."

MIGUEL. Exacto.

CALVINO. ¿Crees, infeliz, que la tierra que pisamos es Dios?

MIGUEL. Sí.

CALVINO. ¡Miserable!; dime por ventura si tú crees que este suelo de madera que ahora golpeamos con nuestros pies *(Golpea el suelo)*, forma parte de Dios.

MIGUEL. Yo no lo dudo.

Los maniquíes alzan los brazos.

SUS VOCES. Blasfemia.

MIGUEL. *(Sereno.)* ¡Y ese banco, y esa mesa, y todo lo que nos rodea, forma parte, sin duda, de la sustancia de Dios!

CALVINO. *(Grita ahora, impensadamente, como un poseído.)* ¿Quieres decir que hasta el diablo es Dios?

MIGUEL. *(Extrañamente tranquilo ahora.)* ¿Y tú lo dudas?

CALVINO. *(Se vuelve a los maniquíes.)* Señores, pido sin más que sea decretada inmediatamente la libertad de Nicolás de Lafontaine, comprobada como lo ha sido la veracidad de su denuncia y que, por hoy, se levante la sesión. La pena de este hombre no podrá ser otra que la muerte; pero es a vosotros, libremente, a quien corresponde decidir.

Se levanta un maniquí central y con gestos de marioneta dice unas palabras que se oyen por el altavoz.

VOZ. Queda decretada la libertad del señor Lafontaine y, por hoy, se levanta la sesión.

Se levantan todas las marionetas. Oscuro sobre todo menos sobre Miguel, que se tumba en el suelo como si tratara de dormir y se remueve agitado por una pesadilla. Se arrastra por los suelos como un gusano, y desde primerísimo término dice al público:

MIGUEL. Yo no me sé explicar.
Soy una mala bestia —aquí lo dicen—
pero siento el misterio de las cosas
y me espantan los monstruos
—como el cerbero de las tres cabezas,
dios tripartido,
mente escindida,
loca divinidad esquizofrénica,
Dios contra Dios
—¿Por qué tú me abandonas?—;

y tres dioses a fin de cuentas:
uno con barbas larguísimas y eternas,
el otro, lívido y sangriento, coronado de espinas
y el otro en forma extraña de paloma.
Yo llamo Cristo a todo: al Dios manifestado,
pues hay zonas incógnitas de Dios,
el cual, en su conjunto
(como presencia omniforme o unidad multímoda),
incomprensible es,
tampoco imaginable es,
y no es comunicable en aquello que alguno de El alcanza a
[vislumbrar.
El Jesús de Nazaret es sólo un resplandor en el conjunto:
momento de vanguardia de la transformación;
y todo es movimiento:
Dios se mueve y transforma.
Jesús de Nazaret es una expresión del Cristo general
que es la esencia de todo:
Jesús de Nazaret es, diríamos, una alta concentración de Cristo
en un lugar determinado,
como la hubo en la primera vida vegetal
y en la primera vida animal,
y en los primeros hombres.
Jesús de Nazaret ha muerto y Cristo vive;
principio y fin del desarrollo, alfa y omega;
punto al que llegaremos por virtud
de una gloriosa transformación, debida también a nuestras
[obras;
que ellas nos justifican,
y no sólo la fe como estos míseros suponen,
satánicos creyentes en la fatal condenación de muchos —por el
"decretum horribile" de un Dios que así sería
un monstruo de crueldad, cosa impensable.
"Fides est ostium
charitas est perfectio.
Nec fides sine charitate
nec charitas sine fide. Amen".

Cierra los ojos como abstraído. Se oye la voz de Calvino, con ecos lúgubres, por los altavoces.

VOZ DE CALVINO. "Hermano Farel, ya tenemos nuevo negocio con Servet. Lo he recibido como se merece. No diré nada del impudor de ese hombre, de su furia. Espero que el castigo sea, por lo menos, la pena de muerte. *(Música con sirenas de alarma, como avisando de un bombardeo aéreo.)* En la sesión del 21 de agosto le presenté una de las obras que me pidió para su defensa: el "Justiniano". Nos dio risa comprobar que no conoce el griego; deletreaba como un niño, y de pronto empezó a dar voces dignas de una persona loca.

Miguel grita.

MIGUEL. ¡Traedme la tradución latina! Estoy muy fatigado. Hace mucho que no duermo. Sufro horrores día y noche en ese frío y oscuro calabozo.

Vuelve a quedar postrado.

VOZ DE CALVINO. "El de la frente de bronce salta del gallo al asno y no da muestras de avergonzarse por nada". Vamos a pedir al tribunal papista de Viena copias de las acusaciones que allí le hicieron y se ha decidido consultar sobre el caso de Servet a las cuatro Iglesias reformadas de Suiza.

Se proyecta en la pantalla la fecha "22 de agosto". Entra un criado en la celda de Miguel. Le deja una pluma, papel y un tintero.

CRIADO. Recado de escribir.

MIGUEL. Gracias. *(Escribe.)* "A los Señores del Consejo de Ginebra. Suplica y reitera humildemente Miguel Servet, acusado y encarcelado, que se vea cómo es una nueva invención, ignorada por los Apóstoles y los discípulos de la Iglesia antigua, formar causa y acusación criminal por las opiniones o doctrina. En segundo lugar, señores, os suplico que consideréis que a nadie he ofendido en vuestra tierra ni en parte alguna, ni he sido sedicioso ni perturbador; y por cierto que siempre... *(Para antes de seguir, y continúa con mucho esfuerzo.)* Que siempre he reprobado a los anabaptistas, sediciosos contra la Magistratura y que quieren hacer comunes todas las cosas... No, no soy comunista. Me retracto.

Al terminar de escribir, Miguel solloza con angustia sobre las cuartillas y se hace el oscuro total. Se oye la carraca de un morse y una cinta luminosa pasa la siguiente noticia: "Viena del Delfinado, 31. El Tribunal que entendió en el caso Servet felicita efusivamente a las autoridades de Ginebra por su captura y ruega que conceda la extradición del procesado".

MIGUEL. *(Grita en el suelo.)* ¡No, por favor, Excelentísimos Consejeros, a Viena, no! Si me entregan —oh, ilustres Magistrados— estoy perdido! ¡Tengan piedad de mi pobre persona! ¡A Viena, no, por Dios! ¡A Viena, no! ¡En Viena está firmada ya mi sentencia de muerte!

En la pantalla, primer plano de la cara de un maniquí.

VOZ. Cuestión XIII. Diga el procesado qué razón ha tenido para no tomar esposa.

MIGUEL. *(Siempre en el suelo.)* Es mi vida privada, señor, y no se trata de materia aquí discutible, en mi opinión.

VOZ. Responda el procesado, pues los actos de una vida privada actos públicos son.

MIGUEL. ¡Que yo tenga o no mujer, a nadie le interesa, y menos a tan severos jueces!

VOZ. La homosexualidad, por ejemplo, acto social es, pues no se practica en solitario. El trato con amantes o meretrices igualmente lo es: acto social y corruptor.

MIGUEL. ¡No, no es eso! Mire, señor, que en este asunto se equivoca; y que, si nunca tomé esposa, no fue por andar por ahí con unas y con otras, como suele decirse, pues lo que me sucede es una gran desgracia y no quería hablar así, en público, de ella; pero ya que me insisten y que yo no sé cómo valerme, pues me siento cada día que pasa más acabado de ánimo y de espíritu...

resulta que padezco de una molesta quebradura que me impide tomar esas agradables disposiciones y que se traduce, además, en esta ruin cojera que me afea y en unos dolores muy agudos que me traen a mal traer, sobre todo cuando hay así como cambios en el maldito tiempo.

VOZ. ¿Quiere decir el procesado que es impotente?

MIGUEL. *(Con sencilla dignidad.)* Sí, señor.

Una risa en la sala. Más risas. Muchas risas, en los altavoces de la sala; que siguen durante el oscuro —que se hace en seguida— hasta que se da la luz para la escena siguiente, la cual se desarrolla en torno a una mesa. El "Comité de Liberación" está reunido. Sus miembros tienen los rostros ocultos por capuchas y máscaras. Los nombraremos con letras.

X. Comienza la sesión.

Y. Asunto Servet.

X. Informe del señor Zeta.

Z. Todas las confidencias coinciden —y también el testimonio de nuestros compañeros en el Consejo— en que la sentencia será de muerte, y, probablemente, quemado a fuego lento.

X. ¿Qué esperan ya para dictarla?

Z. La sanción moral de las demás Iglesias.

Y. ¿Y si la respuesta de las Iglesias no fuera favorable?

Z. Lo matarán de todas formas. Calvino y el Consistorio están decididos a ello. La autoridad civil ha sido desbordada.

J. ¿No es posible hacer nada por salvarlo?

X. No, nada. La excomunión de Berthelier es una prueba. Ha tenido que morder el polvo. El tirano es ya dueño de la República.

K. El Comité Anabaptista ha pedido hablar con nosotros. Dicen tener un plan para la salvación de Servet.

Z. Será como siempre. Huelgas, manifestaciones en la calle, violencias... No podemos caer en esos extremos y tratar con esas gentes compromete muy gravemente la dignidad de nuestra acción.

J. Un apoyo a Berthelier favorecería indirectamente la causa de Servet y probaría nuestras fuerzas contra la tiranía. ¿Qué les parece?

Z. Pero, ¿cómo realizar ese apoyo indirecto?

J. Por ejemplo, una carta colectiva protestando por su excomunión y denunciando que el tirano emplea ese recurso sagrado como método de coacción política. Amied Perrin seguramente encabezaría una carta en esos o parecidos términos.

Z. No creo. Está muy comprometido con el régimen.

N. Ya hay una carta circulando. Grupos de estudiantes recogen firmas. Ayer estuvieron en mi casa.

X. ¿De quién es ese papel? ¿Cómo no se nos ha consultado para su redacción?

N. Seguro que el papelucho procede del C.R.A. —del tal "Comité Revolucionario Anabaptista"—. Reclaman la salvación de Servet, amnistía y libertad de expresión y asociación; y nos presentan, como de costumbre, el hecho consumado.

X. ¿Firmó usted?

N. Naturalmente, no. Además, el documento es excesivamente duro y está muy mal escrito.

J. Habría que hacer uno más moderno y científico, y, además, escribirlo con buen estilo literario.

Y. Se tratará de ello, si les parece, en la próxima reunión, dentro de dos meses. Entonces —si se decide así—, puede constituirse un comité de redacción.

J. ¿No será un poco tarde?

X. La precipitación es mucho peor pecado.

Y. Es cierto. Además, la evolución de los hechos procurará nuevos datos que nos permitirán, seguramente, una más correcta toma de posición.

J. Cierto que la situación es ahora un tanto confusa y que no podemos permitirnos un paso en falso.

Z. Lo único claro es que van a matar a ese agitador, Servet.

Y. ¿Usted cree también, por supuesto, la versión oficial: Servet, agitador?

Z. Es seguro que está en contacto con su grupo.

X. Allá ellos, entonces —en lo referente a la salvación personal del hombre— y tratemos nosotros sus aspectos políticos.

Y. Claro está que se trata de una vida humana, sea o no sea un agitador anabaptista.

N. Su muerte, en todo caso, sería un crimen. Eso es indudable.

X. Nosotros, liberales, no somos los abogados de Servet, sino la oposición: los salvadores futuros de la República. Salvar a Servet, o intentarlo —pues nada habríamos de conseguir— sería, qué duda cabe, un buen acto moral, humanitario, pero nosotros hemos emprendido —con toda clase de riesgos personales— esta acción política y no podemos comprometerla en un acto, por meritorio que sea, de socorrismo individual.

N. Por algunas calles han aparecido letreros con pintura negra: "Salvad a Servet".

J. ¡Es el C.R.A.! ¡Las exhibiciones de siempre! ¡Hechos consumados! ¡Se lanza a actuar sin consultar a nadie!

X. ¡Y luego, a propagar que son ellos los que hacen las cosas!

Y. ¡Y siempre haciendo proselitismo!

N. ¡En las cárceles es igual! ¡Allí son mayoría absoluta y se aprovechan de esa privilegiada situación!

Y. Por lo demás, ya se sabe: el C.R.A. lo utiliza todo para su propaganda exterior. Téngase en cuenta que no es un movimiento ginebrino, sino internacional, y la justicia es un asunto nacional. Todo lo demás es ignominia.

K. Y los letreros de las calles, ¿están bien escritos?

N. Sólo dicen "Salvad a Servet".

K. Qué lacónicos.

Y. ¿Y lo ponen con be o con uve?

X. Con uve, me parece, pero desde luego con letra torpe y desigual.

K. Señores: Hace falta valor, de todos modos, para escribir esos letreros por la noche, con tanta policía. Vamos, digo yo.

Y. En ellos no es valor. Tienen esas costumbres.

J. Propongo —mientras se prepara el documento brillante y definitivo— que se envíe a Servet un mensaje anónimo de solidaridad. Eso puede darle valor frente a sus jueces.

Z. Si toma más valor y los provoca, ¡que ya lo hace, pues parece un tanto suelto de la lengua!, eso no hará más que acelerar su triste final.

X. Es posible, pero si desgraciadamente van a matarlo, ¿qué más da antes que después?

N. El crimen judicial caerá sobre la Tiranía. Ese puede ser nuestro momento.

Y. El C.R.A. aprovechará la situación para decir que tienen otro mártir y lanzar la consiguiente propaganda. Ya lo verán ustedes.

X. Harán igual que siempre. ¡Qué le vamos a hacer! En fin, quedamos de acuerdo. Buena suerte y hasta la próxima. Se levanta la sesión.

Se levantan y oscuro. Sobre la pantalla, la fecha: "15 de septiembre". Luz a Miguel, escribiendo.

MIGUEL. *(Dice, mientras escribe, el texto de su carta.)* "Honorables señores: Humildemente os suplico que os sirváis abreviar estas dilaciones y me declaréis exento de responsabilidad criminal. Calvino es un hipócrita, un miserable, un impostor y un ratón ridículo. Por su gusto yo me pudriría aquí, en la prisión. Miren que las pulgas me comen vivo, que mis zapatos están rotos y que no tengo ropa para mudarme, ni almilla, ni más camisa que una muy estropeada. Es una gran vegüenza para él tenerme aquí encerrado desde hace ya cinco semanas. Sigo sin abogado y él los tiene. Su última acusación, la firma con catorce Ministros. Yo estoy solo con Cristo. Os requiero que mi causa sea llevada al Gran Consejo de los Doscientos y apelo y protesto de todos los daños, perjuicios e intereses; y pido la pena del Talión no para mi acusador oficial, sino para Calvino, su amo." *(Se cambia la fecha proyectada en la pantalla: "21 de septiembre".)* "Pido, pues, que mi falso acusador, Juan Calvino, se constituya prisionero como yo, hasta que la causa sea definida por muerte de él o mía o por otra pena. Y para que esto se haga, yo me inscribo a la dicha pena del Talión. Estoy contento de morir si no lo convenzo. Os pido justicia y justicia y, una vez más aún, justicia. Él debe ser condenado y expulsado de vuestra villa, y sus bienes adjudicados a mí, en recompensa de los que me ha hecho perder; lo cual, mis señores, os demando. Miguel Servet, en su causa propia."

Se apaga la pantalla y Miguel va a primerísimo término sin su cojera habitual. Ahora es el actor que interpreta a Miguel quien va a tomar la palabra.

MIGUEL. *(Dice al público.)* La siguiente carta fue escrita por Miguel Servet al pequeño Consejo de Ginebra con fecha 10 de octubre de 1553. *(Se arrodilla y pone los brazos en cruz para decirla.)* "Hace tres semanas que deseo y demando tener audiencia y aún no la he podido obtener. Yo os suplico, por el amor de Jesucristo, que no me rehuséis lo que no rehusaríais a un turco que os pidiera justicia. Tengo que deciros cosas de importancia y bien necesarias. En cuanto a lo que habéis dispuesto de que se me proveyera de algo para aliviar mi situación, no se ha hecho

LA SANGRE Y LA CENIZA

nada. Estoy más agotado y mísero que nunca. Además, el frío me atormenta grandemente a causa de mi cólico y quebraduras, aparte de otras miserias que me da vergüenza escribiros. Es una gran crueldad que no me deis permiso siquiera para hablar, a fin de poner remedio a mis necesidades. Por el amor de Dios, mis señores, dad orden de esto o por piedad o por deber. Hecha en vuestra prisión de Ginebra al 10 de octubre de 1553. M. S"

Miguel se levanta y se vuelve de espaldas. Avanza hacia el foro hasta desaparecer, alejándose, porque las luces se apagan. En el oscuro, música, y sale el rapsoda que cantó en la parte primera la "Balada de que todo tiene su final"; ahora la repite sustituyendo la palabra "peste" por "vida".

BALADA
Pero la vida se acabó
pues todo acaba en este mundo:
lo que es ligero y lo profundo,
lo que hace un poco que empezó.
Lo que parece perdurable,
luego se acaba lo primero;
todo es mortal, perecedero,
tanto lo malo que lo amable.
Así la vida se acabó
y al poco ya nadie se acuerda:
cuelga el ahorcado de su cuerda
y el vivo juega como yo.
Pero la vida se acabó.

CUADRO SEGUNDO

Por el Honor de Dios, la última pena

Luz a la reunión del Consejo. Se va a dictar la sentencia contra Servet. Es una reunión de maniquíes, entre los que hay dos hombres. Calvino y Perrin. Éste, maquillados de blanco e inmóvil, parece también un maniquí. El público debe creer que es un muñeco hasta que lo vea moverse y aun entonces lo hará con movimientos muy mecánicos.

CALVINO. En este tercer día de santa discusión, creo, hermanos míos, que debemos proponernos acabar sin más dilaciones la sentencia contra el monstruo español. Llegaron, por fin, las esperadas cartas de las demás Iglesias de Suiza. La de Zurich nos dice: "Al llamar Servet a la eterna Trinidad de Dios, monstruos, dioses imaginarios, ilusiones y tres espíritus de demonios, blasfema nefanda y horriblemente contra la eterna majestad de Dios". Por ello nos recomiendan que "Cuidemos diligentemente de que el contagio de este veneno no se extienda". Para Schaffhouse, se trata de un "cáncer corruptor de los miembros de Cristo". Berna desea "que apartemos esta peste de las iglesias" y que "no perdonemos nada". Para Basilea, Servet, "a manera de serpiente irritada, engendra monstruos maledicentes contra Calvino, siervo sincerísimo de Dios (les leo, no sin rubor, este párrafo, señores Magistrados), y se empeña de continuo en hundirse" y, en fin, "debe ser corregido según nuestro oficio". El asunto, hermanos míos, por mi parte, queda visto para sentencia, y siento en el alma que ésta haya de ser tan rigurosa como la que sin duda, amigos, vais a dictar aquí, y no veo modo de evitarlo, ni lo encontraríamos por más que lo buscáramos.

Perrin hace un movimiento y dice vacilante.

PERRIN. Pido la palabra.

VOZ. *(Por los altavoces.)* Concedida la palabra al señor Perrin.

PERRIN. Me asalta, señores, una duda en este momento tan solemne. *(Hace movimientos y ademanes muy exagerados y mecánicos.)*

VOZ. Dígala el Excelentísimo señor Amied Perrin, sin ninguna reserva.

VOCES. Somos —todo— oídos.

PERRIN. En la mente de todos, al pensar en esta decisión, vive la imagen lúgubre de la pena de muerte. ¿Sí o no?

VOCES. Sí.

VOZ. *(Mientras un maniquí agita, epiléptico, los brazos.)* ¡La hoguera, señores, es la única pena ajustada a la enormidad de los crímenes de Servet! ¡He dicho! ¿Sí o no?

VOCES. Sí, la hoguera es el castigo adecuado a tal enormidad. Sí, la hoguera es el castigo adecuado a tal enormidad. Sí, la hoguera es... el castigo adecuado a tal enormidad.

PERRIN. *(Con gestos vacilantes y temblores.)* Aunque sin duda justa, señores, es pena más bien grave ésta de la muerte de un hombre, por repugnante que él sea, y dudo (perdonadme, caballeros, esta duda, quizás estúpida, quizás de carácter apenas jurídico, apenas ético, y ocurrencia que a muchos os recordará, sin duda, mi pasado revuelto y liberal) —dudo, digo, si el Pequeño Consejo no debería remitir acaso el importante asunto que estos últimos meses nos ocupa, al Consejo de los Doscientos para que se proceda a su definitiva resolución en aquella Cámara, si no tan selecta, sí más amplia, compleja y contrastada. Eso, señores, era todo.

Los maniquíes se mueven agitados hasta que los inmoviliza la dulce voz de Calvino, que toma la palabra.

CALVINO. No parece adecuada, señores, tal remisión, primero, porque indicaría tibieza y cobardía por nuestra parte o, por lo menos, ingratos deseos de descargar nuestra responsabilidad en un mayor número que el nuestro (y sepa el señor Perrin que constituimos una minoría no gratuita sino designada —Vox Dei— por el augusto dedo incorruptible de Dios); y segundo, porque la ampliación de este debate sólo podría conducirnos a una extensión social del presente conflicto, con las consiguientes repercusiones políticas, de carácter subversivo, que ninguno de nosotros —creo yo— *(Lo dice mirando fijamente a Perrin)* desea. Tal es mi pensamiento, y muy probablemente el de todos o la mayoría de ustedes; o mucho me equivoco.

Perrin, al oír la última frase de Calvino, ha quedado inmovilizado como estaba al principio. Se levanta un maniquí y alza el brazo derecho de modo que pueda recordar el saludo fascista.

VOZ. Quienes quieran mostrar su acuerdo con la sentencia de muerte sin efusión de sangre, que levanten la mano.

Todos los maniquíes —y Perrin— levantan la mano, al estilo fascista. Al verlos, Calvino mueve tristemente la cabeza.

CALVINO. Yo había deseado evitar a ese desdichado los horrores del fuego, pero me someto sinceramente a la opinión de la mayoría, siendo tan dignas autoridades civiles que toman la decisión y tratándose, en verdad, por la vía teológica, de un crimen contra la seguridad del Estado *(Se levanta, pero no alza su mano.)*

Oscuro.

CUADRO TERCERO

Penúltimos diálogos y tristes expresiones

En el calabozo, Miguel, vestido con harapos, y encuadrado por cuatro Centinelas —uno de ellos, Sargento— con casco de acero de la Wehrmacht, portadores de sendas antorchas —los Centinelas forman un rectángulo que puede recordar las proporciones, ampliadas, de un ataúd— es visitado por el Verdugo, que trae una escudilla.

MIGUEL. Oye, ¿quién eres tú? ¿Ya no viene el de siempre?

VERDUGO. No.

MIGUEL. *(Coge la escudilla y prueba un poco.)* Como todos los días, protesto formalmente de la mala calidad del alimento. Esto, para mí, es ya una especie de costumbre, hijo mío, pero para ti, que eres nuevo, puede significar alguna novedad, y a lo mejor te divierte. Es agua recogida, sin duda, de un fregadero público. *(La bebe.)* Díselo al cocinero. El otro solía decírselo, al parecer, pero no le hacían ningún caso. A ver si contigo es diferente. *(Termina de beber.)* ¿Se lo dirás?

VERDUGO. No.

MIGUEL. Esto, al menos, rompe un poco la monotonía. El otro decía sí.

VERDUGO. Yo digo no.

MIGUEL. Es lo mismo —pues no serviría de nada—, pero está bien: suena diferente, y eso alivia un poco mi triste situación.

Gracias *(Se estira, soñoliento.)* ¿Ha amanecido ya? Siento ese frío del amanecer.

VERDUGO. No; es oscuro aún.

MIGUEL. Pues debe faltar poco.

VERDUGO. Sí, poco.

MIGUEL. ¿Eres tú el nuevo carcelero?

VERDUGO. No.

MIGUEL. ¿Sólo por hoy?

VERDUGO. Sí.

MIGUEL. Ha llovido esta noche.

VERDUGO. Sí.

MIGUEL. Se oye el rumor por aquí, aunque la luz no entre.

VERDUGO. Sí.

MIGUEL. Y hace un poco de viento. ¿No lo oyes?

VERDUGO. Sí.

MIGUEL. Según todos los signos, un mal día.

VERDUGO. Muy malo, sí. Se ven algunos nubarrones.

MIGUEL. Vaya, te has puesto un poco más locuaz de pronto. Se agradece, no creas. Aquí se encuentra uno muy solo y no se habla con nadie, ¿sabes, hijito? y, cuando uno se tumba entre esas cuatro antorchas, esto parece un ataúd, y se tienen, aunque uno no quiera, muy malos pensamientos. *(El Verdugo lo está mirando muy fijamente.)* Mírame lo que quieras, muchacho. No te prives. Debo tener aire de medio muerto con estas barbas, y además que ando malo de la tripa, con una correntilla que no me abandona de día ni de noche, y esta es enfermedad que palidece y adelgaza lo suyo, y, además, aumenta mucho la melancolía. Pero lo peor, yo creo, es la miseria que me come y no me deja ni dormir. Díselo a tu jefe, anda: que me cambie de celda y deje que me dé un baño o que, si no, a partir de mañana, me negaré a comer las lentejas con carne —pues carne es también la de los bichos de costumbre. *(El Verdugo ríe, tapándose la boca con la mano, como si se le escapara la risa. Miguel añade, enérgico.)* Holgarán mis mandíbulas a partir de mañana —y ya bastante huelga padecen con esta dieta criminal— por mucho que te rías, si no se me da satisfacción. ¿Lo oyes?

VERDUGO. *(En vez de responder.)* Adiós.

MIGUEL. ¿Ah, ya te vas? Bueno, hijo mío, bueno: adiós. Si nunca más te veo, que sigas tan gentil y agradable como lo has sido —¡Dios te lo pague, hijo!— conmigo que soy un hombre honrado, aunque me vea sujeto aquí, como alimaña, y dejado de todas las manos, tanto divinas como humanas. Adiós, adiós. *(El Verdugo ha salido. Miguel se dirige a los Guardianes.)* Pregunto por preguntar, pues sois seguramente mudos, ya que nunca os oí decir ni una palabra, y nunca respondisteis a mis pesadas interrogaciones; pero decidme, valientes soldados ginebrinos, dónde encontráis estas gentes tan extrañísimas como ese carcelero que apenas me parece humano y que probablemente no lo es. Nunca más quisiera volver a ver esa espantosa cara de simio que me miraba como a un ser extraño, sin comprenderme. El otro carcelero era un idiota más humano.

CENTINELA 1º. *(Sin mover un músculo de la cara y en su rígida posición de firmes.)* Mi sargento.

SARGENTO. *(Ídem.)* ¿Qué?

CENTINELA 1º. A la orden.

SARGENTO. Dime.

CENTINELA 1º. Se presenta el soldado de primera Ruperto Casserole, Regimiento 48, Batallón de Asalto, Compañía de Cuchillos, Sección de Destripadores, Pelotón de Puñaleros, Escuadrón 1.

SARGENTO. Descanso. Ar.

Se ponen los dos rígidamente; en posición de descanso. Miguel los está viendo asombrado.

CENTINELA 1º. A la orden. Con el permiso de usía, mi sargento.

SARGENTO. *(Malhumorado.)* Desembucha ya de una vez, pedazo de animal; y te lo paso esta vez, pero a la próxima te doblo la imaginaria, por cernícalo.

CENTINELA 1º. ¿He incurrido en falta, mi sargento?

SARGENTO. No me repliques que te la cargas, ¿eh? Que te lo estoy diciendo y no te lo repito.

CENTINELA 1º. Ah, ya, perdone, mi sargento. Me equivoqué en el tratamiento. Le di el usía sin darme cuenta.

SARGENTO. Encima te burlas. ¿Conque el usía te parece demasiado para mí? Está bien. Firmes, ar. *(Centinela 1º se pone firme.)* Sobre el terreno, paso ligero, ar. *(El Centinela 1º hace paso gimnástico. El Sargento, campechano, se dirige a Miguel.)* Es gente bruta, de poca cultura, ¿sabe?, y no hay más remedio que punirlos de vez en cuando.

MIGUEL. Seguro que ha cometido algún error poco conforme con la ordenanza. ¿No es así, señor Sargento, o sargento mío, o como se diga —que no estoy muy versado en tratamientos militares?

CENTINELA 2º. Claro. Como que ha dicho permiso en vez de permisión, figúrese. Panda de analfabetos. Es muy difícil desasnarlos, créame.

MIGUEL. Le agradezco esta espiritual conversación. Nunca me ha dicho nada en tanto tiempo.

SARGENTO. Hoy es distinto.

MIGUEL. Sí; la jornada, es verdad, comenzó distinta con la venida del simio parlanchín, y ahora, esta nueva sorpresa.

SARGENTO. ¿Sabe quién era aquel buen hombre?

MIGUEL. No, no lo se, sargento mío, es decir...

SARGENTO. Es el verdugo.

MIGUEL. ¡Dios mío! ¿Y qué ha venido a hacer aquí el —¿cómo decía usted?— el verdugo?

SARGENTO. Le gusta verlos antes.

MIGUEL. ¿Qué quiere usted decir? ¿Antes de qué?

SARGENTO. *(Sin hacer caso de la pregunta de Miguel.)* Pero si lo que le molesta es su cara, no se la va a ver, no se preocupe. Se la tapa. En fin, en confianza, que anoche se ha dictado sentencia y se ha fijado la fecha para hoy.

MIGUEL. ¡Dios mío! ¿Y sentencia de qué?

SARGENTO. Hombre, qué cosas me pregunta: la que llaman de muerte. Por eso le decía que hoy es distinto.

MIGUEL. ¡No! No puede ser verdad lo que me dice.

SARGENTO. Y le ha entrado la risa, ¿sabe cuándo?, cuando usted le ha pedido que lo cambien —¡porque claro que lo van a cambiar de sitio, pero no en este triste valle de lágrimas!— y le ha dicho que no va a comer mañana —¡porque mañana, Dios mediante, no va a necesitarlo!— y lo de bañarse, que también tiene chiste, porque mañana va a estar más limpio que Dios, de cuerpo y alma. ¿Entiende? *(Miguel ha quedado inmóvil, como fulminado.)* Y tú, cabestro, párate, alto, ar. *(El Centinela para.)* ¿Qué es lo que querías?

CENTINELA 1º. Ya nada, mi sargento. Orinar.

Tiene el pantalón todo mojado. Se ilumina, al fondo, la figura barbirroja de Farel, ministro de la Reforma. El Sargento da un respingo.

SARGENTO. ¡Atención! ¡Presenten armas! *(Los Centinelas estiran sus brazos con las antorchas y puñales. Música. Avanza Farel, acompañado de los dignatarios.)* Descansen, ¡ar!

Los soldados vuelven a sus anteriores posiciones.

FAREL. Miguel Servet, ¿sabes quién soy? *(Miguel lo mira, como atónito.)* Estás realmente embrutecido —así me lo dijeron y es verdad—. Soy Guillermo Farel, ministro del Señor. Se me encarga que te dé lectura a la sentencia, la cual ha de cumplirse hoy. Así se ha dispuesto. *(Desdobla un papel y lee con voz entre lúgubre y tonante.)* "Nosotros, síndicos, jueces de causas criminales de esta ciudad, habiendo visto el proceso, y firmado ante nosotros, a instancias de nuestro lugarteniente en dicha causa, contra ti, Miguel Serveto de Villanueva, en el reino de Aragón, en España, deseamos purgar la Iglesia de Dios de tu infección y repugnante veneno herético, expulsando de ella a tal miembro podrido, y estando en gran parte aconsejados por nuestros ciudadanos y habiendo invocado el nombre de Dios para hacer esta justicia, reunidos como Tribunal en el lugar de nuestros mayores, teniendo a Dios y a las Santas Escrituras delante de nuestros ojos, decimos: En el nombre del Padre, del Hijo y del Espíritu Santo, por esta nuestra definitiva sentencia, que damos aquí por escrito: Te condenamos a ti, Miguel Serveto, a ser atado y llevado al lugar de Champel, y allí a ser sujeto a un poste y quemado todo vivo con tu obra, tanto escrita de tu mano como impresa, hasta que tu cuerpo sea reducido a cenizas, y así terminarás tus días, para dar ejemplo a los demás que tales cosas quieran cometer. Y a vos, nuestro lugarteniente, mandamos que esta presente sentencia sea puesta en ejecución". ¿Te das por enterado? *(Miguel está temblando. Se levanta, tambaleándose como un borracho y de pronto da un grito horrible: es como un aullido animal, prolongado y penetrante, que funde en un efecto sonoro de sirenas de alarma. Agitado, da otro grito, más alto y desgarrador.)* Está endemoniado.

SARGENTO. Sí, señor.

FAREL. Sujetadlo. Le ha dado un ataque.

SARGENTO. Atención. A por él, ¡ar!

(Entre los cuatro soldados lo sujetan y lo reducen dificultosamente, poniéndole de espaldas en el suelo. Miguel sigue dando alaridos.)

FAREL. Ponedle un pañuelo en la boca. Se va a morder la lengua. *(Los soldados lo hacen: lo amordazan metiéndole un peñuelo en la boca y atándoselo a la nuca. Farel se dirige al público.)* ¡Qué diferencia con los mártires cristianos que se entregaban a los leones dulcemente! En verdad, está poseído por el demonio. No es una voz humana lo que sale de su interior, sino algo como un mugido infernal. Aterra oírlo, ¿verdad?, y muestra ante la muerte un semblante estúpido de bestia. Dios le perdone, hermanos míos. *(Miguel parece haberse tranquilizado un poco; jadea, pero ya no trata de soltarse.)* Pero parece que se calma y quiere hablar. Veamos lo que quiere, aunque no creo que, en el estado en que se encuentra, sea capaz de articular palabras. *(Se dirige a él.)* ¿Quieres decir algo, Miguel? *(Miguel afirma con la cabeza y pide con gestos que le desaten la mordaza.)* Hacedlo, hijos míos. Haced lo que nos pide. *(Lo hacen.)* Habla, habla, Miguel. ¿Te encuentras más tranquilo ya? *(Con paternal dulzura.)* ¿Más tranquilo?

MIGUEL. *(Con poquísima voz.)* Sí.

FAREL. ¿Estás en disposición de hablar?

MIGUEL. Sí.

FAREL. Te asusta mucho la muerte, ¿verdad, Miguel?

MIGUEL. Sí, pero muchísimo.

FAREL. ¿Estarías dispuesto a una confesión formal de tus errores?

MIGUEL. *(Con extrañeza casi póstuma.)* ¿Errores? ¿Eh? ¿Qué errores? *(Hace trompetilla con la mano en una oreja.)* ¿Oigo mal? ¿Qué pasa?

FAREL. *(Con gesto desesperado.)* ¿Entonces, qué es lo que quieres? No hay nada que hacer contigo, ya lo ves.

MIGUEL. Yo no he hecho nada que merezca la muerte. Busco y defiendo la verdad, y no sabía que eso se computara como crimen.

FAREL. Incorregible Miguel... ¡Cuánta pena nos das! Hace un momento, cuando nos has dado el desagradable espectáculo de tus gritos, ¿querías decir algo? ¿Eran simples aullidos o se trataba más bien de algunas palabras extranjeras?

MIGUEL. He gritado en español: Misericordia.

FAREL. ¿Pides misericordia?

MIGUEL. *(Asiente.)* Ya que no puedo pedir justicia, pido misericordia.

FAREL. ¿Qué es lo que solicitas? ¿La conmutación de la pena, sin retractarte? ¿Es eso?

MIGUEL. No.

FAREL. ¿Entonces?

MIGUEL. Lo de la hoguera es muy terrible, señor, habiendo —¡es un decir!— habiendo hachas.

FAREL. Es sentencia firme, Miguel. No se pude hacer nada.

MIGUEL. Entonces pido por Dios, si es que mi pobre cuerpo ha de ser quemado, que se haga la hoguera después de muerto el titular. Así decidle al verdugo, por miseriocordia, que un momentito antes de encender la santísima estufa, me corte, como él seguramente sabe hacerlo, la cabeza. Creo que lo haría muy bien el hombre: parece un buen especialista. Oficial de primera, seguramente. Y muy discreto y silencioso.

FAREL. La sentencia dice "quemado vivo", Miguel. Pides un imposible. Serénate, por favor, y dinos, si lo deseas, tu última voluntad, que es lo mandado.

MIGUEL. *(Después de un silencio.)* Quiero ver a Calvino, de hombre a hombre.

FAREL. ¿No tratarás de hacerle daño? Mira que los soldados te vigilan y, al menor movimiento, tienen órdenes...

Ahora vemos que Calvino está presente. Avanza.

CALVINO. No hay nada que temer, hermanos. Bueno, aquí estoy. ¿Qué deseas, Miguel?

MIGUEL. Que me perdones si en algo te he ofendido —nada más.

CALVINO. No ha sido a mí, Miguel, a quien has ofendido, sino a la eterna majestad de Dios. En su nombre te han condenado.

MIGUEL. Encomiéndame a Él en tus oraciones, Juan —yo te lo ruego en Cristo.

CALVINO. Así lo haré, descuida.

MIGUEL. ¿Ha amanecido ya, sargento?

SARGENTO. Es seguro que sí.

MIGUEL. ¿Y llueve?

SARGENTO. *(Escucha.)* Ahora parece que no, pero hace viento.

MIGUEL. ¿A cuántos estamos?

SARGENTO. A 27 de octubre.

MIGUEL. Gracias.

FAREL. ¿Estás dispuesto?

MIGUEL. No lo estoy ahora mismo —pero no es resistencia a la autoridad. Perdonen.

FAREL. *(Inquieto.)* ¿Qué quieres ahora?

MIGUEL. Tengo mal cuerpo. A lo mejor, devolviendo, se me pasa. Espérenme un momento, por favor. *(Tose como tratando de provocarse un vómito. No lo consigue, pero parece sentirse algo aliviado.)* Ya me encuentro mejor. ¿Qué tengo que hacer? Díganlo porque estoy disponible.

FAREL. Dejarte atar las manos.

MIGUEL. *(Las tiende y dice mientras se las atan.)* ¿Es muy lejos ese lugar —¿cómo lo llaman?— ¿Chapeau? ¿Champel?

SARGENTO. No; y además a lo mejor lo llevan en un carro. No se cansará nada; ya verá, doctor.

MIGUEL. *(A Calvino.)* ¿Tú vienes?

CALVINO. No, Miguel. Tengo mucho trabajo. Farel te acompañará espiritualmente en tus últimos momentos. Es hombre de toda confianza.

MIGUEL. Era por despedirme aquí. Adiós, entonces.

CALVINO. Adiós, y sabes que lo siento.

MIGUEL. *(A los que lo han atado.)* ¿Ya está?

SARGENTO. Sí; sólo apretar un poco. *(Lo hace.)* Ya. *(Se cuadra.)* El reo está dispuesto.

MIGUEL. Entonces, cuando quieran. Cójame de un brazo no me vaya a caer, sargento mío. ¿Qué tengo aquí? *(Por la cara.)*

SARGENTO. Es un poco de sangre. Ha sido sin querer.

MIGUEL. Vamos, vamos, que se nos echa la hora encima.

SARGENTO. A la orden. De frente, ar.

Música, movimiento y oscuro.

CUADRO CUARTO

El matadero

El lugar de Champel, bajo la luz gris de una madrugada húmeda. Organización de la escena a gusto del director: la plataforma con el poste y la leña amontonada, el estrado con sillones y doseles para las personalidades, los escudos y gallardetes de la República de Ginebra, los grupos de curiosos con máscaras de terror o de risa... Uno de ellos le pregunta a otro:)

CURIOSO 1º. *(Máscara de risa.)* ¿A qué hora empieza?

CURIOSO 2º. *(Ídem.)* Ya no puede tardar.

CURIOSO 1º. Se queda uno helado aquí de pie.

CURIOSO 2º. Figúrese yo.

CURIOSO 1º. ¿Qué le pasa?

CURIOSO 2º. Que vine hace una hora para coger sitio. Oiga, señor Verdugo, ¿a qué hora empieza el auto?

VERDUGO. *(Ahora encapuchado.)* Está anunciado para las siete. Vamos muy mal de hora.

OTRO. Me parece que se oye algo.

OTRO AUN. Sí, ya llegan.

VOCES. ¡Ya vienen! ¡Ya vienen!

El cortejo llega por el pasillo central. Organización a gusto del director. Miguel va entre cuatro encapuchados semejantes a los del KKK. Ese grupo puede ir precedido por el Sargento y seguido por los Centinelas. Trompetas y banda que toca al compás procesional de la Semana Santa. Miguel cae al suelo. Lo levantan. Apenas puede andar. Desde un palco alguien grita.

ALGUIEN. ¡Asesinos! ¡Asesinos!

SARGENTO. *(Grita hacia el palco.)* ¡Detened a ése! ¡Que no se escape! ¡Es un comunista!

Proyector al palco. Una pareja de guardias detiene, entre forcejeos, al que gritó. Oscuro sobre el palco. Sigue la música y la procesión. Desde un palco del otro lado, un "cantaor" se arranca con una "saeta" y el cortejo se detiene —y la música calla— para escucharla.

CANTAOR. Míralo, por allí viene
el mejor de los nacidos,
atado de pies y manos,
con el cuerpo renegrido.
Míralo por donde viene;
ya asoma por esa esquina
con el corazón de sangre
y la cara de ceniza.

Música de nuevo y sigue el cortejo. Suben al escenario. Miguel, deshecho, no puede solo, y lo izan como pueden entre varios, ayudándose con un gancho de carnicero, con el que lo enganchan del cuello de la ropa. Para la música. Silencio. Situación a resolver por el director, sobre la idea de que se va a asistir a una representación teatral.

FAREL. Por última vez, oh Miguel Servet de Villanueva (a) "Reves", se te invita a una formal retractación de tus errores, en el nombre del Padre, del Hijo y del Espíritu Santo.

MIGUEL. *(Como alucinado.)* ¡No me mientes ahora el monstruo de tres cabezas! ¡Ten piedad de mí! ¡Ayudadme a morir en paz, salvajes!

FAREL. Está bien, está bien —no tengo nada que decir. Que el Hijo eterno de Dios juzgue tu alma.

MIGUEL. Pero, ¿qué me dices ahora? ¡Si es hijo, no es eterno, ignorante!

Rumores.

FAREL. *(Se vuelve a la gente.)* Este hombre era un sabio hasta que Satanás se apoderó de su alma; ya lo veis. Tened, pues, cuidado de que a vosotros no os suceda lo mismo, pues la muerte, en estas condiciones, es una cosa muy atroz. *(Al Verdugo.)* Haz tú lo tuyo y oremos, oh pueblo, por nuestra eterna salvación y la de nuestros hijos.

Se canta un lúgubre salmo. El Verdugo se dirige a los que sujetan a Miguel.

VERDUGO. Soltadlo. *(Cuando lo sueltan, Miguel se cae al suelo. Lo recogen con dificultad pues está desmadejado, como si tuviera rota la columna vertebral.)* Desatadle las manos. *(Cuando Miguel se siente libre, agarra con furor el cuello del Sargento.)*

MIGUEL. Asesino, asesino.

Lo separan y lo sujetan.

VERDUGO. Arriba. Al poste. *(Lo suben, penosamente, al practicable.)* Las cadenas. *(Un soldado se las da.)* Vosotros, poned ahí, en la leña, todos los libros menos uno —y me lo dais—. Sí, sí, ese gordo: "Restitución del Cristianismo". *(Así lo hacen. A Farel:)* ¿Es éste?

FAREL. Sí.

VERDUGO. Al poste. Sujetadlo.

Tratan de sujetarlo al poste. Miguel hace como un esfuerzo último, tiene como un espasmo, y luego ya no se resiste más. Parece un cuerpo muerto. Se cae. Lo alzan y lo sujetan. El Verdugo le pone, a la fuerza, el libro entre las manos, y lo sujetan al poste con las cadenas, con muchas dificultades, por el estado en que se encuentra. Queda, por fin, inmovilizado.) La corona. *(Le dan una corona de espinas, amarilla, de azufre, y se la coloca a Miguel en la cabeza. El salmo sigue.)*

FAREL. ¿Quieres decir algo?

MIGUEL. No se me ocurre nada ahora.

FAREL. Estás temblando.

MIGUEL. *(Le entrechocan los dientes.)* Es de frío. No tengo miedo, ni nada. ¡Nada!

Farel hace un gesto al Verdugo y este grita.

VERDUGO. ¡La antorcha!

Un soldado se la da. El Verdugo la voltea mostrándola al público. Miguel, al verla, grita con horror. La gente —toda ahora con máscaras de terror— retrocede espantada. El Verdugo prende la corona y luego la leña. Efecto con humo y luces rojas. Gritos de la gente. Miguel se retuerce.

FAREL. ¿Qué pasa?

Agitación en la gente.

VERDUGO. *(Grita por encima de la barahunda.)* ¡Es el viento! ¡Sopla del otro lado y aparta el fuego; no le prende bien! ¡Además la leña está un poquito húmeda por esa lluvia de la noche!

MIGUEL. *(Grita.)* ¡Cabrones! ¡Cabrones! ¿Con todo lo que me habéis robado y no habéis tenido para leña? ¡Socorro! ¡Socorro!

Voz por los altavoces.

VOZ. ¡Corten! ¡Corten! ¡Ya es suficiente! ¡Corten! ¡Retírense todos los actores de escena! Vamos al epílogo.

Música y oscuro.

EPÍLOGO

En el que habla Sebastián de Castillion; y con ello la tragicomedia se termina

Telón corto, negro. Sebastián se dirige al público.

SEBASTIÁN. ¿Me recuerdan? Soy Sebastián de Castellion. El autor imaginó una escena mía con Servet en la primera parte. No, nunca sucedió; no es cierta... Yo no lo conocí; pero participé modestamente en esta historia después de muerto el español. Me encargan que les diga que el suplicio se prolongó casi dos horas por esas causas que ya han visto: la leña húmeda de la noche, el viento contrario... Hubo gentes piadosas que, por lo visto, echaron haces de leña al fuego para abreviarle la tortura... es un detalle... Después, por orden de Calvino, fueron aventados los restos, las cenizas. Eso fue todo, y luego vino la mordaza, el silencio... sólo turbado por un pequeño grupo de escritores y artistas que firmamos un manifiesto —"De Haereticis an sint persequendi"— y fuimos por ello calumniados y algunos perseguidos. "Libertas concientiae, diabolicum dogma"— nos contestó el Ministro del Señor. "Matar a un hombre —respondí yo, y el autor me fuerza a que hoy lo cuente— no es defender una doctrina. Es matar a un hombre". Pasé el resto de mis días en un amargo exilio. Sólo en el siglo XVIII logró desenterrarse de los archivos esta ejemplar historia, que hoy se ha escenificado aquí, con no pocas licencias, para ustedes. Y llegamos al fin; que en el teatro es, además de final, principio de otro asunto. La más pequeña cosa que los nazis —Gott mit uns— destruyeron, fue una estatua (como se vio al principio) para guardar el orden político. Nosotros deterioramos otra —la imagen laica de San Miguel Servet— quizás para alterarlo. Dejemos las cosas en su

sitio, no como estaban. Este es oficio del teatro, dice el autor de
la comedia.

*(Se levanta el telón corto. La escena está desnuda y sólo hay el
pedestal del prólogo que ha sido también la plataforma de la
ejecución.)*

Queda ahora, sin más, el pedestal desnudo
y levantado aquí, en nosotros,
el recuerdo de un hombre que fue de sangre y hueso
y reducido a su ceniza.
Se trata, camaradas, de construir un nuevo mundo
—y sobran las estatuas—;
donde no corra sangre ni hayamos de recoger tanta ceniza
—¡pero sobran, decimos, las estatuas!—
de lo que fueron hombres enteros, verdaderos
—¿para qué tanta estatua?—;
donde se estudie y se trabaje
—¡rompamos las estatuas!—
y viva el hombre
y viva el socialismo.
La representación ha terminado. Buenas noches.

TELÓN

ÚLTIMA NOTA

La obra puede terminarse —prescindiendo del último verso— con la balada

>Pero la obra se acabó
>pues todo acaba en este mundo, etc.

El texto completo de la Balada es el siguiente:

BALADA DE QUE TODO TIENE SU FINAL

>El amor dura eternamente.
>¡Es agua pura e inmortal!
>Las cosas pasan como un río
>pero no pasa el manantial.

>>... Pero el amor se terminó
>>pues todo acaba en este mundo:
>>lo que es ligero y lo profundo,
>>lo que hace un poco que empezó.

>>Lo que parece perdurable,
>>luego se acaba lo primero.
>>Todo es mortal, perecedero,
>>tanto lo malo que lo amable.

>>Así el amor se terminó
>>y a poco ya nadie se acuerda:
>>cuelga el ahorcado de su cuerda
>>y el vivo juega como yo.
>>Pero el amor se terminó.

La sirena por las mañanas
no asusta ya a las golondrinas,
y dura ya cinco semanas
la brava huelga de la minas.
      Pero la huelga se acabó, etc

Cuando su madre se murió
dijo: No hay fin para mi pena.
Todo en la vida es duro y triste.
No encuentro en ella cosa buena.
      Más la tristeza se acabó, etc.

Cuando la guerra terminó
marché al exilio con mi gente.
"Será por cuatro o cinco años",
y hace ya cinco que van veinte.
      Pero el exilio se acabó, etc.

FIN

FRANCISCO NIEVA

LOS ESPAÑOLES BAJO TIERRA

UNA RADICAL ORIGINALIDAD

Jesús María Barrajón

Quien por primera vez se adentra, como lector o espectador, en una obra de Francisco Nieva (1927), siente que asiste a la lectura o representación de algo nuevo y original que le desconcierta y atrae por esa misma novedad y originalidad. Lector y espectador sabrán, sin embargo, que no hay ningún elemento nuevo en sí mismo, y, no obstante, percibirán que el autor ha sabido jugar con ellos y combinarlos de forma tal que el resultado ofrezca piezas de sorprendente novedad y altura dramática, plástica, escénica y literaria. Las páginas de esta presentación se detendrán brevemente en señalar la intención de este teatro y las características y constantes que convierten a su autor en uno de los más interesantes de nuestra dramaturgia.

La intención que sostiene el teatro de Francisco Nieva es la de expresar, utilizando sus propias palabras, "toda la luz y la sombra del corazón del hombre". Se trata de mostrar la esencia total del ser humano, no por un mero afán provocador o marginal, sino por la íntima creencia en la dualidad del hombre y del mundo. El hombre libre —y es a esa meta donde este teatro protende llevarnos— lo es en tanto que asume y encarna, conjuntamente, lo claro y lo oscuro de su ser. La dramaturgia nieviana busca la liberación total del individuo y, para ello, presenta personajes que caminan hacia ellos mismos, en un afán de querer unir lo aparentemente contrario, el bien y el mal, el "más acá", la realidad evidente, y el "más allá", la realidad interior.

La tarea propuesta es, sin embargo, imposible, y, como fruto de esa imposibilidad, surge la tragedia. La novedad del teatro de Nieva reside en la solución dada al conflicto trágico: la risa, que despoja de su grave trascendencia la imposible resolución del conflicto. Todas las piezas de su teatro están marcadas por un humor fresquísimo, basado en la plasmación de situaciones ilógicas, en los rapidísimos cambios de lo trascendente a lo intrascendente, así como en un singular empleo del lenguaje, como más adelante se podrá comprobar.

La estructura en la que se apoya esta visión del mundo, suele presentar a un joven que, habiendo sido educado en la norma moral vigente, siente, sin embargo, impulsos de vida que lo llevan hacia un "más allá" prohibido. Es el personaje al que Nieva denomina "joven héroe", y frente al cual aparece el llamado "constrictor", personaje que impele al primero a sobrepasar la frontera que separa el "más acá" y el "más allá".

El escenario de la acción aparece con frecuencia indeterminado o marcado por la lejanía: los países brumosos del norte; la meridional Italia del XVIII; una España inconcreta (si bien, en algunas ocasiones, se presenta de un modo más preciso, como sucede con el Madrid castizo de *Delirio del amor hostil*.) Igual indeterminación se percibe en el plano temporal: tanto si se nos sitúa en el siglo XVIII, como en el XIX o el XX, el autor desdibuja sus contornos con referencias a otros momentos históricos. No intenta con esto Nieva distanciar la acción para universalizar los temas, sino huir de una excesiva concreción realista que estéticamente le desagrada, sin que por ello el espectador deje de captar la cercanía de lo escenificado. El público español, por ejemplo, sentirá muy próximas las continuas referencias grotescas a la

España de la sinrazón, la ironía de los comentarios sobre personajes religiosos, o los chistes y referencias sexuales. La España de la negrura y el desastre es denunciada en obras como *Coronada y el toro, Maldita sean Coronada y sus hijas, Los españoles bajo tierra;* con ira en la primera, con mayor distancia en la segunda, con fresquísimo humor en la última.

Directamente relacionado con lo español, aparece lo religioso y lo sexual. Numerosos personajes son religiosos, aunque lo sean tan deformados como el fray Mortela de *Los españoles...*, que, para elevarse del mundo y no pecar, camina sobre tacones; o como sor Prega y sor Isena en *El rayo colgado,* que aman a Porrerito, el diablo; o como don Cerezo, aliado al poder en *Coronada...* Otras veces, hallamos referencias religiosas vueltas del revés, paráfrasis humorísticas de textos bíblicos o sagrados, o letanías grotescas. Nunca, sin embargo, encontraremos acritud en la parodia de lo religioso, pues, de algún modo, Nieva también lo concibe como parte del misterio de la esencia del ser, como podemos ver en estas palabras con las que Dios se dirige a Tirante el Blanco, en la versión libre que Nieva realizó en 1986 de esta novela de caballería: "(...) en la eternidad los extremos se juntan y son la misma cosa. Cómo será ello de extraordinario, que hay Dios sin haberlo. Así que no me eches la culpa de todo, porque lo que ha sucedido, lo mismo hubiera podido suceder si no existiera yo. Pero también existo, ya lo ves, y por eso, estoy tan solo. Sígueme. No tengas miedo de mi soledad."

Las referencias sexuales son también continuas en la dramaturgia nieviana. En muchas ocasiones, la transgresión propuesta no es sino una invitación a romper tabúes y barreras constrictoras del deseo sexual; otras veces, ese caminar más allá de la realidad evidente, aun no centrándose en la transgresión erótica, es presentado como una alegoría que se vale de un lenguaje y unas metáforas de carácter sexual. En *El fandango asombroso,* el tema es el deseo mismo, representado por Marauña; en *La carroza de plomo candente,* Saturno y la cabra Liliana celebran una ceremonia sexual para darle un heredero al asexuado Luis III; en *El combate de Opalos y Tasia,* las protagonistas luchan por los favores del joven Alto Sol. En estos y en otros casos, sea o no lo sexual centro del conflicto, las imágenes, perífrasis y chistes eróticos recorren el texto. Y todo ello, igual que sucedía con las referencias a lo español y a lo religioso, marcado por un humor sorprendentísimo, basado en la ilogicidad y en los juegos con el lenguaje.

Otro elemento recurrente del teatro de Nieva es el de la metateatralidad. Piezas como *Tórtolas, crepúsculo y telón* o *Sombra y quimera de Larra* basan su conflicto en lo teatral. Otras piezas, que no centran su asunto en lo metadramático, lo incluyen, aunque de forma anecdótica: Coconito, en *Delirio...* y La Magosta, en la obra homónima, presentan o comentan hechos acaecidos en el escenario; Floria y Salvator, en *Salvator Rosa,* metateatralizan con sus palabras sus acciones; Coronada 1ª y 2ª bis, en *Malditas...,* escriben los papeles que Coronada 1ª y 2ª representan para suplantarlas. El propio Nieva explica esta tendencia hacia lo metateatral cuando afirma: "Creo que todo lo que pasa en el teatro pasa en la realidad del teatro y en divertido conciliábulo". En definitiva, debemos interpretarlo como un intento por suavizar la posible gravedad del conflicto. El humor y lo metateatral nos recuerdan que estamos participando en un juego: es la vida, y su doble el teatro, despojados de toda inútil seriedad, y convertidos en juego. Como juego es también la tendencia de Nieva a comparar y confundir el teatro y la pintura, como sucede en *Los españoles...,* cuando Cariciana y Locosueño confunden lo vivido y lo pintado al contemplar el cuadro que pinta Kean Rosengarten. Es una deliberada confusión en la que los términos que se igualan son los de juego, vida, arte. Salvator Rosa, personaje tras el que se adivina la sombra de su autor, define al artista como "el único ser en la tierra que juega con su libertad".

No es posible tampoco dejar de señalar la importancia del personaje en la dramaturgia de nuestro autor. En 1984, Nieva señalaba que todo su trabajo había consistido "en la búsqueda del personaje", afirmación que no podemos entender como afán psicologista, sino como un intento por delimitar con claridad el comportamiento de los diferentes tipos de personajes que debían encarnar una u otra idea. A los ya señalados del "constrictor" y el "joven héroe", añadamos ahora el de la "madre cenagosa", y el de la mujer, concebida como "víctima superior". Del primero de ellos, son buena muestra Garrafona, de *La carroza...*, Imperia, de *El baile...*, Coconito, de *Delirio...* Cada una de ellas es "cenagosa" en tanto que servidora de la transgresión propuesta, "madre" por cuanto realiza su misión con mano amorosa y tierna. El atractivo de este personaje reside en esa unión de fuerza y ternura, salpicada de frescura y humor. Iguales características encontramos en el retrato de determinados personajes femeninos, débiles, ingenuos y puros pero colaboradores de la subversión, por cuanto aman la novedad y aborrecen toda norma. A veces, ese personaje se constituye en lo que Nieva llama la "pareja unánime" o el "personaje doble", esto es, un solo antagonista con una única psicología, pero dos cuerpos y dos voces: son las graciosísimas Locosueño y Cariciana de *Los españoles...*, o las entrañables Roja y Blanca, de *El paño de injurias*. El lector atento sabrá captar la simpatía y la ternura con las que Nieva presenta a estas mujeres.

Todo cuanto hasta aquí se había dicho no justificaría esa radical novedad de la que hablábamos al comienzo, si no estuviera apoyado en lo que de verdad es auténticamente nuevo: un lenguaje personalísimo y novedoso, basado en las rupturas de las relaciones lógicas y de la lógica misma, en el neologismo, en la utilización de un vocabulario inhabitual, así como en los continuos cambios de registro lingüístico, que nos hace ir de lo lírico a lo soez, de lo coloquial a lo literaturizado, de la exquisitez al popularismo. Ello es así de un modo más extremo en el "teatro furioso" que en el "de farsa y calamidad", de los que más adelante nos ocuparemos, si bien alguna pieza del segundo, como *Delirio...,* lleva hasta el límite las características señaladas.

Acabamos de hablar de "teatro furioso" y "teatro de farsa y calamidad": son las dos principales vertientes en las que Nieva ha dividido su dramaturgia, de la que, no obstante, podemos afirmar que mantiene una única poética, si acaso matizada en aspectos formales o en una diversa gradación de los elementos que la constituyen. *El baile..., Malditas...* y *La Magosta,* pertenecientes al "teatro de farsa y calamidad", difieren de *Coronada...* o *La carroza...* en que han amortiguado su coralidad, sus continuas rupturas, su esquematismo psicológico, y, en cierto modo, han reducido su agresividad. El "teatro de farsa y calamidad" trae consigo, de ese modo, una mayor claridad estructural, unas personas con mayor definición psicológica y un humor igualmente corrosivo, pero menos hiriente y más humanizado. Sin duda, los cambios políticos y sociales de los años setenta, así como el asentamiento vital de Nieva a partir de esos años, en los que su tarea teatral comienza a ser reconocida, marcan la transición de una a otra forma de hacer teatro, aunque nunca de un modo absoluto, ni temática, ni formal, ni cronológicamente.

Según la clasificación que de su teatro ha realizado Nieva para la edición de sus obras completas. *Los españoles bajo tierra* estaría enmarcada en su quehacer "furioso". En ella, encontramos el tema de la España sumida en la negrura y la mentira, representada por los virreyes, el peluquero Gargarito, el petolocuaz Reconejos, la enamorada Christa Vivalmondo, fray Mortela, y los dos perros guardianes. También aparece el tema del joven indeciso que camina al encuentro de sí mismo, entorpecido por su tío Dondeno, que acaba participando de la nueva vida que surge, y ayudado por Cariciana y Locosueño, "damas de aventura", a las que tío y sobrino encuentran en plena tormenta marítima, cuando se dirigían a Sicilia. Son estos cuatro personajes los que descubren los horrores del palacio virreinal, símbolo de España, y los que asisten a su destrucción transformadora. Las alusiones religiosas y sexuales son continuas: la ridícula lucha contra el mundo y la carne de fray Mortela; los temores del bienpensante Dondeno ante la excesiva libertad de costumbres de Cariciana y Locosueño; la incitación al deseo por parte de éstas, que terminan alzándose en símbolo de vida frente al mundo de los virreyes. Al final de la obra, Don Lucas recuerda, poco antes de que la cama en que reposa se convierta en su propio catafalco, que la vida es sueño. La respuesta de Cariciana muestra con claridad la propuesta ideológica de *Los españoles...*: "Yo me sueño como me da la gana ¿Con que esto es sueño? ¡Haberlo dicho! Yo no soy sueño de nadie. El sueño soy yo".

No espere el lector, a pesar de la gravedad del tema, trascendencia alguna en el planteamiento de la obra. Siempre huye Nieva de ella, y de modo más evidente cuando, como en este caso, se propone un mundo capaz de renacer joven de sus caducas cenizas. Cuantas características hemos venido señalando como propias de la poética nieviana, confluyen en *Los españoles...* de un modo especialmente original, hasta el punto de situarla al nivel de *Coronada* o *Tirante,* dos de sus más altas cimas.

FRANCISCO NIEVA

Nace en Valdepeñas (Ciudad Real) en 1927. Se le podría calificar como hombre total de teatro, pues además de autor es escenógrafo, director, adaptador, catedrático de la Escuela de Arte Dramático... En un principio, y ante la imposibilidad de estrenar sus textos, debido a la censura, se dedica al campo escenográfico. Su primera obra estrenada en régimen comercial es una adaptación de la obra de Larra "No más mostrador", *Sombra y quimera de Larra*, en 1976. Le seguirían *La carroza de plomo candente*, *El combate de Ópalos y Tasía*, *La Paz*, *Delirio de amor hostil*, etcétera. Tiene, asimismo, numerosas obras publicadas sin estrenar. En 1986 fue nombrado académico de la Lengua. En 1980 recibió el Premio Nacional de Teatro, y en 1988 fundó su propia compañía con actores jóvenes.

TEATRO

Es bueno no tener cabeza. Editada en Primer Acto nº 132, 1971. Estrenada en régimen no comercial en el Teatro de la Real Escuela Superior de Arte Dramático y Danza de Madrid, 1971, bajo la dirección de Santiago Paredes.

Tórtolas, crepúsculo y... telón. Editada en Escélicer 1972.

Funeral y pasacalle. Editada en Primer Acto (extractos) nº 148, 1972.

Pelo de tormenta. Editada en Primer Acto nº 153, 1973, y en Akal-Ayuso, col. Expresiones, serie Teatro, 1975, dentro del volumen "Teatro Furioso".

La carroza de plomo candente. Editada por el Gabinete de Teatro de la Universidad de Granada, 1976, dentro del volumen "Cuatro autores críticos: José María Rodríguez Méndez, José Martín Recuerda, Francisco Nieva, Jesús Campos". En Ediciones Universal, Miami, y Artes Gráficas Medinaceli, 1981, dentro del volumen "Nuevas tendencias del teatro español: Nieva, Ruibal." En Espasa-Calpe, col. Selecciones Austral, 1986, publicada junto con *Coronada y el toro*. Estrenada en el Teatro Fígaro en 1976 bajo la dirección de José Luis Alonso.

Combate de Ópalos y Tasía. Editada en Akal-Ayuso, col. Expresiones, serie Teatro, 1975, dentro del volumen "Teatro Furioso", y en Alhambra,

1988. Estrenda en el Teatro Fígaro, 1976, bajo la dirección de José Luis Alonso.

El fandango asombroso. Editada en Akal-Ayuso, col. Expresiones, serie Teatro, 1975, dentro del volumen "Teatro Furioso".

Danzón de Exequias. Sobre textos de Ghelderode. Estrenada en 1973 bajo la dirección de Luis Vera.

Coronada y el toro. Editada en Pipirijaina Textos, 1974, y en Espasa-Calpe, Selecciones Austral 1986, publicada junto con *La carroza de plomo candente.* Estrenada en el Teatro María Guerrero, 1982, bajo la dirección de Francisco Nieva.

Aquelarre y noche roja de Nosferatu. Editada en Akal-Ayuso, col. Expresiones, serie Teatro, 1975, dentro del volumen "Teatro Furioso".

El rayo colgado y peste de loco amor. Editada en Akal-Ayuso, col. Expresiones, serie Teatro, 1975, dentro del volumen "Teatro Furioso". Estrenada en el Teatro Principal Florida (Vitoria), 1980, bajo la dirección de Juanjo Granda.

El paño de injurias. Editada en Akal-Ayuso, col. Expresiones, serie Teatro, 1975, dentro del volumen "Teatro Furioso".

El baile de los ardientes. Editada en Akal-Ayuso, col. Expresiones, serie Teatro, 1975, dentro del volumen "Teatro Furioso". Una nueva versión está incluida en su "Trilogía Italiana".

Sombra y quimera de Larra (representación alucinada de "No más mostrador"). Editada en Fundamentos, col. Cuadernos prácticos, serie Teatro, 1976, y en Alhambra, 1978. Estrenada en el Teatro María Guerrero, 1976, bajo la dirección de José María Morera.

La paz, celebración grotesca sobre Aristófanes. Editada en Vox, colección La Farsa, 1980. Estrenada en el Teatro María Guerrero, 1977, bajo la dirección de Manuel Canseco.

Delirio del amor hostil. Editada en Cátedra, col. Letras Hispánicas, 1980. Estrenada en el Teatro Bellas Artes, 1978, bajo la dirección de José Osuna.

El corazón acelerado. Editada en Nueva Estafeta Literaria nº 6, 1979, y en La Avispa, col. Teatro, 1987.

Los baños de Argel. Editada por el Centro Dramático Nacional, 1980 (versión de la obra de Cervantes). Estrenada en el Teatro María Guerrero, 1979, bajo la dirección de Francisco Nieva.

Malditas sean Coronada y sus hijas. Editada en Cátedra, col. Letras Hispánicas, 1980.

La señora Tártara. Ediciones MK, col. Escena, 1980. Estrenada en el Teatro María Guerrero, 1979, bajo la dirección de William Layton y Arnold Taraborrelli.

Casandra. Editada en Ediciones MK, col. Escena, 1983 (versión de la obra de Pérez Galdós). Estrenada en el Teatro Pérez Galdós de Las Palmas, 1983, bajo la dirección de José María Morera.

Don Álvaro o la fuerza del sino. (Refundición de la obra del Duque de Rivas). Estrenada en el Teatro Español, 1983, bajo la dirección de Francisco Nieva.

No es verdad. Editada en La Avispa, col. Teatro, 1987. Estrenada en la Sala Fernando de Rojas del Círculo de Bellas Artes, 1987, bajo la dirección de Juanjo Granda.

Te quiero zorra. Editada en Los Olvidos de Granada nº 17, 1987. Estrenada en la Sala Fernando de Rojas del Círculo de Bellas Artes, 1987, bajo la dirección de Juanjo Granda.

Tirante el Blanco. Editada en Primer Acto nº 219, 1987 (sobre la obra de Martorell). Estrenada en el Festival Internacional de Teatro de Mérida, 1987, bajo la dirección de Francisco Nieva y Juanjo Granda.

El espectro insaciable. Editada en La Avispa, col. Teatro, 1987.

Corazón de arpía. Editada en Cuadernos El Público nº 21, 1987. Estrenada en la Sala Olimpia, 1989, bajo la dirección de Francisco Nieva.

La magosta. Editada en Alhambra, 1988.

Los españoles bajo tierra. Editada en Cátedra, 1990, dentro de la "Trilogía Italiana".

El baile de los ardientes (nueva versión) incluida en la "Trilogía Italiana". Cátedra, 1990. Estrenada en el Teatro Albéniz de Madrid, en 1990, bajo la dirección de Francisco Nieva.

Salvator Rosa. Editada en Cátedra, 1990, dentro de la "Trilogía Italiana".

Obras completas. Editadas por la Junta de Comunidades de Castilla-La Mancha. Próxima aparición.

FRANCISCO NIEVA

Los españoles bajo tierra
o
El infame jamás

Función en tres actos

PERSONAJES
(por su aparición)

CARICIANA Y LOCOSUEÑO,
mariposas de mar y libres damas

DONDENO Y CAMBICIO,
viejo avaro y su bien templado sobrino

KEAN ROSENGARTEN, pintor de horas que pasan

CHRISTA VIVALMONDO, enterradora de niños

EL GRACIOSO RECONEJOS, bufón petolocuaz

FRAY MORTELA, sujeto de pasión

GARGARITO, barbero de Sevilla

DON LUCAS JORDÁN, virrey de España bajo tierra

DOÑA CARLOTA, su digna esposa

La acción transcurre en Sicilia, mientras cantan las codornices del siglo XVIII

ACTO PRIMERO

Cubierta de una nave que cruza el estrecho de Messina. El viento panorámico sacude tapices de tormenta. Bajo unos agitados toldos conversan cuatro pasajeros. Son Cariciana y Locosueño, dos damas de aventura; Cambicio, joven caballero provinciano y su tío Dondeno de Cáceres, gran mezquino.

LOCOSUEÑO. Parece mentira que, con lo decentes que somos mi prima y yo, nos hayan llamado putas en el Perú.

CARICIANA. ¡Para qué vivir allí!

LOCOSUEÑO. No, después de haber sido tan salpicadas. Tuvimos un terremoto en Lima y estuvimos a punto de perecer mil veces sin tener culpa. Hemos visto volar las tejas como si fueran murciélagos.

LAS DOS. *(Ante una sacudida del barco.)* ¡Ay!

CARICIANA. Pues, en pleno cataclismo, pasó cerca de nosotros el virrey en su carroza y en ella nos metió para rescatarnos. En carroza vimos el terremoto.

LOCOSUEÑO. Paseando.

CARICIANA. Y el virrey haciendo descorchar botellas de vino espumoso. Un hombre amable el virrey Peral de Diegos, con unas manos de manteca que no podían sostener tantas sortijas. ¿Te acuerdas, Locosueño?

LOCOSUEÑO. Diferencia va de padecer un terremoto a pie a contemplarlo en carroza, en seguridad y buena compañía.

CARICIANA. Nosotras siempre hemos vivido en marco de plata. Servidora no pasa ya por la vergüenza de ponerse sola las medias.

LOCOSUEÑO. Ni yo tampoco. Siempre estuve muy bien costeada. Tanto y más que mi prima, ésta que llaman Cariciana. Y ahora la vida nos ha dado un maltrato que no merecemos. Hemos puesto rumbo a Sicilia porque es otro virreinato paseado por muchos caballeros con cara de moneda. ¿Qué me digo? Huy, yo siempre hablo así, sin ton ni son. Yo, es que he sufrido mucho por ser virgen.

CARICIANA. Es verdad. Y ha pasado por aventuras espantosas. La han seguido filas enteras de caimanes armados.

LOCOSUEÑO. De muchísimos dientes.

UNA VOZ DENTRO. ¡Aquellos viajeros de sobrecubierta, bajen, que tenemos mal tiempo..!

LOCOSUEÑO. ¡Ojalá nos vayamos a pique! Calla esa risa, mantecona, que nos vas a poner en vergüenza.

CARICIANA. ¿Ya no te acuerdas, viboraza? Era tan perfumado su cuerpo de buena pasta, que exhalaba mil amores sólo con hacerle cosquillas. Nunca nos hemos reído tanto.

LOCOSUEÑO. Suma y total: que a las dos nos echaron de Lima por culpa de ésta.

CARICIANA. Suma y total: que a las dos nos echaron de Lima, pero nosotras embarcamos voluntariamente. Por compasión.

DONDENO. Suma y total: que tales putas son ustedes.

CAMBICIO. No hagan caso a mi tío, que va mareado. Y me regocijo muchísimo de haber tenido este encuentro tan... esporádico.

DONDENO. Vámonos de aquí, sobrino. Son dos pájaras, dos arpías. No te permito estas libertades de abordar a cualquiera en el barco. Se han abatido sobre nosotros como la tempestad. *(Santiguándose.)* Libéranos, Domine, de la muerte acuosa.

LOCOSUEÑO. Qué cobarde es el vejete. ¿Dónde va embarcado con esta estantigua?

DONDENO. ¡Me insulta, la descarada!

LOCOSUEÑO. Sepa muy bien su mercé que hay putas y putas, viejo cabrón.

DONDENO. ¡Cristo traspasado, por dónde anda el capitán!

CAMBICIO. A la luz de estos lampos del cielo, son ustedes, señoras mías, dos divinidades perseguidas con un pasado mitológico. Y es notorio que, en mitología, muchas veces las divinidades no aparecen como parecen.

LOCOSUEÑO. Y nosotras, ¿qué parecemos? No me lo diga, porque se equivoca. *(Le abraza.)*

CARICIANA. *(Arrebatándoselo.)* Estamos por encima de la maledicencia, sobrino hermoso. Mire cómo se enrollan esas olas. Podemos irnos a pique. Pues, en tan grande peligro, le juro que esta Locosueño y yo nos ciscamos en el mundo desgraciado, que no paga con todos sus tesoros lo que nosotras valemos.

CAMBICIO. *(Casi sofocado bajo el abrazo de Cariciana.)* Haga decontracción de este brazo y se sentirá mejor. Miento. Es una forma educada de insinuarle que me suelte.

DONDENO. ¡Escapa de ella, sobrino! ¡Ésta me tiene atenazado!

LOCOSUEÑO. *(Sin soltarle.)* Estamos fuera de bordes, en el estrecho de Messina, donde las sirenas hacen pasto y se comen a los viajeros. Aquí no hay tierra ni ley. En este columpio de muerte hay que ser sinceros, tío podrido. ¿Quiénes son ustedes?

DONDENO. ¡Socorro! ¡Capitán, oficiales...! ¿Qué extraños ecos me responden? Este barco marcha embrujado.

Arrecia la tormenta, la nave se encabrita.

LAS DOS. *(Con grito complaciente y maligno, a otro nuevo empellón de las olas.)* ¡Ay!

CAMBICIO. *(Alucinado, aún bajo el abrazo de Cariciana.)* Somos negociantes en lanas de las cumbres...

CARICIANA. Eso significa que negocias con cumbres de lana, que eres rico.

CAMBICIO. Lo siento, no lo soy. Se siente mucho no ser rico. Mi tío guarda todo su dinero en la imaginación.

CARICIANA. Con lo cual, tampoco él es rico. ¿No queda nadie rico aquí?

CAMBICIO. Él, sí. Él sí lo es.

DONDENO. ¡A mí, no me señales!

CAMBICIO. Tengo que decir la verdad, tío Dondeno. Algo se ha trastornado en la brújula y ha cambiado la ley del mundo. De otro modo, no se comprende lo que nos pasa. Si este hechizo se venciese diciéndoles la verdad, ¿usted no se la diría? Mi tío es rico, pero no lleva nada encima. Hay en el siglo unos bancos, fundados por los bienaventurados hermanos del triángulo, en donde todas las operaciones bursátiles se hacen por señas y no hay modo de descubrirles las combinaciones. Dinero para viajar, lo necesario. Lo demás, todo se lleva en la cabeza.

CARICIANA. Yo también lo llevo todo en mi cabeza. En ocasiones muy trastornado. A ti, ¿por qué te interesa mentir? Dímelo, aunque sea mintiendo, y descubriré la verdad.

DONDENO. *(Delirante.)* ¡Nadie se acerca a socorrernos! ¡Se han ido todos de cubierta! ¡Estamos navegando entre sombras..!

CAMBICIO. No te miento. Dondeno de Cáceres, mi tío, tiene poder e influencia. Sólo de él depende mi juventud y mi porvenir halagüeño. Por eso le quiero y le respeto. No tengo más remedio que hacerlo. Cuanto le saque en mi provecho, siempre ha de ser de su cabeza.

DONDENO. Y, de sacármelo, con muy buenos modos, señoritas. ¡Socorro! ¡Suéltame, forzuda! Tú no eres una señora. Una señora se cae de un papirotazo, pero tú...

LOCOSUEÑO. ¿Yo? ¡Qué va! ¿No miras esto, Cariciana? Está llorando de rabia. Y el sobrinito no le defiende. Él le quiere y le respeta por lo del porvenir halagüeño, pero no escapa de tus abrazos.

DONDENO. ¡Santa María, qué mujeres tan malas! Con lo que puede uno toparse en alta mar. Si no lo veo, no lo creo. Este yugo, señorita, no nos vincula nada, es forzado, inútilmente forzado, porque yo llevo el dinero en la imaginación y mi sobrino no ha mentido. Es tonto, de puro sincero.

CAMBICIO. Gracias, tío Dondeno.

CARICIANA. ¿Lo ves? Es un viejo atravesado. Si no llevase el dinero en la imaginación hubieras hecho muy bien en matarle con alguna salchicha malsana y heredarlo. Así no te arriendo la ganancia. ¿Y tú por qué no eres igual de bienaventurado y te metes en ese triángulo? ¿No tienes imaginación para tanto?

DONDENO. ¡Santa María, qué mujeres tan malas! A éstas no las alcanza ni un rayo. Haz algo por mí, sobrino, o te desheredo. Tú eres muy joven, tú eres fuerte. Haz por echarle un capuchón a esta pesadilla, darles un escarmiento de muerte. Este barco baila en la tempestad y por muy malos derroteros; se levantan torres de bulto entre sombras que corren desencadenadas. Las veo. Y las vería mucho mejor si esta criatura tan afierada se me retirase de encima.

LOCOSUEÑO. *(Que se quita un zapato y propina a Dondeno un tremendo zoque en la coronilla.)* ¡Calla! A ti si que te voy a escarmentar yo sobre tu banco imaginario. *(Dondeno se afonda y tambalea.)* Cualquiera sabe la de cifras que puedes haber perdido con este zapatazo.

CARICIANA. ¡Dale fuerte, a ver si lo arruinas!

CAMBICIO. *(Que se desprende del abrazo.)* Señoritas, esto es ultrapasar todas las conveniencias viajeras. Toda aventura llega a un término. Y, ya puestos en pie de guerra, tengan sendas bofetadas para calmaros esos humos. *(Las abofetea con mano segura.)*

LOCOSUEÑO. ¡Uff! Ya respiro. Al fin hemos sido tratadas como se debe a nuestra condición. *(Fogonazo y estruendo sobre los toldos que los cobijan. Endemoniadas, las dos damas de aventura se enfrentan con sus asombradas víctimas. Desgarran con fiereza el alto de su vestido y muestran que tienen sobre el pecho un corazón de fuego grabado en él.)* Miren esta señal imborrable. Somos zorras de misión, graduadas en el pecado. Y donde mejor ejercemos es en alta mar y en vilo.

LAS DOS. *(Recitado.)* Y en estas aguas de extravío, tenemos todo el derecho de ofrecer nuestro bello pecho a las uñas de la tormenta.

LOCOSUEÑO. ¡Al agua, patos!

Las dos descubren sus senos tensos y barnizados por las gotas flotantes en el vendaval.

DONDENO. *(Que mira, igual que Cambicio, aquellas proas de carne con los ojos imantados.)* ¡Santa María, qué mujeres tan descaradas! Pagarás caro, sobrino, el lío en que nos has metido. Escondámonos en Cáceres, digo, en nuestro camarote.

CAMBICIO. *(Exaltado.)* El mundo es siempre un comienzo lleno de emociones y de triunfos. Este viaje es diferente y en él se decide mi destino.

DONDENO. ¡Sinvergüenza! Me estabas preparando una rebelión.

CAMBICIO. No es eso, tío. Mírelas, son sirenas.

DONDENO. Con cola de zorras. Son zorras de agua, una maldición que nos persigue, un hechizo del que no podemos salir. Estoy calado por la lluvia. No hay horizonte. Sólo veo una luz de muerte en el vapor del agua. ¡Socorro!

LAS DOS. *(Cantando.)* No existe patria, no existe vida;
Si no es por ésta, ya no hay salida.

Un rayo tentacular con gran estruendo se ciñe al conjunto de la escena. Gritos de triunfo y de horror. Entre el silbar polifónico del viento se hace paso una voz divina.

LA VOZ DIVINA. Cariciana, Locosueño, misteriosas luces en el viento, haced que esos monigotes lleguen a salvo del miedo a la isla de Sicilia, que es su destino desquiciado. ¡Pobres españoles perdidos en las uñas de la tormenta!

DONDENO. *(Bajo la ducha de una ola.)* ¡Libéranos, Dómine, de la muerte acuosa! ¡Tierra, tierra, que me ahogo! *(Se precipita en brazos de Locosueño.)*

CAMBICIO. *(Cayendo en los de Cariciana.)* ¡Pechos de tierra, ocultadme!

MUTACIÓN

Playa desierta y tiritona al amanecer. Entran Cambicio y su tío Dondeno, fatigados, soportando sus maletones, que dejan caer en tierra y sobre ellos se sientan.

DONDENO. ¡Qué gran fatiga y qué mareo! Ya no sé ni el dinero que tengo.

CAMBICIO. Procuremos recuperarnos, que el pellejo no se ha perdido.

DONDENO. Es mucho esfuerzo agitativo un naufragio para mis años.

CAMBICIO. No ha sido un naufragio, sino una arribada forzosa. Ahora estamos desamparados.

DONDENO. ¿Te parece poco? ¿Y cómo salimos de este desamparo? Tú eres un muchacho muy hábil y muy mecánico. Si reflexionases un poco podrías encontrar un hotel.

CAMBICIO. ¿Y qué habrá sido de las dos mariposas de mar y libres damas? Se hicieron invisibles en cuanto llegamos.

DONDENO. No me las nombres. Eres un pillo. La Cariciana te hacía sacar el hocico de zorrito. Me hielo al pensar en los pecados tan espantosos de que es capaz mi sobrino.

CAMBICIO. Se equivoca usted. Yo soy casto. Y, si viera, qué trabajo...

DONDENO. Nada, nada, es facilísimo.

CARICIANA y LOCOSUEÑO. *(Que se aparecen de golpe.)* ¡Cucú! Ya estamos aquí.

DONDENO y CAMBICIO. ¡Oh, no!

LOCOSUEÑO. Pues sí. Todo se ha perdido, menos las buenas amistades. Hemos estado dando vueltas por ahí...

CARICIANA. Y ni un caballero con perfil de moneda.

LOCOSUEÑO. *(Por Dondeno.)* Este señor, con la suya en la cabeza —banco lleno de memoria— nos ha salvado. ¿Verdad, mi vida? Lástima que se me hubiera disuelto en el agua este viejo terrón de azúcar. Pero es impermeable.

DONDENO. ¡Sobrino! ¿Tú ves esto? ¿No es culpa tuya si me veo abusado por esta mujer indigna, por esta impúdica furia..? ¡Ah, malditas! Vosotras no sois españolas.

LOCOSUEÑO. ¿Que no? Yo soy de Valencia.

CARICIANA. Y yo más joven.

DONDENO. Y yo tan viejo que flaqueo, me muero. ¿Qué hacemos, sobrino, para conjurar esta vergüenza? Esta sofocación no la resisto.

LOCOSUEÑO. También nosotras estamos molidas. Los naufragios son muy malos para las damas de trapío. Nos marchitan el bien del cuerpo.

CARICIANA. Hay que ver qué labios tan gordos y qué cejas tan anchas tiene el sobrino, el caballerito de Cáceres. Vamos, pronto, audaz Cambicio, pida a su tío que nos ponga una suma de alivio en el pensamiento y diga dónde poder cobrarla en efectivo.

CAMBICIO. Señoritas, les estamos muy obligados. Pero hay que separarse. Un tío fatigado es un gran incordio.

DONDENO. ¡Canalla!

CAMBICIO. Un gran incordio que el cielo envía para salvarme. Yo me debo a mis estudios y a mi porvenir halagüeño.

DONDENO. Menos halagüeño a cada paso. Como no te deshagas de ellas será un porvenir horroroso.

LOCOSUEÑO. No dejaré yo que lo sea. En el pico altísimo de una ola he sido casada con su tío por el Dios de los Peligros. Ese ha sido el contrato. ¿Ya no te acuerdas de tu promesa apresurada? Pues ahora no la niegues. Yo, muy sumisa, te la acepto. Desde hoy se acabó, dejo de resbalar por el mundo y me instalo a bordar para siempre en una villa de esparcimiento. Estoy dispuesta a hacer feliz a mi marido sin moverme de una butaca. Haré pañitos.

DONDENO. Pero ¡qué dice esta loca! ¡Jesús, Jesús, qué mujeres tan liosas!

CARICIANA. Me lo recuerdas, Locosueño. Hemos sido casadas las dos. No me lo niegues tampoco, Cambicio, que está en tus ojos. ojitos de perro, color de tabaco. *(Misteriosa.)* Escucha, mi niño: yo soy la vida que tú quieres, en mi corazón hay muchas olas.

CAMBICIO. Yo no me he casado con nadie. Y menos, en el pico de una ola. Guardemos las formas y seamos españoles urbanos y del siglo. Con unos cuantos reales de oro...

LOCOSUEÑO. No son reales. ¿Dónde están?

CAMBICIO. Sí son reales.

DONDENO. Muy pocos reales, pero reales. Aquí están.

CARICIANA. Sí, son muy pocos, no es bastante. ¡Así que nos repudian! Pues allá ustedes con su deshonra. Nosotras seguiremos haciendo nuestro trabajo y nuestro bollo de cortesanas, pero sus mercedes cacereñas serán corridos por cornudos, porque aquí, en Italia, eso se persigue sañudamente. En esta tierra no se cobran las letras de cambio con tan mala señal en la frente.

CAMBICIO. Disiento, señorita. En Italia hay tantos cornudos como en cualquier otra sociedad civil, y se les tolera. Y con los avances del siglo llegarán a ser agasajados.

CARICIANA. Eso es una mentira muy gorda y la realidad lo desmiente. Véase, si no. *(Gritando a plenos pulmones.)* ¡Ah, de la isla de Sicilia! ¡Han llegado putas, putas frescas y acompañadas de sus respectivos maridos! ¡Acudan, que se hace tarde al amanecer!

LOCOSUEÑO. *(Imitándola.)* ¡Putísimas, arrastrando cola, hermosas como flores rociadas!

DONDENO. Pero ¿has visto, sobrino, qué rémoras éstas? ¡Cállense, provocadoras!

CARICIANA. No nos da la gana. ¡Putas viajeras, mariposas marinas, oliendo a viento lejano! ¡Ya han llegado las preciosas! *(Mirando provocativamente a Cambicio.)* ¡Las completamente desnudas debajo de sus vestidos!

LOCOSUEÑO. ¡Putirriamplias de ensanche, putiesparcidas en el aire!

DONDENO. ¡Ah, qué abominaciones! Ahora el cielo se cierra para nosotros.

CAMBICIO. ¡Cállense de una vez! Mi tío las pensiona hasta que encuentren un apaño y Dios quiera que las veamos en carroza.

DONDENO. ¡No! ¡Eso sí que no! Yo no pensiono a estas dos locas.

CAMBICIO. Es una forma de ahorrar disgustos. Aquí llega gente y el escándalo no provoca la confianza de nadie.

DONDENO. Pues te comunico en secreto que estás maldito.

LOCOSUEÑO. Aprenda, el avaro. Diremos que éramos unas señoras y caballeros que ensayábamos una comedia.

CAMBICIO. No dirán nada y serán mantenidas con decencia y con la promesa de nuestra segura amistad. ¡Silencio ahora!

LOCOSUEÑO. ¡Madonna! ¿Quiénes son esos que transportan un cuadro casi tan grande como el paisaje? Cómo se ve que ya estamos en las tierras del arte. ¡Italia mía!

Entra Kean Rosengarten, pintor dispuesto para la faena, empujando un desmesurado cuadro panorámico provisto de ruedas, el cual es de una admirable exactitud en la copia de la naturaleza, como los del famoso Antonio López.

KEAN. *(A sus no visibles ayudantes.)* ¡Basta! ¡Ci fermiano qui! Andate.

DONDENO. Cada zona del planeta tiene sus singulares costumbres. No comprendo que con tan mala mañana se tengan ganas de venir a pintar un cuadro tan grande ni con tanto preciso detalle. Aquí llega el puerto, la ciudad interior y hasta el más allá de donde hemos llegado. ¡Qué animación! Ciudad de negocios, buen comercio... *(Absorbido por la magia del cuadro.)* Cambicio, Dios nos asiste, hemos tenido suerte.

Rosengarten posa delante de su cuadro, dejándose asimismo admirar. Un brote de sol viene a animar el grupo.

CAMBICIO. Los puertomares son así de vistalegres. Cierto, este cuadro es maravilloso. *Se acerca a Rosengarten.)* Un cuadro espléndido, señor pintor. Permita que le felicite un extranjero admirativo.

KEAN. *(Con incógnita y maliciosa intención además de un acusado acento tedesco.)* Non parlo italiano. Sono pittore tedesco, anchio abagliatto de tanta belleza come reffulge in questo paese benedetto. Ma io dippingo soltanto quello che vedono i miei occhi e non ce nessun merito.

CAMBICIO. *(Volviendo al corro.)* ¡Qué lástima! No habla italiano. Es alemán y sólo se le entiende que él también está enamorado de la belleza del paisaje y, por ello, no tiene mayor mérito lo que pinta. Me ha costado mucho entenderlo.

CARICIANA. Ah, él mismo confiesa que es un mal pintor. Es maravilloso pensar que aún puede haber cuadros mejores. Pues hay que decírselo para que no se ponga muchos humos.

DONDENO. Increíble, prodigioso... Qué agitación mercanderil y, al mismo tiempo, cuánto vago. Son partes iguales que no se equilibran en España. Además, hay que reconocer que aquí el vago posa muy bien.

CARICIANA. Claro, los vagos se quedan descansando para que los pinten y sepamos quiénes son y los atareados son esos brochazos que van a lo suyo. ¿A ver quién es ese que acaba de volver la esquina? Ni su madre le conoce.

LOCOSUEÑO. Pues me gusta ese pintor que pinta las cosas que acaban de desaparecer.

CARICIANA. Y otras que aparecen de pronto. *(Señalando.)* Miren, aquí hay un hotel: "Hotel de la Marina, se alquilan cuartos decentes a todo el que venga de gorra." Este debe ser muy barato. Tiene hasta el menú escrito en la puerta en una tarjetilla con marco: "Sopa robusta y copete de pavo." ¿No apetecen sus mercedes un plato de sopa robusta? Yo entro.

KEAN. La prego, signorina, non si avvicine tanto; ancora non e ben asciuta la pittura.

CARICIANA. Ay, pues usted perdone si está fresca la pintura. Yo pensé que ya se podía pasar. Qué mal se entiende a este hombre de los pelos apanochados. Habla un alemán muy cerrado. ¿Y usted cómo se llama, señor artista?

KEAN. Non capisco.

CARICIANA. Dice que no comprende. Tampoco lo comprendo yo a él. Es diálogo de sordos. Vamos a ver si por señas me entiende mucho mejor. *(Le muestra una pantorrilla haciendo aletear el párpado.)*

KEAN. Me llamo Kean Rosengarten, para servirla y pintarla en medallón si lo desea.

CARICIANA. ¿Qué ha dicho?

CAMBICIO. *(Retirándola de la vecindad del pintor con cierta brusquedad.)* Que se llama Rosengarten. Cuanto más lejos se aprecia una pintura mejor se aprende alemán.

CARICIANA. Caballero, me maltrata. ¿Debo entender que os intereso?

LOCOSUEÑO. Yo quiero meterme en la cama y que me sirvan en ella un frito mixto de pescado. Diga el señor Rosengarten si nos vamos a manchar de blanco tomando un buen lecho con sábanas limpias.

KEAN. Ésas ya no serán del cuadro, pero yo puedo refrescárselas si me permite acompañarla.

LOCOSUEÑO. ¡Grosero! Alemán con carne de pies en el cuello. Si lo hubiera entendido bien, le hubiera sacado los ojos con estas uñas afiladas en el oficio de defenderme a mí misma. *(A Cambicio.)* ¿Qué hace usted, poca pasta, que no nos defiende?

DONDENO. *(Indignado de nuevo.)* Son un compromiso estas mujeres. No hay quien nos las quite de sobrencima. Hemos de pedir socorro. Decid, señor pintor, quién manda aquí, en este cuadro tan completo. Debe haber una autoridad a quien podamos denunciarlas. Soy Dondeno de Cáceres, en compañía de un tímido sobrino, y traigo mis papeles y documentos muy presentes en mi cabeza. Aún no me olvido de quién soy. Estas bribonas nos persiguen y aquí debe haber Inquisición.

KEAN. ¿Son ustedes españoles?

DONDENO. Y con orgullo de estandartes.

CARICIANA. También nosotras somos españolas. Y más yo, que he nacido en Cádiz.

KEAN. Si son ustedes españoles, aquí nadie les hará caso. A mí me tienen prohibido pintar españoles porque hacen sombra en el cuadro.

CAMBICIO. ¿Y por qué hacen sombra? Vamos a ver.

KEAN. Porque son invasores y tiranos por tradición impuesta. Esta ciudad es Pantaélica, que es de las más ilustres y más prósperas de la isla. Pero no manda en ella el virrey de España, sino el serenísimo príncipe de Pacciano, que aquí pueden ver llegando en el cuadro a bordo de una carroza espléndida.

CAMBICIO. ¿Y cómo lo podemos ver llegando imbuido de una pizca de clemencia para nosotros?

DONDENO. Enterémonos primero para qué llega. Por muy rápido y muy exacto que sea este pintor de los pelos apanochados, supongo que no lo hará llegar por nuestra causa. ¿Qué demonios viene a hacer ahora ese príncipe que manda más en Pantaélica que el virrey de España? Dígalo y no nos mantenga en suspenso.

KEAN. Sólo viene a comprar un lenguado a su gusto por la mañana. Todos los días se lo pinto bien fresco.

CARICIANA. ¿Esto es un lenguado? Parece una sardina. ¡Valiente príncipe será para fiarse de un pintamonas!

LOCOSUEÑO. ¡Dios mío, el caso es que llega y aquí nos pilla desavenidos! Olvidemos viejas querellas y pelillos a la mar.

DONDENO. ¡Nada de pelillos! Un español no cede nunca ante un príncipe pintarrajeado. ¿De modo que ésta es tierra de virreinato, tierra de extensión castellana, donde los españoles hacen sombra y no se les pinta por eso? ¡Ah, sobrino, en qué desgracia tan grande hemos venido a caer! Ese príncipe será nuestro enemigo cuando lo tengamos delante. Ya no lo puedo ver ni en pintura.

CAMBICIO. Hable claro, Rosengarten. ¿No es un mandatario del virrey?

KEAN. ¡Jamás! Es su enemigo declarado. Aquí sólo mandan sicilianos. Yo no hago mal en avisaros, podéis fiaros de mis cuadros. Y, si es por solicitar un socorro, dirigíos sin protocolo al propio virrey, don Lucas Jordán, un pobre hombre agazapado. Aquí vino tan de secreto, que no le vieron ni a su llegada. Con toda su comparsa se oculta desde entonces.

CAMBICIO. ¿Su comparsa?

KEAN. El séquito parásito de todos los grandes españoles: soldados, confesores, barberos... y barbianes...

LOCOSUEÑO. Y putas, de seguro. En mi patria se las bendice.

KEAN. Muchísimas, con manto y moño de castañeta. Pero no viven bajo el día, esos españoles soterrados, sino a la sombra de sus lares, en un palacio virreinal que, de tan viejo, no es ya palacio ni se le encuentra fácilmente en el barrio.

CAMBICIO. Me duele mucho el comprobar que estamos tan desacreditados. No eran los informes que yo tenía. ¡Caramba! Siento que la patria se me retira bajo los pies como una alfombra que me arrebatan.

DONDENO. ¡Cristo revolcado, Cristo humilladísimo! ¡Qué final tan malo de viaje! ¡Y bien desamparados que estamos!

CARICIANA. *(A Cambicio, malvada.)* Ahí tienes, sobrino pelagatos, Dondeno es don nadie. Y tú también. O tú tampoco.

LOCOSUEÑO. *(Triunfante.)* Y nosotras somos busconas sujetas a protección por todas partes menos por una. Y somos más libres que vosotros, porque no tenemos bancos en la cabeza ni reales irreales. ¡Vámonos! *(Se levanta la falda y apoya el trasero en el cuadro.)* Mi corazón pongo aquí, en la Italia de los españoles que se quedaron sin pintar. ¡Cavalieri della vergogna!

CARICIANA. Es verdad. Quien no tiene fama no tiene nada. Vámonos hacia otras buscas, que éstos se arruinan. *(Salen las dos.)*

KEAN. ¡A rivederci, signorine!

DONDENO. ¡Ah, qué sonrojo! ¡Ah, qué bochorno!

CAMBICIO. *(Gritándoles.)* ¡Así no os veamos jamás! Y tú, pintor de panoramas, señálame el palacio del virrey. Reclamo la protección de mi patria. Asistencia para emigrantes.

KEAN. Sono pittor tedesco e non capisco quello che dicono gli spagnuoli che non dippingo mai.

CAMBICIO. Te entiendo y no te entiendo. Y podría desafiarte si no fuera un español sensato y del siglo. Pero buscaré primero el abrigo de mi príncipe y luego nos podemos ver las caras en el campo del honor... para hablar de pintura.

DONDENO. Deja ya a ese fatuo pintor. Busquemos lo poco de tierra española que se disimula en este punto del planeta. ¡Ah, solar mío! Un lugar donde pueda encontrar este pobre viejo santos y chocolates de confianza. Mira, Cambicio, que si nos llegase a faltar hasta el chocolate...

CAMBICIO. No piense en esas cosas, tío, y cargue con esa maleta, que con todas no puedo yo. También debiéramos haberlas traído en la imaginación.

DONDENO. *(Que ya camina casi arrastrando su equipaje.)* Hay que ver a don Lucas Jordán, allá en donde esté agazapado, y sacarlo de su agazapamiento. ¿Es tolerable siquiera que un serenísimo virrey se esconda tanto de sus súbditos?

CAMBICIO. Lo veremos para creerlo.

DONDENO. Ve señalándome el camino, tú que tienes ideas avanzadas. *(Salen con decisión.)*

KEAN. *(Cantando.)* Darsi in braccio ancor conviene
qualque volta alla fortuna.
tra-la-la, tra-la-la...

Rosengarten retoca el cuadro y aparecen de nuevo las dos libres damas.

CARICIANA. Vamos a seguirles de lejos por si acaso nos aprovechan todavía. El sobrino es caballeroso y tiene unos ojos de agua mansa que me hacen latir mucho los pulsos.

LOCOSUEÑO. Vamos, sí, que algo caerá al paso. *(Señalando en el cuadro.)* ¿Te has fijado? Por aquí vamos cadereando. ¿Te reconoces?

KEAN. ¡Fuori, fuori, andate via!

CARICIANA. No es mi nariz ésa. El pintor me la ha respingado mucho.

KEAN. ¡Via, via! Si è fatto tardi, domani la finisco.

CARICIANA. Dice que mañana la termina, pero pronuncia tan mal que no me lo creo.

Salen muy conspiradoras. Rosengarten tira y pisotea su gorra.

KEAN. ¡Dannate, arpie..! Mi anno guastato la mattina. ¡A, maledetti stranieri, spagnuoli di sotto terra! Andiamo, andiamo...

Golpea con los pinceles en un canto del cuadro, como advertencia a sus aprendices, y con él se retira mientras el teatro se oscurece.

MUTACIÓN

Se descubre otro paraje solitario, con ladrar de perros en la lejanía. Allí están Dondeno y Cambicio secándose el sudor de los grandes apuros, desposeídos ya de sus maletas.

CAMBICIO. ¿Dónde ha ido a construir España su palacio de mando en plaza que no se le encuentra por ninguna parte? Estos son ya los desiertos que rodean a la ciudad. Por aquí hay barrancos que se despeñan en la basurancia infinita. Mondan muchas cáscaras los sicilianos.

DONDENO. Esto es un mal sueño, esto es un hechizo. ¡Ay, Señor! ¿Qué me dices de esos aullidos? Me parece que esos perros están pidiendo explicaciones por el cierre del horizonte. Yo también estoy para que me salga un lamento y aquí me muera del cansancio y de la vergüenza.

CAMBICIO. *(Lleno de fuego.)* Hay que combatir esta adversidad.

DONDENO. Combátela, combátela. Es tu deber. *(Empieza a cruzar, lenta, enlutada y velada, una mujer con un pequeño féretro que mantiene en tenguerengue sobre su cabeza.)* ¡Alerta! Una que pasa. ¿Y qué transporta en la cabeza? ¿Una cajita de muerto? Abórdala.

CAMBICIO. ¿Por dónde? Va muy seria y lleva un camino muy trazado.

DONDENO. ¿Cómo? ¿Que no te atreves? Me atrevo yo, por muy derecha que vaya a lo suyo esa sombra del páramo. ¡Eh, señora!

CAMBICIO. Cuidado, tío.

La mujer, con solemnidad trágica, vuelve la cabeza en equilibrio.

DONDENO. ¿Nos dirá por dónde se asienta en estos contornos el palacio virreinal? ¿Por dónde cae ese monumento?

CHRISTA. Estos son los jardines.

DONDENO. ¿Qué jardines?

CHRISTA. Los de palacio. Llamen por esa puerta chica, porque la principal ya no se abre.

CAMBICIO. ¿Una puerta? ¿Esa?

Un rayo de luz pálida descubre una puerta semienterrada y el salvaje rosal que la circunda. Los viajeros están sorprendidos. Se levanta un viento con insinuaciones misteriosas.

CHRISTA. Por ahí les atenderán, si les oyen. A mí, me oía en tiempos un guardián con el que tuve relaciones. El cariño siempre afila la oreja.

CAMBICIO. Señora, me alegro mucho de haber encontrado en usted a una ciudadana sencilla que nos ha puesto en derrotero. Siga el suyo con nuestro reconocimiento.

CHRISTA. ¿Son ustedes españoles?

CAMBICIO. Estamos tratando de serlo.

CHRISTA. *(Escupiendo en el suelo.)* Peor es vivir en la luna y vivir de cortar su tela.

DONDENO. *(Piafando como un viejo indignado.)* ¿Por qué escupe usted a nuestros pies? Es una falta de respeto que me va a descontener. Sí, señora, aunque lleve usted ese guardamuertos sobre la cabeza.

CHRISTA. ¡Ignominia! Va lleno, para que usted lo sepa. Enterradora de niños soy, Christa Vivalmundo me llamo. Aquí llevo al hijo de una vecina, que tiene muchos y hoy se ocupa de bautizar a otro. Y con la mala sospecha de estar la pobre nuevamente embutida por su marido. Por estos derrumbes de jardines vengo a arrojarlo. *(Con amenazante solemnidad baja el féretro de la cabeza y lo abre ante las atónitas miradas de los viajeros, que se van hundiendo en la perplejidad.)* Miren al pasadillo, qué tranquilo va después de haber llorado tanto en tan poco tiempo. Se llamaba Sisseno. Miren cómo lo han aderezado. Una capa de caramelo, porque es el uso. Todas las viejas le han besado y ya le falta mucha capa de dulce. No ha servido para nada más. Ahora lo pierdo por estos jardines sin pagar sepultura. Los españoles lo permiten o no se enteran. *(Baja la tapa.)*

CAMBICIO. ¡Y dice que viene a arrojarlo! Así, al descuido. Pues no retoñará de nuevo.

DONDENO. ¡Oh, Sicilia pavorosa! ¿Así se desperdicia un niño?

CAMBICIO. Pero ¿a qué llaman jardines? Esto es un desierto. Y, si lo fueran, ¿don Lucas Jordán permite que se haga de ellos un estercolero? Pues tampoco se esmera mucho en mantener frescos los colores de nuestra bandera.

DONDENO. No hagas juicios contra la patria, sobrino. Estas gentes tienen costumbres de salvajes y de antropófagos, lamiendo niños muertos y lanzándolos a la basura como gatos de esportillo recién nacidos. ¿No le hacen un hoyo en tierra, ni una cruz le ponen siquiera?

CAMBICIO. Es cierto. Pobre ángel, que va a parar a unos desmontes. Ese niño necesita sepultura bendita.

DONDENO. ¿Habrá capilla en palacio?

CAMBICIO. ¿Qué piensa, tío?

DONDENO. Esto lo debe saber don Lucas Jordán o no me llamo Dondeno. *(En un arrebato.)* ¡Deme al muertecito, bruja provechosa, y sea usted maldita!

CHRISTA. Me lo tengo merecido por atender a unos incursores malvados, españoles debajo tierra. ¿Qué hacéis que no os marcháis de estos dominios, qué habéis de mandar vosotros aquí, fantasmones? *(Deposita la caja en brazos de Dondeno.)* Tengan al pobre Sisseno, que ya va muerto y no le importa. Ni a mí tampoco. ¡Ni a su madre! Yo ahorro tiempo, me arranco el velo y me vuelvo al bautizo del otro. Algún resto de empanada les debe quedar todavía. *(Con un relámpago de ojos.)* ¡Puff, este lugar apesta! *(Y se va.)*

CAMBICIO. ¡Pero, tío! Y a mí que me reprochaba que pensionase a las dos liantas del barco... ¿Dónde vamos ahora con un cadaverito en dulce? ¿Y dónde está la justicia de España, si todos la ignoran en esta isla que se empeña en ser extranjera?

DONDENO. Calla, renegado. La justicia en España siempre existió. Yo la he visto aplicar muy bien en brujas y judaizantes. Llama a esa puerta sin más tardar. ¿Qué te detiene?

CAMBICIO. *(Con el oído alerta.)* Aún me parece que escucho reír a esas dos locas en el viento.

DONDENO. ¡Ah, si se presentan! No me las nombres. Llama, que podamos desembarazarnos de ellas.

CAMBICIO. *(Llamando a grandes golpes de aldaba.)* ¡Eh, portero, si no hay virreinato, digan dónde hay un consulado! ¡Abran, que estamos pereciendo de tan poquísima patria!

DONDENO. ¡Aquí llegan extremeños acosados, españoles indefensos! ¡Nos siguen putas, nos ladran perros, se nos ha perdido el rosario!

Maliciosas risas en la oscuridad.

CARICIANA. *(Oculta.)* ¡Ábranles, que llevan un muerto!

DONDENO. ¡Cielos! Ahí están. ¡Abran a España, que nos persigue la carne de venta, la mala hembra favorecida por el demonio!

Chirría la puerta, que trabajosamente se abre, mientras Cambicio y Dondeno retroceden con aprensión. Por el vano va sacando el busto Reconejos, malencarado, sucio, vestido mitad de pícaro y de soldado, y con una faja que le arrastra.

RECONEJOS. ¿Quién da estos golpes en horas de reposo?

CAMBICIO. Dios le bendiga, buen hombre. Cara tan española me presenta, que me llena de confianza. Somos un tío y un sobrino seguidos por la adversidad, a pesar de ser ricos y de Cáceres. Necesitamos ver al virrey.

RECONEJOS. Reposa.

CAMBICIO. ¿A estas horas?

RECONEJOS. Horas son las horas. Ninguna hay más larga que otra.

CAMBICIO. ¿Y la virreina?

RECONEJOS. Reposa.

CAMBICIO. ¿Y su confesor?

RECONEJOS. Reposa.

CAMBICIO. ¿Y su guardia personal?

RECONEJOS. Reposa. Todos reposan. ¿Conque ricos y de Cáceres? Nada me dicen esas señas. Vayan por la puerta principal, a ver si tienen más suerte.

CAMBICIO. ¿Y por dónde cae esa puerta?

RECONEJOS. *(Rascándose.)* Me parece que lo he olvidado. Vuelvan a España y allí se lo dirán.

DONDENO. ¿Qué burla es ésta? ¿Podemos saber quién es usted?

RECONEJOS. Soy el gracioso Reconejos.

CAMBICIO. ¡El gracioso Reconejos! ¿Y cuál es la gracia que tiene, que no se descubre a primera vista?

RECONEJOS. Pues bien reconocida la tengo. Aquí vine a divertir a mis señores por ser famoso en Valdemoro y petolocuaz reconocido por las eminencias médicas de la corte. Y ya no me hagan hablar más, que me canso.

DONDENO. ¿Petolocuaz? ¿Qué es eso?

RECONEJOS. Lo diré sin forzar la garganta. *(Se vuelve y emite una juguetona melodía por su caño infame.)* ¡Viva Valdemoro, mi tierra, y de Aranjuez los ruiseñores! *(Y termina en paso de baile tribal.)*

DONDENO. *(Que no puede salir de su asombro y su indignación.)* ¡Santa María Virgen, qué estupidez tan localizada y tan pueblerina!

CAMBICIO. *(Algo divertido.)* Cierto, es una grosería. Y si con ello se entretienen esos grandes que duermen tanto, no son gentes que estén en el siglo.

DONDENO. ¡Déjate de siglos! Es una ofensa personal y de mí no te burlas tú, Reconejos maldito. *(Le amenaza.)*

RECONEJOS. *(Vuelto en actitud suplicante.)* ¡Prot, pot, pot, poooot..!

DONDENO. *(En el colmo de la indignación.)* ¡Ah, yo me aberrincho, yo me vuelvo botella de sangre y me voy a descorchar para morirme! *(Delirante.)* Tengo que ver a don Lucas Jordán para llorarle en un hombro antes de irme al otro mundo. ¡Tengo derecho como español! Quiero entregar a este niño difunto, arrojado a sus jardines y denunciar otras demasías. ¿Dónde está Santa Teresa?

CAMBICIO. ¡Qué Santa Teresa ni qué niño muerto! Lo cierto es que así no se trata a unos señores españoles, perdidos en este mundo de desprecio.

RECONEJOS. ¡Prooott..!

CAMBICIO. ¡Cállese, miércoles de ceniza, y anúncienos!

RECONEJOS. Lo siento mucho, excelencias, este palacio reposa. *(Y vuelve a cerrar la puerta.)*

DONDENO. ¡Ay, amarga despedida! ¡Ah, juventud mía! ¡Ay, tiempo antiguo de mañanas claras con montes de serenidad! ¡Ay, España mía, perdida, borrada para siempre! Greñudos bosques extremeños y de Castilla conejeros, que no salís de mi recuerdo...

CAMBICIO. *(Llamando a grandes aldabonazos.)* ¡Abra, inmundicia! ¡Abra, Reconejos digeridos! ¡Abra, malcriado, malzurullo..!

DONDENO. *((En su círculo de aflicción.)* ¡Ay, olor de violetas! ¡Ay, pétalos del Corpus! ¡Ay, Moncayos! ¡Ay, Tibidabos! ¡Ay, Mulhacenes! ¡Aire, aire, aire..!

LOCOSUEÑO. *(Que se hace presente en compañía de Cariciana.)* Pues ya estamos aquí nosotras.

CARICIANA. No hemos podido aguantar más. *(A Cambicio.)* ¿Y usted no sale de sus apuros, bien mío? No rechace esta providencia.

CAMBICIO. *(Algo trastornado.)* Halagüeño, era halagüeño mi destino perdido... *(Señalando a Dondeno.)* Ya no se acuerda de que es banquero y que debo heredarlo yo. ¡Pues no sale de mi recuerdo!

CARICIANA. Ni del mío.

LOCOSUEÑO. Siento piedad por el viejo, con ese mal genio que gasta. Pero una tiene corazón. Si toda la suerte está en que nos abran la puerta de esa conejera convenciendo al petolocuaz, no veo gran inconveniente. Ese lenguaje cifrado también lo conozco yo. Apártense. *(Y, haciendo canuto con la mano, imita con su apiñonada boquita una gracia rítmica y sonora como la de Reconejos. Una corta espera y la puerta se vuelve a abrir, mostrando la figura interrogante del gracioso.)* Escúcheme bien, canario: yo soy zorra de secreto y mi boca no denuncia lo que puedo decir con el trasero. Si antes me ha entendido bien, no dudo que deje pasar a estos viajeros necesitados; ni a nosotras, que hemos sabido apreciar mejor que nadie la gracia de Reconejos. ¿Hay permiso? Pues ¡adelante!

RECONEJOS. *(Inclinándose con majeza.)* ¡Proott..!

DONDENO. ¡Anatema! ¡Yo no sigo a ese petardista indecente, yo no sigo a ese rastro de ajos que revientan, no sigo a ese valenciano tracador, no sigo putas ni pedoguías en esta oscuridad, no, no!

CAMBICIO. ¿Y qué hacemos, tío Dondeno? Ella es también petolocuaz y nos ha salido una intérprete. No desdeñemos la ocasión.

CARICIANA. Vivan los sobrinos guapos y sensatos. Por muy locas y vaporistas que parezcamos, nos gusta meternos en justicia y hacer el bien. Yo cargo con este angelito en dulce y también pediré por él sepultura bendita. Tres tuve yo y los tres se me murieron porque me los hicieron con mucha pimienta de Chile. Se me malograron por picantes.

LOCOSUEÑO. Y otro yo, que me nació de chocolate y no hubo leche que me lo salvara. Pase el viejo sin tropezar.

DONDENO. ¡Maldita! Nunca me libraré de tus fieros arrumacos. *(Aúllan perros.)* Perros que aúllan, putas que arrullan, siervos que petan... ¡Triste recepción! *(Sale seguido de Locosueño.)*

CARICIANA. Vamos con ellos, niño mío, que se nos pierden en lo profundo.

CAMBICIO. ¿Y en este palacio de tierra se reposan pedirroncando, los conquistadores del moro? Pues veremos qué nos espera en un antro tan sibilino.

Sale siguiendo a Cariciana. Al tiempo, aparece Christa Vivalmondo, que saca de entre sus velos un zurriago y se acerca a Reconejos, ceñudo y replegado como si temiera una reprimenda.

CHRISTA. *(Tras propinar un buen zurriagazo en las amagadas espaldas del gracioso.)* ¡Miserable! ¿Por qué has dejado pasar a las dos sinvergonzonas? Con lo fiera que tú eres, si hubieses sacado la navaja, te hubieran oído con respeto. Pero ellas te han encandilado a ti. *(Vuelve a pegarle.)*

RECONEJOS. ¡Prooott..!

CHRISTA. No lo niegues.

RECONEJOS. Fray Mortela me pidió que las dejara pasar para que paguen sus culpas por ser escándalo de naciones cristianas y carne de rosal.

CHRISTA. ¡Carne de rosal! Pensará engullírselas con espinas y todo ese santo y sátiro. ¡Ah, qué pavor! Todos nos vamos a condenar, Reconejos.

RECONEJOS. ¡Qué leche me importa! En el infierno se bebe para refrescar y se cantan fandanguillos.

CHRISTA. *(Pegándole.)* Tú que sabes.

RECONEJOS. *(Que saca unas monedas de entre los pliegues de su faja.)* Toma, el precio de tu cadáver. Y no estés celosa, sombra perra.

CHRISTA. *(Que se guarda el dinero.)* Nos veremos, mala persona. Pero antes dime, en tu opinión, qué sentencia puede caerles a esos pobres extraviados.

RECONEJOS. *(Adopta una actitud clueca de misterio y mira adentro con horror.)* ¡Proott..!

CHRISTA. *(Se persigna espantada.)* ¡Nunca lo hubiera querido oír!

Y se marcha por el fondo crepuscular, mientras Reconejos cierra la puerta de su antro con un golpe que queda resonando en la oscuridad.

ACTO SEGUNDO

Las inacabables y negras salas del palacio subterráneo. Dispersos, como suspendidos en la sombra, algunas hachas y candelabros. Entra Cariciana, que carga con el pequeño féretro, tirando de Cambicio, muy perplejo.

CAMBICIO. Modere sus arrebatos, señorita Cariciana; ya hemos perdido a mi tío. Este palacio de los profundos es poco tranquilizador. No deja de maravillarme que se vaya metiendo en él como Juan por su casa. Aquí debe haber un protocolo. Extraña tanta soledad.

CARICIANA. Al contrario, anima mucho. No sería usted un joven razonable y del siglo si no me devolviera este beso inmediatamente.

CAMBICIO. ¿Nada la detiene en el mundo? Considere que tiene usted un cadáver entre los brazos.

CARICIANA. ¡Oh, pero es tan pequeño! A un hombre razonable y del siglo no se le erizan los cabellos por tan poca cosa. Acompáñeme en el entierro. *(Aleteando con el ojo.)* Se pudiera usted divertir.

CAMBICIO. ¡Nada de eso! Pero con el muerto cargo yo.

CARICIANA. *(Reteniéndolo.)* Ni lo sueñe. Este cadaverito es mío. Si no me quiere acompañar, buscaré por mí misma a esas altezas dormilonas y pediré cuanto sea necesario para nuestro mantenimiento y nuestra dicha. Yo soy pedigüeña.

CAMBICIO. ¡Ya lo creo! Es como para perder la cabeza.

CARICIANA. *(A punto de salir escapada.)* Más segura voy por lo negro que un topo en celo. Me disipo. *(Y se va.)*

CAMBICIO. ¡Señorita Cariciana!

Entra, cascarrabias como siempre, Dondeno.

DONDENO. ¿A quién llamas, degenerado, sobrino espúreo? Has dejado que me perdiera.

CAMBICIO. ¿Y los otros dos?

DONDENO. La zurrona se fue siguiendo las temibles explicaciones que le iba dando Reconejos.

CAMBICIO. ¿Por dónde?

DONDENO. Por... aquel túnel marmóreo. Aunque oscuro y soterrado el palacio, ya ves que no se desmiente en él la grandeza de España.

CAMBICIO. Son demasiadas tinieblas.

DONDENO. Pues tú eres razonable y del siglo, así que combátelas, combátelas...

Comienza a bajar de las alturas Fray Mortela en su trapecio deslizante, al cual domina por medio de un voluminoso contrapeso que, al levantarse, también asusta a los desprevenidos visitantes.

FRAY MORTELA. En el nombre de la Firme Concavidad y de la Divina Pecera sin salida; en nombre de lo que no cambia en la Universal Testarudez; en nombre de todos los silencios de machamartillo, ¿quién escandaliza, quién anda ahí?

DONDENO. *(Medroso.)* Esa voz de gran canuto parece de salvación evangélica. Aquí tienen predicador.

CAMBICIO. *(Mirando hacia arriba.)* Pues nos llega de las alturas. Un fraile en suspenso.

DONDENO. Es verdad. Perdón por las voces, señor reverendo. Queremos ver a don Lucas Jordán.

FRAY MORTELA. *(Que es un hombre barbanoche, truculento y de una talla soberana.)* Reposa. Como también reposo yo en levitación de artimaña o no me dejaría vivir en paz todo el mal tráfico mundano. ¡Qué poco importa el sosiego en estas tierras de Italia! ¡Qué gente de rompe y rasga! Hay que subir, retirarse, alzar el vuelo y dejarse de vanidades.

CAMBICIO. Es un hombre muy poco industrial.

DONDENO. Pero menos mal que ya hemos encontrado quien se exprese por la boca, nidal del Espíritu Santo. Perdone usted, padre en alto, solicitamos una audiencia de don Lucas Jordán, traemos a un pobre niño en bálsamo de caramelo para enterrar en sagrado, y muchas ganas de acogernos a España, que se nos escapa en el extranjero.

CAMBICIO. Lleva razón mi tío. Hemos recibido infinitos desaires de ese populacho insumiso. ¿Qué hace la tropa, que no impone mayor respeto?

FRAY MORTELA. Reposa.

CAMBICIO. ¿También la tropa?

FRAY MORTELA. ¿Cómo se han atrevido a entrar? Ni en balancín suspensorio ni en levitación de garrucha le dejan a uno aislarse. Guarden silencio, hermanos, y busquen la salida, porque no creo que don Lucas reciba. Reposa. Ahora tengan a bien darme un impulso y menearme un poco porque me quiero subir meciendo.

CAMBICIO. ¡Cómo! ¿No va a decir dónde encontrarnos con don Lucas? ¡Esto es desgracia!

FRAY MORTELA. ¿Y qué pinta don Lucas? Yo soy Fray Mortela, su confesor, y sé que para aquello que lo buscan no pinta nada su Serenísima. ¡Poco pintamos en el mundo! Mejor, el cielo. Allí es donde habremos de pintar un día.

CAMBICIO. ¿Pero qué dice este santo en vilo? Unos no quieren pintar y otros no quieren pintarnos. ¿No es desgracia?

FRAY MORTELA. Si no me mecen, me levanto y ¡adiós, muy buenas!

DONDENO. Dale un empujón, Cambicio, a ver si eso le mueve a socorrernos.

CAMBICIO. No valdrá de nada *(Tras de hacerlo.)* Tenga, Fray Mortela. ¿Cómo le va en el balanceo?

FRAY MORTELA. Divinamente, divinamente... Aunque no debo dormirme. Si me duermo, estoy perdido. Pero ¡es tanto este consuelo, este vaivén mareante, este rozar los vacíos, este no vivir en mí, este perder la memoria..! Ya no pienso, luego existo. *(Dormido, va soltando cuerda hasta quedar tendido en el suelo. Ronca.)*

DONDENO. No hemos conseguido nada. Reposa. ¿Lo despertamos?

CAMBICIO. No lo sé. Si tanto reposa dormido es porque se habrá cansado de tanto reposar despierto.

DONDENO. Puede que retuviera por muchos días la cuerda de su levitación, el santo varón.

GARGARITO. *(Al que se oye cantar llegando.)*

Yo soy blanco palomo
de blancas plumas,
por eso voy y vengo
como la espuma.
Qué suerte tengo,
que yo sea tan blanco
y tú tan negro.

(Entra Gargarito, peluquero, meneando con ufanía culetera y popular una brocha en una bacinilla de espuma.) ¿Cómo? ¿Se cansó de hacer el grullo Fray Mortela? *(Escuchando.)* ¿Quién le ha dado esa ronquera? ¡Jesús, con las ganas que tenía de

elevarme yo también a lo palomo y a la busca de gavilanes! ¿No ha de poder un peluquero beber los divinos vientos y alzarse en éxtasis? La ocasión la pintan calva: ahora me toca a mí. *(Deja en el suelo su instrumental y se levanta con destreza en el balancín.)* ¡Arriba laurel! ¡Huy, qué vértigos, qué cópulos, qué glóbulos..! Así han de dármelas todas, las horas y las auroras.

FRAY MORTELA. *(Que al despertar en contacto con la tierra se transforma en gárgola satánica.)* ¡Barbero de maldición! ¡Ya me has condenado, ya me has arrojado al mundo donde no quería poner el pie! Estoy perdido.

GARGARITO. *(Moviéndose en lo alto.)* Quien fue a Sevilla perdió su silla, duélale la rabadilla. Toma esa brocha espumante y ve a afeitar a don Lucas en mi lugar, fray demonio. Yo me corto la coleta y hasta los tufos de barbero; yo dejo también este mundo desengañable y me hago lámpara de virtud, trapecista de la Trapa ¡Muera Marta, pero alta!

FRAY MORTELA. *(Con la voz mugiente y los ojos enconados.)* Ya sabes que, a pie sentado, yo me pierdo, me reniego, me entran picores de herejía, me enlujurio, me lascivio... ¡No me atizones, Gargarito! Mira que me tiro al monte, me bajo el ceño y me subo el hábito.

GARGARITO. ¡Tra, la, la! Qué elevación tan espiritual, qué modo de andarme por las ramas. *(Va subiendo cada vez más.)* Primer estado. (...) Segundo estado. (...) Tercer estado. *(En lo más alto.)* ¡Ay, que me derrito! *(Se desliza hacia abajo con los ojos en blanco.)*

FRAY MORTELA. ¡Me las habrás de pagar, mariquita temblorona, rosa de peluquería! *(Extrae de su hábito una navaja temible y la blande.)* A pie soy trueno de cólera, soy el reniego del cielo y la peste de la tierra. Yo pico el aire a mi paso, yo masco delito y sangre. *(Va a lanzarse sobre Gargarito, pero éste se eleva a la mayor velocidad.)*

DONDENO. Pero ¿esto qué es? Un diablo desatado. Por favor, padre Mortela, un poco de continencia cerebral.

FRAY MORTELA. Si no me alzo me condeno, me pierdo, me emporco el alma. ¡Levántenme de una vez o doy con todos en tierra! ¡Si no me suben me desboco! ¿No hay unos brazos que me salven? Entonces mataré a ese anciano tan encorvado. *(Al verle enarbolar la navaja sobre Dondeno, con repentina inspiración, Cambicio toma a Fray Mortela en sus brazos. El endiablado deja caer el arma y tuerce el cuello mansamente.)* Gracias, alma caritativa. Señor, ten piedad de mí y no me dejes caer en la tentación.

CAMBICIO. Si no le dejo caer yo. ¿Quién puede sostener un fraile tan grande y en arrobo por mucho tiempo?

DONDENO. ¡Ay, Señor, y levantaba ese navajón contra mí! Si no te lo cargas en brazos, ya estaría yo almidonado. Baje usted, señor barbero, tenga piedad de nosotros.

GARGARITO. Ustedes salven un alma, que yo quiero salvar la mía. ¡Altura, altura! Abandono, balanceo, reposo y ¡viva la Pepa!

DONDENO. Qué crueldad. *(A Cambicio.)* No flaquees, que ya te ayudo. Fray Mortela, somos gustosos, mi sobrino y yo, en rescatarle del delito, pero diga dónde podríamos depositarlo de inmediato por si las manos se nos van.

FRAY MORTELA. *(Con dulzura.)* Dios remediante, perdona a este pecador que soy yo y perdona la barbarie de un barbero. Y premia a estas almas puras que me mantienen en vilo por mi salvación.

CAMBICIO. Son propósitos muy cristianos, pero urge encontrar alguna altura donde colocarle de nuevo, otro columpio donde se halle a gusto. Estamos muy cansados de buscar a España bajo tierra y, ahora que ya estamos aquí, cargar con la Iglesia a cuatro manos supone mucha responsabilidad.

FRAY MORTELA. Mientras ustedes me sostienen, yo les puedo apostolar y así pasamos el tiempo en respectivas buenas obras. ¿Qué cuenta el tiempo, si es eterno?

Entra Cariciana.

GARGARITO. *(Animado por la visión.)* ¡Olé lo apañado, lo menudo, lo empaquetado y lo lleno de destrucción! ¿De dónde sale esa mocita?

CARICIANA. He encontrado el dormitorio de su Excelentísima y la puerta que impide entrar. Y también a dos perrazos negros que impiden acercarse a la puerta. Esos parece que no reposan. Ahora voy en busca de sobras para entretenerles el diente. ¿A ustedes no les sobra nada?

FRAY MORTELA. ¿Quién es esta mujer tan dispuesta y tan llena de campanitas?

DONDENO. Aunque se quiera hacer la bella, es una zorra abigotada, una corremundos que nos deshonra a todos. Usted no la mire, Fray Mortela, no se vaya a condenar más.

FRAY MORTELA. ¿Es mala? Pues yo la perdono. Claro que, con mis plantas en tierra, ya me hubiera precipitado con el cuchillo levantado a partirla y mantequearla como un impúdico casquero. ¡Y Dios no quiera!

CARICIANA. ¿Cómo? ¿Mantequeada yo? ¿Por ese frailón paralítico?

FRAY MORTELA. Mujer de carne, no soy paralítico, sino corazón de arrobo y suspensión. De aquí a que baje ese barbero, te administraré un sermón de consejos, para que dejes el mundo y te eleves a otras esferas.

CAMBICIO. No dará tiempo. ¡Que traigan un pedestal, que desfallezco! A ver si nos remedia usted, señorita Cariciana, con ese genio tan alegre. Encuentre alguna solución. Si soltamos a este fraile y toca el suelo, sienta plaza de bandido, se rebela, se tira al monte y a todos nos pasa a cuchillo.

CARICIANA. ¡Jesús, qué hombre tan apasionado! ¿Y dicen que sólo basta alzarlo un poco?

FRAY MORTELA. Sí, hija mía, lo suficiente para poder bajar la vista.

CARICIANA. Pues... ¿para qué sirven mis chapines de tacos altos? Usted me los santifica, reverendísimo. ¿Quién mejor los pudiera usar? Póngaselos, ya verá cómo le levantan el rasero. *(Se descalza y los sostiene en las manos.)* Mucho he bailado yo con ellos: tangos, boleros, trenzapasos, seguidillas apresuradas y corridos de frenazo. Pero ¿qué mejor oficio para estas hormas que servir la buena causa?

DONDENO. ¿Y va a aceptar unos zapatos airados la iglesia para su servicio? ¡No se puede tolerar!

CARICIANA. Si con ello se calmara, también nos librábamos nosotros de pecar por falta de fuerzas.

CARICIANA. No se hable más. Que se los pruebe. *(Calzado, Fray Mortela se pone de pie.)* ¿Qué tal le acomodan esos sobresuelos, no le elevan un poco el espíritu? ¡La de ilusiones que me habré hecho sobre esos tacones! Así están de torcidos.

FRAY MORTELA. Como elevar, son dos globos, pero me hacen un daño espantoso. ¡Ay, ay, no puedo ni ligar el paso!

GARGARITO. Que se aplique la penitencia. Ya le tenemos santo y mártir.

DONDENO. *(A Gargarito.)* Baje usted, deshumano, y apiádese.

FRAY MORTELA. *(Que va dando pasitos cortos y ardentados.)* ¡Ay, ay..! Dios le perdone el mal que me hace. ¡Ay, ay..! Prefiero quedarme en paro como Simeón Estilita

CARICIANA. Tómelo con paciencia. Son de pellejuelo. Pellejuelo del fino. Es raro que siendo de pellejuelo le hagan tanto daño. Tenga fe, hermano.

FRAY MORTELA. Ni al Calvario puede subirse con estos zapatos. ¡Una cuesta tan escarpada! ¡Ay, ay..!

CARICIANA. Verdad es que los compré chicos para que hicieran el pie pequeño. Pero como eran de pellejuelo...

FRAY MORTELA. ¡Y dale con el pellejuelo! Aquí me planto.

Medroso aullido de los perros.

CAMBICIO. ¡Ah, esos perros..! ¿No despabilan a don Lucas? Pues él debe ser, y no otro, quien aporte la solución. ¿Qué hace don Lucas?

CARICIANA. Si lo digo no han de creerlo: reposa.

GARGARITO. ¿Cuándo se ha de levantar un virrey? Eso no lo decides tú. Pero yo sí, que administro sus distracciones y le canto a cada hora el chisme que más circula en ese momento.

CARICIANA. ¿Y Reconejos?

GARGARITO. Lo subraya.

CAMBICIO. ¿Y qué sucede con todo ello? ¿Es que un virrey se alza tan tarde que jamás llega a levantarse?

GARGARITO. Antes debe hacerse el pelo y escucharme hablar a mí, que soy su pueblo.

CARICIANA. Y a mí, que le pondré una luz ante los ojos. Tanto no debe estar un virrey en la cama. ¡Y con su esposa! No es lo moral.

DONDENO. Oh, qué indigna mujer. Tú también estás condenado, Cambicio.

FRAY MORTELA. ¿Son amantes? A qué poca altura me hallo de darles un terrible escarmiento. Menos mal que estoy en vilo. Así, hasta los puedo casar y pax vobiscum.

DONDENO. ¡Eso, jamás! Ah, yo voy a perder la cabeza. Estas mujeres son mi ruina.

Se presenta Locosueño.

LOCOSUEÑO. ¡Uff! Es tan grande este palacio que no tiene norte ni fin. ¡Cuánto me ha gustado siempre abrir armarios y alacenas!

GARGARITO. Niña, es usted una abusona.

DONDENO. Mientras campen por aquí estas mujeres, tendremos muchas complicaciones. ¡Vuélvete ya, pendón de cola!

LOCOSUEÑO. Ah, qué viejo tan desagradable. Pues no me voy, porque en la presente escena tengo mucho que intervenir. *(A Cariciana.)* ¿Tú no te has dejado un muerto olvidado en alguna parte? Pues se lo han comido unos perros.

Otra vez aúllan los perros y Cariciana, tendiendo sus brazos, cae en los muy oportunos de Cambicio. Se achanta Dondeno despavorido.

DONDENO. ¡Ah, qué horror! Suelta a esa loca, Cambicio, y salgamos de estas mazmorras.

GARGARITO. ¿Y quién te mete a ti a fisgar lo que comen o no mis perros? Tú has abierto muchos armarios y lo vas a pagar por kilos.

FRAY MORTELA. ¿También eres mala, mujer?

LOCOSUEÑO. Me falla mucho la memoria, fray calzado. ¡Vengo tan soliviantada! Tan sólo recuerdo ahora que he venteado por estas sombras cosas que enderezan el pelo.

DONDENO. *(Cada vez más aterrorizado.)* ¿Qué sombras, qué cosas, qué enderezan..?

CAMBICIO. *(Palmoteando las mejillas de Cariciana.)* Anímese usted, señorita. Al menos, por este rostro demacrado ya conozco su sensibilidad y me congratulo.

CARICIANA. Sí, yo siempre he sido delicada y de hueso fino. Oh, me he desmayado de pensar cómo me miraban las piernas esos perros de boca fiera. ¿Qué más has visto, Locosueño? Ya me tienes interesada.

GARGARITO. Advierto a los visitantes que este no es lugar de conversación. Antes de las antesalas se guarda respeto, se calla uno.

FRAY MORTELA. *(Muy doctrinante.)* Antes de las antesalas se reza, se bajan los ojos. ¡Ah, qué poca quietud en el mundo! Si tuvieran estos zapatos...

DONDENO. ¿Pues no piensa, reverendo, que es hora de salir corriendo? Esas trompetas nefandas, esos perros, estos barberos. Y usted mismo, santo varón, si pone su planta en el suelo...

FRAY MORTELA. Entonces puedo ser terrible. Un furor que atruena el aire.

GARGARITO. Una peste respirable.

CARICIANA. Espanta oírlos.

GARGARITO. Deben seguir espantados. ¿Traen salvoconducto, pasaporte, papel de escapatoria, todo aquello que permita entrar y salir de las trampas? Pues si no vienen en regla, de ésta no salen. Tenemos a la burocracia de reposo. ¡Qué mal va todo!

CAMBICIO. ¿Qué me dice de una trampa? Pues me defenderé con denuedo y con las luces de mi siglo.

LOCOSUEÑO. En este palacio enterrado hay mucho que sacar a la luz. Ese lorito de percha es un majo atravesado que mantiene a los virreyes en la cama con cucamonas y patrañas. Lo he sabido yendo a mi paso.

FRAY MORTELA. Cuánta insidia hay en esta vida. Habladurías, falsos testimonios, mentiras...

LOCOSUEÑO. Desde un lugar disimulado, se lo escuché decir a Reconejos, a quien pegaba una paliza esa mujer de arriba. Yo, como ustedes comprenderán, soy indiscreta.

FRAY MORTELA. Mentiras, falsos testimonios. ¡Cuánta vesania, cuánto encono!

LOCOSUEÑO. Y esos perros de Satanás se alimentan de niños muertos.

FRAY MORTELA. Habladurías, pitos y flautas.

LOCOSUEÑO. En un armario he descubierto todo un huesario en miniatura. ¡Qué dolor!

FRAY MORTELA. Falso testimonio, mala pata.

GARGARITO. *(Bajando de su balancín.)* Tú te pierdes por los armarios.

LOCOSUEÑO. En uno que atravesaba el Júcar nací yo.

DONDENO. ¿Escuchas esto, Cambicio? Nos pueden matar a todos. Aquí sólo hay brujas y demonios.

CARICIANA. Enzarzados como los gatos y las cerezas.

GARGARITO. ¿Qué tienen contra los demonios? Son gente morena y del sur. Y las brujas, sólo unas calentonas de la noche; pero todos buenos españoles, que pueden bailar la jota con la conciencia muy tranquila y con sus reyes en la cama.

CAMBICIO. ¡No es de este siglo! Eso revela pocas luces.

GARGARITO. Las que precisa una bodega donde se despache buen vino. Y aquí no mandan petimetres como usted, sino este santo pueblo acurrucado. ¡Salgan fuera!

FRAY MORTELA. Con una recomendación, hermanos: que si encontrasen la salida, encarguen una misa cantada.

LOCOSUEÑO. Le aseguro, padre mío, que tengo suficiente hocico para abrirme una galería.

CARICIANA. *(Emparejándose con la otra.)* Y yo también, que soy más zorra.

GARGARITO. ¡Ah! ¿Sí? Pues... ahí os mando un buen sabueso. Fraile en vilo, has fracasado; ya estás lanzado a tus pasiones. *(Da un empujón a Fray Mortela y éste cae y se transfigura en el suelo.)* Y, con éstas, me vuelvo a la atmósfera. *(Se eleva.)*

CARICIANA. ¡Sálvate veloz, Locosueño, que seremos manteqeadas!

LOCOSUEÑO. ¡Oh, santas Casta y Susana, mantequeadas nooo..! *(Huyen.)*

FRAY MORTELA. Las dos serán muertas y violadas por el rijo de Satanás. *(Las sigue convertido en monstruo de pasión.)*

CAMBICIO. Siempre sospeché que los peluqueros tenían muy malas ideas por tanto sobar las cabezas. Estoy aterrado de su comportamiento, señor Gargarito. No es civil.

DONDENO. ¡Qué vituperable crueldad! Estamos perdidos. Diga usted algo, mala persona, barbero en plumas. ¿Qué nos espera?

GARGARITO. ¿Y quién lo sabe? Ya no es hora de darle remedio a nada. Se hace tarde. Escuchen los rebaños de vuelta. *(Se escuchan las esquilas y el retemblar de las pezuñas de un rebaño que pasa en la sombra.)*

DONDENO. ¿Rebaños aquí? ¡Otro espanto!

CAMBICIO. ¡En este palacio de los profundos!

GARGARITO. Los que tenemos de sustento. Son rebaños de pasillo, los de bajo tierra, los que se comen lo verde por la raíz.

DONDENO. ¡Dios mío! Son los que se han comido el parque de arriba invisiblemente, ya entiendo.

CAMBICIO. ¿Y qué significa esa vuelta de rebaños?

GARGARITO. Significa que ellos marcan la noche según su gusto animal. Y nosotros nos fiamos.

DONDENO. Es una gran majadería. *(Mirando a los rebaños en la sombra.)* ¡Oh, qué negros corderos, qué cabrones de carbón! ¿Se puede admitir con gusto que unos cientos de animales te digan o te desdigan cuándo es de noche en esta tierra?

CAMBICIO. Pues, al tiempo que los rebaños, pasan también otras fieras desconocidas. Míralos.

Cruza la pareja de Reconejos y la Christa, que continúa descargando zurriagazos sobre las amadas espaldas a la vez que transporta otro féretro, éste muy pequeño.

RECONEJOS. ¡Prooott..!

CHRISTA. Ve delante, desalmado, ya que me llevas a los infiernos. *(Los rebaños se alejan.)* ¿Todavía están ustedes aquí? Les creía ya caídos en algún pozo.

CAMBICIO. ¿Nosotros en un pozo? Mujer perversa, ¿y usted qué hace de nuevo con otro pequeño difunto? ¿A esos perros viene a arrojarlo?

CHRISTA. Mírenlo. Este es aquel que bautizaban. En las sales, se quedó frito. No tiene suerte esa familia. Sí, señor, es para los perros. ¿No ha visto que estoy condenada? Soy una mala siciliana que está prendada de la trompeta de ese tuno y por él trafico en muertos. Ya ve usted que soy bien sincera.

DONDENO. ¿Por ese petolocuaz? Traidora, es usted una bruja con callos y con cuernos de cabra. Usted será denunciada y expuesta en trozos.

GARGARITO. No son modos de tratar a una sentimental.

CAMBICIO. *(A Gargarito.)* Si esos perros comemuertos son de usted, eso es una mostruosidad condenable, que tiene que ser tratada por los médicos del siglo.

DONDENO. Y por los veterinarios.

GARGARITO. A mí el siglo me importa un bledo. Mis perros son carroñeros y eso les hace el diente fino. Los de esta raza no comen otra cosa. Vienen de la sierra de Ronda.

DONDENO. ¿Pero estás viendo, Cambicio, qué embajada tan atrasada?

GARGARITO. Es un virreinato, anciano. A ver si guardas más respeto. Y tú, hermana parda, lleva tu tormento con gusto y a ese muertecito a mis perros, que yo lo mando.

CHRISTA. Te obedezco, te obedezco; yo siempre he sido fiel a los desleales. Soy una sombra perdida. Mi desdicha es que no me quiera ese tuno. *(A Reconejos.)* Di, ¿me quieres?

RECONEJOS. ¡Prooott..!

CHRISTA. No me quieres. Está bien claro. *(Y se van.)*

DONDENO. ¡Hay que salir de este tártago! ¡Creo que me estoy volviendo loco! ¡Ay, Cristo acogotado, Cristo pateadísimo, no quiero morir en España!

APAGÓN

ACTO TERCERO

La cámara virreinal. Envolventes sombras. El gran lecho aparece como en un claro de luz sulfúrea, con un soberbio baldaquino que lo cubre con caídas de estofa polvorienta y apolillada y amplios y emporcados encajes. Todo se confunde en el lecho y a su alrededor en una impresión de almacenamiento y claustración. Encamados, con gorro y camisón, gruesos, apacibles y refinados, Don Lucas y Doña Carlota.

DOÑA CARLOTA. *(Que repasa legajos y papeles.)* ¿De cuándo será este correo de Madrid? Escucha, Lucas: "Ha muerto la duquesa del Arenal de la uñarada envenenada de un gato que le regaló la de Carretas dicen que por despecho de haberla hecho camarera mayor."

DON LUCAS. La asentaré en mi registro de decesos. *(Toma un librote y escribe en él.)* Todos fenecen, Carlota mía. Descanse en paz la del Arenal. Era gorda, la inscribiré con letra redondilla.

DOÑA CARLOTA. ¿No era algo pariente nuestra?

DON LUCAS. El pie izquierdo lo sacó de mi genealogía. Lo más, de otras castas.

DOÑA CARLOTA. Los muslos le venían de la casa de Alba.

DON LUCAS. Pero un pecho era de Urquijo y otro de Benamejí.

DOÑA CARLOTA. Estamos hechos de trozos mal cosidos. ¿Sigo leyendo?

DON LUCAS. Ponerse al día en plena noche es buen placer de solitarios. Sigue.

DOÑA CARLOTA. "Dicen que ha llegado a Madrid el diablo y su mujer y que se han instalado en una casa modesta de la Plaza de la Cebada. Parece gente discreta y de poca monta. Se corre que ella levanta más cuernos que él y que por eso lleva mantilla." Esto no puede ser verdad.

DON LUCAS. Oficialmente hay que tragárselas como puños. Continúa.

DOÑA CARLOTA. "En el Buen Suceso se han casado cuatro enanos en parejas de a dos, los unos sobre los otros, para hacer una sola pareja que dé la talla de los buenos españoles." (...) "Don Rodrigo de Girón cortó el bajo de su capa para darlo bufanda a un leproso." (...) "La ballena que desde hace tiempo dormía en el fondo legamoso del estanque del Buen Retiro murió al fin, sin duda por melancolía."

DON LUCAS. Era una gran criatura infeliz, apequeñada por su incómodo volumen. Más dichosos son los enanos empalmados que se casaron dando la talla. ¿Hay más noticias?

DOÑA CARLOTA. "Ha envejecido muchísimo la cuesta de Santo Domingo y cada vez está más inclinada..."

Llaman a la puerta.

GARGARITO. *(Fuera.)* Bendita sea la luz del día, aunque venga tan sombría.

DOÑA CARLOTA. Es Gargarito. Cada vez amanece más tarde en esta casa por culpa suya. Amenázale con levantarte si se retrasa.

DON LUCAS. No conoce la responsabilidad de gobernar un pueblo desde la cama, lo que eso quiebra la cabeza. Ahora se aparece con una nueva distracción, ya verás. *(Alzando la voz.)* ¡Adelante!

GARGARITO. *(Entrando.)* Serenísimas, tengo a bien el anunciaros, empuñando mi corazón, que se ha armado la gorda.

DOÑA CARLOTA. Empuñarás tu corazón por nada. engordar las impresiones es flaqueza de sevillanos. ¿Qué pasa?

GARGARITO. Fray Mortela se ha escapado, bajándose de unos tacones que le prestó una lianta, y anda cometiendo estragos por esos túneles.

DON LUCAS. ¿Qué tacones, qué lianta?

DOÑA CARLOTA. ¡Al fin alguna distracción!

DON LUCAS. ¿Qué dices, Carlota? Si la situación es muy grave no podré levantarme de la cama. Tampoco hoy. ¿Qué pasa con ese bendito? Tú eres el que lo acartuchas y lo enciendes para que se dispare. Y me gustaría saber qué es una lianta, aunque si lleva tacones será bajita.

GARGARITO. Sí, señor. Es una que forma en la tropilla de cuatro visitantes incautos: un tío y un sobrino que se dicen nuevos banqueros imaginarios y dos señoras que, por oficio, se llaman putas para resumir.

DOÑA CARLOTA. Ya ha sido mala intención la suya colarse aquí.

DON LUCAS. No saben, los desgraciados, qué destino malabar los ha borrado de la faz terrestre. ¿Y qué ha sido de ellos?

GARGARITO. Todos han salido huyendo a tentones en la oscuridad. Si bien, para no perderlos de ojo, les he enviado a mis perros. Y uno de ellos me ha traído otra de las susodichas liantas, que aquí está, dispuesta a pedir clemencia cuando yo se lo mande.

DOÑA CARLOTA. Qué mandón eres, Gargarito.

GARGARITO. Todo por rebañar en este mundo un poquillo de amenidad para mis señores. *(Da unas palmas de aviso.)*

LOCOSUEÑO. *(Fuera.)* ¡Abran y socorran a una perseguida! ¡Auxilien a una pobre extraviada y perdularia! ¡Por piedad, tengan a bien escucharme lo que no sabré explicar!

DON LUCAS. Qué bien se explica.

DOÑA CARLOTA. Todo parece ser verdad.

GARGARITO. Lo es, mi Señoría Pero siempre tiene que haber una mijita de arte en la representación del dolor. Y he pensado que, aprovechando el teatrillo de los fantoches, estos que ya no van a salir se manifiesten a lo trágico delante de sus señorías. Por pasar el rato. A ella la tengo aleccionada y su buena cuenta le tiene el hacerlo como es debido. Que mueran cantando.

DON LUCAS. Tu crueldad es incomparable. Eso es ya de circo romano.

DOÑA CARLOTA. Tampoco es tan desacertado. Si ella viene a pedir clemencia, ¿por qué no va a representar lo que pide con muchísimo sentimiento? Si al dolor se le pone un marco, ya es teatro. ¡Qué travieso es este barbero!

GARGARITO. *(Toma y despliega el teatrillo, que se ofrece como una ventana al busto de Locosueño.)* Ahora verán sus señorías. *(Golpes en la puerta.)* ¡No te impacientes, Locosueño, que ya te estoy introduciendo. *(Anunciante.)* Gócense sus señorías en la viva comedia de Locosueño, la dama de aventura.

Se abre la cortinilla del teatro y va emergiendo la cabeza aturdida de la susodicha entre sus propias enaguas de encaje, que figuran las olas encrespadas.

LOCOSUEÑO. Respetable público, aquí vengo desalada y dispuesta a maldecir hasta a la madre que me parió. Yo venía del Perú, como mariposa de mar, y en el medio del camino me sorprendió una tormenta. Cómo serían de superiores los saltos que daba la nave, que toqué varias veces con el trasero el lecho deshecho de las aguas. *(Se hunde y sólo muestra una mano temblequeante. Los virreyes parecen complacerse mucho.)*

GARGARITO. Muy bien figura el naufragio. Sigue, Locosueño, no te ahogues.

LOCOSUEÑO. *(Saca unas bragas con muchas cintas y las cuelga en el reborde del teatrillo.)* Con tan agitados trances, aún no he tenido tiempo de poner a secar mis bragas. *(Don Lucas y Doña Carlota ríen y palmotean.)* Venían en el pasaje dos tíos que se dicen ricos de la cabeza y con el dinero en la atmósfera, y, como yo iba con mi prima —una que llaman Cariciana, que no es cosa que valga mucho— decidimos de acuerdo mutuo meternoslos en el bolsillo. Pero desde aquel instante...

RECONEJOS. *(Dentro, atronadoramente.)* ¡Prooott, prooott, prooott..!

LOCOSUEÑO. ¡Calla, Reconejos!

DON LUCAS. ¿Es Reconejos la tormenta? ¡Ja, ja..! ¡Cómo me gusta este buen teatro madrileño, tan lleno de gracia corriente.

LOCOSUEÑO. Se acumulan los trances y los misterios. *(Declamatoria.)* Si bien, flotando en nuestros pechos, salimos del mar crespudo sanas y salvas, nos encontramos en tierra con un pintor incomprensible que pinta todo lo que se tercie menos españoles, porque hacen sombra. ¡Qué pena! Luego viene Fray Mortela, Gargarito en el columpio, los perros que comen muertos, tropezones, coscorrones, confusión y tracamundeo. *(Desesperada.)* Y hora es de pedir ayuda a los cielos más sordos que mudos, porque tengo a mis espaldas a ese fraile del diablo que me está violando. ¡Esta es toda mi tragedia, perdonad sus muchas faltas!

Se corre la cortina.

DOÑA CARLOTA. ¡Oh, qué drama tan a lo vivo! ¡Socórrela!

DON LUCAS. Descubre lo que ocurre detrás. ¡Despáchate!

GARGARITO. ¡Patatrás! Ahora finiquita la función y esa infeliz de Locosueño.

Retira el teatrillo y se ve a Fray Mortela sostenido a la silleta del rey por Locosueño y Reconejos.

RECONEJOS. ¡Prooott..!

FRAY MORTELA. ¡Señor, qué conflicto el de mi conciencia, cuánto padecer contrario, cuánto perderme y salvarme, cuánto no dejar vivir, cuánto no vivir en mí..! Amada hija Locosueño, perdona a este nefando pecador.

LOCOSUEÑO. Aquí lo entregamos arrepentido de sus lujurias criminales, aunque algo tarde.

FRAY MORTELA. Al contrario, hija mía. De no haberme alzado a tiempo, yo mismo hubiera puesto fin a mi pecado degollándote.

LOCOSUEÑO. No, si lo que a mí más me molesta es que me aborden al descuido. ¿Dónde lo depositamos ahora?

DON LUCAS. Este es el segundo acto, mas con el primer disgusto. No hay aquí altar para este santo.

DOÑA CARLOTA. ¡Qué dolor! Con todo lo que pasa en el mundo, ¿quien se levanta de la cama?

Resuenan medrosamente los ladridos y gemidos de los perros, a la vez que las exclamaciones de Dondeno y Cambicio, que ahora entran al unísono, con desgarrones en el vestido, y se arrojan a los pies del lecho. Lleva Cambicio en la mano un cuchillo teñido de sangre que gotea por su brazo abajo.

DONDENO. ¡Señores y virreyes míos, príncipes de bondad y de manutención, salus infirmorum, non plus ultra..! Soy Dondeno de Cáceres. ¡Auxilio!

CAMBICIO. Y yo un desesperado caballero, que solicita vuestro perdón por haber herido de muerte a esos guardianes de la puerta. Lo hice sólo para defender nuestra vida. Gracia pido. *(Arroja el cuchillo, que viene a caer bajo los pies en vilo de Fray Mortela.)*

DOÑA CARLOTA. *(Saca de entre las sábanas una caña y propina un buen golpe en las espaldas de Cambicio.)* Esos perros son mis ahijados y familia de mi peluquero. ¿No te consterna, Gargarito?

GARGARITO. Cuando pienso en las malas ideas que tengo, casi me alegro. Este resentimiento lo voy a sembrar en tiesto y me va a crecer una buena mata de puñales. Nací en Triana.

DONDENO. ¡Clemencia, favor! No permitáis, Serenísima, que suframos más persecución.

DON LUCAS. ¿Y qué solicitan ustedes? Porque nosotros, reinando en cama, tan poco tenemos que hacer, que no podremos hacer nada. Ved que estamos muy ocupados. *(Gritos de Cariciana fuera.)* ¿Otra que llega?

FRAY MORTELA. ¡Oh, desdicha! Elevadme con más empuje, no caiga de nuevo en el negro pecado.

CARICIANA. *(Dentro.)* ¡Socorro! ¡Justicia pido! ¿Por dónde hay una salida?

GARGARITO. ¡Ojú, qué idea! El tiesto ya me ha dado fruto. Ahora verán si tengo guasa.

Al tiempo que entra Cariciana, Gargarito impulsa nuevamente a Fray Mortela, que cae de pie, enfrentado con la visitante paralizada de terror.

FRAY MORTELA. ¡Húndeme, infierno, en tu seno; viva en eterna agonía de crimen y desesperación!

Agarra a Cariciana del cuello, la hace arrodillar y, tomando el cuchillo tan a su alcance, se lo clava de un solo golpe en el pecho, luego huye con aspavientos. Sorda y aterrorizada exclamación de todos. Cambicio se cubrió la cara con las manos y sólo va descubriéndola poco a poco, a medida que escucha el parlamento fúnebre de Cariciana.

CARICIANA. Me ha matado, me ha dado el "vaya con Dios". Comisionada para el otro mundo. *(Se levanta con esfuerzo mirando a los extremeños.)* Que lo sepan esos ingratos sin corazón. Locosueño, prima mía, tú dirás si quieres algo para el más allá. Quién me iba a decir a mí hace un instante que moriría en presencia de una gente tan distinguida. Una humilde servidora no desea molestar. Me siento muy ruborizada. Sólo quiero que me entierren con decencia y algún honor. He nacido en buenos pañales; la vida con sus huracanes me hizo caer de espaldas con el pelo artísticamente repartido. Entre las zarzas del camino me he desgarrado los vestidos, pero siempre encontré fulanos que me encargaron muchos más. ¡He gastado tanto guardarropa! Y sin embargo, hoy me voy con lo puesto y gracias. No saben cuán triste cosa es verse muerta y arruinada. Sola te quedas, Locosueño; defiéndete panza arriba, ya que es tu sino y fue el mío. Y usted, joven caballero Cambicio, sepa que por sus ojos de melisa, y no por el interés, he bajado hasta el fondo del antro. *(A Dondeno.)* Usted sí que es un avaro, un vejete sin entrañas, orgulloso y despreciador. Venga esa cadena de oro con ese reloj de huevo para que, al menos, me entierren con alguna joya que no me parezca imaginaria. *(Se los quita.)*

LOCOSUEÑO. ¿Por qué no te sientas un poco? La agonía fatiga mucho.

CARICIANA. No tengo tiempo. ¿Dónde se entierra aquí a la gente? ¿Hay panteón?

GARGARITO. Con todas las comodidades. Pero a nadie he visto morir con tanto retén y compostura.

DONDENO. ¿Y por qué ha de llevarse a la tumba fría mi cadena y mi reloj de huevo? Me ha contenido el respeto de no contradecir a una muerta, mas no hay ninguna razón para que pague solo el tributo. Que pase la bandeja y demos todos nuestro óbolo, si es obligado.

CARICIANA. ¡Jesús, qué impertinencia! ¡Habrase visto, el cascarrabias! Señora virreina mía, deme ya su bendición y ¡adiós!

DOÑA CARLOTA. Hija, me tienes muy sorprendida con ese punto de discreción y donaire que empleas en tus últimas boqueadas.

LOCOSUEÑO. Porque está educada en las monjas y no es bueno que los otros piensen que tratan con una zorra medio muerta.

DOÑA CARLOTA. Pero ¿estás muerta o no lo estás? ¿En qué te arrancas?

CARICIANA. ¿Aún puedo hacer unas preguntas?

DON LUCAS. *(Algo impaciente.)* ¡Sí! Tiene permiso la habladora, desahóguese la difunta.

GARGARITO. No la dejaré desahogarse. Soy barbero y soy sangrador. Y apuesto a que yo la saco de esa medio muerte en un santiamén. Lo mismo que se arranca una muela. Ven aquí, niña, que te opere.

CARICIANA. ¿Qué pretende ese hombre violento, privarme de mi agonía, quitarme el gusto de morir? ¡Atrás!

GARGARITO. Graciosa, quiero levantarte ese puñal que tanto se complace en tu seno. Porque a mí se me figura que no te debe haber llegado a ninguna entretela secreta. *(Gargarito toma el puñal clavado y rasga por completo el justillo de Cariciana, del que caen diversas joyas con alegre tañido.)* ¡Ladrona! Se ha paseado robando por esta mina. Esta debe morir en vivo, Serenísima. *(Contrariada pero digna, Cariciana se aparta a un lado.)*

CAMBICIO. *(Que alcanza a Cariciana y la toma gallardamente de la cintura.)* Cariciana famosa, ese infernal encanto vuestro me seduce y me da valor. Jamás encontré a una mujer con los defectos de una diosa. Seré un perdido por usted, lo he decidido. *(En alto.)* Por ser un hijo de mi siglo, llevo el espadín en la maleta, señores; pero aquí tengo muy buenos puños para defenderla a la inglesa. ¡En guardia!

DONDENO. ¡Cristo troceado, Cristo picadísimo! ¿No te irás a escapar con ella? Te maldigo.

GARGARITO. ¡Rebelión de los petimetres! ¡A muerte!

CHRISTA. *(Dentro, como un eco.)* ¡A muerte, a muerte..!

GARGARITO. ¿Quién hace burla a mis espaldas? *(Se vuelve y queda sorprendido, cuanto los demás, ante la llegada de Christa encorvada bajo el acento de un puñal clavado en su espalda.)* ¡Ojú! ¿Qué es esto? Ya empiezan a crecer puñales. ¡Me alegro!

CHRISTA. ¡A muerte! Ha sido a muerte y lo merezco.

DOÑA CARLOTA. ¡Otra nueva puñalada! ¿Cuántos actos tiene este drama?

DON LUCAS. En el repertorio de cama, hay dramas que duran años.

CHRISTA. Ha sido a muerte, lo merezco. He traicionado a mi patria, he asesinado a mi familia atascando la chimenea, he comido carne humana putrefacta...

DONDENO. ¡Otro prodigio, otro espanto! ¡Esto es cosa del Santo Oficio!

RECONEJOS. *(Huraño.)* ¡Prooott..!

CHRISTA. *(Dando con flaqueza de muerte golpes de flagelo en las cazurras espaldas de Reconejos.)* Por este hombre y por su canto he cometido bestialidades espantosas. Este rufián pedorrero me ha rezagado las cesiones en público y me ha metido destrozadores en el amargor. Lo juro. Yo lo he llevado a capitular su demencia y le han sacado las gallinejas por la media caña. Y él, tan contento. También lo juro.

DONDENO. ¡Horror!

CHRISTA. Y confieso que este palacio es nido de brujas y yo soy una; y Gargarito un malasangre que tiene minado ese lecho desde hace muchísimos años; y Fray Mortela un asesino, de lo cual véase la muestra. Pero muero satisfecha porque muero bien condenada. ¡Abajo lo sublime! Me voy por la posta. Adiós. *(Cae.)*

RECONEJOS. *(Sombrío.)* ¡Prooott..!

CHRISTA. Mientes. Esa voz encantadora sólo puede decir mentiras. *(Muere.)*

DONDENO. ¡Qué relajación de costumbres! ¡Qué demasías y qué vergüenzas!

DON LUCAS. Esto me escama. Y, aunque haya muerto de verdad, me parece peor actriz que la otra. ¿Qué traiciones son esas de las que ha hablado la traidora? Si ha muerto tan condenada, supongo yo que habrá mentido. Las personas muy traidoras nunca saben si mienten o no.

GARGARITO. Sí ha mentido, no ha mentido, sí ha mentido...

CAMBICIO. ¡No ha mentido! Desconfíen sus Serenísimas. Este peluquero traidor os sorbe el seso.

GARGARITO. Sí ha mentido. Pero todo se pone en claro matando gente al buen tun tun para no errar con los traidores, que son muchísimos. Si queréis aceptar mi consejo, Serenísima, hay que empezar por estos cuatro.

DON LUCAS. ¿Así, de pronto, por la mañana? ¿Sin un poco de desayuno?

LOCOSUEÑO. *(A Dondeno, en secreto.)* Yo te haré navegar en un cesto con volantes por el mar libre si te comprometes conmigo. Con esa condición te saco de este atolladero, viejales.

DONDENO. Apártate, no me tientes. Esa sería una suerte indigna.

LOCOSUEÑO. Como yo, que soy tu suerte. La suerte es una descarada, una furcia. Pero también es una diosa, no lo olvides.

CAMBICIO. *(Enardeciéndose.)* Serenísimas, ese maestro de ceremonias os traiciona desde que llegásteis. Así que alzaos pronto de la cama para encontrar la luz del siglo. ¿Cómo vivís en esta topera, a merced de unos demonios que, por mucho que se diga, no pueden ser buenos españoles?

GARGARITO. ¡Ojalá te vuelvas tan chato que no tengas ni gargajos, asadura! Una provincia de malos españoles tiene que haber en alguna parte.

CAMBICIO. ¡Qué dice!

DON LUCAS. ¡Se necesitan tantas provincias para todo! En superficie hay poco espacio.

CAMBICIO. ¡Cómo, que una provincia española de malos españoles es ésta!

GARGARITO. Pues claro. ¿Qué os habíais creído? Y entre nosotros también los hay tontos.

DONDENO. Pues yo no soy un mal español. Ni tonto. ¡Protesto!

DOÑA CARLOTA. Os he oído mentar a un Cristo que no está bien.

CAMBICIO. Yo, no sólo no soy un mal español, sino un español que está bien, y también protesto.

Reconejos olfatea y se mueve como un perro inquieto, rezongando por su caño sucio.

GARGARITO. *(Alertado.)* No queda tiempo para protestas. Aquí llega el Apocalipsis.

Asombro. Se presenta Fray Mortela amansado y cojitranco, con el blanco del ojo vuelto.

CARICIANA. ¡El apasionado! ¡Y a pie!

DOÑA CARLOTA. Imprudente Gargarito, ahí tienes a tu peor enemigo cuando no está subido al palo. Tus juegos de mala sombra hoy te pueden costar la vida.

GARGARITO. Pues moriremos rabiando, que es lo nuestro.

LOCOSUEÑO. Viene herido. Si no fuera tan bandido hasta le acercaría un vaso de agua; pero ¡dónde voy yo por agua!

FRAY MORTELA. Vengo prisionero, hija. Ya he vencido a mis pasiones. Me he dado caza a mí mismo y me voy a dar una vida de tormento aquí abajo. Lo de arriba lo dejaré hasta que muera, entonces no faltará quien me tenga que tomar en vilo. No me arrepiento.

CAMBICIO. ¿Cómo, que no se arrepiente?

FRAY MORTELA. No me arrepiento ni un ápice de este gran arrepentimiento. Ya no me dejo escapar. Ahora soy santo forzado y vengo a molerme el corazón a golpes ante esta pobre desalegrada. Y tú, Gargarito, si me odias, toma este puñal sobrero que aún guardaba bajo mis hábitos y dame muerte.

GARGARITO. ¡Jujuy! ¿Te has vuelto de buena correa? Trae acá. *(Le toma el puñal.)* Ahora, si no te defiendes, yo te subiré al calendario para que te cuelguen en las paredes.

DOÑA CARLOTA. ¡No lo enciendas, Gargarito, que te pierdes!

GARGARITO. *(Con el puñal en alto y en figura de baile.)* Pues es el momento más propicio para el toreo de los mansos. ¿Preparados? *(Recita marchoso marcándose un tango alrededor de Fray Mortela, humillado y fanático.)*

Arañada va la araña,
avispada está la avispa.
Pica la araña,
sangra la avispa.
Cómo se crispa,
cómo se ensaña la avispa,
cómo la ataca y la engaña.
Chilla la araña,
raja la avispa.
Con cuánta maña,
con cuánta chispa y entraña
la avispa mata a la araña.
Luego se achispa
con miel de caña.
La araña ha muerto:
¡viva España!

Acción rápida subrayada por delirantes fulgores. Gargarito clava el puñal en el lomo de Fray Mortela y, casi al mismo tiempo, Reconejos otro de los puñales en ronda en los riñones de Gargarito. Los dos caen como muñecos chafados, mientras se prolonga hasta extinguirse un solo misterioso de Reconejos que saluda militarmente a los virreyes.

DONDENO. ¡Qué matanza, qué escabechina! Y ese sucio de Reconejos parece una trompeta leal. ¿No creen que estamos salvados si éstos se matan entre ellos? Señora, levántese. Dios me libre de pensar que sea tonta su Serenísima.

DOÑA CARLOTA. Me siento muy desganada. Y con todos esos muertos a mis pies no piso nada que me guste.

CARICIANA. *(Recogiéndolas.)* Por mal que vaya la cosa, no hay por qué dejar estas joyas dispersas.

DON LUCAS. Esas joyas de la sombra no tienen ningún valor. ¿Quién cuenta con que hemos de salir? Con traidores o sin traidores. No podremos salir de aquí. La vida es sueño. ¿No es eso! Aunque, para mayor desdicha, en esta triste ocasión, ni siquiera el sueño es nuestro. *(Con misterio.)* Alguien nos está soñando así por un infame jamás.

Se miran todos asombrados.

CARICIANA. ¡Jamás! Yo me sueño como me da la gana. ¿Con que esto es sueño? ¡Haberlo dicho! Yo no soy sueño de nadie. El sueño soy yo.

CAMBICIO. Un sueño, sí. Cariciana, yo te sigo en tu vuelo de mariposa y me hago zángano de mar. Si vivo, me cisco ya en el porvenir halagüeño.

El lecho virreinal se hunde un palmo con gran estrépito. Exclamaciones.

DON LUCAS. Ya advirtieron que estaba minado. Si advirtieron, no fueron traidores. Este lecho nos vaciará en el panteón tributario de todas las grandezas.

Reconejos llora y se arrima al lecho.

DOÑA CARLOTA. Asistís a nuestro fin, pobre pueblo desorientado; ni siquiera hemos tenido tiempo de ofreceros el chocolate.

DONDENO. Pero ¡qué chocolate, señora! No parecéis tonta, lo sois.

Otro ruidoso afondamiento del lecho.

LOCOSUEÑO. ¡Salvadles, tiremos de ellos! ¡Retirémoslos de esas sábanas!

Se hunde el lecho paulatinamente, todos se afanan sobre él y las estofas empiezan a cubrirles como unas aguas que se desbordan. Y, con un toque de silencio, Reconejos se arroja al fondo en donde los otros personajes han desaparecido. El baldaquino monumental cae con sus espesos cortinajes originando un informe catafalco. Empieza a pasar lentamente el cuadro luminoso y exacto de Rosengarten y vemos a éste como al principio, dispuesto para la faena.

KEAN. Aria balsamina e nube cottonacea, voi sareste dippinte e sottomesse qual voi siete, al tocco del mio estro, sopra la tela vergine del mondo. Cosi dippingo dal mattino abagliante e sonoroso fino alla sera squalida e silente...

Se rompe la tela y caen en revuelo faldario las dos libres damas y sus extremeños rescatados.

CARICIANA. Squalida y silente será la madre que te parió, pintor de monas.

KEAN. ¡Il mio dippinto! ¡L'anno sventrato queste sgualdrine indegne! ¡Questi farabutti spagnuoli!

LOCOSUEÑO. Te lo remiendas, el dipinto. Pues, ¡bueno fuera! Finas somos las dos para que no nos pinten de relieve y con picirota en este mundo superficial. Ni a éstos tampoco, que los llevamos protegidos.

CAMBICIO. *(A Cariciana, a la que abraza.)* ¿Salva un sueño de otro sueño?

DONDENO. *(A Locosueño.)* Yo estaré soñando siempre que eres muy poco de fiar.

LOCOSUEÑO. Y haces muy bien de no fiarte. A mí me gusta renacer.

CARICIANA. Y a renacer nos vamos, que nunca es tarde.

KEAN. Come rinascere? Siete graziose signorine, ma giovine non tanto. L'etá non si rinova. L'etá che viene e fugge e non ritorna piú.

LOCOSUEÑO. Che non ritorna?

Cuando la sierpe añosa
su edad ya no resiste
se despelleja y viste
de nueva juventud.

CARICIANA. Y no por eso se le caen los anillos a la sierpe, digo yo.

Si la gran ave Fénix
odia sus viejas galas
dando al fuego sus alas
vuelve a la juventud.

LOS CUATRO. *(De la mano.)* Vuelve a la juventud.

MIGUEL ROMERO ESTEO

PASODOBLE

RITUAL BARROCO

Pedro Aullón de Haro

La producción teatral de Romero Esteo se inicia a mediados de los años sesenta y sale por primera vez a la luz pública en forma impresa en 1971. Se trata de la gran ópera bufa *Pontifical,* reproducida en Madrid y difundida como edición clandestina (ante la imposibilidad que constituía la censura franquista) por los alumnos de la Real Escuela Superior de Arte Dramático y Ditirambo Teatro-Estudio. Durante ese mismo año, Suhrkamp Verlag pública en Frankfurt la versión alemana realizada por Curt Meyer-Clason. Es el intrincado comienzo de una de las más importantes creaciones dramáticas europeas de la segunda mitad del siglo XX.

Se podría decir que los más variados aspectos de una difusión y recepción anómalas no han abandonado nunca, por inexplicable que parezca, el teatro Romeo Esteo. Para comprender esta circunstancia es necesario tener en cuenta, por una parte, la deficiente cultura teatral española, al menos en relación con los grandes países de su entorno, así como el hecho de que en tiempos de *Pontifical* la expresión dramática nacional se elaboraba estrictamente en el marco de tres vertientes ya periclitadas desde el punto de vista de las opciones estéticas: teatro del absurdo, teatro seudobrechtiano y teatro socialrealista. Y, por otra parte, el hecho de que las extraordinarias originalidad y posibilidad renovadora que brindaba Romeo Esteo, si bien desde un primer momento produjeron algunas elogiosísimas reacciones críticas además de un perceptible grado de asimilación técnica y literaria entre los autores más atentos, provocaron, sin embargo, una situación de rechazo por disfuncionalidad o inadecuación respecto de un circuito de comunicación teatral incapaz de entender o asumir tales cambios. Esto, al fin y al cabo, es algo que frecuentemente ocurre con las grandes decisiones artísticas individuales que, cualesquiera sea su naturaleza, describen una sustancial transformación de los procesos estético-ideológicos.

En la obra dramática de Romero Esteo —obra esencialmente trágica, de desmesurada formalización barroca y sólida ideación revolucionaria anticlásica— son perfectamente determinables dos ciclos que se corresponden con exactitud a dos épocas cronológicas y artísticas. El primero de ellos da comienzo con *Pizzicato irrisorio y gran pavana de lechuzos* (primera obra escrita por el autor, aunque no publicada hasta 1978) y *Pontifical,* continúa con *Patética de los pellejos santos y el ánima piadosa,* la muy dialéctica y alegórico-grotesca *Paraphernalia de la olla podrida, la misericordia y la mucha consolación* (representada en 1972), el breve e intensísimo *Pasodoble,* la grotescomaquia de calle y plaza *Fiestas gordas del vino y el tocino,* la bellísima marinería infantil *El barco de papel,* el teatro marginal de *El vodevil de la pálida, pálida, pálida, pálida rosa,* la brevísima, irónica y burgués-decadentista *La Oropéndola,* y, por último, el de nuevo ingente *Horror Vacui,* texto aún no editado que cumple piramidalmente la complejificación temática y estructural como asombrosa sumarización del espacio manierista y la forma barroca del cúmulo de resoluciones diseñadas hasta ese momento.

El segundo ciclo de la producción de Romero Esteo se abre en 1983 con la publicación en Pipirijaina de otra obra ingente, *Tartessos* en la cual el antiaristotelismo de la fábula cede relativamente a formas más canónicas. Es el texto matriz que define, tanto las realizaciones estructurales como los mundos temáticos de las piezas siguientes, que son de extensión más reducida: *Antigua y Noble Historia de Prometeo el Héroe con Pandora la Pálida; Liturgia de Gerión, Rey de Reyes* y *Liturgia de Gárgoris, Rey de Reyes,* editada en 1990. Lo que se produce ahora, en este nuevo ciclo (tras el anterior, guiado por una densa y sostenida ideación revolucionaria de esfuerzos que tal vez el teatro español jamás había conocido si no es en tiempos del Siglo de Oro) es la disolución de los más virulentos componentes grotescos, de la multiplicidad arquitectónica composicional y de la directa referencialidad crítica contemporánea, con el propósito de tratar la creación de un espacio mítico en el tiempo primordial del origen como nueva reinstalación mistérica para la tragedia. Tiene así lugar el acceso coherente de una estética de vanguardia a una modelización "renovadora" de la "clasicidad"; pues se replantea y esencializa la organización —por decirlo de algún modo— ritual y operística, e incluso persiste sustancialmente la misma forma del discurso, en virtud de su esencialidad litúrgica y primitivista, susceptible de reincardinación expresiva para el universo arcaico representado de la cultura de Occidente.

El teatro de Romero Esteo surge maduramente, desde su primer título, regido por la radicalidad revolucionaria tanto del lenguaje como de la disposición estructural del texto literario y su posible traslación a representación espectacular. El principio articulador de todo ello consiste en una extremada integración de contrarios en tanto que fórmula de origen romántico mediante instrumentalización vanguardista que, restañando el curso de la historia literaria, crea por primera vez en castellano el lenguaje netamente original que no produjo nuestra vanguardia histórica. La razón última de esta posibilidad se encuentra precisamente en su condición barroca, esto es, en el aspecto originariamente característico e innovadoramente distintivo de la lengua poética española. Romero Esteo intensifica perversamente el grado de artistización del lenguaje teatral, insertándolo en un lenguaje popular de rasgos muy gruesos con resultados de perfecta síntesis sin dificultades de naturalización. Desde el punto de vista de las estructuras mayores, se trata de la intersección laberíntica de procedimientos sacros, ceremoniales y litúrgicos con los del teatro bufo, dentro de una organización macroestructural análoga a algunas de las grandes creaciones de la música contemporánea (Stockhausen, Lygeti). Concepción esta que igualmente es allegable al propio nivel elocutivo del discurso y sus mecanismos de elevación del defecto a categoría de norma artística. Las estructuras fabulares quedan desintegradas por cuanto se atomizan mediante una dispersión de multiplicidades significativas que sucesivamente tejen y destejen hasta acercarse al paroxismo, al tiempo que comúnmente se entrecruzan en el orden de las modulaciones gradatorias de lo inesperable. Los elementos accesorios de la fábula pueden acceder a la función de básicos, mientras que lo básico puede permanecer en situación de accesorio, al menos en la medida en que sólo es utilizado con el fin de vertebrar meras incidencias. En consecuencia, la intensidad dramática deja de estar sustentada en el núcleo evolutivo de la fábula para expandirse multiplicadamente desde diferentes niveles más o menos simultáneos. Los personajes, asimismo, en cierto modo también se disuelven engastados en la dominancia de la propia corriente dramática de los movimientos del juego de continuidad y discontinuidad del discurso lingüístico y dramático.

Corolario de todo ello, aquí muy sucintamente descrito, es la comprobación de la invención brillante y la excepcionalidad compleja de una obra dramática cuyo esencial fundamento trágico se erige en principio de transformación revolucionaria capaz de transcender indemne, valiéndose de la destrucción del sistema de la fábula y del establecimiento de un proceso de desmecanización significativa, el acto conclusivo de la escritura del laberinto del vacío absoluto encubierto en *Horror Vacui* para alcanzar, mediante la idea esencial que por sí misma desborda en cuanto forma la particularidad del arte, la nueva totalización, no técnico-estructural sino de materia, la totalización antropológica protohistórica de *Tartessos*.

En cierto modo es *Pasodoble* una de las obras más afortunadas de Romero Esteo. Se subtitula "grotescomaquia patética" y se encuentra, por su extensión, entre las piezas no desmesuradas del primer ciclo de la producción del autor. Escrita en 1971, publicada por la revista "Primer Acto" (noviembre 1973), fue estrenada en el Primer Festival Internacional de Teatro Independiente de Madrid en 1974 (26 de octubre) a cargo de Ditirambo Teatro-Estudio, bajo la dirección brillantísima de Luis Vera. Ha sido representada centenares de veces en Europa y América: festivales de Nápoles, Zurich..., Biennale de Venecia (1976) y en más de una veintena de ciudades de Estados Unidos durante 1979. Incluso el mismo director, Luis Vera, volvió a realizar una nueva versión escénica para Teatro Estudio de Málaga en 1983. El magnífico resultado artístico sin duda vino apoyado por la gran experiencia inmediatamente anterior de Ditirambo Teatro-Estudio con *Paraphernalia de la olla podrida, la misericordia y la mucha consolación*, estrenada en el Festival de Sitges en 1972 y después en Francia y Alemania. En contra de lo que a primera vista pudiera parecer al lector no informado, estas anotaciones no son ociosas en modo alguno, pues a excepción de *El barco de papel* (nuevamente Ditirambo, 1975), de ninguna otra obra de Romero Esteo puede decirse que haya tenido propiamente vida escénica: sólo, efímeramente, *El vodevil de la pálida, pálida, pálida, pálida rosa* y el *Prometeo*, aparte de una realización televisiva de *La Oropéndola*. En cualquier caso, es un hecho que la representación del teatro de Romero Esteo plantea un alto nivel de exigencia artística no fácilmente abordable. Sin embargo, en lo que a

Pasodoble se refiere, fue unánime la opinión especializada de que con escasísimos medios se habían conseguido resultados extraordinarios. En esa ocasión el profesor Lázaro Carreter (en la revista "Gaceta Ilustrada") no sólo recordaba felizmente la anterior representación de *Paraphernalia...*, sino que daba cuenta de su creencia de que *Pasodoble* es obra fundamental del teatro español contemporáneo, marcada con las difíciles señales de la originalidad, del talento creador y de la agudeza crítica, concluyendo que era "un espectáculo difícilmente olvidable". No se piense, con todo, que la recepción de *Pasodoble* no fue ruidosa y problemática. No podía ser de otro modo en las circunstancias de aquel tiempo.

Visto como sinopsis argumental, *Pasodoble* presenta la relación de una pareja de clase alta. (Ella, propietaria de grandes extensiones de tierra; él, ingeniero agrónomo ocupado de la administración y gestión agrícola de esas propiedades) que habita una gran casa de cortijo, un tanto aislada del mundo. La pareja, que celebra en solitario un aniversario de matrimonio, movida por el exceso de champán se introduce en juegos, inicialmente inocentes, desencadenantes de un proceso de mutua "masacre" a través de la rememoración de su larga vida amorosa, en la cual resultan implicados los criados de la casa. La realidad es que las motivaciones de la historia pasada siempre han consistido en el intento de ser doblegado el uno por el otro: él tratando de dominar a ella con el fin de llevar a cabo su idealismo de progreso agrario, y ella que siempre acaba por dominarle a él mediante argucias femeninas. Es, por consiguiente, una lucha por el poder profundamente envenenada por una radical lucha entre sexos: la pareja coexiste, pero se trata más bien de una convivencia del odio. La disputa inicial de la celebración del aniversario gira sobre la música folclórica de los pasodobles, que ella (rural y conservadora) hace sonar constantemente porque a él (urbano y vagamente progresista) le desagrada por chapucera, pues la música de su gusto es la "culta" y "clásica". El proceso de juegos de masacre, que va concretándose en instinto de masacre a secas, deviene juego de auténtico asesinato. De esta manera, la muerte de uno u otro, sea por horca, cuchillo, escopeta o fuego adquiere permanente inminencia. En el intento de escapar a ser quemada como una bruja, ella queda colgada de la gran lámpara que corona la sala, mientras él espera que ella caiga y reviente contra el suelo. Pero al igual que en otras ocasiones, llegan a un pacto de coexistencia: puesto que mutuamente se necesitan, no intentarán asesinarse nunca más. Para celebrar el pacto bailan solemnemente un pasodoble, como lo hacían de jóvenes, estando enamorados. Durante el baile, traicioneramente, sale a relucir sobre la espalda de él la cuchilla de una navaja. Evidentemente, el pacto (como sucediera otras muchas veces) no es sino un truco, y la lucha a muerte habrá de proseguir de forma indefinida.

Es muy probable que en la historia del teatro europeo nunca haya sido presentada una lucha matrimonial, entre macho y hembra, tan extremadamente feroz además de tan artísticamente compleja y convincente. En este sentido, las luchas matrimoniales del teatro psicologista de August Strindberg resultan ser mucho más livianas, ya se trate de la tragicomedia *Acreedores* o incluso de *El camino a Damasco*. Esquemáticamente cabría resumir que *Pasodoble* describe la lucha de un principio masculino (idealismo, progreso, cambio) frente a un principio femenino (materialismo, inmovilismo) y, por otra parte, la inferencia de la sospecha de que un matriarcado habría de ser muchísimo más lamentable que el patriarcado.

MIGUEL ROMERO ESTEO

Nació en Montoro (Córdoba) en 1930. Licenciado en Ciencias Políticas, en 1963 escribió su primera obra, *Pizzicato irrisorio*, y dos años después *Pontifical*, obra desmesurada, revolucionaria y barroca, como casi toda su producción. En 1972 se estrenó *Paraphernalia de la olla podrida, la misericordia y la mucha consolación*, y en 1974, *Pasodoble*. Otros títulos son *El vodevil de la pálida, pálida, pálida, pálida rosa* y *Tartessos*, premiada por el Consejo de Europa en 1985.

TEATRO

Patética de los pellejos santos y el ánima piadosa. Escrita en 1970. Inédita.

Pontifical. Escrita en 1965-1966. Editada por Asociación de Alumnos de la RESAD y Ditirambo Teatro-Estudio, 1971 (dos volúmenes), edición privada. Editada en Alemania, en traducción de Curt Meyer-Clason. Frankfurt, Suhrkamp Verlag, 1971.

Pasodoble. Editada en Primer Acto nº 162, 1973. Estrenada en el I Festival Internacional de Teatro Independiente de Madrid, 1974, por Ditirambo Teatro-Estudio.

Horror vacui. Escrita en 1974-83. Inédita.

Fiestas gordas del vino y el tocino. Editada en Júcar, 1975. Estrenada en 1986 por el Teatro Estudio de Málaga.

Paraphernalia de la olla podrida, la misericordia y la mucha consolación. Editada en extracto en la revista Estreno, Cincinatti University Press, 1975. Estrenada en el Festival de Sitges, 1972, por Ditirambo Teatro-Estudio.

El barco de papel. Escrita en 1975. Incluida en el volumen MRE, Teatro de la Diputación y Universidad de Málaga, en 1986. Estrenada en el Festival de Teatro Independiente de Vigo, 1975, por Ditirambo Teatro-Estudio.

Pizzicato irrisorio y gran pavana de lechuzos. Escrita en 1964-1966. Editada en Cátedra, 1978.

El vodevil de la pálida, pálida, pálida, pálida rosa. Escrita en 1975. Editada en Fundamentos, 1979. Estrenada en el Teatro Benavente, 1981, bajo la dirección de José Díez.

Tartessos. Editada en Pipirijaina nº 26-27, 1983.

Antigua y noble historia de Prometeo el héroe con Pandora la pálida. Escrita en 1985. Editada en el volumen MRE Teatro de la Universidad y Diputación de Málaga, 1986. Estrenada en 1986 por el grupo de teatro de la Universidad Popular Municipal de Marbella.

La oropéndola. Escrita en 1980. Incluida en el volumen citado MRE Teatro de la Universidad y Diputación de Málaga.

Liturgia de Gárgoris, rey de reyes. Escrita en 1986. Publicada por la Diputación de Málaga en 1987.

Liturgia de Gerion, rey de reyes. Escrita en 1985. Inédita.

MIGUEL ROMERO ESTEO

Pasodoble

GROTESCOMAQUIA PATÉTICA

Oh, la pálida, la pálida flor
que ahora nadie la salva,
de la ninguna crueldad
ya está toda bien calva
con sólo el pelo
del mayor desconsuelo,
con sólo el pelo
de la misericordia
y la irrisión
patéticamente tieso
como una rata
en mitad del corazón,
oh, la pálida flor del alma,
la pálida flor

DRAMATIS PERSONAE

ELLA: Alta y enjuta de carnes. De rostro muy ajado y largas llorinas. De unos cuarenta y pico años, y largo el pico. Pelo negro muy tirante y que luego resultará ser peluca. Recogido atrás en un moño aplastado prácticamente en la nuca. De largas ojeras exageradas con pintura, y pintado el cerco de cada ojo. De apasionado clavel rojo atrapado con una horquilla bajo la oreja derecha. Delicado traje de noche, liso, en seda negra, ceñido hasta la cintura, luego afloja y por abajo, almidonado, trae un revuelo de pliegues en pico que sugieren un algo del típico traje de sevillana pero muy estilizado. Algo de escote. Media manga y botonadura hasta el cuello desde los pies como si una sotana fuera el traje. De encaje negro, largos guantes que llegan hasta el codo. De encaje negro también una larguísima mantilla que, apoyada ligeramente en brazos y hombros, le cubre el largo escote de la espalda. De algún artilugio con base en trapos y guata, un busto con relieve de muchas tetas que resalta sobre el talle de avispa recoleta.

ÉL: Algo más bajo que ella, puede que varonilmente chaparro. De rostro ajado también, y se le insinúan bajo los ojos unas bolsas, y por bajo también unas ojeras. De pelo negro, evidentemente teñido, y con un hábil bisoñé o peluquín honorable que le disimula una calva patéticamente cantable, bisoñé que a modo de cortina con mucha brillantina y estirada hacia la derecha le cubre como elegantemente del arte la parte superior de la frente. De unas cincuenta primaveras bien apuntaladas a base de aguas tónicas y zumos de frutas. Bien afeitadas las quijadas, dulcemente carpetovetónicas como quien va de putas. De smoking algo a disgusto, pues bien se ve que lo mantiene tieso, que no se siente a gusto.

EL LORO: Encaramado en una barra de madera que, a modo de percha, va sobre un trípode que no es de gutapercha sino que a base de madera gorda en la que los tres pies del gato convergen en un altísimo vástago staccato y tieso sobre el que a modo de beso, y el párrafo ya es oro, va montada la barra en la que posa el loro mal subido a la parra.

LOS PASODOBLES: Auténticos protagonistas de la obra, irán montados en gran banda sonora con base en la banda magnetofónica y la banda municipal a tambor y platillos. Pasodobles toreros, en exclusiva. De pasodoble que asoma en mitad de la primera parte, irrumpirá por amor al arte "En er mundo" como gran pasodoble. Luego, tras de un rato, llegarán mezza voce o así los pasodobles titulados "España cañí", "El gato montés", "La gracia de Dios", "Gallito", "Ayamonte" y "Pan y toros". Luego, en la fiesta con confetti, en la segunda parte de la obra, la misma serie de pasodobles pero tutto sottovoce, tuttissimo, y con "Suspiros de España" metido de matute en la mitad de la serie. Luego, cuando el vaya jaleo, jaleo, ya se pasó el alboroto y ahora empieza el tiroteo, la misma serie pero invertida, ya sin el matute del "Suspiros de España" pero iniciándola el "En er mundo", y del en fortissimo tutto brillante. El montaje de la serie hay que hacerlo de forma que cada pasodoble irrumpa antes de que termine el anterior, o séase, quedando amortiguada y oculta la coda final de cada pasodoble y eliminando también la coda del último pasodoble de la serie. Puede también quedar detenida la serie en ael segundo o tercer tiempo de tal o cual pasodoble, y se lo reiterará obsesivamente, incluso usque ad nauseam, y luego seguirá ya la serie normalmente su marcha. Tras un gran silencio, al final de la segunda parte, volverá "Suspiros de España" que irá subiendo desde el sottovoce al forte en rápido crescendo, y luego al fortissimo inmortal. Y previamente algo antes de la serie fortissimo e tutto brillante, como anunciándola, podrían estallar entre silencios gordos algunos brevísimos fragmentos de los pasodobles —o de algún pasodoble en especial— como relámpagos en tutto fortissimo.

DRAMATIS LOCUS

Un ámbito grande. Y alto, a ser posible. Pongamos que la sala conventual de algo que lógicamente convento fue, y ahora es mansión de una adinerada familia noblemente española, y que está situado en cualquier lugar pingüe de la España ancha y ajena, no lejos de cualquier poblacho dolorosamente español. Encalados de la blanca cal, simulando gruesos muros, el fondo y los laterales, de los que arrancan tres cuerpos de bóveda que, con el cuerpo que arranca desde la boca del escenario, forman la bóveda de la sala, poco peraltada la bóveda y con las nervaturas de los arcos bien hundidas en escayola o similar. Típica bóveda de convento algo pobre, allá por la mitad del siglo XVI. Al fondo, en cada ángulo, en la unión de cada lateral con el muro del fondo, emerge un asomo de gruesa columna bien maciza, medio enterrada entre ambos muros, y con su correspondiente asomo de capitel. Encalada también la bóveda. En el muro del fondo, muy hacia la derecha, un vano o corte rectangular a modo de puerta o entrada. Otro, a la izquierda primer término. Adosado al lateral de la derecha primer término, un arcón piadosamente antiguo y con herrajes. Hacia el centro de la escena una gran mesa de roble, en paralelo con la boca del escenario. Tras la mesa, hacia la izquierda y algo al fondo, el loro encaramado encima de su percha; delante, con cierta asimetría, una mesita con algunos frascos de cristal tallado en los que habrá bebidas más o menos alcohólicas, y una bandeja. Y en la bandeja, tan sólo una copa, también en cristal tallado, a modo de cáliz o similar. A cada extremo de la mesa, una larga silla en madera y cuero. Encima de la mesa, hacia el centro, un candelabro. A bastante altura, cuatro alambres van de muro a muro y forman una especie de oculta estrella de alambre. Oculta porque los alambres van por dentro de largas guirnaldas en papel acordeonado y amarillo que convergen al centro y de allí cuelga, también en papel amarillo, una especie de farolillo líricamente como jaula de grillo, líricamente. Al fondo, a la derecha del arco de entrada, descolorido y sentimental, un viejo cartel de toros. En el lateral de la izquierda, hacia el fondo, un grueso armario antiguo y chaparrete. Por arriba, orilla de la bóveda, de lado a lado, una gruesa viga de madea. Y en la viga, hacia la derecha, una garrucha gorda y oculta tras el maderamen de la viga. También honorablemente oculta, una cuerda de ahorcar que comienza en lazo, pasa luego por la garrucha y, disimulada tras un encalado pilar que adosado al lateral derecho asciende hasta la bóveda, cuelga luego la susodicha cuerda hasta el mismísimo suelo, pérfidamente. Al centro, por encima de la piñata de papelillos de colores, cuelga encima de la mesa una gorda lámpara visigoda lo mismo que una corona de hierro y cabos de vela.

ADDENDA EN ALAS DE LA AGENDA

Al igual que en el caso de *Paraphernalia*, esta obra implica todo un difícil ejercicio de intepretación, puede que hasta prácticamente imposible, y así está planeado sobre poco más o menos. Por lo cual no deberá suprimirse el intermedio y representarla toda de un tirón. De hacerlo, entonces la interpretación en lo que debió ser parte segunda caerá seguramente en atonía o monotonía, o en ambas, excluido posiblemente el final de la obra en el mejor de los casos. Como en todos, en actores y actrices hay unos límites físicos y psíquicos que hacen imposible sostener a lo largo de dos horas ininterrumpidas toda una gran riqueza de imaginerías gestuales, tonalidades anímicas y despliegue de alturas y tonos de voz, todo ello incuestionablemente básico para este tipo de obras que acarrean un largo ejercicio interpretativo. En cuanto al montaje de la obra, una cosa tan solo. Y es que los elementos religiosos o cuasilitúrgicos hay que tratarlos sin ningún asomo de irreverencia o similar. Entre otras cosas más importantes, porque con ello quedaría dañada la veta más noble de la obra y perdería vigor la veta trágica. No hay nada de esperpéntico en la obra —el esperpento es caricatura de una materia más o menos naturalista— aunque su escritura pueda sugerir algo similar.

PRIMERA PARTE

Donde iniciamos devotamente la introducción al pasodoble

Luce melancólicamente en mitad de las tinieblas gordas el candelabro de dos brazos que, algo hacia la izquierda, hay encima de la mesa de roble. Luce de sus dos cirios como negros delirios. Y es allí que, sentados a la mesa como dos cariátides de la responsabilidad, ella y él con toda solemnidad, y parlan de la medianoche, parlan con delicado sottovoce.

ELLA. Y ahora aquí, en la sala de la música...

ÉL. De la música celestial.

ELLA. ... de la música santa.

ÉL. De la música santa.

ELLA. De la música sacrosanta.

ÉL. De la música sacrosanta.

ELLA. Del pasodoble.

ÉL. Del pasodoble.

ELLA. Del pasodoble inmortal y angélico.

ÉL. Del pasodoble inmortal y angélico.

ELLA. Del pasodoble tutto passionato.

ÉL. Del pasodoble tutto passionato.

ELLA. ... platicamos piadosamente un rato.

ÉL. Platicamos piadosamente un rato.

ELLA. Platicamos piadosamente del pasodoble.

ÉL. Platicamos piadosamente del pasodoble.

ELLA. Platicamos de velada.

ÉL. Platicamos de velada a dos velas.

ELLA. De velada a la luz de dos velas de misericordia.

ÉL. Somos el matrimonio que ama y que no incordia.

ELLA. Somos el matrimonio que ama y que no incordia, el matrimonio santo.

ÉL. El matrimonio santo.

ELLA. El santo matrimonio.

ÉL. El santo matrimonio.

ELLA. No matamos a nadie y odiamos al demonio.

ÉL. No matamos a nadie y odiamos al demonio.

ELLA. Somos el matrimonio modelo...

ÉL. Somos el matrimonio modelo.

ELLA. ... como hay tantos así en la tierra como en el cielo.

ÉL. Como hay tantos así en la tierra como en el cielo.

ELLA. Cenamos ya, tuvimos nuestra cena.

ÉL. A dos velas cenamos bajo la luna llena.

ELLA. Tuvimos nuestro frugal banquete, nuestro frugal festín...

ÉL. Nuestro frugal festín.

ELLA. ... con tocino de cielo, que es postre de postín.

ÉL. Con tocino de cielo, que es postre de postín.

ELLA. Y ahora, como todas las noches, y como hace la gente bien nacida...

ÉL. Como hace la gente bien nacida.

ELLA. ... platicamos del pasodoble como pan de la vida...

ÉL. Platicamos del pasodoble como pan de la vida.

ELLA. ... como pan del alma...

ÉL. Como pan del alma

ELLA. ... porque reina en nuestro espíritu la calma.

ÉL. ... reina en nuestro espíritu la calma.

ELLA. La santa calma del jardín de las virtudes.

ÉL. La santa calma del jardín de las virtudes.

ELLA. Porque amamos la vida y no los ataúdes.

ÉL. Porque amamos la vida y no los ataúdes.

ELLA. La santa calma de los timoratos...

ÉL. La santa calma de los timoratos.

ELLA. De los timoratos misericordiosos.

ÉL. De los timoratos misericordiosos.

ELLA. Porque tenemos nuestra conciencia en paz.

ÉL. Porque tenemos nuestra conciencia en paz.

ELLA. En santa paz.

ÉL. En santa paz.

Desde un extremo al otro de la mesa, atísbanse fijo a los ojos, y hay gordo silencio a manojos.

ÉL. Yo creo que estamos algo piripis.

ELLA. Piripi estarás tú. Yo no.

ÉL. Tú no hacías más que descorchar champán, botellas y botellas...

ELLA. Tres botellas. ¿Ves cómo estás piripi...? Te alucinas y ves cientos de miles de botellas, toneladas y toneladas de botellas. Y luego lo vas piando por ahí, lo pías todo, y la gente piensa entonces que aquí celebramos orgías...

ÉL. Orgías de los Borgias.

ELLA. Santas orgías, orgías de las personas decentes. Y tú lo vas por ahí piando porque te alucinas de las botellas, de las muchas botellas. Te alucinas de la alucinación.

ÉL. De la alucinación de las toneladas de botellas.

ELLA. Eso. De las toneladas. De que sigues con los nervios deshechos, contrahechos, prácticamente puros desechos. De la tensión nerviosa, de la tensión.

ÉL. Del trabajo, del mucho trabajo.

ELLA. Del mucho trabajo de administrar las fincas a destajo, lo sé. Eres honesto y trabajador. Ni como hombre ni como marido tengo de ti queja alguna, tú bien lo sabes... Pero necesitas poso, necesitas reposo. Estás mal de los nervios y necesitas reposo, necesitas santa consolación... Verás cómo el pasodoble te alivia, cómo el pasodoble te consuela.

ÉL. Me consuela de la tensión, me alivia.

ELLA. Te aliviará. Te sanará, terminará sanándote. Ten fe en el pasodoble, ten fe.

ÉL. Yo tengo fe en el pasodoble, yo tengo mucha fe en el pasodoble.

ELLA. No mucha. Toda, debes tenerla toda como la tuvo el visigodo en la visigoda.

ÉL. Porque la visigoda no le ponía los cuernos.

ELLA. No le ponía los cuernos del casco, pues ella amaba la virtud y al vicio le hacía asco.

ÉL. No hacías más que venga a echarme champán de burbujas en la copa.

ELLA. Por el amor al pasodoble, no por amor a la sopa, no por amor a la langosta termidor.

ÉL. Por amor a nuestro amor, fuerte como el roble.

ELLA. Por amor a nuestro amor, por amor al pasodoble.

ÉL. *(Sigue de la seriedad como la huesa, y extiende litúrgicamente los brazos sobre la mesa, palmas hacia abajo.)* Y ahora como todas las noches... el pasodoble va a venir... está viniendo...

ELLA. *(También sigue de seria como un peñasco. Y, palmas abajo, extiende las manos sobre la mesa como quien acaricia un carrasco).* Y ahora, como todas las noches de nuestra santa medianoche, el pasodoble va a venir, está viniendo...

ÉL. Y mientras viene, vamos conviviendo.

ELLA. Y mientras viene vamos conviviendo.

ÉL. Vamos conviviendo de la convivencia noble.

ELLA. Vamos conviviendo de la convivencia noble.

ÉL. Y platicando amorosamente del pasodoble.

ELLA. Y platicando amorosamente del pasodoble.

ÉL. Me has hecho brindar y brindar.

ELLA. También yo he brindado, y mucho.

ÉL. Hemos brindado por el amor al pasodoble.

ELLA. Hemos brindado por nuestro amor.

ÉL. Ha sido una cena hermosa.

ELLA. Ha sido una cena matrimonial, santamente matrimonial.

ÉL. Ha sido una cena santamente alegre.

ELLA. Alegre de toda la alegría del mundo.

ÉL. Alegre de la mucha alegría.

ELLA. Alegre de la mucha alegría del camposanto.

Quiebra la inexpresiva seriedad ceremonial que se traían hasta ahora como hilo de seda este santo matrimonio ideal.

ÉL. *(Fosco, golpea las sílabas algo mosca.)* No me gusta esa broma, sabes que no me gusta. Y a tí no te disgusta porque todas las noches me la disparas en mitad de los morros...

ELLA. Te la disparo como quien florece de ajos porros, pero con santa intención, por animar un poco la velada...

ÉL. Pues no me gusta nada. Me deja mal sabor del alma, me deja mal sabor de boca.

ELLA. Te serviré una copa, verás como se te quita el mal sabor.

ÉL. Pero me la sirves con amor.

ELLA. Yo siempre te la sirvo con amor. *(Levántase, va a la mesita, vuelve con un frasco de cristal y una copa encima de una bandeja de plata, y la pone en la mesa como culo de rata.)* Del añejo, solera fina.

ÉL. ¿Whisky no...?

ELLA. Y dale con el whisky. El whisky no va con el pasodoble. Y es una bebida malsana, una bebida innoble. Una bebida extranjera.

ÉL. Por un whisky no te pongas como una fiera.

ELLA. ¿Como qué fiera...?

ÉL. Como una fiera silvestre.

ELLA *(Sonríe y gruñe de garduña vulnerada.)* Grrrrrr... soy silvestre, soy campestre... *(Le parla sottovoce del lírico fantoche.)* Un moriles para que se te suba...

ÉL. ¿De mala uva...?

ELLA. De buena uva, y que se te suba a la cabeza y me ames apasionadamente como el cerezo a la cereza.

ÉL. Te amo apasionadamente como el cerezo a la cereza...

ELLA. ¿Como el cerezo en flor...?

ÉL. Como el cerezo en flor. Soy tu marido, te amo de la flor y el amor, y así toda la vida te llevo amando, no lo estarás dudando.

ELLA. *(Sirve el moriles en mitad de la copa, y bisbisea piadosamente a quemarropa.)* No lo dudo, me lo sudo... *(Y sonríe como la casta azucena que no duda del sapo gordo bajo la luna llena.)* Así toda la vida me llevas mamando, así toda la vida me llevas amando... *(Y alegremente del alevosía le ofrece la copa como el ambrosía del dios que dice, refocila o te tundo, y el corazón bebe y se pone rotundo.)* El perenne vino de la medianoche cuando el pasodoble revienta de amores y el corazón rebosa pájaros de colores.

ÉL. De pájaros de colores bien cargados de tristeza y lágrimas, cuando la procesión de las benditas ánimas va por mitad del vino... *(Fosco de la suspicacia.)* Pruébalo tú antes, a ver si está divino... Venga pruébalo... A que no te atreves...

ELLA. *(Seria.)* Lo pruebo, lo bebo. *(Iza de la copa en mitad de la noche, y engulle todo el vino con piadoso derroche.)* Está lírico, está bucólico...

ÉL. *(Suspicaz.)* Bucólico como hueso de santo. *(Tajante.)* No lo bebo, no lo beberé.

ELLA. Tú te lo pierdes... *(Sírvese otra copa, vuelve a sentarse en su silla de ceremonia, y atisba a su marido con mucha parsimonia.)*

ÉL. Todavía no me has dicho por qué hoy toda esta farfolla de verbena con su farolillo.

ELLA. Adivínalo como la carne membrillo. Di que mis chifladuras, di que estoy a las duras y las maduras.

ÉL. A las maduras, sobre todo.

Sonsácase del bolsillo un frasco-petaca de coñac napoleón, y se atiza un lingotazo como lírica consolación, la lírica consolación del ánima piadosísima.

ELLA. No estarás llamándome vieja con disimulo.

ÉL. Qué cosas, no soy tan dulcemente mulo. Te conservas joven porque lo eres, porque eres joven de cuerpo y espíritu. Sigues de la hembra joven, inteligente, interesante, sensible, delicada.

ELLA. Lo dices por halagarme. O por compasión.

ÉL. Lo digo porque lo siento de todo corazón, y tú bien lo sabes. Hoy todo nos sale en verso.

ELLA. *(Sottovoce del cómplice maligno.)* Porque hoy estamos de vena. Con algún que otro ripio.

ÉL. Pero resulta hermoso.

ELLA. *(Mística de la flor gorda.)* Resulta hermosísimo, resultará hermoso del todo. ¡Hoy será el esplendor del pasodoble como panza de visigodo...! *(Y está de pie, y dispara los brazos con la mantilla, y abarca al universo como a un gran plato de natillas.)*

LORO. *(Encaramado en su alta percha, espabila de la soflama, y chilla como chilla del ánima la llama.)* Lorito quiere chocolate, lorito quiere chocolate...

ELLA. *(Críspase del arrechucho como consolación, agáchase de nalgas a modo de melón, bisbisea líricamente del ánima, gime de las tinieblas, gime cual gorda lágrima.)* No quiere que venga toda la tropa de amigos y parientes a palparme la ropa, a husmear en la flor de nuestro hermoso amor, no lo quiero... *(Y él yérguese, la atisba del ojo a cal y canto, como quien trinca un hueso, como quien trinca un santo.)* ¡No lo quiero, yo quiero estar contigo bajo la flor del limonero, yo quiero estar contigo en el melonar...! *(Entonces, él repeluzna de oír la rima trunca, y va y le arrima lomo al trote como nunca, le mete la petaca del coñac aguacate en mitad del espíritu, en el mismo gañate.)*

ÉL. Cálmate, sosiega... De la espantosa brega con tu trabajo de ama de casa en ejercicio estás agotada, prácticamente acogotada... Trabajas mucho, es vicio del estar perennemente en servicio todo el santo día... Échate un trago espeso, verás como te reanima, cómo sosiegas de penas ingratas...

ELLA. *(Contusa del ánima.)* No beberé del matarratas, no beberé. *(Piadosamente resoluta, cierra del órdago las quijadas y él amorosamente insiste, y las pasa moradas, y ella gime canuta, y él casca dulcemente como un hijo de puta, casca del ánima, y asesina en su corazón una horrible lágrima.)*

ÉL. Salgamos al jardín, verás como al claro de luna se te pasa el arrechucho con el relente...

ELLA. *(Fosca.)* Nunca saldré al jardín, jamás, eternamente... *(Y él la ayuda entonces a incorporarse del agacho, y ella vuelve a la silla con paso de borracho. Cada uno en su silla, sentados de nuevo, ella lo atisba pálida como quien mira un huevo.)*

ÉL. Decías que a honra de la celebración ibas a poner pato lo mismo que un melón, pato con salsa de calabacín en la cena...

ELLA. Está carísimo porque en el pueblo no hay más que un pato nadando devotamente en un regato de agua cristalina, y vale un ojo de la cara.

ÉL. Lo sé, vale más que faisán albóndigo, vale más que pechuga de canónigo...

ELLA. ¿Ves...? Tus irreverencias. Y antes también hiciste una ingeniosidad de peón caminero a base de las benditas ánimas. Me sabe a pan amargo, me sabe a pan de lágrimas aunque sé que lo haces con honesta intención, aunque sé que lo haces de limpio corazón... Igual con el servicio, que van y sueltan tacos como llenos de amores ruines y retacos... Pero se van corrigiendo, ellos son buenos, ellos ponen buena voluntad y se van corrigiendo.

LORO. *(Gimiendo del ánima en aflicción chocolatera.)* Lorito quiere chocolate, lorito quiere chocolate...

ELLA. En nuestro festín de bodas hubo pato a la naranja, un pato que mi tío el canónigo amamantaba en su granja. Fue en el salón capitular; luego, de primer bailable, hubo un gran pasodoble glorioso, inolvidable, y nosotros iniciamos la danza... y tú estabas hermoso como el lirio en la panza...

ÉL. Por favor, déjate de recuerdos. Del mucho recordar nos volvemos lerdos. Lo bailado, bailado.

ELLA. El servicio ya se habrá acostado. *(Y ella va y mira tensa un oculto lucero, y él enciende un pitillo a base de mechero, a base de mechero de oro, y encima de la percha gime de amor el loro.)* Venga, dame un pitillo... Esta noche es noche grande, y hay que fumarla decorosamente... *(Y él va y le lanza pitillera y encendedor que relucen deslizándose por sobre el tablero de la mesa, y ella arrampla de ambos con flema de posesa, va y enciende el pitillo igual que un flan convulso, y él lo atisba.)*

ÉL. Veo que te tiembla el pulso, estás nerviosa... Demasiado. *(Híspido allá en su percha gime de panza el loro, de que ciscó del ánima, y es vicio, y no inodoro.)*

ELLA. Del loro. De qué gime de amor. De mí está enamorado igual que las gallinas, y me pide alcanfor, quiere chocolatinas... De que gime, gime de amor lo mismo que una vaca, y yo sufro del ánima, yo soy una bellaca *(Aporrea de los puños en el tablero de roble, y se saca un pañuelo de encaje antiguo y noble, lloriquea de los ojos en dolce e tutto cuore y se limpia los mocos, como quien limpia flores.)*

ÉL. *(Yérguese presuroso, corre y le da consuelo, y le limpia los mocos como quien limpia el cielo.)* No eres una bellaca, eres dulce, eres buena, tú te limpias los mocos bajo la luna llena, tú tienes hermoso el corazón igual que flor de harina... Tú tienes corazón; y yo, chocolatinas... Chocolatinas para el mucho loro de tus castos amores, para el mucho loro, y voy yo, le abro el pico hasta el mismo cipote, le doy chocolatinas en mitad del gañote...

ELLA. *(Enjuta de un brusco.)* ¿Ves...? Sigues diciendo palabras soeces... *(Lo agarra de las solapas del smoking con manos dolorosas, le atiza del espanto igual que un pan de rosas.)* Te contagias del casino, te contagias del pepino... De allí te contagias, vas y te las apropias, las birlas, se las plagias... Te pirras de la apropiación...

ÉL. ¿Le doy chocolatina con toda devoción...? *(Y exhibe una chocolatina que se sonsaca de los bolsillos, y ella lo atisba a fondo igual que calzoncillos, y ella lo atisba a fondo, espesa y suspicaz, atisba calzoncillos y le mira la faz.)*

ELLA. Dásela, pero con parsimonia, y bien batida con bicarbonato. El loro ahora digiere igual que un boniato, está todo estreñido de tanta ceremonia, se jiña bien del culo igual que una demonia... *(Y ella desquicia líricamente de los dulces ojos con espanto, y él va en procesión con la chocolatina y se la ofrenda al loro como quien se la ofrenda a un santo.)* ¿Lo ves...? Me contagio de tus palabrotas atroces, de tus sucias palabras igual que dulces coces... Dios mío, no sé qué me ando diciendo, él no dice palabras de hernia y de veneno, él es bueno, él es un buen esposo...

ÉL. *(Con fingida flor del ánima.)* Lorito, lorito... Zampa, zampa de la chocolatina...

ELLA. *(Medita de toda la meditación.)* ... he caído en la trampa... Y abismada en harina, abismada dolorosamente del abismo... *(Yérguese resoluta, arrampla con la copa y el frasco, le arrima lomo al loro, y el loro está de asco.)* abismada en amores yo, y abismado él...

LORO. *(Hipando del gañote.)* ...rrrrrrrrrr... Zssschiu, zssssschiú... rrjjjjjjjjjjjjj... Schyiiiiiiii, Jrearrrrrrrrr...

ELLA. No seas bruto con la chocolatina, no se la des con el papel... luego el loro va y sea atraganta... y luego ya no gorjea dulcemente del mucho amor, y luego ya delicadamente no canta melodías como rosas de pitiminí, lindas melodías de Ipacaraí. ¡Quítale todo el papel de plata a la chocolatina, quítaselo todo...! ¡No se lo quites de mala manera, quítaselo con muy, muy buen modo, con reverencia...! *(Le bisbisea al marido en*

mitad de la oreja un gazapo caliente lo mismo que un conejo.)
... Luego besas al loro y ganas la indulgencia.

ÉL. Ay... Maldito loro, me atizó un picotazo.

ELLA. *(Lírica.)* Es porque tú lo adoras como a un hijo coñazo... *(De un brusco remata seca como la piedra del llanto espeso, y escupe azúcar igual que quien escupe un beso.)* Es nuestro hijo, nuestro dulce hijo...

ÉL. *(Pensativo.)* Nuestro hijo es el loro.

ELLA. *(Misericordiosa.)* Y es varón, no es canijo, y es fuerte como un toro, dulce como una vaca... *(Quiebra en un gemido igual que un serafín patéticamente dolorido.)* Yo soy una bellaca porque yo no amo al loro...

ÉL. ... picotea la chocolatina, la picotea con honorabilidad como corresponde a un hijo que se sabe al dedillo el manual de la urbanidad.

ELLA. *(Dulcemente abismada en la flor de la mamonada.)* ... porque yo no amo al loro con amor verdadero, y él no quiere corazones partidos, y yo corazones partidos no quiero , que si doy el mío, lo doy entero... *(A él, agarrándolo de las solapas como quien ve la degollina, hipando patéticamente del ánima con mucho horror a la sacarina.)* ¡Y a ti te lo he dado, a ti con un candado...!

ÉL. Zámpate la chocolatina lorito, loro, zámpatela con responsabilidad, zámpatela con decoro.

ELLA. *(Alarmada de un brusco.)* Ay, cielo santo, no se la des, no le des la chocolatina. Igual va y se orina como la otra noche, que se orinó de a caño, y aullaba coralmente el loro...

ÉL. *(Hirsuto.)* Y se pasó toda la noche del caño al coro, del coro al caño, no me la recuerdes, no pude pegar ojo...

ELLA. Es que estaba orinando y estaba un poco cojo...

ÉL. De que tú le soltaste a pescar una rata, y la rata le mordió de amores, y a poco si lo mata... ¿Y para qué querías la rata? Es un bicho peligroso y feo.

ELLA. La quería como santuario, la quería como trofeo.

ÉL. No para metérmela a mí en la cama, va y me muerde una ingle y luego se me inflama...

ELLA. ¿Lo ves...? Ya estás otra vez con tus alucinaciones, las tienes como rosas lo mismo que melones, las tienes como rosas... *(Hipa de un alarido igual que una pezuña, y apunta del largo dedo elegantísimo y señorial hacia el loro, y remata dulcísima cual piadosa garduña, y gime de ciruelas cual sobacos de un moro piadosísimo, y aspaventa de brazos, y es la desolación, y ella le pone al loro mucha mermelada del corazón.)* Ay, que anda espelechando de sus plumas hermosas, las espelecha con melancolía, las espelecha con todo el descaro...

ÉL. *(Jeta de pedrusco en mitad del loro currusco.)* Ya te decía yo que el bicho estaba cojo, ya te decía yo que el bicho estaba raro... Es que está en celo.

ELLA. *(Fosca.)* Porque de ti está celoso... ¿Pero verdad que es un cielo...?

ÉL. *(Seco.)* Es un cielo. Pero está tuerto de un ojo.

ELLA. De comer chocolate. De que está medio cojo. *(Respinga de alarmadamente incontinente al ver que al loro él le alarga la chocolatina molto cantabile y amorosamente.)* ¡Por amor de nuestro amor, no se la des, no le des la chocolatina...! ¡El pobrecito espelecha y lo que necesita es una aspirina...!

ÉL. *(Admonitorio e tutto sottovoce.)* No chilles, vas a despertar al servicio, a la cocinera, al mozo de cuadra que andará en el vicio, a todos... ¿Ellos también celebraron la celebración...?

ELLA. *(Fosca.)* Ellos comieron todos pollo con champiñones, y bebieron rioja hasta los cogollones de los santos cogollos de las muchas lechugas y los muchos repollos que tuvieron de menestra, que tuvieron de ensalada, cenaron como príncipes, no les faltó de nada, ni arrope ni compota, ni pera ni granada... ¿Y a qué viene tanta pregunta...? Tanto preguntar, y no preguntas por qué tanta fiesta hoy y aquí en mitad de esta floresta... ¿Te acuerdas en qué día de primavera fue nuestra boda...? *(Ilumínase de bienaventuranza, y ve lirios del campo en mitad de la panza.)* Era el otoño, era un hermoso día de otoño con mucho sol, todo el día estuvo lloviendo y yo estaba radiante de amor, radiante de amor y de alegría...

ÉL. Yo estaba enamorado igual que una sangría... igual que agarra el dulce pájaro del amor, que lo agarra de las quijadas...

ELLA. *(Lírica.)* Yo estaba enamorada, y era el cuento de hadas, la felicidad...

ÉL. Y la felicitación, y era en nuestros corazones el ave de la dulce emoción, el ave del paraíso anidando apasionadamente en nuestras manos... Y era y es, sigue siéndolo...

ELLA. A Dios gracias... Déjate ya de tanto paraíso, agarra bien del cogote al loro... *(Y él se ha sacado una aspirina impoluta, y la eleva en mitad de la noche como taumaturgia resoluta)* le abres el pico, eso, poco a poco... *(Y él agarra del gañote al loro como quien va y agarra a un infante de coro, delicadamente, con toda honorabilidad)* y le endilgas del aspirina por mitad del gañote hasta que se le caiga el moco, hasta que se le caiga el moquillo... *(Y del frasco con el moriles iza, y él le endilga del fármaco al loro, ella le atiza santamente del frasco, y el loro repeluzna del plumaje verdasco.)*

ÉL. Déjate ya... Déjate ya del antojo... Te mira bizco el loro, te percata bisojo...

ELLA. Del alcanfor...

ÉL. *(Alarmado.)* Lo tienes a remojo.

ELLA. A remojo de amor. *(Y ella échale moriles al ave de colores con dulzura homicida como quien asesina las flores de la vida.)*

ÉL. A remojo de llanto, está llorando el loro, él ya no quiere tanto vino.

ELLA. *(Melancólica.)* Tanto vino y tan poco pepino.

ÉL. *(Irrito de un omoplato.)* ¡No le des pepino, te prohíbo que le des pepino, que le des tocino...!

ELLA. *(Obsesa del moriles.)* ... quedará sano, quedará divino, divino... *(Y exulta de los ángeles, y del gozo va y pía, y él está ya irritado, y ve ya el avería, y ve ya eternamente averiado al loro, y respinga de la fraternidad porque ve que es un crimen de lesa humanidad.)*

ÉL. Lo dejarás difunto, lo dejarás borracho... *(Y él va y le quita de manos el frasco de moriles, y ella va y mira al loro cual flor de los pensiles, y él lleva luego el frasco y lo pone con asco a orillas de la menta que es de color verdasco.)*

ELLA. *(Piando de líricamente maternal.)* Es nuestro dulce hijo, es nuestro mamarracho... Nuestro chiquitín, nuestro chiquirritín, nuestro chiquirriquitín... *(Y lo percata idílico igual que una posesa, y el marido ya está otra vez a la mesa, sentado en la su silla, y el loro está de pena y echando la papilla.)*

ÉL. Lo dejarás borracho, lo dejarás difunto.

ELLA. *(Lírica del pepino.)* Es nuestro hijo y gigante, es nuestro marabunto... *(Quita todos los frascos de la mesa canija, y los pone en el suelo igual que sabandijas, arrampla del mantel viciosamente grana que a la canija mesa a modo de peana la faldaba, lo arrampla, va a la percha del loro, y allí maternalmente lo arropa como al oro, lo envuelve en el mantel igual que mantoleta para que sude a chorros cual suda la peseta.)* Y ahora nuestro chiquirritín, bien envuelto en la pañoleta, quedará bien dormido... *(Ilumínase de una rosa de oro como hermosa bienaventuranza, y sonríe como quien ve un tesoro piadosamente en mitad de la panza)* y no hará la puñeta, la dulce puñeta de los puños, que los tengo morados de sus picotazos garduños... A mi también me pica... Dormirá... Dormirá dulcemente...

ÉL. Pues si te pica, te rascas... Dormirá eternamente cual duermen las carracas peladas y difuntas en mitad del universo... *(Sonsácase del bolsillo la petaca del coñac coñazo, y va y se atiza un dulce y espeso lingotazo.)* Ya no da más esto del verso, dejémoslo... *(Tiesa y fosca en su silla, lo mira ella de canto, lo percata de angélico, lo percata de santo.)*

LORO. *(Aúlla del pepino calamitosamenta ahogado en la flor del vino.)* ¡Lorito quiere chocolate, lorito quiere chocolate...!

ÉL. Decías que era un loro converso...

ELLA. *(Afligida de la santa aflicción.)* Está roncamente perjuro, está dulcemente perverso, pero es puro y angélico cual la pálida florecilla que unas veces está rosada, otras veces amarilla y otras veces, mitad y mitad... ¿Oyes su dulce canto...? Es el loro de la ilusión...

ÉL. El loro piadosísimo. Es un encanto. *(Del frasco va y se apipa, y ella gime del loro, dulcemente lo guipa, ella lo está guipando, y él maldice su suerte, y ella pipía del ánima, y ella pipía del loro, y él medita en la muerte igual que un eremita, y ella es una bendita, y él refunfuña con decoro.)* Jodío loro, jodío loro... ¡Va a despertar al servicio...!

ELLA. No, ya están bien dormidos. El dormirse es su vicio. *(Y rápida y piadosa cual dulce cucaracha va y se atiza en la copa un trago del moriles, y él piensa en unas piernas, y ella piensa en perniles de cuando están los cerdos bien trinchados en ranchos, y sangran los perniles, y cuelgan de los ganchos.)* Menos la chacha... *(Parla de sottovoce cual va y parla la rosa, bisbisea de la fámula como flor tenebrosa.)* Ella a la medianoche dicen que hace su gacha...

ÉL. No seas vulgar, no la llames chacha. Es la doncella, la muchacha, tu doncella...

ELLA. *(Líricamente del alfilerazo.)* Es dulce y delicada. Pero tiene la pella, todavía la tiene... *(Delicada y angélica como culo de alondra, ella va y se atolondra, oye rumor de alas. Cual pinchada en las nalgas por un fuego de balas, respinga del asiento. Y arrobada de arrobas del dulce sentimiento, le bisbisea al marido en mitad de una oreja una solfa munífica de irredenta coneja.)* El pasodoble viene, viene... Nada ni nadie lo detiene. El pasodoble viene, está viniendo, llegando...Vendrá gordo y dulcísimo como hueso de santo, y ya quedarán secas las fontanas del llanto, los manantiales de la pena... *(Y ella le da la mano, no le da descalabro, de la mano lo lleva, trinca del candelabro, va y corre a toda mecha, híncase de rodillas en la primer derecha, y él también se arrodilla como un santo del cielo, y ella el gran candelabro va y lo pone en el suelo, lo pone frente a ellos igual que dos palomos, bisbisea dulcemente la passionata de los maromos junto a la fuente.)* La preparación al pasodoble. El ánima piadosa lo primero que, cuando el pasodoble está al caer, tiene que hacer es su composición de lugar.

ÉL. *(Parla también en sottovoce inmortal porque ya está imbuido del santo temor reverencial.)* ¿De qué lugar...?

ELLA. Del lugar del pasodoble. De la bienaventuranza de los justos. El pasodoble es una música piadosa, piadosísima, y hay que oírla con reverencia, con veneración, y hay que bailarla con toda devoción... Venerarla de los corazones sencillos...

ÉL. ¿Venerarla de la veneración...?

ELLA. De la veneración de los piadosos calzoncillos. Hay que desnudarse de pecados el ánima, hay que aligerarse de ropa... *(Y ella, pues, ya otra vez lo lleva de la mano, van en torno a la mesa como un dulce gusano, y ella con la otra mano el candelabro lleva, y pone dulce al ánima lo mismo que una breva.)* Tiéndete panza arriba encima de la mesa... *(Bien alerta está él, y no le pierde ojo, pero cristianamente va y le cumple el antojo, bien a todo lo largo está ya panza arriba encima de la mesa y un poco a la deriva)* relájate del ánima, relaja los cogollos del ánima hasta que la panza no te haga arrugas, elimina de tu corazón las verrugas, relájate del corazón, relájate de los cogollos como se relajan las lechugas, piensa en el pasodoble con enorme ilusión no pienses en los centollos... relájate de los pimpollos como la rosa de pasión, como la rosa de la abadesa, relájate de la rosa, relájate del capullo, relájate de todas tus horribles verdades de perogrullo...

ÉL. *(Penosamente contrito del mucho delito.)* Me relajo... pero con trabajo, me relajo a chorros... pero no quiero que me metas los morros...

ELLA. *(Sombría.)* No es el beso. Es el embeleso... *(Encima de la mesa va y pone el candelabro e inicia la ceremonia del descalabro, pues va y le hace cosquillas en el bulto de amores que es su gran corazón noble y bueno, que es su gran corazón de varón de dolores)* relájate del bulto de los amores, relájate piadosamente del ánima gorda; lo que no mata, engorda... relájate piadosamente desde el ánima hasta el rabo mientras yo pienso en el ánima y no pienso en el nabo, mientras tranquilamente yo te voy relatando mi vida inocente... *(Le bisbisea piadosa en mitad de un orejo, le bisbisea que el mundo es una horrible lágrima, y hay que salvar el ánima y salvar el conejo.)* Papá y mamá te amaban, ellos me animaban a casarme contigo... Decían que eras limpio como el trigo...

ÉL. Déjate ya del pretérito, déjate ya del pasado...

ELLA. *(Declama histriónica.)* ... mi pretérito era el pretérito pluscuamperfecto, mi futuro es el dulce futuro del ganado... *(Y va y le bisbisea del tocino de cielo, y va y le ronronea dulcemente canuta, dulcemente inocente como es dulce el pomelo, dulcemente piadosa como es dulce la puta.)* Tenía yo un conejito blanco, mi padre me lo tiró por el barranco.

ÉL. No.

ELLA. Tienes el esqueleto como bulto insepulto, como un bulto de lágrimas, como un bulto de flores, déjame que te palpe a gusto el esqueleto...

ÉL. No.

ELLA. Déjame amamantarme de tu bulto de amores, de todo ese gran corazón apasionadamente loco, apasionadamente santo...

Él. No, no quiero cosquillas, esta noche no...

ELLA. *(Lo ama de las cosquillas en mitad de los sobacos, lo mama de las rosquillas como flor de azúcares y pitracos, él ríe a borbotones en mitad de una lágrima y es feliz como el sapo, y es guiñapo del ánima.)* No quieres cosquillas pero quieres rosquillas... *(Le ronronea de amores, y el eructa de gusto, y ella va a darle el susto, pues le pasa la mantilla por detrás de la nuca, y él ya la tiene toda a modo de corbata colgándole a todo colgar por entre las patas, y es la negra mantilla que le cuelga desde el cuello hasta las rodillas.)*

ÉL. Yo quiero las rosquillas en mitad de la panza.

ELLA. Tú lo que quieres es la bienaventuranza, la tendrás, tendrás las rosquillas, las tendrás todas... *(Y cruza rápida los brazos, y la mantilla es como soga que lo trinca del gañote, que lo pone que lo ahoga, y él todo convulso y patas arriba, y patalea de modo bien feo, pues tiene patas y tiene el santo derecho al pataleo, y ella aprieta de la mantilla como soga de tonelaje, y ella le ronronea del azúcar salvaje, y él patalea en plan de insecto gordo, y bota de pelotas, y ella hace oído sordo.)* El amor, todo el amor del universo yo te lo doy en este último verso... *(Y él bota de quijadas, y bota de pelotas, y ella aprieta bien fuerte y se pone las botas de azúcar inmortal, de azucar negro y gordo, y él ve calva a la muerte igual que la ve un tordo, y es una bofetada de tiniebla, y todo en el universo aúlla y se despuebla de arcángeles, aúlla como aúlla el silencio. Y él revienta de hacer el inocencio, logra zafarse de la mortal mantilla, trinca de la membrilla, y lívido de los huesos, hirsuto del cepillo, va y le pide el secreto de la carne membrillo.)*

ÉL. Jugabas, ¿eh? Demasiado juego.

ELLA. Ya estás con tus suspicacias. Como siempre. *(Lírica de la mantilla española encima de la cabeza a modo de manta, escúpele un veneno por birlar la somanta.)* Jugaba del gañote.

ÉL. *(Sombrío de las tinieblas gordas.)* Pues a poco si me dejas bien difunto el cipote. Tú algo tramas, tú no te chupas el dedo, no te lo mamas...

ELLA. *(Compungida del pecado mucho.)* No digas palabrotas, que me da el arrechucho, no las digas... *(Y picoteada de las muchas hormigas, en alas del melonar espeso va y corre como loca, y encima del arcón aterriza de boca, aterriza de bruces, y solloza del llanto lo mismo que arcabuces, y dispara de lágrimas lo mismo que melones que nos ponen patético el corazón del mundo, que nos ponen patéticos, pues, hasta los cojones, y ella está bien transida del melodrama y la puñeta, y declama sus vesos en mitad del planeta.)* Mi vida es como un dulce muladar de ortigas, sé que lo haces sin mala intención cuando barbotas tus palabrotas, que lo haces de puro amor, de puro sentimiento, pero yo sufro a caños... *(Solloza de las lágrimas, solloza de los mocos, y él con dulces palabras la calma los sofocos, y ella gime del ánima y llora a moco suelto, y él está irresoluto como un pedo en azucar, y él está compungido, y ya el loro ha devuelto, y ella trágicamente aspaventa del ánima, y él no es más que un capullo en mitad de una lágrima.)* ¡Sufro del sufrimiento, sufro del mucho sufrimiento...! *(De allende de los mundos, remoto y delicado, en mitad de las cúpulas de todo el universo suena ya el pasodoble, llega igual que un pecado, llega piadosamente como un ripio perverso, y a ella se le ilumina la santa faz con vagas luces de cagalera en mitad del planeta, y él está doloroso, pues no le ve las bragas, y ella está rutilante, pues le ve la bragueta, y abre de largos brazos de los que tenebrosa le cuelga la mantilla como negro sudario, a él le cuelga larguísima igual que horrible rosa, le cuelga de los ojos igual que un relicario porque la ve mantilla, porque la ve patética, porque la ve mantilla dulcemente española, y el pasodoble suena remoto y tenebrario lo mismo que una lágrima dentro de una pianola.)* Óyelo, ¿lo oyes...? Soy feliz, soy feliz, feliz, feliz, feliz, soy rosa sin espinas, ya no soy infeliz... Te sanará de los nervios, te aliviará de los cogollos, te aliviará de la hernia cual nido de centollos...

ÉL. *(Suspicaz y fúnebre.)* Me aliviará...

ELLA. *(Pellizcada del ángel.)* Ay, bailarlo, bailarlo... *(Y él va y le da la mano, y ella no desconfía, y él se la pone a modo de bailar la peseta, a ella le da el calambre de la melancolía, y él se la pone en pose de pasodoble a jeta.)* Bailemos, bailémonos toda la horrible tristeza del mundo, toda su espantosa desesperación, y que sea la alegría como piadosa consolación, la fiesta de las alegres flores bailando en la floresta... *(Ya la tiene empalmada en sus manos de viejo, ya la tiene cual hembra ilusionada y calma, ya la tiene cual palma transida de pellejo, ya la tiene en los brazos como quien tiene el alma, luego se aparta lento como una espesa ola, el pasodoble lejos suena de otro planeta, y ella se queda pálida, y ella se queda sola, y él escupe del ánima igual que una escopeta.)*

ÉL. *(Helado del hielo.)* No. Nada de bailarlo, nada. Sería una profanación, sería una burrada... *(Alumbra el candelabro, y va y se tira un pedo el loro allá en su percha, y es un pedo inmortal, y es un pedo piadoso, pues le sale del ánima lo mismo que una lágrima, pues le sale patético, pues le sale asqueroso.)*

ELLA. *(Dolorosa.)* No tienes derecho a dejarme sola en el corazón del pasodoble, no lo tienes... *(Trinca del candelabro, va como una sonámbula, él atisba los cirios como quien masca un sapo, y ella sigue de jeta, y ella sigue noctámbula, y ella gime del ánima lo mismo que un guiñapo.)* En mitad del pasodoble y sola, espantosamente sola... en mitad del corazón del pasodoble y dolorosamente española, dolorosamente... *(Y él cae de rodillas, críspase de las manos, y bisbisea dulcemente de los gusanos.)* En mitad del pasodoble...

ÉL. *(Sottovoce.)* ¿Por qué te pones seria cuando me sirvo la ensalada...? ¿Porque me sivo los cogollos de la lechuga? ¿Porque piensas en los cogollos, porque piensas que no los sudo...?

ELLA. *(Ronca de ira y sonámbula.)* Porque te los zampas todos, y porque te los comes crudos... *(Candelabro en alto, sigue de la opereta, y gorjea líricas ilusiones en falseta.)* yo adoro las hierbas finas, a mí me encantan los berros con margarina, a mí me encantan las flores, a mí me encanta el nabo, yo adoro las berenjenas al claro de luna, yo adoro las berenjenas en su berenjenal devotamente angélico mientras suena un piano dulcemene patético, oscuramente cántico, ese gordo piano tenebroso y romántico bajo las pálidas estrellas... y yo voy penando de las berenjenas, y bellas y gordas son como hermosura con derroche... y yo voy por el berenjenal en mitad de la noche del gusano... y dulce y solo a lo lejos suena el piano...

ÉL. Tocando el pasodoble.

ELLA. Tocándome el piano, tocándome el pasodoble...

ÉL. Tú te has buscado el berenjenal, tú te lo has buscado, tú lo has cultivado, tú a Perico el criado le inculcabas santamente las semillas de las berenjenas... tú las acariciabas a manos llenas... todas para ti sola... *(Ceñudo, dulcemente ceñudo, abomina de la ley del embudo, luego va andando a gatas tutto cuore igual que un monsignore acogotado de los muchos pecados del mundo, le arrima lomo al espeso arcón tenebrosamente profundo.)* Me tienes olvidado a mí, tienes olvidada a la pianola... Tú cultivas la berenjena como una piadosa ilusión... *(Vulnerado del delicado corazón, inflámase amorosamente del arcón, va y lo destapa, sepúltase bien dentro con jeta de laguna lo mismo que el cadáver a la luz de la luna, yace dentro del arca, yace de gusarapa, luego piadosamente se cierra con la tapa.)*

ELLA. Ya te has ido al jardín, ya te has ido, te has caído del árbol, te has caído del nido... yaces entre las flores, y fuerte como un roble... tú miras las estrellas, y yo aquí sola en el corazón del pasodoble... tú las miras, las piadosas estrellas lo mismo que melones... y las constelaciones de la noche inmortal, tú miras los planetas, yo lo paso fatal, pues ando solitaria como un patético calcetín... mientras tú te vas por ahí al jardín... *(Agacha del trasero a orillas del arcón, va y levanta la tapa, inflámase de la contrición, percata del marido ceñudo cual cosaco, va y delicadamente lo agarra de un sobaco, lo coge de una manga, y ronronea de amores, y le pide mandanga.)* Por amor de Dios, no te salgas por ahí al jardín, no te salgas por ahí a la intemperie, no te salgas... estás enfermo de los nervios... estás enfermo de las nalgas... *(Y él yérguese de cintura para arriba en mitad del arca, y bisbisea sombrío como suela de abarca, y ella gime de la pechuga, gime del corazón hecho un pimiento, y le besa el sobaco con mucho sentimiento.)*

ÉL. Estoy enfermo de amor.

ELLA. Del mucho amor.

ÉL. Todavía no es el corazón del pasodoble. *(Túmbase de yacente, y ella queda tarumba, pues le da el repeluzno del amor en la tumba, y la tapa hace pumba porque va y ella suelta pecadoramente de la tapa, y el arca va y se cierra lo mismo que una lapa.)*

ELLA. Yace doliente, yace amoroso, es el amado entre las azucenas, es mi marido y es mi esposo... por su amor de marido inmortal he yo instalado esta instalación de música luminosamente ambiental con altavoces por todo lo alto en todas las esquinas de la casa, en los retretes, en las cocinas, en los urinarios, en los sobacos de las gallinas, en los armarios de roble... y todo el santo día sonando piadosamente el pasodoble... *(Desquicia de los dulces ojos a la pálida luz del candelabro, desde las tripas del ánima le sube a los ojos el tenebroso descalabro.)* pero a rachas por que si no, va y envenénase del pasodoble luego el loro, van luego y envenénanse del pasodoble las cucarachas, y van como borrachas, y se quedan difuntas y de patas arriba por todos los salones, y van a la deriva como locas, y se nos meten por el ánima, y se nos meten por la boca, y se les meten a los muertos por los ojos... *(Pellizcada de la desolación, corre con el candelabro hacia el arcón, allí va y se arrodilla, y bisbisea del ánima una horrible papilla.)* ¡No, que no quiero verlos, que no quiero verlos nunca más...! Una y no más, santo Tomás... *(Levanta la tapa del arcón, le cuchichea del ánima como consolación al cónyuge yacente una pálida florecilla incontinente, una pálida florecilla de san Francisco, y el cónyuge la oye como quien oye el malvavisco.)* Al amor del pasodoble, las gallinas inflámanse de corazón noble, y ponen el huevo de dos yemas, lo ponen con toda responsabilidad... *(Y el cónyuge, con toda solemnidad, dentro del arcón maldito se incorpora de cintura para arriba como un cadáver exquisito, con los brazos cruzados encima de la pechuga, y una cruz de palo en las manos que tanto acarician la lechuga en alas de la ensalada, en alas de la contrición como quien inicia de la carne la resurreción pérfidamente, funerariamente de la mucha funerala, y a su santa esposa híspase de las tetas igual que una cigala.)* Lo haces aposta, me hieres del espanto, me clavas alfileres gordos...

ÉL. *(Pianissimo.)* Son las piadosas exequias de la rata.

ELLA. *(Tutto sottovoce.)* No las exequias de la rata, y tú lo que quieres es que me dé ya el arrechucho y que estire la pata... *(Dulce y lejano, dulce lo mismo que una breva, el pasodoble lárgase, vuelve a su santa cueva, vuelve al oscuro ombligo de todo el universo, anida en el ombligo igual que anida el verso.)*

ÉL. No, bien sabes que no, lo hago por amor a la rata, por amor a la pata...

ELLA. ¿Por amor a la pata del tío canónigo, por amor...?

ÉL. Por amor a la pata del tío canónigo que yace pálido y difunto bajo los ciruelos en flor...

ELLA. Cojeaba de una pata. Pero era un santo varón, un santo, y él me animaba a casarme contigo porque decía que eras el caballero andante y el espejo de todas las virtudes... luego ya fue la funeraria, ya fueron siempre los ataúdes...

ÉL. *(Suspicaz.)* ¿Los ataúdes de qué...?

ELLA. *(Lírica de un ojo.)* Los ataúdes de la funeraria, la caridad, la santa caridad...

ÉL. *(Transido en un sobaco.)* Yo siempre he sido tu caballero andante.

ELLA. *(Ronronea del mucho amor.)* Lo has sido, lo eres, mi dulce caballero andante, y andas espeso de idealismo como el caballo Rocinante, tú eres apasionadamente caballero, el caballero... el caballero cristiano, y tú amas el pasodoble porque es la santa música del pueblo llano, la santa música celestial... *(Transverberada en mitad del corazón del cagalar como una breva, yérguese dulcemente timorata, y es la mística rosa del temor reverencial llueva o no llueva, y es entonces el santo temor reverencial como una rata.)* Óyelo, es el silencio del pasodoble...

es espantosamente el silencio, todo el silencio... todo el silencio de los universos y los mundos...

ÉL. ... y es el silencio que sube desde los abismos profundos... Desde todos los menesterosos del mundo en ratahílas, y comiéndose su mendrugo de pan como un ramo de lilas...

ELLA. ... como el dulce ramo de la esperanza...

ÉL. Es todo el silencio de los mundos.

ELLA. *(Visionaria de los muchos universos como espanto de las flores, como hecatombe de los versos.)* Es el silencio de la panza... *(Ya posa del candelabro encima de la mesa, ya tutta pizzicata de la contrición espesa va otra vez y arrodíllase a orillas del arcón, y escupe la congoja del que come jamón.)* ¡No, no quiero ya oírlo, ya nunca más, no quiero...! *(Iluminada de un ángel en su desespero tapónase los oídos con sus dedos de fresa y nata porque abomina de los muchos ruidos del silencio perenne, porque abomina del silencio gordo que se las pela, que se las mata.)*

ÉL. Tú lo oyes porque mis palabras desoyes...

ELLA. *(Fosca.)* Yo las oigo, yo no estoy sorda... Yo cumplo tus palabras, yo cumplo el evangelio, yo al mozo de la cuadra que se llama Rogelio le doy la rosa pálida, le doy la rosa gorda... yo a los que nada beben les doy del vino tinto, yo a los que nada comen les doy papel a resmas, les doy papel higiénico, les doy del rollo pinto, les doy sopa y mojama los viernes de cuaresma...

ÉL. *(Piadoso de la uva moscatel.)* Porque tú tienes mucho rollo, porque tú tienes mucha cuaresma...

ELLA. Porque soy esposa y cristiana. Yo soy cristiana de todo corazón.

ÉL. *(Ronco del mucho carisma.)* Tú eres cristiana igual que el sol de la mañana que se nos mete por dentro hasta el riñón...

ELLA. *(Pinchada del alarma.)* Dios mío, el sol... nos hemos olvidado del sol...

ÉL. ... el sol de la medianoche.

ELLA. *(Híspida de la mucha blasfemia, desmemoriándose de que ya están en el corazón de la noche, va y escúpele la piadosa catequesis que le inculcó su tía Eufemia, va y le dispara la verdad como un templo con derroche.)* El sol de la España, el sol, todo el sol... El sol que imparte las flores, que imparte de la primavera como el obispo imparte de la bendición gorda, de la bendición... El gran sol de la mucha insolación...

ÉL. *(Infuso del kindergarten.)* ¡Pues ya vino la primavera...! Y aquí tengo ya la rosa primavera, y aquí tengo el capullo del rosal, de todo el rosal, de todos los rosales del mundo...

ELLA. *(Transida de los pétalos.)* ¡La capullada, la dulce capullada... *(Lírica del capullo, palmotea infantilmente, lo sabe suyo y el alma se le ilumina de rosas de oro, y le agarra apasionadamente el capullo como quien agarra un tesoro.)* ¡Vino, vino la primavera, vino como el hermoso pájaro de nuestra juventud primera...! Acuérdate, vino la primavera, y nos casó el obispo, y yo estaba romántica... Tú estabas algo chispo, no lo niegues. *(Gimiendo de la alegría mucha tal cual con el trucho la trucha, igual que la flor de los pensiles va y le agarra al marido el capullo, y se lo pone a remojo en vino de moriles.)* Vino la primavera... vino con la ilusión primera... *(Va y le pone el capullo en mitad de la copa, llénala de moriles, lo pone como sopa.)* Vino de moriles, mucho vino de moriles, mucho sol... *(Piadosamente descapullado del capullo gordo, el marido se queda como el culo del sordo, como el culo con la rosa en mitad de las nalgas sin disimulo, pues se queda con la rosa en la mano, y es la gran rosa blanca, y es rosa de secano.)* El sol del amor... ¡La primavera ha venido, nadie sabe cómo ha sido...! *(Con la rosa en la mano ya está él a su vera, y gorjean de la gorda, de la gran dulce y gorda primavera.)*

ÉL. ¡La primavera ha venido, nadie sabe cómo ha sido...!

ELLA. *(Gime del mucho pecado.)* Dios mío, el poeta... Tenemos olvidado al poeta... Devaluado como devaluada la peseta.

ÉL. *(Tieso del ánimo.)* No, yo no. Tú lo olvidas, tú.

ELLA. *(Dulcísima de las quijadas como piadosas mermeladas de la cereza, como angélicas mermeladas desde los pies a la cabeza.)* No, yo nunca lo olvido, lo sabes... Tú sabes que yo adoro los poemas, los amo igual que pájaros, los amo igual que flemas, y yo amo los sonetos, y yo amo las sonatas... *(La rosa en la mano, él atísbala igual que la rata, y gira pianissimo en torno a la mesa, y la santa esposa tutto passionata le declama nata con fresas, le declama la letanía de las poesías cual hamburguesas)* y amo las elegías como el pan del espíritu, y yo adoro las églogas siempre a saltos de mata, y sufro de la poesía bucólica, y adoro las poesías latinas que andan siempre bien repletas de lágrimas, que andan patéticas como las raspas de las sardinas y dicen... *(Y él posa de la rosa encima de la mesa, hinca de una rodilla en tierra como caballero de la media genuflexión, trinca el candelabro con mucha devoción, y ella declama patéticamente del corazón con mucho sentimiento, y él le alumbra el corazón con el candelabro como quien ilumina un espantoso sacramento)* que... volverán las oscuras golondrinas
de tu balcón sus nidos a colgar
y otra vez con el ala a los cristales
jugando llamarán
pero aquellas que el vuelo refrenaban,
mi hermosura y tu dicha al contemplar,
aquellas que aprendieron nuestros nombres, ésas no volverán.
(Quiebra en el dulce hipo del mucho desconsuelo, de un manotazo despide al capullo del marido por el suelo, ocúltase tenebrosamente bajo la mesa como en un nicho, y el santo esposo va y, como quien deja un bicho, va y posa el candelabro encima de la mesa, luego anida también bajo el tablero en alas de la misericordia espesa, luego a ella va y la conforta amorosamente de las quijadas con el alma pérfidamente en vilo, y ella llora silenciosamente las dulces lágrimas del cocodrilo.) ¡No volverán nunca, no volverán jamás...!

ÉL. *(Lastimoso.)* Sí que volverán. Lo dicen los versos: "Volverán las oscuras golondrinas..."

ELLA. *(Infusa de la mucha jeta.)* ¿Las oscuras golondrinas que a Cristo le quitaban piadosamente las espinas en el árbol de la cruz...?

ÉL. *(Bronco del tronco.)* Esas, las oscuras golondrinas que a Cristo piadosamente le quitaban las espinas en el árbol de la cruz...

ELLA. *(Lo atisba calamitosamente del mucho espanto, y santíguase devotamente como quien besa a un santo.)* Padre nuestro, amén Jesús.

ÉL. Padre-nuestro, amén Jesús... Te desesperas de la primavera, no te acongojes nunca, no te acongojes del nunca jamás...

ELLA. *(Posesa de la tenebrosa estrella.)* No, ésas no volverán...

ÉL. Te acongojas de femenina, te acongojas porque tú eres lírica como la sacarina, porque sufres de la poesía inoperante, porque llevas la palma de martirio unas veces detrás y otras delante, sufres de la poesía, te acongojas de la palma.

ELLA. *(Llamea tenebrosamente de las pupilas, lo degüella del apostolado con un pedrusco, del apostolado como quien degüella esquilas, como quien degüella amorosamente la oveja negra del rebaño, como quien le degüella de un navajazo el culo para no hacerle sangre, para no hacerle daño.)* Me acongojo de la salvación de tu alma. Habitas cerrilmente en las tinieblas, en el corazón de las tinieblas, tienes la cerrilidad del avestruz...

ÉL. Porque tú quitas todas las noches los plomos de la luz, sigues emperrada en que tengamos la velada siempre a oscuras... y como misericordia, tan sólo un mísero candelabro... Y la otra noche a poco si me descalabro...

ELLA. Quito los plomos con buena intención, como los quitan los palomos, como los quita la blanca paloma de la paz.

ÉL. *(Fosco.)* Por ver si así espabilo de las tinieblas.

ELLA. Eso, por ver si así espabilas de las tinieblas y valoras la luz, y revaloras la iluminación, y revaloras el alumbrado...

ÉL. *(Ceñudo.)* Deberíamos cortar.

ELLA. Eso, cortar la luz, cortarla.

ÉL. No, cortar las tinieblas a base de irnos a la cama.

ELLA. *(Afligida de los tuétanos gordos.)* Dios mío, no quiero irme a la cama, no quiero... Me viene la pesadilla del obispo, me viene... *(De un brusco, espútale en mitad de los morros el horrible pedrusco.)* No te hagas ilusiones cazurras de irnos otra vez juntos a la cama... Seguiremos como desde hace siglos, desde hace años... Tú en tu dormitorio, yo en mi dormitorio, yo en mi cama con dosel, tú en tu cama con baldaquino, yo con mi orinal el en que todas las noches orino amorosamente, bien preparado de antemano en la mesilla de noche... tú con tu orinal de cualquier forma bajo la cama todo atufándotela de aroma como canela en rama... *(Yérguese abismada en sus amargos pensamientos, gira en torno a la mesa en alas de los vientos, en galas de los helados vientos de la noche, abre de largos brazos en lo que la larguísima mantilla negra como un pecado sigue colgándole hasta el suelo por ambas bandas, sigue descolgándosele hasta el santo suelo como un pescado.)* Me vendrá la pesadilla del santo horror, me vendrá en mitad del sueño como todas las noches desde hace una semana... Y es que sueño con mucho amor, sueño que estoy espatarrada como una rana en mitad del lecho... sueño que me despierto y que un contrahecho obispo de santidad yace a mi lado, sueño que estoy despierta en mitad del lecho del pecado, y yace a mi lado el obispo y me mira de un ojo heladamente crispo, me avisa de la muerte y los infiernos... me asesora de las postrimerías, y yo sueño que del espanto el corazón se me sube a la boca... *(Cae de rodillas a las orillas del arca, retrépase hacia atrás, remata sentada en los calcañares con el corazón todo bien lleno de aguarrás, tápase con las manos la santa faz de los pensiles, y andando a gatas el marido le arrima lomo y la conforta con una copa de moriles, porque lleva el capullo, porque lleva la copa, y lleva el frasco como quien lleva todo el espíritu de la tropa.)* Dios mío, me estoy volviendo loca, loca...

ÉL. *(Piadoso.)* No estás loca. Tú siempre estás cuerda y nunca estás loca... Tú siempre eres sensata, esa pesadilla debe ser de que abusas de la mantequilla, de que estás echando grasas...

ELLA. *(Pálida de una avispa melancólica.)* ¿Cómo puedes decir que estoy echando grasas...? Si me alimento de rabos de uvas pasas, si me alimento piadosamente de rabos...

ÉL. De que estás echando grasas fuera del plato, de que estás esmirriada y leve cual pajarillo, de que de sólo un pálido pellizco de morcillo te alimentas...

ELLA. *(Alucinada del morcillo.)* Me viene la pesadilla como me viene el cuchillo, me viene...

ÉL. *(Sombrío.)* Bébete del moriles un buche, y verás como se te pasa la fantasía...

ELLA. No es fantasía... Es sueño, es la horrible realidad del sueño. *(Y él va y le sirve ceremonialmente una copa, y está decorosamente acuclillado de las nalgas, y se la ofrece en mitad del planeta como cristal de roca, y la santa esposa gime de la copa con suspicacia, gime con suspicacia de la copa como quien ve del veneno a quemarropa, como quien ve ya el piélago de la desgracia.)* Espero que no tenga lejía como la otra vez... como el otro día...

ÉL. Fue un mero trabucarse de la cocinera que puso en el frasco del lacrima-christi la lejía, y echó luego el lacrima-christi en la bañera, un mero trabucarse de frascos, un mero trabucarse de pipas...

ELLA. Pues a poco si me quedo yo espantosamente lisiada de las tripas, lisiada de las tripas para toda la eternidad... Gracias a que yo saboreo el málaga, a que me lo paladeo, que si no...

ÉL. Sí, gracias a Dios. Fue un milagro.

ELLA. Eso, gracias a Dios que nunca me suelta de su mano porque yo soy piadosa y no soy un gusano... *(Le arrampla de la mano el frasco de moriles, y bebe a morro como quien no quiere alumbrarse de candiles, como quien tiene el don de lágrimas por el forro.)* Me confortas del moriles, me confortas... Tú, los sábados me tratas a moriles, tú los domingos me tratas a tortas porque me compras tortas de aceite, me las compras del pueblo.

ÉL. Te las compro de todo corazón, y tú no te las comes...

ELLA. Pero no se me pasa... Dios mío, no se me pasa, yo estoy desmedulada de tanto insomnio, de soñar que yace a mi lado el pálido obispo cadáver, y es como si viera al demonio... yo necesito del sueño, yo necesito descansar...

ÉL. *(Bisbisea de los muchos amores.)* Pues éntrate en el arca como si cualquier cosa, verás qué blanda y dulce, verás como reposas...

ELLA. ¿Y los dulces animalitos...? Ellos son inocentes, ellos no son delitos... Tiene que entrar primero en el arca una pareja de cada especie de bichos...

ÉL. Bueno, pero el orden de animales no altera el producto... Verás, tú te purificas del corazón con toda devoción, tomas un pediluvio del ánima en los zapatos... rezas fervorosa tus oraciones... *(Y ella, de un pie con otro, se quita los zapatos y remata descalza, y él le riega del moriles los pies, pues va y el frasco alza, y le diluvia moriles igual que la misericordia y bendición)* te metes tú luego la primera en el arca, y luego yo te voy trayendo los bichos...

ELLA. ¿Los bichos del amor...?

ÉL. Los bichos del amor.

Yérguese toda ella iluminada de una pálida estrella, mete en el arca piadosamente una pata, y él va, sonsacase detrás del arcón un hermoso puñado de bichos de la ilusión, y un par de conejos, un par de gallinas, un par de perros con muchas pelambras colorinas, un ave del paraíso de largas plumas, todos a base de trapo, y bien rellenos de goma-espuma.

ELLA. *(Mística.)* Yo digo mis oraciones, yo tomo mi pediluvio, luego voy y me meto en el arca... *(Y entra en el arca, y yace de la toda yacente, y él llega con los bichos apasionadamente, y se los llueve luego encima a su esposa amante que agarra de la tapa como quien agarra de un diamante.)* Después de mí, el diluvio. *(Y agarra de la tapa, y se cierra de golpe igual que quien escapa del mundo infame y gordo, y aúlla bien del gañote, pero él va y se hace el sordo, pues trinca del cerrojo que el arca en su cerraja tiene, y quiere correrlo a modo de mortaja, de la otra mano él presiona tapa abajo, y sepulta en el arca con amor y trabajo su santa esposa aúlla de ánima a la deriva, y empuja de la tapa fieramente hacia arriba con las patas, y es una dulce arpía igual que garrapatas, y es cual lágrima gorda, y hagas tú lo que hagas, se abre el arca de golpe, y se le ven las bragas a ella que, rápida, lo mismo que una fosca centella, escapa del arcón penosamente a gatas, y abandonados a las dulces ratas allí abandónase de los santos bichos amados, pues los deja prácticamente abandonados en la verde, verde, verde, en la verde agua del Júcar, y le infiere al marido un esputo de azúcar.)* Nada de broma pesada ni de bromo, palomo... *(Y él está en pie con el ave del paraíso en las manos, y a sus plantas en mitad del suelo la santa esposa de los muchos gusanos como piadosa tortilla que lo percata de hito en hito hasta la coronilla.)*

ÉL. Lo hacía por amor al pasodoble.

ELLA. *(Hirsuta.)* Nada de la broma ni del bromo.

ÉL. Del bromuro yo, nada. Tú eres la que se lo echas al loro en la chocolatada.

ELLA. Pero por amor. Lo hago por amor. Por amor al loro.

ÉL. *(Fosco.)* Por amor al loro y al chocolate.

ELLA. Por amor de que está en celo, y del celo se le caen las plumas y nos pone perdido todo el suelo... *(Piadosísimos y remotos, van llegando de nuevo los pasodobles unos tras otros, llegan del océano de la pena, suenan lejanos como una tristísima verbena en la que con su veneno profundo estalla en los abismos del universo toda la alegría del mundo, llegan los pasodobles, vienen llegando como olas que cuando la una se va, la otra llega, y son olas tenebrosamente esepañolas, luminosamente del sol de*

España, tenebrosamente de la alegría a base del esqueleto con su guadaña, y comienza la cucaña de las fiestas, remotísimos los pasodobles irradian toda la España a cuestas.) ¡Vuelve la primavera, vuelve con la música verdadera...!

ÉL. *(Acuclilla de nalgas.)* ¡Vuelve la primavera, vuelve con la música verdadera...!

Van luego andando a gatas hasta el arcón, sonsácanle como bendición unos sombreretes de papel de colores, de mil amores se los ponen como cucuruchos encima de las cabezas como cartuchos de rosas enamoradas, bien atrapados con una goma por bajo las dulces quijadas.

ELLA. ¿Te acuerdas de la verbena...?

ÉL. Era toda la verbena bajo la luna llena como una mierda pinchá en un palo...

ELLA. Así es como me lo decías porque gustabas de hacerte el malo... pero tú eras de mucho corazón a manojos, y tenías un mechón de pelo rebelde encima de los ojos... *(Iza de una enorme pandereta como santa puñeta, le atiza del dedo irremediablemente corazón, es la pandera de la consolación)* eras el muchacho del noble corazón decente, y te amaban los perros, y te amaba la gente...

ÉL. *(Baboso del mucho deliquio.)* ¡Vuelve la primavera, vuelve con la música verdadera...

Remata la faena con un enorme pito de verbena, y ella le da al pandero, y él dale que le das con el pito porque darle del pito no es crimen, no es delito porque su santa esposa es ella que le da del pandero lo mismo que una estrella.

ELLA. ... siempre con tu mechón de pelo rebelde encima de los ojos...

ÉL. Y tú eras la flor delicada de la verbena, y eras una muchacha dulce, y eras una muchacha buena... no te daba ningún enfado, no te daba ningún pronto...

ELLA. Tú no tenías pelo de tonto... eras inteligente, te brillaban los ojos pues mucho más que lo corriente...

Siguen de recuerdos como azúcar, siguen tocándose los instrumentos, y ella se toca el pandero como quien va degollando pimientos en mitad del cadáver de la alegría, y él va tocándose el pito con melancolía.

ÉL. Tú le dabas al pandero con santa alegría.

ELLA. Tú le dabas al pito, tú venga a darle al pito, y todas las muchachas enamorábanse de ti como locas...

ÉL. *(Doloroso.)* Porque se enamoraban del pito.

ELLA: ... te lo cogían, se lo metían en las bocas, y se ponían a pitar como locomotoras borrachas, y era el pito...

ÉL. Eran las pálidas muchachas de la fiesta...

ELLA. Y era el pitorreo, el mucho pitorreo...

ÉL. Pero eras tú la única reina de la floresta...

ELLA. Era toda alegría, yo a poco si me meo...

Les va subiendo en el corazón la fiesta y crecen de la charanga manifiesta mientras que desde el omblígo del universo suenan lejanos los pasodobles igual que un verso de rimas nobles.

ÉL. Tú eras la reina del pito...

Y ella le coge el pito, y él le coge el pandero, y ella le toca el pito como quien toca una gran fiesta, la gran fiesta de la ilusión, y él le va dando al pandero con el dedo corazón.

ÉL. Tú las meabas en mitad de la boca con una botella de tintorro...

ELLA. Yo le atizaba del vino en la boca.

ÉL. Tú le atizabas del vino en los morros a todas las muchachas *(Comienzan a girar en torno a la mesa, y él sigue dándole al pandero, y ella sigue dándole al pito, y es la gorda fiesta del mucho delito, la fiesta de la santa alegría, y giran en torno a la*

mesa como niños que andan iluminados de piadosos pestiños.)
¡Es la fiesta de tornabodas, es la gran fiesta de tornabodas, y las flores son amarillas, y las flores no son godas!

ÉL. ¡No me flores, no me godas, no son las fiestas de tornabodas!

ELLA. Acuérdate que de la luna llena va y florece la yerbabuena...

ÉL. ¡No me flores, no me godas, no son las fiestas de tornabodas!

ELLA. Luego, tú venías con tu santa madre, y le pedías mi mano a mi padre, y mi padre te otorgaba generosamente mi mano, y tú te tomabas la manga y te tomabas la mano, y luego te lo tomabas todo bajo el avellano... ¡Es la fiesta de tornabodas, es la fiesta de tornabodas, y las flores son amarillas, y las flores no son godas...!

ÉL. ¡No me flores, no me godas, no son las fiestas de tornabodas! No fue bajo el avellano, que fue bajo una mata en mitad de la fiesta de la piñata.

ELLA. ¡No me flores, no me godas, no son las fiestas de tornabodas!

ÉL. ¡Es la fiesta de tornabodas, y son las rosas de pasión, y no son godas...!

ELLA. ¡No me flores, no me godas, no son las fiestas de tornabodas! Luego, tú ya terminabas la universidad, y venías con el título de ingeniero como amor verdadero. ¡Es la fiesta de tornabodas, y las flores son amarillas, y las flores no son godas...!

ÉL. ¡No me flores, no me godas, no son las fiestas de tornabodas!

ELLA. ¡Venías todo lleno de proyectos de santidad, todo relleno de santas ideas verdaderas! ¡Construir carreteras en los puentes, construir puentes en las carreteras porque como ya eras ingeniero de caminos y puentes y canales querías acabar con todos los males, querías poner adoquines como catedrales en todas las carreteras...!

ÉL. ¡No me puentes, no me godas, no son las fiestas de tornabodas!

ELLA. ¡Es la fiesta de tornabodas, es la fiesta de tornabodas, y las flores son amarillas, y las flores no son godas...!

ÉL. ¡No me flores, no me godas, no son las fiestas de tornabodas!

ELLA. ¡Es la fiesta de tornabodas, y van y te echan del casino por tus ideas avanzadas, y a ti se te da un pepino...!

ÉL. ¡Y estamos ya recién casados y nos reímos del casino como condenados...! Y lo celebramos a base de mucho conejo con rioja. Y tu padre va y se pone furioso, tu padre va y se enoja...!

ELLA. ¡No me nombres el conejo, no me godas, no son todavía las fiestas de tornabodas...!

ÉL. Y como soy, ponía buena voluntad, tus padres pusieron en mis manos la administración de las fincas.

ELLA. Porque tú donde la pones, allí vas y la hincas, porque tú trabajador sí que lo eres, y yo soy la más feliz de las mujeres porque soy española y mis padres me han regalado una gramola...

ÉL. ¡Es la fiesta de tornabodas, es la fiesta de tornabodas...!

ELLA. ¡No me flores, no me godas, no son las fiestas de tornabodas...! *(Sonsácase de las tetas un rollo de larga serpentina, y se la dispara por encima de la mesa a su santo esposo, y le da en mitad de los morros con la cinta de colores, y siguen de la mucha alegría como pastel de flores.)* Y porque soy hija única, mis padres me han regalado una bonita túnica de azul celeste, y yo voy a lucirla en la verbena campestre...

ÉL. ¡No me flores, no me godas, no son las fiestas de tornabodas!

ELLA. Y en la verbena tú me tiraste una serpentina color melón, y llegaba por el aire la serpentina, y me dio en la mitad del corazón...

ÉL. ¡Es la fiesta de tornabodas, es la fiesta de tornabodas...!

ELLA. ¡No me flores, no me godas, no son todavía las fiestas de tornabodas...! Luego, tú al día siguiente vas y me llevas a los toros...! *(Bizquea el ánima igual que una beata en trance de levitación, y él le toca el pandero como quien toca un melón.)* ¡Los toros...! ¡La sangre y la arena...! ¡El toro degollado del culo como quien se degüella a una ballena, el negro toro...! Acuérdate del toro, acuérdate de la vaca... *(Pellizcada del mucho carisma en mitad de una teta, va y tira de la manteleta viciosamente colorá, viciosamente grana que, igual que una almorrana de pasión, envuelve al loro como quien envuelve un melocotón.)* De la vaquilla... ¡Suuuuuus, toro...! *(Y entonces el santo esposo deja ya de tocarle el pandero, inflámase del amor verdadero, inflámase de las ingles con salsa mayonesa, inflámase de la mayonesa como prenda de otros muchos bienes, remátase de rápidos cuernos en las sienes, a base de los dedos índices bien tiesos, y la embiste amorosamente como quien amorosamente embiste a un salchichón y es la liturgia santa, es la liturgia del toreo de salón.)* De la vaquilla que tú salías a capear en el corral de la tienta...

ÉL. *(Bufando apasionadamente del gañote como quien anda vulnerado del cipote, vulnerado de la mucha vulneración porque lo tiene vulnerado en forma de melón, en forma de pecado, y está patéticamente vulnerado.)* Muuuuuuuuuuuuuuuuuuuuuuuuu...

ELLA. Del corral de la tienta donde tú me tentabas de la tentación...

ÉL. Muuuuuuuuuuuuu.

ELLA. De la tentación del pecado...

ÉL. Muuuuuuuuuuuuuuu.

ELLA. Del pecado gordo...

ÉL. Muuuuuuuuuuuuuuuuuuu...

ELLA. Del pecado gordo de las avellanas...

ÉL. Muuuuuuuuuuuuuuuuuuu...

ELLA. Pecamos de las avellanas...

ÉL. Muuuuuu...

ELLA. Pecamos apasionadamente de las avellanas...

ÉL. Muuuuuuuuuuuu...

ELLA. Y unas te salían gordas, y otras te salían vanas...

ÉL. Muuuuu... *(Quiebra en dulce jipío de orfandad la santa esposa, y la cabeza lo mismo que una horrible rosa va y se la cubre con la manteleta grana, y dispara un alarido de marrana escoñada del mucho casto amor el día de las morcillas y la matanza al ver al marrano con un gordo cuchillo piadosamente en mitad de la panza, piadosamente.)* Muuuuuuuuuuuuuu...

ELLA. ¡No quiero ver la sangre, no quiero verla...! *(Inicia de la paseata con las manos por delante como quien un pájaro aborta, porque va como ciega, porque no ve ni torta, y va de funerala por la faz del planeta, pues ya no santas pascuas, pues ya no más puñeta.)* Tú tuviste la culpa, tú...

ÉL. Muuuuuuuuu...

ELLA. Luego, tú estabas enfermo.

ÉL. Luego, yo estaba enfermo.

ELLA. Y murieron mis padres, murireron de un arrechucho de caridad, de santa caridad...

ÉL. Murieron de la caridad, estiraron la pata...

ELLA. Y yo me quedé sola en este mundo de la rata, y me quedé toda huérfana y sola como la huérfana tenebrosamente española, toda sola en mitad de toda la soledad de este mundo, y es el cuchillo del mayor dolor...

ÉL. Y es el cuchillo del mayor...

ELLA. Muuuuuu...

Lo topa blandamente de la cabeza bien arropada en la manteleta, y a él va y le vuelve la risa, y ella lo topa corniveleta en plan de cuchufleta inocente y gorda, y es prácticamente el juego del tordo con la torda)

ÉL. Pero no es demasiado cuchillo porque yo estoy siempre contigo como un pardillo, yo te acompaño en el sentimiento, yo te acompaño en la soledad.

ELLA. Muuuuuuuuu...

De la mesa ya él ha cogido el dulce pandero de la caridad, y apoyado de espaldas a la mesa va toreando a su santa esposa como quien lidia una fresa, y el pandero hace de capa, y la santa esposa lo topa a quemarropa por bajo de la solapa, pecadoramente en mitad de la barriga, y la cosa ya tiene mucha miga, y a él le da mucha risa porque su santa esposa lo embiste de la santa caridad, y lo embiste con toda decencia, lo embiste de mucha solemnidad.

ÉL. A mí me gustan así los toros, así, como los cristianos y los moros...

ELLA. Muuuuuuuu....

ÉL. Tú embistes del mucho horror a los gusanos...

ELLA. Muuuuu...

ÉL. Yo estoy enfermo de amor por los toros...

ELLA. Muuuuuuuu... *(Del veneno amoroso crecen los ceremoniales topetazos, y él trépase de nalgas a la mesa para escapar de los porrazos, ya está encima de la mesa reclinado, bien estirado de las patas, y ella lo pesca entre las olas del mucho pasodoble como quien pesca una rata, luego va y ahueca de voz, le parla del gañote cavernoso dulcemente como una coz a su santo esposo que sigue de orejas sordas, del gañote le parla la comedia de las tinieblas gordas.)* Estás enfermo del santo amor a los toros, estás enfermo... Tiéndete aquí, en este lecho de flores, y yo voy y te duermo y yo te arrullo del capullo de todos los amores... Acuérdate cómo te llegó de un repente la enfermedad aquella, cómo yo matrimonialmente te cuidaba, cómo la sopa yo te daba como quien va la sopa dándole a una estrella, como quien le da la sopa a un lucero gordo...

Del escote sonsácase una navaja cual negra la ola, es la navaja tenebrosamente española, la navaja del mucho resorte, ya reluce la hoja de la navaja encima de la pechuga de su santo consorte, ya va la santa esposa irremediable trazando círculos con la navaja en torno al corazón de su santo esposo, y él se ríe a borbotones desde los cogollos hasta el bisoñé doloroso, a borbotones desde los juanetes hasta los cogollones.

ELLA. Te operaron de la hernia en mitad de un sobaco, te operaron del sobaco en mitad de la panza, yo bien te cuidaba porque tú eres mi sola esperanza, te cuidaba de la panza, te cuidaba de la garbanza amorosamente, amorosamente...

Dolorosamente de la navaja, esgrime de la mano litúrgicamente en mitad de la noche y el chocolate para endilgarle a su santo esposo un navajazo con tomate en mitad mismo del corazón, pero él rueda como un relámpago en mitad de la mesa y la desolación, cae de nalgas en mitad del suelo, y ella con toda la saña del cielo asesta rabiosamente el golpe mortal, y la navaja reluce clavada en mitad de la mesa como un estilete infernal, como el estilete de la funerala, y el santo esposo lo atisba acuclillado junto a la mesa como una difunta bengala.

ÉL. *(Ceñudo.)* No me gusta ya ese juego, sabes que no me gusta...

ELLA. *(Gime del ánimo)* Lo que no te gusta es acordarte del beso.

ÉL. Me acuerdo, sabes que lo recuerdo como lirio de pasión...

ELLA. No te acuerdas, no. *(Yérguese del bulto el santo esposo, le arrima lomo presuroso al arcón, le sonsaca un tambor de hojalata gorda, se lo cuelga santamente del cuello como sobaco de tía sorda, se lo cuelga bienaventuradamente del cuello como quien va camino de la fiesta santa, como quien va piadosamente al degüello, híspase entonces ella del arrechucho mucho y dispara del gañote como un cartucho, aporrea la mesa, aporrea de las sílabas igual que una posesa.)* ¡No quiero que vengan más aquí los sobrinos, no quiero que vengan más todas esas gentes...!

Vienen a espiarme de forma indecente a ver si estiro la pata, y luego ellas heredan todo mi capital a saltos de mata, no quiero que vengan... Tenemos que ensayar otra vez la escena de los insultos, luego como a bultos los invitamos a todos ellos a una cena de gala... *(Del remoto piélago del pasodoble sottovoce, del lejano planeta del mucho fantoche comienza a subir de nuevo la melancólica trompeta de "En er mundo", y es el sólo lapidario y profundo, y es el sólo una lágrima gorda como un chirimbolo, amargo como un pedo, reiterado como a quien le importa un bledo, luego tras un rato nos caerá encima el pasodoble de "Gallito" lo mismo que un arcágangel barato)* luego en mitad de la cena nos disparamos venenosamente los insultos en mitad de los morros, y toda esa horrible gente huirá como quien huele de ajos porros, y no volverán nunca más... Pero un día y otro tú me dices que no... Porque no te acuerdas del beso, por eso...

ÉL. Me acuerdo del beso, me acuerdo del delirio, y por eso ahora yo te ofrendo este cirio...

De mano con el palabro, va y le alarga una de las velas que arden en el candelabro, y ella va y toma vela en el asunto como quien toma tela devotamente de un difunto.

ELLA. Era el beso.

ÉL. *(Sombrío.)* Me acuerdo del beso como quien se acuerda de la flor, y por eso... yo por ti ahora y toco el tambor.

ELLA. *(Delicada.)* Era el primer beso... *(Y él va tocando lentamente ya el tambor a golpes de funerala con dos palillos gordos, y todo el planeta gime de los membrillos sordos, y él va delante tocando el tambor de hojalata, y ella detrás como la ensabanada beata, la ensabanada de la larguísima mantelata colorá que le cuelga por delante y le cuelga por detrás, y a él le cuelga por delante porque le cuelga hasta las rodillas, y a ella le cuelga la mantela, y a él le cuelga el tambor hasta las rodillas como candela, y a ella le cuelga hasta más abajo de las rodillas, y el cirio llamea litúrgicamente de gordas lágrimas amarillas)* era el jardín en la noche, la santa noche del plenilunio en mitad del corazón de junio, y no había luna... era el agua en el estanque de los cisnes, era el agua tenebrosamente iluminada... eran en el estanque los cisnes de largo el cuello como la nieve... *(Van lentamente de procesión ceremonial en torno a la mesa, girando en sentido contrario a la kermessa del pito y el pandero divino, por dentro les va subiendo mucha melancolía igual que vino loco, y a él se le cae como el moco, y a ella se le sube como vino, y a él se le sube prácticamente como un pepino)* era el jardín sonriente...

ÉL. Era el jardín sonriente.

ELLA. Era una tranquila fuente de cristal.

ÉL. Era una tranquila fuente de cristal.

ELLA. Era en su borde asomada...

ÉL. Era en su borde asomada...

ELLA. ... una rosa inmaculada de un rosal.

ÉL. ... una rosa inmaculada de un rosal.

ELLA. *(Elegíaca.)* Y era hermoso, hermoso como los versos del poeta. Era el beso del ruiseñor, el beso del tordo...

ÉL. Era el beso gordo...

De frase en frase van interpolando un largo corazón de silencio dentro del cual, igual que el espeso pájaro del desamor, va un grueso redoble de funerala en mitad del tambor, de fondo como marea sigue y sigue subiendo la leyenda del beso enamorado y tremendo, la tristísima melodía a contrapunto con la melancolía que les rebosa como espuma en los corazones, pues disparan las frases como la funerala de los melocotones.

ÉL. Era el beso gordo.

ELLA. Era el dulce beso de la sorda al sordo.

ÉL. Era el dulce beso de la sorda al sordo.

ELLA. Eran los pájaros delicadamente salvajes.

ÉL. Eran los pájaros delicadamente salvajes.

ELLA. Eran los pájaros de grueso tonelaje.

ÉL. Eran los pájaros de grueso tonelaje.

ELLA. Eran los pájaros de colores.

ÉL. Eran los pájaros de colores, todos los pájaros de colores.

Y rápido trinca de una silla, y la coloca del planeta en el centro exacto, y ella se sienta en la silla, y como si nada quédase de un repente oscura de las altas estrellas delicadas.

ELLA. Y era la rosa blanca.

Descolgándose de no sé qué tenebroso mecanismo, una soga desciende del abismo de los cielos, es una soga de ahorcar a los criminales de los crímenes como dulcísimos consuelos, y el santo esposo va y le mete la cabeza a la esposa santa en mitad del lazo de la soga.

ÉL. Y era la rosa blanca.

Arrampla de la mesa la gran rosa blanca de papel, hinca de una rodilla en tierra como un arcángel dulce y fiel, a su santa esposa le alarga inmaculadamente la rosa.

ELLA. Lo sé, tú eres el varón bueno y derecho, el santo varón de pelo en pecho, el santo varón... Tú tienes toda la hombría y todo el corazón. El caballero del corazón delicado, el caballero... *(Y él la acaricia los dedos con la rosa, y ella va y se la agarra con mano temblorosa, y le agarra la rosa como quien lo agarra dulcemente las quijadas, y gime de las ánimas delicadas.)* Es la blanca rosa...

ÉL. Es la blanca rosa.

Y ella tiene ya en la mano la rosa, y sigue de la manteleta grana cubriéndole la cabeza campurriana, y sigue de la cabeza metida en el dogal de la soga de ahorcar, y sigue del cirio en la mano igual que una piadosa penitente, y ella y él ya inician amorosamente la vía de la gran melancolía, es entonces la mucha iluminación del ánima a pleno pulmón, y es todo el gañote bienaventurado que les sube poco a poco iluminado de la mucha alegría de los niños, y es todo el gañote como el gran sol de los pestiños, y el santo esposo toca de rataplán espeso alegremente el tambor porque lo toca del ánima, porque lo toca arrebatadamente en sol mayor.

ELLA. Es la blanca rosa de nuestra convivencia toda hermosa.

ÉL. Es la blanca rosa de nuestra convivencia toda hermosa.

ELLA. De nuestra mucha convivencia en alas de la pasión amorosa.

ÉL. De nuestra mucha convivencia en alas de la pasión amorosa.

ELLA. De nuestra hermosa convivencia en alas de la inteligencia.

ÉL. De nuestra hermosa convivencia en alas de la inteligencia.

ELLA. De nuestra hermosa convivencia de espaldas a la hipocresía, de nuestra convivencia toda hermosa como el avemaría en alas de la mutua comprensión, en alas.

ÉL. De nuestra hermosa convivencia de espaldas a la hipocresía, de nuestra convivencia toda hermosa como el avemaría en alas de la mutua comprensión, en alas.

ELLA. De los muchos años de convivencia a prueba de balas.

ÉL. De los muchos años de convivencia a prueba de balas.

ELLA. De los muchos años convividos, hermosamente convividos de la blanca rosa.

ÉL. De los muchos años convividos, hermosamente convividos de la blanca rosa.

A la santa esposa el pecho le rebosa de toda la alegría del mundo, al santo esposo le rebosan las tripas con la santa risa de los guripas cuando oyen el chiste en el que una va y se baja las bragas y el otro va y la embiste, y son las risas prácticamente en mangas de camisa porque son las risas serranas del tripear a base de solomillos y no a base de ancas de rana, las muchas risas lo mismo que olas gordas, y clamorean tutto in crescendo como vacas sordas, y él se quita la corbata de pajarita negra como el pecado, y ella tiene jubilosa la rosa entre las manos como la que va y atrapa de un soldado, como la que acariciándolo de la mucha esperanza en mitad del corazón, en mitad de la panza.

ELLA. ¡La rosa blanca...!

ÉL. ¡La rosa blanca...!

Y él se quita pecadoramente el tambor, luego como quien va a misa mayor, de puntillas, el corazón hecho natillas, el santo esposo va y agarra de la guarra soga oculta que por la banda de la derecha caía decorosamente sepulta tras un pilar a modo de bastidor, descolgábase como una espesa flor secretamente desde los cielos hasta los mismos suelos.

ELLA. ¡Blanquísima, blanquísima, la toda blanca...!

ÉL. ¡Blanquísima, blanquísima, la toda blanca...!

ELLA. ¡La gran rosa blanca orilla mismo de la barranca...!

ÉL. *(Tutto feroce.)* ¡La gran rosa blanca orilla mismo de la barranca...!

Tira de la soga con alegría suicida, con saña dulcemente homicida, pues a su amante pichona la quiere quitar la vida, pero no con mala intención, sino que santamente, pues quiere quitársela de la eternidad como pastel incontinente, y el dogal agarra de la santa esposa malamente por debajo de las dulces quijadas y la iza en mitad del aire como bandera de un horrible cuento de hadas, y ella ya el suelo toca de puntillas, del empujón va y se le cae patéticamente la silla, y la santa esposa suelta un alarido como lágrima de galápago, y todo esto acontece de golpe lo mismo que un relámpago.

ÉL. ¡Sursum corda, sursum corda...! *(Y es el relámpago fulminante en cuestión de segundos, el santo relámpago que ilumina los abismos de más allá de los abismos de los mundos mientras la santa esposa da el alarido del mundo, y es la hembra tenebrosamente vulnerada del culo, y visto que no corre la soga el santo esposo suéltase de soga entre risotadas crueles, y ahora sí corre la soga como lebreles hacia abajo, y la santa esposa posa de nalgas como laureles en mitad del suelo piadosamente bajo, piadosamente dulce como las ratas, y el santo esposo le arrima lomo andando a gatas, y entonces a la santa esposa le vuelven convulsas las risas, y libérase del dogal como quien emerge de una loca hecatombe de cornisas, como quien emerge al océano de las risotadas, y al santo esposo le da la risa de las imperterritas mamonadas en mitad de su pecho de roble, y entonces acaba en seco el pasodoble, y ellos déjanse de las risas locas, coagúlanse de la jeta sombría como los bigotes de las focas, y ella perdió la rosa, y perdió el cirio, apostátase del delirio, y espatárrase a cuatro patas como la rana del mucho pensamiento, viene penosamente andando a gatas, todavía con la manteleta grana cubriéndola la chola igual que la penitente apasionadamente española, y ambos esposos retrépanse acuclillados, rematan decorosamente sentados sobre los calcañares de las patas, apoyados mismamente en las palmas de las manos sobre el santo suelo como garrapatas, de un manotazo va entonces él y la desvela, pues le quita de la cabeza el mantel como quien tira de la canela, y es entonces todo el gran silencio del pardillo, el silencio como para rebanarlo a cuchillo, y ella y él mirándose abismosamente a los ojos como se miran los difuntos cuando se despiojan de los piojos, y como un guiñapo de claveles rojos yace en mitad del suelo la manteleta grana, ya venenosamente lejana.)* La cuerda no es lo bastante gorda, no es lo bastante.

ELLA. Demasiado lejos el juego lo llevas, demasiado.

ÉL. Demasiado cerca tú con la navaja de Albacete, demasiada navaja de Albacete.

Es todo el silencio del cuchillo cuando ya no canta ningún grillo, todo el silencio en mitad del moño igual que difunto el corazón y la santa flor del escoño que gorda y pálida sube de las patas, sube del ánima lo mismo que una lágrima muerta que yace de legaña piadosamente en el ojo de una tuerta.

TELÓN

SEGUNDA PARTE

Donde el pasodoble ya lo toca luego piadosamente la banda municipal, y es entonces la alegría fatal de todo el pasodoble

Ella y Él están serios de la mucha solemnidad por amor al arte, están tal y como remataron la primera parte de la liturgia fantoche, y parlan del ánima en las tripas del sottovoce.

ELLA. Y ahora iniciamos devotamente los insultos.

ÉL. Nos insultamos santamente como un buen par de muertos insepultos.

ELLA. Insepultos de la longanimidad.

ÉL. Insepultos de la longanimidad.

ELLA. De la longanimidad, no de la longaniza.

ÉL. De la longanimidad. De la longaniza, no.

ELLA. De la longanimidad ecuánime.

ÉL. De la longanimidad ecuánime.

ELLA. De la longanimidad casi exámine.

ÉL. De la longanimidad casi exámine.

ELLA. De la longanimidad fervorosamente longánime.

ÉL. De la longanimidad fervorosamente longánime.

Inician del santo camino en reata, y de paso él va y agarra de nuevo su corbata.

ELLA. Nos insultaremos del pasodoble sencillo.

ÉL. Nos insultaremos del pasodoble sencillo.

Van girando a gatas en torno a la mesa y él va detrás, y ella delante como un pálido cadáver de abadesa.

ELLA. Nos insultaremos del pasodoble amarillo.

ÉL. Nos insultaremos del pasodoble amarillo.

ELLA. Nos insultaremos del pasodoble gualda.

ÉL. Nos insultaremos del pasodoble gualda.

ELLA. Nos insultaremos del pasodoble que mucho escalda.

ÉL. Nos insultaremos del pasodoble que mucho escalda.

ELLA. Nos insultaremos del pasodoble como la flor del veneno.

ÉL. Nos insultaremos del pasodoble como la flor del veneno.

ELLA. Nos insultaremos igual que un prado florido y ameno.

ÉL. Igual que un prado florido y ameno de las flores.

ELLA. Nos insultaremos del pasodoble de todos los colores.

ÉL. Nos insultaremos del pasodoble de todos los colores.

ELLA. Nos insultaremos del pasodoble como penitencia.

ÉL. Nos insultaremos del pasodoble como penitencia.

ELLA. Nos insultaremos del pasodoble para ganar la indulgencia.

ÉL. Nos insultaremos del pasodoble para ganar la indulgencia.

ELLA. Nos insultaremos del pasodoble por nuestros muchos pecados.

ÉL. Nos insultaremos del pasodoble por nuestros muchos pecados.

ELLA. Nos insultaremos del pasodoble a puñados.

ÉL. Nos insultaremos del pasodoble a puñados.

Van girando en torno a la mesa como la piadosa recua de la honorabilidad, luego cada uno se sienta en su silla como quien se sienta en la santidad.

ELLA. Nos insultaremos del insulto.

ÉL. Nos insultaremos del insulto.

ELLA. Nos insultaremos del indulto.

ÉL. Nos insultaremos a bulto.

ELLA. Nos insultaremos de la consolación.

ÉL. Nos insultaremos de la consolación.

Va ella y se pone de rodillas, apoyáse de manos en la mesa como beata, y el aprovecha para ponerse la corbata.

ELLA. Primero hay que impetrar la bendición de los insultos.

ÉL. Primero hay que impetrar la bendición de los insultos.

Ella bizquea dulcemente del ánima en mitad de una lágrima, recita las preces del delito, y el santo esposo yérguese de nalgas y posa del devoto en pie y contrito.

ELLA. *(Dolorosa.)* Oh vosotros los que os insultáis a diario...

ÉL. Oh vosotros los que os insultáis a diario.

ELLA. ... y estáis muertos como las reliquias en sus relicarios.

ÉL. Y estáis muertos como las reliquias en sus relicarios.

ELLA. ... ayudadnos de vuestros santos insultos.

ÉL. ... ayudadnos de vuestros santos insultos.

ELLA. Oh vosotros los que os insultáis a bulto.

ÉL. Oh vosotros los que os insultáis a bulto.

ELLA. ... socorrednos de los insultos más socorridos.

ÉL. Socorrednos de los insultos más socorridos.

ELLA. Oh vosotros los que os insultáis y nunca os indultáis porque estáis podridos y muertos...

ÉL. Oh vosotros los que os insultáis y estáis podridos y muertos.

ELLA. ... socorrednos de la mucha sabiduría como socorréis a los tuertos.

ÉL. Socorrednos de la mucha sabiduría como socorréis a los tuertos, amén.

ELLA. Amén.

Siéntase dolorosa en su silla, siéntese transverberada de una cuchilla, dispáranse de balas en los morros, acuchíllanse de jetas viciosamente a chorros.

ELLA. Borracho.

ÉL. Borracha.

ELLA. Gazpacho.

ÉL. Gazpacha.

ELLA. Curdo.

ÉL. Curda.

ELLA. Zurdo.

ÉL. Zurda.

ELLA. Cojo.

ÉL. Coja.

ELLA. Bisojo.

ÉL. Bisoja.

ELLA. Cerrojo.

ÉL. Cerraja.

ELLA. Borrajo.

ÉL. Borraja.

ELLA. *(Pinchada del mulo en mitad del culo.)* ¡Me insultas, me estás insultando...! *(Gime del ánima en santa congoja igual que gime la gorgoja, gime del gañote postizo, gimotea del mondongo tal como en la zambomba el carrizo.)* Del agua de borrajas pérfidamente me rajas, me hieres, me clavas de los alfileres en mitad del alma... Insúltasme de la cerraja en mitad de los morros, insúltasme del candado como ajos porros, insúltasme del cinturón de la castidad, me tratas de calamidad, se lo dices a la gente, vas por ahí diciéndoselo al servicio...

ÉL. *(Hirsuto del español honestamente puto.)* Lo que yo le digo a los criados no tiene ripio ni desperdicio...

ELLA. *(Esputa de la española dolorosamente canuta.)* Les dices de la abominación como piadosa consolación, les dices de mí que soy delicada cual la rosa de té... ¿Y tú, qué...? Tu otra vez haciendo el paripé en mitad del casino, perorando de las cooperativas a lo divino... ¿Y cerraja yo, de cuándo, de qué...?

ÉL. De tu manía de cerrar las ventanas sin qué ni porqué, de que cierras apasionadamente de rejas sevillanas con tus chifladuras malsanas por el folklore del amor a tocateja tras la reja de la santa pasión...

ELLA. ¿Ves...? Ya empiezas... Las cierro porque si no, nos saltan dentro los ladrones como cerezas, a racimos, y se llevan el tambor de hojalata, y arramplan con mis joyas y con los cubiertos de plata, y arramplan con el candelabro...

ÉL. Pues que se lo lleven, no será mucho el descalabro...

En alas de la lírica como santa candela, subiendo van de híspidos a la luz de la vela, la única vela que ahora luce en el candelabro pues la otra falleció de contusa en la trota del patíbulo macabro.

ELLA. Claro, como la casa es de mi propiedad, a ti que se lo lleven todo... De cualquier modo, es nuestro hogar, con su jardín claustral en torno, con sus trigales de retorno, con sus campos de olivos, con sus dehesas, con sus campos de berenjenas espesas... Es nuestro dulce hogar.

ÉL. No, es el berenjenal.

ELLA. Es nuestra casa.

ÉL. No, es una tumba.

ELLA. Tú tienes ya otra vez las ideas de las catacumbas... Quieres ponerme dulcemente tarumba, quieres ponerme... Y yo soy la desvalida, yo soy la inerme... Y sabes que no, es nuestra casa toda a base de piedra y argamasa, es el antiguo convento de los descalzos que mis bisabuelos amortizaron piadosamente de la desamortización... lo restauraron devotamente con mucho corazón, lo transformaron en piadosísima mansión...

ÉL. *(Bizquea de la mala leche.)* Lo birlaron del municipio con toda devoción por cuatro malditas pesetas que ni a pagar llegaron.

ELLA. *(Yérguese pálida como el escabeche.)* Me insultas del municipio, me insultas de los bisabuelos, ellos bien que lo salvaron. Lo salvaron del ripio, y con ayuda de los cielos lo salvaron de la ruina como quien salva la raspa de la sardina, restauraron los claustros a base de alabastros, restauraron la capilla a base de piedra inmortal...

ÉL. No, los profanaron de la bacanal, los profanaron del pastiche.

ELLA. *(Suspicaz de la dulce faz.)* Tú lo que quieres es que me dé ya el patatús y que yo espiche... Nada de bacanal, esto es un santo hogar, es el hogar de todas las virtudes...

ÉL. De todas las virtudes como el pudridero de los ataúdes.

ELLA. ¿Cómo me puedes decir esa monstruosidad, cómo...?

ÉL. Yo te digo la verdad, te la digo de tomo y lomo.

ELLA. Me dices tu verdad, no la mía.

ÉL. No hay más verdad que una, igual que no hay más que una sangría, igual que no hay más luna que la luna...

ELLA. Pues bien, hablemos claro... Acuérdate de Paco el mayoral envenenado del matarratas con cereal en los campos del trigo, con el trigo y las pajas subiéndole desde las patas al ombligo en mitad de los rastrojos...

ÉL. Fantaseas a tus antojos... No en los campos del trigo. En el campo de los perales...

ELLA. Eso, en el campo de los perales, y él allí estaba muerto con la pera en la mano...

ÉL. ¿Ves cómo todo lo trabucas...? Con la pera, no. Yacía en tierra con la perra a su lado, con la perra...

ELLA. Con la perra de cazar codornices... Y alrededor todos los peones viéndolo desde los calzones...

LORO. *(Elegíaco de las flores del abedul.)* Lorito quiere chocolate...

Yérguese de su silla él, y como un santo profeta de Israel con una bola de alcanfor en la mano le arrima bola al loro calamocano.

ÉL. Y ellos fueron felices, y comieron perdices. Y colorín colorado, este cuento ya se ha acabado.

ELLA. *(Gime del ánima trunca.)* Dios de los cielos, no, que no se acaba nunca, que nunca se acaba...

ÉL. *(Le bisbisea del oro al pobre loro.)* Ahora vas tú y te comes tu bola de alcanfor, y ya luego has comido lo mismo que un señor, y ya te quedas bien desayunado.

ELLA. *(Transida de una teta, corre hasta donde el señor trata de hacerle al loro la puñeta.)* ¡Déjalo, deja...! ¡Desalmado, no me lo amamantes del alcanfor, no me lo pongas patéticamente alcanforado...! Deja, despeja.

ÉL. Tú no chilles como una coneja.

ELLA. Te falta el sentimiento paternal, te falta.

ÉL. El alcanfor al loro nunca se le atraganta. *(Van girando pálidos en torno al loro de los amores, andan de alerta y listos a meterse mano como el camposanto de las flores, como la tormenta del verano.)*

ELLA. Pero lo desuella del ánima, me lo alcanfora del hocico, me lo alcanfora... Y es entonces el loro como una gorda lágrima porque llora del ánima, porque llora del pico... Lo trajo de Puerto Rico la abuela María Manuela, y es la joya de la familia, la joya...

ÉL. Yo le doy alcanfor a modo de canela.

ELLA. No. Dale bombones como la tía Emilia cuando viene a visitarme aquí en esta hoya, en estas tinieblas de mi desamparo, y con santo descaro platicamos de los cielos, y ella va y luego al loro le atiza caramelos de bombón.

ÉL. Yo le doy alcanfor con muy buena intención. Nunca lo maltrato, nunca lo repeluzno...

ELLA. *(Atufada de la blasfemia.)* No, tú no tienes la contrición del rebuzno, tú no rebuznas de arrepentimiento, tú lo envenenas de aspirinas...

ÉL. *(Apúntala del largo dedo inquisitorial.)* Yo se las di para curarle las tosferinas... Tú eres la que lo vas viciando, la que de las muchas chocolatinas lo vas envenenando... Tú no lo amas, tú la cola nunca se la mamas, nunca se la alisas a base de saliva. Míralo de la cola desplumada y prácticamente en carne viva...

ELLA. Yo no se la mamo de las plumas, pero yo se la amo dulcemente como la ola a las espumas, como la ola... y él va y con su propia saliva se alisa la cola posado en la rama, en su aseo diario él va y se la lame de canela en rama igual que un santuario...

ÉL. *(Contuso de la cerrilidad.)* No, él no se la lame, no tiene saliva, no tiene quien lo ame sino yo... que le doy las aspirinas, que yo le doy el amor.

ELLA. El amor a degüello... Ya te tengo visto acogotándolo del cuello, y si aún no lo has escabechado es porque sabes que luego voy yo con mi escopeta, y te disparo a quemarropa en mitad de la bragueta... Tú lo envenenas, tú lo envenenas del veneno...

ÉL. No, tú, eres tú la que lo envenenas dándole del chocolate relleno, y sabes que su estómago no lo aguanta...

ELLA. *(Definitiva.)* Tú lo envenenas como el santo envenena a la santa. Con el agravante de que tú santo precisamente no eres...

ÉL. No discutamos, ¿quieres...? Pactamos que nada de soflama, que nada de discusiones.

ELLA. Pero tú no lo cumples, te metes en mi cama, te metes en mi trama, te metes en mis calzones.

ÉL. Y tú te metes en mis calzoncillos... Te vi la otra noche en tu dormitorio, probándotelos en el espejo del armario, mimándote de los calzoncillos igual que un santuario.

ELLA. Igual que el santuario del amor de los amores... Pero no lo haré más. Te lo juro por el amor de las flores, te lo juro por el amor de los calzoncillos...

ÉL. Y no estaban lavados, estaban amarillos...

ELLA. Me atormentas de los calzoncillos, me atormentas del corazón oloroso como los membrillos...

LORO. *(Suspirando de la pera en el olmo.)* Lorito quiere chocolate, lorito quiere chocolate...

ELLA. *(Maternal del mucho azúcar.)* ¿Ves...? El animalito se lamenta de tu perfidia...

ÉL. Tú quieres engatusártelo, meterlo en la telaraña de tu piadosa insidia...

ELLA. *(Al loro, prometiéndole el moro.)* Tendrás tu chocolate de la medianoche, tendrás tu chocolate, tendrás bonito con mucho tomate, tendrás tus patatas con bacalao... Te lo pondré a remojo en agua mineral de Bilbao...

ÉL. ¡Nada de poner el loro a remojo...! ¿Ves cómo eres tú la que quieres asesinarlo, la que quieres envenenarlo...?

LORO. ¡Lorito quiere chocolate...!

ELLA. *(Carismática de los calzoncillos.)* No lo niegues, me andabas espiando mientras yo en el espejo me los andaba probando, tú siempre a mí me espías...

ÉL. ¿Y tú, qué...? Tú nunca en mí confías, tu me vigilas del ojo practicamente todo el santo día, todo el santo...

ELLA. *(Patética.)* No, yo confío en ti con espanto, de todo corazón, yo confío en ti como en el melonar el melón, yo no te vigilo, yo no te atalayo... *(Le da el santo calambre del escalofrío, del cráneo se le va todo pensamiento macabro, gira en torno a ella el marido vigilándola mucho a base de candelabro.)* Ay, ángeles del mayor dolor... ¡Nos hemos olvidado del loro, nos hemos olvidado de la fiesta...! *(Corre como la loca en la floresta, sale disparada hacia el arcón, apechuga con un voluminoso saco de arpillera bien atiborrado de bolsas de confetti y serpentinas, y lo vuelca encima de la mesa como quien vuelca sacarinas. De tutto sottovoce, el pasodoble llega amorosamente del otro lado del universo, llega delicado y remoto como un pálido verso a la larga, como el pálido verso de la alegría amarga.)* ¡Vuelve ya el pasodoble, vuelve...!

ÉL. *(Lírico del jolgorio.)* ¡El pasodoble siempre vuelve, y el que va y se tapona los oídos es el que no lo devuelve...!

Inician un jugueteo a base de serpentinas, y se las disparan en los morros como golosinas, y él va y se quita la chaqueta, y ella pierde el clavel de manola, y se lían de las serpentinas como quien se lía de la fiesta española.

ELLA. No digas basuras... ¡Te arrepentirás de ese pecado confesándoselo a los curas...!

ÉL. ¡Se lo confesaré a mandíbula batiente, les sonsacaré piadosamente las indulgencias como se las sonsaca el penitente..!

ELLA. ¡Acuérdate de la caseta del casino en las ferias, acuérdate de la fiesta del gran pingorote...!

ÉL. ¡Yo te daba con las serpentinas en mitad de la pechuga...!

ELLA. ¡Yo te daba con las serpentinas en el mismísimo cipote...! Y eran las serpentinas de colores, y era el jolgorio del serpentineo...!

ÉL. ¡Y de las serpentinas, a ti te daba la risa de las gallinas, a poco si te orinas, a poco...!

ELLA. ¡Y a ti se te caía ya el moco...!

ÉL. ¡Y mientras el pasodoble nos daba la hojalata a todo mandoble, yo te vi entrar en el meadero de las damas, en el meadero...!

ELLA. *(Chilla como la rata hecha papilla.)* ¡No blasfemes del pasodoble, no blasfemes...! ¡Ya estás quemando la fiesta, no la quemes...! ¡El pasodoble es el único amor verdadero...!

ÉL. ¡No hay más amor verdadero que el que entra por el meadero, me dije yo iluminado de un lucero, y me enamoré de ti como un cordero...! ¡Y fue todo el amor de los amores en mitad del meadero, en mitad de las flores...!

ELLA. ¡Tus eternas fantasías de hombracho...! Tú eras un pálido y tímido muchacho, y venías de pantalón bombacho...! ¡Y yo me subí a la mesa del presidente... *(A base de silla y soltarse de zapatos, trepa encima de la mesa como un jabato, yérguese encima de la mesa igual que el surtidor de una fuente y, con la mano arriba de los ojos a modo de visera, va y guípase de oronda toda la fiesta a la redonda)* y yo te atalayaba en mitad de la gente, te atalayaba de dulcísimo bellaco, y tú llevabas un libro bajo el sobaco, y en la mesa de la esquina tú estabas con tus padres que habían venido a las ferias desde la ciudad y era gente fina...! ¡Y ahora ya estarán de bienaventurados en la gloria lo mismo que mis padres de santa memoria...!

Férvido de las serpientes de colores, él le dispara a ella las serpentinas a puñados como quien dispara coliflores, y las serpentinas suben hacia el cielo como relámpagos de papel, luego se quedan todas colgando en los alambres como largos hilos de miel, y ella también le dispara de las serpentinas por encima de los alambres, y de cuando en cuando un puñado de confetti en mitad de los morros para insuflarle los calambres, y todas las serpentinas cuelgan de los alambres como lianas de una selva, y a ella va y se le suelta el pelo, y el moño se le va camino de Huelva, y es larguísima la cabellera chorreándole por las espaldas mientras siguen sonando tutto sottovoce los pasodobles rojo y gualda.

ELLA. ¡Y ellos ya son felices del cielo, y sus cuerpos duermen aquí en este suelo de lágrimas en espera de la resurrección de la carne, en espera de la resurrección de las ánimas...! *(Les entran las risotadas de la santa alegría salvaje, convulsos de la mala sangre a modo de oleaje disparándose de las serpentinas en mitad de la floresta, y siguen la fiesta.)* ¡Acuérdate de ellos piadosamente, y acuérdate de la pobre gente panza arriba en los campos de la aceituna, panza arriba los peones al claro de luna envenenados del matarratas...!

ÉL. ¡Porque Paco el mayoral los había envenenado desde las patas...! ¡Y los gañanes envenenados del matarratas en mitad de los pastizales...! ¡Acuérdalos, recuérdalos, los gañanes...!

ELLA. ¡Y los mozos de la labranza envenenados del matarratas en mitad de la panza, en mitad de la sementera de los trigos...!

ÉL. ¡Y tu dulce jardinero que amaneció también envenenado de matarratas y ahorcado dulcemente en la higuera de los higos...!

ELLA. ¡Y la cocinera de tu loca pasión porque te ponía el conejo al melocotón con salsa de uvas, la cocinera también amaneció envenenada del matarratas una bonita mañana de primavera...!

ÉL. ¡Lo pasado, pasado...! ¡Ya nos hemos reconciliado...!

ELLA. ¡Lo pasado, pasado...! ¡Ya nos hemos reconciliado tantas veces, tantas...!

Convulsos de la risa loca, pues trataban de acuchillarse del ánima como las rosas de la boca, va ella y repeluzna del éxtasis, y él va y agarra de la mesa, y va apartándola como quien aparta de una fresa.

ELLA. ¡Avieso, avieso...! ¡Eres el niño díscolo y travieso con tu pantalón bombacho...! ¡Déjate de bailarme el membrillo con queso...! ¡Déjate de rascarte tanto el divieso como un borracho...! ¡Déjate del globo de todos los colores...!

ÉL. ¡Subirás en globo hasta las pálidas estrellas, luego te posarás en un lecho de flores...!

ELLA. *(Transida del mucho abismo.)* ¡Ángeles de los cielos, tomadme amorosamente en vuestras palmas, que va el muy mulo y esnúcame a chorros, que me quiere partir el alma, que me quiere partir los morros...! ¡Cielo santo, que hocícome de las nalgas, que hocícome...! ¡Déjate, déjate de la broma...!

Y ella va y repeluzna, pues pierde el equilibrio, y él con feroz ludibrio de la mucha fresa va y le quita de por bajo los pies la mesa como quien le quita las bragas, como quien de la mucha ánima exulta, y tú te cagas al ver cómo él la goza de la coz con donaire, y ella quédase de las patas al aire, agarrada fervorosamente a la piñata y emitiendo chillidos como una dulce rata, la rata del gran susto y la santa alegría, y él liándola de las serpentinas de colores como quien de la madre patria va y se lía.

ÉL. ¡Vuélate ya de blanca paloma, vuela...!

Arrastrando consigo toda la gran araña de guirnaldas amarillas posa de las nalgas en mitad del suelo la santa esposa y no se hace papillas, y arriba en los alambres quedan las serpentinas a racimos gordos que chorrean de colorines hasta este dulce suelo de los sordos.

ELLA. *(Gimotea del mondongo.)* Tú lo estropeas todo, tú te lo meas del ánima lo mismo que un rey godo, tú te has asesinado al sol de la fiesta, tú te asesinas a las perdices de la cuesta.

ÉL. Porque tú te pasas, te propasas...

ELLA. *(Moquea del carisma en mitad de las narices.)* Ya no me tratas nunca delicadamente como la rosa de té, ya nunca me tratas...

ÉL. Porque tú me maltratas, porque has recordado cosas poco agradables, porque tienes lírica el alma de los muchos cantables y la fiesta la has recargado de farolillos y decoraciones y perifollos...

ELLA. *(Patética de los sobacos.)* No me vengas con rollos... Tú bien sabes que las decoraciones yo las gusto, que las condecoraciones yo las degusto, que los decorados me cantan, que los moriles me encantan a la luz de los candiles a manta porque me chifla el pasodoble, proque pírrome de la santa alegría...

ÉL. Lo que bien te pirra es salirte siempre con tu fantasía de que la vida es una fiesta toda llena de farolillos igual que una floresta...

ELLA. ¿Ves...? Ya estás... No me toleras nada, cualquier fantasía inocente a ti te parece una burrada...

ÉL. Porque despilfarras del capital como si nada. Lo dilapidas rápida...

ELLA. Lo dilapido como si fuera una lápida. Y el capital de las fincas es mío porque lo heredé de mis padres cuando estiraron de la pata en mitad del río, en mitad del río de la vida, pues nuestras vidas son los ríos que van a dar a la mar que es el morir, el morir dulcemente de la eternidad...

Y ella está de rodillas, retrepada, sentada piadosamente sobre sus dulces pantorrillas, con las dulces manos en mitad del dulce muslamen, y él en cuclillas fosco cual un rosco de maderamen.

ÉL. Déjate de comedia. Si no fuera porque, como quien lleva devotamente una enciclopedia, llevo yo la administración de las fincas a base de lomo...

ELLA. *(Atúfase del carburo.)* ¡Ya salió...! Bien, olvídalo, palomo... Si marchan bien las cosas es porque con mis dedos como mariposas yo intervengo en todo asunto delicado, porque a los capullos de las rosas yo les doy un toque apasionado...

ÉL. La mano se te va, y se te va demasiado, y lo embarullas todo.

ELLA. ... Porque yo al servicio voy y les digo mis órdenes.

ÉL. Di que contraórdenes, eso son.

ELLA. ... porque yo al personal les digo mis reglas.

ÉL. *(Pinchado en el culo de la honorabilidad.)* ¡No le debes decir tus reglas a los criados, no les debes decir tus reglas al personal, es una indecencia, es una inmoralidad...!

ELLA. ¿Una indecencia porque a ti te pongo en evidencia...? ¿Una inmoralidad porque a ti te aparto del camino de la santidad? Pues se las digo, se las digo honestas y cereales como el trigo... *(Alarga del pescuezo igual que una cigüeña, picotea del corazón como quien reparte leña, bisbisea del palo, bisbisea de la tranca en azúcar de regalo.)* Y al grano: ya sabes que la chica está preñada, preñada de la panza gorda, lo sabes...

ÉL. Es ya la hidropesía de la sopa de aves.

ELLA. No, es la panza.

ÉL. ¿La panza de la bienaventuranza...?

ELLA. La panza de la mucha bienaventuranza.

ÉL. Pues Rogelio, seguro... Me dicen que nunca toma de la goma, me dicen que nunca toma del bromuro...

ELLA. Pero yo veo que a ti la chica te aprecia de dulce señorito.

ÉL. *(Espeso de la seriedad como un beso.)* Porque no la maltrato, porque la trato como quien trata el cuerpo del delito, porque la trato como quien trata la honorabilidad...

ELLA. *(Dolorosa.)* Porque la tratas de la santidad, porque no la tratas por los pelos...

ÉL. *(Virulo de una dulce coz en mitad del culo.)* Eso, yo la inicio del camino de la santidad que no tiene desperdicio... ¡No me vengas ya otra vez con tu melodrama de celos...! *(Yérguese del bulto, y tieso como un santo insepulto en mitad del planeta va girando en torno a la santa esposa del mucho papo, y la anatematiza del largo dedo inquisitorial prácticamente igual que a un sapo.)* Eso es, ya tienes otra vez bien metido en mitad de la chola el melodrama español, el santo melodrama español lo mismo que el rollo de la pianola... Eso, la pasión tenebrosamente española, el amor a mordiscos como dulces besos y hecho ciscos en mitad del pecado, arriba el sol bien soleado, abajo el pasodoble dale que le das al mandoble, los toros de los cristianos y los moros, la sangre en mitad de la plaza, la sangre en mitad de la panza, la sangre a borbotones, en mitad de las bragas, en mitad de los pantalones, en mitad de la bragueta, la sangre a escopetazos de la escopeta... eso, la sangre hasta el desangre, y toda tu familia la lleváis en la sangre... la dulce sangre de la rata...

ELLA. *(Suave cual pico del ave.)* Peor tú que llevas horchata.

ÉL. *(Obseso de la carroña con hueso.)* ... eso, lleváis la sangre en la sangre, la lleváis estallando sangrienta bajo el gran sol de la justicia, bajo el sol de la muerte, eso es lo que bien os divierte porque andáis de col en col, de lechuga en lechuga, asesinando a escopetazos las perdices, asesinándolas piadosamente en mitad de las narices, asesinándolas a quemarropa en mitad de la pechuga... Eso, el asesinato de la pechuga...

ELLA. *(Sombría de la sombra al baño maría.)* Tú sí que no estás bien de la chola. La caza es el santo deporte de la raza, la caza es apasionadamente española. Y nunca asesinamos de la pechuga a las perdices, nunca las asesinamos de la nariz...

ÉL. *(Abismado en los abismos de las perdices.)* ... el santo asesinato de la perdiz.

ELLA. Ya sé que me lo reprochas, pero yo cazo dulcemente de la escopeta porque como deporte lo cualifican de la santidad a la vinagreta, y chíflame a mí la perdiz a la vinagreta, a mí chíflame de la vinagreta la vía de la santidad. Y mi familia si caza es porque somos una familia de buena raza, nuestro pedigrí viene avalado de las rosas de pitiminí y de las rosas de pasión, y de los hidalgos como capullos y como rosas de la santidad, es el pedigrí de la inmortalidad y de las rosas... De las rosas recoletas.

ÉL. *(Obseso del mucho pecado.)* De las rosas como dulces puñetas... Eso, el melodrama espeso igual que un apasionado beso, igual que un beso mortal... Eso, las infelices perdices patéticamente asesinadas bajo el sangriento sol de las codornices...

ELLA. *(Incuba de la mala uva.)* Disfrutas con apenarme de las putas, disfrutas con mentarme a la familia... Pues bien, hagas lo que hagas, tú a mi tía Emilia no le llegas ni a la altura de las bragas... A mis tíos de la finca de los melocotones, tú no les llegas ni a la altura de los zapatos...

ÉL. *(Ceñudo como flor del embudo.)* Es ya la madrugada, y Dios ayuda al que madruga... Puede que a ellos no les llegue a la altura de las bragas, pero a ti sí que te llego a la pechuga... *(Andando de rodillas, va y le mete mano a la santa esposa en las costillas, ella convulsiónase de los costillares, y él va sonsacándole del relleno a mares, de los pechos postizos a toneladas hasta que desínflala tenebrosamente de las tetas y remata de las cazoletas pérfidamente en mitad de las quijadas.)* Dame de la escritura ya firmada, sé que atesoras de la escritura ahí dentro como quien atesora un sacramento...!

ELLA. *(Gime, cáscale del gañote por si lo redime.)* ¡Suéltame, suelta, que me desfloras de las tetas, y estoy resuelta, me las desfloras, me las estás desflorando...

ÉL. No, te las estoy subsanando...

ELLA. ¡Me las ordeñas, me las estás ordeñando...!

ÉL. Te las ordeño de la castidad.

ELLA. ¡Me las estás ordeñando de la indecencia, de la incontinencia!

ÉL. No, te las ordeño del continente, te las ordeño del contenido y del continente, porque te las ordeño de penitente, porque te las estoy ordeñando de la penitencia, porque quiero ganarme la escritura, porque quiero ganarme la indulgencia...

ELLA. *(Apispa de la avispa.)* ¡Quítame de encima tus manos pecadoras, quítamelas ahora mismo, y si no, gemiré del ánima, chillaré de una lágrima en mitad del abismo, chillaré...!

ÉL. *(Hurgándola ya en mitad del ombligo.)* Todo es paja, nada es trigo... *(Y ella va y chilla, y él la zarandea del escote como quien repelúznase de una ladilla.)* Decías que esta noche me la traías en alas de la indulgencia, en alas de mi penitencia por mi enfurruño la otra noche cuando te lastimé con el puño... *(Yérguese de las pecadoras manos y el suelo la santa esposa, escapa cual la pálida mariposa, y él aporrea de los puños en el suelo y gimotea del corazón en duelo.)* ¡Nunca la traes, te distraes...!

ELLA. *(Tiesa de la honorabilidad.)* Me distraigo de la mucha santidad.

ÉL. ¿No lo dices de la caridad...?

ELLA. No, lo digo de que tu proyecto es inviable... En contra suya está la alcaldesa, en contra suya está el contable, los alguaciles, los alcauciles del secano, las calores del verano, las conejas del soto...

Van girando lentissimo en torno a la mesa, y él atisba de la santa esposa como aguas caldas, y ella va de alerta y camina de espaldas.

ÉL. ¡No, mi proyecto es viable como viable es el choto...! Eso lo dices de ti misma, pues tu eres buena como la pálida azucena. ¡Lo dices de que te asesoras del asesoro, lo dices de que te asesoras del loro...!

ELLA. Lo digo de que lo siento del sentimiento en mitad del corazón, de que lo siento del sentimiento en mitad del ombligo. Lo digo de la verdad que va a misa...

ÉL. ¡Es el loro el que va y envenena de que se trata de un proyecto en mangas de camisa, es el loro...! Y no, se trata de un proyecto bien pensado. Primero, la canal. Luego, cuando la canal ya está madura, entonces es la canal y el río, y es el regadío, y son los hortelanos sembrando del alfalfa a toneladas con sus propias manos...

ELLA. *(Iluminada de la gorda estrella.)* Sí, ya lo sé, es tu omega y tu alfa, dar de comer a los que pasan hambre, que nadie se quede sin su alfalfa, que nadie se quede sin comer...

ÉL. Luego del alfalfa, el ganado, bien alimentado del alfalfa, y piadosamente estabulado...

ELLA. *(Espesa del horror sacro, abre de par en par los ojos hasta los abismos del sobaco.)* ¡Tienes las santas ideas del alfalfa, las tienes...! Te vienen de familia, tú vienes de una familia pelandusca de ingenieros y arquitectos y abogados y demás chusma esa siembre a la busca de la chusca en la ciudad esa... y en tu familia no hay ni una marquesa que llevarse a la boca, ninguno de tu familia quiere ya estarse donde le toca, ninguno de tu familia sabe montar a caballo, ninguno de tu familia sabe despanzurrar conejas en el corazón de mayo, ninguno de tu familia sabe trinchar primorosamente del ave a la mayonesa...

ÉL. Pero tienen ideas, tienen hambre de los que pasan hambre...

ELLA. Eso sí, tienen los libros, tienen el fiambre, tienen la hamburguesa, tienen el idealismo del alfalfa, tienen la cultura.

ÉL. Toda la cultura, toda.

ELLA. Eso, toda la cultura, todo el alfalfa... Pero son brutos como canutos porque no tienen de la sensibilidad, no tienen de los dulces sentimientos, son los canutos de las cañas que menea el viento, se las menea y luego se las lleva hasta donde sea. No les gusta el pasodoble, les gustan las sinfonías para bien dormírselas en santa alegría...

ÉL. *(Obtuso del abuso.)* ¡Me insultas de las sinfonías, me insultas de los canutos...!

ELLA. *(Obsesa de la música espesa.)* Y se las duermen angélicas lo mismo que macutos. Y apasionadamente se las roncan...

ÉL. *(Ominoso.)* Estás tentándome de la tentación, estás tentándome de la bronca, quieres que lo escupa...

ELLA. No, estoy poniendo el dedo en la llaga, estoy poniendo el dedo en la pupa.

ÉL. *(Bisbisea del veneno como piadosas florecillas.)* ¿Y por qué no te metes tú el dedo por donde sabes...?

ELLA. *(Hirsuta como dulce la puta.)* Me lo meto por donde yo sé, por entre las aves del paraíso, por entre los místicos ruiseñores cantándonos del dulce aviso amorosamente entre las flores... No les gustan los ruiseñores a todos esos malditos ingenieros prevaricadores de la santa prevaricación en en la ciudad esa, les gusta la música insoportablemente gruesa del azúcar, como a ti... Y como no les gustan los pálidos ruiseñores junto a las verdes aguas del Júcar, entonces los muchos ingenieros del pan pringao insúflanse del Vivaldi entre las raspas del bacalao... Y ellos son igual que tú, la cabeza bien caliente de los nobles idealismos...

ÉL. *(Respinga tenebrosamente de la minga.)* ¡Me calumnias de Vivaldi, me calumnias del bacalao en los abismos del pan pringao! ¡Y los calumnias...!

ELLA. *(Apasionada de la pella.)* ... la cabeza caliente como las petunias, caliente de las dulces ideas igual que el culo del que piadosamente tiene diarrea... Y el corazón, yerto. Y el corazón, horriblemente tuerto de los dos ojos...

ÉL. *(Sofrito del presunto delito.)* ¡Me los calumnias del bacalao, me los calumnias de bisojos...!

ELLA. *(Lo tupe de a chupe.)* De los dos ojos. De los dos ojos tuertos en los que yace muerto el santo arcángel del corazón bravío. *(Atísbalo en mitad de las pupilas, y le escupe despiadadamente este dulce ramo de lilas.)* La cabeza caliente y el culo frío. Y el culo, noble. De que no les gusta el pasodoble.

ÉL. *(Ceñudo.)* Ya está bien de flores, ya está bien de calentarle sacros loores a la charanga *(La quema del largo dedo igual que un anatema.)* ¡Te gusta a ti porque te gusta la pachanga, no lo niegues...!

ELLA. *(Insiste del alpiste.)* Y les gusta esa horrible música que asusta de los negros a base de trompetazos y venga del darle de porrazos en el culo a las zambombas. *(Dispara del largo dedo inquisitorial, y lo acusa oblicuamente del crimen musical.)* ¡Les gusta la música de las bombas, les gusta la música de la abominación...!

ÉL. *(Atufa de la cotufa.)* ¿Y por qué tiene que gustarles el melón, por qué tiene que gustarles el pasodoble...? ¿Cómo les va a gustar siempre y siempre el mismo redoble a base del bombo y los platillos...?

ELLA. *(Arre que arre.)* El pasodoble le gusta al pueblo llano, el pasodoble le gusta a los chiquillos, al personal y en general a todo el servicio, y a la cocinera...

ÉL. *(Erre que erre.)* ¡Porque andan enviciados del vicio igual que una pera...! Les gusta del puro vicio, del puro...

ELLA. *(Terca de la tuerca.)* Y les gusta a los que reparten el carburo.

ÉL. *(Llamea del sobaco.)* ¡De que andan en las tinieblas del pecado mortal, de que andan viciados de la muerte y los ataúdes...! Es el vicio.

ELLA. *(Resoluta cual piadosa la puta.)* ¡Es el vicio de todas las virtudes...! *(Lo agarra de la mano, y él resiste como un gusano, y ella lo arrastra de la mano como una pupa viva, lo arrea de la mano como quien arrea de una chiva.)* Pero a ti sí te gusta, lo sé... Vamos a bailarlo con amor y con fe... Me lo prometías, me has prometido bailarlo de bien agarrao en mitad de la fiesta como quien lo baila en el nido... Como quien lo baila en el nido del amor.

ÉL. *(Arisco del mordisco.)* ¿De qué amor...?

ELLA. Del amor del pasodoble.

ÉL. *(Del arrastro a modo de indócil pilastro, ya está devotamente de rodillas cual puta en rastrojo, y aporrea del suelo con saña, y va y escupe gordo el sapo en mitad del amor, y en mitad de la castaña.)* ¡No, y no, y no, y no, y no, no me gusta, nunca me ha gustado, es música de morralla, es la música de la chusma en el prado, es la música de la canalla...! ¡No lo bailaré, no lo aguantaré ni vivo ni difunto, no quiero ni oírlo jamás, y se acabó el asunto...!

ELLA. *(Dolcissimo del veneno hasta el mismísimo.)* Ajajá... Por fin lo has vomitado, por fin has vomitado las santas papillas. Años y años que me ha costado sonsacártelas de las criadillas.

ÉL. *(Aprieta de manos bien agarradas, las alarga convulso, y le implora de las quijadas, pues alarga las manos a pulso.)* ¡Quítamelos, quítame de encima esa horrible charanga de música mandanga que me aporrea del pecado mortal, que me aporrea!

ELLA. *(Dolcissimo de la rosa tutto pianissimo.)* Ya lo sé, el ánima piadosa no mea, no, y sólo vive de la fe con lentejas, sólo vive de Beethoven hasta las orejas con mucho Mozart pecadoramente cantable, con mucho del Wagner amorosamente insoportable... *(Dispara del largo dedo implacable como el carburo, y lo abusa de relapso, y lo acusa de perjuro.)* ¡Tú adoras las músicas extranjeras como el peral adora las peras...!

ÉL. *(Gime de que no lo redime.)* ¡Por amor de los santos, quítamelos de las orejas, quítame de encima esta cruz...! *(Llamea de los ojos, del largo dedo la apunta como quien va de menstruarle todo el abismo tenebroso, como quien al abismo va y le saca punta.)* Tú me quieres tarumba como el avestruz, lo haces delicadamente aposta de la estaca como la vaca que delicadamente va y suéltase de la pella de la caca..

ELLA. Delicadamente de la vaca, delicadamente de la responsabilidad, delicadamente de la caca. Delicadamente del ánima yo lo hago.

ÉL. *(Tutto pietoso del mucho azúcar venenoso.)* ¡Pues delicadamente del ánima yo me cago en la vaca, me hago caca en las flores!

ELLA. *(Compungida del compango.)* Me hieres de los altos ruiseñores, no me quieres del dulce sentimiento, me quieres de la vaca en los dulcísmos vientos de la noche, me requieres de la caca con derroche... *(Trinca de la navaja él y va como el arcángel no precisamente Gabriel.)* ¡Suelta esa navaja albaceta, tengo en el armario la escopeta, la tengo...! *(Hacia el armario ya enfila ella caminando de espaldas, y él va obligándola con la navaja porque la música lo escalda.)*

ÉL. *(Torvo cual la jeta de un chorvo.)* Te requiero porque bien que se te ve el plumero... Pasodobles todo el santo día para que así, poco a poco, yo me vuelva rematadamente loco...

ELLA. *(Venenosa cual la pálida mariposa.)* Loco ya lo estás. No seas lerdo, es para que te vuelvas rematadamente cuerdo.

ÉL. *(Ahueca ade la mueca.)* Me faltas el respeto, me lo estás faltando, soy tu santo esposo, no soy tu educando...

Le da él una arremetida de navaja, y la santa esposa abre de un tirón que no es paja la puerta del gran armario de roble y ve allí al santo obispo mayestático y noble que había en un altar de la capilla, y ella va y repeluzna, del repeluzno chilla.

ELLA. *(Turula del ánima virula.)* ... iiiiiii *(Y es la cálida rosa de pasión, y es la pálida flor del desmayo, y él corre a socorrerla igual que agua de mayo, y lejos los pasodobles remotísimos ronronean del omblígo del universo, agonizan del universo hasta los mismísimos, y es entonces todo el silencio de los mundos, y es ya entonces la santa medianoche de los abismos tenebrosamente profundos.)* Es el santo obispo, el obispo santo...

ÉL. *(Doloroso.)* No te pongas así, no es para tanto...

ELLA. *(Moquea de las dulces lágrimas.)* Es para tanto, es para llanto, es para mucho llanto... *(Acogotado de la contrición, él va y le mete mano al armario con santa intención, le sonsaca la imagen de bulto, la imagen milagrosa del obispo insepulto, es tamaño natural la piadosa imagen del santo obispo, y él va y la instala orilla de su esposa, pues del moriles anda algo chispo, y allí a la derecha primer término ya es la imagen ascética y mayestática con los dedos índice y corazón de la derecha tiesos en signo de la mayestas inmortal, y encima de la cabeza porta de la mitra, y encima de los hombros soporta de la inmensa capa pluvial, y la santa esposa entonces llamea tenebrosamente de los ojos como el horrible pastel de los piojos.)* Lo cogías del altar de la capilla, me lo metías en la cama por atufarme de la pesadilla en mitad de la noche y que me diera el patatús de la muerte a troche y moche...

ÉL. No, lo cogía del amoroso sentimiento, lo cogía de la devoción.

ELLA. No. De la profanación... Tú todo lo profanas; donde sueltas el charco, allí pones la rana... ¡Mis padres me prevenían contra ti, no te tragaban ni en pintura...! ¡Mi tío el canónigo me desaconsejaba del casamiento, no te quería ni en confitura...!

ÉL. *(Sulfurado de la solfa, él la acusa del largo dedo inquisitorial como quien acusa a una golfa.)* Tú estás posesa del cura, tú estás posesa del obispo...

ELLA. *(Torva cual la pálida chorva.)* Toda mi santa vida oyendo siempre las mismas mamonadas... Y si me crispo de tanto ya oírlas, tú entonces vas y blasfemas de las quijadas, me blasfemas...

ÉL. No. Yo te blasfemo de las flemas, te blasfemo del mucho martirio. Toda la vida haciéndote la mártir, toda la vida tú sumida en los sumideros del delirio, y nunca tú me has dedicado el más mínimo elogio, todo lo mío te parece mal, tú estás podrida del martirologio, podrida...

ELLA. Y tú siempre mamado de la bebida, tú te la mamas, y luego la boca te apesta. Y tú has estropeado el final de la fiesta con tus martingalas ahora que ya estará el dulce Rogelio en el patio a punto de prenderle mecha a los cohetes y las bengalas, tú... *(Transida de la santa imagen, repeluzna del calambre gordo y malange.)* Apiádense de nosotros todos los ángeles... Al santo obispo lo has profanado de la profanación. Desagraviarlo de todo corazón, hay que desagraviar de los agravios a la bendita imagen a base de candelas votivas... *(Desnucado del sacramental en mitad del ánima, el santo esposo cae de rodillas ante la imagen del santo como quien apenca de una dulce lágrima.)*

ÉL. *(Espeso del rencor.)* Arrepentido estoy. Pero tú hoy por hoy no piensas más que de los ángeles, no piensas más que de las lavativas, más que de la higiene de tu estómago, más que de la salvación de tus fantasías malsanas...

ELLA. *(Venenosa.)* ¿Ves..? Ya estás blasfemando de las almorranas...

ÉL. *(Dolce.)* Arrepiéntome... Déjame ampararme de la capa del santo, y que bajo su manto yo sanaré del ánima...

ELLA. Eso, bajo su capa sanarás del pecado, te vendrá el don de lágrimas, y al fin será el milagro de la contrición tras muchos y muchos años de oración por mi parte... ¿No la profanarás de la profanación...?

ÉL. *(Ceñudo.)* No la profanaré de la devoción. *(De más allá de las constelaciones y las estrellas llueve una música sacra y ceremonial desde el órgano solemne de alguna remota catedral, y todo el universo entonces repeluzna pero no grita, y va ella y a él lo inviste litúrgicamente de la capa pluvial y la mitra.)*

ELLA. *(Le parla el sottovoce de los amores.)* ... ahora tú vas y pones la santa imagen en su peana, y humíllate del ánima cristiana, implórale del perdón mientras yo traigo la candelaria de los desagravios y la devoción... *(Transida de funerala.)* Ángeles del mayor dolor, me viene la congoja mala, me viene... *(Gime del ánima como quien gime del loro, y hace mutis dolorosamente por el foro.)*

ÉL. *(Hierático.)* Gimotea de la santa congoja porque vive manca del corazón, porque de una pata sigue coja, y yo bien sé de qué pata cojea... *(En torno al santo obispo gira y delira con toda* pájaros de colores... y en el patio del colegio había un limonero, y en el limonero desde septiembre hasta enero había gordos limones amarillos, y luego las monjas se los daban como dulces toronjas a los chiquillos... y era luego el día de la primera comunión, y yo estaba toda vestida de blanco tul y blanco lino, y era el blanco tul de la ilusión , y era el místico fervor divino en mi alma... yo tenía ya la santa vocación, pero me lo tomaba con calma... la santa vocación de consagrarme de monja como el serafín de las clausuras, y enclaustrarme de por vida, y rezar mucho por las benditas ánimas y por los curas... y yo cogía del claustro la rosa de los pitiminises, y la madre abadesa me compraba cucuruchos de anises... papá y mamá tomaban las aguas de invierno en Estoril, y encomendábanme a la madre abadesa de aquel santo pensil, y allí yo pasaba el invierno... y me consolaba de la vida como verdura de las eras, y me consolaba dulcemente del místico ruiseñor eterno, y era entonces el dulce pájaro de la eternidad cantando encima de los limones, y era la santa consolación de las consolaciones, y yo era feliz... yo no pecaba de la vida inmortal... Dios mío, yo luego me abismaba en los abismos del pecado venial... pero él, era él, me tentaba de la tentación, me tentaba de los tientos como quien tienta venenosamente del melocotón... y era Paco el mayoral que me tentaba mucho, que me tentaba de la honorabilidad... y mi santo esposo ya me acuchaba del chucho... *(Abre de los largos brazos en cruz de beata, y de rodillas le gime de las dolorosas florecillas como el pálido corazón de la rata.)* Tú, el celeste patrono de los lirios del campo, tú el obispo santo de la santidad, confórtame de la calamidad, confórtame del abismo, confórtame de que no fui yo la que se inició la pecadora vía del pecado venial, confórtame de que no fui yo la que se apartó venialmente del catecismo...

ÉL. *(Ahueca de la voz clueca.)* Arrepiéntete de corazón contrito. Tuya es la culpa, tuyo es el delito.

ELLA. *(Gime del ánima.)* No, Ilustrísima Reverendísima de los lirios del campo, no... a los peones se los tenía ya conchavados mi esposo para asesinarme a saltos de mata... y entonces Paco el mayoral fue y les dio dulcemente del matarratas en legítima defensa de las ratas, en legítima defensa inmortal...

ÉL. ¿Y quién le proporcionaba del matarratas a Paco el mayoral...?

ELLA. Pecó del pecado venial mi santo esposo el primero a ultranza, pues envenenó del matarratas como bienaventuranza a los mozos de la labranza que se habían puesto de mi lado.

ÉL. Porque tú, oh ánima descarriada, te los habías previamente conchavado... Memóriate de la memoria en los gañanes envenenados del matarratas luego, y sigue la noria...

ELLA. No, Ilustrísima Reverendísima de los lirios del campo, no fui yo... el que los envenenó del matarratas fue Paco el mayoral que no tenía conciencia del pecado venial... a ellos se los tenía conchavados de su lado mi santo esposo para darle a mi alma el eterno reposo... y él le atizó del matarratas al jardinero que me amaba de todo corazón y cuidaba del jardín con esmero...

ÉL. Tú le habías engatusado al jardinero para que asesinara a tu santo esposo a base de rosas delicadamente venenosas... Tú escanciabas del matarratas en la copa de la cocinera...

ELLA. Porque mi santo esposo la ilusionaba como quien ilusiona de una pera, la conchavaba contra mí... No, Ilustrísima Reverendísima de los lirios del campo, no fui yo... Fue Paco el mayoral que un día luego amaneció difunto del matarratas a la orilla del peral... y fue que mi santo esposo lo envenenó del matarratas porque Paco el mayoral me amaba a mí hata la muerte, hasta las patas...

ÉL. ¡Tú lo utilizabas de compinche, lo usabas como un saco de patatas... *(Está de pie ya encima de la mesa gorda, llamea del largo dedo inquisitorial, fulmínala episcopalmente de sorda, fulmínala del pecado venial.)* ¡Tú los envenenabas, tú...! ¡Humíllate de tu mucho pecado, arrepiéntete del matarratas desparramado...! ¡Humíllate del dulce corazón igual que una rana...!

LORO. ¡Lorito quiere chocolate, lorito quiere chocolate...!

ÉL. ... y con la navaja yo te doy la mortaja de la inmortalidad, y te vas a picotear de las chocolatinas celestiales en los celestes campos de la eternidad.

Amaga de la navaja tenebrosa en tris de hacerle al loro la puñeta, pero ya su santa esposa con la gorda escopeta lo encañona piadosamente de la braguera, y él queda como lívido como un tenebrario, y ella lo encañona con la escopeta que sonsacó del armario.

ELLA. ¡Sacrílego, quieres magullar al loro, magullarlo del ánima igual que un moro, magullármelo, degollármelo en mis propios morros...! ¡Abomina de los ajos porros, abomina de esa navaja de abominación...! ¡Abomina del mucho sacrilegio...! Tú eres el mismo desde los años del colegio, tú eres el que todo lo profana... No, la capa de obispo no te sana, el sombrero del obispo no te purifica...

ÉL. *(Venenoso.)* ... el loro a mí me picotea, el loro a mí me pica...

ELLA. *(Los morros a chorros.)* ¡Porque tú pecas mucho, porque tú prevaricas...! ¡Devuélvele al piadoso santo sus sacras vestiduras...! *(Va entonces él, inviste de la capa pluvial a la imagen como quien la inviste de la hiel, invístela de la mitra, y se la sujeta de la sotabarba con una goma, y la santa esposa va y le grita, pues está que lo esloma.)* ¡Tú sigues alérgico a los santos, tú sigues alérgico a los curas...!

ÉL. Yo sólo sigo alérgico del loro, a todo lo que te pía tú le haces caño, a todo lo que te pía tú le haces coro, y para mí es todo el daño, y nunca para el loro...

ELLA. *(No mea, del santo horror llamea.)* ¡Tú sigues alérgico del coro al caño, tú sigues alérgico del caño al coro...!

Lo lleva encañonado de la escopeta, y él va retrocediendo hacia la mitad del planeta.

ÉL. Yo al loro lo adoro.

ELLA. Lo adoras de embestirlo a navaja igual que un toro.

ÉL. No, yo sólo quería alisarlo del plumaje con la navaja.

ELLA. ¡Infame, y tu infamia no es paja...! ¡Tú querías desplumártelo a navaja vivo, desplumártelo de todas las plumas igual que a un chivo...! ¡Matarlo dolorosamente desnudo, rematártelo patéticamente crudo, patéticamente en pelotas...!

ÉL. *(No ama, del santo horror se la mama.)* ¡Me acogotas del ánima, me acogotas...!

ELLA. ¡Tú no querías la salvación del ánima, tú me has arrastrado a los infierno del matarratas, a los infiernos del moro...!

ÉL. No, yo quería la salvación del ánima, yo quería la salvación del loro...

ELLA. Día tras día tú me has querido asesinar a sangre fría, con calma... Noche tras noche tú te has querido asesinar al loro, asesinarlo del alcanfor...

ÉL. No, yo quería la salvación de tu alma, yo quería la salvación del loro como el dulce pájaro del amor...

ELLA. *(Patética de una pata.)* No, tú no querías la salvación de tu alma, tú babeas del demonio, tú no le rezas al santo, tú no le rezas a San Antonio.... ¡Hinca de las rodillas, vomita de las santas papillas...! ¡Rézate todo el acto de contrición...! *(Contuso del ánima, él cae de rodillas, repelúznase desde las pantorrillas, asesina de una gorda lágrima, aspaventa de los brazos en alto en mitad de la noche lo mismo que un pálido fantoche.)* ¡Voy a darte de la mucha consolación...! ¡No te mataré del bacalao ni del piñonate..! ¡Te mataré de un escopetazo en mitad de los morros con tomate, con mucho tomate, y mucha sangre salpicando las paredes, y mucho dolor de contrición!

ÉL. *(Híspido.)* ¡No, yo no quiero morir de los morros ni del corazón...!

ELLA. *(Venenosa.)* ¡Calla y reza, vas a entrar piadosamente de cabeza en la eternidad...! ¡Vas a terminar religiosamente tu santa vida de calamidad...!

ÉL. *(Patético.)* ¡No me mates con tomate, mátame con bacalao...! ¡Apiádate del loro, apiádate de mi alma...!

ELLA. *(Lívida de la mucha pella.)* No, con bacalao no, sería una indecencia, no es viernes de cuaresma y sería una irreverencia.

ÉL. *(Carismático.)* No, tú no me matarás, tú me amas, eso.

ELLA. ¡De amor te levantaré de un escopetazo la tapa de los sesos! De amor, de puro amor.

ÉL. No me matarás, te soy necesario, te llevo la administración de las fincas...

ELLA. Pero bien que te llevas tu veinte por ciento de la renta anual y nunca la hincas, las llevas mal, las llevas fatal... ¡Tú sólo piensas en meterles mano para llevar a cabo tu proyecto de sembrar de alfalfa todo el paisaje...!

ÉL. *(Inflamado del ideal como misericordia.)* ¡El futuro es del alfalfa, el futuro es del forraje...!

ELLA. *(Gime del ánima.)* Dios mío, no te das cuenta que no todo puede ser alfalfa, que no todo puede ser alfalfares ni prado...

ÉL. ¡El futuro es del alfalfa, el futuro es del ganado, el futuro es de los mataderos...!

Transido del alfalfa, el órgano celestial agoniza de la sacra música en los abismos del omega, en las constelaciones del alfa.

ÉL. ... y coronándolo de pollos, la granja avícola último modelo fabricando millones de pollos como tocino de cielo, y será entonces el gran esplendor de los huevos, y será entonces la gran carnicería, la granja avícola es la corona del proyecto, es la diadema.

ELLA. *(Escupe del veneno.)* ¡Tú no quieres los pollos, tú lo que quieres es el huevo de dos yemas...! ¡No dejaré que de las fincas tú hagas una vulgar carnicería a base de carne de borrego y carne de buey y carne de pollos...! ¡No te dejaré asesinar los cultivos de repollos ni los campos de perales, ni los campos de cerezos...!

ÉL. *(A voz en cuello.)* Tú del campo no sabes nada, tú sólo sabes de tus rezos...!!! ¡Y del futuro, ni lo hueles..!

ELLA. *(Pinchada en el ánima.)* ¡Mentira podrida, yo huelo del futuro, y lo huelo de horror...! ¡No todo puede ser borregos y más borregos al por mayor, no todo puede ser bueyes y más bueyes, pollos y más pollos...! El campo necesita flores, el campo necesita repollos, y árboles, y toros pastando en la dehesa, y campos de naranjas, y cultivos de fresa, y olivares de olivos y aceituna... ¡No todo puede ser carne y más carne y sólo carne hasta los cuernos de la luna...!

ÉL. ¡De la carne es el futuro...! Toda la gente va entrando de cabeza en la ganadería, es la gran agricultura del ganado y la carne...

ELLA. Es la agricultura de la carnicería y la muerte...

ÉL. *(Bisbisea del hígado.)* Tú comes del magro, otros no tienen esa suerte...

ELLA. *(Respinga del ánima.)* ¡No, eso sí que no, tú no vas a convertir las fincas en granjas de cerdos y más cerdos que fabriquen del magro...!

ÉL. ¡Tú te opones al desarrollo de la ganadería, tú te opones al progreso del agro, tú andas pervertida de romanticismos lerdos...!

ELLA. ¡No, el futuro no será de los cerdos, eso, nunca...! ¡Estás loco, loco...! Tú quieres que agonice del arrechucho y del sofoco... ¿De dónde te viene a ti el alfalfa, de dónde te viene a ti ese horrible futuro de cerdos y de llanto...?

ÉL. *(Venenoso.)* Me viene del obispo santo.

ELLA. ¡No, tú andas mamado, tú estás chispo...!

ÉL. Sí, el alfalfa me viene del obispo, él es varón evangélico, y sabe que hay muchas gentes que no tienen carne en la mesa, y necesitan de las proteínas...

ELLA. Pero podrían tomarlas de las hamburguesas, y no hay entonces por qué dedicar las fincas a criar cerdos y gallinas...

ÉL. Y a más alfalfa, más ganado que come alfalfa, y lógicamente más carne en la carnicería...

ELLA. *(Gime del ánima.)* ¡No, el santo no puede a mí hacerme eso, no podría, él es el santo de mi devoción...!

ÉL. *(Baboso del gañote.)* Te lo ha hecho del alfalfa, te lo ha hecho del noble corazón... *(Transida de la osamenta como un mulo, ella gime piadosamente desde el culo, tira la escopeta, sonsácase del escote la navaja albaceta, corre hacia la imagen del santo, aúlla patéticamente de todo el llanto, y al santo de su devoción va y le clava la navaja albaceta horrorosamente en mitad del corazón, y allí mismo cae de rodillas. Al tiempo, un rayo de luz cenital ilumina la santa imagen como en las pesadillas, y al brillo de los oros irrumpe lo mismo que un rayo el gran pasodoble del pan y los toros.)*

ELLA. ¡Noooooooooooo...! *(Queda la vera imagen con la navaja tiesa en mitad del pecho, y la santa mujer solloza del dulce corazón deshecho, con a todo volumen el pasodoble del pan y los toros que revientan de los cristianos y los moros.)* No debía el santo tratarme así de la insidia, es la ingratitud, es la pura perfidia para conmigo... yo lo creía todo un caballero, yo lo creía un amigo... *(Sonsaca del arcón el santo esposo un hacha gorda, el hacha de abrir en canal a la cerda que mucho engorda, le arrima lomo a la santa esposa que gimotea del mundo perverso, le arrima lomo de pérfido maromo, le arrima de bulto, le arrima de puntillas, y ella está sollozando de rodillas a los pies del santo insepulto porque llora de su gordo pecado, porque ya le anida en mitad del gañote todo el llanto bien agarrado.)* Apiadaos de mi alma, oh dulces ángeles de la agonía... yo he pecado de la navaja, yo he pecado de la sangría, yo he pecado del pecado... yo al santo de mi devoción el horrible puñal se lo he clavado en mitad del corazón... yo me arrepiento de lo hecho, yo haré de la mucha penitencia por mi crimen de la santa pasión, yo entraré de penitencia en un convento, yo pasaré allí mi vida a sólo pan como bebida, a sólo agua como alimento... me vestiré de luto y de cenizas, me vestiré de lágrimas, y esa será mi suerte...

ÉL. *(Aúlla del mondongo.)* ¡No, te vestirás de las benditas ánimas, te vestirás de la mortaja y de la muerte...!

Le arrea de un hachazo en mitad de los morros, y ella hurta del bulto, y se va a criar zorros por bajo de la mesa, y él sigue de hacha en alto por amor a la huesa, en alas de asalto, las dulces alas de las carnicerías y las funeralas.

ELLA. *(Rabiosa.)* ¡Nunca me matarás, nunca, yo vivo de la vida eterna...!

ÉL. *(Torvo el chorvo.)* Sí, te degollaré de un sobaco, luego te degollaré de una pierna, te iré degollando a cachos...

ELLA. Tienes el asqueroso moriles de los borrachos... Tú no me degollarás, tú a mí no me degollarás nada.

ÉL. Sí, te degollaré de las tetas, te degollaré una burrada...

ELLA. *(Alucina de la negra estrella.)* ¡Relinchas del sobaco, relinchas...!

ÉL. Tú a mí ya nunca más me hieres, tú a mí ya nunca más me pinchas.

ELLA. *(Garduña de la uña.)* Tú eres el que a mí me pincha, tú eres el que a mí me hiere... Tú nunca conocerás el corazón de las mujeres, nunca. Tú sólo sabes de la música de Vivaldi y de Mozart, tú sólo sabes de los libros a cual más garrafal, de los libros tú tomas tus ideas, porque nunca has tenido ideas propias por mucho que con eso presumas y te lo creas... Las verdaderas ideas no nacen de los libros sino de la realidad, por eso todos tus proyectos del alfalfa y los pollos son inviables, por eso todos son una calamidad...

ÉL. ¿Ves...? Tú eres la que hieres; tú, la que siempre me está pinchando...

ELLA. Porque ya son muchos los años que te llevo aguantando... Tu pedantería, tu suficiencia, tu intolerancia, tu credulidad. Nunca abrirás los ojos a la realidad, nunca. Porque hieres de mala uva gratuitamente mis muchos sentimientos...

ÉL. Tú sí que eres la intolerante, tú la que vive en un mundo de las fantasías a base de cuento...

ELLA. No, tú, y siempre me lo echas en cara, tuya es toda la razón y tuyas todas las razones...

ÉL. ¡Y tuya la escopeta del tiro pinchón, tuyo el loro, tuyas las sinrazones del corazón y los pasodobles y el toro...! ¡Tú eres tenebrosamente irracional lo mismo que el pecado mortal!

ELLA. ¿Ves...? Ya estás, me hieres del pecado mortal, me hieres de la religión...

ÉL. Yo nunca he creído en esas paparruchas...

ELLA. De sobra lo se, tú sólo crees en la música de Beethoven y en las babuchas... Tú sí que eres crédulo, tú sí que te lo crees todo...

ÉL. Esas cosas de la religión son supersticiones de los godos, y están muertas, muertas...

ELLA. ¿Lo ves...? Tus ideas están tuertas, tuertas... Porque sólo ves de un solo ojo, el tuyo, y así nunca te ves la rosa, nunca te ves el capullo...

ÉL. *(Llamea, y se la mea.)* ¡No me traigas ya todos esos lirismos tuyos de las flores y las rosas y los capullos y los enamorados ruiseñores...! ¡Estoy harto de tus cursilerías, harto...!

Atiza de un hachazo descomunal en mitad de la mesa que suponemos con un grueso y bien camuflado tablero de corcho, la santa esposa sigue sonsacándole del veneno a base de mucho sacacorchos, caen de los cielos fragmentos de pasodobles como horribles peñascos llameantes entre gruesos abismos de silencio gordo en el que los santos esposos se despluman como quien despluma piadosamente a un tordo.

ELLA. *(Vomita de la sofrita.)* ¡Yo, harta de tus pedanterías de lagarto dulcemente idiota...!

ÉL. *(Ahumado del mal hígado.)* Tú barbota, pero vete rezando el gorigori, vas a morir passionata e tutto cuore degollada del culo, piadosamente degollada del culo...

ELLA. *(Gime del ánima.)* ¡No seas mulo, degollada del culo no, eso jamás...!

ÉL. *(Tenebroso.)* ¡Una y no más, santo Tomás...! *(Le arrea de un hachazo inmortal a la mesa, y la santa esposa gime como pichona roncamente ilesa.)* ¡Tú no tienes derecho a la vida, tú no tienes derecho a la bebida...!

ELLA. ¿Lo ves...? Tu intolerancia... ¡Tienes el dulce corazón del maniqueo, todo lo tuyo es hermoso, todo lo mío es feo...!

ÉL. ¡Y tú tienes el dulce corazón de la rata, eres omnívora, eres la dulce garrapata que chupa de mi sangre, que me la chupa...

ELLA. *(Gimotea.)* ¡Y tú a mí me chupas las energías, tú a mí me me chupas la consolación, tú me haces pupa...! Tú me haces pupa de pelotas...

ÉL. ¡Y tú a mí me explotas, me explotas del dulce corazón, me explotas por debajo de los calzones, y explotas a la cocinera, y explotas a los peones...!

ELLA. Falso, tú eres el que andas emperrado en hacer de las fincas una explotación agrícola, una explotación a la moderna. Y yo soy la que a los peones y al servicio les subo cada año el jornal, y tú el que no quieres que se lo suba para así engatusarlos en tu idealismo del alfalfa y de la canal y de los borregos y de la gran carnicería... ¡Cada uno tiene de lo que se cría...! Yo me he criado en la nobleza del corazón y en la generosidad y en la abundancia... Tú te has criado de las hamburguesas y la mantequilla rancia como todos los de la ciudad... Y yo tengo el amor al prójimo, y el santo temor de Dios, yo soy la timorata del noble corazón...

ÉL. *(Ahumado del mucho pecado.)* ¡No, eso sí que no, tú no eres cristiana, nunca lo has sido....! ¡Tú de cristiana sólo tienes el ruido...!

ELLA. *(Patética.)* ¡Relinchas del sobaco, relinchas piadosamente del sobaco...! Tú metes en un mismo saco todas las cosas, tú llevas años indoctrinándome amorosamente de la materia como la única cosa evidente, como la única cosa seria, la materia que viene de más allá de los siglos, de más allá de las constelaciones, de más allá de los universos como inmensas cajas... Dios mío, y nunca, nunca dudas... Tú no dudas de nada...

ÉL. *(Fosco.)* Yo dudo de la duda.

ELLA. *(Acongojada.)* Tú ignoras de la materia en concreto, tú el que si sudan lo melocotones nunca lo dudas...

ÉL. *(Sottovoce.)* Tú a mí me los sudas... Yo estoy seguro de la materia hasta más allá de los siglos, hasta más allá de las constelaciones, hasta más allá de la cajas de universo, hasta más allá de los cajones...

ELLA. *(Patética.)* ¡Relinchas del sobaco, relinchas piadosamente del sobaco...!

ÉL. *(Venoso.)* Tú sí que vas a relinchar igual que un pitraco. *(Agarra de la cuerda de ahorcar, le mete la cabeza a la santa imagen en mitad del dogal, tira del otro cabo de la cuerda con alegría salvaje, y queda patéticamente ahorcada de una viga la santa imagen, y libres del pedestal sus pies descalzos proyectan sobre el blanco muro del fondo las gigantescas sombras del horrible trasfondo, y espesa de las sañas como espantosos melocotones la santa esposa viene andando a gatas y se le cuelga venenosamene de los pantalones al marido, y él de la soga en un clavo gordo va y ata impertérrito como una piedra, y la santa esposa gime dolorosamente de los pantalones como una yedra.)* ¡Hala, disfruta, disfruta...!

Le da de empellones rabiosos a la santa imagen lo mismo que quien le da melocotones a una puta, y ahorcada de la cuerda a mitad de la escena la santa imagen se bambolea lo mismo que una gorda berenjena que se columpia horrorosamente a mitad de la tiniebla inmortal, horrorosamente.

ELLA. *(Sottovoce.)* ¡Noooooo...! Abomina de los hijos de puta... ¡Suéltalo, suelta de la misericordia, él es un santo humilde, a nadie nunca incordia...! *(Y trinca del hacha con mucho veneno, y ambos van girando en torno del planeta como jardín ameno de las muchas víboras, y parlan sottovoce cual las bestias carnívoras, escúpense de los palabros igual que flemas caldas, y giran lentamente, y él va andando de espaldas, y ella enarbola apasionadamente del hacha cual la hembra piadosamente española que inflámase de magullar la cucaracha.)* Impío, tienes el corazón muerto, tienes el corazón frío... tú las impiedades te las tragas devotamente como el pastel de las bragas sin lavar...

ÉL. Tú sí que te tragas las impiedades, tú te las tragas bien tragadas porque te las tragas dobladas...

ELLA. Tú sí que te las tragas dobladas porque te tragas las impiedades y la idiotez... Con la de libros que has leído, y parece mentira lo poco inteligente que eres, lo poco... Y la poca que tienes, la poca...

ÉL. *(Ceñudo.)* Yo tengo mucha, mucha...

ELLA. *(Mortífera.)* Eso te parecerá a ti cuando estás en la ducha.

ÉL. ... mucha más que tú.

ELLA. Tú tienes poca... Acuérdate de la noche de bodas, aquella horrible noche como boca... de lobo.

ÉL. Mucha más responsabilidad que tú porque yo soy siempre racional...

ELLA. Demasiado racional. Acuérdate de la noche de tornabodas igual que un abismo infernal porque tú seguías lo mismo.

Inexperto... Tú que la presumías de brava, la tenías menos brava que una breva... Inexperto, inexperto...

ÉL. De que yo me casé contigo por amor.

ELLA. No me hagas reír del mayor dolor. Tú te casaste conmigo por el capital de mis padres como un dorado campo de trigo. Por interés.

ÉL. Igual que tú, por sucio interés, porque te hablaron de mi porvenir brillante, y tú ya te veías brillando en sociedad igual que un diamante...

ELLA. No, yo me casé contigo por amor.

ÉL. Nadie se casa por amor.

ELLA. Sí, mucha gente se casa por amor.

ÉL. Por amor al dinero.

ELLA. Eso, por amor al dinero. Por amor.

ÉL. Y tú te casaste conmigo por amor de la concupiscencia.

ELLA. Eso es más falso que Judas, tú las mentiras te las inventas crudas.

ÉL. Peor que tú que las das bien cocidas, cocidas del oro, las presentas de todos los colores como las plumas del loro... Yo venía de la ciudad, y te esperabas de mí la concupiscencia en flor, los refinamientos de la ciudad a la hora del mucho amor...

ELLA. ¿Yo esperaba...? Yo bien sabía ya que tú poco dabas, torpe, inexperto. Tú nunca me has dado nada de nada.

ÉL. Porque tú andabas ya viciosa de las golosinas del tuerto hasta las quijadas...

ELLA. Tú siempre me sales con lo mismo...

ÉL. Y tú sigues viciosa de las golosinas del tuerto, viciosa de querer meterte de morros en mitad del abismo.

ELLA. Vicioso tú, que sigues sin saber del asunto ni fa ni fu.

PASODOBLE

ÉL. Hablas así de que estás herida, perdida del furor uterino a cal y canto.

ELLA. Peor tú que babeas, y babeas de que yo tengo más razón que un santo.

ÉL. Del mucho vicio tú estéril, estéril, no tendrás hijos nunca, no los tendrás...

ELLA. *(Llamea de los ojos como venenos.)* Me hieres de tu baba de Satanás, sabes que me hieres, tú sigues sin enterarte de cómo y cómo amamos las mujeres, tuya es la culpa... De puro inexperto, tú eres el estéril, y más estéril y menos fecundo que un muerto...

ÉL. Eso, tú disimula tu esterilidad de mula, tú sabes bien que yo no soy estéril, que donde pongo mano allí florece la fruta...

ELLA. La puta es lo que allí florece, la puta... ¡Me hieres, sabes que me hieres...!

ÉL. ¿Y tú...? Tú te has pasado la vida clavándome alfileres... Años y más años aguantándote, demasiados...

ELLA. Eso, tú has ido acumulando veneno por todos lados, y ahora me lo vomitas en lo morros.

ÉL. Tú la que te has ido envenenando a chorros, tú la que ahora me lo vomitas... Años y años que has ido acumulando caños y caños de rencor...

ELLA. ¿Rencor de qué...?

ÉL. De que años y años lo has cultivado al fondo de tu corazón como quien cultiva una rosa de té.

ELLA. Tú sí que lo has cultivado, y cómo... Siempre conchavándote en contra mía con cualquier maromo... Eso es, tú suéltate de la baba, y te la sueltas de pura perfidia... De pura envidia.

ÉL. Envidia, tú... Desde que nos casamos, tú a mí me has envidiado desde la leche que mamamos, me lo han envidiado todo, me has envidiado siempre mis ideas... ¡Y me las robas, me las has robado...!

ELLA. De que tú siempre las estropeas, siempre.

ÉL. ¡Eran mías, mías...! Las ideas de los campos de perales, las ideas de los campos de melocotones...

ELLA. Y si yo no meto los morros en el asunto y las llevo a la práctica, todavía tú estarías viciosamente acariciándotelas en el fondo de los calzones...

ÉL. ¡Me las robas de la envidia...!

ELLA. Tú sí que te pudres de envidia, tú... Confiésalo, siempre me has envidiado el prestigio y poder que tiene de siglos mi familia en la comarca, me lo has envidiado tenebrosamente como envidian las gentes que vienen de la charca, como envidian las gentes que vienen de la ciudad...

ÉL. ¡No, bruja...!

ELLA. Sí, granuja... Y tú, noche tras noche tramando de asesinarme con derroche para quedarte así con todo el capital de las fincas... y así mangonearte toda la comarca, y quedarte tú de supremo jerarca, de señor de cuchillo y horca...

ÉL. ¡No, lengua viperina y porca...! Tú blasfemas...

ELLA. No, te quemas de ganas de echarle mano a todo...

Entonces él va y agarra de un cirio, y sigue el delirio, y ella va reculando en torno a la mesa, y amenázalo de hacharlo como quien trocea una hamburguesa, y él alarga del brazo y le arrima la vela, pues quiere cristianarla a base de candela.

ÉL. Tú sí que te vas a quemar porque yo mismo te voy a quemar viva.

ELLA. ... y no lo tendrás, no tendrás nada. Yo lo defiendo, yo me defiendo...

ÉL. No, es tu sucio egoísmo insolidario y horrendo, eres la viciosa del egoísmo...

ELLA. Eso es, si yo a mi capital de fincas y joyas lo defiendo de que tú te lo apropies para tus idealismos del alfalfa y las cebollas, entonces es vicio... Y si a tu capital de ideas tú lo defiendes de que me lo apropie yo, entonces es servicio...

ÉL. Porque tú te lo apropias todo, todo... Codo a codo te habitan por dentro los demonios del egoísmo y las ambiciones y los pujos.

Corre apasionadamente tras ella por el amor del mucho amor a verla arder viva como una estrella, y ambos giran en torno a la gigante mesa que posa en mitad del universo como una rana.

ELLA. Tuyos los pujos, tuyos los tapujos, tuyas las ambiciones, tuyas las pretensiones, las demasiadas...

ÉL. Tuyo el santo crimen de ver siempre al mundo como un dulce cuento de hadas, el mucho cuento...

ELLA. ... las demasiadas pretensiones de la mediocridad... ¡Mediocre, eres mediocre de toda la mediocridad como consolación y bienaventuranza...! ¡El mediocre de todas las mediocridades como piadosísimos lujos...!

ÉL. *(Babea del rencor.)* ¡Te voy a meter el cirio en mitad de la panza, y te voy a purificar como a los orujos...! *(Sube la santa esposa a la silla y encarámase a la mesa como acosada la fiera, túmbase allí encima, defiéndese con el hacha, desgañótase del largo cuello asomada a los bordes como borracha.)* ¡Te voy a meter la vela en mitad del ombligo, te voy a purificar piadosamente de la higuera, te voy a purificar del higo...!

ELLA. *(Bizquea de horror sacro.)* ¡No...!

ÉL. ¡Te voy a purificar del ánima, te voy a purificar de los sobacos...!

ÉL. *(Gime del cuore tutto.)* No, no lo hagas, podríamos aprender a querernos como se quieren los calzoncillos y las bragas... ¡Podríamos aprender a convivir, podríamos intentarlo...!

ÉL. ¡Te voy a purificar de los sobacos...!

ELLA. ¡No...! ¡Piensas en los sobacos del loro, piensas en las responsabilidades, el loro se quedaría huérfano, y sería entonces el loro de la mucha orfandad por toda la eternidad de eternidades...!

ÉL. ¡Bruja, bruja...! ¡Te voy a purificar de tus maldades a base de santa candela...!

ELLA. ¡No...!

ÉL. ¡Te voy a meter de cabeza en el santo purgatorio de las llamas a base de chamuscarte del culo con una vela...!

ELLA. *(Desquicia de los dulces ojos.)* ¡Tú pecas, tú estás pecando de la chamusquina...!

ÉL. ¡Peor tú que pecas del culo igual que una gallina, y te lo voy a purificar a mano cual queman los chiquillos dulcemente a la piadosa golondrina en mitad de las fiestas del verano...

ELLA. ¡No...!

ÉL. ¡Tú has pecado de Rogelio el enano...!

ELLA. ¡No...!

ÉL. ¡Tú has pecado de Paco el mayoral...!

ELLA. ¡No...!

ÉL. ¡Tú achuchas contra mí a todo el personal, y ellos son el hermoso corazón del pueblo llano, y tú no debes nunca de meterles mano, nunca...!

ELLA. ¡Tú sí que les metes mano con tus viciosos vicios de pederasta y de gusano..! ¡Tú has pecado de la chica, tú le dabas del hocico, y ella va luego y pecadoramente te hocica, os vi yo con mis propios ojos...!

ÉL. ¡No...!

ELLA. ¡Tú la preñabas luego con el tonel de los piojos, la preñabas de las dulces cucarachas...!

ÉL. ¡No...!

ELLA. ¡Tú la insuflabas de las gachas, tú le inculcabas de odiar el santo pasodoble tanto en invierno como en verano, y el pasodoble es la música del pueblo llano...!

ÉL. ¡No...!

ELLA. ¡Tú asesinabas de un escopetazo en mitad de la panza a Pedro el capataz y sus mozos de la labranza, y todo el campo se llenó de sangre a chorros, y ellos tenían llenas de sangre las patas, y ellos tenían llenos de sangre los morros como sangrientos ajos porros...!

ÉL. ¡No...! ¡Fue de legítima defensa y mala suerte...! ¡Porque tú te los tenías conchavados para darme la muerte, porque tú...!

ELLA. ¡No, los tenía conchavados en legítima defensa del mundo en el que no hay pecados, en legítima defensa del mundo mío con sus ferias de mayo, con sus toros en mitad del río, con sus verbenas con farolillos de colores, con sus pasodobles de las alegrías y las flores y los muchos amores...

ÉL. ¡Ilusa, todo ese mundo ya está condenado a muerte, y morirá...!

ELLA. ¡No morirá, yo soy fuerte, lo defenderé del ánima hasta el último pasodoble, hasta la última lágrima...!

ÉL. ¡Morirá de la agricultura de regadío, ya todo el personal de los campos y la casa está a favor mío, ya todos están de mi lado en la santa esperanza de la panza...!

ELLA. ¡Tú has pecado...!

ÉL. ¡Ya todos de mi lado en la esperanza del alfalfa y la ganadería y el ganado...!

ELLA. ¡Tú has pecado...!

ÉL. ¡Todos a mi lado en la santa esperanza, ya no habrá nunca más de la sangre en mitad de la panza...!

De un empujón le tira la mesa. Pero al tiempo, ella suelta del hacha y como pichona ilesa se agarra de la cruceta de hierro que afirma la corona de la gran lámpara de hierro allí a mitad de la escena, y él con el cirio ardiendo igual que una azucena gira en torno a ella que pende igual que estrella a la mitad del aire, a la mitad del universo y aúlla de los ángeles lo mismo que perverso mientras sigue atronando gordo el esplendor del pasodoble, mientras ella se va soltando de la lámpara, y cae al suelo lo mismo que una cáscara.

ELLA. (*Yérguese toda tiesa en mitad de la sacra pena ceremonial, llamea del larguísimo dedo inquisitorial con el que le larga en mitad de los morros los anatemas como quien le larga un horrible huevo de dos yemas.*) ¡Tú has pecado de la ganadería y el ganado, tú has pecado del pasodoble...! ... tú has pecado del pasodoble hasta las narices. Basta ya por hoy...

ÉL. (*Patético de las codornices.*) ¡No te vayas de perdices, no...¡

ELLA. (*Resoluta.*) Sí, me voy... (*Atruena del mucho esplendor a base de los platillos y el tambor el pasodoble del mucho amor, el pasodoble torero, el santo esposo del mayor dolor pone del cirio en el candelorio como quien acuclilla del ánima y pone un pálido huevo irrisorio, luego tapónase del dedo espeso cada oreja mientras a tocateja su santa esposa con mucho decoro tríncase dolorosamente de la escopeta como quien agarra de los serafines, bisbisea piadosamente de maitines, y enfila litúrgicamente hacia el foro.*)

ÉL. (*Llamea de las fauces gordas.*) ¡¡¡Quítamelos ya, quítame ya de encima esta santa mierda de los pasodoables...!!! ... loco, me van a volver loco...!!! (*Aúlla garrafalmente del ánima como una horrible lágrima, gime patéticamente de los abismos, ulula de que todos los universos son perversos y tenebrosamente siempre son los mismos, ulula de que todo el universo es el pasodoble de la muerte, ulula de que todo el universo es el pasodoble inmortal.*) ¡No son moco de pavo, no son moco...! ... son la maldita música del llanto, es el pasodoble infernal... ¿Por qué no me lo quitas, por qué?

ELLA. *(Esputa de la horrible flor cual hija de puta.)* Porque lo toca la banda municipal. *(Escopeta en mano, traspone del infierno a trasmano, lárgase ceremonialmente por el foro, y el santo esposo cae de rodillas, gime de las constelaciones, gimotea de las piadosas ladillas lo mismo que melones, las santas ladillas igual que dulces corazones de la amargura, los dulces corazones de que la breva no está madura.)*

ÉL. ... nunca se va el pasodoble, jamás... ¡Y ella me atormenta de Satanás, me atormenta del pecado mortal en el corazón del pasodoble, en mitad de los fuegos del infierno...! *(Aporrea del suelo con los puños, entre parrafada y parrafada va espaciando silencios gordos como la pella de los garduños mientras arriba el pasodoble a bombo pleno retumba de la santa alegría igual que un trueno.)* ... y ella tiene la manía de lo eterno, la piadosa manía de ir a ojear perdices en el corazón de la medianoche, maniática es, maniática...! *(Otra pausa igual que una brecha, y arriba el pasodoble metiendo mecha)* maniática de la agricultrua de secano...!!! *(Sigue del aporrear con los puños en el suelo para subrayar ataccato las parrafadas del desconsuelo, arriba el pasodoble abre de las quijadas, y es todo el esplendor de los metales y los vientos a patadas)* ... no hay forma de meterle dentro de la chirinola que la agricultura de secano es una piadosa endemia española, que al campo no le queda más futuro ni más pelotas que la ganadería a base de bellotas...!!! *(Otra larguísima pausa como el santo abismo del dolor, arriba el pasodoble es toda la hojalata del esplendor)* ... industrializada la ganadería a base de bellotas, a base de alfalfa, a base de los pastizales de regadío, a base de meterle mano al río...!!! *(Larga es la pausa, largo el pasodoble, larguísimo el trombón de varas, allegro e tutto passionato el redoble del bombo, despiadado el zambombo)* ... industrializada la ganadería, ya se salva entonces el futuro porque ya se salva el alfalfa tardía...!!! *(Larga es la pausa, largo el redoble, larguísimo el trombón de varas, angélico el pasodoble)* ... y hoy por hoy es la única vía, la única vía de salvación para la agricultura de secano como santa consolación...!!! *(Otra larga pausa, en manos de la banda municipal la flor de los vientos y los metales es la santa causa, la devotísima causa inmortal)* ... la agricultura de secano es el abuso del meter mano...!! ... y ella que no, y que no... ella tiene el santo corazón del marrano, el santo corazón del veneno...!!! *(Largo el trombón de varas, larga la pausa gorda, largo el pasodoble, inconmensurable el piadoso culo de la sorda)* ... de que tiene el santo amor a los pasodobles toreros todos llenos de charanga y banderilleros, de que tiene todo el santo amor como un cuchillo en mitad de la pechuga, como un puñal en mitad del corazón...!!! *(Otra pausa dolorosamente garrafal, y tumba y retumba el pasodoble con toda la flor gorda del metal)* ... en mitad del corazón del pasodoble, el santo corazón del pasodoble, el santo corazón de la fiesta...!!! *(Exulta de la santa consolación porque en mitad del pasodoble a todo volumen atruena el estallido de un cohete igual que un escopetazo en el cacumen)* ... el santo corazón de la fiesta, ya está Rogelio en mitad de la cuesta prendiéndole mecha a los cohetes y las bengalas...!!! *(Gorda la pausa, gordo el cacumen, gordo el cohete que revienta en mitad del pasodoble a todo volumen)* ... los cohetes, los cohetes como piadosos escopetazos en mitad de los retretes, en mitad de la alegría...!!! *(Otra larga pausa cazurra en la que un gordo cohete revienta en mitad de un arcángel, y lo despluma y lo despanzurra.)* ... los estallidos de la alegría, los estallidos de la devoción, el signo de que la agricultura de secano queda ya transfigurada en la agricultura del alfalfa y el regadío y el pantano...!!! *(Larga la pausa, larga y espesa, y otro cohete gordo como un roble que revienta de pólvora gruesa en el noble corazón del pasodoble)* ... no, no, ella lo estropeará en forma indecente... tiene celos de la pequeña criada que es casi una niña inocente... tiene el santo horror al regadío, la santa obsesión del melodrama espeso y vulgar como un melón...!!! Y ésa es la clave de todo el asunto, ésa...!!! *(Gime del ánima como una larga castaña, y aporrea de los puños en el suelo con saña)* ... no, jamás aprenderemos a respetarnos en santa consolación, cada uno con sus egoísmos del dulce corazón, cada uno con sus intereses, con sus manías, con sus ideas, nunca, jamás!!! *(Gime patéticamente de la llaga, tunde del suelo con los puños como quien contunde una braga, estalla otro cohete como un verso perverso, y el pasodoble revienta de alegría feroz en mitad del universo)* ... fue la boda un error, la tornaboda un monstruoso error, una equivocación pardilla... los años de santo matrimonio toda una horrible pesadilla...!!! *(Gime otra vez, críspase tutto cuore y aporrea del suelo como quien aporrea a un monsignore)* ... no debimos casarnos nunca, nunca...!!! *(Otro cohete gordo como un pecado estalla en mitad del pasodoble, y el santo varón siente de los tuétanos como alegría, exulta porque resulta del corazón espesamente noble igual que una generosa sangría)* ... no, vienen los días hermosos, viene la alegría, viene la santa agricultura de la ganadería, viene... y nada ni nadie la detiene...!!! *(Atruena de los oros sonoros el pasodoble como la cima de todo el esplendor y toda la bienaventuranza, en mitad del corazón del pasodoble revientan cohetes al por mayor, en mitad del corazón del pasodoble y en mitad de la panza, y el santo varón gime de alegría, con ambas manos agárrase del cogote, tapónase de los antebrazos las orejas con osadía, acuclilla piadosamente del cipote sentado encima de los calcañares, y son entonces los cohetes como escopetazos a océanos, y los platillos y el tambor como océanos a mares)* ... amanece, ya está amaneciendo... *(Escampa de los truenos como cohetes, pero la banda municipal sigue de la música inmortal, inflamado de los delirios el santo varón llega andando de rodillas hasta los cirios, trinca de un cirio gordo, pues oye de la santa esperanza, pues no se ha quedado ni remotamente sordo, y cirio en mano el santo varón deambula en mitad del universo igual que un ángel en mitad del verano)* ... vienen los días hermosos, viene la alegría, toda la alegría. *(Por el foro llega entonces la santa esposa, viene con la ropa toda manchada de sangre igual que una babosa, con la escopeta en la mano, con la cara chafarrinada de sangre igual que un marrano, desgreñada de los pelos, con las manos ensangrentadas a base de tomate con pomelos, hecho jirones el vestido en la flor de las patas, arrastrando de un bulto sangriento como quien arrastra un saco de patatas, desquiciada de los dulces ojos, arrastrando de la mano por el suelo a la pobre fámula como quien arrea del crimen a manojos, y andando de rodillas el santo esposo se le acerca con el cirio encendido en la mano, y la santa esposa suéltase de la mano de la chica como un gusano, y él pálido cadáver de la muchacha yace de yacente en mitad del planeta, pues su ama le ha descerrajado un escopetazo en mitad de los costillares y le ha hecho definitivamente la puñeta, y el ama que abre ahora los ojos del santo horror igual que una sonámbula, y su santo esposo con el cirio la alumbra de noctámbula, la alumbra de tinieblas, y es entonces todo el sacramento del horror en mitad del universo, y arriba el pasodoble suena alegre y feroz porque suena perverso.)*

ELLA. *(Sottovoce)* ... los he matado a todos a saltos de mata, a todos... cómo se me agarraban a las patas, cómo se me agarraban a los codos, cómo se agarraban a la vida... *(Escupe del ánima como quien escupe una gorda lágrima venenosa y mortal)* ... ya nunca más te los conchavarás del ánima, ya nunca más la besarás en mitad de la boca...

ÉL. *(Repeluzna de los espantos, aúlla del sottovoce inmortal como aúllan piadosamente los santos.)* ¡Estás loca, loca...!

ELLA. *(Exulta de tenebrosa la rosa)* ... es la alegría, la alegría *(Gime del ánima en santa contrición, de las manos se le cae la escopeta lo mismo que podrido el melón, y se mira petéticamente las manos como quien atisba de un nido de gusanos.)* ¡He pecado del pecado venial, he pecado...! *(Cae de rodillas con el corazón hecho papillas de arrepentimiento, se mira las manos ensangrentadas como quien mira un espantoso sacramento, gime en los abismos de la santa aflicción porque tiene clavada en mitad del ánima la desolación, y su esposo santo la percata espantado de los ojos como quien percata el pastelón de todos los piojos.)* ¡He pecado del pecado venial...! *(Cirio en mano, el santo esposo andando de rodillas se acerca al piadoso cadáver, siéntase encima de las pantorrillas, agacha de los morros encima del cadáver y medita en el horror y la muerte a chorros, y andando también de rodillas su santa esposa le arrima lomo, lo agarra fuerte del cogote como a un palomo, lo mete de morros en mitad de la pechuga sangrienta, le bisbisea con el alegría salvaje del ánima santamente purulenta)* ... disfruta de la puta, disfruta! *(Le sofoca al marido el resuello en mitad de la sangrienta pechuga, cáscale las horribles risotadas de la tenebrosa lechuga, el marido jadea del mucho bledo, de puro espanto va y se suelta un pedo, patalea del ánima, patalea de las patas, pugna por soltarse del festín de las ratas, suéltase al fin, y el santo esposo y la santa esposa ya están frente a frente orilla del pálido cadáver de la inocente, siguen de rodillas, agachados, sentados encima de las pantorrillas, mirándose a los ojos con las tinieblas del veneno, escupiéndose sordamente de los cavernosos palabros, apuntándose del largo dedo inquisitorial, inculpándose mutuamente de los descalabros como quien incúlpase del anatema mientras el santo pasodoble corta en seco a lo gordo como quien corta un roble, y es entonces todo el silencio de los universos y los mundos, y los santos esposos escúpense venenosamente de los palabros como quien escupe sapos inmundos.)* ... tuya es la culpa, tuya...!

ÉL. ... no, tuya que gozas de las ratas como la grulla...

ELLA. *(En el corazón del sottovoce espeso)* ... no, tuya que babeas del podrido amor...

ÉL. *(Ronco del sottovoce bronco)* ... no, tuya, tú la que babeas del podrido amor, del amor repodrido...

ELLA. *(Llamea del piano gordo)* ... no, tuya la cupa, tuya, que no hay nada que tú no destruyas, que ni tan siquiera todavía no has aprendido a convivir en paz...

ÉL. *(Humea del pianissimo como un sordo)* ... no, tuya que ni has aprendido a convivir ni lo aprenderás...

ELLA. *(Dolcissimo e tutto venenoso)* ... tuya la culpa, tuya toda la culpa...

ÉL. *(Feroce e tutto fantoche)* ... no, tuya. *(Ay, el dulce corazón, y ellos jadean de cancerberos, babean de carniceros, babosean de carnívoros, y de dos sacos honestamente herbívoros que allí yacen panza arriba despanzurrados de la fiesta como ánimas a la deriva, de los dos sacos la santa esposa y el santo esposo agarran furiosamente del confetti y tratan de asesinarse rencorosamente a base de puñados de confetti a chorros, se arremeten del confetti como bilis y balas en mitad de los morros, y es mucho el resollar del gañote, y es mucho el venenoso tejeringo en mitad del mingo y del cipote, y escúpense salvajemente de los palabros como quien dispara de los ombligos macabros.)*

ELLA.... no, tuya, tuya.

ÉL. *(Babea del gañote gordo, del cipote sordo)* .. te voy a trincar de los papos, vas a morir aullando como aúllan los sapos...

ELLA. ... tuya la culpa, tuya...

ÉL. ... no, tuya.

Siguen de aúlla que te aúlla en sottovoce grueso, aporreándose del confetti gordo como quien se aporrea carnívoramente de un beso, arrímanse de lomo andando de rodillas, asesinándose del confetti a puñados como pecados, asesinándose de las primeras papillas, patéticamente lejos de la rosa de té.

ELLA. ... tuya.

Patéticamente lejos de la rosa de té, porque el santo esposo acogota del cogote a la santa esposa, y ella le muerde los sesos y le arranca impiamente el bisoñé, y es la impiedad del bisoñé y de los impíos, y ella tiene ferozmente el bisoñé bien mordido en mitad de las quijadas, y el marido con toda la calva expuesta a la intemperie y a los fríos, y es toda la calva en mitad del desamparo, y es entonces todo el desamparo de la calva piadosamente salva con cuatro pelos de misericordia colgándole del cogote, y el santo esposo humea dolorosamente del cipote, humea de la furia pataleta, quiere a su santa esposa acogotarla de muerte en mitad de una teta.

ÉL. .. no, tuya, tuya...

ELLA. ... no, tuya, aleluya.

Y él se le arroja encima lo mismo que una hiena, de sangre a todo pasto tiene la jeta llena, de sangre tiene toda manchada la camisa, sigue de cirio en mano como quien está en misa.

ÉL. ... tuya.

Y ella le tira del confetti salvajemente en mitad de los ojos, y él la tiene agarrada como quien trinca de víboras a manojos.

ELLA. *(Feroz.)* ... aleluya, aleluya.

Y él la zarandea de un modo atroz, y ella le suelta de histéricas risotadas postizas como quien suelta de una coz.

ÉL. ... no, tuya.

ELLA. ... aleluya.

ÉL. ... tuya.

ELLA. ...aleluya.

Y ella se ríe de la ferocidad sin piedad, no de que se haya él quedado calvo, pues ella no se siente a salvo y no está para bromas, y él la zarandea como a las cagadas de las pérfidas palomas, y del cuerpo a cuerpo, ella remata con el cirio en la mano igual que el dulce cuerpo de la luz en mitad de las tinieblas, y el santo esposo babea de las tenebrosas nieblas, y no amanece, y no llega el alba, y el santo esposo trinca de los pelos a su santa esposa, aúlla de las santas criadillas en la noche dolorosa, y le arranca a su santa esposa la peluca y la deja indecorosamente calva con sólo unos cuantos larguísimos pelos de consolación bien trincados del cogote y de algún que otro pegote encima de las orejas, y ella va y chilla como chillan las cornejas cuando las despluman de la honorabilidad, de golpe atisba inopinadamente de su mano diestra toda sangrienta como la santidad, y se ilumina con la siniestra en la que alumbra el cirio como una gota de vitriolo en mitad de un tenebroso lirio, y comienza entonces a sonar en el ombligo del universo el pasodoble "Suspiros de España" como la navaja de un arcángel patéticamente perverso, y la santa esposa gime del ánima piadosa como gime de la rosa el capullo, como el capullo gime de la rosa.) ¡He pecado del pecado venial, del pecado venial...! *(Yérguese el santo esposo espeso de la crueldad, espeso esposo que tira de la santa mujer con ferocidad, y ella se le resiste, y él la trinca de un sobaco gordo, y ella gime del doloroso alpiste.)* No puedo bailar del pasodoble en mitad de la contrición, en mitad de la penitencia... *(Y ella está abismada en sus pensamientos de arrepentimientos a patadas, y él agacha de morros y le bisbisea de la venenosa persuasión a chorros.)*

ÉL. *(Sottovoce congelado.)* ... vas a bailarlo de todo corazón, y ganarás piadosamente la indulgencia.

Y ella se le resiste de la crueldad a sangre fría, y ella aúlla del ánima gorda, y ella pía de los muchos huevos que él le echa al asunto, y él agárrala de la mano, y tira de ella, y ella está aterrorizada como un difunto, y ella está lívida cual la pálida estrella.

ELLA. ¡Nooooooo... ! *(Y crece el pasodoble de los muchos suspiros igual que la patética pleamar de los vampiros, y él arrastra de su santa esposa por el suelo, y está cerrado a cal y canto y cal el cielo, y la santa esposa aúlla del ánima que gime de horror sacro porque gime patética como gime patéticamente el sobaco.)* ¡Noooooo...! *(Y él está resoluto y despiadado igual que un roble, y ella sigue del cirio en la diestra, y sigue subiendo como una gorda pleamar el pasodoble.)* ¡Nooooo...! *(Y él la arrastra igual que una pilastra, luego la agarra sádicamente de la flor de una axila, levántala del suelo como quien levanta a una cariátide, échale mano a la espalda como quien abraza una lela ya lila, y la siniestra en la siniestra en la que porta ella el cirio que arde, y si la dicha es buena, nunca es tarde, y comienzan a bailar ceremonialmente el pasodoble con toda solemnidad a la luz del cirio que ambos portan en sus siniestras formando puño, y avasallando él de la virilidad giran bailándolo en torno a la peana, y él luego comienza de la locura y la crueldad a emitir en cascada agudas risotadas en falsetto, y ella es la jeta de piedra del fantoche obsoleto que abre los enormes ojos del horror gordo clavados en un infinito irremediablemente sordo, luego vuelven al centro del planeta y allí giran como una solemne croqueta, y él sigue de la cascada de postizas risotadas en flasete, y ella está lívida y en las mejillas no tiene nada de colorete, luego otra vez insisten del girar bailando allí mismo al centro en sentido contrario a la primera vuelta, y es en sus manos el cirio de la medianoche ya bien adentro del corazón como fantoche, ya bien tarde, y no hay más corazón que el corazón de las tinieblas, y no hay más cera que la que arde.)*

LORO. *(Aúllando igual que un orfeón a coro.)* ¡Lorito quiere chocolate, lorito quiere chocolate, lorito quiere chocolate, lorito quiere chocolote...!

Y el santo esposo sigue del cuello de pajarita en mitad del gañote, y el loro aúlla desde los piadosos abismos del cipote, y el santo esposo sigue de las postizas cascadas de risotadas en falsetto, y la santa esposa sigue de jeta congelada y los ojos como quien ve todo el horror secreto de la iniquidad, enormes ojos abiertos hasta las cejas y la eternidad, abismados en el sacramento del espanto, y el marido emite los agudos falsettos del que ha perdido la razón y se ha convertido en santo, de los alambres descuélganse mustias las largas serpentinas de colores, y aúlla rabiosamente el loro de todos los amores, sobre el blanco muro del fondo la sombra del ahorcado, y el loro berrea de cachondo, la sombra del ahorcado que pone un dulce bálsamo de tragedia en mitad de toda esta horrible comedia.) Lorito quiere chocolate...! *(Llamean dolorosamente a coro los cirios por bajo de la gran peana vacía, el santo esposo emite otra cascada de postizas risotads en falsetto, y entonces el santo ángel de la esperanza gime del mucho azúcar en el saco, y se le revienta una hernia gorda dulcemente en mitad del sobaco.)* ¡Lorito quiere chocolate, lorito quiere chocolate, lorito quiere chocolate...! *(Y es ya finalmente el pasodoble de las tinieblas a mitad de las tinieblas del santuario, y al centro del santuario girando va solemnemente abrazada la honorable pareja, el santo esposo y la santa esposa rotando lentamente del pasodoble ceremonial igual que planetario, rotando de la rotación inmortal allí a la mitad del planeta. Y el pasodoble ya va entonces abismándose en los abismos de una pálida música recoleta).*

ELLA. *(Piadosa.)* Debemos aprender a convivir como conviven los calzoncillos y las bragas, debemos aprender a convivir...

Entonces un rayo de luz de luna cenital le cae a la santa pareja matrimonial en mitad del pasodoble, y le cae fatal desde arriba de los mismos cielos en el pálido momento abismal en que la santa esposa ya va a la busca de pálidos consuelos, cuando allí a mitad del baile ceremonial, en mitad del abrazo ritual del baile, estando allí de espaldas, el santo esposo en mitad de la santa luz cenital, de la mano dulce y angelical que la santa esposa le posa a las espaldas asoma sacramental y con relumbres caldas una espesa nvaja de resorte, y en mitad del pasodoble ya abismado la santa esposa y consorte va y lo mismo que un deporte aprieta dulcemente de un dedo el botón del resorte, y de la navaja secreta con chasquido de hacernos la puñeta sale una rutilante cuchilla albaceta apuntando devotamente hacia el norte, apuntando piadosamente al corazón allí al centro mismo de las espaldas del santo esposo y santo varón. Y es ya entonces dolorosamente la navaja a traición allí a mano de la hembra salvaje que va piadosa en pos de una ilusión igual que un ángel en busca de un potaje de sangre con lentejas, y reluce allí la navaja cual brillan las almejas en mitad de la espesa noche submarina, y reluce divina la pálida navaja horrorosamente asesina en mitad del sigilo del mucho sacramento, allí a las espaldas del santo esposo y santo varón, allí a las mismas espaldas de santo el corazón, y es ya entonces la dulce consolación de santo el matrimonio a la mitad de los universos y los mundos, de santo el matrimonio a la mitad de las tinieblas. De santo el matrimonio a la mitad de horrorosamente gorda y obscura la eternidad.

TELÓN

Y así es el alegre final
de la segunda parte,
posiblemente rala, posiblemente mala.
Segundas partes
nunca fueron buenas,
así es la vida.
Así es la muerte.

FERNANDO ARRABAL

EL ARQUITECTO
Y EL EMPERADOR DE ASIRIA

EL NAUFRAGIO DE UN SUEÑO

Francisco Torres Monreal

El arquitecto y el emperador de Asiria, escrita en 1966, es una obra capital del teatro arrabaliano y uno de los textos más innovadores del teatro de los sesenta. El teatro de Arrabal puede ser contemplado, hacia atrás y hacia adelante, desde esta obra.

Tres períodos principales se distinguen en el teatro de Arrabal. Un primer teatro (años cincuenta) que acusa iniciales influencias del absurdo hispano (*Pic-nic*, 1952), antes de integrarse plenamente en las variantes del llamado "absurdo francés": *El triciclo* (1953), *Fando y Lis* (1955), algunas secuencias de *Guernica* (1959). Atento a todo intento renovador, Arrabal ensaya por estos años nuevas fórmulas (teatro objetual, teatro sin palabra, en el que, una vez más, Beckett aparece como referencia) y un teatro más poético y onírico en su temática, contenidos y lenguajes escénicos. Sería la etapa del "prepánico".

El "pánico" (años sesenta, hasta 1968) constituye su etapa vanguardista más original y atrevida. Destacan en esta etapa su variedad de registros lingüísticos; la adopción sistemática de las metamorfosis de los personajes a fin de dar cabida a las vivencias del pasado, a las trasmutaciones rituales y a las reconversiones y asimilaciones del inconsciente que le aportan los sueños; su tendencia al sadismo, característica del mejor teatro de estos momentos; la mezcla de tiempos, concentrados en el presente de la representación; el recurso a la ceremonia y al juego como modos de representación escénica, y, finalmente, su carácter marcadamente psicodramático. *El arquitecto y el emperador de Asiria* es la obra que mejor ilustra esta etapa.

Con *El jardín de las delicias* (1967-1968), Arrabal anuncia la nueva variante de su teatro: el "pánico-revolucionario". En ella el psicodrama se debilita paulatinamente, el dramaturgo va saliendo de su yo para dar cabida a los otros. Con posterioridad a esta etapa (mediados los setenta), la tensión vanguardista se debilita. Arrabal, que no renuncia a sus formas y técnicas, las diversifica, yendo desde la revista al vodevil, pasando por el cine, el circo o la ciencia-ficción.

Describe la obra que publicamos una isla desierta donde vive un extraño personaje, sin "instrucción" ni "lenguaje": un salvaje, según nuestras categorías occidentales. El azar, que toma como pretexto un accidente de avión, hace que a este personaje se una el único superviviente de la catástrofe: un ser civilizado que dice ser nada menos que Emperador de Asiria. Cuando, tras este breve episodio, se hace de nuevo la luz en escena, el Emperador recuerda a su oponente, al que nombrará Arquitecto, que ya lleva dos años instruyéndolo. Instrucción lingüística, en la que cada palabra da paso a una evocación, un juego, un sueño... del Emperador. Éste, que parece poseer los secretos todos de la civilización, desconoce los saberes naturales del Arquitecto y los poderes que de ellos emanan (al Arquitecto le obedecen los árboles, las nubes, las aves, las serpientes y las montañas).

El Emperador desearía poseer tales poderes. Para ello echa mano del más sublime y simbólico de los ritos de su mundo civilizado: su inmolación sacrificial y posterior comunión con por Arquitecto, a fin de fundirse con él en una misma esencia. Tras el rito, el Arquitecto aparece transformado en el Emperador-Arquitecto, ebrio de alegría por haber conseguido, en sí, el equilibrio del saber con la naturaleza en la soledad de su isla desierta. Poco dura su contento. Un accidente de aviación turba su paz. Aparece ahora el Arquitecto, único superviviente... Telón.

No es ésta una obra que exponga, desarrolle y concluya un argumento según la repartición tradicional en cuadros o escenas. Este teatro parece emparentado más bien con las técnicas de la secuenciación fílmica más innovadora, la que tiene como referente de excepción, en el campo de la narrativa, el *Ulises* de Joyce. De Joyce —no cabe de ello duda— son deudores títulos como *Esperando a Godot* y *Final de partida* de Beckett. El argumento se diluye en una multitud de secuencias y microsecuencias, imbricadas unas con otras, inscritas en el ser y en el estar de los personajes. El cómo y el desde dónde hablan esos personajes importa tanto en este teatro como el mensaje que las palabras vehiculan.

El arquitecto y el emperador de Asiria hace pensar particularmente en *Final de partida* (alusiones al pasado, recurrencias al padre y a la madre, amenazas de huida de uno de los personajes). La comparación no debe ir más lejos. Por otro lado, frente a la severidad y pobreza de elementos escénicos de Beckett, Arrabal multiplica los efectos y sorpresas a cada momento, creando, como elemento más característico de su dramaturgia, una variedad secuencial que supera todas sus anteriores creaciones. Para dar cuenta de ello podríamos partir de la oposición entre secuencias presentadas (que tienen lugar en el presente) y secuencias re-presentadas (traídas al presente del acto escénico). En las re-presentadas se sitúan las secuencias-recuerdos (pasado del Emperador), así como las secuencias atemporales (sueños, juegos tradicionales, ritos y ceremonias).

Pero esto no es todo. Tanto las presentadas como las re-presentadas pueden mostrarse de tres modos diferentes: simplemente evocadas por el lenguaje oral, evocadas y mimadas por los personajes o accionales. En esta última variante se inscriben las metamorfosis pánicas, por las que los personajes se invisten de los atributos —maquillaje, máscaras, vestuario, gestos, etcétera—, de los segundos personajes en los que se transmutan o a los que suplantan.

Una buena lectura, escénica o no, de la obra, deberá tener en cuenta esta tipología de las secuencias. Pero ha de contar igualmente con su distribución en la obra. La actitud imperativa del Emperador y la continua interrupción de las secuencias suele comunicar a la representación un ritmo trepidante. Por otro lado, las continuas reiteraciones temáticas, descriptivas y accionales (la madre, el juicio por matricidio, los intentos de fuga del Arquitecto, la obsesión por la existencia de Dios, las evocaciones de Asiria o de la infancia) confieren a la obra una configuración poética en espiral. Podrían destacarse, a este propósito, el solo del Emperador y sus metamorfosis (Acto I, cuadro II) frente al Emperador-Espantapájaros, que nos parece uno de los monólogos joyceanos más logrados del teatro moderno.

Esta variedad secuencial exige una peculiar disposición de planos espaciales y temporales, de tonos y timbres, de cambios de vestuario, etcétera, sólo posible por medio de unos lenguajes variados en sus registros y códigos. Se distinguen dos grandes niveles: lo articulado y lo plástico (visual, gestual, cinético), ambos profusamente presentes en Arrabal, en contraste con la rigidez de muchos intentos contemporáneos de reparto mínimo, como Vauthier, por ejemplo. (En otro lugar hemos escrito que la dramaturgia arrabaliana trabaja primordialmente con imágenes acústicas y plásticas).

En el lenguaje articulado, evidenciado en los diálogos, se distinguen varios registros: un lenguaje corriente, ajeno a todo artificio literario; un lenguaje neosuperrealista, propio de escenas más afectivas, que comunica a la obra una dimensión poética altamente sugestiva; momentos de grandilocuencia épica, en correspondencia con las alusiones a su pasado imperial; el estilo ingenuo, *naïf*, que caracterizó las primeras obras de Arrabal (secuencias de la madre); y, finalmente, un estilo ceremonial, casi litúrgico.

En este apartado conviene igualmente subrayar la configuración más habitual del diálogo arrabaliano en la obra. Para dar una idea exacta de la misma, se podría evocar la técnica musical del contrapunto: desarrollo, dentro de un mismo diálogo, de varios temas (uno por personaje). Pero esto no es todo. En el plano de lo representado, la acción se verá continuamente interrumpida para dar paso al comentario y a la crítica. Esto, como es natural, implica que el Arquitecto y el Emperador abandonen continuamente a sus personajes, vuelvan a ser el Arquitecto y el Emperador, se travistan de nuevo...

Espacio, tiempo y personajes pueden venir dichos oralmente y sugeridos por el vestuario, los objetos, las máscaras que han de caracterizarlos. El decorado propiamente dicho se limita a ilustrar el espacio de las secuencias presentadas (la cabaña a la que se retira el Emperador para ensayar la vida de anacoreta; el exterior por el que el Arquitecto quiere fugarse). Su funcionalidad es relativa. De ahí que frente a las escenificaciones que han optado por un detallismo casi naturalista, otros (Lavelli) prefieran hacer caso omiso de las indicaciones textuales para optar por unos planos y paneles que nos están recordando las técnicas de Appia y de Craig.

El apartado de las significaciones de la obra es el más delicado, el que el crítico debería dejar enteramente al lector-espectador. El argumento, centrado en la contraposición de dos personajes antagónicos, ha hecho pensar a algún crítico (Charles Aubrun) en dos referentes literarios previos: *La Odisea* y *El criticón* de Gracián, lectura favorita de Arrabal. *La Odisea*, en razón de ese recorrido de Ulises por tiempos y espacios diversos antes de alcanzar la paz consigo mismo en Ítaca. *El criticón* sugiere más el enfrentamiento humano, la reflexión sobre los tópicos de la existencia. Por mi parte, de optar por alguna significación global, partiría de la pregunta perspicaz y profunda del propio dramaturgo: ¿No será que el Emperador se ha inventado al Arquitecto? Con lo que, a fin de cuentas, habría un único personaje real en escena, en diálogo consigo mismo, en busca de su propia justificación existencial. Como un sueño, en definitiva, o como los restos de un sueño inquietante en duermevela.

FERNANDO ARRABAL

Nace en Melilla el 11 de agosto de 1932. Su entrada oficial en el mundo teatral se produce en 1958, cuando se estrena en Madrid su primera obra, *Los hombres del triciclo*. A raíz de un percance judicial que le hace pasar una breve estancia en la cárcel, abandona el país para instalarse en Francia. En 1976 es declarado uno de los seis españoles que no podrán volver a España por motivos políticos. A partir de mediados de los años setenta se suceden los estrenos de sus obras, algunas de ellas en teatro profesional y otras a través de grupos independientes. Tiene en su haber multitud de premios, entre ellos el Gran Premio de Teatro París de 1967. Representado más fuera que dentro de España, Arrabal lleva tras de sí la polémica y el escándalo. Su actividad se extiende a la novela, el ensayo, el cine, la poesía y los artículos periodísticos.

TEATRO

Pic-nic. Escrita en 1952. Editada en Cátedra, 1977.

El triciclo. Escrita en 1953. Editada en Escélicer, 1965; Yorick, 1965, y Cátedra, 1977. Estrenada en Barcelona por Dido Pequeño Teatro, 1958, bajo la dirección de José Antonio Valdés, con el título "Los hombres del triciclo".

Fando y Lis. Escrita en 1955. Editada en Yorick nº 15, 1966. Estrenada en el Gran Teatro de Huelva, 1985, por el grupo La Parra (Sevilla), bajo la dirección de Rafael Bermúdez.

Ceremonia por un negro asesinado. Escrita en 1956. Editada en Primer Acto nº 74, 1966. Estrenada en el Teatro del Mercado de Zaragoza, 1991, por el Teatro Estable de Zaragoza, bajo la dirección de Mariano Cariñena.

Los dos verdugos. Escrita en 1956. Editada en Taurus, 1965, y en Teatro I (París), 1971.

El laberinto. Escrita en 1956. Editada en Revista Mundo Nuevo nº 15, 1967, y Cátedra 1977.

Oración. Escrita en 1957. Editada en Primer Acto nº 39, 1963, y en Teatro I (París) 1971.

El cementerio de automóviles. Escrita en 1957. Editada en Taurus, 1965, y en Cátedra, col. Letras Hispánicas, 1989. Estrenada en el Teatro Barceló, 1977, bajo la dirección de Víctor García.

Orquestación teatral. Escrita en 1957 (en 1967 llevará el título de "Dios tentado por las matemáticas").

Los amores imposibles. Escrita en 1957.

Los cuatro cubos. Escrita en 1957.

Concierto en un huevo. Escrita en 1958.

La primera comunión. Escrita en 1958. Editada en Revista Los Esteros, 1967.

Guernica. Escrita en 1959. Editada en Taurus, 1965, bajo el título "Ciugrena".

La bicicleta del condenado. Escrita en 1959.

El gran ceremonial. Escrita en 1963. Estrenada en el Teatro del Mercado (Zaragoza), 1987, por el Teatro Estable de Zaragoza, bajo la dirección de Mariano Cariñena.

Strip-tease de los celos. Escrita en 1963.

La coronación (o "Lay de Barrabás", a partir de 1969). Escrita en 1964.

La juventud ilustrada. Escrita en 1966.

¿Se ha vuelto Dios loco? Escrita en 1966.

Una cabra sobre una nube. Escrita en 1966. Editada por el Curso Superior de Filología de Málaga, 1974.

El Arquitecto y el Emperador de Asiria. Escrita en 1966. Editada en Estreno, 1975, y Cátedra, 1989. Estrenada en el Teatro Tívoli (Barcelona), 1977, bajo la dirección de Klaus Gruber.

Ars amandi (ópera pánica). Escrita en 1967.

El jardín de las delicias. Escrita en 1967.

La aurora roja y negra. Escrita en 1968.

Bestialidad erótica. Escrita en 1968.

Una tortuga llamada Dostoievski. Escrita en 1968.

Una naranja sobre el monte de Venus. Escrita en 1968.

...Y pusieron esposas a las flores. Escrita en 1969.

Bella ciao o La guerra de los mil años. Escrita en 1970.

El cielo y la mierda. Escrita en 1970.

La gran revista del siglo XX. Escrita en 1971.

La marcha real. Escrita en 1973. Editada en Gordian Press (Nueva York), 1975, dentro del volumen "Literatura española del último exilio".

En la cuerda floja (o la balada del tren fantasma). Escrita en 1973. Editada en Christian Bourgois (París), 1974, y en Pipirijaina nº 4.

La gloria en imágenes (ballet). Escrita en 1975.

Oye, patria, mi aflicción. Escrita en 1976. Estrenada en el Teatro Martín, 1978, bajo la dirección de Jesús Campos y Carlo Augusto Fernández.

El cielo y la mierda II. Escrita en 1976.

Róbame un billoncito. Escrita en 1977 dentro de la trilogía "Teatro bufo". Estrenada en el Teatro Romea (Murcia), 1990, bajo la dirección de César Oliva.

Apertura Orangután. Escrita en 1977 dentro de la trilogía "Teatro bufo". Estrenada en el Teatro del Mercado (Zaragoza), 1988, por el Teatro Estable de Zaragoza.

Punk y punk y colegram. Escrita en 1977 dentro de la trilogía "Teatro bufo".

El rey de Sodoma. Escrita en 1978. Estrenada en el Teatro María Guerrero, 1983, bajo la dirección de Miguel Narros.

Inquisición, o Mi dulce reino saqueado. Escrita en 1978.

El triunfo extravagante de Jesucristo, Karl Marx y William Shakespeare. Escrita en 1982.

Levántate y sueña. Escrita en 1982.

Tormentos y delicias de la carne. Escrita en 1983. Estrenada en la Sala Villarroel (Barcelona), 1987, bajo la dirección de Ángel Alonso.

La ciudad cuyo príncipe era una princesa. Escrita en 1984.

FERNANDO ARRABAL

*El arquitecto y
el emperador de Asiria*

PERSONAJES

El emperador de Asiria
Vestuario variado y barroco de hoy antiguo

El arquitecto
Cubre sus desnudeces con una piel de animal

La acción se desarrolla en un pequeño calvero en una isla en la que sólo vive el Arquitecto. Una cabaña y una especie de silla rústica. Matorrales al fondo.

ACTO PRIMERO

CUADRO PRIMERO

Ruido de avión. El Arquitecto, como un animal perseguido y amenazado, busca un refugio, corretea, cava en la tierra, tiembla, corretea de nuevo y, por fin, esconde la cabeza en la arena. Explosión y resplandor de llamas. El Arquitecto, con la cabeza contra el suelo y los oídos tapados con los dedos, tiembla de espanto. Pocos momentos después entra en escena el Emperador con una gran maleta. Tiene una cierta elegancia afectada, intenta permanecer tranquilo. Toca al Arquitecto con la extremidad de su bastón al tiempo que le dice:

EMPERADOR. Caballero, ayúdeme, soy el único superviviente del accidente.

ARQUITECTO. *(Horrorizado.)* ¡Fi, fi, fi, figa...!

Le mira un momento aterrado y, por fin, sale corriendo. Oscuro.

CUADRO SEGUNDO

Dos años después. En escena el Emperador y el Arquitecto.

EMPERADOR. Con lo sencillo que es. A ver, repite.

ARQUITECTO. *(Pronunciando ligerísimamente mal la C, de una manera casi imperceptible.)* Ascensor

EMPERADOR. *(Grandilocuente.)* Llevo dos años en la isla, dos años dándote lecciones y aún tienes dudas. Hubieras necesitado que el mismísimo Aristóteles se dignara resucitar para enseñarte cuánto suman dos sillas más dos mesas.

ARQUITECTO. Ya sé hablar, ¿no es cierto?

EMPERADOR. Bueno; por lo menos si un día alguien cae en esta isla podrás decirle Ave César.

ARQUITECTO. Pero hoy me tienes que enseñar...

EMPERADOR. Ahora mismo. Escucha cómo canta mi musa la cólera de Aquiles. ¡Mi trono!

El Emperador se sienta. El Arquitecto le hace una reverencia.

EMPERADOR. Eso, eso. No lo olvides. Soy el Emperador de Asiria.

ARQUITECTO. *(Recitando.)* Asiria limita al Norte con el mar Caspio. Al Sur con el Índico...

EMPERADOR. Basta, he dicho.

ARQUITECTO. Enséñame, como me habías prometido...

EMPERADOR. Tranquilo, tranquilo. ¡Ah! *(Soñador.)* La civilización, la civilización...

ARQUITECTO. *(Contento.)* Sí, eso.

EMPERADOR. Cállate. ¿Qué sabes tú, encerrado toda tu vida en esta isla que los mapas olvidaron y que Dios cagó por equivocación en mitad del océano?

ARQUITECTO. Cuéntame, cuéntame.

EMPERADOR. ¡De rodillas! *(El Arquitecto se arrodilla.)* Bueno, no es necesario. *(El Arquitecto se levanta. Muy enfático.)* Explico.

ARQUITECTO. ¡Sí, sí, explica!

EMPERADOR. Calla. *(Enfático de nuevo.)* Explico: Mi vida. *(Se levanta gesticulando.)* Me levantaba a las primeras horas del alba. Todas las iglesias, sinagogas y templos tocaban sus trompetas. El día comenzaba. Mi padre venía con un regimiento de violinistas a despertarme. ¡Ah, la música...! Un día te explicaré qué es. La música. ¡Qué maravilla! *(De pronto, inquieto.)* ¿Has hecho ya las lentejas con chorizo?

ARQUITECTO. Sí, Emperador.

EMPERADOR. ¿Dónde estaba? ¡Ah, el despertar; el regimiento de trompetistas que venía por la mañana; los violines de las iglesias...! ¡Qué mañanas! ¡Qué despertar! Luego acudían a visitarme mis divinas esclavas ciegas, a enseñarme desnudas la filosofía ¡Ah, la filosofía! Un día te explicaré lo que es.

ARQUITECTO. Señor, ¿cómo te explicaban la filosofía?

EMPERADOR. No entremos en detalles. Y mi novia... y mi madre...

ARQUITECTO. Mamá, mamá, mamá.

EMPERADOR. *(Muy asustado.)* ¿Dónde has aprendido ese grito?

ARQUITECTO. Tú me lo has enseñado.

EMPERADOR. ¿Cuándo? ¿Dónde?

ARQUITECTO. Dijiste que tu mamá te cogía en brazos, y dijiste que te arrullaba, y dijiste que te besaba en la frente, y dijiste... *(El Emperador vive las palabras. Se acurruca en la silla como si una persona invisible le arrullara y le besara.)* Y dijiste que, a veces, te pegaba con un látigo... y dijiste que te llevaba de la mano por la calle... y dijiste...

EMPERADOR. ¡Basta, basta! ¿Está encendida la hoguera?

ARQUITECTO. Sí.

EMPERADOR. ¿Estás seguro de que permanece encendida día y noche?

ARQUITECTO. Sí. Mira el humo.

EMPERADOR. Bueno, ¿qué más da?

ARQUITECTO. ¿Cómo que qué más da? Has dicho que un día un barco o un avión nos verá y vendrá a rescatarnos.

EMPERADOR. ¿Y qué haremos?

ARQUITECTO. Pues iremos a tu país donde hay coches y discos y televisión y mujeres y platos de confetti y kilómetros de pensamiento y jueves mayores que la Naturaleza y...

EMPERADOR. *(Interrumpiendo.)* ¿Has preparado la cruz?

ARQUITECTO. Aquí la tengo. *(Señala hacia los matorrales.)* ¿Me crucificas ya?

EMPERADOR. Pero, ¿cómo? ¿Es a ti al que hay que crucificar? ¿No es a mí?

ARQUITECTO. Lo echamos a suertes, ¿lo has olvidado?

EMPERADOR. *(Colérico.)* ¿Cómo es posible que hayamos echado a suertes quién iba a redimir a la Humanidad?

ARQUITECTO. Maestro, lo olvidas todo.

EMPERADOR. ¿Cómo hemos echado a suertes? ¿Con qué?

ARQUITECTO. Con una paja.

EMPERADOR. *(Le da un ataque de risa mientras repite:)* ¡Pajas, pajas!

ARQUITECTO. ¿Por qué ríes, maestro?

EMPERADOR. ¿Cómo? ¿Ahora me tuteas?

ARQUITECTO. Tú habías dicho...

EMPERADOR. ¿Nunca te he dicho lo que significa la palabra paja, "hacer una paja"?

ARQUITECTO. *(Cortándole.)* Entonces, ¿puedo tutearte o no?

EMPERADOR. Mis mujeres ciegas enseñándome la filosofía, vestidas tan sólo con toallas rosas. ¡Qué memoria la mía! Lo recuerdo como si fuera ayer. ¡Cómo acariciaban mi divino cuerpo! ¡Cómo limpiaban mis huecos más sucios! Cómo... ¡a caballo!

ARQUITECTO. ¿Hago yo de caballo?

EMPERADOR. No, yo.

El Emperador se pone a cuatro patas. El Arquitecto se sube sobre él, como un jinete.

EMPERADOR. Dime ¡arre!

ARQUITECTO. Arre, caballo.

EMPERADOR. Dame con el látigo.

ARQUITECTO. *(Le azota con una rama de árbol.)* ¡Arre, caballo! ¡Más de prisa! ¡Que vamos a llegar a Babilonia! ¡Más deprisa! ¡Arre!

Trotan, dan vueltas por la escena. De pronto el Emperador le tira al suelo.

EMPERADOR. *(Frénetico.)* Pero, ¿cómo? ¿No llevas las espuelas?

ARQUITECTO. ¿Qué son espuelas?

EMPERADOR. Pero ¿cómo quieres que lleguemos a...?

ARQUITECTO. A Babilonia.

EMPERADOR. *(Con pavor.)* ¿De dónde has sacado esa palabra? ¿Quién te la ha enseñado? ¿Quién viene a verte cuando yo duermo? *(Se abalanza sobre él y casi lo estrangula.)*

ARQUITECTO. Tú me la has enseñado.

EMPERADOR. ¿Yo?

ARQUITECTO. Sí. Dijiste que era una de las ciudades de tu imperio.

EMPERADOR. ¿De mi imperio?

ARQUITECTO. Sí. De Asiria.

EMPERADOR. *(Dominándose, y enfático.)* ¡Hormigas! *(Mira hacia el suelo)* ¡Hormigas! ¡Diminutas esclavas! ¡Traedme un cuenco de agua! *(Se sienta en su trono y espera.)* ¿No me habéis oído? *(Larga pausa.)* ¡Traedme un cuenco de agua, he dicho! *(Enfurecido.)* ¿Cómo? ¿No se respeta al emperador de Asiria? ¿Será posible? ¡Morid a mis pies! *(Se dirige rabiosamente hacia el reguero de hormigas y las pisotea furioso. Cae agotado en su trono. Sale el Arquitecto y vuelve con un cuenco de agua.)*

ARQUITECTO. Toma.

EMPERADOR. *(Tirando el cuenco.)* ¿Para qué quiero yo agua? Sólo bebo vodka. *(Risita.)*

ARQUITECTO. ¿No habías dicho que...?

EMPERADOR. ¿Y de mi novia? ¿Te hablé de mi novia?

ARQUITECTO. *(Como una lección.)* Era-muy-guapa-muy-rubia-con-los-ojos-verdes...

EMPERADOR. ¿Te ríes de mí? *(Pausa.)* ¿Haces de novia?

ARQUITECTO. ¿Ahora?

EMPERADOR. ¿No quieres hacer de novia? *(Enfurecido.)* ¡Salvaje!

ARQUITECTO. Últimamente soy yo siempre la novia y tú de gorra.

EMPERADOR. ¿También te enseñé el argot? ¡Estoy perdido!

ARQUITECTO. ¿Cuándo me vas a enseñar arquitectura?

EMPERADOR. ¿Para qué quieres saberla? ¿No eres arquitecto ya?

ARQUITECTO. Bueno, hago de novia.

EMPERADOR. Pero ¿no querías que te enseñara arquitectura? ¡Ah, la arquitectura!

ARQUITECTO. Estábamos en lo de hacer de novia.

EMPERADOR. Estábamos en que te voy a enseñar arquitectura... Las bases de la arquitectura son... Bueno, haré de novia, si insistes.

ARQUITECTO. ¿Cuáles son las bases de la arquitectura, entonces?

EMPERADOR. *(Furioso.)* He dicho que hoy haré de novia, si tanto insistes.

ARQUITECTO. Ponte las faldas.

EMPERADOR. No sé ni dónde están. Todo lo pierdes. Todo lo dejas en cualquier sitio. Pero... pero... ¿es posible que ignores cuáles son las bases de la arquitectura, tú, un arquitecto de Asiria? ¿Es posible que me hayas engañado de tal manera que te haya nombrado arquitecto supremo de Asiria sin que sepas ni una palabra de arquitectura? ¿Es posible que no conozcas ni siquiera las bases? ¡Qué van a decir los vecinos!

ARQUITECTO. Eres tú el que me has dado ese título. Yo no tengo la culpa. Yo no soy Emperador.

EMPERADOR. ¿Dónde están esas malditas faldas? ¡Hormigas, traedme inmediatamente las faldas!

ARQUITECTO. No te obedecerán.

EMPERADOR. ¿Cómo que no me obedecerán?... ¡Hormigas, esclavas, traedme las faldas que voy a hacer de novia hoy...! ¿No me oís?... Pero ¿dónde tengo la cabeza? ¡Ya se me ha olvidado que acabo de pisotearlas a todas! *(Muy suave.)* Oye, dime la verdad, ¿crees que soy un dictador?

ARQUITECTO. ¿Qué es un dictador?

EMPERADOR. Es verdad; no soy un militar. Dime, ¿os trato mal a vosotros, mis súbditos? Dímelo, confiésalo, ¿soy un tirano?

ARQUITECTO. ¿Te pones las faldas o no?

EMPERADOR. Te pregunto si soy un tirano.

ARQUITECTO. No eres un tirano. *(Disgustado.)* ¡Basta!

EMPERADOR. He matado las hormigas. Los tiranos...

ARQUITECTO. Las faldas.

EMPERADOR. Pero, ¿es que vamos a hacer de curas hoy?

ARQUITECTO. Bueno, ya veo que no quieres.

EMPERADOR. *(Sin ponerse las faldas se transforma en mujer. Voz de mujer.)* "¡Oh, amor mío! ¿Me quieres?... Juntos iremos..."

ARQUITECTO. "Eres tan bella que cuando pienso en ti siento que una flor crece entre mis piernas y que su corola transparente cubre mis caderas. ¿Me dejas que te toque las rodillas?"

EMPERADOR. *(Mujer.)* "Nunca he sido tan feliz. Tanta alegría me embarga que de mis manos brotan manantiales para tus manos."

ARQUITECTO. "Tú, con tus rodillas tan blancas, tan redondas, tan suaves..."

EMPERADOR. *(Mujer.)* "Acaríciamelas." *(Va a subirse los pantalones para mostrar sus rodillas. No puede. Irritado.)* ¡Coño! ¡Las faldas!

Silencio.

ARQUITECTO. He construido una piragua.

EMPERADOR. *(Inquieto.)* ¿Te vas? ¿Me dejas solo?

ARQUITECTO. Remaré hasta llegar a otra isla.

EMPERADOR. *(Enfático.)* ¡Oh, joven afortunado, que has tenido a Homero como heraldo de tus virtudes!

ARQUITECTO. ¿Qué dices?

EMPERADOR. ¿Y tu madre?

ARQUITECTO. No he tenido madre, ya lo sabes.

EMPERADOR. Eres hijo de una sirena y un centauro. La unión perfecta. *(Muy triste.)* ¡Mamá, mamá! *(Da unos pasos como buscándola bajo su trono.)* ¿Dónde estás, mamá? Soy yo, estoy aquí solo. Todos me han olvidado, pero tú...

ARQUITECTO. *(Se ha puesto un velo sobre la cara. Hace de madre.)* Hijo mío, ¿qué te pasa? No estás solo. Soy yo, mamá.

EMPERADOR. Mamá, todos me odian; me han abandonado en esta isla.

ARQUITECTO. *(Muy maternal, le cobija en sus brazos.)* No, hijo mío; aquí estoy yo, para protegerte. No te sientas solo. Dime, cuéntaselo todo a tu madre.

EMPERADOR. Mamá, el Arquitecto me quiere abandonar. Se ha construido una piragua para irse y yo me quedaré aquí solo.

ARQUITECTO. *(Madre.)* ¡No seas así! ¡Ya verás cómo es por tu bien! Irá en busca de ayuda y vendrán a recogerte.

EMPERADOR. ¿Me lo aseguras, mamá?

ARQUITECTO. *(Madre.)* Sí, hijo mío.

EMPERADOR. Mamá, mamá, no te marches. Quédate siempre conmigo.

ARQUITECTO. *(Madre.)* Sí, hijo mío. Aquí estaré contigo día y noche.

EMPERADOR. Mamaíta, bésame. *(El Arquitecto se acerca para besarle, y el Emperador le rechaza violentamente.)* Apestas. Apestas. Pero ¿qué demonio has comido?

ARQUITECTO. Lo mismo que tú.

EMPERADOR. Pide cita con el dentista. Hueles que apestas. Que te ponga un empaste.

ARQUITECTO. Me prometiste...

EMPERADOR. Te prometí, te prometí... ¿Y qué? Tráeme mi caja de puros.

ARQUITECTO. *(Con reverencia.)* Como quiera vuestra majestad. *(Sale. Regresa con una piedra.)* ¿Es ésta la que quiere el señor?

EMPERADOR. Cuando digo puros, me refiero a "Genoveva y Casildo".

ARQUITECTO. *(Sale un momento. Vuelve con la misma piedra.)* Aquí los tiene el señor.

EMPERADOR. *(Toca la piedra. Mímica de que elige un buen puro, lo toma, lo huele, le corta la punta.)* ¡Ah! Perfume de los dioses. ¡Ah, los puros "Genoveva y Casildo"!

ARQUITECTO. *(Mímica de que le enciende el puro con un mechero.)* Tome lumbre el señor.

EMPERADOR. Pero, ¿cómo? ¿Con mechero? ¿Y tú eres un criado que ha pasado por la Universidad? ¡Qué vergüenza! ¡Un puro se enciende con cerillas! *(Cambiando de tono.)* ¿Y dónde tienes la piragua?

ARQUITECTO. En la playa.

EMPERADOR. *(Muy triste.)* Y ¿cuándo la has hecho? *(Sin dejar responder.)* ¿Por qué la has hecho sin decirme nada? Júrame que no te irás de improviso.

ARQUITECTO. Lo juro.

EMPERADOR. ¿Sobre qué?

ARQUITECTO. Sobre lo que quieras. Sobre lo más sagrado.

EMPERADOR. ¿Por la constitución de la isla?

ARQUITECTO. Pero ¿no es una monarquía absoluta?

EMPERADOR. ¡Silencio! ¡Aquí sólo hablo yo!

ARQUITECTO. ¿Cuándo me enseñas eso...?

EMPERADOR. Pero ¿de qué hablas? Llevas todo el santo día diciendo que te enseñe "eso", que te enseñe "eso". ¿Qué es lo que tengo que enseñarte?

ARQUITECTO. Me prometiste que hoy me enseñarías cómo se es feliz.

EMPERADOR. Ahora, no. Más tarde, sin falta.

ARQUITECTO. Siempre me dices lo mismo.

EMPERADOR. ¿Dudas de mi palabra?

ARQUITECTO. Cuando se es feliz, ¿cómo es?

EMPERADOR. Ya te lo contaré. ¡Qué impaciencia, qué impaciencia! ¡Ah, la juventud!

ARQUITECTO. ¿Sabes cómo lo veo yo? Pienso que cuando se es feliz se está con una persona que tiene la piel muy blanca y muy fina, y luego se le besa en los labios y todo se cubre de humo rosa y el cuerpo de esta persona se convierte en multitud de pequeños espejos, y al mirarla a ella, uno se reproduce millones de veces, y se pasea con ella en cebras y en panteras alrededor de un lago, y ella le lleva a uno atado por una cuerda, y cuando se le mira comienza a llover del cielo plumas de paloma que al caer en el suelo relinchan como caballitos, y luego se entra en una habitación y se pone uno con ella a andar por el techo cogidos de la mano... *(Hablando a gran velocidad.)* Y nuestras cabezas se cubren de serpientes que nos acarician, y las serpientes se cubren de erizos de mar que les hacen cosquillas, y los erizos de mar se cubren de escarabajos de oro llenos de regalos, y los escarabajos de oro...

EMPERADOR. ¡Sóoooooo!

ARQUITECTO. *(Se pone a cuatro patas.)* ¡Múuuuuu, múuuuuu! ¿Lo ves? ¡Soy una vaca!

EMPERADOR. ¡Calla, insensato!

ARQUITECTO. ¿Me masturbas?

EMPERADOR. ¿Ya no me respetas?

ARQUITECTO. *(Con grandes reverencias.)* Eres el Emperador ilustrísimo y sapientísimo de la poderosísima Asiria.

EMPERADOR. ¿Qué has soñado hoy?

ARQUITECTO. "Asiria, que es el mayor imperio del mundo occidental, en su lucha contra la barbarie del mundo oriental..."

EMPERADOR. ¡Bestia! Es al revés.

ARQUITECTO. Hablo del peligro amarillo.

EMPERADOR. ¿Te has vuelto revolucionario?

ARQUITECTO. ¿No es así?

EMPERADOR. ¡Hagamos la guerra!

Se preparan. Se acurrucan. Miman. Cogen "ametralladoras". Se disparan. Se arrastran por el suelo, cada uno frente al otro, camuflados, con cascos, cada uno con una bandera.

ARQUITECTO. *(Sólo se ve su bandera: un palo y unas bragas. Hablando como si fuera un locutor de radio.)* Aquí la radio de los vencedores. ¡Soldados enemigos! No os dejéis engañar por la propaganda falaz de vuestros oficiales. Os habla el General en jefe. Ayer hemos destruido con bombas de hidrógeno a toda la población civil de la mitad de vuestro país. ¡Rendíos como soldados y se os darán todos los honores de la guerra! ¡Por un mundo mejor!

EMPERADOR. *(Ídem.)* Aquí la radio oficial de los futuros vencedores. Os habla el Mariscal en jefe. ¡Soldados enemigos! ¡No os dejéis seducir por la demagogia de vuestros superiores! Ayer nuestros cohetes atómicos destrozaron a la población civil de vuestra nación, a la población civil de vuestra nación... a la población civil de vuestra nación... *(Como un disco rayado.)*

El Arquitecto sale de su sector, camuflado, con unas fotografías, y llora. El Emperador también sale llorando. De espaldas ambos, vestidos de soldados, con sus armas, lloran mirando las fotografías de sus civiles muertos. De pronto se vuelven, se miran, se encañonan y gritan: "¡Arriba las manos, traidor!". Los dos, manos arriba, tiran las ametralladoras y se miran asustados.

ARQUITECTO. ¿Es usted un soldado enemigo?

EMPERADOR. ¡No me mate!...

ARQUITECTO. No me mate a mí.

EMPERADOR. Pero bueno, ¿es así como lucha usted por un mundo mejor?

ARQUITECTO. Es que a mí me da mucho miedo la guerra. Yo estoy en mi trinchera, bien acurrucado, y nada. A ver si termina pronto.

EMPERADOR. Y me he puesto manos arriba delante de usted... ¡Qué asco!... ¡Pues vaya soldados que tiene el enemigo!

ARQUITECTO. Pues usted...

EMPERADOR. Es que yo no soy muy guerrero. Por aquí, por mi sector, todos, más bien lo que queremos es que esto termine pronto. Pero ¿qué mira en esas fotos?

ARQUITECTO. *(A punto de llorar.)* A todos los de mi familia, que los han matado ustedes con las bombas esas tan gordas.

EMPERADOR. ¡Vamos, hombre, no llores! Mira, también vosotros habéis matado a los míos.

ARQUITECTO. ¿También? ¡Pues vaya, qué desgraciados somos! *(Llora.)*

EMPERADOR. ¿Me permite que llore con usted?

ARQUITECTO. ¿No será una trampa de guerra?

Los dos lloran a lágrima viva.

EMPERADOR. *(Grandioso. Tira al suelo su atuendo de soldado.)* ¡Qué vida llevaba! Todas las mañanas mi padre venía a despertarme con un cortejo de bailarinas. Todas bailaban para mí. ¡Ah, la danza! ¡Un día te enseñaré la danza! Toda Asiria asistía a mi despertar gracias a la televisión. Luego venían las audiencias. Primero la audiencia civil, que recibía en la cama mientras mis esclavas hermafroditas me peinaban y vertían sobre mi cuerpo todos los perfumes de Arabia. Luego la audiencia militar, que recibía en el retrete; y por fin la audiencia eclesiástica... *(Muy inquieto.)* ¿Cuál es tu religión?

ARQUITECTO. La que me has enseñado.

EMPERADOR. Entonces, ¿crees en Dios?

ARQUITECTO. ¿Me bautizas?

EMPERADOR. ¿Cómo, no estás bautizado? Te condenarás: toda la eternidad te vas a quemar vivo día y noche y seleccionarán a las más bellas diablas para que te exciten y entonces te introducirán hierros candentes por el ano.

ARQUITECTO. ¡Pero si me habías dicho que iba a ir al cielo!

EMPERADOR. ¡Desgraciado! ¡Qué poco conoces de la vida!

ARQUITECTO. Confiésame.

El Emperador se sienta en el trono y el Arquitecto se pone de rodillas a sus pies.

ARQUITECTO. Reverendo padre: me acuso de...

EMPERADOR. ¿Pero qué farsa es ésta? ¿Otra vez soy yo el confesor? ¡Fuera de aquí, bellaco! No te confesaré. Morirás cubierto de pecados y toda la eternidad te asarás por mi culpa.

ARQUITECTO. He soñado que...

EMPERADOR. ¿Quién te manda contarme tus sueños?

ARQUITECTO. Pues me lo acabas de pedir.

EMPERADOR. ¿Qué me importan tus sueños?... Bueno. Cuéntamelos.

ARQUITECTO. Soñé que estaba solo en una isla desierta y que, de pronto, un avión se caía. Yo sentía verdadero pánico; corría por todas partes y hasta quise enterrar mi cabeza en la arena, cuando alguien me llamó desde atrás y...

EMPERADOR. No sigas. ¡Qué sueños tan extraños! Freud, auxíliame.

ARQUITECTO. ¿Es un sueño erótico, también?

EMPERADOR. ¿Y cómo no iba a ser erótico?

ARQUITECTO. *(Coge un látigo y se lo ofrece.)* ¿Me pegas?

EMPERADOR. *(Condescendiente.)* Bueno. ¿Qué papel hago ahora?

ARQUITECTO. No sé, me trae sin cuidado. Pégame, pero pégame.

EMPERADOR. ¿Hago de tu madre?

ARQUITECTO. ¡Hala, de prisa; pégame! No puedo más. *(Está con la espalda al aire esperando los latigazos.)*

EMPERADOR. ¿Pero qué son esas prisas? ¿Ahora al señor hay que servirle inmediatamente? Dicho y hecho.

ARQUITECTO. ¡Pégame una vez! Sólo diez latigazos. *(En tono de súplica.)* Vamos, empieza.

EMPERADOR. ¡Sólo diez latigazos! ¡A mi edad!... Pero ¿crees que soy el joven Hamlet saltando por entre las tumbas de sus podridos antepasados?

ARQUITECTO. Pégame, pégame: ¡ya no resisto más! Me duele aquí.

EMPERADOR. Ya voy, ya voy. No hace falta que te pongas histérico. Te azotaré. Pero, ¿cuántas veces?

ARQUITECTO. Las que quieras, pero pégame de prisa. Si me pegas fuerte una vez bastará.

EMPERADOR. ¿Dónde hay que pegar al señor? ¿En sus sonrosadas nalgas, en su espalda de ébano, en sus muslos como columnas elegiacas de la inmortal Esparta?

ARQUITECTO. Pégame, pégame.

EMPERADOR. Bueno, ya voy.

Con una gran solemnidad le da un azote muy lento y de una extremada suavidad. El látigo apenas si le roza. El Arquitecto se tira al Emperador, le quita el látigo y se fustiga dos veces violentísimamente. Cae al suelo como loco, se levanta y se marcha.

ARQUITECTO. Me voy para siempre.

El Emperador solo en escena se pasea enfático.

EMPERADOR. Bueno, seremos shakespearianos. Esto me da pie a un monólogo. *(Solloza. Se suena con un gran pañuelo.)* ¡Oh, al fin solo! *(Se pasea con agitación.)* Pero, ¿cómo haré para redimir a la Humanidad yo solo? *(Mima la crucifixión. De pronto chillando.)* Arquitecto... Arquitecto. *(Más bajo.)* Perdóname. *(Solloza. Se suena con un pañuelo y mima la crucifixión.)* Los pies, sí. Los pies me los clavo mejor que un centurión, pero... *(Mímica de la dificultad de clavarse las manos.)* ¡Arquitecto...! Ven. Te pegaré cuantas veces quieras, y todo lo fuerte que desees... *(Llora. Entra el Arquitecto. Muy digno el Empera-*

dor deja de sollozar.) ¿Tú, aquí? ¿Escuchas tras las puertas? ¿Me espías?

ARQUITECTO. ¿No te has enfadado?

EMPERADOR. ¿Te pego?

ARQUITECTO. Ya no hace falta.

EMPERADOR. ¿Te he hablado alguna vez de mis catorce secretarias?

ARQUITECTO. "Las-catorce-secretarias-siempre-desnudas-que-escribían-las-obras-maestras-que-tú-les-dictabas..."

EMPERADOR. ¿Te atreves a reírte de mi literatura? Has de saber que fui premio... Pero ¿cómo se llamaba ese premio, hombre?

ARQUITECTO. "Premio-Nobel-y-lo-rechazaste-porque...

EMPERADOR. ¡Cállate, energúmeno! ¿Qué entiendes tú de moral?

ARQUITECTO. La moral limita al Norte con el Mar Caspio. Al Sur...

EMPERADOR. ¡Bestia! Lo mezclas todo. Eso es Asiria. Confundir Asiria con la moral... ¡Qué bárbaro! ¡Qué salvaje!

ARQUITECTO. ¿Apago?

EMPERADOR. Haz lo que quieras.

ARQUITECTO. Lo-lo-mil-loloooo-looo.

El cielo se oscurece ante las palabras del Arquitecto y llega la noche. Oscuridad total.

VOZ DEL EMPERADOR EN LA OSCURIDAD. ¡Otra vez con tus bromas! Estoy harto... Haz que vuelva el día, que vuelva la luz. Aún no me he lavado los dientes.

VOZ DEL ARQUITECTO. Pero me habías dicho que hiciera lo que quisiera.

VOZ DEL EMPERADOR. Todo lo que quieras, salvo que hagas la noche.

VOZ DEL ARQUITECTO. Ya voy, hombre.

VOZ DEL EMPERADOR. ¡De prisa!

VOZ DEL ARQUITECTO. ¡Mi-ti-rrii-tiii!

Vuelve el día con la misma facilidad que se fue.

EMPERADOR. No me vuelvas a dar estos sustos.

ARQUITECTO. Creí que querías dormir.

EMPERADOR. No te metas tú en eso. Bastantes cosas tenemos que llevar nosotros mismos. Deja que la naturaleza se encargue del sol, de la luna.

ARQUITECTO. ¿Me enseñas por fin la filosofía?

EMPERADOR. ¿La filosofía? ¿Yo? *(Sublime.)* La filosofía... ¡Qué maravilla! Un día te enseñaré esa extraordinaria conquista humana. Ese invento maravilloso de la civilización. *(Inquieto.)* Dime, pero ¿cómo haces eso de hacer la noche y el día?

ARQUITECTO. Pues nada, es muy sencillo. Ni sé cómo lo hago.

EMPERADOR. ¿Y esas palabras que mascullas...?

ARQUITECTO. Las digo porque sí. Pero también la noche puede llegar sin esas palabras... Basta con que lo desee.

EMPERADOR. *(Intrigado.)* Esas palabras... *(Recuperándose.)* ¡Pobre incivil! No has visto nada. Te he hablado de la televisión, de la Coca-Cola, de los tanques, de los museos de Babilonia, de nuestros ministros, de nuestros Papas, de la inmensidad del océano, de la profundidad de nuestras teorías...

ARQUITECTO. Cuéntame, cuéntame.

EMPERADOR. *(Majestuoso, sentándose en el trono.)* Pájaro... tú, el de esa rama, tráeme inmediatamente una pierna de corzo, ¿me oyes? Soy el Emperador de Asiria. *(Espera señorial. Luego inquieto.)* ¿Cómo? ¿Te rebelas contra mi poderío infinito, contra mi ciencia y mi elocuencia soberanas, contra mi verbo y mi soberbia? Te digo que me traigas inmediatamente una pierna de corzo. *(Espera unos instantes. El Emperador coge una piedra y la tira contra una rama.)* ¡Muere entonces! Sólo tendré súbditos obedientes...

ARQUITECTO. A los pies del más poderoso de los emperadores de Occidente. *(Se arrodilla a sus pies.)*

EMPERADOR. ¿Cómo, de Occidente sólo? De Occidente y de Oriente. ¿Ignoras que Asiria ya ha lanzado satélites habitados a Neptuno? Dime, ¿hay alguna hazaña comparable a ésa?

ARQUITECTO. Nadie hay tan poderoso en nuestra amada Tierra.

EMPERADOR. ¡Ay, el corazón! ¡La camilla! *(El Emperador se contorsiona de dolor. El Arquitecto trae una camilla.)* ¡Mi corazón!... óyelo. Me siento muy mal. ¡Ah... este débil corazón mío! *(El Arquitecto se inclina sobre el corazón del Emperador y le ausculta.)*

ARQUITECTO. ¡Tranquilízate, Emperador! ¡Creo que no es nada!... Reposa; se te pasará como otras veces.

EMPERADOR. *(Con la voz entrecortada.)* No; esta vez es muy serio. Me siento desfallecer. Seguro que es un infarto de miocardio.

ARQUITECTO. El pulso lo tienes casi normal.

EMPERADOR. Gracias, hijo mío. Ya sé que quieres tranquilizarme.

ARQUITECTO. Duerme un momento; ya verás cómo se te pasa.

EMPERADOR. *(Muy inquieto.)* Mis últimas palabras... las he olvidado... Dime, dime, ¿cuáles son?

ARQUITECTO. "Muero y estoy contento: dejo un mundo perecedero para entrar en la inmortalidad." Pero no te preocupes de eso.

EMPERADOR. Quiero decirte una cosa, una cosa que nunca te había confesado. Quiero morir disfrazado. *(Pausa.)* Disfrazado de *(Muy snob.)* Bishop of Chess.

ARQUITECTO. ¿Cómo?

EMPERADOR. Bishop of Chess. Bishop es el alfil de ajedrez. Accede a mi deseo. Es muy sencillo. Me metes un palo entre las piernas para que pueda permanecer de pie como una ficha de ajedrez y me cubres de un caparazón de obispo loco.

ARQUITECTO. Tu voluntad se cumplirá.

EMPERADOR. ¡Ay... me muero... me muero! ¡Haz lo que te pido! *(El Arquitecto trae un palo y un saco de arpillera y coloca ambas cosas al Emperador. Hace una abertura en el saco para que se vea la cara del Emperador.)* ¡Ay, ay, mamá, mamaíta, me muero!

ARQUITECTO. Te vas a curar... Tranquilízate. Ya estás vestido de Bishop of Chess.

EMPERADOR. Bé...sa...me... *(Se besan jadeantes.)* ¡Me muero... y estoy satisfecho, dejo este mundo mortal para...!

Su cabeza cae. El Arquitecto llora desconsoladamente. Le toma la mano y se la besa.

ARQUITECTO. *(Llorando.)* ¡Ha muerto... ha muerto!...

Por fin le mete vestido de Bishop of Chess en un ataúd. Cierra el ataúd. Se pone a cavar, llorando. De pronto la tapa del ataúd se levanta y surge el Emperador quitándose el disfraz de Bishop of Chess.

EMPERADOR. ¡Animal, bestia! ¡Ibas a enterrarme! ¡Zampatortas, hermafrodita, ciempiés!

ARQUITECTO. ¿Pero no me habías dicho eso?

EMPERADOR. ¿Enterrarme? ¡Bestia, más que bestia! Y luego me despierto en un ataúd y ¿quién me saca de allí? Tres metros de tierra sobre mí.

ARQUITECTO. La última vez...

EMPERADOR. Te he dicho que hay que incinerarme... Y mis cenizas... *(Sublime.)* las lanzarás al mar como las de Byron, las de Shakespeare, las del Ave Fénix, las de Neptuno y las de Plutón.

ARQUITECTO. El otro día te enfadaste porque te iba a incinerar; dijiste que te ibas a despertar con el culo medio quemado y dando saltos y gritando ¡viva la República!

EMPERADOR. *(Muy serio.)* Te lo consiento todo, pero con mi muerte ten mucho cuidado. Ni un error; y esta vez todo han sido errores. ¡Qué profundísima desgracia la mía!

ARQUITECTO. Me voy con la piragua.

EMPERADOR. *(Humilde.)* ¿Adónde?

ARQUITECTO. A la isla de enfrente. Seguro que está habitada.

EMPERADOR. ¿Qué isla? Nunca he visto isla por aquí.

ARQUITECTO. Aquella, la que está allí.

EMPERADOR. No la veo.

ARQUITECTO. La montaña te lo impide. Voy a retirarla. *(El Arquitecto da una palmada y se oye un ruido fabuloso.)* ¿La ves ahora?

EMPERADOR. ¿Mueves las montañas? ¿También mueves las montañas...? *(Con sinceridad.)* No te marches... Haré lo que quieras... Te nombraré Emperador de Asiria. Abdicaré.

ARQUITECTO. Me iré y tendré una novia.

EMPERADOR. ¿No te basta conmigo?

ARQUITECTO. Me pasearé por las ciudades, y sembraré las calles de botellas para que los adolescentes se emborrachen, y construiré columpios para que las abuelas enseñen las nalgas, y me compraré una cebra a la que pondré zapatos de ante para que le salgan ampollas, y seré muy feliz conociendo a todo el mundo y veré...

EMPERADOR. Arquitecto, confiesa que me odias.

ARQUITECTO. No, no te odio.

EMPERADOR. Te regalo mis sueños, ¿quieres?

ARQUITECTO. Siempre sueñas lo mismo... siempre el Bosco, siempre el Jardín de las Delicias... Ya estoy harto de ver mujeres a las que se les mete rosas en el culo.

EMPERADOR. No eres un artista, eres un patán. No conoces lo sublime, sino la escoria.

ARQUITECTO. ¿Qué es mejor? ¡No me lo has enseñado...!

EMPERADOR. Vete a mi guardarropa imperial y coge el traje que quieras.

ARQUITECTO. Cuando me marche, tendré todos los trajes que desee: me vestiré con cerillas, de un modo vago e indefinible, tendré calzoncillos de hojalata y corbatas eléctricas, tendré chaquetas hechas con tazas de café y camisas gris perla rodeadas de una cadena infinita de camiones cargados de casas...

EMPERADOR. ¿Te circuncido? Conservaré tu prepucio sobre un altar y hará milagros como los 56 de Cristo.

ARQUITECTO. ¿Me enseñas filosofía?

EMPERADOR. La filosofía... ¡Ah! la filosofía. *(De pronto se pone a cuatro patas.)* Soy el elefante sagrado. Sube encima de mí. Vamos a ganar el año santo de Brama. *(El Arquitecto sube sobre él.)* Pon la cadena en torno a mi trompa, y ahora arréame y reza. *(Miman.)*

ARQUITECTO. ¡Arree, elefante blanco!

EMPERADOR. Soy el elefante sagrado, es decir, soy rosa.

ARQUITECTO. ¡Arreee, elefante sagrado rosa! Vamos en peregrinación a ver a Brama, con sus catorce manos... Vamos a que nos bendiga catorce veces por segundo. ¡Viva Dios! *(El Emperador le tira.)*

EMPERADOR. ¿Qué sacrilegio has dicho?

ARQUITECTO. ¡Viva Dios!

EMPERADOR. ¿Viva Dios? ¡Ah, pues la verdad es que no sé si es sacrilegio! Tendría que leer la suma teológica o por lo menos la Biblia en tebeo.

ARQUITECTO. Antes de irme, quiero hacerte una confesión.

EMPERADOR. Cuéntamelo todo. Soy tu padre, tu madre... todo para ti. *(Pausa.)* Un momento, el teléfono rojo. Me llaman. *(Mima ceremoniosamente.)* Sí, aquí el Presidente. *(Pausa.)* Hable, hable. *(Pausa.)* Querido Presidente, ¿cómo está? *(Pausa.)* ¡Qué simpático y qué bromista! *(Haciendo como si se ruborizara.)* ¿Una declaración? Presidente, que ya no estamos en la escuela. *(Pausa.)* No se ponga así... No sabía que era usted homosexual... Hacerme una declaración a mí, viejo verde... pillín... *(Pausa.)* ¿Cómo? ¿Una declaración de guerra a mi pueblo? *(Pausa; en cólera.)* Desde lo alto de estos rascacielos diez mil siglos le contemplan. Le extirparé como una mosca extirpa un elefante salvaje. Mi pueblo invadirá su pueblo y hará con él... ¿Cómo dice? ¿Que una bomba de hidrógeno va a estallar sobre nuestra cabeza dentro de treinta segundos? ¡Mamá, mamá...! *(A su secretario.)* ¡Un paraguas! *(El Arquitecto abre un paraguas, ambos se cobijan bajo él. Al teléfono.)* ¡Mal educado!... ¡Criminal de guerra!... ¡Matasuegras! *(Al Arquitecto.)* Y pensar que todo lo teníamos preparado para enviarles nuestras bombas por sorpresa mañana a las cinco. Mi reino por un Ave Fénix.

Mímica del ruido de la caída de la bomba. "Mueren" víctimas de ella. Caen entre los matorrales. A los pocos instantes salen de entre ellos el Emperador y el Arquitecto haciendo de mono y mona, rascándose la cabeza... Miran la desolación en que ha quedado todo tras la bomba.

ARQUITECTO. *(Mona.)* "¡Mmmmm! ¡Mmmm! No ha quedado ni un hombre con vida tras la explosión atómica."

EMPERADOR. *(Mono.)* "Mmmm. Mmmm. Papá Darwin."

Los dos monos se besan apasionadamente.

ARQUITECTO. *(Mona.)* Habrá que volver a empezar. *(Se van hacia un rincón propicio apartado.)*

EMPERADOR. *(Cambiando totalmente de tono.)* Te prohíbo que te marches. Te prohíbo que me hagas una última confesión. Aquí soy yo quien manda y te ordeno que destruyas la piragua.

ARQUITECTO. Voy.

EMPERADOR. ¿Qué son esas prisas? Esta juventud alocada, todo dicho y hecho. Dime, ¿no eres feliz conmigo?

ARQUITECTO. ¿Qué significa ser feliz? No me lo has enseñado.

EMPERADOR. Feliz, feliz significa... *(Colérico.)* ¡Coño, yo qué sé! *(Con ternura.)* ¿Has ido ya hoy?

ARQUITECTO. Sí.

EMPERADOR. ¿Cómo lo has hecho, duro o blando?

ARQUITECTO. Pues...

EMPERADOR. *(Muy inquieto.)* ¿Cómo? ¿No lo sabes? ¿Por qué no me has avisado? Ya sabes cómo me gusta vértelo hacer.

ARQUITECTO. Más bien blando y olía...

EMPERADOR. No me hables de olores. *(Pausa.)* Yo sigo estreñido. *(Pausa.)* Qué diferente hubiera sido si hubieras hecho el Bachillerato, si hubieras estudiado una licenciatura... cualquier cosa. No nos comprendemos. Somos dos mundos diferentes.

ARQUITECTO. Yo... *(Sinceramente.)* Te quiero...

EMPERADOR. *(Muy emocionado y a punto de llorar.)* Te burlas de mí...

ARQUITECTO. No.

EMPERADOR. *(Se suena, da una vuelta sobre sí mismo y, por fin, se sobrepone.)* No puedes imaginártelo. Todas las mañanas, al levantarme, la televisión de Asiria transmitía mi despertar. Mi pueblo contemplaba el espectáculo con tal devoción que las mujeres lloraban y los hombres repetían mi nombre en un susurro. Luego acudían a verme trescientas admiradoras mudas y desnudas que cuidaban mi delicado cuerpo con esencias de rosas...

ARQUITECTO. Cuéntame cómo es el mundo.

EMPERADOR. ¿El mundo civilizado, quieres decir? ¡Qué maravilla! Durante miles de siglos el hombre ha almacenado conocimientos y ha enriquecido su inteligencia hasta llegar a la maravillosa perfección que hoy es la vida. Por todas partes la felicidad, la alegría, la tranquilidad, las risas, la comprensión. Todo está creado para hacer la vida del hombre más sencilla, su felicidad más grande y la paz más duradera. El hombre ha descubierto todo lo que es necesario para su bienestar, y hoy es el ser más feliz y tranquilo de toda la creación. Un cuenco de agua.

ARQUITECTO. *(Dirigiéndose a un pájaro que el espectador no ve.)* Pájaro, tráeme un cuenco de agua. *(Breve espera. El pájaro vuela y el Arquitecto estira la mano y recoge el cuenco que le tiende el pájaro.)* Gracias.

EMPERADOR. *(Tras beber en el cuenco.)* ¿Pero cómo? ¿Ahora hablas a los pájaros en mi lengua?

ARQUITECTO. Es lo de menos. Lo importante es lo que pienso. Nos transmitimos el pensamiento.

EMPERADOR. *(Amedrentado.)* Dime muy seriamente: ¿lees también mi pensamiento?, ¿lo ves?

ARQUITECTO. Quiero escribir. Enséñame a ser escritor. Tú tienes que haber sido un gran escritor.

EMPERADOR. *(Halagado.)* ¡Menudos sonetos! ¡Menudas piezas de teatro, con sus monólogos, sus apartes...! Nunca hubo mejor escritor que yo. Los mejores me copiaron. Beethoven, D'Annunzio, James Joyce, Carlos V, el mismísimo Shakespeare y su sobrino Echegaray.

ARQUITECTO. Dime cómo la mataste.

EMPERADOR. ¿A quién?

ARQUITECTO. Pues a...

EMPERADOR. Pero, ¿cuándo, cómo te he hablado de eso?

ARQUITECTO. ¿Te has olvidado?

EMPERADOR. ¿Olvidarme yo? *(Pausa.)* Oye, ¿sabes? Me retiro de la vida. Quiero meditar tan sólo. Ponme la cadena.

ARQUITECTO. ¿Por qué te vas a retirar ahora?

EMPERADOR. *(Solemne. Religioso.)* Óyeme: son mis últimas palabras. Estoy harto de vivir. Quiero alejarme de todo lo que aún me une al mundo. Quiero separarme de ti. No me vuelvas a hablar. Quedaré solo con mis meditaciones.

ARQUITECTO. ¿Es un nuevo juego?

EMPERADOR. No. Es la verdad. Además, quiero irme acostumbrando para cuando te marches con la piragua.

ARQUITECTO. No me iré.

EMPERADOR. No hablemos más. La cadena.

El Arquitecto trae la cadena. El Emperador se ata con ella un tobillo y después a un árbol.

ARQUITECTO. ¿Adónde vas?

EMPERADOR. Entro en la cabaña. No me vuelvas a dirigir la palabra.

ARQUITECTO. Pero...

EMPERADOR. *(Entra en la cabaña. Solemne.)* Adiós... *(El Emperador desaparece en el interior de la cabaña.)*

ARQUITECTO. Oye, bueno, que ya sé que es un juego. Sal de ahí. *(Silencio. Poco a poco salen por el ventanuco las prendas del Emperador.)*

ARQUITECTO. Pero, ¿cómo, te desnudas? Vas a coger frío. *(Mira a través del ventanuco. Por fin, desde el interior, el Emperador cierra el ventanuco.)*

ARQUITECTO. Pero, oye, deja por lo menos que te vea. Abre *(Pausa. Aplicando el oído.)* Pero ¿cómo, estás rezando? Abre de una vez. ¿Me oyes? Deja ya de murmurar. ¿Será posible que reces ahora? ¿Te vas a morir? Voy a contarte mi sueño. Escucha. Soñé que era una sabina y vivía en una ciudad muy antigua. Un día vinieron dos guerreros con Casanova y Juan Tenorio al frente y me raptaron. ¿Te interesa? *(Pausa. Mira hacia los matorrales.)* Serpiente, tráeme un cochinillo. *(Se mete en los matorrales y se agacha.)* Pero qué rápida eres. Gracias, gracias. *(Vuelve con una pata de cochinillo.)* Emperador de Asiria, tus admiradoras te acaban de traer un cochinillo. Huélelo. *(Lo airea ante el ventanuco.)* Pero si es lo que más te gusta. ¿Cómo es que no sales a por él? *(Silencio. El Arquitecto sale y vuelve vestido sucintamente de mujer con un traje de quita y pon.)* Mira a través de la rendija; mira qué mujer tan bella ha llegado a la isla. *(El Arquitecto evoluciona coquetamente. Con voz de mujer.)* Emperador, salga, soy su humilde esclava. Le traigo todos los licores, los manjares más sabrosos y mi cuerpo escultural le pertenece. *(Pausa. Dirigiéndose a sí mismo, con voz de mujer.)* ¿Qué puedo hacer para que el hombre de mis sueños salga a verme? *(Con su propia voz.)* ¿Qué puedo hacer para que el hombre de mis sueños salga a verme? *(Con su propia voz.)* Usted, que es una mujer, lo sabrá mejor que yo. Además, es tan celoso que apenas me atrevo a estar cerca de usted. *(Con voz de mujer.)* Emperador, salga un momento, que mis labios rocen sus divinos labios, que mis manos acaricien su cuerpo de ébano, que nuestros vientres se unan para siempre. *(Con su voz.)* Usted que es tan bella, tan parecida a la madre del Emperador. ¿Cómo es capaz de resistir a tantos encantos? *(Con voz de mujer.)* ¡Oh, Emperador cruel como las hienas del desierto! Si me abandona de esta manera, tendré que echarme en los brazos de su Arquitecto! *(Con su voz.)* ¡Oh, joven apuesto; cierro los ojos y al abrazarle siento que estoy entre los brazos del Emperador! ¡Oh, qué joven, qué seductor es usted! Qué razon tiene el adagio: a tal Emperador, tal siervo. Déjeme que le bese su vientre de fuego. *(Con su voz.)* No me bese tan apasionadamente. El Emperador es celosísimo. *(Con voz de mujer.)* ¡Basta, no lo resisto! ¡Qué bella es usted, qué fascinante! Aunque salga el Emperador y me mate de celos, caigo víctima de sus encantos. *(Ruido de besos. Murmullos apasionados y de pronto el Arquitecto va furioso al ventanuco.)* No te hablo más. Y no me digas luego que quieres ser mi amigo. No quiero volverte a ver. Me voy con la piragua. Me marcho para siempre. No te digo ni adiós; dentro de unos minutos estaré camino de la isla de enfrente.

Sale furioso y decidido. Largo silencio. Se oye el murmullo de los rezos del Emperador. Al poco tiempo los murmullos se hacen más fuertes. La puerta de la cabaña se abre. Aparece el Emperador, tan sólo vestido con un pequeñísimo taparrabos.

EMPERADOR. *(En tono de meditación.)* ...Y me construiré una jaula de madera y me encerraré dentro. Y desde allí perdonaré a la Humanidad todo el odio con que siempre me acogió. Y perdonaré a mi padre y a mi madre el día en que, uniendo sus bajos vientres, me crearon. Y perdonaré a mi ciudad, a mis amigos, a mis familiares, el haber desconocido siempre mis méritos e ignorado quién soy, lo que valgo, y perdonaré, y perdonaré... *(Inquieto mira para un lado y otro y mientras habla construye un espantapájaros que pone en el trono.)* ¡Ah, encadenado, y al fin solo! Nadie me contradirá, nadie se reirá de mí, nadie verá mis flaquezas. ¡Encadenado! ¡Qué felicidad! ¡Vivan las cadenas! Mi universo, una circunferencia cuyo radio tiene la longitud de la cadena... *(La mide.)* Digamos, tres metros. *(Vuelve a medir.)* ...Es decir... es decir, dos metros y medio... a no ser que sean tres metros y medio. Pues si el radio es de tres metros, pongamos cuatro, no quiero hacer trampas, la superficie será de π^2, es decir, tres, uno, cuatro, uno, seis... etcétera. Erre que son tres, al cuadrado, nueve, por pi..., son unos doce metros cuadrados. ¡Qué más quisieran en los barrios populares! *(Medio llora. Se suena. Con sus ropas de Emperador de Asiria comienza a vestir al espantapájaros mientras continúa su monólogo. Intenta subirse en un árbol, sin lograrlo. Salta, quiere mirar a lo lejos. Por fin grita:)* ¡Arquitecto... Arquitecto, ven... no me dejes solo! Me siento muy solo. ¡Arquitec...! *(Se repone.)* Tendré que organizarme; nada de negligencias. Diana a las nueve de la mañana. Lavarme un poquito. Meditación. Pensar en la cuadratura del círculo. Quizá escribir sonetos, y la mañana se pasará volando. A la una, comida; abluciones. Luego un poco de siesta. Una paja larga, con buena técnica, tres cuartos de hora. ¡Qué pena no tener una novela pornográfica! Bueno, me acordaré de esa actriz, ¿cómo se llama?, tengo su nombre en la punta de la lengua, con sus piernas arqueadas, tan extrañas, tan seductoras, y esa cabellera rubia, tan bella, y ese vientre prominente... ¡Soooo! Tras la siesta... *(Cuida de los detalles para que el espantapájaros reproduzca exactamente su propia silueta.)* Ya estás hablando contigo mismo..., te vuelves esquizofrénico. No puedes hacer eso. Tu equilibrio. *(Pausa.)* Por la tarde una hora para recordar a mi familia, otra para recordar al Arquitecto. Bueno, mejor media hora. O más bien un cuarto de hora, no se merece más. Luego la cena, las abluciones, y por fin a la cama... Pongamos a las diez. Tres o cuatro horas para conciliar el sueño y mañana será otro día. ¡Lo que voy a ahorrar! Ni cine, ni periódicos, ni una Coca. *(Mientras habla se quita la cadena; mira de un lado para otro y grita tristemente:)* ¡Arquitecto, Arquitecto, vuelve! *(Imitando la voz del Arquitecto.)* Ascensor, ascensor, ascensor. *(Humilde, mirando al espantapájaros.)* No me riñas, ya sé que llevas dos años enseñándome a hablar y aún no sé decir la palabra con corrección. *(Le hace una gran reverencia.)* Cuéntame, Emperador, cómo te despertabas en Asiria con la música de un ejército de flautistas. La televisión retransmitía tu despertar, ¿no es eso?. Y cien mil esclavas encadenadas y marcadas con tu hierro venían a lavar y a frotar cada célula de tu divino cuerpo con jarabes de Afganistán. *(Hace como que escucha al emperador.)* ¡Oh, no, mi vida no tiene importancia! *(Pausa.)* No, no es que me haga de rogar, pero no tiene ningún interés. *(Avergonzado.)* Bueno, al final ya tenía un buen sueldo, no se vaya a creer. ¡Qué contenta se puso mi mujer cuando por fin me lo aumentaron! De haber continuado, hubiera llegado a subir por el ascensor principal y hubiera llegado a tener la llave del retrete del Director General. *(Pausa. Sale. Vuelve con unos faldones de hierba que se pone ceremoniosamente mientras prosigue su relato.)* ¿Quién se lo ha dicho? Cuando entré estaban los dos desnudos sobre la cama. Él dijo: "Ven a ver cómo violo a tu mujer". *(Pausa.)* Ella resistía con todas sus fuerzas y me pareció que lloraba. Suplicaba: "¡No, no!" Luego dejó de forcejear y jadeó mientras le besaba el hombro: sólo se le veía el blanco de los ojos. Cuando todo acabó, ella se puso a llorar y él rió a carcajadas *(Pausa.).* La misma escena se repitió varias veces. Por fin, él se levantó riendo y me dijo: "Ahí tienes a tu mujer." Entonces me acerqué a ella, le acaricié la espalda y, de repente, se puso a gritar. *(Se sienta en el suelo, se coloca de cuclillas y llora.)* Pero nos queríamos. Era muy buena conmigo. En cuanto tenía el menor catarro, ya estaba poniéndome cataplasmas. *(Pausa.)* Y mis superiores también me querían y hasta me dijeron un día que me nombrarían... *(Pausa. Llora.)* ¿Mi madre...? *(Pausa.)* Ya no me quería como cuando era niño; me odiaba a muerte. Mi mujer sí me quería. *(Pausa.)* No, amigos sí que tuve, pero... claro, tenían envidia de mí... ¡Menudos celos de todo lo mío! *(Salta intentando subirse en un árbol sin lograrlo. Mira hacia la lejanía. Por fin grita:)* ¡Arquitecto...! ¡Arquitecto...! ¡Arquitecto...! Ven, no me dejes solo, me siento demasiado solo. ¡Arquitectooooo! ¡Arqui...! Debería llamarle Arqui, hace más fino. *(Se repone.)* Claro, al final ya no veía a mis amigos. También es que tenía mucho trabajo y no podía atenderles. Cuando se trabaja ocho horas diarias y se toman trenes y el metro... No me daba tiempo de nada... Además, mis superiores me dijeron que era indispensable en el trabajo. *(Pausa.)* De niño, ¡qué diferente era! ¡Qué sueños tenía! Una vez que tuve una novia me puse a volar, pero ella no se lo creyó. Y sabía que un día sería Emperador, como usted. Emperador de Asiria, eso esperaba que llegaría a ser. ¿Quién me iba a decir que le iba a encontrar? Soñaba que iba a ser el primero en todo, que escribiría y sería un gran poeta; pero créame, si hubiera tenido tiempo, si no hubiera tenido que trabajar tanto, ¡menudo poeta hubiera sido! Y hubiera escrito un libro como los *Caracteres* de La Bruyère. De ese modo todos mis enemigos, que tantos celos tenían de mí, hubieran recibido duras lecciones. No se escaparía ni uno. *(Risita un poco boba.)* Emperador, ¿qué quiere que haga? Soy su subordinado. ¿Se aburre? Mándeme. *(Pausa.)* Ahora mismo lo hago. Ya verá cómo se divierte. *(Sale y vuelve con un orinal. Se instala en mitad del escenario. Hace esfuerzos tras haberse sentado sobre el recipiente.)*

EMPERADOR. No puedo. Estoy estreñido. *(Tras largo silencio, muy compungido, se levanta y se marcha con el orinal. Vuelve sin él. Se pone a llorar.)* Pude haber sido relojero. Hubiera sido libre; hubiera ganado mucho dinero. Yo sólo en casa, arreglando relojes, sin jefes, sin superiores, sin nadie que se riera de mí. *(Lloriquea.)* De niño era diferente. *(Se anima.)* ¿Sabe? Faltó poco para que tuviera una querida. ¡Qué elegante hubiera hecho! Yo con una querida... Era muy rubia, muy guapa... Fuimos muy felices. Nos encontramos en el parque y hablamos, y hablamos durante mucho tiempo. Quedamos citados para el día siguiente. Estaba seguro de que me quería... Bueno, de que no le era indiferente. Me pasé la noche dibujándole un corazón atravesado por una flecha; un corazón grande, como los de las iglesias, y todo el rojo lo dibujé con mi propia sangre. Venga a picarme en los dedos... ¡El daño que me hice! *(Mira a lo lejos y grita desconsoladamente.)* ¡Arquitectoooo! ¡Arquitecto! *(Se tranquiliza.)* Bueno, a lo mío. ¿Por dónde iba? ¡Ah!... Y venga a pensar en ella... Era rubia, muy guapa... Cuando la miraba todo mi cuerpo se cubría de escamas, y me parecía que yo entero era un pez que pasaba entre sus piernas. Resultó muy bonito el corazón... Quizá demasiado redondo, y a la flecha le puse mi nombre. Mientras lo dibujaba, me parecía que volaba con ella por los aires, y que nos perdíamos en el cielo, y que todo su cuerpo eran labios y manos para mí. ¡Qué bonito quedó todo! El corazón, la flecha, las gotas que caían... Era simbólico. Lo malo es que luego la sangre quedó muy oscura... Era tan guapa, tan rubia... Hablamos por lo menos media hora en el parque... De banalidades, eso parecía: el tiempo, dónde estaba tal calle, tal otra... Pero tras ello bien veía que hablamos de nuestro amor. Ella me quería, no cabía duda. Cuando me decía: "Hace menos frío que el año pasado" comprendía que quería decirme: "Nos marcharemos juntos y comeremos erizos de mar mientras cubro tus manos y tu pubis con cámaras fotográficas." Y cuando yo le respondía: "Sí, el año pasado por esta época, hubiera sido imposible pasearse a estas horas por el parque." En realidad era como si le dijera: "Eres como todas las gaviotas del mundo a la hora de la siesta. Duermes sobre mí como pájaro que entra en una botella de cristal. Siento el palpitar de tu corazón y el ritmo de tu respiración en todos los poros de mi piel, y de mi corazón brota un surtidor de agua cristalina para bañar tus pies blancos"... Y aún pensaba más cosas. Por eso me pasé la noche entera haciéndole el dibujo. Y como no sabía su nombre, decidí llamarla Lis. Al día siguiente fui a la cita. ¡Qué emocionado estaba! Apenas había trabajado en la oficina. Mis jefes me encontraron raro. ¡Menudo día pasé pensando en ella!... Me pregunté si le diría algo a mi mujer, pero no le dije nada. Cuando llegué al parque... *(Casi llora.)* Bueno, debió confundirse; no lo entendería bien... Una semana me pasé yendo al parque... Cinco horas cada noche, por lo menos. ¡Seguro que la pilló un coche! No podía ser de otro modo. *(Cambia de tono.)* Voy a bailar para usted. *(Ejecuta una danza grotesca.)* Hubiera bailado divinamente, como un dios. ¿Qué le parece? *(Baila. Recita.)*

"¡Pobre barquilla mía,
sin velas desvelada
y entre las olas, sola!"

No debía haber caído aquí. ¿Cuándo va a recibir las audiencias Vuestra Majestad? *(Se quita la falda y queda con un taparrabos.)*

¿Quiere que me vista? *(Sale. Vuelve con bragas de mujer oscuras, con encaje.)* Huelen muy bien. *(Las huele y se las pone.)* Y luego Dios y sus criaturas, nosotros. *(Mira el efecto de las bragas.)* No está mal, ¿eh, Emperador?... ¿Sabe que me jugué al tilt, a la máquina, la existencia de Dios? Si de tres partidas ganaba una, Dios existía. No lo puse difícil, y además, con lo bien que manejo los flipers... Y era una máquina que conocía: encendía los pasillos a las primeras de cambio. Hago la primera partida: seiscientos setenta puntos y había que hacer mil. *(Sale. Entra con un liguero.)* Comienzo la segunda partida. Primera bola: garrafal. Se me cuela entre las piernas: dieciséis puntos. Un récord *(Se pone el liguero. Se lo ajusta)* Saco la segunda. Sentí la inspiración, digamos, divina. El bar está pendiente de mí. Movía la máquina como un negro bailando con una blanca. Respondía a todo: trescientos, cuatrocientos, quinientos, seiscientos, setecientos puntos. Todo me salía bien, el bonus, la "retro-value", los puntos, la bola gratuita, total, que hice... *(Se contempla. Se ajusta mejor el liguero.)* No está mal, ¿eh? ¿Qué le parece el liguero? ¡Ah, si el Arquitecto estuviera aquí!... Crearíamos de nuevo Babilonia y sus jardines colgantes. Novecientos setenta y tres puntos, es decir, si quito los dieciséis puntos de la primera bola, quedan novecientos cincuenta y siete, más o menos lo que había hecho con una sólo. En cuanto hiciera mil, ya estaba: Dios existía. Estaba impaciente. Dios en mi mano. La prueba irrefutable de su existencia: adiós al gran relojero, al arquitecto supremo, al gran ordenador. Dios existiría y yo lo iba a demostrar de la manera más categórica, mi nombre pasaría a todos los libros de teología, se acabaron los concilios, las lucubraciones, los obispos y los doctores, yo solo iba a descubrirlo todo; todos los periódicos hablarían de mi. *(Sale. Entra con un par de medias negras.)* Las prefiero negras, ¿y usted? *(Se las coloca con coquetería, se las ajusta al liguero; gritando.)* ¡Arquitecto... vuelve! Hablaré contigo, no me volveré a encerrar en la cabaña. *(Lloriquea.)* Pájaros, obedecedme, id a llamarle, decidle que le espero. *(Irritado.)* ¿Me habéis oído? *(Con otro tono.)* ¿Cómo dice él? ¡Clu-cli-cli-clo...! No, no es así. Pensar que habla con los pájaros... ¡Vaya tío! ¡Y hasta mueve las montañas!... Montaña, camina... *(Observa, con cierta inquietud.)* Nada, ni una brisa. Montaña, te digo que caigas al mar... *(Observa de nuevo.)* Y el tío... lo mismo hace el día que la noche... *(Sale. Vuelve con un sostén negro con encaje. Se lo pone. En lugar de pechos se coloca dos melocotones.)* ¡Si mi madre me viera!... ¿Por dónde iba? Novecientos setenta y tres puntos. Como aquel que dice, Dios estaba en mi mano. Tan sólo necesitaba veintisiete puntos en una bola. Ni en mis peores días hacía menos. Lanzo la bola artísticamente con efecto y me cae exactamene en el triángulo de los bonus. Un punto cada vez que se toca uno, y con mi estilo. Comienzo a agitar la bola que va y viene a mi merced. ¿Se da cuenta, Emperador, se da cuenta, Majestad? *(De pronto gritando.)* ¡Arquitecto, ven, que voy a tener un hijo; no me dejes solo..., solita! *(Se pone a rezar.)* "...En este valle de lágrimas..." *(El resto no se entiende.)* Emperador, mi madre me odiaba, créamelo, se lo juro, la culpa fue suya, ella tuvo la culpa. *(Sale.)*

VOZ DEL EMPERADOR. No lo encuentro... ¿dónde se habrá metido este berzas? Mira que se lo tengo dicho. Pon todo en orden: Cada cosa en su sitio. Cualquiera sabe dónde deja las cosas. Un peine. ¡Qué asco!... Un preservativo en esta isla. Hasta aquí ha llegado el "birth-control". Me lo pongo. Pues me cae bien. *(Gritando.)* ¡Arquitecto...! ¿Dónde has puesto el traje? Estará dale que te pego remando como un tarado de los Juegos Olímpicos... ¡Ah, la juventud! ¡Qué bestia es el tío! Mira donde lo ha puesto. Un traje tan bonito en el cajón de las mariposas disecadas... *(Reflexiona.)* ¿Qué habrá querido decir con esto? ¡Emperador, ahora mismo voy! *(Aparece con el traje bajo el brazo.)*

EMPERADOR. Todo el café me rodeaba y yo sacudía la máquina como un diablo. Ella me obedecía sumisa: novecientos ochenta y ocho, novecientos ochenta y nueve, novecientos noventa, novecientos noventa y uno... noventa y dos... noventa y tres..., novecientos noventa y cuatro. Y sólo había que hacer mil; y la bola estaba aún arriba. Ya no podía perder. Al caer la bola marca automáticamente diez puntos. Estaba loco de contento:

Dios se había servido del más humilde de los mortales para probar su existencia. *(Se arregla con coquetería las medias, ligueros, bragas y sostén. Se pone unos zapatos de tacón alto y camina un momento.)* ¿Cómo se las arreglan para andar con esto? *(Anda con dificultad.)* Será cuestión de práctica. "Cum amicis deambulare", pasear con los amigos. ¡Menudo latinista hubiera hecho! Estoy seguro que si me pongo a andar con estos tacones, me acostumbro en menos que canta un gallo y me corro el maratón con ellos. ¡Emocionante mi llegada a Atenas! ¿Pero era Atenas? Con tacón alto y liguero... "Atenienses, hemos obtenido la mayor victoria de los siglos modernos." Luego vendería mis memorias a cualquier semanario. ¡Arquitecto! *(Grita.)* Voy a ser madre, voy a tener un hijo. Ven a mi lado... *(Con otro tono.)* Y ese cabrón con su piragüita de marras... ¡Qué sabe él de la vida! *(Estira el traje. Es un hábito de monja. Se lo pone.)* ¡Y óigame bien! No me lo va a creer, estoy con la bola, venga a marcar puntos: novecientos noventa y siete, novecientos noventa y ocho, novecientos noventa y nueve, y en ese momento, un borracho pega un golpe a la máquina y hace ¡tilt!, falta, y la máquina se quedó así parada, la partida acabada, y como una idiota repetía: novecientos noventa y nueve, novecientos noventa y nueve. *(Se mira con el traje de monja.)* ¡Menuda carmelita hubiera hecho! Pero de descalza ni hablar. *(Gritando.)* Novecientos noventa y nueve... ¿Se da cuenta, Emperador? ¿Qué puedo pensar? ¿Dios existe o no? ¿Debo considerar que tenía apuntados los diez puntos que gané automáticamente, o no? Menudo traumatismo: Novecientos noventa y nueve puntos... *(Se pasea observándose.)* ¿Y si hiciera milagros? Las carmelitas los hacen. *(Recita.)* "¿Y os parece milagroso alimentar a toda la muchedumbre con dos sardinas y un pedazo de pan? El capitalismo cristiano hizo mucho mejor después". ¡Qué tío! El que escribió esas líneas es de los míos. Emperador, ¿Me oye? ¿Está enfadado? *(Se tira a los pies del espantapájaros.)*

EMPERADOR. *(Le toma la pierna. La acaricia.)* Emperador: le amo. Es usted el más seductor de los hombres. Por una palabra de sus labios... Voy a tener que dar a luz solo. *(Gritando.)* ¡Arquitecto, que ya viene el niño! *(En efecto, su vientre aparece anormalmente inflado.)* ¡Menudo invento el de las monjas! Con estos hábitos apenas se da uno cuenta cuando están preñadas. Padre, me acuso de... haber hecho cosas feas. *(Voz de confesor.)* ¿Cómo? ¡Desgraciada! ¿Cómo has cometido ese tremendo sacrilegio? Perra maldita, infame. *(Carmelita.)* Sí, Padre, el diablo me tentó tan fuerte... *(Confesor.)* ¿Con quien lo hiciste, ramera? *(Carmelita.)* Con el ancianito del hospicio, que vive en el quinto, solo. *(Confesor.)* ¡Pendón!, clavas aún más las espinas de Cristo en su frente divina con ese pingajo humano. ¿Cuántas veces lo hiciste, perra profanadora? *(Carmelita.)* ¿Cómo cúantas veces? ¿Cuántas veces quiere que sea? *(Confesor.)* Eso pregunto yo, pecadora. *(Confesor.)* Pues una vez... está ya muy viejecito. *(Confesor.)* No hay penitencia humana que pueda redimir tu culpa. ¡Infiel! ¡Atea! *(Carmelita.)* ¿Qué puedo hacer para recibir la absolución? *(Confesor.)* Sacrílega. Esta noche vendrás a mi habitación con cilicios y látigos. Te desnudaré y pasaré la noche azotándote. Tan enormes son tus pecados que yo también tendré que pedir a Dios que te perdone y para ello también me desnudaré y tú me azotarás, perra maltida. *(Voz normal.)* ¡Arquitecto, ven: ven deprisa, te necesito! *(Gritando.)* Ya siento los últimos dolores. ¿Dónde está la camilla? *(Se acuesta en la camilla.) (Parturienta.)* Doctor, dígame, ¿Voy a padecer mucho? *(Pausa.) (Doctor.)* Respire como un perro. *(Jadea.)* ¿No has aprendido el parto sin dolor? *(Enfadado.)* Respira así, ah, ah. *(Respira mal como un perro.)* No, así no: ah, ah. *(Respira mal. Parturienta.)* Doctor, no logré aprendérmelo. Auxílieme. Estoy sola, abandonada de todos. *(Doctor.)* Sólo sabéis fornicar. Es lo único que sabéis. Eso lo aprendéis volando. Ah, ah. *(Respira como un perro.)* No ves qué fácil es. *(Ella respira mal.)* Desgraciada, ¡pensar que estás a cuatro patas como una perra cachonda con tu hombre y ahora no sabes ladrar! ¡Qué humanidad ésta! Cristo tenía que haber sido un perro, le hubieran crucificado sobre una farola y toda la humanidad perrificada vendría a mear sobre el poste. ¡Respira, perra!: ¡ah! ¡ah! *(Parturienta.)* Doctor, auxílieme. Déme la mano. *(Doctor.)* "¡Noli me tangere!" *(Parturienta.)* Siento los últimos dolores. ¡Ya viene! Lo siento muy bien. *(Doctor.)* ¡Ah! Aquí está la cabeza. Buena cabeza... Aquí aparecen los hombros. Buenos hombros. *(Entrecortadamente gime con voz de parturienta. Chilla, Babea.) (Doctor.)* Aquí está su pecho. Buen pecho. Buen pecho. ¡Un último esfuerzo! Haga un último esfuerzo. *(Parturienta; respira mal.)* ¡No puedo más, doctor, anestésieme... dróguemel *(Doctor.)* ¿Te crees un beatnik? ¿Thomas de Quincey? ¡Drogarte!... Un esfuerzo y enseguida. *(Chillando feroz.) (Doctor.)* Aquí está, entero!... ¡Buen especimen de los terráqueos! ¡Otro nuevo elemento de la raza... aquí está! A usted ya no le podrán decir que no ha colaborado a los valores de nuestra civilización. ¡Uno más! *(Madre.)* ¿Es niño o niña? *(Doctor.)* ¿Qué quiere que sea? Niña... Ahora son todas niñas. ¡Ya no nacerán nada más que niñas! Una humanidad entera de lesbianas. Se acabarán las guerras, las religiones, el proselitismo, los accidentes de coches. ¡Una humanidad feliz! El mejor de los mundos. El único gasto que habrá será en consoladores. *(Madre.)* Doctor, déjeme verla. *(Doctor.)* Ahí la tiene. *(Madre.)* Qué guapa, qué bonita... qué encantadora. Su mismísima cara. ¡Qué feliz voy a ser! Yo misma le haré los pañales. *(Apoya la cabeza sobre la mano y mira a la niña canturreando.)* Su mismísima cara..., tan bonita, tan adorable... Su mismísima cara. *(Doctor.)* ¿La mismísima cara, de quién? *(Madre.)* La mismísima cara del reloj de la catedral. Si el reloj riera, reiría como ella. En vista de ello, la llamaré Genoveva de Brabante. *(Doctor.)* ¿Que profesión va a darle? *(Madre.)* Kinesiterapeuta, que es lo más fino. Sus manos darán masajes a todas las espaldas, a todos los vientres, a todos los muslos de los hombres de la tierra. Será la reencarnación de María Magdalena. *(Breve pausa. El Emperador se dirige en otro tono al Emperador/espantapájaros.)* Emperador, Emperador, ya ve cómo es el Arquitecto ¡Me odia! ¡Me deja abandonado! Se va a buscar aventuras por esas islas en que Dios sabe lo que encontrará. *(Se pone a cuatro patas.)* Soy un camello... un camello sagrado del desierto. Súbase sobre mí, Emperador, y le haré conocer los más fascinantes mercados de machos y hembras de todo el Occidente. Péguemue con la fusta imperial, para que mi paso sea riguroso y eficaz y para que su divina persona pueda pronto purificarse al contacto de los enhiestos cuerpos jóvenes y potentes de los mancebos y mancebas... *(Incorporándose.)* ¡Qué bestia es!... ¡en piragua!... en nuestro siglo de progreso, de civilización, de platillos volantes, viajando en piragua... Si levantaran la cabeza Ícaro, Leonardo de Vinci, Einstein... ¿Y para qué hemos inventado los helicópteros? *(Pausa.)* Novecientos noventa y nueve. Si no es por el borracho automáticamente tengo diez puntos más. Partida. Dios. Los ángeles, el cielo y el infierno, los buenos y los malos, el santo prepucio y sus milagros. Las hostias que suben al cielo con cadenas de oro, el concilio decidiendo el tamaño de las alas de los ángeles. Las imágenes de la Virgen que llora lágrimas de sangre. Las piscinas y las fuentes milagrosas. El burro, la vaca y el pesebre. *(Pausa. Recitando:)* "Todo lo que hay de atroz, de nauseabundo, de fétido, de rastrero, se encierra en una palabra: Dios". *(Ríe.)* Ese también es de los míos. ¡Vaya tío! *(Pausa.)* ¿Usted cree, Emperador, con todo el respeto que se merece su persona, con toda la humildad con que le aseguro...? ¡Cómo está el mundo! *(Gritando.)* ¡Escarabajos, traedme inmediatamente un cetro de oro para el Emperador! *(Espera. No ocurre nada. Investiga inquieto.)* Los tengo muy mal enseñados. Hacen lo que quieren. ¿Cómo quiere que emplee el gato de siete colas para castigarlos? ¡Ah, la educación moderna... el progreso... la Sociedad Protectora de Animales...! Todo anda manga por hombro. Un día bajarán a la tierra los platillos volantes... *(Hablando a un marciano; mima.)* Señor marciano... *(Aparte:)* En el supuesto de que sean marcianos. *(Al marciano)* Bienvenidos a la Tierra. *(Voz de marciano.)* Glu-gli-tro-piiii. *(Con su voz. Al Emperador.)* Los marcianos hablan así. *(Al marciano.)* ¿Cómo dice.? *(Marciano.)* Tru-tri-lop-pooeijilop. *(Al Emperador.)* ¿Lo ves? Me habla del sistema de educación. *(Al marciano.)* Sí, sí le comprendo. Tiene usted razón; con estos sistemas que tenemos, vamos al caos. *(Marciano.)* Flu-flu-flu-flu-flu-ji. ¿Que me quiere llevar a su planeta? No. no, por favor, quiero quedarme aquí. *(Marciano.)* Tri-clu-tri-clu-tri-clu. *(Emperador.)* ¿Que soy el terráqueo que más le divierte? *(Rubor.)* ¿Yo? ¡Pobre de mí! Pero si soy como los demás. *(Marciano.)* Plu-plu-plu-plu-plu-ji. *(Emperador.)* ¿Pero no me irán a encerrar en una casa de fieras? *(Marciano.)* Pli-pli.

¡Ah, menos mal! *(Marciano.)* Clu-clu-clu-ñi-po. ¿Que la hija del monarca de Marte me ama? ¿A mí? *(Marciano.)* Lo-qui-lo. *(Emperador.)* Oh, discúlpeme, le había entendido mal. Si usted es muy mona... Un poco, vamos, un poco... *(Marciano.)* Gri-gri-tro. *(Emperador.)* ¡Que gracioso! ¿Que nosotros le parecemos a usted raros y feos? Pues no lo dirá por mí; lo dirá por los demás. La gente se lava tan poco ahora... Pero no insista, no iré, ni a su casa de fieras ni a su ciudad. *(Levantando el tono hasta ponerse en cólera.)* Quiero quedarme en la tierra por mucho que me diga que si estamos tan atrasados espiritualmente y que si nuestro arte de vivir es rudimentario. Aunque me afirme que a lo único que hemos llegado es a soportar nuestros dolores. Por muy bueno que sea Marte, estoy seguro, y eso que no lo conozco, que no hay nada tan bueno como la tierra. *(Marciano.)* Tri-tri-gri. *(Emperador.)* ¿Que voy a morir en la guerra en medio de atroces quemaduras y radiaciones? Pues óigame bien: aunque ni conozco ni quiero conocer Marte, prefiero un millón de veces más vivir en la Tierra, con nuestras guerras y nuestras cosas, antes que irme a su planeta... *(Irónico.)* de ensueño. *(Cambiando de tono. Al Emperador.)* Fíjese que todas las mañanas le da la manía de lavarse en esa fuente tan helada. Y yo le digo: Arquitecto, que vas a coger una pulmonía... y él, nada, ahí está, bajo el chorro, ya caigan chuzos, duchándose, rociándose con esa agua y, lo que es peor, que quiere que yo me duche también. De los cuarenta para arriba... Ya no sabe contar, no comprende nada... De los cuarenta para arriba... Por cierto, que nunca me ha dicho la edad que tiene. ¿Cómo lo puede saber él, me digo yo? ¿Qué edad tendrá? ¿Veinticinco, treinta y cinco?... ¡Es tan poeta! ¿Podría ser mi hijo? ¡Quizá! ¡Mi hijo! Hubiera debido tener un hijo. Le hubiera enseñado a jugar al ajedrez a los tres o a los cuatro años; y piano. Nos hubiéramos paseado por los parques. Con un hijo se sacan muchas novias, ¡Menudos flirts! *(Se para; gritando:)* ¡Arquitecto... vuelve! No remes más, que es malo para los pulmones... Te va a dar asma. *(Al Emperador.)* Hablarle de asma, a él. Un fulano que se ducha todos los días en la fuente más fría de la isla, siempre en la misma; no digo yo que en verano, bien abrigado, con una estufa cerca, cuando calienta bien el sol, a las doce, no se pueda pegar uno una duchita... Pero claro, tomando precauciones. Pero él va a lo loco. Tan joven y ya con unas manías... Y luego eso de cortarse el pelo una vez al año, a la llegada de la primavera. ¿Y cómo lo calcularía el tío sin mí? *(Se para en el centro gritando:)* ¡Arquitecto... Arquitecto! Seremos amigos, ven. Fabricaremos juntos una casa... construiremos palacios con laberintos, cavaremos piscinas en las que vendrán a bañarse las tortugas del mar; te regalaré un automóvil para que recorras todos mis pensamientos... *(Muy triste.)* Te obsequiaré con pipas de las que saldrá un humo líquido y cuyas volutas se convertirán en relojes despertadores; secaré el pantano para que crezca del fango un ejército de flamingos con coronas de papel de plata; te prepararé los más ricos manjares y beberás licores hechos con la esencia de mis sueños. Arquitecto, ven... *(Casi llorando. Baja la cabeza.)* Seremos felices. *(De pronto repuesto, grandioso.)* Le imagino, Emperador... imagino su despertar. La televisión de Asiria retransmitiendo en primer plano los primeros parpadeos de sus pestañas sobre sus ojos cerrados, el lento despertar... ¡En todos los pueblos y aldeas llorarían las mujeres al verle! *(Otro tono.)* No, más de treinta y cinco no tiene... Treinta y cinco, es lo máximo que le doy. Es tan niño, tan poeta... tan espiritual. ¡Qué idea, la de nombrarle arquitecto! *(De pronto.)* ¡Emperador!... Podemos saber su edad, podemos calcularla... *(Va a la cabaña.)* Aquí tiene su saco. *(El espectador no ve lo que hace; sale.)* Se lo voy a explicar... verá qué sencillo. Él se corta el pelo una vez al año, por no sé qué líos de superstición y maleficios. lo envuelve en una gran hoja y lo mete en un saco. Pues bien, no tengo nada más que contar la cantidad de hojas que hay para saber los años que tiene. ¿Se da usted cuenta, Emperador, qué ideas tan brillantes tengo? Mi madre ya lo decía: ¡Qué inteligente es mi hijo! *(Entra en la cabaña.)* Uno, dos, tres... *(Con inquietud.)* once... doce... trece... *(Largo silencio. Sale muy asustado.)* ¡Pero no es posible! Hay cientos de sobres... ¡no será que esa fuente...! ¡Cientos de hojas!... Lo menos mil. Duchándose todos los días. Mil, quizá. *(Entra. Largo rato en la cabaña. Sale.)* Y todos los pelos, sus pelos, algunos ya medio podridos... La fuente de la juventud. *(Muy asustado.)* Pero, ¿cómo?... nunca me dijo... y he reconocido bien su pelo, siempre el mismo color, el mismo tono... ¿Cómo es que...? *(Asustado, sale corriendo. Silencio. Entra el Arquitecto.)*

ARQUITECTO. ¡Emperador! *(El Emperador le mira desde el otro extremo del escenario, amedrentado.)*

EMPERADOR. Dime. ¿Cuantos años tienes?

ARQUITECTO. No sé. Mil quinientos... dos mil... diez mil... No sé bien. No sé bien.

Lentamente cae el telón

ACTO SEGUNDO

PRIMER CUADRO

El mismo decorado. Entra en escena el Arquitecto sigilosamente. Va a la cabaña

ARQUITECTO. ¿Duermes?... ¡Emperador!

Sale de la cabaña y luego mutis por la izquierda del escenario. Un momento. Aparece por la izquierda una gran mesa con cajones. El Arquitecto la empuja hasta ponerla en el centro. De uno de los cajones saca un mantel, que coloca sobre la mesa. Prepara un plato. Un cuchillo y un tenedor gigantescos. Por fin se sienta a la mesa. Se pone una servilleta. Hace como que descuartiza un enorme ser que está acostado sobre la mesa. Simula que come un primer bocado. Por fin guarda todo en el cajón. Da la vuelta al mantel. Es un tapiz para una mesa de tribunal. Saca del cajón unas máscaras, una campanilla y un libro grueso de lomos dorados. Se pone una especie de toga sobre la cabeza y una máscara de juez. Toca la campanilla.

VOZ DE EMPERADOR. ¿Qué pasa, Arquitecto? *(Sale de la cabaña.)*

ARQUITECTO. Acusado, acérquese y diga: Juro decir la verdad, toda la verdad, y sólo la verdad.

EMPERADOR. *(Levantando la mano.)* Lo juro. *(En otro tono.)* ¿Y para esto me despiertas a esta hora?

ARQUITECTO. *(Quitándose la máscara un instante.)* No quiero apartes, ¿me oyes? *(Poniéndose inmediatamente la máscara de juez.)* Acusado, puede sentarse si lo desea. Procure ser preciso en sus declaraciones. Aquí estamos para ayudar a la justicia y para que toda la verdad se haga sobre su vida y sobre el delito que se le reprocha.

EMPERADOR. ¿Qué delito?

ARQUITECTO. ¿El arquitecto está casado?

EMPERADOR. Sí, señor.

ARQUITECTO. ¿Cuanto tiempo hace?

EMPERADOR. No sé bien... diez años...

ARQUITECTO. Recuerde que todo lo que diga puede ser utilizado contra usted.

EMPERADOR. ...Pero ustedes me acusan..., vamos... se refieren a lo de mi madre...

ARQUITECTO. Las preguntas las hace el tribunal.

EMPERADOR. Pero si mi madre desapareció.

ARQUITECTO. Aún no hemos llegado ahí.

EMPERADOR. Pero... ¿tengo yo la culpa si ella se marchó Dios sabe dónde?

ARQUITECTO. Tendremos en cuenta todas las circunstancias atenuantes que pueda suministrar.

EMPERADOR. ¡Es el colmo! *(En otro tono.)* Arquitecto, no sigas jugando: ¡me hace mucho daño el tono en que hablas! ¿Sabes? *(Muy cariñoso.)* Ya sé hablar con los pies como me has enseñado. Verás. *(Se acuesta y con los pies en alto comienza a moverlos.)*

ARQUITECTO. *(Se quita la máscara y el birrete.)* ¡Ya estás con tus cochinadas?... *(Mueve de nuevo los pies.)* Siempre lo mismo.

EMPERADOR. ¿Me has entendido?

ARQUITECTO. Todo. Tú eres el que no comprendes nada.

EMPERADOR. Todo.

El Arquitecto se tumba tras la mesa. Sólo emergen sus piernas desnudas que se mueven.

ARQUITECTO. ¿A que no eres capaz de entender lo que digo?

EMPERADOR. *(Se ríe.)* Más despacio. Verás cómo lo leo todo. "Aquí le falta poder a mi imaginación, que pretende guardar el recuerdo de tan alto espectáculo".

El Arquitecto sigue moviendo los pies. El Emperador traduce:

EMPERADOR. "Como dos ruedas, obedecen a una misma acción mi pensamiento y mi deseo, dirigidos con el mismo consentimiento van más lejos por el amor sagrado que pone en movimiento al sol y a las estrellas".

El Arquitecto emerge furioso. Se pone máscara y birrete.

ARQUITECTO. Todo lo sabrá el tribunal. El primer testigo que vamos a llamar va a ser su propia esposa.

EMPERADOR. Por favor, no la mezclen en esto. Ella no sabe nada. Nada podrá decirles.

ARQUITECTO. Silencio. Que entre la testigo primero. *(El Emperador se viste de su esposa, se pone una máscara.)* ¿Es usted la esposa del acusado?

EMPERADOR. *(Con voz de su esposa.)* Sí, señor.

ARQUITECTO. ¿Se querían ustedes?

EMPERADOR. *(Esposa.)* Oh, ¿sabe usted? Hace muchos años que nos habíamos casado.

ARQUITECTO. ¿Le quería usted a él?

EMPERADOR. *(Esposa.)* Le veía tan poco tiempo... Salía muy de mañana y volvía muy tarde; últimamente nunca hablábamos.

ARQUITECTO. ¿Siempre fue así?

EMPERADOR. *(Esposa.)* Oh, no. Al principio estaba como loco. Decía que sabía volar. Hablaba sin parar. Soñaba que sería emperador.

ARQUITECTO. ¿Y más tarde?

EMPERADOR. *(Esposa.)* Ya ni siquiera me pegaba.

ARQUITECTO. ¿Le pegó en alguna época?

EMPERADOR. *(Esposa.)* Sí. Para afirmarse como hombre. Para vengarse de las mil y una humillaciones que sufría. Al final, cansado de la oficina, ya no le daba tiempo.

ARQUITECTO. ¿Cuáles fueron sus sentimientos hacia él?

EMPERADOR. *(Esposa.)* Desde luego nunca hubo el amor loco, claro está. Le soportaba.

ARQUITECTO. ¿Él se daba cuenta de todo esto?

EMPERADOR. *(Esposa.)* Claro, aunque no es ningún lince y a pesar de que su entusiasmo le lleva a errores monstruosos, creo que no se hacía ilusiones respecto a mí.

ARQUITECTO. ¿Le engañó con otros hombres?

EMPERADOR. *(Esposa.)* ¿Y qué quiere que hiciera todo el día sola? ¿Esperarle?

ARQUITECTO. ¿Tuvieron hijos?

EMPERADOR. *(Esposa.)* No.

ARQUITECTO. ¿Era una idea preconcebida?

EMPERADOR. *(Esposa.)* Más bien, un olvido.

ARQUITECTO. ¿Cuál hubiera sido su deseo secreto?

EMPERADOR. *(Esposa. Romántica.)* Tocar el laúd, con traje de época, mientras un caballero, de estilo Maquiavelo, me acariciara, quizá besara mi espalda desnuda, por el gran escote de mi corpiño. También hubiera deseado, a pesar de no tener ninguna inclinación a la inversión, un harén de mujeres, que me cuidaran y me... acariciaran... También me hubiera gustado tener gallinas amaestradas y mariposas que hubiera llevado con una cinta; qué sé yo, mil cosas. También creo que me hubiera gustado ser cirujana. Me imagino operando, toda vestida de blanco, con una gran ventana tras de mí. *(Breve pausa.)* De todas formas, él no quería nada más que a su madre.

ARQUITECTO. ¿Quién él?

EMPERADOR. *(Esposa.)* Mi marido... ¿Puedo hacerle una revelación?

ARQUITECTO. Diga; el tribunal está aquí para oírle.

EMPERADOR. *(Esposa. Tras mirar a todas partes hasta asegurarse que nadie la oye.)* Estoy segura de que se casó conmigo tan sólo por fastidiar a su madre.

ARQUITECTO. ¿La odiaba?.

EMPERADOR. *(Esposa.)* La odiaba a muerte. Y la quería como un ángel: sólo vivía para ella. En un hombre de su edad, ¿cree usted que es normal que esté día y noche colgado de las faldas de su madre? No es una esposa lo que necesitaba, sino una madre. En sus momentos de odio contra ella, hacía cualquier cosa para molestarla: hasta casarse. Yo fui el objeto de su venganza. *(Se quita la máscara de esposa.)*

EMPERADOR. Te has vuelto loco. ¡Te has vuelto loco!

ARQUITECTO. *(Se quita la máscara de Presidente del Tribunal.)* ¿Pero qué te pasa?

EMPERADOR. Te has vuelto loco como él...

ARQUITECTO. Me das miedo.

EMPERADOR. ¿Yo?

ARQUITECTO. ¿Quién?

EMPERADOR. ¿Quién, quién?

ARQUITECTO. ¿Cómo quién? ¿Quién se volvió loco como yo?

EMPERADOR. Dios.

ARQUITECTO. ¡Ah!

EMPERADOR. ¿Pero cuándo? ¿Antes o después?

ARQUITECTO. ¿Antes de que?

EMPERADOR. Digo que cuándo se volvió loco. ¿Antes o después de la creación?

ARQUITECTO. ¡Pobre tío!

EMPERADOR. Seguro que está allí: en el mismísimo centro geométrico, mirando todas las bragas de las mujeres.

ARQUITECTO. Nunca hemos mirado.

EMPERADOR. Vamos a ver por si acaso. Me lo imagino tranquilamente en el centro, rodeado por todas partes por la tierra, como un gusano, completamente loco y tomándose por un transistor.

ARQUITECTO. ¿Levanto la tierra?

EMPERADOR. Eso, eso. *(El Arquitecto levanta un trozo de tierra como si fuera un cajón. Los dos miran al interior. Se acuestan para ver mejor.)* Voy a por los prismáticos. *(Vuelve con ellos. Miran hacia el centro con curiosidad.)* No se ve nada. ¡Mira que está oscuro! *(El Arquitecto asiente y se dispone a cerrar la tierra. De pronto, muy inquieto.)* Oye, ¿estás seguro que nadie nos puede ver?

ARQUITECTO. Pues claro que no.

EMPERADOR. ¿Crees que la cabaña está bien camuflada?

ARQUITECTO. Seguro.

EMPERADOR. No olvides los satélites espías, los aviones con cámaras fotoeléctricas, el radar, los radiestesistas...

ARQUITECTO. No te preocupes, hombre, nadie nos descubrirá aquí.

EMPERADOR. Y el fuego, ¿lo has apagado bien para que no salga nada de humo?

ARQUITECTO. Hombre, algo de humo sale algunas veces.

EMPERADOR. ¡Desgraciado! ¡Nos descubrirán, nos descubrirán!

ARQUITECTO. Qué va, hombre, qué va.

EMPERADOR. Nos descubrirán tan sólo por tu culpa, por tus negligencias. Quién te manda a ti comer caliente. Especie de refinado babilónico. ¿No has oído hablar de Sodoma y Gomorra? Merecerías que Dios nos arrasara como arrasó aquellas ciudades que habían caído en el vicio. Comiendo caliente, haciendo humo. ¡Ignoras lo higiénicos que son los fiambres! ¡Especie de calienta-comidas, de hervidor de nabos, de come-sopas y zampa-tortas! Que caiga sobre ti toda mi cólera de Aquiles.

ARQUITECTO. Bueno, ¡de acuerdo!

EMPERADOR. *(De rodillas.)* Di, ¿me quieres?

ARQUITECTO. *(Se instala rápidamente en la mesa y se pone la máscara de Presidente del Tribunal.)* Que pase el siguiente testigo. El hermano del acusado.

EMPERADOR. *(Se pone la máscara de hermano. Muy tranquilo.)* Ya sé que debo jurar que digo la verdad... ¿y cómo no? En mi profesión tenemos un gran respeto a la justicia; ¿no es eso? Mi hermano, el po-e-ta...

ARQUITECTO. Hay alguna ironía en sus palabras.

EMPERADOR. *(Hermano.)* ¿Alguna? Si fuera poeta lo sabríamos todos. Es un oficio público, ¿no? Hubiera salido en la "tele". Digo yo. El poeta. Siempre en las nubes. ¿Sabe su Alteza, o su excelencia —discúlpeme—, en qué se divertía cuando era niño el poeta?

ARQUITECTO. Diga, aquí estamos para conocer toda la verdad.

EMPERADOR. *(Hermano.)* Con permiso de las señoras, le diré que mi hermano tenía una habilidad que ejercía en presencia de media escuela. Beber los orines de sus compañeros de clase.

ARQUITECTO. Aunque el hecho en sí puede tener una cierta gravedad, ¿no cree usted que...?

EMPERADOR. *(Hermano.)* Discúlpeme que le corte la palabra. Si esto no tiene una gran gravedad, ¿qué podrá pensar de lo que quiso hacer conmigo? Se lo explicaré *(Se quita rabiosamente la máscara.) (Él mismo.)* No es eso. No metas a mi hermano en esto, te lo prohíbo. Mi hermano es un patán, que no comprende nada. No tienes que hacerle hablar; que se marche. Estás traicionándome. además, ya... No juego más. Se acabó el juicio. *(Se sienta en el suelo y patea furioso.)*

ARQUITECTO. *(Tocando la campanilla.)* Nada de niñerías; al proceso. No quiero interrupciones.

EMPERADOR. *(Deja de patear y muy dignamente se incorpora, muy enfático. Cual Cicerón.)* "Quosque tandem abutere Catilinam patientiam nostram", o "pacienciam meam". "Meam." Mi paciencia. Sí. *(Declamatorio.)* Hasta cuándo, Catilina, estarás abusando de mi paciencia. Nuestra patria, Roma... *(Cortando, en otro tono familiar.)* Eres un cabrón. Te lo consiento todo, menos interrogar a mi hermano. Mi hermano es un animal acuático. Próximo al caimán, al tiburón y al hipopótamo. Le imagino en las verdes regiones indómitas, medio nadando a la busca de una presa. Y yo, como el ángel exterminador, mirando sus evoluciones. Observa su cara y la mía. *(Se para.)* Arquitecto, haremos de Asiria el país de vanguardia; a nuestra imagen y semejanza; los países subdesarrollados vivirán al abrigo de la miseria.

ARQUITECTO. *(Quitándose la máscara.)* Emperador, pienso que...

EMPERADOR. ¡Calla, desgraciado! Oye el viento de los siglos proclamando nuestra obra imperecedera. *(Silencio de ambos.)* Desde lo alto de estas... *(Duda.)* Tú serás el Arquitecto, el Arquitecto supremo, el gran organizador, un Dios de bolsillo como el que dice. Y frente a ti, sosteniéndote, el gran Emperador. modestamente, yo mismo, dirigiendo los destinos de Asiria y de la humanidad hacia un porvenir feliz.

ARQUITECTO. Siento como si un gran ojo...

EMPERADOR. *(Muy inquieto.)* Yo también... Un gran ojo de mujer...

ARQUITECTO. Eso es.

EMPERADOR. Nos está vigilando.

ARQUITECTO. Sí. ¿Por qué?

EMPERADOR. Mírale. *(Miran al cielo.)* Preside nuestro presente. Mira qué pestañas tan largas y tan arqueadas... *(Violentísimo.)* Cruel Desdémona, como las hienas del desierto, vete lejos de nosotros. *(Miran desesperados. Al Arquitecto.)* No se mueve.

El Arquitecto toca violentamente la campanilla y se pone la máscara. El Emperador hace lo mismo.

ARQUITECTO. Testigo, nos iba a contar lo que hacía su hermano con usted.

EMPERADOR. *(Hermano.)* Mi hermano, el po-e-ta, se divertía cuando yo tenía sólo diez años y él quince, en pervertirme, en violarme y en obligarme a violarle a él.

EMPERADOR. *(Arrancándose la máscara.)* Eran cosas de niños sin mayor importancia.

ARQUITECTO. Silencio, que siga hablando el testigo.

EMPERADOR. *(Hermano.)* Como lo oye, ¿quiere que le haga un dibujo? Le contaré cómo pasaba.

EMPERADOR. *(Furioso. Sin máscara.)* Basta, basta, ya es suficiente.

ARQUITECTO. El tribunal impone silencio. Que siga hablando el testigo.

EMPERADOR. *(Hermano.)* Esperaba a que mi madre se hubiera ido. Nos quedábamos solos en casa y él llenaba la mitad del baño con aceite de oliva y así comenzaba el juego. Luego venía lo más gracioso. Cuando todo había terminado, él se ponía a tiritar y a darse golpes contra la bañera. Y aún recuerdo que un día, al terminar, se hizo un corte profundísimo en una mano y se rociaba su sexo con la sangre mientras canturreaba una canción religiosa al mismo tiempo que lloraba. *(Se quita la máscara y comienza a canturrear. Mete la cabeza en la tierra.)*

Dies-irae, dies illa,
El que muere se las pira.
Dies-irae, dies illa.
Me cago en Dios y en su sobrina.

ARQUITECTO. *(Quitándose la máscara de Presidente del Tribunal y colocándose la máscara de madre del Emperador.)* Hijo mío, ¿qué haces ahí llorando y blasfemando?

EMPERADOR. *(Niño.)* Dies irae, dies illa...

ARQUITECTO. *(Madre.)* Estás cubierto de aceite. ¿Pero qué has hecho?

EMPERADOR. *(Niño.)* Dies irae, dies illa... Los muertos se mueren... de cólera...

ARQUITECTO. *(Madre.)* Hijo mío, soy yo, mamá, ¿no me reconoces? Eres un niño, ¿cómo piensas en morir? ¿Y qué te pasa? Estás ensangrentado. Te has hecho sangre ahí. Tenemos que llamar a un médico.

EMPERADOR. *(Niño.)* Mamá, quiero que me compres un pozo muy hondo, un pozo seco, y quiero que me metas en él y que todos los días vayas un instante a llevarme lo indispensalbe para que no muera.

ARQUITECTO. *(Madre.)* ¡Hijo mío! Qué cosas dices.

EMPERADOR. *(Niño.)* Sólo los domingos me pondrás un momento la radio para conocer el resultado de los partidos de baseball. ¿Lo harás?

ARQUITECTO. *(Madre.)* Hijo mío, ¿qué has hecho para estar tan triste?

EMPERADOR. *(Niño.)* Mamá... he pervertido...

ARQUITECTO. *(Madre.)* ¿A tu hermano?

EMPERADOR. *(Levantándose violentamente.)* Señor Presidente del Tribunal. *(El Arquitecto se pone la máscara de Presidente. El Emperador continúa enfático.)* Con la venia de la sala, quiero asumir yo mismo mi defensa. Un gran poeta ha dicho: "Canallitas o canallazas, todos somos canallas." He aquí la gran verdad. Quisiera saber en nombre de quién me juzga usted.

ARQUITECTO. Somos la Justicia.

EMPERADOR. La justicia, ¿que justicia? ¿Qué es la justicia? La justicia son una serie de señores como usted y como yo que la mayoría de las veces escapan a ella gracias a la hipocresía o a la astucia. Juzgar a alguien por tentativa de crimen, ¿quién no ha deseado matar a alguien? Y, además, no quiero hacer como los demás. Olvido todos los consejos. Olvido que me han dicho que llore para causar buena impresión, que tenga cara de arrepentido. Todos esos consejos me traen sin cuidado. Y, en definitiva, ¿para qué sirven todos esos trucos de tribunal? Para que la gran comedia de la justicia siga de pie. Si yo lloro o pongo cara de arrepentido, ustedes no creerán ni en mis llantos ni en mi cara de arrepentido, pero habrán visto que colaboro al guiñol y me lo tendrán en cuenta a la hora de juzgar. Ustedes están aquí para darme una lección: pero bien saben que la lección se la pueden dar a cualquiera comenzando por ustedes mismos. Me río de sus tribunales, de sus jueces de zarzuela, de sus pretorios de marionetas, y de sus cárceles de venganzas.

De pronto el Arquitecto se quita la toga y la máscara, y dice:

ARQUITECTO. *(Dando palmadas.)*

Con Alicia me fui.
con Alicia volví,
al último que llegue,
(Muy lentamente y al mismo tiempo preparándose para correr.)
le sal-drán cuer-nos.

Salen corriendo a toda velocidad de escena.

VOZ DE EMPERADOR. Haces trampas. Estabas preparado.

Se oyen de lejos risotadas, caídas. Al poco tiempo entra en escena el Arquitecto.

ARQUITECTO. Aquí te espero, comiéndome un huevo de dromedario, rociado de salsa de faisán. No tengas miedo, no te voy a torear. ¡Eh, toro! ¡Eh, toro!

VOZ DEL EMPERADOR. Mummm, mummm.

ARQUITECTO. Un par de cuernos le salen hasta a las personas más distinguidas.

Entra el Emperador con un par de cuernos.

EMPERADOR. *(Quejumbrón.)* ¡Pensar que hace años eras como una abuela para mí! Me querías, no podías hacer nada sin mí. Yo te lo enseñé todo. Me has perdido el respeto. Y de qué manera. Si mis antepasados levantaran la cabeza. Un par de cuernos. Un par de cuernos que me ha colocado el señor por arte de birlibirloque y por qué: porque llegué tras él al abeto del calvero. *(Muge llorosamente.)*

ARQUITECTO. ¡Oh! ¡Toro de oro, de bronce, toro heredero de Taurus!

EMPERADOR. ¿Eres mi vaca sagrada?

ARQUITECTO. ¡Soy tu vaca y tu camella "enroresada"!

EMPERADOR. Entonces ráscame en la pierna. *(Estira la pierna. El Arquitecto le rasca un instante.)* No. Así no. Mejor hecho. Por debajo. *(Le rasca mejor.)*

ARQUITECTO. Ya no te rasco más. En cuanto te rasco te amodorras.

EMPERADOR. ¿Yo amodorrarme? ¿Es así como tratas a un emperador de Asiria? Un emperador de Asiria con cuernos por si fuera poco. Viva la monarquía.

ARQUITECTO. Por la noche siempre ocurre lo mismo: "Ráscame un poco, hasta que me duerma." Inmediatamente te pones a roncar estrepitosamente, pero en cuanto dejo de rascarte, silencio, abres un ojo y dices "Ráscame, aún estoy despierto".

EMPERADOR. Quítame esos cuernos. No olvides que tengo mi dignidad. Además, me pesan, y no puedo mover a gusto la cabeza.

ARQUITECTO. ¿Cómo quieres que desaparezcan, de una palmada?

EMPERADOR. ¡Estás loco! ¡De una palmada! ¡Jamás! ¿Sabes lo que he soñado esta noche?... Me azotaban y me quejaba. Una chica en mi sueño me dijo: "No te quejes". Le respondí: "¿No ve usted lo que sufro, lo muchísimo que padezco?". Ella se rió y me dijo: "¿Cómo puede sufrir si está en sueños? No es realidad." Le dije que se confundía. Ella me respondió que para convencerse no tenía nada más que dar una palmada. Di una palmada y me encontré con las manos juntas entre las cuatro paredes de la cabaña, despierto, sentado sobre la cama.

ARQUITECTO. Sí, ya te vi, y te oí.

EMPERADOR. Mira, que si tú ahora das una palmada y... resulta que despierto de este sueño que pienso que es la vida... para... ¿Te imaginas conmigo en otro mundo...? Más vale lo malo conocido que lo bueno por conocer. *(De pronto él mismo, con mucho aparato, pone las manos como para dar una palmada. Duda unos instantes. Expectación. Va a dar la palmada. Lentamente, se para, encarándose hacia el Arquitecto.)* ¿Cuándo vas a hacer que me desaparezcan estos malditos cuernos, coño?

ARQUITECTO. Bueno, hombre, no te pongas así. Si es muy sencillo. Frótate con el tronco de ese cocotero y se te caerán. *(Sale corriendo el Emperador.)* No, eso no. Sí, eso.

Pausa. Rumores. El Emperador vuelve sin cuernos frotándose aún la cabeza con una hoja.

EMPERADOR. ¿No estoy más joven sin cuernos?

El Arquitecto furioso va a la mesa del Tribunal y se coloca la toga y la máscara de Presidente mientras dice:

ARQUITECTO. Se acabaron las niñerías. *(Muy en su papel de Presidente.)* Tras haber oído al hermano del acusado, el tribunal convoca al siguiente testigo: Sansón.

EMPERADOR. *(Se pone la máscara de Sansón.)* Juro decir toda la verdad.

ARQUITECTO. ¿Dónde conoció al acusado?

EMPERADOR. *(Sansón.)* Jugando a la máquina, al tilt.

ARQUITECTO. ¿Sólo se veían allí?

EMPERADOR. *(Sansón.)* No. Un día me pidió que le ayudara. Por fin me ofreció cenar y acepté.

ARQUITECTO. ¿Para hacer el qué?

EMPERADOR. *(Sansón.)* Pues para hacer el ángel.

ARQUITECTO. ¿Hacer el ángel?

EMPERADOR. *(Sansón.)* Sí, en una iglesia.

ARQUITECTO. Cuéntenos, por favor.

EMPERADOR. *(Sansón.)* Cuando la iglesia estaba vacía, hacia las once de la noche, nos introducíamos en ella, en el coro, arriba. Él se desnudaba y se pegaba con cola diez o doce plumas en la espalda. Luego se ataba con una serie de cuerdas y se lanzaba al vacío. Se balanceaba unas cuantas veces haciendo el ángel o el arcángel y cuando ya estaba harto le izaba. Siempre perdía la mitad de las plumas. Me preguntó que qué pensaría el personal eclesiástico por la mañana al verlas por el suelo.

ARQUITECTO. ¿Conoció a su madre?

EMPERADOR. *(Sansón.)* ¿Su madre? Pero si estaba aún más majareta que él. Menuda pareja. Un día muy seriamente me dijo que si me cargaba a su madre...

ARQUITECTO. ¿El acusado?

EMPERADOR. *(Sansón.)* Sí, el acusado me dijo que si me cargaba a su madre me iba a dar el oro y el moro...

ARQUITECTO. Usted no aceptó, claro.

EMPERADOR. *(Sansón.)* Ni que yo fuera un criminal. Lo del angelito de acuerdo, una partida de tilt de vez en cuando ¿por qué no? Pero de ahí a matar a... Además, luego había que verlos, un día estaban en el cine. Los vi por casualidad, cualquiera hubiera dicho que era una pareja de enamorados.

ARQUITECTO. Muchas gracias por sus precisiones. El tribunal desea oír de nuevo a la esposa del acusado.

EMPERADOR. *(Cambia de máscara. Esposa.)* ¿Me llaman otra vez?

ARQUITECTO. El tribunal desea conocer cuál es su sentimiento íntimo en cuanto a la naturaleza de las relaciones entre el acusado y su madre.

EMPERADOR. *(Esposa.)* Ya se lo he dicho: se amaban, se odiaban. Según el momento.

ARQUITECTO. ¿Cree usted que hubiera algo equívoco, digamos incestuoso, entre ellos?

EMPERADOR. *(Esposa.)* En eso soy categórica: no lo creo en absoluto.

ARQUITECTO. ¿Ha oído lo que ha dicho el testigo anterior?

EMPERADOR. *(Esposa.)* Habladurías. Mi marido era muy impetuoso, muy temperamental, muy fogoso. Pero nunca tuvo con su madre una relación incestuosa. Lo prueba que poco antes de que su madre desapareciera atravesaban una época de odio feroz, entonces su madre le pidió una entrevista a lo cual mi marido respondió diciéndole que aceptaba la entrevista con dos condiciones: Primera, que su madre le diera cada minuto que pasara con ella una suma elevada. Segunda, que —escribía—, "le masturbara con su boca de madre" a fin de que cometiera el mayor de los pecados. Eso decía, ¡fue siempre tan inocente!...

ARQUITECTO. ¿Y qué prueba esto?

EMPERADOR. *(Esposa.)* Pues prueba claramente que nunca hubo nada equívoco entre ambos, si no no le pediría lo que acabo de decirle como algo excepcional. Ahora me acuerdo de algo que no sé si puede interesar al tribunal.

ARQUITECTO. Diga, ¡por favor!

EMPERADOR. *(Esposa.)* Cuando ella le venía a ver las últimas veces, me pedía que le cubriera los ojos con esparadrapos y algodón. Y aun en ocasiones exigía hablar con ella, pero cada uno en su habitación. *(Arrrancándose la máscara.)* ¿A qué me vas a condenar? Dime.

ARQUITECTO. Ojo por ojo y diente por diente.

EMPERADOR. *(Muy triste, da una vuelta a la escena y se sienta en el suelo de espaldas al Arquitecto. Recoge su cabeza entre sus manos, se diría que llora. El Arquitecto le observa con disgusto. Luego en vista de que la cosa parece seria, va hacia él. le mira por todas partes. Se quita por fin la máscara.)*

ARQUITECTO. ¿Qué te pasa ahora? *(El Emperador gimotea.)* Cálmate, hombre, no es para tanto. *(El Emperador gimotea.)* ¿Quieres sonarte los mocos? *(El Emperador asiente con la cabeza. El Arquitecto se dirige hacia las altas ramas de un árbol que no ve el espectador.)* Árbol, dame una de tus hojas. *(En efecto, inmediatamente cae una de las hojas, bastante grande. El Arquitecto la coge.)* Toma, suénate, ¡hala! *(El Emperador se suena, tira con rabia muy lejos el pañuelo-hoja, y además se pone de espaldas más aún al Arquitecto.)* ¿Qué más quiere el señor? *(Gimotea.)* Bueno, ya sé. Es cierto. Eras el Emperador y eres el Emperador de Asiria, cuando te levantabas, por las mañanas, todos los trenes y las sirenas lanzaban sus gritos estruendosos para señalar al pueblo que te habías despertado. *(Espera a ver qué pasa tras lo dicho. El Emperador sigue sin hacer caso.)* Diez mil esculturales amazonas desnudas venían a tu habitación...

EMPERADOR. *(De pronto se levanta, infla su pulmón, como si se tratara de la caricatura de un actor de drama antiguo. De una grandilocuencia total:)* Diez mil amazonas, que mi padre importaba directamente de las Indias Orientales, acudían por la mañana desnudas a mi habitación y besaban la yema de mis dedos, mientras cantaban a coro la canción imperial que tenía como estribillo:

"Viva nuestro emperador inmortal.
Que Dios le libre de todo mal."

¡Qué resonancias! Diez mil... *(En aparte.)* ¿Diez mil? Ni que mi habitación fuera un estadium. *(De nuevo grandilocuente.)* Mi vida ha sido siempre un espejo inmaculado de nobleza, un estilo, un ejemplo para las generaciones futuras, por venir y venidas. *(De nuevo se sienta en la piedra, deshecho.)* Tiene razón; intenté matar a mi madre. Sansón ha dicho la verdad. *(De pronto, levantándose lleno de convicción y de fuerza.)* ¿Y qué? Intenté matarla, ¿y qué? Si te crees que me voy a acomplejar te confundes de medio a medio. Me trae sin cuidado. *(De pronto, de nuevo está muy inquieto. De rodillas corretea hasta donde está el Arquitecto.)* Dime, ¿me seguirás queriendo a pesar de esto?

ARQUITECTO. Nunca me habías hablado de esta tentativa de crimen.

EMPERADOR. *(Levantándose, muy digno.)* Tengo mis secretos.

ARQUITECTO. Ya veo.

EMPERADOR. Si quieres que te diga la verdad: sólo quería a un ser: a mi perro lobo. Iba a buscarme todos los días. Nos paseábamos juntos: como un par de enamorados: Pegaso y Paris. No tenía necesidad de despertador: era él quien todas las mañanas venía a lamerme las manos. De paso, esto me evitaba a veces lavármelas. Fue gracias a él por lo que perdí mi confianza en mi equipo de billar eléctrico. Me era muy fiel. ¿No se dice así? *(El Arquitecto se pone a cuatro patas con una correa en torno a su cuello y una caperuza de perro.)*

ARQUITECTO. Soy tu perro lobo de las islas.

EMPERADOR. ¡Eh, Chucho! ¡Busca, busca! *(El Arquitecto comienza inmediatamente a rascar la arena como un perro lobo.)* A ver qué descubre mi fidelísimo can. *(Mientras ladra, el Arquitecto sigue rascando.)*

ARQUITECTO. Guah, guah.

Por fin extrae de entre la tierra una perdiz viva que toma en sus fauces y se lleva corriendo feliz. Vuelve inmediatamente. El Emperador lo acaricia con cariño. Le da golpecitos en el lomo.

EMPERADOR. "Entre todas las criaturas, sólo el hombre puede inspirar un asco sin matices. La repugnancia que puede provocar un animal sólo es pasajera". *(El perro-Arquitecto aplaude feliz y ladra gozoso.)* Ese sí que era de los míos. Eso es, quédate a mi lado para siempre, como un perro, y te querré durante toda la eternidad; juntos recorreremos como el Cancerbero y Homero los más recónditos parajes del océano. *(Se vuelve ciego. Se pone gafas de ciego. Toma un bastón. El perro le guía. Solemne.)* "Canta, oh musa mía, la cólera de Aquiles." Esto me parece que ya lo he dicho. Una limosnita para este pobre ciego de nacimiento que no lo puede ganar. Una limosnita. Gracias, señora, es usted muy amable: que Dios le conserve la vida y la vista muchos años: una limosnita por el amor de Dios. Por amor de Dios... Atiza, pues ahora que estoy ciego es cuando mejor veo a Dios. ¡Oh, Señor!, qué feliz soy! Siento, como Santa Teresa, que me introduces una espada de fuego por el culo.

ARQUITECTO. *(En lenguaje de perro.)* Por mis entrañas.

EMPERADOR. Eso es, por mis entrañas, siento cómo introduces en mis entrañas una espada de fuego que me produce un gozo y un dolor sublimes. ¡Oh, Señor! Siento como ella, también, que los diablos juegan a la pelota con mi alma. ¡Oh, Señor!, por fin he encontrado la fe. Quiero que toda la humanidaad sea testigo de este acontecimiento. Quiero que mi perro también tenga la fe. Perro, dime, ¿tienes fe en Dios? *(Ladrido incomprensible del perro-Arquitecto.)* Especie de sarraceno apóstata, ¿no crees en

Dios? *(Se dispone a pegarle.)* ¡Oh, Señor! No te preocupes, haré que este perro tenga fe aunque tenga que matarlo a palos. *(Se dispone a pegarle, pero el perro se suelta. Él queda como un ciego dando bastonazos a derecha y a izquierda.)* Maldito. Ven a mi lado. Es la voz de la revelación de la fe. *(Da bastonazos por todos lados intentando pegar al perro, que se ríe de él.)* Haré una cruzada de ciegos creyentes para ir a combatir a bayonetazo limpio a todos los perros ateos de la tierra. Maldito. Ven aquí. Ponte de rodillas conmigo que voy a rezar. *(Le pega bastonazos a derecha y a izquierda. El perro "le toma el pelo", ladra.)* Y aún te burlas de mí. Maldito coyote de la pampa. Pobre animal, no comprenderá jamás las excelsas virtudes del proselitismo.

El Arquitecto se quita la caperuza y vuelve al Tribunal.

ARQUITECTO. *(Presidente.)* Que pase el siguiente testigo. *(El Emperador refunfuñando se quita sus gafas de ciego.)* He dicho que pase el testigo siguiente: Doña Olimpia de Kant.

EMPERADOR. *(Olimpia de Kant.)* ¿En qué puedo serles útil?

ARQUITECTO. ¿Conoció usted a la madre del acusado?

EMPERADOR. *(Olimpia de Kant.)* ¿Cómo no iba a conocerla? Era mi mejor amiga. Desde niñas éramos amigas: nos habían expulsado del mismo colegio...

ARQUITECTO. Cuente, cuente, ¿cómo es que las expulsaron?

EMPERADOR. *(Olimpia de Kant.)* Cosas de niñas. Jugábamos desnuditas a los médicos, a tomarnos la temperatura, a hacernos operaciones hondas, a derramarnos tinteros de tinta lentamente de pies a cabeza..., en aquel tiempo, con aquellas costumbres tan viejotas, vaya usted a saber lo que se imaginaron. Claro que nos besábamos, ¿no nos íbamos a besar? Éramos dos niñas que nacían a la vida. El caso es que nos expulsaron del colegio.

ARQUITECTO. ¿Qué edad tenían?

EMPERADOR. *(Olimpia de Kant. Sin querer responder.)* Ella era algo mayor que yo. Dos niñas, ya le digo. Juegos, nada más que juegos inocentes. Pero, en fin, supongo que no estamos aquí para hablar de esto.

ARQUITECTO. Pero no carece de interés: ¿Qué edad tenía cuando la expulsaron?

EMPERADOR. *(Olimpia de Kant.)* ¿Quién, yo? *(Muy grave.)* Apenas veinte años.

ARQUITECTO. ¡Oh! *(Silencio crispado.)* Conocía, claro está, al acusado.

EMPERADOR. *(Olimpia de Kant.)* Era el amor de su madre; no vivía nada más que para él. Y siempre creí que él la quería de la misma manera.

ARQUITECTO. ¿Nunca reñían?

EMPERADOR. *(Olimpia de Kant.)* Todos los días y violentísimamente. Es lo propio del amor. Era corriente verlos como una pareja de enamorados paseándose por un parque, o bien riñendo a gritos sin preocuparse para nada de quién pudiera oírles. Nunca hubiera pensado que la cosa pudiera llegar tan lejos.

ARQUITECTO. ¿Tan lejos?

EMPERADOR. *(Olimpia de Kant.)* Dos días antes de que su madre desapareciera para siempre, de-sa-pa-re-cie-ra...

ARQUITECTO. ¿Qué quiere decir con esa ironía?

EMPERADOR. *(Olimpia de Kant.)* Que yo creo que nadie "desaparece" si no se la hace desaparecer.

ARQUITECTO. ¿Se da cuenta de la gravedad de su presunción?

EMPERADOR. *(Olimpia de Kant.)* Yo no me meto en nada. Lo que le decía es que días antes de que desapareciera ocurrió un suceso que ella me contó y que merece que se narre aquí. Mientras dormía, su hijo se aproximó sigilosamente, colocó con todo cuidado un tenedor, sal y una servilleta junta a la cama y con una cuchilla de carnicero, con todo sigilo, la levantó encima de la garganta de su madre y cuando le asestó el formidable hachazo que hubiera debido decapitarla, ella se separó. Al parecer, al acusado, en vez de sentirse mal, le dio un violento ataque... de risa. *(El Emperador se para y ríe histéricamente. Tras haberse quitado la máscara de Olimpia de Kant.)* ¡A la rica carne de madre! La carnicería modelo. El artículo de la semana. *(Ríe a carcajadas. De pronto se vuelve muy serio y triste hacia el Arquitecto.)* Nunca te lo he dicho, pero ¿sabes? Cuando me voy lejos de ti... *(Muy alegre.)* Mira que poder haberle sacudido un hachazo y haberla convertido en filetes. Mi madre en rajitas. *(Triste de nuevo.)* Nunca te lo he dicho, pero si me alejo de ti cuando tengo necesidad de hacer *(Muy digno.)* mis "aguas mayores" es porque... *(Ríe.)* Mi madre, ¡qué caso! No habrás creído ni una palabra de lo que ha dicho Olimpia, doña Olimpia... *(Triste.)*... Pues hoy lo sabrás. Hoy te diré la verdad. Me alejo de ti para blasfemar.

ARQUITECTO. Pero, ¿por qué? ¿No quieres blasfemar conmigo?

EMPERADOR. *(Triste.)* No me obligues a causar escándalo. No olvides estas palabras históricas: "Si tu mano es causa de escándalo más vale que te la cortes." "Si tu pie...". ¿Será por eso por lo que se ve tanto cojo en esta época?

ARQUITECTO. Nada de escándalos. Si quieres ahora mismo blasfemamos juntos.

EMPERADOR. *(Inquieto.)* ¡Juntos! ¿Tú y yo blasfemar?

ARQUITECTO. Claro, hombre, haría la mar de bien.

EMPERADOR. Oye, ¿y si blasfemáramos con música?

ARQUITECTO. Muy buena idea.

EMPERADOR. ¿Cuál será la música que más joda a Dios?

ARQUITECTO. Tú sabrás mejor que yo.

EMPERADOR. Blasfemar con una marcha militar tiene que mortificarle de lleno. *(Muy triste.)* ¿Sabes lo que hago cuando me alejo? Defeco de la manera más distinguida y con el mayor recogimiento. Luego, con lo hecho me sirvo de pintura y escribo: "Dios es un hijo de puta" ¿Crees que un día Dios me convertirá en estatuas de sal?

ARQUITECTO. ¿Es que ahora los convierte en estatua de sal?

EMPERADOR. *(Grandioso.)* Desgraciado, no has leído la Biblia. ¡Que barbaridad! Lo mismo te envía fuego del cielo que inunda la tierra en menos que canta un gallo. ¡Ándate con ojo!

ARQUITECTO. Bueno, ¿blasfemamos juntos o no?

EMPERADOR. Pero cómo, ¿no te da miedo?

ARQUITECTO. Pero si tú...

EMPERADOR. No me recuerdes mis pecadillos de juventud. ¿Qué sabes tú de las flaquezas de la carne? Escúchame: *(Se pone en posición de cantante de ópera.)* "Me cago en Dios y en su divina imagen y en su omnipresencia." Di por lo menos tra-la-la-la. "Odio a Dios y a sus milagros."

ARQUITECTO. Tra-la-la-la.

EMPERADOR. *(Furioso.)* Bestia. ¿Cómo se te ocurre interrumpirme?

ARQUITECTO. Pero si me lo habías pedido tú.

EMPERADOR. Calla. ¿No veías que estaba inspirado? Tú crees que es tan fácil cantar ópera. *(Pausa.)* ¿Pero por dónde estábamos del juicio?

ARQUITECTO. ¿Cómo? ¿Ahora eres tú el que te interesas?

EMPERADOR. Ponte inmediatamente en tu sitio. ¿Es que no se hará jamás justicia en esta puñetera isla? Si Cicerón levantara la cabeza, menudas catilinarias.

ARQUITECTO. *(Se pone la máscara de Presidente del Tribunal.)* Se hará justicia. Que pase el siguiente testigo... Un momento. El tribunal considera que ya ha escuchado a todos los testigos. Pasamos a escuchar al propio acusado. Díganos, por favor, lo que opina de la carta que hemos encontrado. *(Lee.)*

"Como el pájaro se dirige hacia la orilla sobre la cabeza de los pescadores remando..."

EMPERADOR. No me digas más, reconozco el estilo. Es mi madre.

ARQUITECTO. *(Murmurando mientras lee para sí.)*... ¡Ah!... Esto es más interesante. "He sido siempre como una roca, como una biblioteca. Como una radiestesista, para mi hijo, para él..."

EMPERADOR. El cuento de nunca acabar: lo mucho que me quiere, etcétera...

ARQUITECTO. *(Murmura. Por fin lee.)*... "De niño había que tumbarle sobre la acera y cubrirle con una manta, luego había que presentarse allí, levantar la manta, decirle: "Hijo mío de mi vida, has muerto, lejos de tu mamá."

EMPERADOR. *(Impaciente.)* Juegos, juegos inocentes, nada más que juegos. No tiene nada de particular.

ARQUITECTO. No olvide que esta carta la escribió días antes de su pretendida desaparición.

EMPERADOR. ¿Qué tengo yo que ver con que haya desaparecido?

ARQUITECTO. *(Leyendo.)* "Temo... lo peor; últimamente se ha vuelto la mar de raro, me riñe por todo. Cuando vamos al bosque las noches claras ya no danzamos las farandolas como antes, tengo la impresión que me busca, que me..."

El Emperador sale corriendo. El Arquitecto se quita su atuendo de Presidente del Tribunal y se coloca la máscara de madre y un chal por encima. El Emperador danza frenéticamente, mientras canta.

EMPERADOR. En la noche las estrellas se llenan de zapatos femeninos y de ligas. En la noche las estrellas me llaman donde centro mi cerebro. *(El Arquitecto-madre danza con él como una especie de farandola. El Emperador se para de pronto.)* Te echaré al perro.

ARQUITECTO. *(Madre.)* ¿Qué dices, hijo mío?

EMPERADOR. Te mataré y te daré de comer al perro.

ARQUITECTO. *(Madre.)* Hijo mío, qué cosas tan raras se te ocurren, ¡pobrecito, mi hijo de mi alma!

EMPERADOR. ¡Qué desgraciado soy, mamá!

ARQUITECTO. *(Madre.)* Hijo mío, aquí estoy yo para consolarte.

EMPERADOR. ¿Me consolarás siempre?

ARQUITECTO. *(Madre.)* ¿Cómo se te ocurren esas ideas? Ya no me quieres.

EMPERADOR. Oh, sí. Mira: soy un plátano: pélame y cómeme si quieres.

ARQUITECTO. *(Madre.)* Hijo mío. Sienta un poco la cabeza. Te estás volviendo loco. Estás siempre muy solo. Tienes que salir un poco más, ver alguna película.

EMPERADOR. Todos me odian.

ARQUITECTO. *(Madre.)* Mécete en mi regazo. *(El Emperador coloca su cabeza sobre el regazo del Arquitecto-madre. Llora.)* No llores, hijo mío, pobrecito él. Todos le odian porque es el mejor. Todos le tienen envidia.

EMPERADOR. Mamá, déjame que me recueste sobre tus pies, como de niño.

ARQUITECTO. *(Madre.)* Ven, hijo mío. *(Levanta los pies. El Emperador, sentado de espaldas a ella, recuesta su cuello contra la palma de los pies. Es una posición muy difícil. El Arquitecto-madre le canta una nana.)*

Pobrecito mi niño,
el más hermoso,
que no tiene que dañarle
ni el diablo ni el coco.

La madre tararea la canción, mientras el Emperador medio se amodorra. De pronto se levanta frenético.

EMPERADOR. Que me oigan todos los siglos: en efecto, yo maté a mi madre. Yo mismo, sin ayuda de nadie.

ARQUITECTO. *(Corre a ponerse el atuendo de Presidente de Tribunal.)* ¿Se da cuenta de la gravedad de lo que dice?

EMPERADOR. No me importa. Que caigan sobre mí todos los castigos de la tierra y del cielo, que me devoren mil plantas carnívoras, que me beba la sangre de mis venas una escuadrilla de abejas gigantes, que me cuelguen cabeza abajo en el espacio infinito a millones de años luz de la tierra. Que los dragones de Satanás me tuesten las nalgas hasta que se conviertan en dos panderos rojos.

ARQUITECTO. ¿Cómo la mató?

EMPERADOR. Le di un martillazo terrible en la cabeza mientras dormía.

ARQUITECTO. ¿Murió instantáneamente?

EMPERADOR. Inmediatamente. *(Soñador.)* Qué impresión tan curiosa. De su cabeza entreabierta salieron como unos vapores y tuve la impresión de que un lagarto emergía de su herida. El largarto se colocó sobre la mesa enfrente de mí, moviendo acompasadamente su bofe y mirándome fijamente. Al mirarle detenidamente, pude ver que su cara era mi cara. Cuando lo fui a coger desapareció como si fuera tan sólo un fantasma.

ARQUITECTO. Pero cuando...

EMPERADOR. Luego, no se por qué, me entraron ganas de llorar. Me sentía muy desgraciado. Besé a mi madre y mis manos y mis labios se llenaron de su sangre. Por más que la llamaba no me respondía y me sentí cada vez más triste y más desgraciado. *(Buscando.)* Mamaíta. Soy yo. No quería hacerte daño. ¿Qué te pasa? ¿Por qué no te mueves? Mira qué de sangre tienes. ¿Quieres que haga gracias para ti? *(Comienza a contorsionarse, a hacer falsas piruetas, muy torpes. Recita.)* "La liebre de marzo y el sombrero tomaban el té, un lirón estaba sentado entre ellos, profundamente dormido, y los otros dos apoyaban sus codos sobre él como un almohadón." *(Gime.)*... Mamaíta, no quería hacerte daño, tan sólo te di un martillacito, con cuidado... "Hablaban por encima de su cabeza. Qué incómodo para el lirón, pensó Alicia, pero como duerme le traerá sin cuidado". ¿Te ha gustado, mamaíta? ¿Lo he dicho bien? Háblame. *(Pausa.)* Dime algo.

ARQUITECTO. *(Presidente del Tribunal. Golpea sobre la mesa.)* ¿Qué hizo usted del cadáver? ¿Cómo puede explicarnos el que nunca haya aparecido?

EMPERADOR. Pues... *(Agacha la cabeza tímidamente.)*... ¡Qué importa!

ARQUITECTO. La justicia tiene que saberlo todo.

EMPERADOR. *(Tras largo silencio en el que va a hablar y no lo hace. Por fin dice:)* El perro lobo que teníamos... el perro... bueno, se comió el cadáver.

ARQUITECTO. ¿Y usted no se lo impidió?

EMPERADOR. Yo... más bien... bueno... ¿qué de malo tenía?... Tardó varios días. Cada día se comía un pedazo... Yo mismo le hacía entrar en la habitación.

ARQUITECTO. ¿Se comió hasta los huesos?

EMPERADOR. Los que no trituró los tiré en las latas de basura de la Facultad de Medicina.

ARQUITECTO. El tribunal juzgará sus actos.

EMPERADOR. *(Falso.)* "Como un barco con sus velas desplegadas se para en todas las escaleras de su itinerario, así mi dolor padecerá todas las etapas del martirio". *(Auténtico.)* Arquitecto, condéname a morir, sé que soy culpable. Sé que lo merezco. No quiero vivir ni un minuto más esta vida de fracaso, de derrota. Me imagino que hubiera sido feliz dentro de un acuárium, sentado en una silla, rodeado de agua y de peces, y allí vendrían las niñas a mirarme los domingos. En vez de ello... Dime que me quieres, Arquitecto, dime que a pesar de todo no me rechazarás esta noche.

ARQUITECTO. Aquí estamos para juzgarle.

EMPERADOR. Arquitecto. Dime de una vez que me has condenado. *(Pausa.)* Oye, mírame. Soy tu Ave Fénix. *(Se acurruca tratando de imitar al Ave Fénix.)*

ARQUITECTO. Nada de historias. Está ante el tribunal.

EMPERADOR. Mis actos de acusación son sus cisnes redondos durante el último período de luna llena.

ARQUITECTO. Será juzgado con toda severidad.

EMPERADOR. ¿Puedo preguntarle cuál será mi castigo?

ARQUITECTO. La muerte.

EMPERADOR. ¿Puedo elegir la manera de morir?

ARQUITECTO. Diga.

EMPERADOR. Quisiera que me matara usted mismo de un martillazo. *(Pausa. Con verdad.)* Arquitecto, ¿me matarás tú mismo?

ARQUITECTO. Supongo que podremos ejecutar su deseo.

EMPERADOR. Pero sobre todo...

ARQUITECTO. ¿Qué?

EMPERADOR. No es mi deseo; es una exigencia: la última voluntad de un condenado a muerte.

ARQUITECTO. Dígala de una vez.

EMPERADOR. Tras morir...

ARQUITECTO. *(Quitándose la toga.)* Emperador, ¿hablas en serio?

EMPERADOR. *(Grave.)* Muy en serio.

ARQUITECTO. Pero si todo esto era una broma más: tu juicio, tu proceso... pero parece que te lo tomas en serio. Emperador, sabes que te quiero.

EMPERADOR. *(Muy emocionado.)* ¿Lo dices en serio?

ARQUITECTO. Sí, muy en serio.

EMPERADOR. *(Cambiando de tono.)* Pero hoy no jugábamos.

ARQUITECTO. Hoy era como otros días.

EMPERADOR. Era diferente; has aprendido muchas cosas que no quería decirte.

ARQUITECTO. ¿Qué importa? ¿Me besas? *(El Arquitecto cierra los ojos. El Emperador se acerca a él y muy ceremoniosamente le besa en la frente.)* ¿En la frente?

EMPERADOR. Yo te respeto. ¿Qué sabes tú de estas cosas?

ARQUITECTO. Enséñame como me has enseñado todo.

EMPERADOR. Hoy me matarás: me has condenado a muerte y tienes que ejecutar el castigo.

ARQUITECTO. Pero...

EMPERADOR. Lo exijo.

ARQUITECTO. Pero morir no es un juego como los demás: es un juego irreparable.

EMPERADOR. Lo exijo. Ese es mi castigo. Te estaba hablando de mi última voluntad.

ARQUITECTO. A ver, di.

EMPERADOR. Deseo que... deseo... bueno... que me comas... que me comas, Arquitecto; después de matarme tienes que comerte mi cadáver entero. Quiero que seas tú y yo a la vez. Me comes entero... Arquitecto, ¿me oyes?

OSCURO

SEGUNDO CUADRO

Horas después. Sobre la mesa que antes sirvió de tribunal está el cadáver desnudo del Emperador. La mesa está preparada como para comer. Al hacerse la luz. aparece el Arquitecto con una gran servilleta atada al cuello. Iluminación tétrica. Progresivamente, hasta el final de la obra, el Arquitecto va tomando los caracteres, la forma de hablar, el tono, la voz, las expresiones del Emperador. Cuando vuelve la luz el Arquitecto está cortando el pie del Emperador con tenedor y cuchillo.

ARQUITECTO. Qué barbaridad, qué duro tenía el tobillo. *(Medio sierra para terminar de cortarlo sin lograrlo. Dirigiéndose a la cabeza del Emperador.)* ¡Eh! Emperador, qué te echabas en los huesos de los pies, no hay manera de cortártelos. *(Entra en la cabaña, sale con un serrucho. Imitando al Emperador.)* "Deseo que... deseo... bueno... que me comas." Se dice pronto. *(Sierra con el serrucho. El pie no cede.)* Matarle... comerle... Y yo aquí sólo. ¡Quién va a llevarme ahora a Babilonia sobre sus lomos de elefante? ¿Quién va a acariciarme la espalda antes de dormirme? ¿Quién me va a pegar con el látigo cuando lo deseo? *(Va hacia los matorrales.)* Topos, traedme un hacha, a ver si por fin me cargo el pie. *(Estira la mano. No ocurre nada.)* Pero qué pasa? No me obedecéis. Soy yo quien habla, soy el Arquitecto, no soy el Emperador, traedme un hacha. *(Estira la mano. Espera inquieto. Tras larga espera por fin asoma entre los matorrales un hacha.)* Pues estamos buenos. Lo que han tardado los malditos. ¿Es que ya no me obedecen? Vamos a ver. Que caiga un rayo inmediatamente con su trueno. *(Espera inquietamente.)*

¿Cómo? Eso tampoco. Me encuentro muy raro. Estoy inquieto. A ver: *(Contando con los dedos.)* Me he duchado en la fuente de la Juventud, he hecho todos los ejercicios... y, sin embargo, no me obedecen. *(Rayo y trueno.)* Ah! Bueno, más vale tarde que nunca. *(Con el hacha se dirige al pie del Emperador. Pega un formidable hachazo y lo corta. Lo toma en la mano. Mira el pie con detenimiento.)* Sus cinco deditos. Sus callos. Buen pie, más bien grande, vive Dios. No tendrá aún cosquillas. *(Le hace cosquillas en la planta. Ríe él mismo.)* Así, a palo seco, comérmelo... Un poco de sal le vendrá la mar de bien. *(Le echa sal. Muerde, saborea el bocado.)* ¡Ah, pues no está nada mal. Me regalo por anticipado. *(De pronto deja de comer, amedrentado.)* ¿No será hoy abstinencia de carne? ¿Es viernes? Creo que no. De todas maneras, ¿cuál es la religión que no se come carne los viernes? Esa acémila de Emperador, oh, perdón. *(Reverencia al muerto.)*, ni siquiera me lo ha dicho. Una es la de los viernes y la de... las cruzadas. ¡Ay, va! Pues no me acuerdo de nada. ¿Y la de los harenes? Menudo follón que tengo en la cabeza. Si mal no recuerdo lo de masturbarse está prohibido en todas... a no ser que... ¿dónde están esos malditos libros piadosos? Por cierto, y cuál es mi religión... Bueno, más vale que no me meta en eso. *(De pronto muy inquieto.)* ¡El papel! ¿Dónde está el papel? *(Sale, va a la cabaña, vuelve con un papelito en la mano. Leyendo el papel.)* "Quiero que te vistas de mi madre para comerme. No te olvides sobre todo de ponerte el gran corsé con cordones que ella se ponía." Pues se me olvidaba lo mejor. *(Va a la cabaña, vuelve con una gran maleta que dice con letras muy grandes "Traje de mamaíta adorada". Abriendo la maleta.)* ¡Cómo huele! ¡Qué barbaridad! Pero esta señora se meaba encima. Pero si huele peor aún que el Emperador. Y mira que cuando le daba por hurgarse el sexo olía a medio kilómetro. Qué manía, todo el día hurgándose, contemplándose, aireándolo... *(De pronto se ríe a carcajadas. Saca la faja, se la coloca. Comienza a atarse las cuerdas.)* Pero ¿para qué tanta cuerda? Bueno, entonces, que quede bien entendido, lo que ya me he comido del pie no vale, ¿eh? *(Se ata furiosamente, se hace grandes líos, por fin se para.)* Un momento. ¿Pero no hablo ya casi como el Emperador? ¿Qué me pasa? También hablo solo. Como decía él: "Estoy solo, esto me da pie para ser shakespeariano." Maldita sea esta maldita faja. Pero quién la habrá inventado. Pero por qué me habrá ordenado que me disfrace de su madre. Bueno, más vale que no me meta en sus cosas. *(Para mejor poder tirar de las cuerdas, las hace pasar por una rama. Estira violentamente.)* Que me ahogo. ¿Cómo harían con todo esto para dejarse meter mano? *(Imitando.)* "Ay, que me roza una hebilla." *(Por fin ha terminado de ponerse la faja. Se coloca por encima un chal y un sombrero barroco.)* ¡Menuda madre! Ni la propia Popea. Mis entrañas están preparadas para parir al mismísimo Nerón. *(Inquieto.)* Pero no decía esto el Emperador. Muera la monarquía. Estoy harto de ti y de tu madre. Será lo último que haga, comeré tu cadáver vestido de tu madre y luego emigraré con mi piragua. Siento bajo el agua la llamada de las diez mil trompetas de Jericó. De mi vientre saldrá la luz que me guiará hacia una región en la que viviré entre catástrofes de felicidad, en la que los niños correrán con las reinas de Saba, en la que los ancianos gobernarán a las mujeres de las manos acariciadoras y en la que regiones secretas están llenas de globos fantasmas. *(Está sucintamente vestido de madre. Se sienta a la mesa, y con ceremonia come un nuevo bocado del pie del Emperador. Deja de masticar y se dirige lloroso a la cara del Emperador.)* Sabes, lo siento mucho... me siento muy solo sin ti. Me hacías mucha compañía. Prométeme que resucitarás... ¿No me dices nada? Dime al menos que me quieres. Dime algo, por favor. Haz un milagro. Los santos hablan cuando están muertos, tú mismo me lo has contado... y hacen milagros. Haz un milagro para mí. Cualquier cosa, el caso es que te sienta presente. Mira este vaso de agua, conviértelo en whisky. *(Levanta el vaso.)* Hala, hombre, haz un esfuerzo. Es un vasito de nada. Si te hubiera pedido que fundieras una campana, que volvieras fecundas a las mujeres estériles que la tocaran, podrías quejarte, pero... Sólo en whisky... Haz un esfuercito. Más fácil: en vino. *(Espera. No ocurre nada.)* En vino blanco. Es muy sencillo, este vasito de agua lo conviertes en vino blanco... en vino blanco aguado... Hala, hombre. *(Furioso.)* Bueno, pues no te hablo más, no me junto más contigo. Ya no te vuelvo a hacer caso. Que te pudras de asco. *(Muerde con violencia en el pie del Emperador. Se come otro bocado más grande aún. Toma el vaso de agua que había levantado antes. Se lo lleva a los labios para bebérselo. Inmediatamente, enfurecido, lo tira de su lado.)* Berzas, más que berzas. Me lo has convertido en lejía. Eres un marica y un santo de risa. Si esto es un milagro yo soy María Guerrero. *(Se come un gran pedazo del pie.)* ¿Qué habrá querido decir con eso? ¡Lejía! Luego hay otra vida, hay un más allá. Si tuviera una mesa de tres patas comunicaría con él. De todas maneras aún no ha llegado lo mejor. En cuanto me coma su cabeza, con su ácido nucleico, ahí va a estar lo bueno. Con su ácido nucleico en el gañote soy capaz de todo. *(Va a la cabaña, vuelve con un cincel y una pajita de horchata.)* ¿Me permites? Voy a absorberte primero tu ácido nucleico. Gracias a él... Pero ya veo... La lejía iba destinada a su madre... A su madre. *(Ríe.)* Gracias a tu ácido nucleico seré el dueño de tu memoria, de tus sueños, y, por tanto, de tus pensamientos. *(Golpe con el cincel tras la oreja del Emperador. Hace un agujero. Aplica al agujero la paja de horchata. Chupa, se le caen trozos como yogur que lame.)* ¡Uf! *(Acaba de terminar de tomárselo.)* Me siento otro hombre, estoy nuevo. Bueno, merezco una siestecita. Gorilas de la selva, traedme una hamaca. *(Espera confiado.)* ¿Qué pasa? ¿No me habéis oído? He pedido una hamaca. *(Espera impaciente.)* ¿Pero cómo? ¿No me vais a obedecer? *(Se dirige a los matorrales.)* ¡Eh! Tú, gorila, tú. Tráeme la hamaca... inmediatamente. *(Un momento de espera.)* No sólo no me obedeces, sino que sales corriendo. ¡Te has vuelto loco! Un gorila loco. ¡Es el colmo! *(Se sienta y medio gime muy triste.)* He perdido toda mi autoridad.

OSCURO

CUADRO TERCERO

Días después. Sobre la mesa tan sólo quedan los huesos del Emperador El Arquitecto tiene ahora el mismo tono del Emperador, las mismas maneras. Cuando vuelve la luz, el Arquitecto está chupando un último hueso.

ARQUITECTO. Y ahora que no puedo ya mandar a los animales, amaestraré una cabra. Cuando le diga que firme, con su pezuña pondrá un garabato, cuando le diga que imite a Einstein sacará la lengua, cuando le diga que se parezca a un obispo se pondrá de rodillas. Emperador, ¿dónde estás? ¿Cómo te he podido comer tan fácilmente? Polvo eres y en polvo te convertirás... ¿Y el sol? ¿Me obedecerá aún el sol? A ver: que se haga la noche. *(Espera. No ocurre nada. Chupa de nuevo el último hueso. Lo deposita sobre la mesa.)* Ahora sí que ya creo que puedo decir que ya he terminado. *(Los huesos están sobre la mesa formando una especie de esqueleto dislocado.)* Hablo solo, como él. Tendría que reprimirme. *(Da un brusco manotazo y cae al suelo uno de los huesos. Se agacha para recogerlo tras la mesa. Desaparecece, por tanto, a los ojos del espectador.)*

VOZ DEL ARQUITECTO. ¿Dónde está este maldito hueso?

Cuando emerge de debajo de la mesa, la persona que surge es ya el Emperador, vestido como el Arquitecto.

EMPERADOR-ARQUITECTO. ¡Ah! Aquí está. Aquí está este maldito hueso de marras. Tengo que andar con ojo, de un manotazo lo tiro todo. Una cabra. Eso es, una cabra amaestrada que llegaría a ser Princesa de Caldea, o Emperadora, o cantante de ópera. *(Empuja la mesa en la que está el esqueleto hasta hacerla desaparecer por la izquierda.)* Que desaparezcan todos los restos del ágape imperial. *(Vuelve y se instala en el centro del escenario.)* ¡Al fin solo! Esta vez sí que voy a ser feliz. Comienzo una nueva vida. Olvido lo pasado. Mejor aún, olvido todo lo pasado, pero para mejor tenerlo presente; para no volver a caer en ninguno de mis errores pasados. Nada de sentimiento. Ni una lágrima por nadie. *(Llora. Reponiéndose.)* He dicho que ni una lágrima por nadie. Sereno. Tranquilo. Feliz. Sin complicaciones, sin dependencias. Haré estudios por mí mismo, llegaré al movimiento continuo. *(Estira una de sus piernas, mira en el sentido opuesto.)* Ráscame la pierna. Hazme cosquillas. *(Lentamente, con la cara vuelta para el lado opuesto, resbala una mano hasta su pierna. En el momento en que se toca la rodilla con la mano, dice excitado:)* Eso es, ahí, bien rascado, lentamente. Un poco más abajo. Con las uñas, más fuerte. Con las uñas te digo. Más fuerte. Más fuerte. Rasca más fuerte. Más fuerte aún. Más abajo. Más fuerte. Más abajo. *(De pronto se vuelve frenético. Coge la mano que rascaba —como si estuviera sin vida— con la otra y la contempla extrañado—.* Qué orgías me preparo. Yo solo: voy a ser el primero, el único. El mejor. Tendré que tener mucho ojo de que nadie me vea. Día y noche escondido. Y nada de lumbre, ni de cigarrillos, la llama de una colilla se ve en una pantalla de radar a diez mil kilómetros. Tendré que tomar todas las precauciones. Cantaré ópera: *(Cantando.)* Fígaro-Fígaro-Fígaro-Fígaro-Fígaro... Vaya tío. Y como estoy solo, la humanidad no me envidiará, no me perseguirá. Nadie sabrá todo el talento que se encierra en este único habitante de un planeta, quiero decir de una isla solitaria. Y ahora que no me oyen. *(Loco de contento.)* ¡Viva yo! ¡Viva yo! ¡Viva yo!... ¡y mierda para los demás! ¡Viva yo! *(Danza feliz, como loco de contento. En este instante ruido de avión. El Emperador escucha inmóvil un instante. El Emperador. Como un animal perseguido, amenazado, se refugia, corretea, cava en la tierra, tiembla, por fin esconde su cabeza en la arena. Explosión. Resplandor de las llamas. El Emperador. Con la cabeza contra la arena y los oídos tapados con los dedos, tiembla de espanto. Pocos momentos después entra el Arquitecto con una gran maleta. Cierta elegancia afectada. Intenta permanecer tranquilo. Toca al Emperador con el bastón mientras le dice:)*

ARQUITECTO. Caballero, ayúdeme, soy el único superviviente del accidente.

EMPERADOR. *(Horrorizado.)* Fi, Fi, Fi, ¡Figa...! *(Le mira un instante aterrado y por fin sale corriendo.)*

Telón rápido

DOMINGO MIRAS

LA SATURNA

EL RESPLANDOR DE LA HOGUERA

Ricard Salvat

La Saturna es uno de los personajes más apasionantes y acabados del teatro español de este último medio siglo. Sin duda ninguna, es una aportación fundamental y necesaria a nuestra dramaturgia. No anda muy sobrado de tipos, personajes, arquetipos, figuras, ni contrafiguras nuestro teatro de después de la Guerra Civil, y Domingo Miras lo enriqueció con este carácter de mujer que camina sola, o lo que es peor aún, mal acompañada, por entre grises peñascos, caminos reales y paisajes quebrados y tristes. El viaje de ida y vuelta de Segovia a la Corte, es un viaje desde la inquietud y la zozobra a la desesperación y la muerte. Un viaje lleno de todo tipo de accidentes y duros y feos encontronazos. Un viaje en que la España eterna, esa España detenida en el tiempo, en la crueldad y en la desventura histórica, no hace más que engullir a sus propios hijos, como un inmenso Saturno.

La Saturna no puede menos que recordar a Coraje, por su itinerancia, por su verse superada por la historia y los acontecimientos. Su caminar es precipitado y la narración dramática aumenta esa sensación de angustia, inquietud y futilidad. La Saturna acabará viéndose arrollada por la marcha de las cosas, por su implacabilidad, por su fatalidad. Aldonza Saturno de Rebollo acabará siendo un personaje trágico. La Saturna es también una prima lejana, aunque quizá más bondadosa, de la Celestina, pero con todas las distancias que la separan no puede menos que recordárnosla. Como nos la define Quevedo, personaje del prólogo y del epílogo de la obra, es un "un poco alcahueta, un poco hechicera, un poco puta..." [1]

En la pieza la vemos actuar de lo primero y de lo último a lo largo de su peregrinar y nos enteramos de su trato con las fuerzas ocultas por las no claras razones de su muerte y martirio.

Ese personaje, que está a medio camino de tantos quehaceres, es un poco o un mucho símbolo de la España profunda y desesperada, de una España que dominaba al mundo y arrojaba a sus gentes a la desesperación del hambre, a las gratuitas crueldades de una justicia implacable y a la persecución religiosa y moral de la Inquisición. Se ha dicho que muy pocos imperios han tratado tan mal a sus gentes medias y llanas como lo hizo España en sus momentos de esplendor. La novela picaresca, algunas de nuestras obras teatrales clásicas —no demasiadas por cierto— y la pintura no oficial, dieron puntualmente prueba y testimonio de todo ello, pero nos faltaba el personaje que tipificara esa falta de moral y ese sufrimiento y Miras nos ha dado ese personaje magistralmente definido en claroscuros y sin veleidades psicologistas, como si con él, con esa Saturna que sufrirá una de las peores muertes imaginables, quisiera llenar ese vacío histórico en el devenir de nuestro teatro.

Ahí está esa Saturna como un reto y como una fascinación para los directores de escena. Sin duda alguna esta obra y *Las brujas de Barahona* son piezas que muchos directores desearíamos montar. Pero estas propuestas de Domingo Miras son difíciles y muy arriesgadas, y comportan, además, un esfuerzo de producción extraordinario. En una entrevista que se publicaba en la edición entrañable y humilde, como apéndice de la revista "Pipirijaina", Alberto Fernández Torres preguntaba a Domingo Miras si *La Saturna* era irrepresentable. Miras contestaba: "Estoy convencido de que no. Creo, por un lado, que tiene grandes posibilidades. Por otro lado, no creo que las dificultades técnicas sean excesivas, ni siquiera teniendo en cuenta las limitaciones económicas de un grupo independiente. Yo veo cada cuadro de *La Saturna* como un gran contraste de claros y oscuros con amplias zonas del escenario en penumbra y todo esto lo puede resolver sin dificultades una hábil iluminación. En realidad, no he pensado demasiado en detalles de escenografía o decorado; todo texto de teatro es una creación sucesiva de varios señores que pueden moldearlo según lo crean conveniente". [2]

Estas declaraciones son de 1974 y quizá convendría recordar que, en aquel momento, era impensable un estreno de esta pieza en teatros subvencionados o comerciales al uso. De haber pasado el teatro por censura, sólo habría podido tener acceso al escenario, a través de lo que se convino en llamar teatro independiente.

César Oliva, que en estos últimos quince años ha llevado a cabo, como Alberto González Vergel, una admirable labor por dar a conocer autores españoles que no tienen entrada en los circuitos comerciales, tuvo el honor de estrenar *La Saturna* en Ibiza, en 1977, con Queta Claver, Manolo Gallardo, Guillermo Marín (en Quevedo) y José Luis Heredia. En 1980 Manuel Canseco la presentó en el Centro Cultural de la Villa de Madrid, con Julia Trujillo de protagonista.

César Oliva resolvió la puesta con un decorado único que iba evolucionando. De hecho el decorado era como un biombo con puertas o vanos que se iban iluminando desde diversas partes, intentando así, crear los diferentes espacios de la propuesta escénica de Miras.

Dentro de los estudios sobre las formas teatrales, el profesor Siegfried Melchinger [3] distingue fundamentalmente entre formas que siguen la estructura en actos y formas que usan la estructura en biombo. Esta última es la que pueden ejemplificar Shakespeare y Brecht. *La*

Saturna se orienta clarísimamente por esta segunda arquitectura narrativa.

Once (de hecho trece) son las secuencias y trancos, o cuadros, a través de los cuales se predica el itinerar de La Saturna. Cada una de ellas tiene su independencia, forma una realidad y estructura aparte. Como suele suceder en Brecht, incluso se podría prescindir de algunos cuadros, pero la totalidad del clima de desesperación y opresión sólo se puede conseguir, en la puesta en escena, si se da en su totalidad y con toda su complejidad.

Virtudes Serrano García ha escrito un amplio y riguroso trabajo sobre Domingo Miras, con el que consiguió su título de doctora. En este trabajo imprescindible titulado "La obra dramática de Domingo Miras", y publicado parcialmente en Alemania, la autora nos indica que Miras abría, con esta obra, un nuevo camino en su visión o concepción del teatro, una nueva vía que presenta un "estilo en el que se funden lo real y lo maravilloso, lo posible y lo imposible, en unos textos de compleja organización espacio-temporal, ricos en personajes y tipos, y de clara intención crítica". [5]

Al teatro y al cine españoles de estos últimos años le ha faltado plantearse seriamente nuestra historia y nuestro devenir social. Hasta que no asumamos nuestro pasado, andaremos siempre absolutamente perdidos y sin norte. Si no revisamos nuestros muchos errores, acabaremos cayendo de nuevo en ellos. Como Buero Vallejo y José María Camps, Miras ha sido un durísimo intérprete de nuestro pasado histórico. Su "lectura de las cosas" de nuestro tiempo pasado ha sido implacable, difícil de soportar por lo lúcida y terrible que resulta para el espectador. *De Pascual a San Gil* (escrita un año después de *La Saturna*), *Las alumbradas de la Encarnación Benita* (1979) y *El doctor Torralba* (1982) son tres aportaciones fundamentales para lo que entendemos debe ser un teatro nacional.

A través de hechos a primera vista no decisivos, como pueden ser la sublevación de los artilleros de San Gil, en tiempos de Isabel II; los acontecimientos del monasterio de San Plácido, en tiempos del Conde Duque de Olivares; o la vida azarosa de un personaje medio nigromante, extraordinariamente apasionada que vivió en Roma en los primeros años del siglo XVI, Miras reconstruye nuestro devenir. Partiendo de la pequeña anécdota histórica llega a una lectura desencantada, cruel y desesperada de nuestro desgraciado pasado. *La Saturna,* como muy profundamente señala César Oliva, "es resultado de su relación artística con Quevedo, de cuya pluma no sólo toma palabras sino personajes. Sobre una brevísima cita de Pablos acerca de su madre, al principio de *El Buscón,* se inventa Miras un potente drama de estructura itinerante". [6]

La Saturna es un complemento de las obras históricas citadas, una narración que surge de la literatura comprometida para redondear su visión de nuestra historia. En todo su teatro y, muy en concreto, en las piezas que señalamos, Miras cumple las funciones de un analizador, de un filósofo de la Historia. A veces parece como si el autor pretendiera que el espectador se avergüence de su pasado, se sienta culpable de esa Historia que le compromete y condiciona, sin haber contribuido o participado para nada en ella. Cuando hemos asistido a las representaciones de obras históricas de Miras, hemos sentido la misma incomodidad y desasosiego que vimos experimentar a públicos alemanes ante la adaptación de *El diario de Anna Franck,* ante *El perro del general* de Heinar Kipphardt o ante la trilogía histórica cinematográfica de Rainer Werner Fasbinder.

Y esa revisión de nuestro pasado y de nuestros momentos negativos se hace con un lenguaje extraordinario, salido directamente de los clásicos, de Quevedo, Lope, Cervantes y Valle-Inclán.

Con algunas muy dignas excepciones, el teatro español posterior a 1936 parece no andar muy preocupado por conseguir un lenguaje literario, funcional pero de alta calidad estética. Miras lo ha estado persiguiendo a lo largo de toda su trayectoria como creador teatral y en varias ocasiones lo ha conseguido con mucha gracia y vivacidad.

En los Encuentros de Maratea de 1987, organizados por el Centro Italiano del Instituto Internacional del Teatro, así como en un artículo publicado por la Fundación March [7] aventurábamos una especie de repertorio del teatro nacional. En esa propuesta incluíamos *La Saturna, Las brujas de Barahona, Las alumbradas de Encarnación Benita* y *La monja alférez*. Aunque los teatros subvencionados del Estado español parezcan cada vez más dispuestos a olvidar nuestro mejor teatro y la posibilidad de crear un repertorio, no queremos dejar de recordar que Domingo Miras es uno de los autores más importantes de este último medio siglo y que su presencia no puede ser olvidada ni ladeada.

---

[1] Domingo Miras: *La Saturna* "Pipirijaina Textos", núm. 4. Madrid, 1974, pp. 18. La edición incluye una Entrevista con Domingo Miras por Alberto Fernández Torres, pp. 4-10 y una Autobiografía, pp. 11-13.

[2] Op. Cit, pp. 10.

[3] Siegfried Melchinger: *Drama zwischen Sahw und Brecht*. "Ein leitfaden Durch das Zeitgenössische schauspiel". Deutsche Buch-Gemeinschaft. Berlín-Darmstadt-Wien. 1961, pp. 22-29.

[4] Virtudes Serrano "Domingo Miras: Geschichte und Bedeutung eines dramatikers" en *Spanisches Theater im 20. Jahrhundert*. edición de Wilfried Floeck. Francke Verlag. Tübingen, 1990, pp. 215-233.

[5] Virtudes Serrano García. "La obra dramática de Domingo Miras". El ejemplar mecanografiado se halla en el Archivo de la Facultad de Filología Española de la Universidad de Murcia. La cita corresponde a la página 194 del citado manuscrito. Tesis presentada en septiembre de 1990.

[6] César Olva. *El teatro desde 1936*. Historia de la Literatura Española Actual. Alhambra. Madrid. 1989, pp. 444.

[7] Ricard Salvat. "Teatro de Autor". Boletín Informativo de la Fundación Juan March, núm. 194. Noviembre 1989, pp. 3-14. La referencia a que hacemos mención en el texto se encuentra en la página 13.

Véase así mismo *Maratea Teatro Incontri Europei di Drammaturgia. La Spagna*. Maratea. 7-12 settembre 1987, a cura di Federico Doglio. Partes de la intervención de Ricard Salvat, figuran en las páginas 22-42, 56-57, 87-104 y 166-169.

DOMINGO MIRAS

Nació en Campo de Criptana (Ciudad Real) en 1934. Licenciado en Derecho. En 1973, su obra *Fedra* obtiene el accésit del Premio Lope de Vega. De entre toda su producción se pueden citar *La Saturna; De San Pascual a San Gil*, Premio Lope de Vega 1975; *Las brujas de Barahona* y *El doctor Torralba*. Entre sus últimos trabajos están dos versiones teatrales: la de *La Orestiada*, junto a Manuel Canseco y Rodríguez Adrados, en 1985; y la de *No hay burlas con el amor*, de Calderón, en 1986. Su teatro tiene como base, fundamentalmente, el tema histórico.

TEATRO

La Saturna. Editada en Pipirijaina, 1974. Estrenada en 1977, bajo la dirección de César Oliva.

De San Pascual a San Gil. Editada en Tiempo de Historia, 1975; Vox, 1980, y Alhambra, 1988. Estrenada en el Teatro Español, bajo la dirección de Gerardo Malla, 1980.

La venta del ahorcado. Editada por la Universidad de Murcia, 1986. Estrenada en 1976 en Elda.

Las brujas de Barahona. Editada en Primer Acto, 1980.

Las alumbradas de la Encarnación Benita. Editada en García Verdugo, 1985. Estrenada en el Teatro del Círculo de Bellas Artes de Madrid, 1986, bajo la dirección de Jorge Eines.

El doctor Torralba. Editada en Estreno, 1988.

DOMINGO MIRAS

La Saturna

PERSONAJES

Don Francisco de Quevedo, famoso escritor
Don Pablos, su personaje
La Comadre, vecina que echa una mano en un compromiso
La Moza, doncella en restauración
Aldonza Saturno de Rebollo, llamada La Saturna
La Madre de la moza o doncella que arriba se dice
El Muchacho, hermano de la misma moza
La Hermana, lo mismo
Ana Codillo, prima de Saturna
Pedro Quintanar, marido de la anterior
El Corencia, cómico
La Berrocal, cómica
La López, cómica
El Aguilera, cómico
El Autor, empresario de la compañía de cómicos
Don Alonso Coronel, caballero principal
El Duque de Béjar, venerable anciano
El Alguacil, evidente representante de la autoridad
Dos Guardias, instrumentos de la misma
El Preso, quebrantador del orden, conducido al congruo castigo
Un Labrador, hombre rústico y grosero
Dos Pastores, iletrados y silvestres
Don Lope de Guevara, veterano de las guerras de Flandes
El Rey, nocturno fantasma de agrestes descampados
Voces de Muchachos, alborotadoras y agresivas
Un Niño de Tres o Cuatro años, que no habla
Clemente Pablo, marido de Saturna
Tres Viejas y dos Mozas, vecinas auxiliadoras de la susodicha
Diversos fantasmones de lúgubre y temerosa presencia

Acción: En España. En Segovia, Madrid y el camino entre ambas.
Época: Para los cuadros primero y último, calculo entre los años 1620 y 1625. Los otros diez deben andar por la década transcurrida entre 1580 y 1590.

CUADRO I

Una mesa. Encima de ella, unos folios de papel fuerte un tanto revueltos, un tintero con su pluma de pato metida, y un candil de pantalla que alumbra el rodal. Frente a ella, Don Francisco de Quevedo y Villegas ocupa un sillón frailuno. Dicen que le da grande gusto el plumeo, pero ahora no lo parece: se rebuja en una manta, y no tiene cara de mucho contento.

QUEVEDO. ¡Medrados estamos, haber de topar siempre con la mesma tapia!... Miren qué lindo oficio, éste de inventarse caminos para parir, apartando tripas como si fuesen cortinas o visillos, que cuando se llega a una salida resulta no ser buena, y hay que tornar al laberinto, para buscar a tientas otra vía. Cierto que no hay cosa más enfadosa que ésta de enmendar y corregir; ganas me vienen de darlo todo al diablo... *(Se saca de la faltriquera un pañuelo hecho bola, extiende con precaución un pico, y se suena.)* ¡Ay, bendito sea Dios, y en qué hora se puso la corte en Madrid!... *(Ha contemplado el burujo del pañuelo, y se lo guarda.)* Si pudiera pasar en la manera que va... *(Coge un papel de la mesa, lo mira un momento, y deniega tristemente con la cabeza.)* No. Esto, así, no pasa. Esto no lo pasa nuestra censura en ninguna manera. Tendré que ver de arreglallo... *(Se queda meditabundo.)*

De debajo de la mesa, donde apenas se le adivina acurrucado en la oscuridad, sale la voz chancera y jovial de Don Pablos.

DON PABLOS. ¿Qué, no soplan las musas, maestro?

QUEVEDO. No sopla sino el airecico cabrón que se cuela por el postigo. Hijo Pablos, yo lo siento mucho, pero habrás de cambiar el nombre de tu madre.

DON PABLOS. Mire vuestra merced lo que dice.

QUEVEDO. Harto lo he mirado. Ni en sueños autoriza la censura el nombre que agora tiene.

DON PABLOS. *(Saliendo de debajo de la mesa.)* ¡Pues qué! ¿Un nombre propio puede ofender?

QUEVEDO. A nuestra censura la ofenden los nombres propios y los comunes. Y también los adjetivos, artículos, verbos, adverbios, pronombres, preposiciones, conjunciones e interjecciones. Las partes de la oración son sus enemigas, las de la gramática sus pesadillas, los conceptos sus demonios, y el pensamiento su Anticristo. Hay que prevenirse.

DON PABLOS. Mentira parece que sea vuestra merced tan desconfiado. Agora reina don Felipe IV, que gusta de las buenas letras, y dicen que la censura va a abrir la mano... ¡Soplan vientos de apertura, señor mío!

QUEVEDO. *(Escéptico.)* ¡Sí, sí, apertura!... Fíate de la Virgen y no corras...

DON PABLOS. Déjelo, déjelo como está, y no sea vuestra merced su propia censura. Al fin, no sabemos si pasará o no.

QUEVEDO. ¿Que no lo sabemos? ¿No me dijiste que tu madre fue un poco alcahueta, un poco hechicera, un poco puta...

DON PABLOS. *(Interrumpiéndole.)* Sí, sí lo dije, no es menester repetillo...

QUEVEDO. Pues no se puede llamar Aldonza de San Pedro, hija de Diego de San Juan y nieta de Andrés de San Cristóbal. Los señores censores dirán que es burla de nuestra santa fe católica.

DON PABLOS. ¡Adóbame esos candiles! ¿Todo mi linaje y parentela peca con el nombre?

QUEVEDO. Haz memoria, hijo, y mira si se llamaron de otra manera.

DON PABLOS. ¿Y de qué otra manera se habían de llamar, cuerpo de tal?

QUEVEDO. Piensa, Pablicos, piensa. Escudriña tu entendimiento, aguza tu ingenio, espabila tu sesera, pero dame otro nombre, por tu vida.

DON PABLOS. *(Se encoge de hombros.)* Si sólo es eso, no pene vuesa merced por nombre de más o de menos. Escriba que se llamaba... *(Quevedo tacha y va escribiendo.)* Aldonza Saturno de Rebollo, hija de Octavio de Rebollo Codillo y nieta de Lépido Ziuraconte... Muchos la llamaban Saturna.

QUEVEDO. *(Terminando de escribir.)* ... Ziuraconte. Bien está, agora no parece haber nada en el comienzo del libro que pueda darnos pesadumbre, aunque nunca se sabe. Escucha: *(Lee.)* "Yo, señor, soy de Segovia; mi padre se llamó Clemente Pablo, natural del mismo pueblo —Dios le tenga en el cielo—. Fue tal, como todos dicen, de oficio barbero; aunque eran tan altos sus pensamientos, que se corría le llamasen así, diciendo que él era tundidor de mejillas y sastre de barbas. Dicen que era de muy buena cepa y, según él bebía, es cosa para creer. Estuvo casado con Aldonza Saturna de Rebollo, hija de...

DON PABLOS. *(Le interrumpe.)* La Saturna, la solían llamar.

QUEVEDO. Pero, ¿no estamos en que ese nombre no es de verdad?

DON PABLOS. ¿Y qué, que no lo sea? Agora lo hacemos de verdad nosotros, y barras derechas.

QUEVEDO. Así es, hijo Pablos. No hay más verdad que la que sale a la luz. Y dime, ¿era hermosa tu madre?

DON PABLOS. Sí que lo era, sí. Tuvo muy buen parecer, y fue tan celebrada, que todos los copleros de España hacían cosas sobre ella.

QUEVEDO. *(Tomando nota.)* ¡Vive Dios! ¿Cosas sobre ella? ¿Qué cosas?

DON PABLOS. No me haga decir obscenidades, don Francisco, que ésta es plática de caballeros.

QUEVEDO. Sigue, hijo, sigue...

DON PABLOS. Era mujer de gran resolución y muchas habilidades. Hubo fama de que reedificaba doncellas, y obraba otras mil maravillas, no menos prodigiosas: transformaba a las viejas en jóvenes, y a las feas en hermosas...

QUEVEDO. ¡Bienhechora!

DON PABLOS. Padeció grandes trabajos la pobre por causa de mi padre, que a su oficio de barbero añadía otros gajes de más seguro y pingüe provecho...

QUEVEDO. Les hurtaba la bolsa a los que hacía la barba...

DON PABLOS. Así es, ya se lo había dicho. Aunque no lo hacía él solo; se ayudaba de un hermano mío de siete años que, como tenía las manos chicas...

QUEVEDO. Ah, pero ¿tenías un hermano? Eso no me lo dijiste. ¿Cómo se llamaba?

DON PABLOS. Clementico. Yo era el más pequeño, y por eso no ayudaba a mi padre en su labor.

QUEVEDO. ¿Y qué se hizo de Clementico? ¿Heredó el mayorazgo paterno, mientras tú te hiciste pícaro por ser el segundón?

DON PABLOS. ¿Quiere vuesa merced saber la herencia que tuvo? Mi madre me dijo unas cosas y ocultó otras, pero atando cabos con lo poco que me acuerdo y lo que luego oí de otras gentes...

QUEVEDO. Cuéntame todo, Pablos. No te detengas.

DON PABLOS. Sople vuesa merced ese candil.

QUEVEDO. ¿Que sople el candil?

Don Pablos sopla el candil. Oscuro. Se oye la voz del pícaro, jocosa y ligeramente agresiva.

DON PABLOS. No lo necesitamos, señor don Francisco. Agora vamos a ver con los ojos del espíritu, y los candiles que esos ojos precisan están dentro de la cabeza. Espabile los suyos, encienda las luces de su ánima, que tanto más verá cuanto más alumbrada la tenga.

QUEVEDO. *(Paciente.)* ¡Pablos!...

DON PABLOS. ¡Ssssst...!

Silencio.

CUADRO II

En una humilde cama de sucias y revueltas sábanas, una Moza está tendida boca arriba, de través, y varias mujeres la sujetan con todas sus fuerzas. Por un lado, la Comadre le tiene cogidos los brazos, a la vez que procura que no escupa un trapo que tiene metido en la boca para evitar que grite; por la puerta opuesta, la Madre le agarra una pierna y la Hermana la otra, manteniéndolas lo más separadas posible. Entre las despatarradas piernas de la moza que tiene la camisa remangada a la cintura, se halla de rodillas la Saturna, manipulándole los genitales con hilo y aguja. Es una hermosa mujer de treinta años; delgada, morena y ojinegra. Un Muchacho de unos diez años sostiene un candil para dar luz a la Saturna en su trabajo. La paciente, que es sana y vigorosa, se retuerce a impulsos del dolor y zarandea a las que la sujetan, obligándolas a apretar de firme.

LA COMADRE. *(Luchando por que no se suelten los brazos.)* ¡Vaya rejo que tiene la bellacona!

LA MOZA. ¡Aaah! ¡Aaaaah!

SATURNA. *(Con serenidad, sin interrumpir su labor.)* Va a escupir el pañizuelo.

LA MADRE. *(A la Comadre.)* ¡Teresa, el paño!

LA COMADRE. ¡Harto hago! ¿No ves que no puedo?

LA MOZA. *(Liberándose de la mordaza, con fuerza creciente.)* ¡Aaaauuuu! ¡Aaaayyy...!

(La Saturna se incorpora prestamente, se inclina a través de la cama, y la mete el pañuelo en la boca con un movimiento rápido y seguro.)

LA MADRE. ¡Ay, puta! ¿Qué quieres? ¿Llamar al pregonero?

LA COMADRE. *(Encima de la cara de la Moza.)* ¡Pendonazo, perdida! ¡Deshonra de tu casa!

LA MADRE. ¡Saturna, sácale las tripas!

SATURNA. *(Al tiempo que manipula.)* Sujeten vuesas mercedes y no la traten mal, que agora va a ser buena.

LA MADRE. ¿Buena? ¡Buena para ahorcada, desde que nació!

SATURNA. A ver, niño, esa luz, no te desvíes.

LA MADRE. *(Dirigiendo la cólera hacia el Muchacho.)* ¿Oíslo, señor don miedicos? Por Dios, que cuando acabemos os tengo de dar más de doscientos alpargatazos. ¡Ya veréis, si yo os enseño a sostener candiles!

SATURNA. Sujete mi señora Fuencisla y no hable tanto, que por la boca se le van las fuerzas.

LA MADRE. ¡Ay, que no hable! ¡Cómo se nota, hija Saturna, que es mi honra y no la tuya!

SATURNA. Ya vamos a terminar. Agora te va a doler un poquico. *(Con una mano ensangrentada, acaricia y palmea el cuerpo de la Moza, dándole ánimo.)* Aprieta esos dientes, Teresica, y ten valor, que esto va a ser lo último, y te quedas más virgen que cuando fuiste parida. ¿Me oyes, prenda? ¿Vas a ser valiente? Sí, ¿verdad? Sujeten con fuerza *(Manipula.)*

LA MOZA. *(Retorciéndose.)* ¡Uuuuuh!

LA COMADRE. ¡Ay, que me derriba!

LA MADRE. ¡Quieta, putona! ¡Quieta!

SATURNA. Échesenle encima de las piernas, en la forma que dije. *(A la Comadre.)* Y voacé, encima de la cabeza, que no rebulla tanto. Ya terminamos. La luz, ¡niño!

LA MADRE. *(Forcejeando, al Muchacho.)* ¡La luz, hereje! ¿No oyes a la señora?

EL MUCHACHO. *(Respondón.)* ¿Pues no he de oír? ¡Aquí tiene la luz!

LA MADRE. ¡No contestes, Barrabás! ¡No contestes, que te mato! ... Aguarda, que ya te cogeré.

LA HERMANA. *(Oscilando.)* ¡Ay, madre, que me levanta!

LA MADRE. ¡Ten fuerte, melindrosa!

SATURNA. *(A la paciente.)* Aguanta, aguanta, valiente mía, que ya acabo, y tienes un virgo más hermoso que cuando nacistes. Tente quietecica, tente.

LA COMADRE. Si no hubieses hecho lo que no debías, no te tendríamos que arreglar.

LA MADRE. ¡Que nos cuesta lo que no tenemos!

SATURNA. *(Manipulando.)* Harto poco le cuesta, no se queje.

LA MOZA. ¡Uuuaah!

LA MADRE. ¡Treinta reales y cuatro docenas de güevos! ¡Más de lo que puedo!

LA COMADRE. Mejor fuera habérselo dicho al padre, que él arreglara su honra con menos costa y más provecho.

SATURNA. Sí, echándola al camino, a que fuese puta de arrieros.

LA MADRE. ¿Al camino? ¡No conoces tú a mi Jacinto! Al punto que supiese que su hija no tiene lo suyo, la tomaba y la degollaba con el cuchillo de la carne, encima del lebrillo. No digo más. ¡La garganta le abriera, como a un marrano!

SATURNA. Esto es hecho. *(Se inclina, y aplica la boca a los genitales de la Moza, cortando el hilo con los dientes. Al incorporarse, tiene la boca y el mentón chorreando sangre, pero está descansada y contenta.)* ¡Ay, qué hermoso me ha quedado! ¡Que vengan los doctores de la universidad de Salamanca, a ver si no es éste un virgo auténtico, legítimo y suficiente! *(A la*

Moza.) Ya no te duele, ¿verdad que no, bobilla mía? Cátate otra vez doncellica.

LA MADRE. *(Efusiva, abrazándose a Saturna.)* ¡Ay, Saturna, qué manos de abadesa! ¡Manos de reina de España!

Saturna, aún arrodillada, pone ante sí una olla. Se lava brevemente la cara, y luego lava a la Moza con cuidado, aplicándole trapos empapados.

LA COMADRE. ¡Ay, loado sea Dios! Ya puede venir Andresico el de la Tuerta cuando quisiere, que doncella está mi niña, que no hay más que pedir.

SATURNA. ¿Luego para el de la Tuerta es la flor que hemos plantado?

LA MADRE. Así lo tenemos concertado, sino que esta bellaca en un punto ha estado de darlo todo al diablo.

SATURNA. *(A la Moza, mientras le aplica unos trapos mojados.)* Y a tí, Teresica, ¿te parece bien el mozo?

LA MOZA. *(Aún algo llorosa.)* A mí, sí, señora.

SATURNA. Pues, ¿cómo le hicistes tan malas ausencias que te holgastes con otro, prenda mía?

LA MOZA. *(Vergonzosilla.)* También me parecía bien.

SATURNA. ¡Ay, qué amor de inocencia! ¿Así, a tí te parecen bien todos?

LA MOZA. *(Más animada.)* Los hombres, sí, señora.

SATURNA. *(Haciéndole una carantoña.)* ¡Con vos me entierren, hermana! ¡Ni nacidas del mesmo vientre, fuéramos más parejas!

Le ha colocado unos trapos grandes y la está fajando para sujetarlos.

LA MADRE. *(No muy contenta de la conversación.)* Hija Saturna, mira, no hagas caso de lo que esta tonta te diga, que ella no tiene tu agudeza, y te dirá mil patochadas sin fundamento alguno. *(A la Moza.)* Y tú, considera agora lo que haces. Virgo nuevo tienes. Ve de cuidallo mejor que el otro o, sobre eso, morena.

LA MOZA. *(Mientras, ya fajada y bajada la camisa, es ayudada por Saturna y la Comadre a meterse en la cama. Otra vez compungida)* ¡Ay, eso sí! Que, según me ha dolido y lastimado, lo he de tener por hijo de mis entrañas. Para mí santiguada, que no me lo toque ni el lucero del alba, en tanto que yo viva. A la sepultura me lo he de llevar.

LA MADRE. Calla, boba, que no dirás sino necedades.

SATURNA. *(Riendo.)* ¿Y para qué he trabajado yo entonces, luz de mis ojos? Los virgos son para rompellos, y tú tienes agora uno como un oro para que goces de marido sin sobresalto y miedo. Mírame a mí: cuatro virgos he quebrado yo con este cuerpo; el que truje al mundo, y otros tres que me puso mi madre cada vez con más cólera, que me los cosía de modo que creía morir.

LA COMADRE. ¡Ay, Saturna, lo que tú habrás andado, lo que tú habrás andado!

SATURNA. Otras hay con menos fama, que habrán corrido mientras yo andaba. Y no digo más.

LA COMADRE. Dí cuanto quieras, Saturna, que nadie te irá a la mano para hacerte callar. Casa es ésta muy limpia y muy honrada, donde nada se oculta ni hay para qué. Nunca a nosotras nos han salido plumas, como a alguna que yo me sé...

LA MADRE. *(Interrumpiéndola.)* Calla tú, Teresa, y no des cordelejo ni saques disputas.

SATURNA. *(Que ya se iba encarando a la comadre y poniéndole un rostro poco tranquilizador.)* Alto, pues; sea así. Echemos pelillos a la mar, y miren si tienen una misericordia de vino que darme, que con la aguja se me ha secado la boca.

LA MADRE. *(Dándose una palmada en la frente.)* ¡Cuerpo de Dios! Aparejado lo tenía para obsequiarte, y me he traspuesto tal, que agora paso por la vergüenza de que me lo tengas que pedir. *(A la Hermana.)* Andá, hija, trae la jarrilla que puse tras la puerta del corral por que se refresque esta señora. *(Sale la Hermana.)*

SATURNA. *(Arreglando el embozo de la cama y besuqueando a la Moza.)* Alegra esa carilla, que ya pasó todo, bonica mía. ¡Alegría, alegría! *(A la Madre.)* Si a la noche le dá un poquitico de fiebre no tengan pena, que eso es corriente. No la fuercen a comer, sino lo que ella tenga gana y le dé gusto. Y tocante a beber, nada hasta mañana; y luego, poquito; que más vale que se agüante la sed, que no que le duela cuando haya de mear.

Vuelve la Hermana, trayendo una jarra.

LA MADRE. Llégate aquí, Doloricas, daca la jarra. Llégate más cerca, hermosa, ¿qué temes? *(Con una mano coge la jarra y, con la otra, a la Hermana por un brazo.)* ¡Ay, bribona! Nada más verte la cara, ya sabía yo que te has bebido la mitad.

LA HERMANA. ¡Jesús, madre! Mire lo que dice, que en verdad no lo he catado, así muerta me entierren.

LA MADRE. ¿No lo has catado, bellaca? Pues faltaba un dedo para el borde, y agora faltan tres, si no cuatro.

LA HERMANA. *(Apartándose cuanto puede.)* Habrán sido los ratones.

LA MADRE. *(Colérica, mientras Saturna ríe.)* ¡Habrá sido la madre que me parió! *(Le suelta el brazo para darle un pescozón, que la Hermana esquiva como una consumada maestra, poniéndose en cobro a distancia segura.)* ¡Ven aquí, no corras! *(La va a perseguir, y Saturna la detiene.)*

SATURNA. Ea, fuera disputas y alegremos las tripas, que estoy muertecita de sed, y ni por pienso he de proballo, si vuesa merced no me hace la salva.

LA MADRE. Sea así. Por hacerte cortesía lo hago, amiga; no por gusto ni de vicio. *(Se encaja la jarra en la boca, y bebe sin tomar respiro.)*

SATURNA. *(Interrumpiendo el arrobo de la Madre.)* Paso, paso, madre Fuencisla, no se atragante, que ha ya mucho que dejó de respirar. Mire por su salud, que tiene familia.

LA MADRE. ¡Ay, Saturna! Que Dios te perdone por haberme despertado, que estaba en la gloria bendita. Toma, hija, y enjuágate esa boca, que en Dios y en mi ánima, está fresquísimo.

SATURNA. *(Toda sonriente, cogiendo la jarra.)* Deje, traiga, no se derrame.

LA MADRE. *(Mientras Saturna va empinando la vasija poquito a poco, que no hay más que ver.)* ¿Derramarse, dices? No, no haya miedo que se pierda una gota, según la disposición y arte con que lo tomas. ¡Cuerpo de mi padre, y qué gallardía y brío en el beber!

LA COMADRE. *(Que lleva un buen rato sentada en los pies de la cama, con gran dignidad y mirando de reojo.)* Me voy, Fuencisla.

LA MADRE. ¿Cómo, tan presto?

LA COMADRE. Tengo de ir a mi casa a beberme un cuartillo de vino, que gracias a Dios tengo con qué, sin que me lo hayan de dar en otro lado. Conque quédate con Dios, y que no sea nada lo de la niña.

Se levanta. Saturna ha dejado de beber, y la mira con asombro.

LA MADRE. ¡No me saques de mis casillas, Teresa! ¡No seas majadera!

Fuertes golpes dados en una puerta paralizan a las mujeres. La voz de Ana Codillo alterna con los golpes.

VOZ DE ANA. ¡Señora Fuencisla! ¡Señora Fuencisla! ¿Está aquí mi prima, la Saturna? Abran, por Dios, que ha ocurrido una desgracia. ¡Aldonza! ¿Estás ahí? ¡Aldonza!

SATURNA. ¡Ay, Virgen! Mi prima es, que se quedó con Pablos mientras yo venía. *(Ha salido a abrir la Hermana y vuelve con Ana, a la que Saturna sale al encuentro.)* Anica, ¿qué ocurre? ¿Cómo está mi Pablos?

ANA. No, prima, no es Pablos. Pablicos está bien. Son los otros. Han ido a tu casa un alguacil y dos corchetes, y se han llevado presos a tu marido y a Clementico.

SATURNA. ¡Santa María! Pero, ¿por qué? ¿qué ha pasado?

ANA. *(Abrazándola.)* ¡Lo que tenía que pasar, Aldonza! ¡Lo que tenía que pasar!

LA MADRE. No será nada, Saturna. Verás que los sueltan en seguida.

SATURNA. *(Desasiéndose.)* Así ha de ser, o no seré yo quien soy. Al menos el niño no dormirá en la cárcel, que de aquí voy a casa de don Alonso Coronel de Zúñiga, y me ha de dar un papel de su mano con que me los dejen libres como el aire.

LA COMADRE. ¡Don Alonso Coronel! ¡Qué papel te va a dar a tí don Alonso Coronel!

SATURNA. Sí hará, que me conoce, y sé que me quiere bien.

ANA. *(La abraza de nuevo.)* ¡Ay, Aldonza, vuelve en tí, que estás trastornada! Ese señor se fue a la corte la semana pasada, que tú mesma le hiciste unas rosquillas para el viaje y yo se las llevé por tu mandado, ¿no te acuerdas?

SATURNA. *(Algo vacilante.)* Sí, sí, es verdad... se me había olvidado. *(Resuelta.)* Me voy a la corte. Me voy agora, y mañana estoy allí. Al otro, retorno con la carta de don Alonso. Tú te quedas con Pablicos estos dos días.

ANA. Pero, ¿estás en tu juicio? ¿Vas a ir tú sola?

SATURNA. Trocaré vestidos. En hábito de hombre, viajaré con seguridad. Queden con Dios. *(A Ana.)* Vamos.

ANA. *(Saliendo con ella.)* Tú sola, es locura. Diré a mi marido si puede acompañarte.

Salen. Oscuro.

CUADRO III

Está cayendo la noche sobre los grises peñascos del puerto de Fuenfría. Dos caminantes suben las cuestas. Son la Saturna y su pariente, Pedro Quintanar. Ella viste ropas de hombre, y muy a lo galán: coleto ajustado con cuello a randas, calzas atacadas que lucen las lindas piernas, y botas de camino; el sombrero, con su cinta y plumero; trae la capa recogida sobre un hombro por andar con desembarazo, y se muestra ligera y animosa. Pedro Quintanar es hombre cuarentón, de no muy bien talle ni mejor cara; viste una como sotana morada, que se ha recogido y arremangado para comodidad del camino, y lleva una alforjilla al hombro, bota al cinto, y un palo en la mano como suelen llevar quienes viajan a pie.

PEDRO. Ya es casi de noche. Sabía yo que nos cogía la noche en el puerto. Y no gusto de la escuridad en los caminos. En la cama sí, pero no en los caminos. Y aún menos en éste, que lo hizo el diablo.

SATURNA. Lo hicieron los romanos, Perico, no tengas tanto miedo.

PEDRO. No soy yo hombre de miedos. Y tú, Marisabidilla, ¿cómo sabes eso de los romanos? ¡No te lo diría un fraile!

SATURNA. Me lo dijo un estudiante.

PEDRO. En la cama. Apostaré a que te lo dijo en la cama.

SATURNA. Y ganas. En la cama fue.

PEDRO. ¿De veras? ¿Así, cuando tú te acuestas con un hombre, hablas con él de los romanos? *(Saturna ríe.)* Muy contenta estás, zorra. ¿Ya no te acuerdas de los que quedan en la cárcel?

SATURNA. Harto me acuerdo, pero no saldrán más presto porque yo esté triste. De mañana en un día los pongo en casa, con la carta de mi señor don Alonso. Y fuera penas, que he de regalar a mi Clementico en tal manera, que se alegre de lo pasado.

PEDRO. ¡Oh, qué ventura de Clementico! ¡Y cómo apreciara yo tener una madre tan linda! A buen seguro que nunca te haya visto en ese traje. ¿De dónde lo has sacado, Aldoncica?

SATURNA. De mi cofre.

PEDRO. ¿Diótelo el estudiante de los romanos?

SATURNA. ¿Estudiante, dices? ¿Parécete ser éste vestido de estudiantes? De ámbar es el coleto, Perico. Ven, arrímate a goler, llégate. Pon las narices en mis pechos.

PEDRO. Sí, sí, deja... quita las manos. ¡Ay, que olor tan sotil, qué delicado! *(La abraza.)* Ay... ay...

SATURNA. ¡Ay, puto, por qué me habré fiado! ¡Quita, suelta!

PEDRO. Un abrazo no más, Aldonza. Este abracico, no más. Abrázame tú también.

SATURNA. ¡Ay, qué tierno! Anda, hijo, si no es más que eso, aprieta fuerte, que otra cosa no has de tener.

PEDRO. *(Teniéndola abrazada.)* ¡Bendito sea Dios! ¡Bendito sea Dios!

SATURNA. *(Dejándose abrazar.)* Sea por siempre bendito y alabado. ¿Acabas ya?

PEDRO. ¡Ay!

SATURNA. *(Burlona.)* ¡Ay! Suelta, hombre, que te duermes.

PEDRO. *(Soltándola despacio.)* ¡Oh, qué bien me ha sabido, pecador de mí!

SATURNA. Si ya tienes el cuerpo satisfecho, podemos caminar. *(Reanuda la marcha.)*

PEDRO. ¿Satisfecho? ¿Satisfecho yo? Mal me conoces, hermosa. Soy yo mucho hombre y, por Dios, que conmigo no valen burlas.

SATURNA. ¿Y quién se burla, Perico?

PEDRO. Tú te burlas. Y a fe que, si yo quiero, ha de pesarte. Que en descampado estamos, y de noche, y puedo hacer de ti lo que quisiese.

SATURNA. *(Algo intranquila.)* Pedro, mira lo que dices, que soy prima de tu mujer, y amiga tuya que te quiere mucho. Por Dios, no pienses hacer conmigo alguna maldad.

PEDRO. Haré lo que me dé gusto, que en el sitio y hora en que estamos tan mía eres como mis calzones. Así que aparájate, que con este palo voy a santiguarte en tal manera que no te quede hueso sano.

SATURNA. Paso, amigo, no más. Deja las amenazas, que parientes somos, y no es bien que me trates con tan duras razones.

PEDRO. Yo te trataré como a la mesma reina, pero quítate las calzas.

SATURNA. ¿Qué dices? No pienses que agora hemos de yacer los dos en uno, que no es éste sitio ni ocasión.

PEDRO. Al freir los güevos lo veréis.

SATURNA. ¡Quita, quita! No pongas tú mano, que me rasgarás el vestido. Deja, yo me las quitaré por darte gusto.

PEDRO. *(Mientras Saturna comienza a descalzarse.)* Y también el coleto, camisa y cuanto traigas, hasta quedar en cueros como nacístes.

SATURNA. ¡Ay, primo, eso no! Que hay en estas alturas un frío que muerde las carnes y si me quedo desnuda he de parar helada como carámbano.

PEDRO. Yo te calentaré, no cures deso. Tú quítate la ropa.

SATURNA. *(Que, sentada en el suelo o arrodillada, sigue desnudándose.)* ¡Oh, qué crueldad de hombre!

PEDRO. Deja que te ayude.

SATURNA. Ya termino. ¿Tú no te desnudas? Me vas a lastimar con los nudos y pretinas.

PEDRO. Basta que la mujer esté en cueros, el hombre no es menester.

SATURNA. *(Ya desnuda, cruzándose los brazos.)* ¡Oh, qué frío!

PEDRO. ¡Ay, Aldonza, qué hermosa eres! *(Apartándole los brazos.)* Quita las manos, deja que te vea. ¡Qué blancura! Con la luz de la luna, pareces de leche y brillas toda.

SATURNA. ¿Quieres que baile o haga gallardías, por que me veas bien?

PEDRO. *(Echándose sobre ella.)* No, déjalo. Soy yo mucho hombre, para pararme en cosas de tan poco momento. Yo soy de los de aquí te cojo, aquí te mato.

SATURNA. Pues sea así, y a ver cómo te portas, galán.

PEDRO. Agora lo veredes, dijo Agrajes. Aparéjate, que voy. Aguanta, tente ahí. ¡Ahaam!

SATURNA. ¡Uuuuh! ...¡Oh... qué asalto más brioso! Espárcete por la ciudad y apodérate della, que tuya es. Bate, bate fuerte en el castillo, que ahí se han refugiado tus maltrechos enemigos. ¡Ay, no haya cuartel, no perdones ni uno! Embiste, capitán, no desmayes, que tienes en la mano la vitoria, va...

PEDRO. *(Cada vez más desfalleciente.)* ¿Desmayar yo? No soy hombre yo que desmaye... así... ¡aaayyy...!

SATURNA. Sigue, sigue adelante, amigo, por tu vida. ¡Ánimo, león, no te quedes quieto!

PEDRO. *(Con voz lastimosa y doliente.)* ¡Ay, no puedo! ¡Dios sea loado, ay!

SATURNA. ¡Oh, y qué mal lo has hecho, desdichado, empezando tan forzudo! Todo tu poder gastaste en la muralla, y no te queda tropa para tomar las calles. Anda, ve de moverte un poquico, que yo te ayudaré, no me dejes con la miel en los labios.

PEDRO. *(Inerte.)* ¡Ay!

SATURNA. No hay para qué cansarse, estás como talego vacío. Tan arrogante como te mostrabas, y no he visto cosa que más presto acabe. Fuera, quítate de encima, que pareces una manta. *(Aparta a Pedro y se incorpora, empezando a vestirse a toda prisa.)* No has hecho sino mancharme toda, marrano. ¡Vaya unos amores bien gozados! Yo me tengo la culpa, por provocar a este tonto... *(Se va entristeciendo.)* Mejor que haya sido así... Mi niño durmiendo en la cárcel y yo aquí, holgándome con este animal... *(Se ha terminado de vestir; se prende la capa y se emboza en ella, dirigiéndose a Pedro.)* Levántate, Perico, que hemos de caminar y está helando.

PEDRO. ¡Ay, Aldonza, qué gran pecado hemos hecho!

SATURNA. Dios nos perdonará. Levanta de ese suelo.

PEDRO. *(Sin acabarse de levantar.)* Adúltera tú, y adúltero yo.

SATURNA. Lo mío ha sido poca cosa. Anda, vámonos.

PEDRO. Saturna, tú eres una mala mujer. Me has seducido con malas artes.

SATURNA. ¡Pobrecito! ¿Te vienes o me voy yo sola?

PEDRO. Debí romperte el palo en las espaldas, cuando lo pensé. Así no hubiese pecado.

SATURNA. Serías un angelico del Cielo.

PEDRO. Los dos nos hubiésemos conservado puros, yo dando y tú recibiendo. Se habrían desvanecido las tentaciones de la carne. *(Se levanta poco a poco, apoyado en el palo.)* Como los santos padres de la Iglesia, que se azotan con disciplinas.

SATURNA. Azótate tú en buen hora cuando sientas la tentación, y no te acuerdes de mis costillas.

PEDRO. Más lo necesitas tú que yo, hermana, según eres de natural ardiente y dado a la concupiscencia.

SATURNA. Lo pasado, pasado. No te acuerdes más de eso, y andemos.

PEDRO. Eres voluptuosa y lúbrica, como la serpiente que hay a los pies de la Virgen. *(Caminando, vacilante.)* ¡Ay, cómo me has dejado sin fuerzas!

SATURNA. Camina, que eso se pasa pronto.

PEDRO. Que María Santísima lo haga como puede. ¡Ay, bendito sea Dios!

SATURNA. Sea por siempre bendito y alabado. *(Salen. Oscuro.)*

CUADRO IV

Luz mañanera sobre el camino real. La Saturna y Pedro Quintanar caminan, cansinos y con mala cara, tras una noche de mucho andar y nada dormir.

SATURNA. Ten buen ánimo, que ya queda atrás casi todo el camino. A media mañana, en la corte.

PEDRO. ¡A media mañana! Pues aún nos quedan nuestras buenas dos horas, que no sé de dónde sacaré yo fuerzas que las sufran. Toda la noche andando como ánimas en pena, sin lugar para una mala cabezada. Supiera yo que me ibas a traer desta suerte, y así te acompañara como volar. No están hechas mis carnes para tantos trabajos, no. Mejor trato merecen.

SATURNA. Nunca creí que fueses tan flojo, Perico.

PEDRO. ¿Flojo yo, mala puta? No me hubieses quitado tú mis naturales fuerzas con aquellos meneos en la acostada de ayer, y agora me vieras más fresco y saltarín que un gamo. ¡Pues sí que soy yo hombre que se canse, bueno es el niño! *(Gran suspiro.)* ¡Ay! Sentémonos un poco, Aldonza, por tu vida, mira que no puedo con mi alma. Un credo no más, y luego seguimos.

SATURNA. No, Pedro, que es peor. Que si enfrías los pies, han de dolerte.

PEDRO. ¡Vete al diablo, con tu priesa! *(Se sienta.)* Yo no tengo parientes que sacar de la cárcel. Y a más, que yo soy el hombre varón, cabeza y caudillo natural desta expedición. ¿Qué andas ahí mirando?

SATURNA. Ese es el carro que vimos parado en las Rozas. Presto pasará delante.

PEDRO. *(Mirando a su vez.)* Sí, el de cómicos. A la corte va también esa canalla.

SATURNA. Pero, hombre, ¿por qué injurias a esa buena gente? ¿Qué te han hecho a tí? Ni siquiera los hemos visto, sino su carro en la plaza del pueblo.

PEDRO. Hablo de todos los de su oficio. Gente deshonesta y maliciosa, haragana y embustera, amontonada en caminos y posadas, y sin más ley que sus pésimas costumbres. Rufianes los unos, putas las otras, y todos igualmente desvergonzados y bellacos, por no decir herejes. ¡Así los viera ahorcados a racimos, sin que quedara uno!

SATURNA. ¡Paso, Pedro, va! No hables de lo que no sabes, y mira que si no gustas tú del teatro, otros hay que les place.

PEDRO. ¿Otros? ¡Mala peste para ellos! Gustar del teatro y gustar del pecado, todo es uno. Sólo por eso, ya habría para limpiar a España de toda esta caterva de cómicos y recitantes, mandando a galeras a los que no fuesen quemados. *(Se desciñe y baja las faldas de su sotana morada.)* Y quiérome callar, que ya llegan.

SATURNA. *(Viéndole sacar de su alforja su cajuela de madera.)* Pero, ¿qué haces? ¿Vas a demandar limosna para ánimas a los farsantes?

PEDRO. Sí haré, que también los farsantes tienen muertos y sus dineros también los hizo el rey.

Asoma y aparece el carro de la farándula, tirado por poderosas mulas. Va cargado de diversos fardos y enseres, y encima de los bultos están sentados los cómicos, mirando con curiosidad a la pareja. Algunos farandules caminan detrás, por estirar las piernas.

EL CORENCIA. *(A sus compañeros.)* Miren lo que se nos viene encima. Apostaré que ese nazareno viene a demandar limosna.

LA LÓPEZ. Dale tú por todos, hermano Corencia, y luego haremos cuentas.

LA BERROCAL. *(A la López.)* Vuelve, Nieves, y mira a ese otro. Dime si en todos los días de tu vida has visto un tal galán como él. ¡Oh, y cómo es lindo! Juraría que no le apunta el bozo.

LA LÓPEZ. Como un oro es, a no dudar. Y va con éste, que lo está esperando.

PEDRO. *(Haciendo sonar el contenido de la caja.)* ¡Acuérdense, hermanos míos, de las ánimas que penan por su pasada vida! ¡Quiéranme dar por su alivio y sufragio!

EL CORENCIA. Mirad si no tenía yo razón.

EL AGUILERA. ¿Animicas tenemos? Andad, hermano, norabuena, que más cerca estamos de pedir que no de dar, según están escurridas y enjutas nuestras bolsas.

LA BERROCAL. Lléguese aquí el buen demandador, que yo le daré este real sencillo, pero ha de ser con condición que me diga si conoce al mancebo que allí se está parado.

PEDRO. ¡Y cómo si conozco, si vivimos pared por medio, y sobre eso somos parientes! Yo haré que les hable, si vuesas mercedes gustan dello. ¡Dios se lo pague, y la Virgen sin mancilla! *(Gritando a Saturna.)* ¡Eh, Aldonza! Ven, hija, que estas damas hermosas se han aficionado a ti y quieren conocerte.

LA BERROCAL. ¿Aldonza dijo, hermano? ¿Luego mujer es?

PEDRO. Tan mujer como la madre que la parió. Y agora, con su licencia, voy a demandar las santas ánimas a esotros señores. *(Se dirige al grupo que sigue a pie.)*

LA BERROCAL. *(Algo mohina.)* Dijéralo antes el bellaco desuellacaras, que así le diera yo mi real, como volverme turca.

EL CORENCIA. Un real ha dado la hermana Berrocal por conocer a una puta en un camino, ¡quién lo había de decir!

EL AUTOR. *(Que así es llamado el empresario de la compañía, y es quien guía el carro o carreta.)* Nunca tendrá nada esta boba. Dejárasme, hija Gloria, que yo te administrase los dineros, y no los tiraras desa suerte, que es lástima grande que así se pierdan.

LA LÓPEZ. *(A Saturna, junto a la que han llegado.)* Dios guarde, señor galán. ¿Adónde bueno? ¡Cuerpo de mi padre, qué talle y qué brío! Apuesto a que es soldado, que ya en viéndolo de lejos lo reputé y tuve por hombre de pelo en pecho.

SATURNA. No hay para qué burlar, señora mía, que harto saben vuesas mercedes que soy mujer y no hombre, y donde no lo supieran yo se lo diría; que si traigo este vestido es por excusar peligros, no para engañar a las gentes de bien.

LA BERROCAL. ¿Y no será vuestra merced, por un casual, de la casa llana?

SATURNA. ¿Cómo dice?

LA BERROCAL. Digo si no será vuestra merced puta.

SATURNA. Ya, ya la entendí, sino que quedé suspensa de ser así tratada. Y, señora, soy mujer casada, en Segovia vivo, y allí soy reina en mi casa, que es honradísima. Y si en ella quiere posar cuando pasen por mi pueblo, yo la regalaré con mucho gusto y disposición en cuanto mi hacienda lo permita y sin que tenga que pagarme hospedaje alguno, que marido tengo que me lo gana, sin que yo haya de hacer piruetas y bailes en las plazas, enseñando lo que Dios me dio.

EL AUTOR. Alto, no haya más. Háganse las paces, señora Aldonza, que así creo que es su gracia, y si va a Madrid como parece, súbase al carro y hará el camino con más presteza y comodidad, que nos honraremos con su compañía.

SATURNA. Nunca hice yo melindres a ofrecimientos hechos con tanta cortesía. Dios se lo pague, señor, que desde ayer tarde que salí de Segovia, no he parado de andar.

LA BERROCAL. *(Ayudando, al tiempo que otros, a subir a Saturna.)* ¡Santa María, toda la noche andando!

SATURNA. *(A la Berrocal, al subir.)* Vuesa merced me perdone si hablé con desabrimiento. Estaba picadilla y agora me arrepiento, que quiero ser su amiga.

EL AUTOR. Eso ha estado muy en su punto y bien hablado, que de amistad y concordia salen prosperidad y dineros. Abrácense las dos estrechamente y junten esos cuatro pechos besándose con agrado, que nada hay que parezca tan bien como dos mujeres hermosas que se tienen amor.

Se abrazan con entusiasmo la Berrocal y la Saturna, y luego abraza ésta a todos los del carro entre la algazara, bulla y aplauso generales. Los caminantes de atrás, en vista de ello, suben también al carro, que se llena y abarrota, y participan en la fiesta así como Pedro Quintanar, que mira de abrazar a las cómicas, siendo de unas recibido y de otras rechazado.

LA BERROCAL. *(Una vez terminada la orgía de los abrazos.)* Siéntate aquí a mi lado, Aldonza mía, que quiero yo ciudar de tu regalo, y mira si quieres beber o comer alguna cosa.

SATURNA. *(Sentándose junto a ella.)* ¡Ay, señora, y cómo la quiero bien! No quiero sino descansar, que estoy molida.

LA BERROCAL. Háblame de tú por tú, y de hoy más seremos como hermanas. Cuanto tengo es tuyo, y en llegando a Madrid he de darte un vestido muy bueno, que allí no podrás andar en traje de hombre.

SATURNA. ¡Oh, qué felicísima suerte he tenido en haberles hallado! Maravillada estoy de cómo se me agasaja y ofrece, sin de nada conocerme. A lo que yo creo, la bondad y descuido desta vida es lo que hace sus corazones liberales y generosos, sin la desconfianza y mezquindad de la gente común. Envidia tengo de su libertad y su alegría.

LA CORENCIA. ¿Libertad? ¿Alegría? ¡Ay, hermana Aldonza, mira lo que dices!

LA LÓPEZ. El dedo has puesto en la llaga, hermosa.

EL AUTOR. Sábete, hija, que no hay oficio más desdichado que este nuestro, ni más expuesto a las adversidades. Ha tres días, hallándonos en Ávila, los corchetes se llevaron a la cárcel a nuestra primera cómica, que es tal como no hay otra en España, y todo ello sin que supiésemos cómo ni por qué. Vea si no tengo razón para estar dado a todos los diablos, con la compañía menoscabada y el papel de la presa que lo ha de hacer la Berrocal...

LA BERROCAL. *(Le interrumpe.)* ¡Con la mesma paga que agora tengo, dígalo también!...

EL AUTOR. *(Desabrido.)* Cierra la boca, hija, no muestres tu ruín condición. ¿Quieres beneficiarte de la desgracia de una amiga?

LA BERROCAL. Haciéndolo así, vuesa merced se beneficia, que no yo.

EL AUTOR. Pues si no estás satisfecha, en la mano tienes el remedio, Berrocalica. Coge tus cuatro pingajos y ya puedes bajar del carro en busca de mejor acomodo, que a mí no han de faltarme cómicas que tomen con humildad y gratitud el pan que tú desprecias.

SATURNA. *(Abrazando a la Berrocal, que comienza a hacer pucheros.)* No la trate mal, señor, que ella es buena y no hablaba con malicia.

EL AUTOR. ¿Qué no hablaba con malicia? Mejor la conozco que si la hubiese parido. Mucha paciencia es menester para gobernar a esta gente, y con ella más. Por esta vez la perdono, pero que aprenda cual es su sitio, o por Dios que un día me canse y la ponga en la calle, ayudándola a salir con un pie en las posaderas.

SATURNA. ¿Y han sabido algo de la que pusieron presa? ¿La soltarán presto?

EL AUTOR. No lo sabemos de cierto, aunque pienso que sí. Hízose en la compañía colecta y recaudo, y adviértase que yo entré en la parte como uno más, y eso pese a ser yo el perjudicado, que cuando vuelva esa loca la he de atar corto. El dinero que juntamos dimos al verdugo porque la azote con penca sencilla y blanda, que dijo que así lo haría aunque, en todas maneras, le habrán de escocer las espaldas. Justamente hoy al medio día la sacan a azotar...

SATURNA. ¡Ay, señor! No me acuerde vuesa merced los azotes, que se me revuelven las penas en el cuerpo. Este viaje hago por buscar carta de favor con que suelten a mi marido y mi hijito, que ayer pusieron presos.

EL AUTOR. ¿Carta de favor? ¿Y conoces tú en la corte gente de viso que te la dé?

SATURNA. Sí conozco, sí. Un caballero muy principal que no me niega nada de cuanto le pido.

EL AUTOR. ¿Qué dije yo? Los amigos son antesala del favor y llave de la despensa. Denle, denle que coma a la buena Aldonza y regálenla...

SATURNA. Tomaré alguna cosa por no decir que no, aunque agora el cuerpo no me pide sino hartarse de llorar. ¡Ay! ¡Un niño de siete años, que es tan para poco que no consiente en comer sino las delicadezas que yo le suelo dar de mi mano! ¡Ay!

LA BERROCAL. No más, no más, no te quejes así, que se me parte el corazón. Vuelve en tí, amiga.

EL AUTOR. Es uso entre nosotros disimular las penas y mostrar semblante alegre en todo caso. Mira tú de seguilla puntualmente, que en carro de farsantes no pueden verse lloros.

LA LÓPEZ. *(Señalando adelante.)* Allí lo tenemos, ya se ven las casas.

EL CORENCIA. *(Mientras todos, alborozados, se ponen en pie para mirar.)* ¡Madrid, casa de putas, a ver cómo te portas!

EL AUTOR. Mirad, hijos, mirad la patria común dónde todos llegan y caben. El desaguadero de tantos desdichados, que vienen a que se trueque su fortuna. Poco hemos de valer, si la nuestra no lo hace.

EL AGUILERA. *(Echando al aire su sombrero.)* ¡Viva el rey!

EL CORENCIA. *(Haciendo lo mismo con el suyo.)* ¡Y viva la madre que lo parió!

Algazara general. El carro se pierde en las tinieblas del fondo. Oscuro.

CUADRO V

Don Alonso Coronel de Zúñiga se halla sentado en un gran sillón, y lee en un pequeño libro que debe de ser libro de rezos, pues bisbisea y a veces se santigua devotamente sin dejar la lectura. Viste de negro, y la blanca gorguera es una bandeja barroca que sostiene la pálida cabeza huesuda, de rasgos finos y espirituales. Las llamas de un candil que hay al lado, sobre un rico escritorio, alumbran las hojas del librillo. Se oye un pulsar discreto en alguna puerta invisible en la penumbra.

DON ALONSO. ¿Quién es? Pase quien fuere.

Entra Saturna. Trae los hombros y el busto arrebujados en un mantón bajo el cual asoma un vestido que parece lujoso. El peinado es de gran artificio, y tiene la cara muy bien arreglada.

SATURNA. *(Deteniéndose a cierta distancia. Humilde.)* Soy yo, señor don Alonso. *(Se adelanta un poco más.)* Aldoncica, la Saturna. ¿No me conoce?

DON ALONSO. ¡Saturna! *(Deja el libro en el escritorio, permaneciendo sentado.)* ¡Jesús! Pero, ¿qué haces tú en Madrid? ¿Qué locura es ésta? ¡Y en esta casa, Virgen María! Vete, vete en seguida.

SATURNA. Señor, eso yo no haré en modo alguno, sin que antes me escuche vuesa merced.

DON ALONSO. Esta tarde, a las vísperas, podrás encontrarme en la iglesia de al lado, y concertaremos vistas en un lugar discreto. Aquí no puedes estar, esta casa es de un gran señor que me hospeda estos días como a pariente, y me importa guardar la honra. Sal, que no te vean.

SATURNA. No puedo esperar, señor, tengo que volver a Segovia. He venido porque vuesa merced me dé un papel escrito de su mano para que suelten a mi marido y a mi Clementico, que ayer llevaron a la cárcel.

DON ALONSO. ¿Sólo por eso has venido? En cinco días volveré yo a Segovia, y los haré soltar. Tú sal agora de aquí, y a la tarde nos veremos en la iglesia. Anda, vete.

SATURNA. *(Echándose atrás el mantón y descubriendo todo el vestido, que tiene un desaforado escote.)* Don Alonso de mi alma, no me eche como a un perro, tenga caridad.

DON ALONSO. ¡Ay, Aldoncia! En nombrando la caridad, has tocado mi punto flaco. Ven, acércate que te vea. ¡Oh, qué gallarda vienes, hija querida! ¿Qué vestido es éste, que pareces una gran señora?

SATURNA. *(Mientras don Alonso la examina el vestido.)* No es mío, señor, sino prestado. Dejómelo una cómica, por no tener yo ropa decente que ponerme.

DON ALONSO. ¡Aljófares son estos, en Dios y en mi ánima! ¿Una cómica, dices? No sabía yo que esas putas gastasen tal aparato.

SATURNA. Señor, hágame la carta, por mi vida, que en cuanto la tenga he de partir.

DON ALONSO. ¡Oh, qué gloria de pecho y de hombros!

SATURNA. Déjeme, por caridad. En Segovia me tentará su merced cuanto quisiere, y más que tentarme, ya lo sabe. Escriba, por Dios, que tengo priesa.

DON ALONSO. ¿Priesa dices, alma mía, cuando apenas has llegado? Ven aquí, trae aquí...

SATURNA. Señor, acuérdese de dónde estamos...

DON ALONSO. Eso agora no importa nada.

SATURNA. Que esta es la casa de su pariente...

DON ALONSO. ¡Qué pariente ni qué nonada! Estate queda, Aldoncica...

SATURNA. Ay, no, señor, que no he venido a holgarme.

DON ALONSO. Pero si no te voy ha hacer nada, es sólo una caricia.

SATURNA. Hágame la carta, por lo que más quiera.

DON ALONSO. Dala por hecha, hermosa, pero deja que te bese.

SATURNA. Cuando la haya escrito.

DON ALONSO. ¿Es que agora no vas a fíar en mí?

SATURNA. Señor don Alonso, al buen pagador no le duelen prendas. Vuesa merced escriba el papel, y yo le daré el beso más de corazón que haya recibido en todos los días de su vida.

DON ALONSO. *(Deja de sobarla y adopta un gesto digno, con la delgada mano sobre el enlutado pecho y los ojos serenos e iluminados.)* Que Dios te perdone, hija. Que Dios te perdone, por no fiar en la palabra de un tal caballero como yo. En fin, tú eres villana, y como villana procedes. Haré lo que me pides, tendrás tu carta. Más no porque tú me fuerces a ello con desenvueltas promesas, sino porque yo soy recto y compasivo de mío, y nadie podrá decir que llamó a mi puerta por pedirme una merced sin que la llevase sahumada. *(Pausa solemne, mientras se sienta ante el escritorio y dispone el recado de escribir.)* Sé tú desconfiada, sé tú mezquina y ruín, que yo seré generoso y magnánimo. Así cada uno procederá según su naturaleza y linaje, y según el papel para el que Dios le puso en el mundo. *(Empieza a escribir.)* Vete desnudando, mientras yo escribo.

SATURNA. ¡Ay, señor, qué más quisiera yo! Pero he de partir agora, por estar allí mañana.

DON ALONSO. *(Escribiendo.)* No me quejaré, que ya te conozco. De hierro batido tienes el corazón, hija. De hierro batido.

SATURNA. No tenga pena vuesa merced, que yo le prometo que en volviendo a Segovia, allí me encontrará como una rosa de mayo, aparejada para su servicio y todo su regalo sin estrecheces ni peligros. *(Corta pausa. Don Alonso sigue escribiendo. Saturna se le acerca, mirándole escribir.)* Ponga la carta con autoridad, señor, que no quede al alcaide agarradero ni escape por donde pueda excusarse de dejármelos libres como el aire.

DON ALONSO. *(Sin dejar de escribir.)* ¿Y cómo ha sido? ¿Les han echado mano cuando le hacían a alguno la bolsa al tiempo que la barba?

SATURNA. ¡Ay, mi señor don Alonso! ¿También va a dar vuesa merced en la flor de decillo? Pues sepa que esa no es sino calumnia de gente hideputa que nos quiere mal. Bellaquerías de cochinos envidiosos y muertos de hambre, que si tuvieran en la boca un arcabuz no harían más daño que hacen con la lengua. ¡Así viera yo ahorcados a más de cuatro que yo me sé!

DON ALONSO. *(Que continúa su escritura. Con sosiego.)* Calla, Aldonza, no alces la voz. Sea por lo que fuere, no has de tener cuidado, que va la cartica tal, que en viéndola te los han de poner sueltos y libres como las pajaritas del campo.

SATURNA. *(Eufórica.)* Así ha de ser como vuesa merced dice, y barras derechas. ¡No, sino ándese el negro alcaide y el escribano con trapicheos, y verán como las gasta mi señor don Alonso! ¡Bonico es él, para que le anden buscando las vueltas! Ponga, señor, ponga que los han de soltar al instante mesmo, sin tardar un punto ni tocalles un pelo.

DON ALONSO. *(Firmando y secando la tinta.)* Ya está todo puesto y bien puesto, y atado y bien atado. La carta va como mía, que no hay más que pedir. *(Saca una bolsita de un cajoncillo del escritorio y la muestra a Saturna.)* Mira que no te la quedes, sino dásela al escribano y al alcaide, y dí que se sirvan della para pago de costas. Esto hago yo por ti, Aldoncica, sin que tú por mí hagas nada. Sólo por el mucho amor que te tengo, aunque tú no lo merezcas.

SATURNA. *(Cogiendo las manos de don Alonso al tiempo de recibir la carta y la bolsa.)* Ay, señor mío, no me diga eso, que me da mucha congoja. Déjeme besar estas benditas manos, que por socorrerme como han hecho las he de poner sobre las niñas de mis ojos.

DON ALONSO. *(Poniendo suavemente a Saturna de espaldas ante sí.)* Mejor acomodo quisiera yo para ellas, hermosa. Estáte aquí quedica, no te muevas. *(Dulce.)* ¡Oh, qué deshonestidad de vestido, y cómo se nota que es de cómicas! ¡Hija querida, qué bendición de tetas! *(Introduce la mano por el escote.)* Ay, deja que me consuele un poco, y te las tome y agarre.

SATURNA. *(Dejándole hacer.)* No puedo agora decir que no, que fuera ser desagradecida y yo no lo soy. Pero por compasión, don Alonso de mi ánima duélase de mi y déjeme partir, que estoy angustiada. Acuérdese de aquel inocente...

DON ALONSO. *(Que sigue sobando.)* ¿Qué inocente?

SATURNA. ¿Qué inocente ha de ser, señor, sino mi Clementico, que está en la cárcel esperando que su madre lo suelte? Si me quiere bien, déjeme ir vuestra merced, no me tiente más, que le vendrán ganas de hacer otras cosas, y yo no me puedo esperar.

DON ALONSO. ¿Vendrán dices? ¡Ay, Aldoncica, qué mal me conoces! Ganas las tengo tales, que me revienta el vestido. Pero no hayas miedo que te toque un pelo, que te doy parlabra de respetarte como si fueses mi santa madre, que Dios haya.

SATURNA. ¡Ay, no me apriete tanto, que me lastima!

DON ALONSO. Y yo, ¿no estoy lastimado? Deja, quita...

SATURNA. ¡Don Alonso, qué hace! ¡No me rompa el vestido, que no es mío!

DON ALONSO. Quítatelo presto, que no aguanto más.

SATURNA. *(Defendiéndose.)* Déjeme ir, por Dios. Deje vuesa merced que me vaya.

DON ALONSO. *(Sujetándola.)* ¿Dejarte? De aquí no saldrás sin llevarte lo tuyo.

SATURNA. *(Forcejeando.)* No ha de ser agora, señor. Para hacérmelo agora, tendrá que matarme.

DON ALONSO. Pues aunque haya de matarte, zorra. Aunque haya de matarte, aquí has de ser mía.

Caen los dos al suelo, donde siguen luchando cuerpo a cuerpo, procurando la una huir y el otro impedirlo.

SATURNA. Sosiéguese y mire dónde estamos. Advierta que puede pasar alguien.

DON ALONSO. ¡Así pasase el Romano Pontífice!

SATURNA. Pero, ¿qué es esto? ¿Vuesa merced piensa que me ha de hacer fuerza?

DON ALONSO. Sí haré si tú no te dejas, desagradecida.

SATURNA. ¡Jo, que te estriego! ¿Fuerzas a mí? Déjeme ir, no me haga perderle el respeto, don Alonso.

DON ALONSO. Harto perdido me lo tienes. ¿Qué virtudes son éstas? ¿Por ventura no has echado conmigo más de una siesta?

SATURNA. Y más que echaré, si me deja. Suelte, que agora no es ocasión. Duélase de los presos y déjeme ir en su remedio.

DON ALONSO. ¡Un cabrahigo, se me dá a mi de los presos!

SATURNA. *(Que sólo se defendía, se revuelve, amenazadora.)* ¿Un cabrahigo? ¿Ha dicho eso?

DON ALONSO. *(Procurando echarse sobre ella.)* ¡Que los ahorquen!

SATURNA. *(Pegándole, llena de cólera.)* ¡Que os ahorquen a vos, saco de huesos! ¡Hipócrita, falso!

Se golpean, arrodillados. Se agarran y ruedan por el suelo, con las piernas por alto.

DON ALONSO. ¡Alcahueta, hechicera! ¡Aquí te mato! ¡Aquí te hago pedazos!

SATURNA. ¡Cabrón, hijo de puta!

Con la libertad que a sus piernas dá la falda remangada, Saturna ha intentado varias veces golpear con la rodilla la entrepierna del caballero. Al fin, logra alcanzarle de lleno.

DON ALONSO. ¡Auuuh...! ¡Ay, Virgen Santísima!... *(Viendo que Saturna se levanta para escapar.)* Juro a Dios que he de hacer que te quemen. *(Saturna desaparece a toda prisa.)* ¡He de verte quemar! *(Se intenta levantar, y el dolor no le deja.)* ¡Ay, la muy bellaca, qué bién me lo ha dado! *(Aparece silenciosamente el Duque de Béjar, anciano de noble porte, que se llega a don Alonso sin que éste le vea.)* Ya la cogeré, y por Dios que me lo pague.

BÉJAR. *(Tranquilo.)* ¿Qué es ésto, primo? ¿Qué hace ahí en el suelo?

DON ALONSO. ¡Qué! ¡Ah...! No, no es nada... un vahído...

BÉJAR. ¿Un vahído? *(Ayudándole a incorporarse.)* Levante, no coja frío... Agora vendrá el médico y le hará una sangría.

DON ALONSO. ¿Un sangría dice? ¡Ay, Dios! *(Cogido por el de Béjar, van ambos despacio hacia el fondo.)* En fin, paciencia y barajar. Achaques son que manda en cielo a quienes ya no somos mozos, primo... No nos queda sino bendecir a Dios, que nos dá la salud y nos la quita, aunque el golpe sea duro...

BÉJAR. Duro y de tanto dolor, querido primo, como recibido en tales partes...

Se pierden los dos en la penumbra. Oscuro.

CUADRO VI

El carro, descargado y sin mulas, reposa en el patio de la posada. Sentados al calorcillo del sol, algunos farandules de ambos sexos repasan las ropas de la farsa o sacan brillo a los doradines. Entra el Autor, eufórico.

EL AUTOR. ¡Albricias, hijos, denme albricias, que ya tenemos corral!

La alegría de los cómicos no es comparable a la del Autor, aunque se vé que la noticia les tranquiliza y conforta.

LA BERROCAL. ¡Loado sea Dios!

EL CORENCIA. Oigan a mis tripas, cómo cantan de contento.

EL AGUILERA. Las de todos, que barruntaban que iban a criar telarañas.

LA LÓPEZ. ¡Ay, Señor! ¡Otra vez la cuchara en la olla!

EL BERROCAL. ¡Las ollas de Egipto, bien colmadas de carne y de pringue!

EL CORENCIA. ¿Se puede avisar al posadero que mate un par de gallinas?

EL AUTOR. *(Dominando las voces de asentimiento.)* No, Corencia, en ninguna manera. *(Expectación.)* Mañana representaremos, y todo lo que se saque ha de ser para pago del corral. *(Decepción.)* Pero a las otras noches, ya embolsaremos nuestros buenos dineros. Ea, hijos, no pongáis esas caras. ¡Alegría, alegría!

EL CORENCIA. *(Fúnebre.)* Sí, hombre, sí. Alegría.

LA BERROCAL. Tres días sin comer. Eso, cuando menos y si todo sale bien.

LA LÓPEZ. ¿No nos puede fiar el posadero?

EL AUTOR. Fía la comida de las bestias porque las tiene en prenda; pero a nosotros, ni un garbanzo. Habrá que aguantar con los relieves del viaje.

EL AGUILERA. Pero si son cuatro mendrugos y un trozo de queso más duro que una piedra.

EL AUTOR. ¡Cuántos lo quisieran coger! Vaya, alégrense, que en medio de todo, estamos teniendo buena suerte.

LA LÓPEZ. A buen seguro que vuesa merced sí que comerá.

EL AUTOR. Mira lo que hablas, criatura, que estás tú muy consentida. Mi comida es cosa mía, y si también cuido de la ajena, más no se puede pedir. Sigan, sigan preparando las galas y adornos de la comedia, que mañana ha de ser noche grande. Y pongan más contento en esos rostros, que nada hay peor para el negocio que el que se vea a los cómicos con cara de pesadumbre.

EL CORENCIA. *(Volviendo, mohíno, a su quehacer, como los otros.)* Eso, que no falte. Cara de pascuas por fuera, y por dentro bailando de hambre.

EL AUTOR. La cara es principalísima, y hay que tenella siempre a punto.

LA BERROCAL. La cara sí, pero la boca no.

EL AUTOR. También las bocas han de estar aparejadas, que yo prometo que en tres días habrán de comer en tal manera, que no puedan mover ni pie ni mano.

LA BERROCAL. Dios lo haga como puede, y ya miraremos de aguantar como podamos hasta el festín.

EL CORENCIA. ¿Festín? Aguachirle será, como siempre. Y en tanto, nos lo pasaremos en flores.

EL AUTOR. Hayan un poco de paciencia, que no pido más, y yo miraré por todos.

LA LÓPEZ. ¡Pues si mira por nosotros como en Ávila miró por la Lorena, medrados estamos!

EL AUTOR. Cuida lo que hablas, pícara desvergonzada, no te enseñe yo comedimiento a puros bofetones. Harto hice, y tú lo sabes.

Entra la Saturna.

SATURNA. ¡Sin resuello vengo!

LA BERROCAL. ¡Cuerpo de quién me parió! Hermana Aldonza, ¿que has hecho de mi vestido?

SATURNA. *(Mirándoselo.)* ¿Está deslucido?

LA BERROCAL. *(Examinándolo cuidadosamente.)* ¿Deslucido? ¡Santa María! Astroso y desgarrado, dirás más bien. ¿Dónde te has metido? ¿No dijiste que ibas a ver a un gran caballero? ¡Ay, Dios, el mejor que tenía! Pero, ¿qué has hecho con él, puerca?

SATURNA. Quísome forzar don Alonso, y hube de resistir. Por eso se ha puesto así, pero se podrá arreglar...

EL AUTOR. Claro y manifiesto está todo. Pero si pagaste su ayuda a ese señor acostándote con él, pudiste haberte desnudado, hermosa, que el vestido no era tuyo.

LA BERROCAL. Pero, ¿dónde se acostaron, en la cama o en la calle?

EL AGUILERA. Se acostarían en la cuadra.

EL AUTOR. Es muy poca cortesía, hija Aldonza, volver en tal estado lo que te dejaron en buena amistad.

SATURNA. Ay, señor, juro a Dios que no ha estado en mi mano otra cosa.

EL AUTOR. Por sí o por no, y puesto que el vestido se ha perdido, fuera bueno ver de pagallo en alguna manera.

SATURNA. ¿Pagallo dice? ¿Y cómo lo haría, pecadora de mí, si no tengo dineros ni cosa que lo valga?

EL AUTOR. La ropa de galán que trujo servirá, que la Berrocal tiene su mesmo talle y la podrá sacar en alguna comedia.

SATURNA. ¿Y habré de caminar yo a Segovia en este traje de reina de Ocaña?

LA BERROCAL. No ha de ser así, que no llegarías ni a Torre de Lodones. Yo te daré ropa más humilde con que vayas segura.

EL AUTOR. Arregladlo las dos a vuestro gusto y sin escándalo, que yo voy a ver cómo están las bestias. *(Sale.)*

SATURNA. Ropa de mujer no me conviene para andar caminos. ¿No me podrías dar alguna de hombre que valiese poco?

LA BERROCAL. ¡Y cómo si puedo! ¿Quieres vestir un hábito de paño pardo, que parezcas un frailecico lego?

SATURNA. Sácalo acá, que no hay mejor cosa para andar por España.

LA BERROCAL. *(Mientras se acerca al carro.)* Segura estoy que te ha de quedar como de molde.

SATURNA. *(A los demás, mientras la Berrocal deshace un fardo de ropa.)* ¿Habrá comedia esta noche?

EL CORENCIA. Mañana, pero comida no la habrá en tres días.

SATURNA. ¿Y cómo harán?

LA LÓPEZ. Ya estamos hechos a vivir del aire.

SATURNA. ¿No les fían en la posada?

EL AGUILERA. A nosotros no nos fía ni la madre que nos parió.

SATURNA. Así, no les queda otro remedio sino pedir por el amor de Dios...

EL CORENCIA. ¡Aldoncica, qué dices! ¿Pedir limosna los cómicos? ¿Dónde iría el negocio? Hemos de poner la cara alegre, y bailar si es menester de contento, aunque tengamos las tripas con polvo de una semana.

SATURNA. Sí, ya sé. Disimular las penas y tener buen rostro en todo caso, aunque los tundan a palos o se mueran de hambre. Yo no sirvo para eso. Necesito tener la cara libre y la lengua suelta, para llorar o reír a mis anchas según me venga la fortuna o el gusto.

LA BERROCAL. *(Que se le acerca con un hábito de fraile en las manos.)* Mira, aquí lo tienes. No es nuevo, pero te será mejor que parezcas pobre.

SATURNA. *(Examinándolo, animada.)* Y tan pobre como he de parecer. Del tiempo de los romanos es, sin duda.

LA BERROCAL. Te doy lo que tengo, no te quejes.

SATURNA. No me quejo. De perlas me viene, si me lleva a Segovia. ¿Dónde me cambio?

LA BERROCAL. Detrás del carro habrá de ser, que no nos dan aposentos.

SATURNA. *(Encaminándose al carro.)* ¿Y habéis de dormir al sereno?

LA BERROCAL. ¡Qué remedio!

EL CORENCIA. ¡Y con la barriga vacía!

SATURNA. *(Que ya está desnudándose detrás del carro.)* Todo eso no importa nada, si lo podéis suplir con la alegría del semblante.

LA LÓPEZ. ¿Estás de fisga, hermosa?

SATURNA. ¿Yo? ¡Santa María!

Entra Pedro Quintanar, que se acerca a la Berrocal y le pone familiarmente una mano sobre el hombro.

PEDRO. ¡Ay, qué Madrid! ¡Cuánto puterío!

LA BERROCAL. ¿Ha estado su merced de putas matutinas? *(Pedro le dirige una mano a los pechos, y ella lo aparta de un empujón.)* ¡Quite allá, buen hombre!

PEDRO. No se enoje, hermana, que no era con mala intención.

LA BERROCAL. ¡Tiente a su señora madre!

SATURNA. *(Desde detrás del carro.)* Aparéjate, Perico, que nos vamos agora.

PEDRO. ¿Ah, pero estás ahí? ¿Y adónde hemos de ir?

SATURNA. ¿Adónde ha de ser, sino a nuestras casas?

PEDRO. ¿A Segovia agora? Frailes descalzos me lo habrían de pedir, y les diera una higa. *(La Saturna sale de detrás del carro, vestida de fraile.)* ¡Aldonza! ¿Pero qué es esto? ¿Has estado por ventura con otro estudiante?

LA BERROCAL. Te está que ni pintado. ¡Oh, qué frailecico tan lindo!

EL CORENCIA. Agora nos hará un sermón que nos deje edificados.

SATURNA. Lo que agora haré será coger el camino de mi pueblo. *(A Pedro Quintanar.)* ¿Y tú qué dices, buena pieza? ¿Que no quieres volver?

PEDRO. Ni por pienso. Volveré cuando esté descansado, así que pasen unos días. Tú a mi no me das otra noche de andar por esos montes.

SATURNA. ¿Y qué debo decir a tu mujer? ¿Qué quedaste holgándote en la corte?

PEDRO. Más ordeño yo de mis ánimas aquí en un día, que en Segovia en una semana. Me iré cuando llene la cajilla y saque para un vestido.

EL BERROCAL. ¿Y vas a tener corazón para dejalla que se vaya sola?

EL CORENCIA. ¿No dijiste que la tenías bajo tu amparo y defensa, hermano Pedro?

SATURNA. Déjenlo, no le aprieten ni obliguen, que mejor voy sola que no con él.

PEDRO. Eso, Aldoncica, ya es bellaquería.

SATURNA. No es sino la verdad. Y con Dios queden todos, que no me puedo entretener.

LA BERRROCAL. *(Abrazándola.)* Ay, ni siquiera te hemos preguntado por tu negocio. Que como tenemos nuestras propias pesadumbres, no nos acordamos de las ajenas.

LA LÓPEZ. Adiós, mujer, ya nos veremos si pasamos por Segovia.

EL CORENCIA. *(Sin levantarse.)* ¡Qué haya suerte, Aldoncica!

SATURNA. Adiós, adiós quedad todos.

Sale. La despedida ha sido fría y rápida. En general, los demás cómicos se han limitado a agitar una mano con desgana, o han permanecido sumidos en la apatía, desentendiéndose de Saturna.

PEDRO. *(Tras corta pausa.)* Váyase la mala mujer muy mucho de noramala. Si a la noche se la comieran los lobos en el puerto, harían un gran servicio a nuestra Santa Madre la Iglesia y le ahorraran trabajo al verdugo, que es una gran hechicera y hasta hereje, deshonra de la familia.

EL CORENCIA. Cierre esa boca el señor Pedro Quintanar, o por Dios que se la cierre yo y en tal manera, que no se le desenclavijen los dientes a tres tirones.

LA BERROCAL. No aguantará tanto andar sin descanso. A lo menos, le hubiéramos dado un trozo de pan para el camino.

EL CORENCIA. ¿Y nosotros, qué? ¿Tenemos mucho, por ventura?

Entra el Autor.

EL AUTOR. ¿Qué tal van esos ánimos, hijos? Y esa rabona, ¿se fue ya?

EL AGUILERA. Ya va trotando para Segovia, en hábito de peregrino.

EL AUTOR. *(Viendo a Pedro Quintanar.)* ¿Y no vas tú con ella, hermano?

PEDRO. No, señor, que yo quiero mejores compañías.

EL AUTOR. Pues con nosotros no podrás quedarte, amigo, que ni tenemos dinero ni necesidad de criados.

PEDRO. Ni yo lo decía por vuesas mercedes, bendito sea Dios. ¿Qué había pensado?

(Entra un Alguacil. Comienza a decrecer la luz.)

EL ALGUACIL. Dios sea loado. ¿Están aquí los cómicos que habían de representar mañana en el corral de la Herreruela?

EL AUTOR. Sí, señor, que somos nosotros mesmos. ¿Se ofrece alguna cosa?

EL ALGUACIL. No, sino dar noticia que por mor de unas viruelas ha pasado a mejor vida la hija de un Alcalde de Corte...

Los cómicos, demudados, quedan en suspenso, pendientes de un hilo.

EL AUTOR. *(Temblando.)* Buen poso haya su ánima, que Dios la tenga en su santa gloria...

EL ALGUACIL. Y que no habrá comedias en ocho días.

Consternación. La espada de Damocles ha caído con todo su peso.

EL AUTOR. ¿Ocho días? Mire, señor, pecador de mí, que no tenemos que comer...

EL ALGUACIL. Ya lo saben. Ocho días.

EL AUTOR. Considere que feneceremos de pura hambre, no podemos resistir tanto...

EL ALGUACIL. Eso no es cuenta mía. *(Ya sólo se veían las negras siluetas. Se hace el oscuro total, y en la oscuridad se oye aún la enérgica voz del representante de la autoridad.)* Entiéndanlo bien: ¡prohibido hacer teatro!

CUADRO VII

A un lado del camino real hay una mezquina fuente en medio de un grupo de arbolillos héticos con las pobres ramas en cueros. El solete de las postrimerías del otoño alumbra, tristón. Ocupan el lugar dos Guardias que conducen a un Preso. Va éste en un carro pequeño, medio echado sobre un lecho de paja, y encadenado. Aunque sucias y desaliñadas, sus ropas son de caballero; es hombre ya viejo, pero de rasgos regulares y agraciados; en las esposadas manos sostiene un rosario y reza a media voz. La bestia que tira del carro ha sido atada a uno de los árboles, y los guardias están sentados en el suelo, sacando algunos fiambres de unas alforjas.

GUARDIA 1º. Vamos a despachar presto, que lleguemos a Madrid cuanto antes.

GUARDIA 2º. En dos horas estamos allí.

GUARDIA 1º. Me van poniendo enfermo, los bisbiseos de ese cabrón todo el camino. *(El Guardia 2º se ríe.)* ¡No te rías, voto a Dios!

GUARDIA 2º. Cierto que ya es mucho rezo. *(Al Preso.)* ¡Eh, amigo! Reza más bajo, si no quieres que te haga las muelas. ¿Me oyes?

El Preso baja la voz, pero se oyen silbar las eses como saetillas invisibles.

GUARDIA 1º. Dále alguna cosa que coma, a ver si comiendo se calla.

GUARDIA 2º. *(Al Preso.)* ¿Quieres comer algo?

GUARDIA 1º. Pero levántate y dáselo, poltronazo. No te quedes ahí sentado.

GUARDIA 2º. ¿Y si me levanto, y luego no lo quiere? ¡Mira, un frailecillo francisco!

En efecto, pasa por el camino un frailecico con las manos ocultas en las mangas y la capucha bien echada hacia adelante. Al ver comiendo a los guardias parece vacilar un momento, pero sigue su camino.

GUARDIA 2º. *(Al fraile.)* ¡Adiós, hermano! ¡No pase sin decir nada!

GUARDIA 1º. *(A media voz.)* ¡Cállate, Recuero!

SATURNA. *(Con voz hueca.)* Queden con Dios, hermanos. Llevo priesa.

GUARDIA 2º. Lléguese aquí, que no será tanta que no pueda decirnos adónde camina.

SATURNA. *(Acercándose despacio.)* Llevo el Santísimo a un hombre en trance de muerte. *(Corta pausa.)* A lo menos, quítense el sombrero y pónganse de rodillas, ¿no? *(Los guardias se miran, inhibidos.)* ¿O es que son herejes los señores guardias de su majestad católica? *(Los guardias se destocan y ponen de hinojos apresuradamente.)* Así está mejor, que Dios les bendiga. Ya se pueden levantar. *(Ellos obedecen tímidamente, sin ponerse el sombrero.)* Por salir con presteza no he comido nada. ¿No me podrían dar un pedazo de pan?

GUARDIA 1º. *(Señalando la comida.)* No tenemos sino esta pobreza, hermano. Sírvase della en lo que quisiere.

GUARDIA 2º. *(Mientras Saturna se dirige a los fiambres.)* Pero deje algo para nosotros, que también somos hijos de Dios. No se lo vaya a llevar todo.

SATURNA. *(Desgarrando con las manos un trozo de pan y guardándolo por la abertura lateral del hábito.)* Dios Nuestro

Señor se lo pague y la Virgen Santísima. Queden adiós, que me espera un moribundo.

GUARDIA 2º. *(Señalando al Preso.)* Pues mire, hermano, aquí tiene otro. Haciendo está este viaje por acudir a una cita que tiene con el verdugo de Sevilla que en llegando lo ha de degollar, pues es hidalgo y bien nacido.

SATURNA. Dios haya piedad de su alma. No tiene talle de forajido.

GUARDIA 2º. Es un desdichadote y para mí que mentecato. Se llama don Juan, sevillano muy conocido en su tierra y harto amigo de las faldas cuando era joven, que dicen que siempre andaba tras ellas. Con los años se le fueron los amores y le entró la piedad, pero tan fuerte le dió que se aficionó más de la cuenta con una monja calatrava más vieja que él, y se remató por ella en manera que la vino a engatusar y sacóla del convento. Se les buscó hacia Portugal, pero el ladino viejo que sin duda lo preveía, tomó la de Francia con tan buen paso que de cierto pasaran la raya de no ser por unas fiebres que en Cuéllar le dieron al hombre. Allí se hubieron de detener, y fueron alcanzados y prendidos. Dos meses ha tardado en curar y, en tanto, ella ha sido devuelta a su convento, donde dicen que ya ha muerto emparedada. A él le llevamos agora, y como el hecho es notorio y la causa está sentenciada en rebeldía, no hará sino llegar y subir al cadalso para morir degollado.

SATURNA. *(Al Preso.)* Tenga paciencia, señor, y acuérdese de Jesucristo, que más padeció él por nuestros pecados.

EL PRESO. No me da miedo la muerte, hermano, sino antes bien la deseo y con tales ansias, que muchas veces he pensado ver mi propio entierro. Aunque asimismo me da una muy grande angustia, y lo achaco a que no debo tener el alma bien preparada.

SATURNA. Pues prepárela, que hallará gran consuelo. También yo rezaré por vuesa merced.

GUARDIA 2º. Harto reza él, que no para, y ya nos tiene cansados.

SATURNA. Eso es muy bueno y de mucho provecho. Rece, señor, rece mucho y acuérdese del cielo. Miren si quieren alguna cosa, que yo me parto.

EL PRESO. *(Poniéndose de rodillas.)* Deme su bendición, hermano fraile, que ha sido para mí este encuentro de felicísimo agüero.

SATURNA. *(Le bendice.)* "In nomine Patris, et Filii, et Spiritu Sancti". *(Le ofrece los cordones del hábito por entre los palos de una de las barandas del carro.)* Amén.

EL PRESO. Dios se lo pague. *(Coge los cordones, y se queda mirando intensamente a Saturna.)*

SATURNA. *(Algo intimidada.)* ¿Qué quiere, señor?

EL PRESO. *(Con ansiedad. Sin dejar de mirarla.)* Lléguese más cerca vuestra paternidad... lléguese a mí...

SATURNA. *(Con voz trémula.)* Sí, sí señor... *(Se aproxima cuanto puede a la baranda.)*

GUARDIA 1º. *(Con cierta timidez.)* Apártese, hermano. Mire que nadie sino nosotros se puede llegar al preso.

Saturna y el Preso, sin oírle, se miran a través de la baranda como a través de una reja. Los Guardias se van acercando.

EL PRESO. Vuestra reverencia no es un fraile como los otros... Toda la sangre me lo está diciendo, que no es igual... Vuestra reverencia es distinto, no es un fraile ordinario... Deje que le vea el rostro...

SATURNA. *(En voz baja.)* No puedo, señor, no me pida eso...

GUARDIA 1º. ¿Y por qué no puede, hermano?

SATURNA. *(Se aparta, rápida, del carro.)* Tengo priesa, señores.

GUARDIA 1º. Ha dicho que no podía mostrar el rostro, ¿por qué?

GUARDIA 2º. No tendrá la capucha pegada con pez, ¿no es cierto?

EL PRESO. *(A los Guardias, muy desasosegado.)* ¡Arrodilláos y rezad! ¡No lo toquéis!

GUARDIA 2º. *(Al Preso.)* ¡Calla, loco!

SATURNA. Déjenme ir, no pregunten.

GUARDIA 1º. ¿Por qué no? Vamos, pade, diga por qué no muestra el rostro. ¿O es que teme ser reconocido?

SATURNA. Nada temo.

GUARDIA 2º. Pues yo diría que está temblando.

SATURNA. Vuesas mercedes consideren con quien hablan, y si les pudiera parar algún perjuicio deste desacato.

GUARDIA 1º. *(Mientras el 2º se intimida.)* Considerando estamos con quién hablamos, padre, y por eso preguntamos. Son muchos los forajidos que se encubren con ropas eclesiásticas para mejor cometer sus fechorías y maldades.

SATURNA. Vuesa merced me ha llamado forajido, y dello habrá de dar cuenta.

GUARDIA 1º. Eso no es cierto, y agora tendrá que descubrirse, decir su nombre y convento, y contestar a cuanto yo le pregunte.

SATURNA. Yo, señor mío, no haré nada deso.

GUARDIA 1º. Entonces habrá de venir con nosotros, y mejor lo haga de buen grado.

SATURNA. ¿A un eclesiástico va a prender vuesas mercedes, por sí y ante sí?

GUARDIA 1º. Su conducta nos hace pensar que no lo sea. *(Al Guardia 2º)* Ponle los cordeles, Recuero.

GUARDIA 2º. *(Se acerca de mala gana a Saturna, sacándose unos cordeles del cinto.)* De lo que saliere, vuesa merced será el único culpado, no nosotros.

SATURNA. *(Al Guardia 2º)* Bien pudiera ir donde fuere, que sin culpa me hallo, pero me espera un moribundo. Aquí llevo veinte ducados para una diligencia. *(Le ofrece la bolsa que le dió don Alonso Coronel.)* Vuesas mercedes se sirvan con ellos, que los estimo en menos que la salvación de un alma.

El Guardia 2º coge la bolsa y se pone a abrirla, mientras Saturna se remanga el hábito y sale corriendo.

GUARDIA 1º. *(Acercándose.)* ¿Veinte ducados? Daca esa bolsa y corre, que no escape.

GUARDIA 2º. *(Que ha abierto la bolsa.)* ¡Es verdad, que son ducados!

GUARDIA 1º. ¡Qué lindo lance!

GUARDIA 2º. *(Que los está contando.)* ¿Todavía porfiarás que no era un fraile legítimo?

GUARDIA 1º. ¿Fraile legítimo, dices? ¡Un santo, Recuero! ¡Un santo del Cielo!

GUARDIA 2º. Razón tienes, que nos ha dado esta bendición.

GUARDIA 1º. Si damos parte, esos dineros son de la justicia.

GUARDIA 2º. ¡Una higa! Estos dineros nos los ha dado a nosotros.

GUARDIA 1º. Pues cuida de no irte de la lengua, y aquí no ha pasado nada. Tocamos a diez ducados. Vengan los míos, y a recoger, que nos vamos.

GUARDIA 2º. *(Recogiendo los fiambres.)* ¿Quién sería el bendito fraile? ¿Algún caballero mozo disfrazado?

GUARDIA 1º. ¿De qué hablas, mentecato? ¿Has visto tú algún fraile?

EL PRESO. *(Que se había reintegrado al rezo con gran devoción, lo interrumpe para zanjar la cuestión.)* No había tal fraile, sino aparición milagrosa. Yo tengo para mí que era un ángel del Cielo y aún, aún, la mesma Virgen de la Macarena.

Oscuro.

CUADRO VIII

Luz grisácea sobre un paisaje quebrado y triste. Detrás del camino, el terreno se eleva y oculta el último término. Se oyen las esquilas y balidos de un rebaño que se aproxima, y los gritos y silbidos de los pastores. Un labrador entra por la parte de delante, cruza corriendo el camino, y asciende al promontorio, donde se detiene, mirando al otro lado.

LABRADOR. ¡Eh! ¡Eh, vosotros! ¿Dónde váis por ahí? ¿Es que no véis que os habéis salido de la cañada?

VOZ DEL PASTOR 1º. Es tarde, y queremos excusar la revuelta del camino.

LABRADOR. Pues ya os podéis volver a tomar vuestra vereda, que por ahí no podéis pasar.

VOZ DEL PASTOR 1º. ¿Y por qué no hemos de poder?

LABRADOR. ¿Es que estás ciego, que no ves lo que tienes delante? Ese campo es mío y me lo váis a destrozar.

VOZ DEL PASTOR 1º. Pues ya no podemos volver, que se nos hará de noche, y perderemos más de una oveja.

LABRADOR. Haber salido antes. No tengo yo por qué pagar con lo mío.

VOZ DEL PASTOR 2º. ¡Miren, el hidalgo! ¿Es la tierra suya, acaso?

LABRADOR. ¡La tierra no, pero los nabos sí! ¡Volved, no metáis ahí el ganado, que me arruina! ¡Dad vuelta!

VOZ DEL PASTOR 2º. No pase pena por sus nabos, hermano, que no hay para qué. Del señor duque del Infantado es este rebaño; diríjase a él, que le resarcirá muy cumplidamente: que tiene tantos nabos, y tales y tan gordos, que no hay más que ver.

LABRADOR. ¿Ah, también chanzas? ¡Ven aquí, bellaconazo!

VOZ DEL PASTOR 1º. Arrea y pasemos presto.

LABRADOR. ¿Qué hacéis? *(Descompuesto.)* ¡No! ¡Fuera de ahí! ¡Sacad esas ovejas de mis nabos, cabrones! *(Se agacha, cogiendo piedras.)* ¡Que son mi comida para todo el invierno! *(Lanza una piedra con la mano.)* ¡Que nos matáis de hambre a mí y a los míos, grandísimos bellacos! *(Lanza otra piedra.)* ¡Madre mía, todo el ganado dentro! ¡Hijos de puta! *(Recoge más piedras para tirar.)* ¡Os salto los sesos, me cago en la madre que os parió! ¡A alguno me he de llevar por delante! *(Arroja otra piedra.)* ¡Ay, por qué poco! ¡Espera, ladrón!

Al disponerse a lanzar otra, recibe una terrible pedrada sobre el pecho que le deja paralizado y sin respiración. En seguida, otra piedra golpea violentamente su frente, con un crujido de nuez cascada. Una cortina de sangre desciende sobre su rostro y se desploma.

VOZ DEL PASTOR 1º. Mal golpe lleva.

VOZ DEL PASTOR 2º. Él buscó la pendencia.

VOZ DEL PASTOR 1º. Vámonos presto, Antón.

VOZ DEL PASTOR 2º. Sigue, que ya te alcanzo. Voy a ver cómo queda.

VOZ DEL PASTOR 1º. *(Tras una corta pausa.)* Cuida que no te vea nadie, que por ahí va el camino.

Aparece trepando desde el otro lado del promontorio el Pastor 2º. Es un zagalón con su buen palo, que aún conserva la honda en la mano.

PASTOR 2º. *(Al Labrador.)* Pues, ¿cómo va, buen hombre? ¿eh?

LABRADOR. *(Rebullendo un poco.)* ¡Ay! ¿Eres tú, hijo de puta?

PASTOR 2º. *(Amenazador, enarbolando el garrote.)* ¡Quedica la lengua!

LABRADOR. ¡Hijo de la grandísima...!

PASTOR 2º. *(Descargándole el palo a cruzalomo.)* ¡Quedica, he dicho!

LABRADOR. ¡Ay!

PASTOR 2º. ¿Se ofrece alguna cosa?

LABRADOR. ¡Ay, ay!... ¡La puta que te parió!

PASTOR 2º. *(Enarbola otra vez el palo.)* Repítelo.

LABRADOR. ¿Que... lo repita? La puta que... *(Recibe el garrotazo.)* ¡Ay!

PASTOR 2º. A tí te enseño yo.

El Pastor 1º sale tras la altura. Es de edad madura.

PASTOR 1º. ¿Es que lo quieres rematar?

PASTOR 2º. Tiene la cabeza bien dura.

PASTOR 1º. Mejor así. Vámonos.

LABRADOR. No me dejen aquí, por la Virgen. Ayúdenme.

PASTOR 2º. ¿Qué hacemos?

PASTOR 1º. ¿Qué hemos de hacer, sino seguir camino con la presteza que podamos? *(Coge a su compañero de la muñeca, y tira de él.)* Vamos, no nos vea alguien.

PASTOR 2º. *(Dejándose llevar.)* ¿Y si se muere?

PASTOR 1º. Si se muere, cuánto más apartados estemos, mejor.

Los pastores descienden tras el promontorio. El Labrador prueba a incorporarse, pero apenas puede mover los brazos.

LABRADOR. No se vayan, hermanos. No se vayan. Dios, que no me puedo levantar. Y la sangre se me va toda. No me dejen solo, que voy a perecer. *(Intenta levantarse.)* ¡Ay! *(Agotado, se deja caer y se amodorra, con lamentos cada vez más tenues.)*

La luz se debilita, concentrándose a un lado. Los accidentes del terreno proyectan ahora largas sombras. Por el camino vienen dos viandantes. Uno es un valentísimo soldado de ademán fiero, plumas en el sombrero y cintas y colorines en la ropa. Trae una gran tizona y una amplia capa con cuyo vuelo se ayuda para más destacar sus braceos y posturas. Se llama Don Lope de Guevara y Carrizosa, y cuenta su vida al frailecico que le acompaña, pequeño y delgado, con la capucha tan puesta y celada que a buen seguro no puede ver sino sus propios pies.

DON LOPE. ¡Oh, hermano fraile, y cómo se echa de ver que no es soldado vuesa merced! ¡Cuán poco se le alcanza de achaques de milicia, voto a Cristo! ¿Pues qué pensaba? ¿Que en la guerra no se había de acuchillar, cortar, hendir y rajar? *(Se detiene, quitándose el sombrero.)* Vea, vea las cuchilladas que tengo en el rostro, cómo lo cruzan y desfiguran.

SATURNA. ¡Váleme el Señor!

DON LOPE. No es nada esto. Habría de verme el cuerpo, que tan cosido está de cicatrices que no me hallaría un palmo que no estuviese señalado. Todas en servicio de Dios y del rey, luchando como un león contra turcos y herejes. Más he hecho yo con ésta *(Medio saca la espada.)* por la Iglesia, que no su merced con su rosario, voto a Dios.

SATURNA. Harto poco he hecho yo, por mis pecados.

DON LOPE. Pues yo he hecho mucho, mas no lo digo por no alabarme a mí mismo. No tiene vuesa merced sino ir a Flandes y mentar a don Lope de Guevara y Carrizosa, y verá si cualquiera le puede dar razón.

SATURNA. Ya, ya se le nota que es hombre de brazo fuerte.

DON LOPE. ¡Fuerte y más que fuerte, voto a Cristo! Mire cómo será que, una vez que fue mi compañía a un caserío a pillar provisiones de boca, los labradores hicieron resistencia por ser todos herejes, y una campesina se puso a la puerta de su establo por defender su vaca. ¡Grandona, ella!... Me sacaba la cabeza y más, que parece que agora la estoy viendo: joven y fornida, rubia como lo son todas o las más de aquellas tierras, y mirándome que parecía que me quisiese comer. Con la pica por delante me fui para ella corriendo, y tal golpe le di por debajo de las tetas, que la traspasé toda clavándola en la puerta, y el palo de la pica quebróseme de suerte que me quedé con él en las manos, en tanto que la moza muerta estaba cosida a la puerta por el hierro, derecha como un huso. Si en vez de mujer hubiese sido un hombre con coraza, voto a Dios que aquel golpe la rompiera y lo matara lo mesmo. Por ahí puede ver el hermano fraile si hay fuerza en estos brazos. ¡Oh, cómo se rompió el palo, pese al diablo!

SATURNA. No me cuente esas cosas, señor soldado, que me da una gran lástima. ¿No se dolió de matar así a esa pobre doncella?

DON LOPE. ¿Qué dice? Pero, ¿qué dice, por vida del rey? ¿lástima de una hereje? Ni tampoco era doncella, que cuando hubimos pillado aquello y le pusimos fuego para irnos, de un montón de heno que había al lado salió medio chamuscado un muchacho de seis a siete años que sin duda era su hijo. Se quedó sin habla al verla clavada en la puerta que empezaba a arder, y antes que le cogiésemos para castigalle, echó a correr como un gamo que no lo alcanzara el diablo. Lo hubieron de tumbar los arcabuceros, y cayó con las dos piernas por alto, lo mesmo que una liebre. *(Sin advertir las arcadas de Saturna.)* ¡Oh, y cuánto pudiera contar yo a vuesa merced de esos herejes de Flandes! ¡Gentes todas malévolas y perversas, que no nos quieren bien a los españoles ni tienen temor de Dios!

Han llegado a la altura del Labrador, que sigue caído unos pasos hacia el fondo, y no ha dejado de emitir débiles quejidos.

SATURNA. *(Deteniéndose y poniendo oído. En voz baja.)* ¡Chist! ¡Calle, señor! ¿No oye algo?

DON LOPE. *(Asustado.)* ¡Qué! ¡Qué!

SATURNA. No se alborote y ponga oído. Es como una queja muy quedica.

DON LOPE. *(Desenvaina.)* ¡Voto a Dios! ¿Quién se queja? ¡Salga, quién fuere!

SATURNA. Mire, véalo. Allí está un hombre tendido.

DON LOPE. Ya, ya lo veo. Buen sitio para una emboscada, así me lleve el diablo.

SATURNA. ¿Emboscada?

DON LOPE. ¿Pues no? Ese se tiende y hace que se queja, y al llegarnos a él salen los otros, que estarán ocultos tras esa quebrada, a dejarnos en cueros como cuando nacimos, y menos mal si no nos matan.

SATURNA. Si eso es así, Dios haya piedad de esos forajidos, que no saben los desdichados con quien toparon agora. Vaya, señor don Lope, vaya vuesa merced por ellos, que ya los veo a todos acuchillados, ensartados y muertos.

DON LOPE. ¿No sabe, hermano fraile, que nunca se ha de atacar a enemigo alguno sin conocer las fuerzas y recursos con que cuenta? Entienda y aconseje en rezos y latines y no se meta en cuestiones de guerra, que no es ese su oficio.

SATURNA. Mi oficio es ejercer la caridad, y por eso voy a ver de socorrer a ese hombre. Si quiere acompañarme, hágalo; y si no, quédese aquí.

DON LOPE. ¿Quedarme aquí yo? Vamos allá, voto a Cristo. Pero vamos despacio y preparados, por su hubiéramos de ceder algún terreno.

Se van acercando al Labrador, muy juntos y con grandes precauciones.

SATURNA. Cuando lleguemos, mire vuesa merced al otro lado...

DON LOPE. ¡Sssst!...

Llegan junto al caído, y lo miran con prevención.

SATURNA. Este hombre tiene rota la cabeza.

DON LOPE. *(Mientras Saturna se inclina sobre el Labrador.)* No se fíe. *(Se asoma con infinito cuidado al otro lado del promontorio.)* Pues no hay nadie, pese al diablo.

SATURNA. *(Al Labrador.)* ¿Qué es eso, buen hombre? ¿Puede hablar?

DON LOPE. Vámonos, hermano, que esto no me gusta nada.

LABRADOR. *(Como despertando.)* ¡Aaaah...! ¡Ay, madre mía! ¡Ay! ¡Oh, cómo me duele todo agora! ¡Más que antes! ¡Ay!

SATURNA. ¿Qué le ha pasado?

LABRADOR. ¡Qué! ¿Quién es su merced?... No veo nada...

SATURNA. Pues tiene los ojos bien abiertos.

DON LOPE. El golpe de la frente lo ha dejado ciego. He visto pedradas así. Vamos de aquí, hermano fraile. Déjelo.

SATURNA. ¿Dejar así a este desdichado? No seré yo quien tal haga.

DON LOPE. Su merced es hombre de Iglesia, pero yo no. Me voy, no quiero cuestiones con la justicia. *(El Labrador se sigue quejando, mientras Saturna se queda pensativa.)* Si quiere hacerme merced, diga que iba solo, no cuente nada de mí. Adiós.

SATURNA. Espere, señor. *(Dubitativa.)* Espere. *(Se empieza a incorporar, despacio.)* Me voy con vuesa merced.

LABRADOR. ¡No me dejen! ¡Ay, no me dejen, hermanos, aquí solo! ¡No me dejen, que perezco! Mi casa está a media legua, llévenme allí, por Dios.

SATURNA. Vámonos presto.

Ambos se apartan del Labrador con prisa, volviendo al camino.

LABRADOR. No hagan esto conmigo, tengan caridad. *(Solloza.)* No me dejen morir como un perro, que tengo hijos.

SATURNA. *(Deteniéndose.)* Se hace de noche, y morirá helado.

DON LOPE. Morirá en todo caso, y no sacaremos sino vernos envueltos con la justicia.

SATURNA. *(Reemprende la marcha, tirando de don Lope.)* Vamos, vámonos.

LABRADOR. *(Que no ha dejado de llorar y quejarse.)* ¡Ay, que no me puedo mover! ¡No me dejen, que me comerán los lobos! ¡Hermanos! ¿Están ahí? ¿Están ahí todavía? ¡Hermanos! ¡Ay, madre mía, que se han ido! ¡Ay, madre!... ¡Hijos de puta!... ¡Ay, ay...!

Sigue llorando y lamentándose en tanto se extingue la luz. Saturna y don Lope han salido. Los lamentos del Labrador persisten durante todo el oscuro.

CUADRO IX

Está la noche oscura como boca de lobo. Don Lope, sentado en el suelo, arrima las manos a una lumbrecilla que ha encendido por mitigar el rigor del frío. Saturna también acerca las suyas, pero sin sentarse. A veces pasea, nerviosa. Se siguen oyendo los lamentos, tenues y lastimeros.

DON LOPE. Vuesa merced tendría que ver la artillería. Eso sí que es el infierno, voto a Cristo. Pero venga y siéntese, hermano, no me de la espalda.

SATURNA. No puedo sentarme, que luego no habrá quien me levante. Tengo los pies en carne viva.

DON LOPE. ¡Oh, y qué delicadeza de fraile! Póngase aquí a mi lado sin temor, que no habrá lugar a que se le enfríen. En cuanto ardan estos cuatro tomillos, seguimos la caminata. Hágame caso, que yo entiendo lo mío de marchas y contramarchas, vive Dios, que en ellas eché los dientes.

SATURNA. No me pida que me siente, que ni pensallo puedo. Mejor levántese vuesa merced y vámonos cuanto antes.

DON LOPE. ¡El diablo le lleve, hermano, con su priesa! ¿Qué le pasa? ¿Qué tiene? Haya paciencia, que ya llegará donde haya de llegar.

SATURNA. Vámonos a lo menos de aquí. Ya pararemos cuando bajemos el puerto.

DON LOPE. Es mejor agora, que tenemos la bajada por delante. Sosiéguese. Pero, ¿qué le pasa, que no puede estar quieto?

SATURNA. Me pasa, que sigo oyendo las voces del desdichado de esta tarde. Eso me pasa.

DON LOPE. ¡Por los huesos de mi padre! ¿Después de ocho leguas que muy bien habremos andado desde entonces, aún oye las voces? A lo menos dos horas han pasado ya de la media noche. Y puede que tres.

SATURNA. Ya, ya sé que no puedo oillas, pero las oigo. Vienen de todas partes, de atrás y de delante, de un lado y del otro. Es como si llorase el camino, los árboles y las piedras, como si llorase el cielo y la tierra toda.

DON LOPE. Mucho lloro me parece ese.

SATURNA. ¿Mucho? Vuesa merced no llora, ni yo tampoco.

DON LOPE. Ni nadie, hermano, nadie, ni los árboles ni la tierra. ¿Quién va a llorar? Lo que tiene es debilidad y mucho cansancio, y de ahí le vienen las fantasmas y el oír lo que no hay. ¿Cuántos años tiene?

SATURNA. ¿Por qué me lo pregunta?

DON LOPE. ¡Oh, voto a Dios! A mí no me engaña, hermano... Bien se echa de ver que es un muchacho...

SATURNA. No soy tan muchacho como piensa.

DON LOPE. ¿No? Veámoslo, dígame sus años.

SATURNA. Es que no los sé... pienso que habré de tener veinte... o algunos más.

DON LOPE. ¿Veinte? Pongamos quince, y me parecen muchos.

SATURNA. No lo sé, no lo creo... No puede ser de ninguna manera...

DON LOPE. Ya lo creo que puede ser... Por más que oculte el rostro con la capucha, le he visto la cara de muchacho, que aún no le apunta el bozo...

Los lamentos se van haciendo cada vez más bajos.

SATURNA. No se burle de mí, señor. Es cierto que soy joven y aún no he hecho los votos, pero los haré, Dios queriendo. Agora sirvo en el convento por la comida.

DON LOPE. ¿En qué convento?

SATURNA. En uno de Segovia. ¿Ha estado allí vuesa merced?

DON LOPE. Ven aquí, hijo, siéntate a mi lado.

SATURNA. Mejor vámonos, señor, que queda mucho camino.

DON LOPE. ¿Sigues oyendo los lloros? Ven, siéntate, que yo miraré por tí como un padre.

SATURNA. Dios se lo premiará. Me sentaré por no ser ingrato, pero muy poco, que ha de ser con condición de que nos hemos de ir al cabo de un credo.

DON LOPE. *(Echándose hacia atrás.)* Así ha de ser. Ven, siéntate aquí, entre mis piernas.

SATURNA. Entre sus piernas no, señor, sino a su lado.

DON LOPE. Eso quise decir.

SATURNA. *(Sentándose junto a don Lope.)* También la pasada noche crucé la sierra, pero no había este frío ni tal tristeza.

DON LOPE. *(Abrazando los hombros de Saturna.)* Arrímate, hijo, arrímate a mí, que se te quite el frío.

SATURNA. *(Resistiendo débilmente.)* No se me quitará, señor, que lo tengo por dentro. Déjeme.

DON LOPE. Por Dios, que parte el corazón, un muchacho tan tierno andar en tan duros trabajos.

SATURNA. No me queda sino sufrillos, que nací pobre y he de ganar mi sustento.

DON LOPE. Pudiéraslo ganar con más comodidad y gusto, voto a Cristo. No mucho mayor sería yo cuando asenté mi plaza, y aquí me tienes agora. ¿O es que no te parece bien de ser soldado?

SATURNA. A decir verdad, no me llama a mí Dios por el camino de la guerra, que requiere más valor del que yo tengo.

DON LOPE. ¡Qué importa eso! A todo se hace el hombre y tú harás muy presto, que harto se nota que eres mozo despejado. En ahorcando ese hábito pudieras asentarte de criado conmigo, y viviríamos juntos como dos arciprestes. Y luego, la vida del soldado, bulliciosa y alegre que no hay más que pedir.

SATURNA. Y peligrosa.

DON LOPE. ¿Estando a mi lado habrías de temer peligros? Mal me conoces, hijo, si no fías de mí, que yo te defendiera con mi espada y con mi vida.

SATURNA. Sí fío, señor don Lope.

DON LOPE. *(Abrazándole los hombros.)* ¡Oh, y cómo te quiero bien! Ya puedes fiar, que en mí has encontrado un padre verdadero, y tal que no le hallaras mejor si lo escogieras como entre peras.

SATURNA. Dios le bendiga.

DON LOPE. Qué hombros tan delicados tienes, picarito. deja, quítate esa capucha, que te vea bien el rostro.

SATURNA. *(Sujetándosela.)* ¡Ay, no, señor, que si de improviso desabrigo las orejas, me saldrán sabañones!

DON LOPE. ¡Miren qué cuidadoso es el galán! Deja, sólo un poquito la cara, así. ¡Oh, qué lindo, si pareces una niña! *(La besa.)* ¡Hijo del alma!

La alarma y resistencia de Saturna van aumentando a medida que crece la audacia del buen don Lope de Guevara y Carrizosa.

SATURNA. Deje, señor, vámonos.

DON LOPE. No ha de ser así, que te quiero yo mucho. *(Pendiente de su capucha, no puede Saturna evitar que una mano de don Lope se introduzca bajo las faldas del hábito.)* Deja que te cate un poquico, por conocerte mejor. ¡Oh, qué amor de piernas tiene mi frailecico! ¡Qué tiernas y qué suaves! Pero no patalees ni te revuelvas tanto, bellaco, que no me dejas hacer nada.

SATURNA. *(Defendiéndose como puede de la voracidad de don Lope.)* Mire, señor, lo que hace, que no parece bien llegar a estos extremos.

DON LOPE. Estate quedo, voto a Dios, que me vas a enojar.

SATURNA. No me deshonre vuesa merced, por la Virgen Santísima se lo pido.

DON LOPE. ¿Y quién te deshonra, pícaro? No pretendo sino quererte y regalarte como un hijo, que por tal te tengo. ¿Vas a ser tan ingrato que...? *(Sujetando a Saturna con una mano y con la otra bajo sus hábitos, se detiene, estupefacto.)* ¿Qué es esto? *(La rechaza con asco.)* ¡Jesús, Jesús! ¡Una puta! ¡Quite allá!

SATURNA. *(Muy ofendida.)* ¡La puta lo será tu madre, don Maricón!

DON LOPE. A mi madre no la mientes tú con esa boca, porque te saco las tripas, ¿oyes?

SATURNA. *(Levantándose.)* Bien está. Si al señor se le han pasado ya los amores, podremos irnos, ¿no?

DON LOPE. ¿Ir tú conmigo, ramera? Ya puedes trotar por ese camino y no te detengas, que como te pongas bajo mi vista, juro a Dios he de abrirte en canal del ombligo a la garganta. *(Se sienta.)* ¡Voto a Cristo, con la muy zurrada! Agora entiendo por qué no quería cuentas con la justicia. Anda y véte sola, zorra, que no está don Lope de Guevara para compañía y amparo de putas camineras.

SATURNA. ¿Amparo, dice? ¡Miren, el amparador! Más le valiera empuñar la azada y ganar el pan que se come, que no andar fanfarroneando y diciendo que ampara a quien no se lo pide ni lo ha menester.

DON LOPE. Cierra la boca, bellaca, no te la haga yo cerrar a cintarazos. ¡Vaya un fraile, voto a Dios! ¡Qué cosas hay que encontrar en los caminos de España! ¡Putas que parecen frailes, o frailes que resultan putas!

SATURNA. *(Irónica.)* Todo aquí parece una cosa y resulta ser otra, ésta es tierra de encantamiento y de ilusión.

DON LOPE. El encantamiento será el tuyo, bruja, que sin duda lo eres.

SATURNA. Lo es de todos, que todos han de fingir una cara distinta de la suya, porque nadie puede manifestarse como es y quiere ser.

DON LOPE. Anda, puerca, vete ya. ¿No tenías tanta priesa?

SATURNA. Sí, ya me voy. Vuesa merced quede mucho en buena hora, señor don Fanfarrón, y encuentre presto un hijo apacible con quien supla mis faltas.

DON LOPE. *(Mientras Saturna camina cojeando y se pierde en la oscuridad.)* Que el diablo te lleve, sacrílega, puta, hechicera. *(Saturna se ha perdido de vista. Alza la voz, para ser oído.)* ¡Ya te agarrará la Inquisición, y saldrá todo en la colada! *(Grita.)* ¿Me oyes? ¿Eh? ¡Se derretirá tu grasa encima de la hoguera! ¡Has de echar más chispas que un cohete! *(Esparce las brasas de una patada.)* ¡Puta zurrada!

Oscuro.

CUADRO X

El paisaje de peñascos contrahechos o disformes pedruscos por el que discurre el camino, está en tinieblas. La luna menguante y escuálida, más bien que alumbrar, aumenta las sombras, desdibuja los perfiles y fantasea los bultos, haciendo del panorama un delirio surrealista embadurnado de tinta. Saturna baja la cuesta medio sonámbula, trompicando y vacilante. Se oye el zumbido de un zurriago que corta el aire, el chasquido del azote, y un fuerte alarido. Saturna se detiene con sobresalto.

SATURNA. Válame Dios, ¿qué ha sido eso? ¿A quién azotan? *(Silencio.)* ¡Eh! ¿Quién va allí? *(Silencio. Medrosa.)* No ha podido ser sino alguna figuración mía, que ando descaecida y se me desvanece la cabeza. ¡Ay, Virgen, que ya no puedo más! *(Corta pausa.)* Aldonza, ¿qué es esto? ¿vas a desmayar agora? No pueden quedar más de seis o siete horas, y pondré a mi niño en la calle. *(Camina de nuevo, reanimada.)* Vamos allá, Clementico. *(Se oye de nuevo el azote y el alarido. Saturna se para y grita, francamente asustada.)* Pero, ¿quién es, quién es?

VOZ DEL REY. *(Suena en las tinieblas, tranquila y severa.)* No des voces, zorra. Sé comedida.

Poco a poco, Saturna ve que ante ella, sobre un montón de pedruscos, está el Rey sentado en su trono. Es un viejecillo flaco, todo vestido de negro. Con ambas manos sostiene el cetro horizontal, apoyado sobre sus rodillas.

SATURNA. *(Desde cierta distancia, disimulando el miedo.* Señor, ¿qué hace aquí a estas horas, con este frío?

EL REY. Mirando tus pasos, correntona, por ver si te tuerces.

SATURNA. *(Con más miedo cada vez.)* No, no señor... yo no me tuerzo...

EL REY. Harto torcida estás, bellaca.

SATURNA. *(Temblando:)* ¿Torcida, yo? Mire lo que dice...

EL REY. Bien mirado lo tengo, buena pieza, que no te quito el ojo de encima. Sábete que no hay suceso de tu vida, por insignificante y mínimo que sea, de que yo no tenga cumplida noticia y detalle fidedigno. Donde quiera que vayas y allí donde te escondas, mi mirada te sigue y te cala hasta los huesos.

Se oyen otra vez azote y alarido. El Rey permanece imperturbable.

SATURNA. *(Sobresaltada.)* Señor, ¿qué es eso, que ya antes lo oí? ¿Son, por ventura, criados de vuesa merced, que castigan a alguno?

EL REY. No vas del todo descaminada, pero no cures dello. Los ruidos de ese jaez son mi ordinaria compañía, como que soy el Rey.

SATURNA. *(Retrocede unos pasos, aterrada.)* ¡Santa María! *(Se santigua.)* Ya me lo parecía a mí...! El Diablo mesmo, que me sale al camino!

EL REY. ¿Qué andas diciendo ahí de diablo? ¡Te digo que soy el Rey!

SATURNA. ¡El rey de los Infiernos!

EL REY. ¡El rey tuyo, grandísima puta! *(Corta pausa.)* No me crees, ¿verdad? Ven aquí...

SATURNA. *(Sin acercarse.)* Sí, sí señor, sí le creo...

EL REY. Ven aquí, te digo. Yo te convenceré, no te dé miedo... *(Saturna se va acercando.)* Llégate más cerca, aquí a mis pies... Agora ponte de rodillas... agacha bien la cabeza, dobla ese cuerpo... así... *(Saturna ha ido siguiendo las indicaciones del*

Rey. Este, incorporándose un poco, le da un gran palo en las espaldas, con el cetro.) ¡Toma, puerca!

SATURNA. ¡Ay! *(Se aparta, rápida.)* ¡Viejo cabrón!

EL REY. ¿Soy el Rey, o no soy el Rey?

SATURNA. ¡Un rufián, es lo que sois!

EL REY. Cuida de la lengua, que ya sabes con quién hablas.

SATURNA. Porque me ha dado un palo, ¿ya es el Rey?

EL REY. Así es, hija Saturna. Ya vas entendiendo la ciencia de la política.

SATURNA. No se me da un ardite de esa ciencia. Déjeme, señor, que siga mi camino.

EL REY. ¿Y adónde vas, con tanta priesa y a estas horas? Las buenas cristianas están agora en la cama, con un hombre encima.

SATURNA. Tengo de ir a mi negocio.

EL REY. A quitarme de las manos dos bribones, ¿no es verdad?

SATURNA. *(Muy turbada.)* ¡Ay, no, no señor!... No voy a eso...

EL REY. Con un papel que guardas entre las tetas. Le metistes a un puto la nariz en tu pechuga, y le sacastes el papel.

SATURNA. ¡Ay, Jesús! ¡Sin habla estoy!

EL REY. No hay cosa que no sepa el Rey, ya te lo he dicho. Mía es toda la sabiduría que en mi pueblo se contiene, mío es el conocimiento y mía la verdad. Por eso soy vuestro pastor y, queráis o no queráis, os tengo de guiar hacia la luz y hacia el amor. Los súbditos sois niños ignorantes, que no sabeis lo que os conviene. Yo lo sé por vosotros, y os limpiaré los mocos por más que pataleéis. Os daré la verdadera felicidad a garrotazo limpio, lo mismo que ya os he dado la verdadera libertad.

SATURNA. Dios se lo pague, señor. Agora, si me da licencia, yo me voy.

EL REY. ¡Oh, Saturna, y qué ciega estás! ¿Aún quieres arrebatarme de las manos lo que es mío? ¿Tan débiles las crees, o tan necias, que suelten lo que una vez cogieron? ¡Mal las conoces, alcahueta, si en tan poco las tienes! Esos dos ladronzuelos que me quieres quitar, ya han sido castigados.

SATURNA. No, no es cierto. No me quiera engañar, señor.

Se vuelve a oír el zurriagazo y el alarido. Saturna se encoge.

EL REY. ¿Y por qué habría de engañarte, desvergonzada? ¿Cómo te atreves a decirme que miento?

Nuevo azote y nuevo grito. Saturna se estremece, como si lo hubiese recibido ella.

SATURNA. ¡Ay!

EL REY. Lo oyes bien, ¿verdad? Eso que se siente es mi justicia, la justicia que imparto a mi amado pueblo, haciéndola caer en sus espaldas con todo su augusto peso. *(Otro azote y otro grito. Saturna, abrazada a un peñasco, gime)* Así, así, putilla... retuerce esas carnes, que también para tí llueven las estacas. *(Nuevo zurriagazo y alarido.)* ¡Ajá! Esa es la voz de los tuyos.

SATURNA. *(Dejándose caer de rodillas.)* ¡Ay, ay de mi! ¡Tenga piedad, señor, duélase! *(Se oye otro golpe. Como si lo hubiese recibido ella, Saturna se dobla violentamente hacia atrás por el impulso del latigazo, casi levantándose. El Rey se frota las manos.)* ¡Aaayy!...

EL REY. Aprende, bribona. ¿Tengo yo blanda la mano?

SATURNA. Basta ya, señor, no más. Tengo una carta... tengo aquí una carta...

EL REY. *(Burlón.)* ¡Tengo, tengo! ¡Qué has de tener tú, desdichada! Tú no tienes más patrimonio que la redondez de tus tetas y la blancura de tus muslos, y eso no te separa del destino de tu gente.

SATURNA. ¡Pero yo tengo una carta de don Alonso Coronel! ¡La tengo aquí!...

El ruido de otro latiagazo hace saltar aullando a Saturna.

EL REY. *(Cuando se ha extinguido el alarido mientras Saturna, en el suelo, recobra la respiración.)* Ya ves lo que tienes: nada. Esa carta no es cosa tuya, tú eres de aquellos que no tienen cartas, y no te apartas de los tuyos por cuatro garabatos que escriba en un papel un puto encandilado.

SATURNA. *(Tendida boca abajo, golpea el suelo con el puño.)* ¡Yo me aparto de quien sea, por librar a mi niño!

EL REY. Tarde llegas. Al medio día recibió su tanda.

SATURNA. *(Irritada.)* ¡Mentira! Y entonces, ¿a quién pegan agora, que me parece que me azotan el corazón?

EL REY. *(También enfadado.)* ¡Y yo qué se! A cualquiera, ¿qué más da? ¿No sois todos el mesmo? ¿No tenéis la mesma cara? ¡Todos sois uno! ¡Una sola hidra con muchas cabezas, que yo iré aplastando! ¡Pícaros, ladrones, alcahuetes, fornicadores, hechiceros, cómicos, estudiantes, maestros, poetas y demás buscaperas! ¡Gente perniciosa e inútil para toda cosa!... ¡Y los otros que trabajan, deseando están dejar de hacello! ¡Miren qué lindo pueblo me ha tocado! ¡Para vivir sin trabajar, hay que tener con qué! ¡Y si no se tiene, hay que doblar los lomos! ¡Doblar los lomos, que para eso están! ¡Oh, Dios, y cuanto palo necesitáis para andar derechos! Pero lo tendréis, lo tendréis... El Señor me conservará las fuerzas, y yo os mediré las costillas por los siglos de los siglos.

SATURNA. ¿Y siempre ha de estar este pobre pueblo con el palo encima? ¿Ni siquiera por lástima le dejarán respirar?

EL REY. *(Bondadoso.)* ¡Oh, Saturna, y cuán poco me entiendes! Ven, mujer, acércate.

SATURNA. No es menester, señor, que desde aquí le oigo muy bien.

EL REY. Aún así has de venir, que yo te lo mando. No desconfíes, que agora estoy benévolo. *(Saturna se le va acercando.)* Ven aquí, dame la mano. Sube con cuidado, así. Siéntate agora en mis rodillas. Vamos. *(Saturna le obedece.)* Ya ves cuán fácil es llegar al corazón del Rey. Escucha, hija querida: tú eres una puta...

SATURNA. *(Le interrumpe.)* Yo no, señor, en ninguna manera.

EL REY. No me repliques. Tú eres una puta, porque lo digo yo. Pues bien, he aquí que yo soy otra.

SATURNA. ¡Qué dice!

EL REY. *(Tranquilo y afable.)* Digo que soy otra puta. *(Cariñosamente amenazador.)* Por eso no me parecéis bien vosotras, pícara. Me quitáis los hombres.

SATURNA. ¡Válame Dios, quién lo habría de decir! ¡El Rey, una puta!

EL REY. El Rey come hombres, como vosotras. Sólo que yo me los como de verdad, les desgarro las carnes, les trituro los huesos, y me los trago para engordar. De esa manera vienen a convertirse en una parte del Rey, y se acrecientan mi grandeza y mi poder. Los buenos súbditos se dejan devorar de buen grado, se meten ellos mesmos en mi cuerpo, y no piensan sino con mi pensamiento ni hablan sino por mi boca. A los demás, en cambio, me los como a viva fuerza y no lo pasan muy bien, pero por sí o por no, acaban lo mesmo. Cuando a todos os haya comido, considera, Saturna, cual será mi tamaño: toda nuestra tierra no será sino el Rey, un Rey gordo y pacífico que la ocupará de mar a mar. Ya no habrá discusiones ni disputas, a que tan dados son los españoles. Todos serán yo y yo seré todos. Y nuestra patria vendrá a ser un compacto bloque de piedra berroqueña, donde hallarán asilo y refugio todas las virtudes desterradas de las demás naciones, hundidas en el libertinaje y la confusión. ¿Eh? ¿Qué dices a esto, Saturna? *(La abraza estrechamente.)* ¿No desearías tú ser una parte mía? ¿Verdad que quieres sentir lo que yo siento, pensar lo que yo pienso, hablar lo que yo hablo? ¿Qué dices, hermosa?

SATURNA. Yo haré lo que fuere su voluntad, pero antes he de mirar por mi Clementico.

EL REY. *(Indignado, la rechaza lanzándola al suelo.)* ¡El diablo te lleve, que todos sois iguales! No se os puede tratar bien, sólo pensáis en vosotros mesmos, en tener las manos libres para hacer vuestro antojo.

SATURNA. Para hacer lo que debemos, señor. Yo no puedo agora dejarme comer, que tengo a mi hijo en la cárcel.

El Rey golpea levemente con el cetro las piedras sobre las que está el trono y éstas se mueven y crecen, resultando ser unos como fantasmones enteramente tapados con grandes capisayos, que semejaban pedruscos al estar agachados. Llevan el trono sobre sus hombros, y desfilan lentamente.

EL REY. *(Al pasar ante Saturna.)* Adiós, hija. Ya te cogeré y me las pagarás todas, y bien sahumadas. A mí no se me desprecia.

SATURNA. ¡Santa María! ¡Yo no he dicho eso! Mire, señor, que no puedo dejar a mi niño...

EL REY. *(Mientras se va alejando en lo alto de su silla.)* Yo sí que no lo puedo dejar, que ya está en mi barriga el muchacho...

SATURNA. *(Corre tras él, ansiosa.)* ¿Lo ha visto? ¿Lo ha visto, señor? ¿Cómo estaba?

EL REY. Cubierto de sangre, estaba.

SATURNA. *(Se detiene.)* ¡Ay, no! ¡Eso es mentira! *(Grita al Rey, que ya se pierde en la oscuridad.)* ¡Embustero, que no has hecho sino soltar mentiras! ¡Mi Clementico está bueno y sano! *(El Rey se ha desvanecido. Saturna está sola. Mira alrededor, y repite a media voz.)* Mi Clementico está bueno y sano... *(Angustiada.)* Bueno y sano...

Se queda en silencio, mirando a un lugar elevado del espacio escénico, que se ilumina poco a poco, apareciendo una especie de andamiaje aislado entre sombras, como flotando en lo alto. Esencialmente, son dos andamios paralelos a distinta altura. Por el inferior, vienen dos como sacerdotes o ministros ensabanados, trayendo cada uno un gran lebrillo con mucha solemnidad. Se detiene, y uno pone su lebrillo en el andamio de arriba, mientras el otro se agacha y pone el suyo en el de abajo, junto a sus pies. Ambos se retiran despacion, en tanto en el estrado superior entra otro personaje con negra veste talar y un tocado fantástico que le oculta el rostro a modo de máscara. Coge el lebrillo de arriba y lo sostiene en alto, manteniéndose quieto. Vienen nuevamente los ensabanados, sujetando entre los dos a un tercero que apenas se sostiene. Le hacen meter los pies en el lebrillo inferior, y le amarran las muñecas a unas cuerdas que cuelgan a uno y otro lado, dejándolo enfrente del de negro, a un nivel más bajo, con los brazos abiertos sujetos por las cuerdas. Le quitan cuidadosamente la vestidura blanca, dejándolo en cueros: es un mozo, y tiene las espaldas cruzadas por las huellas de muchos azotes. Oprimida de angustia, Saturna procura ver el rostro del mancebo, pero sin conseguirlo ni poderse acercar, como si los pies se le pegasen al suelo. Los acólitos se han apartado del mozo, y el de negro, desde arriba, vierte sobre él el contenido del lebrillo que sostiene. Un líquido rojo y brillante cae sobre el atado, y le corre y escurre por el cuerpo. Se le doblan las rodillas y queda inerte, colgado de las muñecas, mientras el líquido le va tiñendo. Saturna gime. Los ayudantes se acercan al mozo, le sueltan los brazos de las cuerdas y, mientras se oye el llanto de un recién nacido, lo dejan caer poco a poco dentro del lebrillo en que estaba de pie, acurrucándolo, para que quepa, en posición fetal. Luego, reciben del oficiante el otro lebrillo y lo ponen boca abajo sobre el anterior, tapándolo perfectamente. El llanto se extingue. Se retiran despacio mientras va desapareciendo la iluminación de la pantomima, quedando todo como antes.

SATURNA. *(Reaccionando paulatinamente contra la angustia.)* ¡Ay!... ¡Ay, niño!... ¡Ay, niño, qué ha sido de tí!... ¿Quién era? Pero, ¿quién era ése? No podía ser mi Clementico, ése era mucho mayor... ¡Ay, qué dolor tengo por dentro, que no me deja respirar!... No era mi niño, y yo sentía que sí lo era, no podía ser otro sino él... ¡Pero qué digo, Dios, si ése era un mozo!... Ni tampoco eso, que era una ilusión de la fiebre... A buen seguro que tengo fiebre. *(Se pasa las manos por la cara.)* La tengo, sin duda. Del cansancio y del no comer. Pero tú estás bien, hijito, a ti no te han tocado. *(Empieza a andar.)* Agora estás durmiendo, tu madre te va a llevar a casa con la carta de don Alonso. ¡Oh, bendito don Alonso, qué buen caballero! *(Anda más deprisa, casi corriendo.)* He de llegar temprano, luz de mis ojos, y sacarte de ahí. *(Se pierde en la oscuridad.)* ¡Ay, niño, qué habrá sido de tí!

Oscuro.

CUADRO XI

Interior de la casa de Saturna. Ambiente lóbrego, de cueva o refugio. Las paredes son poco visibles en la penumbra, pero la puerta cerrada se advierte claramente. Ocupa todo el fondo una especie de gran tela de araña formada por cuerdas tensas. Algunos utensilios domésticos. El ruido de una llave en la cerradura. Entre Saturna.

VOZ DE UN MUCHACHO. *(Alborozada y ofensiva, gritando.)* ¡La Saturna vestida de fraile! ¡Miren la Saturna...!

Saturna cierra deprisa la puerta, dejándose caer sobre ella. Está agotada.

SATURNA. *(Entre dientes.)* Hijo de puerca, como te coja... *(Echa el cerrojo.)*

VOZ DE UN MUCHACHO. ¡Ayer sacaron a tu marido a pasear en burro! ¡Y Antón el Clavo lo deslomaba a pura zurriaga! *(Patadas en la puerta.)* ¿Me oyes, Saturna?

SATURNA. *(Grita.)* ¡Agora salgo y te chupo la sangre, mal nacido!

Se oye la carrera del muchacho que se aleja. Saturna se saca del pecho la carta de don Alonso, y se quita rápidamente el hábito, abriendo un arcón del que coge ropas para vestirse. Entre tanto, se percibe la voz de dos muchachos que se acercan.

VOZ DE UN MUCHACHO. *(Se aproxima, haciéndose inteligible.)* ... Y venía en cabellos, vestida de fraile francisco. Ha dicho que me iba a chupar la sangre.

VOZ DE OTRO MUCHACHO. Cuida que no te coja solo. A Lope Tomás se la chupó ella, que mi madre me lo ha dicho.

VOZ DE UN MUCHACHO. A mi esa no me da miedo. Mira. *(Grita.)* ¡Saturna, bruja! *(Una fuerte patada en la puerta. Ruido de carreras que se alejan.)*

SATURNA. ¡La puta que los parió! *(Llaman a la puerta.)* ¡Fuera de mi puerta, bellacones! ¡Id a aporrear los cuernos de vuestro padre!

VOZ DE ANA. Abre, Aldonza, que soy yo.

SATURNA. ¡Ah! ¡Agora no estoy para nadie, que voy de priesa! ¡Vuelva luego!

VOZ DE ANA. ¿Es que no me conoces? ¡Soy tu prima! ¡Ana Codillo!

SATURNA. ¡La Virgen me valga! No te había conocido. *(Va a abrir la puerta, con la ropa en la mano.)* Pasa. *(Entra Ana Codillo, con un niño de tres o cuatro años de la mano. Saturna se agacha y lo abraza, aplicándole sonoros besos.)* ¡Pablicos, hijo! ¡Sol de la casa, hermoso mío! ¿Te has acordado de mí? Agora vendrá tu hermano, y habéis de jugar juntos...

ANA. Y mi Pedro, ¿no ha venido contigo?

SATURNA. Se quedó en la corte, por descansar unos días.

ANA. ¿Por descansar, dices? ¡Así descansara para siempre, el ladrón desuellacaras! ¡Ese hombre me va a matar!

SATURNA. *(Empieza a vestirse.)* Es mucho el camino, Anica, para hacello de ida y vuelta sin dormir.

ANA. No traes tú muy buena cara, no. ¿Estás mala?

SATURNA. ¿Es cierto que ayer sacaron a azotar a mi marido?

ANA. ¿Cómo lo has sabido?

SATURNA. Un pícaro me lo ha gritado.

ANA. Cien zurriagazos llevó por esas calles y los aguantó muy bien, que iba hecho un señor. *(Señalando al niño.)* Pablicos lo conoció y le grito ¡Padre, padre!, pero él ni levantó los ojos, según iba ensimismado con el mosqueo. *(Corta pausa. Saturna, nerviosa y preocupada, no se acierta a vestir.)* Ya está suelto.

SATURNA. *(Separándose unos pasos de Ana. Con un esfuerzo para hablar.)* ¿Y... el otro?

ANA. *(Vacilante.)* ¿No sabes lo de Clementico? *(Saturna se detiene en seco.)*

SATURNA. *(Volviéndose, despacio, a mirar a Ana.)* No... no sé...

ANA. Ayer también... lo azotaron en la cárcel.

SATURNA. *(Tambaleándose, a media voz.)* ¡Ay, que me lo daba el corazón!

ANA. *(Mirando el suelo.)* ... Y como él era para tan poco... *(Se detiene.)*

ANA. *(Cada vez más fuerte.)* No te pares, sigue. ¿Qué me vas a decir? ¡Acaba presto!

ANA. *(Con un gesto de impotencia.)* Que se murió anoche...

SATURNA. *(Helada.)* ¿Murió, dices?

ANA. Sí. *(Pausa.)* Aldonza, ¿qué te pasa? *(La zarandea.)* ¡No me mires así, dí algo! ¡Estás traspuesta! *(Saturna, maquinalmente, se desprende las manos de Ana y se aparta, cabizbaja.)* No se hubiese logrado en todas maneras. Era muy delicadico.

SATURNA. *(Se sienta en el suelo. Con asombro.)* Han matado a mi Clementico. Lo han matado. *(Va encolerizándose.)* ¡A palos! ¡Lo han matado a palos!... ¡Me han matado a palos a mi niño! *(Grita.)* ¡A mis espaldas, lo han matado como a un perro rabioso! ¡Aayyy...!

ANA. Aldonza, sosiégate, por la Virgen.

SATURNA. ¡Como a un perro rabioso, a mi hijito querido!... Pero, ¿quién se atrevió a hacello? ¿Quién tuvo corazón para matármelo a azotes? ¡No hay hombre que tal haga! ¡Un lobo de la sierra no lo haría! ¿Quién lo hizo, Anica? Dímelo, por tu vida, ¿quién lo hizo?

ANA. *(Algo asustada.)* Aldonza, mejor que yo lo sabes. La justicia lo hizo. No te salgas de juicio, que me asustas.

SATURNA. ¡La justicia! ¡La justicia! ¿Qué justicia? ¡Esa no es mi justicia! ¡Yo no la conozco! ¡Maldito quien la fundó, malditos sean sus huesos! ¡Y tú, Dios del cielo, que permites estas cosas! ¿para cuando guardas tus rayos? ¡Los que han matado a ese niño dormirán esta noche en sus camas! ¡Comerán y se acostarán con sus mujeres, esos hijos de puta! ¡Y yo no podré clavar estas uñas en sus ojos! ¡Ay, habré de clavallas en los míos, mala peste!

ANA. No te pongas así, mujer. Considera que no es él el único. Otros ha habido y otros habrá.

SATURNA. ¡Ay, niño mío, que todas las noches yo te desnudaba y ayer te desnudó el verdugo!... ¡Bien sé yo cómo te acordabas de mí cuando te amarraban al palo, bien lo sé! ¡Y cómo gritaste llamando a tu madre, cuando el azote te rompió tu espalda pequeñica! ¡Ay, tu madre no te oía, no! ¡Tu madre estaba andando los miserables caminos desta tierra negra! ¡Ay, en qué hora nos puso Dios en ella! ¡Charca de sangre! ¡Patio de verdugos! ¡Ay, España, puerta del infierno!

ANA. ¡Qué te van a oír en la calle! ¿Pero te has vuelto loca? ¡Calla, que te pierdes! ¡Calla!

SATURNA. ¡No puedo! ¡No puedo callar!... ¡Si yo callo, gritarán las piedras! ¡Gritarán los campos y los montes! ¡Ay, déjame a lo menos la voz! ¡Deja libre a mi lengua de levantarse al cielo! ¡Déjame a lo menos este desahogo! ¡Ay!... *(Se deja caer sobre el suelo, con la cabeza bajo los brazos.)* ¡Ay!...

VOZ DE UN MUCHACHO. *(Destacándose en un murmullo de voces infantiles.)* ¡Oíd cómo grita la bruja!

VOZ DE OTRO MUCHACHO. ¡Ha pasado estos días en un convento de frailes!

ANA. *(Se dirige hacia la puerta, gritando.)* ¡Fuera de ahí, Barrabases! ¡Idos a apedrear gatos! ¡Fuera! *(Se oye la carrera de los muchachos.)*

Fuertes golpes en la puerta acompañan la voz de Clemente Pablo, el marido de Saturna.

VOZ DE CLEMENTE. ¡Abre, zorra, que ya sé que estás ahí! ¡Abre, te digo, voto a Dios!

ANA. ¡Cuerpo de mi padre, tal viene tu marido! ¡Sin abrille la puerta, le güelo el vino! *(Abre.)* ¡No debiera abrirte, bellaconazo! ¿No tienes temor de Dios?

CLEMENTE. *(Que trae una borrachera inequívoca.)* ¿Dónde está esa puta que se acuesta con los frailes?

ANA. Pero, ¿qué dices ahí, pecador de Dios? ¡Andá a dormilla, borrachuzo!

CLEMENTE. ¡Gentes honradas me lo han dicho! ¡Dos días con sus noches ha estado mi mujer disfrazada de fraile, viviendo en un monasterio de hombres! ¡Fornicando a coro, la grandísima puta!

ANA. Mira lo que dices, Clemente, que eso son maledicencias de gente ruín.

CLEMENTE. ¡De gente honradísima! ¡El muchacho y yo aguantando la zurriaga, y ella mientras tendida panza arriba, con todo un convento encima de su cuerpo! ¡Aparta, quita, que ya la veo! ¡No le ciegues a un hombre el camino de su honra!

ANA. *(Procurando estorbarle que llegue a Saturna.)* ¡Vete a la cama, bellaco, que estás como un zaque!

CLEMENTE. ¡En la aldaba de mi puerta tengo de colgar la cabeza de la adúltera! ¡Por los cabellos la ataré a la aldaba, para pregón y muestra del honor desta casa! ¡Reza lo que te acomode, Putifar, que ha llegado tu hora! ¡Tu cabeza en la aldaba!

ANA. ¡Mala aldaba te dé Dios, hijo de Satanás! ¡Miren que rosario viene rezando por el buen poso de su hijo!

CLEMENTE. *(Aparta definitivamente a Ana.)* ¡Aparta, digo, no te saque a ti el mondongo como a cómplice! *(Se acerca solemne a Saturna, con algún tambaleo.)* ¡La cabeza de la adúltera quiero, para adorno de mi puerta! *(Se detiene frente a Saturna, que sigue tendida en el suelo, y adopta el ademán de un terrible juez, con los brazos en alto.)* ¡Aldonza Saturno de Rebollo! ¿Te hallas dispuesta a comparecer ante el tribunal de Dios? ¡Ya es pasado el plazo de tu vida, ve aquí a tu ejecutor! ¡Pecadora, levanta esos ojos y míralo delante de tí!

Saturna levanta despacio la cabeza y mira a su marido con tanto odio, que al pobre se le caen las alas del corazón: baja los brazos, encoge el cuerpo, y retrocede unos pasos.

SATURNA. *(En voz baja, cargada de ira.)* ¿Dónde está Clementico?

CLEMENTE. ¿Y a mí me lo preguntas?

SATURNA. Contigo estaba. Por eso te pregunto.

CLEMENTE. ¡Hubieras dado dineros a Antón el Clavo, y agora estuviera aquí Clementico, azotado con penca sencilla!

SATURNA. Pero, ¿qué dineros? ¿Dónde están esos dineros, maldito sea tu linaje?

CLEMENTE. ¿No podías vender tus tarros y potingues? ¡Pero quisiste mejor irte de puteo, asi que te viste suelta! Y yo agora, en tanto no crezca Pablos, estoy sin ayuda en mi menester...

SATURNA. *(Fuera de sí.)* ¿También Pablos? ¿Agora el otro? ¡No, en mis días! *(Se lanza contra Clemente, golpeándole.)* ¡A Pablicos no me lo matas tú! ¡A éste, no!

CLEMENTE. *(Reaccionando y pegándole a su vez.)* ¡Ay, la tía marrana, que parece una fiera!

Ambos se pegan, enfurecidos. La borrachera del uno y el cansancio de la otra se suplen con la cólera.

ANA. ¡Ay, Virgen Santísima! ¡Estaos quedos, no hagáis eso, que está Pablicos delante! *(Se pone ante Pablicos para que éste no vea la escena, pero el niño, muy divertido, se asoma por donde puede.)* ¡Que estáis dando un escándalo, y os han de oír!

Los cónyuges se siguen pegando con manos y pies, intercambiando insultos y denuestos.

SATURNA. ¡Ya me has matado a uno! ¡No pienses en el otro, que te como los sesos!

CLEMENTE. ¡Estás endemoniada, mala puta!

SATURNA. ¡En tus barbas han matado a tu hijo, cabronazo!

CLEMENTE. ¡En Dios y en mi ánima, que de ésta te mato!

La lucha se desequilibra. Duramente golpeada, Saturna retrocede dando traspiés.

SATURNA. ¡Así mueras, mal padre! ¡He de verte ahorcar!

CLEMENTE. *(Yéndose hacia ella.)* ¡Vení aquí, mujer del diablo! ¡Juro a Dios que te abro esa tripa!

SATURNA. ¡Desuellacaras, criminal!

CLEMENTE. *(Golpeándola.)* ¡Te he de partir por medio! *(Saturna ya no opone resistencia. Clemente lo advierte con placer, y la coge de los cabellos.)* ¡Ay, puta, agora las vas a pagar! ¡Agora te tengo como yo quería! ¡Ven aquí!... *(Derribándola.)* ¡Llama a los frailes, por ver si vienen a librarte! ¡Anda, puerca, llámalos!

ANA. ¡Pero qué frailes dices, hombre de Dios! ¡No hay tales frailes! ¡Ella fue a la corte por una carta de don Alonso Coronel para sacaros de la cárcel, míralo! ¡Ve aquí la carta!

CLEMENTE. *(Tras mirar la carta en manos de Ana, se encara con Saturna, a la que tiene sujeta bajo sus piernas.)* Así que fuimos a la corte tras don Alonso Coronel. Con el de siempre, ¿no es cierto? ¡Qué fidelidad! ¿Y cómo te recompensó, Aldoncica? *(Dándole una bofetada.)* ¿Así?

SATURNA. *(Revolviéndose.)* ¡Hijo de puta!

CLEMENTE. *(Pegándole con las dos manos.)* ¿Qué has dicho? ¿Eh? ¿Qué has dicho?

SATURNA. *(Que sigue revolviéndose.)* ¡Hijo de puta! ¡Hijo de la grandísima puta!

Saturna ha conseguido ponerse boca abajo protegiéndose la cabeza con los brazos, y la lluvia de pescozones de Clemente más le cansa a él que la daña a ella. Ana abre la puerta y sale dando voces.

ANA. ¡Vengan, vecinas! ¡Vecinas! ¡Vengan por el amor de Dios, que Clemente Pablos está matando a su mujer! ¡A mi prima Aldonza, la Saturna! ¡Vengan, que la mata!

CLEMENTE. *(Deja de golpear, tomándose un respiro. Jadeante.)* Toda tu carne he de picar bien menuda, y la haré morcillas con tu mesma sangre, por dentro de tus tripas... ¿Me oyes, pendón?... ¿Estás viva?

SATURNA. *(Protegida por los brazos.)* ¡Hijo de puta, mariconazo!

VOZ DE VECINAS. ¡Jesús, no será tanto! ¡Es mucho hombre, Clemente Pablos! ¡Vamos allá!

Ante la proximidad del público, Clemente se enardece y reanuda los bofetones. Entra Ana seguida de varias vecinas: tres Viejas enlutadas y dos Mozas con refajos y corpiños de alegres colores. Las visitantes se las arreglan para cotillear la habitación, al tiempo que se acercan a apartar a Clemente de Saturna.

ANA. ¡Vean vuesas mercedes si no digo verdad! ¡Ahí lo tienen, que la está matando!

MOZA 1ª. ¡Váleme el Señor, y qué molienda!

VIEJA 1ª. *(A Ana, con gran autoridad.)* Anica, saca de aquí ese niño, que no es bien que vea esto. Llévalo a tu casa, y nosotras cuidaremos de todo.

ANA. Desapártenlos, miren que no la mate. Vamos, Pablicos, hijo, que tienes el más bellaco padre de cuantos comen pan.

Sale Ana, llevándose al niño cogido de la mano.

VIEJA 1ª. *(A Clemente, autoritaria.)* Bien está, galán. Deja a tu mujer, que harto la has majado.

CLEMENTE. *(Siempre golpeando a Saturna.)* Estoy en mi casa y hago lo que me acomoda, que aquí soy el rey.

MOZA 1ª. ¡Pero, déjala, verdugo de inocentes! ¿Es que no ves que la matas?

CLEMENTE. ¿De inocentes? ¡Por adúltera, se ve como se ve! Y aún es nada, que le tengo de rebanar la garganta de una oreja a la otra.

VIEJA 2ª. ¡Miren, el rebanador!

VIEJA 1ª. Sosiega, Clemente, mira que ya tienes la calle llena de muchachos.

CLEMENTE. Más habrá, cuando esté su cabeza colgando de la aldaba.

Las vecinas se arremolinan alrededor de Clemente Pablos, intentando separarlo de Saturna. Él la sujeta con las piernas y se defiende a empujones.

VIEJA 2ª. Pero, ¿qué dices ahí, pecador?

VIEJA 3ª. ¡Borrachón, ladronazo!

MOZA 1ª. ¡Quita de ahí, déjala!

VIEJA 1ª. ¡Clemente, ten juicio!

MOZA 2ª. ¡Desuellacaras!

MOZA 1ª. ¡Tigre de Ocaña!

CLEMENTE. ¡Voto a Dios, hato de putas! ¡Váyanse a su casa, o a todas haré las muelas a puros bofetones!

VIEJA 2ª. ¡Con estas pobres palomas te atreves, gran bellaco!

VIEJA 1ª. *(Suasoria.)* Hijo, tú eres hombre de juicio y ya has hecho lo que debías. No sigas, que no hay para qué.

VIEJA 2ª. ¡Bien le has sentado la mano!

MOZA 1ª. Déjala, que ésta no se le olvida.

VIEJA 1ª. Tómate un trago de vino, que estás fatigado.

VIEJA 3ª. ¡Ea ya, león! ¡Sosiega, sosiega!

CLEMENTE. ¡Déjenme hacer justicia! ¡Fuera!

MOZA 1ª. ¡Por el siglo de mi agüelo! Pero, ¿qué justicia, descomulgado?

VIEJA 1ª. *(A las Mozas.)* ¿Y no seréis mujeres a llevároslo, vosotras que sois mozas?

MOZA 2ª. ¿No podemos entre todas, y hemos de poder nosotras solas?

VIEJA 1ª. ¡Miren, qué inocencia de doncellica! ¿Y es que no tenéis nada debajo de las sayas?

VIEJA 2ª. ¿No tenéis dos tetas cada una?

MOZA 1ª. *(Subiéndose las faldaas y sujetándoselas en la cintura.)* ¡Mira, Clemente! ¡Mírame a mí!

CLEMENTE. *(Mirándola.)* ¡Oh, hideputa, y qué tentación de muchacha!

MOZA 2ª. *(Haciendo lo mismo que la anterior.)* ¿Vienes con nosotras a la taberna de la Torrecilla?

CLEMENTE. ¡No tengo un real, pecador soy yo a Dios!

VIEJA 1ª. ¡Eso no importa, hijo, tú ve con ellas!

MOZA 1ª. Nosotros te lo pagamos, que estamos agora muy ricas.

MOZA 2ª. ¿Nos dejarás ir solas?

CLEMENTE. *(Levantándose.)* No ha de ser así, que yo soy demasiado hombre para conseguir una cosa tal. Yo iré donde sea menester y no por el vino, que agora no tengo gana.

MOZA 1ª. De otra cosa tienes tu gana, ¿no es cierto?

Se intenta acercar Clemente a una de las mozas, y ella lo esquiva riendo al tiempo que lo atrae. La red del fondo se ha ido poniendo horizontal, a cierta altura, y las muchachas trepan y se ponen sobre ella, procurando y haciendo que Clemente las imite y siga.

MOZA 1ª. ¡No te caigas, cristiano, que tienes harto vino en ese cuerpo!

CLEMENTE. ¡No lo he probado!

MOZA 2ª. ¡Hay quien te ha visto!

CLEMENTE. ¡Convite de amigos, por celebrar mi salida de la trena!

MOZA 1ª. Daca la mano y sube presto, que nos vamos.

VIEJA 1ª ¡Andad, andad! Lleváoslo, y hacerle reventar.

La red va subiendo suavemente llevándose a Clemente y las mozas, que sobre ella gatean, persiguiéndolas él y huyéndole ellas, al tiempo que le ponen buena cara.

VIEJA 3ª. ¡Allá vas, calvatrueno, detrás de la carne! ¡Dios te pedirá cuentas!

CLEMENTE. ¡Pero no retocéis tanto, hijas de mi vida! ¡Dejad que vayamos a la par, que parece que me huís!

MOZA 2ª. ¡Aviva, aviva y espabila, que se diría que no puedes con los calzones!

CLEMENTE. ¡Ay, dejadme que os coja, por que veáis cómo os quiero bien!

MOZA 1ª. ¡Eh, manicas quedas!

CLEMENTE. ¡Por Dios, que no es con mala intención!

MOZA 1ª. ¡No te amohínes, corazón, que quiérote yo mucho!

MOZA 2ª. ¡Ay, Clemente, ven comigo, que me tienes abrasada!

CLEMENTE. ¡Allá voy, luz de mis ojos, no tengas pena!

MOZA 1ª. ¿Y a mí me darás la espalda, traidor?

CLEMENTE. ¡No, por Dios! ¡Pero no huyáis ni os desparraméis, criaturas, dejad que vayamos juntos!

La red ha seguido su ascenso con las mozas burlonas y el rijoso Clemente, y se oculta por la parte de arriba, sin duda camino de los cielos. Se oyen cada vez más apagadas las risas de las mujeres. Abajo queda Saturna, quejándose a media voz, y las tres viejas, que han seguido el ascenso con la vista.

VIEJA 3ª. ¡Loado sea Dios, que ya se fue el mal nacido lendroso ese!

VIEJA 2ª. Esas locas lo dejarán como pellejo vacío.

VIEJA 1ª. Mirad a la Saturna. ¡Cuerpo de mi padre, y cómo la ha parado! Ni levantarse puede.

Se acercan las tres a mirarla.

VIEJA 2ª. Y está medio en cueros, que es una indecencia.

VIEJA 3ª. ¡Ved que se estaba poniendo ropas de color!

VIEJA 1ª. Pues no ha de ser así. Buscad si hay vestidos negros que ponelle.

VIEJA 3ª. Yo miraré.

Se dirige a buscar por arcas y cofres. Las otras incorporan un poco a Saturna.

SATURNA. ¡Hijo de mis entrañas!

VIEJA 1ª. Mejor suerte ha tenido que si viviera.

VIEJA 2ª. ¡Dichoso él, que agora está en el cielo tocando la pandera!

La Vieja 3ª encuentra el hábito, y lo muestra en alto, excitada.

VIEJA 3ª. ¡Miren, miren aquí! Ropa negra no he visto, pero vean este hábito de fraile francisco.

VIEJA 2ª. ¡Un hábito de fraile, por el siglo de mi agüelo!

VIEJA 1ª. Por agora, la vestiremos de lo nuestro. Deja afuera ese hábito, que lo cortaré y servirá de mortaja para el niño.

SATURNA. ¡Ay, en qué mala hora me parió mi madre!

VIEJA 1ª. *(Descalzándose una media o calcetín gordo, negro, bastante sucio, y mostrando tener debajo otro exactamente igual.)* No des esas voces, Aldonza.

VIEJA 2ª. *(Haciendo lo mismo.)* Ten conformidad, hija.

SATURNA. *(Mientras las viejas le ponen, cada una en un pie, los calcetines que se han quitado.)* ¡Azotado hasta morir!

VIEJA 1ª. *(Poniéndole concienzudamente el calcetín.)* ¡Mejor muerto que pasando penas!

VIEJA 3ª. *(Que se acerca quitándose la toca y anudándosela como sobrefalda, se desabrocha y quita la negra blusa, bajo la que lleva otra idéntica.)* Los pobres parimos a los hijos con una señal negra: o hambrientos o ahorcados.

VIEJA 2ª. ¡O las dos cosas!

VIEJA 1ª. *(Acabándole de quitar a Saturna la blusa que tenía a medio poner.)* Considerando lo delgadico que era, en cuanto le llevaron a la cárcel por muerto lo tuve.

VIEJA 2ª. El sino del pobre: o aguantar o morirse.

SATURNA. ¡No, no! ¡Mi niño, no! ¡Él no, en ninguna manera! ¡Él no!

VIEJA 3ª. *(Mientras entra las tres le ponen la blusa negra.)* ¡Ay, que inocencia! ¡Él no! Pues, ¿qué bula tenía el desdichado?

SATURNA. ¡Él tenía su papel para quedar libre! ¡Un papel firmado que yo truje de la corte! ¡Él tenía su papel!

VIEJA 1ª. *(Despectiva, mientras se quita la negra falda, bajo la que tiene otra lo mismo.)* ¡Un papel! ¡Los papeles no son cosa nuestra, hija Aldonza! ¡Sólo sirven a los de arriba! ¿Cómo podría un papel aprovechar a tu Clementico?

SATURNA. *(Mientras las viejas la levantan y le sueltan su casi desprendida falda.)* ¡Sí le hubiese aprovechado, que bien alto era quien se lo hizo! ¡Ay, si don Alonso no hubiese estado en Madrid!

VIEJA 3ª. ¡Dios no lo ha querido así!

VIEJA 2ª. ¡Dios quería tener a ese ángel en el cielo!

VIEJA 1ª. *(En tanto que las otras sujetan de pie a Saturna, le mete la saya negra por la cabeza con energía.)* ¡Pero qué Dios, ni qué cielo! El niño ha muerto de azotes por no tener valedores ni favor, que ningún pobre los tiene. *(Sosteniendo ella a Saturna, mientras las otras le sujetan la falda en su sitio.)* ¿Y tú qué pensabas? ¿Qué porque un señor te escribiese un papelico, ya ibáis tú y tu hijo a tener trato de señores? ¿Qué sólo con eso te separabas de nosotras y te ibas a las alturas? ¿Justicia de rico para la señora? ¡Pues justicia de pobre has tenido, y bien de pobre, que te han matado a tu hijo con papel y sin papel!

A Saturna se le doblan las piernas, y la Vieja 1ª la deja caer poco a poco, hasta que se sienta en el suelo. La Vieja 2ª se quita la toca, bajo la que tiene otra igual.

SATURNA. *(Mientras le ponen la toca, cruzándosela por el pecho y atándosela a la cintura. Agarrándose a la última esperanza teórica.)* ¡Ay, si hubiesen esperado un sólo día!...

VIEJA 1ª. *(Impaciente.)* ¡Pero no esperaron! ¡Oh, qué necia te has vuelto, no pareces la Saturna! Si hubiese sido el hijo de un caballero, ya hubiesen esperado un año. Ni tampoco eso, porque no hubiese ido a la cárcel.

VIEJA 2ª. ¡Los rigores de la justicia son sólo para nosotros!

VIEJA 3ª. ¡De la justicia y de todo!

VOCES DE MUCHACHOS. *(A lo lejos, aproximándose.)* ¡Viva, viva y reviva la Santa Inquisición!

VIEJA 1ª. ¿Necesitas algo, Aldonza? Vamos a cortar ese hábito y luego te traeremos alguna cosa para que comas.

SATURNA. *(Cabizbaja, sin mirar.)* Dios se lo pague.

VOZ DE UN MUCHACHO. *(Fuerte, tras de la puerta.)* ¡Bruja Saturna! ¿Dónde has estado vestida de fraile?

VOZ DE OTRO MUCHACHO. ¿Has hecho una misa con el diablo?

VIEJA 2ª. *(Mientras Saturna permanece indiferente, como ensimismada.)* ¡Bellacones!

VIEJA 1ª. ¡Agora salgo y veréis, grandísimos pícaros!

VOCES DE MUCHACHOS. *(A coro, fuerte.)* ¡Que viva, viva y reviva la Santa Inquisición!

Ruido de carreras que se alejan. La Vieja 1ª abre la puerta demasiado tarde.

VIEJA 1ª. *(Desde la puerta.)* ¡Andad, herejes! *(Hacia dentro.)* Corren como Satanás. Venid, vámonos. *(Las Viejas 2ª y 3ª recogen el hábito y van hacia la puerta. La Vieja 1ª habla hacia arriba.)* ¡Eh, vosotras! ¡Retozonas! ¡Se acabó el juego!

Se oyen arriba las risas crueles de las mozas y la voz quejumbrosa de Clemente.

LAS TRES VIEJAS. *(Saliendo y cerrando la puerta.)* ¡Adiós queda, Aldoncica! ¡Agora venimos! ¡Ten paciencia!

Saturna no contesta ni hace gesto alguno. Se intensifican las voces de arriba.

VOZ DE LA MOZA 1ª. ¡Queda con dios, Clementico!

VOZ DE LA MOZA 2ª. ¡Vas a bajar volando!

VOZ DE CLEMENTE. ¡Ay, no! ¡Mirad no me soltéis, que me mato!

VOZ DE LA MOZA 1ª. ¡Se acabó la fiesta!

VOZ DE CLEMENTE. Pero, ¿qué fiesta, si no habéis hecho sino burlaros?

VOZ DE LA MOZA 2ª. ¡Abajo, puerco! ¿Pues qué pensabas? ¡Abajo!

VOZ DE LA MOZA 1ª. ¡Cuida no te estrelles!

VOZ DE CLEMENTE. ¡No, por Dios! ¡No me hagáis caer, tened caridad! ¡Ay!

Mientras se alzan las carcajadas de las mozas, Clemente se precipita desde lo alto con un aullido y se estrella contra el suelo. Queda tumbado boca abajo, mientras se van alejando las risas. Saturna sigue ensimismada, sentada en el suelo. Pausa. Clemente se queja.

CLEMENTE. ¡Ay!... ¡Ay, Dios!... ¡Ay, qué han hecho conmigo! ...Lo que han hecho conmigo no se hace con un perro, no... con un perro no se tiene tanta crueldad...! Oh, cómo se han burlado de mí, cómo se han reído...! Y en qué manera me han dejado, que no parecía yo sino una basura que se tira... ¡Ay, desgraciado de mí, que no lo hay más desgraciado bajo el cielo! ¡Ay, Dios mío, qué desgraciado soy!... *(Se incorpora un poco y se acerca a gatas a Saturna, llamándola con timidez.)* ¡Aldonza! ¡Aldoncica!... *(Saturna no le hace caso.)* Aldoncica, mírame cómo estoy, que me duelen todos los huesos...

SATURNA. *(Triste, sin mirarle.)* Déjame, no te acerques.

CLEMENTE. ¡Ay, qué tristeza tan grande, Señor!... ¿No te vas a doler de mí?... *(Saturna mira a otro lado, con las cejas fruncidas. Clemente insiste, haciendo pucheros.)* Acuérdate de Clementico...

SATURNA. *(Irritada, se vuelve fieramente hacia Clemente, nariz con nariz.)* ¡Cállate, no le nombres! ¡No le nombres!

CLEMENTE. *(Se echa a llorar de golpe, a grandes voces.)* ¡Ay, Clementico, niño mío!... ¡Ay, mi niño, mi niño!... ¡Ay, mi niño!...

SATURNA. *(A un tiempo conmovida y despectiva, le pone una mano en la cabeza. Con ternura algo áspera.)* ¡Calla, calla!... No llores así...

CLEMENTE. *(Al sentirse acariciado, se apresura a echarse boca abajo, acomodando la cabeza en el regazo de Saturna. Sigue llorando, más blandamente.)* ¡Ay, ay!... ¡Ay, mi niño!... *(Cada vez más bajo.)* ¡Ay, mi pobrecito niño!... ¡Ay!...

SATURNA. *(Acaricia maquinalmente la cabeza de su marido y mira al espacio, abstraída. La luz se concentra sobre ellos. Los suspiros de Clemente se van extinguiendo.)* Yo no sé, no sé muy bien lo que ha pasado... Mi hijito se me ha ido entre los dedos, como si se hubiese vuelto agua... Parecía que iba a estar siempre a mi lado, me sentía tan segura..., pero llegó un alguacil a mi casa, y todo se acabó. Mi Clementico ha caído por el negro agujero de la muerte y ya nunca más me mirará con sus ojitos... ¡Ay, nunca! ¡Nunca, qué palabra tan honda y tan negra, que parece un pozo! ¡Un pozo que no acaba!... ¿En el fondo de qué río helado se está deshaciendo tu carita? ¿En qué montón de cenizas frías te estás convirtiendo en polvo de silencio? ¡No lo sé, no lo sé!... ¡Ay, niño, que ya no sé nada de ti!... *(Corta pausa. Se le anima el rostro.)* ¡Pero tú estás cerca, estás cerca!... ¡Estás agora dentro de mí, envuelto en mi sangre!... Porque siento que somos uno solo. Somos uno solo tú y yo, y cuantos Clementicos han muerto y seguirán muriendo, todos los niños presos, silenciosos y ocultos en el corazón de los hombres, que no pueden ver la luz y que son azotados cada día hasta que mueren sin que nadie lo sepa... Todos, todos somos tú. *(Silenciosamente reaparece la red vacía, que va descendiendo sobre Saturna y Clemente.)* Todos cuandos estamos cogidos en esta negra trampa sin salida. los que lo estarán después, todos somos Clementico, todos somos uno. ¡A lo menos eso, lo tenemos que saber, lo tenemos que saber!... *(Baja la vista, para mirar a Clemente, y ve que está dormido como un marmolillo. Se le hunde el ánimo. Deja caer la cabeza sobre el pecho, y los hombros se le agitan por sollozos desesperados. La red cae suavemente sobre ellos, y los envuelve.)* Oscuro.

CUADRO XII

Se oye en la oscuridad la voz de don Francisco de Quevedo.

QUEVEDO. Se acabó el cuento, y agora estamos a oscuras por tu ventolera de soplar el candil. *(Da palmadas.)* ¡Hola! ¡Eh! ¡Rosica, Ambrosio! ¡Hola! ¡Traigan luz! ¡Luz! *(Nuevas palmadas.)* ¿No me oyen? ¡Luz, he dicho!

DON PABLOS. *(Burlón.)* ¡Ay, don Francisco, cada día son más perezosos los criados!

QUEVEDO. *(Con ruido de corrimiento de silla.)* Los echa a perder el mal ejemplo de ciertos pícaros.

DON PABLOS. ¿A dónde va vuesa merced?

QUEVEDO. *(Se oyen sus pasos irregulares.)* ¡Adónde he de ir, sino por luz!

DON PABLOS. Puesto que ya los ha despertado, espere que se la traigan... ¿No me oye? *(Silencio.)* ¡Señor don Francisco! *(Silencio.)* ¡Medrados estamos! ¡Casi dos horas de discurso, y en lo único que piensa es en la luz...!

Entra Quevedo, sosteniendo el candil encendido.

QUEVEDO. No hay cosa como la luz, bendito sea Dios. Mira que no la apagues de nuevo.

DON PABLOS. ¿Y qué le ha parecido a vuesa merced de mi historia, que no me ha dicho nada?

QUEVEDO. *(Sentándose.)* Deja, deja que me asiente, que me tiene doblado este enfriamiento.

DON PABLOS. Por la cara que tiene, apostaré a que no le ha satisfecho.

QUEVEDO. Es prolija en demasía, Pablos. No podrá ir en el libro, que echaría a perder la unidad del tema.

DON PABLOS. ¿Y por la sola causa de la unidad del tema, no dirá la ruin manera en que mi hermano fue muerto?

QUEVEDO. *(Cogiendo la pluma.)* Sí diré, Pablos; sí diré por complacerte, pero ha de ser con brevedad, que de otra manera no es posible.

DON PABLOS. *(Se acerca a Quevedo, que ya está escribiendo.)* Por breve que sea, si va escrito por vuesa merced será cosa grande.

QUEVEDO. *(Dejando de escribir.)* Pues escucha, que ya está. *(Lee.)* "Murió el angelico de unos azotes que le dieron en la cárcel". *(Deja el papel.)* ¿Qué te parece?

DON PABLOS. *(Estupefacto.)* ¿Eso es todo?

QUEVEDO. Bien quisiera yo que fuese más, pero el libro del Buscón ha de tratar de ti, y tu no tienes parte en la historia de tu hermano...

DON PABLOS. Al llamarle "angelico" en sentido irónico, parece estar del lado de quienes lo mataron. ¿Piensa así en verdad don Francisco de Quevedo?

QUEVEDO. Tienes que distinguir entre lo que yo pienso y lo que a mí me mandan pensar. Ese sentido irónico puede valer para el pensamiento que está ordenado, y así he dicho lo que quería en la única manera en que se puede decir.

DON PABLOS. A eso llamo yo jugar a dos barajas.

QUEVEDO. *(Con un gesto de impotencia.)* Y si no hay otro remedio...

DON PABLOS. Mire mucho cómo lo hace. También mi madre quiso hacello, y ya vé cómo paró.

QUEVEDO. ¡Famosa Saturna!... y díme, ¿qué fue della?

DON PABLOS. Luego que mataron a mi hermano se dio más a la hechicería, que antes no había hecho sino florear. Años después, siendo yo mozo, la prendió la Inquisición y la quemaron en Toledo...

QUEVEDO. *(Sobresaltado.)* ¿La quemaron, dices? ¿A tu madre Aldonza la Saturna, la quemaron?

DON PABLOS. Sí, la quemaron, eso he dicho. ¿Le sorprende mucho a mi señor don Francisco?

QUEVEDO. No, no... *(Pensativo.)* Así que no acabó la historia llorando por su hijo, sino ardiendo en una plaza...

DON PABLOS. En la del Zocodover. *(Burlón.)* Las historias nunca acaban, señor de Quevedo...

QUEVEDO. Ya, ya lo sé... *(Reacciona.)* En fin, se ha perdido la noche. Es muy tarde para escribir ya nada. Dormiré aquí mesmo lo poco que queda hasta la mañana. No quiero irme a la cama, que estará muy fría.

DON PABLOS. ¿Qué ánimos son esos, don Francisco de mi alma?

QUEVEDO. Ya paso de los cuarenta, y el frío no me hace bien.

DON PABLOS. Somos de una edad.

QUEVEDO. Pero yo soy de carne mortal, y tú no. Agora es cuando puedes soplar el candil.

DON PABLOS. ¿Y para eso lo trujo encendido hace nada?

QUEVEDO. Conviene la luz al que está despierto, no al que duerme.

DON PABLOS. Y vuesa merced piensa que agora ha de dormir como un bendito, ¿no es cierto?

QUEVEDO. Ese es mi propósito, Pablos, aunque no sé si podré.

DON PABLOS. Tal pudiera ser que, en apagando este candil, se encendiesen otras lues en la escuridad, y con ellas durmiese menos.

QUEVEDO. Mira, no filosofemos a estas horas. Apaga y vámonos.

DON PABLOS. *(Solemne y burlesco, poniendo el apagador sobre la torcida.)* ¡Deshágase la luz! *(Oscuro.)* ¡Duerma tranquilo, el señor escritor!

QUEVEDO. *(El oscuro no es total, y se ve su silueta.)* Será si tú me dejas.

DON PABLOS. *(Invisible, alejándose la voz.)* Ya, ya le dejo, don Francisco. Vea de tener buenos sueños.

QUEVEDO. Lo que veo es que no dormiré, me duele la cabeza. Es el enfriamiento. No te vayas, Pablos. *(Silencio.)* Pablos, ¿estás ahí? *(Silencio. Fuerte.)* ¡Pablos!

Le contesta la voz de Saturna, con un estridente alarido.

QUEVEDO. *(Se incorpora asustado, derribando la mesa.)* ¡Voto a Dios! ¡Bien sabía yo que no dormiría!

SATURNA. *(Se oye su voz, gritando.)* ¿Cómo puedes pensar en dormir? ¿Cómo puedes? Si don Francisco de Quevedo se duerme, ¿quién velará? ¡Mírame! ¡Abre los ojos, si es que los tienes!

Sobre el fondo oscuro del espacio escénico, a un nivel elevado, se ilumina repentinamente a la Saturna, ardiendo en la hoguera. Sobre la actriz en vivo, se proyectan las llamas filmadas y el humo, que la rodean y a veces la ocultan, mientras se oye un fuerte crepitar.

QUEVEDO. *(Agarrándose la cabeza.)* Aunque no los abriera, te viera lo mesmo... Es la fiebre que tengo, sólo fiebre y delirio... Esa lumbre, no es sino mentirosa apariencia, ilusión vana de mis sentidos, tramoya y fingimiento...

SATURNA. *(Gritando.)* ¡Tramoya y fingimiento, dices! ¡Ay, sí! ¡Para ti sí lo es, pero no para mí! ¡Ay, sí para mí también lo fuera! Entonces, estaríamos iguales; pero no lo estamos, no. ¡No son fingidas las hogueras que a mí y a los míos nos abrasan vivos! ¡No son fingidas las torturas y las cárceles! ¡Ni el hambre y la miseria, ni el dolor y la desesperación! ¡No, no son fingidas para nosotros, sino muy verdaderas! ¡Para ti sí, que sólo te las imaginas, pero nosotros las sufrimos! ¡Esa es la diferencia que va de unos a otros! ¡La maldita diferencia!

QUEVEDO. También yo padezco, Saturna, créeme. Siento tus dolores en el corazón...

SATURNA. ¡Ay, yo los siento en toda mi carne! ¡Siento hervir la grasa y romperse los nervios y tendones! En el corazón no siento dolor, ahí no tengo sino odio... ¡Malditos seáis tú, y cuantos son como tú! ¡Malditos seáis todos! ¡Todos los que escribís y los que leéis, los que coméis y dormís mientras las hogueras alumbran las plazas y los gritos rompen el aire! ¡Los que sufrís fingidamente un dolor que sólo es nuestro!... Vuestro dolor de corazón no nos sirve de nada ni en nada nos ayuda, vuestra mala conciencia es cosa vuestra, no esperéis gratitud a cambio della...

QUEVEDO. *(Derrumbado.)* Saturna, eres injusta, considera con quién estás hablando. Yo soy quien menos merece que le aflijas con tus recias palabras...

SATURNA. *(Mientras crecientes columnas de humo la van ocultando y haciendo la oscuridad.)* ¡Anda, vete a dormir! Yo muero agora y otros muchos me seguirán, pero tú dormirás bién tranquilo, con tu dolor en el corazón... *(Colérica.)* ¡Ese dolor no te pone a mi lado, te pone frente a mí! ¡Ni a mí un papel me apartó de los míos, ni ese dolor te aparta de tu gente! Engáñate a tí mesmo si eso te complace, pero a mí no me engañas. Os conozco: ¡tú y los tuyos matásteis a mi hijo y me habéis puesto aquí!

QUEVEDO. *(Acongojado.)* Eso no es cierto, Saturna... Yo...

Le interrumpe un terrible aullido de Saturna, al tiempo que la filmación proyecta sobre ella un gran chisporroteo, seguido de un denso humo.

SATURNA. *(Con voz rota y fuerte, mientras el humo filmado se hace oscuro.)* ¡Vete, vete a dormir!

QUEVEDO. *(Mientras se hace el oscuro.)* ¡Dormir! ¡Quién podrá dormir, una vez hecha la luz!

Oscuro.

FIN

ANTONIO GALA

LOS BUENOS DÍAS PERDIDOS

LUCES DE CAMBIO
SOBRE LA ESPAÑA ETERNA

José Monleón

Estrenada el 10 de octubre de 1972 en el Teatro Lara de Madrid, *Los buenos días perdidos* hizo decir a algún crítico que se trataba de la "reconsagración" de Antonio Gala. Sus estrenos anteriores habían tenido cierto carácter polémico, provocando una división de opiniones a las que no era ajena la realidad política española de la época. Desde finales de los sesenta, el país avanzaba, más allá de las decisiones personales del Dictador, hacia el modelo occidental de democracia. La dialéctica de la Guerra Civil, mantenida por vencedores y vencidos desde 1939, era cada vez más anacrónica. Para las nuevas generaciones, formaba parte de una experiencia ajena y, en el contexto de una continua ampliación de la clase media —el desarrollo económico y la afirmación de que España realizaba, al fin, su revolución industrial eran conceptos barajados cotidianamente—, crecía un tipo de consenso que alcanzaría su plenitud en la transición pacífica a la democracia. En 1972, el entonces Ministro de Información y Turismo, Sánchez Bella, se sintió obligado a justificar públicamente la necesidad de la censura ("lo que la censura quiere es evitar que, por la satisfacción de una minoría, la gran mayoría sufra y se queje"), en términos que reflejaban la creciente demanda de su supresión. El país vivía ya un sentimiento de cambio, institucionalmente aplazado hasta la presumible desaparición física de quien era, desde 1939, Caudillo, Jefe de Estado y expresión, como señaló el citado Sánchez Bella, de las Ideologías Vencedoras.

En 1972, Antonio Gala había estrenado ya varias obras y tenía en el cajón otras que estrenaría poco después. También era autor de las adaptaciones de *El zapato de raso* de Paul Claudel (Teatro Español de Madrid, 1965), *Un delicado equilibrio* de Edward Albee (Teatro Español, 1969) y varias obras de Shakespeare, Eurípides y Molière para la Televisión Española. Su irrupción en el teatro databa de 1963, año en el que *Los verdes campos del Edén* se estrenó en el Teatro María Guerrero de Madrid, tras obtener el Premio Nacional Calderón de la Barca. La obra fue recibida con entusiasmo por la inmensa mayoría de la crítica, a la vez que cuestionada por quienes la sintieron como una evasión lírica de las realidades que por entonces atosigaban a la sociedad española. En 1965, el estreno de *El sol en el hormiguero* en el María Guerrero, alteraba el espectro de las reacciones críticas. Esta vez, los sectores más conservadores rechazaron la alegoría política del drama, mientras muchos de los que habían considerado *Los verdes campos del Edén* demasiado "poética" (no en balde Alejandro Casona, llegado del exilio poco antes, escribió un canto a la obra), sintieron que Antonio Gala se alineaba, decididamente y desde su personalidad singular, en las filas, formalmente heterogéneas, pero éticamente compactas, del antifranquismo. *Noviembre y un poco de hierba*, estrenada en el Teatro Arlequín de Madrid en 1967, reafirmó esta segunda visión de Gala, hasta que, en 1972, *Los buenos días perdidos* vino a ser uno de los dramas pioneros de la transición. La obra se situaba en un lugar caótico que tenía mucho de imagen de la España de entonces. Al viejo sacerdote don Remigio le llegaba el relevo cuando los administradores de la parroquia habían vendido la mayor parte de los bienes de la Iglesia y se preguntaban, aterrados, por la próxima rendición de cuentas. Una especie de Celestina, doña Hortensia, descubría que la ilustre pariente, conservada en la cripta como "la reserva espiritual", había sido un personaje alegre y pobretón. El personaje que hablaba de Orleans, remitiéndonos a una Europa extraña y feliz, donde los españoles acabarían resolviendo sus problemas, se convertía en un sinvergüenza dispuesto a aprovecharse de todo el mundo, y Consuelito, la muchacha infeliz, física y moralmente maltratada, una clara alegoría del pueblo español, acababa, tras creer en Orleans, suicidándose defraudada.

Lo cómico se mezclaba con lo amargo. Y, como dijeron Gala y José Luis Alonso, el director del montaje, de la sala emergían dos tipos de risas: la de quienes se dejaban ganar por el ingenio del texto y la de quienes se reían, con Gala, de la España Eterna y mentirosa. Había un juego continuo de contrapuntos, que permitía la referencia valleinclanesca. Todo estaba "sistemáticamente" deformado y era, como tal, reconocible. La escenografía de Francisco Nieva y el estilo interpretativo de Mary Carrillo. Amparo Baró, Manuel Galiana y Juan Luis Galiardo, hacía el resto.

En una entrevista que sostuve con Gala y José Luis Alonso ("Primer Acto", número 150, noviembre de 1972), el autor reconocía la posible tensión entre una acción dramática, rigurosamente planteada, y cierto verbalismo ingenioso, con el que asegurarse la risa y la atención del público. Viejo tema éste de nuestro teatro: el temor a no ser entendidos por el público, a aburrir a quienes han sido educados en la idea de que el teatro es malo, intelectual y oscuro, cuando no divierte, cuando no provoca la risa. De ahí cierto delirio formal, cierta pasión acumulativa, como si el autor quisiera asegurarse de que ha atrapado al espectador por un lado o por otro.

Los buenos días perdidos es una de las obras más amargas y más sinceras de Antonio Gala. Pensó en el espectador sin traicionarse a sí mismo ni dejarse traicionar por su facilidad oratoria. En ella no se quiere embelesar a nadie, ni crear ese tono confidencial con el que el autor ha llegado al corazón de ciertos públicos y audiencias. Gala, contando con José Luis Alonso, con Nieva y con sus actores —recuerdo muy bien el espléndido y chirriante trabajo de Mary Carrillo en el personaje de doña Hortensia—, aparecía más hermosamente indefenso que nunca. Era el drama de los setenta, el drama de una parroquia esquilmada y, lo que no deja de ser especialmente interesante en nuestros días, el uso de Orleans, de "el extranjero", y de "Europa", como una quimera paralizadora. El que ese Orleans, que estaba fuera, se haya convertido en una Europa que está dentro, no deja de ser uno de los pasos dados desde entonces. Hoy sabemos que Orleans será un poco lo que todos seamos capaces de construir y no ese campanario lejano situado, quiméricamente, más allá de las fronteras de nuestra censura y nuestra impotencia. Una reflexión sobre el cambio del alegórico y etéreo Orleans por la perentoria y concreta Europa de nuestros días podría servir de eje a la historia contemporánea de España. En 1972 no lo sabíamos. Como quizás todavía no lo saben muchos de los que aprendieron, justificadamente, a recelar de los ilusorios campanarios.

Es seguro que una obra como *Los buenos días perdidos,* pese a su deliberado abigarramiento, a los distintos niveles conjugados, no hubiera podido ser estrenada en los años sesenta. En 1972 existía ya cierta complicidad en la que entraban no sólo los sectores antifranquistas, sino la inmensa mayoría de la clase media. Por eso quienes se reían con el ingenio verbal del autor y quienes detectaban la significación ideológica del texto pudieron compartir, sin problemas, la misma sala.

Quisiera, para llevar al lector de estas líneas algo del clima de la época, cerrar esta introducción con parte del comentario que incluí en el citado número de "Primer Acto":

"Añadir que el mundo del drama de Gala aparece abierto, convulso, en un momento de toma de nuevas posiciones —¿nos vamos a Orleans o qué?—, en el que caben toda clase de batacazos, es sólo afirmar que esta es la situación en la que el dramaturgo ve a la sociedad estudiada.

El trabajo del director José Luis Alonso ha tenido que ser bastante difícil. Había que salvar en lo posible la veracidad de situaciones y personajes, al tiempo que se potenciaban al máximo las réplicas verbales y se insinuaban las significaciones crípticas. Había que hacer reír al espectador y, al mismo tiempo, dejar que la comedia se escapara del cauce del ingenio, del control reflexivo, para entrar en el esperpento, el desmadre y el humor hispánico. Había de jugar con el equilibrio y con el desequilibrio, con el buen humor y con el mal humor, con la gracia verbal del texto y la desgracia de los acontecimientos, manteniendo un tono de contrapuntos que tuviera en vilo a los sonrientes espectadores. El barroco decorado de Nieva, nada sencillo de resolver, contribuía perfectamente a crear el disparatado "baratillo-cripta-sacristía" donde transcurre la acción de la comedia.

El estreno fue un éxito clamoroso, pese a que las negruras de la segunda parte rebajaron un poco el entusiasmo suscitado por la primera, considerada más "poética y amable". El autor pronunció unas palabras, con la sabiduría retórica que los andaluces tienen para estos menesteres. Y la cartelera madrileña, en fin, contra su ya inveterada y penosa costumbre, incorporó a un autor español de nuestros días que aspira, más allá de la gracia formal de su literatura dramática, a hablar críticamente de su tiempo y de su sociedad."

ANTONIO GALA

Nace en Brazatortas (Ciudad Real) el 2 de octubre de 1936. Licenciado en Derecho, Ciencias Políticas y Económicas, y Filosofía y Letras, simultanea durante algunos años la enseñanza y la escritura, actividad esta última en la que se había iniciado siendo un adolescente a través de la poesía. En 1963 recibe el Premio Calderón de la Barca por su obra teatral *Los verdes campos del Edén*, estrenada ese mismo año. Ambos acontecimientos le deciden a dedicarse exclusivamente a la literatura.

Fundamentalmente conocido como dramaturgo y articulista, pronto se convierte en un autor relevante. Desde 1965, con sólo dos paréntesis —de 1967 a 1972 y de 1975 a 1980—, no ha dejado de escribir teatro. La lista de sus títulos es amplísima, así como la de sus cargos y galardones, entre los que se pueden citar el Nacional de Literatura, 1973; el Ciudad de Valladolid en 1972, 1973 y 1982; el Espectador y la Crítica en 1973 y 1974. Presidente del Centro Español del Instituto Internacional del Teatro (UNESCO), I Premio Andalucía de las Letras, su trayectoria está cuajada de conferencias, guiones para series televisivas, relatos y adaptaciones. Su primera novela, *El manuscrito carmesí*, 1990, ha obtenido el Premio Planeta.

Traducido a varias lengua, su teatro está edificado sobre la ética y la estética, y sus puntos de vista han influido en opiniones y tomas de postura colectivas, tanto en la dictadura como después de ella.

TEATRO

Los verdes campos del Edén. Editada en Ed. Alfil, col. Teatro, 1964. Ed. Aguilar, 1965, dentro del volumen "Teatro español 1963-1964". Ed. Espasa-Calpe, col. Austral nº 1588, 1975. Ed. Plaza & Janes, col. Clásicos nº 52, 1986. Estrenada en el Teatro María Guerrero, 1964, bajo la dirección de José Luis Alonso.

El veredicto. Escrita en 1964. Editada en revista Cuadernos Hispanoamericanos nº 407, 1984. Revista Estreno, XI, I, 1985. No estrenada.

El sol en el hormiguero. Escrita en 1965. Editada en Ed. Taurus, col. El Mirlo Blanco nº 13, 1970. Ed. Aguilar, col. B.A.M. obras escogidas, 1981, Ed. MK, col. Escena nº 42, 1983. Estrenada en el Teatro María Guerrero, 1966, bajo la dirección de José Luis Alonso.

Noviembre y un poco de hierba. Escrita en 1967. Editada en Primer Acto nº 94, 1968, Ed. Taurus, col. El Mirlo Blanco nº 13, 1970. Ed. Cátedra, col. Letras Hispánicas nº 150, 1981. Ed. Espasa Calpe, col. Austral, 1988. Estrenada en el Teatro Arlequín (Madrid), 1967, con dirección de Enrique Diosdado.

El caracol en el espejo. Editada en Taurus, col. El Mirlo Blanco nº 13, 1970. No estrenada.

Spain's strip-tease. Escrita en 1970. Editada en Ed. Aguilar, col. B.A.M., obras escogidas, 1981. Estrenada en King-boite-teatro, 1970, bajo la dirección de José María Burriel (café-teatro).

Retablo de Santa Teresa. Estrenada en la Real Colegiata de Santo Tomás de Ávila, 1970, con dirección de Roberto Carpio.

La Petenera. Musical. Inédita.

Los buenos días perdidos. Escrita en 1972. Editada en Primer Acto nº 150, 1972. Ed. Aguilar, dentro del volumen "Teatro español 1972-1973", en 1975. En Ed. Bruguera, col. Libro Amigo nº 492, 1977. Ed. Aguilar, col. B.A.M. obras escogidas, 1981. Ed. Castalia, col. Clásicos nº 163, 1987. Estrenada en el Teatro Lara, 1972, con dirección de José Luis Alonso.

La Cenicienta impuntual. Inédita.

Anillos para una dama. Editada en Ed. Júcar, col. Biblioteca Júcar nº 11, 1974. Ed. Aguilar, "Teatro Español 1973-1974", 1975. Ed. Aguilar, col. B.A.M., obras escogidas, 1981. Ed. Castalia, col. Clásicos nº 163, 1987. Ed. Bruño, col. Anaquel nº 3, 1991. Estrenada en el Teatro Eslava, 1973, con dirección de José Luis Alonso.

Suerte, campeón. Escrita en 1973. Editada en Ed. Aguilar, col. B.A.M., obras escogidas, 1981. Ed. Espasa Calpe, col. Austral, 1988. No estrenada.

Las cítaras colgadas de los árboles. Editada en Ed. Espasa-Calpe, col. Selecciones Austral nº 30, 1977. Ed. Aguilar, col. B.A.M., obras esgidas, 1981. Ed. Preyson-Arte Escénico, col. T.A.E. nº 3, 1983. Estrenada en el Teatro de la Comedia, 1975, con dirección de José Luis Alonso.

¿Por qué corres, Ulises? Editada en Revista Tiempo de Historia, año II nº 15, 1976. Ed. Espasa-Calpe, col. Selecciones Austral nº 30, 1977. Ed. Aguilar, col. B.A.M., obras escogidas, 1981. Ed. Espasa Calpe, col. Austral nº 111, 1989. Estrenada en el Teatro Reina Victoria, 1975, con dirección de Mario Camus.

Petra Regalada. Editada en MK, col. Escena nº 18, 1980. Ed. Vox, col. La Farsa nº 9, 1980. Ed. Espasa Calpe, col. Selecciones Austral nº 121, 1983. Ed. Cátedra, col. Letras Hispánicas nº 150, 1983. Estrenada en el Teatro Príncipe, 1980, con dirección de Manuel Collado.

La vieja señorita del Paraíso. Editada en MK, col. Escena nº 24, 1981. Ed. Aguilar, col. B.A.M., obras escogidas, 1981. Ed. Espasa-Calpe, col. Selecciones Austral nº 121, 1983. Estrenada en el Teatro Reina Victoria, 1980, con dirección de Manuel Collado Sillero.

El cementerio de los pájaros. Editada en MK, col. Escena nº 34, 1982. Ed. Espasa-Calpe, col. Selecciones Austral nº 121, 1983. Ed. Plaza & Janés, col. Clásicos nº 52, 1986. Estrenada en el Teatro de la Comedia, 1982, bajo la dirección de Manuel Collado.

Samarkanda. Editada en MK, col. Escena nº 49, 1985. Ed. Espasa-Calpe, col. Selecciones Austral nº 144, 1985. Ed. Antonio Machado, col. T.A.E. nº 3, 1986. Estrenada en el Teatro Príncipe-Gran Vía, 1985, con dirección de María Ruiz.

El hotelito. Editada en Ed. Espasa-Calpe, col. Selecciones Austral nº 144, 1985. Ed. Antonio Machado, col. T.A.E., 1987. Estrenada en el Teatro Maravillas, 1985, con dirección de Gustavo Pérez-Puig y Mara Recatero.

Séneca o el beneficio de la duda. Editada en Ed. Espasa-Calpe, col. Austral nº 4, 1987. Estrenada en el Teatro Reina Victoria, 1987, con dirección de Manuel Collado.

Carmen, Carmen. Escrita en 1975. Editada en Ed. Espasa-Calpe, col. Austral nº A 65, 1988. Estrenada en el Teatro Calderón, 1988, con dirección de José Carlos Plaza.

Cristóbal Colón. Libreto ópera. Editado en Gestos, revista de la Universidad de California en Irvine (EE. UU.), año 3, nº 6, 1988. Ed. Espasa Calpe, col. Austral nº A 138, 1990. No estrenada.

ANTONIO GALA

Los buenos días perdidos

*Historia española en dos partes,
divida en cuatro cuadros*

PERSONAJES

Consuelo
Hortensia
Cleofás
Lorenzo
Don Jenaro (No habla.)

Nota preliminar

He escrito *Los buenos días perdidos* con voluntad de contar una historia española. Sus personajes y su anécdota pertenecen al censo de nuestra tradición... Doña Hortensia, sincera y falsa, empeñada en vivir a toda costa. Consuelito, manejable y volandera, equivocada igual que su destino. Cleofás, débil y, por tanto, turbio, que decide el remedio —su remedio—, ¡ay!, demasiado tarde. Lorenzo, explotador del carrusel ajeno, y causante de un daño mucho mayor que él mismo... Sus oficios, su idioma son los tradicionales. Y el extraño lugar en el que riñen la menuda batalla de su vida.

Pero sobre esa realidad se alza —tal como suele— el deseo de huirla. Y ocurre —también tal como suele— que la verdad y el dolor, por crueles que sean, nunca nos asesinan los inventados sueños y el engaño. De ahí que acaben mal, cuando dejamos que se pierdan, los buenos días verdaderos.

Al escribir la pieza pensé siempre en que el espectador la completase: que añadiera a lo que dice lo que le da a entender, que desarrollara las toleradas sugerencias. No se trata, en definitiva, de una obra simbólica: se trata, más que nada, de una obra que solicita ser rectamente entendida.

Escenario

La antigua capilla de Santo Tomé, situada en el ala derecha del crucero de una iglesia del siglo XVI. La edificación ha sido adaptada para vivienda.

A la izquierda, la puerta de dos alcobas. En el primer término de ese lado, el arranque de una escalea que lleva al campanario. A la derecha, una puerta que comunica con la iglesia. Un mueble-cama, un pequeño baúl, etc. En el muro, una lápida sepulcral.

Al fondo, la entrada desde la calle, de un ojival dudoso. Una breve instalación de barbería, con un sillón giratorio, unas repisas, un espejo. La puerta de un cuartito de aseo que avanza hacia la embocadura. Y, en el rincón izquierdo, un espacio destinado a cocina, cubierto con una cortina.

Aquí y allá, muebles de serie, modernos y de mal gusto. Un frigorífico. Una mesa camilla. Y mucho plástico y mucha formica y mucha mediocridad.

El contraste entre la primitiva construcción y las adherencias posteriores debe ser violento y casi chirriante. Sólo el verlo debe producir dentera.

PARTE PRIMERA

CUADRO PRIMERO

Consuelito, sentada en una silla baja de anea, que es su sillita, escarcha estrellas de cartón. Tiene a su lado una caja llena y está rodeada de todo lo necesario para tan dulce operación. De cuando en cuando se limpia las manos, manchadas de plata, en el pelo. Canturrea:

CONSUELITO. A la Mariblanca
               la ha pillao el toro,
               le ha metido el cuerno
               por el chirimbolo.
               A la Mariblanca
               la ha vuelto a pillar,
               le ha metido el cuerno,
               le ha metido el cuerno
               por el delantal.

(Por la otra puerta de la calle entra Lorenzo, con una maleta en la mano, mira a Consuelito un minuto; deja la maleta en el suelo; de puntillas cruza hacia la puerta que lleva al campanario y desaparece. En seguida se oye tocar el ángelus. Medio distraída, Consuelito murmura) "El Ángel del Señor anunció a María y Ella concibió por obra y gracia del Espíritu Santo..."

De repente cae en la cuenta de lo insólito del toque de campanas. Se levanta mirando hacia arriba sobresaltada. deja sobre la silla la estrella que escarchaba. Cesa el ángelus. Baja Lorenzo. Se miran. Lorenzo se va acercando a Consuelito.

LORENZO. Buenos días.

Consuelito responde con un sonido vago y asustado, y se deja caer sobre su silla. Lorenzo, para tranquilizarla, inicia un gesto de apoyar la mano en la cabeza semiplateada de Consuelito. Ella se encoge de hombros, como quien espera un golpe. Lorenzo aparta la mano.

CONSUELITO. No; no quite usted la mano todavía. *(Pausita.)* Ya puede. Gracias.

LORENZO. ¿Qué hace?

CONSUELITO. *(Todavía nerviosa.)* Estrellas... ¿O no parecen estrellas?

LORENZO. *(Con la mano en la oreja derecha.)* ¿Cómo?

CONSUELITO. De Navidad.

LORENZO. Pero si ya estamos en enero.

CONSUELITO. Son para el año que viene.

LORENZO. ¿Qué? Yo soy un poco duro de este oído.

CONSUELITO. *(Congraciándose.)* Hace usted muy requetebién. Los lunes, miércoles y viernes, mi padre también oía fatal. *(Busca la estrella que estaba haciendo.)*

LORENZO. Su padre, ¿Quién es?

CONSUELITO. Un sinvergüenza.

LORENZO. ¿Son para la parroquia?

CONSUELITO. No, señor. Para el público en general. Las más grandes, a doce. Las otras, a tres.

LORENZO. ¿Cuántas tiene ya?

CONSUELITO. Doscientas veinticinco. *(Sacándose de debajo la extraviada.)* Bueno, doscientas veinticuatro.

LORENZO. ¿Me vende una de las pequeñas?

CONSUELITO. ¿Al por menor?

LORENZO. Si compro dos, ¿criarían de aquí a diciembre?

CONSUELITO. No, señor; qué más quisiera yo. Las estrellas son como los mulos: estériles. Tome usted ésta que está muy terminadita... *(Va tomando confianza en medio de su nerviosismo.)* Antes hacía pelucas. Pero me salían así, un poco raras por este lado. Y doña Hortensia decía que estropeaba mucho pelo echándolo en la sopa..., pero el de la sopa era pelo de cliente. *(Señala al sillón de barbero.)* No de mis pelucas... Esto de la escarcha es más limpio.

LORENZO. Trabaja usted muy deprisa.

CONSUELITO. A ver, la costumbre. Tengo unas ganas de que llegue otra vez Navidad. En Navidad está la casa tan despejada, sin una estrella... Da gusto verla.

LORENZO. Tiene usted un pelo precioso.

CONSUELITO. ¡Huy, precioso! Pero qué dicharachero es usted... Como no me compran aguarrás, me tengo que limpiar las manos en la cabeza. Pareceré una fulana a lo mejor.

LORENZO. ¿Cómo?

CONSUELITO. Una fulana, una zurriburri.

LORENZO. ¿Quién?

CONSUELITO. Yo.

LORENZO. ¿Que es usted una fulana?

CONSUELITO. Hijo, usted no tiene un poco duro el oído...

LORENZO. Si lo sabré yo...

CONSUELITO. A usted lo que le pasa es que está como una tapia... Y, a todo esto, ¿usted quién es?

LORENZO. El que ha tocado el ángelus.

CONSUELITO. Pero ¿por dónde ha llegado usted al campanario? Si no hay más escalera que ésta...

LORENZO. He bajado del cielo.

CONSUELITO. Pues ha hecho usted mal. Porque lo que es aquí... *(Hace una pedorreta.)*

LORENZO. *(Con la mano en el oído.)* ¿Qué?

CONSUELITO. Que... *(Vuelve a hacer la pedorreta.)* ¡Ay, qué sordera más tonta...! Ahora, hay que ver lo bien que toca usted. Claro que no será de oído, porque... Cuánta compañía hacen las campanas, ¿verdad? Yo, de chica, quería ser cigüeña. Desde que llegué aquí lo tengo dicho: esta parroquia, sin campanero, no hace carrera... Las cosas necesitan...

LORENZO. *(Interrumpiéndola.)* ¿Usted no es de aquí?

CONSUELITO. Yo, no, señor. Qué asco. *(A lo suyo.)* Las cosas necesitan su publicidad. Ya ve usted: es el circo que, ¿a quién no le gusta el circo?, y hace su cabalgata. Cuanto más esto de la iglesia, que siempre es menos divertido... ¿No será usted de un circo? A mí, donde se ponga un charivari. Un buen funeral tampoco es feo, pero donde se ponga un charivari con su elefante, las mujeres medio en cueros, su malabarista...

LORENZO. ¿Usted de dónde es?

CONSUELITO. *(Ofendida.)* De ningún sitio. En mi familia, todos hemos sido feriantes. Menos una tía-abuela que salió monja... ¿Y usted?

LORENZO. Mi padre era farero.

CONSUELITO. ¡Huy, qué mascabrevas. Bueno, un faro y un campanario son casi iguales. Ya ve: ustedes, a pararse; nosotros, a pendonear; de pipirijaina en pipirijaina... ¡La vida! *(A lo suyo.)* Al principio íbamos en una "troupe". Mi madre era Zoraida. La partían en cuatro, dentro de una caja, con una sierra. Mi padre era el que la partía: un hipnotizador buenísimo. Pero un día quiso partirla de verdad, y mi madre salió pegando gritos de la caja. A la mañana siguiente se había escapado con la domadora...

LORENZO. ¿Su madre?

CONSUELITO. ¡Mi padre! Tenía un cohete en el culo, por así decir.

LORENZO. ¿La domadora?

CONSUELITO. ¡Mi padre! Y lo seguirá teniendo, si no se lo han sacado.

LORENZO. Pero ¿quién le puso el cohete?

CONSUELITO. Hijo, es una manera de hablar. A ver qué se figura. Mi padre era muy hombre. Tan hombre, que hace quince años que llegamos aquí, y aquí nos quedamos —mi madre y yo, se entiende— más plantadas que un pino. Entonces, mi madre cogió y se estableció de vidente. Lo que ella decía: "Para adivinar el porvenir, lo mismo da un pueblo que otro." Lo que ha que saber es ponerse el turbante. Porque se ponía un turbante morado, mire usted, con un plumero aquí... Estaba de guapa...

LORENZO. Usted también es muy guapa.

CONSUELITO. ¡Qué disparate! A usted lo que le pasa es que es también artista.

LORENZO. Bueno... Yo la veo muy guapa.

CONSUELITO. Pues del oído, no sé. Pero lo que es de la vista, anda usted bueno.

LORENZO. Y a usted, ¿le adivinó su madre el porvenir?

CONSUELITO. ¡Huy!, con los de la familia no daba una, fíjese. Con los clientes, como no los volvíamos a ver, vaya. Pero con los de la familia... Con decirle que, después de que mi padre nos abandonó, siguió poniendo tres platos en la mesa... Siete años, día por día, diciendo: "Hoy es. De hoy no pasa que vuelva." Y hasta que nos terminábamos el postre no me dejaba comerme la sopa de mi padre, que estaba ya más fría...

LORENZO. ¿Usted no era de la profesión?

CONSUELITO. Naturalmente. Contorsionista. Lo que pasa es que a los nueve años me di con la cabeza en un bordillo y perdí muchas luces... ¡Huy, cuántas cosas le estoy contando! Como usted es nuevo... En esta casa nadie me hace caso. Yo no hablo. Aquí es como si una se hubiese muerto. Como si una se hubiera dormido una noche y, por la mañana, quisiese despertarse y no pudiera. "Pero Consuelito, hija, si estás muerta", me digo muchas veces. Aquí no puede pasar nada de nada. Nada. Por eso estoy nerviosa... Yo no es que sea tonta a todas horas, es que soy muy nerviosa. Y he oído las campanas..., ya usted ve, una cosa de nada —dindón, dindón—, era lo que yo estaba esperando... Y además que me da mucha alegría de que usted sea sordo, porque así puedo hablarle alto, que es lo que a mí me gusta. Yo quise ser campanera. Yo quise ser de todo. Pero doña Hortensia me quitó la ilusión: dice que *campanera* es nombre de vaca... *(Pausa.)* Me podía usted enseñar a tocar las campanas. *(Tendiéndole las manos, que él toma.)* ¿Serviría?

LORENZO. Sí... Consuelito.

CONSUELITO. Anda, pues ¿no sabe mi nombre? Qué artista es usted, hijo. Por agilidad no quedará: yo tengo todavía. *(Consuelito ha hecho descender dos lámparas.)* ¿Le hago una demostración?

LORENZO. ¿De qué?

CONSUELITO. De contorsionismo. No querrá usted que le ahorque... *(Deseando.)* ¿Se lo hago?

LORENZO. Por mí... *(Lorenzo afirma. Consuelito comienza a hacer un número un poco tonto, no muy difícil; y seguirá conforme al diálogo.)* ¡Qué bien!

CONSUELITO. Le gusta, ¿no?

LORENZO. Ya lo creo. Usted debía dedicarse a esto.

CONSUELITO. Como que Cleofás, al principio, decía que yo a la cama le echaba mucha alegría. Que parecía otra. Él no, él no parece otro. ¿Y el tambor? ¿Sabe usted tocar el tambor?

LORENZO. *(Disculpándose.)* No...

CONSUELITO. Porque este número resulta más vistoso con música de tambor. A mí que me den muchos saltos mortales y mucho pasar por el aro, que es lo mío. ¡Esto de las estrellas...! Señor, lo que yo digo: ¿por qué todas las criaturas tienen que estar haciendo lo que no les gusta? Cuatro días que vivimos y nos lo tenemos que pasar bien *fotús...* ¡*fotús*! Yo estuve en Barcelona. Usted de viajar, nada, ¿No? Por su oficio, claro; no va a ir con las campanas de un sitio para otro.

LORENZO. Yo, en eso de viajar, siempre he tenido un sueño...

CONSUELITO. *(Asombrada.)* ¡Ay, un sueño! Yo, también. ¿Se lo cuento? Perdóneme usted que hable yo sola; pero, si no, ¿a quién se lo voy a contar? Luego me cuenta usted el suyo. En el mío no salen ni doña Hortensia ni Cleofás... *(Comienza a mimar todo su relato.)* Sale una niña delante de muchos soldados vestidos de celeste. Lleva una melena muy larga, colorada, ¡qué lástima! Va nadando de pie, marcando el paso..., como si fuesen aspas de molino. Pero sólo la niña está viva. .Y, de pronto, hay que correr con la ropa por la cintura. Correr, correr. *(Señalándose atrás.)* Yo, aquí, tengo hoyitos, como los niños. Y voy arrastrando la melena por el agua, como la cola de una cometa, y me echo a llorar, así... porque me he empapado los lazos de las trenzas.

LORENZO. Pero si lo que llevaba era una melena.

CONSUELITO. ¿Qué sabemos lo raro que es el pelo de las niñas? *(Cambio.)* Lleva una estrella. *(Desdén por las de cartón.)*, pero de mar, en la raya del pelo. Y está para comérsela. Sólo que nada sirve para nada. Por fin entra en el circo. Se da la vuelta y entra. Hay un chimpancé en pijama, que marca números de teléfono. ¡Es el hijo de la funambulista! ¡En el circo es que pasan unas cosas! Son costumbres libres, como dice Cleofás. Usted, que también sueña, quizá sepa algo de esto.

LORENZO. Lo mío es distinto. Mi sueño es otra cosa, un deseo que tengo, algo que necesito hacer antes de morirme...

CONSUELITO. ¡Ah, ya! Vivir. *(Desencantada.)* ¡Qué menuarria! ¿Usted sabe que los galápagos hablan muchísimo de noche con las estrellas? *(Lorenzo va negando cada vez más acorralado. Ella le habla como un niño a otro: con la misma seriedad.)* ¿Usted sabe que cuando se toma una taza de caldo templado es muy fácil morirse de repente? ¿Usted sabe que cuando alguien hace lo que se le ocurre, terminan por ahocarlo? Entonces, hijo, no le entiendo. ¿Usted qué puñeta quiere?

LORENZO. ¿Yo? Tocar las campanas de Orleans.

CONSUELITO. *(Ilusionada.)* Huy, eso es nuevo. ¿En dónde está Orleans?

LORENZO. Lejos, fuera de aquí, en el extranjero.

CONSUELITO. Ahí no he estado, ya usted ve. Ni siquiera sabía que en el extranjero tuvieran campanas. Creí que eran peores. No se puede juzgar. *(Animándole a hablar.)* Siga, siga. ¿No le importa que yo dé tarambetas? Es que, una vez que cojo carrerilla.

LORENZO. *(Imitando a Consuelito en un juego consciente.)* ¿Usted sabe que si se sueña con campanas que menea el aire se tiene un accidente? *(Consuelito va negando casi sugestionada.)* ¿Y que si repican en el sueño es signo de calumnia? ¿Usted sabe que si vuelan lechuzas alrededor de un campanario está un párroco en peligro de muerte o va a cometerse un robo sacrílego?

CONSUELITO. *(Sigilosa.)* ¿Un robo sacrílego? ¡Ay, no...!

LORENZO. *(Como ella antes.)* Entonces, usted, ¿qué puñeta quiere?

CONSUELITO. ¿Yo? Que me siga usted hablando, pero, por favor, no miente usted aquí esa clase de robos...

LORENZO. Verá, Consuelito. Cuanto mi padre me pegaba un tozolón, yo decía: "No importa, tocaré las campanas de Orleans y dejaré boquiabierto a todo el mundo." Cuando quería que aprendiera a ser farero, yo decía: "¿Para qué? Lo mío es llegar a Orleans y tocar las campanas..." Cuando en el seminario...

CONSUELITO. ¿Usted estuvo también en el seminario?

LORENZO. Sí, con su marido; pero me suspendían. Entré por no seguir dentro del faro...

CONSUELITO. Pues salió usted de Málaga y se metió en Malagón.

LORENZO. Hasta que me di cuenta de que ése no era el camino de Orleans...

CONSUELITO. ¡Qué ha de ser! ¡Menudo es Orleans!

LORENZO. Y me salí. Luego he ido tocando las campanas... Por los pueblos sobre todo. En las fiestas de las Patronas, en las romerías...

CONSUELITO. Como los maletillas, ¡qué dolor de hijo!

LORENZO. Y me he ido olvidando de Orleans. Se va andando caminos, cada vez más caminos, y cada vez sabe uno menos adónde va...

CONSUELITO. Es que lo importante es el camino, desengáñese usted. Usted, ¿cómo se llama? Bueno, a mí qué me importa. Llegar siempre es lo mismo. Los pueblos y la gente son lo mismo... *(Concesiva.)* De Orleans yo no hablo... Pero el camino. ¡ay, Dios! Mi padre me decía: "Mira, Consuelito, qué trama tan espesa tienen estos olivos. ¡Virgen, qué buen año de aceite!" Eran encinas, claro, pero ¿qué más da? Estamos hechos para ir por ahí, con alguien que nos diga cosas del campo. Aunque sean mentiras. Porque el campo tampoco importa. Importamos nosotros, andando, y la otra persona, que nos pone la mano aquí *(En el hombro.)* y nos dice: "Oye, Consuelito, mira..."

LORENZO. *(Poniéndole la mano en el hombro.)* Oye, Consuelito, mira. Hoy me he vuelto yo a acordar de Orleans... Se nos va haciendo tarde tan pronto para todas las cosas por las que íbamos a vivir... *(Pausa.)*

CONSUELITO. Hala, qué mustio se me ha puesto. Pero si está usted en la flor de la edad. Si se parece usted a Jorgito, que era el hércules, y las tenía así... Que no me gusta que sea usted tan gilipuertas, hombre... *(Lorenzo se deja consolar.)* ¡La vida! Que le frían dos huevos a la vida. Si ha entrado usted aquí como el rayo del sol por el cristal. Igual que el ángel del señor.

LORENZO. Usted sí que es un ángel.

CONSUELITO. ¡Ay, que me meo! Si yo fuese un ángel, ¿qué porras iba a hacer en esta casa? Yo levantaría el vuelo así, así... y me iría a Orleans. *(Consuelito toma unas estrellas y las revoluciona, hasta tropezar con Hortensia, que entra de la calle.)*

HORTENSIA. Detente. Titiritera, saltimbanqui. ¡Guarra! *(Le da un pellizco, cosa que, por otra parte, hará a menudo.)*

CONSUELITO. ¡Ay! ¡Ay!... Si es que no podía pararme...

HORTENSIA. Ya te voy a parar yo. ¡Qué crees, que estás en una plaza de pueblo enseñando el ombligo, como cuando te recogimos? *(Hortensia, al ir a dejar la bolsa del mercado, que trae en las manos, ve a Lorenzo. Cambia el tono, fenómeno muy frecuente en ella.)* Un poco de respeto a este sagrado lugar, Consuelito, hija mía. ¿Has sido tú la que ha tocado el ángelus?

CONSUELITO. No. Ha sido este señor.

HORTENSIA. *(A Lorenzo.)* Mi hijo no tardará. Ha ido al Obispado. Espérelo. ¿Pelado o afeitado? Para ir calentando el agua...

LORENZO. Usted debe ser doña Hortensia. Yo soy Lorenzo, el compañero de Cleofás. Avisé que venía...

HORTENSIA. Ah, sí. Qué tonta, Lorenzo... *(Evidentemente impresionada.)* No sabía que era usted tan... alto. Perdone a esta inepta. Ya habrá comprendido que la pobre... *(Gesto de que Consuelito está loca.)* Una cruz que nos ha caído. La sobrellevamos, pero hay días... Cuando cambia el tiempo se pone... ¿Por que no sigues escarchando estrellitas, rica? ¡Cómo ha tocado usted...! Estaba en el mercado y me parecía que estaba en el séptimo cielo. ¡Como toque usted todo igual que las campanas...! *(Lorenzo sonríe bobamente. Quizá no oye. Hortensia saca de la bolsa una botella de vino.)* Aquí no bebemos ninguno, pero ahora me obliga el practicante a tomar un vasito en las comidas. Estoy tan desganada. Y el caso es que me siento a la mesa con apetito; pero ir comiendo e irlo perdiendo, es todo uno. *(Modesta. Se quita el abrigo. Lorenzo la ayuda y lo cuelga en la percha.)* ¿Desea una copita, y así espera con más tranquilidad? *(Consuelito hace gestos divertidos mientras tararea, porque sabe que Lorenzo no se está enterando de nada.)* Yo le acompañaré por no desairarlo... ¡Que no cantes!

CONSUELITO. Sólo estoy tarareando.

HORTENSIA. Pues no tararees. ¿No ves que estamos departiendo este señor y yo?

CONSUELITO. Sí, sí. Lo que es ese señor...

HORTENSIA. Es una plebeya. Menos mal que usted es como de la casa. Nos tenemos que andar con un cuidado. Ya ha visto usted qué barrio: todos ateos. Y los que no, como si lo fueran, porque no dan limosna a la parroquia... ¿Y de levantafalsos? No quiera usted saber.

CONSUELITO. *(Triunfal.)* Háblele usted más alto, que es sordo... De las campanas.

HORTENSIA. Podías haberlo dicho antes de que me embalara, merdellona. *(A grito herido.)* Bueno, ¿y cómo por aquí?

LORENZO. *(Con cierta guasa en la cara, que nos hace pensar que no es tan sordo.)* Que solicité una plaza de guardia y me la han concedido. Me han dicho que este Ayuntamiento es muy pacífico... Y como aquí estaba Cleofás, pues...

HORTENSIA. Que sí, hijo, que sí. No faltaba más. Con la necesidad que tenemos de un buen amigo guardia.

LORENZO. A sus órdenes, señora. *(Cómplice.)* Hoy por ti, mañana por mí..., ¿no?

HORTENSIA. *(Falsa.)* Eso es: todos somos hermanos. ¿Y esas campanas? ¿Las abandona usted?

LORENZO. A ver qué vida. Entre el poco sueldo, la gente que no está para músicas y los carillones electrónicos, se acabó el oficio. Ya no es lo que era. No hay vocación. Ahora tocan las campanas carboneros, fontaneros, albañiles, bomberos... Da igual; mucha luz de neón en las iglesias, mucha calefacción, mucho micrófono, mucha garambaina..., y a las campanas que les den morcilla. En toda España ya sólo quedamos dos buenos acordistas. Y el otro es un borrachón que...

HORTENSIA. *(En voz más baja, como alguna vez que quiere ocultarle a Lorenzo algún comentario.)* Pues pobres campanas: uno borracho y el otro sin tímpanos...

LORENZO. Está el arte tan mal remunerado...

HORTENSIA. Ya se sabe: todo es materia en el mundo en que vivimos. Yo no soy de esta época... Bueno, por mi edad sí. Quiero decir que soy diferente, más espiritual. En casa, de toda la vida, los hombres han pertenecido a la Iglesia o al Ejército. Por tradición, como debe ser. Y mi familia política, igual. Ya ve usted: mi marido...

CONSUELITO. ¿Era cura?

HORTENSIA. *(Bajo.)* Asquerosa. *(Alto.)* Era telegrafista. Pero muy religioso. Y mi primo Sabas —un superdotado—, al Ejército. Cómo sería que no le digo más que llegó a brigada. Ahora está en la Argentina. Precisamente me he enterado hoy. Por esta carta. *(La enseña. Se la pone por delante.)* Es de la Argentina, ¿eh? Se fue porque tuvo la desgracia de ser brigada, pero con los rojos. Una equivocación la tiene cualquiera. No se calcula bien y... Ha hecho una fortuna, por lo que me dice... Yo soy muy de derechas, aunque sé perdonar. Por mi aspecto, usted comprenderá que yo no he vivido siempre así... ¿O no?

LORENZO. *(Guasón.)* A cien leguas, señora. Esa altivez, esas manos...

HORTENSIA. Usted sí que entiende. Pero ni sombra, amigo mío, de lo que fueron. Mi casa era una casa grande, de la alta burguesía como suele decirse hasta cuando es mentira. *(Dolida*

LOS BUENOS DÍAS PERDIDOS

sonrisa.) Allí entraban los salmones por su propio pie. ¡Qué gastos, cuánto capricho, cuánta chuchería! Y no es que lo eche de menos. Cada guaraguao tiene su pitirre, que decía un cubano amigo mío, muy parecido a usted, así... mimbreño, más morenito, quizá...

LORENZO. ¿Qué decía, señora?

HORTENSIA. Que cada guaraguao tiene su pitirre.

LORENZO. ¿Y eso qué significa?

HORTENSIA. Yo qué sé; pero lo decía mucho. Yo he sido siempre muy fiel a mis recuerdos. *(Suena el teléfono.)* Perdón. *(Lo coge.)* ¿Diga...? *(Muy seca.)* Por la tarde. Eso por la tarde antes del rosario. *(Cuelga.)* No sé adónde vamos a ir a parar. Un muerto de hambre de éstos, que pregunta, ¡por teléfono, nada menos!, si puede venir a cortarse el pelo. Le digo que este barrio... ¿Querrá usted creer que la mayoría hasta usa cepillos de dientes? Y los hijos, su bachillerato. Yo pienso que son todos comunistas... Ya ve usted si nos viene bien un guardia.. ¡Menos pelearse y más limosnas, que es lo que aquí hace falta...! Es que mi Cleofás se ayuda con la barbería y con sus clases de latín. No da abasto la criatura. Yo habría preferido un bar, un barecito mono. Lo habría atendido yo misma. A mí no se me caen los anillos por eso. Y don Remigio, el párroco, estaba bien dispuesto. Pero Cleofás no se atrevió. Es tan filili. Dijo que la peluquería era más honesta. Como esto es el ala derecha del crucero... Antes fue la capilla de Santo Tomé, pero a fuerza de rogativas, fuimos consiguiendo de don Remigio ciertas ventajillas. ¡La lucha por la vida...! *(Por el enterramiento.)* ¿Ve usted? La fundadora. *(Leyendo la lápida.)* "Aquí descansa el cuerpo de doña Leonor Carrillo de Velasco, condesa de Albolafia...

LORENZO. ... que por mayor presteza aguarda en pie su resurrección."

CONSUELITO. *(En lo suyo.)* ¡Qué loca la tía!

HORTENSIA. Niña, tú a tus galaxias... *(Por la lápida, en que está esculpida la imagen de la condesa.)* Toda emperifollada. La gente con dinero siempre ha sido lo mismo: vive bien, pero lo que es morir... muere mejor. Mire. ¡Qué derroche! ¡Qué lujo de sortijas y collares! *(Atenta a la reacción de Lorenzo.)*

LORENZO. *(Listo como ella.)* Un desperdicio; sí, señora.

HORTENSIA. Tanto equipaje para una posada tan pequeña... Y, a propósito de posadas, ¿usted dónde se hospeda?

LORENZO. No lo sé todavía. Acabo de llegar. Tengo ahí mi maleta.

HORTENSIA. Pues quédese con nosotros. Le saldrá más barato y estará mejor atendido que en una pensión. Son todas tan siniestras y tan flojindangas... *(Consuelito levanta los brazos hacia Lorenzo.)*

LORENZO. No me atrevo, señora. Están aquí tan en familia... A lo mejor a Cleofás no le cae bien. Hace tanto tiempo que no nos vemos; habrá cambiado...

HORTENSIA. Qué disparate. Cleofás hará lo que yo diga, como siempre. Así podrá usted tocar, de cuando en cuando, las campanas. Más; yo influiré ante don Remigio para que le nombre oficialmente campanero. Tendrá usted un sueldecito. Modesto pero...

LORENZO. Gracias, señora... Muchas gracias. Un millón de gracias.

Lorenzo le besa la mano, muy camastrón. Hortensia suspira y le señala el divancillo. Pausita.

HORTENSIA. Esta es su cama. Aquí dormirá usted mejor que en la gloria... Es mucho más práctica que aquellas otras de mi casa... ¿Usted se acuerda?

LORENZO. No, no estuve.

HORTENSIA. *(Que ya lo ha calado, pero a la que le gusta.)* Con siete colchones de pluma y baldaquino, que parecían pasos de Semana Santa. Siéntese, siéntese. *(Se sienta ella.)*

LORENZO. Que conste que yo no quisiera ser un incordio en una casa tan bien avenida...

HORTENSIA. Nada de incordios. A mí me encantará poder hablar con alguien educado, aunque sordo. ¿Se sienta o no? *(Lorenzo lo hace. La cama cruje amenazadoramente.)* No se preocupe. *(Lo retiene porque va a levantarse.)* Ya lo arreglará Cleofás, que es tan mañoso. Seguro que su lecho se ha apresurado a darle la bienvenida. No me extraña, hijo. *(Suspira. Bebe.)* Pero beba... Yo me acuerdo de que cuando mi primer marido..., bueno, mi marido, se me declaró, le sonaron las tripas. Era ya maduro, un calvatrueno. De Bilbao, figúrese. Y yo le dije: "No te hagas mala sangre, Paco: las tripas suenan siempre cuando se están haciendo corazón." *(Carcajada. Observa la seriedad de Lorenzo.)* ¿No ha oído? Por lo de hacer de tripas corazón... ¿O no entiende? ¡Ay, Jesús...! Pues beba por lo menos,

CONSUELITO. Que se va a ahogar... Claro, como usted ya tiene las meninges como tres bizcochos borrachos...

HORTENSIA. Calla, portal de Belén... *(A Lorenzo.)* Un censo. *(Suspira.)* Mientras llega Cleofás voy a hacer la comida... Parece que se me ha despertado el apetito, y no quiero dejar que se me duerma. Prescripción del practicante. Lo que es por mí, me dejaría morir por consunción. No puede imaginarse lo finísima que yo soy... *(A Consuelito.)* Tú, ¿echaste en agua los garbanzos? Mírela: espatarrancada, que parece un manchego... ¿Los echaste o no? *(Pellizco.)*

CONSUELITO. *(Temerosilla.)* No, señora... Se me pasó.

HORTENSIA. Mala puñalada te den.

CONSUELITO. Como a mí lo que me gusta es comer de tapas... A mí, croquetas y patatas fritas. En dando las nueve, mi padre siempre decía que el cocido tuvo la culpa de la guerra civil.

HORTENSIA. Querría yo saber quién fue tu padre.

CONSUELITO. Pues un hombre muy culto. Y muy vivido y

muy de todo. La carrera de maestro la empezó dos veces, para que usted vea. Y era de la misma Pamplona.

HORTENSIA. Calla, papagaya.

CONSUELITO. ¡Huy, en verso!

HORTENSIA. *(A Lorenzo.)* Hablábamos de problemas caseros. Un descuido de aquí. *(Por Consuelito.)* Menos mal que hoy, con tanto invento... Porque, eso sí, tenemos de todo, oiga usted... *(Bajo.)* Si es que puede, porque anda que... Nuestra olla exprés, nuestro *frigider*, nuestra lavadora-secadora, nuestro de todo. Hoy se vive mucho mejor que antes. Bueno: yo no. La gentuza, se entiende. Para andar por alfombras hay que haberse hecho pis encima de ellas, y yo me he hecho cada pis que ¡vaya con Dios! Pero ¿se acuerda usted de aquellas mesas de pino? ¡Qué horror!

CONSUELITO. *(Casi traspuesta.)* Se fregaban con lejía y se quedaban con los nudos en el aire. Como parientes viejecitos.

HORTENSIA. Ahora, formica, que es tan elegante y variopinta.

CONSUELITO. *(Triste.)* Aunque se quiera, no se puede manchar.

HORTENSIA. ¡Todo de plástico! Hoy, cualquier cacharro se lava y se estrena. Como los hombres de otros tiempos, ¡ay!... Tenemos la iglesia de flores que es un pensil, un vergel. Todo en plástico.

CONSUELITO. Da un reparo entrar...

Consuelito va hacia el retrete. Hortensia se acerca a Lorenzo.

HORTENSIA. Como la vida a mí ya sólo me ha dejado las flores y los cirios...

CONSUELITO. *(Desde el retrete.)* ¿Cuántas bragas echó usted esta semana, doña Hortensia? Yo no encuentro más que una...

HORTENSIA. *(Decapitado su farol, con un gesto de infinita resignación.)* ¡Verás cuando te pille! *(Por la iglesia.)* Voy a hacer la visita. Hasta ahora mismo, Lorenzo, y bienvenido.

LORENZO. Bien hallada, señora.

HORTENSIA. *(A Consuelito.)* Que no te vea yo hablarle, mala pécora.

Hortensia sale por la iglesia. Consuelito y Lorenzo se miran, se sonríen.

CONSUELITO. *(Al oído.)* ¿De verdad se va a quedar aquí?

LORENZO. *(Con la estrella del principio en la mano.)* Sí, Consuelito; parece que usted me dio la buena estrella.

Lorenzo pone su mano sobre la cabeza de Consuelito, a quien se le cae la estrella que había cogido para escarchar. La pobre suspira extrañamente. Entra Hortensia con una estación de Viacrucis bajo el brazo. Lorenzo, al verla, se separa de Consuelito.

HORTENSIA. Anda, guapa. Llévale esto a la Clotilde.

CONSUELITO. ¿Para pagar la compra?

HORTENSIA. No preguntes y llévaselo.

CONSUELITO. En lo que va de año nos hemos comido medio viacrucis.

HORTENSIA. Esta es una de las tres Caídas. *(A Lorenzo, tanteándolo.)*

CONSUELITO. Menos mal que está repe... Pero de aquí a nada, hacer un viacrucis en esta iglesia va a ser igual que ir en el Talgo, que no para en ninguna estación. *(Consuelito se está atusando el pelo delante del espejo de la barbería.)*

HORTENSIA. Venga, venga. Si lo que le pasa a tu cara no se arregla peinándose. A la calle. ¡Ay, Señor!

CONSUELITO. *(Al mutis, a Lorenzo.)* En esta casa no le diga usted a nadie eso de las campanas de Orleans... Porque lo que es si se enteran... *(Gesto de robo.)* Como no toque usted las castañuelas...

Sale Consuelito. Lorenzo y Hortensia quedan mirándose frente a frente. Sonríen, entendiéndose. Consuelito asoma por la puerta y los ve. Oscuro.

CUADRO SEGUNDO

Cleofás, con un guardapolvo blanco, de barbero, termina de cortar el pelo a Don Jenaro, que aprueba o niega, con la cabeza sólo, grave y solemnemente. Alrededor de la mesa camilla, Hortensia y Lorenzo. En su silla, cerca, Consuelito.

CLEOFÁS. Italia es un país que ha perdido la fe en sí mismo porque ha perdido la fe en la verdad. ¿Cierto, don Jenaro, cierto?

DON JENARO. *(Afirmación.)*

HORTENSIA. Cómo habla, Dios mío, cómo habla... Qué gran predicador hubiese hecho, o qué gran político; en el fondo es igual.

CLEOFÁS. Cuando los hombres no buscan ya ser libres, se ponen en manos de quienes les proporcionen un espejismo de seguridad... Un hombre que no es libre padece de espejismos, como en los desiertos... ¿Es así, don Jenaro?

DON JENARO. *(Afirmación.)*

CLEOFÁS. Hay pueblos que ya han perdido su dignidad de pueblos. Abdicaron. Viven de la limosna. Piden que los guíen, como mendigos ciegos, no les importa adónde.

DON JENARO. *(Negación.)*

CLEOFÁS. Perdón, don Jenaro, perdón. *(Mostrándole su obra a través de un espejo de mano por los dos lados.)* ¿Está bien así?

DON JENARO. *(Afirmación.)*

CLEOFÁS. Le ha quedado un cuello precioso, don Jenaro. *(Don Jenaro comienza a levantarse.)* Gracias a Dios, España ha recobrado su vocación de Imperio, y como aquella cabra de la mitología, nominada Amaltea, puede amamantar, si se me permite la expresión, puede amamantar otra vez mundos. *(Mientras, lo ha estado cepillando.)*

DON JENARO. *(Afirmación, dos veces.)*

CLEOFÁS. Cuatro duritos, don Jenaro. *(Lo acompaña a la puerta.)* Buenas tardes, don Jenaro. A su disposición y hasta cuando quiera, don Jenaro. *(Sale el cliente.)* Consuelito, pasa el cepillo. *(Cleofás se quita el guardapolvo. Consuelito va a obedecer.)*

LORENZO. Yo le ayudo.

HORTENSIA. *(Deteniéndose.)* No faltaba más; que lo haga ella, que para eso está.

LORENZO. *(A Cleofás.)* ¿Ese don Jenato es mudo?

HORTENSIA. Mudo, no. Un poquitín hijo de la gran no sé qué.

CLEOFÁS. Mamá... Lo que le sucede es que no habla nunca. Afirma o niega sólo con la cabeza.

LORENZO. Qué particular, ¿no?

CLEOFÁS. Es que dice que él es católico, pero anticlerical.

HORTENSIA. Ya ve usted. Como si Dios, con ser Dios, no fuera católico y clericalísimo. Lo que quiere ése, como otros muchos, es protegerse de las hordas de la religión, y además, no dar un céntimo para el culto y clero. Si lo sabré yo...

CLEOFÁS. Mamá.

HORTENSIA. Ni mamá, ni papá. En vez de cortarle el pelo, le deberías cortar de vez en cuando la cabeza.

CONSUELITO. *(Mientras barre los pelos.)* Eso, con lo difícil que es recoger la sangre.

HORTENSIA. Barre y calla. Este es un matacuras disfrazado, como tantos otros. Que se levantase otra vez la veda y ya veríamos. Como yo le digo a éste *(Por Cleofás. Le habla casi siempre a Lorenzo.)* ¿Y tú, por qué le hablas? Que se vaya a pelar a una logia masónica o a una sinagoga o como sea...

CLEOFÁS. No se puede pelar a nadie sin hablarle, mamá. Es de mal gusto. *(A Lorenzo.)* Ya como en la actualidad no se pueden tocar ni el fútbol ni los toros, porque se hieren muchas susceptibilidades...

CONSUELITO. Sobre todo en los toros. ¡Hay cada marido...!

HORTENSIA. Qué sabrás tú. *(Va a salir Consuelito.)* Friega de paso el retrete, que está hecho una cochambre.

CONSUELITO. Pues yo no he ido hoy en todo el día, de modo que... *(Sale.)*

LORENZO. Es muy buena tu mujer, tunante. Ya puedes estar contento.

CLEOFÁS. Sí que es buena la pobre, sí. ¡Qué le vamos a hacer!

HORTENSIA. ¡Tonta! Si te hubieras casado con Antonia, que es la que tenía caudal...

CLEOFÁS. Mamá, si fuiste tú la que me aconsejaste que me decidiese por Consuelito.

HORTENSIA. Fue un engaño, ¿sabe usted? Un verdadero timo... Siento como un mareo... ¡Ay, Señor! *(Abre una botella.)* A estas horas me han recetado un dedito de orujo. Me recuerda mi infancia, ¡ay! ¿Quiere usted?

LORENZO. Gracias; que siente bien.

HORTENSIA. Su madre era vidente. Y tan vidente, la tía fresca. Nos largó a este muerto haciéndonos creer que le tenía ahorrada una fortuna. Ya ve usted: deficiente mental y sin un duro: un bodorrio.

CLEOFÁS. Mamá, que era tu consuegra.

HORTENSIA. Mi com...pota... era... Este hijo mío es un San Luis. Pero Gonzaga...

CLEOFÁS. A mí me gusta Consuelito, mamá. *(En este momento, Consuelito hace una pasada, sin frase.)*

HORTENSIA. Pues a mí, no. Ni los niños, Lorenzo. No es capaz ni de tener niños. Esa cosa tan fácil, que se hace a oscuras. Claro que con un marido como éste, que es un azucenón de mayo, vaya usted a saber.

CLEOFÁS. Cómo eres, mamá. Qué dirá Lorenzo.

LORENZO. Yo, nada. A mí tu madre me hace mucha gracia.

HORTENSIA. Pues anda, hijo, que usted a mí... Más vale que me calle. ¿Por qué no echamos una partidita de cartas por parejas? Me ilusionaría tanto hacerme señas con Lorenzo...

CLEOFÁS. Mamá, ¿cartas aquí? Sabes que no me gustan. ¿Por qué no haces un jerseicito para el ropero de San Vicente?

HORTENSIA. Porque no me da la gana. Y porque me da vértigo fijar la vista. Este Cleofás lleva la santidad hasta un extremo que más me valdría irme a un convento de señoras de piso. Hijo de mi vida: un convento, comparado con esta casa, sería para mí Torremolinos. *(Ojos húmedos.)*

CLEOFÁS. *(Arrepentido.)* Es que tengo que corregir los ejercicios de latín, mamá...

LORENZO. Y yo tengo que ponerme el uniforme. Lo siento, pero a las ocho entro de retén. Como es el primer día...

HORTENSIA. ¡El uniforme! Lo que faltaba. "Desideravi desideratus", como diría Cleo, que es tan espectacular. Para mí un hombre, de calle, pierde mucho. La Iglesia y el Ejército: ésos sí que saben lo que se hacen.

CLEOFÁS. *(Que ha sacado unos cuadernos de ejercicios.)* ¿Te acuerdas en el seminario, del segundo año de latín?

LORENZO. Del segundo año, sí. Del latín, ni pum.

CLEOFÁS. Yo, tampoco. He ido aprendiéndolo luego por correspondencia... Las fábulas de Fedro. Cuánto enseñan. Toda la vida es una fábula de Fedro. *(Cruza Consuelito con una sotana en las manos.)*

HORTENSIA. ¿Adónde vas?

CONSUELITO. A cepillarle la sotana a mi marido, ea.

HORTENSIA. Qué modales. Ve friendo los garbanzos que sobraron del almuerzo. Me chifla la ropa vieja.

CONSUELITO. Pues a su hijo no le chifla tanto. Más vale que le comprara usted una sotana, que ésta parece de lamé de plata con los brillos que tiene.

HORTENSIA. ¡Idiota, pero mala! Si te limpiaras bien la escarcha de las manos antes de cepillarla, no brillaría tanto.

CONSUELITO. Pues traiga usted aguarrás.

HORTENSIA. Vitriolo es lo que te traería, jigona.

CONSUELITO. *(Dolida.)* A mí no me ponga usted en ridículo delante de ese hombre...

CLEOFÁS. Basta, basta... *(Levanta la cabeza apenas de su cuaderno.)*

HORTENSIA. Como que a ti hace falta ponerte, ¡renacuajo!

CONSUELITO. El día que me di con la cabeza en el bordillo, ojalá me hubiera muerto. Me gustaría morirme en este momento. Morirme y que al mismo tiempo se acabara el mundo.

HORTENSIA. ¿Lo veis? Qué egoísmo... *(Se levanta para echarla y lo consigue.)* Tráenos café con leche inmediatamente.

CLEOFÁS. *(Entretanto.)* "Introibo ad altarem Dei". Íbamos a subir al altar de Dios, Lorenzo. Y ahora ¿qué? Como no sea por la puerta de servicio... Es un dolor del que apenas ni se da uno cuenta, pero que está calladito, guardado en lo más profundo de cada uno.

LORENZO. Yo nunca he servido para guardar nada... Y ahora, por mi mala cabeza, me veo de guardia, mira tú.

HORTENSIA. Qué gracia tiene el condenado.

LORENZO. Honor que usted me hace, señora.

CLEOFÁS. Cómo empieza este alumno a traducir la fábula quinta del libro primero: "Un burro, en un tímido prado, apacentaba a un viejo." Lo confunden todo. Ya no se estudia a los clásicos.

HORTENSIA. En eso la Iglesia es la primera. Con las misas en español ha organizado unas rebajas de saldo, que ya, ya...

CLEOFÁS. "In hostium clamore subito territus"... ¿Comprendes?

LORENZO. Nada, chico.

CLEOFÁS. Mira, hombre, mira. "Un humilde anciano apacentaba su asno en una pradera. Aterrado por la repentina proximidad de los enemigos, exhortó a huir al asno "para que no" los cautivasen. Oración final con ne. Pero el asno, sin apresurarse, le preguntó: "¿Piensas...?" ¿Lo ves?, en la interrogación, al final: "¿putas?".

HORTENSIA. Eso digo yo.

CLEOFÁS. Mamá... "¿Piensas que el vencedor me cargará con dos albardas? No: respondió el viejo. Entonces, ¿qué me importa a quién sirva, si en todo caso he de llevar mi albarda?"

HORTENSIA. Qué verdad.

CLEOFÁS. Parece mentira que no lo recuerdes: "Nihil preater dimini nomen mutant pauperes". Para los pobres sólo cambia el nombre de su amo. ¡Qué hermoso es el latín, qué hermoso es Fedro!

HORTENSIA. *(Extasiada.)* Qué hermoso es Lorenzo.

LORENZO. *(Un poco por defenderse.)* Con permiso. Voy a ponerme el uniforme.

HORTENSIA. Ay, sí. *(Lo ve marchar.)*

CLEOFÁS. Mamá, quisiera hablar contigo seriamente.

HORTENSIA. Hijo, por cuatro piropillos que le haya echado a un chico que puede ser mi nieto... En fin, mi nieto...

CLEOFÁS. No se trata de eso, mamá. Traigo los peores informes del Obispado. Quería comunicártelos a solas.

HORTENSIA. Me asustas. Si te parece, hago ahora mismo ese jersey para los pobres; ahora mismo, ¿eh? Que era una broma...

CLEOFÁS. No, no; escúchame, Don Remigio tiene una edad provecta...

HORTENSIA. No lo dirás por mí.

CLEOFÁS. No; lo digo por don Remigio.

HORTENSIA. Quiero decir que su edad no es culpa mía. Yo, bien alimentado que lo tengo. Por cierto, que a pesar de estar tarumba tiene un hambre que se come los quiries...

CLEOFÁS. Sí. Si no se trata de él...

HORTENSIA. Y de ti, no digamos: lo has descargado de todo. No lleva ni una albarda.

CLEOFÁS. Demasiado... En el Obispado tienen dudas sobre la administración de esta parroquia.

HORTENSIA. Más vale que tuvieran dudas sobre la administración del Obispado.

CLEOFÁS. Mamá, que nos perdemos...

HORTENSIA. Calla y atiende. Hay que aparentar más virtud de la que se tiene; de acuerdo. Pero de eso a no tener ni pan hay un abismo. Un santo muerto no sirve más que para que se le rece.

CLEOFÁS. Si te oyeran, mamá.

HORTENSIA. Si me oyeran, me callaría. Pero ahora no me oyen. Contesta: sin mí, ¿qué hubieras sido? Un tonto de pueblo.

O peor: un minero. Y ahora, aquí, mírate: con tu hopalanda, que alegra las pajarillas, sólo el verte... ¿Te fue bien en la vida dejándote llevar por mí en las cosas del mundo? Di, ¿te fue bien?

CLEOFÁS. Si, mamá.

HORTENSIA. ¿Te saqué yo de la pobreza en que nos dejó sumidos tu padre, al que no llegaste ni a conocer? *(Se santigua.)* Mala peste se lo coma, si es que vive.

CLEOFÁS. Sí. Yo, madre, eternamente...

HORTENSIA. Déjate de eternidades. Y luego no me vengas con "tío, páseme usted el río". Porque tú dime a mí: en total, ¿qué tenemos? ¿Somos siquiera obispos? ¿O gobernadores? ¿O caseros, por lo menos, como don Jenaro? Nada. Nada: cuatro electrodomésticos. Y a plazos. ¡Vaya un tentebonete...! Si vivimos a base de letras, Cleofás. Gente de letras somos, ¡quién nos lo iba a decir! Vivimos como todo el mundo. Como las personas decentes: sin una peseta ahorrada. Al día. Al día y sin esperanzas de mejora. No, hijo, no; yo no tengo intranquila la conciencia.

CLEOFÁS. Pero los remordimientos, mamá, de noche... Y este desorden...

HORTENSIA. El que no sepa vivir, el que no sepa cerrar los ojos a tiempo, que se ahorque, Cleofás. Yo he pasado mucha hambre. A los diez años lo único que tenía mío era una perra gorda enterrada en un agujero del corral. De repente, a los quince, una noche me pusieron en la mano diez duros. Diez duros en la mano y otra cosa en otro sitio. Apreté los dientes y dije: "Ya está".

CLEOFÁS. No sé a qué te refieres.

HORTENSIA. Si lo sabes, pero no importa. Agua pasada no mueve molino... Si hubiera sido hombre, me hubiera hecho cura. En cuanto tú naciste vi el cielo abierto: ¡cura! Sin dar golpe, limpio, respetado, alternando. Con tu sotana. Con tus manípulos. Con tus charreteras...

CLEOFÁS. Esos son los almirantes, mamá.

HORTENSIA. Con tus estolas de visón...

CLEOFÁS. Eso son las señoras.

HORTENSIA. Con tus casullas briscadas... ¿O tampoco eso es de curas?

CLEOFÁS. Sí... Pero los tiempos han cambiado.

HORTENSIA. Dímelo a mí. Los tiempos y nosotros. Pero por eso no vamos a dejarnos morir... No pudiste ser cura... *(Va a hablar Cleofás.)* Porque eras medio tonto, ya lo sé. La de trabajos que he tenido que hacer para pagarte tu Seminario. Y ahora, aquí, ¿qué? No puedo disfrutar ni de cuatro vainadas que se pudren de risa ahí en la iglesia. Que se hinchen bien sus panzas las carcomas, pero nosotros, con la tripa vacía... Que no, Cleofás, que no. Que eso Dios no lo manda.

CLEOFÁS. *(A Consuelito, que entra muy alterada con los cafés.)* ¿Qué te pasa? *(Consuelito no contesta.)* Qué sofocada estás.

CONSUELITO. De tanto cepillarte la sotana. *(Cleofás va a acariciarla.)* ¡No me toques!

HORTENSIA. ¿Cómo que no te toque tu marido? Hará lo que le salga del traste, ¿no?

CLEOFÁS. Mamá: "Compañera te doy, que no sierva". "Amabilis ut Rachel, sapiens ut Rebeca, longaeva et fidelis ut Sara."

HORTENSIA. A mí déjame de tanto "ut".

CLEOFÁS. Bien claro se dice en la ceremonia de la boda.

HORTENSIA. Como si los novios estuviesen en ese momento para enterarse de lo que se les dice. Ellos van a lo suyo. O a lo del otro, que es lo natural... Tú no te preocupes, Cleofás, que aquí tienes a tu madre.

CLEOFÁS. Y ¿qué?

HORTENSIA. ¿Cómo que "y qué"? Que aquí la tienes. Hay mucha gente huérfana, caramba. Claro, que para tener madres como las de algunas, más vale quedarse huérfana. *(Consuelito se echa a llorar.)*

CLEOFÁS. No le hagas caso, pobrecita.

CONSUELITO. Tener lástima de mí. Que tenga alguien lástima de mí... Yo estoy sola... Yo no tengo a nadie...

HORTENSIA. Eso, ponte de su lado, encima. Para que se suba de una vez a la parra.

CONSUELITO. Qué más quisiera usted que me subiese a la parra, para que me cayera luego y me escachifollase.

HORTENSIA. Qué vocabulario se aprende yendo de feria en feria. *(Aparece Lorenzo de uniforme. Consuelito lo mira y llora más.)* Ay, sí... Ay, no...

CLEOFÁS. Yo no entiendo nada.

HORTENSIA. *(Deslumbrada por Lorenzo.)* Ni falta que te hace, hijo. Para eso tienes a tu madre.

LORENZO. *(Consciente de su efecto, exhibiéndose.)* ¿Toco el rosario?

HORTENSIA. Toca lo que quieras, abencerraje. *(Lorenzo sube al campanario. Cleofás se reviste de sotana. Hortensia acaricia la gorra que ha dejado Lorenzo sobre la mesa. Se escuchan las campanas. Consuelito deja de llorar y sorbe un poquito. Pausa.)* Tanto tiempo calladas, como si no existieran, y oídlas, cantando como locas. Igualito que mi corazón. *(Toma su café.)*

CLEOFÁS. Qué gozo, qué gozo tan enorme proporcionan esas lenguas de bronce. "Domine, labia mea aperies."

HORTENSIA. "Et cum spiritu tuo."

CONSUELITO. A las campanas de Orleans debe dar gloria oírlas. Allí no habrá ánimas en pena. Allí no habrá penas. *(Suspira.)* Orleans es el colmo.

HORTENSIA. Con este Lorenzo nos ha visitado Dios, Cleofás. Arriba el corazón.

CLEOFÁS. Que quiere decir: "Sursum corda".

Baja Lorenzo.

HORTENSIA. Qué torpe he sido. Tengo una idea. Vamos a reunirnos todos como en las Cortes esas de que hablan los periódicos. Verás cómo tengo razón. Unas Cortes tomando café.

CLEOFÁS. *(Por la iglesia.)* Mamá, si van a empezar a llegar.

HORTENSIA. Que esperen cinco minutos, no se les va a ir la Virgen. Lorenzo, guapo, usted es como uno de nosotros. Voy a llamarte de tú. Es más razonale, dado que vamos a ser tan buenos amigos.

LORENZO. Si usted gusta...

HORTENSIA. Gusto, gusto. A mi derecha. Tú representas a la autoridad que nos defiende. La que los contribuyentes pagamos para que nos administre y nos quite los piojos, entre otras muchas cosas. *(A Cleofás.)* Tú, a mi izquierda. Representas los intereses de esta iglesia.

CLEOFÁS. ¿Y tú?

HORTENSIA. Yo me represento a mí, a todos los que entran en las Cortes.

CONSUELITO. ¿Y yo?

HORTENSIA. Tú eres de los que no entran. Para lo que vas a opinar... Quédate ahí, y procura, como siempre has hecho, ver, oír y callar. Lo tuyo no es más que decir sí a todo. No será nada malo que tengamos un público que obedezca, como el burro ese de Pedro.

CLEOFÁS. De Fedro, mamá.

HORTENSIA. Es igual. *(Pidiendo que se le acerquen.)* Yo me sentaré sobre esa arca, que contiene las reliquias de mis antepasados. Ya empiezan los del cine... Me encuentro más segura. Sobre ellos y entre estos dos pilares. *(Por Lorenzo y Cleofás.)* ¡Ay, qué pilares! Si alguna vez me he separado de ellos, bien sabe Dios que ha sido por su bien. Los uniformes son siempre bonitos, pero no siempre son inteligentes. Si lo sabré yo, que los adoro... Se empieza. Cleofás, cuéntanos. Lo del Obispado y eso. *(Va a hablar Cleofás.)* De pie: a las cosas hay que darles importancia; si no, no se las cree nadie.

CLEOFÁS. *(Señala alrededor.)* Antes de todo esto, el párroco, más que un párroco era un pastor.

HORTENSIA. Si don Remigio era pastor o perito agrónomo, no nos interesa. Al grano, al grano.

CLEOFÁS. Un pastor de almas, mamá.

HORTENSIA. Ah, siendo así...

CLEOFÁS. Pero descuidaba la parte administrativa. Descansó de ella en mí. Yo he sido... *(Mira a Hortensia.)* hemos sido los verdaderos administradores. Sobre todo desde que él hace unos meses... Don Remigio es un anciano. Tiene una edad...

HORTENSIA. *(Cortando.)* Sí, provecta... Quiere decir que está gagá.

CLEOFÁS. Entonces empezó a tener con nosotros ciertas delicadezas, que parece que no han sido bien interpretadas. La intención del obispo está bien clara: de aquí a nada nombrará un nuevo párroco.

HORTENSIA. Ese cambio está muy lejos de favorecernos. Dilo, dilo.

LORENZO. Ni a mí. Está claro: se han hecho ciertas ventas, ciertas enajenaciones de adornos superfluos...

HORTENSIA. Pero con pleno consentimiento de don Remigio. Para decir que sí, él siempre ha tenido la mente muy clara. Es como un borrego.

CLEOFÁS. Un cordero, mamá.

HORTENSIA. El producto se destinó a reparar deterioros del edificio, a adecentar nuestra humilde vivienda...

CLEOFÁS. Sí, mamá, pero la cúpula sigue hundiéndose.

HORTENSIA. Porque los siglos no pasan en balde. Ya ves: el mismo don Remigio, que no llega ni a un siglo y es buenísimo, está hecho un asco. Mi padre, que era terrateniente, decía a menudo: "Una parroquia dura más que un párroco; un olivar dura más que un ministro." Porque no hay nada eterno, Cleofás, te pongas como te pongas. ¿No te lo enseñaron en el Seminario?

CONSUELITO. ¡Qué harta me tienen!

CLEOFÁS. Es preciso reponer lo robado, mamá.

HORTENSIA. Lo prestado, será.

CLEOFÁS. Por ejemplo, el cuadro que hace tres meses mandaste restaurar. Las cornucopias del sagrario, que dijiste que debían dorarse de nuevo...

HORTENSIA. Yo no tengo la culpa de que los doradores y los restauradores se vayan a Alemania y los que quedan sean unos informales. Déjate de minucias. Caray con el Obispado.

CLEOFÁS. Mamá, pero ¿de dónde sale tanto electrodoméstico?

HORTENSIA. De nuestro esfuerzo, hijo. Hoy en día todo el mundo los tiene. El nivel de vida. ¿O no lees los periódicos? "Paz y lavadoras." Ese es nuestro lema.

CLEOFÁS. Se comenta, mamá. Se dice por las calles, en las tabernas, en los descansos del cine...

HORTENSIA. Pero ¿quéééé...?

CLEOFÁS. Que nos merendamos la parroquia. Que entramos aquí desnudos y nos hemos puesto morados...

LORENZO. Será en adviento, Cleo.

CLEOFÁS. Que arramplamos con el oro y el moro, que vendemos la cera, que vaciamos el cepillo de San Pancracio...

HORTENSIA. Pues mejor harían callándose los que hablan, porque de la iglesia todos han sacado tajada. Lo que pasa es que unos mean en lana y otros en lata. Muchas bocas tengo yo tapadas con oropel de altares. Tú, ni caso.

CLEOFÁS. Doña Rufa, Soledad la del cabo, Remedios la lechera, todos... Que si don Remigio es un fantoche en nuestras manos. Que si tú lo tienes bien agarrado por todas partes...

HORTENSIA. *(Saltando.)* ¿Ves? ¡Eso ya es una ordinariez de mala uva!

CLEOFÁS. Es preciso obtener dinero; recuperar los cuadros, la cruz parroquial de plata con su manguilla, mamá; todo. La iglesia está desmantelada.

HORTENSIA. Los siglos. Hablas de una manera... No parece sino que hemos entrado a saco en ella.

CLEOFÁS. No me pongas nervioso. Don Remigio, en un mes, o se muere o lo jubilan. Yo soy el responsable de todo. Hay un inventario. En el Obispado tienen copia. Mamá, por Dios, ¿qué hacemos?

HORTENSIA. Qué histérico, Cleofás. Tú nunca has sido así. ¿Para qué tenemos este uniforme a nuestro lado? ¿Qué opinas, guardia mío?

LORENZO. Un viejo proverbio chino dice así: "Hay treinta y seis maneras de escapar de un peligro: la mejor de todas es salir corriendo". Se podía pedir el traslado a otra parroquia antes del cambio.

CLEOFÁS. ¡Huir!

HORTENSIA. Qué opinión tan típica de una autoridad... No nos iríamos lo bastante lejos. Y habría que hacer regalitos... que distrajeran las memorias. No está Noé para chubascos.

CLEOFÁS. Dinero, dinero, dinero, dinero...

HORTENSIA. No seas sórdido ni apegado a los bienes terrenales. No te va. Déjame eso a mí. ¡Además, todo está arreglado! ¿No habías leído esta carta de América? Tu tío Sabas está enfermísimo. Cómo será que ha tenido que escribirle la carta una monja de la clínica. Y se acuerda de mí a la hora de su muerte. Porque ése la hinca. Dios, en su infinita misericordia, recogerá a mi primo Sabas antes que a Don Remigio. Yo, para eso de las muertes, tengo un ojo...

CONSUELITO. Pues debía haberse hecho médica...

HORTENSIA. ¡Inconfesa! La suerte se nos ha entrado por las puertas. Un tío en América, Cleofás: el sueño de treinta y un millones de españoles. Y a lo mejor se está muriendo ahora mismo, gracias a Dios, naturalmente.

CLEOFÁS. "Requiem aeternant dona eis, domine."

HORTENSIA. "Et lux perpetua lucear ei." Qué tarde tan divertida tienes, hijo... Entre tanto, haremos lo que hemos hecho siempre: comprar cupones de los ciegos, rellenar quinielas, jugar a la lotería...

LORENZO. Ir a los toros...

CLEOFÁS. No, no y no. Llevamos muchos años viviendo de mentiras, que no nos creemos ya ni nosotros. Hemos de devolver la parroquia al primitivo estado en que nos la encontramos. Basta de ilusiones. Basta de milagros laicos. Hay que poner los pies en tierra firme. Seamos realistas: lo primero es hacer una novena a Santa Rita, abogada de los imposibles.

LORENZO. O un triduo a San Antonio, abogado de los objetos perdidos.

CONSUELITO. (*Subiéndose a su sillita.*)

Si buscas milagros, mira
muerte y error desterrados,
miseria y demonio huidos,
leprosos y enfermos sanos.

HORTENSIA. A mí no me des voces.

CONSUELITO. (*Como en éxtasis.*)

El peligro se retira,
los pobres van remediados,
diganlo los peregrinos
cuéntenlo los paduanos.

HORTENSIA. *(A Cleofás.)* Tú que la entiendes, párala.

CONSUELITO. *(Ya disparada.)*

Ay, sepultura mía,
qué olvidada que te tengo.
Cuántos se acuestan de noche
y a la mañana están muertos.

HORTENSIA. Párala o no respondo.

CONSUELITO. Yo de mis culpas me acuso.
Y mis pecados confieso.
Dadme vuestra bendición
y los santos Sacramentos.

HORTENSIA. Llamad a la Guardia Civil y que la mate a tiros...

CONSUELITO. *(Agotada.)*

Santa Rita y San Antonio
todo resplandece en vos.
Gracias a Dios, gracias a Dios.

(Con gran naturalidad.) ¡Lo solté! *(Se baja de la silla.)* Es el devotísimo responsorio. Lo rezaba mi madre cuando se le extraviaba algo.

Durante las invocaciones anteriores de Consuelito, Lorenzo no ha cesado de reír y Cleofás se ha entregado a sus rezos; ambas cosas, hasta el momento de la frase final de Consuelito: "¡Lo solté!" Aquí, silencio absoluto.

HORTENSIA. Pues vaya porquería de vidente que era tu madre. Calla, malvada, y escarcha estrellas.

CONSUELITO. ¡Ya está! Me han humillado. Deprisa, vamos...

HORTENSIA. ¡Ay, que le da otra vez!

CONSUELITO. ¡Una tómbola! Hay que poner en la calle una tómbola de caridad.

HORTENSIA. ¡Ay, la tonta! Con razón dicen que Dios habla por boca de los simples. Pero qué barbaridad. Pero qué bien pensado.

CLEOFÁS. Habéis perdido la razón.

HORTENSIA. Una tómbola, mientras se arreglan los papeles de la herencia de mi primo el indiano...

CLEOFÁS. ¿Pero qué vamos a sortear en una tómbola?

HORTENSIA. Todo. Cualquier cosa: los cuatro doraditos que quedan en la iglesia, dos o tres muñecas, cinco cubos de basura. *(Animándose.)* Con una sabanilla de altar nos puede salir un par de mantelerías monísimas. Y además ponemos a trabajar a las tías locas del ropero que es lo que están deseando. Un negociazo, hijo. *(Se oye un ruido infernal en la iglesia.)* Alguna devota está impacientándose.

CLEOFÁS. No sé. Me convencéis. Siempre me convencéis. Esperemos que todo sea para bien.

Sale. Pronto se oirá rumor de rezos.

HORTENSIA. *(A Consuelito.)* Tú, a lo tuyo. Y no creas que por haber tenido una idea en tu vida te vas a liberar. *(Sale Consuelito. A Lorenzo.)* Creo que estarás conforme conmigo en todo, ¿verdad? En todo. Tú, como encargado de mantener el orden, te haces cargo, ¿a que sí?

LORENZO. Sí, señora, ¿no he de hacérmelo?

HORTENSIA. Delante de Cleofás no pueden decirse ciertas cosas, pero tú eres más humano. Tengo en reserva alguna puertecita de cuarterones, algún trocito de retablo...

LORENZO. Alguna campana, porque las seis, ¡qué falta hacen...! A uno le gusta ser campanero, pero no tanto... No tanto...

HORTENSIA. Necesitaba un hombre para entrar y salir, para darme fuerzas. Soy tan femenina... *(Otro tono.)* Yo conozco anticuarios. *(El de antes.)* Hasta después, cómplice, Lorencillo.

LORENZO. Hasta después, doña Hortensia.

HORTENSIA. *(Poniéndose el velo.)* No le pongas tratamiento a una flor. Llámame Hortensia a secas.

LORENZO. ¿A secas una flor?

HORTENSIA. Ay, con razón me he entendido siempre bien con el último que ha llegado.

Hortensia sale riéndose por la puerta de la iglesia. En seguida, por el foro, entra Consuelito, bajos los ojos.

LORENZO. Consuelo, ¿por qué antes no me quisiste hablar ahí dentro? *(Le levanta la barbilla.)*

CONSUELITO. ¿Por qué ha venido usted?

LORENZO. Aquí no eres feliz.

CONSUELITO. Lo fui antes, cuando iba por los pueblos pegando saltos como las monas. Sin nadie que me dijera: "Calla, siéntate, friega ese retrete." Ya me iba acostumbrando a no ser feliz. De pronto llega usted y me mira y estoy todo el rato oyendo campanas sin saber de dónde.

LORENZO. De Orleans... Te quiero, Consuelito.

CONSUELITO. Sí. *(Con el dedo en el ojo.)* Sópleme usted aquí. Lo que son los artistas.

LORENZO. Tú también lo eres. Ellos, no.

CONSUELITO. Ni yo. Tengo unas agujetas de los saltos de esta mañana... Las coyunturas se desentrenan mucho. Váyase usted, déjenos como estábamos y no se pare hasta llegar a Orleans: no haga usted lo que yo...

LORENZO. Tú puedes ayudarme.

CONSUELITO. ¿Cómo?

LORENZO. Ya te lo iré diciendo.

CONSUELITO. A su disposición. Usted será feliz dentro de poco. Yo leo el porvenir, más que mi madre, creo.

LORENZO. Háblame al oído para no distraer a los del rosario...

CONSUELITO. Que digo que usted tocará en Orleans. Y cuando se consigue lo que más se quiere, se consigue al mismo tiempo todo.

LORENZO. ¿Y a ti? ¿Qué te gustaría conseguir a ti? ¿Como te puedo conseguir a ti?

CONSUELITO. ¿A mí? *(Él comienza a besarla, aprovechando que ella le habla al oído.)* Lorenzo, ¿qué hace usted? Yo estoy casada. Muy mal, pero casada... Lorenzo, que se me clava el correaje, hombre... *(Se refiere al del uniforme.)*

LORENZO. Consuelito... Vente conmigo a Orleans.

CONSUELITO. ¿Orleans? *(Ella suspira, abandonándose. Él murmura: "Tonta, tonta, tonta" mientras la besa.)* Me pierdo. Estoy perdiéndome... Pero ¿qué voy a hacerle si soy tonta? Ay, que alegría más grande. *(Rezos y telón lento.)*

PARTE SEGUNDA

CUADRO PRIMERO

Es de noche. Lorenzo se sienta en el sillón de la barbería. Cleofás prepara lo necesario para afeitarlo, cosa que hace, si no bien del todo, sobre el siguiente diálogo. De tiempo en tiempo, aprovechando que Cleofás está de espaldas, asoma por la puerta de la calle la extraña aparición de Consuelito vestida con traje de hebrea y tocada de enorme turbante morado. Aparece para tirar a Lorenzo montones de besos apasionados.

LORENZO. ¿Quién demonios te mandó dedicarte a esto de la barbería? Porque tú, de tomar una decisión, nada.

CLEOFÁS. Ni yo ni nadie. La vida es quien decide. Soñábamos, ¿te acuerdas?, en aquel cuarto del Seminario. Tú, con tocar el alba en Orleans. Yo, en convertir moros. No sabía a qué ni de qué, pero convertirlos.

LORENZO. Lo nuestro siempre ha sido convertir moros o matarlos.

CLEOFÁS. Soñábamos.

LORENZO. A mí me despertaron a empujones: me echaron...

CLEOFÁS. Hombre...

LORENZO. Yo estaba deseando irme, pero me echaron. Me cogieron mandando recaditos a todas las hermanas de los seminaristas... Trece novias tenía. Cuando pasábamos en fila, aquello era un escándalo. Me saludaban desde los balcones. Yo era un sanguíneo y me echaron: lo normal. Pero a ti, que eras tan pavisoso, ¿qué te pasó?

CLEOFÁS. El tiempo me pasó. Los chicos que iban entrando me pasaron. Si me subía de un curso a otro es porque no cabía en las bancas. Siempre fui un badulaque. *(Aparición de Consuelito.)* Al final me llamaban "Papá Toro"... Para no ser una carga, para que me tuvieran lástima —que es lo único que he sabido hacer bien—, ayudaba en la barbería. Y acabé por aprender el oficio.

LORENZO. O sea, ¿que a ti también te echaron?

CLEOFÁS. De una cosa no se echa a un cenicero. Y eso era yo. No me hubieran echado. Pero un día llegó mi madre... Ay, Lorenzo ¡qué madre! *(Movimiento de Lorenzo. Es que ha aparecido otra vez Consuelito.)* ¿Está muy caliente?

LORENZO. No, sigue; ha sido un calambrito.

CLEOFÁS. Llegó mi madre... Ella tenía una pensión...

LORENZO. ¿Del Estado?

CLEOFÁS. No, de señoritas.

LORENZO. Ah, ya. *(Ríe.)*

CLEOFÁS. No sé por qué la tuvo que cerrar. Fue en el cincuenta y seis.

LORENZO. Y ¿por el mes de marzo?

CLEOFÁS. Sí, por Semana Santa... Llegó y me sacó de allí. No quería seguir viviendo sola. No estaba ya en edad de trabajar.

LORENZO. Claro, qué va a estar en edad. Figúrate.

CLEOFÁS. Y se le había pasado la ilusión de tener un hijo cura. Barbero tampoco lo quería. Me obligó a hacer oposiciones al Ministerio de Obras Públicas. Pero yo ya tenía la cabeza cansada. Y como ella tiene muchas amistades, me colocaron de sacristán aquí.

LORENZO. A ti lo que siempre te ha gustado es meter la cabeza bajo el ala y que otros te vivan la vida, ¿no? Pues eso es lo que tienes...

CLEOFÁS. Como esos que quisieron ser toreros... y ahora son peones de otro. O peor, monosabios.

LORENZO. Pero tienes compensaciones...

CLEOFÁS. *(Vago.)* Quizá sí. Quizá estoy haciéndome el mártir. Porque mi vida no podía terminar de otra forma. No me iban a traer a la sacristía el Premio Nobel... Ni siquiera se puede decir que sea un fracasado. Fracasado es el que intenta algo y no le sale. Yo nunca he intentado nada... Yo lo único que he hecho ha sido darles a todos la razón... Claro que tengo a Consuelito.

LORENZO. ¿La quieres mucho?

CLEOFÁS. Es lo único mío que tengo.

Aparición de Consuelito. Vuelve a tirar besos.

LORENZO. Y a tu madre.

CLEOFÁS. No. Es ella quien me tiene a mí. No se da cuenta, pero en el fondo es eso. Consuelito es igual que yo: tontucia. Se llama así y lo es: mi consuelito. Lo que me gusta es verla escarchando estrellas mientras yo limpio los dorados. Es igual que un pajarito.

LORENZO. ¿Y no le habréis atado mucho, entre todos, la patita?

CLEOFÁS. No... Está tan hecha a su jaula, que aunque le abrieran la puerta no se iría. Seguro.

LORENZO. ¿Ella sabe que la quieres?

CLEOFÁS. Sí, se lo dije un día, cuando me declaré.

LORENZO. Pero ¿se lo dijiste tú o tu madre?

CLEOFÁS. De eso ya no me acuerdo. Pero lo sabe.

LORENZO. ¿Y no se lo has vuelto a decir?

CLEOFÁS. ¿Para qué? Lo nuestro no es una gran pasión...

LORENZO. Pero, hombre, decirle que la quieres una vez al mes...

CLEOFÁS. Entre nosotros hablar de amor no estaría bien. Nos entraría la risa. El amor es cosa de otros; de la gente importante, que tiene tiempo libre. Nosotros bastante tenemos con ir viviendo juntos.

LORENZO. Para una mujer eso es aburrido... y peligroso.

CLEOFÁS. Yo a las mujeres no las entiendo bien. Ya te puedes imaginar cómo son las que tratan con sacristanes: más bien carabineros.

LORENZO. Perdona que me meta, pero digo yo que por las noches...

CLEOFÁS. Por lo general estamos muy cansados. Y cuando no, ya sabes: eso dura tan poco...

LORENZO. Será a ti, que eres tonto...

CLEOFÁS. Además, como a la mañana siguiente no hablamos de eso..., es como si no hubiese pasado. *(Picarón.)* No te creas, al principio nos hacíamos mimitos, carantoñas, nos dábamos cachetes y esas cosas. Hasta que un día mi madre nos dijo que ya estaba harta de presenciar cochinerías. *(Dan las once en el reloj de la iglesia.)* Y ahora, este cambio de párroco me tiene sin sueño. Sabe Dios si no nos veremos en la calle como titiriteros.

LORENZO. Hay que tener confianza, Cleofás.

CLEOFÁS. Sí. Y conciencia limpia. Yo he consentido demasiado, he sido débil: el "timor reverentialis" más que nada...

Se oye la voz de Don Remigio.

VOZ DE DON REMIGIO. Feligreses: Adán se comió la manzana, pero nos ha salido a todos el tiro por la culata. ¡Qué "revolú" se armó...!

CLEOFÁS. Ya está don Remigio. En cuanto oye las once se cree que son de la mañana y se pone a predicar como si estuviese en misa mayor. Espera un momento que lo llevo a su casa, hombre... *(Sale por la puerta de la iglesia.)*

VOZ DE DON REMIGIO. "Dios es bueno. Sí, sí, Dios es bueno, pero no tonto. Y el día que se harte, ya veréis. Habéis querido metéroslo en un bolsillo. Muy bien: ya os explotará dentro. Y yo me alegraré, qué porra."

Irrumpe Consuelito, abrazándose a Lorenzo, que está sin terminar de afeitar, y manchándose de jabón.

LORENZO. Por favor, mujer, por favor.

CLEOFÁS. *(Sobre esto. Dentro.)* Baje usted del púlpito, don Remigio, que es de noche y no hay nadie. Vamos a la cama, que hay que descansar.

VOZ DE DON REMIGIO. "Que cama ni que niño muerto. Tengo la obligación de predicar la palabra de Dios, me oigan o no."

CLEOFÁS. *(Dentro.)* Sea usted buena persona. Vamos.

LORENZO. ¡Por favor!

CONSUELITO. ¿Nos vamos cuando se acuesten?

LORENZO. Sí; por eso le he dicho a tu marido que me afeite, para no pincharte. Pero es que te tiras de un modo... Ni que yo fuese una piscina.

CONSUELITO. Te quiero, te quiero, te quiero.

LORENZO. ¿Otra vez? *(Ella tiene una náusea.)* Menudo lavado de estómago te estás haciendo.

CONSUELITO. No es por el jabón. Después te diré una cosita.

LORENZO. ¿Con qué letrita, odalisca?

CONSUELITO. No te burles de mí porque te quiera.

LORENZO. Si no me burlo. Es que tienes una pinta...

CONSUELITO. Yo tampoco me encuentro cómoda con este traje, qué te crees. Con el turbante, sí, porque es el de mi madre. Pero con el traje, no. Es de una de las Santas Mujeres del paso del Nazareno, y me da no sé qué llevarlo yo ahora..., con lo nuestro. Claro que, así vestida, soy un reclamo. Acude mucha gente a la tómbola. A mirar, sobre todo.

LORENZO. No me extraña.

CONSUELITO. Porque lo que es jugar, no juegan casi. Esto es lo que he podido sisar hoy. Toma. *(Le da un puñado de monedas.)*

LORENZO. ¿Todo en pesetas?

CONSUELITO. A ver; los billetes se los lleva todos doña Hortensia... ¿Cuándo nos vamos a ir a Orleans, Lorenzo? *(Él cuenta el dinero.)* No me gusta vivir como vivo, sin saber quién soy. No va con mi carácter. Me parece a mí que yo no soy muy pindonga.

LORENZO. *(Guardando el dinero.)* Todavía no tenemos bastante.

CONSUELITO. Pues vámonos andando. Yo podía hacer números por los pueblos y tú pasabas la bandeja. Háblame de Orleans.

LORENZO. Ya te he dicho todo lo que sabía.

CONSUELITO. ¿Tiene muchas torres o una sola muy grande?

LORENZO. Una muy grande y llena de campanas.

CONSUELITO. *(Alusiva.)* Y de cigüeñas. *(Lo abraza.)*

LORENZO. No te hartas, ¿eh?

CONSUELITO. No me harto, guapísimo, que me tienes loca. Vámonos a Orleans ahora mismo. *(Tira de él.)*

LORENZO. Espera siquiera que me afeiten la otra media cara, ¿no? Y que ahorremos un poco más y que arreglemos los papeles... ¿Es que no lo pasas bien aquí conmigo?

CONSUELITO. Sí, pero necesito decir a todo el mundo que te quiero. No quererte a escondidas como el que roba peras.

LORENZO. *(Que ha estado distraído.)* Oye, ¿qué guarda en este baúl tu suegra?

CONSUELITO. No me la nombres. Es una cerda. ¿Crees que no sé que tira los tejos?

LORENZO. Podríamos descerrajarlo..., y si hubiera algo de valor, nos íbamos antes a Orleans.

CONSUELITO. ¡No la quiere, qué bien, no la quiere! Esta noche, cuando hayamos terminado, lo abrimos. *(Abrazándose.)* ¡Ay, Señor!

HORTENSIA. *(Entrando de la calle.)* ¿Sal otro rato tú, que yo estoy muerta de los pies... ¿Y Cleo?

LORENZO. Ahora vuelve. Me estaba afeitando...

HORTENSIA. *(Sospechando.)* Ya lo veo, ya. Y tú, qué: ¿te estabas lavando la cara?

CONSUELITO. Sí, me he lavado porque tenía calor.

HORTENSIA. Y lo sigues teniendo, calentona. Pero enjúagate bien. *(Le pasa con todas sus fuerzas una toalla por la cara.)*

CONSUELITO. Ay, ay...

HORTENSIA. El día que yo tire de la manta.

CONSUELITO. *(Desafío.)* Quien tira la manta es quien no está debajo.

HORTENSIA. ¡Fuera! Que nos roban los regalos, mujer adúltera. *(Sale Consuelito.)* Esta hija de la tal por cual me va a hacer a mí perder la fe. Y tú, que estás más liao con ella que la pata un romano.

LORENZO. ¿Yo?

HORTENSIA. Anda, pon cara de susto debajo del merengue. Te lo advierto: Yo, cuando soy mala, soy malísima; pero cuando soy buena, soy peor. Y tú me estás haciendo pasar el equinoccio. Tres meses llevas hurtándome ese cuerpo, pero yo ya no me contengo... *(Se insinúa.)* A rebatiña están tocando ya... *(Es de advertir que ni ahora ni después debe deducirse que Hortensia esté enamorada de Lorenzo. Hortensia esta de vuelta de todo, hasta de sí misma. Bromea, ríe. Si puede, entre la broma, sacar algo, lo saca. Si no, mala suerte. Lorenzo también bromea a veces. Otras, no, porque teme.)* No te malgastes con esa mosca muerta de mi nuera, Lorenzo; por tu bien te lo digo. Teniendo a la boticaria ahí, fresca todavía; y a doña Genoveva, tan metida en sus carnes... y siempre listas a darte buenos duros por jugar un ratito.

LORENZO. Señora, señora...

HORTENSIA. Sin exagerar... Con los beneficios que tú y yo podíamos sacarle a esta piel y a esta boca...

LORENZO. Que va a volver su hijo.

HORTENSIA. *(Entre risas.)* Que venga. ¿O es que él no sabe cómo fui su madre? ¿Me quedé yo preñada en un "ora pro nobis"? Ay, Lorenzo, que una sangre más gorda que la tuya no la he visto en mi vida. La mitad de lo que he sacado hoy de la tómbola. Toma. *(Le da un sobre.)*

LORENZO. Ya será menos.

HORTENSIA. Por mis muertos... Vaya idea que tuvo la gazapona ésa... Y tú con miramientos todavía, sin querer organizarte como Dios manda... !Qué ruina!

LORENZO. ¿Es que no me acuesto con quien usted me manda?

HORTENSIA. Sí, pero sin convicción, con demasiado tiento... Lo que pasa es que tú no tienes vocación de chulo ni muchísimo menos... Ah, con tu cuerpo y mi cabeza adónde llegaríamos... En fin, ya se andará. A ver si la penuria te ablanda el corazón. Porque si no... Sin noticias de mi primo el de América. Sin noticias del Ministerio, y hace un mes que escribí a don Fulgencio.

LORENZO. Pero ¿usted cree que eso saldrá?

HORTENSIA. No me hables de usted, leche. ¿No ha de salir? Allí tengo vara alta. Don Fulgencio es director general. A Cleofás no pudo colocarle, porque escribía jaculatorias en los estadillos, tú eres distinto. ¡Ay, barragana tuya hasta la muerte! Qué enfiteusis, Señor. Qué maravilla, dejar este claustro y volver a poner piso como está mandado...

LORENZO. Ay, qué jaca está usted hecha, doña Hortensia.

HORTENSIA. Que me llames de tú. Lorenzo. Que a la parrilla como al Santo te voy a comer. ¡Ay, qué locura!

CLEOFÁS. *(En la locura, entra.)* El pobre no quería irse a acostar. Dice que por qué tiene que predicar a horas fijas como si fuese el telediario. Qué él predica cuando le peta. Está incapaz. No pasa de este mes.

HORTENSIA. A cada cerdo le llega su San Martín.

CLEOFÁS. Mamá.

HORTENSOA. ¿Queéééé...?

CLEOFÁS. Nada, que eso mismo pensarán de nosotros. Presos terminaremos. En las cárceles de la Inquisición. y excomulgados.

HORTENSIA. Jesús, cuánto achichirre.

CLEOFÁS. He encontrado en la iglesia este papel. Lo habrán pasado por debajo de la puerta.

HORTENSIA. *(Poniéndose el parche.)* Por debajo de la pata es por donde me paso yo los anónimos éstos. Esta mañana echaron uno: la copia de una denuncia al Obispado. Denunciarnos, ¿de qué?, como digo yo... Los envidiosos...

CLEOFÁS. ¡Por fin! Por fin esa denuncia. Si tenía que ser así.

HORTENSIA. Como si quieren ir con el cuento al nuncio ¡Qué espada de Demóstenes!

CLEOFÁS. De Damocles, mamá.

HORTENSIA. Es igual.

LORENZO. *(Señalando el papel.)* ¿Qué dice?

CLEOFÁS. Parece una coplita o algo así. *(Lee.)*

"La sacristana es de hojuelas,
y el campanero, de miel.
Sólo nos falta la mula,
que ya tenemos el buey."

Sólo nos falta la mula, que ya tenemos el buey. No entiendo a qué se puede referir.

HORTENSIA. *(Con intención.)* No yo. ¿Y tú, Lorenzo?

LORENZO. No sé. ¿Yo de miel?

CLEOFÁS. Miel sobre hojuelas, ¿no?

HORTENSIA. Esta noche quedará todo claro.

CLEOFÁS. Con qué música lo cantarán, me pregunto yo...

HORTENSIA. Con la de la marcha real. Jesús, qué barrio. Qué lenguas. Tengo unas ganas de perderlos a todos de vista.

CLEOFÁS. Como Dios no lo remedie, ya lo creo que vamos a perderlos. Y de la peor forma. Porque lo que es don Remigio... *(Sigue afeitando a Lorenzo.)*

HORTENSIA. Ay, qué machacón eres, hijo mío. Todo el día con el cambio de párroco a cuestas. Qué pronto se te viene el aparejo a la barriga. No se va hundir el mundo por un párroco nuevo. Que tan nuevo no será como para no saber por qué lado hay que entrarle. He conocido a muchos en mi vida.

CLEOFÁS. Con la música de la marcha real no puede ser: no encaja.

HORTENSIA. Prueba entonces con la del "Himno de Riego". O con la de "El gato montés", que puede que le vaya mejor. *(Tararea.)* Vaya horitas de afeitarse...

LORENZO. Es que tengo turno de noche y me pasan revista en el Ayuntamiento.

HORTENSIA. ¿A qué hora vuelves?

LORENZO. A las seis.

HORTENSIA. Pues me llamas, que tengo mucho que hacer. Y no te desayunes por ahí. Desayunamos juntos. *(Hacia fuera.)* ¡Consuelito! *(A Cleofás.)* Vosotros, a la cama, que habéis tenido un día muy ajetreado. Yo todavía estaré un ratito en la tómbola... El santuario no se rinde... Con el buen tiempo parece que esos puercos trasnochan algo más. *(Por la botella.)* Me llevo esto por si refresca o por si conviene convidar a alguien. Hay que entender las cosas del negocio. *(Bajo a Consuelito, que entra.)* Con que la sacristana es de hojuelas, ¿eh? *(Pellizco.)*

CONSUELITO. ¿No veis? Ya empieza.

HORTENSIA. Ha sido sin querer. *(Bajo.)* Ya te daré yo hojuelas, suripanta... ¿Cómo es que vendes tan pocas papeletas en la tómbola? En todo el día no has hecho más que veintisiete pesetas con cincuenta céntimos.

CONSUELITO. Pues ya he hecho más que usted, que sólo ha vendido cinco duros.

HORTENSIA. Pero yo no voy vestida de "Las mil y una noches".

CONSUELITO. De las noches, mejor será no hablar, doña Hortensia: una está muy bien costeada.

HORTENSIA. ¡Bazofia! *(Mutis.)*

CLEOFÁS. Pero que mal os lleváis.

CONSUELITO. Si por mí fuera, ni bien ni mal. Es ella la que me busca las vueltas.

CLEOFÁS. Llevas tú una temporada que no necesitas que te busquen.

CONSUELITO. Porque antes me teníais acomplejada entre tu madre y tú... y los niños del barrio, que son unos gamberros. Pero lo que es a la presente, tengo yo una seguridad en mi propia valía, que ya, ya...

CLEOFÁS. *(Por la ropa.)* Anda, anda, vete poniendo... natural, que es muy tarde.

CONSUELITO. Buenas noches, Lorenzo. Y buena guardia. *(Sale por su dormitorio.)*

CLEOFÁS. Qué inconscientes son las dos, Virgen Santa. No se dan cuenta de la gravedad de los asuntos. Son como niñas.

LORENZO. Sí: pero unas niñas que saben mucho para su edad.

CLEOFÁS. Sin hacerse cargo de la situación. A dos pasos de la cárcel, y mira: insultándose sin saber por qué.

LORENZO. A lo mejor ellas sí lo saben.

CLEOFÁS. Qué han de saber. Caprichos, repentes: como dos niñas pequeñas. Si no fuera por mí... y por ti, por supuesto...

LORENZO. Eso sí que es verdad.

CLEOFÁS. En fin, Lorenzo, hasta mañana. Me alegro de tener en casa un amigo tan fiel.

LORENZO. Nada, hombre, a mandar. Y que descanses, tú que puedes.

CLEOFÁS. ¿Poder yo? Sí, sí...

LORENZO. Porque lo que es para mí... *(Con intención.)* Esta noche va a ser toledana.

CLEOFÁS. No hagas mucho el estropicio con ese uniforme entre la gente que alborote esta noche. En este mundo todos somos buenos, ¿no te parece? Lo que pasa es que no sabemos bien lo que queremos.

LORENZO. Hay quien sí.

CLEOFÁS. Buenas noches, Lorenzo. *(Sale.)*

LORENZO. Adiós.

HORTENSIA. *(Que ha estado espiando, entra.)* Ay, qué cuerpo. Ay, qué todo, Señor.

LORENZO. Ay, qué petardo. *(Hace gestos referidos a Cleofás.)*

HORTENSIA. *(Muy alto.)* No había nadie y he cerrado. *(Con intensidad, hará que Lorenzo la oiga.)* Tengo el estómago estragado de tanto aperitivo. Lampando estoy por comerme una estupenda fabada. *(Le abraza.)*

LORENZO. Que no llego y el sargento me tiene muy mal modo.

HORTENSIA. Toma la llave y vuelve cuanto antes. *(Se la da. Él sale casi huyendo.)* Ay, qué manera más fría de despedirse de quien tanto lo quiere.

LORENZO. No me puedo olvidar de que es usted la madre de mi amigo...

HORTENSIA. Razón de más para hacerse favores. A la vuelta te olvidarás de esos remilgos. *(Lorenzo consigue escaparse. Sale. Hortensia está un poco bebida.)* No le gusto. No le gusto... Sí le gusto, pero no se atreve. Ya te daré yo acobardamientos. Son muchos años ya sin taconeo, sin contoneo, sin cachondeo, ¡ay! *(Hortensia abre el baúl con una llave. A la botella:)* Dame confianza tú, compañera, que todas somos de la misma orden... *(Ante el baúl.)* Qué hermosura. Qué brillo. *(Con un frasco.)* El perfume... se evaporó. Él, que enloqueció a tanta cabeza bien plantada. Mal presagio. No, no. Lo que enloquece es la pasión, Hortensia, no los perfumes... *(Va a la repisa de la barbería.)* Aquí hay colonias... Añeja. *(La huele. La deja.)* Y tan añeja, qué asco. Esta... Esta es más suave... Un poco por los sobacos.. Así, ahora, en el escote. Ay, qué frescor, mamá Concha... *(Por Lorenzo.)* A la vuelta lo venden tinto. A ver quién gana ahora. *(Sale llevando unas ropas hacia su dormitorio. En cuanto desaparece Hortensia sale Consuelito de su dormitorio, ve abierto el baúl, lo mira brevemente y entra en el retrete. Seguidamente entra Lorenzo, que cruza hacia el campanario. Por fin le toca el turno a Cleofás. Cuando éste cierra su puerta del dormitorio, sale Consuelito del retrete y se dirige al dormitorio. Entonces baja Lorenzo, con una campana mediana que transporta con esfuerzo. La deposita en el suelo. Del bolsillo saca palanqueta de hierro y un martillo. Se acerca a la tumba de Doña Leonor y comienza a ahuecar sus junturas. Aparece cautelosa Hortensia, vestida de mujer alegre de los años treinta, con boquilla y a medios pelos. Al llegar a la altura de Lorenzo, habla y le toca en el hombro. Lorenzo se vuelve asustado, probablemente por la tumba.)* Soy doña Leonor, la fundadora.

LORENZO. Jesús, María y José.

HORTENSIA. ¿Qué tal, vida?

LORENZO. Ah, ¿pero es usted?

HORTENSIA. ¿Otra vez por aquí?

LORENZO. Me olvidé la gorra...

HORTENSIA. *Dando un papirotazo en la campana.)* Qué gorra más extraña lleva la poli ahora... *(Para tranquilizar a Lorenzo, que tiene mucho por qué temer y lo sabe.)* La de pretextos que inventáis los hombres para caer en nuestros brazos... *(Los extiende.)* ¿Te parece que vayamos a medias en lo de la campana? *(Sin esperar contestación.)* Decídete, que se me están cansando. *(Lo dice por los brazos.)* ¿Qué hacías, mal amigo? ¿Pedir la blanca mano de doña Leonor? *(En toda esta escena juega con Lorenzo como con un ratón.)*

LORENZO. No. Yo... curioseando.

HORTENSIA. Con razón veía yo la argamasa removida cuando venía de noche a removerla yo... "Qué ratas tan amables", pensaba. ¡Chicas ratas! Un hijo como tú que me hubiera tocado y sería ahora mismo reina de España... Si no me habías degollado antes, claro. La esperanza de mi vejez, y vienes tú, con tus manos lavadas, a llevarte los anillos.

LORENZO. Pero ¿no removía usted también la losa?

HORTENSIA. *(Sin contestar.)* Dándote comisión de todo lo que gano, y tú haciendo negocios a mi espalda. *(Señala la tumba y la campana.)*

LORENZO. Un momento. ¿No le dan a usted parte la boticaria y Genoveva y Dolores, y soy yo el que trabaja?

HORTENSIA. Yo te las busco. Si no fuera por mí, que te presento en bandeja de plata... *(Se sienta. Él va a hacerlo.)* Eh, sigue, violador de sepulturas. Vamos a desembarazar a doña Leonor, la pobre; así podrá esperar la resurrección mejor dispuesta... *(Medio soñadora, medio infame. Mientras Lorenzo trabaja en la lápida.)* Yo también tengo historia, como ella. Empecé por ser Horty. Mis veraneos en San Sebastián, mi marrasquino, mis cresatenes. Todo se fue al hoyo de pronto: la guerra nos dejó a todos con las patas colgando. Y eso que fue civil, que si llega a ser militar. Entonces me llamaron La Negocia. Hubo que hacer a pelo y a pluma. Hasta portar alijos de Gibraltar, que no sé por qué ahora se hace tanto ruido con ese pueblo: le tengo una manía... Pero sigue... Hacia el año cincuenta, mi nombre era Hortensia, la Antibiótica... Después ya fui Madame Hortense, con mi casa de niñas. Chist, no hagas ruido.

LORENZO. Cleo me dijo que usted tenía un pensionado de señoritas.

HORTENSIA. Y no te dijo que era un noviciado de ursulinas, porque no le llega la imaginación. ¿A quién habrá salido este pazguato?

LORENZO. *(Riendo.)* A su padre, será.

HORTENSIA. Naturalmente que a su padre. Por eso me pregunto que a quién habrá salido... La casa no iba mal. Hasta el decreto despiadado, que nos hizo a todas decentes por ministerio de la ley. Una ruina... Yo perdí la alegría de vivir. Hay que ver el jaleo que forman los del cine... *(Es cierto que en esta escena se oye la banda sonora de un "western".)* Vas a coger el sueño y te descargan en plena sien una ametralladora. Qué ganas de matarse... *(Sigue el relato después de otro trago.)* Luego ya me convertí en esto: en doña Hortensia. Pero estaba hasta más arriba del moño, te lo juro. Y llegas tú, en pleno invierno... Y se me ha puesto de pie la juventud. De pie, como esa muerta... Bebe conmigo. *(Se acerca a él.)* Una vida sin esta peste a incienso: no aspiro a más.

LORENZO. *(Por la losa.)* Eso ya está, doña Hortensia. Écheme usted una mano. Aquí..., en la losa... Vamos, A la una, a las dos, a las tres. *(Pausa. Dejan vencerse la losa, tras la que cae una momia sin ataúd. Lorenzo deja caer la losa y la enterrada.)*

HORTENSIA. *(No sabemos si habla en serio o no.)* Ay, creí que me agarraba... ¡Qué susto! ¿Qué tiene? ¿Qué ves?

LORENZO. Nada.

HORTENSIA. *(Inclinándose.)* Huy, la condesa está desecha; qué manera de hundirse. Es que son muchos años... ¿Donde están los collares?

LORENZO. No hay más que polvo y una correa de hábito.

HORTENSIA. Así era todo: por fuera las alhajas y por dentro la podre. De aquellos lodos vienen estos polvos... ¿Y qué hacemos con tanta porquería?

LORENZO. Se podrían vender los huesos como santas reliquias.

HORTENSIA. Ya nadie quiere de eso. La lápida, sí... Hablaré con don Juanito, un marica anticuario. Tiene la casa como una sacristía, qué asco... Esconde la carroña.

LORENZO. *(Al hacerlo se inclina a recoger algo. Es un libro y un pliego que ha caído del mismo.)* Aquí hay un libro. Y un papel... con un verso.

HORTENSIA. Para versos estamos.

LORENZO. *(Lee.)*
"Muerte infeliz en Portugal arbola
tus castillos. Colón pasó los godos
al ignorado cerco de esta bola.

Y es más fácil, ¡oh, España!, en muchos modos,
que lo que a todos les quitaste sola
te puedan a ti sola quitar todos."

HORTENSIA. Pues sí que a ti se te podía quitar nada, lucero: muerta más sosa... Y encima amenazando, ¿no te digo? Qué condesa más borde... Arza pa dentro otra vez, Leonor Carrillo, poquita cosa... A esperar que te llamen. *(Suben la losa. Pausa.)* Cuánto trabajo para nada. No dan de sí, no, las postrimerías. Cógeme, que me vuelve la tiritera... *(Lorenzo la lleva con una mano sobre su hombro.)* ¿No tienes otro sitio donde poner las manos? Ay, esto es vida y no los jubileos de las cuarenta horas... A mí la muerte me emborracha.

LORENZO. Y el orujo.

HORTENSIA. No he bebido nada... *(Invitándolo a besarla.)* ¿No ves que he cerrado los ojos? *(Se ríe.)* Para ti no es nada y para mí es mucho... *(Con los ojos cerrados.)* ¡Ay, que me va a dar algo! ¡Ay, que me va a dar algo!

Aparece Consuelito en su puerta. Le tira a Hortensia una zapatilla.

CONSUELITO. ¡Le dio!

HORTENSIA. *(Abre los ojos. Disimula muy mal.)* Yo soy sonámbula. ¿No te lo crees? Sonambulísima... *(Por su traje.)* Y esto... es mi camisón...

CONSUELITO. Pues qué camisón más raro. Parece enteramente un traje de furcia del año la pera.

HORTENSIA. *(A la descubierta.)* ¿Qué pintas tú aquí, cochambrosa, corroída de envidia? A tu marido se lo contaré. Lorenzo, expúlsala de nuestra alcoba. Yo soy libre, ¿te enteras? Viuda de toda la vida. Libre de ir y venir y de acostarme con quien se me antoje...

CONSUELITO. Si se deja. Eso no es cosa mía. Yo vengo a vomitar, que es lo mejor que una puede hacer en esta casa. *(Al pasar cubre la jaula del jilguero con un paño.)* Tú no la mires, Tarsicio. *(Entra en el retrete.)*

HORTENSIA. Defiéndeme, Lorenzo. Estoy deshonrada. Di algo, que yo estoy oxidada: con la lengua que yo tenía, que daba horror oírme. Di algo. *(Se deja caer sobre Lorenzo, pero él se retira y se da la gran costalada contra el diván.)* ¡Ay...!

LORENZO. ¿Se ha hecho usted daño?

HORTENSIA. Ay, qué mala me he puesto. Ay, qué mareo. Ay, qué sudores fríos... Dile a esa arpía que salga del retrete, que voy a pasar yo. Qué fin de fiesta.

LORENZO. Consuelito...

Sale Consuelito. Se acerca Hortensia, pero va a pasar de largo. Consuelito la coge y la empuja adentro.

CONSUELITO. Por aquí, borrachona. *(Cierra la puerta con llave.)* De buena te he librado, amor de mis entrañas.

LORENZO. Vaya nochecita.

HORTENSIA. *(Dentro.)* ¡Ay...!

CONSUELITO. Si esa pelandusca tiene un baúl, yo tengo una cajita. Nadie la ha visto, pero ya es hora de que te la enseñe. *(La busca por alguna parte.)* Todo lo mío está guardado aquí... Bueno, todo ya no. *(Enseña una foto.)* Mira: yo a los seis meses. *(Ante el silencio del otro.)* Qué graciosa...

LORENZO. *(Sin mucho interés, esa es la verdad.)* ¿Esto?

CONSUELITO. No; eso es el almohadón. Yo soy lo que hay encima desnudito. *(Cambiándose.)* Bueno, me pondré al otro lado porque con este oído no te enteras de nada y no vamos a ponernos a pregonar... A mí estas escenas de amor cuchicheadas no me gustan ni pizca, pero ya tendremos tiempo en Orleans... Esta muñeca se llama Marga. La falta un ojo, pero lo tiene dentro. *(La sacude.)* ¿Lo oyes? Tú qué vas a oír... Mira: los lazos de mis trenzas. Te regalo uno.

LORENZO. *(Con cierto asco.)* ¿Para qué sirve esto?

CONSUELITO. Guárdalo, traerá suerte.

HORTENSIA. *(Dentro.)* ¡Ay...!

CONSUELITO. El día que me las cortaron lloré mucho. Más que cuando me casé. Me dolían las puntas de las trenzas. Y ya no las tenía. Con estos papelitos de colores me pintaba la cara... Tenía la piel color chochomona: qué fea... Y me pintaba. Con el colorado, los carrillos; con el azul, los ojos. Estaba más bonita...

LORENZO. Parece que te estoy viendo.

CONSUELITO. En Orleans no los necesitaré. *(Los tira por el aire. Le enseña una foto.)* Mira...

LORENZO. ¿Y este indio quién es?

CONSUELITO. Ese indio es mi madre vestida de pitonisa. Estas conchitas son de una vez que fuimos a comer a la playa...

HORTENSIA. *(Dentro.)* ¡Abridme!

CONSUELITO. ¡Silencio! Ibamos tan contentos los tres. Mi madre, mi padre y yo. De pronto, a la hora de comer, nos cayó el chaparrón más grande que he visto yo en mi vida. ¡Qué vergüenza! Con decirte que se nos deshizo la tortilla. Mi madre, en lo del tiempo, profetizaba mal. Me acuerdo que mi padre le fue pegando pescozones hasta que llegamos a techado. A la mañana siguiente amaneció él con pulmonía. Le estuvo bien: eso pasa por pegarle a una mujer.

LORENZO. Y... ¿no sería por el remojón?

CONSUELITO. Puede, ahora que lo dices... ¿Te aburres conmigo, Lorenzo?

LORENZO. Qué disparate. Estar contigo es como ir a la verbena.

CONSUELITO. Gracias... Mi saltador. *(Salta a la comba.)*

LORENZO. Chist. No hagas ruido.

CONSUELITO. Es verdad. *(Como una niña.)* Vámonos a Orleans, Lorenzo, vámonos.

LORENZO. Sí, es el momento de irse... No se debe matar a la gallina de los huevos de oro...

CONSUELITO. ¿Qué huevos son ésos?

LORENZO. Nada. Mañana hay que salir.

CONSUELITO. *(Casi entristecida.)* ¿Mañana ya...? Si quieres, esperamos... Si lo haces por que yo salte a la comba... Ahora no debo hacer ejercicios violentos... *(Vuelve a sentarse.)* Ah, voy a decirte la sorpresita de antes. ¿Sabes dónde la guardo? *(Señalándose el vientre.)* Aquí.

LORENZO. *(Horrorizado.)* ¿Qué?

CONSUELITO. Aquí, Lorenzo: vamos a ser padres.

LORENZO. ¿Tú y yo?

CONSUELITO. No. Yo, madre. Por eso andaba tan vomitona estos días. *(Pausa.)* ¿No te alegras? ¿Es que has perdido el habla?

LORENZO. Sí; he perdido absolutamente todo el habla.

CONSUELITO. Yo creí que lo ibas a tomar de otro modo. Claro, que de alegría hay mucha gente que se queda muda. Qué bien, ¿verdad? ¡Qué buen padre eres! *(Toma la mano de él, se la lleva al vientre.)* Aquí tu padre. Entérate bien, luego no te armes líos... Aquí tu hijo, Lorenzo. Tiene los ojos más grandes, pero es clavado a ti... Nacerá en Orleans. Tú tocarás al alba y yo estaré dando a luz cerca de las campanas. El niño se asustará con tanto alboroto, pero yo le diré *(Se ha quedado con el muñeco en los brazos.)* "Calla, calla; es tu padre que tiene esa manera de ponerse contento". Nos pasearemos del brazo empujando el cochecito. Se llama Cleofás, si no te importa. Mi marido era bueno... De todas formas, si te molesta, yo lo llamaré Sultán. Y va en el cochecito señalando las nubes, porque él quiere ser artista como su padre. Tú le irás enseñando... Como a mí... En Orleans todo es distinto...

LORENZO. *(Con algo de ternura.)* ¡Pobre mujer!

CONSUELITO. Pobre, no. Me llevaré mi cajita. Me llevaré mi niño puesto... Pobre, no *(Lorenzo le pasa una mano por el hombro, compadecido o atraído, al muñeco.)* "Calla, calla: que no es la guerra, tonto. Cállate." *(Tiernísima, comienza a cantar una nana:)*

Campanero es tu padre;
yo, trapecista,
y sacristán tu tío,
que canta en misa.
¡Viva mi niño!
Con el toque del alba
se me ha dormido.

(Lorenzo, vencido por ese algo especial de Consuelito, la abraza.)
Ahora no, Lorenzo; ahora, no. ¿No ves que acaba de quedarse dormido? *(Y dulce, ridícula, maravillosa, acunando al muñeco, ante el asombro de Lorenzo, se introduce en el dormitorio de Cleofás. Oscuro.)*

CUADRO SEGUNDO

Sale del dormitorio Consuelito, sola. Empieza a limpiar activamente el polvo. Al llegar a su silla, la acaricia un poco, la besa: se despide.

CONSUELITO. Tarsicio, bonito, hoy me voy a Orleans. ¿Por qué no cantas? *(Entra en la iglesia Cleofás. La mira silencioso un momento. Viene con algunos candelabros.)*

CLEOFÁS. Buenos días.

CONSUELITO. Saliste muy temprano esta mañana. No te oí levantarte. ¿Adónde fuiste?

CLEOFÁS. Al río. Estuve paseando por la orilla. Estaban los juncos mojados. Mira cómo vengo... Y el día estaba quieto, más claro... He estado pensando en muchas cosas... *(Se sienta y limpiará los candelabros.)*

CONSUELITO. *(Que ha ido por unas zapatillas y se las alarga.)* Toma. Y trae que te seque esos zapatos, que luego deja cerco la humedad. *(Lo hace.)* ¿Por qué no me llamaste? Con lo que a mí me gusta ir al río.

CLEOFÁS. Allí te vi la primera vez. Tú no te acuerdas. *(Consuelito se detiene unos segundos, de espaldas, atenta, sin querer estarlo.)* Iba buscando yerbas de olor para el monumento de Jueves Santo. Tú estabas sentada. Hablando sola, con los pies dentro del agua.

CONSUELITO. No estaba hablando sola. Hablaba con Marga.

CLEOFÁS. Por Marga no quise despertarte esta mañana. La tenías abrazada igual que a una niña chica.

CONSUELITO. Ya no se llama Marga. Y no es una muñeca, es un muñeco. Se llama... *(Se detiene a tiempo de no decir el nombre.)* Bueno, yo lo llamo Sultán. Siendo ya mayorcita tuve un gato que se llamaba Sultán. No quería a nadie más que a mí. Un mes de enero desapareció. Volvió mucho tiempo después, echando sangre por todas partes: reventado, yo creo. Volvió para morirse...

CLEOFÁS. *(Comenzando una serie de réplicas paralelas.)* Los paños del altar de Santa Engracia están llenos de polvo.

CONSUELITO. *(Con las manos sobre el vientre.)* Sultán se llamaba también... Era yo mayorcita...

CLEOFÁS. Habrá que lavarlos uno de estos días.

CONSUELITO. Una noche fuimos a la verbena de San Pedro y me compraste media docena de claveles. Todavía los tengo.

CLEOFÁS. Y el coro está lleno de telarañas. Mañana cogemos una mesa y la escoba y hacemos zafarrancho, ¿quieres?

CONSUELITO. "Si algún día me entero de que me engañas —me dijiste—, te pego un tiro y después me pego yo otro." Yo me lo creí, y luego ni tiro ni nada.

CLEOFÁS. Esta vez calzaremos bien la mesa, no vaya a pasar lo que en noviembre..., cuando te caíste encima del órgano. Sonó tan fuerte, que se desprendieron tres metros de cornisa...

CONSUELITO. Esta chaqueta habrá que guardarla. Ya no va a hacer más frío.

CLEOFÁS. Mañana o pasado, ¿qué prisa tienes? *(Se miran unos instantes.)*

CONSUELITO. Mañana... *(Poniéndole sobre las rodillas un puño.)* Las manchas de ese limpiametales no hay quien las saque después... Ah, tu sotana es mejor cepillarla con un cepillo mojado en agua de té calentita, ¿te enteras? Yo siempre lo he hecho así. *(Va a limpiar la jaula.)* Es mío, ¿no?

CLEOFÁS. *(Levanta los ojos.)* Fue lo único que trajiste cuando nos casamos... *(Queda recordando.)*

CONSUELITO. Voy a soltarlo, me parece. En la jaula no puede ser feliz. Que se vaya por ahí él también.

CLEOFÁS. *(Bajito.)* ¿También?

CONSUELITO. Que se busque la vida, como Sultán, como todos. *(Abre la jaula.)* Adiós, Tarsicio. Vete, Tarsicio. El alpiste no sirve para nada. Hay cosas mucho más importantes que el alpiste... Egoísta, cerdo, tragón. Si no te diera nadie de comer, ya verías cómo te ibas a buscarlo.

CLEOFÁS. A lo mejor se queda porque... porque quiere su jaula. Hay mucha gente así. *(Consuelito sufre un pequeño mareo.)* ¿Qué te pasa, Consuelito? Si estás sin parar de un lado para otro...

CONSUELITO. Es que hoy quería limpiar muy bien la casa antes de... antes de abrir la tómbola.

CLEOFÁS. Ya se acabó la tómbola. No la necesitamos, mañana la desmonto.

CONSUELITO. Te ayudaré a ti. *(Consuelito limpia candelabros, tomando el limpiador del mismo frasco que Cleofás.)*

CLEOFÁS. ¿Y mi madre?

CONSUELITO. Fue al mercado.

CLEOFÁS. ¿Y... Lorenzo?

CONSUELITO. No sé. Salió.

CLEOFÁS. ¿Llevaba una campana?

CONSUELITO. No me fijé.

CLEOFÁS. ¿No te fijaste si llevaba una campana a cuestas?

CONSUELITO. Yo la vi, ahí, desmontada.

CLEOFÁS. *(Mintiendo.)* Tenía el yugo flojo... Le mandé que la llevase a componer.

CONSUELITO. *(Se miran.)* ¿Se lo mandaste tú?

CLEOFÁS. No. No tenía el yugo flojo. Y no le mandé nada... En el fondo, lo único importante es que tenemos que morirnos. El caso es esperar la muerte un poco acompañados. No hay que hacerse ilusiones...

CONSUELITO. Ha creído que le estaba gastando una broma.

CLEOFÁS. ¿Quién?

CONSUELITO. Tarsicio. Ha creído que le iba a cerrar la puerta cuando fuese a salir.

CLEOFÁS. Eso nos pasa a todos. Nos escapamos, casi, algunas veces. Pero alguien que está del otro lado acaba siempre por darnos con la puerta en las narices... Lo más que hacemos es pasar de una jaula a otra más grande.

CONSUELITO. Hay hechas trescientas quince estrellas. Pero a setenta y dos les falta por poner la ráfaga...

CLEOFÁS. No te preocupes de eso.

CONSUELITO. Es que una estrella sin ráfaga da mucha pena verla.

Desde la calle entra Hortensia, en pleno rapto de furor.

HORTENSIA. Me duele la cabeza. Que nadie me diga nada, porque le suelto un bufido. Tengo aquí en el occipucio un solideo morado. Como un obispo. Ay, que nadie me vaya a decir media palabra. ¿De dónde ha salido tanto candelabro?

CLEOFÁS. De la cripta. Los tenía guardados bajo llave.

HORTENSIA. No sé a qué venía esa desconfianza. ¿Para qué quiere nadie un candelabro? A ver... *(Toma uno.)*

CLEOFÁS. Por si las moscas...

HORTENSIA. Ignoro a qué moscas te refieres, pero no me gusta ese tono de voz. Y en prueba de ello, toma. Es de la monjita esa argentina. Dice que mi primo Sabas Laguna descansó en el seno del Señor hace cinco días.

CLEOFÁS. "Requiem aeternam dona eis, Domine."

HORTENSIA. *(A su pesar.)* "Et lux perpetua lucear ei." El escándalo que estará armando en el seno del Señor el sinvergüenza ese. Lee, aquí. *(Le da la carta.)*

CLEOFÁS. *(Lee.)* "Nuestra Orden tiene por misión cuidar a enfermos desahuciados desprovistos de medios. Pero como su primo nos comunicó que usted se encuentra en una muy brillante posición económica y nos hizo elogios de su caridad..."

HORTENSIA. Esa monja comulga con ruedas de molino.

CLEOFÁS. "...nos atrevemos a solicitar una limosna para nuestro hospital, en memoria y remedio del alma de su primo Sabas Laguna, que tanto la quería."

HORTENSIA. ¡Toma del frasco! ¡Vaya un tío de América!

CONSUELITO. *(A Cleofás.)* Cuando quites los paños morados el día de Resurrección no los guardes sin antes sacudirlos.

HORTENSIA. He dicho cien veces que no quiero que me hable nadie.

Lorenzo aparece en la puerta de la calle. Al ver a los tres, quiere retirarse y lo hace, pero Cleofás lo había visto.

CLEOFÁS. Buenos días, Lorenzo.

LORENZO. *(Entrando.)* Buenos días. ¿Qué tal se ha descansado?

HORTENSIA. ¡Descansar! Descansar en esta casa va siendo ya muy difícil.

LORENZO. ¿Cómo? *(Cazurro todavía, con la mano en la oreja.)*

HORTENSIA. *(Gritando.)* ¡Que muy mal! *(Dañada por el grito.)* Ay, mi cabeza.

LORENZO. Yo... creí que a esta hora... no iba a haber nadie aquí...

CLEOFÁS. Ya, ya me lo figuro...

LORENZO. Y está en pleno. *(Echándolo a buena parte.)*

CLEOFÁS. Te estábamos esperando.

LORENZO. *(Asustadillo.)* ¿A mí? ¿Por qué?

CLEOFÁS. Porque quería que oyeras una nota que manda el Obispado. La firma el secretario.

HORTENSIA. Hoy es el día de cartas.

CLEOFÁS. Dice así *(Abre un papel. Lo lee:)* "En nombre del señor Obispo tengo a bien poner en su conocimiento que, conforme a su solicitud —está dirigida a don Remigio—, queda usted relevado de su oficio de párroco por razones de edad y de salud, siendo sustituido por don Manuel Castresana Ruiz, quien tomará posesión de la parroquia el próximo sábado día siete de los corrientes."

HORTENSIA. Lo que faltaba para el duro. Esto es el sálvese quien pueda. ¿Qué te decía, Lorenzo? ¿Lo estás viendo...?

LORENZO. Y ¿qué... piensas hacer?

CLEOFÁS. No he terminado. *(Lee.)* "Asimismo el señor Obispo ha decidido que Lorenzo Gutiérrez, campanero de esa parroquia, sea ascendido, en virtud de sus méritos, a campanero mayor en la antigua catedral de Orleans." ¿Comprendes?

LORENZO. *(Baja los ojos.)* Sí.

HORTENSIA. ¿A Orleans? Pero, ¿qué barullo es ése? Ahora soy yo la sorda. Debe ser mi cabeza.

CONSUELITO. A Orleans... *(A Cleofás.)* ¿Por qué no me lo dijiste antes?

CLEOFÁS. No estaba decidido todavía. Hasta hoy mismo dudaban el Obispado si mandar a Orleans a Lorenzo o a mí.

HORTENSIA. ¿A ti? Y pensábamos que don Remigio estaba como una cabra. Comparado con el obispo es Ramón y Cajal. En fin, tendré que hacerme a la idea de Orleans. Viva el turismo...

CLEOFÁS. ¿Cuándo te vas?

LORENZO. Pues... yo creo que ahora mismo..., si te parece.

CLEOFÁS. Sí; cuanto antes. Estas cosas cuanto antes.

LORENZO. Tengo hecha la maleta.

CLEOFÁS. Ya la vi esta mañana. Pero se te olvidó meter las cosas de afeitar.

HORTENSIA. Espera un poco, hijo. Me ha pillado así, tan desprevenida. Espera un poco. *(Yendo hacia su cuarto.)*

Consuelito busca su cajita. Guarda la muñeca. Se interpone reiteradamente en los movimientos de Lorenzo, que va a la repisa de la barbería, toma sus avíos, los guarda en la maleta, siempre con la vista baja. Pausa.

CLEOFÁS. Enhorabuena por el nombramiento.

Sale Hortensia con un envoltorio hecho rápidamente, que guarda en su baúl.

HORTENSIA. Este es mi equipaje, Lorenzo. *(Él no la atiende. Pausa.)* Esta es mi arca, Lorenzo. *(Lorenzo cierra la maleta. Pausa.)* Te digo que ésta es mi arca.

CLEOFÁS. Ya lo hemos oído, mamá. *(Va a salir Lorenzo. Consuelito se interpone en la puerta. Cleofás la aparta con delicadeza. Pausa.)*

CONSUELITO. *(No sabemos a quién lo dice.)* Voy a tener un hijo.

CLEOFÁS. Lorenzo ya lo sabe, Consuelito... Y se alegra mucho ¿verdad, Lorenzo? *(Lorenzo hace un gesto algo avergonzado.)*

HORTENSIA. Lo sabía. No quería creerlo, pero lo sabía. Se han reído de mí. Se han estado riendo de mí. Detenlo, Cleofás. Se lleva nuestro dinero. Se lo lleva todo. Para eso le ha servido el uniforme.

CLEOFÁS. Cálmate, mamá. Te duele la cabeza.

HORTENSIA. Se lo he dado yo. Yo se lo he dado.

CLEOFÁS. ¿Por qué le ibas tú a dar dinero a Lorenzo? Adiós, y muchas gracias por habernos hecho tanta compañía a los tres. Nos ha servido de mucho que vinieras. Adiós.

Pausa. Sale Lorenzo.

HORTENSIA. ¡Se lo lleva todo! ¡Se lo lleva todo!

Consuelito, con un hilo de voz, sentándose en su silla, de espaldas a todo. Pausa.

CONSUELITO. Lorenzo... Yo iba a irme a Orleans. *(Se levanta.)*

HORTENSIA. El amor llega demasiado tarde y se larga demasiado pronto. Siempre pasa lo mismo.

CLEOFÁS. *(Volviendo a sus candelabros.)* El amor es envejecer juntos. Lo demás son guarradas.

HORTENSIA. Sí, sí, guarradas... *(Escéptica en eso.)* ¿Qué va a ser de mi? ¿Qué haré mañana? ¿Y pasado mañana? ¿Y dentro de treinta años?

CLEOFÁS. Dentro de treinta años, estarte quietecita como doña Leonor. Hasta entonces, lo que todos: empezar cada día.

CONSUELITO. En Orleans las casas son alegres, La gente se sonríe y va despacio mirando escaparates...

CLEOFÁS. ¡Orleans es mentira!

CONSUELITO. *(Repite algo que alguien le ha contado.)* Los árboles son altos y dan flores azules. Él me había dicho que el amor, en Orleans... *(No puede continuar.)*

CLEOFÁS. En Orleans no lo hay. El amor es decir sí de una vez y tirar para *alante*.

HORTENSIA. Hablando de amor ellos, ¿no te joroba? *(Se levanta Consuelito.)*

CLEOFÁS. ¿Qué haces?

CONSUELITO. Las ráfagas para las setenta y dos estrellas...

CLEOFÁS. Ya tendrás tiempo. Necesito pedirte perdón.

HORTENSIA. Ay, a mi es a quien tenéis todos que pedirme perdón.

CLEOFÁS. Esta mañana he estado a punto de huir. De seguir río abajo y no volver ya más...

CONSUELITO. *(Se ha vuelto a sentar.)* En Orleans todos somos guapos y listos.

CLEOFÁS. ¡Orleans es mentira!

CONSUELITO. Y la felicidad es como un café con leche, que se toma y ya no te vuelves a acordar más. En Orleans, al llegar, nos ponen un niño chico en brazos...

CLEOFÁS. Soñando no se puede ser feliz. Sólo se hace perder días de vida: mala o buena, de vida. La felicidad es un trabajo: esta mañana lo he sabido. Hay que abrir bien los ojos, no cerrarlos; estar muy bien despiertos. Y así y todo, así y todo...

HORTENSIA. *(Porque no le hacen caso.)* No sé de qué me habla este redicho.

CLEOFÁS. No te hablo a ti, mamá: tú no tienes remedio.

HORTENSIA. *(Más humana.)* Yo he vivido tiempos en que me trajo al fresco la felicidad. Lo mío era vivir. Y mírame...

CONSUELITO. No nos gustaba nuestra vida, igual día por día. En Orleans íbamos a ser otros.

CLEOFÁS. Nosotros somos éstos. Nos decían: "Y la princesa se casó con el príncipe." No hay princesas. No hay príncipes. Todo tiene su precio, y hay que saber pagarlo.

CONSUELITO. *(Que ha partido una ráfaga.)* No nos gustaban estas manos de queso, que todo lo rompían. Me engañaron...

CLEOFÁS. La vida no nos engaña nunca: está ahí. Nos engañan los sueños, Consuelito. "Procul recedant somnium."

HORTENSIA. Por mucho latín que sepas, a ti lo que te pasa es que eres de izquierdas.

CLEOFÁS. A mí lo que me pasa es lo que a todo el mundo: no quiero quedarme solo.

HORTENSIA. Déjame de sandeces. Yo sólo sé que tengo un pie en la tumba fría y se han reído de mí. Se han estado riendo de mí. Maldita carta: si no fuese por ella no me habría enterado por lo menos. *(Va a romper la carta que Cleofás dejó sobre la mesa.)* ¡Esta es tu letra! ¡La has escrito tú! Este papel no es del Obispado. Ya me extrañaba a mí toda esa murga de Orleans... ¿Qué has hecho, imbécil?

CLEOFÁS. Es igual, mamá. Iba a irse. Lo único que he hecho es abrirle la puerta para que no tuviera que huir por la ventana. Los arribistas siempre son así: pescan en río revuelto. Si cambia la corriente se mudan de chaqueta. Su oficio es aprovecharse del miedo de los otros, de su debilidad.

HORTENSIA. *(Cogiendo del asa su baúl.)* Pues yo ni tengo miedo, ni soy débil. ¡Me voy! *(Espera que la detenga su hijo.)* ¡Que me voy!

CLEOFÁS. Vete. Sabes perfectamente dónde encontrarlo. En cualquier tienda de antigüedades, vendiendo las que ha ido poco a poco llevándose de aquí. Tú eres la única antigüedad que él no ha querido... *(Quiere hacerle daño.)*

HORTENSIA. ¿Así le hablas a tu madre?

CLEOFÁS. *(Terminando el asunto.)* No se es madre por traer gente al mundo.... *(A Consuelito.)* Ni se es padre por haber hecho un hijo, sino por todo lo que va viniendo luego...

CONSUELITO. En Orleans las estrellas son de estrella...

HORTENSIA. *(Pactando.)* Está bien: de momento, tampoco cambia el párroco. No deja de ser una buena noticia después de este berrinche...

CLEOFÁS. El párroco cambiará un día u otro: eso no importa ya.

HORTENSIA. *(Como un hallazgo.)* Ya comprendo, hijo mío. Qué ardid. Podemos asegurar que el campanero desapareció con todo lo que falta. Nos lavamos las manos. Que le echen un galgo a ese granuja. Que le busquen en Orleans. *(Ríe.)* Nosotros hemos sido los primeros damnificados. Quien iba a sospecharlo... ¿Quién dijo que eras tonto, Cleofás?

CLEOFÁS. Tampoco será así. Por fin me encuentro libre. No me importa quién venga. Lo que hemos hecho no es demasiado grave: querer vivir. Qué cosa. Pueden echarnos de aquí... *(Gesto de indiferencia.)* En la capilla de Santo Tomé no se termina el mundo. Quizá de esa puerta para adentro sea donde se termina. Donde hemos ido dejando perderse tantos buenos días nuestros entre estas piedras que también tuvieron los suyos. Intentando poner remedios, fregaderos, retretes: vivir en un sitio que no estaba hecho para eso... En medio de tanta solemnidad, todo resulta falso: hasta el pan, hasta esta jarra...

CONSUELITO. ¡Orleans!

CLEOFÁS. Y lo falso es lo otro. Esta madrugada, por el río, iba yo pensando lo español que es todo esto: nos hartamos primero de darnos puñetazos, y después, como quien no ha hecho nada, nos sentamos a soñar el mejor de los mundos: un Escorial de plástico...

CONSUELITO. ¡Orleans!

CLEOFÁS. Locos. ¡Que estamos locos! Yo prefiero ser como el burro de Fedro, al que nadie puede ponerle más que una sola albarda. Cuando me echen, pelearé por las calles hasta que el niño nazca. Que nazca en la pura calle, libre de elegir su parroquia o de no elegir ninguna. Si la felicidad viene, bienvenida. Y si no, que la zurzan. Ya arreglaremos cuentas con quien sea, al final...

CONSUELITO. El niño iba a llamarse Cleofás...

HORTENSIA. *(A Consuelito, en un picotazo.)* ¡El niño será niña!

CLEOFÁS. *(A su madre.)* Si es niña se llamará Esperanza... *(A Consuelito con su Marga.)* ¿Adónde vas?

CONSUELITO. Voy a tocar el ángelus...

HORTENSIA. *(En un grito.)* ¡No es hora!

CLEOFÁS. *(Por defender a Consuelito.)* Siempre es hora para eso.

HORTENSIA. ¡Además, no hay campanas! ¡La última la acabo de vender! *(A Cleofás, desafiante.)* ¡Como lo oyes!

CLEOFÁS. *(A Consuelito.)* Ya no quedan campanas, Consuelito...

CONSUELITO. *(Encogiéndose de hombros.)* Tocaré en Orleans.

CLEOFÁS. No digas tonterías. Ven aquí...

CONSUELITO. *(Niega.)* Tengo que subir...

CLEOFÁS. Pero, ¿adónde vas?

CONSUELITO. A Orleans.

HORTENSIA. *(Malvada.)* ¡Vaya caso que te hace!

CLEOFÁS. *(A su madre, distrayéndose unos segundos de Consuelito, que, ajena, sigue subiendo.)* ¡Calla!

HORTENSIA. ¿Quién eres tú para mandarme?

CLEOFÁS. El cabeza de familia.

HORTENSIA. ¿Y yo qué soy? ¿El pompi?

CLEOFÁS. ¡Cállate!

CONSUELITO. *(Bajito.)* En Orleans no se pelea nadie...

CLEOFÁS. No es la hora del ángelus... ¡Baja, Consuelito!

CONSUELITO. En Orleans es siempre mediodía.

CLEOFÁS. ¡Baja! ¡Orleans es mentira!

CONSUELITO. No... Es verdad... Lo único que es verdad...

Consuelito se pierde por arriba. Corre Cleofás. Sus últimas palabras las escuchamos fuera.

CLEOFÁS. Vuelve, Consuelito. Espera... ¡No! ¡Eso no! *(Baja inmediatamente. Abatido. Deshecho. Mira a Hortensia. Pausa.)* Se ha... Se ha caído.

HORTENSIA. *(Mirándolo.)* Sí, sí... caído. ¡Ahora abrirán una investigación! *(Tras un segundo, Cleofás, sin dudarlo más, sale a la calle.)* ¡Ay, tonta hasta el final! ¡No ha servido ni para vivir! *(Comienzan a descender las campanadas reales del ángelus.)* ¿Qué son esas campanas? ¿Un milagro? Gracias, Señor. *(Tono maldito.)* ¡Por lo menos queda algo que vender! *(En trágica, farsante, yendo hacia la calle.)* ¡Consuelito, hija mía! ¡Qué desgracia más grande! *(Sale. Después de unos segundos, en que la escena aparece como inútil y sola, la Voz de Don Remigio: "Feligreses..., feligreses..., feligreses... Mientras cae lentamente el Telón.)*

JOSEP M. BENET I JORNET

DESEO

ENTRE LA REALIDAD Y EL DESEO

María José Ragué Arias

En los primeros años sesenta se configuran tres fenómenos que marcarán el inicio de la contemporaneidad teatral en Cataluña. Por un lado, la Escola d'Art Dramàtic Adrià Gual renueva los planteamientos teatrales vigentes. Por otro, la aparición de Els Joglars —y luego las de Comediants y Claca— concreta una tendencia teatral no basada en el texto, que hoy sigue dando frutos. Por otra parte, aparece una nueva generación vinculada al premio "Josep Maria de Sagarra", a la que pertenece Josep Maria Benet i Jornet, ganador de la primera convocatoria del premio en 1963, con *Una vella, coneguda olor*.

Entre 1963 y 1975, Benet i Jornet escribe diecisiete obras de teatro [1] que incluyen cuatro piezas cortas y otras tantas de teatro infantil. Son obras de estructura naturalista sobre conflictos individuales y que podrían considerarse influenciadas por el teatro castellano. En esta época se incluyen las tres obras del ciclo de Drudània, [2] metáfora de Cataluña en una época en que la censura obliga a recurrir al mito y a la metáfora para plantear cualquier tema distinto a la "oficialidad".

Esta etapa que incluye también obras menores, contiene además otra obra de 1970, muy significativa en la trayectoria de Benet i Jornet que, estrenada comercialmente en el Teatro Capsa de Barcelona en 1973, fue calificada negativamente por la crítica como obra realista:[3] *Berenàveu a les fosques*. Aquí parece producirse el primer punto de inflexión en la evolución del teatro de Josep Maria Benet i Jornet.

Inmediatamente después de su segundo estreno importante, interrumpiendo la escritura de otra de sus grandes obras, *Revolta de bruixes* (Motín de brujas), Benet escribe en 1973 *La desaparició de Wendy* con un deseo de ruptura con el realismo. Como en *Berenàveu a les fosques*, en esta obra la infancia del autor es contemplada desde el presente, pero además hay un juego de duplicidades de los personajes, un intento de narrativa expresionista, con una ambigüedad distanciadora y distorsionadora y unas posibilidades de lectura en diferentes planos a partir del mundo en que afloran los sueños, un juego que hallaremos también en *Deseo*, muy desarrollado y perfeccionado.

Revolta de bruixes marcará, sin duda, el final de una etapa y el inicio de una trayectoria pública importante de Benet i Jornet en el panorama teatral no sólo catalán sino también del resto del Estado español. La obra, escrita entre 1971 y 1975, se estrena en castellano en 1980 (en catalán un año después). Es nuevamente una obra realista, pero su escritura ha sido dinamizada por la de *La desaparició de Wendy*, de modo que constituye una síntesis de la trayectoria del autor. La revuelta de seis mujeres contra el vigilante opone el mundo racional y el irracional y hace de cada personaje un símbolo, como lo serán los personajes de *Deseo*.

Entre 1975 y 1980, Josep Maria Benet i Jornet escribe, entre otras, dos obras de teatro infantil [4] en las que su imaginación teatral toma ya caminos orientales que le llevarán hasta otra de sus obras clave, *El manuscrit d'Ali Bei*; compone, asimismo, un conjunto de dos piezas cortas llamado *Apunts sobre la bellesa del temps*, del que la segunda obra es anuncio y base también de la evolución que le conduce a *Deseo*. En *Descripciò d'un paisatge*, situada también en un lugar imaginario de Oriente, de modo comparable a *Motín de brujas,* lo trágico se hace presente a través de las víctimas y del castigo. Hallaremos nuevamente el elemento trágico al final de *Deseo,* simbolizado por la sangre.

Descripción de un paisaje —tema de la venganza de Hécuba en un contexto contemporáneo a la España de 1977 y 1978— apunta ya el tema central de *El manuscrito de Alí Bei*: la insatisfacción humana y el sueño de la Atlántida, la nostalgia de algo que nunca se alcanzará, algo que Benet apuntaba ya en *La nau,* "añorar lugares imaginarios, ¡qué absurdo!". Añorar el pasado, un pasado que quizá nunca existió, que fue deseo: *Deseo.*

El manuscrito de Alí Bei es obra de raíces biográficas que se mueve en los tres planos de un personaje, Él, un escritor teatral en 1980 que no ha visto el Oriente, pero que sabrá inventar los hechos. Benet insiste en el tema del teatro en el teatro o de la imaginación de la realidad desde una realidad ficticia, que ya tratara en *Rosa o el primer teatre* y en *La desaparició de Wendy,* que será base también de *Deseo.* Él es Benet, escritor de teatro en 1980, es el enfermo tuberculoso comprometido con el trienio Constitucional en 1823, contrapunto de la realidad ochocentista del Islam en el que Él es Alí Bei. Y *El manuscrito de Alí Bei* parece formularnos la eterna y básica pregunta: "¿Quién es él?"

Dejemos de lado versiones, adaptaciones, traducciones y guiones en la prolífica obra de Josep Maria Benet i Jornet, dejemos aparte el paréntesis que supuso *Ai, carai* —último estreno anterior a *Deseo*—, de un costumbrismo moderno que trata superficialmente de las relaciones familiares entre tres generaciones y de la sexualidad, tema constante, asimismo, en la obra del autor, y básico en *Deseo.* La obra de Benet i Jornet es una obra de rupturas a través de la continuidad de unas líneas que se dibujan, perfilan y entrecruzan desde 1963 hasta hoy. Es acumulación, síntesis y evolución siempre a partir de sí mismo, de su obra anterior.

Deseo es una obra escrita con una perfecta construcción de matemática combinatoria que comprende a la vez el desarrollo temático y la estructura formal de la obra, que contiene una reciprocidad funcional de sus personajes. En la contraposición de la realidad y el deseo, las palabras son la mentira, el frío es la metáfora de la necesidad de amor, el teléfono es el arma, un arma de nuestra contemporaneidad, la sangre es el símbolo de fusión y elemento trágico. Y en una godotiana espera, hallamos la espera de la nada o la espera del recuerdo del deseo.

La obra se divide en cinco escenas. En la primera escena hallamos a Ella y al Marido en el plano de la realidad, hallamos al Hombre en el plano del deseo. En la segunda, Ella y el Hombre están en el plano de la irrealidad, la Mujer en el plano del pasado. En la tercera, en un solo plano que funde pasado y deseo, hallamos el núcleo de la obra entre los personajes de Ella, la Mujer y el Hombre; en otro plano del deseo, el del deseo masculino, muy vinculado a la realidad contemporánea, quizá transposición del autor, hallamos al Marido .

En la cuarta escena, volvemos al plano de la realidad, a Ella y al Marido que enlaza con Ella en el plano del pasado, de la infancia, de la espera, de la inutilidad de la espera. En la última escena se invierte la situación de la segunda. En el plano de la irrealidad, la infancia y el miedo están Ella y el Hombre, plano que enlaza con el del deseo, en torno al cual gira toda la obra, con los personajes de Ella y de la Mujer en una transmutación trágica.

Benet i Jornet utiliza un lenguaje costumbrista, realista, en los fragmentos de escena que transcurren en el plano de la realidad y en el de la irrealidad, soñada como si de realidad se tratase. Utiliza una prosa poética, onírica, para los fragmentos de escenas que corresponden al plano del pasado, de la espera, del deseo. Funde ambos en la tercera escena, núcleo y centro de la obra que nos conecta con el final, con ese deseo que ha quedado asociado a unos elementos accesorios y cotidianos cuyo recuerdo se manifiesta en ambas escenas: "el armario, el reloj, la colcha". Son el recuerdo del amor en la Mujer, en Ella, la otra cara de sí misma, fundidos ya los dos personajes femeninos.

Benet i Jornet une costumbrismo y tragedia y simboliza esta unión en la utilización de los elementos trágicos. El cuchillo que aparece como constante desde el comienzo —agresividad y deseo del marido, arma con la que ella se protege— no es un cuchillo ni un puñal, es una herramienta de bricolage casero. Los presagios, el "fatum", las Erinias están simbolizados en un aparato de absoluta habitualidad contemporánea: el teléfono. La acción en los planos de la realidad e irrealidad es la del hastío de la cotidianidad y la indiferencia. La acción del deseo, de la espera, de la infancia es interior.

Benet i Jornet nos ofrece una obra teatral de gran perfección en cuanto a forma, construcción, estructura, teatralidad, cuyo ritmo nos mantiene en vilo hasta un final en el que quizás esperamos más, pero que no puede ser otro y que tiene una resolución si no brillante, absolutamente efectiva. El tratamiento de un tema tan importante como el del deseo, podría ser otro; Benet i Jornet lo ve desde una óptica comparable a la de Kundera. La Mujer permanece anclada en un deseo, único amor al que sigue esperando como Ella espera al Hombre. El Marido tiene un deseo sexual agresivo que oculta y disimula con poca habilidad. Preferiríamos la libertad del deseo que expresan las *Memorias de una cantante alemana* de Schröeder, por citar sólo un ejemplo. Pero Benet i Jornet deja abierto el tema al poder de sugestión de la ambigüedad y lo hace con belleza y eficacia.

Con *Deseo*, la trayectoria de Benet i Jornet se amplía y se solidifica. Sigue siendo el autor que ganó el primer premio de teatro catalán contemporáneo, que ha conquistado tantos y tantos galardones, que hoy continúa siendo becado y estrenado en excelentes condiciones y con importantes éxitos, que ha evolucionado a partir de sí mismo adaptándose a las circunstáncias y a las corrientes estéticas y culturales de cada momento, un autor con una obra prolífica.

Y quizá nada mejor para concluir esta introducción que reproducir las palabras de Benet i Jornet en 1979:[5] "¿Acaso hay en el arte, pues, un elemento de importancia cualitativa que no se compense con el esfuerzo del trabajo? Este elemento debería ser lo que denominamos genio y que el aprendiz de artista posee o no posee. De todas formas, por si acaso, más vale trabajar (...) Es mejor trabajar. Quizá ni trabajando conseguiremos el objetivo que soñamos, pero por lo menos habremos conseguido un producto artesanal honesto, y asegurar este resultado merecería ya respeto en los tiempos que corremos. Por otra parte, ¿quién sabe? ¿No será lo mismo el genio que la capacidad de trabajo?" Tal vez *Deseo* sea una buena respuesta, hoy, a la pregunta que Benet i Jornet se planteaba y nos planteaba en 1979.

---

[1] *Una vella, coneguda olor* (1963). Col. "Catalunya teatral?", núm. 170. Ed. Millà. Barcelona, 1980.

Fantasia per a un auxiliar administratiu (1964). Col. "Reixa", núm. 78. Ed. Moll. Palma de Mallorca, 1970.

Cançons perdudes (Drudània) (1965-1966). Col. "Reixa", núm. 78. Ed. Moll. Palma de Mallorca, 1970.

Marc i Jofre o els alquimistes de la fortuna (1966-1968). Col. "El Galliner", núm. 6. Edicions 62. Barcelona, 1977 (primera edición, 1970).

La nau (1968-1969). Col. "El Galliner", núm. 40. Edicions 62. Barcelona, 1983 (primera edición, 1977).

L'ocell fènix a Catalunya o Alguns papers de l'auca (1970). Col. "El Galliner", núm. 22. Edicions 62. Barcelona, 1984 (primera edición, 1974).

Taller de fantasia/La nit de les joguines (1970). Col. "El Galliner", núm. 34. Edicions 62. Barcelona, 1976 (quinta edición, 1984).

Berenàveu a les fosques (1970-1971). Col. "El Galliner", núm. 13. Edicions 62. Barcelona, 1972 (cuarta edición, 1984).

Tedi de febrer (1971). Col. "El Galliner", núm. 22. Edicions 62. Barcelona, 1984 (primera edición, 1974).
La desaparició de Wendy (1973). Col. "El Galliner'", núm. 22. Edicions 62. Barcelona, 1984 (primera edición, 1974).
Supertot (1973). Col. "El Galliner", núm. 34. Edicions 62. Barcelona, 1976 (quinta edición, 1984).
Revolta de bruixes (1971-1975). Col. "Robrenyo", núm. 5. Ed. Robrenyo, 1977.
[2] *Cançons perdudes (Drudània)* (1965-1966). Col. "Reixa", núm. 78. Ed. Moll. Palma de Mallorca, 1970.
Marc i Jofre o els alquimistes de la fortuna (1966-1968). Col. "El Galliner", núm. 6. Edicions 62. Barcelona, 1977 (primera edición, 1970).
La nau (1968-1969). Col. "El Galliner", núm. 40. Edicions 62. Barcelona, 1983 (primera edición, 1977).
[3] Sirera, R.: "La revolta de les bruixes imprudents: Notes per a una primera lectura del teatre de Josep M. Benet". València, septiembre de 1980.
[4] *Helena a l'illa del baró Zodiac* (1975). Col. "Robrenyo, sèrie infaltil", núm. 2. Ed. Robrenyo, 1977.
El somni de Bagdad (1975). Col. "Teatro Edebé", núm. 14. Ediciones Don Bosco, 1977.
[5] Benet i Jornet, J. M.: "Notes al marge", en *Descripció d'un paisatge*. Edicions 62. Barcelona, 1979.

JOSEP M. BENET I JORNET

Nace en Barcelona el 20 de junio de 1940. Se dio a conocer en el mundo teatral a los veintitrés años al ganar la primera convocatoria del Premio Josep M. de Sagarra con la obra *Una vella, coneguda olor (Un viejo, conocido olor)*. Con casi treinta obras escritas en catalán y publicadas, sus estrenos profesionales no pasan de quince. Tiene en su carrera varios premios, y es colaborador habitual de televisión desde 1975. Su producción dramática mezcla la historia y la fantasía dentro de una reflexión con frecuencia colectiva. Entre 1974 y 1981 ejerció como profesor de Literatura dramática en el Institut del Teatre de Barcelona.

TEATRO

Una vella, coneguda olor (Un viejo, conocido olor). Escrita en 1963. Editada en Occitania, 1964, y en Cataluña Teatral, Ed. Millà, 1980. Estrenada en el Teatro Romea de Barcelona, 1964, por la Companyia Titular Catalana.

Fantasía per a un auxiliar administraiu (Fantasía para un auxiliar administrativo). Escrita en 1964. Editada en Raixà, Ed. Moll, 1970, y en Catalunya Teatral nº 245, Ed. Millà, 1990.

Cançons perdudes (Canciones perdidas) Escrita entre 1965 y 1966. Editada en Raixà, Ed. Moll, 1970.

Marc i Jofre o els alquimistes de la fortuna (Marc o Jofre o los alquimistas de la fortuna) Escrita entre 1966 y 1968. Editada en El Galliner, Ed. 62, 1970 y 1985.

La nau (La nave). Escrita entre 1968 y 1969. Editada en El Galliner, Ed. 62, 1977 y 1983; en castellano fue editada por Primer Acto, 1973. Estrenada en el Teatro Romea de Barcelona, 1970, por el Grup de Teatre Independent.

L'ocell fénix a Catalunya o alguns papaers de l'auca (El ave fénix en Cataluña o algunos personajes de aleluyas). Escrita en 1970. Editada en la revista El Pont, 1970, y recogida en el volumen El Galliner nº 22, Ed. 62, 1974 y 1982. Estrenada en el Patronat Cultural Recreatiu de Cornellà de Llobregat, 1971, por el grupo El Corn.

Taller de fantasía/La nit de les joguines (Taller de fantasía/La noche de los juguetes). Escrita en 1970. Editada en El Galliner nº 34, Ed. 62, 1976 y 1990;

en castellano fue editada en la revista Yorick, 1971. Estrenada en el Teatro Romea, 1971, por la Escola d'Art Dramàtic Adrià Gual.

Berevaneu a les fosques (Merendabais a oscuras). Escrita entre 1970 y 1971. Editada en El Galliner nº 13, Ed. 62, 1972 y 1988. Estrenada en el Teatre Capsa de Barcelona, en 1973. Traducida al castellano y emitida por Televisión Española en 1981.

Tedi de febrer (Tedio de febrero). Escrita en 1973. Editada en la revista El Pont nº 56, 1972. Recogida en el volumen El Galliner nº 22, Ed. 62, 1974 y 1982. Estrenada por la Agrupació Maragall en San Cugat del Vallés (Barcelona) en 1977.

La desaparició de Wendy (La desaparición de Wendy). Escrita en 1973. Editada en El Galliner nº 22, Ed. 62, 1974 y 1982. Estrenada en Barcelona, en 1985, en el Teatro Villarroel, y en Madrid, traducida al castellano, en el Teatro Bellas Artes, también en 1985.

Supertot. Escrita en 1973. Editada en El Galliner nº 34, Ed. 62, 1976 y 1990; en castellano fue editada en Teatro Edebé nº 13, Ed. Don Bosco, 1975 y 1985. Estrenada en el Teatro Romea de Barcelona, 1974, por el grupo U de Cuc.

A la clínica: apunt sobre la bellesa del temps-1 (En la clínica: apunte sobre la belleza del tiempo-1). Escrita en 1974. Editada en la revista Els Marges nº 8, 1976, y en El Galliner nº 48, Ed. 62, 1979.

Revolta de bruixes (Motín de brujas). Escrita entre 1971 y 1975. Editada en Robrenyo de Teatre, 1977 y 1981, Ediciones 62/Ediciones Orbis, S. A., 1984; en castellano fue editada en Arte Escénico nº 33, Ed. Preyson. Estrenada en el Teatro María Guerrero de Madrid, 1980. Estrenada en el Teatro Romea de Barcelona, en 1981.

Helena a l'illa del baró Zodiac (Helena en la isla del barón Zodiac). Escrita en 1975. Editada en Edicions Robrenyo de Teatre, 1977. Estrenada en el Casino de l'Aliança del Poble Nou de Barcelona, 1975, por la Companyia de Pepa Palau. En traducción castellana, emitida por Televisión Española en 1976.

El somni de Bagdad (El sueño de Bagdad). Escrita en 1975. Editada en Teatre Edebé, Ed. Don Bosco, 1977, en catalán y castellano (nº 2 y 14). Estrenada en el Teatro Romea de Barcelona, 1976, por el grupo U de Cuc. En traducción castellana, emitida por Televisión Española en 1977.

Dins la catedral; Josafat (Dentro de la catedral; Josafat). Escrita en 1976. Editada en El Galliner nº 86, Ed. 62, 1985.

Rosa o el primer teatre (Rosa o el primer teatro). Escrita en 1976. Editada en El Galliner nº 86, Ed. 62, 1985. Estrenada en el Orfeó de Sants de Barcelona, 1977, dentro del espectáculo "Crac o la caiguda del teatre vertical".

La fageda; apunt sobre la bellesa del temps-2 (El bosquecillo de hayas; apunte sobre la belleza del tiempo-2). Escrita en 1977. Editada en El Galliner, nº 48, Ed. 62, 1979. Estrenada en la Sala Beckett de Barcelona, 1990.

Descripció d'un paisatge (Descripción de un paisaje). Escrita entre 1977 y 1978. Editada en El Galliner nº 48, Ed. 62, 1979. En castellano fue editada por Primer Acto nº 183, 1980. Estrenada en el Teatre Romea de Barcelona, 1979, por el Teatre Estable de Barcelona.

Quan la radio parlava de Franco (Cuando la radio hablaba de Franco). Escrita, con aportaciones de Terenci Moix, entre 1976 y 1979. Editada en El Galliner nº 55, Ed. 62, 1980 y 1990. Estrenada en el Teatro Romea de Barcelona, 1979, por Producciones A. G.. y Cooperativa Teatral.

Elisabet i Maria (Elisabet y María). Escrita en 1979. Editada en El Galliner nº 68, Ed. 62, 1982.

Baralla entre olors (Pelea entre olores.) Escrita en 1979. Editada en Catalunya Teatral nº 173, Ed. Millà, 1981.

El tresor del Pirata Negre (El tesoro del Pirata Negro). Escrita en 1983. Editada en Ed. Onda, 1985, en catalán y castellano (formando parte del libro "Al peu de la lletra" y "Al pie de la letra").

El manuscrit d'Ali Bei (El manuscrito de Ali Bei). Escrita entre 1979 y 1984. Editada en El Galliner nº 90, Ed. 62, 1985 y 1988, una tercera edición fue publicada por el Teatre Lliure, 1988. En castellano fue editada por Ed. Preyson, 1985. Estrenada en el Teatre Lliure de Barcelona, 1988.

Història del virtuós cavaller Tirant lo Blanc (Historia del virtuoso caballero Tirante el Blanco). Escrita en 1987. Editada en El Galliner nº 110, Ed. 62, 1989 y 1991. En castellano fue editada en Ediciones Antonio Machado, S. A. 1990. Estrenada en el Teatre Romea de Barcelona, 1988.

Ai, carai! (¡Vaya, vaya!). Escrita entre 1985 y 1988. Editada por el Teatre Lliure, 1979. Estrenada en el Teatre Lliure de Barcelona, 1989. Editada en El Galliner nº 120. Ed. 62, 1990.

Desig (Deseo). Escrita en 1989. Editada por la revista Escena nº 2, 1989, por Teatre 3 i 4 nº 24. Eliseu Climent Editor, 1991, y en castellano, por la revista El Público, 1990. Estrenada en el Teatre Romea de Barcelona, 1991.

Dos camerinos; apunt sobre la bellesa del temps-3 (Dos camerinos; apunte sobre la belleza del tiempo-3). Escrita en 1989. Editada en la revista Pausa nº 3, 1990.

La nena que ho na donar tot (La niña que lo dio todo). Escrita entre 1990 y 1991. Título provisional. Inédita.

JOSEP M. BENET I JORNET

Deseo

Traducción de
JOSÉ SANCHÍS SINISTERRA

*A Domènec Reixach y Sergi Belbel,
sin los cuales no hubiera sido posible
la realización de esta obra.*

PERSONAJES

El marido
Ella
El hombre
La mujer

I

La luz sube. Elementos identificadores de una vivienda unifamiliar, no muy grande, situada lejos de la ciudad. Hay una mesa y puede haber una ventana por donde entra la luz de este día sin sol. Ella tiene abierta una bolsa de donde saca objetos heterogéneos, mezcla de bártulos necesarios para el buen funcionamiento de la vivienda. Entra El Marido; lleva una caja de herramientas y un artilugio de madera a medio construir.

EL MARIDO. Ah.

ELLA. ¿Qué?

EL MARIDO. Necesitarás la mesa.

ELLA. La estoy necesitando.

EL MARIDO. ¡Puñetas, qué frío! *(Se sienta en el suelo, abre la caja. Saca martillo, alicates, clavos, un formón...)*

ELLA. ¿Qué quieres hacer aquí, ahora?

EL MARIDO. Necesitas la mesa.

ELLA. Ensuciarás el suelo, y luego tú no pasas la escoba. Ve a divertirte fuera.

EL MARIDO. Divertirme...

ELLA. Pues si no te diviertes, déjalo.

EL MARIDO. Quiero acabar hoy.

ELLA. No tendríamos que haber venido.

El Marido ha empezado a trabajar, rebajando la madera con el formón, acoplando piezas, practicando agujeros, clavando clavos...

EL MARIDO. Las niñas han acertado el día.

ELLA. Todos hemos acertado el día.

EL MARIDO. Trepando por las montañas pueden pescar un resfriado. Aquí tenemos buena calefacción.

ELLA. Cuando se haya calentado la casa, ya tendremos que irnos.

EL MARIDO. Se habrá calentado en una hora, y nosotros nos vamos mañana por la noche.

ELLA. Mañana por la tarde.

Suena el timbre del teléfono.

EL MARIDO. Ya lo decidiremos. *(Descuelga el aparato, porque ella no se ha movido.)* Diga. Sí, un momento. *(A ella.)* Para ti.

Ella deja lo que está haciendo y va a coger el auricular de manos del marido.

ELLA. Diga. Diga. *(Irritada.)* ¡Diga! *(A su marido.)* ¿Han preguntado por mí?

EL MARIDO. Sí.

ELLA. Nadie dice nada. ¡Diga! *(Espera un momento y cuelga.)*

EL MARIDO. Problema de líneas.

ELLA. ¿Quién era?

EL MARIDO. No lo sé, una mujer.

ELLA. ¿Qué mujer?

EL MARIDO. No he reconocido la voz, ya volverá a llamar.

El aparato telefónico hace un clic.

ELLA. Ahora ha colgado.

EL MARIDO. Volverá a llamar.

ELLA. Y encima, es como si viviéramos aislados del mundo.

EL MARIDO. *(Tranquilo.)* Te gustó. Te gustó el sitio y te gustó la casa. La calefacción instalada y el teléfono instalado.

ELLA. Diga, diga, pero nadie contesta.

EL MARIDO. Es una buena casa. Por lo menos, los sábados y domingos no tener que aguantar los ruidos de la ciudad.

ELLA. La próxima vez hemos de traer más mantas.

EL MARIDO. Y en verano, ya verás.

ELLA. Por lo menos, pon un periódico en el suelo y tus inventos encima. Rayarás el piso.

EL MARIDO. Dame.

Ella le alcanza alguno de los papeles arrugados de donde ha desempaquetado objetos.

ELLA. Toma. *(El Marido alisará el papel, lo dejará en el suelo y colocará encima todos sus trastos.)* Tengo que ir al híper.

EL MARIDO. Tráeme tabaco.

ELLA. Si me acuerdo. Arroz, aceite, sal, vinagre, pinzas de tender, un abrelatas... Me lo he de apuntar.

EL MARIDO. Apunta el tabaco.

ELLA. No vuelve a llamar. Pues tendrás que avisar a la telefónica.

EL MARIDO. ¿Qué?

ELLA. Quien ha llamado no vuelve a llamar.

EL MARIDO. ¿Esperas alguna llamada?

ELLA. La semana pasada lo mismo, igual.

EL MARIDO. En la ciudad, las líneas tampoco van finas.

ELLA. Me voy al híper.

EL MARIDO. Quizás llamarán mientras estás fuera.

ELLA. Media hora de coche. Si hubiera alguna tienda por aquí cerca...

EL MARIDO. Ya la habrá. Y el self-service siempre nos puede sacar de un apuro.

ELLA. Tendríamos que haber comprado una casa de pueblo, que no están aisladas.

EL MARIDO. No estamos aislados; hay poca gente, pero no estamos aislados.

ELLA. Al híper, y figura que he venido a descansar. Media hora de ida y media hora de vuelta.

EL MARIDO. Ya iré yo después.

ELLA. Voy yo ahora.

EL MARIDO. ¿Qué te pasa? *(Se pone en pie. Se acerca.)* Si te pasa algo, di lo que es.

ELLA. No me pasa nada.

EL MARIDO. La casa está bien. Lo que pasa es que tienes que hacerla tuya.

ELLA. *(Con risita burlona.)* ¡Menuda frase! Tus ronquidos no me van a dejar dormir esta noche.

EL MARIDO. Vaya, el problema son mis ronquidos.

ELLA. El problema es que no hay ningún problema. El problema, tú mismo lo has dicho, el problemas es que no sé qué hacen las niñas de excursión, con este tiempo.

EL MARIDO. Creía que el preocupado por las niñas era yo.

ELLA. Y que esto es demasiado solitario. *(Pausa.)* El teléfono no parecía averiado.

EL MARIDO. ¿Cuándo?

ELLA. Ahora, te hablo de ahora. Han preguntado por mí, ¿no? Y me pongo, y nada. No parecía averiado.

EL MARIDO. Alguna dificultad habría, no te han podido hablar.

ELLA. A lo mejor no me querían hablar.

EL MARIDO. Ha preguntado por ti.

ELLA. Ya.

EL MARIDO. ¿Entonces?

ELLA. En la carretera esta, hasta que no llegas a la general, como somos cuatro gatos en la urbanización, no te encuentras a nadie.

EL MARIDO. Algún día lo añorarás.

ELLA. Lo digo yo y ahora pretenderás que son fantasías.

EL MARIDO. ¿De qué diré qué?

ELLA. Pero es verdad, no estoy loca.

EL MARIDO. Tú qué vas a estar loca.

ELLA. ¿Qué quieres decir, que el que está loco eres tú y que es por culpa mía?

EL MARIDO. Enrédalo, enrédalo.

ELLA. Pobrecito. ¿Quieres una cerveza? Me tomaré una cerveza antes de irme. *(Coge una de algún sitio. Ha distribuido ya todos los objetos que había en la bolsa, y sobre la mesa sólo quedan los papeles en que estaban envueltos y que, entre trago y trago de cerveza —bebe de la botella— irá doblando.)*

EL MARIDO. No quiero cerveza.

ELLA. Dos o tres cervezas al día no sientan mal.

EL MARIDO. Y puede que recobres el buen humor. Eso si no empiezas a recordar que el beber te está haciendo perder la línea.

ELLA. Pues no son fantasías, tengo la sensación de que... No te dije nada porque ya me figuraba la respuesta. La misma que darás cuando te lo cuente.

EL MARIDO. ¿Qué me vas a contar?

ELLA. ¿Cuántas veces he ido al híper desde aquí, yo sola?

EL MARIDO. No las he contado.

ELLA. Tres veces. En dos meses que estamos instalándonos, tres veces.

EL MARIDO. Y yo sólo una, lo siento.

ELLA. Calla. La primera vez, nada.

EL MARIDO. La primera vez que fuiste al híper.

ELLA. Sí, nada. Quiero decir, normal. Por la carretera no pasaba nadie; normal. Fui, tomé la general hasta el híper, cargué, media vuelta, y nada. Por la carretera, ni un alma. Por cierto, sí, me paré en el self-service, se me ocurrió parar para curiosearlo. Y para tomar una cerveza, desde luego. No sé qué problema puede resolvernos el self-service. Es un sitio espantoso. No nos sacará de ningún apuro.

EL MARIDO. Más vale tenerlo ahí que no tenerlo.

ELLA. Total, aquel día, nada. Pero fue la segunda vez. Se me ha ocurrido con la llamada. La segunda vez, en la carretera, me encontré un coche parado. Y fuera, plantado allí en medio, un hombre me hacía señas de que parase.

EL MARIDO. ¿Una avería?

ELLA. Supongo. No me paré.

EL MARIDO. Ya.

ELLA. Me dio pereza.

EL MARIDO. Claro.

ELLA. Me dio no sé qué. Todo eso está tan solitario que no fui capaz de pararme.

EL MARIDO. El hombre debió quedarse maldiciéndote. ¿Tenía mala pinta?

ELLA. Más bien parecía un infeliz.

EL MARIDO. ¿Has terminado de doblar los papeles?

ELLA. Ahora acabo.

EL MARIDO. Ocuparé la mesa. Si haces la lista, acuérdate del tabaco.

ELLA. ¿Me escuchas, o qué?

EL MARIDO. ¿No te he escuchado?

ELLA. Aún no he terminado. Falta la tercera vez, que fue la segunda.

EL MARIDO. Es que no sé qué me cuentas.

ELLA. Porque no me dejas acabar. No te interesa lo que digo.

EL MARIDO. A ver si tenemos suerte y mañana cambia el tiempo.

ELLA. ¿Qué?

EL MARIDO. ¿Me lo cuentas, sí o no?

ELLA. Hace quince días, la tercera vez que fui al híper. Si no te interesa, lo dices y acabamos. *(Silencio.)* Nada, que me encontré con el mismo coche y con el mismo hombre. *(El Marido la mira.)* El mismo coche y el mismo hombre de la vez anterior.

EL MARIDO. Debe tener una casa por aquí, como nosotros.

ELLA. ¿Qué te crees, que me crucé con el mismo coche conducido por el mismo hombre?

EL MARIDO. ¿No lo estás diciendo?

ELLA. El coche estaba parado y el hombre me hacía señas.

EL MARIDO. Ah.

ELLA. *(Remedándole.)* Oh. Igual que la vez anterior.

EL MARIDO. Igual, no creo.

ELLA. Exactamente igual.

EL MARIDO. ¿Quieres decir que entre la primera vez y la segunda nadie le había hecho caso y aún estaba allí, esperando? Con más barba, supongo.

ELLA. Había decidido no contártelo, soy imbécil por habértelo contado. Tú y tus gracias.

EL MARIDO. ¿Y cómo reaccionaste?

ELLA. Dejémoslo estar.

EL MARIDO. ¿No es un poco extraño encontrarte el mismo vehículo y la misma persona en el mismo lugar y en la misma situación?

ELLA. Todo lo extraño que quieras, y no me gustó nada y, además, no son fantasías.

EL MARIDO. ¿Seguro que era el mismo hombre?

ELLA. El mismo aspecto de infeliz. No iba mal vestido.

EL MARIDO. ¿Y qué hiciste?

ELLA. Pasar de largo. Con una sensación..., no sé cómo decirlo.

EL MARIDO. No me lo contaste.

ELLA. Te repito que ahora tampoco tendría que habértelo contado.

EL MARIDO. O te confundiste o alguna lógica tendrá.

ELLA. Eso ya lo supongo. Porque confundirme, no me confundí.

EL MARIDO. Quizás debiste haber parado.

ELLA. Quizás sí; me dio un no sé qué. La sensación de no entender bien dónde estás.

EL MARIDO. De todos modos, no es para tanto.

ELLA. Es para lo que es.

EL MARIDO. Hace muchos siglos que inventaron la palabra casualidad. *(Intenta iniciar una caricia. Ella le rechaza.)*

ELLA. Déjame.

EL MARIDO. Iré yo al híper.

ELLA. Iré yo.

EL MARIDO. ¿Y por qué?

ELLA. Tengo que acostumbrarme.

EL MARIDO. No le demos más vueltas. Ya lo sé. Por ejemplo, supongamos que...

ELLA. ¿Qué?

EL MARIDO. *(Sin ninguna convicción.)* El hombre y el coche. Suponte que los campesinos estén furiosos por la urbanización y la carretera; suponte que se dedican a tirar chinchetas allí. A ese pobre desgraciado le han reventado una rueda dos veces. Naturalmente en el mismo sitio porque es el sitio en donde tiran las chinchetas.

ELLA. ¿A ti te han reventado alguna rueda?

EL MARIDO. A mí no.

ELLA. ¿Y no pasas por el mismo sitio? No digas tonterías. ¿Me tomas por idiota?

EL MARIDO. No te enfades. No soy yo quien toma a nadie por idiota.

ELLA. *(Ha empezado a escribir en un trozo de papel.)* Me pones nerviosa.

EL MARIDO. Siempre.

ELLA. ¿Lo ves? *(El ríe discretamente, sin malicia. Ella se relaja.)* Eso es, ríete.

EL MARIDO. ¿Y qué quieres que haga?

El Marido traslada sus trastos a la mesa, que ella ha despejado ya.

ELLA. *(Por lo que está escribiendo.)* Seguro que me dejo algo y que me acordaré a la vuelta. *(Pausa. Ella queda como ausente. Coge una de las herramientas puntiagudas que hay en la mesa, el formón, y lo manipula sin mirarlo.)* No sé qué me pasa.

EL MARIDO. *(Distraído.)* ¿Qué te pasa?

ELLA. No lo sé. *(Pausa.)* Me aburro. *(Pausa.)* Y tú me pones nerviosa, pero ya debería haberme acostumbrado.

EL MARIDO. Pues tu trabajo te gusta.

ELLA. Antes me gustaba. No es que no me guste. No es eso.

EL MARIDO. Ya.

ELLA. Manías.

EL MARIDO. Yo no digo eso.

ELLA. Lo piensas.

EL MARIDO. ¿Ya empezamos?

ELLA. Me voy, no sé qué hago aquí sin moverme.

EL MARIDO. No es tan terrible llegar a los cuarenta.

ELLA. *(Que ya se movía, parándose.)* ¿Qué dices?

EL MARIDO. Nada.

ELLA. No tengo problemas con mis cuarenta años.

EL MARIDO. Yo sí que tuve.

ELLA. No se notó.

EL MARIDO. Mejor.

ELLA. Claro, que nunca se te nota nada.

EL MARIDO. Déjalo estar.

ELLA. No tengo ningún problema con mis cuarenta años. ¿Qué problema iba a tener? Todo es igual ahora que hace diez años.

EL MARIDO. Igual de malo.

ELLA. Igual sin adjetivos. Nada me apetece. Es otra cosa. No son los años.

EL MARIDO. Ve al médico.

ELLA. Si me escucharas... Me encuentro bien.

EL MARIDO. Eso no quiere decir nada.

ELLA. Ya lo sé. Da pereza, el médico. Me recetará vitaminas.

EL MARIDO. ¿Y por qué no?

ELLA. Tampoco es que esté deprimida, exactamente. Seguro que no es depresión. Y los cuarenta, tampoco.

EL MARIDO. Pues será el día.

ELLA. No sé por qué te lo digo. No es cosa de hoy. Hace meses que estoy igual. Tú eres feliz, ¿no?

EL MARIDO. ¿Yo?

ELLA. Sí que lo eres. Alguna complicación en el trabajo, pero, aparte de eso, feliz.

EL MARIDO. ¿De dónde lo sacas?

ELLA. Un día me gustaría oírte gritándome.

EL MARIDO. ¡Anda ya!

Ella se pone ropa de abrigo muy deportiva.

ELLA. Lo preferiría.

EL MARIDO. No me busques las cosquillas.

ELLA. De veras.

EL MARIDO. ¿Has apuntado el tabaco?

ELLA. Un grito, no sé, para variar.

EL MARIDO. En esta familia, con una que grite ya hay bastante.

Ella coge la misma bolsa que ha vaciado. En la otra mano lleva el formón.

ELLA. Una buena pelea que me dejase descansada, y no ahora, que es como pelearse con el humo. No cojo las llaves, adiós.

EL MARIDO. ¡Eh, el formón!

ELLA. ¿Qué?

EL MARIDO. Lo necesito.

ELLA. *(Mirando la herramienta que lleva en la mano.)* No me daba cuenta.

EL MARIDO. Estoy usándolo.

Ella lo deja en la mesa e inicia la salida. Discreta ojeada al exterior que le aguarda.

ELLA. El día sigue feo y sin cara de cambiar, ni para bien ni para mal. Son los peores días.

EL MARIDO. Aquí adentro se empieza a estar caliente. ¿Seguro que prefieres ir tú al híper?

ELLA. Sí, a ver si me despejo. He apuntado el tabaco.

EL MARIDO. ¿Estás más tranquila?

ELLA. Toda la tranquilidad del mundo. No pasa ni pasará nada esta tarde.

Ella se va. Oscuro.

De la oscuridad destaca, tan sólo, la cara de un Hombre.

EL HOMBRE. Esta tarde, otra vez una tarde maravillosa.
Y el frío húmedo en los huesos.
Frío, es magnífico saber que hace frío. Saber.
Sin bufanda.
El cielo espeso, sólido, como a punto de caer.
No son aquellas nubes de formas imponentes... Me acuerdo, las llamábamos nubes wagnerianas.
Aquellas nubes que avanzaban hacia nosotros, aquella noche, entonces, ¿treinta años?, hace casi treinta años.
Un recuerdo tuyo.
El cielo de esta tarde, tan diferente. Igual de maravilloso, también. O más.
Verlo así, ese es tu don.
Bufanda, o mejor camiseta.
Siempre sin camiseta.
No llevar camiseta no quiere ya decir ser joven, pero no la llevas y el frío se mete mejor hasta los huesos.
El avance de aquellas nubes... Qué candidez.
La carretera mojada, algunos matorrales, la llovizna que tan pronto cesa como se reanuda, el cielo cerrado: la belleza.
La belleza sin excusas que aún se puede ver, oír, oler... Que no ha de durar.
El Paraíso no durará.
Librado a las tinieblas exteriores,
allí donde no hay nada.
Ni siquiera dolor o añoranza.
Todavía no. De momento, no. Estar aquí.
Aquí, esperando.
Ahora, tu trabajo.
Aprovecharlo todo.
La manía de no desperdiciar las sobras.
Aprovechar el viento helado
que se mete por el cuello.
Aprovecharte de unos pies entumecidos,
de unas manos ateridas.
Aprovechar que aún hay un trabajo por acabar: ayudarla.
Que lo consiga.

Quizás más tarde explicarle tu don,
pero no habrá tiempo.
El asfalto mojado brillando sólo para ti.
Desde el día, hacía muy poco que habías recibido el don, desde el día en que volvió a encontrar aquella cara.
Desde aquel día no hay nada más.
Qué le importa.
Alguna vez, presa de fiebre,
se avergüenza de pronto.
Le coges la mano, la animas, la impulsas.
¿Por qué no? Así hay un trabajo que hacer.
En el transcurso de esta tarde maravillosa,
de estos últimos días espléndidos.
Ante el don, un trabajo, este consuelo.
Un consuelo inestable, que, sin embargo, te permite estar aquí, casi feliz en esta tarde avara.
El don que hace entender esta tarde avara.
Entender por fin el color plomizo del cielo, el temblor de los matorrales, la dureza del asfalto...
Entender, sobre todo, este frío húmedo que se mete en los huesos, que estremece tu cuerpo enfermo.
La enfermedad.
La condena que aguza los sentidos, que permite entender, que permite estar aquí, paciente y expectante.
Que aún no impide escuchar aquellos sonidos que más se esperan.
Que aún..., diría que..., que aún me permite escuchar el sonido de un coche al acercarse, primero a lo lejos, apenas un ligero ruido, y después, en seguida, un motor cada vez más potente, disolviendo el pánico, al menos por un rato, que me impulsa al trabajo, a resolver la espera, a intentarlo de nuevo.
Quizás pasará esta tarde, a lo largo de esta tarde maravillosa.
Quizás.
Le estoy haciendo señas.
Y sí, el coche se detiene.

II

Sube la luz, gris, mientras oímos acercarse un coche. Carretera. Automóvil de buena marca aparcado a un lado. Junto a él, en medio de la carretera, El Hombre hace señas con los brazos. Llega, parando, el coche que oíamos, un utilitario. Ella está al volante. Aún no apaga el motor. Se queda mirando al hombre. Éste sonríe, afable, y no se mueve. Ella continúa mirándole, rígida. El Hombre avanza unos pasos hacia ella, y Ella, instintivamente, comprueba que la puerta de su vehículo tiene puesto el seguro y que no puede abrirse desde fuera.

EL HOMBRE. Gracias por detenerse. Perdone.

ELLA. ¿Qué quiere?

EL HOMBRE. No sé qué le pasa a mi coche.

ELLA. *(Apaga el motor.)* ¿Qué quiere?

EL HOMBRE. No molestaré apenas. Si me puede dejar donde haya un teléfono.

ELLA. ¿Por qué lo hace?

EL HOMBRE. ¿Cómo?

ELLA. Es la tercera vez.

EL HOMBRE. El coche tiene una avería. No entiendo casi de mecánica.

ELLA. ¡Dígamelo!

EL HOMBRE. No la entiendo, tranquilícese.

ELLA. Estoy más tranquila de lo que usted quisiera.

EL HOMBRE. Mi coche se ha estropeado. Necesito telefonear al mecánico y que venga a buscarlo. Si me puede llevar, gracias; si no, qué le vamos a hacer.

Se vuelve de espaldas a ella, alejándose. Ella, entonces, abre la puerta de su vehículo y se asoma al exterior.

ELLA. ¡Espere! *(Él se para.)* ¿Cree que será tan fácil?

EL HOMBRE. *(Vuelve a mirarla.)* ¿Por qué se enfada?

ELLA. ¿No lo sabe?

EL HOMBRE. Si no me quiere llevar, nadie le obliga.

Ella sale del coche, súbitamente resuelta. No lleva puesta la ropa de abrigo con la que salió de la casa. Cuando se expone a la intemperie, el frío la atrapa, pero no parece advertirlo.

ELLA. No le será tan fácil. He parado y no me iré sin saber qué pasa.

EL HOMBRE. No la entiendo.

ELLA. Claro que sí.

EL HOMBRE. Vuelva a su coche, cogerá frío.

ELLA. No me da ningún miedo. Si lo que pretendía era asustarme, le comunico que no tengo miedo. Pero quiero saber por qué lo hace.

EL HOMBRE. Yo no asusto a nadie.

ELLA. ¿Por qué lo hace?

EL HOMBRE. Váyase. Va desabrigada y seguro que a usted el frío no le gusta.

ELLA. ¿Quién es?

EL HOMBRE. Dejémoslo estar. Mire, no estoy de humor para pelearme.

ELLA. Entonces, ¿por qué me persigue?

EL HOMBRE. ¿Yo?

ELLA. Es la tercera vez que me lo encuentro.

EL HOMBRE. ¿La tercera vez?

ELLA. Sí.

EL HOMBRE. ¿Cuándo? No me acuerdo. Perdone, pero no la recuerdo.

ELLA. Ya van tres veces.

EL HOMBRE. ¿Usted y yo nos conocíamos?

ELLA. No puede ser casualidad.

EL HOMBRE. ¿Nos conocíamos?

ELLA. ¿Nos conocíamos?

EL HOMBRE. No la recuerdo. Lo siento. Tengo mala memoria para las caras, no se lo tome a mal.

ELLA. Claro que no nos conocíamos.

EL HOMBRE. ¿No?

ELLA. Pero algún motivo ha de haber.

EL HOMBRE. Entonces está de acuerdo en que no nos conocíamos de nada.

ELLA. ¿Se ha acobardado, al ver que paraba el coche? ¿No le gusta que haya bajado del coche?

EL HOMBRE. ¿Se encuentra bien?

ELLA. ¿Creía que podía asustarme todas las veces que quisiera, y que no me atrevería a plantarle cara?

EL HOMBRE. ¿Por qué ha de plantarme cara?

ELLA. Le estoy plantando cara.

EL HOMBRE. Me está plantando cara. Y, con el frío que hace, pescará una pulmonía.

ELLA. Muy gracioso. ¿Le gusta la broma?

EL HOMBRE. ¿La broma?

ELLA. ¿Es un bromista?

EL HOMBRE. ¿Yo? No sé. Como todo el mundo.

ELLA. ¿Era una broma, entonces?

EL HOMBRE. ¿El qué?

ELLA. Por lo menos diga que era una broma.

EL HOMBRE. Oiga, ¿por qué no se va?

ELLA. Una broma pesada. Y ahora que le planto cara, se arrepiente.

EL HOMBRE. ¿De qué?

ELLA. Pero, ¿por qué a mí? ¿Por qué me escogió?

EL HOMBRE. Algún sentido ha de tener todo eso que me dice.

ELLA. Me escogió al azar.

EL HOMBRE. Pero seguro que me confunde.

ELLA. No, al azar, no.

EL HOMBRE. Seguro que me confunde.

ELLA. Es demasiado extraño para ser una broma. No es ninguna broma. ¿Qué es?

EL HOMBRE. Le estoy diciendo que se confunde. A veces pasa.

ELLA. No le confundo. Ni a usted ni su coche.

EL HOMBRE. ¿No se ha parado para ayudarme? ¿Se ha parado porque me ha confundido con alguien?

ELLA. No me moveré hasta que me lo haya explicado.

EL HOMBRE. Abríguese.

ELLA. ¡No quiero abrigarme, déjeme estar, basta!

EL HOMBRE. No sé qué decir. Cualquier cosa que digo, le irrita.

ELLA. No dice la verdad.

EL HOMBRE. Esta es una carretera desierta. Una pequeña carretera desierta; no pasa ni un alma.

ELLA. Exacto, no pasa ni un alma. Por eso, encontrármelo tres veces no puede ser casualidad.

EL HOMBRE. Es la primera vez que nos encontramos, si no me equivoco.

ELLA. Y todavía menos, encontrármelo en las mismas circunstancias.

EL HOMBRE. ¿Aquí? ¿En esta carretera?

ELLA. Naturalmente.

EL HOMBRE. Imposible.

ELLA. Y en las mismas circunstancias.

EL HOMBRE. Aquí, completamente imposible. Se trata de un error, ya me lo figuraba.

ELLA. Las tres veces, vestido igual.

EL HOMBRE. Un equívoco, puede estar segura.

ELLA. Usted y su coche.

EL HOMBRE. Soy un hombre vulgar, se me confunde fácilmente.

ELLA. Las otras veces también me hacía señas.

EL HOMBRE. ¿Qué?

ELLA. Señas para que parase, como ahora.

EL HOMBRE. ¿Señas para que parase?

ELLA. Sí.

EL HOMBRE. ¿De verdad?

ELLA. Usted es un cínico.

EL HOMBRE. Cálmese, espere.

ELLA. Me obliga a repetir lo que ya sabe y finge sorprenderse.

EL HOMBRE. Un hombre como yo, tres veces contando la de hoy... ¿Contando la de hoy?

ELLA. No un hombre como usted, era usted.

EL HOMBRE. Las tres veces, en esta carretera, ¿alguien como yo le ha hecho señas para que parase?

ELLA. En esta carretera y en este punto exacto de la carretera.

EL HOMBRE. ¿De veras?

ELLA. Quizás debería haberme parado la primera vez. Quizás todo viene de ahí. ¿Viene de ahí?

EL HOMBRE. No tiene sentido.

ELLA. Hice mal, seguramente, dejando abandonada en una carretera desierta a una persona que pedía ayuda.

EL HOMBRE. Como una pesadilla, supongo.

ELLA. Me entró miedo. Hoy debería tener mucho más, pero la indignación... La indignación... Y, sobre todo...

EL HOMBRE. Diga.

ELLA. Si llego a pasar de largo, después no lo hubiera soportado.

EL HOMBRE. Una confusión irritante.

ELLA. Tenía que resolverlo.

EL HOMBRE. La entiendo.

ELLA. Pensar que otro día podía volver a encontrármelo... Era peor que pararme y exigirle una explicación.

EL HOMBRE. Lo malo será que no puedo ofrecerle ninguna explicación. Al menos una explicación de la clase que usted espera.

ELLA. No me iré sin que me dé una explicación.

EL HOMBRE. Comprendo su estado. Es una irritación muy lógica. Me sabe muy mal. Sólo que..., no voy a poder ayudarla.

ELLA. Ah, sí.

EL HOMBRE. No voy a poder ayudarla como usted se espera. Intentaré convencerla de que se trata de un equívoco.

ELLA. No me engañará.

EL HOMBRE. Es lo único que puedo hacer. Usted vive cerca.

ELLA. Tengo una casa no lejos de aquí. Venimos los fines de semana.

EL HOMBRE. Y pasa a menudo por esta carretera.

ELLA. No tengo más remedio que pasar. Usted debería saberlo.

EL HOMBRE. Yo, en cambio, vivo lejos. Cientos de kilómetros entre su casa... y mi domicilio.

ELLA: ¿Y qué?

EL HOMBRE. Hoy es la primera vez que circulo por aquí.

ELLA. No.

EL HOMBRE. La primera vez, se lo aseguro.

ELLA. Yo le vi.

EL HOMBRE. Una confusión, no hay vuelta de hoja.

ELLA. Una mentira. Está mintiendo.

EL HOMBRE. Para ser más exacto, hace quince años, digamos hace unos quince años, visité la comarca.

ELLA. No me interesa, hace quince años.

EL HOMBRE. No había urbanización ni carretera. Era diferente.

ELLA. ¿Por qué ha venido hoy?

EL HOMBRE. No he venido. Estoy de paso. Y de golpe, la avería.

ELLA. No me he vuelto loca. No vi visiones. No le creo.

EL HOMBRE. No le puedo ofrecer otra verdad.

ELLA. No me lo invento. Lo he hablado con mi marido. Era usted; dos veces antes de la de hoy.

EL HOMBRE. Lo siento. ¿Tengo yo cara de querer asustar a la gente? Lo dudo. Y las bromas pesadas no son mi fuerte. Nada. ¿Qué motivo podría tener para importunarla, si no la conozco?

ELLA. Eso es lo que querría saber.

EL HOMBRE. Ningún motivo. Ni uno. ¡Qué tontería! ¿No lo comprende? *(Pausa.)* Váyase. Seguro que, de todos modos, ahora está más tranquila.

ELLA. No suponga nada.

EL HOMBRE. Se está helando, váyase. Un equívoco, una coincidencia, vaya usted a saber.

ELLA. No, no.

EL HOMBRE. No volverá a ocurrir.

ELLA. ¿Se niega a darme una explicación?

EL HOMBRE. He hecho lo que he podido.

ELLA. Si un día vuelvo a encontrármelo...

EL HOMBRE. No me volverá a encontrar.

ELLA. No soy miedosa, ya lo ha visto. Si un día vuelvo a encontrármelo... No me gusta amenazar, tengo que defenderme.

EL HOMBRE. Desde luego.

ELLA. No lo podría soportar, volver a encontrármelo.

EL HOMBRE. No se dará el caso.

ELLA. Es usted quien ha de decidirlo.

EL HOMBRE. Cuando consiga salir de aquí, tendré que conducir aún entre tres y cuatro horas. Mucha distancia. No tengo previsto volver. Al ver la desviación he pensado que era un buen atajo, que acortaría camino. Cuando consiga irme, no es muy posible que se me ofrezca ya la ocasión de volver. Seguramente nunca más.

ELLA. Miente muy bien.

EL HOMBRE. No.

ELLA. Sí. *(Pausa.)* ¿Qué hago?

EL HOMBRE. Irse.

ELLA. Hay un self-service. No queda muy lejos. Si de veras ha de llamar al mecánico, allí debe de haber un teléfono.

EL HOMBRE. Ya.

ELLA. Le llevo.

EL HOMBRE. ¿Me lleva con usted?

ELLA. Supongo. ¿Qué voy a hacer?

EL HOMBRE. ¿Me cree?

ELLA. No. Quiso que me parase dos veces antes de la de hoy.

EL HOMBRE. *(Sonríe.)* Dios mío.

ELLA. Pero, de todos modos, ¿qué actitud he de tomar?

EL HOMBRE. Realmente, no lo sé.

ELLA. Supongo que no puede hacerme daño.

EL HOMBRE. Seguro que no puedo y seguro que no quiero.

ELLA. No sacaré nada en claro. Le acompaño.

EL HOMBRE. Gracias.

El Hombre va a cerrar con llave su coche.

ELLA. Qué frío.

EL HOMBRE. Se habrá constipado por mi culpa.

ELLA. ¿Usted no tiene frío?

EL HOMBRE. Voy más abrigado.

ELLA. La humedad va calando la ropa y debe llevar un rato esperando en la carretera.

EL HOMBRE. Un buen rato.

El Hombre regresa junto a ella.

ELLA. Esperando que llegara yo.

EL HOMBRE. Esperando que llegara alguien.

ELLA. Suba.

EL HOMBRE. Con una condición.

ELLA. ¿Cuál?

EL HOMBRE. ¿Es a un self-service adonde vamos?

ELLA. Sí.

EL HOMBRE. La invito a un café con leche.

ELLA. A una cerveza.

EL HOMBRE. Necesitará beber algo caliente.

ELLA. Cerveza. No me gusta el café con leche, me gusta la cerveza.

EL HOMBRE. ¿Toma muchas?

ELLA. Más de las que me convienen.

EL HOMBRE. ¿Por qué?

ELLA. ¿Por qué no? Por nada. Suba al coche. Es un momento, enseguida llegamos.

Oscuro.

De la oscuridad se destaca, tan sólo, la cara de una Mujer.

LA MUJER. Tardará en llegar, porque es paciente.
Y cuando por fin llegue, lo hará solo.
¿Por qué me ayuda?
No lo pregunto.
Nada de explicaciones; nunca; eso nos ha salvado.
Mentira. Yo sí que hablé.
Y me ayuda.
¿Qué es lo que le mueve, ya que el amor...?
Amor, esa palabra innoble.
Corazones color de rosa y lacitos azul celeste: miserias.
Ridículos lugares comunes repetidos y aceptados a lo largo de los siglos.
Sería capaz de dar una conferencia sobre el tema. Una conferencia tan insoportable
como mis manías.
¿Cuánto rato habré de esperar?
Yo no soy paciente.
Nunca he sido paciente.
La pasión es breve, quizás, pero no paciente.
Mejor saber que esta enfermedad tiene final,
que esta angustia tendrá un final.
Que el goce se acabará, pero también el dolor.

¿Qué goce?
Sí, el goce. De acuerdo, el goce,
la locura de los sentidos.
Pero no llegar nunca, ni entonces,
allí donde quiere llegarse.
La ansiedad no lo permite, desaparece la serenidad.
Convertida en un pobre animal vulnerable.
¿Quién entra?
Todavía no es él.
Entra tan poca gente,
tienen tan pocos clientes, esta tarde...
El día no acompaña,
nadie se atreve a salir a la carretera.
Un interior desierto, cuatro pobres diablos controlándonos unos a otros.
Ninguna pareja de enamorados.
Ninguna pareja que dé nombre equivocado
a sus deseos.
Mis padres se querían.
Con ternura, hasta que murieron.
¿Qué era aquello?
Nunca he visto nada tan parecido al amor.
¿Qué era?
No hay nada seguro.
Aquella especie de serenidad.
Pasar de la serenidad de los padres a la serenidad del marido.
Pero no, entre una cosa y otra, aquello.
Un marido tranquilo, reposado,
y aquello ya había pasado.
Me había despertado, liberado, despeñado,
y entonces él y su protección.
¿Por qué no?
La comodidad de ponerlo todo en sus manos.
Hasta hoy. Le utilizo y tal vez me utiliza.
Nada disonante, y ninguna nota demasiado alta.
Quizás en él, al principio, la pasión.
Quizás sí, en él.

Si tuvo algún problema, no le compadezco.
Sé de qué hablo, todo pasa.
La pasión quema y al final se apaga.
El único consuelo, saber que es inevitable,
que acabará apagándose.
¡No, por favor, no quiero, no!
Calma, también entra en el orden:
rechazar el remedio.
Calma. Como puedas, invéntala: calma.
¿De dónde ha salido esa canción?
Esa estúpida cancioncita sentimental.
Detrás del cristal se para un coche. No es el suyo.
No me había dado cuenta de que hubiese música.
No es el suyo, pero es él quien sale ahora del coche. Y, claro, no llega solo.
No llega solo, no llega solo, no llega solo.
Qué vergüenza, tendré que asociar su aparición con esa música pegadiza, empalagosa, que suena aquí dentro.
Guardaré siempre en mí...,
da risa, es ridículo, qué desastre.
Resígnate, guardaré siempre en mí el recuerdo de esta música.

III

La luz sube y se escucha la música. Muy juntas, dos mesitas de conglomerado y plástico, con asientos incorporados. Detrás cristales empañados. Una de las mesitas está ocupada con restos no consumidos: vasos de cartón, servilletas de papel sucias y arrugadas, colillas en los ceniceros de plástico. En la otra mesa hay dos tazas de café, una vacía y la otra medio llena. El asiento ante las tazas está ocupado por La Mujer, vestida con severidad y elegancia. Ha acabado de hablar y se inclina ante la taza de café medio llena, remueve con una cucharilla y bebe. Cierra los ojos y traga saliva. Llegan Ella y El Hombre. Éste, en una bandeja de color estridente, lleva una cerveza y un café con leche. Aparta los restos que ensucian la mesita libre y deposita el servicio propio. Se quitan la ropa de abrigo y se sientan. La Mujer, en la otra mesita, está instalada de espaldas a ellos.

ELLA. ¿No podían hacer callar esa música?

EL HOMBRE. Al menos se está caliente. Necesita reanimarse. Y a mí esta clase de música ambiental no me molesta.

ELLA. Música de plástico, la llamo. Digna de un self-service donde todo es de plástico, incluidos el café con leche y la cerveza.

EL HOMBRE. ¿De plástico?

ELLA. Es un modo de hablar.

EL HOMBRE. Ah, claro.

ELLA. Sólo me quedaré un momento, se me hace tarde.

EL HOMBRE. Gracias..., y perdone las molestias.

ELLA. El teléfono debe estar adentro, en los lavabos.

EL HOMBRE. Me las compondré. Pienso llamar a un mecánico de confianza... Aunque sea festivo, vendrá a recoger el coche.

ELLA. Yo he de ir al híper. Hay un híper. *(Pausa.)* ¿Un mecánico de confianza, dice?

EL HOMBRE. Sí, no se preocupe.

ELLA. Lo bastante cerca. El mecánico vive cerca, desde luego.

EL HOMBRE. Muy cerca.

ELLA. ¿De aquí? Si usted aquí no conoce a nadie. ¿No vive a tres o cuatro horas de coche? Y no conoce la región, ha dicho que no había vuelto a pasar, que la última vez fue hace quince años. Está mintiendo.

EL HOMBRE. Espere, no se excite.

ELLA. Lo sabía. Ahora no puede negármelo: miente.

EL HOMBRE. Espere, déjeme hablar.

ELLA. ¿Quién es usted?

EL HOMBRE. No empecemos, es demasiado suspicaz, le da la vuelta a todo.

ELLA. Estoy harta de estas historias.

EL HOMBRE. Déjeme hablar. Soy un hombre precavido. Hay una red de servicios, vayas por donde vayas... Pago una pequeña cuota, nunca te quedas colgado, siempre hay cerca un mecánico de confianza, llamando al número de urgencia.

ELLA. Sabe escurrirse muy bien, pero no me convence. Se ha descubierto.

EL HOMBRE. No, ¿qué dice? Le explico la verdad, en serio.

ELLA. No crea que me ha engañado. Pero, ¿por qué? ¿Por qué no suelta de una vez qué quiere?

La Mujer, sentada junto a ella, espalda contra espalda, se vuelve y mira al hombre.

LA MUJER. ¿Qué haces aquí?

EL HOMBRE. *(Aliviado.)* Ah, hola. Hola.

Se levanta, educado. La Mujer aún no se mueve del sitio.

LA MUJER. He oído tu voz.

EL HOMBRE. ¿Cómo estás?

LA MUJER. Voy tirando.

EL HOMBRE. Mi coche se ha averiado. Esta señora me ha recogido y me ha traído aquí. Voy a llamar a un mecánico.

LA MUJER. Has tenido suerte de encontrar una persona amable. *(Se levanta, con su taza de café en la mano.)* ¿Me puedo sentar con vosotros?

EL HOMBRE. Sí, claro. *(A ella.)* ¿Le importa?

ELLA. *(Sin mirar.)* No.

El Hombre deja pasar a la mujer, que se sienta a su lado, delante de ella. Ahora, La Mujer y Ella se miran.

LA MUJER. Gracias. Espero que no estuvierais hablando de nada importante.

EL HOMBRE. Acabamos de conocernos.

LA MUJER. ¿Y eso qué? Perdón, ¿eh? Estaba matando el tiempo. Estas tardes tan tristes... La compañía se agradece. No tendrían que existir las tardes así.

EL HOMBRE. También son bonitas estas tardes.

LA MUJER. ¡Pues vaya! *(A ella, cómplice.)* ¿Le oye usted? ¿Le encuentra alguna gracia a una tarde de frío y lluvia, usted?

ELLA. Ninguna.

LA MUJER. *(Encantada, al hombre.)* ¿Lo ves? *(A ella.)* Ah, cerveza. Toma usted cerveza, qué buena idea. Me he tomado dos cafés y no voy a dormir esta noche. Una buena cerveza, eso me convendría. Una o dos. La cerveza se me sube a la cabeza, no lo niego, pero, ¿y qué? ¿A usted no se le sube a la cabeza?

ELLA. Depende.

LA MUJER. A mí siempre. Y francamente, no deseo otra cosa. Se te sube a la cabeza, te relaja, quizás hablas demasiado... Una borrachera moderada de cerveza, tres o cuatro botellas, te alegran el día cuando lo necesitas.

ELLA. Yo no necesito emborracharme.

LA MUJER. Hablo de mí, no faltaría más. No me importa conocer mis defectos.

EL HOMBRE. *(Festivo.)* ¿Ah, sí? ¿Y tienes muchos?

LA MUJER. Ninguno; en realidad, ninguno. Soy muy buena chica, ya me conoces.

EL HOMBRE. Sí.

LA MUJER. O quizás es que tengo manga ancha. Con una pequeña borrachera encima no perjudicas a nadie, y es un modo de dejarte llevar. No creo que sea ningún defecto.

EL HOMBRE. Eh, eres tú quien ha dicho que sabías reconocer tus defectos.

LA MUJER. Me contradigo, ¿no? Y no os dejo hablar, he interrumpido vuestra conversación. Perdonad.

EL HOMBRE. No, en realidad he de resolver la llamada. No estaré tranquilo hasta haber llamado.

ELLA. Yo me tengo que ir.

EL HOMBRE. Un momento. Espere un momento. Llamo y vuelvo en seguida.

ELLA. ¿Qué ganaré con esperarle?

EL HOMBRE. ¿No quiere una explicación?

ELLA. ¿Me la dará?

EL HOMBRE. Sí.

LA MUJER. ¿De qué habláis?

ELLA. *(Sin hacerle caso.)* ¿Una explicación de verdad?

EL HOMBRE. De verdad, se lo prometo.

ELLA. ¿Reconoce que no era la primera vez?

EL HOMBRE. Voy a llamar. Será un segundo.

ELLA. Le espero. No sé por qué, pero le espero.

EL HOMBRE. *(A La Mujer.)* Dale conversación. Me ha hecho un gran favor y estoy en deuda con ella.

LA MUJER. Conversación no le faltará. Estaba la mar de aburrida y me habéis salvado la tarde. Al contrario, si charlo demasiado, páreme usted.

EL HOMBRE. Será un segundo.

Se separa de ellas y se va, dejándolas solas.

LA MUJER. *(Mirando cómo se va.)* Los hombres son diferentes, ¿no cree?

ELLA. ¿Es muy amigo suyo?

LA MUJER. Pobre.

ELLA. ¿Son muy amigos?

LA MUJER. Más o menos. He tenido pocas amistades.

ELLA. Nadie lo diría. Es una persona extrovertida.

LA MUJER. Ja, ¿esa impresión le doy? No, es hoy, es esta tarde, son los dos cafés. Y usted, que me cae bien. No soy nada extrovertida. Debe ser el momento.

ELLA. ¿Vive lejos de aquí?

LA MUJER. No mucho. ¿Y usted?

ELLA. Tenemos una casita de fin de semana, en la urbanización.

LA MUJER. Antes de que empezasen a edificar en la urbanización, la única casa que había era la mía. No, no vivo muy lejos.

ELLA. Quería decir él

LA MUJER. ¿Él?

ELLA. ¿Vive lejos de aquí él?

LA MUJER. ¿Dónde quiere que viva?

ELLA. Me ha dicho que muy lejos, a tres o cuatro horas de coche. No es lo mismo tres horas que cuatro.

LA MUJER. *(Desinteresada.)* Ya.

ELLA. Pero ustedes casi no se han sorprendido al verse.

LA MUJER. ¿Por qué íbamos a sorprendernos?

ELLA. Sí, si él vive lejos, como aseguraba. Si vive lejos, no deben de verse tan a menudo.

LA MUJER. Nos vemos a veces. Sí, nos vemos, claro. ¿Se encuentra bien?

ELLA. Sí.

LA MUJER. Déjelo estar, pobre. Manías de hombres.

ELLA. Es una situación rara. Me ha estado mintiendo, y no sé por qué.

LA MUJER. Olvídese. ¿A usted le afecta una mentira?

ELLA. ¿Dónde vive?

LA MUJER. Una mentira no tiene importancia. Son las actitudes lo que importa. A veces mientes por afecto, tambien se puede mentir por afecto, no es preciso que haya hostilidad detrás de una mentira. Hace tiempo, hace mucho tiempo... Diecisiete o dieciocho años ya van siendo años, y han pasado en un soplo. Como si entre medio no hubiera nada.

ELLA. ¿No me lo quiere decir?

LA MUJER. No deseo otra cosa. Diecisiete años largos. Me enamoré.

ELLA. *(Impaciente.)* Ah, ¿sí?

LA MUJER. ¿Ha estado enamorada alguna vez?

ELLA. Todo el mundo ha estado enamorado, alguna vez.

LA MUJER. ¿Más de una vez?

ELLA. Probablemente.

LA MUJER. ¿De veras? Ya. Bien, yo no puedo decir lo mismo. Aquella fue la única vez que me enamoré.

ELLA. Perdone, sólo una pregunta.

LA MUJER. ¿Qué?

ELLA. Si pudiera contestarme una pregunta...

LA MUJER. Sí, sí, pregunte. ¿Le molestan mis confidencias?

ELLA. Una pregunta y basta.

LA MUJER. Hágala.

ELLA. ¿Dónde vive su amigo?

LA MUJER. ¿Dónde vive? Me parece que no llevo encima la agenda de direcciones. ¿Dónde vive? Lo tengo en la punta de la lengua. ¿Qué importa? Cuando vuelva, él mismo nos lo recordará. ¿De qué le estaba hablando? De cuando me enamoré.

ELLA. ¿De veras no se acuerda?

LA MUJER. Me acuerdo de todo. Momento a momento, día a día. Era la primera vez que me enamoraba de veras. Fue la única vez en mi vida que me enamoré. La estoy cansando.

ELLA. Quizás tendría que irme.

LA MUJER. Le ha dicho que le esperaría.

ELLA. De todos modos, quizás tendré que irme.

LA MUJER. Es por mi culpa, la canso con mi cháchara.

ELLA. No, no.

LA MUJER. Volverá enseguida. Y le preguntaremos dónde demonios vive. Si la canso, dígamelo.

ELLA. No se preocupe.

LA MUJER. A los cuarenta años, entretenerte hablando de amor, figúrese.

ELLA. ¿Cómo sabe mi edad?

LA MUJER. La mía. Tengo cuarenta. ¿Usted también?

ELLA. Sí.

LA MUJER. Pues ya me entenderá. A los cuarenta años la vida no se ha acabado. La vida afectiva, quiero decir. Y el sexo. El sexo es muy importante. No se ha acabado nada. Tenemos años y años por delante. Hubiera podido volver a enamorarme, ¿quién dice que no? El problema... el problema es que nunca he dejado de estar enamorada. *(Pausa.)*

ELLA. *(Incómoda y sin comprometerse.)* ¿Sí?

LA MUJER. Me entiende, ¿no?

ELLA. No lo sé.

LA MUJER. Me enamoré con veintidós años. Sentí el enamoramiento como si me hubieran dado una bofetada. Y la persona en cuestión no se dio cuenta. ¡Si no podía ocultarlo! La persona en cuestión me atrapó. Yo no vivía. Estaba llena de vergüenza y no me atrevía a tomar ninguna iniciativa... Y la persona en cuestión me atrapó. Se mostraba cordial, nuestra amistad crecía, aunque de momento era una amistad entre otras... Una relación habitual, pero fría, casi más fría de lo normal. Entre amigos también se establece algún contacto físico, ¿no cree? Una mano que se apoya en el hombro o que coge tu mano... Detalles. Pues nada. Y así fueron las cosas durante meses. Lloraba por las noches. Ardía toda yo, y no tenía más remedio, una práctica que no había sido frecuente en mí, no tenía más remedio que masturbarme. Me masturbaba y lloraba y me sentía humillada.

ELLA. *(Interrumpiendo.)* Quizá ya tendría que haber vuelto.

LA MUJER. No sabía aceptar mi situación con naturalidad. Ni era capaz de tomar la iniciativa, ni era capaz de aceptar que aquellas prácticas nocturnas eran una salida natural...

ELLA. Yo creo que tendría que haber vuelto.

LA MUJER. Los chicos están más acostumbrados y se toman la masturbación de otra manera. Al menos en mi época.

ELLA. ¿No le parece?

LA MUJER. ¿Cómo? Perdone, ¿qué dice?

ELLA. Su amigo. La llamada al mecánico se está alargando mucho.

LA MUJER. ¿Sí?

ELLA. No comprendo qué hace.

LA MUJER. Quizás había alguien delante de él.

ELLA. El self-service está prácticamente vacío. No creo.

LA MUJER. Hace un momento que se ha ido.

ELLA. Ya tendría que estar aquí.

LA MUJER. Volverá enseguida.

ELLA. No tengo mucho tiempo.

LA MUJER. ¿En una tarde así? ¿Qué prisa tiene, en una tarde así?

ELLA. Tengo que ir al híper.

LA MUJER. Aún le da tiempo. Claro, eso si no se siente incómoda conmigo. Quizás he impuesto mi conversación de un modo abusivo.

ELLA. No es eso.

LA MUJER. ¿No? ¿De veras?

ELLA. No...

LA MUJER. ¿No le aburre mi historia?

ELLA. Es su... intimidad.

LA MUJER. Podríamos decirlo así.

ELLA. Quizás no tendría que confiármelo a mí. No sé si es asunto mío.

LA MUJER. ¿Por qué no? Me siento cómoda a su lado. Y no tiene tanta importancia.

ELLA. Usted sabrá, claro.

LA MUJER. Cada uno vive sus historias, y todas se parecen. ¿Usted no ha vivido ninguna historia?

ELLA. ¿Yo? No.

LA MUJER. ¿No?

ELLA. Si, alguna... Me casé... Alguna.

LA MUJER. Antes me ha dicho que se había enamorado más de una vez. Yo sólo una. Tengo poca experiencia, seguro que mucha menos que usted.

ELLA. No sé qué decirle.

LA MUJER. Pero mi experiencia es especial, concédame un poco de originalidad. ¿O no? Quizás me equivoco. Después, la persona en cuestión tomó la costumbre de llamarme por teléfono. Algo iba avanzando. Pero era peor. Empecé a vivir pendiente de sus llamadas. La obsesión del teléfono. El teléfono es un arma mortal. No lo digo yo, lo dice todo el que lo ha pasado. ¿Usted no lo ha pasado nunca?

ELLA. Creo que no.

LA MUJER. ¿Nunca le ha dado miedo el teléfono?

ELLA. Es un objeto.

LA MUJER. ¿De veras? ¿Nunca?

ELLA. Algún pesado, alguien que no te habla cuando te pones, como máximo...

LA MUJER. Y por fin, desesperada, un día, por teléfono, mientras la persona en cuestión me estaba hablando de no sé qué, la interrumpí, no podía más, y le dije que la quería, que me había enamorado.

Pausa. Ella mira a La Mujer de una manera diferente, rígida.

ELLA. *(Intenta adoptar un tono trivial.)* ¿Cuándo demonios acabará de conferenciar con el mecánico?

LA MUJER. Que me había enamorado.

ELLA. *(En un impulso.)* ¿Hace mucho tiempo de eso?

LA MUJER. Diecisiete o dieciocho años. Quizás dieciocho.

ELLA. *(Ligera.)* Qué historia. *(A partir de ahora no mira a la mujer a los ojos.)* Estoy casada y tengo dos hijas.

LA MUJER. Seguramente dieciocho.

ELLA. *(Súbitamente locuaz.)* Había salido con otros chicos, pero mi marido fue diferente. Yo no sabía si casarme. No estaba decidida a criar hijos, por ejemplo.

LA MUJER. Entonces me citó.

ELLA. Y apareció el que tenía que ser mi marido y no me dejó opción. Casi no llegué ni a planteármelo. Me encontré casada. Tengo un trabajo y me gusta, pero siempre estoy con ganas de volver a casa. Todavía me quiere, y yo también a él. No sé si queda bien decirlo. Quizás le quiero con locura, ya ve. Quizás incluso más de lo que siento por mis hijas.

LA MUJER. Yo también quiero.

ELLA. Ah, ¿sí?

LA MUJER. A la persona que le decía, a la persona en cuestión.

ELLA. ¿No es una historia acabada?

LA MUJER. De ningún modo.

ELLA. ¿Ha continuado con esa persona? *(Trivial.)* ¿Se casaron?

LA MUJER. Claro que no. ¿Cómo quería que nos casáramos?

ELLA. No me diga que no es demasiado tiempo al teléfono.

LA MUJER. Dejé de verla. Cinco meses más y dejé de verla. La única vez en mi vida que me he enamorado.

ELLA. Una historia antigua.

LA MUJER. No. Aún estoy enamorada de esa persona.

ELLA. Después de diecisiete o dieciocho años sin verla, es imposible.

LA MUJER. Lo estoy.

ELLA. No puedo quedarme. Me voy.

LA MUJER. Espere, no le he contado lo que pasó. Un momento.

ELLA. No puedo.

LA MUJER. Si ya acabo. Le he contado cómo empezó, le he contado que se acabó, pero falta contarle lo más bonito.

ELLA. No hace falta.

LA MUJER. Permítame. *(Pausa.)* Me citó. En su casa. Y la persona en cuestión estaba sola. Me abrió la puerta y me abrazó. Hicimos el amor.

ELLA. Final feliz.

LA MUJER. Cinco meses, hasta que me dejó. Me mintió y me dejó.

ELLA. Cinco meses de felicidad.

LA MUJER. Cinco meses de plenitud. De felicidad, nada.

ELLA. Ya está, ¿no?

LA MUJER. Aquella habitación en que hicimos el amor la primera vez. Cierro los ojos y la veo. Había una colcha blanca, de ganchillo. La cama no era muy grande. Había un armario de luna pequeño, antiguo, de madera negra. Había un reloj infantil, con una figurita que movía los ojos al ritmo de los segundos, y que tenía las agujas por brazos. Recuerdo el tic-tac de aquel reloj, la colcha arrugada que había caído al suelo, nuestra imagen a través del armario de luna. Me acordaré siempre. Aún me dura el amor.

ELLA. *(Sarcástica.)* ¿Ya está?

LA MUJER. Y después me mintió, pero no es eso lo que importa.

ELLA. ¿Ha terminado?

LA MUJER. Ahora quizás sí.

ELLA. No he entendido su historia.

Inesperadamente, se levanta, coge su ropa de abrigo y se va. La Mujer queda inmóvil. No ha acabado de tomar el café. Ella, en cambio, había ido bebiendo cerveza. La Mujer prueba el café, hace una mueca de asco y lo aparta. Pausa. Se le acerca El Hombre.

EL HOMBRE. Se ha ido.

LA MUJER. Sí.

EL HOMBRE. Habéis hablado.

LA MUJER. Bueno, hablar...

EL HOMBRE. ¿Y qué?

LA MUJER. Vete a saber.

EL HOMBRE. ¿Cómo estás?

LA MUJER. Sí, mejor.

EL HOMBRE. ¿Y ahora, qué?

LA MUJER. ¿Qué?

EL HOMBRE. ¿Nos vamos?

LA MUJER. ¿Adónde?

EL HOMBRE. A casa.

LA MUJER. A casa.

EL HOMBRE. ¿No?

LA MUJER. ¿Tú estás cansado?

EL HOMBRE. En cierto modo.

LA MUJER. Lo estás, ¿no?

EL HOMBRE. Mirándolo bien, no.

LA MUJER. Aún hay cosas que hacer.

EL HOMBRE. De acuerdo.

LA MUJER. ¿Podrás?

EL HOMBRE. ¿Tú qué crees?

LA MUJER. No lo sé.

EL HOMBRE. Claro que podré.

LA MUJER. ¿Seguro?

EL HOMBRE. Vámonos.

LA MUJER. Gracias.

EL HOMBRE. A mí no hay que darme las gracias.

Oscuro.

De la oscuridad se destaca, tan sólo, la cara de El Marido.

EL MARIDO. No he de dar las gracias.
A nadie.
Lo he hecho solo, con los años.
Tenerla, mantenerla, verla, mirarla,
notarla, escucharla.
A veces, también, espiarla.
Y esperarla, como ahora la espero.
Con mi afecto angustioso, una vergüenza renovada cada día.
Mi obscenidad, el vicio que nace y acaba en mí,
sin que ella lo conozca.
Que lo ignore, que ignore esta dependencia:
que las cosas no cambien.
No cambiarán.
Trabajar con constancia, y entonces no cambian.
Trabajar como me gusta hacerlo.
La madera tiene nudos, pero es preciso que la herramienta se mueva allí con ligereza, aun con más habilidad, sin perder el control.
Me está quedando tal como quería.
El oficio se adquiere al correr de los años.
Domino el formón y lo hundo con placer en la madera, seguro, preciso.
Veo el nudo, me acerco a él, lo repaso con los dedos, estudio su dificultad y entonces empiezo a trabajarlo.
La felicidad.
Tiene que haber nudos, hay que quererlos.
Ya lo acabo.
Una manera de esperar.
Y de desviar la estúpida ansiedad.
Desde el primer día, desde el primer intercambio de palabras.
Hasta hoy mismo.
La ilusión del principio, la pasión del comienzo, no convertida en hábito, como tiene que ser.
Transformada en desazón, en ansiedad, en celos.
Pero no lo sabe ni lo sabrá.
No estropearlo.

Los años pasan y no se estropea.
Me toma o me deja, canta o rezonga: es ella.
Maldita sea.
Maldita sea ella, hasta hoy, ligado a ella.
Cuidado. La madera, cuidado.
Me parece que he aprendido.
Siempre atento, al acecho, sin poderme liberar.
Pero qué importa.
Humillado ante el vicio que me une a ella, este sentimiento abominable, absurdo, ridículo, que me une a ella.
Pero qué importa.
Nadie lo sabe.
Lo mantengo escondido.
Como si no pasara nada, como si fuera una historia de convivencia soportada con resignación.
Porque mis manos han aprendido a dominar sin esfuerzo la madera.
A trabajarla, a pulirla, a darle sentido y utilidad.
Como ahora, que ya he acabado y estoy contento.
Controlar, dominar, reconvertir la angustia.
Contento. He terminado. Justo a tiempo.
Ella está llegando.
Meterá la llave en el cerrojo y entrará.
Su bendito mal humor agresivo, quizás.
No me importa, mi trabajo, no delatarme.
Disimularé mi orgullo de artesano.
Mi ansiedad de artesano.
Mete la llave en el cerrojo.
Como siempre, esconderé el sentimiento que podría estorbar.
Que podría romper el equilibrio —curiosa palabra—, el equilibrio conseguido al correr de los años.
Entra, por fin entra, y estoy contento.

IV

Sube la luz y estamos en la vivienda unifamiliar de la primera situación escénica. El Marido guardaba sus herramientas, pero no ha acabado de hacerlo, y levanta la vista para verla entrar a Ella, que llega de afuera, con la ropa de abrigo puesta.

ELLA. *(Excitada.)* Estoy contenta.

EL MARIDO. ¿Sí? ¿Has encontrado todo lo que querías?

ELLA. *(Ríe.)* No. Nada.

Se quita la ropa de abrigo.

EL MARIDO. ¿Qué quiere decir, nada?

ELLA. Nada. No he ido al híper.

EL MARIDO. Ah, ¿no?

ELLA. No.

EL MARIDO. ¿Qué te ha pasado?

ELLA. ¿Qué me tenía que haber pasado?

EL MARIDO. ¿Qué has hecho?

ELLA. Pasear.

EL MARIDO. ¿Con esta tarde?

ELLA. Pasear por el campo.

EL MARIDO. ¿Tú?

ELLA. He cambiado de idea. Ya iremos al híper otro día.

EL MARIDO. Decías que era urgente.

ELLA. Más urgente es pasarlo bien.

EL MARIDO. Sí, claro. ¿Y te lo has pasado bien?

ELLA. Perfecto. He dejado el coche en un lado de la carretera y he salido a estirar las piernas. Campo a través.

EL MARIDO. ¿Campo a través?

ELLA. Sí.

Ella saca una cerveza, la destapa e irá bebiendo.

EL MARIDO. ¿Otra cerveza?

ELLA. Tengo sed.

EL MARIDO. El barro no te ha ensuciado los zapatos.

ELLA. He ido con cuidado. Eres observador, cuando quieres.

EL MARIDO. ¿Yo?

ELLA. No me disgusta que lo seas.

EL MARIDO. ¿Por dónde has ido?

ELLA. No lo sé.

EL MARIDO. ¿Qué has visto?

ELLA. No miraba. Pero el frío era tonificante y me he puesto de buen humor.

EL MARIDO. Me alegro.

ELLA. *(Por el artilugio de madera que construía el marido.)* ¿Lo has acabado?

EL MARIDO. Falta pintar.

ELLA. Tienes buenas manos.

EL MARIDO. Gracias. Te voy a enviar a pasear todas las tardes.

ELLA. *(Seca.)* ¡No!

EL MARIDO. ¿No?

ELLA. Con una vez ya hay bastante.

EL MARIDO. Me gusta que vuelvas feliz a casa.

ELLA. Y no hablemos más.

EL MARIDO. De acuerdo, no hablemos más.

ELLA. Claro que, a ti, callar no te cuesta nada.

EL MARIDO. ¿Tú crees?

ELLA. ¿Qué piensas?

EL MARIDO. ¿De qué?

ELLA. De nosotros. Me gustaría saberlo.

EL MARIDO. No nos compliquemos la vida.

ELLA. ¿Cuántos años hace que nos conocemos?

EL MARIDO. Puedo contarlos.

ELLA. Tú, cuando eras joven, ¿te imaginabas lo que iba a ocurrir?

EL MARIDO. Cuando éramos jóvenes... Como todos los jóvenes, ¿no? Creíamos que podríamos hacerlo todo. En la vida podía caber todo.

ELLA. Oh, calla.

EL MARIDO. ¿No me has pedido que hable?

ELLA. No quiero que me leas el manual.

EL MARIDO. ¿Y qué quieres?

ELLA. Procura imaginártelo. Charlar, estar contigo. Eres mi marido.

EL MARIDO. Efectivamente.

ELLA. Nos tenemos el uno al otro, ¿lo sabes?

EL MARIDO. ¿Qué te pasa?

ELLA. Contesta.

EL MARIDO. Sí, eso también está en el manual, nos tenemos el uno al otro. ¿Qué te pasa?

ELLA. Tú me tienes a mí.

EL MARIDO. ¿Dónde estábamos, que me he perdido?

ELLA. Nunca lo has dudado, seguro.

EL MARIDO. ¿Qué es todo esto?

ELLA. Y has hecho bien.

EL MARIDO. No sé qué decirte.

ELLA. ¿Qué tiene de raro, hablar? Hablemos. Tú también. Siempre hablo yo. Hablemos los dos. La calefacción ahora funciona.

EL MARIDO. ¿Lo notas? Lo reconoces, ¿eh?

ELLA. Afuera hace frío. Un frío húmedo y desagradable.

EL MARIDO. ¿Desagradable?

ELLA. Tú dirás.

EL MARIDO. Ya lo has dicho tú. Un frío tonificante, has dicho.

ELLA. ¿Te dedicas a controlar lo que digo?

EL MARIDO. No.

ELLA. Pues lo parece.

EL MARIDO. No.

ELLA. Lo he pasado muy bien, sí. Y llego a casa y aquí aún se está mejor.

EL MARIDO. Ahora aquí se está muy bien. Se está bien. Verás cómo estaremos bien aquí. Una casita pequeña, a nuestra medida, y donde se está bien.

ELLA. Una casa para toda la vida.

EL MARIDO. Tendremos que ir arreglándola. Poco a poco.

ELLA. Te lo pasas bien arreglándola.

EL MARIDO. Sí.

ELLA. Pero te dará trabajo.

EL MARIDO. Años de trabajo. No importa, eso distrae.

ELLA. Años arreglándola. Y después estará arreglada.

EL MARIDO. Yo ahora ya me siento bien aquí, no hay que esperar.

ELLA. Yo también me siento bien. Tienes buenas manos.

EL MARIDO. Eso parece. ¿Cómo es que no has ido al híper?

ELLA. ¿No te lo he dicho?

EL MARIDO. Sí...

ELLA. ¿Entonces?

EL MARIDO. Me he quedado sin tabaco.

ELLA. Ah, lo siento.

EL MARIDO. Luego saldré a buscar.

ELLA. ¿Adónde irás?

EL MARIDO. Sólo puedo ir al self-service.

ELLA. Ese sitio infecto.

EL MARIDO. Cuando acabe de guardar las herramientas.

ELLA. Espera, estábamos hablando. ¿No te apetece? Tú y yo aquí, hablando. Sin las niñas.

EL MARIDO. ¿Las echas de menos?

ELLA. Nada. ¿Y tú, las echas de menos?

EL MARIDO. No lo he pensado. No sé. Según cómo se mire.

ELLA. Yo, nada. Las niñas nos cambiaron la vida.

EL MARIDO. Suele ocurrir.

ELLA. Me alegro de que no estén. Tendríamos que colocarlas más a menudo.

EL MARIDO. ¿Colocarlas?

ELLA. Los hijos son egoístas. Ni se dan cuenta. Y tú vas cediendo.

EL MARIDO. Es una manera de verlo.

ELLA. Que se espabilen. Las quiero, pero que se espabilen más a menudo. Yo necesito... *(Pausa.)*

EL MARIDO. ¿Qué ibas a decir?

ELLA. Lo que quiero es estar contigo. Contigo, sin estorbos.

EL MARIDO. ¿De veras?

ELLA. Hace poco se lo decía no sé a quien. Se me escapó. Hay cosas que parece que no esté bien decirlas. Se me escapó y no me daba cuenta de lo que decía y me di cuenta cuando lo había dicho.

EL MARIDO. ¿Qué dijiste?

ELLA. No te rías, que te quiero más a ti que a las niñas.

Pausa. El Marido la mira.

EL MARIDO. No es verdad.

ELLA. ¿No quieres que sea verdad?

EL MARIDO. Es que no lo es.

ELLA. Parece que esté mal el decirlo, que una cosa así no tiene que decirse nunca.

EL MARIDO. No me entiendes.

ELLA. ¿Me lo he de callar, si lo pienso?

EL MARIDO. No.

ELLA. No hago mal a nadie. Y tampoco a las niñas.

EL MARIDO. ¿Qué tienes?

ELLA. ¿Yo?

EL MARIDO. ¿Por qué sales con eso?

ELLA. ¿Y tú, por qué no sales con nada?

EL MARIDO. Nada, ¿de qué?

ELLA. Nada agradable.

EL MARIDO. ¿Como qué?

ELLA. Como lo que te digo yo a ti.

EL MARIDO. Yo de eso no sé.

ELLA. ¿No puedes?

EL MARIDO. Si me acerco y te toco me llamarás pesado.

ELLA. ¿Eso son palabras agradables?

EL MARIDO. Las palabras engañan.

ELLA. Y entonces, ¿qué?

El Marido se acerca a Ella y la abraza.

EL MARIDO. ¿No me soltarás una coz?

ELLA. Te ha costado.

EL MARIDO. No suele salir bien.

ELLA. ¿Te gusta?

EL MARIDO. Me gusta abrazarte.

ELLA. Eso quería saber.

EL MARIDO. Me gusta.

Silencio. Gestos íntimos cada vez más fogosos. Quizás veinte segundos, quizá medio minuto. Entonces suena el teléfono. Se detienen.

ELLA. Lo cojo yo. *(Va al teléfono y lo descuelga.)* Diga. *(Pausa.)* Diga. *(Pausa.)* ¡Diga!

EL MARIDO. ¿No contestan?

ELLA. ¡Diga! *(Cuelga con brusquedad.)*

EL MARIDO. Es curioso.

ELLA. Ya van dos veces.

EL MARIDO. Quizás tengas razón, avisaré a la telefónica, por si acaso.

ELLA. No es preciso.

EL MARIDO. Puede haber problemas de línea.

ELLA. No.

EL MARIDO. ¿Crees que no?

ELLA. Era alguien, no es un problema de la telefónica.

EL MARIDO. Algún pesado.

ELLA. Había alguien a la otra parte de la línea, sí.

EL MARIDO. Alguien que se aburre.

ELLA. Alguien que se divierte.

EL MARIDO. Llámalo como quieras.

ELLA. Alguien que no quiere dejarme tranquila.

EL MARIDO. No quiere dejarnos tranquilos.

ELLA. A mí, lo hace por mí.

EL MARIDO. Quizás marcan al azar.

ELLA. ¿Y antes? Es la segunda vez. Antes han llegado a preguntar por mí, te han dicho mi nombre.

EL MARIDO. Seguro que no era la misma persona.

ELLA. Seguro que sí.

EL MARIDO. ¿Quién?

ELLA. Y yo qué sé.

EL MARIDO. Déjalo estar, anda. No te obsesiones.

ELLA. ¿Qué quieren?

EL MARIDO. No hay que darle importancia. Eso le pasa a todo el mundo. No le des importancia.

ELLA. El teléfono...

EL MARIDO. Déjalo estar.

ELLA. El teléfono es como... es como un arma...

EL MARIDO. No exageres.

ELLA. Lo es.

EL MARIDO. No te han dicho nada.

ELLA. No.

EL MARIDO. No te han amenazado ni te han dicho nada.

ELLA. No.

EL MARIDO. No hay que hacer caso nunca de las bromas telefónicas, ni aunque sean amenazas. Pero es que no te han amenazado. Y le pasa a todo el mundo, pasa cada día.

ELLA. No pasa cada día.

EL MARIDO. Pero pasa, y nadie le da importancia. ¿Por qué has de darle importancia? *(Silencio de Ella.)* Lo has mezclado con la historia esa de la carretera, por eso le das importancia.

ELLA. *(Saltando.)* ¿Qué dices?

EL MARIDO. Seguro que lo has estado rumiando y que mezclas una cosa con otra.

ELLA. Calla, no digas tonterías.

EL MARIDO. No puede ser, no quiero que cojas manías.

ELLA. ¿Quieres callar?

EL MARIDO. Es por tu bien.

ELLA. *(Sarcástica.)* ¡Ja!

EL MARIDO. Y ya que ha salido el tema...

ELLA. No hablemos más, no sirve de nada.

EL MARIDO. Ya que ha salido el tema, sé perfectamente por qué no has ido al híper.

ELLA. ¿Sí? ¿Qué es lo que sabes?

EL MARIDO. No sé estas manías de dónde vienen, pero se han de solucionar, y yo te ayudaré. Espera, ya sé que no son manías, yo también las he tenido.

ELLA. Tú no sabes nada.

EL MARIDO. No has ido al híper porque no te has atrevido a ir. Reconoce que ese paseo campo a través te lo has inventado. Ya te estoy viendo, metida dentro del coche y parada quizás a cinco minutos de aquí, dejando pasar el tiempo.

ELLA. Muy inteligente.

EL MARIDO. No te atrevías a ir más allá. Tenías miedo de encontrarte otra vez al hombre aquel de la carretera.

ELLA. Ya ves qué tonta soy, qué miedos más estúpidos.

EL MARIDO. No digo que sean estúpidos.

ELLA. Ridículos.

EL MARIDO. Incomprensibles. Sí, la verdad. Tienes que quitártelos de encima.

ELLA. No sabes nada de nada.

EL MARIDO. Pues explícate.

ELLA. No hay nada más que explicar. *(Pausa.)*

EL MARIDO. ¿Es preciso que te enfades conmigo?

ELLA. No me he enfadado con nadie.

EL MARIDO. Conmigo tampoco.

ELLA. Con nadie.

EL MARIDO. Dejémoslo estar, de momento.

ELLA. Es lo que estoy intentando hace rato.

EL MARIDO. Mira, ¿lo ves? *(Va al teléfono, lo descuelga y lo deja así.)* Ya está.

ELLA. Buena idea.

El Marido se le acerca y vuelve a abrazarla. Efusividad mutua. Veinte o treinta segundos más. Entonces Ella, inesperadamente, se separa.

ELLA. Dejémoslo.

EL MARIDO. ¿Qué?

ELLA. No está sirviendo para nada.

EL MARIDO. *(Desconcertado.)* Vaya.

ELLA. No quiero que me toques.

Silencio.

EL MARIDO. ¿Qué has dicho?

ELLA. Y tengo que irme.

EL MARIDO. ¿Qué has dicho?

ELLA. Nada. No me mires con esa cara. Nada. Me voy.

EL MARIDO. ¿Qué has querido decir? Hace un momento querías que me acercara a ti.

ELLA. Voy a buscarte el tabaco.

EL MARIDO. ¿Piensas volver a salir?

ELLA. Sí.

EL MARIDO. ¿Para qué?

ELLA. Necesitarás tabaco.

EL MARIDO. Vamos...

ELLA. ¿Qué?

EL MARIDO. De pronto no quieres que te toque.

ELLA. No compliques las cosas. Sabes que no es eso.

EL MARIDO. Has dicho que no sé nada.

ELLA. Esta vez... Esta vez llegaré.

EL MARIDO. Ah.

ELLA. Pasaré por el sitio donde me pareció ver dos veces al mismo hombre. Lo haré. No habrá nadie y se habrá acabado.

EL MARIDO. De acuerdo, pero puedes esperar a mañana.

ELLA. Mejor resolverlo ahora.

EL MARIDO. ¿Quieres que te acompañe?

ELLA. No sería lo mismo.

EL MARIDO. Se ha hecho de noche.

ELLA. Lo resolveré ahora.

Se pone la ropa de abrigo.

EL MARIDO. No sé qué decir.

ELLA. Ya está resuelto.

EL MARIDO. ¿Por qué me has dicho que no quieres que te toque?

Ella coge el formón.

ELLA. No me hagas caso. Las palabras son palabras. Unas van contra otras. Y engañan, tienes razón.

EL MARIDO. No estés mucho rato fuera.

ELLA. Ya veremos, lo que convenga.

EL MARIDO. Empezaré a preparar la cena.

ELLA. De acuerdo.

EL MARIDO. ¿Qué prefieres?

ELLA. Lo que quieras, a tu gusto.

EL MARIDO. ¿Traerás tabaco?

ELLA. Lo procuraré.

EL MARIDO. Has dicho que traerías.

ELLA. Sí que lo he dicho. Adiós.

EL MARIDO. ¡Espera!

ELLA. ¿Qué?

EL MARIDO. *(Señalándolo.)* El formón.

ELLA. ¿Lo necesitas?

EL MARIDO. No, pero te lo estás llevando.

ELLA. Ya me daba cuenta.

EL MARIDO. ¿De qué te puede servir?

Ella no contesta y se va. Oscuro.

De la oscuridad se destaca sólo la cara de Ella.

ELLA. Plantada y esperando,
no servirá para nada.
Los sitios cambian con la noche.
Estoy en medio de un pasillo larguísimo,
oscuro y con corriente de aire.
No tendré suerte y, si la tengo, no sé qué haré.
Tengo que defenderme, que desquitarme.
Demasiada cerveza... Viene de la cerveza, esta sensación de no y no y no, un no que no para.
Un no que me baila dentro no sé muy bien desde cuándo.
¿Desde cuándo?
Yo era mala. Me castigaban.
No tenían otro remedio.
Excitaba a los otros niños y...
Sí, sabía cómo jugar, cómo dominar, cómo utilizar a los otros niños. Aquellas pobre mujeres tenían que castigarme, claro. Me sacaban de clase.
Me sacaban... al pasillo.
Largo, en penumbra, solitario, silencioso.
Y las lecciones, adentro.
Era yo quien había escogido el pasillo.
Se deslizaban los minutos y las horas.
En el pasillo, nada.
Se deslizaban los años.
Años y años en el pasillo, lejos de la clase que yo había alborotado.
Por lo tanto, qué importa ya. Esperaré.
Me fue creciendo en el estómago este no que sube y baja.
Tengo que defenderme.
Sí, lo ha conseguido, pero pagará.
Por su culpa todo se ha vuelto confuso.
No tendré suerte, no servirá de nada,
no la encontraré.
Primero encontrarla y desquitarme;
después, no lo sé.
Me espera con el tabaco. Quizás volver, pues.
Y las niñas.

Me importan.
He mentido, he estado mintiendo.
Y él se ha dado cuenta. Me importan.
Él se había empeñado en tener hijos.
Ahora los tengo, y oírlas hablar, por ejemplo, oírlas hablar...
Perderlas.
No lo sé.
¿Qué ha hecho? ¿Con qué derecho?
¿Cómo se atreve? Lo ha hecho.
Es igual, quizás volveré.
Aún volveré a casa, quizás.
Antes he de acabar esta historia.
Podría volver si no fuera porque antes lo he de acabar y no lo acabaré, no servirá de nada estar aquí, plantada y esperando.
Sólo podría volver si encontrase el modo...
Si lo encontrase.
El pasillo.
Eres muy mala. La has hecho buena, esta vez.
No es para tanto.
Sólo una mente enferma podría...
Y pagué, ¿no?
Ah, sí, pagué saliendo al pasillo. Años de aburrimiento en el pasillo.
¿Por qué ha venido a buscarme?
Después de tantos años ha venido al pasillo para agredirme.
Aquí todo es oscuridad y silencio.
El no y el no y el no. Me encuentro mal.
El aire de la noche... Respiro a fondo.
Quizás el aire frío llegará al estómago y ahogará este no y no y no.
En el pasillo, a veces, había corriente de aire.
La corriente de aire, lo único que, como mucho, venía por el pasillo.
Pero aquí, además del aire, puedo esperar que, de pronto...
Aparecen unos faros.
Los faros me ciegan al girar la curva y encarárseme.
El no y el no y el no. Náusea y rabia.
Los faros ruidosos que desgarran la noche, que me inundan de luz.
Muy bien. ¿Qué se creían? Aquí me tenéis.
La luz se inmoviliza, el sonido decrece.
Ha servido de algo, entonces, esperar entre el frío y el vértigo.
Aquí me tienes. ¿Y ahora qué?

V

Sube una luz mínima: es de noche. Carretera, el mismo paraje de la segunda situación escénica. El coche utilitario de Ella, aparcado a un lado, con las luces de posición encendidas. En medio de la carretera, Ella espera. Enfrente, el automóvil de buena marca acaba de llegar, tiene el motor en marcha y la ilumina violentamente con sus faros. Ella espera, abrigada y con el formón en la mano. El motor del automóvil de buena marca calla. El Hombre baja del vehículo. Podría no llegar a distinguirse la silueta de otra persona que continúa dentro.

ELLA. ¿Y ahora qué?

EL HOMBRE. ¿Tiene problemas?

ELLA. Sí.

EL HOMBRE. ¿Puedo ayudarla?

ELLA. Mi utilitario... *(Pierde el habla.)*

EL HOMBRE. Le ha fallado de noche y en medio del descampado.

ELLA. Sí.

EL HOMBRE. Lo solucionaremos, no se preocupe.

ELLA. Necesito que alguien... *(Pierde el habla.)*

EL HOMBRE. *(Animándola.)* Sí, yo mismo.

ELLA. Que alguien me lleve, que me lleve al taller de reparaciones.

EL HOMBRE. Naturalmente que sí.

ELLA. ¿Sabe qué hora es?

EL HOMBRE. Déjeme mirar el reloj.

ELLA. Es tarde. Tarde. Los talleres de reparación están cerrados. ¿No se ha dado cuenta de eso?

EL HOMBRE. Encontraremos una alternativa, no se preocupe.

ELLA. El suyo, el de usted... Veo que ya lo ha arreglado.

EL HOMBRE. ¿El mío?

ELLA. Debía de ser poca cosa.

EL HOMBRE. ¿Mi coche?

ELLA. Ha tenido suerte.

EL HOMBRE. No lo han arreglado. Por lo menos, hoy no.

ELLA. Ah, ¿no?

EL HOMBRE. Hace un mes pasó revisión. ¿Quiere decir una avería?

ELLA. La de esta tarde.

EL HOMBRE. Por suerte hace tiempo que no he tenido ninguna.

ELLA. Resulta curioso. Ahora tengo yo las mismas dificultades.

EL HOMBRE. ¿Cómo dice?

ELLA. ¿Qué vamos a hacer?

EL HOMBRE. Darnos prisa, ¿no le parece? Tendríamos que darnos prisa. Debe de estar helándose.

ELLA. Voy abrigada. No sabía si pasaría por aquí, no sabía cuánto tiempo, cuántas horas tendría que esperar.

EL HOMBRE. Déjelo en mis manos. ¿Cómo prefiere que lo combinemos?

ELLA. En el mismo sitio de la carretera. Exactamente en el mismo sitio en que le he recogido esta tarde.

EL HOMBRE. ¿Cómo dice?

ELLA. Ahora será usted quien me recoja. Extraordinario.

EL HOMBRE. Perdone, no la sigo.

ELLA. ¿Siente la misma vergüenza que siento yo?

EL HOMBRE. Señora...

ELLA. De todos modos, usted podría haber pasado de largo. No, yo sabía que si volvíamos a encontrarnos no pasaría de largo.

EL HOMBRE. ¿Volver a encontrarnos?

ELLA. *(Mientras empieza a crecer su indignación.)* ¡Ah, no, de ningún modo!

EL HOMBRE. ¿Dónde nos hemos encontrado?

ELLA. ¿Será capaz? Le he llevado al self-service y allí me ha obligado a soportar una escena lamentable... ¿Eso también querría olvidarlo, borrarlo, negarlo?

EL HOMBRE. Señora, no sé de qué me habla.

ELLA. ¿Entonces por qué estoy aquí?

EL HOMBRE. Bien, su coche tiene una avería.

ELLA. Sí, se supone que mi coche tiene una avería.

EL HOMBRE. Yo, con mucho gusto...

ELLA. ¿Cómo se las arregla?

EL HOMBRE. La ayudaré. Con mucho gusto.

ELLA. ¿Cómo se las arregla?

EL HOMBRE. No es que tenga mucho tiempo. Si me lo permite, tendríamos que darnos prisa.

ELLA. *(Seca.)* Tómeselo con paciencia.

EL HOMBRE. De acuerdo, la que haga falta.

ELLA. ¿En qué quedamos?

EL HOMBRE. ¿No me ha preguntado que cómo me las arreglo? Tiempo no tengo mucho. Eso me ayuda a saber cómo arreglármelas. También me ayuda a saber tener paciencia.

ELLA. ¡Hijo de puta!

EL HOMBRE. ¿Por qué me insulta?

ELLA. Sí, le he insultado, váyase. ¿Será capaz de ayudar a una mujer que le está insultando? ¡Váyase!

EL HOMBRE. Necesita que la ayuden. No puedo dejarla aquí sola.

ELLA. ¿Y si yo le agrediera?

EL HOMBRE. ¿Por qué iba a a agradirme?

ELLA. ¿No me conoce? ¿No me ha visto nunca, antes de ahora? No me conoce, le hablo como le estoy hablando, y usted no se indigna, no me manda a paseo, no deja por nada del mundo su viscosa amabilidad.

EL HOMBRE. Cálmese.

ELLA. Sé qué es lo que está pasando.

EL HOMBRE. Tendríamos que solucionar la avería de su utilitario. Y dejarla a usted en un lugar seguro.

ELLA. *(Riendo.)* ¿Qué lugar seguro?

EL HOMBRE. Donde usted quiera.

ELLA. ¿Qué lugar seguro?

Pausa.

EL HOMBRE. ¿Me permite?

ELLA. ¿Qué?

EL HOMBRE. Quizás voy a parecerle demasiado atrevido.

ELLA. ¿Qué quiere ahora?

EL HOMBRE. No se enfade.

ELLA. ¿Qué quiere?

EL HOMBRE. La veo... Es una suposición estúpida, naturalmente.

ELLA. ¿Cómo me ve?

EL HOMBRE. Asustada.

ELLA. ¿Asustada?

EL HOMBRE. Perdone, ya sé que no tengo derecho.

ELLA. No estoy asustada.

EL HOMBRE. Me he equivocado, no es la palabra.

ELLA. No lo estoy, no se haga ilusiones.

EL HOMBRE. Me expreso muy mal.

ELLA. En todo caso, ya no lo estoy.

EL HOMBRE. Pero si lo estuviera...

ELLA. No lo estoy.

EL HOMBRE. Pero si dentro de usted hubiera... Entiéndalo, es una pretensión infantil, ya lo sé. Si dentro de usted... Vamos a ver, si dentro de usted aún hubiera la sombra de alguna preocupación que no tengo por qué conocer, que, desde luego, no tiene nada que ver conmigo... Una preocupación que no es ningún miedo, pero que, perdone, se aproxima de lejos al miedo...; en ese caso hipotético..., y absurdo...

ELLA. Completamente absurdo.

EL HOMBRE. En ese caso, que no se da y que no sé ni por qué he de sacar a relucir...

ELLA. ¿Qué?

EL HOMBRE. En ese caso me gustaría, ya ve qué tontería, me gustaría contarle, sólo le robaré un minuto, un recuerdo de cuando yo era pequeño.

ELLA. Ah, ¿sí?

EL HOMBRE. Un minuto justo.

ELLA. ¿Un recuerdo de cuando era pequeño? ¿Ahora? ¿Aquí?

EL HOMBRE. Si me deja.

ELLA. Aquí, aguantando el frío, y usted me explicará lo que hacía cuando era pequeño.

EL HOMBRE. Una pequeña anécdota.

ELLA. ¡Virgen Santa!

EL HOMBRE. No se lo tome a mal. Quizás le ayudará.

ELLA. ¿En qué? ¿Cómo?

EL HOMBRE. Quizás le ayudará.

Pausa.

ELLA. De prisa.

EL HOMBRE. Sí. Yo era pequeño, un niño. Un niño miedoso en tiempos desagradables. Una noche, después de cenar, bien, como siempre, me llevaron a la cama y, no lo recuerdo, supongo que me dormí. Pero de pronto, y era extraño, normalmente, como todos los niños, solía dormir de un tirón, de pronto me volví a despertar. Todo estaba completamente a oscuras. Tenía la sensación, supongo que me lo formulé de otra manera, la sensación de haber caído en el corazón de la noche. Y se escuchaban unos ruiditos. Furtivos, constantes. Alguien se movía, alguien me observaba y, puede suponerlo, se iba a lanzar sobre mí, etcétera. No me atrevía a llamar ni a moverme. Una especie de terror total, pobre hijo. Pasó mucho rato, o al menos eso me pareció. Los ruiditos no paraban, los murmullos, los roces. Se reían de mí, alargaban el tormento antes del ataque final. No podía más y entonces... ¿Por qué esperar? ¿Por qué no precipitarme y acabar de una vez? Me levanté, avancé por la oscuridad, tropecé con una puerta... La abrí y me abandoné al mal. Así fue como sorprendí a mis padres, que me estaban preparando, que estaban montando un regalo sorpresa, el de mi cumpleaños. Fue el mejor cumpleaños de mi vida.

ELLA. ¿Ya está?

EL HOMBRE. No es una historia original, todo el mundo ha vivido alguna parecida.

ELLA. ¿Por qué me la cuenta? ¿De qué me ha de servir?

EL HOMBRE. En realidad no lo sé.

ELLA. Estoy harta.

EL HOMBRE. Vamos. Deme las llaves de su coche.

ELLA. ¿Para qué las necesita? ¿No he de ir con usted?

EL HOMBRE. No hace falta.

ELLA. ¿Y que voy a hacer?

EL HOMBRE. Quedarse aquí.

ELLA. ¿Dónde?

EL HOMBRE. Mi coche es cómodo.

ELLA. ¿No tenía que dejarme en un lugar seguro?

EL HOMBRE. Mi auto es un lugar completamente seguro.

ELLA. Los dos sabemos lo que está pasando.

EL HOMBRE. ¿Me da las llaves?

ELLA. ¿No es peligroso para usted?

EL HOMBRE. ¿Para mí? Estoy enfermo, ya ma queda poco y ella no lo sabe. ¿Qué peligro podría haber?

ELLA. Lo siento.

EL HOMBRE. Perdone lo que le he hecho pasar.

Ella le entrega las llaves.

ELLA. Váyase de una vez.

EL HOMBRE. Sí, es hora de acabar. Buenas noches. *(Respira profundamente.)* ¿Verdad que hace muy buena noche, a fin de cuentas?

ELLA. Lluvia, frío y viento.

EL HOMBRE. Una muy buena noche.

Sube al utilitario de Ella, se cierra dentro, lo pone en marcha con toda normalidad y arranca. El Hombre y el vehículo desaparecen. Ella lo mira irse. El sonido del coche se aleja, disminuye, se funde. Entonces Ella se gira de nuevo de cara a los faros que la deslumbran. Pausa. La Mujer baja del automóvil. En pie, separadas por cierta distancia, se quedan mirándo.

ELLA. *(Sin sorprenderse, tras un momento.)* ¿Qué quiere? ¿Por qué ha venido otra vez? Se ha equivocado viniendo. ¿Por qué cree que he venido yo? Ahora va a dejarme en paz. No le tengo lástima ni le tengo miedo, y voy hacer que me deje en paz. A la fuerza, si es preciso. *(Pausa. Cambio.)* ¿Qué derecho crees tener? ¿Qué es lo que buscas? A estas alturas, ¿qué? ¡No te saldrás con la tuya! *(La Mujer le alarga un brazo con la palma de la mano abierta.)* ¡No! *(Ella retrocede, sobresaltada. La Mujer mantiene el brazo extendido.)* ¡Vete! ¡Déjame! ¡Vete! *(Pausa larga. Entonces Ella avanza, levanta el formón y lo deja caer sobre el brazo extendido. La Mujer encoge el brazo y también todo el cuerpo. Ella queda paralizada. Deja caer el arma.)* Es de mi marido. Ya no podré devolvérselo. *(Se lleva una mano a la boca y otra al estómago, sale precipitadamente del alcance de la luz de los faros y, prácticamente desaparecida, la oímos vomitar. La Mujer saca un pañuelo blanco y se lo pone en la herida del brazo. Ella vuelve. Mira a La Mujer. Natural.)* Había bebido mucho. *(La Mujer separa el pañuelo, observa una manchita de sangre y, acto seguido, lleva este mismo pañuelo manchado a los labios de ella, limpiándolos. Ella se deja hacer. Pausa.)* El armario, el reloj y la colcha.

JOSÉ SANCHIS SINISTERRA

EL RETABLO DE ELDORADO

LA CONQUISTA
EN EL TABADO DE LOS CÓMICOS

Carlos Espinosa Domínguez

En una de las numerosas entrevistas que debió conceder con motivo de haber recibido el Premio Nacional de Teatro de 1990, José Sanchis Sinisterra (Valencia, 1940) tuvo que responder a una atinada y oportuna pregunta: ¿se le otorgaba el galardón por sus más de treinta años de dedicación al teatro o atendiendo sólo la repercusión alcanzada por su *¡Ay, Carmela!*? Tal vez sin proponérselo, el periodista ponía en evidencia una triste realidad: ha sido gracias a uno de sus últimos estrenos como este profesional, tan atípico como lleno de talento, puede salir, por fin, de la injusta clandestinidad en la que involuntariamente estaba recluido.

Conviene advertir, no obstante, que este desconocimiento de su obra por el gran público responde, en buena medida, a la obsesión de este hombre radicalmente fronterizo por mantenerse siempre en el anonimato, apartado de los ecos del poder y de las pompas y vanidades de la vida civil de la cultura. Forma parte también de esa exigua cosecha a la que puede aspirar quien apuesta por una estética alejada de las modas y corrientes y defiende valores de baja cotización en el mercado teatral, como son el sentido del riesgo, una dinámica de tanteo y error, la aventura creativa y una investigación marcada por la actitud del eterno aprendiz. Una radicalidad estética que, como resulta fácil deducir, tiene una profunda raíz ética, lo cual la hace más anacrónica en nuestra flamante y cada vez más "light" modernidad.

Rezagos y vestigios trasnochados del teatro independiente, dirán algunos. Y al menos en cuanto a los orígenes, no andan mal orientados. De las filas de aquel movimiento proviene Sanchis Sinisterra y desde ellas desarrolló buena parte de su actividad en los años cincuenta y sesenta, primero como director del Teatro Estudio de la Universidad de Valencia (1957-1958), luego al frente del Grupo de Estudios Dramáticos (1959-1966) y, más tarde, en intentos como los del Festival Internacional de Teatro Independiente de San Sebastián (1970) y la frustrada Asociación Independiente de Teatros Experimentales (1963). En aquellos años heroicos ("aunque tampoco más heroicos, no exageremos") hizo sus primeras incursiones en la escritura dramática: *Midas. Algo así como Hamlet. Tú, no importa quién* (Premio Carlos Arniches 1968).

En este período, se vincula también a la labor docente, que sigue simultaneando, hasta hoy, con la práctica escénica. Se manifiesta además su interés por la reflexión teórica sobre el teatro —es un firme defensor de la dimensión intelectual de la creación— a través de sus colaboraciones para revistas como "Primer Acto", "Cuadernos para el diálogo", "La Caña Gris" y "Aula Cine Teatro". Insinuados ya, están los rasgos que hoy definen a Sanchis Sinisterra como uno de nuestros más lúcidos y completos hombres de teatro: su pasión por la escritura, su vinculación directa con el hecho escénico, su capacidad pedagógica y su preocupación por el raquitismo conceptual y la mediocridad intelectual de la profesión.

La fundación, en 1977, del Teatro Fronterizo, marcará el inicio de una nueva e importante etapa en su trayectoria. A partir de ese año, su actividad como dramaturgo y director se ligará estrechamente a ese proyecto, definido en el manifiesto que entonces distribuyó el grupo como "un lugar de encuentro, investigación y creación, una zona abierta y franqueable para todos aquellos profesionales del teatro que se plantean su trabajo desde una postura crítica y cuestionadora".

Resulta difícil desvincular la obra dramatúrgica de Sanchis Sinisterra de la ejecutoria del Teatro Fronterizo, e inevitablemente, al referirnos a una tendremos que remitirnos a la otra. De hecho, la relación numérica es apabullante: de los dieciséis textos suyos estrenados entre 1977 y 1990, sólo tres fueron llevados a escena por productores ajenos: *Bajo el signo de Cáncer* (Compañía Canaria de Teatro, 1983), *¡Ay, Carmela!* (Teatro de la Plaza, 1987) y *Los figurantes* (Centro Dramático de la Generalitat Valenciana, 1989).

De *La leyenda de Gilgamesh* (1978) a *Perdida en los Apalaches* (1990), se advierte la consolidación gradual y sistemática, en la que no han faltado los descalabros y fracasos, de una escritura teatral coherente y rigurosa. Hay, en primer lugar, una subversión de la teatralidad, que tiene como primera estación el texto mismo. A contracorriente de las tendencias que en los años setenta abominaban de la dimensión literaria del teatro, la dramaturgia de Sanchis Sinisterra reivindica la palabra y cree en su capacidad transgresora. Esa búsqueda lo conduce a investigar las fronteras entre textualidad y teatralidad y a rastrear las manifestaciones de esta última en dominios ajenos, en lindes fronterizas, en campos que se ignoraban mutuamente.

Acude entonces a textos que originalmente no fueron escritos para ser representados, y más que adaptarlos a las convenciones establecidas, los manipula. En especial, establece una "relación de parentesco, envidia y fraternidad" con la narrativa, y a partir de ella elabora sus personales dramaturgias sobre Joyce *(La noche de Molly Bloom)*, Kafka *(El gran teatro natural de Oklahoma)*, Sábato *(Informe sobre ciegos)*, Beckett *(Primer amor)* y Melville *(Bartleby, el escribiente)*. Son propuestas en las que se evidencia un proceso de desnudamiento y eliminación de los recursos espectaculares. Una exploración consciente del grado cero de la teatralidad, que no pasa por los medios técnicos ni las producciones millonarias, sino por una concepción casi artesanal del teatro, que reserva para el actor un rol fundamental.

Se trata, además, de trabajos en los que el autor elimina algunos componentes de la teatralidad naturalista, como trama, acción externa e intriga, y rompe el pacto de ficcionalidad de la dramaturgia tradicional. Incorpora, en cambio, una nueva, al integrar a la ficción escénica la realidad del público en la sala. Asigna a éste roles diferentes: "voyeur" físico y psicológico en *La noche de Molly Bloom,* auditorio real en *Ñaque o de piojos y actores,* espectadores ficcionalizados en *¡Ay, Carmela!* y *El retablo de Eldorado*. Esta implicación del público tiene que ver con su interés por disciplinas modernas como la teoría de sistemas, pero conecta también con el elemento matateatral, motivo frecuente y reiterado en varias de sus obras, hasta llegar, en textos como *Pervertimento* y *Los figurantes,* a convertirse en tema mismo.

De la lingüística, la semiótica, el minimalismo, la literatura, el marxismo y otras disciplinas se ha nutrido Sanchis Sinisterra para estructurar y perfilar su método de trabajo. En su escritura andan, debidamente asimiladas, las aportaciones de Brecht y, por supuesto, de Beckett. Queda incluso algo del hedonismo valenciano, perceptible en la sensualidad que —sí, señor— hay en su teatro. Uno de los más originales, vitales y ricos que se escriben hoy en nuestro idioma.

Según ha comentado el propio Sanchis Sinisterra, la conquista es un tema que desde hace años le apasiona. Los cronistas de Indias se hallan entre sus lecturas preferidas, y algunos de esos textos estuvieron entre los proyectos iniciales del Fronterizo. El mismo año de la fundación de éste, comenzó el dramaturgo a preparar *El retablo de Eldorado,* a la vez que reunía materiales para sendas dramaturgias sobre Alvar Núñez y Lope de Aguirre.

La próxima celebración del Quinto Centenario del Descubrimiento *(sic)* de América decidió al equipo a retomar aquellos proyectos, como parte de otro más ambicioso al que denominaron "Encuentro de Dos Mundos: hacia 1992", que incluiría, además de *El retablo de Eldorado,* otros tres montajes: *Crímenes y locuras del traidor Lope de Aguirre, Naufragios de Alvar Núñez* y una dramatización del texto de Ernesto Cardenal *El estrecho dudoso.* Los animaría la intención de "suscitar una reflexión crítica sobre los aspectos más silenciados, controvertidos y —¿por qué no?— revulsivos" de aquel acontecimiento fundamental y traumático para los dos continentes. Al final, las dificultades y penurias en que se desenvolvió el trabajo del Fronterizo durante sus primeros diez años motivó que sólo las dos primeras obras llegaran a estrenarse y cumplieran una exigua temporada.

Varias de las constantes de la estética teatral de Sanchis Sinisterra vuelven a coincidir en *El retablo de Eldorado.* Aquí está su predilección por los géneros más deleznables y subvalorados (coplas populares, entremeses anónimos, loas), a los que no duda en mezclar con absoluta libertad con fragmentos y personajes pedidos en préstamo a Bernal Díaz del Castillo, Mateo Alemán, Alonso de Ercilla y el mismísimo Cervantes, en una modélica labor de intertextualidad.

Está también la autorreferencia del teatro, en esta ocasión a través de dos artistas del más humilde rango, los cervantinos Chirinos y Chanfalla, cómicos de la legua emparentados con el Ríos y el Solano de *Ñaque* y con los protagonistas de *¡Ay, Carmela!* En su nueva aventura arrastran a un conquistador tullido y fracasado, que ha regresado a España con la imposible pretensión de alzar una flota para partir a la búsqueda del reino de Eldorado.

El autor no disimula la raíz quijotesca del personaje de Don Rodrigo Díaz de Contreras, tan impregnado de la nobleza disparatada del modelo cervantino, aunque al final sea incapaz de asumir su derrota. Su locura, sin embargo, posee una causa nada libresca: proviene de la tensión entre los dos mundos que en sí mismo resume. El discurso escénico de la obra está sustentado en la confrontación dialéctica: la dimensión épica que representa este soldado, que durante cuarenta años participó en las campañas americanas, se contrapone a la de la picaresca, encarnada por la pareja de farsantes. En la segunda parte, los recuerdos, muchas veces terribles, del alucinado aventurero, chocan y rompen la imagen glorificadora y la ilusión fácil que pretende mostrar Chanfalla.

Este complejo y barroco entramado escénico, en el que hay un verdadero despliegue de sabiduría, imaginación, pluralidad de niveles y planos y riqueza de lenguaje, sirve al autor como vehículo para presentar la contraimagen o el reverso de la conquista, lo mismo que en *Ñaque* exponía la otra cara del Siglo de Oro. Es, en definitiva, la Conquista vista desde el tenderete de unos saltimbanquis.

JOSÉ SANCHIS SINISTERRA

Nació en Valencia en 1940. Vinculado al teatro desde muy joven, fundó el Aula de Teatro de la Universidad de Valencia. Asimismo, en 1977, funda El Teatro Fronterizo, colectivo con el que continúa trabajando y en el que habitualmente dirige. *La Leyenda de Gilgamesh*, bajo su dirección y dramaturgia, fue el primer trabajo del grupo. Hace también numerosas versiones. Un bloque importante de su dramaturgia se basa en el contraste entre teatralidad y narración, entre el humor y la emoción, entre lo épico y lo teatral. Gusta, igualmente, de la investigación histórica en parte de sus textos. *¡Ay, Carmela!* ha sido su gran y tardío descubrimiento.

TEATRO

Tú, no importa quién (1962). Premio Carlos Arniches de Teatro 1968. Estrenada por el Grupo Aorta, de Alicante, en noviembre de 1970. Inédita.

Midas (1963). Estrenada por el Grupo de Estudios Dramáticos, de Valencia, bajo la dirección del autor, en noviembre de 1964. Inédita.

Demasiado frío (1965). Sin estrenar e inédita.

Un hombre, un día (1968). Adaptación del relato "La decisión", de Ricardo Doménech. Sin estrenar e inédita.

Algo así como Hamlet (1970). Sin estrenar e inédita.

Testigo de poco (1973). Sin estrenar e inédita.

Tendenciosa manipulación del texto de La Celestina de Fernando de Rojas (1974). Sin estrenar e inédita.

La Edad Media va a empezar (1976). Estrenada por la Assemblea d'Actors i Directors de Barcelona, dentro del espectáculo *Crack*, en mayo de 1977. Inédita.

La leyenda de Gilgamesh (1977). Estrenada por El Teatro Fronterizo, de Barcelona, bajo la dirección del autor, en marzo de 1978. Inédita.

Historias de tiempos revueltos (1978). Dramaturgia de dos textos de Bertolt Brecht *(El círculo de tiza caucasiano* y *La excepción y la regla.)* Estrenada por El Teatro Fronterizo, bajo la dirección del autor, en abril de 1979. Inédita.

Escenas de *Terror y miseria en el primer franquismo* (1979). Sin estrenar. Dos de estas escenas publicadas en la revista Andalán (Zaragoza), número 346, diciembre de 1981. Cuatro de ellas, traducidas al catalán, publicadas por el Institut del Teatre de Barcelona.

La noche de Molly Bloom (1979). Dramaturgia del último capítulo del "Ulises" de James Joyce. Estrenada por El Teatro Fronterizo, bajo la dirección del autor, en noviembre de 1979. Inédita.

Ñaque o De piojos y actores (1980). Sobre textos del Siglo de Oro. Estrenada por El Teatro Fronterizo, bajo la dirección del autor, en octubre de 1980. Con graves errores de composición, publicada en el número 186 de la revista Primer Acto, octubre-noviembre de 1980. En tirada reducida, publicada en el número 2 de Pausa, revista de la Sala Beckett de Barcelona, enero 1990.

El Gran Teatro Natural de Oklahoma (1980-82). Dramaturgia sobre textos de Fran Kafka. Estrenada por El Teatro Fronterizo, bajo la dirección del autor, en mayo de 1982. Publicada en el número 222 de la revista Primer Acto, enero-febrero de 1988.

Informe sobre ciegos (1980-82). Adaptación del capítulo homónimo de la novela de Ernesto Sábato "Sobre héroes y tumbas". Estrenada por El Teatro Fronterizo, bajo la dirección del autor, en octubre de 1982. Inédita.

Dramaturgia de *La vida es sueño* (1981), de Calderón de la Barca, en adaptación de Álvaro Custodio y José Luis Gómez. Estrenada en el Teatro Español de Madrid en diciembre de 1981, bajo la dirección de J. L. Gómez. Inédita.

Moby Dick (1982-83). Dramaturgia de la novela de Herman Melville. Estrenada por El Teatro Fronterizo en colaboración con el GAT de L'Hospitalet, bajo la dirección del autor y de Enric Flores, en mayo de 1983. Inédita.

Bajo el signo de Cáncer (1983). Estrenada por la Compañía Canaria de Teatro, bajo la dirección de Tony Suárez, en noviembre de 1983. Inédita.

Ay, Absalón (1983). Dramaturgia de *Los cabellos de Absalón*, de Calderón de la Barca. Estrenada en el Teatro Español de Madrid, bajo la dirección de José Luis Gómez, en diciembre de 1983. Inédita.

Conquistador o El Retablo de Eldorado (1984). Estrenada por El Teatro Fronterizo, bajo la dirección del autor, en febrero de 1985. Inédita.

Primer Amor (1985). Dramaturgia del relato del mismo título de Samuel Beckett. Estrenada por El Teatro Fronterizo, bajo la dirección de Fernando Griffell, en abril de 1985. Inédita.

Dramaturgia de *Cuento de invierno* (1985), de William Shakespeare. Por estrenar. Inédita.

Crímenes y locuras del traidor Lope de Aguirre (1977-1986). Estrenada por El Teatro Fronterizo en colaboración con Teatropolitan, de Euskadi, bajo la dirección de Joan Ollé, en abril de 1986. Inédita.

¡Ay, Carmela! (Elegía de una guerra civil) (1986). Estrenada por El Teatro de la Plaza, bajo la dirección de José Luis Gómez, en noviembre de 1987. Publicada en El Público nº 1 (1988).

Dramaturgia de *Despojos* (1986) a partir de los relatos de Óscar Collazos "El padre" y "Disociaciones". Elaborada y escénicamente verificada en el transcurso de un taller sobre "Textualidad y teatralidad", en la Facultad de Artes de la Universidad de Antioquía (Medellín, Colombia). Inédita.

Gestos para nada (Metateatro) (1986-87). Materiales textuales derivados del Laboratorio de Dramaturgia Actoral del Teatro Fronterizo, parcialmente estrenados por El Teatro Fronterizo, bajo la dirección de Sergi Belbel, en abril de 1988, con el título de *Pervertimento*. Inédita.

Traskalampaykán (Comedia interminable para niños y viejos) (1986). Sin estrenar. A editar por la Conselleria de Cultura de la Generalitat de Valencia.

Carta de la Maga a bebé Rocamadour (1986-87). Dramaturgia de "Rayuela", de Julio Cortázar. Sin estrenar e inédita.

El canto de la rana (1983-87). Sin estrenar e inédita.

Los figurantes (1986-88). Estrenada en el Teatro Rialto (Valencia) bajo la dirección de Carme Portaceli, en febrero de 1989. Inédita.

La estirpe de Edipo (1989). Dramaturgia de *Edipo rey*, de Sófocles. Sin estrenar e inédita.

Bartleby, el escribiente (1989). Dramaturgia del relato de Herman Melville. Estrenada por El Teatro Fronterizo, bajo la dirección del autor, en noviembre de 1989. Inédita.

Perdida en los Apalaches. Estrenada por El Teatro Fronterizo, bajo la dirección de Ramón Simó, en noviembre dd 1990. Inédita.

Naufragios de Álvar Núñez (1991). Sin estrenar e inédita.

(Se excluyen de esta relación los textos escritos entre 1957 y 1961).

JOSÉ SANCHIS SINISTERRA

El retablo de Eldorado

TRAGIENTREMÉS EN DOS PARTES

PERSONAJES

Chirinos
Chanfalla
Don Rodrigo
Doña Sombra

LUGAR

Del texto se deduce que la acción podría transcurrir en una lonja abandonada, a las afueras de un pueblo tal vez andaluz... Pero también podría emerger de las tinieblas de un escenario.

TIEMPO

Algunos de los personajes creen existir en los últimos años del siglo XVI... Pero también hay quienes sospechan —como el público— que el único tiempo real es el *ahora* de la representación.

PRIMER ACTO

Lugar indeterminado, cercado por las sombras. En un lateral del escenario, al sesgo, una carreta exóticamente engalanada y cerrada por todas partes. Aquí y allá, toscos tenderetes de mercado. Entra Chirinos desde el fondo, arrastrando un saco. Al pasar junto a la carreta, se detiene, la mira, se acerca, escucha su interior, comprueba que no hay nadie por los alrededores y trata de fisgar por alguna grieta. Sale de escena decidida y vuelve con una escalerilla de mano. La arrima a la carreta, sube y otea en su interior desde arriba, todo con mucho sigilo. Desciende y sale rápidamente, para volver a entrar provista de un largo gancho, con el que va a intentar "pescar" algo que hay dentro de la carreta. Es interrumpida —y sobresaltada— por la súbita entrada de Chanfalla, evidentemente furioso, cargado con un haz de toscas perchas de pie y soportes diversos.

CHANFALLA. No te fatigues más, Chirinos, que es trabajo perdido. *(Chirinos le indica por señas que calle.)* Bien te decía yo que en mala hora llegamos a esta villa. Toda está revuelta y alterada. *(Arroja al suelo su carga.)*

CHIRINOS. *(En un susurro.)* Calla.

CHANFALLA. *(Sin bajar la voz.)* ¿Callar? Que se entere, que se enteren todos. *(Gritando hacia el lateral.)* ¡Aquí no hay más que runfla de tomajones!

CHIRINOS. *(Igual.)* ¡Que calles, te digo!

CHANFALLA. ¿Por qué?

1199

CHIRINOS. Porque está dormido... y solo.

CHANFALLA. ¿Dormido? Pues hora es de que despierte. Y tú también, Chirinos. Despierta de una vez. No sacaremos nada de esta traza. Ni aquí ni en ningún sitio. Ya nadie se encandila con prodigios lejanos.

CHIRINOS. Y tiene la bolsa junto a sí.

CHANFALLA. *(Sin oirla.)* Anda toda la gente como loca con el Auto de Fe... *(De pronto.)* ¿La bolsa? ¿La bolsa, dijiste?

CHIRINOS. La bolsa dije.

CHANFALLA. ¿Y junto a sí la tiene? ¿No enterrada en lo hondo de la camisa?

CHIRINOS. A flor de tierra está. Calla. *(Prosigue su intento.)*

CHANFALLA. Cata que esté dormido realmente, que a lo peor sólo ha puesto a descansar el ojo sano...

CHIRINOS. Cata no le despiertes tú con tus mugidos.

CHANFALLA. *(Baja la voz.)* Repara, Chirinos, que pones a riesgo todo este negocio. No que espere yo mucho de él, pese a mi suerte, y menos en lugar y ocasión como estos. Pero bueno sería que, despertándose ahora y hallándote con las manos en la masa, nos motejara de ladrones y deshiciera nuestro concierto. Que muchos días y noches y sudores y aun ducados hemos gastado ya en aderezarlo.

CHIRINOS. *(Abandona su intento.)* Dices bien, pero no peco de ladrona, sino de curiosa. ¿Por tan desalmada me tienes? ¿Iba yo a despojar de su fortuna a este pobre viejo? *(Lleva el saco a primer término y otea la sala.)*

CHANFALLA. ¡Miren a Marta la Piadosa! ¿Pobre viejo le llamas? ¿Y achaques de virtud te dan ahora? ¿Desde cuándo, Chirinos, te remilgas de honrada?... Pocas serán las bolsas que has murciado, y pocos "pobres viejos" habrás tú rastrillado... *(Distribuye las perchas y soportes por los laterales de escena.)*

CHIRINOS. No te digo que no, Chanfalla ilustre, aunque ni de lejos te alcance en tales menesteres... Pero de muchas hebras está compuesto un paño.

CHANFALLA. El tuyo es segoviano, a lo que infiero... pero del Azoguejo.

CHIRINOS. *(Va sacando del saco diversos recipientes.)* Y más, que no sé qué me da de este buen hombre y su quimera...

CHANFALLA. Muy más vana es la nuestra: pensar que habremos de medrar con tal Retablo...

CHIRINOS. Cierto que antes confío yo en mi mercadillo que en tu retablazo... Pero, ¿acaso era más lúcido aquel de las Maravillas? Y buen provecho nos dio... *(Va colocando en tenderetes y perchas las mercancías del saco.)*

CHANFALLA. No son todos los tiempos unos.

CHIRINOS. Y en lo tocante a la bolsa, no es mi intento despojarle de ella, sino saber qué guarda.

CHANFALLA. Muy segura estás tú de que son perlas o esmeraldas o zafiros o pepitas de oro...

CHIRINOS. ¿Tú no? Pues, ¿por qué tanto celo y afán en ocultarla? Dime.

CHANFALLA. Antes dime tú a mí: si tal tesoro hubiera, ¿cómo y por qué vivir en tantas estrecheces? ¿Fuérale menester andar hecho estaferrno, con gentecilla tal como nosotros? ¿Armar todo este ratimago para embelecar simplones y bobazos? No, Chirinos: no se mete en negocios tan dudosos quien los tiene seguros.

CHIRINOS. *(Parece intrigada por la oscuridad de la sala.)* Muy remiso te veo, y aun contrario, con nuestro artificio. ¿No fuiste tú su padre y principal ahijador? ¿No era ayer cuando te brincaban los dedos al pensar en el provecho que mostrándolo habríamos?

CHANFALLA. Y sé que no ha de faltarnos un día u otro. Sino que una mala estrella nos ha traído a estas tierras. Pensamos hallar feria y, ¿con qué nos topamos?

CHIRINOS. Con el Santo Oficio de la Inquisición.

CHANFALLA. Mira si es feria alegre y dispendiosa un Auto de Fe.

CHIRINOS. Pues gente no ha de faltar.

CHANFALLA. ¿Gente, dices? Multitudes concurren de toda la comarca, y aun de todo el reino... Pero, ¿con qué ánimo, con qué disposición, con qué ganas?

CHIRINOS. Con las ganas de ver chamuscar a cuatro herejes.

CHANFALLA. No cuatro, sino cuarenta o más, si no me engaño. Si bien es cierto que la mayor parte sólo será penitenciada y reconciliada.

CHIRINOS. Así, ¿no habrá fogatas?

CHANFALLA. No más de diez relajados, decían que sacaban, y algunos en estatua.

CHIRINOS. Será la fiesta breve, en ese caso.

CHANFALLA. ¿Hay tal simpleza en el mundo? Entre procesiones, sermones, y el leer las sentencias, que suelen ser abultadísimas, y el cumplirlas, que ninguna baja de doscientos azotes, y todas las demás devociones, cuenta no menos de cinco días.

CHIRINOS. ¿Y no eran esos los que dijiste nos faltaban para poner el Retablo a punto?

CHANFALLA. Así es verdad, y lo sostengo: pero ya escuchaste de cuál parecer es nuestro invicto gallofero.

CHIRINOS. ¿Sobre el ensayar?

CHANFALLA. Sobre el no ensayar más, dirás mejor: que si no es él farandulero, que si no es comedia lo que hacemos...

CHIRINOS. Pues como no hilvanemos el Retablo, así que lo queramos mostrar a cualquier público, todo serán andrajos y costuras. *(Mira la sala.)*

CHANFALLA. Pero no es eso lo peor, sino sus otras condiciones...

CHIRINOS. *(Alborozada.)* ¡Dame albricias! Que estoy urdiendo yo una industria con que él las verá, o creerá ver, cumplidas, y nosotros tendremos ocasión de ensayar y ajustar el embeleco.

CHANFALLA. ¿Cómo así?

CHIRINOS. De este modo. Primo: dice el menguado que hoy ha de ser la muestra del Retablo. ¿Cierto?

CHANFALLA. Cierto.

CHIRINOS. Y diz también, secundo, que ha de representarse ante los principales y señores de la villa. ¿Miento?

CHANFALLA. No mientes, por mis pecados. Que así están los señores y principales tan dispuestos a venir aquí a entretenerse con bernardinas, como nosotros para andar en procesiones.

CHIRINOS. No te lo niego. Pero ahora estame atento: cierra un ojo y enturbia el otro.

CHANFALLA. ¿Cerrar un ojo, dices? ¿Para qué?

CHIRINOS. No me repliques y haz como te digo. *(Chanfalla cierra un ojo.)* Así. Ahora mira para allá. *(Señala hacia el público.)*

CHANFALLA. Ya lo hago.

CHIRINOS. ¿Tienes entrecerrado el ojo abierto?

CHANFALLA. Lo tengo.

CHIRINOS. ¿Y qué es lo que ves?

CHANFALLA. Poca cosa... y ella algo añublada.

CHIRINOS. ¿Serías tú capaz, si allí te los pusieran, de distinguir a diez alcaldes de diez gomarreros, o a veinte señoronas de veinte rabizas?

CHANFALLA. Ni allí ni en una plaza los distinguiera... Pero, con tales columbres, milagro sería si alcanzase a avizorar siquiera al gigante Golías con una recua de elefantes...

CHIRINOS. Pues no mucho más alcanza nuestro don Rodrigo con todas sus potencias.

CHANFALLA. ¿Qué quieres decir?

CHIRINOS. ¿Aún no lo adivinas?

CHANFALLA. No, por mi fe.

CHIRINOS. Pues abre los ojos y aguza los oídos: por unos pocos reales podemos hacer que acudan a este corrincho no menos de cincuenta ganapanes y pencurrias, que aposentados ahí en lo oscuro y vistos desde aquí por ese viejo...

CHANFALLA. No prosigas, Chirinos, que ya toda tu industria se me aclara. Y vive Dios que es tan buena como si fuera mía... Pero, ¿tan cierta estás de que no ha de advertir el trueque?

CHIRINOS. Tú mismo has comprobado de qué manera es fácil solaparlo.

CHANFALLA. *(Repitiendo la prueba del ojo.)* No te digo que no, pero...

CHIRINOS. Pero, pero, pero, dijo don Pero. ¿No te basta la muestra?

CHANFALLA. No sé qué me diga, Chirinos. No es lo mismo una oscuridad estando vacía que cuando llena... Tú bien me conoces y sabes cuán meticuloso soy en mis embelecos.

CHIRINOS. Medrosico y prolijo, diría yo.

CHANFALLA. Todo el secreto de un buen embuste yace en aquel esmerarse y atar corto las minucias. De ahí, de las nonadas, procede la apariencia de ser algo verdadero, que no en fingirlo a bulto y sin mesura.

CHIRINOS. No me quieras instruir ahora, Chanfalla, que no es tiempo de doctrina. Mejor decide presto si te vale mi industria y, cuando no, aviva en armar otra que más te satisfaga.

CHANFALLA. Antes quiero probar por menudo la tuya, que no me descontenta.

CHIRINOS. ¿De qué modo?

CHANFALLA. Discurriendo tú por esas sombras donde aposentaremos la bahurria, mientras yo, desde aquí, compruebo los vislumbres del indiano.

CHIRINOS. ¿No es más de esto?

CHANFALLA. No más.

CHIRINOS. Pues sea en buena hora. *(Baja a la sala.)* Y quiera Dios que no me rompa la crisma por satisfacer tus aprensiones.

Chanfalla deambula por la escena tapándose un ojo y mirando con el otro la sala; mientras, Chirinos se desplaza por ésta.

CHANFALLA. No es menester que te alejes diez leguas...

CHIRINOS. ¿Quién se aleja? Aquí mismo estoy.

CHANFALLA. ¿Y no te escondes?

CHIRINOS. No me escondo.

CHANFALLA. Pues, por mi vida, que así te veo yo como si te hubiera tragado la tierra...

CHIRINOS. ¿Tanto así?

CHANFALLA. *(Abre el ojo.)* Y aún más, que ni con los dos ojos bien abiertos alcanzo a ver de ti siquiera...

CHIRINOS. *(Alarmada.)* ¡Chanfalla!

CHANFALLA. ¿Qué?

CHIRINOS. ¿Eres tú?

CHANFALLA. ¿Quién?

CHIRINOS. Ese que está ahí y que me habla.

CHANFALLA. ¿Con qué me sales ahora?

CHIRINOS. Por tu vida, Chanfalla: di que eres Chanfalla.

CHANFALLA. ¿Qué nueva burla es ésta? ¡Y no te escondas más!

CHIRINOS. Te digo que no me escondo, que ante ti mismo me tienes... Y también te digo que espiritado debe de ser este lugar...

CHANFALLA. ¿Por qué?

CHIRINOS. Porque te veo y te oigo, y se me figura que no eres tú, sino un remedo tuyo.

CHANFALLA. ¿Qué remedo ni qué...?

CHIRINOS. Por Dios te lo juro, Chanfalla, que pareces pintura o fantasma de ti mismo. ¿Por seguro tienes que no eres Chanfalla postizo?

CHANFALLA. *(Ya inquieto.)* Algo de encantamientos debe haber, porque tu voz me llega de muy cerca, pero ante mí no hay más que negruras y vacío.

CHIRINOS. *(Sube a escena muy asustada.)* ¡Chanfalla!

CHANFALLA. ¡Chirinos! *(La recibe en sus brazos.)*

CHIRINOS. Ya eres otra vez tú, de cabo a rabo.

CHANFALLA. Y ya la voz te sale de ti misma.

CHIRINOS. ¿Qué lugar es este?

Miran inquietos la sala y la escena.

CHANFALLA. Por mis pecados, que ayer cuando llegamos no era sino alhóndiga desmantelada...

CHIRINOS. O lonja vieja, sí... *(Explora los laterales del escenario.)* Y eso parece ser... Sólo que desde ahí... *(Señala al público.)* se ve muy otra cosa.

CHANFALLA. *(Va a bajar a la sala.)* ¿Cuál otra cosa?

CHIRINOS. *(Deteniéndole con el gesto.)* ¡Tente, Chanfalla, por tu ánima! ¡No quieras mesarle las barbas al diablo! *(Chanfalla baja a la sala.)* ¡Aguarda! ¿No será aquí donde el Malo hace sus cirimonias con esas brujas que va a quemar el Santo Oficio?

CHANFALLA. No son brujas, sino herejes y falsos confesos... ¿Y a qué bueno viene ahora mentar al diablo?

CHIRINOS. *(Mirando la sala, sin ver a Chanfalla.)* ¡Por tu vida, Chanfalla! ¿Dónde estás?

CHANFALLA. *(Mirando a Chirinos.)* ¡Cuerpo de tal, Chirinos! ¿Cómo tan presto te has mudado?

CHIRINOS. ¿Mudarme yo? Para pascuas está ahora la hija de mi madre... *(Le busca con la vista.)* ¡Chanfalla!

CHANFALLA. No de Pascuas, mas de Carnestolendas propiamente te me figuras...

CHIRINOS. Vuelve ya, Chanfalla, no tientes al demonio. ¿Acaso no sientes como un olor de azufre?

CHANFALLA. *(Olisquea.)* De algarrobas secas, diría yo mejor...

CHIRINOS. Pues yo te sé decir que unos reflujos de espeluzo me están dando... ¿Y acá nos habremos de quedar Dios sabe cuánto? Antes parirá mi difunta abuela. Vámonos presto, Chanfalla. Mudémonos sin más tardar de esta zahúrda...

CHANFALLA. ¿Mudarnos dices? ¿Estás en tu seso?

CHIRINOS. ¿No había de estar?

CHANFALLA. Ni una legión de belcebúes me fuerza a mí a desbaratar el Retablo. Quince horas nos tardamos ayer en componerlo, ¿y ahora quieres tú echarlo abajo a toda prisa? *(Ha subido a escena.)*

CHIRINOS. Más me estimo acabar con el cuerpo molido que con el alma achicharrada...

CHINFALLA. Déjate ya de infiernos y demonios, que al cabo estos encantamientos no son sino cosas del ver y del oír.

CHIRINOS. ¿Qué quieres decir?

CHINFALLA. Quiero decir lo que digo.

CHIRINOS. ¿Y qué cosa es la que dices?

CHINFALLA. Yo ya me entiendo. Y si no me entiendo, tampoco lo he menester.

CHIRINOS. ¡Desdichada de mí! ¿Quién me juntó con alguien tan bozal y cervigudo? Pero, ¿es que no se te da nada de estos barruntos?

CHINFALLA. Se me dé o no se me dé, fuera gran disparate levantar el vuelo por sólo unos barruntos, cuando tanto nos va en este negocio. Y más, que la carreta, como sabes, ha quedado achacosa y para poco...Sin hablar de la mula, que está para cantarle el gori-gori.

CHIRINOS. Y a mí que me papen duelos, ¿no es así? Quiéreseme escapar el corazón del pecho, ¿y habré de echar pelillos a la mar?

CHANFALLA. Pelillos y aun pelambres has de echar, Chirinos, que no somos nosotros para asombrarnos de nada, y menos de embelesos del ojo y del oído.

CHIRINOS. ¿Embelesos llamas a estos remudes tenebrosos?

CHANFALLA. ¿Hase visto ánimo tan flaco y mujeril? En fin: llenemos cuanto antes este vacío y verás disiparse tus temores. *(Ha tomado capa y sombrero y se los pone.)* Vamos sin más demora hasta la villa, y buscar hemos en ella a cuanta coima, sopón, belitre, cachuchero, ganapán y rabiza ande allí a la galima, por ver de concertarlos para nuestro negocio.

CHIRINOS. ¿Ahora quieres ir?

CHANFALLA. ¿Cuándo mejor que ahora, que el viejo está durmiendo?

CHIRINOS. ¿Así le dejaremos?

CHANFALLA. ¿Quieres quedarte tú?

CHIRINOS. *(Poniéndose una toca.)* Ni por pienso.

CHANFALLA. Pues anda acá, zurrona mía, que a todos los vientos te mudas...

Salen los dos, pero al punto regresa Chirinos, rápida y temerosa. Va hasta la carreta, cierra el cerrojo de la puerta y vuelve a salir volando. Queda la escena sola. A poco se escuchan ruidos dentro de la carreta. Alguien intenta abrirla desde dentro: golpes, sacudidas... Por fin, tras una pausa, una espada rasga el techo y aparece paulatinamente el casco, la cara y medio cuerpo de Rodrigo; lleva un parche en un ojo y con el otro mira escrutadoramente en torno.

RODRIGO. Siempre hay una salida. *(Pausa.)* Solía decir mi capitán, don Diego Hernández de Palomeque. *(Pausa.)* Siempre hay una salida. Si no la encuentras por delante, búscala por tu diestra. *(Pausa.)* Si la diestra está cerrada, vuélvete hacia la siniestra. *(Pausa.)* ¿No hay salida por allí? Ábrete paso por arriba. *(Pausa.)* Si por arriba no la hubiera, ábrete paso por abajo, hasta el mismísimo infierno. *(Pausa.)* Sólo si hacia el infierno no lograras salir, puedes volverte atrás en tu camino. Pero nunca, óyeme bien, nunca te quedes encerrado. *(Pausa.)* Nunca. *(Pausa.)* Eso decía mi capitán, don Diego Hernández. *(Pausa.)* De Palomeque. *(Pausa.)* Siempre hay una salida. *(Pausa. Grita.)* ¿Por qué diablos me habéis encerrado, pareja de truhanes? *(Pausa.)* ¿Dónde estáis? *(Pausa.)* El siglo corre como el viento, los tiempos se desbocan, se despeñan los días sin remedio, y vosotros dormís a pierna suelta al borde del abismo. *(Pausa.)* Y yo me desespero en esta jaula, como animal de feria, contando los minutos que me faltan para asombrar al mundo. *(Pausa.)* ¡Señor Chanfalla y señora Chirinos! ¿Es para hoy darme la suelta? *(Pausa.)* Si dormidos no están, pues no despiertan con mis voces, a buen seguro que andarán llenándose la panza en un mesón. *(Pausa.)* Si no es que se ocupan en holgar y retozarse en un rincón, como suelen a la hora de la siesta. *(Pausa. Grita.)* ¡Súbase ya las bragas, señora Chirinos, y deje que Chanfalla se ajuste los calzones! *(Pausa.)* Así me lleve la fortuna a Bimini y sabrán todas quién fue, quién será, quién es Rodrigo Díaz de Contreras... *(Pausa.)* ¿Aún andas revolviéndote en tales vanidades, vetusto rijoso, mediado como estás del aparejo? *(Pausa.)* Sí, aún. *(Pausa.)* ¿Dónde está mi sombra? *(Mira hacia el interior de la carreta.)* Sombra, ¿estás ahí? *(Pausa.)* ¿También tú te has marchado, sombra mía? *(Pausa.)* También. *(Pausa. Recita.)*

> A dar tiento a la fortuna
> sale Díaz de su patria,
> tan falto de bienes de ella
> cuanto rico de esperanzas.
> Su valor y noble sangre
> a grandes cosas le llaman,
> y el deseo de extender
> de Cristo la fe sagrada.
> Rompe el mar, vence los vientos
> con una pequeña armada...

(Se interrumpe. Pausa. Recita.)

> Aquí se contarán casos terribles,
> encuentros y proezas soberanas:
> muertes, riesgos, trabajos invencibles,
> más que puedan llevar fuerzas humanas...

(Se interrumpe. Pausa. Recita.)

> ¿Pensábades hallar fijos cimientos
> en medio de la aguas turbulentas?
> ¿Pensábades, tratando con los vientos,
> poderos escapar de sus tormentas?
> Con estas condiciones batallamos
> los que las altas olas navegamos.

(Pausa. Repite.)

Con estas condiciones batallamos
los que las alta olas navegamos.

(Pausa. Repite.)

Con estas condiciones batallamos
los que las altas...

(Se interrumpe. Grita.) ¡Sacadme de aquí, cuerpo de tal, o a fe que destrozo con mi espada este maldito chiribitil, aunque me hunda con él y me quiebre todos los huesos! *(Comienza a golpear con la espada el techo de la carreta.)* ¡Que no está mi furia para consumirse así, sobre un caldaso, como rufián sambenitado! *(Algo se quiebra bajo sus pies y él se hunde con estrépito de chatarra. Silencio. Se escucha, desde el fondo, una voz femenina que canta una arcaica melopea en lengua ininteligible. El canto parece acompañar una actividad que produce golpes apagados con cierta regularidad rítmica. Dentro de la carreta suena algún gemido y ruidos inidentificables, se eleva una columnilla de humo y vuelve a parecer por arriba, ahora con el casco torcido, la cabeza y los hombros de Rodrigo. Fuma un tosco cigarro de considerable tamaño.)* Igual que el Ave Fénix de sus cenizas, renazca el hombre siempre de sus desdichas, solía decir mi capitán Palomeque. *(Pausa.)* Don Diego Hernández. *(Pausa.)* Y hasta lo cantaba por seguidillas. *(Canta.)*

Igual que el Ave Fénix
de sus cenizas,
renazca el hombre siempre
de sus desdichas.

Bien aprendí la máxima, pues que aquí estoy aún, vivo y entero después de tantos riesgos e infortunios... *(Pausa.)* ¿Entero? No tal. Tuerto de un ojo, sordo de un oído, cojo de un pie y privado, lo que más siento, de un compañón. *(Pausa. Grita.)* ¿Qué buscabas en mi entrepierna, flecha maldita? Y tú, don indio puto, bujarrón, que te hiede el culo como un perro muerto, ¿has de apuntar, con tu codicia de varón, a la más preciada parte de mi persona? ¡Dispárame en el pecho, si herirme quieres, y no me desparejes los testigos, camayoa! *(Pausa. Fuma)* Tuerto de un ojo y sordo de un oído y cojo de un pie y etcétera, y arrimado a la muerte por los años. Pero vivo, cosa que no puede decir don Diego Heránez de Palomeque. *(Pausa.)* Mi capitán. *(Pausa.)* Vivo y renaciente de mis cenizas, para levantar la empresa más grande de este siglo. *(Fuma.)* Más noble. *(Pausa.)* De más provecho material y espiritual. *(Pausa.)* De más duraderos frutos. *(Pausa. Fuma.)* De más provecho material y espiritual. *(Pausa.)* Ni Roma ni Cartago. *(Pausa.)* De este siglo y de los pasados. *(Pausa.)* Y de los futuros. *(Pausa. Fuma.)* Pues ya estamos en la tarde y fin de nuestros días y en la última edad del mundo... Y hoy es el quinto día de la quincuagésima luna del año del Jaguar. *(Pausa.)* Hoy ha de ser, sí, pese a quien pese, tras ocho días de "atamalqualiztli" que han dejado mis tripas como espartos. *(Pausa. Fuma.)* Bajo el sexto sello del segundo estado será golpeada la nueva Babilonia. *(Pausa. Saca una bolsa o faltriquera y la hace oscilar ante su ojo sano.)* Sueño florido que me abrirá el camino de Eldorado. Semillas del árbol de la vida que da sombra a la fuente de la eterna juventud. *(Pausa. Fuma.)* A la diestra mano de las Indias, muy llegada a la parte del Paraíso Terrenal... *(Se interrumpe.)* Y con cierta goma o licor que huele muy bien se unta cada mañana, y sobre aquella unción se pega el oro molido, y queda toda su persona cubierta de oro, y tan resplandeciente como...

Entran por donde se fueron Chanfalla y Chirinos hablando entre sí y, sin ver a Rodrigo, se quitan las prendas que se pusieron para salir, mirando inquietos la sala.

CHIRINOS. ...Cuando demasiadamente fáciles resultan. Y más, que ese Maquelo...

CHANFALLA. Macarelo. Macarelo es su nombre.

CHIRINOS. Pues Macarelo. Mucho nos prometió por tan poco.

CHANFALLA. Ya te he dicho que está en deuda conmigo, que una vez le salvé de ir por tres años a apalear sardinas.

CHIRINOS. ¿Y en un librado de galeras confías tú nuestro negocio?

CHANFALLA. Sólo en la parte de juntar la chusma y traérnosla aquí. Y ya viste con qué respeto le saludaban grofas, belitres y mendigos.

CHIRINOS. Eso es verdad, que parecía segundo Monipodio...

CHANFALLA. *(Reparando en Rodrigo, que tampoco los ha visto.)* Quedo, Chirinos, que nuestro indiano está de cuerpo presente.

CHIRINOS. ¡Y de bolsa presente también!

RODRIGO. *(Que ha proseguido sin que le oigamos su monólogo.)* Perlas que la mar vierte en las orillas de la tierra prometida...

CHIRINOS. *(En voz baja, a Chanfalla.)* ¿Ha dicho perlas?

CHANFALLA. *(Ídem, a Chirinos.)* Sí, pero disimula. *(Fingen una nueva entrada. A Rodrigo, andando y hablando sonoramente.)* ¡Tarde madruga nuestro don Rodrigo! ¿Acaso halló cerrada la puerta, que se abrió vuestra merced otra por el tejado?

CHIRINOS. *(Ídem.)* ¡Pecadora de mí, que yo por descuido la cerré, temiendo que alguien viniera a merodear!

CHANFALLA. Siempre has de ser desconfiada y temerosa, Chirinos... *(Abre la puerta de la carreta y quedan a la vista unas cortinas que ocultan su interior.)*

CHIRINOS. No siempre, amigo Chanfalla, pero sí en este lugar y tiempo. *(A Rodrigo.)* ¿No lo sabe vuestra merced? Está la villa que no cabe un alma con un Auto de Fe que el Santo Oficio celebra.

RODRIGO. ¿Auto de Fe?

CHANFALLA. Figúrese cuán oportuna fue nuestra venida, pues que han venido grandes señores de todo el reino...

La cabeza de Rodrigo desaparece al descender.

CHIRINOS. *(En voz baja, a Chanfalla.)* Y aun mayores rufianes; que esto parece un concilio de calcatrifes.

CHANFALLA. *(Ídem, a Chirinos.)* ¿Callarás, cotarrera?

CHIRINOS. *(Ídem, a Chanfalla.)* No seas tú mandria, que él oye menos que un costal de garbanzos.

Apartando las cortinas de la caseta, aparece Rodrigo en camisa hasta más abajo de las rodrillas y con el casco torcido. Lleva el cigarro en una mano y la bolsa en la otra. Al andar, cojea del pie izquierdo.

RODRIGO. ¿Dónde está mi sombra?

CHANFALLA. *(Mira a su alrededor.)* ¿Vuestra sombra? ¿No se os habrá quedado adentro?

RODRIGO. Adentro sólo han quedado las brasas de mi furia y las cenizas de mi paciencia... ¿Soy acaso galeote para verme así privado de mi libertad?

CHIRINOS. Mía es la culpa, mi señor don Rodrigo. Que en verle dormir como un bendito, tuve temor no entrase por aquí algún murcio y le diese a vuestra merced un maldito despertar.

RODRIGO. ¿Quién dices que había de entrar?

CHANFALLA. Un murcio, dice Chirinos, que es como decir un cisquiribaile.

RODRIGO. ¿Un qué?

CHIRINOS. Un cisquiribaile, que es tanto como farabusteador.

RODRIGO. ¿Y quién es ese farabú o farabá?

CHANFALLA. Un farabusteador es lo mismo que un turlerín, sólo que más baqueteado.

RODRIGO. ¿Turlerín? ¿Pues qué cosa es turlerín?

CHIRINOS. Quiere decir Chanfalla un rastrillero, que así llama la cherinola a quien suele garfiñar por la carcoma.

RODRIGO. ¡Cuerpo de tal! ¿Qué algarabía es esa que habláis, que no os entiendo? ¿Hanme llevado los diablos a tierra de infieles, o es que aún no he regresado de las Indias?

CHANFALLA. No se arrebate vuestra merced, que éste sólo es hablar de germanías; que algún poco se nos pegó cuando la mala estrella nos hizo andar un tiempo entre bahurria... Quiero decir, entre gente baja y no muy santa.

RODRIGO. Quiera Dios que no se me pegue a mí tan ruin habla por andar con vosotros. Pues sabido es que hasta el oro y las perlas se agusanan y pudren, si con viles elementos se mezclan. *(Guarda la bolsa en la cintura, bajo la camisa.)*

CHIRINOS. ¿Agusanarse el oro, dice vuestra merced? ¿Pudrirse las perlas? Eso será si se las guarda y encierra con exceso. Que de por sí, y al aire, las cosas nobles ennoblecen.

CHANFALLA. Razón tiene Chirinos, don Rodrigo. Sabido es cuánto poder tienen las riquezas de comunicar a todo y a todos sus virtudes...

RODRIGO. ¿Sus virtudes? *(Se exalta y bracea con el cigarro en la mano.)* ¡Sus vicios comunican, su ponzoña, sus efluvios de muerte y eterna condenación!... si para bajos fines se las busca y acopia. Yo he visto con mis ojos multitudes de hombres perdidos y estragados, muy peores que fieras sin entrañas, cometer mil traiciones y maldades en aquel vastísimo y Nuevo Mundo de las Indias. Como lobos y tigres y leones cruelísimos y hambrientos, ellos cometen tiranías feroces y obras infernales por la codicia y ambición de riquezas. Por las tales riquezas se ensuciaron infinitas manos en violencias, opresiones, matanzas, robos, destrucciones, estragos y despoblaciones, que han dejado aquellas tierras perdidas y extirpadas para siempre...

CHIRINOS. *(Aparte, a Chanfalla.)* Ya se le han llenado los sesos de ese maldito humo...

CHANFALLA. *(A Rodrigo.)* ¿Así piensa vuestra merced pintar las Indias a quien venga a escucharnos esta tarde? Pues, por mi fe, que pocas ganas va a tener nadie de cruzar la mar océana y sufrir mil penalidades y peligros en busca de esa provincia de Eldorado, sin con tales lindezas vamos a encandilarles...

RODRIGO. *(Que se ha calmado al punto.)* No te falta razón, Chanfalla amigo. Me cumple ser prudente y callar la una mitad de la verdad. *(Tira el cigarro al suelo y Chanfalla se acerca a husmearlo.)* Que con la otra mitad basta y sobra para encender los ánimos y levantar los corazones en pos de esa jornada.

CHIRINOS. ¿De qué mitad habla vuestra merced?

(Chanfalla recoge el cigarro y lo examina.)

RODRIGO. De la que cuenta y canta las maravillas que el Nuevo Mundo encierra. *(Le rodea los hombros con el brazo.)* Has de saber, Chirinos, que no hay verdad sin dos caras y dos bocas, amargas las unas, dulces las otras. Y también la verdad de las Indias es como digo, pues si, por un lado, abundan allí horrores y miserias peores que la muerte y el infierno, por otro no habrá lengua capaz de cantar sus excelencias, ni manos capaces de pintar sus bellezas...

CHIRINOS. ¿Acaso quiere vuestra merced pintarlas en mis tetas? *(Y esquiva la mano de Rodrigo que, efectivamente, merodeaba por su escote.)*

RODRIGO. *(Sin darse por aludido, declama)*
    Hay infinitas islas y abundancia
    de lagos dulces, campos espaciosos,
    sierras de prolijísima distancia,
    montes excelsos, bosques tenebrosos,
    tierras para labrar de gran sustancia,
    verdes florestas, prados deleitosos,
    de cristalinas aguas dulces fuentes,
    diversidad de frutos excelentes...

(Chanfalla intenta fumar el cigarro, sin mucho éxito.)

CHIRINOS. *(Declama, pero con intención manifiesta.)*
    En riquezas se ven gentes pujantes,
    villas y poblaciones generosas,

auríferos veneros y abundantes
metales de virtud, piedras preciosas,
margaritas y lúcidos pinjantes
que sacan de las aguas espumosas...

Mientras recita, intenta sustraer la bolsa que guarda Rodrigo bajo la camisa. Chanfalla lo advierte y, alarmado, arroja el cigarro por un lateral del escenario y acude a evitar un posible desastre.

CHANFALLA. *(Apartando a Chirinos de un tirón.)* Aquí vendría como de molde, señor don Rodrigo que, aun en contra del parecer de vuestra merced, ensayáramos algún poco el Retablo... Siquiera porque no se nos quede abierto más de un agujero por donde se derrame la mitad importuna de la verdad.

Chirinos le hace señas de que no importa y él le replica por señas, entablándose entre ambos un diálogo mudo.

RODRIGO. Esa mitad, Chanfalla, presa y amordazada la llevo en las últimas dobleces del corazón. No tengas temor de que por descuido la proclame, que harto trabajo me cuesta decírmela a mí mismo. Sino que tú y Chirinos me la arrancásteis con vuestro vano elogio de la riqueza... Y sobre el ensayar, no pases pena: remachad y pulid vosotros vuestras partes del Retablo, que yo las mías bien sé cómo... *(Repara en que Chanfalla y Chirinos no le escuchan, enfrascados como están en su disputa gestual.)* ¿Qué andáis ahí zaragateando con muecas a mis espaldas?

CHANFALLA. *(Disimulando.)* No nada, señor indiano...

CHIRINOS. *(Ídem.)* Aquí Chanfalla, que de suyo es testarrón y empecinado.

CHANFALLA. Aquí Chirinos, que, a más de hurgamandera, tiene sus puntas de rasgada.

CHIRINOS. *(Airada.)* ¡Rasgada has de ver tu cara si así me garrocheas!

RODRIGO. *(Poniendo paz.)* Quédese aquí la porfía, que a golpes de lengua acibarada ninguno ha de ganar. Y pasemos a cuestiones de mayor importancia. *(Avanza hacia el borde del escenario.)* ¿Habéis examinado si el lugar es oportuno? ¿Tiene las condiciones que merece nuestro auditorio?

CHANFALLA. *(Atajándole, para evitar que baje a la sala.)* Esas y más, don Rodrigo... Adorno y acomodo parecen dispuestos a medida de tan digna concurrencia como aquí debe aposentarse.

CHIRINOS. *(Tratando de atraer su atención hacia el fondo del escenario.)* Pues, ¿y esta espaciosidad? ¿Y este despeje y holgura? Aquí podrían mostrarse sin embarazo alguno los trabajos de Hércules, la toma de Constantinopla por los turcos y la naval batalla de Lepanto...

RODRIGO. *(Sin dejar de otear la sala.)* Pues ahí bien se vería la caída de Luzbel a los infiernos...

CHIRINOS. *(Aparte, a Chanfalla.)* ¡Jesús tres veces! ¡Y que con sólo un ojo tanto acierte...!

CHANFALLA. Ea, señor indiano, que mucha parece la sombra desde la mucha luz. Y mire cómo abunda ella en esta parte, y lo bien y rebién que nos alumbra... *(Pasea exageradamente por escena, como haciéndose ver.)*

RODRIGO. Así es verdad. Quiérolo yo mirar desde aquí abajo, por el gusto de ver cómo seremos vistos.

Se dispone a bajar, ante el gesto impotente de Chanfalla y Chirinos. Ésta reacciona por fin vivamente, atrayendo la atención de todos hacia un lateral del fondo.

CHIRINOS. ¡Helos, helos! ¡Aquí llegan!

RODRIGO. ¿Quién llega? *(Se detiene.)*

CHIRINOS. ¡Por el siglo de mi madre! ¡Y qué priesa que se han dado! Mía fe, que no son dados a haronear en esta villa...

RODRIGO. Pero, ¿de quién hablas?

CHANFALLA. *(Cayendo de las nubes.)* ¡Cuerpo de tal! ¿Ellos son ya?

CHIRINOS. Mismamente.

CHANFALLA. Presto acuden, don Rodrigo. *(Detiene a Rodrigo, que ya iba hacia Chirinos.)* Y mire en qué compostura está aún vuestra merced. *(Rodrigo se mira en camisa.)* Mala cosa sería que le vieran de esta guisa y tomaran mala opinión de su persona y calidad.

RODRIGO. ¿No he de saber, por Dios, quién os alborota así con su venida?

CHIRINOS. ¿No lo adivina vuestra merced? Pues no menos del alcalde y regidores del lugar que, sabedores de nuestra llegada, sin duda quieren asegurarse de cuál intento traemos.

CHANFALLA. Eso mismo me anunció un alguacil con quien estuve platicando.

CHIRINOS. Con que ya veis cómo nos toman, especialmente a vuestra merced...

CHANFALLA. *(Conduciendo a Rodrigo a la carreta.)* De prisa, don Rodrigo. Importa que os entréis por que no os vean en tan menguado porte.

CHIRINOS. Sí, de prisa, de prisa, que ya llegan...

RODRIGO. ¿Y qué haréis vosotros?

CHANFALLA. ¿Qué hemos de hacer, sino darles cuenta cabal de lo que aquí nos ha traído?

RODRIGO. ¿Sabréislo obrar debidamente?

CHANFALLA. Tan bien o mejor que vuestra merced. Y éntrese ya, por su vida, no se malogre este negocio. *(Le empuja adentro.)*

RODRIGO. *(Desapareciendo tras las cortinas.)* Hablad con altas voces, de modo que yo pueda oír lo que decís y os dicen...

CHANFALLA. Así haremos.

CHIRINOS. *(Fingiendo que habla con alguien.)* Bienvenidos sean el señor alcalde y los señores regidores de esta noble y famosa villa. Beso a vuestras mercedes las manos. *(Cambiando la voz.)* ¿Qué os trae por estas tierras, buena gente?

CHANFALLA. *(Siguiéndole el juego.)* No otra cosa sino el gusto de serviros y el afán de mostraros algo de tanto provecho como entretenimiento.

CHIRINOS. *(Cambiando la voz.)* ¿Y qué es ello y quiénes sois y qué queréis? *(Con su propia voz.)* Sabed, señor alcalde y señores regidores, que nosotros somos Chanfalla y Chirinos, cómicos famosos donde los haya, que de muchos años a esta parte andamos por estos reinos representando toda suerte de historias...

CHANFALLA. *(En voz baja.)* Y fabricando toda suerte de embelecos...

CHIRINOS. ...Así en forma de comedias, autos y entremeses, como de retablos...

CHANFALLA. *(Alto, con su propia voz.)* Quizá vuestras mercedes tuvieran noticia del maravilloso Retablo de las Maravillas, el cual fabricó y compuso el sabio Tontonelo, que años ha mostramos con general contentamiento y aplauso por estas tierras... *(Cambia la voz.)* Sí, por cierto: hasta acá llegó la fama de sus maravillosas virtudes.

CHIRINOS. Pues sepa, señor alcalde, que nosotros fuimos los portadores del tal Retablo. *(Cambia la voz.)* ¿Y qué nuevo artificio portáis ahora?

CHANFALLA. *(Con su propia voz.)* Ahora, señor regidor, la ventura nos ha deparado ocasión tan venturosa que podamos mostrar hoy a vuestras mercedes, y mañana a todo el reino, un nuevo y, si cabe, más maravilloso Retablo. *(Cambia la voz.)* Pésame en el alma, señores farsantes, pero así podréis mostrar hoy aquí ese retablo vuesto como los milagros de Mahoma. *(Con su propia voz.)* ¿Y cuál es la causa, si decirse puede? *(Cambia la voz.)* Habéis de saber, señores, que hoy se celebra en nuestra villa un piadosísimo Auto de Fe, en el que, con la gracia de Dios, van a ser azotadas y achicharradas tres docenas largas de luteranos y

EL RETABLO DE ELDORADO

marranos. Juzgad si, entre tales devociones, caben vuestras distracciones.

CHIRINOS. *(En voz baja, airada.)* ¿Aún porfías en tu recelo? *(Cambia la voz.)* Bien es verdad, no obstante, que si vuestro retablo no fuera de cosas vanas y peregrinas, sino de graves y discretas y elevadas razones, cupiera lindamente en la ocasión. *(Con su propia voz.)* ¿Graves y elevadas y discretas pide las razones vuestra merced? Tales son, en grado sumo, y aun excelentes y dignas de encarecimiento, pues que todo en nuestro Retablo no es sino aliento que dar a la honra, a la fama y a la gloria. *(Cambia la voz.)* ¿Pues qué retablo es ese tan preciado y fructuoso? *(Con su propia voz.)* Es, señores míos, el Retablo de Eldorado. *(Cambia la voz.)* ¿El Retablo de Eldorado? *(Otra voz.)* ¿El Retablo de Eldorado? *(Otra voz.)* ¿De Eldorado?...

CHANFALLA. *(Con su voz.)* Sí, abundantes señores: el Retablo de Eldorado, en cuya composición y aderezo hemos modestamente secundado con nuestro saber farandulero a un noble, a un valiente, a un esforzado conquistador, que ha sembrado con su sangre y su valor la más de las tierras del Nuevo Mundo. Y es su nombre: don Rodrigo Díaz de Contreras.

CHIRINOS. *(Cambia la voz.)* ¿Don Rodrigo Díaz de Contreras? *(Otra voz.)* ¿Don Rodrigo Díaz de Contreras? *(Otra voz.)* ¿Don Rodrigo? *(Otra voz.)* ¿De Contreras?...

CHANFALLA. *(Con su voz.)* Don Rodrigo Díaz de Contreras, sí, innumerables señores... *(En voz baja.)* Ataja ya, garlona, no nos metas aquí todo el concejo...

Rodrigo ha asomado la cabeza por entre las cortinas, pero no alcanza a verles y tampoco osa salir.

CHIRINOS. *(Sin reparar en él, cambia la voz.)* ¿Y no podríamos ahora hacer reverencia a tan cumplido soldado?

Rodrigo se esconde rápido tras las cortinas.

CHANFALLA. Sí pudierais... sino que él se halla ahora dos leguas de aquí, ocupado en no sé qué menesteres que convienen al realce y propiedades del Retablo. *(Cambia la voz.)* ¿Y quién o qué cosa sea ese Dorado que en el tal retablo deseáis mostrar?

CHIRINOS. *(Con su voz.)* El Dorado llaman los españoles a un príncipe o cacique que señorea y manda en la más rica de las provincias de las Indias. Y es tánta su riqueza, que continuo anda cubierto de oro molido, y tan menudo como sal polvorizada. Cuentan que cada mañana le untan de la cabeza a los pies de una trementina muy pegajosa, y sobre ella, con unos canutos, le soplan encima el oro en polvo. Y así va él todo el día, sin otro vestido ni adorno encima, que no le da empacho o vergüenza mostrar toda su disposición natural. Y al llegar la noche, se lo quita y lava, y se pierde todo el oro por tierra. Y esto hace todos los días del mundo. Haced cuenta de cuánta será su riqueza...

CHANFALLA. *(Con su voz.)* Dicen también que en esa provincia de Eldorado hay una laguna donde hacen sus fiestas y areitos algunas veces al año. Y ellas son que desnudan al cacique en carnes vivas, y lo untan y espolvorean según queda dicho, de modo que relumbra como el sol... *(Va quedando como fascinado por su propia descripción.)* Luego lo ponen en una gran balsa de juncos adornada todo lo más vistoso que pueden, y en medio de ella un gran montón de oro y esmeraldas para ofrecer a su dios o demonio. Llegada la balsa al medio de la laguna, entre cantos y músicas y sahumerios, hace el indio dorado su sacrificio echando al fondo todo el acopio de oro y plata y piedras preciosas que consigo lleva...

CHIRINOS. *(Extrañada, en voz baja, a Chanfalla.)* Despierta, Chanfalla, hijo, que a nadie has de encantar con tu lengua.

CHANFALLA. *(En verdad, como volviendo a la realidad.)* ¿Qué diablos de encantamiento dices?

CHIRINOS. Nada, sino que, en verte con esos ojos de mochuelo espantadizo, se me figuró que real y verdaderamente hablabas al alcalde y regidores fantasmas...

CHANFALLA. En Dios y en mi ánima te juro que así me pareció por un momento... Pero más me desazona la ilusión que

EL RETABLO DE ELDORADO

me han hecho esas sombras y luces... *(Señala el lateral hacia el que miraba.)*

CHIRINOS. ¿Qué ilusión?

CHANFALLA. Propiamente se me representó el tal cacique dorado, todo resplandeciente, y la laguna y balsa y joyas y cantares que yo mismo iba diciendo...

CHIRINOS. *(Inquieta.)* ¿Por el siglo de mi abuela que no me engañas? *(Mira hacia el lateral y hacia la sala.)*

CHANFALLA. Te juro por la... *(Un ruido en la carreta le interrumpe.)*

CHIRINOS. ¡Tsssss! Sigamos con la comedia, que este silencio extraña al golondrino. *(Cambia la voz.)* Mudos nos ha dejado este prodigio, señor Chanfalla. A fe que en esa sola provincia de Eldorado debe juntarse tanto oro como crían todas las minas del Perú. *(Con su voz.)* Y aún más, osaría decir, señor alcalde. *(Cambia la voz.)* ¿Y a qué parte de las Indias decís que se encuentra? *(Con su voz.)* Ahí está la cuestión, señor regidor, que al tal Dorado aún le falta la cola por desollar. Quiero decir que, no obstante haberse hecho innumerables entradas en busca de esa riquísima provincia, con infinita muerte y perdimiento de cristianos, éste es el día en que nadie sabría decir dónde y cómo se encuentra.

CHANFALLA. *(Ha vuelto al juego, después de otear inquieto el lateral.)* Nadie, si no es nuestro sin par don Rodrigo, que en una de sus muchas jornadas llegó a las mismas puertas de Eldorado. *(Cambia la voz)* ¿A las puertas llegó, y anda por estas trojas de miseria?

CHIRINOS. *(Con su voz.)* Pocas veces la ventura llega sin la desventura, señores. Y, en aquella tan aventurosa ocasión, andaba don Rodrigo mal herido, enfermo de unas fiebres, transido de hambre y, como remate, prisionero de unos indios caribes que lo llevaban en volandas para curarle, cebarle y comerle como a un puerco, sea dicho con perdón de vuestras mercedes. *(Cambia la voz.)* ¡Válgame Dios! ¿Y cómo se libró el hombre de trance tan apretado?

CHANFALLA. *(Con su voz.)* Esas y otras mil tan peregrinas andaduras podrán conocer vuestras mercedes de su misma boca, en dejándonos mostrar nuestro Retablo. *(Cambia la voz.)* ¿Cómo así? ¿Por dicha o por desdicha el esforzado conquistador ha trocado la espada por la carátula? ¿Hase vuelto farsante o titerero, trujumán o funámbulo?

Se entreabre la cortina y vemos a Rodrigo acabando precipitadamente de vestirse.

CHIRINOS. *(Con su voz.)* ¡Quite allá, señor regidor, y cómo anda descaminado vuestra merced! Muy otra es la mudanza de don Rodrigo. Sepan todos que, si ahora se emplea en menesteres de poeta y representante, es con la vista puesta en muy alta empresa que precisa de esta papanduja... *(Chanfalla descubre a Rodrigo a punto de salir y advierte por señas a Chirinos del peligro. Ésta comprende al momento y acelera su actuación. Cambia la voz.)* En fin, señores Chanfalla y Chirinos, o como sea su gracia: todo nos haréis saber más por extenso aquesta tarde, pues que ahora nos avisan de súbito para volver precipitosamente a la villa. *(Con su voz.)* Pues, ¿qué cosa puede haceros partir tan aína? *(Cambia la voz.)* Hanse fugado cuatro herejes de los que han de ser relajados en el Auto de Fe. Quedad con Dios, señores cómicos... *(Con su voz.)* ¡Vuestras mercedes vayan con él!

CHANFALLA. *(Sale por el lateral, actuando la despedida.)* ¡Beso las manos de vuestras mercedes! *(Dentro, cambia la voz.)* ¡Adiós, señor Chanfalla! ¡Adiós, señora Chirinos! *(Otra voz.)* ¡Quede en buen hora el señor conquistador!...

RODRIGO. *(Que ha terminado de componerse, sale con mucho ímpetu.)* ¡Heme aquí para servirles, señores alcalde y regidores! *(Pero se enreda en su propia ropa y cae aparatosamente al suelo.)*

CHIRINOS. *(Viendo la caída.)* ¡Jesús, don Rodrigo! *(Va junto a Rodrigo, que ha quedado inmóvil.)* ¡Pecadora de mí! ¿Si se habrá muerto? ¡Don Rodrigo, vuelva en sí! *(Hacia el lateral.)*

¡Chanfalla, por tu vida, que este hombre se nos ha finado! ¡Chanfalla!

CHANFALLA. *(Entrando.)* Calla, que los harás volver...

CHIRINOS. *(Asombrada.)* ¿A quién haré volver?

CHANFALLA. *(Reacciona.)* ¡Cuerpo del diablo! ¿Qué me digo?

CHIRINOS. Deja de dar carena y mira qué tiene este pobre viejo... *(Intenta reanimarle.)* ¡Don Rodrigo, por Dios, abra el ojo!

CHANFALLA. *(Corre a su lado.)* ¡Voto a diez! ¿Qué ha pasado?

CHIRINOS. Salió hecho un novillo y ha debido trastabillar con la premura...

CHANFALLA. *(Acercando el oído a la cara de Rodrigo.)* No es muerto, vive el cielo, que resuella como estilbón... ¿No habrá estado libando en la garita?

CHIRINOS. Todo pudiera ser, aunque verdad es que no suele darse mucho del vino.

CHANFALLA. No, él prefiere alumbrarse con esas hierbas y humos de allende...

CHIRINOS. Yo tengo para mí que el aire fresco le volviera a sus sentidos. ¿No echas de ver con qué ansia respira?

CHANFALLA. No te falta razón, mujer, porque aquí dentro el aire no me parece muy católico...

CHIRINOS. ¿Ahora eres tú quien hueles el azufre?

CHANFALLA. No digo tal, sino que este cerramiento esturdece algún poco los sentidos. Saquémosle afuera, que donde hay viento sobra el ungüento.

Le toman de los brazos y las piernas y van sacándole hacia el lateral.

CHIRINOS. ¡Cuerpo de tal! ¿No sería mejor despojarle primero de todas estas herruzas? Con ellas pesa más que un buey ahogado...

CHANFALLA. Nos llevaría un mes descerrajarlo...

CHIRINOS. ¡Por mi vida, Chanfalla! ¿Si llevará la bolsa encima? ¿Hay mejor ocasión para saber qué guarda?

CHANFALLA. Déjate de bolsas y acarrea, Chirinos. Que también yo quiero airearme de los malos humores de esta troja.

CHIRINOS. *(Mirando la escena y la sala mientras salen.)* ¡Raro lugar, es cierto! ¡Quiera Dios no nos depare algún mal encuentro!...

La escena queda sola. Al poco, desde la oscuridad del fondo entra una mujer de rasgos inequívocamente indios. También su atuendo, aunque españolizado en parte, revela su procedencia. Lleva en las manos un cuenco de barro, sin duda conteniendo algún líquido, y camina con precaución de no verterlo. Entra en la carreta y, durante unos momentos, se la escucha trajinar y canturrear una extraña salmodia. Sale por fin con el cuenco vacío en una mano y la bolsa de Rodrigo en la otra. Antes de desaparecer por el fondo, se detiene, como atraída por algo que procede de la sala. Se gira y avanza hacia el proscenio lentamente, como tratando de escrutar la oscuridad. Tiene un impulso de bajar a la sala, pero se contiene y va rápidamente hacia el fondo, por donde desaparece. Casi simultáneamente, entra Chirinos por el lateral, furtivamente y mirando con temor la sala. Entra en la carreta y desaparece en su interior. Se escuchan ruidos. Vuelve a salir, evidentemente contrariada, y se dispone a irse por el lateral. En ese momento entra bruscamente Rodrigo, seguido por Chanfalla.

RODRIGO. *(Furioso y aún conmocionado por la caída.)* ¡Debiste retenerles!

CHANFALLA. *(Casi sosteniéndole.)* Corrían como galgos, don Rodrigo...

RODRIGO. ¡Antes, Chanfalla, antes! Antes de que les dieran aviso de aquellas cuatro liebres escapadas del asador.

CHANFALLA. Aún no ha sido el Auto de Fe, don Rodrigo...

RODRIGO. Cuando mostraron interés en conocerme. Entonces, Chanfalla, entonces debiste concertarles conmigo, en vez de enviarme dos leguas de aquí.

CHANFALLA. Estaba vuestra merced en paños menores, don Rodrigo...

RODRIGO. ¿Y piensas que no sé vestirme solo?

CHANFALLA. Ciertamente, don Rodrigo...

RODRIGO. ¿Dónde está mi sombra?

CHIRINOS. *(Que ha ido hacia algún tenderete del fondo.)* Ahí afuera me parece que la oigo trajinar...

RODRIGO. *(Grita hacia el fondo.)* ¡Sombra! ¡Sombra mía, ven aquí!

CHIRINOS. *(Ídem.)* ¡Doña Sombra, venga acá!

RODRIGO. *(A Chirinos.)* ¿A qué le llamas tú doña Sombra? ¿Es sombra tuya, acaso? No, sino mía. Sombra mía es, y sólo yo puedo llamarla así. Para ti y para todos es Ahuaquiticlán Cuicatototl.

CHIRINOS. ¡Pecadora de mí, don Rodrigo! ¿Y cómo quiere que diga yo ese voquible, sin que se me caigan todos los dientes?

Entra la india, Doña Sombra, con una jarra azteca.

RODRIGO. Llámala entonces Pájaro que Canta Junto a la Fuente Seca, que eso mismo significa su nombre en lengua de cristianos. *(Dirigiéndose a Sombra en náhuatl.)* Can oticatta, quen in tlein oticchiuh? (¿Dónde estabas todo este tiempo, y qué es lo que hacías?)

SOMBRA. Onimitzchihuili ce huehyi xochitemictli. (Preparaba para ti un largo sueño florido.)

RODRIGO. ¿Tle ipampa? ¿Cuix ticnemilia ahtle huel nicchihuaz intla ahmo nechpalehuia in chalchiuhtlicue? (¿Por qué? ¿Crees que no puedo emprender nada sin la ayuda de tu Señora de las Aguas?)

SOMBRA. Ca ahmo. Zan nicnequi yahuatzin in mitzmopalehuiliz in ihcuac motech monequiz. (No, sólo quiero que ella pueda acudir a ti cuando la necesites.)

CHANFALLA. *(Que ha seguido el diálogo mientras se ocupa en el adorno de la carreta.)* ¡Válgame el diablo, señor conquistador! ¿Esa maldita algarabía tienen que hablar entrambos? ¿Acaso no comprende ella nuestra lengua castellana?

RODRIGO. Comprende sólo lo que yo quiero que comprenda. Y tú no quieras entremeterte en lo que nada te toca.

CHIRINOS. *(A Sombra.)* ¿No es cierto, doña Sombra... o doña Pájara de no sé cuántos, que entiende el hablar de cristianos? Si no es así, yo te lo enseñaré, mochacha. Es muy fácil, ya verás... *(Ayudándose con gesticulación excesiva.)* Tú y yo; mujeres. Mu-je-res. Ellos dos: hombres. Hom-bres. *(Levanta la pierna y se coge el pie.)* Esto: zapato. Za-pa-to. Y esto... *(Hace muecas.)* se llama comer. Co-mer...

RODRIGO. *(A quien Chanfalla mostraba la ornamentación.)* Basta ya, Chirinos, que yo me basto y me sobro para enseñarle todo lo que es menester.

CHIRINOS. Eso creo yo muy bien, pero más enseñarán dos maestros que no uno, ¿no le parece a vuestra merced? *(Rápida, a Sombra, con profusa ilustración gestual.)* Esto: mano. Ma-no... Esto: ojos. O-jo, o-jos... Esto de aquí: narices. Na-ri-ces... *(Reparando en la impaciencia de Rodrigo.)* Y luego están los días de la semana, que también son muy fáciles: lunes, martes, miércoles, jueves, viernes...

RODRIGO. *(Atajándola.)* ¡Basta he dicho! Deja de ensartar bachillerías a trochemoche y ponte a disponer en su lugar y modo las vestimentas del Retablo. *(A Sombra.)* Y tú, sigue con lo tuyo. *(A Chanfalla.)* ¿No dijeron los señores del concejo que esta tarde sería su venida?

CHANFALLA. ¿Esta tarde? *(Reacciona.)* Sí, esta tarde dijeron.

RODRIGO. Pues ya, si no me equivoco, pasa sobradamente del mediodía. Y no es poco lo que hay que aparejar.

CHANFALLA. ¿Piensa vuestra merced que nos dormimos acá en las pajas? ¿Qué cree que fueron nuestras idas y venidas de esta mañana, sino poner en orden todo lo necesario?

RODRIGO. *(Examinando las perchas y puestecillos.)* Lo necesario a vuestro mercado, a lo que veo.

CHANFALLA. Y también al Retablo, don Rodrigo.

CHIRINOS. ¿Acaso no ve con buenos ojos que aprovechemos la ocasión para vender esas mercaderías de allende?

RODRIGO. Nunca me pareció apropiado mezclar lo sublime con lo bajo.

CHIRINOS. ¿No? Pues tal es el mundo, señor indiano.

CHANFALLA. Y tal fue nuestro trato.

RODRIGO. Feria son, ciertamente, el mundo y sus tratos...

CHANFALLA. *(Que está quitando tableros de la carreta, tras los cuales aparece un teloncillo.)* ¿Hase vuelto ahora vuestra merced predicador?

RODRIGO. Temor tengo de verme crucificado entre estos dos ladrones...

CHIRINOS. *(Picada.)* ¿De qué ladrones habla vuestra merced?

CHANFALLA. *(Ídem.)* ¿Por tales toma a dos honrados farsantes?

RODRIGO. No os ofendáis tan presto, que sólo figuradamente llamo ladrones a la farsa *(Señala la carreta)* y a la feria *(Señala el mercadillo)*, y no a vosotros.

CHIRINOS. Con todo y con eso, mire de no ponernos la mano en la horcajadura...

Sale muy digna por el fondo. Durante el diálogo, Sombra ha salido de escena y ahora vuelve a entrar. Se irá acercando al proscenio tratando de aparentar que se ocupa de arreglar los tenderetes.

RODRIGO. *(Sin reparar en ella.)* ¿Qué tiempos son estos, en que las nobles empresas han de proclamarse envueltas en trazas y artificios de teatro, y aderezadas con señuelos y pregones de mercado? No es victoria la que se logra con embelecos y falsías, solía decir mi capitán don Diego...

CHANFALLA. ¿Hernández de Palomeque?

RODRIGO. Sí. Y añadía: si nobles fines persigues, procúrate nobles medios.

CHANFALLA. *(Siempre ocupado en la transformación de la carreta.)* ¿Y cuáles nobles medios fueron los suyos para alcanzar tan noble fin como írsele la vida por los flujos del vientre? Que así murió el tal Palomeque: desaguándose por entrambas canales, al decir de vuestra merced.

RODRIGO. Ruin y mezquina tuvo la muerte, es cierto, don Diego Hernández. Pero sólo en lo tocante a las miserias del cuerpo, que su ánimo sufrió con entereza las afrentas de la carne mortal. "¡Cargad con mi inmundicia los arcabuces!", gritaba en su agonía. "¡Sepan esos indios malditos que tanto matan las heces castellanas cuanto sus hierbas ponzoñosas! ¡A ellos, caballeros, a ellos!"

CHANFALLA. ¡Válgame el cielo, qué arrojo y fieros palominos se gastaba el capitán Palomeque! Así pues, ¿murió en medio de una batalla?

RODRIGO. No, sino en medio de unos espesísimos manglares.

CHANFALLA. ¿Y qué cosa son manglares?

RODRIGO. Son grandes extensiones de selva donde las cepas y raíces se entretejen unas con otras. Allí los pies se hunden, y aun los hombres enteros, que marchar sobre ellos es fatiga infinita.

CHANFALLA. ¿Dónde estaban entonces los indios y su enconado ataque?

RODRIGO. No más que en su cerebro conturbado por las fiebres. Pero aún con tales parasismos mostraba claramente su entereza de ánimo. Por eso digo que... *(Se interrumpe al ver a Sombra que, ya en el proscenio, efectúa gestos rituales hacia la sala. Irritado, le grita.)* ¿Cuix ayammo timocatiz ipan in motequiuh? (¿Vas a acudir por fin a tu trabajo?)

Sombra se sobresalta y, temerosamente, se escabulle por el fondo, no sin hacer algún furtivo gesto hacia la sala. Rodrigo la mira salir y luego se siente atraído por la oscuridad.

CHANFALLA. *(Tratando de desviar su atención.)* Dígame una cosa vuestra merced, ahora que estamos sólos... ¿Es cierto todo lo que se cuenta de esas indias?

RODRIGO. ¿Qué indias, y qué cosas se cuentan?

CHANFALLA. Las mujeres de allende, digo. Y de cómo andan por esas tierras como su madre las parió...

RODRIGO. *(A quien el tema no desagrada.)* Diversas son las tierras, y diversas las gentes, y diversísimos los usos de aquellos naturales. Pero es cierto que, en algunos lugares, ellas sólo cobijan su natura con unas mantillas de algodón, que llaman enagúas, y todo lo demás en cueros, como nacieron.

CHANFALLA. *(Ha sacado de la carreta lo que parecen ser dos pequeños mástiles con sendas velas arrolladas.)* ¿Y tienen razón los que dicen que son de fácil acceso?

RODRIGO. Comúnmente son castas y guardan su persona, pero también hay muchas que de buen grado se conceden a quien las quiere, en especial las que son princesas.

CHANFALLA. ¿Las princesas? ¿Y por qué causa? *(Se va interesando en el tema.)*

RODRIGO. Porque dicen que las mujeres nobles y principales no han de negar ninguna cosa que se les pida, y que negarse es de villanas.

CHANFALLA. ¡Cuerpo del mundo! ¡Y qué sana doctrina!

RODRIGO. Pero, asimismo, las tales tienen respeto a no mezclarse con gente común, excepto si son cristianos, porque nos conocen por muy hombres.

CHANFALLA. Gran verdad es ésa, juro a diez.

RODRIGO. Muchas de ellas, después que conocen carnalmente algún cristiano, le guardan lealtad... si no está mucho tiempo ausente, porque ellas no son muy dadas a ser viudas ni beatas que guarden castidad.

Sombra aparece unos momentos por el fondo, ocupada en arreglar el mercadillo.

CHANFALLA. *(Cada vez más excitado.)* ¡Por el siglo de mi madre, como esas las quisiera yo! Mía fe, que andarán todo el año con la panza hinchada... *(Ríe.)*

RODRIGO. No así, porque cuando se preñan, toman una hierba con que enseguida remueven y lanzan la preñez; porque dicen que las viejas han de parir, que ellas no quieren estar ocupadas para dejar sus placeres, ni preñarse para que al parir se les aflojen las tetas, de las cuales se precian mucho, y las tienen muy buenas.

CHANFALLA. *(Lanzando miradas a Sombra.)* Así debe de ser...

RODRIGO. Pero cuando paren, se van al río y se lavan, y la sangre y la purgación les cesa al punto. Y pocos días dejan de hacer el... ejercicio por causa de haber parido. Antes, se les cierra la cosa de manera que, según dicen los que se dan a ellas, con pena consuman los varones sus apetitos, de tan estrecha que la tienen...

CHANFALLA. *(Excitadísimo.)* ¡Ah, hideputas, esa pena quisiera yo sufrir en el purgatorio! Por mi ánima, que sodomitas han de ser allí los maridos si no andan todo el día persiguiéndolas a golpes de mondongo.

RODRIGO. Cierto que en muchas partes es muy común entre los indios el pecado nefando contra natura. Y los señores y principales que en esto pecan, tienen públicamente mozos con quienes usan este maldito pecado.

CHANFALLA. ¡Reniego de mí! ¿Y no se mueren de vergüenza los tales bujarrones?

RODRIGO. Muy al contrario. Esos mozos pacientes, que llaman camayoa, así como caen en esta culpa, al punto se ponen enagúas, como mujeres, y sartales y pulseras, y ya no se ocupan en el uso de las armas ni hacen cosa que los hombres ejerciten, sino barrer y fregar y las otras cosas habituales de las mujeres.

CHANFALLA. *(Indignado.)* ¡Malditos sodomitas! ¡Debieran matarlos a todos y ensartarlos por las agallas, como sardinas en lercha!

RODRIGO. En cierto lugar echamos a los perros hasta cincuenta de estos putos que encontramos, y luego los quemamos, informados primero de su abominable y sucio pecado. Y cuando se supo por la comarca esta victoria y justicia, nos traían muchos hombres de sodomía para que los matásemos y tenernos así contentos.

CHANFALLA. Ahí se echa de ver los grandes beneficios que trae consigo cristianar a esos bellacos.

RODRIGO. No todo son beneficios...

CHANFALLA. ¿Qué dice vuestra merced?

RODRIGO. No nada. Sino que, algunas veces, por la demasiada devoción con que se los quiere cristianar, quedan las almas algo dañadas...

CHANFALLA. ¡Y aun los cuerpos, a buen seguro! *(Ríe.)* Como los de esos herejes que el Santo Oficio va a relajar... *(Reparando en que Sombra ha salido, confidencial.)* Pero dígame, don Rodrigo, de vos para mí: esa india, doña Sombra...

RODRIGO. Mi sombra.

CHANFALLA. Eso: vuestra sombra.

RODRIGO. Ahuaquiticlan Cuicatototl.

CHANFALLA. Quiticacoco, eso mismo.

RODRIGO. Ahuaquiticlan Cuicatototl.

CHANFALLA. Quiticlanclonclón, sí...

RODRIGO. Ahuaquiticlan Cuicatototl.

CHANFALLA. Ahuiquitantolontón... o como diablos se llame, voto a diez. ¿Qué importa su nombre?

RODRIGO. Importa tanto como el tuyo.

CHANFALLA. No digo que no, cuerpo de tal... Mas, para lo que yo quería saber, tanto importa su nombre, como el mío, como el del obispo de Coria...

RODRIGO. ¿Y qué querías saber?

CHANFALLA. *(Vuelve a la actitud de compadreo.)* Tan sólo si ella y vuestra merced... En fin, si vuestra merced y ella... Quiero decir... ya me comprende vuestra merced...

RODRIGO. No, no te comprendo.

CHANFALLA. No es curiosidad mía, sino que Chirinos, que es un tanto remilgada en esas cosas, me pregunta a veces si esa india, sobre criada vuestra, es algo más...

RODRIGO. ¿Qué más habría de ser? ¿Mi hija, acaso?

CHANFALLA. *(Queda un momento mudo, desconcertado por la pregunta, y luego rompe a reír, confianzudo.)* ¡Ah don Rodrigo, don Rodrigo! ¡Y qué chancero solapado me va

EL RETABLO DE ELDORADO

pareciendo vuestra merced, so capa de gravedoso! A fe que, con los dos meses que ha que andamos en tratos por nuestro Retablo, y ésta es la tarde del día en que aún no acabo de saber qué esconde tras el ojo de trapo...

RODRIGO. No escondo nada, sino la falta de él.

CHANFALLA. *(Ríe.)* ¡Ésta, por ejemplo! ¡La falta de él! *(Cesa bruscamente de reír.)* ¿Vuestra hija? ¿Es esa india hija de vuestra merced?

RODRIGO. ¿Qué te asombra? ¿Piensas acaso que me han faltado rejos para engendrar, no una, sino doscientas hijas?

CHANFALLA. *(Cada vez más perplejo, no sabe si reír o no.)* ¿Doscientas hijas?

RODRIGO. O hijos. *(Ríe.)*

CHANFALLA. *(Ríe también.)* O hijos, claro está... *(Deja de reír.)* Así pues, ella no es vuestra manceba...

RODRIGO. *(Súbitamente furioso, le zarandea.)* ¡Manceba, manceba! ¿Y por qué no mi esposa sacramentada? ¿Acaso por ser india no puede ser tan buena cristiana como tú y como Chirinos? *(Cambio súbito, amable y confidencial.)* Por cierto, Chanfalla, amigo: ¿es esa Chirinos tan remilgada como dices?

CHANFALLA. ¿Remilgada Chirinos? *(Bruscamente alarmado.)* ¿Qué se le está pasando por las mientes a vuestra merced?

RODRIGO. *(Ríe benévolo.)* No tengas cuidado, Chanfalla, pues para que este lacerado viejo vuelva a ser un peligro para las mujeres ha de beber y bañarse en el agua de la fuente de Bimini.

CHANFALLA. ¿Qué agua y qué fuente son esas?

RODRIGO. La fuente de la eterna juventud... *(Misterioso.)* Has de saber, hijo, que poco antes de mi llegada a las Indias, el gobernador Juan Ponce de León descubrió las islas de Bimini, que están en la parte septentrional de la isla Fernandina. Y supo de los indios de aquellas partes que hay por allí una fuente que hace rejuvenecer o tornar mozos los hombres viejos...

CHANFALLA. ¿Tiene vuestra merced nublada la mollera?

RODRIGO. *(Severo.)* Calla, necio, importuno, y mira de no faltar al respeto que mi persona merece. Y mira también, don villano, harto de ajos, de levantar tu ánimo por encima de estas tierras yermas y campos de berzas, o nunca te será dado oler siquiera las brisas de canela que circundan el reino de Eldorado... *(Aparece súbitamente Chirinos por el fondo y queda allí, ocultando algo, vigilando el exterior e intentando atraer la atención de Chanfalla sin ser vista por Rodrigo.)* Y de esta fuente que vuelve mozos a los viejos te sé decir, porque los mismos indios de Cuba y de La Española me lo certificaron, que no muchos años antes que los castellanos las descubriesen, fueron algunos naturales de ellas hacia las tierras de La Florida en su busca, y allí se quedaron y poblaron un pueblo, y hasta hoy dura aquella generación..

CHIRINOS. *(Tras sus infructuosas tentativas.)* ¡Chanfalla! *(Cuando éste se vuelve a mirarla, ella le muestra alborozada la bolsa de Rodrigo, que llevaba escondida.)* Acude un poco, Chanfalla, que he de mostrarte algo...

CHANFALLA. *(Alarmado, se excusa con Rodrigo.)* Discúlpeme un momento vuestra merced, que no sé qué me quiere Chirinos... *(Va hacia ella.)* ¿Qué haces, bestia indómita? ¿Quieres desbaratarlo todo?

CHIRINOS. *(Muy excitada.)* Se la quité a doña Sombra sin que lo advirtiera... Parecen perlas finas... o pepitas de oro muy chicas...

CHANFALLA. *(Enfadado.)* Vuélvelo a su lugar antes de que...

Rápida y sigilosamente ha aparecido por el fondo Sombra que, sin decir nada, arrebata la bolsa a Chirinos y mira a ambos airadamente. Quedan los tres inmóviles un momento, hasta que Sombra hace ademán de ir hacia Rodrigo, que ha quedado como ensimismado en primer término. Entonces, con rápido impulso, Chanfalla se abalanza sobre Sombra y, cubriéndole la boca con una mano, la arrastra detrás de la carreta. Chirinos reacciona también y va hacia Rodrigo, mirando inquieta hacia atrás y fingiendo una gran desprecupación.

CHIRINOS. En fin, don Rodrigo... ya están las vestimentas prestas... y todo el aderezo... Mía fe, que pocas veces se habrá visto en estos reinos un retablo tan lucido y de tantas figuras y tramoyas... *(Trata de evitar que oiga los sonidos procedentes de la parte posterior.)* Me van dando barruntos que vuestra merced va a salirse con la suya y a levantar tantas gentes y dineros como dice que necesita para esa gran jornada que quiere hacer en pos y busca de Eldorado... *(Rodrigo parece no escucharla: mira con aire soñador la oscuridad de la sala mientras juguetea con un pequeño frasco que lleva colgando de una correa.)* Tengo por cosa cierta y más que averiguada... ¿No me escucha vuestra merced? ¿Cuál es su oreja sana? *(Se cambia de lado.)* ¿Esta, tal vez?... Le decía que, a buen seguro, desde aquí a un mes está don Rodrigo en Sevilla, o ya en el mismo puerto de Sanlúcar, almirante de una armada de cincuenta navíos, con cartas reales en la sobaquera que le nombran por Adelantado o gobernador o virrey de la provincia de Eldorado... *(Aparece tras la carreta Sombra, medio desnuda de torso, forcejeando con Chanfalla, que vuelve a arrastrarla consigo.)* Ya me parece que le veo, algún poco de tiempo después, hecho otro don Belianís, subido en lo más alto de la nao capitana, gritando: ¡Tierra a la vista!...

RODRIGO. Ese será el vigía, Chirinos...

CHIRINOS. ¿Qué?

RODRIGO. El que se sube en lo más alto y avizora la tierra es el vigía, y no el almirante.

CHIRINOS. No se suba vuestra merced, si no quiere, que para eso podrá entonces mandar y desmandar a su antojo, y aun andarse a la flor del berro, si tal es su inclinación.

RODRIGO. *(Como ausente.)* Cuarenta años penando por aquellas tierras no me han gastado tanto como los cinco que llevo muriendo por éstas... Hollando antesalas, persiguiendo validos, adulando ministros, comprando secretarios, suplicando porteros, escribiendo cartas, relaciones, memoriales... *(Súbitamente exaltado, se dirige a una imaginaria audiencia.)* ¡En Dios y en mi ánima os digo, señores, que esta vez me habéis de escuchar de cabo a rabo, o no seré quien soy! *(Levanta el frasquillo y asume una extraña solemnidad.)* ¡Y juro a Vuestras Excelencias, debajo del Criador de todas las cosas, que si, no obstante haber condescendido a revolver mi limpia y noble empresa con este trampantojo y trapicheo, no se consuman hoy mis esperanzas...!

CHIRINOS. *(Asustada.)* ¡Válgame Dios, don Rodrigo, y no jure tan recio!

RODRIGO. ... ¡Hoy, aquí, sin tardanza, daré fin a mis días! *(Va a salir por el lateral.)*

CHIRINOS. *(Espantanda.)* ¡Jesús, y qué prisas mortales! ¿Por qué hoy mismamente? ¡Un día tan modorro!

RODRIGO. Hoy ha de ser, sí. Que es el quinto día de la quincuagésima luna del año del Jaguar. *(Sale.)*

CHIRINOS. ¿Y qué día y qué luna y qué enjuague son esos? *(Va a salir tras él, pero aparece entonces por el fondo Sombra, semidesnuda, y con los cabellos en desorden, llevando en la mano la bolsa de Rodrigo. Echa lumbre por los ojos.)* ¡Ánimas benditas! Pero, ¿qué te han hecho, mochacha? *(Va junto a ella.)*

CHANFALLA. *(Entra también desastradísimo, medio bajados los calzones, cubriéndose la mejilla con una mano y la entrepierna con la otra, ambas zonas evidentemente doloridas.)* Nada... sino intentar arrimarla a nuestra parte para que no soplara tu birlada. Pero como no comprende el castellano...

CHIRINOS. ¡Calla, rufián, bellaco, zabulón, que bien te conozco! *(A Sombra, tratando de cubrir sus desnudeces.)* ¡Cómo te ha puesto este piarzón esclisiado! Yo te curaré, chulama, pajarillo, princesa...

CHANFALLA. ¿Princesa? ¡Así es ella princesa como yo abadesa! Y mejor sería que a mí me curaras, que unas uñas tiene como garras de cernícalo lagartijero... *(Le muestra la mejilla arañada.)*

CHIRINOS. *(Atendiendo a Sombra, que se deja hacer mientras mira intensamente la sala.)* ¡Calla te digo! Y ve con el indiano, que te explique no sé qué historia de hoy y de la luna y de un juramento que ha hecho.

CHANFALLA. ¿Un juramento?

CHIRINOS. Sí. Que, o mucho me equivoco, o toda esta maraña va a acabar en responso. Anda, que por ahí se fue... ¡Oxte, faraón!

CHANFALLA. *(Saliendo.)* ¿Qué diablo de responso y de luna y de...?

CHIRINOS. *(Llevándose a Sombra hacia el fondo.)* Ven tú también, mochacha, que yo te explicaré lo de la bolsa. No quería robarla, ¿sabes? Sólo quería... *(Sombra se desprende de ella y va hacia el proscenio.)* ¿Qué pasa? ¿Adónde vas?

SOMBRA. *(Señalando al público.)* Ompa cehualnepantla cateh in huehue íhyotl ihuan techihta, quinhuetzquitía in nammxolopihyoh. (Ahí en las sombras hay espíritus de otros tiempos que nos miran y ríen de vuestra necedad.)

CHIRINOS. ¿Qué dices? *(Sombra repite la frase.)* No te comprendo, hija. Habla como cristiana, noramala, y deja ese chuculú chuculá que nadie entiende...

Entra entonces Rodrigo, seguido por Chanfalla, y Sombra va hacia él repitiendo por tercera vez la frase.

RODRIGO. *(Extrañado, mirando la sala.)* Dice que ahí en las sombras hay espíritus de otros tiempos que nos miran y ríen de vuestra necedad.

CHIRINOS. *(Sobrecogida.)* ¿Espíritus?

CHANFALLA. *(Extrañado.)* ¿De otros tiempos?

Quedan los cuatro escrutando la sala en diferentes grados de perplejidad o temor. Simultáneamente, Chanfalla y Chirinos se vuelven hacia un lateral, como escuchando.

CHIRINOS. *(En voz baja, a Chanfalla.)* ¿Oyes esa algazara?

CHANFALLA. *(Ídem, a Chirinos.)* Sí. *(Se asoma al lateral.)* Es Macarelo y su garulla. Voy a enclavijarle los candujos, no se le vaya a alborotar la chusma en medio del ensayo. Tú mira de ahuyentar a esa pareja, y diles que se apresten.

CHIRINOS. ¿Y qué vamos a hacer con los espíritus...?

Pero Chanfalla ya ha salido. Va a dirigirse a Rodrigo y Sombra, pero queda paralizada por su extraña conducta: al borde del escenario, frente al público, levantan los brazos y muestran la bolsa. Luego se vuelven uno hacia otro y Rodrigo entrega a Sombra el pequeño frasco, que ella se cuelga al cuello. Finalmente, se dirigen unidos hacia el fondo y salen. Chirinos les mira intimidada, y también a la sala. Va a avanzar hacia allí, pero cambia de idea y huye por donde salió Chanfalla. Queda la escena un momento vacía y se hace bruscamente el oscuro.

TELÓN

SEGUNDO ACTO

La carreta, ahora engalanada y situada en el centro de la escena, se ha convertido en un pequeño teatro ferial. El lado orientado hacia el público muestra unas cortinas cerradas, a modo de telón. De la parte superior se elevan dos pequeños mástiles. Las perchas y tenderetes del mercadillo, ahora llenos de diversos productos y objetos exóticos, están dispuestos en semicírculos a ambos lados de la carreta. Un pequeño banco a cada lado del proscenio. Se escuchan golpes apagados, cuchicheos y sonidos diversos procedentes del fondo. Desde allí, furtivamente, avanza Sombra hasta el proscenio con un lienzo enrollado. Lo muestra al público, y cuando va a desplegarlo, un ruido en la carreta la sobresalta y la hace escabullirse rápidamente por un lateral. Chanfalla sale de la carreta con atuendo más vistoso y empuñando una vara pintada de purpurina. Da instrucciones inaudibles a alguien que hay tras el telón y declama hacia el público.

CHANFALLA. Ilustre y noble senado...

(Se interrumpe, avanza hacia el proscenio, tratando de ver en la oscuridad, y da algunas recomendaciones gestuales, sin duda a Macarelo y su "garulla", con quien establece la adecuada complicidad, tratando de no ser visto por Rodrigo, ocupante a todas luces de la carreta. Reemprende la loa, con la sorna disimulada que puede deducirse.)

    Ilustre y noble senado,
    cuna de grandezas tantas
    que para nombrarlas todas

son menguadas mis palabras;
auditorio tan discreto,
digno de eterna alabanza
que diera ocasión sin cuento
a las lenguas de la Fama;
señores, en fin, que rigen
el timón de aquesta barca
con tan discreta prudencia,
con gracia tan cortesana... *(Mueca bufa.)*
y cuyo honor tanto luce
con la luz de vuestras damas... *(Gesto soez)*
Atención vengo a pediros
mientras os beso las plantas. *(Reverencia)*
Que aquí os vamos a mostrar
con pobres medios y trazas,
mas con rica voluntad,
retablo de gran substancia.
Perdonad si en tosco estilo
sublimes hechos se cantan
y si con graves razones
se mezclan razones vanas.
Pero en este mundo espurio,
monstruo de colores varias,
nada guarda propiedad,
decoro ni consonancia.
Y así, señores, se ofrece
a vuestra bondad probada
la sincera relación
de una vida oscura y clara,
de un corazón recio y flaco,
de un destino que se labra
con oro y cieno mezclados,
con hierro y bruñida plata.

Apartando las cortinas, aparece Rodrigo cubierto con una plateada armadura de cartón-piedra y empuñando la espada. Chanfalla controla las reacciones del "discreto auditorio", a la vez que simula alentar el dudoso talento histriónico de Rodrigo.

EL RETABLO DE ELDORADO

RODRIGO. *(Compensando su inseguridad con un brío excesivo.)*

> Aquí se contarán casos terribles,
> encuentros y proezas soberanas:
> muertes, riesgos, trabajos invencibles,
> más que puedan llevar fuerzas humanas.
> Años cargados de tribulaciones
> en índicas provincias y regiones.
> Veréis romper caminos no sabidos,
> montañas bravas y nublosas cumbres.
> Veréis cuán pocos hombres, y perdidos,
> sujetan increíbles muchedumbres,
> siendo solos los brazos instrumentos
> para tan admirables vencimientos.

Extenuado por el esfuerzo, se retira tras el telón.

CHANFALLA. *(Tras nuevos gestos de burla y complicidad con el "público".)*

> Admirables vencimientos
> con el cuerpo y con el alma
> son el glorioso historial
> de este soldado de España,
> de este valeroso hidalgo,
> de este capitán sin tacha,
> de este, en fin, conquistador
> que, sin más bien que su espada,
> a las Indias fue a buscar
> fortuna, honores y fama.
> Marchó de temprana edad,
> vuelve cubierto de canas
> y, entremedio, cuarenta años
> de trabajos y batallas,
> hambres, calores y fríos,
> fiebres, fatigas y plagas
> más crueles que las de Egipto.
> ¿Cómo mi lengua se tarda,

cómo mi voz no pregona,
cómo mi pecho no aclama
el nombre de este español
que es de su patria alabanza
y de su siglo oropel?
Decís bien, justa demanda
saber el nombre de quien
nuestras provincias ensancha
y nuestras arcas aumenta.
Porque don Rodrigo Díaz
de Contreras —tal se llama,
señores, nuestro soldado—
no viene a pediros nada,
antes a ofrecer, a dar,
a poner a vuestras plantas
un descomunal tesoro,
una riqueza sin tasa,
un prodigio de opulencia
como nadie lo soñara.
Y es el reino de Eldorado
la joya que nos regala.

Se descorre el teloncillo y aparece una rutilante alegoría de Eldorado y sus riquezas y, ante ella, Rodrigo, ahora con brillante armadura dorada, aunque no menos falsa. Mientras Rodrigo y Chanfalla miman el ofrecimiento de los tesoros, se escucha a Chirinos cantando tras la carreta.

CHIRINOS.
Si Fortuna te hizo
descamisado,
deja chinches y penas,
vete a Eldorado,
donde tendrás camisa
y jubón bordado.
Si no tienes por casa
ni un mal techado,
no te quejes del frío,

vete a Eldorado
donde tendrás palacio
por excusado.

Si tus amos te obligan
a andar doblado,
no supliques favores,
vete a Eldorado,
allí sólo hay señores,
nadie es criado.

RODRIGO. *(Señalando la pintura.)*
Tiene Eldorado copia y abundancia
de largos dulces, campos espaciosos,
tierras para labrar de gran substancia,
verdes florestas, prados deleitosos,
de cristalinas aguas dulces fuentes,
diversidad de frutos excelentes.
En riquezas se ven gentes pujantes,
grandes reinos, provincias generosas,
auríferos veneros y abundantes
metales de virtud, piedras preciosas;
templanza tan a gusto y a medida
que da más largos años a la vida.

Se cierra el teloncillo y oculta a Rodrigo.

CHANFALLA.
Largos años a la vida
de don Rodrigo quitara
la búsqueda de Eldorado
tras de tantas malandanzas
en aquel tan nuevo mundo
que Dios ha otorgado a España.
Y porque sepáis su cuenta
y el sin fin de sus jornadas,
será bien que este "Retablo
de Eldorado" satisfaga
la completa relación

de sus gracias y desgracias.
Comience pues, yo pidiendo
perdón por sus muchas faltas,
y vosotros recordando
cómo, en esta vida avara,
no siempre honrosas empresas
nacen de causas honradas.

Hace una burlona reverencia, al tiempo que suena, dentro de la carreta, una violenta trifulca con golpes y quejidos que imprime su violencia sobre el telón. Antes de desaparecer por el fondo, Chanfalla comenta gestualmente con su público la invisible escena.

VOZ RODRIGO. ¡Bellaco, truhán, malnacido! *(Cintarazo y quejido de Chirinos.)* ¿Así honras a tu honrado padre y a tu santa madre, hijo de puta? *(Golpe y quejido.)* ¡Toma y toma, rufián, gomarrero, vilborro!

VOZ CHIRINOS. ¡No, padre, con la fusta no!

VOZ RODRIGO. ¿Con la fusta no? ¡Con un fustanque de encina, si lo tuviera, te daría yo en esas carnazas! ¡Toma, perdido! *(Golpe, quejido.)*

VOZ CHIRINOS. ¡No lo haré más, no lo haré más!

VOZ RODRIGO. ¿Pues más lo habías de hacer, bizmaco? ¿Crees que puede desflorarse siete veces a una doncella? *(Golpe, quejido.)*

VOZ CHIRINOS. ¡Que no, padre! ¡Que no la desfloré! ¡Que más holgado lo tenía que el camino real!

VOZ RODRIGO. ¿Esto más, infame? ¿Para excusarte tú quieres tachar de puta a tu prima? *(Golpe, quejido.)*

VOZ CHIRINOS. ¡Lo juro, padre! ¡No me pegue más, que me arrepiento de todo corazón!

VOZ RODRIGO. ¿Y de qué valdrá tu arrepentimiento, si has preñado a esa judía?

VOZ CHIRINOS. ¿Judía es nuestra prima, padre?

VOZ RODRIGO. ¡Judía sí, de la parte del podrido de su padre y toda su descendencia! ¡Mira qué nueva mancha caerá sobre nosotros, si tu pecado se hincha y te señala como autor! ¡Toma, verdugo de mi vejez, toma y toma! *(Golpes, quejidos.)* ¡Y apártate de mi vista, satanás, si no quieres que te borraje también la cara!

VOZ CHIRINOS. ¿Y cómo me he de apartar, si me tiene atado?

VOZ RODRIGO. ¡Atado del cuello en lo alto de una higuera habías de estar! ¡Vete, vete fuera, culebrón de hijo, y voyme yo también a pedir consejo al cielo!

Vestida de muchacho campesino y como empujada, sale Chirinos de la carreta, llorosa y furiosa, con las manos atadas a un cabo de cuerda.

CHIRINOS. ¡Mala ida tengas, que nunca más vengas...! *(Se interrumpe de golpe al dirigir la vista a la sala, mira inquieta la oscuridad, tratando de ver algo, y vuelve a su actuación.)* Sino que ese cielo tuyo no está más lejos de la taberna de Barragán... *(Nueva interrupción; ahora trata de conectar con Macarelo, pero un ruido en la carreta la obliga a proseguir su monólogo, mientras trata de desatarse.)* ¡Pecador de mí! ¿Hay peor padre que el que castiga en el hijo sus propios vicios? Pues, ¿qué? ¿No tengo yo, Rodrigo Díaz, el pueblo lleno de hermanicos solapados? ¿Y Axarafa, la criada morisca, que ni el agua puede traernos por estar siempre preñada, y no del viento? ¡Reniego de mí y de mi mala estrella! Que no más por mirarme en el espejo de mi padre, casi me quita él la vida... Pero mala me la dé Dios si vuelve a tomar mi culo por su mulo. ¿Puede un mozarrón como yo, Rodrigo Díaz, con dieciséis añazos, dejarse fustigar así por apenas seguir el natural apetito? ¿Y qué he de hacer, si lo más del año y del mes voy encendido, y en este lugarejo la estopa anda continuo mojada y bien guardada? ¿He de andar hecho carnero en celo, como lego motilón? Y más, siendo mi prima mozuela tan repolluda y generosa de sí... *(Logra desatarse la cuerda.)* ¡Allá irás por fin, soga del diablo! Diez veces me has tenido preso en menos de diez semanas mientras mi padre me desollaba las espaldas por diez naderías... Pues óyeme bien, maldita: estos son el día y hora en que reniego de ti y de él por siempre jamás... ¿Qué dices, madagaña? ¿Te burlas de mis reniegos? *(Azota el suelo con la cuerda.)* ¿Piensas acaso que soy algún lanudo, incapaz de valerme de mí? *(Ídem.)* ¿No tengo yo arrestos para sarlir al mundo y buscarme los gustos que aquí me niegan y castigan? ¿No? *(Ídem.)* ¿Aquí me habré de estar, hecho estropajo de todo el mundo, diciendo "sí señor", "no señor", "perdóneme señor"...? ¿Aquí y en ti se encierra toda mi ventura? ¡No, por vida de quien soy! *(La arroja fuera de escena.)* Quédate tú, penca de satanás, que no soy hombre yo, Rodrigo Díaz, para ahogarme en una zahúrda... *(Desaparece tras la carreta gritando:)* ¡Adiós, prisión de mi albedrío y jaula de mi abejaruco! ¡El mundo me llama! ¡Ancha es Castilla! *(Vuelve a aparecer por el lado opuesto con un hato al hombro y sale, radiante, por un lateral.)*

CHANFALLA. *(Canta desde la parte posterior de la carreta.)*

> Si Castilla es ancha,
> larga es Sevilla
> Ella es de largueza tal,
> que ampara al pobre, al perdido,
> al humilde y afligido,
> al extraño y natural.
> Si Castilla es ancha,
> larga es Sevilla.

(Chirinos atraviesa la escena de un lado a otro, fatigada.)

> Por su mucha calidad,
> por su fama y su riqueza
> es reina de la grandeza
> y amparo de la humildad.
> Si Castilla es ancha,
> larga es Sevilla.

(Extenuada, Chirinos vuelve a cruzar la escena en sentido contrario, al tiempo que se descorren las cortinas y vemos en el

teatrillo una alegoría de Sevilla y, ante ella, a Chanfalla vestido de escolar apicarado, que sigue cantando.)

>Todos encuentran regalo,
>todos encuentran favor,
>desde el criado al señor,
>y desde el bueno hasta el malo.
>Si Castilla es ancha,
>larga es Sevilla.

Aparece en la carreta Rodrigo, de nuevo con la armadura dorada, que recita ante la alegoría.

RODRIGO.
>Ilustre ciudad famosa,
>con cuya luz y gobierno
>has hecho tu nombre eterno,
>por liberal y graciosa.
>Al mundo envidioso tienes,
>y en ti sola el mundo está
>pues quienquiera en ti tendrá
>gloria, amor, riqueza y bienes.
>Y por si ello no bastara,
>la Providencia te ha abierto
>de las Indias puerta, y puerto
>que anuncia la mar avara.

(Ha vuelto a entrar Chirinos, ahora francamente derrengada, y se deja caer en uno de los bancos; saca de su hato una enjuta faltriquera, que palpa tristemente, y un mendrugo de pan, que comienza a mordisquear con resignación. Chanfalla la ve y se dispone a interpelarla, todo ello mientras prosigue la recitación de Rodrigo.)

>De ti salen y a ti llegan
>gentes mil, copiosas naves,
>riquezas, frutos y aves
>que de asombro al mundo ciegan.
>Por islas de maravilla
>navega quien de ti parte

para volver y entregarte
sus dones de amor, Sevilla.

CHANFALLA. *(Después de inspeccionar a Chirinos como posible presa, se dirige a ella con marcado acento sevillano.)* ¡Eh, muchacho! ¡Rapaz! *(Chirinos esboza un gesto de recoger su hato y huir, pero se queda.)* Te suspenden y arroban, a lo que veo, estas novedades... *(Va junto a ella, paternal y santurrón.)* Lo comprendo, hijo, y razón tienes en embelesarte. Porque, en efecto, cosa sublime y milagrosa es lo que Dios todopoderoso ha hecho a España. Has de saber que la mayor cosa después de la creación del mundo, sacando la encarnación y muerte del que lo creó, es el descubrimiento de las Indias. *(Le rodea los hombros con el brazo.)* Y así las llaman Mundo Nuevo, no tanto por ser nuevamente hallado, como por ser grandísimo y ser todas sus cosas diferentes de las del nuestro. *(Inspecciona su hatillo.)* Los animales son de otra manera, y los peces del agua y las aves del aire, los árboles, frutas, yerbas y grano de la tierra. Los hombres, empero, son como nosotros... salvo por la color, pues no son blancos ni negros ni moros, sino algo ictericiados y así como membrillos cocidos. Pero no más distintos, que de otra manera bestias y monstruos serían, y no vendrían, como vienen, de nuestro padre Adán. *(Chirinos, embobada por Chanfalla, no repara en los tientos que éste hace en su hato.)* Quiso Dios, sin duda, descubrir las Indias en nuestro tiempo y a nuestra patria para convertirlas a su santa fe; y así, comenzaron las conquistas de indios acabadas las de moros, porque siempre guerreasen españoles contra infieles. Que como aquellos naturales no conocen al verdadero Dios y Señor, están en grandísimos pecados de idolatría y perpetua conversación con el diablo. *(Ya Chanfalla ha conseguido extraer del hato la faltriquera, que oculta hábilmente.)* Pero alegremente toman los españoles el trabajo y peligro, así en descubrir y conquistar aquellas extensísimas tierras, como en predicar y convertir aquellas infinitas gentes. *(Se dispone a escabullirse.)* Que nunca nación extendió tanto como la española sus costumbres, su lenguaje y sus armas, ni caminó tan lejos por mar y por tierra con las armas, las costumbres y el lenguaje a cuestas. *(Y se esfuma tras la carreta con una rápida bendición.)*

Chirinos queda un momento perpleja. Instintivamente se vuelve a su hato y comprueba al punto la birlada de Chanfalla. Va a lanzar un formidable grito, pero queda inmovilizada en el gesto, con la boca abierta. Rodrigo, que ha seguido la escena desde el teatrillo, interviene al fin.

RODRIGO. *(A Chirinos.)* No es menester que grites, Rodrigo Díaz, pues que nadie va a escuchar tu voz. Quédate así un momento, muchacho, con la boca tan abierta y vacía como tu hato, y haz memoria de los meses que llevas calzorreando por esos caminos. *(Tras una pausa, Chirinos cierra la boca.)* ¿Eso buscabas al volar de tu nido, rapaz? ¿Ese andar de ceca en meca y de zoca en colondra? ¿Esa ristra de cuitas, malandanzas, miserias y estropiezos? ¿Ese ir por lana y salir trasquilado? ¿Ese querer vivir de mogollón y morir de estrujón?

CHIRINOS. No.

RODRIGO. Esto otorga tu patria a quien quiere salirse de trillado. Considera, pues, ahora: apagado tu ardimiento, consumido tu brío, consumado el último resto de tu escasa fortuna, ¿qué has de hacer? ¿Volver a tu redil?

CHIRINOS. ¡No!

RODRIGO. Entonces, ¡vete a las Indias! ¡Toma el camino más largo y peligroso de la mar! ¡Llega a las islas nuevamente halladas y busca allí alimento y remedio para los acicates de tu alma y de tu cuerpo!

CHIRINOS. *(Incorporándose vivamente.)* ¡A las Indias, sí! ¡A las Indias iré! *(Recoge el hato y declama mientras retrocede de espaldas hacia el fondo. Rodrigo también se retira, al tiempo que las cortinas se van cerrando.)*

>¡De penas y fatigas allí me libraré!
>¡Al puerto de Sevilla sin tardar llegaré!
>¡Allí, con diligencia, capitán buscaré!

¡Con paga y acomodo, al fin me embarcaré!
¡Al salir de Sanlúcar atrás no miraré!
¡Adiós, patria mezquina, riendo gritaré!
¡Con el mar y las olas otra vez naceré!
¡Camino de las Indias la dicha encontraré!
¡De penas y fatigas allí me libraré!

Al pasar junto a la carreta han hecho aparecer, a cada lado, la proa y la popa de un navío. Desaparecen por el fondo con un saludo de despedida.

VOZ CHANFALLA. ¡Izá el trinquete! ¡No le amuréis el botaló!

VOZ RODRIGO. ¡Desencapillá la mesana! ¡Tirá de los escotines de gabia!

VOZ CHIRINOS. *(Lastimera.)*

Bendita la hora
en que Dios nació,
Santa María que le parió,
San Juan que le bautizó...

(Aparece con andar tambaleante portando un farolillo colgando de un palo. Sus movimientos sugieren el vaivén marino.)

La guardia es tomada,
la ampolleta muele,
buen viaje haremos
si Dios quiere...

VOZ CHANFALLA. ¡Suban dos a los penoles!

CHIRINOS. *(Dejando el farolillo.)* Si Dios quiere, si Dios quiere... ¿Cómo va Dios a querer lo que imposible es? ¿Puede haber viaje bueno por encima de tantísima agua, y tan movediza, que la nao parece rocín picado de avispas?

(Se abren las cortinas y aparece un decorado marino con olas que se mueven. Estirando de una cuerda en un lateral de la carreta, Chirinos iza en uno de los mástiles una pequeña vela.)

Dígalo mi estómago, que no ha dejado de revesar por la boca todo lo que en él ha entrado desde que salimos de la barraca de Sanlúcar. Hasta los piojos, que son infinitos y grandes, se almadían con el vaivén y vomitan pedazos de carne de grumete...

VOZ RODRIGO. ¡Ayuden a las tricias, que corran por los motones!

Alguien arroja desde detrás de la carreta un cepillo de mango largo con el que Chirinos mimará fregar la cubierta.

CHIRINOS. Continuo andas pisando charcos de puerca pez y hediondo sebo, con que se pegan los pies al suelo, que apenas los puedes levantar. Es tanta la estrechura y el ahogamiento de personas, bultos y animales, que todo va hecho una mololoa...

VOZ CHANFALLA. ¡Así de la relinga de la vela mayor!

CHIRINOS. *(Dejando el cepillo e izando otra vela en el segundo mástil.)* Y así, pegados unos con otros, uno regüelda, otro vomita, otro suelta los vientos, otro descarga las tripas... Porque esto último, habéis de saber, es empresa peligrosa... *(Lo ilustra en el teatrillo, sobre las olas móviles.)* Hay que colgarse sobre el mar y agarrarse fuerte al palo; y en tal asiento y con el miedo de caer en la mar, lo que ha de salir se retira como cabeza de tortuga, de manera que es menester sacarlo arrastrando con mil calas y ayudas...

VOZ RODRIGO. ¡Dad vuelta al escaldrame! ¡Tirá de aquellas brazas!

CHIRINOS. Luego es también andar asándose al sol sobre cubierta o cociéndose vivo debajo... Pues pedid de beber, y os darán el agua maloliente por onzas, como en la botica, después de comer cecinas y cosas saladas, si no es que están corrompidas...

VOZ CHANFALLA. ¡Amarrá las burdas! ¡Zafá los embornales! ¡Largá la escota!

CHIRINOS. Por un día que van las velas encampanadas e hinchadas, hay tres de calma, cuatro de vientos contrarios y cinco de tormentas, que es la cosa más espantosa del mundo...

Suenan toscos redobles que imitan el fragor de la tormenta, al tiempo que las olas se agitan violentamente.

VOZ RODRIGO. ¡Meté aquel calzonete, que se sale una veta!

VOZ CHANFALLA. ¡Juegue el guimbalete para que la bomba achique!

CHIRINOS. *(Tambaleándose y tratando de agarrarse aquí y allá.)*

> ¡Oh rocas, oh cañadas, oh rastrojos!
> ¡Oh tierra de mis fértiles barbechos!
> ¡Dichoso quien pisara los abrojos
> viendo pacer al buey por los repechos!
> ¡Oh morada feliz, donde las camas
> son hechas de tomillos y retamas!

RODRIGO. *(Apareciendo en el teatrillo, siempre con su armadura dorada.)*

> ¿Pensábades hallar fijos cimientos
> en medio de las aguas turbulentas?
> ¿Pensábades, tratando con los vientos,
> poderos escapar de sus tormentas?
> Con estas condiciones batallamos
> los que las altas olas navegamos.

CHIRINOS. *(Mimando con su movimiento las sacudidas de la tormenta.)*

> ¡Batallen con las olas los atunes,
> lenguados, camarones y sardinas!
> Que yo prefiero ser de los que, inmunes,
> imitan el andar de las gallinas.
> Y para almarearme, no me empacho
> si más me precio hacerlo de borracho.

> Hagan los cielos una maravilla
> y cambien de los vientos la carrera.
> Volvednos, oh Señor, hasta Sevilla,
> y, cuando no, a la isla de Gomera.
> Que sólo por sentir tierra debajo,
> prometo no pecar más del badajo.

RODRIGO. *(Saliendo de la carreta.)*
> Calla, calla, insensato, bravatero,
> ¿cómo a los cielos juras lo imposible,
> sabiendo que el pecado zalamero
> te arrastra con su cólera invencible?
> Más vale que prometas obras pías
> y reces trece mil Avemarías.
>
> Pero, mira, medroso, ya se aplaca
> la braveza del mar y su remonte...

(Pero el ruido no cesa y Rodrigo grita hacia atrás.)

¡Ya se aplaca la braveza del mar y su remonte!

(Cesa el sonido de la tormenta y el movimiento de las olas.)

> Valor de tu flaqueza al punto saca
> y extiende tu mirada al horizonte...

(Sobre el decorado marino, al son de una flauta, desciende una pintura idílica que evoca un paraíso tropical.)

> ¿Qué divisas, qué ves, qué reconoces,
> qué ofrece a tu sabor trece mil goces?

Aparecen en el teatrillo Sombra y Chanfalla, semidesnudos y cubiertos de plumas y abalorios. Es éste quien, evidentementte muy incómodo en su atuendo, produce la música. Pero la idílica imagen no dura mucho: ante el asombro de Rodrigo y Chirinos, Chanfalla abandona la carreta y avanza hasta el proscenio, increpando furioso al público.

CHANFALLA. ¡Por la puta que os parió a todos, que si no cesa la rechifla, bajo y os aporreo las turmas!

RODRIGO. *(Indignado.)* ¡Chanfalla!

CHIRINOS. *(Alarmada.)* ¡Chanfalla!

CHANFALLA. ¡Bonito soy yo para aguantar la befa de estos mandilandines!

RODRIGO. *(Va hacia él echando chispas.)* ¿Cómo te atreves, mentecato soez, a hablar tan bajamente a sus señorías? ¡Enfrena la lengua!

CHIRINOS. *(Interponiéndose.)* ¡Chanfalla, por Dios: sus señorías...!

CHANFALLA. *(Comprendiendo, pero sin calmarse.)* Ciertamente, sí, sus señorías... Pero bastante corrido está un hombre de mis partes por mostrarse en estas trazas de cucarro emplumado, para que encima...

RODRIGO. ¡Basta, Chanfalla! Que a más de comportarte como importuno y chincorrero, has estorbado la muestra del Retablo. *(Avanza hacia el proscenio.)* Sepan vuestras mercedes... *(Cambia de actitud)* y quien más ahí estuviere... *(Mira a Sombra. Chirinos se percata y otea, inquieta, la sala.)* Sepan todos, digo, disculpar a este necio, más dado a emplearse en disputas de taberna que en discretos coloquios señoriles...

CHANFALLA. *(Con fingida afectación.)* Con todo y con eso, miren vuestras mercedes, y en especial el señor regidor Macarelo, de regir convenientemente su señoril proceder, para que todas las condiciones que habemos coloquiado puedan discretamente cumplirse... Y más, que lo que desde ahí se ve, no es como parece.

RODRIGO. ¿Lecciones de proceder quieres tú dar ahora a tan pulido auditorio, enfadoso?

CHANFALLA. Ya quien me tiene que entender me entiende... *(Vuelve, digno, a su puesto.)*

CHIRINOS. *(Inquieta por la sala y, a la vez, tratando de zanjar la cuestión.)* Ahora bien, don Rodrigo: aquí entra y encaja bien aligerar algún poco la largura del Retablo, siquiera por no fatigar en exceso a... sus señorías.

RODRIGO. ¿Aligerar?

CHIRINOS. Sí... ¿Que le parecería a vuestra merced excusarles de la pintura y alabanza de tantas y tan hermosas islas como vio y pisó?

CHANFALLA. A mí me parece divinamente. *(Sale del teatrillo y se va al fondo.)*

RODRIGO. ¿Excusar la pintura de las islas? ¿Privar a estos señores de su hermosura y notabilidades?

CHIRINOS. *(Saca unos papeles de la ropilla.)* Considere vuestra merced que, a doce versos por isla, y pasan de la veintena las que anduvo...

RODRIGO. *(Dubitativo.)* Cierto que fueron muchas, pero...

CHIRINOS. ¿Y qué me dice de los tres años que pasó en ellas pacificando indios alzados y llevándolos a vender como ganado?

RODRIGO. ¿Qué te he de decir?

CHIRINOS. No me parece que ganara en ellos mucha honra... Y más que, a mi entender, es en este paso donde el Retablo más descaece...

RODRIGO. ¿Descaecer?

CHIRINOS. Sí: por la mucha monotonía y tristura que causa la cuenta de tantos indios muertos como moscas. *(Va pasando hojas.)* Los unos en escaramuzas, los otros en castigos, los otros agobiados por el trabajo... Escaramuzas, castigos, trabajos...

Sombra ha salido del teatrillo y se acerca a Rodrigo, que parece consultar con ella sin palabras.

RODRIGO. Tal puede ser... Pero importa para mis propósitos que este singularísimo auditorio sepa cómo y por qué fueron despobladas estas islas de sus naturales de ellas.

CHIRINOS. *(Medrosa.)* Pues... ¿no bastaría con decirlo en cuatro palabras?

RODRIGO. *(Indeciso, casi dirigiéndose a Sombra.)* Tal vez bastara, sí...

SOMBRA. *(A Rodrigo.)* Zan quézqui tlahtólli intechcópa in miec mimihqueh ahmo nelli tlahtolli. In tlaixnamictilli ocachi tlanehnehuilian. (Pocas palabras para muchas muertes no son palabras verdaderas. Lo contrario sería más justa proporción.)

CHIRINOS. *(Sorprendida y molesta.)* ¡Viva mi abuela! ¡Ya volvió a cantar la lechuza!

RODRIGO. *(A Sombra.)* ¿Cuix ahmo zan miequintin mimihqueh oncateh in cemmantoc tlalpan? (¿No serán suficientes los muertos de Tierra Firme?)

CHIRINOS. *(A Sombra.)* Pero, hija, mujer, ¿aún no has deprendido las dos docenas de palabras que te enseñé?

SOMBRA. *(Sin hacerle caso, a Rodrigo, señalando al público.)* In yehvantin mochi quinequi quimatizqueh. Yehuan quinequi in timoyolchicahuaz inic mochi tictenehuaz. (Ellos quieren saberlo todo. Ellos quieren que tengas el valor de decirlo todo.)

RODRIGO. *(Impacientándose.)* ¿Cuix ahmo ye quimati? ¿Cuix ahmo ye oquihtohqueh in occequi tlacah? (¿Y no lo saben ya? ¿No lo han dicho ya otros?)

CHIRINOS. *(Asombrada.)* ¿Acaso le está ella contradiciendo? ¿Y deja que le enmiende la opinión doña Sombra?

RODRIGO. *(Irritado.)* ¡Ahuaquiticlan Quicatototl!

CHIRINOS. Esa digo.

RODRIGO. ¡Nadie me enmienda nada, y menos mujer alguna! Y así, para que ni ella ni tú os preciéis de estorbar mi soberano albedrío, ni a ella ni a ti daré oídos... ¡Chanfalla!

VOZ CHANFALLA. *(Tras la carreta.)* Aquí me tiene vuestra merced. Y si no aplaudo es por tener ocupadas las manos en vestirme el hábito.

RODRIGO. ¿Qué dices?

VOZ CHANFALLA. *(Más fuerte.)* ¡Que enteramente soy del parecer de vuestra merced! *(Sale acabando de vestirse de fraile dominico.)*

RODRIGO. ¿Cuál parecer?

CHANFALLA. *(Desconcertado.)* El que habéis dicho...

RODRIGO. ¿Y cuál es el que he dicho?

CHANFALLA. *(Ídem, pidiendo ayuda a Chirinos.)* El... aquello de... Que si...

CHIRINOS. *(Sarcástica.)* Aquí don Rodrigo y yo disputábamos sobre por qué las moscas cagan en lo blanco negro y en lo negro blanco.

RODRIGO. ¡Basta de majaderías y volvamos al Retablo! Que el tiempo pasa y sus señorías no están aquí para escuchar bernardinas. Y como ya Chanfalla anda vestido de dominico, vamos a la parte de fray Tomás Ortiz y su razonamiento para hacer esclavos.

CHANFALLA. Muy bien me parece. *(Hace salir a Sombra del teatrillo y se coloca él.)*

CHIRINOS. *(Mientras se va al fondo, "cerrando" de un golpe la popa que figuraba el navío.)* Antes que te dé otro consejo, te han de sudar los dientes...

Chanfalla cierra el telón. Rodrigo dialoga un momento con Sombra señalando al público y ésta sale por el fondo, "cerrando" la proa.

RODRIGO. *(Al público.)* Muchos esclavos se hicieron en las tierras descubiertas porque fray Tomás Ortiz y otros dominicos predicaban que los indios no merecían libertad.

JOSÉ SANCHIS SINISTERRA

CHANFALLA. *(Apartando las cortinas, aparece con ademanes de predicador santurrón.)* ¡Los hombres de Tierra Firme de Indias comen carne humana y son más sodomitas que ninguna generación de hombres! *(Rodrigo se retira por el fondo.)* Ninguna justicia hay en ellos, andan desnudos, no tienen amor ni vergüenza, son como asnos, abobados, alocados, insensatos. Précianse de borrachos y tienen vinos de diversas plantas, frutas, raíces y grano. Se emborrachan también con humo y con ciertas hierbas que los sacan de seso. *(Aparece Sombra y mima una síntesis de la vida primitiva sumamente bucólica.)* ¡Son bestiales en los vicios! Ninguna obediencia ni cortesía tienen mozos a viejos ni hijos a padres. No son capaces de recibir doctrina ni enseñanza. Son traidores, crueles y vengativos, que nunca perdonan. Muy enemigos de religión, haraganes, ladrones, mentirosos y de juicios bajos y apocados. *(Va siendo evidente que la pantomima de Sombra despierta en Chanfalla deseos inconfesables.)* No guardan fe ni orden, no se tienen lealtad maridos a mujeres ni mujeres a maridos. *(Mira a uno y otro lado y, con gesto de complicidad al público, se acerca a ella cautelosamente.)* Son hechiceros, agoreros, nigrománticos, cobardes como liebres y sucios como puercos... *(La entrada de Chirinos frustra su intentona: viene con armadura y casco de teatro, "navegando" en un remedo de barco. Chanfalla vuelve al escenario del Retablo.)* Comen piojos, arañas y gusanos donde quiera que los hallen. No tienen arte ni maña de seres humanos. *(Chirinos y Sombra miman un trueque de abalorios por joyas y, finalmente, la india es capturada.)* Cuando se olvidan de las cosas de religión que aprendieron, dicen que aquellas cosas son para Castilla, y que no quieren cambiar costumbres ni dioses. Son sin barbas y, si algunas les nacen, se las arrancan. Con los enfermos no usan piedad ninguna y, aunque sean vecinos y parientes, los desamparan al tiempo de la muerte o los llevan a los montes a morir con un poco de agua y pan. *(Aparece Rodrigo en cota de malla y sombrero de ala ancha. Sobre el parche lleva otro con un ojo pintado. Mima la compra de Sombra a Chirinos.)* Cuanto más crecen, peores se hacen: hasta los diez o doce años aún parece que han de salir con alguna crianza o virtud, pero de allí en adelante se tornan como brutos animales. En fin, ¿cómo no hacer esclavos de quienes Dios crió tan cocidos en vicios y bestialidades?

Rodrigo hace entrega de Sombra a Chanfalla, que desaparece con ella tras las cortinas, y luego va a sentarse en un banco. Chirinos se sienta en otro.

CHIRINOS. ¿Y cómo me ha dicho que es su nombre, señor soldado?

RODRIGO. Diego Hernández de Palomeque me llamo. Tampoco yo recuerdo cuál es el de vuestra merced...

CHIRINOS. *(Disponiéndose a afeitarse con una navaja.)* Mi nombre es Rodrigo Díaz de Contreras, para servirle. ¿Y hace mucho que está vuestra merced aquí en La Habana?

Una sonora bofetada dentro de la carreta interrumpe momentáneamente el diálogo. Chirinos, para distraer a Rodrigo, repite su pregunta.

RODRIGO. *(Vuelve al diálogo, que acompaña con una esmerada limpieza de su espada.)* No más que el tiempo que la hemos poblado, que son unos pocos meses. Pero en esta isla de Cuba ando ya desde que el Virrey don Diego Velázquez comenzó a conquistarla y poblarla.

CHIRINOS. ¿Y es tan rica como dicen?

Entra Sombra, ahora cubierta con una tosca túnica y, con sumiso porte, sirve de beber a Rodrigo y Chirinos.

RODRIGO. Lo fuera, ciertamente, si no menguaran tan aína los brazos para trabajarla. Pero estos malditos indios, así que los fuerzas un poco en las minas o en las haciendas, luego al punto se mueren.

CHIRINOS. En verdad que son flacos y para poco, estos ganapanes. Cuando íbamos a las islas de los Lucayos a saltearlos y volvíamos con los navíos cargados, ¿querréis creerme si os digo que un barco podía ir aquella ruta sin aguja ni carta de marear?

RODRIGO. ¿Cómo así?

CHIRINOS. Guiándose solamente por el rastro de los indios muertos que echábamos y quedaban en la mar... *(Ríe.)*

Sombra ha comenzado una nueva pantomima, ahora muy claramente dirigida al público: evoca los agobios del trabajo de los esclavos.

RODRIGO. Parece que le tengan afición a la muerte...

CHIRINOS. Bien lo podéis jurar. Algunos hay que se resisten o pelean, empecinados como están en seguir holgando libres e idolátricos... Pero de poco les vale, luchando contra nuestros arcabuces y ballestas con sus barrigas como escudos... *(Ríe, pero deja de hacerlo al reparar en la conducta de Sombra.)*

RODRIGO. En verdad que poca honra nos dan tales empresas...

CHIRINOS. *(Aún desconcertada.)* ¿Poca honra? ¿Qué queréis decir?

RODRIGO. Habéis de saber, señor Díaz, que yo vine a estas Indias en busca de fortuna, sí, pero también de honra y relumbre para mis apellidos. Y en los ocho años que aquí llevo, maldita la gloria que les ha llovido a los Hernández ni a los Palomeque con este trasegar repartimientos y encomiendas de indios porros, cosa más propia de mercaderes que de hidalgos.

CHIRINOS. *(Inquieta, mira a Sombra y al público.)* No... no os falta... razón...

RODRIGO. *(Percatándose de lo que pasa, interpreta su papel con más brío.)* Pero es llegado para mí el momento de mirar hacia poniente...

CHIRINOS. ¿Hacia adónde?

RODRIGO. ¡Hacia poniente! *(Señala con la espada.)* ¿No conoce vuestra merced las nuevas que corren por Santiago, por Trinidad, por La Habana?

CHIRINOS. Nada sé de nuevas ni de viejas. Aportamos ayer con el ganado...

RODRIGO. *(Misterioso.)* Se han descubierto allí tierras de grandes poblaciones y casas de cal y canto, y sus gentes tienen labranzas de maizales y son muy denodados guerreros. Pelean con arcos, saetas, rodelas, lanzas grandes y espadas de dos manos, que cortan más que las nuestras. *(Se va exaltando.)* Quienes allí fueron, han traído más de veinte mil pesos de oro en diademas y anadejos y pescadillos y otras joyas, sólo rescatando con los indios de paz.

CHIRINOS. ¡Cuerpo de tal! ¿Y qué tierras son ésas?

RODRIGO. Llámanlas de Yucatlán o Yucatán, y dicen que otras tierras en el mundo no se han descubierto mejores ni de tantos prodigios.

CHIRINOS. ¿Prodigios?

RODRIGO. Sí. Dicen que hay gentes de orejas grandes y anchas, y otras que tienen caras como perros... Y que hay una isla toda poblada de mujeres, sin varón alguno, como las antiguas Amazonas.

CHIRINOS. ¡Hola, hola! ¿Mujeres sin varón, decís? ¿Y cómo tienen generación?

RODRIGO. Parece que, en ciertos tiempos, van de la tierra firme hombres con los que se juntan, hasta que quedan preñadas.

CHIRINOS. ¡Prodigiosa cosa es ésa, valga el diablo! ¿Y queda muy lejos esa nueva Tierra Firme?

RODRIGO. No más de a sesenta leguas de La Habana. Pero es ruta que no puede hacerse sin grandes bastimientos, así materiales como espirituales.

CHIRINOS. Cierto que habrá que ir allí bien aparejado... *(Gesto obsceno.)*

RODRIGO. *(Señalando hacia un lateral.)* En ello entienden aquellos caballeros.

CHIRINOS. *(Mira.)* ¿Quiénes son ellos? *(Ve a Sombra, que desenrolla ante el público el lienzo que intentó mostrar al principio del acto.)*

RODRIGO. Un Pedro de Alvarado y un Bernal Díaz, que ha pocos días llegaron de la Trinidad para acopiar hombres, caballos, armas y matalotaje, en nombre de quien va a pretender esta gran jornada: el capitán don Hernando Cortés.

CHIRINOS. ¿Quién?

RODRIGO. *(Señalando el teatrillo.)* ¡Don Hernando Cortés!

Apartando con dificultad las cortinas, aparece allí Chanfalla con armadura y casco fingidos, espada en mano y un gran estandarte en la otra.

CHANFALLA. *(Satisfecho de interpretar tan importante personaje.)*
    A dar tiento a la fortuna
    sale Cortés de su patria...

RODRIGO. *(A Chirinos, que se dirige hacia Sombra.)* ¡Véngase con él y conmigo, señor Díaz, si es que quiere tomar la áspera ruta de honra! *(Va hacia el fondo.)*

CHANFALLA. *(Molesto por la interrupción.)*
    A dar tiento a la fortuna
    sale Cortés de su patria...

CHIRINOS. *(A Rodrigo.)* Ahora mismo la tomo, don Rodrigo... quiero decir, don Palomeque... *(A Sombra, irritada y temerosa.)* ¿Qué haces, arriscada? ¿Con quién te andas chismeando?

CHANFALLA. *(Furioso.)*
    ¡A dar tiento a la fortuna...!

RODRIGO. ¡Señor Díaz!

Sombra huye de Chirinos y se va por el fondo.

CHIRINOS. ¡Voy! *(Una última mirada a la sala y sale también por allí.)*

CHANFALLA. *(Recompone su actitud.)*
>A dar tiento a la fortuna
>sale Cortés de su patria,
>tan falto de bienes de ella
>cuanto rico de esperanzas.
>Su valor y noble sangre
>a grandes cosas le llaman,
>y el deseo de extender
>de Cristo la fe sagrada.
>Rompe el mar, vence los vientos
>con una pequeña armada,
>llegando donde no pudo
>con alas llegar la Fama.

(Chirinos y Rodrigo, armados con espadas y rodelas, avanzan desde ambos lados de la carreta.)

>Salta en tierra como un rayo,
>hiere, rinde y desbarata
>los espesos escuadrones
>de fuerte gente pagana.
>"¡Hermanos y compañeros!
>Sigamos esta Cruz Santa,
>en cuya fe verdadera
>ganaremos mil batallas."

RODRIGO. *(Mimando un combate.)* ¡Santiago y a ellos! ¡Santiago y a ellos! ¡No se tarde tanto, señor Díaz, y acométales duro con la espada, que ésta es batalla de veras!

CHIRINOS. *(Ídem, con mucha menos pericia y arrojo.)* ¿Acometer, señor Palomeque? ¡Cese esta lluvia de flechas, varas y piedras, que bastante hago con cubrirme!

RODRIGO. ¡Avance y apechugue contra ellos! ¡Deles con qué recuerden los tajos y estocadas castellanas!

CHIRINOS. ¡Avanzaré tan pronto salga yo de estas lamas y ciénagas! ¡Cuerpo de Satanás! ¿Y a esto llaman Tierra Firme?

CHANFALLA. *(Siempre en el proscenio del teatrillo.)*
"¡No desmayéis, caballeros,
que ya es nuestra la batalla!
Que las armas de Castilla
prueben las gentes paganas.
Gusten el aspro sabor
de arcabuz, ballesta y lanza,
antes que humildes se rindan
a la cruz de nuestra espada."

RODRIGO. ¡Sígame, señor Díaz! ¡Que ya don Hernando Cortés acomete a la indiada como un rayo!

CHIRINOS. No pase apuro, don Diego, que él no irá muy lejos... ¿No ve que se le ha quedado un alpargate enterrado en el cieno?

RODRIGO. No es hombre don Hernando para hurtar batalla tan cumplida por un alpargate más o menos...

CHANFALLA.
No miréis si son trescientos
o treinta mil los que atacan,
que el valor de un español
en los cuerpos no repara;
antes, por darles la fe
de Cristo, cuenta las almas.

RODRIGO. ¡Santiago y a ellos, que ya van retrayéndose hacia el pueblo! No deje de cubrirse, que son buenos guerreros y ni en huyendo cesa la rociada de flechas.

CHIRINOS. ¿Estas son las grandes poblaciones? ¿Estas cabañas mal cubiertas de cercas y albarradas?

CHANFALLA.
Ya ceden, ya se retiran,
de nuestra furia se apartan

y, vencidos, nos entregan
sus bienes y sus moradas.

RODRIGO. ¡Adentro, adentro! ¡Abajo los portillos! Mía fe, tal enemigo quiero que nunca da la espalda...

CHANFALLA.
Quiero tomar posesión
para el cielo y para España,
de esta tierra que promete
glorias y riquezas tantas.
Sobre esta ceiba daré
por señal tres cuchilladas,
y si alguien me contradice
sostenerlo he con mi espada.

RODRIGO. ¡Viva nuestro capitán don Hernando Cortés!

CHIRINOS. ¡Viva! ¡Viva Su Majestad el emperador don Carlos!

RODRIGO. ¡Viva! ¡Sea por siempre esta provincia una joya más en la corona de Castilla!

CHIRINOS. ¡Sea!

RODRIGO Y CHIRINOS. ¡Vítor! ¡Vítor!...

Saludan los tres al público y, al tiempo que Chanfalla se retira tras la cortina, Chirinos se incorpora vivamente con un alarido y llevándose la mano al trasero.

CHIRINOS. ¡Bellacos, traidores, indios de Satanás! *(Se vuelve y muestra una flecha clavada en una nalga.)* ¡Malhaya la tierra donde creció el árbol que sacó la rama que tal flecha dio! ¡Y la puta madre del indio que la lanzó! *(Y desaparece renqueando tras la carreta.)*

RODRIGO. *(Avanza hacia el proscenio quitándose el sombrero y el ojo que cubría su parche.)* Tal fue, senado ilustre, la primera herida que mi cuerpo ofrendó a Su Majestad. Allí fue, junto al río de Grijalva, que en lengua de indios se llama Tabasco, donde aquel bisoño soldado de fortuna tomó la áspera ruta de la honra.

Digno mentor y guía tuve en Hernández de Palomeque, mi capitán don Diego, y a su sombra y su luz emprendí la grandiosa jornada del descubrir y conquistar y pacificar y poblar todas las provincias de la Nueva España, con la muy nombrada ciudad de Tenuztitlán...

Se abren las cortinas y aparece, ante una pintura de Tenochtitlan México, Sombra, vestida de azteca y con la jarra sostenida en actitud ceremonial. Canta solemnemente.

SOMBRA.
Chal-chimmala-cayo-ti-mani atl on yan tepetl
Huiya zan quetzal-to-name-yo-ti-mani Mexico nican
Huiya itlan neya-cal-hui-lo-toc in te-teuc-tin
in xochi-ayahuitl intepan moteca aya ohuaya.
Iztac huexotl Aya iztac tolin in ye imanican Mexico nican
[Huiya.
Tima-tla-lazta-totl tipatlan-ti-huiz, Aya Huitzilipochtli
tehuan ti-teotl Ohuaya.

(Rodeada por círculos de jade perdura la ciudad,
irradiando reflejos verdes cual quetzal está México aquí.
Junto a ella es el reflejo de los príncipes:
niebla rosada sobre todos se tiende.
De blancos sauces, de blancas espadañas es México la nación.
Tú, Hutzilipochtli, como garza azul vienes volando,
tú eres el dios.)

Durante la canción, Sombra ha ofrecido la jarra a Rodrigo quien, también con rara solemnidad, bebe un trago. Tiene como un estremecimiento y devuelve la jarra a Sombra, al tiempo que acaba de cantar.

RODRIGO. *(Como iluminado.)* ¡Así te me apareces aún en el recuerdo, Tenuztitlán México! ¡Rodeada por círculos de jade, irradiando reflejos verdes y cubierta de niebla rosada! Así te levantas, fundada en medio de una laguna, tan grande ciudad como Sevilla y Córdoba, con plazas tan dilatadas como aquella de Salamanca, con tus hermosos edificios, tus torres altas y bien obradas, tus gentiles vergeles de flores de diversas maneras...

(Entra Chanfalla, todavía vestido de Cortés, y le hace gestos de proseguir con el Retablo.) Desde tu mismo centro, Tenuztitlán, sujeta grandes provincias el gran Montezuma, señor de tierras y gentes sin número, dueño de infinitas riquezas y de grandes ejércitos que defienden tu fortaleza y extienden tu poder por las fronteras y provincias comarcanas...

CHANFALLA. *(Interrumpiéndole, pasea de un lado a otro de la escena, interpretando.)* ¿Por qué no quiere verme a mí, don Hernando Cortés, ese gran Montezuma? ¿Por qué me solicita una y mil veces de no ir a su Tenuztitlán México? *(Rodrigo bebe un nuevo trago y deja la jarra en el suelo del teatrillo. Sombra sale de él y se va con Rodrigo hacia el fondo, cuchicheando misteriosamente. Mientras Chanfalla prosigue con su monólogo, en el escenario aparece cautelosamente Chirinos e inspecciona la jarra.)* ¿Por qué sus mensajeros me envían grandes presentes de oro y plata y joyas y mantas de algodón y de plumas, y ora me promete ser vasallo de Su Majestad el Emperador, ora me tiende trampas y celadas de guerra, y siempre me manda decir que no le procure ver, que no pugne por llegar a su ciudad? *(Chirinos ha olfateado la jarra, bebe un trago y, al poco, tiene una convulsión y sale precipitadamente por un lateral para vomitar. Chanfalla sigue sin reparar en ella.)* ¿No echa de ver que así más me espolea la ardicia de llegarle y sujetarle? Más de tres meses ha que andamos sus dominios. En ellos he fundado ya una villa española, la Villa Rica de la Vera Cruz, y he conquistado y pacificado para mis reyes anchas y ricas provincias. Sus vasallos de Cempoal, así como sus enemigos de Tlascala, me son amigos y confederados, y muchos caciques nos han dado a sus hijas doncellas para tener generación nuestra, como de bravos y esforzados guerreros que somos... *(Han regresado del fondo Rodrigo y Sombra. Ésta, portando un estandarte azteca, vuelve a instalarse en el escenario, notando que la jarra ha cambiado de posición. Rodrigo tiene de nuevo puesta la armadura de teatro.)* Por más que las hago cristianar antes de usarlas, porque no se inficione con paganas la sangre de mis soldados...

RODRIGO. *(Interrumpiéndole.)* Sólo a los capitanes. *(Chanfalla le mira, sorprendido.)* Las indias, digo, que sólo a los capitanes se daban, y a algunos caballeros. Que nosotros, los meros soldados, por muy contentos nos teníamos si podíamos haber alguna niña o vieja o, cuando no, mujer ya muy parida. *(Se va indignado.)* Y ello a las prisas, con los calzones puestos, y aun con las armaduras, a las veces al trote de una marcha o en el respiro de una escaramuza.

CHANFALLA. *(Consultando unos papeles que lleva guardados.)* Paréceme, don Rodrigo, que ese parlamento no figuraba en el Retablo...

RODRIGO. No figuraba, cierto. Pero me ha venido a las mientes en oírte, no vayan a pensar estos señores que andaba yo por entonces hecho sultán turco, como otros que yo me sé... *(Y le mira, severo, de arriba abajo. Al público.)* Y por no deslucir nombres ilustres, sepan vuestras mercedes cómo los soldados de Francisco de Garay, en ir a conquistar la provincia de Pánuco, andaban robando los pueblos y tomando mujeres por fuerza, como si estuvieran en tierra de moros...

CHANFALLA. No se quillotre por tan poco, don Rodrigo, que aquí a... sus señorías, algo se les entiende de esas flaquezas tan humanales... Y manos a labor que se hace tarde y tenemos mucho que hacer y que decir y que mostrar...

RODRIGO. ¿Mostrar dices, Chanfalla? ¿Mostrar con tan mísero aparato los hechos y lugares y portentos que pasé, que parecían las cosas de encantamiento que cuenta el libro de Amadís?

Sin que nadie lo advierta, ha entrado Chirinos como ausente, ha bebido un trago de la jarra y, sin reaccionar, sale por el lateral opuesto.

CHANFALLA. *(Molesto por el desprecio de Rodrigo.)* ¿Pues no? Mayores maravillas he mostrado yo con muy menor balumba...

RODRIGO. *(Cuya actitud revela una extraña exaltación.)* ¡Quita allá, mentecato! ¿Puedes tú, por ventura, encerrar en este chamaril destartalado cuantos desiertos, lagos, cordilleras, selvas, volcanes, ciénagas y ríos anduve y padecí? ¿Podemos figurar, siendo tan pocos, los cientos de soldados y muchedumbres incontables de indios que mis ojos contaron? Aquellos palacios de caciques poderosos, aquellos templos y adoratorios, aquella riqueza de oro y plata y pedrerías, ¿mostraremos aquí con tales calandrajos y piltracas?

CHANFALLA. *(Francamente picado.)* No es razón escupir en el caldo cuando no se tiene sopa.

RODRIGO. *(Avanza como iluminado hasta el proscenio. Al público.)* Fuera yo nigromántico, nobles señores y demás testigos, tuviera yo poderes de hechicero, de tal modo y manera que esta fábrica enjuta de apariencias, sin trabas derramase ante vuestras mercedes la suma de sucesos memorables en que me vi revuelto. Entonces temblarían vuestros pechos con las guerras tan bravosas que tuvimos en la ciudad de México. Aquí retumbarían los aires con los grandes gritos y silbos y atambores y trompetillas de los fuertes escuadrones de indios, con nuestros tiros de escopetas y arcabuces y el galope y relincho de caballos. Aquí lloverían flechas y piedras y montantes y lanzadas y cuchilladas y estocadas...

CHANFALLA. *(Que parece ver, efectivamente, en las sombras de la sala lo que Rodrigo dice.)* Por mi fe, don Rodrigo, que aún me hará ver a mí nuevo Retablo de las Maravillas...

RODRIGO. *(Cada vez más exaltado.)* Aquí levantaría el gigantesco *cú* de Huitzilipochtli, que es como decir el templo de su dios de la guerra, y veríais la feroz batalla que hubimos por derrocar y poner fuego a sus ídolos, los nuestros malheridos, todos corriendo sangre y peleando contra miles de mexicanos resueltísimos, subiendo por las gradas, y luego bajándolas, reciamente acosados, volviendo a nuestros aposentos bajo un diluvio de varas y flechas, los muros deshechos, y todos heridos, y dieciséis muertos, y los indios siempre aprestándonos, y otros escuadrones por las espaldas... que quien no nos vio, aunque aquí más claro lo diga, yo no lo sé significar...

Mientras hablaba ha comenzado a entrar humo desde el lateral por donde salió Chirinos.

CHANFALLA. *(Fascinado por el verbo de Rodrigo, parece participar en la escena descrita.)* ¡Y tanto que lo sabe vuestra merced! ¡Como que mismamente se me figura que lo veo, y hasta que huelo el humo de las fogatas! ¡Y qué cuchilladas y estocadas les damos, y con qué furia los perros pelean, y qué herir y matar hacen en nosotros con sus lanzas y macanas y espadas de dos manos...!

RODRIGO. ¡Basta, por mi vida, basta! Dejemos este espanto y matacía, y también la lamentosa muerte del desdichado Montezuma, y la triste, tristísima noche de nuestra huida de México, y la feroz, ferocísima batalla de Otumba, tan reñida y nombrada, de donde salí cojo...

CHANFALLA. *(Compadecido.)* Dejémoslo, sí, y vayamos presto a la parte en que les damos la lección que merecen a esos empecinados mexicanos. Entremos ya en la laguna con los bergantines y cerquemos la ciudad de Tenuztitlán, que me saltan las carnes por verla estragada y derrocada, después de tan soberbia.

RODRIGO. *(Súbitamente irritado.)* Hablas como bestial y encarnizado, Chanfalla. ¿Así te gozas tú, que a buen seguro nunca te has visto sino en peleas de mojicones y pellizcos, así te gozas con aquella extremada mortandad, donde tantos montones de cuerpos difuntos había que no se podía poner los pies sino en ellos? Y los miles de ahogados, y los sacrificados y comidos por nuestros aliados tlascaltecas, y los muertos de pestilencia, y aquellos a quien sacamos el unto para embrear bergantines, a falta de aceite o sebo...

Es interrumpido por un agudo lamento de Sombra, que se arrodilla y golpea con las manos el suelo del teatrillo. El lamento se transforma en salmodia mientras Rodrigo va junto a ella y cierra las cortinas, quedando los dos ocultos. Chanfalla, apenas repuesto de la sorpresa, se aproxima al Retablo, escucha y va luego hasta el proscenio, hablando al público con sigilo para que no le escuche Rodrigo.

CHANFALLA. ¡Macarelo! ¿Dónde estás, Macarelo? *(Es evidente que no se atreve a bajar a la sala.)* ¡Malditas sombras!... ¡Eh, señores belitres... Valga el diablo, y qué amortecidos parecen, y antes tanta rechifla y bulla y chirigota... ¿Hanse quedado por ventura mudos? Tanto me da, mientras no paren sordos... Que han de oirme decir cómo es tiempo de miñarse todos paso a pasito, sin ser sentidos, antes que la floraina se descubra y aquí se desbarranque un cataclismo. ¿No habéis visto qué luces alunadas se le encienden al indiano en la cabeza? Buena sería que en uno de esos raptos bajara y os oliera, y todo este negocio se estragase... ¿Tiéneslo entendido, Macarelo? Pues a trasmontar quedico y a esperarme cabe el puente, para el cobro de los charneles, que allí acudiré yo tan pronto rematemos el ensayo del Retablo... ¡Macarelo! ¡Responde, hideputa, y no te encubras! ¿No se te habrán tragado esos espíritus que dice doña Sombra? *(Quiere reír, pero la inquietud le gana.)* ¿Quién hay ahí?... Juro a mí, que talmente siento como si unas miradas me amenguasen... *(Se toca el cuerpo y la cara.)* Ta, ta, ta... ya sé yo la causa de este silencio, que no es otra sino el verme como trapaza o monigote. ¿No es así, Macarelo? *(Ríe sin convicción.)* ¿No es cierto que parezco figura de apariencia? Pues tan de veras soy como vosotros, si no más. Sólo que unos tufos de encantamiento embeleñan algún poco este lugar, de tal suerte que, vistas desde ahí, las cosas y personas parecemos de burla, invención y sueño... *(Cada vez más inquieto.)* Y reniego de mí si no me van entrando en las carnes esos mismos barruntos... *(Es sobresaltado por la brusca entrada de Chirinos fumando los restos del cigarro de Rodrigo, y con la escalera y el gancho que usó al principio. Tiene un aire ausente.)* ¡Chirinos!... Por el siglo de tu madre, y qué susto me has dado... ¿Adónde vas con eso? *(Chirinos le pide silencio con un gesto.)* ¿Qué te pasa? ¿Qué te propones? *(Chirinos coloca la escalera apoyada en la carreta y sube con el gancho, pidiéndole de nuevo silencio.)* ¿Me mandas callar y pretendes tú desbaratarlo todo? ¡Baja de ahí, insensata! ¡Cata que está despierto, y doña Sombra con él! ¡Tente, tente...! *(Con pasmosa facilidad, Chirinos ha introducido el gancho por un agujero del techo y lo saca al momento con una presa inesperada: el casco de Rodrigo.)* ¡Virgen de las Angustias! ¡Ya todos enloquecen!

En ese momento sale Rodrigo del teatrillo acabando de ponerse su armadura con ayuda de Sombra. No ve a Chirinos que, en lo alto de la escalera, se pone su casco.

RODRIGO. Presto, presto, Chanfalla. No perdamos más tiempo, que el camino es largo y el plazo corto. Tomemos ya la ruta de Eldorado, y sepa este auditorio a qué provincias venturosas acudimos.

CHANFALLA. *(Extrañado al advertir que se está poniendo la armadura real.)* ¿Hacia... hacia Eldorado ya? ¿Qué quiere decir vuestra merced? ¿Que nos saltemos la recia jornada que tuvísteis, yendo con Alvarado, en lo de Guatemala?

RODRIGO. Olvida Guatemala, pues que allí fue donde perdí este ojo. Vámonos ya a Eldorado, y dejemos a Alvarado penando en los infiernos.

CHANFALLA. *(Repasando de nuevo las páginas del retablo.)* Y de cuando os pasásteis al Darién y Panamá con la gente de Pedrarias Dávila, ¿no mostraremos nada?

RODRIGO. ¿A Pedrarias me nombras, ese Atila? Huyámonos, Chanfalla, huyamos de aquellos reinos asolados y diezmados.

CHANFALLA. ¡El Perú, don Rodrigo! ¡Hagamos, pues, la famosa hazaña del conquistar y pacificar aquel gran reino del Perú!

RODRIGO. ¿El Perú dices? ¿Para tornar a llenarme las cejas, narices, orejas y otras partes de la cara y cuerpo de bubas, tan grandes como nueces y muy sangrientas?

CHANFALLA. *(Desconcertado.)* ¿Qué se le ha de llenar, don Rodrigo? No digo sino que hagamos el paso de Cajamarca y prisión de Ataballa, que es de lo más vistoso del Retablo. Aquélla sí que fue empresa memorable y gloriosa... Vengan

EL RETABLO DE ELDORADO

trabajos, males, peligros y muertes que tanto fruto dieron, como fue rendir aquel imperio universal del Inca a don Francisco de Pizarro.

Sale por el fondo. Rodrigo ha ido a uno de los tenderetes y examina, soñador, un vistoso collar de plumas. No parece oír a Chirinos que, en el lado opuesto, siempre en la escalera, con el casco puesto y el gancho a modo de lanza, declama.

CHIRINOS.
    Las fases de la luna
    imitan las mudanzas de fortuna,
    pero el sol de Pizarro
    brilla con tal tesón, que me achicharro.

RODRIGO. *(Evocador.)* Vistosa fue la entrada de Atahualpa en Cajamarca, sí. Cuatro horas tardó en andar una legua, tan de reposo iba... Venía en litera de oro, aforrada de plumas de papagayo, y sentado en un tablón guarnecido de esmeraldas. Trescientos criados con librea le quitaban las pajas y piedras del camino, y muchos señores en andas y hamacas, por majestad de su corte...

Entonces se descorre la cortina y aparece una alegoría del Perú y un muñeco que figura Atahualpa. Chanfalla, acabando de vestirse un hábito de franciscano, baja del teatrillo y se coloca ante él.

CHANFALLA. Entonces llega ante él fray Vicente de Valverde y le lee el Requerimiento. *(Interpreta muy rápido.)* Sabe que un Dios en Trinidad ha creado el cielo y la tierra y todo cuanto hay en ello, y ha hecho a Adán, sacando a su mujer, Eva, de su costilla, de donde todos fuimos engendrados. Y por desobediencia de estos nuestros primeros padres caímos todos en pecado y no alcanzábamos gracia para ver a Dios ni para ir al cielo ni para nada. Hasta que Cristo vino a nacer de una Virgen para salvarnos, y a este efecto recibió pasión y muerte, y luego resucitó y se fue al cielo, dejando en su lugar a San Pedro y a sus sucesores, que llamamos papas y que están allá en Roma. Y éstos han repartido todas las tierras de todo el mundo entre los príncipes y reyes cristianos, y esta provincia tuya le ha tocado al Emperador don Carlos. Y Su Majestad ha enviado a don Francisco de Pizarro para hacerte saber, de parte de Dios, todo esto que te he dicho. Y si quieres creerlo y bautizarte y dejar esa religión tan mala que tienes y obedecerle y darle tributos, él te amparará. Y si haces lo contrario, don Francisco te dará cruda guerra a sangre y fuego...

CHIRINOS.
    ¿Tú comprender, don villano?
    ¿Mi razón has bien sentido?

RODRIGO. Y Atahualpa dijo que aquellas sus provincias las habían ganado su padre y sus abuelos, y que no sabía cómo San Pedro las podía dar a nadie. Y que él no tenía por qué tributar, siendo libre, y que su religión era muy buena, y que el sol era su padre y la tierra su madre, que nunca morían... Y que cómo sabía el fraile ser verdad su doctrina.

CHANFALLA. *(Tendiendo un breviario al muñeco.)* Este libro lo dice por boca de Dios.

RODRIGO. *(Toma el libro.)* Y Atahualpa tomó el libro, lo abrió, lo miró, lo escuchó... y dijo que a él aquel libro no le decía nada ni le hablaba palabra. *(Lo arroja al suelo.)*

CHANFALLA. *(Recogiéndolo, presuroso.)* ¡Los Evangelios en tierra! ¡Venganza, cristianos, que no quieren nuestra amistad ni nuestra ley! *(Saca una espada de debajo del hábito.)*

CHIRINOS.
    ¡Yo os reto, los zamoranos,
    por traidores fementidos!

RODRIGO. *(Abalanzándose sobre Chanfalla, le hace caer y grita hacia todos los lados.)* ¡Tente, Chanfalla! ¡Guarda la espada! ¡Alto la artillería! ¡Detened los caballos! ¡Cesad las cuchilladas y estocadas! ¡Los indios no pelean! ¡Atahualpa está preso y nadie nos da guerra! *(Ha aparecido Sombra con la jarra y, calmándole, se la ofrece. Chanfalla, en el suelo, masculla reniegos ininteligibles mientras trata de quitarse el hábito.*

Chirinos ríe con risa extraviada. Rodrigo bebe y murmura, alucinado.) Ya está vencido el Inca y repartido su tesoro. Ya nos batimos cristianos contra cristianos en aquellas civiles guerras de Almagro y los Pizarro. Ya anduve miles de leguas, siempre pacificando incas alzados, llegando a tener encomienda de trescientos indios. Y ya, como no nací yo para hacendado, parto con Orellana al encuentro de don Gonzalo Pizarro, que tiene aderezada una sin par jornada en busca del reino de Eldorado y el país de la Canela...

Sombra cierra la cortina del teatrillo.

CHANFALLA. *(Ya liberado del hábito, furioso.)* ¡Basta, don Rodrigo! ¡Hasta aquí llega la cuerda de mi paciencia! ¡O ensayamos todo el Retablo o me ensucio en las gachas!

RODRIGO. ¿Ensayar, dices? ¿Qué habríamos de ensayar?

CHANFALLA. *(Confuso.)* No quise decir tal, sino...

RODRIGO. Ensayo infructuoso fue, sí, toda mi vida vagabunda. Pero es llegado el momento de poner en ejecución la obra que el destino escribiera para mí en las estrellas...

CHANFALLA. ¿Cuál obra es ésa?

RODRIGO. *(Adelantándose hasta el proscenio, al público.)* A pesar de la sombra que os encubre... y de las brumas que me anublan la visión, veo brillar en vuestros nobles pechos la lumbre de gallardía que ha de extirpar tantos males y remediar aquel Nuevo Mundo...

CHANFALLA. *(Inquieto.)* Considere, don Rodrigo, que a las veces la vista tiene así como ofuscaciones...

RODRIGO. ¡Ven aquí, sombra mía! *(Sombra acude a su lado; Rodrigo le levanta la blusa y muestra su espalda azotada.)* Ved esto. De tantas violencias y traiciones que en aquellas gentes y tierras se han hecho y se hacen, vuestras mercedes serán, yo mediante y esta mi gran jornada, los nuevos redentores...

CHANFALLA. *(Ídem.)* Cate, don Rodrigo, que no todo el monte es orégano...

RODRIGO. *(Exaltándose.)* No os desaliente que el Rey nuestro señor tenga por más valioso ver contar el oro de las Indias que oír contar sus miserias...

CHANFALLA. *(Francamente asustado.)* Repare, don Rodrigo, que por doquier hay oídos torcidos...

RODRIGO. No miréis que estén los religiosos más dados al fuego de la penitencia acá, que al agua del bautismo acullá...

CHANFALLA. *(Aterrado.)* ¡Por su ánima, don Rodrigo, que...!

RODRIGO. *(Radiante.)* ¡Hoy llegaremos juntos a la escondida fuente de todas las riquezas de las Indias, y allí será el origen y principio de un reino venturoso que sepa reparar tantos estragos hechos! *(Alza la jarra.)* ¡Este amargo licor me da vislumbres y potencias para hallar esa ruta, y andarla, y acabarla. *(Bebe un trago.)*

CHIRINOS. *(Aún en la escalera.)* ¡Mire de no acabarla, don Rodrigo! La jarra, digo: que su licor también a mí me da vislencias y potumbres...

RODRIGO. Daríate transportes y sudores de muerte o desvarío, Chirinos: que es bebida sagrada, no hecha para cualquier garguero... ¿Y qué diablos haces ahí trepada y con mi casco puesto?

CHIRINOS. Pues no sé qué le diga, don Rodrigo. Me trepé aquí, quedéme y olvidéme.

RODRIGO. ¡Bájate, pues, y aligera, que ya nos departimos! Y tú también, Chanfalla: aviva, aviva...

CHANFALLA. ¿Departirnos? ¿Adónde?

RODRIGO. ¿Adónde ha de ser, sino al arduo camino de mis días errados? Que si antaño lo anduve ciego, hogaño lo andaremos derechamente. *(Y sale por el fondo, seguido de Sombra.)*

CHANFALLA. *(Totalmente perdido, trata de bajar a Chirinos de la escalera.)* ¡Por los pelos del rabo de Satanás! ¡Chirinos, vuelve en ti, que el mundo se desquicia! ¿Qué locura es la tuya? ¡Despierta! El indiano salido se ha de sí, doña Sombra parece espiritada, yo no sé ni quién soy ni quién no soy... y en cuanto a esos de ahí *(Señala al público)*, alguna tarrabustería andan urdiendo, que ni responder quieren a mis voces. Receloso estoy, no vayan a soplar al Santo Oficio los desacatos que ensartó nuestro indiano...

CHIRINOS. *(Siempre en su mundo.)*

> ¡Maldito seas, Rodrigo,
> del Papa descomulgado,
> porque deshonraste un rey,
> el mejor y más preciado!

CHANFALLA. ¡Calla, loca! ¿Qué mal viento te ha tocado?

VOZ RODRIGO. *(Tras la carreta.)* ¿Yo, deshonrar al rey? ¿Quién dijo tal?

CHANFALLA. *(Haciendo salir a Chirinos.)* ¡Aún harás que nos deslome! Vete a buscar el seso que has perdido...

RODRIGO. *(Entra furioso, con lanza y rodela.)* ¡Miente quien tal afirma! ¡Antes bien, honra y servicios infinitos le he dado por la más grande parte de mi vida.

Del techo de la carreta comienza a brotar una maraña vegetal.

CHANFALLA. Nadie lo duda de vuestra merced... ni de nosotros...

RODRIGO. ¡Por aumentar sus reinos y vasallos, y los de su padre el Emperador y de sus católicos abuelos don Fernando y doña Isabel, lastimado estoy de mis miembros!

CHANFALLA. Eso salta a la vista, don Rodrigo...

RODRIGO. ¡Nunca murmuré de él por ser ingrato a sus vasallos y no dolerse de nuestras fatigas y trabajos!

CHANFALLA. ¡Nunca, puedo jurarlo!

RODRIGO. Y si aquí mismo estuviera presente su augusta persona...

CHANFALLA. ¡Dios no lo quiera!

RODRIGO. *(Arrodillado ante Chanfalla.)* Yo hincaría mi rodilla en tierra y le diría: *(Declama.)*
>¡Cuántas tierras corrí, cuántas naciones,
>hacia el helado norte atravesando,
>y en las bajas, antárticas regiones,
>el antípoda ignoto conquistando!...

CHANFALLA. *(Tratando de incorporarle.)* ¡Bien dicho y bien rimado, sí señor!

RODRIGO. *(Le toma la mano.)*
>Dejo, por no cansaros y ser míos,
>los inmensos trabajos padecidos...

CHANFALLA. Eso, sí: déjelos...

RODRIGO.
>... La sed, el hambre, la calor, los fríos,
>la falta irremediable de vestidos,
>los montes que pasé, los grandes ríos...

CHANFALLA. Déjelos, don Rodrigo, no vaya a importunar a estos señores...

RODRIGO. *(Viendo el laberinto de falsas enramadas que ahora rodea la carreta.)* ¡Los grandes ríos! *(Se incorpora y empuña la rodela y la lanza.)* Estas son ya, sin duda, sus fragosas orillas... Entrémonos en ellas, Chanfalla, y emprendamos sin más tardar la gran jornada de Eldorado y del reino de las Amazonas...

Aparece Chirinos ante las cortinas del Retablo, a medio poner sus vestidos de mujer.

CHIRINOS. ¡No tal, señores hombres! Que aquí doña Sombra y yo nos vamos a buscar los Amazonos... *(Ríe excitada y desaparece tras las cortinas.)*

CHANFALLA. Sépala disculpar vuestra merced, que anda de un rato acá como pasmada.

RODRIGO. Todo es posible, Chanfalla, en estas espesuras infinitas... Aquí se pierde la razón y el rumbo. Pasos y pensamientos se extravían... Sígueme de cerca y no me pierdas de vista ni de oído, que yo te seré guía en este laberinto... *(Se interna en la "espesura" y desaparece tras la carreta.)*

CHANFALLA. *(Yendo tras él.)* ¡Don Rodrigo! ¿Adónde va?

Salen del teatrillo Chirinos y Sombra, ésta con la jarra.

CHIRINOS. *(Claramente traspuesta.)* Ven conmigo, mochacha. Vámonos tú y yo por estas partes *(Señala la sala)*, que a buen seguro encontraremos a esos mozarrones sin mujeres, de quien seremos muy bien recibidas... *(La lleva de la mano hacia el proscenio, pero Sombra se desprende.)* ¿Qué es ello? ¿Te da empacho? *(Ríe tontamente.)* A mí también me diera, sino que ese licor me ha transportado toda a no sé dónde, y allí anda prohibida la vergüenza... Bébelo tú también y así estarás conmigo...

SOMBRA. *(Protegiendo la jarra de las manos de Chirinos.)* Ca ahhueli tiquiz inin. Intla melahuac in oticchiuh, in teteo mitztlacaquitizqueh ica yollopoliuhcayotl. Ca in ololiuncatlailli in quitemaca xochitemictli, in tetlachialtia in tetzahuitl, in tetlaia tetzahuilizpan. (No puedes beber esto. Si es cierto que lo has hecho, los dioses te castigarán con la locura. Es la bebida sagrada del ololiuhqui, que da el Sueño Florido y permite a sus fieles ver más allá de las cosas, estar más allá de los lugares.) *(Le muestra la codiciada bolsa, que lleva escondida en sus vestidos.)*

CHIRINOS. ¡Por vida de los huesos de mi abuela! ¡La bolsa de las perlas! ¿Qué me quieres decir?

SOMBRA. Inim ixinach in chalchiuhtlicue. Ica yehuatli mochihua in teoatl. (Estas son las semillas de la Señora de las Aguas. Con ellas se hace el zumo de los dioses.)

CHIRINOS. *(Conteniendo su excitación.)* Mi alma, mi amiga, mi amor, azucena, corderita... ¿No me dejarás que las tiente y las vea? *(Va a tomar la bolsa, pero Sombra la retira)*

SOMBRA. Ca ahhueli in quimatocazqueh in ahmo chipahuaqueh. Nahuatl nimitzihtitiz. (No pueden tocarlas manos impuras. Yo te las mostraré.) *(Con reverencia suma, abre la bolsa, introduce la mano y saca un puñado de semillas, que muestra a Chirinos.)*

CHIRINOS. *(Antes de verlas.)* ¡Gracias, lucero mío! *(Al verlas.)* ¡Válgame Dios! ¡Lentejas! ¡Lentejas son, o cosa parecida!

Desde detrás de la carreta, en donde han estado sonando extraños ruidos, entran Rodrigo y Chanfalla desastrados y cubiertos de falsa maleza. Caminan abriéndose paso con las espadas en la maraña vegetal y venciendo un gran esfuerzo.

RODRIGO. Esto son fatigas y trabajos. Esto es andar continuo sobre manglares y anegadizos. Esto son hambres que nos hacen comer hasta los cueros, cintas y suelas de zapatos...

Sombra se ha escabullido por un lateral al verlos.

CHIRINOS. *(Sin salir de su asombro.)* ¡Lentejas!

RODRIGO. ¡Ca, mi buena amiga! ¡Lentejas fueran aquí manjar de príncipes y reyes *(Ha rodeado la carreta y desaparece por el otro lado.)*

CHIRINOS. *(A Chanfalla, que le sigue como hipnotizado.)* ¡Son lentejas las perlas, o alguna otra semilla cortezuda!

CHANFALLA. Déjate de lentejas y apechuga, si no quieres perderte y consumirte en esta maraña... *(Saliendo.)* ¡Aguarde, don Rodrigo, y no me deje solo...!

Siguen escuchándose extraños ruidos tras la carreta, al tiempo que la luz adquiere tintes irreales.

CHIRINOS. *(Viendo que no hay nadie en escena.)* ¿Pues sola he de quedar yo, y sin perlas ni nada? No así. Voy tras los

Amazonos, que han de ser muy bizarra compañía... *(Baja a la sala y corre por el pasillo gritando.)*

¡No fuyáis, no, caballeros,
no temáis de mi venida...!

Se abren las cortinas de la carreta y aparecen Rodrigo y Chanfalla en medio de un frondoso decorado amazónico. Se balancean como si navegaran en una balsa. Se escucha el sonido de un tam-tam.

RODRIGO. Una mar inclinada es este río, el mayor sin dudarlo de la tierra... Ojo a los remolinos, Chanfalla, no nos vayan a tragar con balsa y todo...

CHANFALLA. ¿Oye vuestra merced esos tambores? ¡Son otra vez esos malditos indios flecheros! Ya vuelven a acosarnos, sin dejarnos llegar a las riberas.

RODRIGO. No, Chanfalla: esta vez no son indios, sino Amazonas. Mira aquellas mujeres muy blancas y altas, haciendo cada una tanta guerra como diez indios. ¿No ves como tienen muy largo el cabello?

CHANFALLA. ¡Sí veo, sí! ¡Y que son muy membrudas y andan en cueros! ... Mas no veo si tienen el un pecho cortado para mejor flechar, como de ellas se dice.

RODRIGO. No lo tienen, no. Que dos tetas sustentan cada una como dos calabazas.

CHANFALLA. ¿Y no hemos de darles la reñida batalla que merecen?

RODRIGO. El río nos arrastra con demasiada fuerza. Vamos desgobernados y sin rumbo, como gente perdida, dejando atrás muy grandes poblaciones y provincias sobremanera ricas...

CHANFALLA. ¡Aportemos en ellas, don Rodrigo! ¡Desterremos el hambre! ¡Salgamos de miseria!

RODRIGO. Esas fueran cortas miras para tan larga jornada. Mi meta es el reino de Eldorado, que dejará chiquitas todas estas riquezas, y el tesoro perdido de Montezuma, y el rescate de Atahualpa...

CHANFALLA. ¿Y qué va a hacer vuestra merced con tan riquísima riqueza?

RODRIGO. ¿Qué he de hacer, sino enmendar este Nuevo Mundo de la desolación que el Viejo le ha causado?

CHANFALLA. Largo trabajo es ése para sus largos años, don Rodrigo...

RODRIGO. Verdad dices, amigo. Pero el oro infinito del príncipe Dorado dará también para enviar cien naves en busca de Bimini.

CHANFALLA. ¿Bimini?

RODRIGO. ¡Bimini, sí! Donde brota la fuente de la eterna juventud... Allí me curaré de la más cruel de mis heridas: la mucha edad, Chanfalla. Allí quedarán mis luengos años, fatigas y pesares... Aguza, pues, la vista. Abre todos tus sentidos, no se me vaya otra vez a escapar tan descomunal tesoro, esa riqueza sin tasa, tal prodigio de opulencia como nadie lo soñara...

CHANFALLA. *(Deslumbrado, señala hacia un lateral.)* ¡Allí, allí! ¡Es él!

RODRIGO. ¿Quién?

CHANFALLA. ¡El príncipe Dorado!

RODRIGO. *(Excitadísimo, mira en la misma dirección.)* ¿Dónde? ¿Dónde está?

CHANFALLA. ¡Allí! ¿No lo ve vuestra merced?

RODRIGO. ¡No, por mi ánima!

CHANFALLA. ¡Su cuerpo relumbra como el sol! ¡Va en medio de su balsa, rodeado de oro y esmeraldas!

RODRIGO. ¡No puedo verlo!

CHANFALLA. ¡Sí, allí! ¡Note cómo le cantan y sahúman! ¿Oye vuestra merced?

RODRIGO. ¡No oigo nada! ¿Dónde está?

CHANFALLA. ¡Allí! ¿No ve la orilla remontada de palacios de plata y pedrería?

RODRIGO. *(Exasperado.)* ¡No, maldita sea! *(Zarandea a Chanfalla.)* ¿Qué poder es el tuyo, condenado farsante, que ves lo que yo no veo, que oyes lo que yo no oigo?

CHANFALLA. ¿Poder yo, don Rodrigo? ¿Poder, este actorzuelo desplumado? Ninguno, sino el ansia de salir de mi estrechura... Pero mire... *(Señala, radiante, hacia el lateral.)* ¡Allí está la salida!

Irrumpe en ese momento Chirinos desde el fondo de la sala.

CHIRINOS. *(Muy divertida.)* ¡Ahora sí que vienen! ¡Ahora sí que es verdad!

Cesa de golpe el sonido del tambor y la luz vuelve a la normalidad. Chanfalla parece despertar, mientras Rodrigo queda como flotando entre dos aguas.

CHANFALLA. *(Aún medio ausente.)* ¿Qué.... qué... quién viene? ¿Qué es... de verdad?

CHIRINOS. ¡El alcalde y los regidores... y una docena de cuadrilleros del Santo Oficio! *(Ríe extraviada.)*

CHANFALLA. *(Aterrado.)* Por... por... por el siglo de tu madre... ¿Qué estás diciendo?

CHIRINOS. Que vienen todos de verdad, camino arriba, hacia aquí...

Entra Sombra desde el fondo y avanza hacia el proscenio.

CHANFALLA. *(Comprendiendo de golpe.)* ¡Macarelo! ¿Dónde está Macarelo? ¿No está ahí?

CHIRINOS. Aquí no hay nadie, como no sean los espíritus que ve doña Sombra... *(Ríe.)* Y en cuanto a Macarelo, viene también con ellos, y mucha más gente...

Rodrigo, como despertando, examina perplejo la ficticia maraña y los decorados del teatrillo.

CHANFALLA. *(Reaccionando, por fin, rápidamente.)* ¡Por tu vida, Chirinos! ¡Afufemos presto de aquí, si no quieres verte apiolada por la Inquisición! (*Y comienza a recoger precipitadamente ropas y enseres del Retablo.)*

CHIRINOS. ¿Afufar dices? ¿Por qué? ¿Quién nos persigue? *(Sube a escena. Sombra acude a ella, como queriendo que le explique lo que ha visto en la sala.)*

CHANFALLA. *(A Rodrigo, sin dejar de recoger.)* ¡Despierte, don Rodrigo! ¡Levantemos el campo, que el Santo Oficio viene a hacernos visita, y temo no ha de ser de cortesía! *(Rodrigo sigue ausente.)* ¡Presto, presto, Chirinos! ¡Arrambla con lo que más valga, que ello será de hoy más nuestro remedio!

CHIRINOS. ¿Nuestro remedio? Él lo será mi mercado, como otra vez te dije... *(Y sale por el fondo, para volver al poco con el saco del principio.)*

CHANFALLA. *(Yendo de un lado a otro y sin dejar de vigilar la sala.)* ¡Don Rodrigo, por Dios, salga del pasmo! ¿Que no ve el temporal que se avecina? No tome pesadumbre, por su vida: sabido es que son dificultosos todos los principios... Y que, cuando una puerta se cierra, otra se cierra... *(Sale por el fondo.)*

RODRIGO. *(Como despertando, pero con una extraña calma.)* ¿Dónde está mi sombra? *(Sombra acude a su lado.)* Tengo hambre. Dame de comer. *(Sombra sale, ligera.)*

CHANFALLA. *(Que entra y sale, siempre acarreando.)* ¡Aviva, aviva, Chirinos!

CHIRINOS. *(Recogiendo del mercadillo lo que va nombrando y metiéndolo en el saco, sin demasiada conciencia de la situación.)* Flor de burucuyá, para disipar los ahogos del corazón... Hierba viravira, contra el tabardillo y las sofocaciones... Piedras de Santa Marta, para hijada, riñones, leche y flujo, y también contra el pasmo... Emplastos de chancoroma, que curan las hinchazones... Colmillo de caimán, contra mordedura de culebra y otros venenos... Raíz de quintoraya, milagrosa para las bubas...

RODRIGO. Siempre hay una salida, solía decir mi capitán don Diego Hernández de Palomeque. Siempre hay una salida... *(Sombra le trae un cuenco, del que come.)*

CHANFALLA. *(Ya cargado con un gran bulto.)* Nosotros habremos de tomar la de Villadiego, que es la más segura... ¡Vamos, Chirinos, no quieras llevarlo todo!

CHIRINOS. Espera: la Hierba de la Vida...

CHANFALLA. *(Tomándola de la mano y tirando de ella.)* Esa nos va a hacer falta, a buen seguro... *(Y ya saliendo, grita.)* ¡Don Rodrigo, por Dios! ¿Ahora comiendo? ¡Apresúrese, que se le acaba el tiempo! *(Salen Chanfalla y Chirinos.)*

RODRIGO. Cierto que se me acaba... *(Recita mientras come.)*
Y pues del fin y término postrero
no puede andar muy lejos ya mi nave,
y el temido y dudoso paradero
el más sabio piloto no le sabe,
considerando el corto plazo, quiero
acabar de vivir, antes que acabe
el curso incierto de la incierta vida,
tantos años errada y distraída...

(Extiende la mano hacia Sombra.) Dámelo... *(Ella tarda unos segundos en comprender, pero por fin, asustada, retrocede llevándose la mano al pecho.)* Dámelo, te digo, y no quieras terciar en mi albedrío... *(Ella niega, desesperada.)* Había de ser hoy, y no ha sido. Ni mi cuerpo ni mi alma pueden ya esperar ocho años, hasta otra luna propicia...

SOMBRA. *(Airada y dolorida.)* Ca ahmo nimitzmacaz. In mo miquiliz ahtle ica techompalehuiz. Monequi oc toconnextiz itla occetic. (¡No quiero dártelo! ¡La muerte no es una salida! ¡Tienes que encontrar otra!)

RODRIGO. No hay otra salida, Ahuaquiticlan... Demasiado tiempo has cantado junto a esta fuente seca... *(Deja el cuenco y se limpia pulcramente boca y dedo.)*

SOMBRA. *(Al borde de las lágrimas.)* ¿Ihuan axcantlein nopan mochihuaz intla tiaz? ¿Tlein nicchihuaz nican, ipanin tlalli in ayc oniquihtac? (¿Y qué va a ser de mí, si tú te vas? ¿Qué haré sola en esta tierra extraña?)

RODRIGO. No lo sé, pajarillo. No sé qué puede ser de ti por estos reinos desabridos. Haz por volver a tus tierras. Tal vez esos dos tunos te prestarán ayuda.

SOMBRA. *(Señalando al público.)* In ihyotzitzintin in techmohtiliah in timiquiz. Yehuantzitzin quimonequitlia in ticahciz in motlanequiliz. (Los espíritus que nos miran no quieren tu muerte. Ellos esperan que tú logres tu propósito.)

RODRIGO. *(Después de mirar al público.)* Ca yehuantin oquiittaqueh in nofracaso. Ihuan nihuetzcaloqueh. Azo quimatizqueh occe quizaliztli ipalnocualtemicquiuh. (Ellos han visto mi fracaso y se han reído de él. Quizá sepan de otros caminos para mi hermoso sueño.) *(Grita en castellano, súbitamente furioso, forcejeando con ella para arrancarle el pequeño frasco que lleva Sombra colgado del cuello.)* ¡Y dámelo de una vez, maldita india! ¡Tus dioses y los míos nos han abandonado! *(Logra quitárselo y la hace caer al suelo, donde queda llorando apagadamente. Él avanza hacia el proscenio con el frasco en la mano. Al público.)* Vámonos poco a poco, señores espíritus... ¿De qué tiempos? ¿De ayer o de mañana?... Tanto me da, puesto que el mío ya se acaba... *(Declama.)*

> Y yo, que tan sin rienda al mundo he dado
> el tiempo de mi vida más florido,
> y siempre por camino despeñado
> mis vanas esperanzas he seguido,
> visto ya el poco fruto que he sacado
> y lo mucho que a Dios tengo ofendido,

conociendo mi error, de aquí adelante,
será razón que... calle y que no cante.

Bebe de un trago el contenido del frasco y queda un momento esperando los efectos. Tiene como un espasmo, pero se repone. Camina unos pasos por la escena mirando vagamente su desorden y, con paso inseguro, desaparece tras la carreta. Se escucha, desde allí, el ruido de su cuerpo al caer. Al oírlo, Sombra interrumpe de golpe sus apagados sollozos y se incorpora. Entra en el escenario y, apartando el último decorado, arrastra desde atrás el cuerpo exánime de Rodrigo. Allí, en el teatrillo, le arregla con cuidado el pelo y las ropas mientras canturrea una salmodia en náhuatl que tanto puede ser un planto funerario como una canción de cuna. Se interrumpe de pronto, mira al público con expresión hostil, y, bruscamente, se incorpora y cierra la cortinas del teatrillo, que los oculta. Al mismo tiempo se hace el

OSCURO

AGRADECIMIENTOS

Los diálogos en náhuatl han sido traducidos del castellano por
>> Lothar Gartner

y revisados por el maestro
>> Librado Silva.

Como testigos y/o relatores de la conquista, han suministrado materiales textuales, en mayor o menor medida,
>> Gaspar de Carvajal
>> Bartolomé de las Casas
>> Juan de Castellanos
>> Hernando Cortés
>> Bernal Díaz del Castillo
>> Alonso de Ercilla
>> Gonzalo Fernández de Oviedo
>> Antonio de Herrera
>> Franciso López de Gómara

y otros cronistas o poetas de menor significación.

Algunos giros expresivos y vocablos peculiares proceden de
>> Mateo Alemán
>> Alonso de Contreras
>> Juan Hidalgo
>> Juan de Luna

y varios anónimos entremesistas y copleros populares.

Pero la más generosa e impagable donación, así en personajes y estilo como en talante y espíritu, viene de la mano única y fecunda de
>> Miguel de Cervantes Saavedra

a quien el autor de este texto quiere ofrecer, desde sus páginas, humilde y rendido homenaje.

J.S.S.

GLOSARIO DE VOCES INFRECUENTES

Abejaruco: pájaro. (Figurado: miembro viril.)
Afufar: escapar.
Ahijador: el que adopta o apadrina.
Aína: presto, rápidamente.
Albarrada: cerca de tierra y piedras.
Algazara: gritería, bullicio.
Alhóndiga: lonja, depósito de granos y otras mercaderías.
Almadiarse: marearse
Anadejo: pato pequeño.
Andarse a la flor del berro: darse a la ociosidad y al goce.
Añublada: turbia, nublada.
Apalear sardinas: remar en galeras por condena.
Ardicia: deseo ardiente.
Areitos: cantos y danzas rituales.
Arriscada: atrevida.
Atamalqualiztli: ayuno ritual de los aztecas.
Azoguejo: barrio segoviano de mala fama.

Bahurria: gente de baja condición.
Balumba: bulto, conjunto desordenado de cosas, hato de farsantes.
Bastimientos: provisiones.
Barruntos: sospechas, presentimientos basados en indicios.
Belitre: pícaro.
Bernardinas: mentiras.
Birlada: hurto.
Bizmaco: desvergonzado.
Borrajar: arañar.
Bozal: cerril, torpe.
Buba: tumor de origen venéreo.
Bujarrón: sodomita.

Calandrajo: trapo viejo.
Calcatrife: hombre ruin.
Calzorrear: viajar miserablemente.
Camayoa: denominación indígena de los homosexuales.
Carcoma: camino.
Carena: burla.

Ceiba: árbol americano.
Cervigudo: testarudo.
Cisquiribaile: ladrón.
Coima: mujer de mala vida.
Columbre: vista, vislumbre.
Corrincho: cuchitril, lugar mísero y destartalado.
Cotarrera: mujer de baja condición.
Cú: templo azteca.
Cucarro: el que se disfraza.

Chamaril: trastero, cuchitril.
Charneles: monedas equivalentes a dos maravedíes.
Cherinola: junta de ladrones o rufianes.
Chinchorrero: fastidioso, impertinente.
Chiribitil: tugurio, cuartucho.
Chulama: muchacha.

Denodado: esforzado.
Desbarrancarse: desencadenarse.
Descaecer: decaer.
Dormirse en las pajas: haraganear.

Embelecar: seducir o embaucar.
Embeleñar: adormecer con beleño.
Empacho: timidez, vergüenza.
Enclavijar los candujos: apretar los candados. (Figurado: hacer callar.)
Esclisiado: herido en el rostro.
Espeluzo: erizamiento del pelo a causa del miedo.
Espiritado: encantado, poblado de espíritus.
Estafermo: esperpento, figura ridícula.
Estilbón: borracho.
Estrujón: apretura, estrechez.
Esturdecer: aturdir.

Farabusteador: ladrón experto.
Floraina: engaño.
Fustanque: palo.

Gallofero: mendigo, vagabundo.
Ganapán: hombre tosco.
Garfiñar: robar.
Garguero: parte superior de la tráquea.
Garlona: habladora.

Garulla: pandilla.
Golondrino: soldado.
Gomarrero: ladrón de gallinas.
Grofa: mujer pública.

Haronear: haraganear.
Horcajadura (poner la mano en la): faltar al respeto, ofender.
Hurgamandera: mujer pública.

Industria: artimaña, idea ingeniosa.

Lacerado: infeliz, desgraciado.
Lanudo: cobarde.
Lego motilón: religioso tonsurado que no ha recibido las órdenes clericales.

Macana: machete de madera dura con filo de pedernal.
Madagaña: fantasma, espantajo.
Malo (el): el demonio.
Mandilandines: criados de rufianes o de prostitutas.
Mandria: tonto.
Margarita: perla.
Matacía: matanza.
Miñarse: irse.
Modorro: tonto.
Mogollón (vivir de): vivir a costa de los demás.
Mojicón: golpe dado con el puño.
Mololoa: revoltijo, mezcla confusa.
Montante: espadón.
Murciar: robar.
Murcio: ladrón.

Noramala: en mala hora.

Oxte: interjección de rechazo.

Papanduja: bagatela, insignificancia.
Papen duelos (que me): que se me traguen las penas.
Parasismo: paroxismo, exaltación violenta.
Penca: correa para azotar a los delincuentes.
Pencurria: mujer pública.
Piarzón: bebedor.
Piltraca: residuo, desecho.
Pinjantes: joyas.

Porro: necio, rudo.

Quillotrarse: excitarse.

Rabiza: mujer de mala vida.
Rasgada: ladrona.
Rastrillar: robar.
Rastrillero: ladrón.
Ratimago: artimaña, engaño.
Rejos: arrestos, potencia viril.
Relajado: condenado a muerte.
Remude: cambio, transformación.
Repolluda: entrada en carnes.
Rescatar: cambiar, canjear.
Revesar: vomitar.
Rijoso: lujurioso.
Rodela: escudo redondo.
Rufián sambenitado: ladrón condenado a llevar el "sambenito", cofia infamante.
Runfla de tomajones: muchedumbre de servidores de la justicia.

Sopón: parásito.

Tarrabustería: maquinación.
Trampantojo: artificio, ilusión.
Trapaza: engaño.
Trapicheo: trampa.
Trastabillar: dar traspiés, tropezar.
Traza: proyecto, invención.
Trochemoche (a): sin orden ni concierto.
Troja: o trocha, vereda angosta.
Turlerín: ladrón.
Turmas: testículos.

Unto: grasa.

Vilborro: el que huyendo se libra de peligros.
Zabulón: desvergonzado.
Zahúrda: pocilga, cuchitril.
Zaragatear: pelear, alborotar.

JOSÉ LUIS ALONSO DE SANTOS

LA ESTANQUERA DE VALLECAS

UNA APUESTA POR LO INVEROSÍMIL

María Teresa Olivera Santos

Alonso de Santos es, para muchos críticos, el representante actual de un teatro de éxito comercial, logrado por el tono sainetesco o costumbrista de sus obras y por la levedad crítica de sus planteamientos. Aunque esta etiqueta no se puede aplicar nada más que a unas pocas piezas de su producción dramática, es precisamente a *La estanquera de Vallecas,* a la que más se la ha venido denominando "sainete" o "neosainete" como si con ello quedara calificada definitivamente la obra. Así, César Oliva[1] lo relaciona con el llamado "género menor", pero ya, con evidentes rasgos formales, fruto de tantos años de itinerancia de su autor en el teatro independiente, y E. Haro Tecglen[2] encuentra claras diferencias entre el sainete clásico y las dos obras de Alonso de Santos más cercanas a él (*La estanquera de Vallecas* y *Bajarse al moro*), diciendo: "Héroes o antihéroes, los inocentes culpables de sus dos obras defienden su puesto al dudoso sol de la sociedad española actual: con la violencia, o con el cultivo de la esperanza... La diferencia con el sistema de consuelo y resignación del sainete clásico es considerable".

Teatralidad e intensidad dramática son dos notas definitorias de *La estanquera de Vallecas* y no es ajeno a ellas el espectador, porque de la sorpresa y comicidad que conllevan las primeras escenas se va pasando gradualmente a una intensificación hasta el último cuadro que es de un dramatismo absoluto; el efecto que produce el atraco, el disfraz del policía, el fuego que aparece de repente, el baile de cumpleaños... cumplen perfectamente con la función de atraer al público hacia un espectáculo en donde el texto, la acción y la espectacularidad se aúnan completamente; pero nada de ello se justifica en sí mismo si no es como medio para el desarrollo de un suceso inverosímil cuyo final, enunciado prácticamente desde el principio, está muy alejado del "happy end" sainetil.

Lejos también del cuadro costumbrista, el estanco de Vallecas se connota como un microcosmos, donde las tensiones sociales se concentran; no es sólo un espacio escénico, un interior reducido y cerrado el que contempla el espectador, sino un espacio abierto relacionado a la fuerza, con otro espacio exterior que está cargado de agresividad; la puerta y el balcón del piso superior —por donde se escapa el subinspector, en un descuido de los delincuentes, con lo que se precipita el final— son elementos fundamentales para entender el significado de la obra; la puerta no tiene una mera función representativa, para la salida y entrada de personajes —por ella se proyectan las siluetas de los atracadores, por allí aparece un raro tipo, envuelto en una bata blanca y por el hueco de la puerta sale el Tocho, brazos en alto, antes de ser abatido a balazos— sino que interviene en la acción dramática como medio de tensión y violencia: "suenan palos y piedras contra la puerta, que se queja lo suyo", e incluso es la encargada de dar el último golpe al policía que, en el mutis final, se vuelve a golpear contra el canto de la puerta "que está borde, como sus dueñas."

En ese espacio exterior surgen las voces de los vecinos, los megáfonos por los que hablan los policías, los focos que proyectan la luz sobre la oscuridad del estanco, a través de un ventanuco, las ambulancias y las sirenas y es un acierto teatral el presentar esas voces en "off" —de amplia significación social, en la respuesta que ofrece la sociedad ante un atraco— mediante los vecinos que reaccionan instintivamente, el discurso paternalista, pero amenazante, del gobernador, la voz, que no se oye, de un sacerdote que habla por teléfono, cuyas palabras, repetidas por Leandro, son muy poco conciliadoras.

Ambos espacios adquieren una mayor significación si se tiene en cuenta el factor temporal y, con él, el punto de vista del espectador que organiza en su mente, de forma condensada, en un tiempo de representación corto, un suceso de la "crónica negra", un conflicto de veinticuatro horas agobiantes para unos personajes que se encuentran en una situación límite.

Dice Anne Ubersfeld[3] que "L'unité de temps inscrit l'histoire non comme processus, mais comme fatalité irreversible, inchangeable" y es precisamente esa "fatalidad" la que hace brotar los sentimientos y las emociones en el espectador. El tiempo de la historia viene marcado en las acotaciones, pero, sobre todo, en ese tiempo que gravita amenazante sobre los personajes (tiempo del discurso) expresado desde el exterior, "Les vamos a dar un último plazo de diez minutos"; o en la voz del gobernador, "No hagan más tonterías y entréguense. Tienen cinco minutos", y, sobre todo, en la propia conciencia de los personajes, así dice Leandro: "Ayer era ayer y hoy es hoy. Se acabó el juego, Tocho. Llevamos malas cartas y hemos perdido".

Hay, pues, en *La estanquera*, un conflicto social explícito, a través de unos personajes perdedores, gentes del mundo suburbial que se enfrentan a una sociedd mezquina. Sólo el espectador, que está virtualmente incluido en la última acotación escénica cuando al igual que la estanquera y su nieta "vuelve a lo suyo, como si tal cosa", puede dar un sentido de totalidad a lo que acaba de presenciar en ambos espacios, y es el único, además, que puede interrogarse sobre lo sucedido, tras el final abierto de la obra; con ello el punto de vista del espectador, evidentemente privilegiado, pues es el único que sabe lo que ha ocurrido dentro, tiene que completar los puntos de vista de los personajes que reaccionan desde el exterior[4].

Porque lo que acaba de contemplar el espectador ha sido un suceso sorprendente por el cambio de roles que se ha producido en los personajes, que han pasado de agredidos a agresores (caso de la abuela, que lanza todos sus golpes contra el policía), de ayudantes a oponentes (caso del policía, que prende fuego al estanco), hasta unirse en una relación afectiva agresores y agredidos. Bobes Naves afirma que "la puesta en escena de obras cuyos personajes no actúan de acuerdo a como podía esperarse, porque se desprenden de los modelos vigentes hasta el momento, producen desconcierto en los espectadores. Y esto es lo que ocurre con muchas obras del teatro actual"[5].

El desconcierto y la incongruencia impregnan el teatro del absurdo que definitivamente se aleja de la mímesis del teatro realista, pero que ofrece un nuevo enfoque de la realidad, presentado desde una perspectiva diferente, sobre todo por la utilización del lenguaje y la comicidad.

Todo lo que sucede en *La estanquera* está alejado de la verosimilitud realista. No es una imagen más o menos directa de la realidad, que el receptor asume como tal, sino creación autónoma, cuyo sentido se genera en sí misma, desde la sorpresa del espectador —auténtico "feedback"— debido a la dramatización de lo imposible, de lo impensable y, en suma, de lo inverosímil, y esto, lejos de descalificar la obra, le confiere uno de sus rasgos más originales y más teatrales, pues como dice Ubersfeld "le lieu de l'invraisemblance est le lieu même de la specificité théâtrale"[6].

Conviene recordar ahora a otro gran maestro de lo inverosímil en el teatro, Jardiel Poncela, "excéntrico de la libertad", como lo denominó Eugenio d'Ors, que intentó un teatro radicalmente libre, pero que cayó en la extravagancia y en la arbitrariedad (recuérdese una de sus últimas obras, *Como mejor están las rubias es con patatas...*) y que supeditó a la genialidad cualquier construcción dramática sólida; aunque Jardiel Poncela estuvo muy mediatizado por el éxito del público, alcanzó sus mejores momentos en la comicidad, logrados por los "gags" de situación y por la utilización desbordante, intelectual y absurda de un lenguaje de tono vanguardista.

Pues bien, la comicidad en *La estanquera* es contrapunto amable de la tensión vivida por los personajes, y Alonso de Santos ha demostrado su maestría en el "gag" de situación desde su primera obra, *¡Viva el duque, nuestro dueño!*, hasta una de las últimas, *Pares y Nines;* pero es, sobre todo, en el lenguaje, donde el autor ha conseguido una elaboración más personal, lograda por la síntesis de la tradición literaria y la captación del registro coloquial. "Poderosa máquina verbal, ante todo", calificaba F. Umbral[7] a *La estanquera de Vallecas,* y es cierto que el desgarro coloquial de los personajes es el motor fundamental de la obra: diálogos de situación, por medio de los cuales explican los personajes lo que sucede, generadores de buena parte de la comicidad, con una sabia utilización del chiste lingüístico, la ruptura de la frase hecha y de las réplicas, acompañados de una rica expresividad tonal, que contribuye a la caracterización de los personajes —voces nerviosas de los atracadores, gritos de la abuela acorralada, voz tímida de la nieta, voces metálicas de la policía— caracterizados lingüísticamente tanto por la edad como por el estrato social al que pertenecen. Sin embargo, el lenguaje de las acotaciones es otro, no exento de coloquialismos; pero con abundantes pinceladas poéticas y valleinclanescas: esa "estampa de cartel de ciego", el Tocho que "bichea por las rendijas", las cajetillas de tabaco que vuelan "participando lo que pueden en el escándalo", o la música del pasodoble que "debe haber visto la bandera pintada en la puerta y se pone emotiva y en su salsa" contribuyen a dar el tono adecuado para la puesta en escena de un suceso inverosímil.

No ha conocido Alonso de Santos el fracaso, sino la comunicación directa y el éxito del público. Este "eterno aprendiz" que ha demostrado con la teoría —versiones teatrales, artículos, clases o conferencias— y con la práctica del actor, director y autor —auténtico hombre de teatro— una amplia experiencia teatral, sigue manteniendo que su teatro tiene la doble función de conmover y divertir.

Conmover y divertir sí, pero dentro de una aportación dramática original y creo que Alonso de Santos ha tanteado demasiadas fórmulas —teatro subjetivo (*El álbum familiar*), teatro realista (*Bajarse al moro*), teatro cómico y laberíntico *(Pares y Nines)*, disparate de "locos" *(Fuera de quicio)*, drama político *(Trampa para pájaros)*— y que se repite innecesariamente: ya en *Bajarse al moro* vuelve a dramatizar los conflictos sociales presentes en *La estanquera,* reiterando las situaciones de violencia dramático-cómicas, que son tan espectaculares en esta última; en *Pares y Nines,* el título menos afortunado de su autor junto con *Del laberinto al 30,* vuelve a establecer la relación entre un espacio interior y otro exterior, a través de un personaje que nunca aparece en escena, Carmela, pero que gravita afectivamente en los dos amigos que viven, ocasionamente, juntos, y en *Trampa para pájaros,* su última obra hasta el momento, el final recuerda demasiado lo sucedido en *La estanquera:* partida de tute de dos hermanos enfrentados, policías que esperan amenanzantes, Mauro que sale por la puerta disparando, tras haber sacado una pistola de la chaqueta, con un golpe de efecto..., pero sin el dramatismo necesario.

Carece Alonso de Santos de una fórmula dramática precisa, aunque sí hay una importante evolución temática y estilística en su obra, y por ello, hay que esperar de él una producción dramática más seria. *Proceso por la sombra de un burro*, de Dürrenmmatt, marca el inicio de su trayectoria teatral como actor. Son los años apasionados del teatro independiente, populista y asambleario, itinerante y contestatario y dentro de esos circuitos estrena su primera obra como autor *¡Viva el duque, nuestro dueño!* (1975), con la que consigue el premio Festival de Sitges a la mejor compañía que él dirige (Teatro Libre) y en la que sigue participando como actor.

Tienen sus primeras obras *¡Viva el duque, nuestro dueño, La verdadera y singular historia de la princesa y el dragón* (1979) y *El combate de don Carnal y doña Cuaresma* (1980) una evidente carga literaria, que enlaza con la tradición del siglo de oro, pero que no excluye a Benavente o a Valle-Inclán, con una tendencia a la reducción espacio-temporal, construcción abierta de las obras, distanciamiento del público por la utilización de la fórmula del teatro en el teatro y un tono de farsa y parodia con el que se enfocan unos personajes víctimas.

Del laberinto al 30 (1979) y *El álbum familiar* (1982) representan una etapa de transición, un planteamiento que se aleja de lo cómico hacia lo patético y una construcción más compleja, pero menos acertada que las anteriores.

Con *El álbum familiar* accede, además, a los circuitos comerciales, y en ellos ha recibido el mayor aplauso del público: *La estanquera de Vallecas* (1981), *Bajarse al moro* (1985), *Fuera de quicio* (1987), *Pares y Nines* (1988) y *Trampa para pájaros* (1990)[8] son obras en las que el habla callejera irrumpe en escena, a través de un referente urbano, generalmente Madrid, donde unos pocos personajes perdedores, locos o víctimas, sobreviven con desaliento y a los que se aproxima el autor en un intento de diálogo y de comprensión.

Forma parte de un grupo de dramaturgos que comenzaron a estrenar en los años de la transición política, pero con ricas vivencias anteriores en el teatro independiente. La mayoría de ellos aprendieron su oficio en el juego de la farsa, tan utilizada en el teatro independiente para burlar la censura, que, sin embargo, está siendo vaciada, en las últimas obras, de su contenido crítico hacia aspectos mucho más amables, dando como resultado textos levemente irónicos[9]. Alonso de Santos, Premio Nacional de Teatro en 1985, junto con Alfonso Sastre, está siendo tentado por lo fácil y lo comercial, por la dependencia del público, que aplaude fórmulas sabidas y clichés conocidos; hay que esperar, no obstante, que sepa romper con todo ello y conseguir obras tan redondas como *La estanquera*, en las que, efectivamente, su teatro sea "una respuesta poética a la angustia"[10].

---

[1] César Oliva, *El teatro desde 1936*, Ed. Alhambra, Madrid, 1989.

[2] Eduardo Haro Tecglen, "Prólogo" a la edición de *Bajarse al moro*, Instituto de Cooperación Iberoamericana, Madrid, 1985.

[3] Anne Ubersfeld, *Lire le théâtre*, Editions Sociales, París, 1982, 2ª ed., p. 191.

[4] Digo esto con todas las reservas y dificultades que supone aplicar una técnica de la narrativa a una obra dramática, tal y como apreció Uspensky; "the possibility of assuming different viewpoints, of identifying oneself with a character, of perceiving from his position, even temporarily, is far more restrictive in the theatre than in literature" en *A Poetics of Composition*, Univ. of California Press, 1972, p. 191.

[5] Bobes Naves, *Semiología de la obra literaria*, Ed. Taurus, Madrid, 1987, p. 191.

[6] A. Ubersfeld, ob. cit., p. 50.

[7] F. Umbral, "El neosainete", *El País*, 13 de julio de 1989.

[8] No pretendo hacer una relación exhaustiva, sino que me refiero exclusivamente a las obras estrenadas y publicadas.

[9] Es fundamental, para este panorama, el estudio de C. Oliva, en concreto el capítulo "El teatro español de los 80" en la obra citada.

[10] Fermín Cabal y Alonso de Santos, *El teatro español de los 80*, Fundamentos, Madrid, 1985, p. 141.

JOSÉ LUIS ALONSO DE SANTOS

Nace en Valladolid el 23 de agosto de 1942. Su carrera como autor se inicia hacia la mitad de la década de los años setenta, convirtiéndose pronto en uno de los dramaturgos más prolíficos y que mejor han conectado con el público joven del país. Fue también actor y director en el Teatro Libre, uno de los grupos del movimiento independiente. Su teatro se decanta hacia una comedia agridulce que tiene como tema la problemática social e individual de la época actual. Ha obtenido numerosos premios, entre ellos el Nacional de Teatro. Su trabajo como adaptador es también muy intenso. Profesor de interpretación de la Real Escuela de Arte Dramático de Madrid desde el año 1978, su actividad como conferenciante e investigador es incesante. En 1988 fundó, junto a otros profesionales, la productora teatral Pentación, S. A.

TEATRO

¡Viva el duque, nuestro dueño! Editada en Vox, 1975, y Ed. Alhambra, 1988. Estrenada en el Pequeño Teatro Magallanes de Madrid, 1975, con dirección de José Luis Alonso de Santos.

Del laberinto al 30. Editada en Estreno, 1985, y en Ed. Fundamento-Espiral, 1991. Estrenada en la Sala Cadarso de Madrid, 1979, con dirección de Ángel Barreda.

El combate de don Carnal y doña Cuaresma. Editada en Aguilar, 1980. Estrenada en Coimbra (Portugal), 1980.

La verdadera y singular historia de la princesa y el dragón. Editada en Miñón, 1981. Estrenada en el Centro Cultural de la Villa de Madrid, 1980, con dirección de José Luis Alonso de Santos.

La estanquera de Vallecas. Editada en La Avispa, 1982; Ed. Antonio Machado-S.G.A.E., 1986, y Ed. Alhambra, 1988. Estrenada en la Sala Gayo Vallecano de Madrid, 1981, con dirección de Juan Pastor, y en el Teatro Martín, 1985, con dirección de José Luis Alonso de Santos.

El álbum familiar. Editada en Primer Acto, 1982, y Ed. Preyson-S.G.A.E., 1984. Estrenada en el Teatro María Guerrero de Madrid, 1982, con dirección de José Luis Alonso de Santos.

Golfus de Emérita Augusta. Estrenada en el Teatro Romano de Mérida, 1983, con dirección de José Luis Alonso de Santos.

El gran Pudini (Alea jacta est). Estrenada en 1983, dentro del III Festival Internacional de Teatro de Madrid.

Bajarse al moro. Editada por el Instituto de Cooperación Iberoamericana, 1985; Ed. Antonio Machado-S.G.A.E., 1986; Ed. Cátedra, 1988; Primer Acto-Girol, volumen Teatro en Democracia, tomo II, 1989. Estrenada en el Teatro Bellas Artes de Madrid, 1985, con dirección de Gerardo Malla.

Fuera de quicio. Editada por el Ayuntamiento de Toledo, 1985. Ed. Antonio Machado-S.G.A.E., 1988. Estrenada en el Teatro Calderón de Valladolid, 1987. En Madrid, en el Teatro Reina Victoria, 1987. Dirección en ambos casos de Gerardo Malla.

La última pirueta. Editada en Antonio Machado-S.G.A.E., 1987. Estrenada en el Teatro Monumental, 1986, con dirección de José Luis Alonso Mañes.

Pares y Nines. Editada en Primer Acto nº 227; Ed. Antonio Machado-S.G.A.E., 1990; Ed. Fundamentos-Espiral, 1991. Estrenada en el Teatro Principal de Alicante, 1988. En Madrid, en el Teatro Infantal Isabel, 1989. En ambos casos, con dirección de Gerardo Malla.

Miles Gloriosus. Editada en Marsó-Velasco nº 1, 1989. Esrenada en el Teatro Romano de Mérida, 1989, con dirección de José Luis Alonso de Santos.

Trampa para pájaros. Editada en Marsó-Velasco nº 9, 1991. Estrenada en el Teatro Rojas de Toledo, 1990, con dirección de Gerardo Malla.

JOSÉ LUIS ALONSO DE SANTOS

*La estanquera de
Vallecas*

Nota del autor

Durante siglos sólo se habló en el teatro de Dioses y Reyes. Luego pasó a los Nobles Señores el protagonismo y, tras férrea lucha, la burguesía naciente logró apoderarse del arte escénico y hacer de él un confesionario exculpatorio de sus trapicheos sociales.

De cuando en cuando aparecía un "subgénero" con personajes de las clases "humildes": Sainete, Entremés, Género Chico, Costumbrismo Social..., pero siempre considerado como "arte menor".

El "Arte Mayor" seguía —y sigue— siendo la "Alta Comedia" (es decir, la comedia de los altos, no de estatura, sino de lo otro), que es la que cubre y sostiene la mayor parte de nuestro teatro al uso.

Al autor que esto suscribe —que presume de humilde cuna y condición—, le es sumamente difícil poder escribir acerca de Dioses, Reyes, Nobles Señores, ni Burguesía acomodada, porque, la verdad, no los conoce apenas —sólo los sufre—. Por eso anda detrás de los personajes que se levantan cada día en un mundo que no les pertenece buscando una razón para aguantar un poco más, sabiendo que hay que aferrarse a uno de los pocos troncos que hay en el mar, si te deja el que está agarrado antes, porque ¡ay! ya no hay troncos libres.

A propósito del tema, les diré que recibí últimamente carta de Leandro desde Carabanchel, donde reside en la tercera galería, y por lo que me cuenta de allí he comprendido perfectamente algo que siempre me extrañó cuando sucedieron los hechos de esta obra: por qué no salían y se entregaban.

Pero eso ya es otra historia.

PERSONAJES

ESTANQUERA
LEANDRO
TOCHO
ÁNGELES
POLICÍA

CUADRO I

Antiguo estanco de Vallecas. El tabaco quieto, ordenado, serio y en filas, como en la mili. Un derroche de luz penetra por la vieja puerta de madera abierta de par en par. Detrás del mostrador de pino despacha una anciana de aspecto rural. Es un día cualquiera en una hora cualquiera y se escuchan fuera los miles de ruidos que van y vienen a lo suyo. De pronto rompe la armonía el latido de dos corazones fuera de madre, y recortan su negra silueta en la luz de la puerta dos sinvergüenzas dispuestos a todo. Merodean de aquí para allá, primero uno y luego otro, buscando el momento propicio. Al fin se deciden y, viendo que no hay nadie, entra uno, quedándose el otro a vigilar la puerta.

TOCHO. Un paquete de Fortuna, señora.

(La anciana se lo alcanza y él se busca los duros disimulando, mientras el otro vigila de reojo. A una seña se lanzan al lío, amaneciendo en un tris en las manos del más joven un pistolón de aquí te espero, con el que se hace dueño de la situación.)

¡Manos arriba! ¡Esto es un atraco, como en el cine! ¡Señora, la pasta o la mando al otro barrio!

ABUELA. ¡Ay, Jesús, María y José! ¡Ay, Cristo bendito! ¡Santa Águeda de mi corazón! ¡Santa Catalina de Siena!...

TOCHO. Déjese de santos y levante el ladrillo. No nos busque complicaciones y a lo mejor le dejamos pa la compra de mañana. ¡Venga, que se nos hace tarde y nos van a cerrar! ¡Qué pasa! La pasta o la pego un tiro, ya!

LEANDRO. *(Entrando desdse la puerta.)* ¿Qué? ¿Está sorda o no oye? ¡El dinero!

La Abuela, que se ha quedado un momento petrificada, se aranca de repente por peteneras y se pone a dar unos gritos que pa qué.

ABUELA. ¡Socorro! ¡Socorro, que nos roban!

LEANDRO. ¡Agarra a esa loca, que nos manda a los dos a Carabanchel!

TOCHO. ¡Calle! ¡Calle, condenada, o la...!

Tocho la sujeta a duras penas tapándole la boca, mientras Leandro echa el cierre al negocio, atracando la puerta. Luego saca una navaja y avanza hacia la vieja y la cosa se pone negra y a punto de salir en "El Caso" en primera página.

LEANDRO. ¡A ver si nos estamos quieta! Esto no es una broma. Si grita otra vez le saco las tripas al aire a ventilarse. ¡¿Me oye?!

TOCHO. ¡Será animal, no se pone a dar gritos así por las buenas! *(Se oye un ruido arriba.)* ¡Chiss, hay alguien arriba! ¡La escalera, cuidado!

Sujeta a la vieja apuntándola, mientras Leandro, navaja en mano, se esconde junto a la escalera para coger al que baje. Aparece entonces Ángeles, la nieta, delgaducha y con gafas.

ÁNGELES. ¿Pasa algo, abuela?, ¿Quiere las gotas?

TOCHO. Esto no se arregla con gotas. Bienvenida a la reunión, pequeña. ¡Baja, baja! Así somos cuatro y podemos echar un tute si cuadra.

Leandro se acerca por detrás y ella le ve de pronto con la navaja.

ÁNGELES. ¡Aaaah!...

LEANDRO. ¡Calla, tú! ¡Quieta y a ser buena! No te vamos a hacer nada, ni a ella tampoco. Sólo queremos el dinero y nos vamos.

LA ESTANQUERA DE VALLECAS

LEANDRO. ¡Venga! Suelta la pasta y soltamos a tu abuela.

ÁNGELES. ¡Ay, Dios! Yo no sé dónde está. ¡Sólo lo suelto!

LEANDRO. ¡Lo suelto y lo atado! ¡Venga, rápido, el dinero, ques pa hoy!

ÁNGELES. Lo guarda la abuela, de verdad. ¿A que sí, abuela?... Yo no sé dónde está... Sólo eso, lo del cajón.

Sacan el cajoncillo de los cuartos y lo ponen en el mostrador.

TOCHO. ¡La calderilla! Va a parecer que venimos de un bautizo, ¡no te jode!

LEANDRO. Suéltala, déjala hablar. Que diga dónde está.

LEANDRO. *(Quitándole la mano de la boca, con voz amenazante.)* ¡Abuela, el dinero y van tres!

ABUELA. ¡Mecagüen hasta en la leche que habéis mamao! ¡Canallas! ¡Hijos de mala madre! ¡Quererle robar a una vieja...!

TOCHO. A una vieja y a una joven. El dinero o le salto la tapa de los sesos. ¡Se acabó! A la una, a las dos y a las...

Agarra el Tocho su viejo pistolón con las dos manos, y muy peliculero, se lo pone a la vieja en el hueco las sienes.

ABUELA. ¡Dispara, Iscariote! ¡Dispara si tienes lo que tienes que tener! ¡Cabronazo!

La agarra para que no chille y se revuelve la anciana como gato acorralado.

LEANDRO. ¡Calle! ¡Quieta! ¡Quieta, condenada, por mi madre que la rajo!

TOCHO. ¡Apártate, Leandro, que me la cargo de un tiro!

ÁNGELES. ¡Abuela! ¡Abuela, por el amor de Dios! ¡Que nos van a matar a las dos...!

ABUELA. ¡Drogadictos! ¡Pervertidos, que le quitáis al pobre el dinero, a los trabajadores, para drogaros! ¡Gentuza! Ya nos podéis matar que no suelto un duro, ¡por la memoria de mi difunto esposo, que era guardia civil!

TOCHO. Pues sí que hemos dao en hueso, con la tía esta.

LEANDRO. A registrar, Tocho. Hay que encontrar el fajo como sea. Tú mira arriba.

Sube el Tocho las escaleras. Empieza Leandro a registrar el estanco, tirando todo lo que encuentra a su paso. Rompen filas los paquetes de tabaco y vuelan como mariposas los sellos de a tres pesetas.

ABUELA. ¡Quieto, desgraciao, que me hundes en la miseria! ¿No ves que la mercancía es mi comida de cada día? Si viviese mi difunto, este atropello lo pagabais con sangre.

LEANDRO. ¡Con sangre lo va a pagar usted, que ya me tiene harto! ¡Suélteme, que la doy una que...!

Sujeta la vieja a Leandro y éste levanta la navaja, que brilla en el aire con ansia de algo de rojo que le dé color. Se masca la tragedia de la muerte trapera y la niña se arroja a los pies del golfo en estampa de cartel de ciego.

ÁNGELES. ¡Ay, por Dios, no la mate, que no ha hecho nada! ¡Ay, no, no, no..., no la haga daño!

LEANDRO. ¡Suéltame! ¡Me cargo a las dos, por mi madre! ¡Es que ya me...! *(Vuelve el Tocho al oír el griterío, escaleras abajo.)* ¡Ayúdame, coño! ¡No te quedes ahí parado!

TOCHO. ¿Qué pasa? ¡Tranqui, Leandro!

LEANDRO. ¡Si es que me tienen ya hasta los...! ¿Has encontrado algo?

TOCHO. Arriba es un lío. No se ve nada.

LEANDRO. *(A la Chica.)* Tú seguro que lo sabes y te la estás buscando. *(A la Abuela.)* Y usted no sabe con quien se está jugando los cuartos. De aquí no nos vamos sin el dinero, así que...

ABUELA. Yo tengo principios, y no como los jóvenes de hoy, que sois peor quel diablo. ¡Mala peste sos trague!

LEANDRO. ¡Que no nos dé sermones, señora! ¡Cállese y no joda más! *(Enfunda la navaja y trata de atar y amordazar a la anciana con un cinto y un pañuelo.)* A ver si así se está quieta y callada de una puta vez. Encontraremos el dinero aunque tengamos que... ¡Si es que no se deja! ¡Quieta! ¡Ayuda tú, coño! ¡Ay! ¡Ay, ay! ¡Me ha mordido! *(Da un golpe a la anciana en un pronto, y cae ésta sin sentido, desmadejándose sobre las baldosas.)* A ver si aflojas ahora el nervio.

ÁNGELES. ¡Ay, que la ha matado! ¡Ay, Dios mío, que ha matado a mi abuela! ¡Ay, abuela, abuela...!

LEANDRO. ¡Silencio! A ver si te voy a dar a tí también, que ya me tienes harto. No se ha muerto nadie, así que a callar.

TOCHO. Oye, esta tía está chunga... Se está poniendo morada. Parece que respira, menos mal. Vamos a atarle ahora la boca, antes de que se despierte y se ponga otra vez a cantar.

LEANDRO. Déjala; a ver si se va a ahogar, ¡qué fatiga! *(Sentándose en el mostrador.)* ¡Más difícil esto quel Banco España! Es malo este barrio, ya te lo había dicho yo.

TOCHO. Aquí hay pasta, tío. Los obreros de la fábrica de harina compran aquí el opio y son a miles. Hoy sábado, día de cobro, hay un capital, seguro.

LEANDRO. Es verdad. A ver si lo tienen metido...

Mete mano por aquí y por allá el chico a la vieja, en el buen sentido, apartando enaguas en busca de la faldriquera donde estén los verdes.

TOCHO. Nada. Esta tía sólo tiene pellejo. Ni un duro.

De pronto alguien empieza a aporrear la puerta, y se oyen gritos y confusión de personas fuera.

UNA VOZ. Señora Justa, ¿pasa algo?... ¿Abuela, gritaba usted auxilios o era la radio?...

OTRA VOZ. ¡Abuela, abra usted! ¡Abra! ¡Abra la puerta!

TOCHO. ¡La madre del cordero! ¿Y ahora qué hacemos?

LEANDRO. ¡Chiss! ¡Calla! ¡Ni una mosca! ¡Vigila a ésa que no haga ruido! ¡Silencio!

OTRA VOZ. ¡Justa! ¡Señora Justa! ¿¡Está usted bien!?

OTRA VOZ. Eran dos, que los he visto entrar...

OTRA VOZ. ¡Abran ahora mismo la puerta o llamamos a la policía!

OTRA VOZ. ¡Ir a llamar, correr! ¡Que vaya alguno al bar!

La cosa se pone que arde. Brillan los ojos de los dos maleantes ante la situación de peligro, cambiando de color.

TOCHO. ¿Qué hacemos, Leandro?

LEANDRO. ¿Era fácil, eh? Lo mejor es largarse ahora mismo antes de que vengan más, o llegue la policía. Abrimos la pueta y corre.

TOCHO. ¿Y la pasta?

LEANDRO. Para sus herederos. ¡Vamos!

Abren y salen regresando a toda velocidad. Cierran entonces y atracan la puerta con todo lo que encuentran, ante un gran griterío que se organiza fuera.

LEANDRO. Por ahí no hay quien pase. Hay que salir por otro sitio. Tú *(A Ángeles que sigue pálida junto a la Abuela.)* ¿Por dónde se sale?

ÁNGELES. Sólo hay esta puerta. Arriba hay un balcón pero da justo ahí, a la plaza. Además está muy alto. No se puede salir más que por aquí.

LEANDRO. Pues por aquí no se puede salir.

ÁNGELES. El dinero de verdad que no sé dónde lo esconde la Abuela. Yo no sé nada, así que...

TOCHO. Ya el dinero no importa. Que se lo meta tu abuela, cuando se despierte, por el culo.

LEANDRO. Una ventana habrá a un patio, o cualquier cosa para descolgarse.

ÁNGELES. No, de verdad que no hay, lo siento. Ni un agujero para las ratas.

TOCHO. Yo antes, cuando he subido, sólo he visto el balcón...

LEANDRO. Todas son facilidades, da gusto. Pues hay que largarse de aquí como sea.

TOCHO. *(Mirando por el ojo de la cerradura de la puerta.)* ¡Tío! ¡Ahí fuera hay más gente que en un partido de fútbol! ¿Qué hacemos, Leandro? ¿Salimos y nos abrimos paso a tiros?

LEANDRO. Tú has visto muchas películas del Oeste. Eso es lo malo.

TOCHO. ¡Oye!, ¡que vienen otra vez! ¡Uy, la hostia!

De nuevo los de fuera llegan hasta la puerta. Ahora son más y están más agresivos que antes.

UNA VOZ. ¡Venga, salid si sois hombres!

OTRA VOZ. ¡Os vamos a linchar, hijos de puta!

OTRA VOZ. ¡Asesinos, canallas, ahora vais a ver!

Suenan palos y piedras contra la puerta, que se queja lo suyo.

LEANDRO. La puerta parece fuerte, no creo que ceda...

TOCHO. ¡Hay que joderse! ¡Hay que joderse la que se ha armado en un momento!

Sigue levantándose la tormenta fuera.

UNA VOZ. ¡Asesinos! ¡Criminales!...

OTRA VOZ. ¡Ahora vais a pagar lo que le hicisteis el otro día al sastre!

TOCHO. ¿A qué sastre?

ÁNGELES. Es que el otro día mataron a un saste aquí al lado para robarle. Dos mil pesetas se llevaron. Deja viuda y tres hijos. Uno en la "mili".

TOCHO. Si nosotros no hemos sido... A ver si nos van a colgar a nosotros el muerto, ¡no te jode!

LEANDRO. Vete a explicárselo, anda.

Dejan de aporrear la puerta. Tocho mira por las rendijas.

TOCHO. Se están organizando, tío. ¡Maldita sea! Hay una gorda ahí fuera animando al personal para darnos el pasaporte, que me está dando ganas de mandarla al otro barrio desde aquí, por lianta, por hija puta, y por gorda.

LEANDRO. ¡Te quieres estar quieto de una puñetera vez! ¡Mecagüen la leche! ¡La culpan la tengo yo por meterme en esto contigo! ¡Y deja ya de una vez de dar vueltas a la pistola, que me estás poniendo nervioso!

TOCHO. Ha sido sin querer, Leandro, no te mosquees.

LEANDRO. ¡Anda, vete a mear!

TOCHO. ¡Mira, hay un teléfono. Podíamos pedir refuerzos!

LEANDRO. Sí, a Fidel Castro, ¡no te jode! ¡Tu estás gilipollas! ¿Estás gilipollas, eh, o qué? ¿No te das cuenta que nos la estamos jugando?

En esto, se oyen sirenas de la policía. El Tocho bichea por las rendijas y salta entusiasmado ante el gran interés que ha tomado de pronto su persona.

TOCHO. ¡La bofia! Ya están aquí los veinte iguales. Esto se anima, tío. Una..., dos..., tes..., ¡Puff!, más de diez lecheras que traen... ¡Que somos sólo dos, tíos; dónde vais tantos!

LEANDRO. Por un montón de calderilla nos van a poner a caldo. Y del talego salimos de viejos, si salimos...

TOCHO. ¡Ahí va! Ahora llegan las ambulancias. La cosa impone.

LEANDRO. ¡En qué maldita hora se nos ocurriría...!

TOCHO. No te desanimes, Leandro, no seas así. ¿Estamos bien, no? Si está la policía, que esté. Aquí no van a entrar. Tenemos rehenes, ¿no?

LEANDRO. Sí. Lo siento, guapa, pero nos vais a venir bien para salir de ésta. Tú y la bocazas de tu abuela.

TOCHO. Y si no podemos salir de aquí, pues, nos quedamos y ya está. Hay tabaco..., mujeres... ¿Hay provisiones para resistir el asedio, tú?

ÁNGELES. Hoy he hecho la compra de la semana...

TOCHO. Pues ya está.

LEANDRO. No creo que entren estando éstas aquí... Esperemos a la noche, a ver... Sube y atranca bien el balcón, no se cuelen por ahí.

Hace el chico lo que le mandan: a toda velocidad sube las escaleras.

LEANDRO. *(A la chica.)* Tú, quietecita ahí, sin moverte.

ÁNGELES. Sí, señor.

Han parado ya las sirenas de la policía, las carreras y los ruidos de fuera. Después, unos segundos de tenso silencio que rompe la voz de un megáfono.

MEGÁFONO. ¡Eh!, ¡los de ahí dentro!, se acabó el juego. Salid despacio y con las manos en alto. Aquí la policía.

Contesta Tocho, bajando las escaleras, a grito pelao.

TOCHO. ¡Encantados, mucho gusto! ¡Dale recuerdos a tu padre, si le conoces, de nuestra parte!

LEANDRO. ¡Pero, te quieres callar, animal! ¿Quieres que nos bombardeen con gases y salgamos a la fuerza?

TOCHO. *(Gritando otra vez a los de fuera.)* ¡Eh!, ¡vosotros!, si tiráis gases, lo van a pagar aquí los rehenes! ¡Dos rehenes tenemos! *(A Leandro.)* Arreglado lo de los gases.

Ángeles, que anda cuidando a su abuela, mete ahora baza.

ÁNGELES. La abuela tiene mala cara. No vuelve en sí y casi no respira. A lo mejor se está muriendo. Sufre del corazón desde pequeña.

TOCHO. Los que sufrimos del corazón somos nosotros ahora, por su culpa. Mira la que ha armado con el griterío.

LEANDRO. Hay que pedir un médico que la arregle, no la palme encima y nos la carguemos nosotros.

TOCHO. Eso, y así luego tenemos tres rehenes y es mejor.

MEGÁFONO. ¡Eh, muchachos! Escuchad un momento: si salís ahora por las buenas, no os va a pasar nada. Si estáis armados, tirad fuera las armas y salid con las manos en alto, como buenos chicos. Vamos a contar hasta diez y, si no salís, entramos a por vosotros, así que ya sabéis lo que os conviene. Por las malas, va a ser mucho peor para todos. Ya habéis oído, hasta diez y salís ¿está claro?... uno..., dos..., tres..., cuatro..., cinco..., seis...

TOCHO. *(Hacia afuera.)* ¡Siete!, ¡siete y media!, ¡catorce!, ¡dos!, ¡la una!, ¡treinta y tres!, ¡doce y doce, veinticuatro!... ¿Algo más?

LEANDRO. *(A gritos también.)* ¡Eh, los de fuera! La anciana no está buena. ¿Podría venir un médico del seguro a recetarla algo?

Pausa un momento; luego, se escucha de nuevo el megáfono.

MEGÁFONO. De acuerdo. Ahora os mandamos un médico.

LEANDRO. *(A Tocho.)* Abres la puerta una rendija para que pase el matasanos y rápido echas la tranca, no nos la den con queso.

TOCHO. Marchando, jefe.

LEANDRO. Tú, nena, aquí a mi lado y perdona las molestias.

ÁNGELES. *(Acercándose.)* No se preocupe, señor. Y muchas gracias por llamar a un médico para la abuela.

LEANDRO. No somos creminales. Robamos porque acucia la necesidad y hay que repartir un poco mejor las ganancias de la vida, que hay mucha injusticia.

ÁNGELES. Sí, señor.

TOCHO. Ya viene el doctor.

LEANDRO. Que pase. Ojo al parche. Tocho, que éstos se las saben todas y tienen hechos cursillos para casos como éstos.

Llaman a la puerta por fuera educadamente y Tocho y Leandro se ponen en pose pistoleril controlando la situación.

VOZ FUERA. ¿Se puede? Soy el médico.

LEANDRO. Pase. Abre la puerta, tú.

Quita los cierres y lo que estaba atrancando la puerta, el Tocho. Entreabre una compuerta el chico y aparece en la hendidura el Médico, raro tipo envuelto en una bata blanca que le cae grande y con un maletín clínico en la mano.

TOCHO. Adelante, caperú, la puerta no está cerrada con llave.

MÉDICO. *(Entrando.)* Buenas tardes, señores.

LEANDRO. Pase, y cuidado con las bromas pesadas. Mire a la vieja a ver si es de cuidado lo que tiene.

TOCHO. ¡Espere! ¡Quieto ahí! Este tío no me gusta un pelo. No me fío. ¡Arriba las manos! ¿Qué pasa? ¿Está mal del tabique? *(Suelta nervioso el maletín el doctor y se pone preparado para bailar la jota. El Tocho se acerca con la pistola y le cachea.)* No lleva nada, parece...

MÉDICO. ¿Qué? Con su permiso, ¿puedo ocuparme ya de la enferma? Gracias. *(Se acerca a la anciana, que sigue sin sentido. Abre el maletín, se arrodilla a su lado y la ausculta, le mira el pulso, y demás cosas raras de esas que hacen los médicos en casos así.)* No parece grave, vamos a ver... Deberían haber avisado antes... Está sin sentido... Respira... Tengo que hacerle un reconocimiento...

De repente se incorpora la enferma, y le pega al médico con un tiesto en la cabeza mandándole al país de los sueños.

ABUELA. ¡Toma, asesino! ¡A las calderas de Pedro Botero!

ÁNGELES. ¡Dios mío, abuela, que le ha dado usted al médico! ¡Abuela!

TOCHO. Mira, la moribunda cargándose al médico. ¡Lo que hay que ver!

LEANDRO. Ya estamos otra vez. Ha dado usted al doctor y lo ha dejado K.O. ¿Ahora qué hacemos? ¿Llamamos a un médico para que cure al médico?

ABUELA. ¡Hijos de mala madre! Le vi con la pistola y creí que era de los vuestros. Ahora vais a ver lo que es bueno. El que sepa rezar que lo haga, que vais de viaje al otro mundo.

Ha cogido la Abuela una pistola de manos del caído y falso doctor y suelta dos tiros que aquello parece la guerra, mientras todos se refugian donde pueden, hasta que se le encasquilla y consigue quitarle el arma Leandro.

LEANDRO. ¿Pero está loca? ¡Habráse visto! ¡Casi nos mata! ¿Cuándo ha salido del manecomio, la loca?

TOCHO. ¿Quién la enseñó a disparar? ¿Su difunto el del tricornio? Me ha rozado el pelo. Si no me agacho, salgo de aquí con los pies por delante.

ÁNGELES. ¡Que casi me da a mí, abuela, no sea usted así!

LEANDRO. Es que está como una cabra.

TOCHO. Me están dando ganas de darle un par de hostias por muy anciana que sea. ¡Qué susto, la leche!

ÁNGELES. Que ya no nos quieren robar, abuela. Sólo quieren irse sin que los cojan. Son buenas personas, llamaron a un médico para usted y todo, ya ve.

ABUELA. ¿Buenas personas estos degeneraos de la naturaleza? Así les salga un divieso en el culo a cada uno y no se puedan sentar en un año.

TOCHO. Y usted que lo vea, miura, que es usted un miura de mucho ciudao, ¡chiflada! ¿Y de dónde ha sacado la artillería la tía esta?

ÁNGELES. La ha sacado del doctor del maletín que yo lo he visto.

TOCHO. Te dije que olía a poli de aquí a Lima. En parte entonces nos ha salvado la vida con el tiesto, aquí Juana la Loca, aunque luego casi nos cepilla ella a balazos.

MEGÁFONO. ¿Qué pasa ahí dentro? ¿Está usted bien, doctor?

TOCHO. *(A voces.)* ¡Está durmiendo el poli! Es que venía algo bebido el "señor doctor", y se ha quedado traspuesto dando una cabezada!

Se oye ahora cómo la policía intenta forzar la puerta.

LEANDRO. ¡No se muevan o se va a armar aquí la de Dios! ¿No oyen?

TOCHO. *(Muy nervioso.)* ¡Fuera la puerta o disparamos! ¡Los matamos a los tres, a las dos mujeres y al policía, por mi madre!

MEGÁFONO. ¡Un momento! ¡Calma!, calma muchachos. Tranquilos, no pasa nada. Atrás, atrás todos. ¡Está bien, no haremos nada! ¡Quieto todo el mundo! ¿Hay alguien herido dentro? ¿Quieren que mandemos a un médico de verdad?

LEANDRO. No, todos quietos. Y ni médico ni nada, que aquí no pasa nada, pero puede pasar.

MEGÁFONO. ¿No hay nadie herido? ¿Están todos bien? Maldonado, ¿puede hablar?

TOCHO. Maldonado no puede hablar. Está afónico, pero está bien.

MEGÁFONO. De acuerdo. Les vamos a dar un último plazo de diez minutos para pensarlo. Dentro de diez minutos entramos por ustedes si no han salido. ¿Está claro? Y si les pasa algo a los que tienen ahí dentro, peor para ustedes.

Calla el megáfono y se calma un poco la tempestad. Mira la Abuela al policía sin sentido y le palpa la cabeza notando los efectos del tiestazo.

ABUELA. Habría que ponerle a este hombre unos paños de vinagre para que se le hinchazón. Por un sin querer han pagado justos por pecadores.

TOCHO. Este no es un justo, señora. Este es un madero.

LEANDRO. Coja el vinagre y lo que haga falta. *(Empieza a subir la Abuela y Leandro de escolta.)* Voy con ella, no nos la líe, y a ver lo de arriba cómo está. Tú quédate con la chica y vigila a ése. No abras a nadie.

TOCHO. Ni aunque me enseñe la patita por debajo de la puerta, jefe. *(Desaparece escaleras arriba y quedan los dos jóvenes abajo, la chica quieta contra el mostrador, y el Tocho, paseo va, paseo viene, en actitud de centinela. De pronto se marca un show de posturas de comando pistola en mano de las que se anuncian en televisión, para impresionar a la chica.)* ¿Qué pasa tía? ¿De qué te ríes? ¿eh?

ÁNGELES. De ti. De la cara que pones con esa pistola en la mano.

TOCHO. ¿Y qué? ¿Pasa algo?... La cara que tengo, ¿no? Si no te gusta te aguantas. No tengo más aquí. En casa sí, pero aquí, pues no me las he traído, ya ves.

VOZ FUERA. *(Megáfono.)* ¡Sargento Martínez!

TOCHO. ¡Martínez! ¡Que te llaman! *(Se ríe de su propia gracia.)*

ÁNGELES. ¿Hace mucho que robas?

TOCHO. Y a ti qué te importa.

ÁNGELES. Pues yo una vez salí con uno que robaba los cassettes de los coches.

TOCHO. *(Despectivo.)* ¡Cassettes! *(Sigue moviendo la pistola tratando de impresionarla.)* Oye, ¿y a ti te ha dicho alguien que estás más buena que el pan?

ÁNGELES. No.

TOCHO. Pues te lo digo yo. ¿Pasa algo?

ÁNGELES. No.

TOCHO. ¡Ah!, por eso. Y qué, ¿la vieja te tiene en conserva como los tomates pa meterte monja?

ÁNGELES. No.

TOCHO. ¿Entonces sales por ahí de vez en cuando a dar una vuelta?

ÁNGELES. Sí.

TOCHO. ¿Tienes novio?

ÁNGELES. No.

TOCHO. ¿Y sales con chicos, además de con ése de los cassettes?

ÁNGELES. Sí.

TOCHO. Oye..., si, no, sí, no... tú no tienes mucha conversación, ¿verdad?

ÁNGELES. No.

TOCHO. ¿Tú quieres ser mi novia?

ÁNGELES. ¿Qué?

TOCHO. Que si quieres ser mi chavala. ¿Estás sorda también?

ÁNGELES. Es que así de pronto... no se me ocurre...

TOCHO. ¿Y qué se te tiene que ocurrir?

ÁNGELES. Si quieres salimos algún día... Así de pronto...

TOCHO. Yo soy así, qué quieres que te diga. Si me gusta una titi, pues me gusta. *(Saca un porro liado del calcetín.)* ¿Le das a esto tú? ¿quieres?

ÁNGELES. Sí, bueno.

(Lo enciende, fuma, se acerca y se lo da a ella. Están los dos fumando sentados en el mostrador del estanco, y vemos al Policía que se ha despertado, cómo trata de acercarse a ellos, aprovechando que están en otro mundo.)

TOCHO. Bueno, dame un beso, ¿no?

Ella le da un beso, y cuando el Policía se asoma con malas intenciones por detrás, ella jugando se va hacia la escalera y Tocho detrás. Allí la abraza y la besa en arrebato fogoso y peliculero. Se acerca despacio el Policía y le vemos acercarse con intenciones poco amorosas. Aparece en ese momento la Abuela por las escaleras y al verlo le da con la jarra de vinagre en la cabeza, dejándole de nuevo sin sentido.

TOCHO. ¡Ahí va! ¡La abuela se ha cargado otra vez al madero! ¿Has visto, Leandro?, ya mandó otra vez a soñar al poli. La tenemos que colocar una medalla; mira a ver si tú tienes alguna.

ABUELA. Como vuelvas a poner las manos encima de la niña te mando al otro mundo. ¡Sinvergüenza!

Persigue ahora la Abuela al Tocho a escobazos por todo el estanco, seguida de Ángeles y Leandro que tratan de sujetarla. Vuelvan las cajetillas de tabaco, participando lo que pueden en el escándalo.

TOCHO. ¡Sujeta a esa tía, Leandro, que me da!

ÁNGELES. Abuela, no le haga nada, que somos novios.

LEANDRO. ¡Basta, basta, condenada! ¡Estése quieta, coño!

ABUELA. ¡Abusando de una inocente, el muy canalla! ¡Si la has dejado embarazada te vas a enterar, drogadicto! ¡Te mato a escobazos! ¡Por mi difunto que te mato, si has dejado embarazada a mi niña!

TOCHO. ¿¡Pero qué dice? ¿Está loca!?

ABUELA. ¡Como te coja vas a ver si estoy loca! ¿Qué le habrá hecho a mi niña el mariconazo éste?

TOCHO. ¡Leandro, que yo no he hecho nada! ¡Uno es rápido, pero no tanto!

ABUELA. ¡Ven aquí, no te van a quedar ganas!

ÁNGELES. ¡Abuela! ¡Abuela, por Dios, estése quieta! No le mate que es muy guapo.

LEANDRO. ¡Basta, basta, estése quieta, joder! ¡Y tú...!

Se levanta en medio de la confusión y medio grogui el Policía, y habla con voz de andar por los cerros de Úbeda.

POLICÍA. ¡Quedan todos ustedes detenidos!

Y recibe un tremendo escobazo de la Abuela dirigido al Tocho, cayendo otra vez desmayado, en medio de un gran jaleo y guirigay.)

CUADRO II

Una mesa camilla en el centro del estanco. Alrededor, los cuatro jugando al tute. Atardece. El Policía está atado en un rincón, a lo suyo y con cara de pocos amigos.

ABUELA. ¡Las cuarenta!

TOCHO. ¡La madre que la...! Otra que nos ganan.

ÁNGELES. Es que la abuela juega muy bien. En el barrio nadie quiere jugar con ella de dinero.

LEANDRO. Ya, ya. No hace falta que lo jures. Ya veo por qué no quería jugar con judías. ¿Llevas algo, Tocho?

ABUELA. En el tute no se habla. ¡Echa, leñe!

LEANDRO. ¡Va!, y no me grite que no soy sordo.

Echa Leandro y se lleva la baza la vieja.

ABUELA. Arrastro que pinta en bastos. Otro. Y ahora un oro y otro. Pa mi las diez de últimas.

TOCHO. Las diez de últimas, las diez primeras y todo lo de enmedio. Mis cuarenta pavos y no juego más. ¡Esto es un robo!

LEANDRO. La suerte que tiene...

TOCHO. Nos ha dejado sin un duro la tahúra esta...

ABUELA. *(Recogiendo las cartas y el dinero.)* Que no sabéis tenerlas.

LEANDRO. Porque el tute no es lo nuestro, ¿verdad, Tocho?

TOCHO. Claro que no, no es lo nuestro, no. Se empeñó usted porque es una lista y claro.

LEANDRO. ¿A que no juega a las siete y media, eh?

TOCHO. Eso, ¿a que no jugamos a las siete y media?

ÁNGELES. A eso gana más.

TOCHO. Tú calla, no seas gafe, coño.

ABUELA. El que se tiene que callar eres tú, que ella está en su casa. Tengo la banca. Cartas. Antes de nada, ¿os queda dinero?

TOCHO. *(Quitándose el reloj.)* El peluco, que es de oro. Me lo juego.

ABUELA. ¿A ver? *(Lo coge.)*

ÁNGELES. ¿Preparo cafés, abuela?

ABUELA. Sí, de oro del que cagó el moro. *(Se lo devuelve.)*

TOCHO. Pues me lo ha traído un colega de Canarias, que es de confianza.

ABUELA. Pues te la ha dado con queso.

ÁNGELES. Que si preparo cafés, abuela.

ABUELA. Sí, cargadito. Tráete también la botella de anís de la alacena.

TOCHO. Esta tía es la hostia. Bueno, ¿cuánto me da por él? Aunque no sea de oro, algo valdrá, digo yo.

ABUELA. Ni los buenos días. ¿Qué horas marca, las de hoy o las de ayer? Tiene las cinco y son por lo menos las siete...

TOCHO. Es que está un poco atrasado.

ABUELA. Claro. Eso será. Guárdalo. Guárdalo con cuidado, no se te vaya a perder.

ÁNGELES. ¿Al señor policía también le traigo?

TOCHO. ¡No señor, que está arrestado! Nada de lujos, que es peligroso. ¿A qué sí, Leandro?

LEANDRO. Venga, hombre. Que tome café y fume, si quiere. ¿Quiere café? *(El Policía siente con la cabeza.)* Tráele también.

Sube la chica por la escalera y Tocho se levanta de la silla para ir detrás.

TOCHO. Voy a ayudarla, ya que no quiere jugar...

ABUELA. Quieto, Barrabás que te conozco. Ayudarla a caer. Quieto ahí.

TOCHO. ¡Bueno!, es que la ha cogido conmigo...

ABUELA. *(Al Policía.)* ¿Qué? ¿Quiere echar unas manos?

TOCHO. Sí, hombre, lo que faltaba ¿Y que más? Guardemos las distancias y sin confianzas, que es prisionero de guerra. ¿A que no puede jugar, Leandro?

LEANDRO. Está mejor atado. No juega y ya está.

MEGÁFONO. ¡Eh, vosotros! ¡Un momento! ¡Escuchad atentamente un momento! Está aquí el excelentísimo señor gobernador y va a hablaros, así que prestad mucha atención.

El Policía se pone de pie para escuchar, y el Tocho está sorprendidísimo de que tan augusta persona se digne dirgirse a él. Grave, conciliador y un tanto paternal, se escucha la voz del mandamás.

VOZ DEL EXCELENTÍSIMO GOBERNADOR. Señores, hagan el favor. Les ruego un momento de atención. Les doy mi palabra de gobernador de que si salen ahora mismo y se entregan inmediatamente, se considerará como atenuante en su caso y yo influiré lo más posible en su favor. Lo más que les puede pasar si se entregan ahora pacíficamente, es unos años de cárcel. Nada más. Nadie les va a tocar, se lo prometo, ni les va a pasar nada si se entregan por las buenas. Pero si persisten en su actitud les voy a advertir, y muy seriamente, que lo que están haciendo es muy grave. Si tenemos que entrar a por ustedes va a ser peor. Así que van a hacer ustedes caso, por su bien, y van, lo primero, a soltar a los tres pobres inocentes que tienen retenidos. Mucho más grave que el que hayan intentado robar es la retención de inocentes, que está penado con la máxima pena. Sabemoss quiénes son y que aún no han hecho nada grave. La cosa todavía tiene remedio. Si se entregan ahora, todos tan contentos. ¿Entendido? No compliquen más las cosas, que bastante complicadas están ya. No tienen la más mínima posibilidad de escapar. No hagan más tonterías y entréguense. Tienen cinco minutos. Nada más. Ya lo oyen: cinco minutos. Es el último plazo, así que ustedes verán.

Se desconecta el megáfono, El Policía trata de convencerles también, hablando, como puede, con la mordaza puesta.

POLICÍA. Tiene razón el señor gobernador. Lo mejor es entregarse cuanto antes. No tienen posibilidad de escapar.

TOCHO. ¿Qué hacemos, Leandro?

LEANDRO. No salir. A ver si se creen que nos chupamos el dedo. Si nos cogen nos hostian, con gobernador y sin gobernador.

POLICÍA. El señor gobernador ha dado su palabra. Se pueden fiar.

TOCHO. ¡Usted cállese! Nadie le ha pedido su opinión. *(A Leandro.)* Que no, tío, que no. Que te digo, que qué hacemos con la abuela, que no quiere jugar de fiado. Se quiere retirar la tía. Nos deja sin chapa y no nos quiere dar la revancha.

ABUELA. La pistola. Os juego la pistola.

TOCHO. La pistola no se juega, que es herramienta de trabajo. Ya está. Un momento. *(Se acerca al Policía y le quita la cartera y el reloj.)* ¿Me deja estas tres mil pelas? Muchas gracias. Se las devuelvo el sábado cuando cobre. Y el reloj. ¿Este vale, abuela?

ABUELA. No juego dinero robado. Se acabó la partida.

TOCHO. Bueno, yo con esto estoy en paz. Me he recuperado. *(Se guarda el dinero y el reloj. Aparece Ángeles.)*

ÁNGELES. Los cafés y el anís.

TOCHO. Yo con mucho azúcar, muñeca.

ABUELA. ¡Que se te está cayendo todo fuera! Pero adónde miras, alma de Dios; me parece a mí que estás tú arreglada. Pues ya se te puede ir quitando eso de la cabeza, que tú no sales con ese golfo mientras yo viva. ¡Faltaría más!

TOCHO. O menos. Más quisiera usted que entrara en el negocio. Hace falta un hombre en casa, eso se ve, y un servidor está hecho de material de primera, señora, así que sin faltar.

ABUELA. Pues si que... Era lo que me faltaba a mí.

Leandro ha traído al Policía hasta la mesa, lo sienta en una silla y le quita la mordaza para que tome el café.

LEANDRO. Tenga usted, tómese un cafecito, le sentará bien. *(Le da el café y se lo bebe. Todos lo miran.)* ¿Qué? ¿Ya está mejor?

POLICÍA. No. Me encuentro muy mal. Tengo que ir al hospital. Me han roto el codo al tirarme, casi seguro, y la cabeza me duele muchísimo. Vamos, que no estoy mejor, sino muchísimo peor.

LEANDRO. Venga, hombre, no será para tanto. Gajes del oficio.

ABUELA. Oiga, disimule usted, señor policía, que ha sido sin querer las tres veces.

POLICÍA. ¿No tendrá unas aspirinas por ahí?

ABUELA. ¡Quite allá! Veneno puro. Luego le hago unas hierbas si acaso ¿Quiere una copita? Es del dulce, para que se entone un poco...

POLICÍA. No, gracias. Estoy de servicio. ¡Ay, Dios! Me duele toda esta parte de aquí, me llega hasta el ojo.

LEANDRO. No es nada, no se preocupe.

ABUELA. Es del golpe, que está un poco hinchado.

ÁNGELES. ¿Quiere más café?

POLICÍA. No, gracias.

LEANDRO. ¿Está mejor? Bueno. Ahora va usted a hacernos un pequeño servicio. *(Se levanta.)* Diga a sus colegas de fuera que está bien y que no hagan nada. Si atacan la casa, más de uno no come el turrón estas Navidades, usted el primero, así que no se pasen de listos.

POLICÍA. Muy bien. Salgo y se lo digo, y no se preocupen que...

TOCHO. ¡Dónde vas! Este se cree que nos chupamos el dedo. Se lo dices desde aquí, altito, para que te oígan. ¡Venga! Y cuidado ¿eh?, no nos pasemos de listo, ya has oído al Leandro.

Acercan al Policía a la puerta y grita a los de fuera.

POLICÍA. ¡Señor Gobernador! ¡Aquí el subinspector Maldonado, a sus órdenes! ¡Estoy bien! ¡Las mujeres también están bien! ¡Es mejor que no intenten entrar, éstos están armados! ¡Son dos, tienen dos pistolas, con la mía, y una navaja...!

LEANDRO. ¡Oiga! Menos explicaciones, que se está pasando.

TOCHO. Dígales que necesitamos unas cuantas cosas, que nos traígan los de la Cruz Roja.

POLICÍA. ¡Que a ver si podían traer unas cuantas cosas que hacen falta!

TOCHO. Los de la Cruz Roja.

POLICÍA. ¡Los de la Cruz Roja!

TOCHO. Vamos a ver... "Unas novelas..."

POLICÍA. ¡Unas novelas!

TOCHO. ...Abuela, ¿hay camas para todos?

ABUELA. Anda, y vete a hacer puñetas.

TOCHO. ..."Unos kilos de filetes".

POLICÍA. ¡Unos kilos de filetes!

TOCHO. "Unas linternas"..., por si cortan la luz.

POLICÍA. ¡Unas linternas!

TOCHO. "Una caja de cervezas".

POLICÍA. ¡Una caja de cervezas!

ABUELA. ¿Pero es que os vais a quedar a vivir aquí o qué?

TOCHO. ¡Cállese, leche! *(De nuevo al Policía.)* Y tres..., cuatro mil pesetas.

POLICÍA. ¡Y cuato mil pesetas! ¡También unas aspirinas, ya de paso, por favor!

TOCHO. ¡Ah!, y un regalo para Leandro, que es su cumpleaños.

LEANDRO. Venga, ya está bien, Tocho cállate ya. Ya está bien. *(Al Policía.)* Dígales usté que no intenten entrar o dejamos viuda a su mujer. Dígaselo, que hablamos en serio.

POLICÍA. ¡Dicen que no intenten entrar!

TOCHO. *(Apuntando.)* O dejamos viuda a su mujer.

POLICÍA. ¡O dejan viuda a su mujer!

TOCHO. A su mujer, gilipollas, a su mujer, a la suya.

POLICÍA. Yo estoy soltero.

MEGÁFONO. De acuerdo. Tranquilos. No haremos nada por ahora. No nos acercaremos a la casa, y por la cuenta que les tiene procuren que no les pase nada a los rehenes. Más tarde o más temprano tendrán que salir. No tenemos prisa. Cuanto más tarde salgan, peor para ustedes.

La nueva tregua concedida baja la tensión del termómetro. El subinspector Maldonado aprovecha el momento y trata de llevarse el gato al agua, paternal, humano y conciliador.

POLICÍA. La verdad es que deberían ustedes entregarse. ¿Qué remedio les queda? Es mucho mejor resolver todo ésto de buena manera. Ya tienen bastante con lo que han hecho hasta aquí: atraco a mano armada, premeditación y alevosía, secuestro y retención de rehenes, ataque con lesiones a la autoridad...

LEANDRO. ¿A qué autoridad hemos hecho lesiones, vamos a ver?

POLICÍA. A mí. A la autoridad... yo... Y retenerme aquí a la fuerza con amenazas.

TOCHO. La que le ha atizado ha sido la abuela, así que ya sabe usted, abuela...

ABUELA. Yo no quiero saber nada.

POLICÍA. Ustedes, ustedes dos, ustedes son los responsables de todo lo que pase aquí. Luego el allanamiento de morada, intimidación constante, desprecio de sexo, que esa es otra, ¡ah!, y sobre todo, el no haber hecho caso al excelentísimo señor gobernador. Eso es lo peor. *(Se va haciendo dueño de la situación. Llega hasta la mesa, se sirve otro café y se lo toma.)* ¿Pero, saben ustedes lo grave que es retener a un miembro del Cuerpo Superior de Policía, así, a punta de pistola...? Y la ignorancia no exime de la pena en ningún caso.

LEANDRO. Usted es un médico. Nosotros pedimos un médico, usted tiene la bata de médico...; para nosotros, un médico.

TOCHO. Di que sí, Leandro.

POLICÍA. Hombre no, no digan que yo... *(Trata de quitarse la bata.)*

TOCHO. ¡Quieto ahí con la bata puesta! Así si nos dan anginas o cualquier cosa, pues ya está.

POLICÍA. Bueno, bueno. Basta de chiquilladas. Hay muchos agravantes, pero yo estoy dispuesto a ayudarles en lo que sea y a hablar en su favor. No son ustedes profesionales, eso se ve...

TOCHO. *(Picado.)* ¡Usted es un bocazas! Usted es un bocazas, se lo digo yo. Venga, a tapar. Que en boca cerrada se dicen menos chorradas. *(Le pone la mordaza y lo lleva a un rincón.)*

LEANDRO. La cosa está jodida. No sé qué hacer.

TOCHO. De momento un saco de cemento. Nos tomamos un copazo de anís a la salud de la abuela y nos ponemos bien, ¿no?

Sirve chinchón Ángeles en las copas y se meten un lingotazo entre pecho y espalda, de esos que dan buen consejo al que lo ha menester.

TOCHO. ¡A su salud, jugona!

ABUELA. ¿Queréis un pito? ¿Rubio o moreno?

TOCHO. Saque el Winston de las grandes ocasiones. ¿Otra copa, abuela?

ABUELA. Si no se os sube a la cabeza...

Echa ahora el Tocho el blanco líquido en las pringosas copas hasta rebosar y la cosa empieza a tener color.

TOCHO. ¿Oyes, Leandro? Dice que se nos va a subir a la cabeza.

LEANDRO. Mira, cómo empina. De un trago. Una alhaja de quince quilates.

TOCHO. Como la nieta.

ABUELA. *(A Ángeles.)* Tú un chupito sólo niña, que luego no duermes. Saca las pastas para que pase mejor.

TOCHO. Esto parece mismamente un guateque. Hay que celebrar el cumpleaños del Leandro, ¿a qué sí? ¿No tiene música aquí, abuela?

ÁNGELES. Sí que tenemos. ¿Puedo bajar los discos, abuela? ¿Me deja?

ABUELA. ¡Bájalos si quieres! Pero no los rompas. Son más viejos que yo, así que no se para qué...

Desaparece por la escalera Ángeles, mientras los demás siguen dándole al anís. Entran animados por el ventanuco de encima de la puerta los últimos rayos de sol de la tarde.

TOCHO. Algo habrá con marcha. ¡Ánimo, Leandro, hombre! No te vas a dejar comer el coco por el gobernador, ¿no? ¿Tú lo conoces?

LEANDRO. ¿Yo? Ni sé cómo se llama.

TOCHO. ¿Y usted, abuela?

ABUELA. A mí ni me va ni me viene.

TOCHO. Ni a mí. Pues ya está.

ÁNGELES. *(Vuelve con las pastas, el tocata y los discos de la voz de su amo.)* Aquí está. Es un poco antiguo, pero se oye muy bien.

TOCHO. "Un poco antiguo" ¿Has visto, Leandro? Si hasta tiene manivela. ¿Qué, abuela, se lo regaló su madre cuando hizo la primera comunión?

ABUELA. No, rico, me lo regaló el cura, que era tu padre.

TOCHO. ¡Qué el cura era mi padre? ¿Qué el cura mi padre, eh? ¿Se cree que soy tonto? ¿Usted se cree que yo me chupo el dedo?... Pues mi madre está en el cementerio, bajo tierra, ¿me oye?, y si se mete con ella, por muy vieja que sea, le voy a partir la bocaza esa que tiene, ¿me oye?

LEANDRO. No te pongas así, hombre. No lo ha dicho con mala intención, ¿vas a pegarle a una anciana? *(Poniéndose delante.)*

TOCHO. ¡Joder con la ancianita!

ABUELA. Tu madre sería una santa, pero tú eres un desgraciado, hijo. No hay más que verte.

TOCHO. ¿Lo ves? ¿Ves como se está ganando un par de hostias? *(Va hacia ella y le sujetan Ángeles y Leandro.)* Se está rifando una y lleva todas las papeletas.

LEANDRO. Venga, Tocho, ya está bien, ¿te vas a manchar las manos por una tontería? No seas así...

ÁNGELES. Abuela, a ver si deja de meterse con el chico, que no le ha hecho nada.

ABUELA. ¿No se ha metido él con mi madre? Pues ya estamos en paz.

TOCHO. Tiene que quedar encima la tía... ¡Me voy a cagar en...!

LEANDRO. Bueno, bueno, se acabó.

ÁNGELES. Haya paz, abuela...

LEANDRO. *(A Ángeles.)* Pon un disco de esos, venga. ¡Otra copa, vamos! Se acabó la pelea.

Beben y las aguas vuelven a sus cauces lentamente. Empieza a sonar el pasodoble "Suspiros de España" y la musiquilla, ramplona y caliente, debe haber visto la bandera pintada en la puerta y se pone emotiva y en su salsa.

ÁNGELES. *(En un pronto.)* ¿Quieres bailar conmigo, Tocho?

TOCHO. No, que estoy enfadado. Además, no sé bailar eso. Es de cuando se hacía la guerra con lanzas.

ÁNGELES. No seas rencoroso, que yo no he hecho nada. Yo te enseño.

TOCHO. Bueno, pero que no se vuelva a meter con mi madre ésa.

ABUELA. Ni tú con la mía.

Empiezan los dos chavales a mover el esqueleto, paso va, paso viene.

LEANDRO. ¿Se le pasó el mosqueo, abuela? ¿Qué? ¿se echa un baile conmigo?

ABUELA. Anda, guasón, voy a bailar yo a mis años...

LEANDRO. Es mi cumpleaños.

ÁNGELES. Baile, abuela, que yo sé que le gusta.

LEANDRO. *(Ceremonial y pelotillero.)* ¿Me concede el honor de este baile?

ÁNGELES. ¡Qué está deseando!

LEANDRO. Ande, sólo uno.

ABUELA. Es que sois de lo que no hay. Bueno, pa que no digáis. Sólo unas vueltas. Anda, que también ponerse a bailar con todo lo que hay ahí fuera...

TOCHO. ¡Hale ahí!

ÁNGELES. La abuela es la que mejor baila del barrio.

Se marcan ahora las dos parejas un pasodoble de aquí te espero y aquello parece ya, de verdad, la fiesta de un cumpleaños.

LEANDRO. Baila bien, sí señor.

ABUELA. Hacía la tira que no bailaba, desde el santo de un vecino de aquí, ¿verdad, Ángeles? ¡Tú, no te arrimes a la niña?

TOCHO. Y usted no se arrime al Leandro, que la veo.

ABUELA. Habráse visto el pocachicha este, la mala leche que tiene.

LEANDRO. Otra vuelta, abuela, así, muy bien... *(Canturrea ahora Leandro la letra de la canción.)* "Eran... eran suspiros, suspiroos de España..."

ABUELA. Es bonita esta pieza, ¿a que sí?, emociona...

LEANDRO. Sí, abuela, sí, es bonita de verdad. Muy bonita. Si yo estoy en Alemania currando y la oigo, es que me cago por la pata abajo "...uuna copla sescuuchooooo".

ABUELA. Mi difunto, el pobre, lloraba siempre que la poníamos. Era muy serio, pero tenía un corazón que no le cabía en el pecho.

ÁNGELES. Es que es muy bonito ser español, ¿a que sí?

TOCHO. Según se mire.

LEANDRO. España no hay más que una, sí, señor.

TOCHO. Es que si llega a haber dos se van todos pa la otra. Huele a humo ¡Que huele a quemado! ¡Huele a quemado!

Paran todos de bailar y las narices guían a los ojos hasta un rincón detrás del mostrador.

ABUELA. ¡Fuego!, ¡fuego, sale fuego! ¡Ay, Dios mío, fuego!

ÁNGELES. ¡Ay, Dios, que está ardiendo todo!

LEANDRO. ¡Una manta! ¡Agua! ¡Maldita sea, moverse!

Es más el ruido que las nueces y en un momento a pisotones van acabando con el naciente fuego. Leandro se ha quitado la chaqueta y a chaquetazos acaba con el foco principal.

TOCHO. Ha sido ese hijo puta, seguro. Lo mato por cabrón.

Se fijan ahora todos los ojos en el Policía, que tiene cara de héroe de película cuando le sale mal la cosa.

ABUELA. *(Al Policía.)* Se podía haber metido las manos donde yo me sé ¡Vaya una forma de ayudar! Si me quema el estanco, me deja en la calle.

TOCHO. *(Lo registra y le encuentra una caja de cerillas.)* Había sacado las cerillas y casi nos chamusca.

LEANDRO. Menos mal que nos hemos dado cuenta rápido. Si se prende el tabaco la liamos. ¡Ay! ¡Pero si me he quemado!

ABUELA. ¿A ver? Te has quemado, sí...

TOCHO. ¿Te has quemado la mano, Leandro...? *(Al Policía.)* ¿Has visto? ¡Por tu culpa! Ahora te vas a tragar todas las cerillas que quedan en la caja, una por una.

Le quita la mordaza y muy violento va a meterle las cerillas en la boca, contestándole el Policía en el mismo lenguaje agresivo.

POLICÍA. ¡Anda, si te atreves, hazlo, anda! ¡Muy valiente, porque estoy atado! ¡Suéltame a ver si tienes tantos cojones!

TOCHO. ¡Te vas a tragar todas las cerillas, por mi madre!

POLICÍA. ¡Ya te cogeré yo a tí en la comisaria, a ver si allí tienes tantos huevos!

TOCHO. ¿A mí? ¿A mí?

POLICÍA. ¡Sí, a ti, chulo de mierda! ¡A ver si allí eres tan valiente!

TOCHO. ¿A que te parto la cara? ¿A que te la parto atado y todo?

POLICÍA. ¡No sabes lo que estás haciendo! ¡Ya te enterarás, ya! ¡Te voy a matar!

TOCHO. ¡Tú a mí, madero! ¡Tú a mí me la meneas! ¿Oyes, tú? ¡Me la meneas! ¡Y a ver si te voy todavía a...!

Se mete el Leandro, separándolos, volviendo a colocar la mordaza al policía y alejando a Tocho.

LEANDRO. Estáte quieto, déjalo.

TOCHO. ¿Que lo deje? ¿No ves que es un cabronazo?

LEANDRO. La culpa es nuestra. Átalo mejor, para que no pueda moverse, y déjalo. Es su oficio.

TOCHO. Su oficio, su oficio..., le voy a dar una que...

ABUELA. A ver tú, a ver esa mano. Bájate la pomada, Ángeles, y un vaso de agua, que este hombre se marea.

LEANDRO. Déjelo, si no es nada. Nos ha aguado la fiesta.

ABUELA. Se te ha quemado un poco la chaqueta. Luego te la coso, a ver qué se puede hacer. Oye, ¿te marea?, estás un poco blanco...

LEANDRO. No, si no es nada.

ABUELA. Tiene que doler, tienes una buena quemadura. Siéntate aquí y estate quieto, ¡leches!

ÁNGELES. *(Bajando.)* La pomada, abuela, y el agua.

LEANDRO. Que no es nada, déjelo.

ABUELA. Pareces un disco rallado. Trae la mano. *(Le da pomada sobre la quemadura con mucha dulzura.)* ¿Qué, duele ahora?

LEANDRO. Mano de santa.

ABUELA. Y ahora te hago unas hierbas, por si se infecta y te da fiebre, aunque no creo, por la pinta que tiene...

TOCHO. No que quejarás, ¿eh, Leandro? Como una madre...

ÁNGELES. La abuela es la que mejor cura del barrio. ¿Le traigo fomentos, abuela?

ABUELA. No, no hace falta. Esta pomada me la enseñó a hacer mi abuela, que en paz descanse.

TOCHO. Ya ha llovido, ya.

ABUELA. Se te van a levantar unas buenas ampollas. En unos días no vas a poder tocar el piano.

MEGÁFONO. ¿Pasa algo ahí dentro?

La voz fría y metálica les vuelve a la realidad. Tocho contesta desde la puerta, gritando hacia afuera.

TOCHO. ¡La saliva por la garganta!

MEGÁFONO. ¿Qué es ese humo? ¿Qué pasa?

TOCHO. Aquí, vuestro compañero, el Jerónimo, que se ha puesto a hacer señales, pero se le ha visto el plumero.

LEANDRO. ¡No pasa nada!

MEGÁFONO. ¡Maldonado! ¿Está usted biern?

Quita Leandro la mordaza al Policía y le indica que conteste.

POLICÍA. ¡Sí, sí... estoy bien. No pasa nada. Tranquilos. Todo va bien.

MEGÁFONO. ¿Necesitas algo? ¿Las mujeres están bien?

LEANDRO. ¡Diga que está bien!

POLICÍA. ¡No, no... Todo bien!

MEGÁFONO. De acuerdo. Cambio y corto.

Calla el megáfono, vuelven a poner la mordaza al Policía, y quedan luego todos por un momento mirando a las musarañas. Va desapareciendo la última luz de la tarde y el momento se pone tristón. La abuela enciende la bombilla amarillenta de 60 W, que da una tonalidad irreal a las filas de Ducados, y empieza a recoger lentamente los restos de la fiesta.

ABUELA. ¿Qué? ¿Cómo va eso? ¿Escuece todavía?

ÁNGELES. ¿A que ya está mejor?

LEANDRO. Mucho mejor. Ya no me duele nada. Mano de santa, abuela, mano de santa.

Ha puesto Tocho de nuevo el pasodoble, y como si supiera que está pasando suena ahora más apagado, más triste, más ramplón, más vacío. Y las cuatro siluetas se van recortando sobre los estantes de madera roída del viejo estanco de Vallecas.

CUADRO III

Es noche cerrada. Oscuridad sólo rota por las rendijas de luz de la puerta y el ventanuco de encima, que dejan pasar rayos de los focos que la policía ha colocado fuera. Silencio. Sólo se oye algún ratoncillo que va de romance nocturno. Luego se escucha crujir los escalones de madera y el Tocho, que hace guardia, se estira como un gato en la oscuridad.

TOCHO *(En voz baja.)* ¿Quién anda ahí?

ÁNGELES. *(También en un susurro.)* Soy yo. He venido a traerte café con leche y unas pastas de chocolate. La abuela está como un tronco y al Leandro le he oído roncar.

TOCHO. Gracias, muñeca. ¿Tú no tienes sueño?

ÁNGELES. Yo soy de poco dormir. ¿Está bien de azúcar?

TOCHO. Riquísimo, como tú. Siéntate aquí, a mi lado, anda, a hacerme compañía. ¿Tú no quieres una pasta?

ÁNGELES. No tengo hambre. Además no me gusta mucho el dulce. Dice la abuela que se caen los dientes.

TOCHO. ¡Que se caigan, no hagas caso! Yo soy un golosón. Por eso me gustas tú, porque eres un pastelillo de nata. *(Mira a la chica; está ahora sin gafas, el pelo suelto y en camisa, muy guapa.)* ¡Estás más buena que el arroz con leche!

ÁNGELES. No seas tonto.

TOCHO. ¡Madre mía, que me la como!, ¡soy el lobo feroz y me la como!

ÁNGELES. ¿A quién?

TOCHO. A ti, pastel, caramelo, azuquítar..., a ti, que tienes unos labios preciosos, ¡unos ojazos!, y aquí dos manzanitas que no se pueden aguantar, a punto de caer del árbol, que están diciendo ¡comerme!, ¡comerme!

ÁNGELES. Me estás haciendo cosquillas.

TOCHO. Cosquillas, cosquillas... un niño o dos te hacía yo ahora mismo si no estuviera de guardia. Dame un beso en la boca, anda.

ÁNGELES. *(Riéndose.)* No sé.

TOCHO. Ven que te enseño. *(La besa.)* Me gustas más que una moto de carreras, más que una poza llena de vino, más... más que todo el oro del mundo... *(Canturrea bajito.)* "más quel aire que respiro y más que la mare mía".

ÁNGELES. Como se despierte la abuela y te vea tocando, la liamos.

TOCHO. Pues que no mire. La abuela está en el país de los sueños y yo también. ¡Qué tetitas, Dios mío, qué tetitas! ¡Quítate ese botón, anda...!

ÁNGELES. Pues tú también.

TOCHO. Que estoy de guardia, ya te lo he dicho, ¡estate quieta! Además, yo no es lo mismo.

ÁNGELES. ¿Por qué, vamos a ver?

TOCHO. "¿Por qué, vamos a ver?", porque sí.

ÁNGELES. Si tú me metes mano a mí, yo te meto mano a ti.

TOCHO. Es que me pongo muy nervioso.

ÁNGELES. Yo también, y me dejo.

TOCHO. Pero, bueno, ¡habráse visto! A que me enfado.

ÁNGELES. ¿No me he desabrochado yo el botón?

TOCHO. Que te he dicho que no es lo mismo. Además, hay un policía; no voy a ponerme aquí, delante de un madero, ¿no?

ÁNGELES. Si está dormido.

TOCHO. Y si se despierta, ¿qué?

ÁNGELES. Lo que pasa es que te da vergüenza, que lo sé yo. Si quieres yo me subo un poco el camisón. ¿Te gusta?

TOCHO. Te voy a dar un mordisco donde yo me sé que vas a andar luego jugando. ¡Qué muslitos tan suaves! Parece la piel misma del melocotón.

ÁNGELES. Los melocotones tienen la piel muy áspera. Yo los pelo para comérmelos, así que ya ves.

TOCHO. Bueno, pues de ciruela, o de sandía, o de plátano...

ÁNGELES. Eso sí que es un plátano *(Risitas.)* ¡Y qué grande!

Se oye pasar una ambulancia. El Policía se rebulle. De pronto, Ángeles deja las risitas y se pone a llorar.

TOCHO. ¿Por qué lloras ahora? ¿Te he hecho algo...? ¿Te has cortado? ¡Anda, que las mujeres, no hay quien os entienda! Estaba riendo y se pone a llorar... ¿Estás enfadada por algo? ¿Entonces es que ya no me quieres...? Bueno, pues sí que... ¡Bajito, que se van a despertar todos...! Pero no llores, mujer, no seas así... No te he hecho nada, ¿no? Si eres mi novia, me tienes que decir por qué lloras, para saberlo.

ÁNGELES. *(Lloriqueando.)* Es por lo que me ha dicho mi abuela.

TOCHO. ¿Y qué te ha dicho tu abuela, si puede saberse?

ÁNGELES. Que de ésta vais los dos a la cárcel para toda la vida.

TOCHO. ¡Qué exagerada la vieja! Lo primero es que nos cojan. Lo segundo... ¡Ya veremos, dijo un ciego! Tú no declararás contra mí, ¿verdad?

ÁNGELES. ¿Yo? Ni la abuela tampoco, seguro.

TOCHO. Pues decís a los polis que somos unos parientes que hemos venido a pasar unos días y ya está. Arreglado, ¿lo ves?

ÁNGELES. Bueno. *(Pausa.)* ¿Y ése, qué?

Le señala al Policía que dormía en un rincón.

TOCHO. Sí, es verdad... ¡Bah!, déjalo, no vamos a comernos el coco aquí tú y yo, a quemarnos el molino. El Leandro lo arreglará, ya lo verás. Es un tío muy listo. Hemos armado cada una por ahí... y nada. Y, además, es albañil, lo que pasa es que ahora está en el paro. *(Empieza a acariciarle dulcemente la cabeza.)* ¿Ya se te ha pasao? ¿Estás mejor?

ÁNGELES. Sí.

TOCHO. Ven. Ven aquí conmigo...

Ella se acerca y se acurruca en sus brazos.

ÁNGELES. Es que no quiero que te pase nada.

TOCHO. ¡A mí! ¡Qué me va a pasar a mí! Hierba mala... ¿Cómo no te había conocido yo a ti antes, vamos a ver?

ÁNGELES. No sé.

TOCHO. Se está bien aquí..., ¿a que sí...? Mira... no se oye nada. El mundo se ha parado. Estamos tú y yo solos.

ÁNGELES. Sí.

TOCHO. Así, tranquila... No te preocupes, amor mío, que ya verás cómo no va a pasar nada.

ÁNGELES. Lo dices como en el cine lo de "amor mío". A ver, dilo otra vez.

TOCHO. Amor mío. Amor mío. Amore mío, se dice en italiano.

ÁNGELES. "Amore mío..." ¿y en francés?

TOCHO. "Ye vous eme". *(Ríen los dos bajito y tose el policía dormido.)* ¡Chiss!, ¡Calla, que se va a despertar aquí el sheriff!

ÁNGELES. Amore mío..., amore mío..., amore mío...

Ríen otra vez juntos, y se besan, y se abrazan, y se acarician, y se quieren, y se va apagando sobre sus cuerpos juntos lentamente la luz.

Bajan las escaleras, despacio, Leandro y la Abuela. En manos de ésta un viejo quinqué de antes de la guerra, que alarga sus sombras. Crujen los escalones de madera en el silencio de la noche.

LEANDRO. ¿Lo ve, exagerada? Mírelos, ahí dormidos, como los ángeles.

ABUELA. Un ángel y un diablo, di mejor. Nada más entrar por esa puerta me dio en el olfato: ¡Satanás de joven, mismamente!

LEANDRO. Un buen chico.

ABUELA. Hay cariños que ciegan. Este te lleva a ti por mal camino, y a mi nieta, si la dejo. Pero, antes de que me la desgracie, le saco los ojos al Romeo este. Que una ha visto ya mucho para que le den gato por liebre y éste es de los que arañan; no hay más que verlo, la cara de malo que tiene. Las malas compañías han puesto al mundo como está.

LEANDRO. El mundo lo han puesto como está los que yo me sé. No me venga con gaitas que ya soy matorcito y yo tampoco me chupo el dedo.

Los dos quedan un momento bajo la luz irreal que proyecta sus sombras sobre la pared de tabaco. Se miden en la oscuridad, buscando un resquicio por donde entrarse. Rompe el silencio el maullido de un gato dolorido y filósofo, que acaba de descubrir el intríngulis del mundo.

ABUELA. ¡Que nochecita! Cualquiera pega ojo. *(Mira por las rendijas de la puerta hacia afuera.)* Como les dé a esos por entrar a saco vamos a pagar, como siempre, los que menos culpa tenemos. *(Mira al Policía.)* Ese parece que está acostumbrado... ¿Qué? ¿Quieres un pito?

LEANDRO. Sí, bueno. No haga ruido, no se despierten.

ABUELA. La Ángeles, ni aunque la pase por encima el camión de la basura. Yo también voy a echar un cigarro. Un día es un día.

LEANDRO. ¿Fuma usted, abuela?

ABUELA. Cuando se tercia. Un cigarrillo, de vez en cuando, no hace mal a nadie, digan lo que digan los médicos. Dos veces he ido al médico en mi vida, y las dos veces casi me mata. ¿Te duele la mano? Si quieres te doy más pomada.

LEANDRO. No, está bien. Ya no lo noto casi. Ha quedado muy ahumada esa pared. La tendrá que dar un poco de pintura. Ese tabique está muy mal hecho de todas formas. Cualquier día se le cae encima. Se podía ya aprovechar y arreglarlo y luego encalarlo bien. No es nada.

ABUELA. ¿Cómo te metiste en estos berenjenales? Ese pájaro de cuenta lo entiendo, pero tú tienes más cara de San Roque que de gangster. Oye no me la habrá dejao embarazada el pistolero éste. Era lo que me faltaba pal duro.

LEANDRO. Qué pistolero ni qué pistolero. Y ha cogido una manía con lo de embarazada, que pa qué.

ABUELA. Si sabrá una lo que dice y por qué lo dice. ¿Sabes por qué eché yo a la madre de Ángeles al mundo? ¿No?, pues yo sí. Cuanto más miro a ése menos me gusta. Se parece a uno que yo me sé. Su propia foto.

LEANDRO. Porque le mira con malos ojos.

ABUELA. Y tú guapo, ¿tienes novia?

LEANDRO. Casado y separado. Bueno, separado, que se dio el piro con uno que valía más que yo.

ABUELA. ¿Y tienes madre o alguien a quien avisar, en el caso de que os pasara algo? No es por ponerme en las malas, pero más vale un por si acaso...

LEANDRO. Más solo que la una. Bueno, tengo al Tocho, eso sí.

ABUELA. Pues sí que..., más vale solo que mal acompañado.

LEANDRO. Qué manía ha agarrado usted con el chico. Porque robe no es para tanto, ¿no?, que hay quien roba millones todos los días y nada.

ABUELA. En eso tampoco andas equivocado, ya ves.

A todo esto, Leandro anda de un lado para otro, tocando y golpeando las paredes.

LEANDRO. ¿Esta pared de aquí, adónde va?

ABUELA. A la casa de al lado, dónde va a dar. ¿Por qué?

LEANDRO. No, por nada. *(Pausa.)* ¿Usted aquí no tendrá un pico?

ABUELA. ¿Un pico? ¿Para que voy a tener yo un pico? Oye, tú, no estarás pensando en tirarme la casa... A ver si crees, además, que la policía es tonta. ¡Un pico! Desde luego, se te ocurre cada cosa. Cuando yo te digo. ¡Un pico!

LEANDRO. Bueno, bueno... Sólo estaba preguntando... *(Sigue Leandro mientras habla, empujando las paredes aquí y allá, como si fuera a encontrar una puerta mágica que les saque de allí, o algo parecido.)* Por el techo no hay quien salga..., con los focos que han puesto se ve más que de día... Pues precisamente quería yo pedirle a usted un favor..., por si la cosa se pone mal y no podemos salir de aquí..., a ver si es posible...

ABUELA. Tú me has salvado el estanco del fuego, así que si puedo hacer algo por ti..., aunque tú también tienes la culpa, todo hay que decirlo. Las cosas son como son.

LEANDRO. No, si no es por mí. Se trata del chico. Que me ayudara usted a sacarlo de ésta de alguna forma.

Como si le hubieran pueto un cohete, salta la Abuela y apaga el pito y las confidencias, recogiendo velas.

ABUELA. ¡Ah, no, de eso ni hablar! Una cosa es una cosa y otra es otra. A mí no me metas en esto. ¡Encima de que venís a robarme, casi me matáis y el estanco medio chamuscado! ¡Vamos, anda!

LEANDRO. ¡Chisss! Que los va a despertar.

ABUELA. ¡Pues que se despierten! Mira, no me pareces mal chico, a pesar de todo, pero a mí no me líes. A mí me tenéis aquí a la fuerza, que conste, y a mi nieta igual. Yo no quiero saber nada. No es sólo por mí... Además, que no.

LEANDRO. Si a usted no le iba a pasar nada. Es sólo decir que he sido yo solo, que él estaba aquí, o que nos conocían..., o...

ABUELA. ¿El policía qué, eh? Ese lo ha visto todo.

LEANDRO. O que venía conmigo, pero no hacía nada, que somos casi familia...

ABUELA. ¡Que no! Yo no me meto en esto. Lo que tenéis que hacer es entregaros y dejaros de historias. Está más claro que el agua. Y a ver si todavía me busco un disgusto por haberle endiñao a ese los golpes por vuestra culpa. Lo que hay que hacer es trabajar, y ser como Dios manda, y no andar por ahí asesinando y robando y luego acordarse de Santa Bárbara cuando truena. Me quitan la licencia del estanco y me hunden.

LEANDRO. No hemos matado a nadie. Y lo de trabajar, el que tenga trabajo. De todas formas, gracias, déjelo. Usted por qué se va a meter.

ABUELA. Eso mismo digo yo. *(Se acerca a la niña y la zarandea para que despierte y para sacarse no sé qué diablo que tiene en el cuerpo.)* ¡Tú, arriba, vamos, a la cama, venga, despierta! ¡Venga, a dormir conmigo arriba, que aquí no se nos ha perdido nada!

ÁNGELES. Ya voy, abuela. ¿Hago el desayuno?

LA ESTANQUERA DE VALLECAS

ABUELA. ¡El desayuno! ¡Anda para arriba, y como bajes otra vez, te ato a la pata de la cama!

ÁNGELES. Me había quedado dormida.

ABUELA. No hace falta que lo jures.

Suben las escaleras las dos mujeres. La Abuela se vuelve un momento desde arriba y habla al Leandro.

ABUELA. Oye, tú, ¿de verdad era hoy tu santo?

LEANDRO. Sí, de verdad.

ABUELA. Pues felicidades, hombre. Hale, y hasta mañana, si estáis aquí cuando nos levantemos. Y lo dicho, cuanto antes os entreguéis, mejor, te lo digo yo.

LEANDRO. Gracias por el consejo.

Desaparecen nieta y abuela en la oscuridad. El Tocho que se estaba haciendo el remolón, habla ahora a Leandro.

TOCHO. ¿Pasa algo, Leandro?

LEANDRO. Ha venido la vieja y se ha llevao a la niña.

TOCHO. ¿Quieres que siga de guardia?

LEANDRO. No, sigue durmiendo, luego te despierto. Yo no tengo sueño.

TOCHO. No estaba dormido, no vayas a creer. Sólo me había quedao un poco traspuesto. *(Mira al Policía.)* ¿Ese sigue frito?

LEANDRO. Como un bendito. Se ve que no le damos mucho respeto.

TOCHO. ¿Qué hora es? Este cacharro no anda.... *(Golpea su reloj.)*

LEANDRO. La cinco menos cuarto. *(Pausa.)*

TOCHO. ¿Qué hora será en la China, eh, Leandro?

LEANDRO. ¿En la China? Y yo qué sé. ¿Por qué?

TOCHO. No, por nada. ¿Siguen esos ahí fuera?

LEANDRO. Se han ido.

TOCHO. ¿Se han ido?

LEANDRO. Se han ido unos y han venido otros.

TOCHO. ¡Ah! Anda que el gobernador se habrá quedado bien jodido, ¿a que sí?

LEANDRO. ¿Por qué?

TOCHO. No hemos salido, ¿no?

LEANDRO. Estás tú listo. Los que estamos bien jodidos somos nostros. Él estará tan pancho en una cama cojonuda. Sí, seguro que no duerme por nosotros, seguro.

TOCHO. Pero bueno, no ha colao, ¿o no?, ¿eh?

LEANDRO. Una cama cojonuda, un cochazo de Dios, una casa de aquí te espero, un dinero todos los meses...

TOCHO. Bueno, ¿y qué? Nosotros, ni puto caso. ¿Hemos salido? ¿Hemos salido por muy gobernador que sea? ¿Hemos salido?

LEANDRO. No, no hemos salido. Anda, duérmete.

Recorre arriba y abajo las cuatro paredes Leandro haciéndose a la idea. Ronca el Policía, en el fondo del estanco. Tocho busca la hendidura en el banco de la pared.

TOCHO. Tengo un dolor de tripa de Dios. Me están dando retortijones. ¿Habías estado alguna vez metido en un fregao como éste?

LEANDRO. Sí. Cuando le robé los condones a Franco.

TOCHO. *(Riéndose.)* ¿De qué tamaño los usaba?

LEANDRO. Calla, coño, que vas a despertar a ése. *(Riéndose también.)*

TOCHO. Que se despierte. A ver si se cree que ha venido aquí a dormir. Oye, ¿tienes algún plan?

LEANDRO. Volver al andamio en cuanto pueda. Esto no es vida.

TOCHO. Ni la otra. Lo mejor sería meternos ministros o millonarios. ¿Tú crees que atacarán al amanecer, como los indios? ¡Bah! Pase lo que pase más se perdió en Cuba. No aguanto más. *(Tocho sube las escalera, agarrándose la tripa que le aprieta, inquieto ante la situación peregrina que les espera.)* Los usaría para hacer globos para los nietos. *(Mira Leandro la imagen encogida de Tocho en lo alto la escalera.)*

LEANDRO. Sí, para hacer globos, Anda, vete a cagar.

Y el Tocho se pierde en las alturas; mientras, Leandro enciende otro pitillo, el gato sigue dándole a la queja, el gobernador se da una vuelta allá en su cama, suena a lo lejos una ambulancia cruzando la ciudad, tose la anciana en el piso de arriba, hablan de la quiniela del domingo los policías que vigilan la puerta, y empiezan a caer unas gotas de lluvia a lo tonto sobre el barrio que duerme.

CUADRO VI

Al día siguiente, por la mañana, Leandro habla por teléfono con su mano vendada. El Tocho a su lado y Ángeles detrás. La abuela en la camilla con las cartas. Es domingo y ha salido el sol, dentro de lo que cabe.

LEANDRO. ...Sí, sí... Pues mire usted... no, no. Estamos bien. Sí, están bien... ¿quiere que se pongan...? No, es que si salimos nos la cargamos... Ya pensaremos algo... Mientras haya vida... No, no... Si se va la policía, salimos, pero nos llevamos a los rehenes por si acaso... ¿cómo dice? Es que de la policía no me fío, mire usted... Sí, sí, pero usted no entiende de estas cosas. Mire, dígales que nos pongan un coche a la puerta y que se retiren, pero de verdad, sin trampas. Sí, espero. *(Tapa el auricular del teléfono y habla al Tocho, ilusionado.)* Dice que va a hablar con el comisario y el capitán que manda la policía. Si nos ponen un taxi nos damos el piro.

TOCHO. ¿Adónde?

LEANDRO. Nos perdemos por ahí. Ya veremos. El caso es escapar de aquí.

TOCHO. Lo que tú digas, Leandro. Nos damos el piro a 140 por hora...

LEANDRO. El cura quiere que nos entreguemos, claro. *(Ahora, de nuevo al teléfono.)* ¿Sí?, ¿diga? Sí, le oigo... ¡Pues de aquí no sale nadie...! Sí, le oigo, sí..., sí... *(Hace señas a Tocho de que le está metiendo un rollo.)* ...No se preocupe que a ellas no les va a pasar nada.. ¿Qué? *(Tapa el auricular y habla a Tocho.)* Dice que si somos católicos. *(Al teléfono.)* Claro, sí señor, sí, no vamos a ser moros. Católicos, sí, pero no... Ya sé que lo hace usted por nuestro bien. Nosotros también... *(A Tocho.)* Dice que no le ha dejado venir la policía por si lo cogíamos de rehén... *(Al teléfono.)*... No, no soy de este barrio, no me conoce... Tampoco... Usted verá, déjelo... No, no, no hay cambios. *(A Tocho.)* Dice que se cambia él por los otros. *(Al teléfono.)* ...Gracias, pero no.

TOCHO. Dile que si la cosa va mal nos diga unas misas, que ya se las pagaremos en el otro mundo.

LEANDRO. Padre, si las cosas van mal... nos dice unas misas... ¿Eh?, ¿qué no es momento de bromas? ¿Qué quiere, que nos pongamos a llorar...? Mire usted, no estamos aquí por capricho, ¿sabe...? ¿qué...? *(A Tocho.)* ¡La madre que le...! Dice que podemos confesarnos por teléfono en caso de necesidad.

TOCHO. Eso es que nos quieren dar el pasaporte. Pues yo me llevo a todo el que pille por delante.

LEANDRO. Gracias, padre, pero no, hoy no tenemos ganas. Puede que otro día, a lo mejor... No se preocupe, sí, lo apunto... Cuato, siete, siete, sí, sí, ya está. De acuerdo. Sí, adiós, adiós. *(Cuelga el teléfono y quedan un tanto decaídos. Ángeles los mira con cara de ida y la abuela disimula echando la suerte.)* Quieren asustarnos y que nos entreguemos, claro.

TOCHO. ¡Hombre, claro! No se van a liar a tiros; pueden dar a algún inocente, o al poli.

ABUELA. Dios nos coja confesados.

TOCHO. No sea agorera. Y si quería confesarse, ahí tenía al cura.

ABUELA. Las cartas salen malas.

ÁNGELES. ¡Ay, abuela, no sea usted así, no asuste!

LEANDRO. Más tarde o más temprano tendremos que salir.

TOCHO. ¿Por qué? Nos quedamos aquí para siempre y ya está. A mí me gusta estar aquí, ya ves.

ABUELA. Tienes menos sesos que un mosquito.

TOCHO. ¿Usté que haría, lista?

ABUELA. Lo primero no venir a robar a pobres como nosotros. Puestos a robar, hay que saber robar, y a quién se roba.

TOCHO. En los chalés de los ricos no hay quien entre, ¡qué se cree! Y si te acercas a un banco, peor; más policías que en la guerra.

ABUELA. Y es más fácil robarle a un pobre que está indefenso. ¿Pero tú tienes conciencia?

TOCHO. Olvídeme que no es mi santo.

ABUELA. Las cartas salen malas, muy malas. ¡Si es que no puede ser!

LEANDRO. ¿No íbamos a ponernos a pedir, no? Son cosas que pasan.

TOCHO. No te rajes, Leandro. ¡Joder, no te rajes!

ÁNGELES. ¿Voy poniendo la comida, abuela?

ABUELA. Espera a ver éstos qué dicen, si se quedan a comer o no.

TOCHO. Venga, Leandro, no seas así. ¿Te acuerdas el día que nos llevamos el cochazo aquel y nos fuimos a Benidor? ¿Qué? ¿Nos cogieron? ¡Nada! Como dos marqueses allí los dos, ¿o no? ¿Te acuerdas cómo nos metíamos en el mar entre los frnachutes? Y casi ligamos y todo... Porque se te notaba la raya la camiseta, que si no... *(A Ángeles.)* Nos echan a todos del tajo, va éste y dice: "¡Que nos mandan a divertirnos, Tocho!" Ligamos el primer cochazo que pillamos, lo que habíamos cobrado y hale, ¡carretera! Los dueños del mundo, ¡coño! Los dueños del mundo, los dos. O cuando limpiamos aquel escaparate por la noche...

LEANDRO. Anda, cállate.

TOCHO. ¿Por qué? ¿Es que no es verdad?

LEANDRO. A ver si te vas a poner a contar cosas encima del policía para que nos la carguemos más.

ÁNGELES. El policía no está.

TOCHO. ¿Cómo que no está? ¿Dónde se ha metido ese hijo de puta?

ÁNGELES. Salió antes al water.

Desaparece Leandro escaleras arriba como un galgo y vuelve a los pocos segundos como un conejo, cabizbajo y con aire de haberle cantado el "gori, gori" la ladina realidad.

LEANDRO. Se ha largado por el balcón. Le habrán puesto una lona o algo. Parecía tonto. Ya decía yo que estaban muy callados. ¡Maldita sea!

TOCHO. La culpa la tengo yo, Leandro, que soy un gilipollas.

ABUELA. ¡Vaya dos!

TOCHO. ¿A usted quién le ha dado vela en este entierro, eh?

Se deja caer el Leandro desmadejado en los últimos escalones que crujen comprensivos. La evidencia se obceca sin escrúpulos. Es la hora de la verdad, como los toreros, y se escucha el silencio que precede al clarín de las señales. La Abuela le pone música y letra de "Los Campanilleros" al momento, para que esté más en su salsa.

ABUELA. "¡Ay!, en los puebloos
en los pueblos de mi Andalucía
los campanilleros por la madrugá
me despiertan con sus campanillas
y con las guitarras me hacen llorar.
Yo empiezo a cantar
y al sentirme toos los pajarillos
cantan en las ramas y echan a volar."

TOCHO. ¡Se quiere usté callar de una vez!

ABUELA. Es que tié coña la cosa. A ver si no va a poder una cantar en su propia casa.

TOCHO. ¡Pues no!

ABUELA. ¡Pues sí! *(Canta.)*
"Toas las floores,
toas las flores del campo andaluz
al rayar el día llenas de rocío..."

ÁNGELES. Yo le ví que iba al servicio, pero yo no sabía...

ABUELA. Tu no te metas en lo que no te importa.

Y la Abuela sigue dándole a las cartas y a los campanilleros por la madrugá, y entre ella y "La niña de la Puebla" van poniendo el ambiente cuajaíto de amarguras, como en un cine de sesión continua.

"Lloran penas que yo estoy pasando
desde el primer día que te conocí.
Porque en tu querer,
tengo puesto los cinco sentíos
y me vuelvo loca sin poderte ver."

TOCHO. ¡Que se calle, leches!

ABUELA. ¡No me da la gana!

LEANDRO. Déjala que cante si quiere. Atranca el balcón arriba, anda. *(Sube el Tocho. Pausa larga. Se oyen arriba los ruidos del chico.)*

ABUELA. "Pajarilloooos,
pajarillos questáis en el campo
gozando el amor y la libertá..."

ÁNGELES. La abuela es la que mejor canta del barrio.

ABUELA. Pues cómo cantarán las otras...
"Recordarle al hombre que quiero
que venga a mi reja por la madrugá.
Que mi corazón..."

LEANDRO. Hace calor aquí.

ÁNGELES. Sí.

ABUELA. "Se lo entrego al momento que llegue cantando las penas que pasao yo."

LEANDRO. Eso es de "La niña la Puebla".

ABUELA. Un cante, cante, y no la música de ahora que parece matarratas. Los jóvenes de ahora no valéis para nada.

LEANDRO. ¿Es usted andaluza?

ABUELA. Sí, andaluza de Segovia.

Baja el Tocho y empieza a moverse como un león enjaulado de acá para allá, contrastando su actitud con la quietud de los otros tres.

ÁNGELES. *(Por decir algo.)* Es de La Lastrilla mi abuela. Es un pueblo de Segovia. *(Canturrea ahora a punto de llorar.)* "De Bernuí de Porreros era la niña, y el galán que la ronda de La Lastrilla..." ¿Voy pelando las patatas, abuela?

LEANDRO. Haz la comida sólo para vosotras dos. Nosotros hoy comemos fuera. Nos han invitado unos amigos.., en Carabanchel.

TOCHO. ¡No te rajes, joder, Leandro, no te rajes! ¿Quieres que salga y me líe a tiros con todos? ¡Ayer me decías que nos íbamos a comer el mundo, coño!

LEANDRO. Ayer era ayer y hoy es hoy. Se acabó el juego, Tocho. Llevábamos malas cartas y hemos perdido.

ABUELA. Tiene razón. No hagáis más disparates, que ya está bien por hoy.

TOCHO. ¡Sí, coño, sí! Usted porque tiene un estanco! Gajes de viuda de guardia civil, ¿verdá?

ABUELA. ¡Millonaria soy! ¡Habráse visto el muerto de hambre este! A los nueve años estaba ya trabajando y no he parado hasta hoy. ¡Tengo un estanco, sí, qué pasa! A ver si encima...

TOCHO. ¿A ver si encima... qué? ¡A ver, qué!

LEANDRO. Vamos, déjala.

Salta Tocho enfrentándose con Leandro, dispuesto a todo.

TOCHO. ¡Si me da la gana, ¿no?! ¡Ya está bien! ¡A ver por qué la tienes que dar la razón y meterte conmigo! ¡Que estás...! ¿Qué pasa, a ver? ¿Qué te pasa a ti...?

LEANDRO. Déjame. Yo no me meto contigo... Bueno, venga, vámonos...

TOCHO. Vete tú si te da la gana. Yo no me voy.

LEANDRO. Vamos Tocho, no la líes más...

TOCHO. ¿Para eso hemos venido? ¿Para eso hemos venido, eh?

LEANDRO. ¿Pero qué quieres? ¿Que nos maten a los dos? ¿Que nos den un tiro, eso es lo que quieres?

TOCHO. ¡Sí! ¡¡¡Sí!!!

LEANDRO. Te estás portando como un crío.

TOCHO. Y tú como un... ¡Vete a la mierda!

ÁNGELES. Por lo menos quedaros a comer.

ABUELA. ¡Que te calles tú! Ven aquí.

LEANDRO. Venga, vamos. *(Se acerca a la puerta y grita hacia afuera.)* ¡Eh, nos entregamos!

VOZ DE FUERA. ¿Cómo? ¿Qué?

LEANDRO. Que vamos a salir.

VOZ DE FUERA. ¿Qué?

LEANDRO. Ahora están sordos. ¡Que nos entregamos!

Se oye cierto revuelo y consultas a la superioridad.

MEGÁFONO. "Muy bien, mejor para todos. Ahora haced lo que os digamos: lo primero, abrid despacio la puerta y echad fuera todas las armas que tengáis. ¿Entendido?"

LEANDRO. De acuerdo. *(A Tocho.)* La pistola. ¡La pistola!

Tocho se la tira al suelo y Leandro la recoge abre y echa fuera las armas.

MEGÁFONO. Muy bien. "Ahora salid despacio, con las manos en alto, primero uno y luego, cuando digamos, el otro. Bien, arriba los brazos y no se os ocurra hacer ninguna tontería o tendríamos que disparar. ¿Está claro? Pues vamos. Fuera el primero".

LEANDRO. ¡Sal, Tocho! Levanta las manos y quieto. ¡Hala, sal! No te preocupes, que no va a pasarnos nada...

TOCHO. *(Yendo hacia la puerta.)* ¡Que te vayas a la mierda! *(Levanta los brazos y va a salir. Se vuelve y mira a Ángeles.)* Adiós, muñeca. Vengo a buscarte el domingo, ¿eh, tía? *(Ahora a la Abuela.)* ¡El mal genio que tiene la...!

ABUELA. Anda, calamidad.

Desaparece por el hueco de la puerta. De pronto le vemos echar a correr y se oyen dos disparos.

TOCHO. *(Se oye la voz rota por las dos balas que lleva dentro.)* ¡Leandro... casi me escapo, por mi madre, casi me escapo! ¡Leandro, cabrón... (Se oyen ruidos confusos y, luego, se apaga la voz del chico dentro de una ambulancia. Luego se escucha una sirena que arranca hasta perderse a lo lejos.)*

MEGÁFONO. "¡Venga, ya, tú, el otro, vamos fuera ya. Levanta bien los brazos, y no hagas ninguna tontería, como tu compañero, si intentas algo, peor para ti. Sal despacio... vamos, sal ya".

Echa Leandro una última mirada a las dos y sale. Se oyen coches y sirenas que arrancan. Luego, silencio, cuchicheos de gentes, y finalmente, poco a poco, se van restableciendo los ruidos de siempre. Las dos mujeres empiezan a moverse lentamente, un poco a lo tonto, de un lado para otro. Entra entonces el Policía de antes, con la cabeza vendada. Lo mira todo un rato en silencio.

ABUELA. ¿Qué? ¿Se le ha olvidado a usted algo?

POLICÍA. No se haga la graciosa, no se haga la graciosa...

ABUELA. Encima de que casi me quema el estanco.

POLICÍA. Esto no va a quedar así.

ABUELA. *(Muy seria, y con muy mala uva.)* No, eso se hincha.

POLICÍA. ¡Que no se haga la graciosa...!

Coge un paquete de tabaco de un estante, lo abre, saca un cigarrillo, lo enciende y tira el paquete al mostrador.

ÁNGELES. Son cien pesetas.

POLICÍA. Cóbreselas al Gobierno.

Recoge el maletín que habían traído antes y que estaba sobre el mostrador.

ABUELA. Bueno, si hace usted el favor, que vamos a cerrar. Hoy es domingo y no se trabaja.

POLICÍA. No me las llevo detenidas por un pelo. A las dos. Ya se las avisará para ir a declarar.

ABUELA. Encantadas.

ÁNGELES. Ya ha oido a la abuela. Vamos a cerrar.

Va a salir el Policía. Se vuelve antes de llegar a la puerta y vuelve a mirarlo todo.

POLICÍA. Ya me han oído. Ojo. Miren bien por dónde se andan. *(Se da la vuelta, haciendo un mutis triunfal, y vuelve a golpearse la cabeza, esta vez contra el canto de la puerta del estanco, que está borde, como sus dueñas.)* ¡Ay! ¡Me cagüen hasta en la...! *(Sale.)*

ABUELA. Anda con Dios, hombre, anda con Dios. ¡Qué vida esta! ¿Verdad hija?

ÁNGELES. Sí, abuela. Qué vida esta... *(Pausa.)* ¡Qué vida esta!

Y se ponen a recoger lentamente, aquí y allá, el picao y las pólizas de a cinco, que habían salido a ver el final. Suben los ruidos de la calle, que van y vienen a lo suyo, y se va haciendo una vez más el oscuro en la escena, y en el mundo, como si tal cosa.

FIN

RODOLF SIRERA

EL VENENO DEL TEATRO

EL TEATRO, PASIÓN LETAL

Luis Quirante Santacruz

> "Reflexionad un momento sobre lo que se entiende en teatro por *ser verdadero*. ¿Es mostrar las cosas como son en la naturaleza? De ningún modo. La verdad en este sentido no sería más que lo común. ¿Entonces qué es lo verdadero en la escena? Es la conformidad de las acciones, de los parlamentos, del rostro, de la voz, del movimiento y del gesto como un modelo ideal imaginado por el poeta."
>
> (Diderot, *La paradoja del comediante*)

Rodolf Sirera es una de las figuras más importantes de la historia reciente del teatro valenciano. Vinculado a la escena prácticamente desde que nació, su vocación de dramaturgo se ha ido complementando a lo largo de los años con su trabajo como actor, director, adaptador, dramaturgo (en grupos como el Centro Experimental de Teatro y, más tarde, El Rogle) y gestor del teatro público valenciano, actividad a la que se ha dedicado durante la última década.

Nacido en 1948, no parece estar vinculado a ninguna generación teatral específica. Pertenece a ese grupo de escritores que empiezan a publicar con la llegada de la década de los años setenta y que, a medida que pasa el tiempo y madura su propuesta dramatúrgica, se alejan más de la voluntad de denuncia y oposición social que caracteriza los textos de los autores nacidos en los años treinta y cuarenta. "Las circunstancias —escribía recientemente a su amigo y compañero generacional Josep Maria Benet i Jornet— nos han hecho obligatoriamente autores 'testimoniales' y el testimonio, a veces, nos esconde —o falsifica— algo que es más sustancial en nosotros: 'la pasión de inventar'. Un autor bastante más conocido en el área lingüística catalana, de notable éxito y con una "progresión" inmejorable como dramaturgo.

La obra de Rodolf Sirera ha sido calificada por él mismo como una constante voluntad de aprendizaje. "Hace muchos años —declaraba recientemente— me planteé que quería aprender a escribir teatro... Era consciente de que eso me llevaría años... Posiblemente no seré un buen comediógrafo, pero me interesaba conocer el funcionamiento de una obra desde dentro. Eso hace que haya repeticiones temáticas con estilos diversos. Creo que ha llegado ya la hora en que puedo decir que he tocado todas las líneas maestras."

Pese a su juventud, Sirera ha escrito más de treinta obras de teatro, algunas en compañía de su hermano José Luis. Esta vasta producción puede ser clasificada en varios bloques. De una parte, la recuperación del "sainete valenciano" con obras como *Homenaje a Florentí Montfort*. De otra, lo que Manuel Molíns ha llamado "teatro de la otra memoria": textos de tendencia histórico-naturalista como *El brunzir de les abelles* (con José Luis), *El còlera dels déus* o *El capresvre del tròpic*. En tercer lugar, una serie de comedias relacionadas con la vida en pareja; el texto más representativo es *La primera de la clase*. Finalmente, las obras donde se considera el tiempo como un hecho continuo y subjetivo: *Arnau, Plany en la mort d'Enric Ribera, Memòria general de activitats, Cavalls de mar, Indian Summer*.

El veneno del teatro empezó a funcionar en escena inmediatamente después de que Rodolf la terminara. El grupo de teatro ilicitano La Carátula la montó para el Festival de Sitges en 1979, y en 1983 el Centro Dramático Nacional la programó en el María Guerrero, con dirección escénica de Emilio Hernández y con dos grandes actores que obtuvieron todo el lucimiento personal que el texto contenía: José María Rodero y Manuel Galiana. El éxito de la obra, con el aforo del teatro trastocado —la escena en la sala y viceversa—, hizo que hubiese que reponerla poco más tarde, en 1985.

El veneno del teatro —ha señalado Benet i Jornet en el prólogo a la versión catalana— es, sobre todo, una investigación. Un refinado diálogo dramático al modo ilustrado sobre vida y arte, ficción y realidad... sobre las posibilidades del hombre de distinguir entre lo primero y lo segundo. El punto de partida es la eterna polémica que rodea el oficio, la naturaleza misma del actor. ¿Debe éste identificarse con el personaje que encarna y experimentar en sus propias carnes sus sensaciones y sus sentimientos? O, por el contrario, ¿debe el actor desarrollar una técnica de interpretación capaz de transmitir al público lo que el personaje vive y siente, evitando, sin embargo, cualquier tipo de identificación, ya que esto iría en detrimento del efecto final en el público? A partir de aquí, Sirera pondrá en marcha un riquísimo juego de oposiciones, de interinfluencias teóricas que acabarán con la identificación total entre ficción y realidad: la paradójica muerte efectiva de un actor en escena.

Dos personajes nada más: un Marqués fácilmente identificable con el mítico Sade, deseoso de experimentar sus cínicas teorías y que hace suya la consabida oposición entre vicio y virtud, trasladándola al teatro en términos de autenticidad y transgresión. "El teatro no tiene que ser ficción, ni arte, ni técnica. El teatro tiene que ser sentimiento, emoción... y, por encima de cualquier otra cosa, el placer de transgredir las normas establecidas...

Hemos de poner en el escenario todas nuestras miserias..." Frente a él, un actor de la época, Gabriel de Beaumont, pusilánime, débil de carácter, servil hacia el poderoso —arquetipo del actor de todos los tiempos—, advenedizo socialmente, que servirá sin saberlo, como la Justine de Sade, para producir un enorme placer —en este caso intelectual— al cínico Marqués.

Junto a ellos, una casaca de criado, unas botellas de vino, un escenario de cartón piedra, un antídoto del veneno, un reloj de arena y una magistral habilidad para distribuir todo esto por un sencillo entramado de engaños y transformaciones (el gran instrumento del teatro) son suficientes para construir la pieza probablemente más lograda de Sirera desde el punto de vista de su construcción. Un angustioso "crescendo" dramático apoyado en mínimos golpes de efecto que culminará con la muerte efectiva de alguien que ha fingido morir cientos de veces. Como en los mejores films de suspense —a los que esta obra no es en absoluto ajena— la atmósfera se va cargando paulatinamente de sospecha y temor a medida que vamos descubriendo, con Gabriel, que la posibilidad teórica del cínico aristócrata metido a científico se desliza, con todo su sadismo, al campo de los experimentos: el actor acaba, como un conejo de Indias, enjaulado, ilustrando la muerte.

Un "crescendo" dramático que se articula en tres grandes bloques. En el primero, desde el inicio hasta que se descubre que el Marqués fingía ser el criado, Gabriel adopta la actitud arrogante, segura, de quien se sabe superior socialmente. El segundo bloque llega hasta que Gabriel sabe que ha ingerido un veneno mortal. La sensación de opresión y amenaza (la puerta está cerrada por fuera) se refuerza con la inferioridad social de Gabriel —de la que es bien consciente— frente al poderoso Marqués. La tercera etapa está dominada por el terror de Gabriel, que lucha —con sus pobres armas: el teatro—

contra la muerte y al final pierde. Tres estados de ánimo, tres partes de un mismo proceso que conduce a la muerte.

A partir de esta excelente estructura teatral, Sirera despliega toda una serie de escurridizos conceptos teóricos llenos de sabrosas reflexiones sobre ficción, vida, realidad, convención (social y teatral), etcétera. Espejos —escribe—, siempre espejos; una puerta que da paso a otra puerta; cajitas cuidadosamente embutidas una dentro de otra, y otra más, hasta llegar al último volumen, o, quizá, la nada. La doble lectura del título (una real, el veneno desencadena el fatal desenlace, y otra metafórica, la pasión venenosa de hacer teatro) es la pauta, y el primer ejemplo lo tenemos en la época en la que está situada la acción dramática. A menudo Sirera utiliza el recurso de situar problemáticas actuales en marcos históricos bien alejados temporalmente. Es una denuncia indirecta y se invita al espectador a sus propias deducciones.

En el caso de *El veneno del teatro* aparentemente no hay una protesta que pueda concretarse más allá de las relaciones entre opresor-oprimido y su reflejo en una tenue preocupación por la lucha de clases. Creo yo, sin embargo, y esto es algo que avanzo como pura hipótesis, que Sirera deja abierto un temor, el temor del hombre de teatro en manos del poder. Escrita en 1978, en pleno desmantelamiento de las estructuras de control franquista, *El veneno del teatro,* parece preguntarse cuál va a ser el papel del teatro en adelante, en manos de los nuevos "marqueses", de quienes indefectiblemente, desde que existe, depende. En este sentido es tal vez como adquiere todo su valor la nota inicial en la que Sirera advierte: "Los personajes de esta historia son totalmente imaginarios. La fecha de localización de la obra acentúa la imposibilidad de identificación".

¡Es justo lo contrario! El Marqués Sirera nos ha tendido una nueva trampa: la fecha de localización es precisamente lo que hace muy posible la identificación de todo el entramado "simbólico" con el que Sirera denuncia la explotación del hombre por sus semejantes y la precariedad absoluta del teatro en manos del poder: en 1784 muere Diderot, muere el gran teórico del teatro ilustrado, muere, por tanto, la posibilidad del oficio teatral de ser autónomo gracias a su técnica. Los personajes, por tanto, no son imaginarios. Son tan reales que llegan a ser, en manos de Sirera, arquetípicos.

En *El veneno del teatro* nada está dejado al azar, todo adquiere una significación múltiple: la muerte de Gabriel contiene otras muertes. Gabriel muere tres veces: dos de forma fingida, "interpretando la muerte de otro"; una efectiva, la suya, que Sirera intencionadamente deja fuera de la representación, simplemente la anuncia. Cada una de estas muertes significa una forma distinta de representar y una muerte de naturaleza distinta. En la primera representación de la obra del Marqués, Gabriel representa como él sabe, de acuerdo con la técnica que tanto éxito le ha dado. Su fracaso ante el Marqués implica una muerte simbólica: la de Diderot. El fracaso de Gabriel en su primer intento es la muerte de la técnica, es la muerte —por usar una expresión de Nieva— de la "teatralidad".

La segunda representación es una muerte histórica. Gabriel la realiza convencido de que ha ingerido un veneno mortal. El resultado es sensiblemente diferente. "Me descubro ante vuesto valor", dirá el Marqués. La identificación Gabriel-Sócrates es total. Sócrates ha ingerido su cicuta y se dispone a morir. Como lo hará Gabriel minutos después de bajar el telón, cuando realice la tercera, suprema e irrepetible, representación de la muerte.

En cuanto al Marqués y a sus ideas sobre el teatro, Sirera provoca una nueva paradoja. Reniega constantemente de las ideas de Diderot, las condena explícitamente. Sin embargo, el Marqués "finge", se distancia cerebralmente del personaje que representa, precisamente como Diderot enseña. Por dos veces, el Marqués hace una impecable representación al modo diderotiano: cuando encarna al criado, hace gala constante de su erudición, impropia de un criado. El Marqués representa al criado de una forma tan sólo exterior (el traje, los modales, la voz); lo demás es del Marqués, que "no se identifica" jamás con su criado.

Pero, sobre todo, esto se advierte al final de la obra, cuando el terror de Gabriel se encuentra con la frialdad de alguien que tiene todo pensado hasta en los más mínimos detalles, que ha ensayado cada uno de los movimientos y los realiza con parsimonia, casi como un rito. La pregunta en el aire es: ¿habría podido Gabriel, de ser un verdadero hijo de Diderot, representar de tal forma la muerte de Sócrates que el Marqués la hubiese tomado por su propia muerte? ¿Cuál de los dos ha entendido realmente a Diderot?

Detrás de todo hay otra amarga paradoja que subsiste en la fructífera relación de amor y odio de Sirera con el teatro. Si, como dice el Marqués, que es quien triunfa, las mejores actuaciones son aquellas en las que el actor experimenta en sus propias carnes lo que le sucede al personaje, entonces no hay escapatoria: el teatro no existe, cada actuación es un asesinato. "Vais a acabar por hacerme decir tonterías. Si me hubiera estado muriendo me habría muerto y ahora no podría hacer teatro... (Gabriel, sorprendido de su propio razonamiento)."

RODOLF SIRERA

Nace en Valencia el 26 de marzo de 1948. Codirector del Teatro Principal de Valencia de 1979 a 1981; director de los Teatros de la Diputación de Valencia de 1981 a 1984; jefe del Servicio de Música, Teatro y Cinematografía de la Generalidad Valenciana de 1984 a 1988; en 1990 ha sido nombrado gerente delegado del Teatro Principal de Valencia. Ha obtenido numerosos premios.

TEATRO

La pau (retorna a Atenes). Editada en Edicions 62 (seis ediciones).

Homenatge a Florentí Montfort*. Editada en Edicions 62, 1972 y 1983.

Plany en la mort d'Enric Ribera. Editada en Pipirijaina, 1974, y Edicions 62, 1982. Estrenada en el Festival de Sitges, 1977, dirección de Joan Ollé.

Tres farses populars sobre l'astúcia. Editada en Tres i Quatre Teatre, 1987.

Tres variacions sobre el joc del mirall. Editada en Edicions 62, 1977.

El brunzir de les abelles*. Editada en Tres i Quatre Teatre, 1976, y Edicions 62, 1983.

Memòria general d'activitats. Editada en Edicions 62, 1978.

El còlera dels déus*. Editada en Tres i Quatre Teatre, 1979.

El capvespre del tròpic*. Editada en Tres i Quatre Teatre, 1980. Estrenada en TVE, en 1983, con dirección de Orestes Lara.

Arnau. Editada por el Institut del Teatre de Barcelona, 1984. Estrenada en la Sala Escalante de València, 1983, dirección de Antoni Tordera.

El verí del teatre. Editada en Edicions 62, 1978 (dos ediciones, juntamente con *L'assassinat del doctor Moraleda*). Editada en castellano en Preyson, 1985. Estrenada en TVE, en 1978, con dirección de Mercé Vilaret, y en 1983, en castellano, por el Centro Dramático Nacional en el Teatro María Guerrero, bajo la dirección de Emilio Hernández.

Bloody Mary Show. Editada en Edicions 62, 1980. Estrenada en 1983, por el Grup l'Horta de Valencia, dirección de Juli Leal. Estrenada en castellano en 1988, por el grupo Bojiganga de Jaén.

El Príncep, Històries de desconeguts. Editada en Edicions 62, 1986.

La primera de la classe. Editada en Edicions 62, 1985. Estrenada en el Teatro Valencia Cinema, Valencia, 1986, bajo la dirección de Juli Leal.

Funció de gala. Editada en Tres i Quatre Teatre, 1987. Estrenada por el Centre Dramàtic de la Generalitat Valenciana, Teatro Rialto, Valencia, 1990, con dirección de Juli Leal.

Cavalls de mar*. Editada en Edicions 62, 1988.

Indian summer. Editada en Bromera, 1989, y en castellano, en Nuevo Teatro Español, 1991. Estrenada en el Teatre Romea, Barcelona, 1991, bajo la dirección de Guillermo Heras.

---

* Obras escritas en colaboración con Josep Lluís Sirera.

RODOLF SIRERA

El veneno del teatro

Versión castellana de
JOSÉ MARÍA RODRÍGUEZ MÉNDEZ

"¿Qué habría que hacer para dejar satisfechos a tan exigentes jueces?
(...) Unicamente, alejarnos de las cosas naturales, para dejarnos caer
en los brazos de las extraordinarias..."

(Jean Racine, prefacio de *Britannicus*)
(A Joan Brossa)

PERSONAJES

GABRIEL DE BEAMUMONT, Comediante.
EL SEÑOR MARQUÉS DE...

Los personajes de esta historia son totalmente imaginarios. La fecha de localización de la obra acentúa la imposibilidad de identificación.

ACTO ÚNICO

París, 1784. Salón recibimiento en un palacio rococó. Muebles según el gusto y estilo de la época. Una parte del foro forma chaflán y está enmarcada por una especie de gran arco practicable cubierto por cortinajes. El resto del foro muestra un gran ventanal enrejado a través de cuyas vidrieras se observa el progreso inexorable del crepúsculo. A derecha e izquierda, dos puertas cerradas. Sentado en una butaca, Gabriel de Beaumont espera ser recibido por el señor Marqués de... Un criado, de andares inseguros, va encendiendo con gran parsimonia los candelabros.

GABRIEL. *(Habla con voz poderosa luego de una larga pausa.)* El señor Marqués ha debido, probablemente, olvidarse de mi presencia... *(El criado no contesta. Silencio, Gabriel insiste en tono indiferente.)* ¿Le has recordado, por favor, que estoy esperando que me reciba... (Pausa. breve)* hace ya casi una hora? *(Ante el mutismo del otro, se finge ofendido.)* Además, no es que sea yo particularmente el interesado en esta entrevista... El señor Marqués, él mismo... *(Se detiene inseguro. Con nuevos ánimos),* sí, el propio Marqués fue el que me citó... ¿No lo sabías? Ayer, en el entreacto de la función, me envió un mensaje: "Desearía hablar unos minutos con el señor Gabriel de Beaumont, comediante..." Sin embargo, amigo mío, un actor de mi fama está siempre ocupado. Hoy tenía que leer varias obras... *(Se oyen las seis campanadas de un lejano reloj. Gabriel se siente cada vez más molesto.)* Bueno, ya está bien. Me estás poniendo... nervioso... Pareces un fantasma con tanto ir y venir de acá para allá.

¿Es que crees que va a importarme mucho si enciendes veinte o cuarenta candelabros? Te puedes ahorrar ese trabajo por mí. Me marcho. *(Se levanta.)* Evidentemente, esto es una broma. Lo veo bien claro. El señor Marqués no me va a recibir hoy y yo tengo aún mucho que hacer...

CRIADO. *(En tono neutro y sin dejar su trabajo.)* El señor Marqués os ruega que le perdonéis. Estará con vos dentro de un momento...

GABRIEL. *(Sarcástico.)* ¡Vaya por Dios!... Resulta que tienes lengua. Había llegado a pensar, por un momento, que no eras un ser humano, sino una estatua móvil...

CRIADO. El señor Marqués desea que vuestra estancia en su casa os resulte placentera y que no os disguste...

GABRIEL. *(Dudoso.)* No es que me disguste... especialmente... Esta cámara resulta acogedora, pero...

CRIADO. Con el permiso vuestro... *(Prepara una mesita baja con servicio de bebidas y copas, que saca de detrás de una de las puertas laterales y resulta ser la de un armario empotrado.)* El señor Marqués me encarga que os diga que podéis disponer de todo como os venga en gana...

GABRIEL. No me apetece nada, muchas gracias...

CRIADO. *(Como si no hubiera oído nada.)* Particularmente, yo me atrevería a aconsejaros este vino de Chipre... Se trata de un licor apreciadísimo y de un sabor exótico... *(Y le sirve una copa que Gabriel se ve obligado a tomar.)*

GABRIEL. Está bien, está bien... *(Se la traga de un golpe con deseo de acabar la conversación. No puede impedir un gesto de desagrado.)* Pero deberías decirle a tu amo que me sentiría aún más honrado si pudiera contar enseguida con su presencia. ¿Me has comprendido?

CRIADO. Se lo comunicaré al señor Marqués... *(Y sigue sin moverse.)*

GABRIEL. Pero si te quedas ahí como un pasmarote no sé cómo vas a transmitirle mis palabras. *(Molesto de nuevo.)* Por favor. Haz lo que ordeno.

CRIADO. *(Le sirve otra copa.)* El señor Marqués no necesita de mí para saber todo lo que pasa en el interior de este palacio. *(Pausa corta.)* ¿Me aceptaría, tal vez, otra copa de este vino, señor?

GABRIEL. *(Secamente.)* Es un vino demasiado dulce para mi gusto...

CRIADO. *(Impersonal.)* Sin embargo, el señor Marqués es muy aficionado a él...

GABRIEL. *(Cediendo al fin y tomando la copa.)* Muy bien... Pero si te crees que con esta especie de delicadezas vas a apaciguarme... *(Bebe un trago y vuelve a dejar la copa sobre la mesa.)* Ya está bebida. ¿Y ahora qué? *(Acentuando su dureza.)* ¿Qué es lo que queréis más de mí todos vosotros? ¿Por qué no cumples con tu deber?

CRIADO. *(Humilde.)* Señor...

GABRIEL. Es que no me has quitado los ojos de encima desde que entré en esta cámara. ¿Te envía el señor Marqués para espiarme...?

CRIADO. *(Escandalizado.)* ¡Oh!, no, señor... *(Transición.)* Sólo que... *(Como dudoso.)* En el escenario parecéis más alto...

GABRIEL. *(Sorprendido.)* ¡Ah, vaya! *(Infatuándose inconscientemente.)* Muy sencillo: en el escenario el espectador no tiene más punto de referencia que el que nosotros queremos ofrecerle...

CRIADO. *(Suavemente.)* Y vuestra voz...

GABRIEL. *(Divertido, pese a todo.)* Resulta más vibrante y más sólida... ¿No es cierto? *(Didáctico.)* Es lógico: al hablar aquí contigo no tengo por qué preocuparme en colocarla. No existen problemas de distancia, ni de sonoridad...

CRIADO. *(Forzando su interés.)* ¿Queréis decir que cuando actuáis no sois en el escenario exactamente el mismo que en la realidad?

GABRIEL. *(Que ha ido entregándose definitivamente a la conversación.)* Naturalmente que no. Otra cosa sería imposible. De ser así nadie iba a escucharme correctamente, y tampoco conseguiría transmitir a los otros los sentimientos del personaje...

CRIADO. Me vais a perdonar la insistencia, pero es que todo lo que se relaciona con el teatro es algo que me apasiona. Habéis hablado de los sentimientos de los personajes. ¿Habéis querido decir eso, exactamente, o tal vez os referíais a vuestros propios sentimientos, que en vuestra actuación...?

GABRIEL. *(Cortando.)* No, no... Se trata de los sentimientos de los personajes en verdad, pero en cierto modo también son los míos... *(Vuelve a sentarse sin dejar de hablar.)* Quiero decir que cuando se actúa llega un momento en que no puede distinguirse dónde empieza y acaba la ficción...

CRIADO. *(Anhelante.)* Entonces, ¿es necesario sentir sinceramente lo que se expresa sobre el escenario?

GABRIEL. Tú lo has dicho: se expresa aquello que se siente.

CRIADO. Pero, por el contrario, vos mismo acabáis de afirmar que es necesario recurrir a determinadas maneras de hablar... la correcta colocación de la voz... Eso resulta convencional. Y, además, ¿cómo participar sinceramente de los sentimientos de un personaje de Racine, pongamos por caso, cuando Racine, como todos los clásicos, se expresa en verso, de una forma que, según mi pobre entender, no es nada natural y mediante un vocabulario que, por otra parte, tampoco es un vocabulario de uso corriente?...

GABRIEL. *(Divertido.)* Me has salido filósofo como el señor Diderot. *(Ríe.)* No, amigo mío, tales disquisiciones no se corresponden demasiado bien con tu categoría social...

CRIADO. Perdonadme la osadía, señor, pero las categorías sociales no dejan de ser una convención como tantas otras cosas...

GABRIEL. ¡Ah, no!, eso si que no es cierto. Tu Marqués, por ejemplo, detenta un poder... Goza de un poder efectivo y real... Ese poder —y tú debes de saberlo, indudablemente mejor que yo mismo— no es que sea precisamente una... convención social...

CRIADO. Sí, pero se puede pasar de la miseria al poder, o del poder a la miseria. Los "status" sociales pueden ser invertidos...

GABRIEL. *(Sorprendido.)* Desde luego, tú debes ser uno de esos que están suscritos a escondidas a la Enciclopedia. Jamás había oído a un criado expresarse con semejante vocabulario.

CRIADO. No sé por qué os extraña, señor... Vos mismo habéis conseguido un puesto en la sociedad sin ser noble... Y lo habéis conseguido gracias a vuestro propio y exclusivo esfuerzo solamente, lo cual es bien admirable...

GABRIEL. *(Con amargura.)* Un puesto en la sociedad... *(Conteniendo un malestar repentino.)*

CRIADO. *(Solícito.)* Señor...

GABRIEL. Este vino no ha debido de caerme muy bien. No hubiera de haberlo tomado... Siempre pasa lo mismo... *(Transición.)* ¿Mi puesto en la sociedad, decías? Mi puesto en la sociedad se mantiene muy precario. Depende de mi arte y el arte depende también de los gustos de una época... Y de todas maneras, mi linaje, mi profesión se me ponen delante siempre como un muro de contención, como un guardia siempre vigilante, que me dicen: eres recibido por los reyes, te sientas a las mesas de los nobles, pero nunca podrás estar a su nivel. Siempre serás un cómico.

CRIADO. *(Emocionado.)* Un cómico... La profesión más despreciada y a la vez envidiada. Todo el mundo siente la necesidad de representar alguna vez... Quiero decir en la vida real, fuera del escenario... *(Luego de una corta pausa, como decidiéndose a hacerle una gran confesión.)* Yo mismo...

GABRIEL. *(Que no se ha dado cuenta de la excitación creciente del Criado.)* No me extraña. El trabajo de los criados lleva inexorablemente a la mentira. Ser criado significa también actuar, representar el propio papel...

CRIADO. *(Cortándolo rápido.)* No, no es eso lo que quería decir... En realidad se trata de algo más sencillo. Yo he actuado para vos, he hecho un personaje... Y vos, a pesar de vuestra experiencia, no habéis sido capaz de descubrirlo. O sea que mi actuación ha sido un éxito, y ello se ha debido fundamentalmente a que me he presentado ante vuestros ojos con la más completa y absoluta naturalidad...

GABRIEL. *(Desorientado.)* ¿Qué estás diciendo? No te entiendo...

CRIADO. Sencillamente eso: yo no soy el criado del señor Marqués. *(Lentamente y sin mirarle.)* Soy el señor Marqués... el mismo... en persona...

GABRIEL. *(Luego de una pausa. Inseguro, tratando de demostrar que no se ha creído la broma, que por otra parte le parece de dudoso gusto.)* No seas ridículo... Eso es imposible...

CRIADO. *(Sin dejar su tono humilde y discreto mantenido desde el principio.)* ¿Y por qué no? ¿Cuántas veces habéis visto al señor Marqués, o sea a mí, en vuestra vida? Tres o cuatro... cinco lo más, y siempre de lejos, con su peluca, sus trajes de gala... No... Mirad: es facilísimo; una discreta penumbra, un peinado diferente, una casaca vulgar y, sobre todo, el modo de hablar, los gestos propios de un criado. Con eso es suficiente... *(Sonríe.)* ¡Y yo, pobre de mí que creía no poder aguantar esta ficción ni un solo momento ante un profesional como vos...! ¿Pero de veras no os dísteis cuenta? Mi modo de conversar, las cosas que he dicho —y no la manera de decirlas, ¿entendéis?— la... la profundidad de mis razonamientos, la temática... Todo eso debería haber atraído vuestra atención, todo eso me delataba... Pero no... Os habéis dejado convencer sólo por la forma externa... Iba vestido de criado, luego no podía ser más que un criado... Pero el vestido siempre es un disfraz...

GABRIEL. *(Cada vez más violento.)* Con disfraz o sin él no vas a poder engañarme, si es eso lo que pretendías. Conozco bien a los de tu clase... *(Con energía.)* Llamaré a tu amo y tendremos los tres una explicación...

CRIADO. *(Muy tranquilo y con voz suavísima.)* Amigo mío, no hace falta prueba alguna... Sería mejor que confiárais en mi palabra...

GABRIEL. *(Que se ha levantado y ha ido a tirar con fuerza del cordón de la campanilla de servicio mientras el Criado seguía hablando.)* Calla...

CRIADO. *(Luego de una larga pausa.)* ¿Véis? Nadie os contesta. ¿Todavía dudáis de lo que digo?

GABRIEL. *(Volviendo a tocar tristemente la campanilla, cuyos ecos parecen perderse en las lejanas cámaras.)* Me niego a aceptarlo. Si nadie me escucha iré yo mismo en su busca. *(Avanza hacia un lateral, pero con la excitación momentánea se equivoca de lado y abre la puerta que corresponde al armario del que anteriormente el Criado sacara las bebidas. Enfurecido vuelve a cerrarlo y cruza la cámara en dirección a la otra puerta.)*

CRIADO. Eso es un armario ropero. *(Sonríe.)* Y la otra puerta, la que da al vestíbulo, está cerrada con llave...

GABRIEL. *(Al comprobarlo, se encara con el Criado.)* ¿Cerrada?...

CRIADO. Por fuera... Esas son las órdenes que he dado a mi mayordomo...

GABRIEL. *(Gritando.)* ¿Cerrada por fuera? Tú has perdido el juicio. ¡Dame la llave! *(Avanza amenazador hacia el otro.)* O me das la llave o te la quito a la fuerza. ¿Me has oído?

CRIADO. Sí, sí..., pero ya no estáis tan seguro como hace un momento... Empezáis a dudar...

GABRIEL. *(Violento.)* ¡La llave...!

CRIADO. ¡Gabriel de Beaumont...! *(El cambio en la voz del criado es tan violento que Gabriel se detiene sorprendido.)* Si yo soy el que os he dicho que soy y vos osáis levantar la mano contra mi persona amenazándome... *(Es tan duro el tono de sus palabras que la frase, aunque inacabada, impone un largo e impresionante silencio en la cámara.)*

GABRIEL. *(Rehaciéndose aunque sin la convicción de antes.)* Yo no os amenazo. Me estáis reteniendo aquí contra mi voluntad.

CRIADO. Desgraciadamente no hay testimonio que lo demuestre. *(Luego de una corta pausa y suavizando la voz.)* Pero no... No pretendo imponeros nada. Sólo pido que me escuchéis. *(Cruzando la estancia en dirección a la puerta del armario empotrado.)* Aún no estáis convencido. No me aceptáis como un Marqués, porque no voy vestido de Marqués. *(Mientras hablaba, ha abierto la puerta del armario y saca una peluca con la que sustituye la que llevaba y una casaca lujosa que cambia por la de criado.)* Pues bien, me apresuro a satisfaceros. *(Una vez vestido cierra el armario y se gira hacia Gabriel, que le contempla boquiabierto.)* ¿Qué os parece?

GABRIEL. *(Balbuceante.)* Yo... no sé... estoy desconcertado.

MARQUÉS. *(Se sienta y hace un gesto conciliador a Gabriel.)* Sentaos, por favor, amigo Gabriel... *(Gabriel se sienta como un autómata.)* Quería hablar con vos, porque tengo que haceros una proposición... referente a vuestro oficio... Por eso este juego inocente de los disfraces. Espero que me perdonéis, pero necesitaba probaros.

GABRIEL. *(Luego de una pausa y con mucha inseguridad.)* Señor Marqués... ¿Deberé llamaros así de ahora en adelante? Me perdonaréis a mí también, pues todavía tengo mis dudas. Eres tú... quiero decir, ¿sois realmente el Marqués? ¿O se trata, tal vez,

EL VENENO DEL TEATRO

de una nueva broma? Pero no... soy un estúpido. Las pruebas que acabáis de darme parecen concluyentes. Sí, en efecto, sois el Marqués. Y yo debiera haberlo adivinado desde el principio... *(Las convenciones sociales se van imponiendo paulatinamente.)* Verdaderamente me habéis impresionado... Y temo ahora no haberme comportado con la debida conveniencia desde un principio. Pero tenéis que comprenderme..., nunca podía llegar a sospechar que... vamos, quiero decir... Si os he faltado en algo...

MARQUÉS. *(Amablemente.)* ¡Oh, no! Cada cual actúa con los otros según lo que cree que son ellos... Y según el puesto que uno mismo cree ocupar —u ocupa realmente— dentro de la sociedad... ¿Estamos? Por eso, ahora que ya sabéis que soy el Marqués abandonáis vuestro tono de suficiencia... ese tono dominante, seguro, con que os dirigíais al criado. Ya no me habláis de tú, sino de vos. Ahora mismo, tal vez sin daros cuenta, comienza vuestra actuación...

GABRIEL. *(Exagerando las protestas.)* Señor... Insinuáis que... ¡Oh!, ¿cómo vais a dudar de mi sinceridad?

MARQUÉS. Si no dudo, amigo mío. Simplemente señalo un hecho del que quizá ni vos mismo llegáis a tener conciencia. *(Pausa corta.)* En la vida real, como intentaba deciros antes, actuamos... todos, siempre... Esta actuación cotidiana es, por otra parte, totalmente necesaria para la supervivencia del "status" social. Incluso para nuestra supervivencia como individuos... ¡Ah!, si tomáramos al pie de la letra las teorías de monsieur Rousseau este mundo sería un infierno. *(Habla con una cierta delectación morbosa.)* El buen salvaje... *(Pausa. Sonríe.)* No... El hombre en su estado natural no es precisamente bueno. Se manifiesta como un ser auténtico, eso sí, pero tal autenticidad, esa sinceridad, amigo Gabriel, nos mostraría lo que somos realmente. Y somos peores que las más terribles fieras de la selva... Os lo digo yo que lo sé...

GABRIEL. Sin embargo, señor Marqués... en este siglo nuestro, tan ilustrado, entre nuestros civilizados contemporáneos... se han dado casos de extrema crueldad... de personas que entregadas a sus más primarios instintos...

MARQUÉS. Claro que sí... Pero cuando yo hablaba del infierno en la tierra no lo decía en tono de repulsa... moral... ni de piadosa condena... Constataba objetivamente un hecho por el que siento, además, una cierta admiración... digamos que estética...

GABRIEL. *(Sorprendido.)* Entoces, señor Marqués, no os comprendo... ¿Cómo la transgresión puede tener... belleza?

MARQUÉS. ¡Oh!, vamos... *(Algo decepcionado.)* ¿No lo creéis así vos también? Me sorprende... Realmente, cuando interpretáis personajes depravados o asesinos, ¿no sentís en el fondo de vuestra alma una cierta envidia? Quiero decir... que durante un tiempo abandonáis la piel de las convenciones sociales, de las normas establecidas... Dejáis de ser como es debido...

GABRIEL. *(Con mucha seriedad.)* Pero es ficción...

MARQUÉS. *(Sonriendo de nuevo.)* ¡Oh, sí...! ficción... Claro... Me había olvidado... *(Pausa larga, se levanta, va a un mueble, abre el cajón y saca un libro.)* Os he llamado, porque quiero que representéis una obra mía...

GABRIEL. ¿Una obra? ¿Escribís, señor Marqués? *(Lo ha dicho muy sorprendido para resultar convincente y el Marqués le observa con curiosidad.)*

MARQUÉS. He hecho una prueba. *(Acercándose a él.)* Gabriel, estoy muy interesado en que vos la estrenéis. Yo me haré cargo de todos los gastos. Si aceptáis recibiréis una buena recompensa...

GABRIEL. Es mi profesión. *(Pausa.)* ¿Me permitís leerla?

MARQUÉS. Sí, pero... *(Se detiene de pronto sin entregarle el libro.)* He de advertiros antes que mi obra no se parece mucho a las que vos representáis. No puedo aseguraros un gran éxito...

GABRIEL. No os comprendo. El autor que escribe una obra siempre espera un éxito.

MARQUÉS. A mí no me preocupan demasiado las opiniones mundanas... *(Pausa.)* No, amigo Gabriel. Mi obra es una investigación. En ella quiero comprobar —y al mismo tiempo demostrar— mis propias teorías. Monsieur Diderot dice, de modo absoluto, que el mejor actor es aquel que permanece lo más alejado posible de su personaje. El teatro es ficción y como tal ficción la forma más adecuada de llevarla al espectador es justamente fingir de una manera cerebral. Por vuestra parte, vos os contradecís en este mismo punto. Dijistéis que la emoción os domina al representar, que vuestra personalidad se confunde con la del personaje, pero a la vez reconocéis que tal indentificación no es completa, ya que son necesarias determinadas técnicas: colocación de la voz, movimientos, etc. Yo, por mi parte, quiero defender las posiciones contrarias: las mejores actuaciones serán aquellas en las que el actor es el personaje, lo vive en toda su intensidad, hasta perder incluso la conciencia de su propia individualidad. El teatro no tiene que ser ficción, ni arte, ni técnica... El teatro tiene que ser sentimiento, emoción... y por encima de cualquier otra cosa, el placer de transgredir las normas establecidas... Hemos de poner en el escenario todas nuestras miserias, nuestras angustias, nuestros inconfesables deseos, nuestros temores, Gabriel... nuestra verdad... Todo aquello que no deseamos reconocer, ni aceptar en nuestra existencia cotidiana, eso es lo que a mí me interesa... Y quiero hombres como vos, amigo mío... hombres valientes e imaginativos, que estén dispuestos a llevarlo a término. *(Gabriel, vencido por un cansancio súbito, se ha quedado dormido. El Marqués, excitado progresivamente en su declamación, se da cuenta y se detiene. Muy suavemente y sin muestra alguna de reconvención, se acerca a Gabriel y le habla casi rozándole la oreja.)* No me escucháis...

GABRIEL. *(Se despierta agitado.)* Señor...

MARQUÉS. *(Con un extraño afecto que aumenta la turbación de Gabriel.)* Os habíais dormido, Gabriel... y no me escuchabais...

GABRIEL. *(Avergonzado y tratando de justificarse.)* Señor Marqués... yo... yo no sé cómo ha podido pasarme una cosa así... Hace un rato que siento apoderarse de mi cerebro una especie de extraña lasitud... Pero... no... es nada... Ya me siento mejor... Las consecuencias del exceso de trabajo, simplemente... Cansancio momentáneo, nada más...

MARQUÉS. *(Muy interesado.)* ¡Ah!, os sentís cansado. *(Observa su reloj.)* Entonces habrá que darse prisa, amigo mío... No nos queda mucho tiempo... *(Al hacer Gabriel el gesto de ir a coger la copa de vino que había dejado antes sobre la mesita.)* No, no bebáis de ese vino... ahora. Aumentará vuestra pesadez y necesito que os sintáis muy lúcido. *(Le sirve otra copa de botella distinta, que ofrece a Gabriel, quien se la bebe con ansia. En tono natural.)* De cualquier manera no debéis preocuparos. Se trata de un cansancio pasajero y pronto os sentiréis mejor. Vamos a hacer una prueba.

GABRIEL. ¿Una prueba? *(Molesto y herido en su orgullo profesional.)* ¿O sea que no confiáis en mi capacidad... en mi experiencia? ¿Acaso creéis que soy un principiante?

MARQUÉS. *(Melifluo.)* ¡Oh, no!, por favor... No vayáis a interpretarme equivocadamente. No me refiero a vos, sino a mi obra...

GABRIEL. *(Sin abandonar el tono anterior.)* No os comprendo...

MARQUÉS. Ya os he dicho que esta obra no es en modo alguno como esas otras que vienen a satisfacer los gustos... decadentes... de nuestra época. *(Dudando.)* Yo la he leído a menudo, incluso en alta voz, pero eso nunca es suficiente. Hay que escucharla desde fuera... saliendo de vuestros labios... encarnándose en vuestra persona... *(El Marqués descorre las cortinas de la gran arcada que forma el chaflán del foro y queda al descubierto una especie de ábside con ventanitas enrejadas y sin puerta alguna. Los muros son de piedra basta. Parece un decorado "de teatro" para una prisión medieval. En el centro de este espacio y como único mobiliario hay un sillón con respaldo y brazos, de piedra también, que recuerda un trono regio.)* Mirad... os tengo preparado el escenario idóneo...

GABRIEL. Pero... ¡yo no puedo...! No puedo interpretar así para vos... sin conocer la obra... sin ensayarla... Tendría que leerla antes e intentar comprender la acción, los personajes... *(Como el Marqués no le contesta, porque está encendiendo las luces del escenario, Gabriel, progresivamente nervioso, se acerca al proscenio del pequeño teatro.)* Explicadme al menos de qué se trata... el tema, la situación, el argumento... algo...

MARQUÉS. *(Sin dejar su tarea.)* ¿Creéis que eso tiene realmente importancia?... *(Girándose y abandonando su trabajo hasta dar frente a Gabriel, con voz suave.)* Está bien... Es una adaptación libre de la vida de Sócrates, según la apología de Jenofonte. Pero, no sé cómo decirlo, la historia no me interesa mucho... Podría haber escrito sobre cualquier otro personaje, o sobre cualquier otra situación que se me hubiera ocurrido...

GABRIEL. Pero Sócrates...

MARQUÉS. *(Bajando al escenario.)* Sócrates es un pretexto, amigo Gabriel. En realidad no se trata de su vida... sino de su muerte. El proceso de su muerte *(insistiéndole),* eso es lo que he querido estudiar...

GABRIEL. *(Con cierto escepticismo.)* ¿Su muerte? Entonces, la psicología... Todos los hechos históricos que conocemos...

MARQUÉS. *(Satisfecho.)* Vos lo habéis dicho: que conocemos. Así que si ya los conocemos se pueden dejar a un lado. *(Sonríe.)* Y eso de la psicología, ¡bah!, no son más que entelequias filosóficas... No... Lo único que no sabemos de Sócrates —ni de tantos otros personajes— es precisamente eso, su muerte. No me refiero al hecho de que murieran, naturalmente... ni al modo cómo murieron —al modo, no a la causa, ¿entendéis?— sino su muerte, su propia muerte, el proceso de su muerte, repito... Morir con ellos.. No verles cómo se mueren, sino sentir con ellos su muerte... y nuestra propia muerte...

GABRIEL. *(Impresionado.)* Otra vez eso de sentir...

MARQUÉS. Sí, sí, sentir. Sentir. Gabriel. Sentir sin retóricas... Participar de alguna manera en sus angustias, constatar en nuestra carne, percibir en la inteligencia, paso a paso, etapa por etapa, el inexorable avance de la destrucción...

GABRIEL. Acompañar al condenado hasta el patíbulo, ¿es eso?

MARQUÉS. No únicamente eso... Si nos fuera posible, por alguna suerte de encanto mimético, penetrar en su interioridad y verle sin dejar de ser nosotros mismos... ¡qué placer entonces, qué placer tan sublime, qué placer del conocimiento y cómo este placer se comunicaría hasta extenderse por todos los rincones y las fibras más alejadas de nuestro mísero cuerpo! Qué placer, amigo Gabriel, en una época de racionalismo y de estupidez como es esta nuestra. *(Ríe.)* Pero ya veis.... No paro de hablar... Las palabras, ¡ah, las palabras me pierden...! *(Consulta de nuevo el reloj.)* Estoy gozando antes de tiempo de unas emociones que, por lo visto, no puedo provocar siquiera en vos... *(Pausa y con aparente indiferencia.)* No me habéis dicho aún si aceptáis mi juego...

GABRIEL. *(Acabando por ceder a las extravagancias del otro con cierto cansancio.)* No llego a entenderos, señor, pero si eso os ha de hacer feliz, me siento dispuesto a representar para vos solo el fragmento de la obra que me ordenéis. Decidme, pues, lo que queréis que haga. *(Sube al escenario.)* Os advierto, sin embargo, que sin ningún tipo de preparación no creo que pueda conseguir, de entrada, unos resultados demasiado favorables, pero ya que insistís...

MARQUÉS. ¡Oh, sí, insisto, Gabriel... insisto...! *(Sube él también con rapidez al escenario observando todo con gran atención.)* Esperad. *(Satisfecho luego del examen.)* Sí, sí... todo está bien... *(Baja del escenario, coge el libro, lo abre por la página correspondiente y se acerca al proscenio, dándoselo a Gabriel.)* Me interesa particularmente esta escena...

GABRIEL. *(Desde el escenario y luego de pasar la vista rápidamente por la página del libro.)* La muerte...

MARQUÉS. Exacto...

GABRIEL. Pero..., los demás personajes...

MARQUÉS. Podemos prescindir de ellos.

GABRIEL. De acuerdo. *(Se dirige al trono de piedra.)*

MARQUÉS. No os mováis del asiento. Estáis ya sin fuerzas.

GABRIEL. *(Sentándose.)* ¿Sentado siempre?

MARQUÉS. Sí...

GABRIEL. Pero eso me va a impedir componer algunas actitudes... trágicas, digamos...

MARQUÉS. Olvidáos de eso. Se supone que estáis agonizando.

GABRIEL. Ya. *(Luego de una pausa.)* Pero...

MARQUÉS. ¿Por qué no empezáis?

GABRIEL. Estaba preguntándome...

MARQUÉS. No es momento ahora. *(Corrigiéndose.)* ¡Oh...! *(Vuelve a la cortesía.)* ¿Qué?

GABRIEL. Si tanto os obsesiona la realidad... *(Con un tono de escondido sarcasmo),* ¿no os extraña que no vaya vestido a la griega?

MARQUÉS. *(Inconscientemente.)* No. Precisamente es necesario que... *(Deteniéndose de pronto como sorprendido por sus propias palabras.)* No, por ahora no... *(Transición a un tono ligero.)* Después os lo explicaré. Ahora no me ibais a entender... *(Sonriendo)* o no me creeríais...

GABRIEL. *(Que evidentemente no entiende lo que el otro quiere decirle.)* ¡Ah...! *(Pausa larga, dudando.)* Entonces... ¿Vestido así...?

MARQUÉS. Sí, es absolutamente indispensable hacerlo así.

GABRIEL. Bien. Sois vos el que dirige esta representación.

MARQUÉS. *(Suave.)* Sí, amigo Gabriel. Soy yo, efectivamente, el que dirige.

GABRIEL. De acuerdo. ¿Me concederéis al menos unos segundos para entrar en situación?

MARQUÉS. Esperaré lo que haga falta.

GABRIEL. Gracias. *(Lee con rapidez y gran atención la página del libro que le dio el Marqués. Largo silencio. De pronto, empieza a declamar con cierta afectación.)* Decidme, amigos... Decidme vosotros, los que me acompañáis en esta terrible hora... qué es lo que esperáis de mí... qué actitud es la que me pide la historia que adopte... en mi muerte... Una actitud heroica y un rostro pleno de serenidad... Una ejemplar imagen... Pero la historia lo ignora todo sobre la muerte... sobre las muertes de los individuos... La historia desprecia los casos aislados. Generaliza. No quiere saber de síntomas, de procesos vitales... Sólo le interesan los resultados. ¿Y yo? ¿Qué es lo que soy yo dentro de ese mecanismo? Un mito solamente. Y los mitos no pueden gritar. *(Pausa. El Marqués, de forma inconsciente, empieza a negar suavemente con la cabeza, pero Gabriel, que va a poco metiéndose en escena, no llega a darse cuenta.)* Pero los que mueren son los hombres... Y los hombres mueren entre dolores, entre convulsiones, entre gritos... mueren de un modo miserable... ensucian las sábanas con vómitos de sangre y excrementos... Y tienen miedo... sobre todo, eso... tienen miedo... un miedo espantoso... no un temor religioso a lo que venga detrás... no... es un terror innominado... el concreto terror a la concreta muerte de cada uno... porque la muerte es la consagración, es la gran ceremonia del terror..., ¿lo comprendéis?

MARQUÉS. *(Repentinamente y con voz de indiferencia.)* No.

EL VENENO DEL TEATRO

GABRIEL. *(Sorprendido interrumpe la actuación. Inseguro, no sabe qué decir.)* ¿Cómo?

MARQUÉS. He dicho que no, sencillamente. Que no lo entiendo. O al menos que no lo entiendo tal como vos lo hacéis...

GABRIEL. *(Alzándose del trono, conteniendo su cólera y muy despacio.)* ¿Así que mi actuación no os gusta?

MARQUÉS. Lo que quiero decir es que vuestro modo de actuar no llega a transmitir lo que sucede al personaje. *(Convincente.)* ¿Cómo se va a comprender cuando no se puede sentir?

GABRIEL. *(Muy frío.)* Vuestra opinión sobre mi capacidad artística, señor Marqués, parece un poco particular y se contradice prácticamente con la de la inmensa mayoría del público de París. Y al hablar del público, me refiero, como es natural, a los entendidos también... *(Remarcando las palabras)* tan entendidos y tan cultos como podáis serlo vos...

MARQUÉS. *(En tono conciliador.)* Por favor, Gabriel... Escuchadme...

GABRIEL. *(Fuera de sí y bajando del pequeño escenario.)* ¿O sea que me habéis traído a vuestra casa y me habéis hecho representar esta pantomima para dejarme en ridículo? Perdonadme, pues, pero me niego a participar por más tiempo en vuestro pasatiempo. No me gusta que me insulten y el dudar de mi arte es como si me insultaran, lo mismo que supondría para vos que dudaran de vuestra nobleza.

MARQUÉS. *(Sin levantar la voz.)* No me queréis entender. Mi obra no es como las demás...

GABRIEL. *(Despectivo.)* De eso ya me he dado cuenta, aunque no veo qué relación pueda haber entre una cosa y la otra...

MARQUÉS. Una relación bien evidente: un estilo distinto obliga a un estilo nuevo para representarla.

GABRIEL. *(Con superioridad.)* ¡Ah, claro...! No os basta con el hecho de entrar a saco en el campo de la poesía dramática, sino que también vais a darme lecciones en mi oficio.

MARQUÉS. *(Con paciencia.)* Lo que yo quiero decir, simplemente, es que vos no podéis interpretar correctamente lo que nunca habéis experimentado... Lo que no habéis experimentado de modo directo y personal. Porque vos no os habéis estado muriendo nunca... de verdad...

GABRIEL. *(Con sarcasmo mal contenido.)* Si me hubiera estado muriendo me habría muerto y ahora no podría hacer teatro... *(Sorprendido de su propio razonamiento.)* Vais a acabar por hacerme decir tonterías. *(Trata de explicarse.)* Si fuera así cada vez que un actor representa la muerte de un personaje... *(Se detiene dudando entre indignarse más o soltar la carcajada.)* Vamos, por favor... ¿Me habéis tomado por un imbécil? Los muertos en el escenario cada noche resucitan al acabar la función. Las obras de teatro se repiten así un día y otro...

MARQUÉS. *(Como pensando en voz alta.)* Pero nunca será idéntica una representación a la otra... siempre habrá... pequeñas diferencias...

GABRIEL. Vos lo decís: pequeñas diferencias, nada más.

MARQUÉS. *(Animándose progresivamente conforme habla.)* Pero lo que yo quiero es hacer de mi obra un ejemplar único. Del mismo modo que son ejemplares únicos mis cuadros... mis muebles... mis trajes... *(Pasea excitado por la cámara)* y los libros... *(Señala algunos ejemplares dispuestos entre dos figurillas clásicas.)* Mis libros también... Ediciones únicas, hechas de encargo para mí, con los textos preferidos...

GABRIEL. *(Sin comprender.)* Pero eso no es posible en el teatro. Con el texto de la obra, tal vez... Pero en la representación...

MARQUÉS. *(Rápido.)* La representación también... Eso es justamente lo que me importa, la representación, Gabriel...

EL VENENO DEL TEATRO

GABRIEL. Entonces, ¿cómo íbais a guardarla? *(Divertido.)* Una representación teatral no se puede enmarcar como un cuadro ni colocarla en un estante....

MARQUÉS. Quiero guardarla aquí... *(Señala su frente.)* En la memoria...

GABRIEL. *(Se vuelve de espaldas.)* Tratándose de un capricho...

MARQUÉS. *(Con voz solemne.)* No es un capricho, sino una necesidad.

GABRIEL. *(Luego de una pausa y con tono de forzada indiferencia, a la vez que se dispone a bajar del escenario.)* Muy bien... Lo siento. Creo que yo no soy la persona indicada para satisfaceros. Tendréis que buscar otro actor capaz de conseguir el realismo que vos pretendéis. Aunque, si me permitís decirlo, dudo mucho que encontréis a alguno. Todos proceden, al fin y al cabo, de la misma escuela.

MARQUÉS. Pero yo no necesito a nadie más que a vos...

GABRIEL. *(Desconcertado.)* Pero si decíais que...

MARQUÉS. *(Molesto.)* Pero si es que no me dejáis acabar... No me dejáis acabar y casi nos hemos olvidado los dos del paso del tiempo... *(Como hablando para sí.)* El paso del tiempo... Eso puede resultar muy peligroso...

GABRIEL. ¿Peligroso? ¿Por qué razón?... No os entiendo.

MARQUÉS. ¡Oh!, ¿cómo vais a entenderme? Cada vez que yo intento entrar en materia, vos desviáis la dirección de mis pensamientos con vuestras disquisiciones académicas... y en este caso concreto, amigo mío, completamente superfluas. *(Gabriel, de pronto, parece incapaz de mantener el equilibrio. Se lleva las manos a la cabeza y ahoga un gemido. El Marqués le observa preocupado.)* ¿Qué os sucede? ¿Acaso no os encontráis bien?

GABRIEL. Estoy mareado... Siento vértigo... Es raro... Es como si mis piernas se negaran a sostenerme... Con vuestro permiso...me siento... tengo que sentarme un momento... *(Avanza torpemente hacia el trono y se sienta sin que el Marqués se conmueva ni haga intención de ayudarle.)* Me tendréis que perdonar... pero me resulta muy difícil, sí... No puedo... no puedo seguir vuestros razonamientos... con sinceridad... no recuerdo... no sé de que me estábais hablando... Lo he olvidado... De veras... yo... ahora... incluso desconozco los motivos... de este agotamiento... inesperado...

MARQUÉS. *(Con voz tranquila luego de una breve pausa.)* ¿Los motivos? Los motivos son bien sencillos. Gabriel... Los motivos están en ese vino de Chipre... y en el reloj...

GABRIEL. ¿El... vino?

MARQUÉS. *(Impacientándose.)* ¡Oh...! ¿Tendré que explicaros todo con pelos y señales como si fuérais un alumno de primer curso? He querido probaros, Gabriel, hacer una experiencia con vos.

GABRIEL. *(Comienza a reaccionar con cierto miedo.)* ¿Una experiencia... artística? ¿Es eso lo que queréis decir?

MARQUÉS. ¡Oh!, no, claro que no... Una experiencia fisiológica... aplicada a la técnica del actor.

GABRIEL. Fisiológica... *(Comprende súbitamente. Aterrado, pero sin fuerzas suficientes para levantarse del asiento.)* El vino. Eso es... ¡Oh, no! No. Dios mío, no. ¡Cómo habéis sido capaz de hacerlo!

MARQUÉS. *(Enérgico.)* Porque necesito saber.

GABRIEL. *(Presa del pánico, gritando.)* ¿Saber? Esto es lo que tenéis que saber: sois un asesino.

MARQUÉS. *(Dignamente.)* No soy un asesino. Soy un científico. La estética no es más que una ficción y yo no puedo soportar lo que no es verídico. Lo único que me interesa es el comportamiento del ser humano. Los seres humanos son cosas reales, cosas vivas y su estudio produce en mí mucho más placer que todas vuestras obras de teatro y todas vuestras sinfonías.

GABRIEL. Estáis loco. Sois un monstruo.

MARQUÉS. ¿Lo veis? Vuestro comportamiento hacia mí cambia. Ahora sí... Ahora sí que estáis asustado. Ahora sí que tenéis miedo y un miedo auténtico. Sabéis que vais a morir. Que sólo os quedan unos pocos minutos de vida... Oh, qué ocasión tan excepcional para llevar a término mi experiencia. Vais a morir del mismo modo que mi personaje. La ficción se retira vencida por la realidad. Ya no hay dos visiones del mundo, ni de las cosas. Una visión sólo, una única visión: la verdad. La verdad por encima de todos los sentimientos y de todas las convenciones sociales. La verdad, Gabriel, y eso vale toda una vida.

GABRIEL. *(Que ha conseguido difícilmente ponerse en pie, avanza unos pasos hacia la batería. Con voz ronca y totalmente descontrolado.)* Si es que voy a morir yo, antes os mataré a vos también. Consumiré en ese acto mis últimas fuerzas. Me vengaré...

MARQUÉS. *(Autoritario y sin dar un paso atrás.)* Esperad, Gabriel. Deteneos... Os propongo... un pacto...

GABRIEL. *(Indeciso aunque sin dejar de avanzar.)* No queda tiempo... Ya no hay tiempo para eso...

MARQUÉS. Sí, lo hay. *(Consultando el reloj.)* Ocho minutos exactamente.

GABRIEL. *(Deteniéndose por fin sin llegar a bajar del escenario.)* ¿Cómo decís?

MARQUÉS. La droga se está apoderando poco a poco de vuestro cuerpo... de vuestros movimientos... pero aún podréis mantener algunos momentos vuestra mente lúcida... *(Pausa corta. Con energía.)* ¿Queréis salvar vuestra vida, verdad? Pues bien. Eso dependerá sólo de vuestro ingenio... *(Saca un pequeño frasco del bolsillo y se lo enseña.)* ¿Veis este frasco? Es el antídoto.

GABRIEL. *(Nuevamente amenazador.)* Dádmelo... Si no me lo dais os mataré.

MARQUÉS. *(Tranquilamente.)* Si os atrevéis a bajar del escenario, estrellaré el frasco contra el suelo.

GABRIEL. *(Tras un largo silencio, queda sin voluntad, se deja caer al suelo vencido, llorando y presa de un ataque de histeria.)* ¡Oh, no...! No... Yo... yo no quiero morir... Os estaba engañando... No quiero morir...

MARQUÉS. *(Impasible y como si tratara de un negocio sin importancia.)* Dejad de llorar y escuchadme. ¿Vais a aceptar mis condiciones?. *(Gabriel contiene las lágrimas y sin levantarse del suelo, asiente humildemente con la cabeza.)* Pues bien: volveréis a representar para mí.

GABRIEL. *(Llorando de nuevo cobardemente.)* Representar... ¡Oh, no...! Yo... no podría...

MARQUÉS. *(Inflexible.)* Tendréis que poder...

GABRIEL. Aunque así fuera... mi actuación sería... oh... sería... *(Contiene las lágrimas)* muy mala...

MARQUÉS. Será vuestra mejor actuación, Gabriel. Si no me gusta —¿me escucháis?— si a mí no me gusta... no os daré el antídoto.

GABRIEL. *(Descubriendo en las palabras del Marqués como la última esperanza del condenado a muerte.)* ¿Me lo juráis? Quiero decir, me juráis...Me juráis que en el caso de llegar a...

MARQUÉS. *(Subrayándolo.)* Mi palabra de honor... *(Pausa corta. Vuelve a mirar el reloj.)* Os quedan seis minutos, Gabriel. Una actuación de seis minutos a cambio de vuestra vida. Y si conseguís salvarla, podéis estar seguro que pagaré por ella mucho más de todo lo que ganastéis a lo largo de vuestra carrera. Pero ya tenéis que apresuraros. Haced un esfuerzo para concentraros y disponeos a empezar inmediatamente. *(Abre el cajón de la mesita y saca un pequeño reloj de arena que coloca al lado del frasco del antídoto.)* Cuando toda esta arena haya pasado al recipiente de abajo terminará la representación y sabréis vos mismo si superásteis satisfactoriamente la prueba. *(Se sienta en una butaca junto a la mesita donde ha depositado el reloj y el frasco.)* Estoy dispuesto. *(Gabriel, luego de una pausa se alza del suelo y con paso vacilante se dirige de nuevo hacia el trono. Se sienta, coge el libro y lo observa por la hoja que está abierto, con expresión indescifrable. Al fin, Gabriel hace un gesto de asentimiento con la cabeza al Marqués, aunque sin mirarle a la cara. Éste, en tono solemne, dictamina:)* Empieza la representación. *(Entonces el Marqués, lentamente y con gestos ceremoniales, da la vuelta al reloj para que empiece a caer la arena, Gabriel, como impulsado por un resorte, da principio a la vez a su representación.)*

GABRIEL. *(Pese a su estado físico, se nota claramente que hace un gran esfuerzo de voluntad para superarse. Los nervios en tensión, se concentra en su papel tratando de matizar cada parlamento, cada palabra, dando sentido a cada movimiento de los brazos y del cuerpo. Incluso los gestos más mínimos e insignificantes están animados de un deseo salvaje de trascender las miserias presentes del actor para elevarlas a la categoría de gran rito del sacrificio, ofrendado a las implacables categorías de una suprema belleza sin afectación. Al actuar contra sí mismo, contra su propia naturaleza, sus convicciones y su experiencia artística, Gabriel se entregará en cuerpo y alma a la búsqueda de vibrantes entonaciones, llenas al mismo tiempo de humildad, y completamente alejadas del estilo retórico con que inició su primera lectura del fragmento de la obra. Habla muy lentamente, escuchando los silencios, dejándose arrastrar por su propio ritmo vital, maravillosamente compenetrado con su personaje. El Marqués, anhelante, contiene la respiración, observando con avidez el rostro del actor. Gruesas gotas de sudor comienzan a empapar la frente de los dos hombres. Cada pausa, cada palabra nueva acumula en las paredes, en los muebles, resonantes ritmos misteriosos, de presentimientos de muerte y esperanza.)* Decidme, amigos... Decidme vosotros, los que me acompañáis en esta hora terrible... qué es lo que esperáis de mí... qué actitud es la que me pide la historia que adopte... en esta mi muerte... Una actitud heroica y un rostro pleno de serenidad... Una ejemplar imagen... Pero la historia lo ignora todo sobre la muerte... Sobre las muertes de los individuos... La historia desprecia los casos aislados. Generaliza. No quiere saber de síntomas, de procesos vitales... Sólo le interesan los resultados. ¿Y yo? ¿Qué es lo que soy yo dentro de ese mecanismo? Un mito solamente. Y los mitos no pueden gritar. Pero los que mueren son los hombres... Y los hombres mueren entre dolores, entre convulsiones, entre gritos... mueren de un modo miserable... ensucian las sábanas con vómitos de sangre y excrementos... Y tienen miedo... sobre todo, eso... tienen miedo... un miedo espantoso... no un temor religioso a lo que venga detrás... no... es un terror innominado... el concreto terror a la concreta muerte de cada uno... porque la muerte es la consagración, es la gran ceremonia del terror... ¿lo comprendéis?

Al llegar aquí, Gabriel se detiene. Justamente es el mismo punto en que le interrumpió la vez primera el Marqués. Gabriel, que ha visto con pánico cómo se acercaba la réplica fatal, se siente incapaz de continuar. Las consecuencias del gran esfuerzo hecho para dominarse y actuar sin denotar su estado, empiezan a manifestarse de modo inexorable.

MARQUÉS. *(Luego de un largo silencio, ante la mirada interrogativa y angustiada de Gabriel, comprendiendo que su resistencia ha llegado al límite.)* No hace falta que sigáis. *(Pausa. Gabriel no se atreve a decir nada. Teme preguntar. El Marqués prolonga la tensión del momento hablando con gran lentitud.)* Aún no ha caído toda la arena... *(Coge el reloj y lo deja en posición horizontal sobre la mesa.)* Pero es suficiente. *(Se levanta, coge el frasco del antídoto y muy lentamente se dirige a la mesita en que está el servicio de bebidas. Oculta con su cuerpo las acciones que lleva a cabo. Ha preparado una copa de vino y con ella en la mano, pausadamente se acerca al escenario. Gabriel sigue sus movimientos con la mirada llena de avidez y al mismo tiempo de pánico. El silencio es total. El Marqués sube al escenario. Se acerca a Gabriel, le da la copa. Gabriel no dice nada. Ni se mueve. Alarga el brazo y la coge con mano trémula. Se lleva la copa a los labios. Bebe. Suspira entrecortadamente y cierra los ojos. El Marqués le coge la copa y se retira lentamente en dirección a la batería. El cuerpo de Gabriel empieza a convulsionarse rítmicamente. Está llorando. Son gemidos ahogados, suaves como los de una criatura. El Marqués baja del escenario y se queda contemplando a Gabriel con afecto.)* No lloréis. Es indigno de un hombre como vos.

GABRIEL. *(Sin mirarlo y sin poder contener las lágrimas.)* No puedo... no puedo... evitarlo... lloro de alegría...

MARQUÉS. *(Dulcemente.)* Entonces, me descubro ante vuestro valor. *(Avanza hacia el lateral del escenario, donde ha descorrido una cortina y aprieta una moldura de la pared. Suavemente y sin ruido empieza a bajar de lo alto una gran reja, que en solo unos segundos llega hasta el suelo cerrando completamente la boca del pequeño escenario.)* Sí... Sois valiente, Gabriel. Más valiente de lo que me imaginaba. Porque habéis jugado contra mí... porque os habéis arriesgado a jugar contra mí, Gabriel, y habéis perdido la partida... y aceptáis con alegría la derrota.

GABRIEL. *(Alzando la cabeza lentamente y descubriendo la reja. Sin mover un músculo, destrozado, deshecho por la tensión nerviosa e incapaz de elevar ya la voz.)* He... perdido... Vos... vos dijisteis que... Comprometísteis vuestra palabra...

MARQUÉS. *(Volviendo a su butaca. Antes de tomar asiento, girándose hacia Gabriel.)* Y la mantengo. No he dicho que vuestra actuación me haya gustado.

GABRIEL. Pero vos... ¡Oh, no...! Acabáis de darme... el antídoto...

MARQUÉS. *(Saca del bolsillo el frasquito intacto y se lo enseña a Gabriel. Tranquilamente.)* No os he dado ningún antídoto, Gabriel. Al contrario. Os acabo de envenenar.

GABRIEL. *(Incapaz de reaccionar y en voz baja.)* Pero... el vino...

MARQUÉS. Nunca os he dicho que aquel vino —el primero que bebisteis al llegar a esta casa— estuviera emponzoñado. No... Recordadlo bien... Eso fue suposición vuestra ante ciertos síntomas... *(Se sienta en la butaca.)* Era sólo una ligera droga. Una droga inofensiva, que produce cansancio y dificulta las reacciones corporales. *(Sonríe.)* Tenía que protegerme de una posible actuación violenta por vuestra parte... *(Pausa corta. Enseñándole de nuevo el frasquito.)* Si hubiérais tomado el antídoto, todos esos síntomas que os digo, habrían desaparecido en un minuto tan solo. Eso es fisiología, Gabriel. Sois vos únicamente, sólo vos, vuestra imaginación en una palabra, la que ha creado toda esa ficción visceral de agonía. El único veneno verdadero, el único veneno mortífero y contra el que, os lo juro, no hay antídoto alguno, es el que acabáis de tomar ahora mismo. *(Vuelve a sonreír y con suavidad.)* ¿Veis? En eso tampoco os he engañado. *(Mirando el reloj.)* Os dije antes que os quedaban pocos minutos de vida y eso también es cierto. La diferencia estriba en que vos creíais que el veneno estaba ya ingerido y aquellos minutos eran los que faltaban para que hiciera su efecto. Por el contrario, yo intentaba explicaros que lo que se decidía al término de ese tiempo, al final de la prueba, era sencillamente vuestra vida... o vuestra muerte, Gabriel. *(Guarda un reloj de bolsillo.)* Vuestro tiempo está acabado y ya no podéis decidir sobre vuestra existencia, ni sobre vuestros actos. La muerte os esclaviza, os ha encerrado en su fortaleza... y se ha preocupado de asegurar bien sus puertas.

GABRIEL. *(Articulando trabajosamente.)* La... reja... ¿Por qué... motivo...?

MARQUÉS. Porque de ahora en adelante el curso de vuestra agonía se vuelve peligroso. *(Se levanta y se acerca al escenario.)* Y quiero poder contemplarlo tranquilamente sin tener que preocuparme por mi seguridad.

GABRIEL. *(Agarrándose a una fútil última esperanza.)* ¿Contemplar la muerte de un ser humano.?... No... Eso no es posible... No habéis podido hacer una cosa así... Me estáis engañando de nuevo... Es un juego... una nueva mentira. *(Intenta reír con el rostro crispado por un gesto trágico.)* Queréis asustarme, nada más... Os gusta hacerme sufrir... ¿no es verdad? *(La voz acaba por traicionarlo. Llorando ya sin aliento, ahogán-*

dose y agotado.) Decídmelo, por favor... Decídme que no es verdad... decidme que estoy soñando...

MARQUÉS. *(Sin inmutarse.)* No, Gabriel... No soñáis. Desgraciadamente para vos y afortunadamente para mí. Os dije que quería conseguir de vos una actuación única. Tal vez, sin embargo, no empleo las palabras justas. No es una representación lo que vais a ofrecerme. Es una realidad. ¿Lo entendéis?, La única manera de mostrar satisfactoriamente la propia muerte —os lo dije antes en broma— es precisamente esta... muriendo de verdad...

GABRIEL. Yo... antes... representaba... Representaba el miedo... Estaba aterrado... creía estar muriendo.

MARQUÉS. ¡Oh, sí!, antes... Antes sentíais miedo, es verdad. teníais miedo, pero eso no era suficiente. Todavía os quedaba una esperanza. Jugábais contra mí. Queríais ganar. Y por eso, porque estábais jugando, aún no os sentíais perdido de modo irremediable. No estábais absolutamente perdido como lo estáis ahora. *(Ríe.)* Ah, Gabriel... Vuestro instinto de actor se ha mantenido hasta el fin. Hasta el último momento habéis continuado fingiendo un personaje. *(Gabriel suspira lastimero, la cabeza caída inanimadamente sobre el pecho.)* ¿Qué pasa? Pobre, Gabriel, dormido otra vez... Os habéis dormido al no tener otra escapatoria... Porque no queréis ver cómo vuestra vida se os va de las manos inexorablemente a cada minuto que pasa... a cada suspiro... a cada latido... a cada silencio... *(Transición. Impersonal.)* Pero no. No importa. Dentro de un momento volveréis a recuperar el conocimiento. Desaparecerán los efectos de la primera droga y volveréis a sentiros lleno de lucidez y energía, y el veneno, el veneno verdadero, empezará a actuar poco a poco sobre vuestro organismo... muy lentamente... a lo largo de unas cuantas horas y de manera muy dolorosa... Pero no anticipemos acontecimientos, amigo Gabriel. Respetemos las formas y las convenciones de nuestro arte. Vamos pues, a sentarnos. *(Vuelve a sentarse en la butaca.)* Y ahora, Gabriel, me vais a permitir que deje de hablar. Acaba de levantarse el telón. Suena una dulcísima música de invisibles violines. La escena está iluminada con la lumbre de centenares de candelabros y el actor principal vestido de ceremonia se prepara para hacer su entrada dramática. ¡Ah!, qué sublime momento el de esta espera... Qué ansiedad tan grande puede concentrarse en estos pocos segundos que preceden al primer parlamento... Pero callemos... los espectadores deben permanecer quietos en sus butacas. Debemos respetar todo el rito. Callemos. Hay que guardar silencio. Esta noche es noche de estreno y la función va a dar comienzo... ahora mismo.

Muy lentamente se apagan todas las luces del escenario hasta llegar al oscuro total.

FERMÍN CABAL

¡ESTA NOCHE, GRAN VELADA! ¡KID PEÑA CONTRA ALARCÓN, POR EL TÍTULO EUROPEO!

AMARGA METÁFORA DE LA VIDA

Domingo Ynduráin

Se estrenó *¡Esta noche, gran velada!* en Madrid, el 23 de septiembre de 1983 y debió ser escrita poco antes. La fecha es significativa porque la transición a la democracia ya se ha producido, y consolidado, el PSOE ha vencido en las elecciones de 1982 y formado el primer Gobierno socialista. Estos hechos son importantes para entender por qué Fermín Cabal no se ocupa tanto de plantear un conflicto ideológico como de establecer un problema ético en el que el engaño predomina, como medio de dominio, sobre la fuerza bruta, sobre la violencia (aunque reaparezca al final), y en el que el motor de las acciones es el dinero.

Se podría pensar, quizá, de acuerdo con lo dicho, que *¡Esta noche, gran velada!* es una obra de combate, un punto más del llamado realismo social. Pero la cosa no es exactamente así, porque los personajes que Fermín Cabal saca a escena no representan clases sociales, y el conflicto no es un enfrentamiento centrado sobre la propiedad de los medios de producción, sobre el proceso productivo, etcétera. Más bien se trata de personas, de seres individuales, representativos y típicos, por supuesto, pero en los que la vivencia sentimental es tan importante, incluso más importante, que la función que cumplen en la sociedad. Así, la victoria o la derrota es una cuestión estrictamente personal y que no coincide, sino circunstancialmente, con el triunfo o el fracaso como valores generales.

Por ello, el protagonista, Kid Peña, es un náufrago de la historia, un ser cuyo conflicto se plantea en términos éticos: la pérdida y recuperación de la dignidad personal. Dignidad que no se fundamenta en la opinión que los demás tienen del sujeto en cuestión, sino en la propia autoestima, en la opinión que el individuo tiene de sí mismo. Dado que los valores de Kid Peña no coinciden con los del grupo al que pertenece, la única salida es la interiorización del mundo, la asunción de los valores expresados y, en consecuencia, la autodestrucción, el suicidio como única manera de preservarlos.

No es necesario señalar que, para Fermín Cabal, el combate de boxeo es una alegoría de la vida. Es la antigua idea según la cual el mundo es una batalla, y la vida del hombre una pelea con los enemigos exteriores y consigo mismo. De esta manera, cuando Pío Baroja quiere dar cuenta de las vidas marginales, de los desheredados del mundo, de los vencidos, titula su trilogía "La lucha por la vida". En fechas y situación más recientes, también Ignacio Aldecoa, cuando se acerca a las vidas solitarias y marginales, para ver el interior de los individuos, titula la colección de retratos "Neutral corner" de manera emblemática. En esta dirección se sitúa la obra de Fermín Cabal, en la búsqueda del trasfondo humano que late bajo las tipificaciones. La diferencia fundamental, me parece, es que Cabal extrema la importancia y la resonancia de los elementos exteriores, la significación o importancia social de los hechos circunstanciales, al tiempo que reduce casi a la nada la catadura moral y profesional de los personajes.

Es este un contraste violento. Por un lado, *¡Esta noche, gran velada!* representa un combate en el que está en juego nada menos que el título de campeón de Europa; además, la obra se cierra con el asesinato del flamante campeón. Todo lo cual, si no responde a un planteamiento realista de los hechos, sí concuerda con la parábola moral que es la obra. Pero, por otro lado, los personajes, todos ellos, son personalidades menores, pillos, delincuentes de tres al cuarto, cuya categoría no se encuentra a la altura de las circunstancias. Así, el desequilibrio, el contraste entre lo uno y lo otro es más acusado que en las obras antes recordadas.

La consecuencia de este planteamiento es que toda la obra y todos los personajes gravitan sobre la figura del protagonista, se constituyen en circunstancias tipificadas del combate que Kid Peña libra consigo mismo. Esto significa que, tanto los hechos como las personas que intervienen en la obra están definidos desde el principio, están tipificados, y, por eso, la posibilidad de que cambien no se plantea, no hay en ellos conflicto dramático; quizás alguna variación de matiz, algún cambio de actitud, pero nada más. Sin embargo, las opciones, las alternativas se centran una y otra vez en el protagonista, que es el único personaje capaz de sufrir una transformación dramática. Sin duda que es presentado como un ser libre que puede elegir su propio camino, asumir sus opciones y cumplir su propio destino.

Claro que Kid Peña se debate para alcanzar la libertad, y claro que no domina ni por un momento el devenir de los acontecimientos. No es un héroe. Por ello, el ejercicio de la libertad le lleva a la muerte, empujado por las circunstancias y por los mecanismos que él mismo ha desencadenado. Es, pues, una víctima voluntaria.

Para subrayar esto, Fermín Cabal ha hecho que su protagonista se encuentre absolutamente solo, salvo la relativa proximidad de Sony Soplillo, más inútil que otra cosa, un pobre diablo al que nadie toma en consideración. Así, todo, la presión del manager y promotor, el abandono de su novia, su propia historia, todo le empuja hacia la degradación. En el momento de crisis, parece como si el camino elegido fuera la huida, la renuncia al combate, a la lucha metafórica y a la real por el título de Europa. El proceso es significativo, porque Kid Peña estaba decidido a entrar en el turbio juego de chanchullos y trampas que sus manipuladores le ofrecen, pero es la desilusión sentimental la que le impulsa a la huida cuyo fin, sin duda, es también la muerte, pero una muerte oscura e indigna.

En ese momento se producen una serie de alternativas en su ánimo; es un momento de vacilación y de duda. De manera irónica el nuevo desengaño sentimental a que le someten sus manipuladores es lo que le hace tomar conciencia cabal de su situación y decidirse a entablar la lucha que haga gloriosa la derrota y, quizá, libre a otra persona, o a otras, de una situación semejante a la suya: no es sólo la apuesta de Soplillo, esto es, la esperanza confiada que un pobre hombre tiene en él; es, sobre todo, ver en el otro, en Marina Marín, el mismo engaño y la misma degradación que él mismo ya había asumido. Por ello, su sacrificio puede, quizá, redimirla y librarla de la situación de esclavitud en que ella se encuentra, pero también —y esto sin duda—, puede redimirle a él mismo, puede hacerle recuperar la dignidad perdida.

Por lo que respecta a la construcción de la obra, *¡Esta noche, gran velada!* está dividida en dos actos, como corresponde a la organización argumental en dos planos. El segundo acto es sensiblemente más corto que el primero, de manera que la sensación que se produce en el espectador es la de que el ritmo se acelera, la urgencia temporal se hace acuciante, de acuerdo con las marcas temporales que puntean toda la obra hasta el clímax final, cuando el público conoce el resultado del combate, a partir de ahí, parece como si la obra se remansase, se detuviera el tiempo y cesara el movimiento frenético de los personajes: los hechos, las palabras ya no tienen importancia.

En efecto, todo está ya decidido, sólo queda esperar el inevitable resultado, las consecuencias de la victoria de Kid Peña, pero no tanto como desenlace y punto álgido de la historia, sino como una rutina que se cumple de manera mecánica. Sin duda por ello, para evitar que la obra acabe en punta haciendo que el final coincida con el asesinato del protagonista, Fermín Cabal hace que los hechos todavía continúen en una escena frustrante e inútil en la que se demuestra el absurdo de la vida, al tiempo que insiste en el engaño, el interés y la falsificación que dominan las relaciones personales. Una obra desencantada y triste, pues, en la que lo único real es el sufrimiento y la muerte.

FERMÍN CABAL

Nace en León en 1948. Ingresa en el teatro independiente a través del grupo Los Goliardos. De allí pasa a Tábano, donde trabaja como dramaturgo. Fundador, más tarde, de las Salas Cadarso y Gayo Vallecano, en el año 1978 estrenó *Tú estás loco, Briones*, que se considera su verdadero inicio como autor. Su confirmación llegará con *Vade retro!*, por el que obtiene el Premio Mayte, y su éxito definitivo con *Esta noche, gran velada*, por la que obtiene el Premio El Espectador y la Crítica.

TEATRO

Tú estás loco, Briones. Editada en Fundamentos, 1982. Estrenada en la Sala Cadarso, 1978, bajo la dirección de Femrín Cabal.

Fuiste a ver a la abuela??? Editada en Fundamentos, 1982. Estrenada en la Sala Cadarso, 1979, bajo la dirección de Ángel Ruggiero.

Vade Retro! Editada en Fundamentos, 1982. Estrenada en el Teatro María Guerrero, 1982, bajo la dirección de Ángel Ruggiero.

Esta noche, gran velada. Editada en Fundamentos, 1983. Estrenada en el Teatro Martín, 1983, bajo la dirección de Manuel Collado.

Caballito del diablo. Editada en Fundamentos, 1983. Estrenada en el Teatro del Círculo de Bellas Artes, 1985, bajo la dirección de Ángel Ruggiero.

Malandanza de Don Juan Martín. Editada por el Ayuntamiento de Madrid-Banco Exterior, 1985.

Ello dispara. Editada por Marsó-Velasco, 1991. Estrenada en la Carpa del Teatro Español, 1990, bajo la dirección de Ángel Ruggiero.

FERMÍN CABAL

¡Esta noche, gran velada!
¡Kid Peña contra Alarcón,
por el Título Europeo!

PERSONAJES

Sony Soplillo
Marcel Esparza
Kid Peña
Ángel Mateos
Marina Marín
Achúcarro

ACTO PRIMERO

Vestuario de Kid Peña. Paredes desconchadas, húmedas, recorridas por innumerables cañerías: calefacción, aire acondicionado, agua, etcétera. Frío y desolado aspecto. Fotos de boxeadores y carteles que anuncian combates ya perdidos. Un calendario atrasado de la Unión de Explosivos con una mujer morena que enseña un pecho y sostiene una escopeta y un zurrón por el que asoman conejos muertos. Varias banquetas y taburetes incómodos. Un banco de masaje. Perchas adosadas a la pared, con toallas, la bata del campeón, guantes de competición, un albornoz, un saco de tierra lleno de remiendos. Un "punchingball" de pie. La cesta de mimbre del masajista, un banco de tiras de madera. Al fondo, la ducha.
El vestuario comunica con el ring a través de un cuartito que sólo vemos cuando los actores hacen sus entradas y salidas. Una mesa baja llena de quemaduras y colillas. Sobre ella, revistas viejas y sobadas. Un tresillo desvencijado y, en lugar bien visible, un teléfono. La puerta que comunica a su vez este cuarto con el exterior queda oculta al espectador.
El vestuario comunica directamente con la calle a través de una gran puerta metálica que cierra desde dentro con un pasador rechinante. Al abrirse aparece un callejón de ladrillo sucio, angosto y lleno de restos de carteles publicitarios que se superponen unos a otros en un collage indescifrable. Grandes cubos de basura repletos de bolsas de plástico y botellas. Si fuera posible, unos gatos escarbando y huyendo cada vez que se abre el portón.

Sentado en el banco, Sony Soplillo come su bocadillo y lee el periódico. Entra Marcel Esparza.

MARCEL. Hola, Sony.

SONY. ¿Qué hay? *(Deja el periódico.)* Vaya, menos mal que llega alguien. ¿No teníamos hoy un combate?

MARCEL. No hay prisa. *(Mira su reloj.)* El Kid viene de camino con Don Ángel. ¿Está todo preparado?

SONY. Seguro, Marcel. Si ya están entrando los espectadores...

MARCEL. Tranquilo. El campeón tiene que descansar. Va a ser un combate duro.

SONY. Sí que lo va a ser. ¿Tú crees que ganará?

MARCEL. El chico está preparado.

SONY. ¿Has visto lo que dice el "As"?

MARCEL. ¿Qué dice?

SONY. Pues no lo sé muy bien, por eso te pregunto... No sé qué pasa ahora con los periodistas, pero la mitad de las palabras que ponen, no las entiendo.

MARCEL. Que no estás al día. ¿Has comprado el aceite?

SONY. Seguro, Marcel. Y traje la bata de la tintorería. Ha quedado como nueva. Mira: cada cosa en su sitio. Sólo falta el Kid.

MARCEL. No puede tardar. Estás un poco nervioso, ¿no?

SONY. Todos los días no disputa uno el título de Europa.

MARCEL. Tómatelo como un combate más. Los nervios son traicioneros. ¿De acuerdo?

Marcel le da un uno-dos cariñoso, deja su bolsa sobre el banco y cogiendo el chandal, se cambia de ropa. Sony se abstrae de nuevo con el bocadillo y el periódico.

SONY. Oye, Marcel... ¿Qué quiere decir obsoleto?

MARCEL. ¿Qué?

SONY. *(Leyendo por si acaso.)* Obsoleto. Aquí dice que el Kid es un púgil obsoleto.

MARCEL. Déjame ver. *(Coge el periódico.)*

SONY. Mira... Ahí...

MARCEL. *(Lee.)* Los pronósticos están repartidos, a pesar de que Kid Peña es un púgil obsoleto... *(Vuelve a leer la frase)* ... Ya... obsoleto... Pues verás, eso quiere decir que está en forma, ¿comprendes? Claro, ¿no ves lo que dice después?: Pues el actual campeón no está en su mejor momento, como demostró en su último combate ante el francés Dijon, al que sólo pudo ganar in extremis gracias al evidente caserismo del árbitro...

SONY. In extremis, ¿qué quiere decir?

MARCEL. Por los pelos. O sea, que si se descuida...

SONY. ¡Ah!, ¿y por qué no ponen "por los pelos"?

MARCEL. Es más fino, más... elegante... Eso es la literatura, Sony, y para eso les pagan... digo yo.

SONY. Pero si no se entiende...

MARCEL. Lo importante es que digan que puede ganar. Así, el chico se cotiza. Y eso son contratos. Tú ya me entiendes.

SONY. Pero, ¿tú crees que ganará?

MARCEL. Ya te he dicho que está bien preparado.

SONY. *(Inquieto.)* Tenían que estar aquí.

MARCEL. Dale molino. Y a fin de cuentas, ¿a ti qué te importa? Si Don Ángel dice que a tal hora, pues a tal hora, y tú y yo a callar. ¿Es así o no es así?

SONY. Seguro, Marcel... Sí que estoy un poco nervioso. Es que me he jugado un pico en una apuesta, ¿sabes? Todo lo que tenía.

MARCEL. Entonces no será mucho. Siempre andas a dos velas. ¡A ver si te administras mejor! Cómo se nota que no tienes familia... Y, ¿de qué va la apuesta? Si se puede saber...

SONY. Pues de qué va a ir... He apostado por el Kid.

MARCEL. *(Se pone en pie como un resorte.)* ¡Qué has apostado por el Kid?

SONY. Sí. Por el Kid. ¿No te parece bien?

MARCEL. Pero, Sony, eso es ilegal... ¿No sabes que las apuestas están prohibidas?

SONY. ¡Bah! Es una apuesta entre amiguetes, con los chicos de Alarcón. Ya sabes cómo son estas cosas... Después de la pesada estuvimos tomando unas cervezas y... bueno, se pusieron en plan farruco, que si tal, que si cual, que el Kid no le dura a Alarcón ni dos asaltos, que no tiene pegada... ¡Ya ves! ¡El Kid no tiene pegada! ¡Si lo sabré yo, que me tiene todas las muelas movidas de sitio!... Total, que me piqué y casi llegamos a las manos. Y allí mismo salió la apuesta. Le digo al imbécil de Morcillo, ¿no te jugarías tú unos talegos a que el Kid se sale con la suya? Y ellos venga a reír de cachondeo. Y va Morcillo y me dice: yo me juego contigo lo que sea, tarugo, que estás sonado... Siempre faltando, ya le conoces... Pero no unos talegos, ¡una pasta! Y el Santos, que es un listo, y a mí los listos... pues me dice: Mira, chico, lo tengo tan claro que te doy tres a uno si pones ahí cincuenta billetes... Digo: ¡esta es la mía! Pero no tenía más que cuarenta en la cartilla, todos los ahorros. Así que le dije que no llegaba y el imbécil me dice que es igual, que traga, y cuando estábamos a punto de ajustar, va Morcillo y se pone que se la juega él y que me da más, cuatro a uno... No veas la bronca que se armó entre ellos, que yo estaba callado mirándoles y no me lo creía. El Santos me dice que me da cinco, luego Morcillo que seis, entonces Santos dice que siete, y va Morcillo...

MARCEL. ¡Para el carro, muchacho! ¡Espera un momento! En resumidas cuentas, que te han levantado cuarenta billetes.

SONY. Bueno, me he jugado setenta.

MARCEL. ¿No dices que sólo tenías cuarenta?

SONY. Es que, viendo cómo estaban las cosas, le he pedido a Don Ángel un adelanto.

MARCEL. ¿Y te lo ha dado?

SONY. ¡Lo nunca visto! La primera vez que le saco más de cincuenta duros... Yo creo que es buena señal, Marcel, que tengo la racha...

MARCEL. Lo que tienes es una empanada.

SONY. Que no, hombre... ¿Y sabes lo que les he sacado? ¡Nueve a uno! No veas, como me salga bien, me forro.

MARCEL. Eres... eres un inconsciente... ¡Estás loco! ¡Jugarte la pasta de esa manera! Tienes que retirar esa apuesta. Diles lo que sea, que estabas borracho... ¿Quién tiene el dinero?

SONY. El tío del bar.

MARCEL. ¿Quieres que hable yo con esos cabrones? Sí, eso es... ¡Me van a oír!

SONY. ¡Que no, Marcel, tú déjame a mí! Tengo una corazonada... ¡Es que lo veo clarísimo! ¡Como nunca! Si me sale bien me ponen en casa...

MARCEL. ¡No se puede ser así! Antes de hacer una apuesta hay que estudiar el asunto... Asesorarse, escuchar atentamente a los demás... ¡Sopesar, Sony!

SONY. Yo sopeso todo lo que puedo...

MARCEL. ¿Y no has oído... ciertos rumores... comentarios...?

SONY. ¿Sobre qué?

MARCEL. Hombre, sobre la pelea... Que si el Kid está acabado, no sé...

SONY. ¿El Kid acabado? ¿El Kid acabado?... Venga, Marcel, parece mentira, ¡si está como nunca!

MARCEL. ¿Tú crees?

SONY. Seguro, Marcel. No le he visto así desde que derrotó a Sugar Galván. Y no olvides que es el único en el mundo que ha podido con el indio ese. ¡El único!

MARCEL. De eso hace años. Kid no es el de antes, y al panameño le han crecido los espolones...

SONY. ¡Que se los vaya afilando! Porque si el chico gana esta noche, tendrá que darle una oportunidad. Le estoy viendo rezar al pie de la Virgen de Panamá o lo que tengan allí, para que gane Alarcón.

MARCEL. ¿Y si pierdes?

SONY. ¿Si pierdo?

MARCEL. Sí, si pierdes... ¿Has pensado qué va a pasar?

SONY. Bueno, pues si pierdo... pierdo... Pero, ¿por qué voy a perder?

MARCEL. ¡Porque no siempre se gana!

SONY. Toma, ya lo sé... pero el que no se arriesga ese sí que pierde siempre. ¡Y si me toca me aguanto! Total, vaya novedad... no me va a pillar de sorpresa...

MARCEL. Así nunca llegarás a nada... Apuestas por la suerte en vez de confiar en tus propias fuerzas. ¿No te das cuenta?

SONY. Anda, claro. No nací ayer y ya me conozco. Demasiado bien. Por eso me la juego a la suerte. ¡Si tuviera que apostar por mí mismo, no metía ni veinte duros! *(Animándole.)* ¡Como gane te invito a una mariscada por todo lo alto! Y luego... *(Le guiña un ojo.)* ¿O tú no estás ya para esos trotes?

MARCEL. Si pierdes, te invitaré yo a ti.

SONY. ¡Qué listo! Si pierdo se me quitan las ganas para quince días. *(Voces en la puerta que comunica con el ring. Entra Kid vestido de calle con su bolsa en la mano.)* ¡Eh, ya está aquí el campeón! *(Mateos habla en la puerta con los fotógrafos. Flashes. El Kid saluda una y otra vez.)*

VOCES OFF. ¡Eh, Kid, otra más! ¡Otra! ¡Levanta el puño! ¡Sonríe! ¡Espera, otra más!

MATEOS OFF. Ya basta, chicos, el campeón tiene que vestirse, vamos, vamos... No es el momento para hacer declaraciones... Por favor...

MARCEL. Sony, prométeme una cosa. *(Sony le mira.)* Que no le dirás nada de la apuesta a Kid. *(Sony se extraña.)* ¿No querrás que salga preocupado al ring? Cuantas menos cosas tenga en la cabeza, mejor, ¿no crees?

SONY. Sí, eso sí...

MARCEL. Entonces, ¿prometido?

SONY. Seguro, Marcel. Se lo diré después del combate... Si gana.

MARCEL. Échale una mano a Don Ángel con los periodistas.

Sony va hacia el cuarto de al lado. Se cruza con el Kid que viene sonriente.

SONY. ¿Qué pasa, campeón?

KID. Hola, Sony, hola Marcel...

MATEOS OFF. Por favor, tenemos que trabajar... *(Sony llega hasta él.)* Sony, cierra la puerta... ¡Cuidado con las manos! En seguida vengo... con todo este lío he perdido a la señorita Marín...

Sony cierra la puerta y el clamor de los fotógrafos se va apagando.

MARCEL. *(Ayudando al Kid a vestirse.)* ¿Has dormido bien?

KID. No he pegado ojo.

MARCEL. ¿La cama no era buena?

KID. La cama sí. El que no debe ser bueno soy yo.

MARCEL. Eso no es verdad.

KID. Pues lo parece.

MARCEL. Sé cómo te sientes... Es duro, muy duro. Pero así vienen las cosas. ¡Qué le vamos a hacer! Anda, termina de desnudarte. Vamos justos de tiempo.

SONY. Qué más da.

MARCEL. A mal tiempo, buena cara. ¡Sony, el aceite!

El Kid se palpa las costillas con un gesto de dolor. Sony viene hacia ellos contento.

SONY. ¡Hacía tiempo que no pillábamos un hotel así, eh! Eso es buena señal. ¡Vuelves a estar arriba! Y después de esta noche, cinco estrellas... ¿Verdad, Marcel?

MARCEL. Ese aceite.

SONY. ¿Qué se siente cuando uno está a punto de ser campeón de Europa?

KID. Qué más quisiera. Pero lo veo difícil.

SONY. ¡Campeón de Europa, que te lo digo yo! Ese Alarcón es pan comido. Mira lo que dice la prensa, mira...

MARCEL. Sony, ¿quieres hacer el favor?

SONY. Espera, hombre... *(Le enseña el periódico al Kid.)* La foto es buena, ¿eh?... Y el plumilla te pone por las nubes, dice que estás obsoleto, en plena forma, ¿entiendes? Y que puedes ganar...

MARCEL. Deja al chico que termine de vestirse... ¡Y tráeme el aceite!

SONY. ¡Va! ¡Va!... Ahora te ha dado por las prisas.

Va hacia la cesta de mimbre. Marcel espera a que se haya alejado.

MARCEL. No se entera...

KID. Mejor para él. Tú déjale.

MARCEL. Descuida.

KID. ¿Has leído esto? El "As" dice que puedo ganar.

MARCEL. Podrías. Y le ganarás cuando llegue el momento. Túmbate.

KID. *(Tirando el periódico.)* Ya.

SONY. *(Viene con el aceite.)* ¿Lo ves? ¡Vas a ganar! ¡Fijo!

MARCEL. Sony, ¿por qué no vas preparando las cosas?

SONY. Ya te he dicho que está todo listo.

MARCEL. Entonces cierra la boca y cállate.

SONY. *(Dolido.)* ¿Yo? ¿Qué he hecho mal, Marcel?

MARCEL. Mareas con tanta charla. El campeón tiene que concentrarse un poco. *(Al Kid.)* Vamos con el masaje.

KID. *(A Sony.)* No te mosquees. Está un poco nervioso. *(Le guiña un ojo y se tiende sobre el banco de masaje.)*

MARCEL. ¿Vale ya, no?

SONY. O.K., O.K... *(Se sienta un poco alejado.)*

KID. *(Tumbándose.)* ¿Qué tal tiempo hace?

MARCEL. Bueno, me parece.

KID. ¿No estás seguro?

MARCEL. No soy el hombre del tiempo. Además tú eres el último que ha venido de la calle.

KID. No me he fijado... Estoy idiota.

MARCEL. ¿Por qué tienes tanto interés?

KID. Tengo aquí un punto... *(Señala una costilla.)*

MARCEL. *(Tocando.)* ¿Duele?

KID. Molesta.

MARCEL. ¿Es aquí? ¿Desde cuándo?

KID. Desde que me he levantado.

MARCEL. Respira... Debe ser una mala postura. Saldrá con el masaje... No te preocupes: esta noche no te hará falta emplearte a fondo.

KID. *(Le hace gestos de que se calle, que le puede oír Sony.)* Si no me preocupo. Es que pensé que igual iba a llover. *(Sony le hace gestos mudos.)* ¿Qué pasa, Sony?

SONY. ¿Puedo hablar?

KID. Claro.

SONY. No, que lo diga Marcel.

MARCEL. Puedes...

SONY. ¿Hablabais del tiempo?

MARCEL. Del tiempo.

SONY. Ha hecho sol.

MARCEL. Ya lo has oído.

KID. Gracias, Sony... Pues yo creo que va a llover. *(Se incorpora.)* ¿Esa puerta da a la calle? ¿Te importa que mire un momento?

MARCEL. Déjate de puertas. Cuantas menos corrientes, mejor.

KID. Un momento nada más. Por salir de dudas.

MARCEL. *(Resignado.)* Está bien. Pero ponte la bata, no te vayas a enfriar. *(Le da la bata.)*

KID. *(Poniéndosela.)* Abrir y cerrar.

El propio Marcel abre la puerta metálica. Chirrían los goznes al girar la hoja. Aparece el callejón. Huyen los gatos que buscan entre la basura. Kid y Sony dan unos pasos al frente y miran al cielo forzadísimos.

SONY. No se ve nada.

KID. Ni una estrella. Debe estar cubierto.

SONY. O no. En la ciudad nunca se ven las estrellas.

(Quedan un momento mirando al cielo.)

MARCEL. Para adentro, Kid.

(Kid entra pensativo. Sony le sigue.)

KID. Pues yo te digo que esta noche llueve. ¿Qué te apuestas?

SONY. Estoy sin blanca.

KID. ¿Van cuarenta duros?

SONY. Que no los tengo.

KID. Te los presto yo, ¿hace?

MARCEL. Dejaros de apuestas. Estamos trabajando.

SONY. Tranquilo, Flanagan. *(Al Kid.)* No puedo apostar contigo. No sería justo.

KID. ¿Por qué?

SONY. Sería juego sucio... He leído el pronóstico en el periódico y ponen un sol como una casa.

MARCEL. Túmbate, Kid. A ver si empezamos de una vez...

KID. De todas formas, si necesitas algo...

SONY. La verdad, me vendrían bien esos cuarenta duros.

KID. Eso está hecho. *(Se los da.)*

SONY. Gracias. ¡Con vuelta!

Kid se quita la bata y la entrega a Sony que la lleva hasta la percha. El campeón vuelve a tenderse en la camilla. Esparza se frota las manos.

MARCEL. Soltando, vamos... ¡Soltando!...

SONY. *(Sacando un sobre.)* ¡Ey, se me olvidaba! Me han dado esta carta para ti.

MARCEL. *(A Kid.)* ¡Quieto!... Las cartas a Don Ángel...

SONY. Es una carta urgente.

KID. ¿Qué pone en el remite?

SONY. ¡Uff! No entiendo la letra... Za... mo... ra... Viene de Zamora. ¡Será de tu novia para darte ánimos!

KID. *(Se levanta nervioso.)* Trae.

MARCEL. Deja eso ahora... Venga, túmbate...

KID. No, no, espera...

MARCEL. Trae mala suerte leer antes del combate...

KID. Es de Anita...

MARCEL. Que no la leas, te digo. Dame esa carta, Sony.

SONY. La vas a pringar toda.

MARCEL. Ponla en mi bolsa. Relájate un poco... Estás tenso... ¿qué te pasa?

KID. Te digo que va a llover. *(Se duele.)* Mi padre siempre decía: cuando duele la osamenta, es que amenaza tormenta.

MARCEL. Para ti la peseta. Va a llover. ¿Y qué? No te juegas nada.

SONY. ¡Cómo que nada! ¿Te parece poco el campeonato de Europa?

MARCEL. Deja ahí la carta y cállate un poquito. ¿Cómo te lo tengo que decir?

KID. Por favor, Marcel. Tengo que leer esa carta. *(Se levanta.)* Dámela.

MARCEL. Está bien, maldita sea. *(Se seca con la toalla. A Sony.)* A ver qué le parece esto a Don Ángel.

KID. No tiene por qué saberlo.

MARCEL. Esto no es serio. Olvidas que eres un profesional. *(Kid abre la carta, nervioso.)* Ponte la bata por lo menos... ¡Sony, la bata del campeón!

SONY. La bata, la bata... *(Le da la bata y Kid se la pone por encima de los hombros sin dejar de leer.)*

MARCEL. *(De mal humor.)* Date un poco de prisa...

Kid lee despacio. Marcel mira la hora, Sony coloca unos golpes en el "punching-ball".

KID. *(A Sony.)* ¿No te puedes estar quieto un minuto?

SONY. ¡Qué manía! *(Deja su juego y se acerca al Kid. Mira distraído la carta por encima del hombro del Kid, que al notarlo se tapa.)* Voy a echar un pito mientras, ¿vale?

MARCEL. Será lo mejor. Ponte en la puerta y si viene Don Ángel silbas... *(Sony va a salir.)* ¿Sabes silbar? *(Sony pega un silbido de carretero. Kid da un brinco.)*

KID. ¡Te quieres callar!

SONY. ¡Es Marcel, que me ha dicho que silbe!

MARCEL. Así no, burro... Disimulando... Silbas una canción...

SONY. ¿Cuál canción?

MARCEL. La que tú quieras. No me digas que no te sabes una canción...

SONY. Hombre, alguna me sé, pero así de pronto...

MARCEL. Una de Julio Iglesias...

SONY. Es muy difícil...

MARCEL. La que más te guste.

SONY. ¿Vale la de los perjúmenes?

MARCEL. Esa misma...

SONY. *(Canta.)* ¡Son tus perjúmenes mujer, los que me suliveyan, los que me suliveyan...!

Marcel empuja a Sony hacia fuera y al volver repara en el Kid que, después de leer la carta ha quedado en estado catatónico con el papel en la mano.

MARCEL. ¿Ocurre algo?

KID. *(Volviendo en sí lentamente.)* Me deja.

MARCEL. ¿Cómo que te deja? ¿Así, por las buenas?

KID. Por las buenas no, por las malas. Se va con otro. *(Se mesa los cabellos.)* Lo veía venir, Marcel. Sabía que pasaba algo... ¡Estaba seguro, seguro!

MARCEL. ¿Y por qué no le has preguntado?

KID. No me atrevía. *(Pausa larga.)* Es demasiado. ¡No puedo más! ¡Va más allá de mis fuerzas!

MARCEL. Esto te pasa por hacer lo que te da la gana. ¡Si me hubieras hecho caso y no la hubieras leído.

KID. ¡Me deja! *(Se tira al suelo lleno de rabia.)*

MARCEL. Pero, muchacho... Te deja, te deja, bueno, ¿y qué? ¡Alguna vez tenía que ser!

KID. ¡Me deja, Marcel!

MARCEL. Ya te he oído. ¿Es que no sabes decir otra cosa?

KID. Pero, ¿por qué me tiene que dejar a mí precisamente? ¿Por qué a mí?, ¿por qué?

MARCEL. ¿Y a quién va a dejar si tú eres su novio?

KID. ¿Qué voy a hacer ahora?

MARCEL. De momento, prepararte para el combate, y después ya veremos, lo que sea sonará...

KID. Pero es que yo no puedo aguantar más... ¡No puedo! ¡No puedo! *(Se levanta y arremete contra el saco de arena dándole puñetazos.)* ¡No puedo! ¡No puedo!

MARCEL. No seas loco, que te vas a hacer daño...

KID. *(Abrazándose al saco.)* ¡Ana! ¡Anita! *(Se separa y vuelve a golpear.)* ¡Hija puta! ¡Toma! ¡Tooma! ¡Tooma!

MARCEL. Dale, dale chico, uno-dos, así muy bien... esa izquierda...

KID. ¡Toma! ¡Perra! ¡Cerda! ¡Gocha! ¡Cochina! ¡Marrana! ¡Cabrona! ¡Toma!

MARCEL. Así, Kid, dale, dale, arriba y abajo, así, ¡no descuides la guardia!

SONY. *(Que ha entrado y les mira sorprendido.)* ¡Marcel!...

MARCEL. *(Sobresaltado.)* ¿Ya está aquí Don Ángel?

SONY. No, todavía no... Es que no me sale silbando... Cantada sí, pero silbando...

MARCEL. Bueno, pues la cantas... *(Al Kid, que se abraza llorando al saco.)* Eso es, muchacho, llora un poco que se te limpie el alma...

SONY. ¿Pasa algo?

MARCEL. Nada. Cosas de la vida.

SONY. ¿Malas noticias?

MARCEL. Natural. Si me hubieras dado la carta... *(Al Kid.)* Vamos, ya verás como todo se arregla...

KID. No, no se arregla... Esto no es como el boxeo...

MARCEL. La vida da muchas vueltas... Valor, Kid, si sabes aguantar, ya tendrás ocasión de meter tú el puño... Es pronto para dar el combate por perdido.

SONY. ¿Cómo perdido? ¡Tú puedes ganar! ¿No ves lo que dice la prensa?

KID. Estoy acabado... Lo veía venir...

SONY. Pero, Kid...

MARCEL. Verás qué bien te sienta el masaje... Trae el aceite, Sony... *(Kid se deja tumbar sobre la camilla.)* ¡Soltando, soltando...! ¡El aceite, Sony!

SONY. ¡Si te lo he dado! ¿Dónde lo has puesto? *(Busca el aceite.)*

KID. *(Se incorpora y toma a Marcel por el brazo y termina en su regazo.)* Es que yo la quiero... la quiero más que a mi vida... Y si ella no me quiere soy capaz de hacer cualquier cosa...

MARCEL. ¡Suéltame, chico! ¡Break! ¡Break! Vamos, un poco de calma, ¡break!, ¡coño! *(Repara en Mateos que acaba de entrar y les mira perplejo.)*

MATEOS. ¿Qué pasa aquí?

SONY. *(Repara también en Mateos y se pone a cantar de inmediato.)* ¡Son tus perjúmenes mujer, los que me suliveyan, los que me suliveyan...!

MARCEL. Cállate, Sony.

SONY. ¿No me has dicho...?

MATEOS. ¿Qué ha ocurrido, Esparza?

MARCEL. Una crisis nerviosa. El chico está un poco afectado...

MATEOS. *(Al Kid.)* ¿Cuál es el problema?

KID. Mi novia, Don Ángel...

MATEOS. ¿Es algo grave? *(Kid asiente.)* ¿Un accidente? *(Kid niega.)*

KID. Peor, mucho peor...

MATEOS. ¡Dios mío, una chica tan joven! ¿Cómo ha sido?

MARCEL. Señor Mateos... *(Mateos se vuelve a él y el Kid coge su ropa del perchero y se viste.)*

MATEOS. ¡Y tenía que ser hoy! ¡También es desgracia!

MARCEL. Verá... Ha sido todo por la carta...

MATEOS. ¿Qué carta?

MARCEL. Una que le ha entregado Sony hace un momento.

SONY. Es que era una carta urgente... certificada... Me la ha dado el conserje al llegar. Dice que la ha traído un chico en una moto.

MATEOS. ¿Y qué?

SONY. Pues eso.

MARCEL. Yo le he dicho que no se la entregara, pero no me ha hecho caso.

SONY. *(Por lo bajo.)* ¡Chivato!

MATEOS. ¿No te tengo dicho que las cartas del Kid las leo yo antes? ¡Después del combate hablaremos!

SONY. ¡Si yo no se la he dado! *(El Kid, ya vestido, se dirige a la puerta y Sony le increpa sin que los demás le atiendan.)* ¡Díselo, Kid! ¿Quién te ha dado la carta? *(El Kid sale.)*

MARCEL. El chico lo ha hecho con buena intención. Ya sabe, el pobre está un poco... *(Señala que le falta un tornillo.)*

MATEOS. Con buena intención, con buena intención... ¡El infierno está empedrado de buenas intenciones! Y al final soy yo el que se las traga con hueso... Vosotros a poner la mano y a casita... y a mí que me zurzan... Y encima le defendéis... ¿Dónde se ha metido ahora?

MARCEL. ¡Kid! *(Mira en la ducha.)*

SONY. Se ha ido.

MATEOS. ¿Qué se ha ido? ¿Por dónde?

SONY. Por la puerta.

(Salen tras Kid, Esparza y Mateos.)

MATEOS. ¡Kid, espera!

(Aparece Marina en el quicio de la puerta.)

MARINA. Está aquí, Angelón, hablando conmigo... *(La arrollan.)* ¡Jesús, qué prisas! *(Repara en Sony.)* ¡Hola, Soplillo! ¿Qué haces?

SONY. Buenas noches, señorita Marín... Aquí preparando el combate...

MARINA. ¿Qué jaleo os traéis? Porque pasa algo raro, no me lo negarás...

SONY. Nada, el Kid que ha recibido una carta y se ha puesto un poco...

(Señala el sobre que ha quedado sobre el banco y ella lo coge.)

MARINA. ¿Malas noticias? *(Extiende el papel y lo hojea.)*

SONY. Parece que sí, pero no me he enterado bien... Como me han dicho que cantara la canción...

MARINA. ¿Qué canción?

SONY. ¿La canto?

MARINA. Venga.

SONY. *(Coge aire y se dispone a cantar, pero se detiene al ver entrar a Mateos que empuja al Kid suavemente.)* Mejor luego.

MATEOS. ¿Se puede saber adónde ibas?

KID. Al hotel...

MATEOS. Al hotel, al hotel... Te voy a dar a ti hotel, ¡Venga para adentro! *(A Sony.)* Ayuda a Esparza a quitarle la ropa... ¡Aquí no, hombre, hay señoras delante! *(Sony y Marcel llevan a Kid al hueco de la ducha y le tapan con la cortina.)* Y tú, ¿qué haces aquí? ¿No te tengo dicho que no quiero que pises el vestuario? ¿Es que no te das cuenta que esto está lleno de hombres con sus vergüenzas como su madre los echó al mundo?

MARINA. No te sulfures, Angelón... Ya sabes lo que te tiene dicho el médico...

MATEOS. Entre todos me vais a sacar de quicio...

MARINA. Reconocerás que si no es por mí el chico toma las de Villadiego. Porque me he puesto en medio de la puerta a darle palique si no...

MATEOS. Perdona, cariño..., tienes razón. Por lo visto su novia ha sufrido un desdichado accidente. Me temo lo peor.

MARINA. No es para tanto.

MATEOS. ¿Y tú qué sabes?

MARINA. Lo que pone la carta.

MATEOS. ¿La has leído?

MARINA. No es tan difícil.

MATEOS. Es el colmo: ¡que siempre tenga yo que enterarme el último! ¿Y qué dice?

MARINA. Que le deja. Que le deja plantado.

MATEOS. ¡Acabáramos! ¿Y por eso me ha montado este número? ¡Me va a oír!

SONY. *(Viniendo.)* Se ha puesto a llorar, Don Ángel.

MATEOS. ¡Lo que faltaba! ¡Si se entera la prensa! Marina, cariño, hazme ahora el favor de salir un momento. Vamos a ver cómo arreglo yo esto...

Va hacia la ducha.

MARINA. No tardes, mi vida.

SONY. Adiós, señorita Marín.

MARINA. Adiós, Soplillo.

SONY. Si quiere, luego le canto la canción.

MARINA. Gracias, eres muy amable. Pero no te molestes...

SONY. Si no es molestia. Ya sabe que puede contar conmigo para lo que sea.

MARINA. Muy agradecida. Ah, ¡toma! *(Le da la carta y sale.)*

Marcel y Mateos traen al Kid, otra vez de faena, cogido por los hombros. Le ponen sobre la camilla.

MARCEL. *(A Sony que está como alelado con el bote del aceite en la mano.)* ¿Quieres darme eso de una vez?

SONY. ¿Eh? Sí, sí, toma. *(Le da la carta.)*

MARCEL. ¿Esto qué es?

SONY. La carta.

KID. ¡Mi carta! *(Se la quita a Marcel.)*

MARCEL. ¡El aceite! *(Sony le da el bote.)*

MATEOS. *(Al Kid.)* ¡Déjame ver!

KID. No. Es una carta personal.

MATEOS. ¡Pero si la han leído todos!

KID. ¿Todos? *(A Sony.)* ¿Tú también me la has leído? ¿A mí que siempre te he prestado dinero cuando me lo has pedido? ¡Devuélveme los cuarenta duros!

SONY. ¡Te lo juro, Kid, por estas, yo no he leído nada! ¡Habrá sido ese!

MARCEL. ¡Yo no he sido! ¿Me crees capaz de hacer una cosa así?

KID. Ya entiendo... *(A Mateos.)* Me quería engañar... ¡Qué mundo de mentiras! ¿Cómo puede uno fiarse de nadie?

MATEOS. Sólo trataba de ayudarte. Es mi obligación.

KID. Sé ayudarme sólo. Ya no soy un crío. Tengo dos ojos para ver cómo es la vida... Y no necesito que nadie me diga lo que tengo que hacer...

MARCEL. No digas eso... Don Ángel tiene que aconsejarte... ¡Es tu manager! Debes hacer lo que te diga. Muchacho, uno solo no va a ninguna parte.

KID. Ni solo ni mal acompañado... Esto se acabó, déjame, Sony... Me vuelvo a casa.

SONY. No puedes dejarlo ahora. Estás a punto de lograrlo...

MARCEL. *(A Mateos.)* No se lo tenga en cuenta... El chico no está bien...

MATEOS. Después de lo que he hecho por él...

MARCEL. *(Al Kid.)* Tienes que encajar el golpe. Ha sido duro, de acuerdo, pero todavía no estás en la lona... ¡Aguanta, aguanta! ¡Tú puedes hacerlo!

KID. ¿Para qué?

MARCEL. ¡Kid!

KID. ¡Ya no doy más... Entre todos me han reventado...!

SONY. No lo entiendo, de veras que no... ¿Qué es lo que te pasa?

KID. Anita me deja. Se va con un gilipollas y ni siquiera tiene el valor de decírmelo a la cara.

MARCEL. No pienses más en ella, ¡olvídala! Hay más mujeres que longanizas...

MATEOS. ¡Esparza! *(Marcel va hacia él.)*

MARCEL. ¡Dígame!

SONY. ¿Tanto duele?

KID. Mucho, Sony.

SONY. ¡Qué lástima, Kid, qué lástima! ¡Si quieres que haga algo!

KID. ¡Y qué puedes hacer! Son cosas que pasan.

MATEOS. *(A Marcel.)* Llévate a ese imbécil fuera.

MARCEL. ¿A cuál, señor Mateos?

MATEOS. A Sony. Tengo que hablar a solas con el chico.

SONY. Puedo darle una paliza a ese tío... Que sepa con quién se la juega.

KID. No vale la pena.

MARCEL. Sony, ven un momento.

SONY. *(Sin hacer caso.)* Pero tú estás jodido... Dime cómo se llama ese cabrón...

KID. No es culpa suya, hombre. Es ella la que me ha fallado.

SONY. ¿Quieres que la mate, Kid? Yo, por un amigo...

KID. Tranquilo, Sony. Hay que saber perder.

MARCEL. Vamos, no empeores las cosas...

SONY. ¿Yo?

MARCEL. Estás hurgando en la herida. *(Se lo lleva.)*

SONY. Sólo trataba de ayudar... *(Salen.)*

Quedan en silencio Kid y Mateos. Éste saca un puro. Lo enciende. Da un par de chupadas. El Kid le mira hacer.

KID. Bueno, ¿qué?

MATEOS. Es lo que yo me pregunto.

KID. Por mi parte ya está dicho. Me vuelvo a casa con mi madre.

MATEOS. *(Da un par de chupadas al puro.)* Está visto. Tienes la negra. Cuando no es una cosa es la otra. *(Da otra chupada.)* ¿Cuántas van?

KID. ¿Cuántas qué?

MATEOS. Oportunidades. ¿Sabes lo que significa esa palabra? La gente se mata por una. Miles, millones de seres en todo el mundo aguantan una perra vida agachando las orejas una y otra vez y lo único que les mantiene en pie es esa palabra con la que sueñan todas las noches bajo el cobertor. Y la mayoría palman sin haber catado esa fruta. *(Otra chupada.)* Tú, en cambio, la dejas pudrirse en la nevera. *(Pausa.)* Me equivoqué contigo, desde luego. Siempre creí que tenías madera. Desde aquel día que te vi hacer guantes con Soplillo en el gimnasio. ¿Cuánto hace de eso?... Santo cielo, todos esos años luchando por conseguirte una oportunidad y una tras otra las has dejado pasar a tu lado de la forma más estúpida...

KID. Esta vez no es culpa mía.

MATEOS. ¡Ya me dirás de quién! ¿De tu novia?

KID. Ella no tiene que ver con esto.

MATEOS. ¿Ah, no? ¿No es ella la que ha escrito esa dichosa carta?

KID. La carta es lo de menos. Con carta o sin carta, yo ya lo sabía. Esas cosas se saben sin que nadie las diga. Es como cuando peleas. Basta verle los ojos al contrario para saber si ganas o pierdes. Pero hay que atreverse a mirar. ¡Y yo no me he atrevido!

MATEOS. No estoy de acuerdo, no lo estoy en absoluto... Una pelea da muchas vueltas. Y el que está en el ring no ve las cosas como el que está fuera. Por eso le conviene escuchar las indicaciones del preparador y no hacer la guerra por su cuenta... Quizá si me contaras cómo están las cosas, yo podría...

KID. Se lo agradezco, Don Ángel, pero para mí esto es ya asunto terminado. No voy a sufrir más. Está decidido.

MATEOS. ¿Te refieres a la chica o al boxeo?

KID. A las dos cosas.

MATEOS. ¿Y qué tiene que ver lo uno con lo otro?

KID. Mucho. Todo.

MATEOS. No veo la relación.

KID. Pues la tiene. Piénselo.

MATEOS. No sé... Las chicas y el boxeo... Cómo no sea que se suda mucho... sí, y que se lleva uno buenas hostias... Pero eso es con todo, Kid, la vida es eso, sangre, sudor y hostias...

KID. Y engaño...

MATEOS. ¿Engaño?

KID. Engaño, engaño y ¡engaño!

MATEOS. Ya. Ya veo por dónde vas. Pero eso no se llama engaño.

KID. ¿Cómo se llama, entonces?

MATEOS. Táctica.

KID. ¡Ja! ¿No se engaña a la gente preparando un combate amañado?

MATEOS. Un poco de cabeza, muchacho. Esto es una velada profesional, no un juego de niños. Tú tienes que mirar por tu propio interés. ¡Deja que los demás se preocupen del suyo!

KID. ¿Y mi propio interés es regalarle el título a Alarcón?

MATEOS. Exactamente. En estos momentos es así.

KID. Pero yo puedo ganar. *(Le muestra el periódico.)* Aquí lo dice.

MATEOS. Kid, Kid, a ti no te tiene que importar lo que digan los periódicos. Te tiene que importar lo que diga yo, que soy tu manager. ¡Y yo te digo que tienes que pelear esta noche! Comprendo cómo tienes que sentirte, ha sido un golpe bajo, pero hay que sobreponerse a la adversidad y salir a pelear con Alarcón.

KID. ¡Salir a perder!

MATEOS. ¡Salir a ganar tu bolsa y la revancha! ¡Ya te he dicho que Achúcarro me lo ha prometido! Y entonces tendrás tu última oportunidad... No lo vayas a echar ahora todo por la borda. *(Kid niega.)* En cuanto a esa chica, deja que me ocupe yo del asunto... No te prometo nada, no quiero que te hagas muchas ilusiones, pero déjame a mí.. Conozco un poco el paño. O mucho me equivoco o la tendrás a tus pies antes de lo que tú crees..., para quedártela o para despreciarla, lo que más gusto te dé...

KID. ¿Cómo puede estar tan seguro?

MATEOS. Seguro no hay nada en este mundo irrazonable. Pero jugaremos lo mejor posible nuestras cartas.

KID. La mía está bien clara. *(Le enseña la carta de marras.)* ¡Me deja! ¡Se va con otro!

MATEOS. Empecemos por ahí... ¿Quién es el maromo?

KID. ¿Qué maromo?

MATEOS. El que te pone los cuernos, hablando pronto y mal.

KID. Su maganer.

MATEOS. ¿Su manager?

KID. Bueno, su representante...

MATEOS. Pero, ¿qué representante? ¿Me quieres decir para qué necesita esa chica un representante?

KID. ¡Pues para triunfar! ¡Usted ha dicho siempre que para triunfar hace falta un representante!

MATEOS. ¿Y de qué quiere triunfar tu novia?

KID. De artista, Don Ángel, como todo el mundo. Desde que ganó aquel concurso de las misses, no hay quien se lo saque de la cabeza... ¿Se acuerda del concurso que le digo?

MATEOS. ¡Humm! Miss Zamora... ¡No me voy a acordar! Me costó una buena pasta... Te costó a ti, porque el dinero era tuyo... ¡Y ahora ya ves! Lo que son las cosas...

KID. ¿Qué quiere decir con que me costó una pasta?

MATEOS. Pues eso... Gastos de promoción, relaciones públicas, que si un sobre por allá... Lo normal en estos casos.

KID. ¡Entonces usted le compró el título!

MATEOS. Lo compramos. Si lo quieres ver así.

KID. Yo no sabía nada... Yo creí... Yo creí que...

MATEOS. ¿Qué creíste?

KID. ¡Que se lo habían dado porque era la más guapa!

MATEOS. Vamos, Kid, ya tienes edad para saber que los Reyes Magos son los padres... Si fuera bizca no habría nada que hacer, pero eso no basta: el mundo está lleno de guapas. Es como las flores, todos los años salen miles y miles nuevas. ¿Quién puede decir que una es mejor que otra? Sobre todo cuando pones un montón de ellas juntas... Un montón de piernas, de culos, de tetas... Una confusión total, un mareo continuo... Ahí interviene la promoción, te lo he explicado muchas veces. Hoy día es indispensable.

KID. ¡Juego sucio! ¡Por todas partes juego sucio! ¿Por qué no me lo dijo a tiempo?

MATEOS. Por darte la sorpresa... Creí que te haría ilusión... Era un capricho un poco caro, pero yo con tal de tenerte contento...

KID. Ahora se vuelve contra mí... ¡El que la hace la paga!

MATEOS. No seas cenizo... Son gajes del oficio.

KID. Del oficio de tramposo. Me está bien empleado.

MATEOS. La verdad es que nos ha salido el tiro por la culata... No siempre se gana, Kid, tú lo sabes mejor que nadie... Y con las mujeres más aún, si te soy sincero creo que con las mujeres no se gana nunca, hagas lo que hagas... Pero, qué le vamos a hacer, parece que son imprescindibles, y hasta los más bragados terminan pasando por el aro. Pero volvamos a la realidad. O sea que a tu chica se le ha subido el éxito a la cabeza y quiere ser artista... ¿Qué clase de artista?

KID. Pues eso, del cine..., de la televisión...

MATEOS. ¿Qué sabe hacer? ¿Canta, baila?

KID. Un poco de todo...

MATEOS. Bien, muy bien... Un poco de todo es casi peor que un mucho de nada... De modo que se ha buscado un representante y el susodicho... ¡Humm! Normal... Tu novia es muy guapa, chico.

KID. Ya no es mi novia.

MATEOS. Sigue siendo igual de guapa. Ese tipo de mujeres dan muchos problemas. Un quebradero de cabeza. Requieren tiempo, mucho tiempo, hay que estar siempre encima de ellas. En cuanto te descuidas se sube otro... Es una auténtica pesadilla. Te hablo con conocimiento de causa, a mí me pasa tres cuartos de lo mismo. Como no las tengas en un puño... y en cuanto traten de levantar la cresta..., ¡zas!, ¡zas! *(Se golpea la palma de la mano con el puño.)* ¡Mano dura! ¡Sin compasión!... Pero esto ya es filosofía... *(Se tranquiliza.)* Mira, a lo mejor hasta te ha venido bien... No creo que esa chica sea la más apropiada para un campeón...

KID. Ya no soy un campeón...

MATEOS. ¡Lo serás si por una vez en tu vida me haces caso!

KID. ¡Perdiendo!

MATEOS. ¡Pensando!

Marcel aparece en el dintel de la puerta.

MARCEL. Señor Mateos...

MATEOS. ¿Qué pasa, Esparza?

MARCEL. *(Le hace señas de aparte y Mateos va hacia él.)* ¡La hora!

MATEOS. La hora, la hora... No se ganó Zamora en una hora... ¡Maldito pueblo infecto! *(Marcel le mira extrañado.)* Nada, cosas mías... Déjanos solos... Lo tengo medio convencido...

KID. Marcel... ¿Te importa preguntarme los horarios de trenes en la estación? Mira a ver si hay alguno que salga esta noche... *(Entran Marina y Sony.)*

MARCEL. Pero, Kid, el billete ya lo ha sacado Don Ángel...

MARINA. Cariño, ¿vas a tardar mucho?

MATEOS. ¡Te tengo dicho que no entres aquí!

MARINA. No seas rudo... Es que ya han empezado los combates.

MATEOS. Ya lo he oído, no estoy sordo... ¿Y qué?

MARINA. Que me lo voy a perder...

MATEOS. ¡Pues te aguantas! *(Aparte.)* Mira, Marina, este es mi bisnes, y mientras lleves puesto ese abrigo tan caro, es también el tuyo. ¿Me has entendido?

MARINA. No hace falta ser grosero.

MATEOS. ¿Me has entendido o no me has entendido?

MARINA. ¡Sí!

MATEOS. Lo del abrigo, ¿lo has entendido también? Porque va con segundas... ¡Soplillo!... ¡Llévatela!

SONY. ¿Puedo?

MARINA. ¡Estás insoportable! *(Salen Marina y Sony.)*

MARCEL. Señor Mateos, no trate así a la chica...

MATEOS. ¿Que no la trate?... ¡Mano dura, Marcel, que somos muy blandos y luego pasa lo que pasa! *(Por el Kid.)* Las cosas cuanto más claras mejor... Anda, déjame con el chico. ¡Que nadie nos interrumpa!

MARCEL. Sí, señor Mateos... *(Sale.)*

MATEOS. Mujeres, mujeres, mujeres. *(Suspira profundamente)*... ¿Dónde íbamos?

KID. Yo a mi casa, Don Ángel, con mi madre.

MATEOS. ¡No empieces otra vez con esas bobadas!

KID. No empiezo. Termino, ya se lo he dicho.

MATEOS. Entre todos me vais a volver loco. Estoy aquí tratando de hacerte reflexionar dale que te pego y tú no atiendes a razones. ¿Qué pretendes?

KID. Marcharme a mi pueblo.

MATEOS. Con tu madre, no me digas más.

KID. Con mi madre.

MATEOS. *(Haciendo un esfuerzo supremo.)* Ya. Pobre mujer. ¿Has pensado el disgusto que le vas a dar?

KID. ¿A mi madre?

MATEOS. Me parece estar viéndola: los cuchicheos de las vecinas cuando llegue a la iglesia. Mírala, mírala... ahí va... es la madre de Kid Peña... sí, mujer, el cobarde que se echó atrás cuando todo estaba preparado para el combate... Se ve que tuvo miedo.

KID. Yo no tengo miedo.

MATEOS. Claro que no. Yo te conozco y pongo por ti la mano en el fuego. Pero la gente es maliciosa, les gusta hablar, cotillear... Va a ser duro, ya lo creo... Pero no te desanimes: todo se pasa... Las cosas más terribles, cosas que le dejan a uno por los suelos, que parece que te fueran a contar la cuenta completa..., ¡de pronto se olvidan! Una mañana sale uno de casa, le da el sol de cara y ya es otro hombre. ¡Se olvida, Kid! Puedes estar seguro... Así que no te preocupes, cuando veas llorar a tu pobre madre... cuando entres en un bar y se apaguen las conversaciones, y sientas que todos los ojos se posan en ti, cuando al dar la espalda a un vecino oigas su risa por lo bajo... y sepas, Kid, que se están riendo de ti... Entonces, muchacho, aguanta más que nunca, controla tus nervios, no vayas a cometer una locura... Y sobre todo con los niños...

KID. ¿Con los niños también?

MATEOS. ¡Los peores, Kid! Prométeme que tendrás cuidado... Si un día te tiran alguna piedra o escriben insultos en las paredes de tu casa... Piensa que no es suya la culpa... ¿Qué van a hacer las criaturas? Pues repetir lo que oyen en casa. Tú dale tiempo al tiempo... También ellos crecerán, se dejarán bigote, irán a la mili, encontrarán novia, les dejará un mal día... Luego olvidarán, se echarán otra, se casarán, tendrán hijos... ¡Es un círculo, muchacho! Un círculo del que nadie escapa... Ya ves, yo por quien más lo siento es por la pobre vieja... Y eso que sólo la he visto un par de veces. ¿Has pensado ya lo que le vas a decir?

KID. ¿A mi madre? Pues... no... no sé...

MATEOS. Pues piénsalo, hombre... Imagínate la escena. Tú acabas de llegar a casa *(Le da la bolsa de deporte)*, con el equipaje en la mano. Y ella sale al viejo zaguán a recibirte... ¿Tenéis viejo zaguán, no? Siendo de pueblo... Entras y te encuentras de frente con ella. ¿Qué haces?

KID. ¿Qué hago?

MATEOS. Sí, qué haces... Yo soy tu madre.

KID. No puede ser, Don Ángel.

MATEOS. ¿Por qué no?

KID. Mi madre no fuma.

MATEOS. Es un ensayo, Kid, no te preocupes de los detalles. ¡Vamos! Llegas a casa, la ves, dejas el equipaje en el suelo... ¿Y qué le dices?

KID. Madre. Que ya he vuelto.

MATEOS. Buenas noches, hijo. *(Le besa.)*

KID. *(Ofuscado.)* ¡Don Ángel!

MATEOS. ¡Soy tu madre!

KID. Es que mi madre es viuda.

MATEOS. Bueno, ¿y qué?

KID. Que no me besa.

MATEOS. ¿Nunca?

KID. Desde que murió mi padre.

MATEOS. Está bien, olvídalo.

KID. No, si ya se me ha olvidado... Como hace tanto tiempo...

MATEOS. *(Mira el reloj preocupado.)* El tiempo, Kid, no perdona... Pero volvamos donde estábamos. Llegas de vuelta a casa. Tu madre sale a recibirte. Bien. ¿Qué le dices?

KID. Ya se me ocurrirá algo. Cualquier cosa.

MATEOS. ¡No, cualquier cosa no! ¿Cómo puedes hablar así? ¡Es tu madre!

KID. Le diré la verdad.

MATEOS. Estás loco. Pienso en esa pobre anciana y me estremezco. Ten cuidado con tus palabras. Díselo poco a poco. A su años, una impresión fuerte puede matarla. Y, entonces, ¿qué va a ser de ti?... Sin padre, sin madre, sin novia, sin manager...

KID. Mi madre comprenderá.

MATEOS. ¿Eso crees? ¡Vamos a verlo! Acabas de llegar a tu casa. Tu madre sale a recibirte. Dime hijo, ¿cómo te ha ido?

KID. Muy bien madre. He hecho lo que usted me ha dicho muchas veces que haga.

MATEOS. ¿Ah, sí? y, ¿se puede saber qué es lo que tantas veces te he dicho que hagas, Kid?

KID. Enrique, don Ángel. Mi madre me llama Enrique.

MATEOS. De acuerdo. Dime, Enrique, hijo mío, ¿qué es lo que te tengo dicho que hagas?

KID. Que deje el boxeo, madre. Usted me lo ha dicho, no diga ahora que no.

MATEOS. Pues claro que te lo he dicho, hijo, lo he dicho y lo mantengo. Porque en nuestra familia somos así: cuando decimos una cosa, dicha está. Y así me gusta que seas tú también. Y estoy segura de que así lo harás, ¿verdad, hijo?

KID. Verdad, madre.

MATEOS. Que nadie pueda decir que un García ha faltado a su palabra. Yo sé que si tú la das y te comprometes a hacer tal o cual cosa, luego no te vas a echar atrás, ¿verdad, hijo?

KID. Sí, madre.

MATEOS. ¿Pase lo que pase?

KID. Sí, madre.

MATEOS. Muy bien, hijo, estoy orgullosa de ti. Y dime, ¿cómo ha ido el combate? Porque te habías comprometido a un combate, ¿verdad?

KID. No, madre. Al combate se comprometió don Ángel.

MATEOS. Pero tú te habrías comprometido antes con él.

KID. No, madre. Yo no me he comprometido a nada. Ha sido él que siempre hace lo que le da la gana sin consultarme. Usted no se preocupe por el honor de la familia.

MATEOS. Vaya, hijo, me quitas un peso de encima. De todas formas, dime cómo ha ido el combate al que se había comprometido ese señor.

KID. No ha habido combate, madre.

MATEOS. Pero hijo, ¿cómo es eso?

KID. Que le he dicho a don Ángel que me venía para casa y que no iba a combatir.

MATEOS. Bueno, hijo, pues me da una alegría... ¿Y cómo se lo ha tomado?

KID. ¿Don Ángel?

MATEOS. Sí, don Ángel... Él, que es un padre para ti, ¿cómo se lo ha tomado?

KID. Pues, al principio mal. Digo: este me va querer hacer alguna jugarreta... Pero luego no, me ha dado unos consejos y todo...

MATEOS. Vaya, hijo, mira qué amable... Qué hombre más considerado... Para que vayas diciendo por ahí que si esto que si lo otro...

KID. Pero, madre, si ha sido usted siempre la que ha echado pestes de don Ángel... ¡Nunca le ha podido ver!

MATEOS. No exageres, si apenas nos conocemos...

KID. Eso es lo que yo le decía. Pero a usted se le atragantó en la garganta como una espina. ¿No decía que tenía cara de lagarto?

MATEOS. ¿Eso decía, eh? Pues ya ves. Ahora resulta que es un caballero. Todos no podemos decir lo mismo. Pero dime de una vez cómo has tomado esa decisión, que me tienes en ascuas.

KID. Verá... Estaba yo en el vestuario preparándome para el combate, y de pronto sentí una cosa como si la cabeza me reventara..., como si los huesos se me hicieran astillas y los sesos se me derramaran como un gazpacho... y entonces lo vi clarísimo... Digo: ¿pero qué se te ha perdido aquí, Enrique? ¡Cuánto mejor estarías en tu casa, a lo tuyo, como un señor, dando de comer a los cerdos que te has comprado, en lugar de engordar a otros!

MATEOS. Muy bien, hijo, has hecho muy bien.

KID. ¿Le parece, madre?

MATEOS. Pues claro que sí, ¿qué creías que te iba a decir?

KID. No sé, pensé que a lo mejor...

MATEOS. Nada. Me das una alegría. Sólo una cosa me preocupa. ¿Qué ha pasado con la bolsa? Porque te daban cuatrocientas mil pesetas, perdieras o ganaras...

KID. Perdiera...

MATEOS. No es ninguna tontería, hijo, ¿lo has pensado bien?

KID. Bueno, madre, como usted dice: la avaricia rompe el saco.

MATEOS. Pero también me habrás oído decir: A Dios rogando y con el mazo dando. Y, total, ya que estabas allí, cuatrocientas mil pesetas no son de despreciar... Yo, en tu lugar...

KID. ¿Ahora que nos sobra le va a dar por el dinero?

MATEOS. La verdad, Enrique, me preocupa un poco el tema, porque... digo yo, ¿qué va a pasar con la granja?

KID. Nada, madre. A trabajar y a levantarla.

MATEOS. ¿Y el embargo?

KID. ¿Qué embargo?

MATEOS. Nos embargan, hijo, ¿no lo sabías?

KID. No es posible. ¡Si tenemos pagadas todas las letras!

MATEOS. Te olvidas de lo principal, como siempre. ¿No has firmado un contrato con Don Ángel? Vaya por Dios, ¡no me digas que te habías olvidado!... Hijo mío, qué cabeza la tuya. ¿Por qué no le harás caso a las personas mayores? *(Saca un papel de la cartera y lo despliega cuidadosamente.)* Virgen Santísima, ¡qué castigo de hijos! Vamos a repasar este contrato a ver si así lo recuerdas...

KID. Don Ángel... ¡Mi madre qué sabe de contratos!

MATEOS. Tu madre sabe más que lepe. Mira esta firma, ¿de quién te crees que es? *(Se la muestra.)* Rosario García, ¿no te suena? Y esta otra de un tal Alonso, que si no me equivoco es licenciado en derecho y secretario del ayuntamiento de tu pueblo... Y encima dice que tengo cara de lagarto. Yo podría decir otras cosas y me las callo.

KID. ¡Yo esta noche no peleo, ni con contrato ni sin contrato!

MATEOS. Allá tú. Pero no me lo digas a mí, díselo a ella. Porque te lo va a preguntar, como si lo estuviera viendo. Te sacará este papel y te dirá: Enrique, hijo, ¿qué va a pasar con la cláusula sexta? *(Le indica el papel y se lo da.)* Sí, cláusula sexta... ¿No te das cuenta de que nos has buscado la ruina? Ahora ese canalla de don Ángel nos tiene en sus manos. ¡No parará hasta sacarnos la última peseta! ¡Porque lo que has hecho es muy gordo, desgraciado, imbécil, que no tienes dos dedos de frente, de buena gana te daba un par de bofetadas a ver si te espabilas!

KID. Don Ángel, que aunque sea usted mi madre...

MATEOS. ¡Te atreverías! Sinvergüenza, descastado... A mí que me lo debes todo.. Pero eso me pasa por ingenuo. *(Recoge el contrato.)* Ahora, eso sí, de esta te acuerdas, ¡te van a volar los pájaros de la cabeza!... ¿Cómo vas a tener tú un título? Si eres el fracaso que camina... ¿Cuántas veces lo has intentado? Luego te quejas de la vida y los demás. ¿Qué has puesto de tu parte? ¡Has tenido más oportunidades que nadie! ¿No te acuerdas del combate con Moracho? Con veinte años podías haber sido campeón de España... ¿Y qué hiciste?

KID. ¡Tenía un dedo roto!

MATEOS. ¡Por meterlo dónde no te llaman!

KID. ¡Si es que no salían los duros!

MATEOS. A cualquiera que se le diga que la víspera del combate se rompe un dedo con una máquina tragaperras... ¡Si es que no sé como me contengo! *(Deja el contrato sobre el banco.)*

KID. Aquello pasó y he vuelto a tener momentos buenos.

MATEOS. Para lo que te han servido... ¿Y el combate con Aldo Rotta? ¿También se te ha olvidado? ¡Ahí perdiste el título de Europa y no esta noche!

KID. No estaba en forma...

MATEOS. ¡Que no estabas en forma! ¿Te atreves a decírmelo a mí, que me pasé tres meses contigo en un maldito pueblo que no se podía ni respirar, aburrido como una ostra, sin pensar en otra cosa que no fuera tu preparación! ¡Tres podridos y cochinos meses pendiente de ti, Kid Peña, campeón de pacotilla, que en cuanto ves unas faldas de pones como una moto! ¡Qué le hiciste a la camarera del hotel? ¿Cuántas horas de tiraste con ella en la cama? ¿Diez, veinte, treinta? Pero, ¿qué te pregunto?, si no sabes contar...

KID. También fue culpa suya. Cada vez que me veía me mandaba a la cama, y claro, me aburría.

MATEOS. ¡Porque tenías mala cara! ¡Cada vez peor! Yo creí que eran los nervios... Y el italiano te dio hasta en el velo del paladar.

KID. No he tenido suerte, pero si tuviera una oportunidad, le demostraría a usted...

MATEOS. Ya no, ya no... No sueñes con el hada madrina. Ya no estás para eso, tienes razón... Vuélvete a tu pueblo a cuidar de tu madre y de tus cerdos... si es que después de esto te queda alguno... Pero, ¿cómo he podido confiar en ti?

Se sienta en el banquillo sumido en la desesperación. El contrato ha quedado sobre el asiento. El Kid se acerca y lo coge. Desdobla el papel y se pone a leerlo. Mateos le mira de reojo disimulando.

KID. Qué quiere decir: "Responderá directamente por los daños y perjuicios ocasionados a terceros".

MATEOS. Quiere decir que el que la hace la paga. En este país todavía hay leyes.

KID. Eso no es justo. Yo no le he hecho daño a nadie.

MATEOS. ¿Cómo puedes ser tan ingenuo? En primer lugar, a ti mismo.

KID. Eso es cosa mía.

MATEOS. ¿Y yo no cuento? ¿Qué crees que va a pasar conmigo ahora? Me he comprometido con Achúcarro. Y se han hecho gastos. Gastos de promoción, relaciones públicas...

KID. ¡No me vuelva a hablar de esas cosas!

MATEOS. ... fotos, carteles, el alquiler del local, hoteles, comidas, viajes, material deportivo, taxis, yo qué sé... Mi parte es lo de menos, yo por un amigo... Pero Achúcarro es un perro y no parará hasta cobrarse el último céntimo... Pero no acaba ahí la cosa. ¿Y los espectadores? ¡Esa gente ha sacado su entrada para veros pelear! ¿Qué se les dice ahora? "Lamentamos comunicar al distinguido público que el aspirante, Kid Peña, no está en condiciones de disputar esta noche el título europeo porque su novia le ha dejado plantado..." Un escándalo. Romperán las sillas, le pegarán a los acomodadores, intervendrá la policía y un servidor terminará en el juzgado de guardia... ¿Te das cuenta de la que has organizado? Habrá que devolver el dinero de las localidades y eso son millones... No creo que tengas cerdos suficientes para responder... ¿Tú lo has pensado bien? *(Pausa.)* Muchacho, comprendo tu dolor... También yo he sido joven y me he hecho ilusiones, pero el mundo no es como nosotros quisiéramos y cuando vienen mal dadas... Hay que ser un poco filósofos y echarle cara al asunto... ¿Que te ha dejado la novia? ¡Pues ya dejarás tú a otra! Y si no, al tiempo... La vida da muchas vueltas... *(Mateos se detiene. Mira al Kid, cabizbajo, que juega nervioso con el contrato entre las manos.)* Bueno, ¿qué dices?

KID. *(Tras una pausa.)* Que no combato esta noche.

MATEOS. ¡Eso ya lo has dicho antes!

KID. No se me ocurre otra cosa.

MATEOS. Eso es lo malo tuyo, muchacho. Eres de piñón fijo, y cuando se te mete algo en la cabeza...

KID. Cada uno es como es...

MATEOS. Y tiras por la borda el trabajo de tantos años... Han sido demasiados golpes. Tu pobre cabecita ya no responde.

KID. ¡No estoy sonado!

MATEOS. Pues lo parece. Haces cosas de sonado. Yo comprendería que después de leer esa carta te entrara un ataque de rabia, que insultaras al personal, que se te escaparan un par de hostias, incluso... Normal, comprensible, un rapto de locura... Son reacciones lógicas de los seres humanos. Y luego una buena ducha y a trabajar. Pero lo tuyo no es locura, es estupidez. Y eso es muy grave, muchacho... ¿Tú te estás viendo? Ahí como un pasmarote: "No combato, don Ángel, no combato". ¡Haz lo que te dé la gana! ¡Por mí como si te la machacas! Pero reconoce que no estás bien de la cabeza. ¿Qué tiene que ver tu novia con Alarcón? ¿Me lo puedes explicar?

KID. ¿Qué está insinuando? Ana y Alarcón ni siquiera se conocen... Además a ella no le gusta el boxeo...

MATEOS. No iba por ahí, hombre... Lo que te pido es que me expliques qué esperas sacar de todo esto... ¡Porque algo pretenderás!

KID. ¿Yo?

MATEOS. Siempre se pretende algo. No se hacen las cosas porque sí... Y si se hacen las cosas porque sí, es que uno está sonado. ¿Tú crees que con esa actitud te va a querer más esa chica? ¿Tú crees que volverá contigo porque no combatas esta noche.

KID. No me hable de ella, don Ángel, no me hable de ella que no lo aguanto... Pero yo no peleo más aunque me cuesta una ruina, aunque sea lo último que haga...

MATEOS. Eres un héroe, no hay duda. Pero todo tiene un precio y ser héroe vale una pasta. *(Dobla el contrato.)* Por eso hay tan pocos... Es un capricho que no está al alcance de cualquiera. Yo, por ejemplo, no puedo permitírmelo. Quédate con el contrato, si quieres... *(Se lo da.)* Es copia. Se hace tarde y tengo que avisar al señor Achúcarro de que no habrá combate... Menuda papeleta... ¡Ah, y preséntale mis respetos a tu señora madre!

KID. De su parte, don Ángel. *(El Kid se separa.)* Voy a vestirme.

El Kid recoge sus cosas y se aleja hacia el perchero, donde se prepara para la ducha. Mateos se sienta agotado y se seca la frente con el pañuelo. Marcel aparece en el umbral de la puerta. Asoma su cabeza discretamente. Kid se mete en la ducha.

MARCEL. Señor Mateos... ¿Ya?

MATEOS. *(Abre los brazos derrotado. Marcel se acerca.)* ¡Nada!

MARCEL. Me lo temía. *(Pausa.)* ¿Qué se puede hacer?

MATEOS. El ridículo. *(Pausa.)* ¿Y qué le digo ahora a ese hombre?

MARCEL. Algo se le ocurrirá... *(Pausa.)* Dígale que se ha muerto su madre.

MATEOS. ¿Mi madre?

MARCEL. ¡La del Kid!

MATEOS. *(Por el susodicho.)* ¡Schissttt!... No caerá esa breva...

MARCEL. Que acaba de recibir la noticia... un telegrama... y que en esas circunstancias...

MATEOS. ¿Cómo le voy a decir esa tontería? Esto es muy serio, Esparza, me estoy jugando el negocio..., qué digo, ¡me estoy jugando el pellejo! Y todo por ese insensato...

MARCEL. Está trastornado.

MATEOS. Y nos trastorna a los demás. ¿Por qué me empeño en sacarle partido a ese idiota?

MARCEL. No hay otro, señor Mateos...

MATEOS. Ahí está. *(Suspira...)* ¡La raza degenera!

MARCEL. Diga usted que sí. Va uno por los gimnasios viendo material, y no se encuentra aquel espíritu de sacrificio... Los jóvenes de ahora están por otra labor...

MATEOS. La vida cómoda, Esparza... Es lo que me dijo al marcharse uno de mis pupilos... Un chico que prometía... "Lo que se lleva uno en un campeonato me lo hago de una sola movida con una posturita".

MARCEL. ¿Con una posturita? ¿Es que es maricón?

MATEOS. No, hombre, no... Es traficante de drogas. Le llaman así cuando hacen una venta. Para disimular, supongo.

MARCEL. Ahora con esto del paro, a lo mejor mejora la cosa...

MATEOS. Nada. Desengáñate. Esto es irreversible. En Francia, en Alemania, ha pasado lo mismo... Y los americanos porque tienen negros, que si no...

Sony viene de fuera. Por la puerta que ha dejado abierta entran los ruidos de la velada que sigue su curso.

SONY. ¿Se puede?

MATEOS. ¿Qué quieres?

SONY. La hora que es, don Ángel.

MATEOS. Cierra esa puerta. *(Sony lo hace.)* No va a haber pelea esta noche.

SONY. Déjeme hablar con él, don Ángel.

MATEOS. Es inútil. No atiende a razones.

SONY. *(Yendo hacia el Kid.)* ¡Kid, no puedes hacerme eso!

KID. *(Vistiéndose de calle.)* ¿El qué, Sony?

SONY. No puedes dejar plantada la pelea... ¡Está anunciada!

KID. La gente deja plantado lo que le da la gana. ¿Voy a ser yo menos?

SONY. Pero yo no te he fallado nunca. ¿Te he fallado alguna vez?

KID. No. Tú eres un tío legal. Así te va, claro.

SONY. Entonces tú no puedes fallarme a mí.

KID. Estoy reventado, Sony... Harto de tanta basura. Quiero salir de aquí cuanto antes...

SONY. Pero yo he apostado por ti...

KID. ¿Por mí? No estás bien de la cabea...

SONY. ¡Sé que puedes ganar! ¡Estoy seguro!

KID. No puedo ganar. No podemos, Sony. Lo siento. ¿Cuánto has apostado?

SONY. Todo, Kid. Lo que había en la cartilla y lo que he podido conseguir. ¡Que te lo diga Marcel!

MARCEL. *(Ante la mirada severa del Kid.)* Ha sido idea suya. Cuando me enteré era demasiado tarde. Traté de que se echara atrás, pero no hubo forma... Díselo tú. *(A Sony.)*

SONY. Seguro, Marcel. *(A Kid.)* Y me dijo que no te dijera nada... para que no te pusieras nervioso... *(A Marcel.)* ¡Se lo tenía que decir!

MARCEL. No importa. Ya da todo igual.

SONY. Tienes que pelear, ¡hazlo por mí, que soy tu amigo!

KID. ¿Seguro que eres mi amigo?

SONY. ¡Te lo juro! ¿No me crees?

KID. Uno termina por no poder creer en nadie... ¿Quién me dice que no estás de su parte?

SONY. ¿De parte de don Ángel? Seguro, Kid... ¡No voy a estar de su parte si es el mánager!

KID. ¿Quién me dice que no te ha dado dinero para eso?

SONY. ¿Para qué?

KID. Para lo de la apuesta.

SONY. Seguro, Kid. Te lo digo yo. Don Ángel me ha dado treinta talegos. ¿Qué tiene eso de malo?

KID. *(Yendo hacia Mateos que se asusta un poco y se protege con Marcel.)* Me da usted asco. Todo lo que toca lo pudre.

MARCEL. *(Interpuesto.)* Don Ángel no sabía que no ibas a pelear cuando lo de la apuesta.

MATEOS. ¡Ni siquiera sabía lo de la apuesta!

KID. Tú, Sony, también te has dejado comprar... Por treinta billetes. Como Judas.

SONY. Kid, yo no he hecho nada...

KID. No, no has sido tú, ha sido esa rata fumadora de puros... ¡Quédese con todo lo mío, con la granja, con los cerdos, con mi madre...!

MATEOS. No exageremos...

KID. Pero antes se va a enterar de lo que es un hombre... *(Se pone en jarras.)* ¡Quítese ese puro!

MATEOS. Marcel... Sony... El chico está desbarrando...

KID. ¡Se quite el puro, le digo!

MARCEL. Muchacho, un poco de calma... Deja en paz a don Ángel... Sony, ayúdame a sujetarle...

SONY. ¿Kid, qué te pasa? *(Le sujeta.)*

KID. ¡Suéltame! Deja que le parta la cara...

MARCEL. Será mejor que se vaya...

SONY. ¡Kid, que me haces daño!

KID. ¡Pues suéltame!

Entra Marina, alarmada. Vuelve a oírse el ruido de los combates.

MARINA. ¿Qué pasa? ¿Qué son esos gritos?

MARCEL. El chico, que le ha dado un aire...

Kid detiene su ataque. Sony le sujeta.

KID. Déjame, Judas... *(Sony le suelta y Kid sale indignado.)*

MARCEL. ¡Kid! *(Quedan estupefactos.)*

SONY. Se ha ido.

MATEOS. Hace tiempo.

MARCEL. ¿Y ahora?

MATEOS. Iré a hablar con Achúcarro...

MARCEL. Sería mejor tener controlado al chico. Si la gente lo ve andando por ahí tan fresco, y luego anunciamos que se suspende el combate, puede haber un linchamiento...

MATEOS. Tienes razón. Tú y Sony intentar traerle otra vez aquí. Que recoja sus cosas y que se vaya al hotel.

MARINA. ¿Y yo?

MATEOS. Espérame aquí.

MARINA. ¿No puedo ir contigo?

MATEOS. ¡No! *(Mateos tira el cigarro con ira y sale precipitadamente seguido por Marcel y Sony que recoge la colilla oportuno. Queda Marina sola. Enciende un cigarro con aire resignado.)*

MARINA. No puede una ni preguntar. *(Sopla la cerilla y al mismo tiempo se hace el oscuro en el escenario.)*

ACTO SEGUNDO

La acción comienza donde terminó la escena anterior.

KID. *(Entrando.)* ¿Dónde está don Ángel?

MARINA. Ha ido a buscar al promotor.

KID. ¿Y los otros?

MARINA. A buscarte a ti.

KID. ¿Para qué?

MARINA. Para acompañarte al hotel, creo... ¿Te importa que fume?

KID. Me da igual. *(Marca un número de teléfono.)* ¿Usted sabe cómo funciona este trasto?

MARINA. A ver... *(Se acerca.)* Permíteme... Es que es un teléfono interior... ¡Oiga!, ¿central?... Sí, un momento... *(Le da el teléfono.)*

KID. ¿Qué digo?

MARINA. Que le pongan con el número que sea.

KID. Es que no sé el número... La estación del tren...

MARINA. *(Al aparato.)* Por favor, ¿podría ponerme con el número de la estación de ferrocarril?... No lo sé, señorita, si es tan amable de mirar en la guía... Gracias. *(Cuelga.)* Ahora llamará.

KID. Gracias.

MARINA. Oye, tienes los ojos rojos. ¿Has estado llorando?

KID. *(Mirándola por un momento.)* Yo no lloro nunca.

MARINA. No sabes lo que te pierdes. A veces viene muy bien.

KID. ¿Usted llora mucho?

MARINA. ... Bastante...

KID. ¿Y por qué?

MARINA. ¿A alguien le faltan motivos para llorar?

KID. Creí que le iban bien las cosas.

MARINA. Y me van. No me puedo quejar.

KID. ¿Entonces?

MARINA. *(Se encoge de hombros.)* No lo sé. Tampoco lloro todos los días. Pero, a veces, de noche...

KID. De noche, ¿qué?

MARINA. De noche todos los gatos son pardos.

KID. No la entiendo...

MARINA. Ni yo tampoco. Supongo que todos soñamos con ser otra persona.

KID. Yo sueño pesadillas. Pero no me importa, porque ya estoy acostumbrado. Me hacen hasta gracia. Una vez soñé que me bañaba en un bote de miel... bueno, un bote, era casi como una piscina...

MARINA. ¿Una piscina de miel? Eso no es una pesadilla.

KID. Sí que lo era. Porque la miel se iba haciendo espesa, como una pasta de pegamento... Se me pegaba por todo el cuerpo, por las patas...

MARINA. Por las piernas...

KID. No, no, patas, patas... Yo era una especie de mosca, un abejorro, todo lleno de pelos... y claro, tenía patas y alas y hasta antenas... y me iba pringando en la miel por más que pataleaba y trataba de salir del bote... Era angustioso...

MARINA. ¿Y conseguías salir?

KID. Sí, pero todavía fue peor. Yo mismo me sacaba con la punta de un lápiz. Metía un lápiz en la pasta y me agarraba a la punta con todas mis fuerzas y entonces tiraba y me sacaba de allí. Y cuando me creía a salvo, sacudía el lápiz y el abejorro caía al suelo. Entonces levantaba el pie y me aplastaba con un chasquido... ¡Schac!... Recuerdo perfectamente el dibujo de la suela. Era el de mi bota de entrene. Es curioso. Nunca me había fijado en el dibujo, pero al día siguiente, al calzarme, lo miré con cuidado y era perfecto: exactamente como lo había soñado.

MARINA. Si estabas dentro del bote, ¿cómo te podías sacar fuera? Eso no es real.

KID. Lo que uno sueña no suele ser real.

MARINA. ¿No serás Géminis? Te pega mucho.

KID. Soy Tauro.

MARINA. También te va.

KID. Por los cuernos, ¿no?

MARINA. No seas susceptible... Por la cabeza dura.

KID. Es lo que dice don Ángel. ¿No irá usted a convencerme de que pelee esta noche?

MARINA. En absoluto. Eres muy dueño de hacer lo que te dé la gana. Si lo siento es porque prometía ser un buen combate. Me gusta mucho verte boxear. Tienes... tienes ángel..., algo que te hace diferente a los otros.

El Kid se ruboriza un poco y no sabe qué decir. Suena el teléfono y lo cogen los dos a la vez. Sus manos se tocan. Las retiran. Las vuelven a poner y se ríen. Marina levanta el auricular.

MARINA. ¿Sí?... Un momento... Dice la telefonista que no contestan en la estación... Señorita, ¿le importaría volver a insistir en unos minutos? Muy amable. *(Cuelga.)* Habrá que esperar.

KID. Gracias, señorita Marín..., ¿de verdad no sabe nada del asunto?

MARINA. ¿Lo de tu novia?

KID. No, no, lo del combate... Está amañado. O mejor dicho: estaba. Tenía que dejarme ganar. De modo que no se ha perdido nada.

MARINA. Cosa de Angelón, claro.

KID. ¿De verdad no lo sabía?

MARINA. ¿Por eso no peleas?

KID. Por eso y por más cosas.

MARINA. Entiendo. Lo de tu novia ha sido la gota que colmó el vaso.

KID. Algo así.

MARINA. A lo mejor se lo tienes que agradecer.

KID. Sólo faltaría eso.

MARINA. ¿Cómo se llama?

KID. Anita. Ana Crespo López. Pero ahora se llama Lola Candelas. Nombre artístico. Quiere ser artista, como usted.

MARINA. Yo no soy artista, Kid.

KID. Trabaja en el cine.

MARINA. He salido en alguna película. Eso es todo. Además, Angelón no quiere que continúe trabajando.

KID. A lo mejor se arrepiente con el tiempo. Usted sí que tiene... eso que decía antes...

MARINA. Sé muy bien lo que tengo. Me he pasado la vida quitándome manos de encima. Con la guardia alta, como decís vosotros. *(Se pone en guardia como un boxeador.)* ¿Eh, Kid, apuesto a que no eres capaz de colarme una... *(Empieza a dar saltitos a su alrededor.)* Tengo mucha práctica... *(Le tira un golpe.)* Venga, campeón, sin miedo... *(Le tira otro.)*

KID. *(Divertido.)* A ver si se va usted a hacer daño...

MARINA. *(Se para.)* Trátame de tú, no seas tan ceremonioso. Hace tiempo que nos conocemos...

KID. ¡De vista! Además, a don Ángel no le parece bien. Me lo tiene dicho.

MARINA. Don Ángel, don Ángel..., ¿qué tiene que ver ya contigo? ¿No le acabas de plantar?

KID. Me he despedido, que no es lo mismo.

MARINA. Le has dejado plantado. Y no te lo reprocho. A estas horas seguro que Achúcarro le está despellejando.

KID. Parece que se alegra usted.

MARINA. Parece que te alegras.

KID. Yo no me alegro.

MARINA. No, si digo que me tutees. Parece que te alegras, Marina. ¡Dilo!

KID. Parece que te alegras, Marina.

MARINA. No debería hacerlo. Pero la verdad es que un poco sí. Por liante. Por tramposo. Porque no hace nada a derechas. Aunque luego todo le salga bien.

KID. Esta noche no se sale con la suya.

MARINA. No, pero todos saldremos perdiendo con él. Un poco caro el precio, ¿no?

KID. Yo no pierdo nada.

MARINA. Pierdes, Kid. Te va a sacar hasta el último céntimo. Ya has oído lo del contrato.

KID. ¿Y cómo sabes eso?

MARINA. Os escuché detrás de la puerta.

KID. Eso no está bien.

MARINA. Me aburría... Y Marcel y Sony al paro obrero. Sólo que sin paro. ¡Como Angelón no ha pagado nunca la seguridad social!

KID. ¿No ha pagado?

MARINA. Nadie la paga.

KID. ¡Ese hombre es un sinvergüenza!

MARINA. Y luego Sony con lo de la apuesta. ¡A ese sí que le dejas bien apañado!

KID. Eso es un cuento para convencerme.

MARINA. Te equivocas. Y de mí no te digo nada. Cualquier cosa que perjudique a Angelón, me perjudica de rebote. En fin, ha sido una carambola redonda.

KID. Yo no tengo la culpa.

MARINA. No digo que la tengas. Pero es lástima que no puedan salir mejor las cosas. Está visto que el que nace para pobre... Tu novia, en cambio, sí que se lo ha hecho bien.

KID. No me hable de ella.

MARINA. Tutéame, por favor. Me haces sentirme vieja.

KID. No eres nada vieja, Marina.

MARINA. ¿No te lo parezco?

KID. Pues claro que no. ¿Cuántos años tienes?

MARINA. Eso no se pregunta a una mujer. Y menos en mi profesión. No es correcto, Kid.

KID. Perdón. No quería molestar... y a mí, ¿cuántos me echas?

MARINA. No sé..., ¿treinta y cinco?

KID. ¡Hala! Cuarenta, si te parece...

MARINA. ¿Cuarenta? Es increíble lo bien que los llevas...

KID. Como que cumplo los treinta el mes que viene... ¿Tú te crees que se puede ser campeón de Europa con cuarenta años?

MARINA. Ya me extrañaba, Kid.

KID. No me llames así. Llámame Enrique. Ese es mi verdadero nombre: Enrique García Vinuesa. Kid Peña se terminó.

MARINA. Entonces llámame Nieves. Nieves Pérez Fortes. A mi representante no le gustaba. Decía que era muy frío.

KID. Es un nombre estupendo. Un nombre puro y limpio. Como tu mirada. Tienes una mirada que... no sé... Uno sabe que se puede confiar en ti, aunque seas la novia de don Ángel.

MARINA. La querida.

KID. Aun así.

MARINA. Gracias. Eres un encanto. Por lo menos sacaré algo bueno de todo esto.

KID. ¿Qué?

MARINA. Haberte conocido. *(Pausa embarazosa.)* Bueno, ya hemos charlado bastante. No sé si te estoy interrumpiendo...

KID. ¡No, no, qué va! Estoy esperando esa llamada... *(Suena el teléfono. Kid lo mira contrariado. Se levanta.)* ¿Diga?... Sí, con la estación. ¿Oiga, la estación?... Mire, quería preguntar si tienen algún tren para Arévalo esta noche... ¿No? ¿Y mañana tampoco?... Trasbordando en Madrid, claro... ¿A qué hora es el próximo?... Gracias. *(Cuelga.)*

MARINA. ¿Arreglado? *(Kid no parece muy animado.)* Ahora ya no tengo excusa. Tendrás que hacer la maleta...

KID. ¡La tengo hecha! ¿Tienes prisa?

MARINA. No. Es que no me gusta ponerme pesada.

KID. No estás nada pesada. Todo lo contrario. Me ha venido muy bien hablar contigo. Estaba tan nervioso... tan... Creo que he estado grosero con don Ángel. ¡Todas esas cosas de golpe! Hablar contigo me ha ayudado. Me siento más tranquilo.

MARINA. Me alegro de haberte servido. Me alegro de haber servido para algo por una vez en la vida.

KID. Tú vales mucho, Nieves.

MARINA. ¿Lo dices en serio?

KID. Totalmente.

MARINA. Kid... Enrique... *(Se calla.)*

KID. ¿Qué ibas a decir?

MARINA. Me da vergüenza...

KID. Somos amigos, ¿no?

MARINA. Me dirás que es una bobada...

KID. Te juro que no.

MARINA. Enrique... Antes de despedirme... me gustaría...

KID. ¿Qué?

MARINA. ... que me dieras un beso...

KID. ¿Un beso?

MARINA. ¡Lo ves! Sabía que me ibas a decir que no.

KID. No, no... es que así, de repente... no sé si me saldrá...

MARINA. ¿Me dejas que te ayude?

Se besan largamente.

MARINA. No lo olvidaré nunca. Ahora será mejor que nos despidamos.

KID. Nieves...

MARINA. ¿Qué?

KID. ¡Estoy confundido!

MARINA. Adiós, Enrique.

KID. ¡Espera!

MARINA. ¿Qué quieres? *(Kid la toma entre sus brazos y la besa muy bien.)* Esto no es razonable. Después de esta noche no nos volveremos a ver.

KID. ¿Por qué no?

MARINA. ¡Ah, qué bien hueles! *(Kid se estremece.)*

KID. Nieves... yo... quisiera verte otra vez...

MARINA. Pero tú te vas a tu pueblo, ¿no te das cuenta?

KID. ¡Pues no me iré!

MARINA. ¡No seas niño!

KID. ¡Tiene que haber alguna solución!

MARINA. ¿Cuál?

KID. *(Se separa de ella y se sienta abatido. Se lleva las manos a la cabeza y se mesa y remesa. Marina le observa.)* ¡Estoy llorando! ¡Pero esto es absurdo!

MARINA. Perdóname. Ha sido culpa mía. *(Marina coge su abrigo de pieles y se lo pone con parsimonia. Da unos pasos hacia la puerta y se detiene de espaldas al Kid. Se vuelve y le mira.)*

KID. ¡Maldita sea mi estampa! ¿Qué es lo que quieres de mí? ¿Que me eche atrás? ¿Es eso lo que quieres? *(Marina saca un pañuelito y se seca una lágrima furtiva.)* ¿Quieres que salga fuera y me deje ganar por Alarcón? ¡Qué tu Angelón y el canalla de Achúcarro se llenen los bolsillos a mi costa! ¡Eso quieres, verdad? ¡Y luego si te he visto no me acuerdo!... ¡Misión cumplida! El pobre gilipollas del Kid ha picado el anzuelo... Seguro que te ganas otro abrigo de pieles... ¿Cómo no me he dado cuenta antes? ¡Eres una puta callejera, como todas las demás!

MARINA. *(Va hacia ál.)* Gracias, Kid. Así será todo más fácil.

KID. ¡Basta de comedia! ¡Ganas me entran de darte un puñetazo y sacarte de cuajo esos dientes tan blancos... y esa lengua tan... esa lengua tan... ¡Dios mío, cómo he podido creer en ti por un sólo instante!

MARINA. *(Le mira fijamente. Coge impulso y le pega una enorme bofetada. Kid queda anonadado.)* Te lo mereces. *(Se da la vuelta y va hacia la puerta. Kid corre tras ella.)*

KID. ¡Nieves! *(La alcanza y ella se suelta.)*

MARINA. Por favor. Diles que estoy en el hotel.

KID. Perdóname, te lo suplico. Haré lo que me pidas. ¡Lo que tú quieras!

MARINA. ¿De verdad?

KID. Aunque tenga que pelear esta noche.

MARINA. *(Le abraza.)* ¡Oh, Enrique...! No sabes lo feliz que me hace oírte decir eso. Yo también haría por ti lo que me pidieras...

KID. Entonces, ¿quieres que me vista otra vez?

MARINA. No, Enrique... No tiene sentido... ¿Qué ganaríamos con eso?

KID. Antes has dicho que nos convenía a todos...

MARINA. Pero no así... quiero que hagas lo que te apetezca, aunque sea una locura...

KID. Estoy dispuesto a todo con tal de estar a tu lado...

MARINA. Pero no puede ser... ¡Estoy atada a Ángel!

KID. Vente conmigo, Nieves.

MARINA. ¿Dónde íbamos a ir?

KID. Al pueblo. A casa de mi madre.

MARINA. No, Enrique, no puede ser. A tu madre no le gustaría que te presentaras en casa con una puta debajo del brazo.

KID. Perdóname, lo he dicho sin pensar...

MARINA. No tienes que disculparte. No has dicho más que la verdad. He sido una mala puta toda mi vida, pero esta noche me has dado una lección. No se puede vivir constantemente en el engaño. No se puede. Lo tendré en cuenta.

KID. Tú no eres una puta. Sólo una mujer a la que ha tratado mal la vida. Todos cometemos errores. Pero aún estamos a tiempo de rectificar.

MARINA. Para mí es demasiado tarde.

KID. ¡Somos jóvenes! ¡Tú lo has dicho!

MARINA. Enrique: estoy embarazada. De tres meses. Y quiero que la criatura tenga un padre como Dios manda.

KID. Estoy dispuesto a hacerme cargo del niño como si fuera mío. No tiene por qué saberlo nunca.

MARINA. Nosotros sí lo sabremos. No, Enrique. Quiero ser una madre honrada..., una madre como la que yo no he tenido..., aunque tenga que sacrificar mis sentimientos...

KID. Pero, Nieves...

MARINA. No, no digas nada... No lo estropees... *(Se abrazan en silencio.)* Si es niño le llamaré como tú.

KID. ¿Y si es niña?

MARINA. Si es niña no... Enriqueta es un poco largo. ¿Cómo se llama tu madre?

KID. Rosario.

MARINA. Rosario. Quiero que lleve algo tuyo.

KID. ¡Nieves! *(Se besan otra vez. Se abre la puerta y aparecen Sony y Esparza. La pareja se separa bruscamente.)*

MARCEL. Ejem... Perdona... Te andábamos buscando...

SONY. ¿Dónde te habías metido? Bueno, ya lo veo...

MARCEL. Cállate, Sony...

KID. ¿Podéis esperar un minuto? Me estaba despidiendo de la señorita Marín.

MARCEL. Vamos a echar un pito, Sony...

SONY. Seguro, Marcel... Mira, Kid, si viene don Ángel, cantaré la canción, ¿te acuerdas?

Empieza a tararear la canción y Marcel le toma del brazo y se lo lleva. Quedan frente a frente Kid y Marina.

KID. Ese hombre no se casará contigo.

MARINA. Me lo ha prometido.

KID. ¡Fíate de sus promesas!

MARINA. Tengo que hacerlo. Me ha dicho que cuando pase todo esto del combate, haríamos los papeles. Todo en regla.

KID. No sabe qué es eso.

MARINA. Llegado el momento cumplirá. Tendrá que escuchar la voz de la sangre. Angelón no es malo. Es un hombre como los demás.

KID. Con eso es más que suficiente. Nieves, quiero que sepas que si en algún momento lo necesitas..., por lo que sea, y ojalá que no... pues que puedes contar conmigo.

MARINA. ¿Crees que me la va a jugar?

MARINA. Ten cuidado.

SONY EN OFF. *(Golpeando la puerta.)* ¡Son tus perjúmenes, mujer, los que me suliveyan, los que me suliveyan...! *(Marcel se*

¡ESTA NOCHE, GRAN VELADA!

le une a dúo estrepitoso.) ¡Los que me suliveyan, son tus perjúmenes, mujer...!

Kid y Marina se separan. Ella se arregla el pelo.

MATEOS. *(Fuera.)* ¿Qué hacéis aquí cantando? ¿Y el Kid? *(Entrando.)* ¡Kid! *(Repara en Marina. Tras él Achúcarro.)* ¿Y tú que haces aquí? ¡Anda para afuera! *(Entran Sony y Marcel. Sony guiña un ojo a Marina, que no se va.)*

MATEOS. ¿Conoces a Don Fabián? Es el promotor de la velada.

KID. Nos hemos visto. ¿Cómo está usted?

ACHÚCARRO. Bueno, muchacho, ¿cuál es el problema?

MATEOS. Don Fabián quiere advertirte personalmente del alcance que puede tener una cosa así...

ACHÚCARRO. Mateos, quiero oír al chico.

MATEOS. Disculpe, Don Fabián...

ACHÚCARRO. Voy a ser muy claro contigo. Me importa un bledo lo que te pase. Me importa un bledo lo que te deje de pasar. Sólo sé que estás aquí para hacer ese combate y que te pongas como te pongas lo vas a pelear. Cualquier otra cosa que se te haya pasado por la cabeza, ya te la puedes ir borrando. ¡Habértelo pensado antes! De forma y manera que ya te estás vistiendo. De lo contrario me veré obligado a tomar medidas drásticas. ¿Me entiendes?

MATEOS. De aquí vamos directamente a la comisaría, y de allí, si Dios no lo remedia, a la cárcel. La ley está de su parte.

ACHÚCARRO. La ley me la paso yo por el forro. Estoy hablando en serio, jovencito. Aquí me estoy jugando algo muy gordo.

MATEOS. Don Fabián quiere decir que además de la policía, la cárcel y todo eso, cuanta con... otros medios más contundentes...

ACHÚCARRO. ¡Eso lo habrá dicho usted! Yo me he limitado a decir lo que tengo que decir, y lo demás no es asunto mío.

MATEOS. Yo trataba de precisar un poco... Este cabezota no entiende de florituras...

MARINA. Don Fabián...

MATEOS. No te metas en esto...

MARINA. ¿Es cierto que pueden ir a la cárcel?

MATEOS. ¡Que te calles te digo! *(La coge del brazo.)*

KID. *(Le coge a su vez y le hace soltar a Marina.)* ¡Déjala en paz de una vez! *(Sony y Marcel intervienen.)*

MARCEL. No empieces...

SONY. ¡Aguanta!...

MATEOS. ¿Qué le he hecho ahora? *(A Achúcarro.)* ¿Lo ve? ¡Está como loco!

ACHÚCARRO. Pues que se le vaya quitando la locura...

KID. ¿Es que no tiene ella derecho a hablar?

MATEOS. ¿Ella? ¿Qué pinta en esto?

MARINA. ¿Quiere decir que si el combate no se celebra mi prometido irá a la cárcel?

ACHÚCARRO. Ni siquiera sé si le va a dar tiempo...

MATEOS. *(A Marina.)* ¿Qué has dicho? ¿Tu qué?

MARINA. Me prometiste que nos casaríamos después del combate.

MATEOS. ¿Es una broma o has perdido la razón? Me parece que no es momento de tonterías...

MARINA. *(Abrazándose al Kid.)* ¡Dios mío, qué voy a hacer ahora!

MATEOS. ¿Qué demonios? *(Trata de separarla del Kid. Marcel y Sony al quite.)*

MARCEL. Señor Mateos...

ACHÚCARRO. Mateos, no compliquemos más las cosas... ¡Un poco de sentido común!

MARINA. *(Llora sobre el hombro poderoso del Kid.)* ¡Tenías razón! ¡Me ha engañado una vez más!

MATEOS. ¿Que yo...?

KID. No llores, Nieves. Ese miserable no lo merece.

ACHÚCARRO. Mateos, hay temas más urgentes...

MATEOS. ¿Desde cuándo te llama Nieves este imbécil?

KID. ¡A mí me gusta llamar a las cosas por su nombre!

MARINA. Enrique no es ningún imbécil.

MATEOS. ¡Enrique ahora! ¡Es el colmo!... *(A Marcel.)* ¡Y vosotros en el ajo! ¡Un auténtico complot! ¡Estáis despedidos!

MARCEL. ¿Qué culpa tenemos? ¡Ya sabe como son las mujeres!

KID. ¡El único culpable aquí es usted!

MATEOS. ¿Yo? ¡Yo!

KID. Mucho hablar de responsabilidades, de contratos, de compromisos... ¡Y es el primero en faltar a su palabra!

MATEOS. ¡El que no ha cumplido eres tú!

KID. Don Fabián, creo que podría haber una solución.

MATEOS. En cuanto a ti... *(Por Marina.)* En cuanto a ti...

ACHÚCARRO. ¿No puede aplazar por un minuto sus asuntos particulares? El chico ha dicho que tiene una solución...

MATEOS. *(A Marina.)* ¡Después hablaremos!

ACHÚCARRO. ¡Mateos!

MATEOS. La única solución es que cumpla y pelee como un hombre.

KID. Lo que digo, es que si cumplo yo, tenemos que cumplir todos.

ACHÚCARRO. *(Sonríe cansado.)* De acuerdo, muchacho, está bien, tú ganas. *(Mira el reloj y todos repiten el gesto desesperados.)* Pero ten cuidado, no te subas a la parra... ¿Cuánto?

MATEOS. Esparza, por favor, dile que no haga más locuras...

MARCEL. Kid...

ACHÚCARRO. ¡Silencio! ¡No puedo perder ni un minuto más! ¿Cuánto, Kid?

KID. No quiero dinero.

MATEOS. ¿Pero tú sabes qué coño quieres?

ACHÚCARRO. ¡Silencio! Habla, muchacho.

KID. Quiero que Don Ángel firme una declaración ante testigos de que se va a casar con Nieves.

MATEOS. ¿Quéee? ¡De ninguna manera! ¡Cornudo y apaleado!

MARINA. Enrique, no puedo aceptar que hagas por mí ese sacrificio.

KID. Quiero darle una lección a ese individuo. Es cosa mía, Nieves. *(A Mateos, que le mira boquiabierto mientras en su cerebro va haciéndose la luz.)* ¿No quería que cumpliera mi palabra? ¡Pues cumpla usted la suya!

MATEOS. Pero...

ACHÚCARRO. Mateos, o cumple su palabra o cumplo yo la mía.

MATEOS. *(Tras un momento de silencio.)* ¡Papel!

MARCEL. ¡Papel!

MARINA. ¡Papel!

KID. ¡Papel!

SONY. *(Le da el periódico.)* ¿Vale esto?

MATEOS. ¡Quita de en medio, Soplillo!

ACHÚCARRO. *(Que ha sacado parsimoniosamente una hoja.)* Papel. *(Se la entrega a Mateos.)* Y pluma. *(Le da una estilográfica.)*

SONY. *(A Marcel.)* Jode, ¡qué pluma!

Mateos se inclina sobre la espalda de Marcel y empieza a redactar la declaración.

MARINA. Gracias por todo, Enrique. Eres un cielo. *(Le besa en la mejilla.)*

KID. No tiene importancia. *(Sonríe taimado.)* No creas que se va a salir con la suya.

Sony le hace gestos de que tenga cuidado, que Mateos le puede ver.

ACHÚCARRO. Le agradezco su intervención, señorita Marín, y le ruego que me disculpe como testigo. Tengo por norma no firmar nada sin que esté delante mi abogado.

MARINA. Bastará con tres testigos. El Kid, Sony y Marcel.

KID. ¿Tú tampoco firmas?

MARINA. Soy parte interesada.

MATEOS. A ver si es esto: Por la presente, yo, Ángel Mateos Sainz, mayor de edad, soltero, español, con domicilio en Madrid, calle Forment, número 39, en plena posesión de mis facultades mentales, me comprometo a casar con Nieves Pérez Fortes en el plazo de tres meses a partir...

KID. En el plazo de un mes.

MARINA. Tres meses está bien. Hay que preparar muchas cosas.

KID. Como tú digas...

MATEOS. En el plazo de tres meses a partir del momento en que haya finalizado el combate entre Alarcón y Kid Peña valedero para el título europeo. Firma y fecha. ¿Está bien?

KID. *(Lee el papel en medio del silencio expectante de los otros.)* ¿Y los testigos?

MATEOS. Debajo. *(Escribe.)* Son testigos de este compromiso los señores... ¿Cómo es su nombre, Esparza? Benito Esparza, ¿qué?

MARCEL. Garay.

SONY. Creí que te llamabas Marcelino.

MATEOS. Firma. *(Marcel firma.)* Y tú aquí. *(Firma Sony.)* Tú, Kid. *(Kid firma.)* Toma. *(Le entrega el documento a Marina. Mientras Kid le da la pluma a Sony y le hace un gesto de que se la lleve a Achúcarro.)* Tengo que reconocer que has sabido salirte con la tuya. No te defraudaré, te lo prometo. *(Marina guarda el papel. Pausa.)*

SONY. ¡Vivan los novios! *(Todos le miran reprobatorios. A Achúcarro, dándole la pluma.)* Tela de pluma, ¿eh?

ACHÚCARRO. Puedes quedártela. *(Mirando al Kid.)* Bueno, muchacho, me alegro de que todo haya tenido un final feliz. *(A Mateos.)* Y usted no se queje. Cuando llega uno a cierta edad, hay que sentar la cabeza y recogerse. Señorita, su novio tiene mi dirección. Mándeme la lista de boda. Y ahora le ruego que me disculpe, pero el tiempo apremia. Quedan pocos minutos para el combate estelar y me debo a mis obligaciones. *(Besa la mano de Marina.)* Mateos, un minuto, por favor... *(Le toma del brazo y salen fuera.)*

SONY. ¡Bravo, campeón! ¡Ahora a ganar! ¡El título es tuyo!

KID. Ya veremos, Sony... *(A Marcel.)* ¿Qué tiempo tenemos?

MARCEL. ... Depende de como vaya la velada...

KID. Prepara el masaje. Rápido. Voy a cambiarme. ¿Puedo besar a la novia?

MARINA. ¡Me siento tan feliz!

SONY. ¡Son tus perjúmenes, mujer, los que me suliveyan, los que me suliveyan...!

Marina y Kid se separan. Entra Mateos satisfecho.

KID. Será mejor que me cambie cuanto antes...

MARINA. Nos veremos después...

MATEOS. ¡Vamos, vamos, que nos pilla el toro!

MARCEL. *(Para sí.)* No lo sabes tú bien... ¡Sony, el aceite!

SONY. ¡Marchando!

Kid va a cambiarse a la ducha. Marcel le mira inquieto.

MATEOS. *(A Marina en primer término.)* ¡Has estado genial! *(La besa. Ella le seca el sudor de la frente con su pañuelo.)*

MARINA. Ya pasó. Relájate, Angelón, sabes que no te conviene...

MATEOS. Con estas sofoquinas, ya me dirás... ¡Y luego protestan de que el boxeo es caro! *(Repara en Sony.)* Oye, Soplillo, ¿qué es ese embrollo de la apuesta?

SONY. Nada. Que he apostado con los chicos de Alarcón a que el Kid se queda con el cinturón.

MATEOS. ¿Y para eso me has pedido el dinero esta mañana? *(Sony asiente y Mateos se encoge de hombros.)* Está bien. Date prisa. *(A Marina.)* ¿Te das cuenta? ¿Comprendes por qué no quería darle el adelanto? ¡Estoy rodeado de meningíticos!... Tú eres lo único aprovechable que he encontrado en esta perra vida... Todavía no me explico cómo lo has conseguido... Ni siquiera entiendo qué es lo que ha ocurrido... El asunto ese del contrato... ¿qué le has dicho?

MARINA. Nada. Que eres un canalla, que me has dejado embarazada y que no te quieres casar conmigo.

MATEOS. ¡Ja, ja, ja! ¿Así de sencillo?... Parece mentira... Eres maravillosa, de verdad... Me siento..., me siento en deuda contigo. Pídeme lo que quieras.

MARINA. *(Sin pensar.)* Quiero el supermirafiori.

MATEOS. No, si contigo hay que tener cuidado. Bueno, ya hablaremos de eso... Por cierto, ¿no te importa que me quede con el contrato?

MARINA. Angelón, cariño... Ya hablaremos de eso... Ahora será mejor que os deje trabajar. Voy a tratar de recuperar nuestras localidades. Seguro que ya hay algún pelmazo sentado...

SONY. Señorita Marín, si necesita que le eche una mano...

MARINA. No te preocupes, Soplillo. Tú tienes que hacer aquí. Y yo sé arreglármelas sola. *(Recoge sus cosas, besa a Mateos, dice adiós con la mano a Sony y sale pizpireta. Los hombres quedan mirándola extasiados.)*

MATEOS. ¡Ya lo creo que sabe arreglárselas!... ¡Qué mujer!

SONY. ¡De bandera!... Con perdón.

MATEOS. Hay que reconocer que en algunas cosas son superiores a nosotros... Es el fino instinto femenino. ¡Ahí la tienes! En cinco minutos lo ha arreglado todo... En el fondo, estamos en sus manos...

SONY. Y usted que lo diga, don Ángel.

Marcel y el Kid vienen hacia ellos. Kid lleva de nuevo su ropa de combate. Se tiende sobre la cama de masajes.

MARCEL. Sony, el aceite.

SONY. Ya va. *(Se lo entrega. Marcel aprovecha para acercarse a Mateos, confidencial.)*

MARCEL. El chico me preocupa... Dice cosas muy raras...

MATEOS. Por mí que diga misa, pero que salga a pelear.

MARCEL. Es que dice... que va a tirar a Alarcón antes del límite...

MATEOS. ¿Queeeeeé?

MARCEL. Pudiera ser peor el remedio que la enfermedad.

MATEOS. ¡Es el cuento de nunca acabar! ¿Se ha propuesto volverme majareta?

KID. ¡Marcel! Que vamos muy justos...

MATEOS. *(Acercándose.)* ¿Ahora vienes con prisas?

KID. Con usted no tengo nada que hablar.

MARCEL. Relaja, chico... Soltando, así, soltando...

MATEOS. Oye, hablemos claro..., ¿no irás a hacer una de las tuyas?

KID. Voy a cumplir con mi obligación. Y punto.

MATEOS. ¿Qué entiendes por cumplir con tu obligación?

KID. Salir ahí fuera y que gane el mejor. Sin trampa ni cartón.

MATEOS. Eso no es lo convenido.

MARCEL. ¡Quieto, Kid...! ¡Soltando!

MATEOS. Soplillo, haz el favor. Corre y dí a la señorita Marín que venga otra vez, que es urgente.

SONY. Va a empezar ya el combate...

MATEOS. Por eso mismo, ¡vuela! *(Sale Sony.)* No sé si te das cuenta de la gravedad de la situación. Que no pelees esta noche es un escándalo, un desastre y la ruina para nosotros... Pero si peleas y por una desgraciada casualidad ganas, ya no podremos hablar de ruina, sino de masacre, de genocidio... Achúcarro no perdona.

KID. No le tengo miedo a ese señor.

MATEOS. No juegues con el fuego, muchacho. Marcel puede contarte algunas cosas del tal Achúcarro. ¿Verdad, Marcel?

MARCEL. Yo no cuento nada, que luego todo se sabe...

MATEOS. ¡Dale una pista al menos!

MARCEL. Sólo he oído rumores.

MATEOS. Suficiente para ponerle a uno los pelos de punta, ¿no?

KID. Dale, Marcel, termina... Quiero calentar un poco antes del combate. *(Se levanta.)*

MATEOS. *(A Marcel.)* Coopera un poco, dile algo...

MARCEL. Que hagas lo que te diga don Ángel, que más sabe el diablo por viejo que por sabio.

KID. He hecho toda la vida lo que me ha dicho y aquí me tienes. *(Empieza a calentar.)*

MATEOS. ¡Exactamente, aquí estás! ¿Te quejarás encima? ¡Bien comido y bien servido y con un fajo de billetes en el bolsillo! ¿Dónde estarías ahora si no me hubieras conocido?

KID. ¡Lo que tengo bien que lo he ganado con estas manos!

MATEOS. ¡Con esas manos y con esta frente!

KID. ¡Con esa cara, querrá decir! Porque los puñetazos me los he llevado yo...! Mire esta señal... y esta otra ¡Y aquí un recuerdo de Galván! ¿Bonito, eh?

MARCEL. Bueno, campeón..., así es el mundo... Unos llevan la fama y otros cardan la lana...

KID. ¿También estás con él?

MATEOS. ¡De modo que me llevo la pasta por nada!

KID. Por la cara, sí señor.

MATEOS. No, Kid, la cabeza cuenta y mucho... Tú tienes pegada, de acuerdo. Por eso estamos juntos. ¿O crees que te hubiera llevado si no pensara que tienes madera? Madera de la buena, Kid, aunque hasta ahora no hayas hecho más que astillas. Te lo repito: esta puede ser tu última oportunidad. No la desaproveches.

KID. Valiente oportunidad. ¡Si tengo que dejarme ganar!

MATEOS. Pues claro que tienes que dejarte ganar, melón. Esa es tu victoria. Alarcón te ganará a los puntos y será aspirante al título de Galván. La revancha la tenemos firmada, y si gana al panameño... ¡tendrás la oportunidad de ser campeón del mundo!

KID. Seguro que se cae la leche por el camino... Pueden pasar dos años antes de eso y yo voy a cumplir los treinta... Y eso contando con que ese fantasma gane al indio. ¡Casi nada!... No, don Ángel. Esta noche me retiro y pienso salir por la puerta grande.

MATEOS. Con los pies por delante, Kid... Alarcón va para arriba y hay mucho dinero invertido. ¿Quieres arruinarle la carrera? ¿Quieres arruinar al señor Achúcarro? ¿Quieres que nos den dos tiros en una esquina?... Pues si es eso lo que te propones, lo vas a conseguir. Sólo tienes que darle un mal golpe a tu rival.

MARCEL. Tranquilícese...

MATEOS. ¡Este desgraciado me saca de mis casillas! ¡No hay manera de hacerle abrir los ojos!

KID. ¡Tenga cuidado no le abra yo a usted otra cosa!

Entra Sony corriendo.

SONY. Don Ángel, don Ángel... Que la señorita Marina no está en su asiento...

MATEOS. Pues búscala, maldita sea, ¿es que tengo yo que hacerlo todo?

SONY. Si la he buscado, pero no está en el bar, y en el servicio de señoras no me han dejado entrar...

MATEOS. Pues dale una propina a la de la puerta y que te deje echar una mirada...

SONY. Lo he intentado, pero sólo llevo cuarenta duros, y la vieja dice que son cinco mil pesetas...

Mateos se agarra la cabeza con las manos.

MATEOS. Ya no puedo más, ya no puedo más, ¡estoy rodeado de inútiles!

KID. Sony, las vendas...

SONY. Va, campeón... Don Ángel...

MATEOS. ¿Qué quieres?

SONY. Que el combate no va a tardar mucho. Lo que aguante Navarro al Mojamé. En el segundo asalto ya le ha tirado dos veces...

MATEOS. Esparza... *(Se lo lleva aparte. Sony comienza a vendar los puños del Kid.)*

MARCEL. Diga, señor Mateos...

MATEOS. Achúcarro me ha dicho que va a advertir a Alarcón para que se emplee sin miramientos. Me duele decirlo, pero espero que acabe con el chico en unos minutos...

MARCEL. Ojalá...

MATEOS. ¿No lo ves claro?

MARCEL. Claro, claro...

Se levanta un clamor fuera que procede del ring. Sony se acerca a la puerta. Se oye la voz del espiker que anuncia la victoria de Ricky Navarro sobre Mohamed Ben Yussuf.

SONY. ¡Otia! ¡El Navarro se la ha metido doblada al moro! ¡Esta sí que es una sorpresa!

MATEOS. ¡Sony! ¿Quieres cerrar la puerta?

KID. Termina y dame la bata.

SONY. Va, campeón.

Sony termina con el vendaje. Los altavoces anuncian el próximo combate: Kid Peña contra Alarcón por el título europeo. Mateos se sienta mareado.

MARCEL. *(Dándole aire.)* No se ponga así, señor Mateos... ¿Le doy un poco de amoníaco? *(Le acerca un frasco a la nariz y Mateos da un respingo.)*

MATEOS. ¿Eh?

MARCEL. Ha sido una lipotimia...

MATEOS. ¡Esa es la solución!

MARCEL. ¿Qué?

Sony pone la bata al Kid.

KID. ¿Vienes, Marcel?

MARCEL. ¡Un momento!

MATEOS. *(Sujetándole por la muñeca.)* Éter. Hay que darle éter con la toalla.

Sony y el Kid salen hacia el ring. Se santiguan antes.

MARCEL. En seguida estoy con vosotros. Vete calentando... *(Cuando han salido.)* ¡Pero eso es una chapuza, se darán cuenta!

MATEOS. ¿Quién?

MARCEL. Todos: los jueces, el árbitro, la prensa, el público...

MATEOS. Pero ya será tarde. Además, a lo mejor ni hace falta. Sólo en caso de que vaya mal.

MARCEL. ¿Y de dónde saco yo ahora el éter?

MATEOS. Yo me encargo de eso...

MARCEL. Pero si me pillan, me descalifican a perpetuidad. ¿Y qué hago yo entonces?

MATEOS. ¿Cuánto te falta para la jubilación?

MARCEL. ¡Ocho años!

MATEOS. Yo te los pago, maldita sea...

MARCEL. *(Tras una pausa.)* Por escrito, señor Mateos. No es que no me fíe, pero, la verdad, las cosas como son...

MATEOS. ¿Cómo por escrito?

MARCEL. Como antes. Como ha hecho con la señorita Marín.

Por el altavoz anuncian a los contendientes. La voz del espiker llega muy clara a través de la puerta abierta.

MARCEL. Ya tenía que estar en el rincón.

MATEOS. Está bien, está bien, vete de una vez... Ahora te llevo todo lo que hace falta...

MARCEL. ¡Y no se vaya a olvidar de los testigos! *(Sale.)*

El espiker anuncia el comienzo del combate. Suena la campana. Rugen los espectadores. Mateos busca una y otra vez una pluma por los bolsillos. La saca y se la pone en la boca mientras continúa buscando el papel. Saca por fin un folio y vuelve a buscar la pluma.

MATEOS. ¡La pluma, maldita... ah!

Al abrir la boca se le ha caído la pluma. La recoge y se dispone a escribir.

MATEOS. Este... por la presente, yo, Ángel Mateos... Pero..., un borrón... Está visto que... *(Saca otro papel y debe caer otro borrón porque Mateos, cabreado, arruga la hoja y mira con aprensión la pluma. La levanta en el aire y observa como gotea. Le cae una gota en el pantalón y ya se hace un lío. Con una mano se lo frota y con la otra mantiene a distancia la pluma. En un arrebato arroja la pluma contra la pared y se queda clavada como un dardo.)* ¿De dónde saco yo ahora...? Está visto que cuando más falta hace... *(Revuelve en la cesta de mimbre, tirando todo por el suelo, las toallas, el albornoz...)* ¡Un bolígrafo, un bolígrafo! ¡Mi vida por un bolígrafo! *(Se oye fuera el clamor del combate.)* ¿Eh? Aquí, aquí... *(Ha encontrado un bolígrafo en la ropa de calle de Marcel.)* ¡Como no escriba! *(Lo prueba.)* ¡Escribe, escribe! *(Se arrodilla jubiloso y se dispone a recomenzar.)* Por la presente, yo, Ángel Mateos Sainz...

Se levanta de pronto un rugido furibundo. Mateos alza la cabeza nervioso. El árbitro comienza a contar coreado por el público: ¡Uno! ¡Dos! ¡Tres! ¡Cuatro! ¡Cinco! Mateos tiembla in crescendo ¡Seis! ¡Siete! ¡Ocho! El árbitro se detiene. Ruge otra vez el público y Mateos escribe deprisa. De nuevo el árbitro detiene el combate e inicia la cuenta: ¡Uno! ¡Dos! ¡Tres! ¡Cuatro! ¡Cinco! ¡Seis! ¡Siete! Mateos, pálido, verde, amarillo, morado. ¡Ocho! ¡Nueve! Mateos cae, de rodillas. ¡Diez! ¡Diez! ¡Diez! grita el público a tope. ¡Kid! ¡Kid! ¡Kid! ¡Kid! Mateos, desencajado, contempla la puerta. El barullo del público es fenomenal. Mateos se levanta a duras penas. Lleva el papel en la mano. El espiker anuncia por el micro la victoria del Kid, mientras Mateos, lentamente, rompe el papel en muchos pedacitos. Se deja caer sobre el banquillo completamente derrengado y así le encuentra Marina que llega corriendo sofocada.

MARINA. ¡Angelón! ¡Angelón! ¿Lo has oído? *(Al verle en ese estado.)* Lo has oído.

MATEOS. *(Tras una pausa.)* Siempre supe que ese chico tenía madera de campeón. No me he cansado de repetirlo. Ya lo ves, no me equivocaba.

MARINA. Tenías que haberle visto... Ha salido en tromba. Le ha acorralado contras las cuerdas y allí le ha dado jabs, crochets, ganchos, voleas. ¡Ha sido estupendo! ¡Una exhibición de genio! Qué lástima que te lo hayas perdido... ¡A lo mejor lo dan mañana por la tele!

Escuchan el follón que viene del interior. Los gritos se van apagando. Mateos reacciona.

MATEOS. ¡Y que una victoria tan grande haya que pagarla tan cara!

MARINA. La cosa es grave, ¿verdad?

MATEOS. Muy grave. No las tengo todas conmigo. Achúcarro es mal enemigo. A partir de esta noche puede pasarme cualquier cosa, ¿entiendes?

MARINA. Tampoco será la primera vez que ocurre algo así.

MATEOS. La primera en muchos años. Achúcarro debe estar fuera de sí... y es un loco peligroso. Le conozco bien. Vete al hotel y haz las maletas. Saldremos inmediatamente para el aeropuerto.

MARINA. El avión no sale hasta mañana.

MATEOS. Por eso. Cambiaremos los billetes y cogeremos un coche de alquiler.

MARINA. ¿Cuánto tiempo tengo?

MATEOS. *(Mirando el reloj.)* Quince minutos.

MARINA. Me gustaría despedirme antes de... del equipo *(Le besa.)* Angelón, no te pongas furioso con el Kid. Ya no vale la pena. *(Escucha.)* Ya están ahí.

Entran Sony, Marcel y el Kid. Sony enarbola el cinturón de campeón europeo y brinca una extraña danza. Marcel lleva los trastos y los guantes del campeón, con aire abatido y depre. El Kid con las manos aún vendadas y la bata puesta sin abrochar, despeinado y sudoroso pero exultante, hace signos de victoria hacia el exterior donde disparan sus flashes los chicos de la prensa. Sony y Marcel y cierran la puerta. Marina sale a su encuentro.

SONY. ¡Qué le dije, señorita Marín! Hemos ganado, hemos ganado! ¡Son tus perjúmenes, mujer, los que me suliveyan...! *(La coge de las manos y da saltos con ella ante el estupor de Mateos, Marina ríe divertida. Ella es así y no le pidan explicaciones)* ¡... los que me suliveyan, los que me suliveyan! *(Siguen cantando.)* ¡Tus pechos cántaros de amor..., etc...! *(El Kid se une a ellos y sin dejar de cantar y brincar le van quitando las vendas de los puños y se enredan con ellas una y otra vez. Mateos les mira entre furioso y ausente. Marcel va hacia él.)*

¡ESTA NOCHE, GRAN VELADA!

MARCEL. Achúcarro está furioso. Creo que debería tener cuidado.

MATEOS. Todos deberíamos tener cuidado..., pero no lo tenemos y luego pasa lo que pasa... ¿Qué te ha dicho Achúcarro?

MARCEL. A mí, nada, pero cuando el árbitro ha terminado la cuenta, se ha puesto en pie, ha partido el puro de un mordisco y ha cicho: "¡Me cago en su puta madre!"

MATEOS. ¿En la puta madre de quién?

MARCEL. No se lo he preguntado...

MATEOS. ¡Ah, bueno!

MARCEL. De todas formas... nunca había visto así a ese hombre.

MATEOS. *(Los otros gritan a tope.)* ¡Queréis callaros de una santísima vez! ¡Que os calléis, digo! *(Se callan de golpe.)* ¡Estamos hablando una cosa importante! *(Se vuelve y Sony saca una botella de champán y empieza a descorcharla. Hacen gestos de silencio y les da todo mucha risa.)* ¿Qué decía, Esparza?

MARCEL. Que cuanto antes nos vayamos, mejor.

MATEOS. Es lo más razonable. Tenga. *(Le entrega un sobre.)* Gracias por todo.

MARCEL. A usted, señor Mateos.

Estalla el tapón del champán y Mateos se arroja instintivamente al suelo.

MARINA. *(Levantándole. Todos contienen la risa.)* Angelón... Será mejor que nos vayamos...

SONY. Perdone el susto, don Ángel... Es una botellita que tenía guardada para la ocasión... Como estaba seguro... *(Les da vasos de plástico.)* Una copita para celebrarlo...

MATEOS. Esoy yo para copitas... Toma *(Le da un sobre.)*

MARINA. *(Cogiendo vasos para los dos.)* Gracias... Angelón, no hagas este feo a los chicos...

KID. *(Viene a él con su vaso lleno.)* Don Ángel, quiero decirle una cosa. Ahora que soy campeón de Europa..., pues... que se lo debo a usted, que no crea que no me doy cuenta... y que siento mucho que después de todos estos años de golpes y sudores y esfuerzos que ha hecho para que saliéramos adelante... Pues eso, que yo sé que se ha desengañado de mí y que lo comprendo..., pero que sepa usted que yo...

MATEOS. Vale, Kid, déjalo... Has demostrado que eres un campeón. Lo malo es que lo has hecho a deshora. Como de costumbre.

KID. Siento mucho lo que ha pasado esta noche. Se lo juro...

MATEOS. Lo sé, lo sé... Despídete de Marina... de Nieves... Tenemos prisa.

MARINA. Adiós, campeón. Ha sido un combate inolvidable.

KID. Que tengas suerte.

MARINA. Lo mismo digo. *(Le besa en la mejilla.)* Adiós a todos... Marcel, Soplillo...

MARCEL. Adiós, señorita Marín...

Sony le acompaña a la puerta. La deja pasar y le canta bajito.

SONY. ¡Son tus perjúmenes, mujer...!

Marina le sonríe y sale.

MATEOS. *(Al Kid.)* ¿Qué piensas hacer?

KID. Lo que usted diga. Es mi manager.

Kid se quita la bata y se mete en la ducha.

MATEOS. *(Mientras el Kid se ducha.)* Ya no, muchacho. Esto se ha acabado. Eres libre otra vez. Pero te voy a dar un último consejo: lárgate a tu pueblo y déjate de boxeos y de historias. Estás en la lista negra. Te puede pasar cualquier cosa, ¿entiendes?

Cuanto menos se te vea el pelo por el ambiente, mejor. ¿Verdad, Esparza?

MARCEL. Cuanto antes, Kid, cuanto antes. Yo que tú cogía un taxi y me largaba esta misma noche.

SONY. ¡Pero antes tenemos que celebrarlo!

Kid sale de la ducha. Marcel le ayuda a secarse.

MATEOS. Por una vez en la vida, hazme caso. Me lo agradecerás. Y ahora, adiós. A mí también me conviene la prisa.

KID. *(Reteniéndole.)* ¡Don Ángel, ha sido un padre para mí! *(Marcel le pone la bata.)*

MATEOS. No puedo decir lo mismo, chico, lo siento.

KID. Yo también.

MARCEL. Y yo.

SONY. Y yo.

MATEOS. Está bien. No nos pongamos sentimentales. ¿Queda otra copa, Sony?

SONY. Un resto. *(Le da la botella y Mateos la apura. Se ajusta la corbata y se atusa el pelo.)*

MATEOS. Sin rencor. *(Abraza al Kid.)* Adiós, muchachos... *(Les da la mano.)* Adiós.

(Sale Mateos y quedan los tres en silencio. Kid empieza a vestirse. Marcel le ayuda. Sony recoge las cosas.)

SONY. ¿Nos vamos de putas?

MARCEL. Sony...

KID. No tengo cuerpo...

SONY. Es lo mejor para olvidar. Yo invito... con la pasta de la apuesta.

KID. Pero, ¿iba en serio?

SONY. ¡Y tanto! Ahora mismo me voy al bar a cobrarla... Venga, veniros..., por lo menos os invito a una copa...

MARCEL. El campeón tiene que descansar, Sony... Y tú, ya has oído a don Ángel. Lárgate cuanto antes. El mar anda revuelto.

KID. Están ahí todos esos... No me los quitaré de encima en una hora.

MARCEL. Sal por detrás. El callejón da a la calle. Anda, Sony, acompáñale. Yo terminaré de recoger esto, despediré a los periodistas y me reuniré con vosotros en el hotel. Id haciendo las maletas.

SONY. ¿Y me quedo sin cobrar la apuesta? No, Marcel. Tengo que ir antes por las pelas.

KID. *(Ya vestido.)* Claro, Sony. *(A Marcel.)* Déjale. Puedo ir solo.

MARCEL. *(Abriendo la puerta metálica.)* No salgas de la habitación. *(Abre y se ve un relámpago a cuya luz huyen los gatos que escarbaban en los cubos de basura.)* ¡Un rayo! *(Suena un trueno.)* Pero si hay tormenta... ¡Kid, tenías razón!

SONY. ¡Hoy es tu día!

KID. Te lo dije, Marcel, os lo dije a los dos... *(A Sony.)* ¡Has perdido los cuarenta duros! *(Sale Kid.)*

SONY. *(A Marcel.)* ¡Si no me los jugué! *(Marcel cierra con el pasador.)*

MARCEL. Ayúdame a recoger y luego te acompaño al bar... No sé si va a ser fácil cobrar esa apuesta...

SONY. Pues me lío a hostias...

MARCEL. Entonces, vas tú solo.

Suena el teléfono y al unísono golpes en el portón metálico.

KID. *(Desde fuera.)* ¡Marcel! ¡Sony!

SONY. ¡Sí, aquí es! Páseme la llamada...

Marcel corre a la puerta. Abre y el Kid cae sobre él. Su duele en el vientre, que sujeta con ambas manos. Un hilo de sangre empieza a brotar entre ellas.

MARCEL. ¿Qué ha pasado?

KID. Me pidieron fuego *(Cae de rodillas.)*

SONY. *(Al teléfono y mirándoles.)* Sí, sí, un momento... *(Tapa el auricular.)* Kid..., es tu novia... bueno..., la antigua...

MARCEL. ¡Cuelga y vete a buscar un médico! ¡Déjame ver! *(Al Kid.)*

KID. ¡No..., no..., no es nada...! ¡Ayudadme! *(Sony corre hacia él. Le ayudan a llegar hasta el teléfono. Hace señas de que le dejen solo y trata de aparentar normalidad. Sony sale precipitadamente a buscar a las asistencias. Marcel cierra el portón que ha quedado abierto y por el que llueve a cántaros.)* ¿Eres tú, Anita?... Sí, soy yo... ¿Me notas la voz tomada? A lo mejor he cogido frío, aquí se ha puesto a llover, ¿sabes?... Allí no, claro... Sí, he recibido tu carta... *(Durante el siguiente discurso Kid es ayudado por Marcel a mantener la vertical. La sangre mana imparable. Marcel trata de convencerle de que cuelgue con gestos ostensibles y progresivamente su voz y su actitud se deterioran y su mente se alucina febril.)* Sí, lo comprendo, no te preocupes... Bueno, mujer, no te pongas así, son cosas que tiene la vida... ¿Que no me importa?... ¡Pues claro que me importa! ¡Y mucho!... Anita, por favor, no empieces otra vez... ¡Anita, me tienes harto!... Anita, ¡no llores más! *(A Marcel.)* ¡Se ha puesto a llorar!

MARCEL. Cuelga.

KID. Es Marcel, que dice... Pero, Anita... ¡sí!, ¡sí!, ¡sí, sí, sí! ¿Cómo quieres que te lo diga? ¡Te quiero, te quiero con toda mi alma! ¡Te lo juro!... ¿Estás más tranquila?... Me alegro... *(A Marcel.)* Dice que ha oído el combate por la radio... No, que le decía a Marcel... ¡Pues claro que te estoy escuchando! No sabía que lo daban por la radio... Venga, dime... Gracias, eres muy amable... Nada, no te preocupes, lo normal, sólo unos rasguños...

¿Sangre? Bueno, ya sabes cómo es esta profesión... Sangre, sangre por todos los lados... La sangre es muy escandalosa... Pero yo me siento más limpio que nunca, Anita... El mundo puede derrumbarse sobre mí como en aquella película de Sansón que vimos juntos... ¿Te acuerdas cómo nos cogíamos las manos?... ¿Te acuerdas cómo te reías porque nos sudaban?... Anita... Y todo este sudor, ¿para qué?... Anita... ¡Anita! ¿Estás ahí?... ¿Anita, todo este sudor para qué?... Anita, todo este sudor, toda esta sangre, todas estas hostias que me ha dado la vida..., yo ya no sé... *(Marcel trata de quitarle el teléfono.)* ¡Déjame!

MARCEL. ¡Kid!

KID. ¡Que me dejes!... Anita... ¿Estás ahí?... Me pregunto tantas cosas... Pero no puedo quejarme. Al menos he llegado hasta donde podía llegar..., o más lejos aún... ¿Qué más puede pedir un hombre? *(La mano que sostiene el teléfono se abandona y el aparato cae al suelo.)*

MARCEL. *(Abrazándole desesperadamente.)* ¡Kid! ¡Kid! ¿Qué necesidad hay de pedir nada? *(Le deja en el suelo y recoge el teléfono.)* Señorita..., perdone que la interrumpa... Soy Marcel, el preparador del Kid. El campeón está muy cansado. Tiene que dormir un poco. Será mejor que cuelgue. Adiós.

Cuelga sin esperar respuesta. Sobre las últimas palabras de Marcel se oye la sirena de una ambulancia que se aproxima. El volumen va creciendo mientras se hace el oscuro final.

SERGI BELBEL

ELSA SCHNEIDER

NOMBRES DE MUJER

Antonio Tordera

Por fortuna, en España podemos seguir hablando actualmente de generaciones de teatro. La fortuna consiste, con exactitud, en poder referirse a nuevas generaciones de autores de teatro. Aún es pronto para hablar de un nuevo tipo de textos teatrales; por el momento es ya mucho —teniendo en cuenta la tendencia constante, hoy fatigante, a hablar de crisis de teatro, de crisis de textos dramáticos— que sea posible mencionar una nueva generación de autores dramáticos. O siquiera (para no entrar en discusión sobre el concepto de "generación") de una floración de autores. Cabe hablar con ilusión de Ernesto Caballero, Antonio Onetti, Alfonso Plou, Leopoldo Alas para el área castellana, y de Sergi Belbel, Francesc Rodríguez i Pereira, Lluís Anton Baulenas para la catalana.

Y quedan en el tintero muchos otros nombres, cuya inclusión o exclusión plantea, como antes decíamos, problemas de clasificación generacional, aunque nos quede insatisfecho el rigor o la justicia de no citar aquellos autores que habiendo comenzado a escribir en las postrimerías de la dictadura franquista, aún se les sigue llamando "jóvenes autores" en base a que su actividad creativa aún está en crecimiento, seguramente cuajado de sorpresas en el futuro. En resumen, los autores que he citado pertenecerían a lo que César Oliva ha llamado "primeros dramaturgos de los ochenta" y que, puestos a dar un criterio cronológico generacional, tienen en común haber nacido a finales de la década de los cincuenta, y aun incluso a principios de los sesenta.

Se trata, pues, de un conjunto de autores jovencísimos, del que es difícil extraer rasgos definitorios inequívocos, más allá del hecho de estar viviendo una parecida coyuntura cultural y social. Claro es que cada fracción histórica posee una serie de elementos en común que suele provocar reacciones semejantes y que el tiempo irá subrayando. Pero aún es pronto y lo más sensato parece entonces hablar de obras en concreto o, a lo sumo, de autores determinados y de las obras que hasta hoy ellos han escrito.

Sergi Belbel i Coslado, nacido en Terrassa (Barcelona) el 29 de mayo de 1963, ha escrito diez obras en cinco años, ha estrenado siete y ya ha recibido premios importantes. Su impacto ha sido tal que a propósito de él ha empezado a hablarse de una nueva dramaturgia catalana.

La afirmación no es totalmente exagerada, sobre todo si consideramos el conjunto de las obras escritas o dirigidas por Belbel. De modo que lo más exacto es hablar de "dramaturgia belbeliana", y a eso deseo ceñirme, con la seguridad de que muchas de sus características serían extensibles a otros autores.

En efecto, la obra de Segi Belbel, aunque es válida por sí misma, no nace espontáneamente ni por casualidad sino que se ha hecho, y se está haciendo, en un preciso caldo de cultivo. En este sentido, quiero destacar algunos elementos de su formación, que se me antojan decisivos no sólo para explicar el nacer y hacerse de este autor, sino también para caracterizar un ambiente, un contexto.

Por ejemplo, es significativa su condición de hombre de estudios, esto es, su inicial formación académica como Licenciado en Filología Francesa por la Universidad Autónoma de Barcelona, y su trabajo actual, desde 1988, como profesor del Institut del Teatre de Barcelona. Sobre este fundamento intelectual volveremos más tarde; ahora nos interesa destacar, a partir de su formación inicial, que en aquel arranque, entre 1983 y 1984, Belbel tuvo ocasión de entrar en contacto, y participar activamente, en el Aula de Teatro de la citada Universidad (co-dirigida en aquel momento por Jordi Castellanos y el valenciano Manuel Aznar). Allí continúa el trabajo de actor, que pronto abandonará y que ya había practicado en su ciudad natal. Allí, con el grupo del Aula de Teatro, dirige *Hamletmaschine* y *Quartett* de Heiner Müller. Allí, por destacar otro hecho, traduce en alejandrinos catalanes la *Fedra* de Racine, que asimismo dirige. Y allí, en fin, para el carnaval de la Universidad, organiza acciones en las que muestra su interés por la poética escénica de Pina Bausch.

Actor, director, traductor, lector. Este es el bagaje y el múltiple punto de vista que caracterizará su acercamiento a la escritura dramática. Ésta llegará con otro hecho significativo no sólo para Belbel sino para una de las vetas más eficaces y fecundas del teatro español actual; el trabajo de José Sanchis Sinisterra, autor él mismo, hombre de confianza (perdóneseme la expresión) de Beckett, fundador del Teatro Fronterizo, pero en esta ocasión profesor de Teoría Dramática y animador de los talleres de escritura dramática en los que se inicia Belbel como autor.

Lo que se diga de la capacidad de Sanchis Sinisterra para animar (sugerir, mostrar, exigir) en la creación teatral contemporánea española no será nunca suficiente. Me refiero, por otro lado, no sólo a unos "métodos" de escritura, de destripamiento dramatúrgico de la narrativa del siglo XX, sino también a una especial sensibilización hacia los factores básicos de la cultura contemporánea.

Sería objeto de muchas páginas deslindar lo que Belbel recibe de todos esos estímulos y lo que Belbel proporciona a esos círculos creativos. Nos limitaremos a *Elsa Schneider,* para intentar detectar las huellas que esa trayectoria deja en el texto de un autor que podríamos describir, en resumen, como un hombre de teatro (director, autor, traductor) y un hombre de letras (lector, profesor, escritor).

No es la primera vez que Sergi Belbel proyecta sobre el teatro sus conocimientos literarios. Ya en *A.G./V.W. Calidoscopios y faros de hoy* (Premio para nuevos autores "Marqués de Bradomín" 1985) puso sobre el escenario su personal visión del mundo literario de André Gide y de Virginia Woolf. Allí, como en el presente texto, la obra se divide en tres partes, y la narrativa estructura en gran medida no sólo el registro argumental sino también el mismo lenguaje. Me parece importante detenerse en esto, porque no se trata de una fórmula aplicada mecánicamente. La primera parte se define como "dramaturgia de la novela *Fraulein Else* de Arthur Schnitzler". Se trata de una novela corta del dramaturgo y novelista vienés (1862-1931), publicada en 1924, y que hacia 1929 fue traducida al catalán. En ella se narra la trágica historia de una joven, que Belbel reproduce en su hilo argumental, pero llevándolo a un discurso interno creado sobre el escenario. La segunda parte acoge fechas y acontecimientos decisivos de la biografía, también con fatal desenlace, de la actriz Romy Schneider. La tercera, protagonizada por Elsa Schneider, es una síntesis teatral de ambas protagonistas.

Señal de su calidad de escritura, la obra admite varias lecturas. Podríamos decir que el texto trata del suicidio, pues en eso acaba cada una de las tres partes. En ello se puede basar lo que se ha llamado el nuevo romanticismo de Sergi Belbel. Pero también se puede leer la obra como una reflexión sobre la mujer.

Parece sencillo: tres mujeres que plasman una vertiente desesperada de la condición femenina y que terminan enpujadas al suicidio. Pero a partir de ahí se superponen, o mejor se entremezclan, los ingredientes. La primera parte se desarrolla en clave de melodrama, al estilo exasperado del médico vienés, Schnitzler. La segunda se somete, en su ritmo y en los impulsos de la protagonista, a la lógica de la prensa del corazón. La tercera se desplaza hacia el trabajo del teatro en sí mismo, en el escenario, con un emblema que cierra la historia con el enigma de un nombre, un nombre de mujer, o mejor dicho, de muchas mujeres: "Me llamo Elsa Schneider". En ese acróstico culmina la ligazón estructural entre las dos primeras partes y, en última instancia, toda la obra: el paralelismo entre el destino final de las protagonistas de la primera y segunda parte es fatalmente implacable. Y la protagonista de la tercera parte se funde, al final, en la misma sustancia destructiva: el champagne, objeto reiterativo en el texto, materialización de una estúpida frivolidad, llámese ésta veronal, somníferos, etcétera.

Sergi Belbel es demasiado catalán de finales de siglo y demasiado hombre de teatro como para no saber que las máscaras no esconden verdades, sino simplemente otras máscaras. Así, la joven de la primera parte debe tanto en su textura teatral al papel que lo social le impone como a la literatura de Schnitzler, y todo ello sobre el escenario. Literatura de tercer grado. Por su parte, Schneider, la protagonista de la segunda parte es a su vez la encarnación de Rose Marie Albach-Retty, nombre verdadero de la actriz Romy Schneider, pero a la vez es la Emperatriz de Austria, aunque también la famosa Sissi (¿la Cissy Mohr de la primera parte?) del film que hizo famosa a la Romy Schneider de las postales, pero también la Romy Schneider que a partir de Alain Delon inició una trayectoria meteórica hacia la grandiosidad de la madurez artística y de la fatal autodestrucción.

Elsa Schneider, pues, es (pura) literatura. No es, sin embargo, teatro literario. Está aún por estudiar la profunda correlación entre la innovación literaria en el siglo XX y los certeros pasos del teatro contemporáneo hacia su proclamación como hecho artístico autónomo. Son muchos los hitos, ya desde la época de *Los hermanos Karamazov,* y *Elsa Schneider* es un ejemplo de ese contagio mutuo, sólo que esta vez con el cine por interposición. Si algo caracteriza a esta nueva generación de dramaturgos que hoy escribe en España es que todos ellos han frecuentado la sala oscura del cine, de la misma manera que obras maestras de la cinematografía se apoyan en textos dramáticos.

Belbel —no sé con qué grado de conciencia— ha visto mucho cine, ha leído mucha literatura, pero también ha hojeado *comics* ("tic, y tic y tic") y ha visto mucha televisión (otra obra suya, *Tálem*, utiliza descarada y hábilmente esas educaciones), pero sobre todo parece amar el teatro. En efecto, su objetivo final es hacer (dirigir, traducir, escribir) teatro. Lo que destila *Elsa Schneider* es teatralidad. Parece como si el escenario fuese la realidad última. De hecho, a lo largo de *Elsa Schneider* menudean calculadamente explícitas referencias de las protagonistas a su condición teatral, a su entorno escénico. En última instancia, en este sentido, esas obstinadas referencias, dejadas caer como al azar, funcionan como aquel mecanismo descrito por Barthes como "efecto de realidad".

Lo que queda, al margen de los logros y excesos, es teatro. *Elsa Schneider* es, en su última y tal vez primera intención, un juego o una manipulación de las convenciones y las reglas del teatro. En todos los niveles al alcance de la mano que hoy posee Belbel. Bastaría detenerse en el lenguaje de los personajes, que avanza sobre repeticiones y reiteraciones. Frases cortas, que se repiten, se yuxtaponen idénticas o con ligeras variaciones, con mínimas mutaciones, para arrastar al lector, al actor y al espectador por su aventura de producir un monólogo interno (lo que parecía exclusivo de la narrativa) sobre el escenario. Otro aspecto a analizar sería el uso que hay de la oscuridad en un arte que parece hoy esclavo de la tecnología de la iluminación.

Si algo parece claro es que Belbel conoce la llamada "carpintería teatral", que la ha desmontado y que parece comprometido en volver a montarla de una manera más cercana al modo de sentir, percibir y discurrir de los hijos de la cultura de hoy.

SERGI BELBEL

Nace en 1963 en Tarrasa (Barcelona). Licenciado en Filología, su formación teatral se produce en el Aula de Teatre de la Universidad Autónoma de Barcelona. En 1985 recibe el Premio Marqués de Bradomín por *Caleidoscopios...*, que se estrena al año siguiente. A partir de ese momento se han sucedido los estrenos, y Belbel ha pasado a convertirse en uno de los valores jóvenes más firmes del país. Su actividad teatral se amplía al campo de la dirección, y desde 1988 es profesor del Institut del Teatre de Barcelona.

TEATRO

Caleidoscopios y faros de hoy. Escrita en 1985. Editada en Nuevo Teatro Español nº 1, 1986. Estrenada en el Festival de Cabueñes (Asturias), 1986, bajo la dirección de Juanjo Granda.

La nit del cigne. Escrita en 1986. Editada en Curial revista Els Marges nº 32, 1987. Estrenada en el Teatro Amics de les Arts (Tarrasa), 1986, bajo la dirección de Jaume Girona.

Dins la seva memòria. Escrita en 1987. Editada en Edicions 62, col. Els libres de l'Escorpi nº 104, 1988.

Elsa Schneider. Escrita en 1987. Editada en catalán por la Biblioteca Teatral del Institut del Teatre nº 62, 1988. Aparecerá en castellano en el número 86 de El Público, septiembre-octubre 1991. Estrenada en el Teatre Romea (Barcelona), 1989, bajo la dirección de Ramón Simó.

Minim·mal Show. Escrita en 1987. Estrenada en el Teatre Romea (Barcelona), 1987, bajo la dirección de Miguel Górriz-Sergi Belbel.

Opera. Escrita en 1988. Estrenada en el Mercat de les Flors, 1988, bajo la dirección de Sergi Belbel.

En companyia de abisme. Escrita en 1988. Editada en Edicions 62, col. Teatre de l'Escorpí nº 166, 1990, y en Primer Acto nº 233, 1990. Estrenada en el Centre Dramatic d'Osona, 1990, bajo la dirección de Sergi Belbel.

L'ayudant. Escrita en 1988. Editada en Edicions 62, col. Teatre del Scorpi nº 166, 1990.

Tercet. Escrita en 1988. Editada en Edicions 62, col. Teatre del Scorpi nº 166, 1990.

Tàlem. Escrita en 1989. Editada en Nuevo Teatro Español nº 7. 1990. Estrenada en el Teatre Romea (Barcelona), 1990, bajo la dirección de Sergi Belbel.

Carícies. Escrita en 1991. Próximo estreno en el Teatre Romea (Barcelona), 1992, bajo la dirección de Sergi Belbel. Aparecerá editado en castellano en el número 86 de El Público, septiembre-octubre, 1991.

SERGI BELBEL

Elsa Schneider

PERSONAJES

ELSA

SCHNEIDER

ELSA SCHNEIDER

PRIMERA PARTE

ELSA

(Adaptación de la novela *Fraulein Else*,
de Arthur Schnitzler)

1.
EN DIRECCION AL HOTEL

(Elsa, diecinueve años, pelo largo, jersey rojo, falda corta. Lleva una raqueta de tenis bajo el brazo. Pasea.)

ELSA. Espero que esos dos no crean que estoy celosa. ¡ja ja! Algo sucio, sí, algo sucio entre el primito y la tal Cissy Mohr, estoy segura. Y me da igual... *(Se da la vuelta.)* Ahora tendría que sonreír... *(Sonríe. Señal de despedida con la mano, graciosa. Se da la vuelta.)* Paul no está nada mal... nada mal... lástima que esa Cissy... Bah, nada que hacer, nada que hacer, no te preocupes, tía Emma, nada que hacer con el primito. *(Camina.)* ¡Una tarde maravillosa! Podríamos haber ido al campo; habríamos salido de madrugada e incluso habríamos podido subir hasta el chalet Rosetta donde vive aquel americano tuerto que parece un boxeador. ¡Tuerto, ja, ja! A lo mejor perdió el ojo en un combate de boxeo, ¡ja, ja, ja! Ah, cómo me gustaría ir a América y casarme allí, pero no con un americano, o bien casarme con un americano pero sin vivir en América... Una casita en la costa, escaleras de mármol que llegan al mar, me tiendo completamente desnuda sobre el mármol... *(Se para de golpe. Mira de reojo al público. Sonríe. Voz más baja:)* ¿Por qué me saludan esos dos jóvenes? *(Deshace la sonrisa. Voz normal:)* No los conozco de nada, los vi ayer cuando llegaban al hotel y más tarde en el comedor, son italianos, el más alto es muy

1509

interesante y me ha mirado fijamente... ¿y yo? ¿Cómo he respondido, graciosa o altiva? Altiva. ¡Ja, ja! Yo no soy altiva. "No, tú no eres altiva —decía Alfred— tú eres altanera." "Altanera", ¡vaya palabrita, Alfred!... Ahora que me acuerdo... ¿habrá llegado la carta de mamá?... Sí, seguro. Me da miedo que haya llegado. Por eso camino tan despacio... No serán buenas noticias, querrán que vuelva a casa, ya lo sé... Ya está bien: la niña de los parientes pobres, invitada por la tía millonaria, tiene que volver a casa. "¡Hala, niña, se te acabaron las vacaciones!", ya me lo imagino. ¿Tendrá algo que ver la tía?... ¡No, no temas por mí, tía, cómo tengo que repetirte que a Paul ni lo miro, que ni siquiera he soñado con él! Además no quiero a nadie, yo no quiero a nadie, he dicho nadie, no, no estoy enamorada, no lo estoy, nunca he estado enamorada, ni siquiera de Albert estaba enamorada... Quizá no me enamore nunca... Aunque creo que estoy bien... que soy... sensual. Sensual. Alfred sabe que yo soy sensual, sí, él lo sabe, Alfred me cae bien, sí, me cae bien, pero eso es todo. Si fuese más elegante, más "chic"... Ja, ja. Papá siempre se burla de mí cuando me oye decir "chic". ¡Ay, papá, qué pesado eres! ¿Nunca has engañado a mamá? Seguro que más de tres veces, ¡Qué tonta es, la pobre! De mí no sabe nada. Nadie sabe nada. *(Pausa.)* Nadie. *(Pausa.)* Quizá Alfred. *(Pausa.)* Ah, se prepara una fiesta en el hotel. Ah, ¿a quién veo? Oh, no, la señora Winawer... ¡uf! por lo menos cincuenta... ah, y detrás el señor Von Dorsday, su..., su..., su... ¡buf!, seguro que éste ya pasa de los sesenta. Me miran, me están mirando, se acercan, él sonríe, ¡qué viejo!, se acercan, sonrío, ¿tengo que sonreír? ¿Cómo me mira las piernas!, Realmente decrépito, Von Dorsday. ¿Por qué tiemblo? ¿Por qué? ¿Por qué estoy temblando?

Oscuro

2.
HABITACION DE HOTEL NÚMERO 77

Luces. Una cama, un espejo y una mesita con un vaso de agua. Elsa con el jersey rojo y bragas negras. La raqueta y la falda corta sobre la cama. Lleva un sobre cerrado en la mano.

ELSA. Claro, podría ser de Alfred, o de Carolina, o de Berta... pero no, es la carta que esperaba de mamá. *(La deja sobre la cama.)* Ah, qué noche más maravillosa. "El aire parece champán", como dice siempre el doctor Waldberg, "el aire parece champán y respirándolo me embriago." *(Abre los brazos, respira profundamente, cierra los ojos. Los abre, repentinamente. Rápido.)* No me ha gustado ni un pelo la mirada de Von Dorsday, viejo asqueroso, Oh, parecía que quería desnudarme, me acariciaba las piernas con la mirada, viejo repugnante y asqueroso. Y después toda esa gente en el vestíbulo, mirándome. Seguro que me he ruborizado. Ah, me encuentro mal. *(Contando con los dedos.)*... Me tiene que venir, sí, hoy es tres de septiembre, sí... el seis, o el cinco. Tomaré un poco de veronal. No, Alfred, no te preocupes, he dicho sólo un poco, para el dolor... Además hay que probarlo todo, ¿no?; tú lo has dicho mil veces... todo hay que probarlo, incluso el hachís, el hachís también... Mmm, dicen que se tienen alucinaciones suntuosas... Un día Brandel me invitó a beber hachís... ¿a beberlo?... o... o a fumarlo... ¡él sí que es valiente! *(Pausa.)* Pues bien, señorita Elsa, ¿y si nos decidiéramos a abrir la carta? ¿De qué debe de hablar? *(La coge.)* ¡Exprés! ¡Urgente! ¿Malas noticias? ¿Se habrá muerto alguien? Bah... Me apoyaré en la ventana para leerla mejor. *(Se acerca al proscenio.)* Oh, la he abierto sin darme cuenta. ¡Ah, ten cuidado, chica, te vas a caer! "Trágico accidente en el Hotel Fratezza de San Marino: Elsa T., una encantadora jovencita de diecinueve años, hija del conocido abogado..." Bah, todo el mundo diría que me había matado por amor, o que estaba embarazada, o... bah... *(Lee:)* "Querida hija..." ¿Y si leyese el final? "No pienses mal de nosotros, hijita querida, un fuerte abrazo." ¡Dios mío, se han matado! No, mujer. Rudi me habría enviado un telegrama... *(Empieza a leer.)* "Perdónanos si te echo a perder las vacaciones con una noticia tan mala...", el estilo es horroroso, mamá... "pero, después de reflexionar, no veo ninguna otra salida. El asunto de tu padre ha entrado en una fase muy aguda. La cantidad de que se trata esta vez es relativamente irrisoria: treinta mil florines...", ¿irrisoria?, "que tendríamos que encontrar dentro de tres días. De otro modo sería inútil." ¿Pero qué quiere decir con todo esto? "Hija, imagínate que el barón Hoening..." el fiscal, me lo temía, ..."ha llamado hoy a tu padre para decirle que esta vez no piensa ceder, que no hay nada que hacer si no encuentra el dinero. No sólo nos arruinaríamos sino que además sería un escándalo sin precedentes. Tú, hija mía, ya eres lo bastante inteligente como para saber que a la fmilia no le podemos pedir nada, nos hicieron jurar que nunca más pediríamos nada a nadie, nunca más." ¿Adónde quieres ir a parar, mamá? ¿Por qué me cuentas todo eso precisamente a mí? "No encontramos a nadie que pueda ayudarnos, a nadie. Y mira por dónde nos llega una carta tuya diciéndonos que habías visto al señor Von Dorsday en el hotel." ¿Dorsday? "Una señal divina, pensamos. Ya sabes que Von Dorsday es íntimo de tu padre." ¿Íntimo de papá? "Papá le hizo ganar un juicio en el que habría podido perder mucho dinero. Además, no sería la primera vez que ayuda a tu padre..." ¡Me lo imaginaba! "Hace tiempo le prestó ocho mil florines... Pero ya sabes que treinta mil no significa nada para él. Por eso hemos pensado que no te costaría mucho hablar con Von Dorsday, por amor a nosotros. Ya sabes que él siempre ha tenido cierta debilidad por ti..." ¡Primera noticia! ¡Una debilidad! "Y como papá no ha vuelto a pedirle nada desde entonces, Dorsday no podrá negarse a este favor entre amigos. Puedes decirle que esta cantidad le salvará para siempre. Te lo ruego, hija mía, habla con Dorsday. Papá habría podido telegrafiarle la noticia, pero lo mejor es el contacto personal." ¡El contacto personal! "¡El día cinco, a las doce del mediodía, el dinero tiene que estar en casa del doctor Fiala!" Pero, papá, ¿qué has hecho? "Si Fiala no cobra el dinero el día cinco al mediodía, sólo Dios sabe lo que puede pasar. Créeme, hija, tu padre está desesperado: son las cuatro de la madrugada y hasta ahora no ha podido dormir." Ojalá no pudiera despertarse nunca. "Por favor, no le digas nada a tía Emma, ya sabes que, aunque sea mi hermana, para estas cosas es como una piedra. No lo dudes, habla con Dorsday, sería una ironía del destino que ocurriera una desgracia por treinta mil florines." ¿No estará pensando que papá podría...? "Con esto acabo. Espero que, pase lo que pase, podrás quedarte en San Marino hasta el día diez. No intentes volver por nosotros. Y sobre todo, no pienses mal de nosotros, hijita querida, un fuerte abrazo..." Bla bla bla, bla bla bla, me conozco el resto. *(Rompe la carta.)* Así que quieren que ataque al señor Von Dorsday, ¿están locos? ¿Pero qué se cree mamá? ¿Y por qué papá no ha tenido valor para coger un tren y venir hasta aquí? Habría llegado antes que la carta. ¡Siempre igual, siempre igual! ¿Y ahora qué hago? ¿Hablar con ese viejo repugnante? Ah, me moriría de vergüenza. ¿Vergüenza? ¿Vergüenza, yo? ¿Por qué, si no tengo ninguna culpa? ¡Ah, si yo tuviese dinero! *(Mira al público. Respira profundamente.)* ¡Puaj! ¿Champán? ¿El aire parece champán? ¿Oh, no, todo está muerto, qué triste es ahora el paisaje. Y yo aquí tan tranquila y papá... *(Se aleja del límite del escenario. Camina nerviosa.)* No... no, papá, yo te salvaré... yo... trataré a Von Dorsday como si fuera para él un honor prestarnos el dinero, ¡sí, eso es! *(Al espejo.)* Señor Von Dorsday, ¿podría dedicarme un minutito? Acabo de recibir una carta de mamá. Tiene problemas. Bueno, quiero decir papá. "Con mucho gusto, señorita, ¿de qué cantidad se trata?" *(Pausa.)* Si no fuera tan repugnante me podría permitir... ¡Elsa! *(Pausa.)* ¿Y papá? ¿Qué pasaría si le metieran en la cárcel? ¿Y qué pasaría con mamá? ¿Y con Rudi? ¿Suicidio? ¿Revólver? ¿Corrección de menores?... Bah, eso es de periódico sensacionalista. *(Pausa.)* El aire parece champán, sí, sí. *(Pausa.)* Y la cena dentro de una hora, ¿qué me pongo? ¡Oh, qué tarde! ¿Qué demonios me pongo? Ya es de noche, se hace tarde, ya es de noche. Oh, me gustaría estar muerta. *(Pausa.)* No, no es verdad. *(Pausa.)* ¿Qué hago? ¿Y si...? ¡Qué horror! Bajar, encontrar a Von Dorsday, hablarle suavemente, sensualmente... O decirle a Paul: "Primo mío, si me das treinta mil florines te dejo hacer lo que quieras conmigo." Otra frase de novela. ¡Venderse, para salvar a un padre! Si me vendiera esta noche, ¿qué dirías, papá? Sensacional, ¿verdad? *(Pausa.)* Tengo fiebre. Debe de ser la regla. O este aire de champán. ¿Qué tengo que hacer? Oh, tengo frío. Claro, si no llevo nada, ¡ja!, ahora sí, ahora tendría que verme Von Dorsday y sin pensárselo dos veces me daría los... *(Al espejo.)* Estoy bien, no soy exactamente guapa, yo diría... encantadora. *(Pausa.)* Tendría que haber hecho teatro. *(Pausa.)* Teatro. *(Pausa.)* Creo que he adelgazado. *(Mira al público.)* Se pone el sol, ahora el crepúsculo me mira por la ventana, el aire... ¿Por qué soy tan hermosa? ¿Por qué este cuerpo, por qué estos pechos, estas piernas?... El aire parece champán. *(Vuelve en sí, repentinamente.)* Quiero un cigarrillo, ¿dónde he dejado el paquete?, quiero fumar, necesito fumar, fumar, fumar, ¿dónde he dejado el paquete?, ¿dónde lo he dejado?, ¿en el armario? ¿sí?, no, sí, en el armario, al lado del veronal. *(Camina. Se para en seco.)* ¿Pasos? Sí: deben de ser Paul y Cissy, que van a cenar. ¿Qué hago aquí parada? Tengo frío y aún no me he... *(Vuelve al espejo. Se toca los pechos, el vientre, la entrepierna entre la ropa interior.)* Algún día me casaré y tendré hijos. Querría saludar al aire con un grito, un grito bien fuerte antes de bajar a mezclarme con esa gentuza, ¡estoy tan sola! Te saludo a ti... ah... a ti, ¡amante mío!, amigo mío... ah... ¿amigo?, ¿qué amigo?, ¿Alfred? Oh, no, Alfred no... nunca... ese "tú" no puede ser Alfred, ni Albert, ni Paul, ni... ah, ah, ah... ni Alfred, ni Albert, ni Paul, ni... ah, ah, ah... ni Alfred, ni Albert, ni Paul, ni Alfred... ah, ah, ah! *(Pausa. Respira. Se mira la mano.)* Sangre.

Oscuro

3.

DELANTE DE LA PUERTA DEL HOTEL

Luces. Elsa, elegante y sensual, fumando, sentada en un banco.

ELSA. ¿Paul? ¿Que haces aquí? Todos están en el comedor, cenando. ¿Quieres sentarte?... ¿Por qué? Sí... Nada.. No, no estoy soñando, ¿por qué dices eso?... ¿Que estoy ausente? ¡Ja, ja! no es verdad, es que no me encuentro muy bien, ya sabes... Sí. (¡Oh, que se vaya al diablo!) ¿Cómo dices? Ja, ja, ja ¿Sí, Paul? ¿Misteriosa?, ¿demoníaca?, ¿enloquecedora? ¡Qué palabras, Paul! (¿Pero qué le pasa ahora? ...Mmm, el humo de mi cigarrillo se pierde entre su pelo, qué guapo es... pero no, nada que hacer con él.) ¿Qué? Sí, tenía la cabeza en otra parte... Sí, sí. Adiós. Lo siento. De verdad. (¿Por qué se me quiebra la voz?, ¿qué me pasa ahora? ...Brrr, hace un poco de frío, ¿es el frío?, ¿o soy yo, que no me encuemtro bien?... ¡Dios mío, es él! No. No le diré nada hasta después... sí, hasta después de cenar. O no. ¿Y si... y si me fuese a Viena ahora mismo y voy yo en persona a casa del señor Fiala, a ver si le perdona a papá los treinta...) ¡Ah, señor Von Dorsday! Sí, muy bien. ¿Qué? Un paseo con usted, ¿ahora? ¿Ahora? ¿Antes de cenar? Sí, sí, sí, tiene razón, es un sitio precioso, sí, maravilloso, sí... pero, por favor, no me diga ahora aquello de "el aire parece champán...", como dice siempre el doctor Waldberg... ¡Ja, ja, ja! (Estoy nerviosa.) ¿Ah, sí? Sí. Sí. Sí. Sí. Sí, claro. Sí, sí. Sí, claro. (¡Qué lata de hombre!) Sí, me quedaré unos cuantos días más, si todo va bien... (¿Por qué le miro así? ¿Por qué estoy tan provocativa? Ya empieza a sonreír con esa actitud tan especial que tienen... ¡Qué idiotas son los hombres!), Sí, todos muy bien. ¿Mamá? No, ahora está en Viena, y... y... y mi... padre también, sí. Pobrecito... sólo ha tenido ocho días de vacaciones, es que tiene mucho... mucho trabajo, porque está preparando un proceso importante y... ¿Sí? ¿Papá? Ah. Sí, yo creo que sí ganará este juicio de ahora. ¿Ah, sí? Por cierto, ¿sabe que he recibido una carta de casa esta mañana? (¡Ah! no tendría que haber dicho eso... pero ¡vamos, no seas boba, acaba la frase!) Ah, señor Von Dorsday, acaba usted de hablar tan bien de papá que me sentiría culpable si... si... si no le explicase cuál es la realidad... (Qué cara de perro apaleado, ya se está oliendo algo). En la carta, señor Von Dorsday, también hablan de usted. Sí. Una carta (¿Por qué me mira así?) muy triste. ¿No conoce usted su... nuestra... situación, señor Von Dorsday? (¡Ah, se me quiebra la voz, casi no puedo respirar, el corazón, el corazón, ahora ya no puedo echarme atrás!) ¿Cómo se lo diría?... Entre la espada y la pared... otra vez. Sí. (Si pudiera esfumarme...) Y todo por una cantidad ridícula, una minucia, señor Von Dorsday, pero como lo dice mamá, lo escribe mamá, pues eso, que esa minucia lo pone todo en duda (¿Pero qué digo? ¡Me expreso peor que una vaca española!) ¿Qué? ¿Que me tranquilice? Pero si estoy muy tranquila, ha, ha. Señor Von (¿Se sienta?) Dorsday, papá... mi padre... papá (¡La rodilla, esta rodilla, su rodilla!) Señor Von Dorsday, mamá... (¡Ahora me restriega la pierna, su rodilla, esta rodilla, la repugnante rodilla!)... Mamá me escribe... (Tiembla, la pierna me tiembla, ¿qué estoy diciendo?) ...Mamá me dice que papá... (Balbuceo, tiemblo, nervios, ¿qué me pasa?, Las piernas, la boca, estoy sudando, ¡Pero si no me pica la oreja! ¿Por qué cruzó las piernas?)... mi... (¿Quién? ¿Quién? ¿Cómo?) padre... (¿Qué padre?) ¡No! No. Nada, nada. Gracias, señor Von Dorsday, muchas gracias (¡No me toque!), no, no es nada, señor (¡No me toque!) Von Dorsday, no es nada grave. (Ah, no puedo más, la cabeza, la vista, ah, ¿quién es aquella mujer? Querría... Qué silencio ahora. ¿Por qué tengo que continuar?, ¿Me mira? Me mira, sí, me mira, ¿por qué me mira? Sin verlo, sé que me está mirando. Oh, papá, te odio, ¿cómo has podido pedirme una cosa así?) ¿Cómo? Ah, sí, mejor, sí. (¿Qué? ¿Cómo? ¿Qué tengo que decir? ¿Todo? ¿Todo, hasta el final?) Señor Von Dorsday, yo sé que usted es un viejo amigo de la familia. (Oh, que tono, estoy más tranquila, ¿cómo he podido decir una frase tan larga?) Y no debería sorprenderle saber que la situación en que se encuentra mi padre es nuevamente crítica (Oh... ¿Estoy soñando? ¿Soy yo quien hablo?) Sí, exacto (¿por qué le miro así?, ¿Estoy suplicando? ¡Tengo que sonreír, sonreír! ¡Sonríe!) Usted es tan amigo de mi padre que... ¿cómo? ¿mío también?... Ah, sí, claro... (¡que deje de mirarme o cambiaré de tono y no sonreiré más!) Pues bien, ahora tiene la oportunidad de probar su amistad por mi padre y por mí. (¡Bien dicho, chica!) ¡Ah! (Otra vez la rodilla!, su rodilla asquerosa repugnante, está caliente, la siento... ¡y le dejo!, me estoy dejando, sí, ¿qué me importa?, ¿no estoy ya bastante humillada?) Esta... esta vez es el doctor Fiala quien está creando dificultades a papá. (Ah, ¿le conoce?), sí, el mismo, y la cantidad que debe entregarle el día cinco de septiembre, es decir, pasado mañana, para impedir precisamente que el barón Hoenig le pida a papá verle en privado, le quiere tanto... (Oh, ¿pero qué estoy diciendo ahora?, me estoy liando.) ¿Cómo? Sí..., si no... ¿la cárcel? (Se pone duro, diré que sí con la cabeza... Ha quedado bien) ¿Qué cantidad? Pues... (Y si dice que no, ¿qué? ¿Por qué sonríe ahora? ¡Si dice que no, me mataré!) Ah, ¿pero aún no le he dicho la cantidad? ¡Qué despistada! (¡Sí, hazte la tonta!) ¿De veras no se la he dicho? ¡Un millón! (¡Ah!, ¿qué me ha dado?, ¡qué broma!, ¡qué ojos está poniendo! Bah, mejor, cuando le diga la verdad se pondrá contento.) ¡Hi, hi!, perdóneme que bromee en estas circunstancias, señor Von Dorsday... Sí, era una broma... (¡Hala, sí, ríase más, sí, hombre, sí, apoye aún más su decrépita rodilla sobre la mía!) No, no es un millón, son treinta mil florines..., que deben entregarse pasado mañana al señor Fiala. (Silencio. Humillada bestialmente. ¿Por qué ese ceño fruncido? ¿Aún no ha sacado el talonario? ¿Ni la pluma de oro? ¿No dirá que no? ¿Qué tengo que hacer para...?) Sí, el cinco, el día cinco, sí, el cinco, mediodía. Sí, claro, sólo un giro postal telegráfico, sí. ¿Cómo que qué cantidad? (¿Por qué me martiriza aún más?, ¡lo sabe perfectamente!) Treinta mil, señor Von Dorsday, treinta mil florines, una ridiculez. (¿Por qué he dicho eso? Pero está sonriendo, sonríe, sí, sonríe... Papá está salvado. Podría haberle pedido cincuenta mil... Total, por rebajarse un poco más...) ¿Qué? Ah, ¿qué... que no es tan ridícula la cantidad? (¿Cómo?, ¿qué está diciendo? ¡Oh, me ha llamado "hija querida"! Le tiembla la voz, ¿"también hay que ganarlos", dice?, lo encuentro extraño, más relajado, por qué mueve los labios de esa manera? ¿Que eso no solucionará el futuro de papá? ¿Y yo estoy sonriendo?) Sí, sí, sí, señor Von Dorsday, papá tendrá muchos más juicios después. Además yo hablaré seriamente con él. No, no se ría, señor Von Dorsday (Sí, sí, ríase, ríase más, sí, continúe hablando ahora que está tan cómodo... Sí, ya le tiembla la voz, le vibra la voz, ¡qué asco cuando a los hombres les vibra la voz, ¡qué asco! ¡A todos les pasa lo mismo!) Gracias... (¿Gracias?, ¿gracias a una galantería tan vulgar, tan teatral, tan falsa? ¿Tan teatral? Me levantaré y me largaré, nadie tiene derecho a tratarme así, ¡que se mate el cerdo! ¿Mierda de vida! lo mejor sería tirarme desde lo alto de aquella montaña.) Perdóneme si le he molestado, comprendo perfectamente su rechazo... (¿Qué? ¿Que me quede?, ¡Dice que me quede!... ¿Qué?... ¿Por qué habla tanto ahora?, y tan deprisa... ¿Yo?... ¿Solicitarle yo a usted?, ¿pero qué está diciendo? Ah, su voz ya no vibra, no tiembla, tiene un sonido diferente, ¡Oh, cómo me está mirando! ¡Sí, dígalo, dígalo!, diga: ¡sí!) Ah, gracias, gracias, muchas gracias, señor Von Dorsday. Sí, treinta mil. Pasado mañana a mediodía. Doctor Fiala, sí. (Que no diga nada más, nada más, que se vaya, no, no, yo, yo, yo me iré.) ¿Una condición? (¿Una condición? ¡una condición!) ¿Cómo?... una con... (¿condición?)... una... (¿una...? ¿una con...?) ¿condición...? (¿condición? ¿una...?) ¿una...? (¿una condición? ¿qué condición?) *(Silencio.)* (Le vuelve a temblar la voz, no me mira a la cara, me mira... no, nadie, nadie, nunca nadie me ha mirado así. Ah, la mano. Su tacto. Arrugas. Su aliento. Apesta. Sus palabras ridículas. Casi babea. Palabras en francés. Habla de hombres. De mujeres. Temblor de la voz otra vez, nariz dilatada, unos ojos de viejo que me desnudan. Sudor, asqueroso sudor. Estoy helada. No puedo. Ni una bofetada. Continúa hablando. El cerdo. ¿Te gustaría verme desnuda, cerdo? Aliento apestoso en mi cara. Mirada enloquecida. Miradas cruzadas. Quiero llamarte cerdo y no puedo. Habla, habla, habla, imbecilidades como cualquier novela, como un libro, habla como un libro, como un libro apestoso, jura, promete, ruega, ¡ah!, un millón, me ofrece un millón. ¿Cómo dice? ¿Número 61? ¿Ha dicho número 61? Habitación número 61, mismo piso que la mía, sí, tienes razón, cerdo, sí, sé lo que quieres, mi belleza desnuda para un cerdo, para ti, sí, es fácil, número 61, muy fácil, muy fácil de retener, número 61, sí, sí, habla, todavía habla, habla como un actor en el escenario. Ya no tiembla, ah, ahora habla de un bosque, habla del bosque, la luz nocturna, la luna entre las ramas, ¡qué bien!, ya se está haciendo el poeta el viejo cerdo decrépito asqueroso, sí, sí, la luz de las estrellas mejor que una habitación de hotel, sí, sí, mejor, mejor el bosque idílico que una habitación de hotel número 61 mismo piso que la mía, sí, mejor bajo la luna así no te veré las arrugas del rostro, las manos grasientas, la barriga blanda, los chorros de sudor, tu olor de viejo meticuloso... Quiero escupirte, habla, habla... sí, eso, ahora resulta que está solo, él está solo, ahora resulta que es un viejo mártir, decrépito mártir solitario apestoso con uñas que parecen garras y tan límpias, artificialmente limadas y tratadas. ¡NO ME TOQUE! Ah, ahora me coge la mano, me coge la mano, ah, baba, baba espumosa en los labios, ah, labios calientes, mi mano mojada, caliente, su baba está ardiendo..., ¿habla?, ¿aún habla?... Han encendido las luces del hotel. Dos ventanas abiertas en el tercer piso. Cortina que mueve el viento. Baba de cerdo en mi mano. Mi habitación, mi habitación, cortina que mueve el viento, allá arriba. ¿Qué brilla sobre el armario? Nada. Ah, labios de cerdo, baba apestosa en mi mano, entre pezuñas de cerdo con uñas límpias. Arriba, mi habitación, ventanas abiertas, cortina que mueve el viento, y el armario. Qué, ¿ya se ha cansado de mi mano? ¿No quiere más? ¡Qué! ¿No quiere lamerla un ratito más? ¿Ya no quiere babearla más, ilustre cerdo? ¡Ah!, ¿ya se marcha?, ¿se retira a su habitación 61 mismo piso que la mía, señor Von Dorsday, viejo decrépito, cerdo ilustre? ¡¡No, no, no, no puedo decir nada, no!! ¿No ve que estoy helada?, ¿No lo ves, cerdo? ¿No ves que no puedo decir nada? ¡Sí, ve buscándome la mirada! ¡Busca! ¡Busca! Sí, lo sé, sé que mi rostro es indescifrable. ¡Sí, márchate ya, cerdo de mierda! *(Silencio.)* Papá, tendría que matarte. *(Silencio.)* Ahora sé que todo ha terminado. Estoy casi muerta.

Oscuro. Repentinamente.

4.

UN BOSQUE CERCANO AL HOTEL

ELSA. *(Paseando.)* Pasear, descansar antes de cenar, andar, pensar... "Soy un viejo solitario." ¡Hi, hi, hi! El aire parece champán... No hace frío, no hace frío, y treinta mil, treinta mil, treinta mil. Oh, mira aquel hombre de allá abajo, me está mirando, sí, sí, señor mío, ¡mire, mire! Si estoy guapa ahora, ¡imagínese cómo debo de estar desnuda! ¡Mire, mire! ¡No, hombre, no!, no se preocupe, ¡le ofrezco mis servicios por sólo treinta mil florines! no se puede quejar... Sí, me miran, es natural. ¡Miradme, miradme bien todos, mirad bien a la impúdica Elsa!, ¡Si ya lo sabe todo el mundo! ¡Todo el mundo! ¡Incluso Paul lo sabe! La impúdica. Sólo el idiota de Alfred no siente nada cuando me mira. Por eso me quiere. No me gustaría nada que Alfred me viese desnuda. En cambio, aquel chico italiano... ah... me encantaría. Aunque tuviera que morirme después. ¿Y por qué morir después? Todas sobreviven. Cissy ha sobrevivido, ah, ya la veo, seguro que está completamente desnuda cuando Paul camina silencioso hacia su habitación, como haré yo esta noche para ir a ver a Von Dorsday, el cerdo. El cerdo. Y yo su puta. Papá, papá, papá, tú conoces a los hombres. Conoces a Von Dorsday. Sabías que... Oh, se hace de noche. Me echarán de menos. Paul verá que no estoy allí, subirá a mi habitación, no me encontrará y el cerdo de Von Dorsday tendrá miedo. ¡Ah! ¡Cobarde! ¡No, hombre, no, no tenga miedo, señor Von Cerdo!... ¡Oh, el campo! Montañas negras. Ni una estrella. Una. Sí, una. Todo silencioso. El hotel debe de estar lejos. Puntos de luz a lo lejos: el hotel, la casa de los cerdos, no, la casa de los hombres, de los pobres hombres, qué lástima me dan todos los hombres... ¿Se preocuparán por mí? Sólo yo no tengo miedo. Estoy aquí, cerca del bosque, y estoy llorando. Como cuando murió la nodriza, cuando enterraron a la abuela, cuando murió el hijo de Agatha, cuando vi *La dama de las camelias* en el teatro. ¿Quién llorará cuando esté muerta? Muerta. El ataúd en el salón, cirios encendidos, doce cirios, muchas flores, llega el coche de los muertos, la entrada está llena de gente: "¿Qué edad tenía?" Oh, ¿sólo diecinueve años? ¿Y el padre en la cárcel? Oh, ¿y por qué se mató la pobrecita? ¿Un amor desgraciado? ¿Embarazada? No, no, se cayó por un precipicio, un accidente, Ah, buenos días, señor Von Dorsday, ¿también viene a velar a la muerta? Claro, yo fui el responsable de su primer desliz. ¡Oh, si hubieran visto qué cuerpo tenía!, ¡qué pechos y qué piernas!, ¡oh, y sólo pagué treinta mil, treinta mil millones sólo! Así que se envenenó con hachís... buscaría alucinaciones, la pobre, visiones exaltantes... pues se equivocó en la dosis".

5.
DELANTE DE LA PUERTA DEL HOTEL

Luces. Entra Elsa corriendo, resoplando. Se detiene. Camina arriba y abajo manteniendo el mismo ritmo.

ELSA. ¡Ah, debe de ser tardísimo! ¡Pensaba que no llegaría nunca! Oh, estoy empapada, la hierba estaba húmeda. Oh, qué pesadilla, totalmente dormida, más de una hora, y qué pesadilla, estaba muerta y los veía a todos y todos miraban. No había ataúd, muerta y sin ataúd, sólo un agujero, un sucio agujero lleno de tierra, de serpientes... ¡Treinta mil, treinta mil, treinta mil, treinta mil! ¡No quiero entrar, no puedo, no quiero entrar! ¿Y si me lo encuentro plantado adentro, esperándome? ¿Que le digo? ¿"Sí", simplemente? ¿Y dónde, en su habitación?, ¿en el bosque? Sí, en el bosque, así no le veré y pensaré que es otro... O no, en su habitación, sí, mejor, mejor, mejor, mucho mejor, y no entraré sola ¡que venga más gente, sí, eso es, sí, que vengan más hombres, más hombres, y que miren cómo lo hacemos! ¡Eso, que vean el espectáculo, que paguen todos para ver el espectáculo! ¿No tiene ningún inconveniente, verdad, señor Von Dorsday? ¡Ah!, y acuérdese de coger el talonario, el talonario, el cheque, el giro postal, el telegrama, el telegrama sobre todo, sí, sin telegrama no hay espectáculo, señor Von Dorsday, no, no. No... ¡Ah, no! No. No. No. Ni habitación ni bosque ni hombres ni espectáculo ni florines: nadie sabrá por qué me habré matado. Y dejaré una carta. Mi última voluntad, que será que usted, señor Von Dorsday, pueda por fin verme desnuda cuando esté muerta. El hermoso cadáver de una tierna jovencita desnuda. Le haré un buen precio, señor Von Dorsday. Me moriré de risa. No. Que absurdo. No veré nada, ya estaré muerta. O no. A lo mejor se ve todo hasta el momento de ser enterrado... Tonterías: ni muertes ni entierros en vida ni ataúd ni agujero ni historias novelescas... Aunque aún me quedan seis gramos de veronal... o nueve, o diez, o... Quizá sería suficiente... ¡Nada! ¡Nada, nada!: a las doce de la noche, habitación... 65, mismo piso que la mía: "Buenas noches, señor Dorsday, ¿sigue estando loco por mí?" ¡Y al acabar me voy directo a la habitación de Paul para completar la noche!, ¡y en seguida a la del italiano!... ¿No tendrá nada que decir, verdad, señor Von Dorsday?... Ah, Paul me llama, me ha visto, me hace señales, todo el mundo ha acabado de cenar, se me acerca, dice que entre, está preocupado. Por mí (por mí por mí por mí por mí por mí por...).

Oscuro

6.
HABITACION NUMERO 77

Luces. Cama, espejo, mesita. Elsa, con otra carta en la mano. Vaso bien visible sobre la mesita. Al lado, un tarro blanco.

ELSA. Telegrama de mamá, telegrama de mamá, telegrama de mamá. Quizá papá se ha muerto y ya no tengo que ir al bosque con el cerdo Dorsday. *(Lo abre bruscamente. Lee:)* "Insisto ruego urgente hablar Dorsday stop cantidad requerida no treinta sino cincuenta, stop no hay otro remedio stop dirección sigue siendo Fiala." Cincuenta, ja, cincuenta, ¡ja, ja!, cincuenta, ¡ja, ja, ja! No hay otro remedio. Tralará, tralará, tralará, dirección sigue siendo Fiala! No si, de hecho, de treinta a cincuenta no hay diferencia, y a Von Dorsday le da igual, y ya he sacado el veronal del armario, por si acaso, y dentro de un momento ya estamos: "Ah, buenas noches, señor Von Dorsday, perdóneme, es que, mire usted, ¿sabe lo que pasa ahora?, pues que mire, oiga, que resulta que no son treinta sino cincuenta no hay otro remedio stop dirección sigue siendo Fiala tralará. ¡Oh, sí, Von Dorsday, y claro, ya lo creo, que puede hacer conmigo lo que usted quiera!., pero si antes envía el giro telegráfico."... *(Está a punto de llorar, se contiene.)* Brrr, qué frío, aún está abierta la ventana, ¿la cierro?, ¿sí?, ¿no?, ¿me desnudo ahora mismo?, me voy a resfriar, ¡ja, ja!, completamente desnuda delante del cerdo, habitación 65, la vida empieza ahora y yo seré una puta, una puta, una puta como el mundo no habrá visto nunca, y dirección sigue siendo Fiala, ¡tralará, tralará, tralará! Tendrás tus cincuenta mil florines, papá, pero los que ganaré después serán para mí, para comprarme ropa interior con puntas y vestidos transparentes y faldas llamativas y medias de seda caladas... *(Delante del espejo.)* Tralará. Todas las guarradas, sí, haré todas las guarradas que el viejo baboso decrépito Dorsday quiera, ¡ja!, y en seguida seis gramitos, sólo seis, seis gramos de mi refugio, seis gramos, no moriré, seis, ocho, diez gramos de veronal... Pero ahora que lo pienso... ¿por qué Von Dorsday tiene que ser el único privilegiado?, ¿por qué?, ¿por qué? Sí, sí, claro que sí, ¡mostrarme desnuda delante de todos!, ¡idea maravillosa, puta para todo el mundo, tralará!. seré una nueva Elsa, seré una nueva Elsa reencarnada, ningún otro remedio stop tralará dirección sigue siendo Fiala, ¡ja, ja, ja! ¡Soy hermosa! *(Al público!)* ¡Mírame, noche! ¡Miradme, montañas! ¡Cielo, mira qué bella soy! ¡Estrellas! ¡Astros! Oh, ¿pero estáis ciegos? Astros, cielo, noche, montañas, ¿no me miráis?, ¿no?, ¿vosotros no? ¡Bah, es igual, da lo mismo, los de abajo, los del salón, los cerdos sí me mirarán! ¡Cómo una loca, tralará!: pelo despeinado, mirada trastornada y nadie nadie nadie sabrá qué pasará después. ¡Siga, hombre, siga, siga con su dirección, señor Fiala-tralará! Ah, la nueva Elsa totalmente desnuda delante de todos los ignorantes, desnuda desafiando al mundo, y el vaso lleno de agua en mi habitación 77, 77, 77 tralará. Uno dos tres cuatro seis ocho diez... mil gramos de veronal para Elsa la nueva, totalmente desnuda, reencarnada... para cuando vuelva... (Si después no tengo ganas de matarme sólo beberé un trago, si no... beberé... más.) Ni Dorsday, ni padre, ni madre, ni tía, ni primo, ni Fred, ni italianitos, yo sola totalmente desnuda y stop no hay remedio tralará dirección sigue siendo Fiala ¡tralará!, ¡no sólo Dorsday pagará!, ¡todos los cerdos del hotel pagarán! Nadie sospecha nada, tralará, y todo el mundo embelesado en el salón, stop, no soy de uno ni de dos, yo soy de todos los cerdos, todos los cerdos del salón, los hombres del salón, todos los hombres del mundo. ¡Tralará, tralará, tralará!, dirección sigue siendo Fiala. Sí. Estoy lista. *(Coge el tarro blanco y vacía todo el contenido en el vaso de agua.)* Estoy lista, sólo me hace falta la ropa adecuada... ¡Que empiece el espectáculo! *(Arroja el tarro vacío al público.)*

Oscuro

7.
SALON DEL HOTEL

Se oye, aún en la oscuridad, el "Carnaval" de Schumann, interpretado al piano. Luces, muy lentamente. Ambiente "de champán". Elsa, vestida sólo con un abrigo, camina muy despacio desde el fondo del escenario hacia el público. Mira fijamente a los espectadores. Manos entrecruzadas en la solapa del abrigo. Sonríe. Baja las escaleras del escenario para ir al público, muy despacio, provocativa, salvaje. El sonido del piano es cada vez más audible. Elsa se para en el último escalón. Separa las manos de las solapas y tira los brazos hacia atrás.

ELSA. ¡Ah, señor Von Dorsday!
Automáticamente el abrigo cae al suelo. Ella está totalmente desnuda. La música se para de golpe. Elsa se pone a reír histéricamente, un buen rato, y se desmaya sobre las escaleras. Oscuridad repentina.

A partir de ahora, todo en la más absoluta oscuridad, excepto una escena que ya se indicará. Todas las voces estarán grabadas excepto la de Elsa, que hablará desde el escenario. Hablan precipitadamente. Toda la escena con un ritmo vertiginoso.

Se oyen murmullos, comentarios de gente, ruido de sillas que se mueven, etcétera.

ELSA. ¿Qué he hecho?, ¿que he hecho?, ¿qué he hecho?, ¿qué he hecho?, me he caído, todo ha acabado, todo ha acabado, todo el mundo me ha visto, murmullos, alguien me coge por el cuello, las manos de Paul...

VOZ DE PAUL. ¡Elsa! ¡Elsa!

ELSA. Me tapan con el abrigo. Creen que me he desmayado, creen que me he desmayado.

VOZ DE LA TÍA EMMA: ¡Elsa! ¡Elsa! ¡Rápido, un médico, un médico! ¿Qué le ha pasado? ¡Pobrecita!

ELSA. ¿Qué dice tía Emma? ¡Ah, me está cogiendo la cara! ¿Qué dice?, "pobrecita, pobrecita, pobrecita"! ¡Soy feliz, tía, feliz, feliz! Oh, todo el mundo me ha visto: Dorsday el cerdo, Paul y el italiano tan guapo... Ah, no abrir los ojos nunca más...

Murmullos.

VOZ DE LA TÍA EMMA. ¡¡Cierren las puertas, las puertas!!

ELSA. ¡Está histérica, ja!

VOZ DE HOMBRE. ¡Cálmese, señora!

ELSA. ¡Todo el mundo a mi alrededor!

VOZ DE PAUL. No es nada, mamá, no es nada, se ha desmayado, eso es todo.

VOZ DEL PORTERO. Coja esta manta...

VOZ DE LA TÍA EMMA. Oh, Paul, que se callen, que se calle la gente...

ELSA. ¡Eso, que se callen los cerdos!

VOZ DE PAUL. Tranquila, mamá, ahora la subiremos a su habitación.

ELSA. Bien dicho, Paul, ya han tenido todos el espectáculo y ahora quiero volver a mi habitación... Ah, ¿quién me coge del brazo?

VOZ DE CISSY. ¿Pero qué le ha pasado, Dios mío?

ELSA. ¿Quién es? ¡Ah, si es Cissy, Cissy Mohr!, la amante de Paul, cállate imbécil, y no preguntes nada, que ya sé lo que estás pensando...

VOZ DE HOMBRE. ¡Quieren apartarse de aquí, por favor, se ahogará si se quedan aquí, por favor, se ahogará si se quedan aquí, la chica necesita aire!

ELSA. ¿Aire? ¿Qué aire? No necesito nada, estoy en el campo y el aire es puro... es champán, ¡ja, ja! ¡Ah, me cogen! ¡Oh, cuántas manos... debo de pesar mucho... sin duda las manos de Paul, oh, pero es que hay más manos!... ¿Seran las del italiano éstas que me cogen por debajo de las piernas?... y Dorsday... ¡ja, ja, ja!, ¡seguro que el muy cobarde se ha largado!, muerto de vergüenza... ¡Que no se vaya!, ¡que no se escape!, cogedlo, cogedlo, chicos, que me debe dinero, me debe treinta... ¡no, cincuenta!, cincuenta mil...

VOZ DE PAUL. Así está bien.

VOZ DEL PORTERO. Ya he llamado al médico. Llegará dentro de unas horas...

VOZ DE LA TÍA EMMA. ¡Horas!

VOZ DE CISSY. Ya se habrá despertado, no se preocupe, señora Emma...

ELSA. ¿Y tú qué sabes, querida?

VOZ DE LA TÍA EMMA. Oh, Dios... Paul... qué vamos a hacer...

VOZ DE PAUL. Por ahora, llevarla a su habitación...

VOZ DE HOMBRE. Vamos allá, yo la cojo por aquí, y usted... eso...

ELSA. Oh, qué bien... Vuelo... me llevan a la habitación...

VOZ DE PAUL. Señorita Cissy, ¿nos podría acompañar?

ELSA. Oh, no, ésa es capaz de ver el vaso de agua con el veronal sobre la mesita y estoy perdida...

VOZ DE PABLO. Con cuidado, por favor...

VOZ DE LA TÍA EMMA. Oh... oh...

VOZ DEL PORTERO. Abran paso, abran paso...

Murmullos, ruidos de pasos, puertas, etcétera.

ELSA. Oh... Ah... vuelo... Mm, qué olores... humo, perfumes... oh... ah, no me toquen tanto, ¡cerdos!... ¡ah, me inclinan!, ¡oh, las escaleras... ja, ja, ja!

Murmullos, pasos, puerta que se abre.

VOZ DE PAUL. Entre usted primero, Cissy, a ver si la habitación está arreglada.

ELSA. Oh, no, el vaso, el vaso, el vaso, el vaso con el agua, lo verá... Ah, estoy entrando... ah, el olor de mi ropa...

VOZ DE LA TÍA EMMA. Con cuidado, por favor...

ELSA. ¡Ah, oh, me caigo, ah, mi cama!

VOZ DE PAUL. Muchas gracias, gracias...

VOZ DE LA TÍA EMMA. Gracias, gracias... no, no cierren la puerta...

VOZ DE HOMBRE. Adiós, y que se mejore...

VOZ DE PAUL. Gracias...

ELSA. Ah, fuera, fuera, fuera de una vez....

VOZ DE LA TÍA EMMA. ¡Qué vergüenza! ¡Qué bochorno! ¿Qué haremos mañana? Tendremos que salir por la puerta de servicio...

VOZ DE PAUL. Mamá, cállate.

ELSA. ¡Cállate de una vez! ¡Vete de aquí y cuélgate de la lámpara de tu habitación, tía!

VOZ DE CISSY. ¡Elsa! ¡Elsa! Despiértate...

ELSA. ¿Qué quiere ahora esa estúpida?

VOZ DE CISSY. No vuelve en sí.

ELSA. Porque no me da la gana.

VOZ DE PAUL. Mamá, vete a descansar, ya te llamaré cuando llegue el médico.

VOZ DE LA TÍA EMMA. Ah, sí, me voy... no quiero pensar en nada.. ¡ah!...

Puerta que se cierra.

ELSA. Oh, me han dejado sola con Paul y Cissy, ah, y estoy desnuda bajo la sábana, y el vaso de agua debe de estar intacto, no han visto nada, no han visto nada, no han visto nada, tralará.

VOZ DE CISSY. Quieres que te diga una cosa, Paul, amor mío, creo que tu primita es un poco fresca...

VOZ DE PAUL. Haz el favor de callarte, Cissy.

ELSA. Ah, ahora os tratáis de tú... ¡Os he pescado!

VOZ DE CISSY. No sé qué quieres que te diga, me da la impresión de que la "niña"...

Llaman a la puerta.

VOZ DE CISSY. Han llamado.

ELSA. Sí, han llamado, han llamado, ¿no lo has oído, sorda?

Puerta que se abre.

VOZ DE PAUL. Ah, buenas noches, señor Von Dorsday...

ELSA. ¡El cerdo!

VOZ DEL SEÑOR VON DORSDAY. Buenas noches, sólo quería saber cómo anda la enferma...

ELSA. ¿¡La enferma!? ¡Dorsday, Dorsday, Dorsday, aún no has pagado, no me has pagado el espectáculo, Dorsday, Dorsday!

Murmullos de Paul y Von Dorsday.

VOZ DE CISSY. ¡Elsa, Elsa! Estoy segura de que me oyes... ¿Eres consciente del escándalo que has armado?... ¿Elsa, me oyes?

ELSA. Sí, si, sí, te oigo, imbécil, pero no te quiero decir nada...

Pasos, puerta que se abre, murmullos...

ELSA. ¿Dónde va la sorda ahora? Ah, ¿al pasillo con el cerdo y el primito, a cotillear sobre la puta Elsa? Oh, sola, sola, sola, finalmente... el brazo, el brazo, no cuesta mucho, ¡Elsa, ánimo, Elsa, tienes que poder! Los ojos, los ojos, el brazo, los ojos...

Se enciende la luz, débilmente. Elsa, sobre su cama, alarga poco a poco el brazo hacia la mesita, coge el vaso, se incorpora y bebe todo el líquido de un sólo golpe. El vaso cae al suelo. Oscuro. Todo continúa en la más absoluta oscuridad.

ELSA. ¡El vaso! ¡El vaso! ¡El vaso en el suelo!

VOZ DE CISSY. *(Lejos.)* Qué ha sido ese ruido. *(Puerta.)* ¿Elsa?

ELSA. Ah, hola, chicos, ¿ya estáis aquí?

VOZ DE PAUL. ¡Elsa!... No parece que se haya movido...

VOZ DE CISSY. Ha tenido que hacerlo a la fuerza, mira este vaso. Ha tenido que lanzarlo al suelo mientras hablábamos con Von Dorsday...

VOZ DE PAUL. Sí...

ELSA. ¡Cómo! ¡Cómo! ¿Qué habéis hecho? ¿Habéis dejado irse al cerdo asesino? ¡Ah! ¡Ah! ¿Le habéis dicho que no eran treinta sino cincuenta y tralará tralará sigue siendo Fiala? Ah, Paul, ¿qué haces?, ¿por qué me coges del brazo?

VOZ DE PAUL. El pulso es normal, no entiendo cómo no se ha despertado aún...

VOZ DE CISSY. ¿Y si está fingiendo?

ELSA. No, querida, veronal, veronal, ahora no me despierto por el veronal...

VOZ DE PAUL. ¿Por qué te ríes, Cissy?

VOZ DE CISSY. Me ha dado la impresión de que Von Dorsday se interesaba demasiado por la salud de la niña... Estaba tan emocionado...

ELSA. Dorsday emocionado, Dorsday cobarde, Dorsday asesino y yo su puta. ¡Ah! No dejéis que se escape, me debe cincuenta, treinta mil, no, cincuenta mil, cincuenta mil florines, el cerdo, viejo cerdo decrépito... ¡Paul! ¡Paul! ¡Paul! ¡Cissy! ¡Cissy!... No me oís... Paul, ¿qué hacéis?, ¿qué estáis haciendo?, ¿qué es ese ruidito? ¿Sois vosotros, vosotros, vosotros? ¡Os estáis dando un beso! ¡Un beso, cerdos, un beso delante de la muerta!

VOZ DE CISSY. Ahora sí estoy convencida de que aún no está despierta... Si nos hubiera visto me habría clavado las uñas en el cuello...

VOZ DE PAUL. Cissy...

ELSA. Mala puta, qué te he hecho... ¡Paul!... Ah... No dejes que me muera... creo que me duermo... creo que...

VOZ DE PAUL. Mírala, Cissy, parece que está sonriendo...

VOZ DE CISSY. ¡Cómo quieres que no sonría si le tienes cogida la mano!

ELSA. Cissy, ¿qué te he hecho?... Soy... soy tan joven... Yo... Ah... No oigo nada, no os... oigo. Quiero subir... subir... ¡Ja!, ¡ja, ja, ja! No, mamá, no llores, mamá. Bailar, bailar, quiero bailar, casarme, viajar, quiero escalar... Con el joven italiano tan guapo... Le invito. Cógele, Paul, que no se caiga, podría tropezar con papá allá abajo, y la dirección sigue siendo Fiala, no lo olvides, tralará, cincuenta mil... y ningún remedio stop... todo arreglado... Oh, un sueño, madre. Sí, el piano, lecciones de piano, trece años, el pequeño Rudi... ¿qué me has traído, padre? ¿Treinta mil muñecas? ¿Cincuenta? ¿Cincuenta mil muñecas para mí? Oh, gracias, papá...

VOZ DE PAUL. *(Lejos.)* Elsa, ¿me oyes?

ELSA. ¡Ah, tengo hormigas en los brazos, piernas, pies, pechos, por todo el cuerpo, oh, hormiguitas! Miran cómo corren, corren, corren como Von Dorsday el hormiguita, cógelo, cogedlo, este señor ha matado a papá, míralo cómo corre y salta, corre y salta. Y yo, yo también corro... ¿Dónde estáis?, ¿Alfred?, ¿y mamá? Oh,

Paul, ¿dónde estás? Ah, ¿queréis que corra yo sola?... Pues no quiero correr, quiero volar...

UNA VOZ. Elsa... Elsa...

ELSA. ¿Dónde estáis?, os oigo pero no os veo... Ah, qué divertido... ¿qué hacéis todos en los caballitos dando vueltas?...

VOZ. Elsa... Elsa...

Música de órgano, muy lejos.

ELSA. ¡Oh, qué olor! Cera ardiendo. Cirios ¿Y qué es eso? ¡Un órgano! ¡Un coro! ¡Están cantando! ¡Y cómo resuena! ¿Dónde estoy? ¡Estoy tan cómoda aquí dentro! Y todos cantan, cantan... Ah, la mano, me cogen la mano, ¿eres papá, sí, pero por qué me coges la mano? Papá, papá... Qué bien se está aquí dentro... Soy tu hija...

VOZ. Elsa... Elsa...

ELSA. ¿Me llaman? ¿A mí? A mí, a mí, a mí, a mí, a mí. No me despertéis, duermo tan bien. Mañana por la mañana... vuelo... vuelo... vuelo... sueño, vuelo... duermo y sueño... vuelo.. no me despertéis... mañana por la mañana...

VOZ. El...

ELSA. ... vuelo... sueño... duermo... sueñ... sueñ... vue...

La música de órgano sube de volumen y de golpe se para. Se enciende la luz. En el escenario vacío sólo hay una silla. Unos segundos. Toda la luz se concentra alrededor de la silla vacía. Unos segundos así. Oscuro, repentinamente.

SEGUNDA PARTE

SCHNEIDER

1.
22 DE SEPTIEMBRE DE 1956

Rose-Marie Albach-Retty, una estúpida muchachita de diecisiete años. Tiene un montón de cartas abiertas en las manos y un álbum de fotos que reposa sobre su regazo. Está sentada de cara al público.

ROSE-MARIE. Declaraciones de amor. Dirigidas a la emperatriz Elisabeth de Austria. Elisabeth, emperatriz de Austria, reina de Hungría, emperatriz de diecisiete años, ¡diecisiete años!... ¡Mañana dieciocho! Mañana dieciocho... y un coche como regalo de cumpleaños, un coche, mi primer coche; la joven emperatriz, la más joven de Europa, estrenará mañana su coche, regalo de cumpleaños. ¿Regalo de mamá o de Daddy Blatzheim? ¿Regalo? No: nada de regalo, es la recompen... (¿recom...? No, tampoco.) Pero: ¿de quién? ¿De mamá? ¿De Daddy Blatzheim? ¿De los dos? *(Revuelve algunas de las cartas, coge una o dos y las deja caer sobre el álbum abierto.)* Declaraciones de amor de la vieja Austria y de Alemania. ¿Yo, el sueño de la vieja Austria?, ¿el sueño de los que viven en la vieja Austria, de los viejos y decrépitos austríacos y también de los alemanes? Cómo exagera mamá, como exagera Daddy Blatzheim, cómo exageran los diarios, cómo exageran las revistas... las revistas... periódicos, periodistas, y mañana... ¡todos, todos aquí, mañana! Mañana: dieciocho, ¡¡y conduciendo!!... Dieciocho años y el éxito aún no me emborracha. Sí, ya lo sé: el éxito no debe ser como el champán, mamá, Daddy Blatzheim, no tiene que subírseme a la cabeza; ya me sé la lección. Bueno: el coche es mi sueldo. Mi primer coche, mi primer sueldo. Diecisiete... mañana dieciocho y mi primer sueldo. Sí, eso es: la emperatriz Elisabeth, Elisabeth, reina de Hungría, emperatriz de Austria y de los austríacos, mañana cobrará su primer sueldo. De manos de su madre, de manos de su... de su... "daddy"... Ya veo los titulares... *(Mira al público. Gesto.)* Veo el salón vacío mañana repleto de gente abriendo paso, abriéndome paso a mí, la pequeña emperatriz, saliendo de casa y sonriendo para encontrarme el primer sueldo tan reluciente. *(Pausa.)* Aparcado a la puerta. *(Pausa.)* En realidad nunca diré, nunca les diré que aquello al fin y al cabo no es ni de lejos un coche, sino ni más ni menos que el primer sueldo —aunque en forma de regalo— de una de que se lo ha ganado y que soy yo. Daddy Blatzheim, ¿soy... somos... sois... eres millonario?... No, no me parece mal, pero no olvides nunca, tú por lo menos, que yo, yo, la tierna emperatriz de la vieja Austria, la reina de Hungría, prima del rey loco Luis segundo de Baviera, en el fondo nunca dejó de ser una vulgar trabajadora. Tú tampoco, mamá. Mamá. *(Vuelve a remover las cartas que se amontonan sobre el álbum de fotos. Coge un par de ellas, las hojea y las deja caer.)* ¿Declaraciones de amor de toda Europa? ¿Miles de fotos mías por todas partes? Sí, y mañana mil y un reportajes, periodistas, entrevistas, multitudes... *(Mira al público.)* Y hablaré. O mejor no, no hablaré; mamá, sí, mamá hablará, mamá lo dirá todo, a ella le encanta, mamá será quien diga que yo soy tan feliz, la más feliz de Europa, y él también, también Daddy Blazheim hablará, organizará, dirigirá, planeará cuidadosamente lo que tendré que hacer; vendrá ahora mismo aquí, dentro de nada, a repasarme el texto que diré mañana cuando reciba el primer sueldo ante los ojos de una Europa embobada, celebrando los dieciocho años de su más joven y tierna emperatriz. ¡El coche de Sisí! ¡El coche de Sisí! ¡Sí! El coche de Sisí dará la vuelta al mundo, y también mi sonrisa; sonreiré para toda Europa, sin aires de grandeza, sin humos, sin champán; seré inocente, la más inocente, sólo seré... la emperatriz más hermosa de la historia, el sueño de su pueblo, su símbolo más puro... cobrando lo que se le debe delante de todos y bajo los clics y clics y clics de las cámaras. ¡Ah, mañana por fin seré una trabajadora! Gracias a mi... a mi... *(Pausa.)* Madre. Padrastro. (Por cierto... ¿qué harán los dos esta noche después de hacerme aprender de memoria las respuestas de mañana, y hacerme ensayar las caras de mañana, las poses de mañana, la alegría de mañana?...) ¡¡¡YO NO SOY UNA JOVENCITA ESTÚPIDA, YA NO TENGO DIECISIETE AÑOS, Y, ENCIMA, NUNCA HE VIVIDO EN SCHÖNBRUNN!!! *(Se levanta. El álbum y las cartas caen al suelo.)* Ah. *(Pausa.)* ¿Declaraciones de amor?... ¡Bah! *(Sonríe. Pausa. Se sienta, pisando las cartas. Oscuro.)*

2.

22 DE MARZO DE 1959

Luces. Otro lugar del escenario. Una silla, donde está sentada la jovencita Rose-Marie —a quien a partir de ahora y definitivamente llamaremos Romy—, que ya no es estúpida y que ahora tiene veinte años. Un espejo a un lado.

ROMY. Diez minutos, diez minutos, diez minutos, diez minutos, sólo diez minutos... *(Se mira al espejo. Sonríe. De repente, deshace la sonrisa.)* ¡¡Pues no!! ¡Otra vez no! Claro que ahora... después de... del desastre de... ¿Pero qué desastre, qué desastre? ¿La película no gusta a todo el mundo? ¿Y qué? ¡Tanto "desastre"...! En realidad ya tengo, yo ya tengo lo que quería, lo que siempre había querido: algo que no fuese... que no fuese... bueno, de otro estilo; claro que yo no puedo, no puedo pretender que todo el mundo entienda... además me da igual. ¡Pero no es justo!... Todo lo que han dicho los... Pero ya se sabe, no es la ñoñería de antes para todos los públicos, no es "un sueño", claro que no, la historia esta no tiene nada de sueño, está basada en Schnitzler, ese autor odiado todavía, aunque Pierre le haya cambiado el título y la haya adaptado ligeramente... *Liebelei, Liebelei*, ¡y yo era Christine! ¡Oh! ¡No es justo! Y ahora... dentro de un momento... las fieras desatadas... y tener que sonreír de nuevo. *(Vuelve a mirarse al espejo.)* Pero esta vez, ¡ja!, será mucho más divertido. Puede que todos estén contra mí, pero hablarán, sí, hablarán, hoy tendrán tema de conversación, sí, y fotos y mil fotos... Ah, ya lo estoy viendo: "la niña regresa al hogar familiar después de una estancia desenfrenada y accidental en París, y se promete formalmente con..." Sí, sí, sí, mamá está furiosa, Daddy Blatzheim ni se atreve a mirarme, la nena se ha dejado seducir por los encantos felinos del enemigo, y se pasea por los Champs Elysées con el salvaje, el envidiado, el *enfant terrible* ... Pero, ¿queréis más tema de conversación? Aquí os traigo a la fiera, os la he traído aquí para que todos podáis verla y fotografiarla de cara, de perfil y por delante y por detrás. ¿Queréis que sonría? Sonreiré, sí, sonreiré, colgada, amarrada del brazo de la fiera, el enemigo violador. Mejor aún, será una fiera domada, porque está en el extranjero, en casa de la madre y del padrastro de la joven y ex-tierna-emperatriz y van a darnos la bendición ante todos vosotros y bajo los clics y clics y clics. Sí, sí, ahora mismo subirá mamá: *(Casi sin respirar:)* "Nena, di esto, no digas aquéllo, ni una palabra sobre lo de más allá, dile a ése que se limite a sonreír delante de los periodistas, que sonría y que cierre el pico, que no diga nada, oh, es que tiene un alemán horrible, nena, y además Daddy ha hablado con él y aunque lo encuentra espantosamente maleducado, le ha dicho, me ha dicho que sí, que bueno, que os concede, su, nuestra bendición, que consiente... vuestra... "unión". Tú no sabes lo que es vivir con un actor, hija mía, yo sí, yo sí, yo sí lo sé, tú eras muy pequeña, la relación con tu padre, el de... verdad, era realmente insoportable, bueno, allá tú, tú te lo has buscado... ¡Oh, y encima irse a Francia!, ¡a Francia!, ¡cuando aquí te comías el mundo entero, incluso Hollywood, nena, Hollywood!... ¡a Francia, donde sólo hay cuatro ineptos haciendo mamarrachadas en vez de películas, y con todos esos periodistas persiguiéndote por las calles, persiguiéndote y humillándote y humillándome, oh, ya estoy harta de ese niñato francés que ni es actor ni es nada, que se las da porque el éxito se le ha subido como el champán a la cab..." ¡¡CÁLLATE YA, MAMÁ, CÁLLATE DE UNA VEZ!! *(Pausa.)* Alain se portará bien delante de los fotógrafos. Yo también. Vosotros dos sonreiréis. He venido aquí para hacer las paces. Y volver a sonreír para vosotros. Pero por última vez. ¡Cállate ya, mamá! Y sonríe. Sonríe delante de los periodistas. Yo también sonreiré. Daddy también. Y el joven Delon también lo hará. Con toda educación, porque es actor. Luego, cuando estemos solos, haremos el amor y te callarás. Te callarás. *(Pausa.)* Prototipo de jóvenes amantes europeos. *(Se mira al espejo. Se levanta. Avanza hacia el público. Mira fijamente a los espectadores.)* Pasen. *(Pausa.)* Sí, soy muy feliz. *(Sonríe. Pausa.)* Sí, estamos enamoradísimos. *(Sonríe. Pausa.)* Sí, nos queremos con locura. *(Sonríe. Pausa.)* Sí, Alain Delon y yo nos vamos a vivir definitivamente a París. *(Sonríe. Pausa.)* Sí, los más felices del mundo. *(Sonríe. Pausa)* Sí, mis padres aprueban y bendicen nuestro compromiso formal, formal. Sí, formal. Formal. *(Sonríe. Pausa.)* Sí, adelante, adelante, hagan fotos... ¿Qué tal una dándonos un beso delante de papá y mamá? *(Sonríe. Pausa.)* ¿Desean algo más? *(Pausa. Sonríe. Se aleja del proscenio. De repente, se detiene.)* ¡Ay, ya debe de ser la hora, debe de ser la hora, debe de ser la hora, sí, ya es la hora, la hora, la hora! *(Se mira al espejo, se peina, etcétera, con prisa. Mira al fondo.)* Ya llegan los periodistas... ¡Oh, son peores que el hambre en la India! *(Empieza a salir hacia el fondo.)* ¡Alain! ¡Alain! ¿Alain, estás listo?... *(A punto de salir, se para de repente.)* ¡¿El hambre en la India?!... *(Oscuro.)*

3.
29 DE MARZO DE 1961

Otro lugar del escenario. Un espejo de camerino. Romy sentada delante, desmaquillándose. Un buen rato en silencio mientras se borra de la cara los rasgos de un personaje teatral que acaba de interpretar.

ROMY. Flores. *(Pausa.)* Como siempre, miles y miles de flores, pero hoy aún más. *(Pausa.)* París. *(Pausa. Continúa desmaquillándose.)* París. *(Pausa.)* París. *(Pausa.)* Schneider. *(Pausa.)* Schneider. *(Pausa. Con acento francés:)* Romy Schneider. *(Pausa.)* El maestro. *(Pausa.)* "Lástima que sea una puta", de John Ford. *(Pausa.)* Schneider, Delon, Visconti, ya no me tiemblan las piernas, todo un éxito, ya no me tiembla la voz, qué éxito, mil ramos de flores, y he estado enferma, "Lástima que sea una puta", teatro, ya estoy curada. Me parece. "Francia te ordena que te portes bien", firmado: Jean Cocteau. Creo que estoy llorando. *(Pausa.)* Schneider, Delon, Visconti, teatro en París y estoy enferma, enferma, enferma. *(Mira al público.)* Tenía miedo. Miedo del... *(Oscuro, repentinamente.)*

4.
3 DE DICIEMBRE DE 1966

Luces. Cama de hospital. De noche.

ROMY. Rubio con ojos azules. Rubio con ojos azules y el nombre judío, hijo mío, no me avergüenzo, tu padre y yo estamos de acuerdo, así lo hemos decidido, de común acuerdo, un nombre judío, hijo: David Christopher, hijo mío, David Christopher... *(Pausa. Se incorpora en la cama. Se lleva las manos a la cabeza. Llora. Ríe. Canturrea alguna melodía sin importancia.)* Estoy cansada... cansada... cansada.... cansada... *(Pausa.)* David Christopher Haubenstock... Tendrás lo que yo no tuve, todo lo que no tuve. Un padre, hijo, un padre. Harry será un buen padre y yo seré una buena madre. Sí, ya lo sé, sé que parecen palabras para la prensa: "será un buen padre, será una buena madre". Por cierto, sé que van a venir a vernos los periodistas alemanes, hijo, los peores, ¿sabes cómo me tratan?, ya lo veo, pasado mañana, lo veo: "vuelve a casa; tantos años perdida y por fin regresa: Romy es madre". Berlín otra vez, porque tu padre es de aquí, hijo, siempre ha vivido aquí, no quiere moverse, y ahora yo también, tampoco quiero moverme; se acabó Francia, por lo menos durante unos años, sólo contigo, hijo mío, basta de Francia y de teatros y sobre todo de cine, por ahora sólo estás tú. ¿Por ahora? *(Respira profundamente.)* Ah, ahí fuera, mañana, dentro de unas horas, ahí fuera, mañana, todos me estarán esperando para inundarme de besos y flores y besos. Ya estoy viendo a la gente en los pasillos celebrando que has llegado al mundo, David, como un auténtico acontecimiento, y yo otra vez aquí, en el papel de hija pródiga, hija perdida, casada con Harry Meyen, dramaturgo, casada, hijo, y ya soy madre, tu mamá, y todos otra vez esperando, mañana, con esas armas bajo el brazo, y esas luces blancas tan potentes y el ruidito ese: el clic y el clic impertinente. Ahora un acontecimiento, después de diez años de ignorarme, hijo mío, tienes que saberlo, casi diez años ignorándome... Y ahora llegas tú para arreglarlo todo. Oh, David Christopher, Alemania quiere verte, verte aquí en mis brazos, mis propios brazos; la actriz que ha regresado con los suyos. Ya lo sé: querrán verme reír, sí, sonreír otra vez, de un modo diferente, con una sonrisa distinta claro, porque ahora soy madre, soy mujer y es otra clase de felicidad. Ya debe de ser la hora, la de los periodistas, siempre entre periodistas, no hay cambios, nada cambia... nada excepto tú, David Christopher. *(Se levanta de la cama, con esfuerzo.)* Voy a abrir la puerta. Que todos entren para ver que soy madre, que soy una mujer casada, terriblemente burguesa y que tú eres rubio con ojos azules, y esto no es Francia, y Harry es mi marido, un marido alemán, cómo no, y también que soy feliz, hijo mío, que soy feliz y que lo apunten bien, que tomen nota y lo publiquen en las primeras páginas de los periódicos... *(Cae al suelo, desfallecida.)* Ah. *(Mira al público.)* ¿Alguien puede ayudarme, si es tan amable?

5.
12 DE ABRIL DE 1974

Luces. Otro lugar del escenario. Otro espejo de camerino. Romy, despeinada, en combinación negra y brillante. Se pinta unas pestañas falsas en los párpados y en el rabillo de los ojos. Labios rojos de sangre. Acaba de maquillarse. Se mira al espejo. Puñetazo sobre la mesa de maquillaje.

ROMY. ¿Y ahora, qué? ¡Y qué! ¡Y qué! ¡Y qué! *(Pausa. Casi sin respirar.)* Lo importante es amar, sí, lo importante es amar, sí, lo importante es que me parezca a ella, a ésa, a esa que nunca ha existido, Nadine Chevalier, la asquerosa Nadine, ¡qué nombre más ridículo!, sí, claro, lo importante es que vean a la ex-Sisí follando con un cadáver. Sissí, enterrada hace tiempo, ¿por qué tener miedo ahora?... hace tiempo que está muerta y enterrada, ya soy mujer, ya soy madre, incluso divorciada, una de tantas, y estoy aquí por culpa de unos niñatos imbéciles que han querido degradar a una ex-emperatriz haciéndola follar con un cadéver en la primera escena; primera escena, primera toma: Nadine Chevalier, actriz de cine porno, follando con un cadaver, pero resulta que la actriz que interpreta a la actriz Nadine no-sé-qué soy yo, ah, lo importane es amar, que no me lo repitan, ya lo sé, aquí lo importante ha de ser el escándalo, el hundimiento, el fracaso de Sisí —Sisí, la que enterré hace dos años con aquella maravilla del Maestro que nadie entendió, yo, la noble prima del hermoso loco de Baviera, reconciliándome por fin con la bobalicona vestida de blanco veinte años antes, con un vestido negro, muy negro, como quería Visconti— el fracaso y el escándalo, sí, lo más importante es eso, y nada más. Yo, la famosa divorciada, separada de su hijo por no tener una vida regular, una vida regular, regular, regular, pero ¡CÓMO QUIEREN QUE LA TENGA! Y ahora el jovencito Daniel Biasini siguiendo como un perrito a la mujer de los escándalos de la prensa del corazón alemana, oh, ¡si es que ya lo estoy viendo!: "corruptora de menores después de hacer de puta en una película porno", y yo luchando por la custodia de David y haciendo eso, yo eso, lamiendo heridas y jodiendo, interpretando a la desgraciada Nadine, Nadine Chevalier, y Harry en Berlín acosándome con la custodia de David, David Christopher, y yo aquí disfrazándome de puta, y ahora para colmo llegará Andrej y me pondrá más histérica, y todo el mundo histérico, y el cretino de Kinski aún más histérico, y yo aquí perdiendo el tiempo llorando, perdida, teniendo que representar lo que parece ser mi propia historia: la ex-reina revolcándose en el barro y en la mierda y en la sangre y en el semen podrido de un cadáver. ¿Qué puedo hacer? ¿Qué puedo hacer, David, hijo mío?; me ahogo, estoy nerviosa, y dentro de un minuto... rodar, rodar, rodar, y estoy nerviosa; sí, sí, me parezco demasiado, me parezco demasiado últimamente a todas ellas, la de ahora se llama Nadine no-sé-qué. Nadine Chevalier soy yo, soy yo misma. Nadine, mujer objeto, Nadine la desgraciada, Nadine la actriz de mierda, la actriz de cine porno, la actriz en el barro, en la mierda... ¡¡¡Mi verdad, mi verdad, mi verdad!!! *(Pausa.)* No me hagáis repetir aquella escena: ¡el amor con un cadáver! ¡No quiero repetir aquella escena, por favor! No, no puedo hacer trampas, no puedo, no, no sé, no sé hacer trampas. *(Pausa.)* Estoy enferma. *(Pausa.)* Dentro de un minuto: rodar. *(Pausa.)* Lo importante es que hoy me llamo... Nadine. *(Pausa. Agacha la cabeza.)* David, hijo mío, creo que vas a tener un nuevo padre, se llama Daniel, Daniel Biasini... que vergüenza. *(Pausa.)* Ya es la hora. Voy a hacer el amor con un cadáver... *(Se enjuga las lágrimas que le han teñido de negro la cara. Se levanta. Mira al público. Avanza hacia él con los brazos abiertos. Oscuro.)*

6.
29 DE ABRIL DE 1979

Luces. Romy, vestida de negro. Solemne.

ROMY. Dirán que la culpa ha sido mía. Vendrán dentro de un minuto. Querrán fotografiar mis remordimientos, pero no tengo. Estas ojeras son de angustia, no de remordimiento. Y estos ojos llorosos. La cara demacrada. *(Pausa.)* Vendrán dentro de un minuto. *(Pausa.)* ¿Qué voy a hacer? *(Pausa.)* Sí, sí, sí, una desgracia. Una desgracia. ¿Quieren que llore?, pues lloraré, ¿quieren que grite?, gritaré, Daniel me cogerá, Daniel me sostendrá, David Christopher llorará también, y la pequeña Sarah se agarrará a mi falda. Harry, Harry, ¿qué has hecho?, oh, cuánto te odio, estás muerto y te odio, odio tus recuerdos, odio tu fracaso de padre, odio tu amor y odio tu resentimiento, odio tu asquerosa Alemania, tu Hamburgo, el lecho de muerte, odio tu suicidio, Harry Meyen, yo era feliz, mi hija sí, la mía, tan pequeña, dos años sin trabajar para estar con ella, David por fin conmigo, feliz con su nuevo padre, y yo con mi familia, oh, Harry, cuánto odio tu fracaso como hombre, tu fracaso será un nuevo escándalo para mí. Las víboras de ahí fuera, a la puerta de casa, ya me están acechando, me están esperando. ¿Quieren que llore?, lloraré. ¿Quieren que grite?, pues gritaré. Y fotos, fotos, fotos... clics. David vestido de negro, yo con gafas de sol y un vestido negro, y ese ataúd tuyo mirándome, enterrándome; por fin yo era feliz, como decían las revistas, y buena actriz, como decían los críticos. Tu muerte deseada es como un vómito, Harry. *(Pausa.)* Podrán sacar buenas fotos en el funeral. *(Pausa.)*

De esta cara demacrada y estos ojos llorosos. De la rabia. "Harry sólo era ya parte de mi pasado", diré fríamente a los periodistas, que verán, pese a todo, la victoria del muerto en mi rostro; el muerto, el fracasado, el suicidado, y dirán que ha sido culpa mía. *(Pausa.)* Ya es hora de salir. *(Pausa.)* Clic y clic y clic. *(Oscuro.)*

7.
5 DE JULIO DE 1981

Luces. Espacio vacío con una cama de hospital vacía. Entra Romy corriendo, alterada. Va hacia la cama. Lanza un grito aterrador y empieza a dar puñetazos en la cama. Se serena y se deja caer encima.

ROMY. ¿Y Sarah? ¿Dónde está? ¿Dónde está Sarah? ¿Sarah? ¿Sarah? ¿Dónde estás?... No, no, no, dejadme sola. ¡Sola, os he dicho! ¡Sola!, ¡No me toquéis! *(Grita.)* Por... ah... no puedo... no puedo respi... por... ¡Que se vayan! ¡Que se vayan todos!... *(De repente, mira al público.)* Puedo imaginar todos los periódicos de mañana, vuestras caras de mañana, vuestro silencio de mañana; mirad bien el entierro, el entierro de un hijo, mirad la última foto de David, trágica muerte, trágica muerte, toda la verdad, trágica actriz, es la pura verdad, trágica vida, es la verdad, miradme bien, leed, querréis saberlo todo, saberlo todo mañana mismo, con todos los detalles: la verja del jardín, miradla bien, la verja del jardín con sus puntas afiladas, y David escalando, escalando esa verja del jardín, las puntas afiladas de la verja del jardín de Daniel, su ex-padrastro, malgastando mi dinero, Daniel Biasini, ladrón, estafador, robando mi dinero y robándome a mi hijo; mirad, David Christopher está escalando la verja del jardín, sus manos sudan, viene de hacer deporte, era un buen deportista, mi David, y quiso escalar la verja... *(Pausa.)* Resbaló. *(Pausa.)* Una de las puntas de hierro de la verja le atravesó todo el cuerpo. *(Pausa.)* Así de fácil. *(Pausa.)* La verja goteando, ya la veo, David gritando, pataleando, lo estoy viendo,

David agitándose, retorciéndose, con la púa de hierro atravesando su estómago, saliéndole por la espalda, la ropa blanca está roja, puedo verla, David sacudiendo los pies, los brazos y gritando, sale sangre y se desliza a borbotones, el suelo salpicado de manchas muy oscuras; la punta de la reja se levanta, húmeda y roja, atravesándolo, y él todavía lucha, todavía es capaz de dar patadas para desprenderse, con los pies y las manos manchadas, empapadas. Mi hijo ensartado en una verja. Media hora, media hora de esperar antes de que lo saquen, media hora aquella verja sacando y removiendo sus vísceras, extrayendo, bebiendo, succionando su vida, y media hora más para desencajarlo. Lo estoy viendo, lo veo, ya lo veo, sí, ya puedo verlo. *(Pausa.)* Ya podéis verlo. *(Pausa.)* Y ahora... ahora... ah... ahora... a... ahora... *(Respira con dificultad, como cuando ha entrado.)* Y ahora llego aquí, a este hospital de mierda y ya está muerto, no he podido decirle nada, ya estaba muerto, ya era tarde... ah... ah... he llegado tarde, como siempre, y no he visto nada... no he visto su muerte pero lo he visto todo aquí, en mi cabeza, aquí, aquí, grabado en mi cabeza. *(Pausa.)* Sarah, ¿dónde estás? Sarah, Sarah, Sarah... Ven con tu madre... *(Pausa.)* No hay nadie. *(Pausa.)* Estoy casi muerta. *(Oscuro.)*

8.
29 DE MAYO DE 1982

Luces. Romy, sentada en una silla en el escenario vacío. Tiene un tarro de pastillas en la mano.

ROMY. Sombras... de los hombres... que han dicho... que me amaban... y no... me han dado... nada. Sombras... de las neurosis... que me han obligado... a drogarme. Sombras... para mantener... la mente... fría... para seguir... trabajando. *(Abre el tarro. Se toma todas las pastillas.)* Sin un solo franco, ni un solo franco, como... como... *(Se levanta con dificultad.)* Mañana por la mañana... Mañana... Mañana por la mañana... últimos... últimos... clics. *(Va hacia el fondo del escenario, caminando despacio, tambaleándose, a punto de caerse. En cuestión de segundos, la luz se ha concentrado en la silla vacía que ha quedado en primer término. Unos segundos así. Sólo la silla vacía iluminada. Oscuro, repentinamente.)*

EPÍLOGO

ELSA SCHNEIDER

Luces. Elsa Schneider, una extraña mujer de edad indefinida, está sentada en una silla en primer término, de cara al público, con una copa de champán en la mano. Detrás de ella, a derecha e izquierda, dos mujeres que desconocemos, en la penumbra. Sin pausas:

ELSA SCHNEIDER. Es tan difícil, tan sumamente complicado lo que tendría que decirles ahora que ya de entrada estoy notando su incomprensión, esa especie de letargia que les reduce sus capacidades, ese dejarse llevar por un no sé qué que hace que precisamente lo que tengo que decirles, que por sí mismo ya es enrevesado, se me borre de la cabeza, o mejor dicho, se me quede dando vueltas por la cabeza sin querer salir, se me retuerza aún más en la cabeza; entonces se me bloquean las palabras y llega el momento de decirles que, simplemente, no sé qué decirles, lo que tampoco es verdad, o mejor dicho, que no sé por dónde voy a empezar, eso, eso es, no saber por dónde empezar, ¿por dónde empezaré?, quizá ni yo misma... Oh, si supieran, si supieran, sí, si supieran, si adivinaran el esfuerzo que estoy haciendo ahora mismo aquí, delante de ustedes, los que no hacen ningún esfuerzo, si pudieran comprobar el esfuerzo, si pudieran comprobar el esfuerzo que estoy realizando en mi intento de hacerles entender... hacerles entender... hacerles entender... eso... sí, ¿y qué debe de ser lo que tengo que intentar hacerles entender?, ¿si ni yo misma me entiendo a mí misma?... sepan que mi papel aquí no es nada fácil, se habrán dado cuenta... (¿mi papel?), quiero decir mi función, aquí, sentada delante de ustedes, aquí con esta copa de champán... esta copa de champán... (¿y por qué tengo esta copa de champán?, ¿tengo que brindar?, ¿por qué?, ¿por quién?), pues sí, ya lo ven, ya han oído cómo me expreso, peor que una vaca... ya han visto que todavía no he dicho nada, que sólo digo que todavía no he dicho nada y también que lo que tengo que decirles es demasiado complicado, demasiado complejo o muy confuso, eso es, confuso, quizá sea esa la palabra, "confuso", la confusión, como yo misma, como mi cabeza, como lo que tengo en la cabeza, lo que da vueltas por aquí, en mi cerebro, sí, las ideas, o lo que pienso, sí, eso es, lo que pienso... lo que ahora pienso que tendré que decirles es de una confusión indescifrable, una confusión compleja, ah, una confusión confusa, ¡oh!, mejor será que me calle, sí "¡Que se calle ya, que se calle de una vez!", estará pensando alguno de ustedes, y seguro que tiene razón, sí, tiene razón, sí, tiene razón, sí, quizá si ahora me callara, podría ordenar mis ideas, por puntos o por capítulos, subcapítulos, o esquemas o estructuras, haría que se apagaran las luces en silencio para pensar, reflexionar y ordenar la horrible confusión de las palabras, las ideas, pensamientos, que ahora me agobian y me impiden decirles lo que tendría que decirles, lo que en principio me siento obligada a decirles; huy, he dicho "decirles", eso quiere decir hablar, pues no, todo a oscuras y en silencio, y así, una vez todo en orden, yo haría que volviese esta luz aquí mismo, aquí, y delante de ustedes, y yo en este mismo lugar y con esta copa de champán, porque en el rato de silencio y de oscuridad yo también habría imaginado algún motivo, una función para la copa ésta misteriosa que ya me esta poniendo de los nervios, precisamente porque no sé qué demonios significa..., ¿ustedes qué opinan?, ¿le ven algún sentido a esta copa de champán?, ¡oh!, y está llena, ¿eh?, llena de champán, oh, quizá es para que me la beba, pero no, nadie ha mandado tal cosa, oh, oh, me distraigo, es que quizá estoy hablando un poco más de la cuenta, estoy demorando decirles lo que tengo que decirles porque en realidad no sé cómo decírselo, y el

ELSA SCHNEIDER

tiempo que pasa mientras hablo no me ayuda ni pizca a aclarar las ideas, las palabras, no me ayuda a saber por dónde debo empezar, por dónde tengo que atacar, por dónde podré salir adelante, por dónde... oh no, no creo, tampoco creo que el silencio pueda ayudarme, pudiera ayudarme mucho, enrarecería todavía más este ambiente, este aire pesado y cargado, esta espesa incomprensión que me está rodeando (¡oh, qué frase!), esta cosa extraña que ahora les agobia, que ahora os agobia, que les hace pensar que sólo estoy aquí para no decir nada, pero lo bueno es que eso es falso, sí, es una auténtica falacia, es falso, totalmente falso, no he parado de decirles que sí tengo que decirles algo, que sí, que sí, también saben que lo que realmente pasa es que no sé cómo decirlo, cómo empezar, cómo tratar el tema, ahora que si bien se mira, ah, ¿he dicho "el tema"?, ¿he dicho "el tema", verdad? pues ahora se me acaba de ocurrir que quizá sea ésa la clave... ¿qué?, oh, no, no, no, no, ¡qué va!, hablar del tema es demasiado fácil hoy en día, ¿qué sentido tiene además hablar del tema?, ¡qué absurdo!, qué ocurrencia ¿cómo puedo yo proponer hablar del "tema" cuando sé que no interesa?, que ya no significa nada, oh, qué ilusa soy, con tanto tema y tanta historia, ¡Oh, basta, cállate de una vez!, canta en lugar de hablar, mujer... la la la mi mi mi, tralará, cli, cli, cli... ¡ah!, ¡oh!, ¡ya lo tengo, ya lo tengo!, ¡ya lo he recordado!, ya sé lo que tengo que decirles y sé cómo empezar, ya lo sé, y es tan secillo... ¡es alucinante!, no sé cómo he podido no caer en la cuenta hasta ahora!, ¡qué tonta soy, oh, qué vergüenza, qué fácil, y qué simple, es tan poquita cosa, tan insignificante! ...sólo tendré que decirles... sólo tendré que decirles... mi nombre y entenderán... podrán entenderlo... o no, quizá no... pero da igual, lo mismo da si no entienden nada, el caso es que yo ya sé lo que tengo que decirles, y eso ya es mucho, qué digo, ¡eso lo es todo!, sólo mi nombre, sí, mi nombre, sólo decirles cómo me llamo y ya está, ¿lo ven? así de fácil; de modo que ya sé cómo empezar, sí, ya lo sé todo: sólo dos palabras; empezar y con lo mismo, acabar; ¡el principio es el final! *(Pausa.)* Me llamo Elsa Schneider. *(Pausa.)* Sí. *(Pausa.)* ¿Y ahora qué? *(Pausa.)* Pues... bueno...

1553

sí... eso... que... ¡que ya está todo dicho!.. je, je... quiero decir... que ahora... ya... sólo me queda... presentarles... presentarles... *(Se da la vuelta.)*... a estas, ¡oh!, ¡pero si estaban a oscuras!... ¡luz!, ¡luz!, ¡luz!, *(Todo el escenario se ilumina. Vemos ahora a las dos mujeres: la de la izquierda es la actriz que ha interpretado a Elsa; la de la derecha, la actriz que ha interpretado a Schneider. Las dos tienen las manos a la espalda, como si escondieran algo.)*... ¡pues eso!, presentarles... a estas dos magníficas actrices: la de mi derecha, que ha interpretado un papel precioso, la señorita Elsa, el famoso personaje de aquel autor austríaco (ahora no recuerdo su nombre...), y la de mi izquierda, que ha interpretado a Schneider, la vida de la famosísima actriz, marcada por un trágico destino... *(Pausa.)* Señoras y señores, eso es todo. *(Elsa Schneider mira por encima de los espectadores como si buscase la cabina de control.)* Aquí se apagaban las luces, ¿verdad?... Vaya, no contesta nadie... y... y... ¿qué pinto yo aquí ahora?, lo que tenía que hacer ya lo he hecho, ¿no?, quiero decir que creo que he dicho todo lo que tenía que decir, que yo me llamo Elsa Schneider y que estas dos mujeres que hay detrás de mí son dos jóvenes actrices que han interpretado dos personajes, uno de ficción, la jovencita aquella tan... fuerte, y otro real, la actriz alemana... o francesa... o... suiza... que era un prodigio de mujer y que... vaya, ¿qué más se puede decir?, quiero decir que qué más puedo decir, si no creo que nadie... vaya, que el asunto se ha acabado, ya se han contado las historias y yo ya he hecho todo lo que tenía que hacer... *(Pausa.)* ¡Vaya, que no se apaga la luz!, ¡oh, qué desastre!, ¿pero qué quiere decir todo esto?, ahora no entiendo nada de nada, oh, me siento tan perdida... después de todo el esfuerzo que he hecho para llegar a esa frase tan estupenda y tan acertada (sí, la de "el principio es el final") y después de haber revelado la verdad, la cruda realidad, que yo me llamo Elsa Schneider y que esas dos que están ahí plantadas, que no sé cómo se tienen en pie todavía, son las intérpretes que han visto hace poco ¿ahora resulta que todavía quieren más? (¿quién? ¿quién? eso: ¿quién quiere más, a ver, quién?) oh, no entiendo nada de nada. Es que esta situación no es normal, es anormal, yo aquí delante de todos ustedes haciendo el tonto cuando ahora sí que ya no tengo absolutamente nada que decir, nada que contarles, las historias ya se han contado, la tragedia pertenece ya al pasado... ¡ay, que me estoy poniendo transcendente!... bueno, ahora sí que estoy hecha un lío, con tanta luz y tanta gente ahí esperando y esas dos como dos pasmarotes sin decir nada.. *(Se da la vuelta.)*... hey, vosotras dos... ¿por casualidad tenéis la más remota idea, la más ligera idea de lo que puedo hacer ahora?... ¿para acabar?... ¿para que se acabe todo esto?... ¿todo esto?... *(Pausa. La luz cambia de intensidad. Penumbra.)* ¡Ah, la luz cambia de intensidad!

Lentamente, ceremoniosamente, la intérprete de Elsa y la intérprete de Schneider mostrarán a Elsa Schneider lo que escondían en la espalda: Elsa el vaso de agua con venoral y Schneider el tarro de pastillas. Ostensiblemente, delante de Elsa Schneider, Elsa se bebe el líquido y Schneider se tomas las pastillas. Parece como si invitasen a Elsa Schneider a beber el champán que tiene en la copa. A continuación las dos actrices desaparecen en la oscuridad. Elsa Schneider se vuelve de cara al público, mira la copa que tiene en la mano, mira al público, la copa, etcétera. Algo la impulsa a beber, pero quizá tiene miedo.

ELSA SCHNEIDER. Ah, sí, el champán, claro... quedaba esto... ah... sólo quedaba esto... la copa de champán... *(Se pone horrorosamente transcendente y se bebe todo el líquido de un solo trago. Mira al público. Sonríe amargamente, melodramáticamente.)*... ¿Así pues, querían una muerte trágica...? Estaban esperando el último.. ah, quema... pues aquí lo tienen, sí, me parece que ya empieza a producir efecto, por lo menos me arde el estómago, ¿que había aquí dentro?... ah... no puedo respirar... se me hace difícil... ah, ah... no puedo más... ah, la vista... es todo tan... rápido... fulmin... ah... nnte... *(La copa se le cae de las manos.)* ah... quiero... pero, no puedo... *(Cae al suelo.)* ...me ahogo, quema... ayu... ah... oh... no veo nada... y no vuelo... no vuelo... no duermo... no sueño... ni siquiera veo sombras... ni sombras... ni vuelo... ni duermo... ni sueño... ni sombras... ni sombras... ni sombras... ah, ah, ah... ayu... ah... no... no... ¡ah! *(Silencio. Elsa Schneider tendida en el suelo. De golpe se incorpora bruscamente, tan tranquila, y dice gritando:)* ¿Pero no lo he hecho ya todo? ¡Qué aburrimiento ¿Queréis apagar las luces de una vez? ¿Acaso no lo he hecho ya todo? ¡A la mierda! ¡¡Basta ya!!

Al levantarse, Elsa Schneider ha hecho que la silla se caiga al suelo. Repentinamente, al acabar de hablar, la luz se concentra sobre la silla vacía, caída. No se ve nada más durante unos segundos. Silencio. Oscuro.

ÍNDICE

Presentación (Moisés Pérez Coterillo) 9
Cuarenta años de estrenos españoles (César Oliva) 11
Cronología (Francisca Bernal y César Olíva) 56

ANTONIO BUERO VALLEJO 89
Soñar con los ojos abiertos (Luis Iglesias Feijoo) 91
Bibliografía 97
La fundación 101

JOSÉ MARTÍN RECUERDA 229
Todas se llamaban Mariana (Nel Diago) 231
Bibliografía 238
Las arrecogías del beaterio de Sta. María Egipciaca ... 241

JOSÉ MARÍA RODRÍGUEZ MÉNDEZ 385
En el corazón del Barrio Chino (Luciano García
   Lorenzo) 387
Bibliografía 393
Flor de Otoño 395

ALFONSO SASTRE 479
Dejar las cosas en su sitio, no "como estaban"
   (Mariano de Paco) 481

Bibliografía	486
La sangre y la ceniza	491
FRANCISCO NIEVA	623
Una radical originalidad (Jesús María Barrajón)	625
Bibliografía	632
Los españoles bajo tierra	635
MIGUEL ROMERO ESTEO	697
Ritual barroco (Pedro Aullón de Haro)	699
Bibliografía	706
Pasodoble	709
FERNANDO ARRABAL	819
El naufragio de un sueño (Francisco Torres Monreal)	821
Bibliografía	827
El arquitecto y el emperador de Asiria	831
DOMINGO MIRAS	911
El resplandor de la hoguera (Ricard Salvat)	913
Bibliografía	919
La Saturna	921
ANTONIO GALA	1019
Luces de cambio sobre la España eterna (José Monleón)	1021
Bibliografía	1026
Los buenos días perdidos	1029
JOSEP M. BENET I JORNET	1103
Entre la realidad y el deseo (María José Ragué Arias)	1105
Bibliografía	1112
Deseo	1115
JOSÉ SANCHIS SINISTERRA	1185
La Conquista en el tablado de los cómicos (Carlos Espinosa Domínguez)	1187

Bibliografía 1193
El retablo de Eldorado 1197

JOSÉ LUIS ALONSO DE SANTOS 1295
Una apuesta por lo inverosímil (María Teresa
   Olivera Santos) 1297
Bibliografía 1305
La estanquera de Vallecas 1307

RODOLF SIRERA 1367
El teatro, pasión letal (Luis Quirante Santacruz) 1369
Bibliografía 1376
El veneno del teatro 1379

FERMÍN CABAL 1409
Amarga metáfora de la vida (Domingo Yndurain) 1411
Bibliografía 1416
¡Esta noche, gran velada! 1417

SERGI BELBEL 1497
Nombres de mujer (Antonio Tordera) 1499
Bibliografía 1505
Elsa Schneider 1507

ESTE LIBRO SE TERMINÓ DE IMPRIMIR EL DÍA 18
DE MARZO DE 1992 EN LOS TALLERES DE
GRÁFICAS TAVE/82, POL. IND. DE LEGANÉS,
MADRID.

TEATRO IBEROAMERICANO CONTEMPORÁNEO

ANTOLOGÍAS

Plan de ediciones

ARGENTINA

*

BRASIL

*

COLOMBIA

*

CUBA

*

CHILE

*

ESPAÑA

*

MÉXICO

*

PORTUGAL

*

PUERTO RICO

*

URUGUAY

*

VENEZUELA

*

BOLIVIA, ECUADOR, PARAGUAY, PERÚ

*

COSTA RICA, GUATEMALA, HONDURAS
EL SALVADOR, NICARAGUA, PANAMÁ,
REPÚBLICA DOMINICANA

VOLÚMENES EDITADOS

TEATRO MEXICANO CONTEMPORÁNEO
ANTOLOGÍA

Rafael Solana
Debiera haber obispas

Luis G. Basurto
Cada quién su vida

Elena Garro
Felipe Ángeles

Sergio Magaña
Moctezuma II

Emilio Carballido
Fotografía en la playa

Jorge Ibargüengoitia
El atentado

Luisa Josefina Hernández
Los frutos caídos

Héctor Azar
Inmaculada

Hugo Argüelles
Los gallos salvajes

Vicente Leñero
La mudanza

Juan Tovar
La madrugada

Jesús González Dávila
Un delicioso jardín

Óscar Villegas
Atlántida

Óscar Liera
El camino rojo a Sabaiba

Carlos Olmos
El eclipse

Víctor Hugo Rascón Banda
Playa Azul

VOLÚMENES EDITADOS

TEATRO VENEZOLANO CONTEMPORÁNEO
ANTOLOGÍA

CÉSAR RENGIFO
Lo que dejó la tempestad

ROMÁN CHALBAUD
Los ángeles terribles

ISAAC CHOCRÓN
Clipper

JOSÉ IGNACIO CABRUJAS
El día que me quieras

GILBERTO PINTO
La guerrita de Rosendo

RODOLFO SANTANA
Encuentro en el parque peligroso

JOSÉ GABRIEL NÚÑEZ
Los peces del acuario

JOSÉ ANTONIO RIAL
Cipango

ELISA LERNER
Vida con mamá

EDILIO PEÑA
Los pájaros se van con la muerte

MARIELA ROMERO
El juego

UGO ULIVE
Prueba de fuego

NÉSTOR CABALLERO
Con una pequeña ayuda de mis amigos

CARLOTA MARTÍNEZ
Que Dios la tenga en la gloria

ÓSCAR GARAYCOCHEA
Hembra fatal de los mares del trópico